O ESTADO DE DIREITO

O ESTADO DE DIREITO

História, teoria, crítica

Organizado por

Pietro Costa e Danilo Zolo

Com a colaboração de

Emilio Santoro

Tradução

CARLO ALBERTO DASTOLI

Martins Fontes

São Paulo 2006

Esta obra foi publicada originalmente em italiano com o título
LO STATO DI DIRITTO: STORIA, TEORIA, CRITICA
por Feltrineli, Milão.
Este volume é fruto de uma pesquisa desenvolvida no
Departamento de Teoria e História do Direito
da Università degli Studi de Florença.

1ª edição *2006*

Tradução
CARLO ALBERTO DASTOLI

Acompanhamento editorial
Luzia Aparecida dos Santos
Preparação do original
Eliana Medina
Revisões gráficas
Ana Maria de O. M. Barbosa
Sandra Garcia Cortes
Dinarte Zorzanelli da Silva
Produção gráfica
Geraldo Alves
Paginação/Fotolitos
Studio 3 Desenvolvimento Editorial

Dados Internacionais de Catalogação na Publicação (CIP)
(Câmara Brasileira do Livro, SP, Brasil)

O Estado de Direito : história, teoria, crítica / organizado por Pietro Costa, Danilo Zolo ; com a colaboração de Emilio Santoro ; tradução Carlo Alberto Dastoli. – São Paulo : Martins Fontes, 2006. – (Justiça e direito)

Título original: Lo Stato di Diritto : storia, teoria, critica
ISBN 85-336-2315-1

1. Estado de Direito I. Costa, Pietro. II. Zolo, Danilo. III. Santoro, Emilio. IV. Série.

06-5330 CDU-342.22

Índices para catálogo sistemático:
1. Estado de Direito : Direito constitucional 342.22

Livraria Martins Fontes Editora Ltda.
Rua Conselheiro Ramalho, 330 01325-000 São Paulo SP Brasil
Tel. (11) 3241.3677 Fax (11) 3101.1042
e-mail: info@martinsfontes.com.br http://www.martinsfontes.com.br

ÍNDICE

Prefácio à edição brasileira, por Danilo Zolo IX
Prefácio à edição italiana, por Pietro Costa e Danilo Zolo XI
Agradecimentos XXI

INTRODUÇÕES

Teoria e crítica do Estado de Direito, *por Danilo Zolo* 3
O Estado de Direito: uma introdução histórica, *por Pietro Costa* 95

A EXPERIÊNCIA EUROPÉIA
E NORTE-AMERICANA

Rule of law e "liberdade dos ingleses". A interpretação de Albert Venn Dicey, *por Emilio Santoro* 201
Soberania popular, governo da lei e governo dos juízes nos Estados Unidos da América, *por Brunella Casalini* 264
Estado de Direito e direitos subjetivos na história constitucional alemã, *por Gustavo Gozzi* 308
État de droit e soberania nacional na França, *por Alain Laquièze* 338
Estado de Direito e justiça constitucional. Hans Kelsen e a Constituição austríaca de 1920, *por Giorgio Bongiovanni* 379

O DEBATE TEÓRICO CONTEMPORÂNEO

O Estado de Direito entre o passado e o futuro, *por Luigi Ferrajoli* 417
Para além do Estado de Direito. Tirania dos juízes ou anarquia dos advogados?, *por Pier Paolo Portinaro* 465
Estado de Direito e diferença de gênero, *por Anna Loretoni* 489
Maquiavel, a tradição republicana e o Estado de Direito, *por Luca Baccelli* 511
Rule of law e ordem espontânea. A crítica do Estado de Direito eurocontinental em Bruno Leoni e Friedrich von Hayek, *por Maria Chiara Pievatolo* 555

ESTADO DE DIREITO E DIREITO INTERNACIONAL

Estado nacional de Direito e direito internacional, *por Stefano Mannoni* 585
O déficit democrático da Europa e o problema constitucional, *por Richard Bellamy e Dario Castiglione* 611

ESTADO DE DIREITO E COLONIALISMO

Estado de Direito, direitos coletivos e presença indígena na América, *por Bartolomé Clavero* 649
O modelo colonial do Estado de Direito. A Constituição africana na Guiné, *por Carlos Petit* 685

ESTADO DE DIREITO E CULTURA ISLÂMICA

Perspectivas islâmicas do constitucionalismo, *por Raja Bahlul* 747
O "governo da lei" nos limites da ética islâmica. O caso egípcio, *por Baudouin Dupret* 784

Shari'a, invasão colonial e modernização do direito na sociedade islâmica, *por Târiq al-Bishrî* 810

ESTADO DE DIREITO E CULTURAS ORIENTAIS

Os "valores asiáticos" e o *rule of law*, *por Alice Ehr-Soon Tay* 827
O "governo da lei" e a sociedade indiana. Do colonialismo ao pós-colonialismo, *por Ananta Kumar Giri*. 859
A doutrina confuciana e o "governo do homem": o humanismo chinês originário, *por Cao Pei* 897
A tradição jurídica chinesa e a idéia européia do *rule of law*, *por* Wu Shu-chen 921
A história moderna do direito constitucional chinês, *por Lin Feng* 944
Direitos do homem e Estado de Direito na teoria e na prática da China contemporânea, *por Li Zhenghui e Wang Zhenmin* 962

APÊNDICE

Ensaio bibliográfico, *por Francesco Paolo Vertova* 993
Os autores 1009
Índice onomástico 1019

PREFÁCIO À EDIÇÃO BRASILEIRA

Também em nome de Pietro Costa e de Emilio Santoro, desejo expressar a minha viva satisfação por esta edição brasileira do nosso livro sobre o "Estado de Direito". Freqüento o Brasil há muitos anos e mantenho relações que reputo muito importantes com instituições sociais e universidades brasileiras. Por meio da pesquisa e da experiência direta, esforço-me para entender os problemas da sociedade brasileira, em particular os da justiça penal, das instituições penitenciárias, da corrupção política, da pobreza e da violência nas periferias das grandes cidades. Amo o Brasil, tenho grande respeito pelos brasileiros e observo com profundo interesse os importantes desenvolvimentos políticos hoje em curso. Naturalmente, desejo que a publicação do nosso livro possa dar uma pequena contribuição, para além do seu valor científico, à proteção e à promoção efetiva dos direitos fundamentais dos homens e das mulheres brasileiras. E espero que o livro possa desempenhar uma função de estímulo intelectual para um compromisso não retórico, mas politicamente ativo e, se necessário, conflitual, na derrota do poder arbitrário, no combate à corrupção e na redução das atuais insustentáveis disparidades econômico-sociais.

Ficaria ainda muito satisfeito se os leitores brasileiros desta obra colhessem e apreciassem a intenção fundamental que nos guiou na elaboração destas páginas: mostrar que a abertura à complexidade do mundo – ao pluralismo das culturas, dos universos simbólicos e das tradições normativas – é hoje a única alternativa contra a "guerra civil mundial", com a sua carga de violência, de sofrimentos, de medo e de ódio. A abordagem pluralística implica a recusa da dimensão universalística que o mundo ocidental hoje pretende atribuir aos seus valores éticos, políticos e jurídicos, e implica, além disso, a contestação de qualquer teoria e de qualquer prática hegemônica por parte das grandes potências ocidentais. Essa teoria e essa prática chegaram até a atribuir à guerra de agressão uma função "humanitária": a de promover com a força das armas os direitos do homem, o Estado de Direito, a democracia, a economia de mercado. Em direção oposta a essa perigosíssima tendência, um Brasil autônomo, justo, forte e aberto à cooperação internacional, poderia não apenas guiar o resgate político e econômico de todo o mundo latino-americano, mas desempenhar ao mesmo tempo um papel precioso na introdução de elementos de equilíbrio e de pacificação nas relações internacionais.

Não posso concluir estas breves notas sem antes agradecer à Editora Martins Fontes a decisão de publicar o nosso volume em uma excelente veste gráfica e sem expressar também a minha gratidão a Carlo Alberto Dastoli. A sua notável competência lingüística e cultural permitiu-lhe superar as enormes dificuldades do texto e realizar uma tradução que tem o duplo mérito da clareza e da rigorosa fidelidade à redação original.

Dedico este livro aos amigos e colegas brasileiros Walquiria Leão Rego, Gino Tapparelli e Giuseppe Tosi.

DANILO ZOLO

PREFÁCIO À EDIÇÃO ITALIANA

1. A expressão "Estado de Direito" conheceu, em anos recentes, uma notável difusão, não apenas no âmbito dos saberes político-jurídicos, mas também e, principalmente, nas intervenções dos comentadores políticos e nas páginas dos jornais. Não estamos certamente diante de uma invenção lexical inédita: a fórmula "Estado de Direito" tem, afinal, atrás de si, uma longa história que continua a influenciar o sentido e o sucesso hodierno dessa expressão. O destino atual do lema "Estado de Direito" corre o risco, porém, de ser inversamente proporcional à perspicuidade do seu significado: não está, de modo algum, claro se, particularmente, à difusão dessa expressão corresponde a sua perdurável vitalidade teórico-crítica e projetual ou se, ao contrário, nos encontramos diante dos últimos lampejos de uma noção cuja luz brilhou em tempos enfim longínquos.

Com este livro pretendemos oferecer uma contribuição à compreensão do sentido que o tema do Estado de Direito assume no debate filosófico-político e filosófico-jurídico contemporâneo. Não pretendemos apresentar uma rigorosa taxonomia dos seus significados e usos lexicais (tarefa esta que imporia no mínimo uma ampliação da análise à hodierna ciência jurídico-positiva, constitucionalista e administrativista). Propomonos, antes, identificar a área problemática no centro da qual (no âmbito do debate filosófico-político e filosófico-jurídico atual) se põe o Estado de Direito.

2. A complexidade do campo semântico "Estado de Direito" não é um fenômeno recente, mas é um traço que caracterizou toda a parábola histórica dessa expressão: uma expressão inseparável das sociedades e das culturas nacionais nas quais ela surgiu e foi concretamente utilizada; uma expressão ligada a projetos e a conflitos político-jurídicos, congenitamente dotada de múltiplos sentidos, sobrecarregada de valores, ideologicamente imbuída de significados.

É precisamente o profundo enraizamento histórico do Estado de Direito que nos impõe, de modo prioritário, uma tarefa histórico-reconstrutiva: não podemos nos eximir de acertar as contas com uma estratificação e uma diversificação de significados que, em várias medidas, continuam a pesar no nosso presente. Na estrutura do nosso livro, porém, a análise histórico-semântica, embora indispensável, desempenha um papel de alguma forma propedêutico: a investigação sobre o passado do Estado de Direito não tem, no nosso caso, um valor autônomo, mas é o horizonte no interior do qual é preciso estudar o destino atual dessa fórmula teórica.

Nessa perspectiva, o nosso livro não inclui apenas uma "introdução histórica (que segue a introdução de caráter geral e teorético que abre o volume), mas dedica também a sua primeira seção a uma recognição da gênese e do desenvolvimento do termo-conceito de "Estado de Direito". Os ensaios aqui reunidos, mesmo na diversidade de inspiração que os caracteriza, são todos expressão de uma abordagem historiográfica "crítico-conceitual", atenta a colher a espessura teórica do próprio objeto e, por isso, funcional ao esclarecimento do debate atual. É de tal análise que depende a própria possibilidade de falar em "Estado de Direito" como um termo semanticamente unitário, mesmo na diversidade das experiências históricas de referência. Que a expressão "Estado de Direito" corresponda a 'Rechtsstaat', a 'État de droit' e a 'Estado de derecho' parece claro, dada a proximidade lingüística dessas expressões, mesmo que, na realidade, as diversidades histórico-conceituais entre as diversas concretizações do Estado de Direito que vieram a existir na Europa continental sejam relevantes. Se, por outro lado, olharmos para o mundo anglo-saxão, a singularidade de seu sistema jurídico torna ainda mais problemática a possibilidade de traduzir como "Estado de Direito" o termo *rule of law*, corrente na Grã-Bretanha e nos Estados Unidos da América.

Os ensaios reunidos na seção "historiográfica" pretendem tornar possível um confronto entre as diversas personificações históricas do Estado de Direito, examinando algumas significativas áreas histórico-culturais. Emilio Santoro reconstrói o significado que a expressão *rule of law* assume na tradição constitucional inglesa, refletindo sobre a obra do jurista – Albert Venn Dicey – que, mais do que qualquer outro, contribuiu para o sucesso do termo. Brunella Casalini estuda o problema do *rule of law* no desenvolvimento do sistema constitucional dos Estados Unidos, um sistema que, embora ligado ao modelo inglês da *common law*, apresenta características notadamente diversas, utilizando-se de uma constituição escrita e de um complexo sistema de justiça constitucional. Gustavo Gozzi segue a parábola do Estado de Direito na Alemanha, a partir das formulações originárias daquele conceito, na primeira metade do século XIX, até a "Lei Fundamental" do período após a Segunda Guerra Mundial, ao passo que à experiência francesa é dedicada a contribuição redigida por Alain Laquièze: uma experiência na qual a relação entre soberania nacional e os direitos individuais se desenvolve, a partir da revolução de 89, segundo um paradigma próprio e original. Por fim, Giorgio Bongiovanni se concentra em Hans Kelsen, o jurista que deu uma contribuição essencial, na primeira metade do século XX, ao conceito e à práxis da justiça constitucional (colaborando também na redação da Constituição austríaca de 1920).

3. Não pretendemos oferecer, com a nossa seção "historiográfica", uma reconstrução analítica e exaustiva do passado do Estado de Direito. Nossa intenção é permitir um confronto aproximado entre as diversas imagens, historicamente sedimentadas, do Estado de Direito, com a finalidade de fazer emergir alguns traços recorrentes e característicos dessa noção. São esses traços (postos em evidência também na introdução geral ao volume) que se oferecem como um importante ponto de referência para o debate atual: de um lado a idéia – antiga e sempre ressurgente – de um poder "normado" e, por isso, vin-

culado e controlável; de outro, a exigência recente, rica de internas tensões, de instaurar um nexo funcional entre o poder e os sujeitos, e de enxertar sobre esse um complexo aparato de direitos, cuja reivindicação se choca dramaticamente com sua difusa violação.

Colocado no seu horizonte histórico-genético, o Estado de Direito evoca, portanto, o problema da relação entre os sujeitos, os direitos e o poder. E é precisamente ao redor desses "verbetes" essenciais que gravitam as contribuições reunidas na segunda seção do nosso livro, dedicada ao aprofundamento de algumas das mais discutidas implicações teóricas do Estado de Direito. Luigi Ferrajoli analisa a contraposição entre uma noção formalista (liberal e garantista) do Estado de Direito e uma concepção aberta às instâncias de participação política e dos direitos sociais, em um ensaio caracterizado por uma abordagem ao mesmo tempo crítico-analítica e projetual. Anna Loretoni estuda a relação entre o universalismo normativo da lei e a identidade de gênero dos sujeitos que a essa se referem. Paolo Portinaro focaliza a tensão entre o declinante poder dos parlamentos e o crescente poder das cortes de justiça. Luca Baccelli discute algumas definições atuais de "Estado de Direito" e sugere uma reformulação das mesmas à luz da tradição republicana. Maria Chiara Pievatolo detém-se sobre a reflexão de Hayek e Leoni para tematizar a relação entre liberdade e ordem.

4. As duas primeiras seções do nosso livro não visam, portanto, oferecer um panorama exaustivo das vicissitudes históricas e das temáticas teóricas baseadas no Estado de Direito, mas, antes, uma seleção de temas capazes de fazer entender, por meio da sua sinergia, a direção de sentido de um processo histórico e a espessura teórica do debate atual. A tarefa de um volume dedicado a uma análise histórico-teórica do Estado de Direito poderia, portanto, parecer, neste ponto, exaurida. Na realidade, acreditamos que, hoje, uma adequada compreensão do Estado de Direito exige a referência a um horizonte problemático mais amplo.

É necessário, em primeiro lugar, dar-se conta da impossibilidade de encerrar a análise do Estado de Direito nos limites daquelas "culturas nacionais" que também o batizaram e é preciso, conseqüentemente, empenhar-se na tentativa de colher as implicações "internacionalistas" de nosso tema (que sirva como exemplo o problema da tutela dos direitos subjetivos, que tende a se tornar sempre mais um dramático tema internacional). É exatamente a esta exigência que pretende responder a terceira seção do volume, intitulada "Estado de Direito e Direito Internacional". Nessa seção, o ensaio de Stefano Mannoni estuda as raízes e as repercussões que a noção de "Estado de Direito" encontrou no ordenamento internacional, ao passo que a contribuição de Richard Bellamy e Dario Castiglione coloca o Estado de Direito naquele novo "ambiente" político-institucional – a Europa unida – que hoje constitui para este um importantíssimo terreno de cultivo.

Uma vez libertado o Estado de Direito das amarras das culturas nacionais que o produziram, parece indispensável – e esta é a segunda "complicação" do quadro – a abertura de uma frente de pesquisa ainda muito transcurada na análise do discurso político-jurídico: o problema da relação entre a Europa e os Estados Unidos, de um lado, e o "resto" do mundo, de outro; uma relação que se desenvolveu, nos últimos séculos, sob o signo da conquista e da colonização, na difusíssima convicção de que a "civilização" (européia, norte-americana, ocidental) si contrapusesse, de forma unitária, à "barbárie" (ao atraso, à estaticidade) dos "outros".

Nessa perspectiva, é preciso, então, começar a refletir sobre a diversa valência que alguns "grandes conceitos" da cultura ocidental – o "Estado de Direito" entre eles – assumem quando entram em contato com realidades profundamente diversas em relação àquelas que presidiram seu nascimento e "normal" funcionamento: quando são utilizados, por exemplo, no continente americano, durante o processo da violenta submissão ou eliminação dos povos nativos, ou então no continente africano, no quadro da expansão colonial das várias nações européias. É nesta "pionerística" direção de investigação que se movem os ensaios de Bartolomé Clavero e de Carlos Petit, incluídos na seção intitulada "Estado de Direito e colonialismo". Bartolomé Clavero estuda os "dispositivos de exclusão" que marcaram toda a história político-institucional do continente americano, condenando as populações nativas a uma condição de desigualdade e de marginalidade, ao passo que Carlos Petit, ao analisar o domínio espanhol na África equatorial, põe em evidência o caráter "metropolitano" do Estado de Direito em contraposição à permanência das "arcaicas" estruturas de domínio na realidade colonial.

5. Situado o Estado de Direito no quadro das relações internacionais que condicionam seus significados e suas valências, focalizado o problema das deformações que o Estado de Direito sofre nas "terras de ultramar", submetidas à ocupação colonial por parte das potências ocidentais, pode-se dizer virtualmente concluída a discussão dos problemas necessários para compreender a gênese e o significado do Estado de Direito. Não se pode, todavia, dizer-se esgotado o debate que essa noção, hoje, continua a alimentar, por um motivo muito simples: se é verdade que o terreno do surgimento do Estado de Direito são as sociedades e as culturas "ocidentais", e se é verdade que, até recentemente, o Ocidente fez a parte do leão no debate sobre o nosso tema, é igualmente verdadeiro que, hoje, outras sociedades e outras culturas intervêm ativa e originalmente em um intenso debate filosófico-político. No entanto, esse debate não pode ser equiparado – pelo menos por quem recusa os preconceitos provincianos "eurocêntricos" – com os pareceres expressos pelos *maitres à penser* dos países "ocidentais".

Do debate teórico-político contemporâneo participam, enfim, legitimamente, aquelas culturas que eram etiquetadas como "outras"., segundo a atitude colonial *d'antan,* colocando no único caldeirão do "atraso" mundos histórico-culturais enormemente complexos e drasticamente diferentes entre si (exemplificando: o mundo árabe-islâmico, a Índia, os países do Extremo Oriente). Desvencilhar-se de obstinados hábitos "eurocêntricos" parece-nos, portanto, responder a um dever elementar de informação quando estão em jogo temáticas – e o Estado de Direito é exatamente uma delas – ao redor das quais a discussão supera, enfim, as fronteiras, antes intransponíveis, das culturas ocidentais.

É necessário, porém, dedicar algumas palavras ao sentido de um debate que se pretende que se estenda aos expoentes das mais diversas tradições e culturas. Esse debate, para ser efetivo e instrutivo, não pode se transformar em uma nebulosa na qual os participantes perdem as suas identidades histórico-culturais, nem pode colocar entre parênteses o caráter precisamente histórico do tema discutido, ignorando, em nosso caso, as profundas raízes européias, "ocidentais", do Estado de Direito. O debate deve, antes, responder às características do *diálogo intercultural*: deve propor-se como uma tentativa de encaminhar um confronto entre as culturas originais e diversas, assumindo o Estado de Direito como o risco e o trâmite do próprio confronto.

É óbvio, portanto, que a postura assumida pelos intelectuais ocidentais perante o Estado de Direito é diversa da pergunta que, a esse propósito, formulam interlocutores não-ocidentais, pertencentes ao mundo árabe-islâmico, ao continente indiano ou à realidade chinesa: se os ocidentais se movem no interior de uma tradição, aberta às mais diversas interpretações e aos mais diversos resultados, mas historicamente unitária, os não-ocidentais olham aquela tradição "de fora", a partir das diversas culturas nas quais estão imersos e, a partir delas, encaminham um processo de comparação. Em primeiro lugar, se perguntam se e como as exigências que, no Ocidente, deram lugar à fórmula do "Estado de Direito", emergiram também em tradições diversas (islâmicas, confucianas etc.) e, em segundo lugar, se interrogam sobre a possibilidade e a oportunidade de enxertar o Estado de Direito no tronco de sociedades e culturas profundamente diversas daquelas que lhe deram origem.

Não se trata, certamente, de uma questão intelectualista ou acadêmica: o mundo árabe-islâmico, a Índia, a China não são planetas remotos cuja órbita nunca cruzou o Ocidente europeu e americano. Ao contrário, em épocas relativamente recentes, o encontro foi próximo e traumático, marcado pela violência expansionista e colonizadora do Ocidente, e não é por acaso que as contribuições dos nossos interlocutores árabes, indianos ou chineses se detenham nessa decisiva curva de sua história e de nossa história. Além disso, hoje, os processos de globalização (ou, antes, de "ocidentalização") do mundo intensificam as relações entre sociedades e culturas diversas e solicitam uma resposta a uma questão crucial, que envolve também o Estado de Direito: a questão sobre a possibilidade, o sentido, os limites dos "transplantes" interculturais de formas institucionais, de valores, de esquemas teóricos historicamente marcados pelo contexto que os engendrou.

Se a questão é unitária, as respostas são, obviamente, muito diversas e remetem ao caráter original das várias sociedades e culturas do interior das quais falam os colaboradores do nosso livro.

Uma seção (Estado de Direito e cultura islâmica) reúne ensaios de intelectuais pertencentes ao mundo árabe-islâmico. Raja Bahlul interroga-se acerca da possibilidade de formular temáticas "constitucionalistas" no interior de um discurso árabe-islâmico, baseado na *Shari'a* e acerca das diversas abordagens interpretativas aos quais ela dá lugar. Baudouin Dupret estuda a relação entre uma codificação de tipo "moderno" ou "ocidental", que se tornou própria, a partir do século XIX, do Egito, e uma série de princípios morais, juridicamente não formalizados, mas determinantes no conjunto vital do ordenamento. Târiq al-Bishrî apresenta as posições do pensamento islâmico ortodoxo acerca do tema da relação entre a *Shari'a*, a intrusão colonial do direito ocidental e o processo de modernização do mundo árabe-islâmico.

A seção que se segue ("Estado de Direito e culturas orientais") abre-se com um ensaio de Alice Ehr-Soon Tay, dedicado a uma densa discussão acerca da categoria dos "valores asiáticos": uma categoria construída, segundo a autora, fazendo coincidir arbitrariamente os "valores asiáticos" com uma interpretação "autoritária" da tradição confuciana e com uma rejeição do conceito de "direitos humanos". À Índia é dedicada à contribuição de Ananta Kumar Giri, que coloca a problemática do Estado de Direito no pano de fundo da antiga tradição hinduísta, para analisar, em seguida, os efeitos da colonização e os problemas abertos pela atual democracia indiana. À tradição confuciana, determinante para a civilização chinesa, é dedicado o ensaio de Cao Pei, que evidencia as características salientes de uma civilização inspirada em valores profundamente diversos daqueles do moderno "individualismo" ocidental e discute a possibilidade de uma recíproca "integração" entre eles. Às vicissitudes jurídico-constitucionais são, ao contrário, dedicados tanto os ensaios de Wu Shu-chen e de Lin Feng quanto a contribuição redigida em conjunto por Zhenmin Wang e Zhenghui Li: os autores tratam dos diversos momentos da longa vicissitude jurídico-institucional chinesa, pondo em relevo, sob ópticas diversas, a originalidade daquela experiência e as diferenças e analogias encontradas com os modelos ocidentais.

6. O volume se conclui, não por acaso, com as seções referentes ao diálogo intercultural: é precisamente a evidente diversificação das vozes que as compõem que pode ser assumida como uma das características salientes do nosso livro. Não se trata de uma mecânica identidade de opiniões, de estilos ou de juízos entre os organizadores e os autores dos ensaios que caracteriza esta obra; pelo contrário, em seu interior convivem uma pluralidade de orientações e de escolhas temáticas, que excluem a tirania de um "ponto de vista" rigidamente unitário. Convém assinalar, em particular, que os dois ensaios de apresentação do volume não têm a pretensão de indicar um percurso obrigatório, tampouco definir rigidamente o tema, mas procuram apenas delinear um âmbito de discussão. Não deverá, portanto, causar surpresa se algumas contribuições – por exemplo, o ensaio de Luigi Ferrajoli – partem de postulados epistemológicos e filosófico-jurídicos diversos, mas igualmente legítimos, em relação àqueles reunidos no ensaio teórico-crítico de abertura. Tampouco deverá causar surpresa se as avaliações expressas por Alice Ehr-Sohn Tay a propósito da universalidade dos direitos do homem divergem das que estão contidas no ensaio de Li Zhenghui e Wang Zhenmin. É precisamente nossa convicção que a pluralidade das orientações é um valor que deve preponderar sobre uma segura, mas estéril, unanimidade de visões.

Não pretendemos oferecer uma ilustração "enciclopédica" do passado e do presente do Estado de Direito; e ainda mais alheias a qualquer ambição de completude são as seções dedicadas ao diálogo intercultural, que não nutrem o insano propósito de compendiar, em poucas páginas, as orientações circulantes em "todas" as sociedades extra-européias, mas reúnem alguns específicos e significativos testemunhos e visam principalmente sugerir a urgência de um confronto entre as diversas civilizações, um confronto ainda muito pouco praticado, a nosso ver, pelas nossas instituições culturais.

Nossa intenção, em síntese, é oferecer, com este livro, alguns pontos de referências significativos que permitam ao leitor orientar-se em um debate filosófico-político e filosófico-jurídico que vê no Estado de Direito (e na doutrina dos "direitos do homem") um conceito tão controverso quanto relevante no plano nacional e internacional.

PIETRO COSTA e DANILO ZOLO
Florença, outubro de 2001

AGRADECIMENTOS

Este volume é o resultado de um trabalho de três anos, que revela o empenho de um denso grupo de estudiosos italianos e estrangeiros, coordenado por dois organizadores e pela redação editorial. Participaram, de várias formas, na realização das últimas seções do volume e nos primeiros contatos com os autores não-ocidentais: Richard Bellamy, Baudouin Dupret, Armando Salvatore, Emilio Santoro. Neste sentido, também, foi importante a contribuição do grupo de colaboradores da City University de Hong Kong, China, inclusive de Julia Tao Lai Po-wah. Queremos agradecer também a Abdou Filali-Ansari, da Universidade de Casablanca, e a Ulrich Preuss, da Universidade de Brema. Agradecemos a tradução das línguas árabe, francesa, espanhola e inglesa, respectivamente, a Baudouin Dupret, Lucia Re, Deborah Spini e Francesco Vertova.

O trabalho de pesquisa e de organização foi desenvolvido preponderantemente no Departamento de Teoria e História do Direito da Universidade de Florença, por iniciativa de dois organizadores, sem nenhuma subvenção financeira de caráter público, com exceção de uma contribuição parcial para as despesas de publicação do volume, pela qual agradecemos a Murst. Somos gratos à Editora Feltrinelli pelo crédito editorial prontamente acordado a nosso projeto e agradecemos, em particular, a Isabella D'Ina, Patrizia Nanz, Grazia Cassarà e Francesca Dal Negro, pela disponibilidade e cortesia.

Se os leitores desejarem entrar em contato com os organizadores do volume, podem escrever para os seguintes endereços eletrônicos: <costa@tsd.unifi.it>, <zolo@tsd.unifi.it>.

INTRODUÇÕES

*Teoria e crítica do Estado de Direito**

Por Danilo Zolo

1. O retorno do Estado de Direito

Nos últimos decênios do século XX, encerrado o longo parêntese do pós-guerra, o "Estado de Direito" afirmou-se como uma das fórmulas mais felizes da filosofia política e da filosofia jurídica ocidentais[1]. O léxico teórico dessas disciplinas registra, na realidade, ao lado da expressão européia-continental "Estado de Direito" (*Rechtsstaat, État de droit, Stato di diritto, Estado de derecho*), a expressão *rule of law*, típica da cultura anglo-saxônica, mas, afinal, universalmente difundida. Embora no continente europeu tenha prevalecido um uso promíscuo das duas expressões – "Estado de Direito", *rule of law* –, não é pacífica a sua coincidência conceitual. A própria divergência terminológica e a bem conhecida dificuldade de tradução[2] con-

---

* Agradeço particularmente a Luigi Ferrajoli a contribuição crítica generosamente oferecida para a produção deste ensaio.

1. Para confirmar a grande utilização desta noção, também para além de um âmbito estritamente científico, a Carta dos Direitos Fundamentais da União Européia, aprovada em Nice, em dezembro de 2000, faz referência, nas primeiras linhas do seu preâmbulo, aos "princípios do Estado de Direito" como fundamento da União. Também a "Declaração do Cairo" de 3 a 4 de abril de 2000, na conclusão da cúpula África-Europa, inclui, no seu quarto capítulo, no art. 53, uma norma de adesão aos "princípios do Estado de Direito".

2. Cf. M. Barberis, *Presentazione* em A.V. Dicey, *Diritto e opinione pubblica nell'Inghilterra dell'Ottocento*, il Mulino, Bologna, 1997, p. XV. Como é sabido, Max Weber propunha a (discutível) fórmula de *Herrschaft des Gesetzes* (domínio da lei) para *rule of law*, ao passo que Neil MacCormick traduz

firmam a diversidade dos contextos culturais e a relativa independência das teorias. De fato, as duas fórmulas remetem a tradições políticas e jurídicas nitidamente distintas. A primeira teve origem na cultura liberal alemã da segunda metade do século XIX e, em seguida, difundiu-se no continente, influenciando em particular o direito público da Itália unitária e da Terceira República francesa. A segunda ostenta profundíssimas raízes na história político-constitucional da Grã-Bretanha, desde a conquista normanda até a Era Moderna, e imprimiu uma marca indelével nas estruturas constitucionais dos Estados Unidos da América e de muitos países que sofreram a influência das instituições britânicas.

A equiparação conceitual entre "Estado de Direito" e *rule of law* – trata-se de um ponto de vista teórico que será recomendado neste ensaio – exigirá, portanto, uma acurada argumentação, tanto no plano histórico como no conceitual. De qualquer modo, pode-se observar que o atual retorno do Estado de Direito corresponde a circunstâncias políticas e a orientações culturais que parecem justificar uma abordagem teórica que unifique, no interior da categoria geral de "Estado de Direito" – ou de *rule of law* –, a noção continental e a anglo-saxônica. Após o eclipse do "socialismo real" e a crise dos institutos representativos, a noção de Estado de Direito retorna ao Ocidente em estreita ligação com a doutrina dos direitos subjetivos (ou "direitos fundamentais"). Basta lembrar autores como Ronald Dworkin, Ralf Dahrendorf, Jürgen Habermas,

---

Rechtsstaat com a fórmula (igualmente discutível) de *State-under-law*; cf. N. MacCormick, *Constitutionalism and Democracy*, em R. Bellamy (organizado por), *Theories and Concepts of Politics*, Manchester University Press, Manchester-New York, 1993, pp. 125, 128-30; N. MacCormick, *Der Rechtsstaat und die "rule of law"*, "Juristenzeitung", 39 (1984), pp. 56-70. Cf. M. Barberis, *Presentazione* em A. V. Dicey, *Diritto e opinione pubblica nell'Inghilterra dell'Ottocento*, il Mulino, Bologna, 1997, p. XV. Como é sabido, Max Weber propunha a (discutível) fórmula de *Herrschaft des Gesetzes* ("domínio da lei") para *rule of law, ao passo que* Neil MacCormick traduz *Rechtsstaat* com a fórmula (igualmente discutível) de *State-under-law*; cf. N. MacCormick, *Constitutionalism and Democracy*, em R. Bellamy (organizado por), *Theories and Concepts of Politics*, Manchester University Press, Manchester-New York, 1993, pp. 125, 128-30; N. MacCormick, *Der Rechtsstaat und die "rule of law"*, "Juristenzeitung", 39 (1984), pp. 56-70.

Norberto Bobbio, Luigi Ferrajoli[3]. Essa noção retorna como uma teoria político-jurídica que põe em primeiro plano a tutela dos "direitos do homem", aqueles direitos que uma longa série de constituições nacionais e de convenções internacionais definiu no decorrer dos séculos XIX e XX, em particular o direito à vida e à segurança pessoal, à liberdade, à propriedade privada, à autonomia de negociação, aos direitos políticos.

Nesse contexto, que Bobbio chamou de "A Era dos Direitos"[4], posicionar-se a favor do Estado de Direito – ou, indiferentemente, do *rule of law* – significa querer que as instituições políticas e os aparelhos jurídicos tenham rigorosamente por finalidade a garantia dos direitos subjetivos. Contra as recorrentes interpretações formalistas do Estado de Direito, pode-se afirmar, aliás, que os seus institutos são hoje explicitamente pensados por teóricos europeu-continentais e anglo-saxões à luz de uma filosofia política "individualista"; uma filosofia que não só abandonou definitivamente o organicismo social, o utilitarismo coletivista e o estatismo, mas que subordina a dimensão pública e o interesse geral ao primado absoluto dos valores e das expectativas individuais[5]. É a realização desses valores

3. Ver: R. Dworkin, *Taking Rights Seriously*, Duckworth, London, 1977, trad. it. parcial, il Mulino, Bologna, 1982 [trad. bras. *Levando os direitos a sério*, São Paulo, Martins Fontes, 2002]; R. Dworkin, *Law's Empire*, Harvard University Press, Cambridge (Mass.), 1986, trad. it. il Saggiatore, Milano, 1989 [trad. bras. *O império do direito*, São Paulo, Martins Fontes, 1999]; R. Dahrendorf, *Quadrare il cerchio*, Laterza, Roma-Bari, 1995; J. Habermas, *Faktizität und Geltung. Beiträge zur Diskurstheorie des Rechts und des demokratischen Rechtsstaats*, Suhrkamp Verlag, Frankfurt a.M., 1992, trad. it. Guerini e Associati, Milano, 1996; N. Bobbio, *L'età dei diritti*, Einaudi, Torino, 1990; L. Ferrajoli, *Diritto e ragione. Teoria del garantismo penale*, Laterza, Roma-Bari, 1989; L. Ferrajoli, *Diritti fondamentali*, "Teoria política" (1998), 2, pp. 3-33. A propósito das teses defendidas por Ferrajoli neste último ensaio pode-se ver D. Zolo, *Libertà, proprietà ed eguaglianza nella teoria dei "diritti fondamentali"*, "Teoria politica", 15 (1999), 1, agora em L. Ferrajoli, *Diritti fondamentali*, Laterza, Roma-Bari, 2001. Ver, além disso, a contribuição de Luigi Ferrajoli ao presente volume.

4. Ver N. Bobbio, *L'età dei diritti*, cit.

5. Entre os defensores da concepção formalista do *rule of law*, ver J. Raz, *The Rule of Law and its Virtue*, "The Law Quarterly Review" (1977), 93; J. Raz, *The Rule of Law*, em J. Raz, *The Authority of Law*, Clarendon Press, Oxford, 1979; A. Scalia, *The Rule of Law as a Law of Rules. Oliver Wendell Holmes Bicentennial Lecture*, "Harvard Law School", 56 (1989), 4; sobre a alternativa entre

e a satisfação dessas expectativas que os teóricos do Estado de Direito, tanto no continente europeu como no mundo anglo-saxão, assumem hoje como a fonte primária de legitimação do sistema político. Isso, obviamente, não significa subestimar as particularidades normativas e institucionais que, como veremos, diferenciaram as duas tradições, ou ignorar a pluralidade dos percursos político-constitucionais que se propagou no interior de cada uma delas.

2. Uma interpretação construtiva

O lema teórico "Estado de Direito" (*rule of law*) já faz parte, como uma fórmula prestigiosa, da linguagem política e cultural do Ocidente. A publicística política, em particular, faz desta fórmula um uso crescente e tende a apresentá-la como uma característica institucional que contribui para desenhar a própria imagem da civilização ocidental em contraposição a outras civilizações, em particular àquela islâmica e àquela sino-confuciana. Entretanto, os perfis conceituais do Estado de Direito permanecem particularmente incertos e controversos[6]. É opinião difusa que a literatura especializada tem se empenhado, até o momento, de modo escasso, em uma determinação analítica que possa caracterizar o Estado de Direito sob o perfil institucional e normativo, distinguindo-o de noções contíguas com as quais, muitas vezes, é confundido ou deliberada-

---

concepções formalistas e concepções antiformalistas (ou éticas) do Estado de Direito cf. P. P. Craig, *Formal and Substantive Conceptions of the Rule of Law*, "Diritto pubblico", 1 (1995), 1, pp. 35-54. Ver também: L. L. Fuller, *The Morality of Law*, Yale University Press, New Haven, 1969, trad. it. Giuffrè, Milano, 1986; D. Lyons, *Ethics and the Rule of Law*, Cambridge University Press, Cambridge, 1984; J. Waldron, *The Rule of Law*, em J. Waldron, *The Law*, Routledge, London-New York, 1990; I. Shapiro (org.), *The Rule of Law*, New York University Press, New York, 1994.

6. Cf., neste sentido, J. N. Shklar, *Political Theory and the Rule of Law*, em A. C. Hutchinson, P. Monaham (organizado por), *The Rule of Law. Ideal or Ideology*, Carswell, Toronto-Calgary-Vancouver, 1987, p. 1. Cf. Neste sentido, J. N. Shklar, *Political Theory and the Rule of Law*, em A. C. Hutchinson, P. Monaham (organizado por), *The Rule of Law. Ideal or Ideology*, Carswell, Toronto-Calgary-Vancouver, 1987, p. 1.

mente identificado: "Estado legal", "Estado liberal", "Estado democrático", "Estado constitucional". No continente europeu, os manuais de teoria política e os dicionários enciclopédicos observam, na maioria das vezes, um rigoroso silêncio acerca do tema, ao passo que os textos anglo-saxônicos referem-se exclusivamente ao fato constitucional inglês e à noção específica de *rule of law*, com uma ritual homenagem à obra de Albert Venn Dicey[7].

Perpetua-se assim uma longa tradição, se é verdade que Carl Schmitt, no início dos anos 1930, já afirmava que o termo "Estado de Direito" "pode significar coisas tão diversas como o termo 'direito' e também coisas tão diversas como são as numerosas modalidades organizativas implícitas no termo 'Estado'". E acrescentava sarcasticamente que era compreensível o fato de "que propagandistas e advogados de todo gênero se apropriassem a seu bel-prazer do termo para difamar os próprios adversários como inimigos do Estado de Direito"[8]. Também na Itália, vinte anos depois, autores como Fernando Garzoni continuavam a lamentar a incerteza conceitual e a ambigüidade da noção de "Estado de Direito"[9]. E não por acaso foi levantada a hipótese segundo a qual a fortuna secular desse termo deveu-se, da mesma forma que o conceito de "direito natural", à sua própria ductilidade e funcionalidade ideológi-

---

7. Cf. N. Bobbio, N. Matteucci, G. Pasquino (organizado por), *Dizionario di politica*, Utet, Torino, 1983, no qual não figura o lema "Estado de Direito". Para a Grã-Bretanha, ver, dentre muitos autores: R. Scruton, *A Dictionary of Political Thought*, Pan Books, London, 1982; D. Miller (organizado por), *The Blackwell Encyclopedia of Political Thought*, Basil Blackwell, Oxford, 1987. No que concerne à literatura alemã: ver, por exemplo, M. Stolleis, *Rechtsstaat*, em A. Erler, E. Kaufmann, *Handwerterbuch zur deutschen Rechtsgeschichte*, Erich Schmidt, Berlin, 1990.

8. Cf. C. Schmitt, *Legalität und Legitimität*, Dunker und Humblot, Leipzig-München, 1932, trad. it. em C. Schmitt, *Le categorie del politico*, il Mulino, Bologna, 1972, p. 223; acerca da crítica de Schmitt ao Estado de Direito, veja-se C. Galli, *Genealogia della politica. Carl Schmitt e la crisi del pensiero politico moderno*, il Mulino, Bologna, 1996, pp. 513-36; P. Costa, *Civitas. Storia della cittadinanza in Europa*, vol. 4, *L'età dei totalitarismi e della democrazia*, Laterza, Roma-Bari, 2001, pp. 328-36.

9. Cf. F. Garzoni, *Die Rechtsstaatsidee im schweizerischen Staatsdenken des 19.* Jahrhunderts, Polygraphischer Verlag, Zürich, 1953.

ca[10]. Pôde ocorrer, por exemplo, que até mesmo teóricos do fascismo italiano e do nacional-socialismo alemão, como Sérgio Panunzio, Otto Koellreutter, Heinrich Lange, entre outros, reivindicassem para seus próprios modelos políticos o título de "Estado de Direito"[11].

Obviamente seria grave ingenuidade pôr-se à procura de uma definição semanticamente unívoca e ideologicamente neutra de Estado de Direito. Uma abordagem "cientificista" desse tipo, considerando o elevado número de determinações jurídicas e institucionais que foram atribuídas – e podem ser atribuídas – ao Estado de Direito, acabaria propondo *tout court* o arquivamento do conceito e da sua relativa expressão[12]. Mas é claro que, utilizando critérios análogos, todo o aparato conceitual da reflexão teórico-política e teórico-jurídica – senão até mesmo das ciências sociais no seu conjunto – poderia ser eliminado da comunicação científica, porque seria considerado impreciso, inverificável, contaminado por juízos de valor.

Tomando-se como ponto de partida pressupostos epistemológicos inspirados no convencionalismo cognitivo e no pragmatismo, aquilo que conta não é a univocidade semântica e a neutralidade ideológica das proposições teóricas. É, antes, a sua clareza e utilidade comunicativa no interior de campos enunciativos de natureza convencional, orientados para a compreensão e a solução de problemas[13]. Se se acolhe uma "epis-

---

10. Cf. A. Baratta, *Stato di diritto*, em A. Negri (organizado por), *Scienze politiche*, Enciclopedia Feltrinelli Fisher, Feltrinelli, Milano, 1970.

11. Ver S. Panunzio, *Lo Stato di diritto*, Il solco, Città di Castello, 1922; O. Koellreutter, *Grundriss der allgemeinen Staatslehre*, Mohr, Tübingen, 1933; H. Lange, *Vom Gesetzesstaat zum Rechtsstaat*, Mohr, Tübingen, 1933.

12. P. Kunig apresentou efetivamente esta proposta, como lembra P. P. Portinaro na sua contribuição ao presente volume, em *Das Rechtsstaatsprinzip*, Mohr Siebeck, Tübingen, 1986; para uma análise minuciosa da polissemia teórica da noção de *Rechtsstaat*, ver K. Sobota, *Das Prinzip Rechtsstaat. Verfassungs- und verwaltungsrechtliche Aspekte*, Mohr Siebeck, Tübingen, 1997; C. Margiotta, *Quale Stato di diritto?*, "Teoria politica", 17 (2001), 2, pp. 17-41.

13. Para uma crítica do mito neopositivista sobre a precisão da linguagem científica e, em geral, para uma abordagem epistemológica nas ciências sociais de tendência "pós-empirista", pode-se ver D. Zolo, *Reflexive Epistemology*, Kluwer Publishers, Boston, 1989.

temologia fraca" desse tipo, então se atribui à teoria social a tarefa de elaborar "interpretações coerentes" – não definições explicativas – dos próprios objetos de pesquisa e recomendá-las à aceitação dos interlocutores com argumentos persuasivos. Isto pode ser feito e, segundo a opinião de quem escreve, deve ainda ser feito no que diz respeito ao Estado de Direito.

Se é assim, uma coerente interpretação teórica do Estado de Direito deverá se empenhar, mais do que em uma minuciosa documentação histórica e filológica dos fatos particulares e da sua relativa literatura[14], em uma tentativa de identificar as referências de valor, as modalidades normativas e as formas institucionais que aproximam as diversas experiências que se referiram – ou foram referidas – à noção de Estado de Direito. Uma interpretação desse tipo é, por sua natureza, "nomotética", ou seja, seletiva e construtiva, e isto implica inevitavelmente uma ampla margem de discricionariedade por parte do intérprete: ele estará livre para decidir pelo menos quais experiências históricas abarcar no interior da sua "coerente" interpretação geral. No nosso caso, por exemplo, tratar-se-á de dar relevância, mais do que aos desdobramentos da "história interna" tipicamente alemã da noção de "Estado de Direito" (*Rechtsstaat*), à sua "história externa"[15]. E a sua "história externa" é um acontecimento teórico que começa com o processo de formação do Estado moderno europeu e que pode ser reconstruída apenas fazendo referência, em termos implícitos, mas discriminantes, à tradição do liberalismo clássico, de Locke a Montesquieu, a Kant, a Beccaria, a Humboldt, a Constant. Trata-se de um acontecimento que inclui, em um único e grandioso cenário histórico-político, as guerras civis inglesas do século XVII, a revolta das colônias americanas contra a metrópole, o constitucionalismo revolucionário na França, o processo de formação do Reich alemão, as instituições da Terceira República francesa.

Uma opção interpretativa desse tipo dará, ao contrário, pouco espaço ao pensamento tradicionalista alemão da pri-

---

14. Uma ampla documentação histórico-teórica é dada, no presente volume, pelo ensaio de Pietro Costa.

15. Cf. A. Baratta, *Stato di diritto*, cit., p. 513.

meira metade do século XIX – basta lembrar autores como Friedrich Julius Stahl, Rudolf von Gneist, Robert von Mohl, Otto Bähr –, não obstante esta corrente de pensamento ter favorecido o nascimento da noção continental de Estado de Direito[16]. E evitará dar relevância à (embaraçosa) circunstância na qual o Estado de Direito se afirmou na América setentrional no contexto não apenas da bem conhecida revolta contra a metrópole colonial, mas também do genocídio dos nativos americanos; a noção de "Estado de Direito" conviveu longamente com a escravidão dos negros africanos e, depois, com a discriminação racial[17]. Além disso, esta opção interpretativa deverá ignorar também as teses dos teóricos nazistas que, diferentemente de Carl Schmitt e, às vezes, em polêmica com ele, não rejeitaram o modelo de Estado de Direito, mas procuraram torná-lo compatível com a experiência de um Estado totalitário, que eles apresentavam como *nationaler Rechtsstaat*: era um Estado de Direito, argumentavam, enquanto "Estado legal" (*Gesetzesstaat*), que fazia uso da "lei" como instrumento normativo "geral e abstrato" e garantia a independência política do poder judiciário[18]. Esta interpretação deixará de lado, enfim, doutrinas e experiências constitucionais que se referiram ao Estado de Direito, sem oferecer contribuições particularmente originais do ponto de vista teórico; é o caso, por exemplo, da obra de Vittorio Emanuele Orlando que, no contexto monárquico-parlamentar da Itália giolittiana, referiu-se ao modelo estatalista do *Rechtsstaat*[19].

---

16. Sobre estes autores e em geral sobre o paradigma "estatalista" típico da juspublicística alemã da primeira metade do século XIX, cf. P. Costa, *Civitas. Storia della cittadinanza in Europa*, vol. 3, *La civiltà liberale*, Laterza, Roma-Bari, 2001, pp. 137-93.

17. Mario Dogliani sublinha esse aspecto, normalmente descurado, em *Introduzione al diritto costituzionale*, il Mulino, Bologna, 1994, pp. 191-3. Sobre o tema, ver, no presente volume, o ensaio de Bartolomé Clavero.

18. Sobre o tema, ver: E.-W. Böckenförde (organizado por), *Staatsrecht und Staatsrechtslehre im Dritten Reich*, Müller, Heidelberg, 1985.

19. Ver V. E. Orlando, *Diritto pubblico generale. Scritti vari coordinati in sistema (1881-1940)*, Giuffrè, Milano, 1940. Para Orlando, o Estado de Direito é aquele Estado que "impõe a si mesmo o freio de normas jurídicas capazes de conter a ação da autoridade pública, de modo que sejam reconhecidos e respeitados os interesses legítimos dos súditos" (V. E. Orlando, *Primo trattato com-*

3. As experiências históricas do Estado de Direito

Nesta moldura interpretativa, os acontecimentos da "história externa" do Estado de Direito que merecem plena relevância teórica são essencialmente quatro: 1) a experiência do *Rechtsstaat* alemão; 2) a do *rule of law* inglês; 3) a importante variante do *rule of law* norte-americano; 4) o *État de droit* francês. A hipótese aqui sustentada é que os elementos teóricos que emergem dessas quatro experiências podem ser organicamente recompostos em um modelo geral. Deveria, assim, ser possível atribuir uma consistente identidade teórica à noção de "Estado de Direito", entendido como um Estado moderno no qual ao ordenamento jurídico – não a outros subsistemas funcionais – é atribuída a tarefa de "garantir" os direitos individuais, refreando a natural tendência do poder político a expandir-se e a operar de maneira arbitrária.

3.1. O Rechtsstaat

Como se sabe, a expressão "Estado de Direito" (*Rechtsstaat*) foi utilizada pela primeira vez por Robert von Mohl, nos anos 30 do século XIX, no tratado *Die Polizeiwissenschaft nach den Grundsätzen des Rechtsstaates*. Nessa obra, a liberdade do sujeito já é concebida como um objetivo central da ação estatal[20]. Mas o *Rechtsstaat* se afirma, na realidade, na Alemanha, no decorrer da restauração sucessiva às revoltas de 1848. E assume a forma de um compromisso entre a doutrina liberal, sustentada pela burguesia iluminada, e a ideologia autoritária das forças conservadoras, principalmente a monarquia, a aristocracia agrária e a alta burocracia militar. O suporte teórico do compromisso institucional, no período que compreende o

---

pleto di diritto amministrativo italiano, vol. I, Società Editrice Libraria, Milano, 1900, pp. 32 ss.). Sobre o modelo estatalista de Orlando cf. P. Costa, *Lo Stato immaginario. Metafore e paradigmi nella cultura giuridica italiana fra Ottocento e Novecento*, Giuffrè, Milano, 1986, pp. 124-35 e passim.

20. Ver Robert von Mohl, *Die Polizeiwissenschaft nach den Grundsätzen des Rechtsstaates*, 3 vol., Laupp, Tübingen, 1832-34.

Primeiro e o Segundo Império, é dado, com grande riqueza e sofisticação de instrumentos doutrinários, pela ciência juspublicística alemã, representada, em particular, pelos escritos de Georg Jellinek, Otto Mayer e Rudolf von Jhering[21].

Inspirando-se no pensamento de Kant e de Humboldt, essa doutrina contrapõe o Estado de Direito ao Estado absolutista e ao Estado de polícia, reelaborando em termos jurídicos positivos – segundo o "método jurídico" – elementos centrais do pensamento liberal clássico, em particular o princípio da tutela pública dos direitos fundamentais e o da assim chamada "separação dos poderes". Nessa reelaboração alemã, os dois princípios liberais se traduzem na célebre teoria dos "direitos públicos subjetivos" – construída por Jellinek – e no primado da lei como sistema de regras impessoais, abstratas, gerais e não-retroativas.

A teoria dos "direitos públicos subjetivos" é, indubitavelmente, uma concepção estatalista dos direitos individuais. É a autoridade soberana do Estado – uma autoridade em equilíbrio entre o princípio monárquico e a função representativa do Parlamento – que institui os direitos subjetivos "autolimitando-se". Não é a soberania popular, como tinham, ao contrário, teorizado os revolucionários franceses, a fonte dos direitos individuais: a única fonte originária e positiva do direito é o poder legislador do Estado, no qual se expressa a própria identidade espiritual do povo. Não por acaso, como enfatiza criticamente Carl Schmitt, a doutrina e a práxis constitucional alemãs tinham eliminado, seguindo a lição kantiana, o "direito de resistência" do elenco dos direitos de liberdade[22]. Na ausência

---

21. Ver R. von Jhering, *Der Geist des römischen Rechts auf den verschiedenen Stufen seiner Entwicklung*, Breitkopf und Härtel, Leipzig, 1878-88, trad. it. Milano, Pirotta, 1885; G. Jellinek, *System der subjektiven öffentlichen Rechte*, Mohr, Tübingen, 1905, trad. it. *Sistema dei diritti pubblici soggettivi*, Società Editrice Libraria, Roma, 1911; O. Mayer, *Deutsches Verwaltungsrecht*, Dunker und Humblot, Leipzig, 1895. Ver também, no presente volume, o ensaio de Gustavo Gozzi.

22. Cf. C. Schmitt, *Legalität und Legitimität*, trad. it. cit., pp. 212, 226, 229. Como foi observado, a contribuição kantiana à teoria do Estado de Direito coincide com a idéia ético-metafísica de que o "governo da lei" seja necessário com base nos princípios de uma teoria moral geral.

de uma Constituição rígida – esta é a normalidade no interior do constitucionalismo europeu do século XIX[23] –, é o poder legislativo que decide e disciplina a atribuição dos direitos subjetivos. E estes permanecem de exclusiva competência do poder legislativo em virtude da "reserva de legislação". Essa posição anticontratualista, muito mais próxima do constitucionalismo inglês do que do francês, corresponde, indubitavelmente, a uma preocupação moderada e talvez conservadora[24]. Ela registra, porém, ao mesmo tempo, uma tendência profunda do pensamento constitucional alemão: a exigência, que ressente da lição historicista e antijusnaturalista de Savigny e Puchta, de uma rigorosa secularização do ordenamento jurídico e dos próprios direitos subjetivos. Às liberdades individuais não é reconhecida a origem pré-política e a natureza religiosa – transcendente, universalista, jusnaturalista – que lhes tinha sido atribuída pelo contratualismo de John Locke[25].

No que diz respeito ao segundo axioma, ou seja, ao primado da lei, este se traduz no "princípio da legalidade" (*Gesetzmässigkeit*), por força da qual o sistema de regras estatuído pelo Parlamento deve ser rigorosamente respeitado pelo poder executivo e pelo poder judiciário, como condição de legitimidade dos seus atos. Essa dupla subordinação ao primado da lei é enfaticamente concebida como a defesa mais eficaz em relação a qualquer prevaricação potestativa e como garantia suprema da tutela dos direitos individuais.

---

23. No que diz respeito à Alemanha Cf. G. Gozzi, *Democrazia e diritti. Germania: dallo Stato di diritto alla democrazia costituzionale*, Laterza, Roma-Bari, 1999, pp. 59-63.

24. Jellinek é um atento estudioso da tradição constitucionalista inglesa e alemã, que ele tende a contrapor à filosofia contratualista da Revolução Francesa; Cf. M. Dogliani, *Introduzione al diritto costituzionale*, cit., pp. 162 ss.; M. Fioravanti, *Costituzione e Stato di diritto*, "Filosofia política", 5 (1991), 2, pp. 336-7.

25. Pode-se portanto sustentar, em geral, que o Estado de Direito não remete necessariamente a uma concepção contratualista, mesmo que reste verdadeiro que os direitos civis fundamentais por ele protegidos são aqueles que Locke julga fundados sobre o *pactum societatis*: vida, segurança, liberdade, propriedade; cf. N. Luhmann, *Gesellschaftliche und politische Bedingungen des Rechtsstaates*, em N. Luhmann, *Politische Planung*, Westdeutscher Verlag, Opladen, 1971, pp. 57-9; G. Gozzi, *Democrazia e diritti*, cit., pp. 31-3.

O possível uso arbitrário do poder legislativo não é, obviamente, levado em consideração por essa teoria do Estado de Direito, já que se assume a perfeita correspondência entre vontade estatal, legalidade e legitimidade moral e se supõe como certa a confiança dos cidadãos nessa correspondência. Falou-se, por isso, de vacuidade legalista do Estado de Direito alemão, de uma "tautológica", cerimonial redução a puro "Estado legal". Na Alemanha, o *Rechtsstaat* não teria sido senão o "direito do Estado" (*Staatsrecht*), caracterizado por um conceito de lei puramente técnico-formal (a generalidade e a abstração das normas). Desvinculado de qualquer referência a valores éticos e a conteúdos políticos, e não submetido a controles jurisdicionais de constitucionalidade, esse direito estatal teria se revelado paradoxalmente arbitrário: *sic volo, sic jubeo*. Mas é o próprio Carl Schmitt, crítico severíssimo do *Rechtsstaat*, que reconhece que os procedimentos legislativos, com o seu complicado mecanismo de vínculos e contrapesos, ofereciam significativas garantias de moderação e de proteção dos direitos subjetivos contra os possíveis abusos da lei[26]. A proteção da liberdade e da propriedade, para além de qualquer formalismo legal e de qualquer "religião da lei", era, na realidade, o "conteúdo material" – político e ideológico – do Estado de Direito alemão[27].

3.2. O rule of law

"O vento e a chuva podem entrar na cabana do pobre, o rei não. Todo cidadão inglês, não importa se funcionário público ou nobre, está submetido, de igual modo, à lei e aos juízes ordinários"[28]. Assim escrevia, em 1867, William Edward

---

26. Cf. C. Schmitt, *Legalität und Legitimität*, trad. it. cit., pp. 223-33.

27. Neste sentido, cf. P. Costa, *Civitas. Storia della cittadinanza in Europa*, vol. 3, *La civiltà liberale*, op. cit., pp. 192-3; ver também E. Forsthoff, *Rechtsstaat im Wamdel*, Beck, München, 1976; trad. it. *Stato di diritto in trasformazione*, Giuffrè, Milano, 1973.

28. Cf. W. E. Hearn, *The Government of England. Its Structure and its Development*, Longmans, London, 1867, pp. 89-91. Cf. S. Cassese, *Albert Venn Dicey e il diritto amministrativo*, "Quaderni fiorentini per la storia del pensiero giuridico moderno", 19 (1990), pp. 37-8.

Hearn, o autor que está na origem da fórmula do *rule of law*, como reconhece Albert Venn Dicey nas páginas introdutórias do seu célebre e respeitabilíssimo tratado, *Introduction to the Study of the Law of the Constitution*, de 1885[29].

Os *guiding principles* constitucionais que caracterizam o Estado de Direito inglês compreendem, antes de tudo, a igualdade jurídica dos sujeitos, independentemente da classe social e das condições econômicas. Apesar da profunda desigualdade social – percebida como totalmente óbvia –, os cidadãos são submetidos sem exceção às regras gerais da *ordinary law*, em particular no que se refere às sanções penais e à integridade patrimonial. E essas regras são aplicadas não por jurisdições especiais, como foram na história inglesa o *Privy Council* e a *Star Chamber* – e como são para Dicey, também, as Cortes de Justiça administrativas operantes na França[30] –, mas por Cortes ordinárias. A igualdade jurídica dos sujeitos se opõe, portanto, não à atribuição de privilégios pessoais, mas também ao exercício arbitrário ou excessivamente discricional do Poder Executivo.

---

29. Cf. A. V. Dicey, *Introduction to the Study of the Law of the Constitution* [1885], Macmillan, London, 1982, pp. CXXXVII-CXXXVIII. Dicey sintetiza o *rule of law* nos seguintes termos: "In England no man can be made to suffer punishment or to pay damages for any conduct not definitely forbidden by the law; every man's legal rights or liabilities are almost invariably determined by the ordinary Courts of the realm, and each man's individual rights are far less the result of our constitution than the basis on which our constitution is founded" (ibid., p. LV). Sobre a excepcional fortuna da obra de Dicey, que atingiu 8 edições no prazo de 30 anos, sendo considerada pela doutrina e pela jurisprudência um clássico do direito constitucional inglês, ver E. Santoro, *Common Law e Costituzione nell'Inghilterra moderna*, Giappichelli, Torino, 1999, pp. 5-15. Sobre o pensamento de Dicey, ver R. A. Cosgrove, *The Rule of Law: Albert Venn Dicey, Victorian Jurist*, Macmillan, London, 1980; T. Ford, *Albert Venn Dicey*, Barry Rose, Chicester, 1985; D. Sugarman, *The Legal Boundaries of Liberty: Dicey, Liberalism and Legal Science*, "Modern Law Review", 46 (1983).

30. Cf. A. V. Dicey, *Introduction to the Study of the Law of the Constitution*, cit., pp. 213-67. Para a célebre e controversa oposição de Dicey ao direito administrativo (francês), ver S. Cassese, *Albert Venn Dicey e il diritto amministrativo*, cit., pp. 6-17; S. Cassese, *La recezione di Dicey in Italia e in Francia*, "Materiali per una storia della cultura giuridica", 25 (1995), 1, pp. 107-31; B. Leoni, *Freedom and the Law*, trad. it. cit., pp. 68-86.

O segundo "princípio-guia" é a sinergia normativa entre o Parlamento e as Cortes judiciárias: uma sinergia em sentido preciso de acordo com a qual a regulação dos casos individuais concretos é, na Inglaterra, o resultado de decisões que emanam de duas fontes que são de fato – se não certamente de direito – igualmente soberanas. De um lado, existe a *legislative sovereignty* do Parlamento, ou seja, da Coroa, da Câmara dos Lordes e da Câmara dos Comuns, conforme a célebre fórmula do *King in Parliament*; de outro, a tradição do *common law*, administrada por juízes ordinários. A primeira é uma fonte jurídica formal; a segunda é uma fonte jurídica "efetiva". As Cortes ordinárias não têm nenhuma atribuição para controlar os atos do Parlamento e não podem, certamente, arvorar-se em "defensoras da Constituição". Elas são, obviamente, obrigadas à aplicação rigorosa da lei e, todavia, o são em um sentido muito complexo por estarem igualmente vinculadas ao respeito dos "antecedentes", ou seja, da própria, autônoma tradição jurisprudencial. Além disso, os *common lawyers* têm nas próprias mãos o instrumento da interpretação da lei que – eles estão perfeitamente cientes disto – pode tornar muito flexível a relação entre ditado legislativo e sentenças. A esse respeito escreve, por exemplo, Dicey:

> O Parlamento é o supremo legislador, mas, a partir do momento em que o Parlamento exprimiu a sua vontade legislativa, esta vontade está sujeita à interpretação dos juízes ordinários, e os juízes [...] são influenciados, seja pelas próprias opiniões enquanto magistrados, seja pelo espírito geral do *common law*.[31]

A soberania da lei, quer emane diretamente de um ato do Parlamento (*statute law*), quer surja da mediação jurisprudencial das cortes do *common law*, é, portanto, concebida e exercida essencialmente em relação às prerrogativas discricionais do Executivo no interior de um quadro institucional que foi significativamente chamado de "reino da lei e dos juízes".

---

31. Cf. A. V. Dicey, *Introduction to the Study of the Law of the Constitution*, cit., p. 273.

O terceiro princípio, igualmente fundamental, refere-se à tutela dos direitos subjetivos. Essa tutela, no decorrer do secular evento do constitucionalismo inglês – das garantias feudais da *Magna Charta* às regras procedimentais do *habeas corpus*, ao catálogo dos direitos fundamentais contido na *Petition of Rights* e no *Bill of Rights* –, foi assegurada muito mais pela jurisdição das Cortes de *common law* do que pelo Parlamento. Foi a extraordinária capacidade de resistência das Cortes contra as pretensões absolutistas da monarquia que favoreceu o nascimento das "liberdades dos ingleses". Os próprios atos legislativos, como os *Habeas Corpus Acts* de 1679 e de 1816, foram precedidos por um longo trabalho jurisprudencial que o Parlamento, em substância, ratificou[32]. Além disso, as decisões judiciais desempenharam a função de proteção dos direitos de *liberty and property* contra o possível arbítrio não apenas da burocracia administrativa (subordinada à Coroa), mas também do Parlamento. Já Edward Coke – basta lembrar o famoso *Bonham's Case* – tinha afirmado que os juízes ordinários teriam considerado nulo e, portanto, desaplicado qualquer ato do Parlamento que tivessem julgado "against common right and reason"[33]. E, dois séculos mais tarde, Dicey repete que uma das funções que, de fato, eram desempenhadas pelas *common law courts* era a de fazer valer, se necessário também em relação ao Parlamento, a *supremacy of ordinary law* enquanto regra geral da Constituição[34]. Os juízes de *common law*, profissionalmente empenhados no respeito dos "antecedentes", ou seja, de uma série de regras e de procedimentos orientados para a

32. Cf. A. V. Dicey, *Introduction to the Study of the Law of the Constitution*, cit., pp. 117, 130 ss.

33. Cf. C. K. Allen, *Law in the Making*, Clarendon Press, Oxford, 1964, pp. 456-7. Sobre Coke e a sua concepção do *common law* ver J. Beauté, *Un grand juriste anglais: Sir Edward Coke 1552-1634. Ses idées politiques et constitutionnels*, Presses Universitaires de France, Paris, 1975, pp. 72-6; P. Costa, *Civitas. Storia della cittadinanza in Europa*, vol. 1, *Dalla civiltà comunale al Settecento*, Laterza, Roma-Bari, 1999, pp. 188-97.

34. Cf. A. V. Dicey, *Introduction to the Study of the Law of the Constitution*, cit., p. CXLVIII. A Constituição inglesa, escreve Dicey, é "the fruit of contests carried on in the Courts on behalf of the rights of individuals [...], is a judge-made constitution, and it bears on its face all the features of judge-made law" (ibid., p. 116).

defesa dos direitos individuais, não podiam senão ser adversários intransigentes de qualquer forma de arbítrio potestativo. Eles teriam se oposto, de modo inflexível, por exemplo, à aplicação de multas excessivas ou de penas inusitadas, eventualmente introduzidas pelo Parlamento contra o princípio de certeza e irretroatividade da lei penal.

Em geral, a originalidade do regime constitucional de *rule of law,* como havia sublinhado William Blackstone, reside no fato de que, na Inglaterra, o caráter difuso e diferenciado dos poderes não se deve a atos de comando do Estado ou da "vontade geral" de uma assembléia constituinte, expressão "contratualista" da soberania popular. E não depende nem sequer de uma Constituição escrita, rígida e normativamente hierarquizada, segundo a tendência que se afirmou nos Estados Unidos e que, finalmente, será vencedora também no continente europeu. Na Inglaterra, o Parlamento pode modificar a Constituição em qualquer momento, e não existe nenhum órgão delegado ao controle da constitucionalidade dos atos legislativos. A estrutura constitucional inglesa depende de uma secular tradição civil que tem raízes em conflitos políticos, atos normativos, normas consuetudinárias, costumes, práticas e preceitos, mesmo não estritamente jurídicos que, em alguns casos, antecedem de séculos ao nascimento do Estado moderno e da própria filosofia liberal[35]. Trata-se de uma tradição normativa, em grande parte não escrita, que pretende até mesmo ancorar-se em uma milenar, imemorável *ancient Constitution,* cuja validade se faz descender não de origens míticas ou transcendentes ou do valor universal dos seus conteúdos, mas da sua própria *antiquity,* de todo mundana. Ela depende da sua peculiaríssima qualidade de *law of the land,* respeitada e transmitida de geração em geração e fruto de históricas batalhas[36]. Escreve Dicey no ensaio sobre *Law and Public Opinion in England*:

---

35. Ver, H. Bracton, *De legibus et consuetudinibus Angliae,* organizado por T. Twiss, Hein, Buffalo (N.Y.), 1990.

36. Sobre o mito da "Constituição antiga" como fundamento do *common law* e sobre a intervenção "racionalizadora" antes de William Blackstone, com os seus célebres *Commentaries,* e depois de Dicey, ver E. Santoro, *Common*

> A revolução de 1689 foi conduzida sob a orientação de juristas *whig*. Sem querer nem saber, eles lançaram as bases da monarquia constitucional moderna, mas a intenção deles não era a de afirmar no *Bill of Rights* ou no *Act of Settlement* os direitos naturais dos homens; era a de reiterar as imemoráveis liberdades dos ingleses, transmitidas ao longo dos séculos.[37]

O *rule of law* não é, senão muito indiretamente, uma teoria jurídica do Estado, uma sua "juridicização" ou "constitucionalização". Esse se distancia nitidamente do "Estado legislativo" alemão (e, em geral, continental), no qual os juízes são funcionários públicos que aplicam a lei do Estado e os próprios direitos individuais são "postos" pelo Parlamento[38]. Sob esse perfil, o *rule of law*, como escreveu Dicey, é *a distinctive characteristic of the English constitution*[39].

3.3. O rule of law *na versão norte-americana*

Dicey considerava a estrutura constitucional dos Estados Unidos um típico exemplo de *rule of law* pelo simples fato de os seus pais fundadores terem se inspirado diretamente nas tradições inglesas. Também de matriz inglesa era, sem dúvida, a atribuição ao poder judiciário, e não apenas ao Parlamento, da tarefa de proteger os direitos individuais contra os possíveis

---

Law e Costituzione nell'Inghilterra moderna, cit., pp. 45-56, 109-46; e ver o clássico J. G. A. Pocock, *The Ancient Constitution and the Feudal Law*, Cambridge University Press, Cambridge, 1987.

37. Cf. A. V. Dicey, *Lectures on the Relation between Law and Public Opinion in England during the Nineteenth Century*, Macmillan, London, 1914, trad. it. il Mulino, Bologna, 1997, p. 134. Posições análogas tinham sido defendidas, como é notório, por Edmund Burke, nas suas *Reflections on the Revolution in France*, em E. Burke, *Works*, vol. II, George Bell and Sons, London, 1790, trad. it. em E. Burke, *Scritti politici*, Utet, Torino, 1963, pp. 191-2.

38. Segundo MacCormick, as "liberdades dos ingleses" são *customary rights* (não *constitutionally derivative rights, à la* Bentham, nem *fundamental rights, à la* Locke); Cf. N. MacCormick, *Constitutionalism and Democracy*, cit., p. 135.

39. Cf. A. V. Dicey, *Introduction to the Study of the Law of the Constitution*, cit., p. LV.

abusos do executivo ou do legislativo[40]. E, igualmente, influenciada pela tradição inglesa foi a escolha de não redigir um *Bill of Rights* para incluir no texto da Constituição: como é notório, a Carta dos Direitos foi introduzida pelas primeiras dez emendas constitucionais somente no final de 1791 e em um elenco não-taxativo.

Na evolução institucional posterior às declarações de independência e à aprovação da Constituição, a linha moderada e liberal do federalismo republicano de Alexander Hamilton e James Madison prevaleceu sobre a filosofia democrática de Thomas Jefferson e de Thomas Paine, muito mais próxima das doutrinas francesas da soberania popular e do primado do poder constituinte. E emergiram, em uma concepção de algum modo fundamentalista da liberdade e da propriedade, motivações de caráter religioso que tinham permanecido estranhas à ideologia inglesa do *rule of law* e que teriam permanecido estranhas ao juspositivismo do *Rechtsstaat* germânico[41]. Nos princípios fundamentais do texto constitucional pareceu cristalizar-se, em chave jusnaturalista, a própria idéia de soberania. E a soberania da Constituição foi posta em direta oposição à função legislativa do Parlamento federal, considerada muito mais perigosa para as liberdades fundamentais e para o direito de propriedade do que o próprio poder administrativo[42].

O regime constitucional estadunidense mostrou bem cedo uma precisa inclinação para soluções inspiradas no liberalismo moderado, revelando-se escassamente sensível ao tema da representatividade democrática e da dinâmica conflitual dos interesses sociais. Ao contrário, foi muito mais sensível ao tema, que estaria no centro do liberalismo aristocrático de Alexis de Tocqueville, da necessidade de prevenir, em termos formais, a ameaça representada pelas maiorias parlamentares hostis às liberdades individuais. E o remédio cogitado, além de um tendencial enrijecimento da Constituição escrita, foi o

40. Cf. B. Leoni, *Freedom and the Law*, trad. it. cit., p. 71.

41. Tanto Georg Jellinek como Ernst Troeltsch sublinharam a origem religiosa da democracia americana (cf. G. Gozzi, *Democrazia e diritti*, cit., pp. 6-10).

42. Cf. M. Fioravanti, *Costituzione*, il Mulino, Bologna, 1999, pp. 102-9.

recurso à *judicial review of legislation* e à atribuição, a partir da sentença do juiz Marshall no processo *Marbury v. Madison*, de 1803, de um controle de constitucionalidade sobre os atos legislativos por parte da Corte Suprema. O poder do Parlamento federal, particularmente no tocante ao tema dos direitos subjetivos, foi assim atenuado, em uma negação radical de qualquer possível conexão entre o reconhecimento dos direitos e as reivindicações normativas emergentes do conflito político e motivadas em nome da soberania popular[43]. Julgou-se, de fato, que o profissionalismo e o tecnicismo dos juízes especialistas estivessem em condições de garantir, melhor do que o Parlamento, uma correta interpretação do ditado constitucional e, portanto, uma tutela imparcial e metapolítica dos direitos individuais[44].

Trata-se de soluções institucionais que, mesmo no interior do paradigma do *rule of law*, distanciam a experiência americana daquela inglesa. Na Inglaterra, nem as Cortes ordinárias de *common law*, nem os organismos judiciários de nível supe-

---

43. Sobre o tema, além do ensaio de Brunella Casalini neste volume, ver J. Ely, *Democracy and Distrust: A Theory of Judicial Review*, Harvard University Press, Cambridge (Mass.), 1980; J. Agresto, *The Supreme Court and Constitutional Democracy*, Cornell University Press, Ithaca, 1984; P. Kahn, *The Reign of Law. Marbury v. Madison and the Construction of America*, Yale University Press, New Haven, 1997; E. Lambert, *Le gouvernement des juges et la lutte contre la législation sociale aux Etats-Unis*, Giard & Cie, Paris, 1921, trad. it. Giuffrè, Milano, 1996. De forma mais geral, ver B. Ackerman, *We The People. Foundations*, Harvard University Press, Cambridge (Mass.), 1991; C. R. Sunstein, *The Partial Constitution*, Harvard University Press, Cambridge (Mass.), 1993; J. Waldron, *A Right-Based Critique of Constitutional Rights*, "Oxford Journal of Legal Studies", 13 (1993), 1; S. M. Griffin, *American Constitutionalism*, Princeton University Press, Princeton, 1996. Para uma crítica do moralismo constitucionalístico estadunidense do ponto de vista da análise econômica do direito, cf. o clássico R. A. Posner, *Economic Analysis of Law*, Little, Brown & Co., Boston 1992.

44. Cf. M. V. Tushnet, *Red, White and Blue. A Critical Analysis of Constitutional Law*, Harvard University Press Cambridge (Mass), 1988; R. M. Unger, *Law in Modern Society*, The Free Press, New York, 1976; A. Carrino, *Roberto M. Unger e i "Critical Legal Studies": scetticismo e diritto*, em G. Zanetti (organizado por), *Filosofi del diritto contemporanei*, Cortina, Milano, 1999, pp. 171-7; G. Minda, *Postmodern Legal Movements*, New York University Press, New York, 1995, trad. it. il Mulino, Bologna, 2001, pp. 177-211.

rior jamais tinham sido investidos de uma função de *judicial review* em nome de uma superioridade normativa e irrevogabilidade formal dos princípios constitucionais[45]. A tutela das "liberdades inglesas" era confiada à efetividade de uma secular tradição jurisprudencial, não a engenhocas institucionais administradas pela alta burocracia judiciária. E também no continente europeu, no decorrer e para além do século XIX, as cartas constitucionais permaneceriam flexíveis e à disposição do poder legislativo.

3.4. L'État de droit

Na França, uma explícita teoria do Estado de Direito (*État de droit*) é elaborada com particular atraso. A sua formulação é atribuída a Raimond Carré de Malberg, que atua nos primeiros decênios do século XX, no contexto da Terceira República[46]. Diferentemente de Dicey, que tinha concebido a idéia do *rule of law* com total independência em relação à noção de *Rechtsstaat,* Carré de Malberg sofre a influência da experiência alemã e em parte também da estadunidense. Pode-se dizer que, se Dicey tinha reconstruído a tradição constitucional inglesa reivindicando sua autonomia e excelência, Carré de Malberg parece empenhado em reconhecer a superioridade da doutrina alemã e da estadunidense em relação ao direito público

---

45. Sobre o tema, ver P. P. Craig, *Public Law and Democracy in the United Kingdom and the United States,* Clarendon Press Oxford, 1990; A. L. Goodhart, *The Rule of Law and Absolute Sovereignty,* "University of Pennsylvania Law Review", 106 (1958) 7, pp. 950-5.

46. Ver R. Carré de Malberg, *Contribution a la théorie général de l'État,* vol. 2, Sirey, Paris, 1920-1922. Sobre a noção de "Estado de Direito" em Carré de Malberg, ver P. Costa, *Civitas. Storia della cittadinanza in Europa,* vol. 4, *L'età dei totalitarismi e della democrazia,* cit., pp. 106-15. De forma mais geral, sobre a juspublicística francesa pode-se ver M.-J. Redor, *De l'État légal à l'État de droit. L'évolution des conceptions de la doctrine publiciste française 1879-1914,* Economica, Paris, 1992; M. Troper, *Le concept d'État de droit,* "Droits", 5 (1992); sobre a influência do modelo alemão na França, ver J. Chevallier, *L'État de droit,* Montchrestien, Paris, 1999. Ver, também, no presente volume, a contribuição de Alain Laquièze.

francês. Ele tenta, substancialmente, fazer uma síntese entre essas duas experiências que possa ser aplicada às instituições francesas. E, enquanto Dicey e os teóricos alemães do *Rechtsstaat* elaboram as suas teorias com base em efetivas experiências históricas de "Estado de Direito", Carré de Malberg propõe o seu modelo de *État de droit* como alternativo à realidade do constitucionalismo francês, submetendo à crítica severa as próprias instituições da Terceira República.

A tutela dos direitos subjetivos em relação aos possíveis atos de arbítrio das autoridades públicas é também para Carré de Malberg, como para os juristas liberais alemães, o objetivo central do Estado de Direito que, para esse fim, "autolimita" o seu poder soberano, submetendo-o ao respeito de regras gerais, válidas *erga omnes*. Mas a garantia dos direitos exige, segundo o juízo de Carré de Malberg, um profundo repensamento da tradição constitucional francesa, que inclua um exame crítico do próprio acontecimento revolucionário. As instituições públicas francesas, ele afirma, são dominadas pela onipotência do Parlamento, que parece ter herdado do absolutismo monárquico a titularidade monopolista da soberania estatal, e esse monopólio representa o maior perigo para as liberdades dos franceses[47].

Na França, o vetor mais dinâmico da teoria revolucionária tinha sido a doutrina da soberania popular (ou nacional). Essa doutrina atribuía ao Parlamento um primado absoluto em relação aos outros poderes do Estado, uma vez que o Parlamento era o único órgão que podia ostentar uma investidura popular direta. E a "lei" tinha sido concebida, *à la* Rousseau, como expressão da vontade geral da nação a cujas prescrições o Poder Executivo devia ater-se rigorosamente. Quanto ao Poder Judiciário, tanto nas declarações dos direitos como nos textos constitucionais da França revolucionária, tinha sido objeto de prescrições exclusivamente negativas: os juízes não deviam se intrometer no exercício do poder legislativo e não ti-

---

47. Cf. R. Carré de Malberg, *Contribution a la théorie général de l'État*, cit., vol. I, pp. 140 ss.

nham nenhum poder de suspender a execução das leis[48]. Essa desconfiança, que era a conseqüência do papel desempenhado pelas magistraturas no antigo regime, fazia do equilíbrio constitucional francês alguma coisa de profundamente diversa, tanto em relação à Grã-Bretanha como em relação aos Estados Unidos.

Além disso, a idéia rousseauniana da imprescritibilidade e inalienabilidade da soberania popular tinha inspirado um autor de grande prestígio como Emmanuel-Joseph Sieyès a fazer uma célebre distinção entre *pouvoir constituant* e *pouvoirs constitués*[49]. O poder constituinte, entendido como o grande legislador coletivo que define os valores, elabora os princípios e põe as regras que fundam a comunidade política, é um poder pré-jurídico que não se esgota no ato originário que dá vida ao Estado e aos seus "poderes constituídos". Diferentemente destes últimos, que são poderes limitados, o poder constituinte é um poder dotado de uma energia ilimitada e inexaurível, subtraído aos próprios vínculos normativos postos pelo texto constitucional. O artigo 28 da Declaração dos Direitos de 1793, por exemplo, estabelecia, nos termos mais explícitos, que o povo tem sempre o direito de rever, reformar e mudar a própria Constituição e que nenhuma geração tem o dever de sujeitar-se às leis prescritas pelas gerações precedentes.

Do voluntarismo normativo dessa doutrina radical-democrata originavam-se duas conseqüências de grande relevância: em primeiro lugar, o Parlamento tendia, simultaneamente, a revestir as funções do poder constituinte e do poder constituído, atribuindo-se, portanto, prerrogativas soberanas. E reivindicava, em particular, um poder permanente de revisão constitucional e de uma revisão sem limites, equivalente à plenitude do poder constituinte[50]. Em segundo lugar, tinha

48. Cf. o artigo III do capítulo 5, título 3, da Constituição de 1791.

49. Cf. P. P. Portinaro, *Il grande legislatore e il custode della costituzione*, em G. Zagrebelsky, P. P. Portinaro, J. Luther (organizado por), *Il futuro della costituzione*, Einaudi, Torino, 1996, pp. 18-22.

50. Sobre a relação entre poder constituinte e poder de revisão constitucional na experiência européia, ver M. Dogliani, *Potere costituente e revisione cos-*

se afirmado uma orientação constitucional de nítida aversão ao assim chamado *gouvernement des juges*, ou seja, de oposição, seja ao instituto da rigidez do texto constitucional, seja àquele do controle judiciário de constitucionalidade da lei ordinária.

Carré de Malberg opõe-se energicamente a essa tradição "jacobina", em nome de uma concepção do Estado de Direito no qual todos os poderes, inclusive o legislativo, estejam subordinados ao direito. Nesse quadro, o Parlamento não é senão um dos poderes constituídos – não é, de modo algum, um poder constituinte – e as suas funções devem ser submetidas a limites e controles, exatamente como acontece com o poder administrativo. Submeter os atos da administração ao princípio de legalidade é muito importante, mas não é suficiente para garantir uma tutela plena dos direitos individuais: o *État légal* não é, ainda, propriamente, um *État de droit*. Um autêntico Estado de Direito deve fornecer aos cidadãos os instrumentos legais para se oporem também à vontade do legislador, no caso em que os seus atos violem os direitos fundamentais dos primeiros[51]. E isso requer, se não propriamente o instituto, em vigor nos Estados Unidos, da *judicial review of legislation* – Carré de Malberg teme que isso não possa ser proposto na França –, certamente uma nítida distinção entre a Carta constitucional e a lei ordinária: uma distinção que "supra-ordene" normativamente a primeira à segunda e imponha ao Parlamento o respeito pelos limites jurídicos postos pela Constituição, renunciando a qualquer pretensão constituinte[52].

---

tituzionale, em G. Zagrebelsky, P. P. Portinaro, J. Luther (organizado por), *Il futuro della costituzione*, cit., pp. 253-89; E.-W. Böckenförde, *Il potere costituente del popolo. Un concetto limite del diritto costituzionale*, ibid., pp. 231-52.

51. Cf. R. Carré de Malberg, *Contribution a la théorie général de l'État*, cit., vol. I, pp. 488-92.

52. Sobre a relação entre instituições norte-americanas e tradição constitucional francesa, cf. R. Carré de Malberg, *Le Loi, expression de la volonté générale*, Librairie du Recueil Sirey, Paris, 1931, pp. 104-10; sobre a relação entre a Constituição escrita e o poder constituinte, cf. R. Carré de Malberg, *Contribution a la théorie général de l'État*, cit., vol. II, pp. 493-500.

3.5. *O* rule of law *inglês: uma "exceção fundante"*

As quatro experiências históricas de Estado de Direito que examinamos aqui apresentam perfis distintos, tanto no plano normativo como naquele institucional. É fácil mostrá-lo utilizando três parâmetros comparativos: a atribuição da soberania, a função constitucional, a modalidade de tutela dos direitos subjetivos.

O *Rechtsstaat* alemão concentra os atributos da soberania no poder legislativo, o qual goza de um absoluto primado normativo sobre os outros poderes. A Constituição é escrita, mas é, ao mesmo tempo, flexível, não supra-ordenada à lei ordinária e não assistida por uma jurisdição constitucional. A tutela dos direitos subjetivos é confiada exclusivamente ao Parlamento, que é a sua fonte originária e garantidora.

Também na experiência inglesa do *rule of law*, a soberania pertence ao Parlamento, mas esse órgão exerce o seu primado normativo quase exclusivamente em relação ao executivo. A Constituição inglesa não só não é escrita, mas não é, sequer, em sentido estrito, um ato ou um costume de natureza jurídica: é o conjunto das tradições judiciárias, dos atos normativos, das convenções e das práticas sociais que concorrem para limitar e controlar o poder executivo. A elaboração normativa dos direitos subjetivos e a sua tutela são funções de fato atribuídas às Cortes ordinárias de *common law*.

A variante americana do *rule of law* propõe uma soberania estatal ainda mais limitada, distribuída e diferenciada. A soberania acaba por coincidir simbolicamente com a supremacia normativa de um texto constitucional escrito e substancialmente rígido, que submete a limites todos os poderes do Estado, incluindo o poder legislativo. A definição dos direitos individuais e a sua tutela dependem em grande parte do poder de interpretação dos princípios constitucionais exercido pelo poder dos especialistas do Judiciário.

No modelo do *État de droit* proposto por Carré de Malberg, a soberania coincide com o primado do Parlamento, entendido como expressão da soberania popular. Mas o Parlamento não é um poder constituinte: é apenas um dos "poderes constituídos". Por isso também as suas funções devem ser submetidas a limites e controles. E isso supõe uma nítida distinção entre a Constituição e a lei ordinária e uma supra-ordenação da primeira à segunda. Em um Estado de Direito, os cidadãos dispõem de remédios legais contra os atos do legislador – não apenas contra os da administração –, quando estes lesarem os seus direitos fundamentais.

É inegável que nos encontramos diante de experiências político-culturais e de regimes jurídicos muito diversos, quer do ponto de vista da soberania das fontes normativas, quer em relação às técnicas constitucionais de limitação e diferenciação dos poderes estatais, quer, enfim, no que diz respeito ao fundamento dos direitos subjetivos e às modalidades da sua tutela. Sob esses três aspectos emerge com clareza uma "grande divisão" na história ocidental do Estado de Direito: de um lado existe a "exceção fundante" do *rule of law* inglês; de outro, embora entre si ulteriormente diferenciadas, as experiências do *rule of law* norte-americano e do Estado de Direito europeu-continental[53].

O que faz do constitucionalismo inglês um fenômeno ao mesmo tempo excepcional e fundante é, como sublinhou Carl Schmitt na esteira de Friedrich von Savigny, o fato de ele ser "um direito consuetudinário vivente". Trata-se de um "direito constitucional" alimentado muito menos por uma reflexão teórica e por um arranjo conceitual do que por uma longa tradição de ajustamento prático do direito por parte de uma classe jurídica "privada" e "autônoma". Essa classe não se identifica com o Estado, não é uma corporação ou burocracia interna ao Estado. Ao contrário, pode-se dizer que, em relação ao Estado, ela não usa e tampouco conhece esse nome. Os *common lawyers* tendem, antes, a interpretar a história política, os conflitos sociais; os costumes civis e o *éthos* normativo de um povo elaborando uma cultura jurídica socialmente difusa[54].

---

53. Cf. N. MacCormick, *Constitutionalism and Democracy*, cit., pp. 124-30, 144-5.

54. Cf. C. Schmitt, *Die Lage der europäischen Rechtswissenschaft*, Dunker und Humblot, Berlin, 1958, trad. it. *La condizione della scienza giuridica europea*, Pellicani, Roma, 1996, pp. 70-2.

A própria formulação dos direitos individuais não depende de inferências doutrinárias extraídas dos princípios de uma Constituição escrita ou de uma codificação: é o fruto de induções e generalizações normativas a partir de decisões particulares das Cortes em tema de liberdade, de propriedade e de contrato. A cisão entre *law in books* e *law in action*, que os jusrealistas americanos e escandinavos teriam denunciado como uma constante do positivismo jurídico e do normativismo, parece ter sido totalmente estranha à tradição "garantista" do *common law*. Na Inglaterra, a Constituição é por sua natureza dúctil e flexível, mas isto não impede que seja rigorosamente aplicada pelas Cortes ordinárias, diferentemente do que ocorre no continente europeu. Aqui, como afirma Dicey, as solenes e redundantes declarações constitucionais contêm, na maioria das vezes, abstratas enunciações de princípios, sem adequadas garantias processuais, sendo destinadas a permanecer em grande parte desaplicadas[55]. A Constituição inglesa não é uma série de princípios e de regras gerais derivadas, *à la* Rousseau, da vontade constituinte de uma elite política. Não é o "manual normativo" da nova sociedade que os representantes do povo ou da nação decidiram assumir como guia para a construção de uma ordem perfeitamente racionalizada pelo direito. Coerentemente, a tutela dos direitos individuais não é fundada ou reclamada em nome de valores universais, deduzidos da "natureza" moral ou racional dos homens e, por isso, devendo ser considerados patrimônio de toda a humanidade. O caráter particularista e singular das "liberdades dos ingleses", enquanto enraizadas no *law of the land* e, portanto, sem ambições universalistas, é, como vimos, constantemente reiterado no interior da tradição de *common law*, de Coke a Blackstone, a Dicey.

Pois bem, este particularíssimo, localístico constitucionalismo inglês operou paradoxalmente como núcleo gerador de toda a experiência ocidental do Estado de Direito, ou seja, como o paradigma exemplar da proteção dos direitos individuais.

---

55. Cf. A. V. Dicey, *Introduction to the Study of the Law of the Constitution*, cit., pp. 198 ss. Sobre o tema da inefetividade das proclamações constitucionais eurocontinentais, retornaremos mais adiante, nos parágrafos 6 e 7.

De resto, o primado histórico da "liberdade dos ingleses" – da *Magna Charta* ao *Bill of Rights* – foi abertamente reconhecido, tanto além do Atlântico como no continente europeu: dos federalistas americanos aos revolucionários franceses, aos teóricos alemães dos "direitos públicos subjetivos"[56].

Ao mesmo tempo, porém, o *rule of law* inglês revelou-se sem nenhuma capacidade transitiva no plano das técnicas constitucionais e dos mecanismos institucionais de garantia formal dos direitos. Daqui nasce, exatamente, aquela que pode ser denominada a "grande divisão" do constitucionalismo ocidental: nos Estados Unidos, como na Alemanha, na França, na Itália e nas outras experiências de democracia liberal, não é o modelo de uma Constituição não-escrita – e, portanto, flexível – que se afirma. E não cria raízes tampouco a idéia segundo a qual é supérflua ou até contraproducente a catalogação normativa dos direitos fundamentais. E menos ainda vinga o postulado segundo o qual as liberdades podem ser bem tuteladas por uma classe de juízes e de juristas práticos: uma classe que estabilize e difunda socialmente os padrões de uma cultura jurídica tão atenta à regulamentação dos casos concretos, mas pouco interessada na elaboração de uma "ciência jurídica" generalizante e formalista.

Nos Estados Unidos e no continente europeu, embora com modalidades diferenciadas e em tempos diversos, prevalece o modelo de uma Constituição escrita e de um explícito catálogo de direitos tendencialmente "universais". Constituição e Carta dos direitos são concebidas como expressões da soberania do grupo social que se organiza em forma estatal e põe como fundamento da sua vida política alguns princípios considerados invioláveis. E toma corpo uma tendência a hierarquizar o ordenamento jurídico, de modo que submeta a lei ordinária ao primado normativo da Constituição e, portanto,

---

56. Sobre o tema das relações entre a Revolução Francesa e a Revolução Americana e sobre a célebre polêmica levantada a propósito por Georg Jellinek, ver N. Bobbio, *La Rivoluzione francese e i diritti dell'uomo*, em N. Bobbio, *L'età dei diritti*, Einaudi, Torino, 1990, pp. 89-120; sobre o primado atribuído por Jellinek à *common law* na história da "legislação da liberdade", cf. G. Gozzi, *Democrazia e diritti*, cit., pp. 16-22.

enrijeça princípios e regras constitucionais. Essa tendência se desenvolve no decorrer do século XX, dando vida, principalmente graças à obra de Hans Kelsen, a um verdadeiro e próprio controle judiciário de constitucionalidade sobre a legislação ordinária, que vai muito além da práxis estadunidense da *judicial review*. A partir da sua introdução na Constituição austríaca de 1920 – o célebre *Verfassungsgerichtshof* –, difunde-se na Europa o instituto da Corte constitucional, que no período sucessivo a Segunda Guerra Mundial terá particular sucesso nos países que se libertaram dos regimes autoritários, em particular na Itália, na Alemanha e, mais tarde, em Portugal e na Espanha. O fim trágico da República de Weimar, que tinha marcado a crise do parlamentarismo da primeira democracia alemã, incapaz de defender a Constituição de 1919, reforça a idéia de um tribunal que opere como "protetor" da Constituição. Esse tribunal deverá ter o poder de declarar *erga omnes* a invalidade de uma norma legislativa julgada inconstitucional, não simplesmente de torná-la inoperante em um caso judiciário particular segundo o modelo estadunidense. Estritamente relacionada com essas importantes evoluções político-constitucionais, como veremos, é a mais recente proposta de uma "democracia constitucional"[57].

4. Um quadro teórico coerente e unitário

As peculiaridades jurídico-institucionais que diferenciam entre si as experiências e as doutrinas do Estado de Direito dizem respeito, como vimos, às modalidades de atribuição da soberania, aos mecanismos constitucionais e às formas de tutela dos direitos subjetivos. Isto vale em particular para a "grande divisão" que opõe a versão do *rule of law* às outras experiências ocidentais. As diversidades atenuam-se fortemente até desaparecerem por completo no que diz respeito ao contrário

57. O tema da "democracia constitucional" é o centro do ensaio de G. Gozzi, *Democrazia e diritti*, cit., em particular na sua segunda parte; ver, além disso, L. Ferrajoli, *Diritti fondamentali*, cit., *passim*; M. Fioravanti, *Costituzione*, cit., pp. 157-62.

– esta é tese que será defendida nas próximas páginas –, aos pressupostos filosófico-políticos e às referências de valor. E, igualmente, pode-se dizer o mesmo no que se refere a uma ampla série de institutos jurídicos e de estruturas políticas que estão presentes em formas substancialmente equivalentes nas diversas experiências que examinamos. É com base nessas premissas que a complexidade da "história externa" do Estado de Direito pode ser legitimamente reduzida no plano teórico. E torna-se assim plausível recompor a diversidade das experiências históricas em um quadro teórico coerente e unitário, capaz de fornecer uma identidade conceitual precisa à noção de "Estado de Direito".

Neste sentido, o Estado de Direito é uma versão do Estado moderno europeu, na qual, com base em específicos pressupostos filosófico-políticos, atribui-se ao ordenamento jurídico a função de tutelar os direitos subjetivos, contrastando a tendência do poder político de dilatar-se, de operar de modo arbitrário e prevaricar. Em termos mais analíticos, pode-se afirmar que o Estado de Direito é uma figura jurídico-institucional que resulta de um processo evolutivo secular que leva à afirmação, no interior das estruturas do Estado moderno europeu, de dois princípios fundamentais: o da "difusão do poder" e o da "diferenciação do poder"[58].

O "princípio de difusão" tende a limitar, com vínculos explícitos, os poderes do Estado para dilatar o âmbito das liberdades individuais. Ele implica, por isso, uma definição jurídica dos poderes públicos e da sua relação com os poderes dos sujeitos individuais, também eles juridicamente definidos.

---

58. Para uma reinterpretação do *Rechtsstaat* que põe em evidência os seus elementos de diferenciação funcional, ver N. Luhmann, *Gesellschaftliche und politische Bedingungen des Rechtsstaates*, cit., pp. 53-65. Sobre o tema, ver também C. Schmitt, *Verfassungslehre* 1928, Duncker und Humblot, Berlin, 1957, pp. 123 ss., trad. it., Giuffrè, Milano, 1984, pp. 171 ss.; C. Schmitt, *Der bürgerliche Rechtsstaat*, "Die Schildgenossen" (1928), 2, pp. 128-33; *Nazionalsozialismus und Rechtsstaat*, "Juristische Wochenschrift", 63 (1934), pp. 714-5; *Was bedeutet der Streit um den "Rechtsstaat"?* (1935), em C. Schmitt, *Staat, Grossraum, Nomos. Arbeiten aus den Jahren 1916-1969*, Duncker und Humblot, Berlin, 1995, pp. 124-5.

O "princípio de diferenciação" se expressa seja como diferenciação do sistema político-jurídico com relação aos outros subsistemas, em particular o ético-religioso e o econômico, seja como critério de delimitação, coordenação e regulamentação jurídica de distintas funções estatais, sumariamente correspondentes à posição de normas (*legis latio*) e à aplicação de normas (*legis executio*).

4.1. Os pressupostos filosófico-políticos

Examinemos, antes de tudo, os pressupostos filosóficos e os postulados de valor que aproximam as diversas experiências do Estado de Direito e as teorias pertinentes. Norberto Bobbio ressaltou com veemência que o individualismo é a premissa filosófico-política geral do Estado de Direito e da doutrina dos direitos fundamentais[59]. Bobbio fala, sem dúvida, com uma inevitável simplificação historiográfica, de "inversão" na relação entre Estado e cidadãos: da prioridade dos deveres dos súditos em relação à autoridade política (e religiosa) passou-se, na Europa, no decorrer da formação do Estado moderno, à prioridade dos direitos do cidadão e ao dever da autoridade pública de reconhecê-los, de tutelá-los e, enfim, também de promovê-los. No interior do Estado moderno (soberano, nacional, laico), a figura deontológica originária – o dever – deixa assim o campo para uma nova e, em grande parte, oposta figura deontológica, a da expectativa ou pretensão individual coletivamente reconhecida e tutelada na forma do "direito subjetivo".

No plano histórico, essa "inversão de perspectiva" perfila-se nitidamente no decorrer das guerras de religião que terminaram, na metade do século XVII, com a paz de Vestefália. No centro desses conflitos nasce o direito de resistência à opressão, ou seja, o direito dos indivíduos de gozar de algumas liberdades fundamentais. E essas liberdades são consideradas fundamentais porque são metafisicamente assumidas como "naturais". E, por conseguinte, pode-se considerar que o modelo

59. Cf. N. Bobbio, *L'età dei diritti*, cit., pp. IX, 58 ss.

político-jurídico do Estado de Direito afirma-se na Europa e – é bom sublinhá-lo – apenas na Europa, porque ao longo do curso de uma secular evolução político-antropológica aqui emerge e torna-se dominante uma orientação de pensamento que se opõe ao "modelo aristotélico" (e aristotélico-tomista).

Abandonada a concepção organicista da vida social, que faz da integração do indivíduo no grupo político a condição mesma da sua humanidade e racionalidade, emerge a perspectiva jusnaturalista ou, como foi proposto, do "direito natural moderno" em oposição ao "direito natural antigo"[60]. Através de acontecimentos muito complexos que remontam ao menos ao voluntarismo da teologia franciscana dos séculos XIII e XIV e aos seus desenvolvimentos occamistas – sem esquecer a tradição conflitualista e democrática-radical, de Maquiavel a Espinosa –, toma força a noção de direito subjetivo como "direito natural"[61]. É um direito entendido como *jus* em oposição a *lex*, ou seja, em oposição ao comando do soberano e ao "direito objetivo" do qual a *potestas* soberana é expressão e garantia. Decai a idéia harmonística e nomológica da ordem natural e da sua estruturação hierárquica, que remonta às doutrinas clássicas (a *omonoia* dos gregos e a *concordia* ciceroniana) é amplamente desenvolvida pela escolástica católica. Em direta oposição a essas filosofias consolida-se o primado metafísico e

60. Ver N. Bobbio, *Giusnaturalismo e positivismo giuridico*, Comunità, Milano, 1965; P. Piovani, *Linee di una filosofia del diritto*, Cedam, Padova, 1968; N. Bobbio, *Il modello giusnaturalistico*, em N. Bobbio, M. Bovero, *Società e Stato nella filosofia politica moderna*, il Saggiatore, Milano, 1979; P. Piovani, *Giusnaturalismo ed etica moderna*, Laterza, Bari, 1961.

61. Sobre o tema, M. Villey, *La formation de la pensée juridique moderne*, Monchretien, Paris, 1975, trad. it. Jaka Book, Milano, 1986 [trad. bras. *A formação do pensamento jurídico moderno*, São Paulo, Martins Fontes, 2005]; G. Tarello, *Profili giuridici della questione della povertà nel francescanesimo prima di Ockham*, em *Scritti in memoria di Antonio Falchi*, Giuffrè, Milano, 1964; E. Santoro, *Autonomia individuale, libertà e diritti*, ETS, Pisa, 1999, pp. 148-65. Para a corrente conflitualista ver, por exemplo, J. I. Israel, *Radical Enlightenment. Philosophy and the Making of Modernity 1650-1750*, Oxford University Press, Oxford, 2001; E. Esposito, *Ordine e conflitto. Machiavelli e la letteratura politica del Rinascimento italiano*, Liguori, Napoli, 1984; G. Borrelli, *Ragion di Stato e Leviatano. Conservazione e scambio alle origini della modernità politica*, il Mulino, Bologna, 1993.

social do sujeito humano e da sua "consciência" individual como lugar da autonomia moral e da liberdade política, mesmo sendo no interior de um contexto social que se pretende ordenado pela razão, pela moral e pelo direito[62]. O direito natural "antigo" perde a sua solidez normativa e se fragmenta em uma pluralidade de "direitos naturais" que não dependem da vontade do grupo – que não são acordados pelas suas autoridades político-religiosas –, mas que, ao contrário, a sociedade política deve reconhecer como seu pressuposto, como condição da sua própria legitimidade. A preservação dos "direitos naturais e imprescritíveis do homem" torna-se, como deseja a ênfase revolucionária da *Declaração de 1789*, "o escopo de toda associação política"[63].

No plano da filosofia política e da teoria do direito, são dois os princípios que estão como corolários da tese do primado ontológico do sujeito individual e do valor axiológico da sua liberdade e autonomia: 1) o pessimismo potestativo, ou seja, a idéia da periculosidade do poder político; 2) o otimismo normativo, ou seja, a convicção de que seja possível contrastar a periculosidade do poder por meio do instrumento do direito, entendido seja como o conjunto dos direitos subjetivos constitucionalmente garantidos, seja como a "juridicização" de toda a estrutura do Estado moderno.

O pessimismo em relação ao poder político parte do pressuposto – é uma tese clássica do liberalismo europeu – segundo o qual o poder é, ao mesmo tempo, funcionalmente necessário e socialmente perigoso. O poder, em particular nas suas modalidades repressivas, é indispensável para garantir a ordem, a coesão e a estabilidade do grupo político. É perigoso – é a ameaça mais grave para as liberdades individuais – porque é por sua natureza propenso a se concentrar, a se reproduzir de forma recorrente e a se tornar arbitrário.

O pessimismo potestativo é também profundamente estranho à filosofia aristotélico-tomista que atribui ao poder político uma função "ministerial" de serviço do "bem comum" e

---

62. Cf. E. Santoro, *Autonomia individuale, libertà e diritti*, cit., passim.
63. Ver H. Blumenberg, *Die Legitimität der Neuzeit*, Suhrkamp Verlag, Frankfurt a.M., 1974, trad. it. Marietti, Genova, 1992.

o concebe como projeção vicária de autoridades ético-religiosas, se não mesmo da onipotência divina. Isso vale igualmente para o organicismo político comum ao islamismo e a grande parte das filosofias ético-políticas orientais, em particular ao confucionismo. Para essas doutrinas, cada indivíduo é obrigado, em linha de princípio, a obedecer lealmente aos comandos da autoridade política, para a qual não pode fazer valer nenhuma pretensão jurídica subjetiva.

A tese pessimista resultará igualmente estranha, seja ao otimismo revolucionário do marxismo, seja às concepções éticas do Estado que irão inspirar os regimes totalitários do século XX, *in primis* o nacional-socialismo alemão. Para Carl Schmitt, é notório, a idéia de que o poder político possa ser "juridicizado" –, ou seja, exercido segundo as regras gerais e "neutras" do direito – é uma ilusão normativista (kelseniana), porque o poder é, por sua natureza, "decisão", isto é, discricionariedade, parcialidade, particularismo, exceção[64]. Decidir politicamente não significa respeitar regras: significa criá-las *ex novo*, e nisto está precisamente a função positiva, específica do poder político.

Em oposição às muitas versões do otimismo potestativo – ético-religiosas, revolucionárias, totalitárias –, o pessimismo que inspira os teóricos do Estado de Direito exige que no Estado estejam presentes aparelhos normativos e órgãos institucionais que desempenhem a função de identificar, contrastar e reprimir o abuso e o arbítrio do poder.

Para conter o caráter arbitrário do poder político, os teóricos do Estado de Direito julgam, em segundo lugar, que seja necessária, e de algum modo suficiente, a força do direito. O direito – o direito positivo, não apenas o direito natural – pode e deve operar como instrumento de ritualização do exercício

---

64. Para a crítica schmittiana ao normativismo kelseniano, ver C. Schmitt, *Politische Theologie. Vier Kapitel zur Lehre der Souveränität*, Duncker & Humblot, München-Leipzig, 1922 (trad. it. em C. Schmitt, *Le categorie del politico*, il Mulino, Bologna, 1972); C. Galli, *Genealogia della politica*, cit.; G. Preterossi, *Carl Schmitt e la tradizione moderna*, Laterza, Roma-Bari, 1996; para a assonante (e inspiradora) crítica nietzschiana do Estado de Direito, cf. P. Costa, *Civitas. Storia della cittadinanza in Europa*, vol. 3, *La civiltà liberale*, cit., em particular pp. 530 ss.

do poder. Em outras palavras, é preciso que os poderes do Estado (antes de tudo o executivo e o judiciário) estejam vinculados ao respeito de regras gerais. A "lei", como modalidade normativa "geral e abstrata" (típico-abstraente), deve substituir a *commissio*, ou seja, o comando pessoal do monarca e suas arbitrárias e não motivadas *lettres de cachet*. O direito como "lei" pode obter, por meio da imposição de formas e de procedimentos gerais – muito mais do que por meio da prescrição de conteúdos ou fins particulares –, uma drástica redução da discricionariedade política. Um poder obrigado a se expressar segundo regras gerais e no interior de formas predeterminadas é, de fato, um poder mais transparente – ou menos opaco – e por isso mais "visível" e controlável por parte dos cidadãos[65]. E, portanto, no interior do Estado moderno europeu, o ordenamento jurídico é chamado a desempenhar uma tríplice – problemática e em certa medida ambígua – função: a de instrumento da ordem e da estabilidade do grupo social, enquanto expressão normativa do poder de governo; a de mecanismo legislativo de ritualização-limitação do poder político; e aquela, estritamente correlata e complementar, de garantia dos direitos subjetivos.

4.2. *O princípio de difusão do poder*

O princípio de difusão do poder opera como critério geral de atribuição de faculdades e poderes, juridicamente reconhecidos e sancionados, aos sujeitos individuais. No Estado de Direito, os indivíduos – e as formações sociais e as associações às quais eles legitimamente dão vida – são titulares de uma ampla gama de pretensões legítimas e de micropoderes. Trata-se de pretensões e de poderes que, graças à sua definição jurídica, podem também ser exercidos contra os órgãos do governo

65. Sobre o tema da "visibilidade/invisibilidade" do poder são clássicas as páginas de Norberto Bobbio: cf. sobretudo *Il futuro della democrazia*, Einaudi, Torino, 1984. Sobre o efeito de legitimação do poder que a ritualização procedimental é capaz de promover, cf. as realísticas anotações de N. Luhmann, *Legitimation durch Verfahren*, Luchterhand, Neuwied-Berlin, 1969.

político, cuja esfera de exercício é conseqüentemente limitada. O ordenamento jurídico, com as suas regras de comportamento e os seus vínculos processuais, não concorre apenas para tornar "visível" o exercício do poder político e para contrastar sua intrínseca vocação despótica: limita também o exercício desse poder no momento em que define as esferas de "não-interferência" política como proteção dos direitos fundamentais dos indivíduos, antes de tudo da sua liberdade e propriedade. Desse modo, a titularidade de faculdades, pretensões e poderes que o absolutismo monárquico tinha hierarquizado e concentrado nos sujeitos e nos órgãos do governo político do Estado, distribui-se socialmente. Fora dos espaços do poder oficial não existem mais apenas "súditos": existem cidadãos titulares de poderes juridicamente reconhecidos.

Nas experiências históricas do Estado de Direito, o princípio de difusão do poder se expressa essencialmente através dos seguintes institutos normativos:

4.2.1. *A unicidade e individualidade do sujeito jurídico* – O Estado de Direito considera todos os indivíduos como sujeitos do próprio ordenamento jurídico. Isto significa, antes de tudo, que a todos os membros do grupo político é atribuída, em linha de princípio, uma igual capacidade de serem titulares de direitos e de produzirem, com os próprios comportamentos, conseqüências jurídicas[66]. Superando uma tradição milenar, ainda em vigor nos ordenamentos jurídicos medievais – basta lembrar o Edito de Teodorico ou o de Rotari, ou a própria *Magna Charta* –, o Estado de Direito faz valer o princípio da unicidade e individualidade do sujeito jurídico. Também no seu interior sobrevive "obviamente" a desigualdade da condição feminina no que diz respeito, em particular, ao direito familiar e aos direitos políticos[67]. E, em relação a estes últimos, vários

66. A declaração explícita do princípio de igualdade perante a lei recorre, em numerosos documentos, da "Declaração do Direitos do Homem e do Cidadão" de 1789 à Constituição republicana francesa de 1791, à *Verfassung des Deutschen Reiches*, de 1849.

67. Sobre a relação entre Estado de Direito e condição feminina, ver, no presente volume, o ensaio de Anna Loretoni. De forma geral: A. Phillips, *Citizenship and Feminist Theory*, em G. Andrews (organizado por), *Citizenship*, Lawrence and Wishart, London, 1991, pp. 76-88; M. Dietz, *Context Is All: Feminism*

critérios de discriminação censitária, teorizados tanto por Sieyès como por Kant, serão aplicados durante muito tempo também em relação aos cidadãos masculinos. Mas, à parte essas conclamadas anomalias, o Estado de Direito cancela, na Europa, qualquer diferenciação de *status* jurídico, por exemplo, entre livres, libertos, servos e escravos[68]. E não reconhece mais como titulares de privilégios feudais garantidos por Cartas ou estatutos *ad hoc*, as cidades, as corporações, as baronias e os bispados.

4.2.2. *A igualdade jurídica dos sujeitos individuais* – Todos os indivíduos são iguais perante a lei. Graças ao caráter geral do instrumento legislativo, as situações subjetivas que estão compreendidas em determinado fato abstrato são tratadas de modo igual, ou seja, à luz dos mesmos princípios normativos e segundo as mesmas regras. Iguais, portanto, são todas as conseqüências jurídicas de comportamentos jurídicos equivalentes. Isto não significa que o Estado de Direito tenda a equiparar os cidadãos em função de certos padrões conteudísticos ou finalísticos. A igualdade jurídica não deve ser confundida com a igualdade "substancial" (com esta expressão genérica, no Ocidente, entende-se, na maioria das vezes, algum tipo de equilíbrio das condições socioeconômicas dos sujeitos), nem deve ser confundida com um efetivo e igual gozo dos direitos

---

and Theories of Citizenship, em C. Mouffe (organizado por), *Dimensions of Radical Democracy*, Verso, London, 1992, pp. 63-85. Sobre a relação entre diferença de gênero e direito, ver F. Olsen, *Feminism and Critical Legal Theory: An American Perspective*, "The American Journal of the Sociology of Law", 18 (1990), 2; C. Smart, *The Woman of Legal Discourse*, "Social and Legal Studies", 1 (1992), 1; T. Pitch, *Diritto e diritti. Un percorso nel dibattito femminista*, "Democrazia e diritto", 33 (1993), 2, pp. 3-47; L. Ferrajoli, *La differenza sessuale e le garanzie dell'eguaglianza*, ibid., pp. 49-73; M. Graziosi, *Infirmitas sexus. La donna nell'immaginario penalistico*, ibid., pp. 99-143; A. Facchi, *Il pensiero femminista sul diritto*, em G. Zanetti , *Filosofi del diritto contemporanei*, cit., pp. 129-53; G. Minda, *Postmodern Legal Movements*, trad. it. cit., pp. 213-46.

68. Isto não exclui, como mostramos e como emerge de alguns ensaios deste volume – em particular os de Bartolomé Clavero e Carlos Petit – que, no Novo Mundo, o Estado de Direito tenha de fato reconhecido como legítima a escravidão dos negros africanos e que, no decorrer do século XIX, as suas instituições tenham sido impostas às populações não-européias de forma colonial, ou seja, iliberal e discriminatória.

dos quais os cidadãos são formalmente titulares. De fato, cada um é capaz de usufruir dos mesmos direitos (liberdade de palavra, de ensino, de imprensa, de associação, de iniciativa econômica etc.) em modos e quantidades diversas, e é apenas com relação à concreta titularidade de tais direitos que cada um é tratado de modo igual em relação aos outros titulares. Sob numerosos perfis jurídicos, e não apenas factuais, o proprietário diferencia-se do indigente, o trabalhador subordinado do trabalhador autônomo, o filho menor de idade do pai, o cidadão do estrangeiro, o "condenado" do cidadão irrepreensível. Igualdade formal significa, portanto, supressão do privilégio enquanto discriminação normativa entre cidadãos que se encontrem em condições de fato juridicamente equivalentes. E significa, portanto, ao mesmo tempo, remeter-se de modo implícito ao amplo repertório das desigualdades que de fato são assumidas pelo ordenamento como pressupostos legítimos de tratamentos jurídicos diferenciados: entre elas, em primeiro lugar, as socioeconômicas, que não cabe ao Estado de Direito *qua talis* tentar atenuar ou remover[69].

4.2.3. *A certeza do direito* – O Estado de Direito se empenha em garantir a cada cidadão a capacidade de prever, em linha de princípio, as conseqüências jurídicas seja dos próprios comportamentos, seja dos atores sociais com os quais entra necessariamente em contato. Isso significa que, em um Estado de Direito, todos os cidadãos – não apenas os membros das elites sociais – devem dispor de meios cognitivos para prever quais tipos de decisões poderão ser tomadas no futuro em relação a eles pelos poderes do Estado, em particular pelo Executivo e pelo Judiciário. Entendida nesse sentido, a "certeza do direito" é um bem social difuso que contribui para o fortaleci-

69. Não é certamente por acaso que nos últimos decênios do século XIX tenha sido precisamente Albert Venn Dicey a se empenhar numa dura polêmica contra as nascentes formas do "Estado social", acusado de violar os princípios fundamentais do Estado de Direito por causa das suas tendências coletivistas e igualitárias: ver A. V. Dicey, *Lectures on the Relation between Law and Public Opinion in England during the Nineteenth Century*, trad. it. cit., pp. 237-310. Sobre o tema da relação entre igualdade jurídica formal e igualdade substancial, vejam-se as incisivas páginas de Alf Ross, *On Law and Justice*, Steven & Sons, London, 1958, trad. it. *Diritto e giustizia*, Einaudi, Torino, 1990, pp. 253-72.

mento das expectativas individuais e para a redução da incerteza. Adotando a terminologia sistêmica proposta por Niklas Luhmann, pode-se dizer que, garantindo a "certeza do direito", o Estado opera uma "redução da complexidade" que contribui para atenuar, nos cidadãos, o sentimento de insegurança diante dos riscos do ambiente social e permite, portanto, uma interação social mais estável, ordenada e funcionalmente econômica[70]. A contribuição específica dada pela "certeza do direito" – enquanto redução da insegurança diante dos riscos de natureza jurídica – é a possibilidade de que todos os cidadãos se dediquem com confiança aos próprios "afazeres" e reivindiquem com uma boa expectativa de sucesso os próprios direitos tanto em relação aos *partners* sociais como às autoridades políticas.

Para que se possa falar de "certeza do direito" é preciso, antes de tudo, que os cidadãos estejam em condições de saber qual é o direito vigente. Eles não devem ser obrigados à *ignorantia legis*, pela impossibilidade de conhecer com antecedência e de interpretar com relativa segurança as normas jurídicas que lhes dizem respeito e que lhes serão aplicadas pelas autoridades administrativas do Estado. É, portanto, antes de tudo, necessário que as leis não sejam secretas e que os enunciados normativos sejam formulados claramente e não dêem lugar a antinomias. É preciso, além disso, que as leis não tenham eficácia retroativa, em particular em matéria penal, na qual deve valer o princípio *nullum crimen sine lege*. E visto que também a mais absoluta "certeza do direito" (do direito legislativo) pode ser anulada por uma jurisdição arbitrária; é necessário que vigore o princípio do juiz "natural" (predeterminado por lei), com a conexa proibição da instituição de tribunais *ad hoc*[71]. Enfim, como

70. Sobre esses temas cf. N. Luhmann, *Rechtssoziologie*, Reinbek bei Hamburg, Rowohlt, 1972, trad. it. Laterza, Roma-Bari, 1977; N. Luhmann, *Macht*, Enke Verlag, Stuttgart, 1975, trad. it. *Potere e complessità sociale*, Il Saggiatore, Milano, 1979; cf. também D. Zolo, *Function, Meaning, Complexity. The Epistemological Premisses of Niklas Luhmann's "Sociological Enlightenment"*, "Philosophy of the Social Sciences", 16 (1986), 2.

71. Para a crítica dos tribunais *ad hoc*, cf. A. V. Dicey, *Introduction to the Study of the Law of the Constitution*, cit., pp. 213-67.

sublinham com vigor polêmico Bruno Leoni e Friedrich von Hayek, a "certeza do direito" exige que o Poder Legislativo não seja ele mesmo fonte de turbulência normativa. Isso pode acontecer se, com uma legiferação redundante, parlamentos ou governos modificarem freqüentemente e de modo imprevisível – sobretudo se não estiverem vinculados ao respeito de normas constitucionais rígidas – a disciplina de casos concretos[72].

4.2.4. *O reconhecimento constitucional dos direitos subjetivos* – No centro do Estado de Direito existe o reconhecimento dos direitos subjetivos como atributos normativos "originários" dos indivíduos, ou seja, a atribuição "positiva" de tais direitos a todos os membros do grupo político. Para além das notáveis divergências nas motivações filosóficas e nas modalidades de tutela – jusnaturalismo contra juspositivismo, universalismo contra particularismo, rigidez contra flexibilidade constitucional, *judicial review of legislation* contra o absoluto primado do legislativo –, as diversas experiências do Estado de Direito caracterizam-se pelo empenho constitucional em garantir os direitos subjetivos, atribuindo aos seus titulares o poder de fazê-los valer em âmbito judiciário também contra os órgãos do Estado.

Se se acolhe a taxionomia histórico-sociológica proposta por Thomas Marshall, os direitos subjetivos podem ser distinguidos em três categorias: direitos civis, direitos políticos e direitos sociais[73]. Os direitos civis compreendem, além do direito à vida, os assim chamados "direitos de liberdade": a liberdade pessoal, as garantias processuais do *habeas corpus* em relação aos poderes repressivos do Estado, a liberdade de palavra, de pensamento e de religião, a inviolabilidade do do-

---

72. Ver B. Leoni, *Freedom and the Law*, Van Nostrand, Princeton, 1961, trad. it. Liberilibri, Macerata, 1994, em particular as pp. 67-86; F. A. von Hayek, *Law, Legislation and Liberty*, Routledge and Kegan Paul, London, 1982, trad. it. Il Saggiatore, Milano, 1994, pp. 114-7.

73. Cf. T. H., Marshall, *Citizenship and Social Class*, em T. H. Marshall, *Class, Citizenship, and Social Development*, The University of Chicago Press, Chicago, 1964, trad. it. *Cittadinanza e classe sociale*, UTET, Torino, 1976. Para uma crítica da tripartição marshalliana, ver L. Ferrajoli, *Dai diritti del cittadino ai diritti della persona*, em D. Zolo (organizado por), *La cittadinanza. Appartenenza, identità, diritti*, Laterza, Roma-Bari, 1994, pp. 277-83.

micílio, a confidencialidade das comunicações pessoais e assim por diante. Estritamente relacionados estão os direitos patrimoniais – no centro dos quais está o direito de propriedade e a liberdade de iniciativa econômica –, a autonomia de negociação (ou seja, o poder de realizar contratos com valor vinculante entre as partes), o direito aos serviços do sistema judiciário.

Os direitos políticos sancionam o interesse dos cidadãos de participar do exercício do poder político como membros de órgãos investidos de autoridade decisória ou como eleitores de tais órgãos: o sufrágio geral para a eleição do Parlamento e das outras assembléias públicas é a expressão principal desse direito. Enfim, os direitos sociais – ao trabalho, à saúde, à instrução, à habitação, à assistência e previdência social etc. – correspondem à tentativa de conferir dimensão normativa ao interesse dos cidadãos em um nível de educação, de bem-estar e de segurança social adequados aos padrões predominantes em determinado país (industrialmente avançado).

Se se acolhe essa tripartição, pode-se afirmar que o Estado de Direito concede a sua proteção essencialmente aos direitos civis, enquanto coincidentes com a dimensão da "liberdade negativa"[74]. Na segunda metade do século XIX, a proteção foi estendida, não sem tensões, dificuldades e lacunas, aos direitos políticos, ao passo que os "direitos sociais", objeto, no decorrer do século XX, de uma parcial tutela por parte do *Welfare State* europeu, permanecem substancialmente estranhos à lógica funcional do Estado de Direito. Segundo essa lógica, a titularidade dos direitos civis e políticos deveria permitir a cada cidadão empenhar-se livremente como *an independent unit* na

---

74. Sobre a distinção entre "liberdade negativa" e "liberdade positiva", ver o clássico ensaio de Isaiah Berlin, *Two Concepts of Liberty*, agora em I. Berlin, *Four Essays on Liberty*, Oxford University Press, Oxford, 1969, trad. it. Feltrinelli, Milano, 1989, pp. 185-245; sem esquecer G. De Ruggiero, *Storia del liberalismo europeo*, Laterza, Bari, 1925. Sobre o debate sucessivo: R. Young, *Personal Autonomy: Beyond Negative and Positive Liberty*, Croom Helm, London, 1986; D. Parfit, *Reasons and Persons*, Clarendon Press, Oxford, 1984, trad. it. Milano, Il Saggiatore, 1989; E. Santoro, *Autonomia individuale, libertà e diritti*, ETS, Pisa, 1999.

interação social. E deveria justificar, ao mesmo tempo, a presunção segundo a qual todos os indivíduos disponham dos instrumentos jurídicos suficientes para se afirmarem socialmente sem recorrer à paternalística proteção do Estado[75].

4.3. O princípio de diferenciação do poder

O princípio de diferenciação do poder, como elemento característico do Estado de Direito, apresenta, como indiquei, dois aspectos essenciais: 1) o da autodiferenciação do subsistema político-jurídico em relação aos outros subsistemas funcionais; 2) o da diferenciação interna ao subsistema político, em um processo que aumenta a sua complexidade, especialização e eficiência, dando vida a uma pluralidade de estruturas e de modalidades diversas de exercício do poder. Esse processo, como é notório, foi interpretado (e vulgarizado) pela teoria política liberal, de Montesquieu em diante, como uma estratégia de "divisão dos poderes" intencionalmente objetivada ao equilíbrio entre os órgãos do Estado, ao "governo moderado" e, como último corolário, à proteção dos direitos subjetivos[76].

No que se refere ao primeiro aspecto, pode-se considerar que o Estado de Direito europeu se caracteriza, em relação às formas políticas do passado, pelo seu alto grau de autonomia funcional em relação ao subsistema ético-religioso e ao econômico. É graças a essa autonomia que o pressuposto individualístico se impõe no Estado de Direito contra o remoto modelo organicístico. A definição jurídica – e não ético-religiosa – de faculdades, pretensões e poderes dos indivíduos singulares remete de fato ao processo geral de "positivização do direito" como seu necessário pressuposto funcional. O ordenamento jurídico "positivo", também nas suas versões jusnaturalistas,

---

75. Cf. T. H. Marshall, *Citizenship and Social Class*, cit., pp. 95-6.

76. Para uma discussão analítica dos diversos possíveis significados funcionais da "separação dos poderes", cf. R. Guastini, *Il diritto come linguaggio*, Giappichelli, Torino, 2001, pp. 73-80.

funda em definitivo o valor normativo das suas prescrições no "contrato social", ou seja, na vontade concorde dos membros do grupo, sem mais nenhuma referência direta a deontologias transcendentes[77]. É graças a essa conquista evolutiva que, na Europa, o ordenamento jurídico, livrando-se do seu tradicional invólucro ético-religioso, liberta-se também da sua ancoragem ao organicismo aristotélico-tomista e à sua concepção monista da verdade e do bem. Isso vale, em particular, como vimos, para a tradição inglesa do *common law* e para a filosofia liberal que, na Alemanha, batizou o *Rechtsstaat*. E se deve ainda à elevada autonomia funcional do ordenamento jurídico o fato de que, no Estado de Direito, estabiliza-se o princípio da igualdade "formal" dos sujeitos: uma igualdade que abstrai da posição diversa que cada sujeito ocupa no interior do sistema de estratificação econômico-social, fundada na propriedade, no poder, nas relações de parentesco. Não por acaso, esse aspecto "formalístico" e "atomístico" teria estado no centro da crítica comunista do jovem Marx contra o "direito igual" e as "liberdades burguesas"[78]. E, por outro lado, tanto a unicidade-individualidade do sujeito quanto a igualdade jurídica formal dos sujeitos são, por sua vez, fatores funcionais que concorrem para o desenvolvimento de uma economia de mercado, também ela desvinculada de pressupostos organicistas e de finalidades ético-religiosas[79].

No que se refere ao segundo aspecto – a diferenciação funcional interna –, o Estado de Direito é um sistema político de alta complexidade, antes de tudo pela sua diferenciação em dois setores formalmente distintos: de um lado, o âmbito da

---

77. Sobre o tema da "positivização do direito" como pressuposto do Estado moderno e em particular do Estado de Direito, cf. N. Luhmann, *Grundrechte als Institution*, Duncker und Humblot, Berlin, 1965, pp. 16 ss., 186-200.

78. Cf. K. Marx, *Zur Judenfrage*, em *Marx-Engels Werke (MEW)*, vol. 1, Institut für Marxismus-Leninismus, Berlin, 1956-69, p. 364, trad. it. em *La questione ebraica ed altri scritti giovanili*, Editori Riuniti, Roma, 1969. Sobre o tema, ver a recente contribuição de G. Lohmann, *La critica fatale di Marx ai diritti umani*, em "Studi perugini" (1998), 5, pp. 187-99.

79. Cf. N. Luhmann, *Politische Planung*, cit., pp. 35-45, 53-89; sobre o tema, pode-se ver D. Zolo, *Complessità, potere, democrazia*, agora em D. Zolo, *Complessità e democrazia*, Giappichelli, Torino, 1986, pp. 69-90.

conquista e da gestão do poder político por meio da organização dos partidos e os rituais eleitorais; de outro, a atividade administrativa, unificada pela função de emanar decisões vinculantes por meio de procedimentos burocráticos[80]. No Estado de Direito, diferentemente dos regimes despóticos ou totalitários, os partidos (como os sindicatos) não são órgãos da burocracia estatal e não têm o poder de emanar decisões vinculantes *erga omnes*. Por sua vez, a atividade administrativa articula-se segundo duas funções que, em linha de princípio, tendem a ser desenvolvidas em âmbitos institucionais diversos e com procedimentos distintos: de um lado, a atividade legislativa, atribuída principalmente a Parlamentos eletivos, que têm o poder de emanar normas gerais e abstratas; de outro, confiada essencialmente à administração propriamente dita, a atividade de aplicação das normas gerais, ou melhor, de emanação de decisões vinculantes para cada caso concreto[81]. Enfim, no interior da administração desenvolveu-se um ulterior processo de autonomização funcional: a magistratura judicante "separou-se" do executivo, subtraindo-se aos vínculos da dependência burocrática, e emana decisões com base em um (problemático) pressuposto de imparcialidade e autonomia política dos próprios funcionários.

De modo muito esquemático, pode-se, por conseguinte, afirmar que, nas experiências históricas do Estado de Direito, o princípio de diferenciação do poder se expressa através das seguintes das modalidades institucionais:

4.3.1. *A delimitação do âmbito de exercício do poder e de aplicação do direito* – O processo de autodiferenciação do sistema político, que alcança o seu nível máximo no Estado de Direito, produz dois efeitos simétricos: de um lado, tende a excluir a interferência funcional dos subsistemas ético-religioso e econômico do âmbito da política e do direito; de outro, define de

---

80. Cf. N. Luhmann, *Politische Planung*, cit., pp. 42, 62; N. Luhmann, *Rechtssoziologie*, trad. it. cit., p. 238.

81. Na perspectiva do realismo jurídico, como é notório, a atividade do executivo e em particular do poder judiciário consiste na criação de normas *ad hoc* para a decisão de casos concretos individuais. Ver, para todos, A. Ross, *On Law and Justice*, trad. it. cit., pp. 103-48.

modo explícito o âmbito funcional do subsistema jurídico-político por meio de uma limitação (ou autolimitação) da soberania interna do Estado. A demarcação entre "esfera pública" e "esfera privada" determina-se no sentido de excluir da competência da política e do direito a área que, na Europa, de Ferguson a Marx, foi chamada de "sociedade civil" (*civil society, bürgerliche Gesellschaft*). Essa área compreende, de um lado, o âmbito da *privacy*, ou seja, as crenças e as práticas religiosas, as experiências sexual e familiar, as comunicações e informações pessoais, as expressões da criatividade literária e artística etc.; de outro, inclui o âmbito da autonomia de negociação, das iniciativas empresariais e das atividades patrimoniais em geral.

4.3.2. *A separação entre instituições legislativas e instituições administrativas* – Como vimos, no Estado de Direito, a função de emanar normas gerais e abstratas (lei) é atribuída a órgãos especializados (os Parlamentos), ao passo que aos outros aparelhos burocráticos (o executivo e o judiciário) é atribuída a tarefa de "aplicar" as leis, ou seja, mais precisamente, de emanar normas individuais (atos executivos e sentenças) e de prover à sua "aplicação". Embora uma distinção rigorosa entre posição de normas gerais (*legis latio*) e aplicação de normas (*legis executio*) seja árdua a ser delineada, é indubitável que o Estado de Direito se organiza segundo um esquema dual que, em princípio, "separa" as instituições legislativas das instituições administrativas.

4.3.3. *O primado do poder legislativo, o princípio de legalidade, a reserva de legislação* – No Estado de Direito, os órgãos que têm o poder de emanar normas gerais (leis) gozam de um primado funcional com respeito aos órgãos que desempenham a função de regular os casos concretos, emanando normas individuais (disposições do executivo e sentenças). Esse primado pode ser mais ou menos absoluto em relação a maior ou menor subordinação do poder legislativo aos princípios constitucionais e em relação à intensidade do controle de constitucionalidade das leis, eventualmente confiado a órgãos judiciários. Em todo caso, toda a estrutura normativa e institucional do Estado de Direito é modelada pelo "princípio de legalidade", segundo o qual qualquer ato administrativo – executivo ou judiciário – deve ser "conforme" a uma norma geral precedente[82]. À mesma lógica corresponde o instituto da "reserva de legislação", que atribui apenas ao poder legislativo a competência de emanar normas gerais em matéria de direitos subjetivos, excluindo desta função tanto o poder executivo como o judiciário.

4.3.4. *A subordinação do poder legislativo ao respeito dos direitos subjetivos constitucionalmente definidos* – O problema dos limites do poder legislativo é um dos temas mais delicados e controversos na experiência do Estado de Direito. Seja como for, pode-se considerar que, mesmo de formas muito diversas, em todas as experiências históricas do Estado de Direito, o poder legislativo encontra os limites que lhe derivam do dever de respeitar os direitos subjetivos reconhecidos pela Constituição. Esses limites apresentam caráter preponderantemente implícito – ou seja, político – na Grã-Bretanha, na Alemanha e na França, ao passo que possuem natureza preponderantemente jurídica (judiciária) nos Estados Unidos.

4.3.5. *A autonomia do poder judiciário* – A magistratura judicante – uma exposição diversa e muito complexa deveria ser feita para a magistratura de investigação – está "submetida apenas à lei". A função jurisdicional distingue-se no interior da atividade administrativa por seu anseio em se colocar dentro de um espaço institucional "terceiro" e neutro em relação aos interesses político-sociais em conflito. Por essa razão, no exercício dos seus poderes decisórios, o juiz opera independentemente de qualquer vínculo de dependência hierárquica, em particular em relação às cúpulas do poder executivo que, por sua natureza, exprimem as orientações ideológicas e políticas de determinada maioria de governo.

---

82. A "conformidade" do ato administrativo – executivo ou judiciário – a uma norma geral prévia é, como se sabe, tema altamente controverso; cf., por exemplo, R. Guastini, *Il giudicie e la legge*, Giappichelli, Torino, 1995, pp. 35-66.

5. O estatuto epistemológico, a estrutura filosófico-política e os limites de validade da teoria

A sinopse teórica apresentada no parágrafo anterior deveria responder à dúplice exigência da qual este ensaio tinha começado: a de situar uma teoria do Estado de Direito que fosse aceitável do ponto de vista histórico e que fosse, ao mesmo tempo, útil em termos cognitivos, a fim de ser utilizada para a compreensão e a solução de problemas práticos.

A reconstrução teórica do Estado de Direito que foi proposta aqui fornece um quadro unitário e coerente dos pressupostos de princípio e das modalidades normativas e institucionais que caracterizaram as experiências históricas mais relevantes do Estado de Direito. Essa reconstrução deveria ser persuasiva de um ponto de vista histórico, mesmo que, obviamente, seja fruto de uma das múltiplas interpretações possíveis de um fenômeno altamente complexo. Em todo caso, trata-se de uma interpretação que atribui um significado muito preciso à noção de "Estado de Direito" (ou *rule of law*) e a distingue de noções com as quais ela foi freqüentemente trocada no intricado repertório de conceitos, fórmulas e postulados nos quais permaneceu por longo tempo submergida. Segundo essa interpretação, o "Estado de Direito" pode ser definido como *a versão do Estado moderno europeu que, com base em uma filosofia individualista (com o dúplice corolário do pessimismo potestativo e do otimismo normativo) e através de processos de difusão e de diferenciação do poder, atribui ao ordenamento jurídico a função primária de tutelar os direitos civis e políticos, contrastando, com essa finalidade, a inclinação do poder ao arbítrio e à prevaricação.*

Trata-se agora de precisar o *status* epistemológico, as implicações filosófico-políticas e os limites de validade dessa teoria. Será então possível experimentar a sua utilidade cognitiva, colocando-a em confronto com o conjunto de problemas que, no contexto dos processos de complexificação social e de integração global hoje em curso, devem ser enfrentados para a defesa dos direitos subjetivos e a limitação do arbítrio potestativo. Obviamente, hoje, esses temas devem ser discutidos segundo uma abordagem que dê ampla relevância à dimensão internacional e transnacional, indo, por isso, muito além do espaço do Estado de Direito, que é o do Estado nacional soberano[83].

5.1. O estatuto epistemológico

No que diz respeito ao estatuto epistemológico da teoria proposta, é importante sublinhar principalmente o seu caráter "avaliatório" e não formalista. Mesmo não sendo uma teoria geral da justiça e não se inspirando em uma metafísica ético-política de tipo clássico, a teoria do Estado de Direito implica, como vimos, algumas opções específicas acerca dos fins da política e do direito. A mesma hostilidade em relação ao poder arbitrário e a mesma aspiração à certeza do direito – temas que alguns autores interpretaram como axiologicamente adiáforos[84] – remetem a uma nítida pressuposição de valor, uma vez que expressam preferência por uma ordem política racional e previsível, na qual o direito garanta, antes de tudo, a liberdade dos sujeitos individuais e a segurança das suas transações (deixando em segundo plano os temas "comunitários" da justiça, da solidariedade, da igualdade social). Mesmo não sendo um projeto ético-político de construção da "ótima república" – o Estado de Direito não é um "Estado de justiça"[85] – e mesmo confiando-se ao instrumento funcionalmente diferenciado do direito, o Estado de Direito é inconcebível fora de uma antropologia tipicamente "ocidental": individualista, racionalista, secularizada.

Não parece sequer sustentável que a teoria do Estado de Direito se limite a recomendar alguns procedimentos destituí-

---

83. Utilizo a expressão "espaço político" no significado pregnante proposto recentemente por Carlo Galli na sua coletânea de ensaios, *Spazi politici. L'età moderna e l'età globale*, il Mulino, Bologna, 2001.

84. Cf. P. P. Craig, *Formal and Substantive Conceptions of the Rule of Law*, cit., pp. 42-5; J. Raz, *The Rule of Law and its Virtue*, cit., pp. 195 ss.; J. Raz, *The Rule of Law*, em J. Raz, *The Authority of Law*, cit., *passim*.

85. Sobre a contraposição entre Estado de Direito e "Estado de justiça", veja-se G. Fassò, *Stato di diritto e Stato di giustizia*, em R. Orecchia (organizado por), *Atas do VI Congresso nacional de filosofia do direito. Pisa, 30 maio-2 junho de 1963*, Giuffrè, Milano, 1963.

dos de conteúdos prescritivos, que seja uma concepção apenas procedimental do Estado e do direito e, portanto, ideologicamente neutra. Certamente, sob muitos aspectos, o modelo do Estado de Direito se resolve em técnicas procedimentais ou em montagens institucionais que, enquanto tais, podem aparecer como "formas" axiologicamente indeterminadas. A certeza do direito, por exemplo, pode parecer indiferente aos conteúdos das normas, de modo que se poderia afirmar que uma legislação racista seja compatível com o Estado de Direito, desde que as suas normas sejam claras, não-contraditórias e não-retroativas: em outras palavras, *la légalité qui tue*. Com argumentos análogos também o "princípio de legalidade" poderia ser entendido em um sentido puramente formal, como pretende, por exemplo, Antonin Scalia com a sua interpretação do *rule of law* como *rule of rules*[86]. Isso não implica, de fato, nenhum controle ético-político sobre os conteúdos da lei, nem por parte da administração que é obrigada a aplicá-la, nem por parte dos cidadãos que são os seus destinatários finais.

Essas interpretações parecem ignorar, todavia, que, na teoria do Estado de Direito, instituições e procedimentos formais não são auto-referenciais e autofundantes, mas perseguem o objetivo da tutela dos direitos subjetivos a que o próprio legislador está obrigado. Tais instituições e procedimentos não são senão a instrumentação linear desse objetivo, que é, de resto, enunciado em termos cogentes pelos textos ou pelas tradições constitucionais. Descurando esse simples e iluminador axioma, as interpretações formalistas do Estado de Direito – como as análogas teorias procedimentais da democracia – revelam, na realidade, a falácia geral de qualquer doutrina formalista da política e do direito, para não falar do formalismo lingüístico e cognitivo às quais essas implicitamente remetem[87].

86. Cf. A. Scalia, *The Rule of Law as a Law of Rules. Oliver Wendell Holmes Bicentennial Lecture*, "Harvard Law School", 56 (1989), 4; e ver, neste volume, o ensaio de Brunella Casalini.

87. Cf. D. Zolo, *Reflexive Epistemology*, cit., pp. 167-77; D. Zolo, *Democracy and Complexity*, cit., pp. 19-53.

5.2. Estado de Direito e teoria dos direitos subjetivos

A doutrina do Estado de Direito é provavelmente o patrimônio mais relevante que, hoje, nos inícios do terceiro milênio, a tradição política européia deixa em legado à cultura política mundial. A sua excepcional relevância teórica está na (alcançada) tentativa de assegurar no interior e por meio de uma particular organização do poder político – um Estado nacional – a garantia das liberdades fundamentais do indivíduo. O Estado de Direito conjugou, em formas originais em relação a qualquer outra civilização, a necessidade de ordem e de segurança, que está no centro da vida política, com a reivindicação, muito forte no interior de sociedades complexas, das liberdades civis e políticas. A invenção do "direito subjetivo" como expressão jurídica da liberdade individual é, além da indubitável eficácia das técnicas de diferenciação do poder, a chave da sua originalidade e do seu sucesso. Essa "invenção" afirmou-se no decorrer de alguns séculos como modelo geral na Europa e na América setentrional, e o seu sucesso foi corroborado no decorrer do século XX pelos desafios, ambos perdedores, do autoritarismo fascista e do coletivismo marxista. Hoje o seu modelo não é apenas sem alternativas no interior do mundo ocidental, mas parece destinado a se impor no plano internacional como condição de racionalidade, de modernidade e de progresso nas culturas de todos os continentes, mesmo naquelas mais distantes da civilização ocidental, como as culturas islâmicas, as autóctones americanas e africanas e, na Ásia Oriental, o hinduísmo, o budismo e o confucionismo[88].

---

88. Sobre a relação entre a tradição ocidental do Estado de Direito e a cultura jurídico-política islâmica, ver, neste volume, as contribuições de Raja Bahlul, Baudouin Dupret e Tariq al-Bishri. Em geral: A. Abu-Sahlieh, A. Sami, *Les Musulmans face aux droits de l'homme: religion, droit, politique*, Winkler, Bochum, 1994; G. Gozzi (organizado por), *Islam e democrazia*, il Mulino, Bologna, 1998; úteis indicações temáticas e bibliográficas em M. G. Losano, *I grandi sistemi giuridici*, Laterza, Roma-Bari, 2000, pp. 325-80. Sobre a relação entre a doutrina ocidental dos direitos do homem e a tradição sino-confuciana (e sobre a *vexata quaestio* da violação dos direitos subjetivos na China), ver, neste volume, os ensaios de Wu Shu-chen, Cao Pei, Lin Feng, Wang Zhenmin e Li Zhenghui. Em geral: J. A. Cohen, *Contemporarey Chinese Law: Research Problems*

Existem, todavia, pelo menos três questões teóricas, relativas à instrumentação conceitual do Estado de Direito e às suas implicações institucionais, que deveriam ser colocadas e possivelmente resolvidas, para que se possa afirmar a universalidade da doutrina ou endossar sua tendência a se impor internacionalmente. A primeira questão diz respeito à relação entre o modelo do Estado de Direito e a teoria democrática; a segunda questão nasce da oposição entre o princípio (democrático) da soberania popular e a tendência de grande parte dos teóricos do Estado de Direito de propor um endurecimento do *Bill of Rights* constitucional; a terceira questão se refere aos fundamentos filosóficos e, portanto, à universalidade da teoria dos direitos subjetivos (ou, no léxico internacionalista, "direitos do homem").

5.2.1. *Estado de Direito e democracia* – A doutrina do Estado de Direito diferencia-se nitidamente da idéia de democracia (e de "Estado democrático"), mesmo nas suas versões mais fracas, inspiradas na crítica "schumpeteriana" da democracia participativa e daquela representativa[89]. Se é verdade que respeitáveis pensadores liberal-democratas, a partir de Norberto Bobbio, Ralf Dahrendorf e Jürgen Habermas, consideram a proteção dos direitos subjetivos como *conditio sine qua non* de qualquer possível regime democrático, resta o fato de que as instituições do Estado de Direito são, enquanto tais, indiferentes em relação a alguns aspectos centrais da concepção demo-

and Perspectives, Harvard University Press, Cambridge (Mass), 1970; E. Dell'Aquila, *Il diritto cinese*, Cedam, Padova, 1981; W. Chenguang, Z. Xianchu (organizado por), *Introduction to Chinese Law*, Sweet & Maxwell Asia, Hongkong-Singapore, 1997; J. Tao, *The Chinese Moral Ethos and the Concept of Individual Rights*, "Journal of Applied Philosophy", 7 (1990), 2; A. H. Y. Chen, *Chinese Cultural Tradition and Modern Human Rights*, Amnesty International Annual General Meeting, Hong Kong, 2 de dezembro de 1997; M. G. Losano, *I grandi sistemi giuridici*, cit., pp. 405-33. De forma mais geral: W. Schmale (organizado por), *Human Rights and Cultural Diversity: Europe, Islamic World, Africa, China*, Goldbach, Keip, 1993; M. Yasutomo (organizado por), *Law in a Changing World: Asian Alternatives*, "Archiv für Rechtsund Sozialphilosophie", Beiheft 72, 1998.

89. Sobre o tema, pode-se ver D. Zolo, *Democracy and Complexity*, cit., pp. 54-98.

crática – clássica e pós-clássica – do Estado. Salvo uma fraca, totalmente implícita referência ao caráter representativo do poder legislativo, a teoria do Estado de Direito não se empenha em temas como a soberania popular, a efetiva participação dos cidadãos nas decisões coletivas, as regras e os valores da representatividade, o pluralismo dos sujeitos da competição política, as *responsiveness* dos governos[90].

Em síntese, pode-se dizer que o Estado de Direito se contrapõe ao Estado absolutista clássico, ao Estado totalitário moderno e, em geral, ao Estado de polícia. Não se contrapõe, em princípio, a regimes oligárquicos ou tecnocráticos, eventualmente caracterizados por uma despolitização de massa e por grandes diferenças econômico-sociais. O Estado de Direito parece estar em maior sintonia com a tradição política de inspiração liberal do que com uma filosofia política que estimule a responsabilidade civil dos cidadãos, a transparência e a difusão da comunicação política, a vitalidade da esfera pública. Na perspectiva do Estado de Direito, a ameaça às liberdades individuais parece derivar exclusivamente do uso arbitrário do poder por parte de órgãos estatais, não também da prevaricação de outros poderes e de outros sujeitos da vida social e econômica.

E, portanto, uma internacionalização do modelo do Estado de Direito pode comportar uma remoção em nível internacional de alguns valores que na Europa são – ou melhor, foram – patrimônio da doutrina democrática. Isso vale hoje, concretamente, para o processo de integração européia, como é assinalado pela importante discussão em curso acerca do "déficit democrático" das atuais instituições européias, apesar do seu empenho em temas de tutela dos direitos individuais, recentemente reiterado pela cúpula de Nice com a aprovação da Carta dos direitos fundamentais[91]. E o risco de remoção está

90. Para uma "definição mínima" das regras e dos valores da democracia, ver N. Bobbio, *Il futuro della democrazia*, Einaudi, Torino, 1984.

91. Ver, em particular, a contribuição de R. Bellamy e Dario Castiglione neste volume. Sobre o tema geral existe uma abundante literatura: D. Grimm, *Una Costituzione per l'Europa?*, em G. Zagrebelsky, P. P. Portinaro, J. Luther (organizado por), *Il futuro della Costituzione*, Einaudi, Torino, 1996, pp. 339-67; J. Habermas, *Una Costituzione per l'Europa? Osservazioni su Dieter*

presente concreta e dramaticamente também em escala global, como indica o contraste, de um lado, entre as grandes potências ocidentais e, de outro, numerosos países não-ocidentais e um denso grupo de associações não-governamentais e de movimentos políticos transnacionais. As potências ocidentais estão alinhadas a favor de uma expansão internacional do modelo do Estado de Direito e de uma intransigente defesa da universalidade, interdependência e indivisibilidade dos "direitos do homem". Os outros interlocutores são muito mais sensíveis ao que eles chamam de "direitos coletivos", abrangendo a redução das desigualdades econômico-sociais, a proteção da identidade cultural e a da autonomia política dos povos, a luta contra a pobreza e as doenças epidêmicas, a libertação dos países economicamente atrasados do endividamento externo[92].

5.2.2. *Constituição, direitos subjetivos, soberania popular* – Como vimos, discutindo em particular a experiência do constitucionalismo estadunidense e do constitucionalismo francês – um discurso à parte foi reservado para a "exceção" inglesa –, são possíveis duas abordagens diferentes no que se refere ao tema da garantia constitucional dos direitos subjetivos que, por comodidade, poderíamos chamar respectivamente de "liberal" e "democrático".

Grimm, ibid., pp. 369-75; R. Bellamy, V. Bufacchi, D. Castiglione (organizado por), *Democracy and Constitutional Culture in the Union of Europe*, Lothian Foundation Press, London, 1995; R. Bellamy (organizado por), *Constitutionalism, Democracy and Sovereignty: American and European Perspectives*, Aldershot, Avebury, 1996; G. E. Rusconi, *Quale democrazia costituzionale?. La Corte Federale nella politica tedesca e il problema della costituzione europea*, "Rivista italiana di scienza politica", 27 (1997), 2; M. Telò, *L'Europa attore internazionale: potenza civile e nuovo multilateralismo*, "Europa Europe", 8 (1999), 5, pp. 37-56.

92. Ver, por exemplo, a "Banjul Charter on Human and People's Rights", aprovada em 1981 pela Organização da Unidade Africana, na qual os direitos econômico-sociais, concebidos como direitos coletivos dos povos, têm uma nítida preponderância em relação aos direitos civis e políticos dos indivíduos; igualmente pode-se dizer a propósito da "Carta árabe dos direitos do homem", aprovada no Cairo em setembro de 1994; cf. em geral R. J. Vincent, *Human Rights and International Relations*, Cambridge University Press, Cambridge, 1986, pp. 39-44.

A abordagem liberal – Típica da experiência estadunidense, a abordagem liberal tende a fazer do *Bill of Rights* a fonte da obrigatoriedade dos princípios e das regras que tutelam as liberdades fundamentais. A validade normativa do Estado de Direito deriva de um postulado de racionalidade e de fundamento jusnaturalista (ou quase jusnaturalista) dos seus princípios, de modo que nenhuma maioria parlamentar – nem sequer o consenso unânime dos membros das assembléias eletivas – pode revogar as normas do texto constitucional que dizem respeito, por exemplo, ao direito à vida, ao direito de liberdade, ao direito de propriedade, à liberdade de iniciativa econômica. Uma decisão parlamentar de revogação dessas normas, mesmo que respeitasse os procedimentos previstos para a revisão constitucional, deveria ser considerada constitucionalmente eversiva e, portanto, nula e inaplicável.

Dessa posição de princípio derivam alguns corolários de grande relevância procedimental e institucional: deriva antes de tudo a exigência de estabilizar os fundamentos do Estado de Direito, tornando o mais possível rígidas as partes do texto constitucional relevantes para a tutela dos direitos subjetivos, prevendo maiorias qualificadas e outros agravantes procedimentais para a revisão do texto constitucional por parte das assembléias parlamentares. Em segundo lugar, principalmente, é necessário prever uma limitação institucional também do poder legislativo, confiando a órgãos judiciários um sindicato de constitucionalidade com eficácia *erga omnes* sobre a produção das leis.

Na segunda metade do século XX, salvo a duradoura, importante exceção da Grã-Bretanha, a respeito da qual voltaremos a falar, essa posição "liberal", que tinha inicialmente surgido nos Estados Unidos, tornou-se dominante também na experiência do constitucionalismo europeu – em particular na Alemanha e na Itália – e acabou assim por se identificar *tout court* com a doutrina continental do Estado de Direito. Essa posição "liberal" faz com que a garantia dos direitos fundamentais dependa do recíproco controle e do equilíbrio entre os "poderes constituídos", inclusive o legislativo, sob a vigilante proteção da Corte Constitucional, como Hans Kelsen havia proposto com autoridade. Ao mesmo tempo atenua-se a instância "democrática" que faz do poder constituinte a fonte de toda possível legitimidade constitucional[93]. E recusa-se, com maior razão, a idéia da onipotência do legislador democrático: a democracia não pode ser senão uma "democracia constitucional", ou seja, uma democracia limitada por uma Constituição liberal na qual os "direitos fundamentais", como escreve Ferrajoli, são considerados inalienáveis e invioláveis e por isso indecidíveis por parte de qualquer maioria política e de qualquer poder, porque subtraídos à soberania popular[94].

A abordagem democrática – A tutela dos direitos subjetivos e, mais em geral, a definição dos órgãos do Estado e das suas funções devem depender, segundo essa abordagem, do poder constituinte da comunidade política e da permanente iniciativa dos seus membros. Essa posição voluntarista não identifica a Constituição com a garantia dos direitos e a separação dos poderes, como pretendia o célebre artigo 16 da Declaração dos Direitos do Homem e do Cidadão, de 1789[95]. Uma Constituição é plenamente tal, mesmo que não seja deduzida de princípios liberais, desde que tenha sido livremente desejada e democraticamente deliberada pela maioria dos membros do grupo político organizado. O modelo de referência, nesse caso, é a experiência revolucionária francesa, que precedeu a elaboração da teoria do *État de droit* e que, aliás, Carré de Malberg criticou diretamente. Na experiência francesa, a afirmação dos

---

93. Ver, neste volume, o ensaio de Giorgio Bongiovanni.

94. Cf. L. Ferrajoli, *Democrazia e Costituzione*, em G. Zagrebelsky, P. P. Portinaro, J. Luther (organizado por), *Il futuro della costituzione*, cit., pp. 323-4; sobre o tema, ver também S. Holmes, *Precommitment and the Paradox of Democracy*, em J. Elster, R. Slagstad (organizado por), *Constitutionalism and Democracy*, Cambridge University Press, Cambridge, 1988, trad. it. em G. Zagrebelsky, P. P. Portinaro, J. Luther (organizado por), *Il futuro della costituzione*, cit., pp. 167-208; em geral: U. K. Preuss, *Zum Begriff der Verfassung. Die Ordnung des Politischen*, Fischer Verlag, Frankfurt, 1994; J. L. Jowell, *The Changing Constitution*, Clarendon Press, Oxford, 1994; L. Compagna, *Gli opposti sentieri del costituzionalismo*, il Mulino, Bologna, 1998; A. Barbera, *Le basi filosofiche del costituzionalismo*, em A. Barbera (organizado por), *Le basi filosofiche del costituzionalismo*, Laterza; Roma-Bari, 1997; E. Ripepe, *Riforma della Costituzione o assalto alla Costituzione?*, Cedam, Padova, 2000.

95. "Toute societé dans la quelle la garantie des droits n'est pas assurée, ni la séparation des povoirs déterminée, n'a point de constitution."

direitos foi o resultado de lutas políticas que foram vitoriosas também graças ao apoio das assembléias eletivas, e não do êxito de um sofisticado e burocrático equilíbrio entre os poderes do governo "misto" ou "moderado". Para a tutela das liberdades, afirma-se, conta menos a rigidez constitucional ou o sindicato de constitucionalidade das leis do que uma vigilante opinião pública, um debate político-jurídico aberto e competente, uma permanente iniciativa popular que leve, entre outros, a uma tempestiva renovação legislativa (ou referendária) das cartas constitucionais e das declarações dos direitos. Também o *Bill of Rights* está destinado, como qualquer outro ato normativo, a ser superado pela mudança social, ainda mais que se trata de uma mudança acelerada pela rapidez evolutiva que caracteriza as sociedades complexas. Uma excessiva rigidez constitucional pode ser, portanto, um elemento de conservação social e um freio da democracia, além de constituir uma frágil proteção dos direitos: frágil porque confiada a um direito que pretende neutralizar a política[96].

Uma alternativa ideológico-política – As duas posições – embora igualmente voltadas para a promoção e a defesa dos direitos individuais – são dificilmente conciliáveis em uma solução que realize um compromisso entre o racionalismo normativista, típico da doutrina eurocontinental do Estado de Direito, e o voluntarismo democrático. À posição "democrática" pode-se obviamente objetar que a ausência (ou a fragilidade) de vínculos procedimentais e institucionais para a tutela do *Bill of Rights* corre o risco de deixar nas mãos de provisórias maiorias parlamentares não apenas o destino dos direitos individuais, mas a própria democracia, se é verdade que um regime democrático não puramente formal é impensável sem o respeito aos principais direitos de liberdade. E, portanto, a preocupação "liberal" é, na realidade, uma garantia vital para a própria democracia, uma vez que a defende contra o risco – de modo algum escolástico, como provou a queda da República de Weimar – de que um regime democrático seja removido ou substituído por um regime autoritário sem nenhuma violação

96. Cf. P. P. Portinaro, *Stato*, il Mulino, Bologna, 1999, pp. 110-2.

das regras de decisão parlamentar[97]. A democracia é, portanto, fortalecida, e não enfraquecida, por vínculos liberais que impedem a sua autodestruição circular.

À posição "liberal" pode-se, por outro lado, objetar que, em termos propriamente teóricos, tem pequena relevância o fato de que uma Constituição seja aprovada ou modificada por uma maioria qualificada, em vez de por uma maioria simples ou de uma maioria absoluta. Resta o fato de que uma Constituição – como uma singular norma constitucional – expressa sempre a vontade de uma parte do "povo" (ou "nação"), ainda que ela possa ser ampla, contra a vontade de outra parte, do mesmo modo que acontece com as leis ordinárias, que são normalmente votadas por uma maioria simples. E isso vale ainda mais em sociedades complexas, caracterizadas pelo "politeísmo" das culturas e dos valores morais. Tudo isso significa que também as normas constitucionais relativas aos direitos subjetivos são expressão não de uma rousseauniana "vontade geral", mas das preferências de uma parte política. E conta pouco que essa parte considere "indecidíveis" os princípios nos quais acredita: essa convicção torna, aliás, dogmática e tendencialmente intolerante a sua opção "liberal".

A inevitável gênese "histórica" e "partigiana" deveria, portanto, desaconselhar qualquer atribuição de racionalidade, indecibilidade e sacralidade às normas de uma Constituição estatal, mesmo da mais "garantista" e inclusiva. Para o bem da paz de Kelsen, segundo o qual não existia nenhum autor político da Constituição, é preciso reconhecer que as normas constitucionais são, em todo caso, garantia de valores e visões de mundo que uma parte dos cidadãos compartilhou (e/ou compartilha) e que uma parte rejeitou (e/ou rejeita). Portanto, também uma Constituição liberal-democrata pode ser opressiva aos interesses e às expectativas de minorias dissidentes em relação à maioria constituinte: uma maioria, em hipótese, favorável à pena de morte e à guerra, contrária à família homossexual, ao aborto, à eutanásia ou ao respeito pelos animais e à

97. Cita-se, normalmente, a este propósito, além do caso da República de Weimar, o do "suicídio" da Segunda República francesa.

proibição de matá-los. Corre o risco, portanto, de ser paradoxalmente dogmática e despótica a tendência de fixar as tábuas de valores liberais em determinado momento da sua evolução histórica, confiando, ao mesmo tempo, a burocracias judiciárias a tarefa de vigiar para que as assembléias eletivas não introduzam inovações legislativas de natureza iliberal. O risco que correm, hoje, as versões eurocontinentais do Estado de Direito novecentista – isso pode ser afirmado sem lhes negar minimamente a relevância e a originalidade no interior da história "externa" do Estado de Direito – é o de um imobilismo constitucional que mumifique a vontade dos "pais fundadores". E esse risco pode ser agravado pela atribuição às cortes judiciárias de poderes de interpretação da Carta constitucional – poderes formalmente judiciários, mas de fato constituintes e legislativos –, a ponto de tornar flexível nas suas mãos uma Constituição que se pretende de qualquer modo "rígida", ou seja, intocável por parte do Parlamento[98]. E se poderia aqui perguntar a quem caberia, a não ser às cortes supremas, o poder de decidir quais temas políticos deveriam ser subtraídos à livre discussão e decisão pública – por exemplo referendária –, para que sejam considerados constitucionalmente "indecidíveis"[99].

Parece claro que a posição "liberal", não menos que a posição "democrática", está exposta à crítica da autocontraditoriedade circular. Para remediar essa crítica, seria preciso que os teóricos estadunidenses e eurocontinentais do Estado de Direito se empenhassem em identificar com extremo rigor as (poucas, talvez pouquíssimas) prescrições constitucionais – relativas, por exemplo, à liberdade de pensamento ou ao direito

98. Cf. P. P. Portinaro, *Il grande legislatore e il custode della Costituzione*, cit., pp. 22-31; a propósito da crítica do constitucionalismo estadunidense por parte de Mark Tushnet e dos "Critical Legal Studies", cf. A. Carrino, *Roberto M. Unger e os "Critical Legal Studies": scetticismo e diritto*, em G. Zanetti (organizado por), *Filosofi del diritto contemporanei*, cit., pp. 171-7.

99. Ver, para uma crítica neste sentido da práxis constitucional estadunidense, C. R. Sunstein, *The Partial Constitution*, cit.; C. R. Sunstein, *Legal Reasoning and Political Conflict*, Oxford University Press, Oxford, 1996; ver, também, neste volume, o ensaio de Brunella Casalini. No que diz respeito à Alemanha, ver em particular E.-W Böckenförde, *Staat, Verfassung, Demokratie*, Suhrkamp, Frankfurt a.M., 1991.

de expressá-lo publicamente –, cuja violação comporte a anulação da possibilidade de livre e eficaz expressão da vontade política, que é a condição de legitimidade, tanto liberal como democrática, de um governo político. Apenas essas prescrições deveriam ser sustentadas por meio de próteses procedimentais – não com base em postulados metafísicos de indecibilidade – que tornem muito difícil a sua revogação. E será preciso considerar que em sociedades politicamente fracionadas – como são com freqüência as sociedades diferenciadas e complexas – a maioria simples nas decisões parlamentares representa já uma entrada para além da qual se perfila o risco da paralisia decisional.

A opção entre a abordagem "liberal" e a abordagem "democrática" resta, portanto, ligada a considerações empíricas e a preferências ideológico-políticas amplamente opináveis: um dilema que a análise teórica está em condições de encaminhar e esclarecer, não de resolver[100].

5.2.3. *Fundamento e universalidade dos direitos subjetivos* – Uma terceira série de questões teóricas insolúveis diz respeito ao fundamento filosófico e à universalidade da doutrina dos direitos do homem. São questões que se refletem no tema da geral aplicabilidade coercitiva dos direitos do homem, tema dramaticamente outra vez proposto pela "guerra humanitária" por Kosovo, em 1999[101]. Norberto Bobbio sustentou a impossibilidade de uma base filosófica – e, portanto, racional e universal – da doutrina dos "direitos do homem". O motivo principal está, segundo ele, no fato de que essa doutrina apresenta algumas antinomias deontológicas, em particular a que opõe os direitos de liberdade e os direitos patrimoniais à igualdade social, valor que a afirmação dos "direitos sociais" deveria promover e tutelar[102].

---

100. Isto vale para tornar de todo legítimas, por exemplo, as importantes teses que Luigi Ferrajoli sustentou na sua contribuição ao presente volume, teses estas que, permanecendo no esquema aqui traçado, se inscrevem dentro da opção "liberal".

101. Sobre o tema, pode-se ver D. Zolo, *Chi dice umanità. Guerra, diritto e ordine globale*, Einaudi, Torino, 2000.

102. Cf. N. Bobbio, *L'età dei diritti*, cit., pp. 40-4. Sobre o tema pode-se ver D. Zolo, *Libertà, proprietà ed eguaglianza nella teoria dei "diritti fondamentali"*, cit., pp. 3-24.

Outros autores, dentre os quais Jack Barbalet, contrapuseram, no interior do catálogo normativo dos direitos de liberdade, os direitos "não-aquisitivos" aos direitos "aquisitivos". Os primeiros se concentram em uma tutela da "liberdade negativa", ou seja, em limites postos à intervenção do Estado (e de terceiros) na esfera individual, como no caso da liberdade pessoal, da liberdade de pensamento, da inviolabilidade do domicílio, da propriedade privada; ou se resolvem, como é o caso dos direitos sociais, em simples poderes de consumir. Os segundos, como a autonomia de negociação, a liberdade de associação, a liberdade de imprensa, a liberdade de iniciativa econômica, são dotados de alta capacidade aquisitiva porque, em certas condições, o exercício de tais direitos produz poder político, econômico e comunicativo em vantagem dos seus titulares. Como, normalmente, apenas uma minoria de sujeitos está em condições de dispor dos instrumentos políticos, econômicos e organizativos necessários para explorar as propriedades aquisitivas desse segundo tipo de direitos de liberdade, ocorre que o seu exercício produz uma notável restrição da liberdade dos outros sujeitos, além de multiplicar as desigualdades sociais. A idéia, muito difusa, de que os direitos subjetivos atribuam aos indivíduos pretensões legítimas que convergem espontaneamente em uma interação social pacífica e progressiva deveria, portanto, ser posta de lado e substituída por uma visão agonística e conflitual da "luta pelos direitos"[103].

Às teses de Bobbio e de Barbalet pode-se acrescentar que a doutrina dos direitos do homem carece de critérios, para usar um léxico sistêmico, de auto-regulação cognitiva. Ela não dispõe de categorias teóricas capazes de uma rigorosa identificação e definição dos direitos subjetivos (a taxionomia proposta por Thomas Marshall, embora muito útil, é de natureza histórico-sociológica e está, além disso, diretamente moldada nos últimos três séculos da história inglesa). Por isso acontece que

---

103. Cf. J. M. Barbalet, *Citizenship*, Open University Press, Milton Keynes, 1988, trad. it. Liviana Editrice, Padova, 1992, pp. 49-50; L. Ferrajoli, *Diritti fondamentali*, cit., passim; D. Zolo, *La strategia della cittadinanza*, em D. Zolo (organizado por), *La cittadinanza*, cit., pp. 33 ss.

o "catálogo dos direitos" está constantemente exposto a expandir-se pletoricamente, graças a processos de cumulação anômica, por sucessivas "gerações" ou por interpolações normativas ligadas a puras circunstâncias de fato[104]. E não foram poucos os filósofos e juristas que propuseram uma extensão da teoria dos direitos subjetivos também aos seres vivos não pertencentes à espécie humana, aos embriões e até mesmo aos objetos inanimados. Em definitiva, apesar da "Declaração Universal" de 1948 e à parte um difuso consenso pragmático acerca de alguns direitos "fundamentais", substancialmente coincidentes com aqueles que Marshall chamou de "direitos civis", hoje não existe uma "tábua" dos direitos subjetivos que seja teoricamente definida e geralmente compartilhada nem sequer no Ocidente. E isto vale ainda mais para as implicações normativas e as aplicações práticas de cada direito.

Citemos alguns exemplos dentre os tantos possíveis: se é verdade que o direito à vida é um dos direitos subjetivos mais "certos" do ponto de vista normativo, é igualmente verdade que não existe nenhum consenso teórico a respeito da sua incompatibilidade com a pena de morte: uma pena, como é notório, amplamente praticada também nos Estados Unidos, que hoje são considerados e se consideram a pátria dos direitos individuais e do *rule of law*. Outro exemplo: a condenação à prisão perpétua, nas formas mais brutais, próximas à tortura, em que muitas vezes a reclusão penal é praticada nos países ocidentais, é normalmente considerada compatível seja com os direitos de liberdade, seja com o direito à integridade física

---

104. A expressão "gerações" é de Bobbio e exclui qualquer pretensão teórica. Também P. Barile, em *Diritti dell'uomo e libertà fondamentali*, il Mulino, Bologna, 1984, limita-se a uma (útil) compilação de direito constitucional positivo. Tentativas de elaboração teórica estão em R. Alexy, *Theorie der Grundrechte*, Nomos Verlagsgesellschaft, Baden-Baden, 1985; J. Rawls, *The Basic Liberties and Their Priorities*, em S. M. McMurrin (organizado por), *The Tanner Lectures on Human Values*, vol. 3, University of Utah Press, Salt Lake City, 1982, pp. 1-87, trad. it. em H. L. A. Hart, J. Rawls, *Le libertà fondamentali*, La Rosa Editrice, Torino, 1994; G. Peces-Barba Martínez, *Curso de derechos fundamentales*, Eudema, Madrid, 1991, trad. it. Giuffrè, Milano, 1993. Luigi Ferrajoli propôs recentemente uma teoria formal dos direitos fundamentais, no ensaio, várias vezes citado, *Diritti fondamentali*.

e psíquica dos cidadãos reclusos. As opiniões discordantes são de todo minoritárias[105]. E ainda: as mutilações genitais femininas (conhecidas como "infibulação"), muito difundidas em alguns países da África norte-oriental e central, foram coerentemente declaradas pela legislação de numerosos Estados europeus como lesivas aos direitos das mulheres e à sua integridade física e psíquica. Quanto às mutilações genitais masculinas ("circuncisão"), é notório que são praticadas não apenas no mundo islâmico e judaico, mas também, em geral, no mundo ocidental, em particular nos Estados Unidos, sem explícitas motivações religiosas. Essas mutilações não são normalmente consideradas uma violação da integridade pessoal dos menores. Embora constituam uma lesão com conseqüências normalmente menos graves em relação à "infibulação" feminina, uma minoria de médicos e de juristas ocidentais sublinhou que se trata, de qualquer modo, da mutilação de um órgão sadio, exercida sem o consentimento do interessado e sem nenhuma razão sanitária[106].

Poder-se-ia concluir, por todas essas razões, que é pouco útil ir em busca de uma teoria rigorosa dos direitos subjetivos (ou "direitos do homem") e que é suficiente um empenho de caráter prático para a sua aplicação. E nesse sentido parece estar orientado o próprio Bobbio[107]. Certamente, a justificação de

---

105. Cf. D. Zolo, *Filosofia della pena e istituzioni penitenziarie*, "Iride" 14 (2001), 32, pp. 47-58; A. Cassese, *Umano-disumano. Carceri e commissariati nell'Europa di oggi*, Laterza, Bari, 1994; T. Mathiesen, *Prison on Trial: A Critical Assessment*, Sage Publicatons, London, 1990; E. Santoro, *Carcere e società liberale*, Giappichelli, Torino, 1997; L. Wacquant, *Les prisons de la misère*, Paris, Editions Raisons d'Agir, 1999, trad. it. Feltrinelli, Milano, 2000.

106. A experiência clínica assinala a insurgência de significativas patologias e disfunções sexuais entre os homens circuncidados: hemorragias, infecções, fístulas uretrais, retenção urinária, cistes do prepúcio, necrose da glande. Por essas razões, nos Estados Unidos surgiram numerosas organizações que se opõem à prática da circuncisão masculina, como o NOCIR, o NOHARMM, o NORM. Ver: W. J. Prescott, *Genital Pain versus Genital Pleasure*, "The Truth Seeker", 1 (1989), 3; A. Abu-Sahlieh, *To Mutilate in the Name of Jeowa or Allah: Legitimation of Male and Female Circumcision*, "Medical Law", 13 (1994); A. J. Chessler, *Justifying the Injustifiable*, "Buffalo Law Review", 45 (1997).

107. Cf. N. Bobbio, *L'età dei diritti*, cit., pp. 40-4.

tais direitos não pode ser senão de caráter histórico e pragmático e, portanto, contingente. De resto, é notório que os direitos civis e políticos se afirmaram na Europa, em uma fase particular da sua história, como resultado de longas e sangrentas lutas sociais. Não restaria, portanto, senão admitir que a doutrina dos direitos subjetivos é filosoficamente infundada e imperfeita do ponto de vista deontológico: um produto histórico ocidental, importante para o Ocidente, mas que não pode justificar nenhuma pretensão universalista, nem nenhum proselitismo "civilizador".

Mas poder-se-ia ainda sustentar que uma teoria rigorosa do Estado de Direito exige uma elaboração rigorosa da doutrina dos direitos subjetivos. E poder-se-ia acrescentar que é propriamente a falta de rigor teórico que hoje concorre para tornar incerta, como veremos, a efetividade de muitos aspectos do Estado de Direito. E, circunstância ainda mais grave, essa falta favorece o desvirtuamento propagandístico da doutrina dos "direitos do homem" em termos de um agressivo universalismo "colonial", como foi o caso das motivações humanitárias da guerra de Kosovo, conduzida pelas potências ocidentais contra a República Iugoslava. Embora careça de base filosófica e de universalidade normativa e, aliás, precisamente por isso, porque libertada do beco sem saída dos conceitos universais, a doutrina dos direitos subjetivos poderia ser "universalizada" em termos comunicativos. A dúplice condição é que ela assuma uma fisionomia teórica mais rigorosa – em termos de teoria jurídica e política, não de "base" metafísica – e que a universalização comunicativa se funde sobre uma "tradução" intercultural de todo o léxico e de toda a sintaxe deontológica do modelo do Estado de Direito[108]. Uma confirmação da atualidade e da relevância desses problemas de comunicação intercultural surgiu da polêmica que teve como epicentro Cingapura, Malásia e China, acerca da contraposição dos *Asian values* à tendência do Ocidente de impor às culturas orientais os seus valores ético-políticos – o Estado de Direito e os direi-

---

108. Ver L. Baccelli, *Il particolarismo dei diritti*, Carocci, Roma, 1999, passim.

tos individuais, acima de tudo – juntamente com a tecnologia, a indústria e a burocracia ocidentais[109].

5.3. *Estado de Direito e relações internacionais*

O limite de validade mais relevante da doutrina do "Estado de Direito" deve-se ao seu restrito horizonte normativo, que não vai além do espaço político do Estado nacional. Esse limite da doutrina, que contrasta singularmente com a pretensão universalista de grande parte dos seus fatores contemporâneos, apresenta um duplo perfil.

5.3.1. *As relações entre os Estados* – Em primeiro lugar, a doutrina do Estado de Direito não se ocupa das relações entre um Estado em particular e os outros Estados. Ela diz respeito exclusivamente à "soberania interna" do Estado nacional e não toca nem nas relações políticas internacionais desse Estado – a sua "política externa" – nem nas suas relações de direito internacional, que são totalmente confiadas à regulamentação de acordos por meio de convenções e tratados. Pode-se dizer, em suma, que o Estado de Direito implica uma significativa limitação da "soberania interna" do Estado, mas deixa intacta a sua "soberania externa", incluindo o *jus ad bellum*, que a partir da paz de Vestefália, em meados do século XVII, tinha assumido até a condição de prerrogativa soberana dos Estados[110]. Às ve-

---

109. Sobre o tema ver, neste volume, o ensaio de Alice Ehr-Soon Tay, no qual se propõe uma nítida distinção entre os valores confucianos "autênticos" e o uso politicamente instrumental que teriam feito disso os defensores do "modelo Cingapura"; ver, além disso: M. C. Davis (organizado por), *Human Rights and Chinese Values. Legal, Philosophical and Political Perspectives*, Columbia University Press, New York, 1995; W. T. de Bary, T. Weiming (organizado por), *Confucianism and Human Rights*, Columbia University Press, New York, 1998; D. A. Bell, *A Communitarian Critique of Authoritarianism. The case of Singapore*, "Political Theory", 25 (1997), 1; E. Vitale, *"Valori asiatici" e diritti umani*, "Teoria politica", 15 (1999), 2-3, pp. 313-24; M. Bovero, *Idiópolis*, "Ragion pratica", 7 (1999), 13, pp. 101-6; ver ainda a rubrica dedicada ao tema, organizada por B. Casalini, no site *Jura Gentium*, <http://dex1.tsd.unifi.it/juragentium>.

110. Sobre o tema, ver L. Ferrajoli, *La sovranità nel mondo moderno*, Anabasi, Milano, 1995 [trad. bras. *A soberania no mundo moderno*, São Paulo, Martins Fontes, 2002].

zes – são emblemáticos os exemplos da Grã-Bretanha e da França –, uma rigorosa aplicação interna das regras do Estado de Direito coexiste com uma política externa belicista e imperialista e com a promulgação do "direito colonial"[111].

Não é, portanto, por acaso que, para Dicey, o maior teórico do *rule of law* inglês, o ordenamento internacional não fosse sequer, propriamente, um ordenamento jurídico. Seguindo a lição de John Austin, Dicey sustentou que as normas internacionais podem ser consideradas, no máximo, como uma espécie de "ética pública" (*public ethics*), juridicamente não vinculante[112]. E segundo um teórico igualmente respeitável do *Rechtsstaat*, como Georg Jellinek, o direito internacional era um conjunto de regras não diverso e não separado do ordenamento jurídico estatal: segundo ele, as obrigações internacionais eram, da mesma forma que o direito constitucional e o direito administrativo, um produto da "autolimitação" da soberania do Estado nacional[113].

Fica muito claro, então, por que a doutrina do Estado de Direito carece de desdobramentos internacionais: os seus princípios, em particular os princípios de difusão e de diferenciação do poder, foram concebidos para serem aplicados apenas aos cidadãos e às instituições do Estado nacional. Aos cidadãos ou às instituições dos países estrangeiros é atribuída relevância jurídica apenas se entrarem explicitamente em conta-

111. Sobre o tema, com relação ao colonialismo britânico na Índia, veja-se, neste volume, o ensaio de Ananta Kumar Giri. Para o "direito colonial" da Espanha, ver, neste volume, o ensaio de Carlos Petit. De forma mais geral sobre o tema do "direito colonial", ver S. Romano, *Corso di diritto coloniale*, Athenaeum, Roma, 1918, J. M. Cordero Torres, *Tratado elemental de derecho colonial español*, Editora Nacional, Madrid, 1941. Sobre os fatos do imperialismo, ver, para cada caso, M. Nicholson, *International Relations*, London, Macmillan, 1998, trad. it. il Mulino, Bologna, 2000, pp. 99-122; para uma reinterpretação mais atual, ver M. Hardt, A. Negri, *Empire*, Harvard University Press, Cambridge (Mass.), 2000. Não se deve descurar o clássico H. Bull, A. Watson, *The Expansion of International Society*, Clarendon Press, Oxford, 1984, trad. it. Jaca Book, Milano, 1994.

112. Cf. A. V. Dicey, *The Law of the Constitution*, cit., p. 22; e cf. C. Schmitt, *La condizione della scienza giuridica europea*, cit., p. 35.

113. Cf. G. Jellinek, *Die rechtliche Natur der Staatenverträge*, Hoelder, Wien, 1880, p. 27.

to com o ordenamento interno e também nesse caso sob certas e precisas condições – a cláusula de reciprocidade, por exemplo – e com relevantes exceções, sobretudo para com os indivíduos e as instituições não pertecentes ao "mundo civil", ou seja, ao Ocidente. Além disso, a partir dos seus pais fundadores – Hugo Grócio, Richard Zouche, Emeric de Vattel – o *jus publicum europaeum* reconheceu como sujeitos do próprio ordenamento jurídico apenas os Estados, ao passo que ficaram excluídos os indivíduos, cujos "direitos fundamentais" foram considerados automaticamente representados e protegidos pelos Estados aos quais pertencem.

É preciso acrescentar que o princípio de não-ingerência na *domestic jurisdiction*, ou seja, nos "assuntos internos" dos Estados soberanos, que foi o pilar da ordem vestefaliana, pelo menos até toda a década de 1980, excluiu da competência do direito e das instituições internacionais as relações entre os governos e os seus cidadãos, inibindo qualquer possibilidade de que a proteção dos direitos subjetivos assumisse uma dimensão internacional. Uma relevante exceção foram os tribunais penais internacionais, criados no decorrer do século XX com o objetivo declarado de perseguir os indivíduos que fossem responsáveis por graves violações dos "direitos do homem". Mas a experiência desses tribunais *ad hoc* – de Nuremberg a Tóquio, a Haia, a Arusha – foi, até agora, em muitos aspectos, decepcionante: essa experiência tem provado essencialmente que uma jurisdição penal internacional, operante na ausência de uma organização das relações internacionais de algum modo modeladas no Estado de Direito, não pode almejar um grau mesmo mínimo de autonomia em relação às grandes potências[114].

5.3.2. *A ordem mundial* – Em segundo lugar, os princípios do Estado de Direito, com a única, parcial exceção do pacifismo kantiano, nunca foram teoricamente relacionados ao tema da ordem e da paz mundial[115]. Essa lacuna não foi preenchida

---

114. Cf. D. Zolo, *Chi dice umanità*, cit., pp. 124-68.

115. Cf. neste volume o ensaio de Stefano Mannoni, que, entre outras coisas, assinala o pacifismo institucional de Jeremy Bentham como uma das primeiras tentativas de aplicar o *rule of law* ao direito internacional; ver tam-

sequer quando, na primeira metade do século XX, emergiu no Ocidente a tendência de superar o "sistema de Vestefália" – o sistema "anárquico" dos Estados soberanos – para dar vida a instituições supranacionais centralizadas, como a Sociedade das Nações e as Nações Unidas. Não obstante a difusa retórica acerca do *rule of law* internacional, a doutrina do Estado de Direito não exerceu nenhuma influência no processo de formação dessas instituições – em particular as Nações Unidas –, empenhadas em limitar a soberania dos Estados nacionais para a realização de uma "paz estável e universal": uma paz na realidade presidida pela hegemonia das potências que, conforme as circunstâncias, saíram vencedoras dos conflitos em escala mundial. Mais do que no pacifismo cosmopolita de origem kantiana e na conexa ideologia da cidadania universal e do "direito cosmopolita" (*Weltbürgerrecht*), esse processo inspirou-se no modelo hierárquico e autoritário da Santa Aliança[116]. Com esse modelo, como sustentou Hans Morgenthau, se identifica em particular a estrutura das Nações Unidas, no centro da qual está o Conselho de Segurança dominado pelo poder de veto de cinco grandes potências e que se baseia, portanto, na negação de um princípio fundamental do Estado de Direito: a igualdade formal dos sujeitos de direito[117].

A tese de que a experiência do Estado de Direito não inspirou nenhuma teoria do direito e das instituições pode parecer exagerada. Na realidade, poder-se-ia objetar que hoje, no Ocidente, existe um grande grupo de pensadores – os *Western globalists*, segundo a irônica definição de Hedley Bull – que, na esteira da lição kantiana e kelseniana, propõe a aplicação dos princípios e das regras do *rule of law* para a construção de um

bém S. Mannoni, *Potenza e ragione. La scienza del diritto internazionale nella crisi dell'equilibrio europeo*, Giuffrè, Milano, 1999. Para uma crítica realista da tradição do pacifismo kantiano – de Kant a Kelsen, a Bobbio, a Habermas –, pode-se ver D. Zolo, *I signori della pace. Una critica del globalismo giuridico*, Carocci, Roma, 1998.

116. Cf. P. P. Portinaro, *Il realismo politico*, Laterza, Roma-Bari, 1999, pp. 119-25; P. P. Portinaro, *Stato*, cit., pp. 128-32.

117. Ver H. J. Morgenthau, *Politics among Nations*, Knopf, New York, 1960, trad. it. il Mulino, Bologna, 1997; D. Zolo, *Cosmopolis. Prospects for World Order*, Polity Press, Cambridge, 1996.

sistema político e jurídico global: de Richard Falk a David Held, a Jürgen Habermas, para citar os mais conhecidos. Pode-se, todavia, observar que autores como Falk e Held estão interessados em divulgar algumas palavras de ordem sugestiva – *global civil society, global constitutionalism, global democracy, cosmopolitan democracy* etc. –, com a tendência de "pantografar" em nível global as suas convicções liberal-democratas, sem um empenho preciso, nem de especificação normativa e institucional do projeto de um eventual Estado de Direito planetário, nem de interação com as culturas políticas e jurídicas não-ocidentais, que deveriam ser envolvidas no projeto cosmopolita[118]. Quanto a Habermas, ele não parece nutrir nenhuma dúvida acerca do nexo de causalidade evolutiva, por assim dizer, que, a seu ver, faz derivar o "direito cosmopolita" do Estado de Direito, a cidadania universal da cidadania democrática. "O direito cosmopolita – ele escreveu de forma lapidar – é uma conseqüência da idéia do Estado de Direito."[119] A expansão cosmopolita do Estado de Direito ocidental, afirma Habermas, obedece tanto à lógica interna das instituições democráticas quanto ao conteúdo semântico – ao intrínseco universalismo – dos direitos do homem.

---

118. Cf. R. Falk, *Human Rights and State Sovereignty*, Holmes and Meier, New York, 1981; D. Held, *Democracy and the Global Order*, Polity Press, Cambridge, 1995. Ver, além disso, os ensaios reunidos no volume organizado por B. Holden, *Global Democracy. Key Debates*, Routledge, London-New York, 2000; cf. em particular, além da introdução do organizador, as contribuições de D. Held, *The Changing Contours of Political Community: Rethinking Democracy in the Context of Globalization* (pp. 17-31); D. Zolo, *The Lords of Peace: from the Holy Alliance to the New International Criminal Tribunals* (pp. 73-86); R. Falk, *Global Civil Society and the Democratic Prospect* (pp. 162-78).

119. "Das Weltbürgerrecht ist eine Konsequenz der Rechtsstaatsidee" (J. Habermas, *Kants Idee des Ewigen Friedens – aus dem historischen Abstand von 200 Jahren*, "Kritische Justiz", 28, 1995, p. 317, agora em J. Habermas, *Die Einbeziehung des Anderen*, Suhrkamp, Frankfurt a.M., 1996, trad. it. *L'inclusione dell'altro*, Feltrinelli, Milano, 2000, p. 213); ver ainda J. Habermas, *Faktizität und Geltung. Beiträge zur Diskurstheorie des Rechts und des demokratischen Rechtsstaat*, Suhrkamp Verlag, Frankfurt a.M., 1992, trad. it. Guerini e Associati, Milano, 1996. Para uma crítica realista do cosmopolitismo habermasiano, pode-se ver D. Zolo, *A Cosmopolitan Philosophy of International Law? A Realist Approach*, "Ratio Juris", 12 (1999) 4, pp. 429-44; ver também a réplica de Habermas, id., pp. 450-3.

Trata-se, em todos esses casos, de exemplos muito característicos de um uso fortemente etnocêntrico da *domestic analogy*, que considera óbvia a analogia entre a *civil society*, que entre os séculos XVII e XVIII sustentou o desenvolvimento do Estado moderno europeu, e a atual, suposta *global civil society*. O argumento analógico permitiria aplicar a todas as populações do planeta – e ao planeta como tal – as categorias da representatividade democrática, da separação dos poderes e da tutela dos "direitos do homem"[120]. Nessa perspectiva antropológica dogmática, Habermas distinguiu-se, como é notório, na produção de argumentos universalistas a favor, seja da Guerra do Golfo, de 1991, seja da "guerra humanitária" da Otan contra a República Iugoslava, de 1999[121].

6. A crise do Estado de Direito

A teoria do Estado de Direito que discutimos até agora deveria oferecer uma contribuição para a compreensão dos novos problemas que hoje, nos inícios do terceiro milênio, é necessário enfrentar para a promoção dos direitos subjetivos e a contenção do poder arbitrário. No contexto da crescente complexidade social e dos processos de globalização, os problemas com os quais é preciso se confrontar podem ser unificados sob o título de "crise do Estado de Direito". A crise refere-se seja ao funcionamento das estruturas "garantistas" dos Estados ocidentais, em particular nas versões eurocontinentais do período pós-Segunda Guerra Mundial, seja, em nível global, à proteção dos "direitos do homem". Se se deve dar fé

---

120. Para uma crítica dessas posições, veja-se: P. Hirst, G. Thompson, *Globalization in Question*, Polity Press, Cambridge, 1996; P. Hirst, G. Thompson, *Global Miths and National Policies*, em B. Holden (organizado por), *Global Democracy*, cit., pp. 47-59; sobre o tema da *domestic analogy*, ver a clássica monografia: H. Suganami, *The Domestic Analogy and World Order Proposals*, Cambridge University Press, Cambridge, 1989.

121. Cf. J. Habermas, *Bestialität und Humanität. Ein Krieg an der Grenze zwischen Recht und Moral*, "Die Zeit", (1999), 18, trad. it. em VV.AA., *L'ultima crociata? Ragioni e torti di una guerra giusta*, organizado por G. Bosetti, Libri di Reset, Roma, 1999, pp. 74-87.

aos documentos das Nações Unidas e às relações de organizações não-governamentais como a *Amnesty International* e a *Human Rights Watch*, milhões de pessoas hoje são vítimas, em todos os continentes, de uma violação sem precedentes dos seus direitos fundamentais.

A amplitude do fenômeno é a conseqüência não só do caráter despótico ou totalitário de muitos regimes estatais, mas também de decisões arbitrárias de sujeitos internacionais dotados de grande poder político, econômico ou militar: um poder que os processos de globalização tornaram sobrepujante e incontrolável e contra o qual se perfila a sombra do *global terrorism*[122]. Estão sob acusação a guerra, a pena de morte, a tortura, os maus-tratos carcerários, o genocídio, a pobreza, as epidemias, as regras do comércio internacional, a dívida externa que sangra os países mais pobres, a exploração neo-escravocrata dos menores e das mulheres, a opressão racista de povos marginalizados – dos palestinos aos curdos, aos tibetanos, aos indo-americanos, aos ciganos, aos aborígenes africanos e australianos –, a devastação do ambiente natural.

As razões da crise podem ser catalogadas em dois registros distintos: o dos fenômenos de complexificação social dentro da área das sociedades industriais avançadas, investidas pela revolução tecnológico-informática; os dos processos de integração em escala regional – a União Européia – e em nível global. No interior do primeiro registro assumem relevância

---

122. Sobre os processos de globalização, a literatura é, enfim, muito extensa. Sobre os seus efeitos nas pessoas e grupos, ver em particular I. Clark, *Globalization and Fragmentation*, Oxford University Press, Oxford, 1997, trad. it. il Mulino, Bologna, 2001; U. Beck, *Was ist Globalisierung?*, Suhrkamp Verlag, Frankfurt a.M.,1997, trad it. Carocci, Roma, 1999; Z. Baumann, *Globalization. The Human Consequences*, Polity Press-Blackwell, Cambridge-Oxford, 1998, trad. it. Laterza, Roma-Bari,1999; P. De Senarclens, *Mondialisation, souveraineté*, Armand Colin, Paris, 1998; P. de Senarclens, *Maîtriser la mondialisation*, Presses de Sciences Po, Paris, 2000; L. Boltanski, E. Chiapello, *Le nouvel esprit du capitalism*, Gallimard, Paris, 1999; L. Gallino, *Globalizzazione e disuguaglianza*, Laterza, Roma-Bari, 2000; E. Greblo, *Globalizzazione e diritti umani*, "Filosofia politica", 14 (2000), 3, pp. 421-31; K. Bales, *Disposable People. New Slavery in the Global Economy*, California University Press, Berkeley (Cal.), 1999, trad. it Feltrinelli, Milano, 2000. Sobre o perigo global do terrorismo, pode-se ver D. Zolo, *Chi dice umanità*, cit., pp. 172-3, 219-20.

sobretudo a crise da capacidade reguladora dos ordenamentos jurídicos estatais e a decrescente efetividade da proteção dos direitos subjetivos. No interior do segundo registro, o tema central é o da erosão da soberania dos Estados nacionais e a preponderância de poderes e de sujeitos transnacionais que se subtraem à lógica da difusão e da diferenciação do poder.

6.1. A crise da capacidade reguladora da lei e a inflação do direito

Não se pode certamente afirmar que nas sociedades complexas do Ocidente, hoje, estejam em crise os pressupostos filosóficos do Estado de Direito. Ao contrário, depois da queda do império soviético e do esgotamento da ideologia marxista, o individualismo parece dominar qualquer aspecto da vida social, dos modelos de consumo aos estilos de vida, à experiência familiar e profissional, à obstinada tutela da *privacy* por parte de instituições burocráticas *ad hoc*. O que parece estar em crise é, antes, a "capacidade reguladora" do ordenamento jurídico, ou seja, o "rendimento" em termos de efetividade normativa das prescrições da lei, procedentes dos diversos órgãos que desempenham – ou deveriam desempenhar – funções legislativas. As razões desse impasse funcional, que atinge em particular as democracias da Europa continental, foram analisadas pela sociologia sistêmica do direito em termos de "inflação do direito" nas sociedades diferenciadas e complexas[123].

O processo de diferenciação dos subsistemas sociais estimula o ordenamento jurídico a perseguir essa evolução com uma crescente produção de normas, de conteúdo sempre mais específico e particular. Mas o direito é um instrumento muito mais rígido e lento com respeito à flexibilidade e rapidez evolutiva de subsistemas como, em particular, o científico-tecno-

---

123. Cf. N. Luhmann, *The Self-Reproduction of the Law and Its Limits*, Conference Materials on *Autopoiesis in Law and Society*, European University Institute, Firenze, 1984; N. Luhmann, *The Unity of the Legal System*, ibid.; N. Luhmann, *The Sociological Observation of the Theory and Practice of Law*, ibid.; G. Teubner, H. Willke, *Kontext und Autonomie: Gesellschaftliche Selbststeuerung durch reflexives Recht*, "Zeitschrift für Rechtssoziologie", 6 (1984), Heft 1, pp. 4-35.

lógico e o econômico, que são dotados de alta capacidade de autoprogramação e de autocorreção. Desse fato deriva a crise inflacionária do direito, que traz consigo desvalorização, redundância e instabilidade normativa e, enfim, impotência reguladora. À multiplicação da quantidade de atos legislativos junta-se a crescente opacidade expressiva e a extensão dos textos, cada vez mais carregados de referências tecnológicas e de referências cruzadas a outros textos normativos. A fragmentariedade das disposições, a referência a situações de emergência, a propensão a "programar" em vez de disciplinar agravam a tendência dessa legislação estatal de perder o requisito da generalidade e abstração e de se aproximar sempre mais, na substância, das medidas administrativas[124]. E, naturalmente, o modelo do "Código", com as suas pretensões iluministas de clareza, sistematicidade, universalidade e invariabilidade no tempo, tornou-se, enfim, um resíduo histórico propriamente dito, submerso pela avalanche caótica da microlegislação.

A esses fenômenos é preciso acrescentar, sobretudo para os países europeus diretamente envolvidos no processo de integração política, a multiplicação, além das fontes normativas internas (formais e informais), também daquelas supranacionais. A tendente anomia devido à sobrecarga normativa é assim agravada pela dificuldade de identificar os "princípios gerais" do ordenamento jurídico, para a definição dos quais concorrem também uma variedade de órgãos jurisdicionais – basta pensar na Corte de Justiça das comunidades européias –, que se atribuem a competência de interpretar as normas nacionais, comunitárias e internacionais. Nasce assim um direito europeu de caráter preponderantemente jurisprudencial, por definição, subtraído aos esquemas do Estado de Direito[125].

Tanto o princípio de difusão do poder quanto o da diferenciação do poder são atingidos pela crise da capacidade re-

---

124. Sobre o tema existe uma ampla literatura, ver, por exemplo, neste volume, a referência ao tema na contribuição de Luigi Ferrajoli. Já em 1958, Carl Schmitt, no ensaio *Die Lage der europäischen Rechtswissenschaft*, trad. it. cit., p. 61, exercia a sua crítica contra a "motorização" da lei que a transformava em "medida administrativa" (*Massnahme*).

125. Ver, neste volume, as referências ao tema nas contribuições de Alain Laquièze e Luigi Ferrajoli.

guladora do direito legislativo: em particular, está gravemente ameaçada a certeza do direito e, como conseqüência direta, o princípio de legalidade. A hipertrofia normativa, tanto no setor penal como no civil, aumenta excessivamente o poder dos intérpretes e dos juízes, a ponto mesmo de configurar um verdadeiro e próprio poder normativo das cortes, de fato autorizadas a reescrever seletivamente os textos legislativos. Não só a *ignorantia legis* é muito difusa, estando o cidadão cada vez menos em condições de saber quais são as leis válidas e qual é o seu alcance normativo, mas a deliberada ignorância da lei é uma prática jurisdicional inevitável também junto às Cortes de nível mais alto. Ignorar tacitamente, no todo ou em parte, as leis parece que se tornou uma condição necessária não só para emitir sentenças, mas também para desempenhar atividades administrativas rotineiras. Multiplicam-se, assim, no interior das estruturas do Estado de Direito, as áreas de autonomia reguladora *ultra legem* e, muitas vezes, *contra legem*.

A respeito desses aspectos do despotismo "legicêntrico" do Estado de Direito continental concentrou-se a áspera polêmica de autores como Bruno Leoni e Friedrich von Hayek. Eles contrapuseram às orgias normativas do *pouvoir législative* democrático a autêntica tradição *garantista* do *rule of law* anglo-saxão, fundado na tradição de *common law* e na atribuição ao poder judiciário – e não aos parlamentares – da tarefa de defender os direitos de liberdade[126]. As "liberdades dos ingleses" são incompatíveis, afirmaram Leoni e Hayek, com a tradição au-

126. Ver F. A. von Hayek, *The Constitution of Liberty*, Routledge & Kegan Paul, London, 1960, trad. it. *La società libera*, Vallecchi, Firenze, 1969; F. A. von Hayek, *The Rule of Law*, Institute for Human Studies, Menlo Park (Ca), 1975; B. Leoni, *Freedom and the Law*, trad. it. cit., pp. 67-107. Teses análogas são defendidas por Nicola Matteucci (*Positivismo giuridico e costituzionalismo*, il Mulino, Bologna, 1996, pp. 108 ss., 113), que exalta a idéia de um Estado liberal fundado sobre o poder dos juízes e não sobre o poder dos legisladores. Sobre o tema, pode-se ver também o comentário crítico à versão italiana do ensaio de Leoni, D. Zolo, *La libertà e la legge*, em "Quaderni fiorentini per la storia del pensiero giuridico moderno" (1995), 14; e D. Zolo, *A proposito di "Legge, legislazione e liberta" di Friedrich A. von Hayek*, "Diritto privato", 1 (1996), 2, pp. 767-81. Ver, além disso, neste volume, o ensaio de Maria Chiara Pievatolo.

toritária e não-liberal do Estado de Direito continental. E auspiciaram a substituição da lei parlamentar por um direito consuetudinário, e por um direito constituído de princípios gerais, confiado essencialmente ao poder discricionário dos juízes. Um "direito dos juízes" poderia garantir – muito mais do que a caótica emissão de comandos específicos que hoje caracteriza a atividade legislativa dos parlamentares democratas – tanto a certeza do direito como a tutela dos direitos subjetivos. O que, todavia, parece escapar a essa crítica liberal-conservadora do Estado de Direito eurocontinental – em alguns aspectos muito lúcida – é a circunstância que a própria inflação legislativa e o colapso da certeza do direito está levando, na Europa continental, a um declínio da função legislativa dos parlamentos e a um fortalecimento do poder normativo dos juízes, ou seja, de uma das modalidades mais primitivas e subdiferenciadas de produção do direito.

6.2. *A efetividade decrescente da proteção dos direitos*

Em seus ensaios sobre a cidadania na Europa, Thomas Marshall afirmou que o reconhecimento dos direitos civis – entre estes, em particular, a propriedade privada e a autonomia de negociação – revelou-se de todo funcional à economia de mercado na sua fase nascente e mais expansiva, ao passo que os direitos políticos, embora nascidos no decorrer do século XIX do conflito de classe, favoreceram a inserção das classes trabalhadoras no interior das instituições elitistas do "Estado liberal". Quanto aos assim chamados "direitos sociais", Marshall sublinhou o seu radical paradoxo: o fato de que, diferentemente dos direitos civis e em grande parte também dos direitos políticos, eles são de sinal oposto com respeito à lógica aquisitiva do mercado. Os "direitos sociais" tendem essencialmente à igualdade, ao passo que o mercado produz desigualdade. Apesar disso, Marshall julgava que as instituições britânicas, modeladas pelos princípios do *rule of law*, conseguiriam subordinar os mecanismos do mercado aos critérios da justiça social, contaminando de forma estável a lógica da livre troca com a proteção dos "direitos sociais". No final, tanto as desigualdades como a competição social seriam fortemente atenuadas[127].

O esquema analítico proposto por Marshall foi submetido a várias críticas por causa do seu reducionismo evolutivo[128], mas ele oferece, de qualquer modo, uma abordagem útil ao tema da relação entre o desenvolvimento da economia de mercado, a evolução das instituições políticas e a afirmação dos direitos subjetivos na Europa moderna. Com base nesse esquema, mas tomando as devidas distâncias do otimismo social-democrata que o inspira, pode-se afirmar que, enquanto na Europa continental se passava do reconhecimento dos direitos civis aos direitos políticos e, enfim, aos assim chamados "direitos sociais", a garantia dos direitos tornou-se sempre mais seletiva, juridicamente imperfeita e politicamente reversível. Pode-se falar, em suma, em uma espécie de "lei de efetividade decrescente" das garantias dos direitos subjetivos. E a razão disso deve ser buscada na diversa relação que, a partir da Revolução Industrial, foi se instaurando paulatinamente, na Europa, entre o reconhecimento dos direitos, de um lado, e as instâncias gerais de um sistema político-jurídico correlato à economia de mercado, de outro. No decorrer desse acontecimento secular, "o Estado de Direito" abriu-se progressivamente ao reconhecimento formal de uma série de sucessivas "gerações" de direitos, até assumir as faces daquilo que foi chamado de "Estado constitucional"[129] e, depois, de "Estado social" ou "Estado do bem-estar" (*Welfare State*).

---

127. Cf. T.H. Marshall, *Citizenship and Social Class*, cit., pp. 127-32.

128. Cf. A. Giddens, *Class Division, Class Conflict and Citizenship Rights*, em A. Giddens, *Profiles and Critiques in Social Theory*, Macmillan, London, 1982, pp. 171-3, 176; J. M. Barbalet, *Citizenship*, trad. it. cit., pp. 49-50; D. Held, *Citizenship and Autonomy*, em D. Held, *Political Theory and the Modern State*, Stanford University Press, Stanford, 1989, pp. 189-213; L. Ferrajoli, *Dai diritti del cittadino ai diritti della persona*, cit., pp. 272-6.

129. Ver M. Fioravanti, *Appunti di storia delle Costituzioni moderne*, Giappichelli, Torino, 1990. Em linha com a abordagem "democrática" (cf., supra, o ponto 5.2.2.2.) e com o particular relevo atribuído à experiência britânica da *common law*, a interpretação do Estado de Direito aqui proposta implica a superfluidade semântica da expressão "Estado constitucional", senão no sentido genericíssimo de "Estado provisto de Constituição", ou seja, dotado de um ordenamento, escrito ou consuetudinário, aprovado ou compartilhado pela

Na Carta dos direitos fundamentais da União Européia de dezembro de 2000, redigida por representantes dos quinze Estados que aderiram à União, o catálogo dos direitos foi ulteriormente ampliado, graças à inserção de "novos direitos" em tema de *privacy*, de proteção do ambiente, de defesa dos consumidores, de respeito à integridade do corpo humano, de proibição da clonagem reprodutiva[130]. Mas, na história do constitucionalismo europeu continental – este é o paradoxo, lucidamente denunciado por Dicey desde o fim do século XIX –, ao amplo, muitas vezes redundante, reconhecimento da titularidade formal (*entitlement*) de novas categorias de direitos, não correspondeu uma paralela efetividade do seu gozo (*endowement*) por parte dos cidadãos. Se é assim, pode-se prever que uma sorte análoga caberá também aos "novos direitos" europeus, cuja proclamação, de resto, não tem, por ora, nenhum valor diretamente vinculante.

Em relação aos direitos civis, os direitos políticos sempre foram menos enraizados na tradição política da Europa moderna. Como aludimos, o direito de voto foi subordinado, até mais de um século depois das grandes revoluções burguesas, a critérios censitários ligados ao mercado. Além disso, inteiros grupos de sujeitos economicamente marginalizados permaneceram excluídos do exercício dos direitos políticos até os inícios do século passado, em particular as massas operárias e camponesas, para não falar da exclusão das mulheres, superada somente por volta da metade do século XX. E foi Hans Kelsen que afirmou que, no contexto novecentista do "Estado dos partidos", os direitos políticos dos cidadãos não eram muito mais do que uma "máscara totêmica": a da soberania popular e da representatividade, institutos políticos, enfim privados de qualquer função real de participação no exercício do poder[131].

---

maioria dos cidadãos, que define os princípios gerais e desenha as instituições fundamentais da comunidade política. Igualmente supérflua é a dicção "Estado constitucional de Direito".

130. Cf. a Carta dos direitos fundamentais da União Européia, em particular os artigos 3, 8, 37, 38.

131. Cf. H. Kelsen, *General Theory of Law and State*, Harvard University Press, Cambridge, 1945, trad. it. Comunità, Milano, 1954, p. 296 [trad. bras. *Teoria geral do direito e do Estado*, São Paulo, Martins Fontes, 4.ª ed., 2005]; H. Kelsen, *Vom Wesen und Wert der Demokratie*, J. C. B. Mohr, Tübingen, 1929, trad. it. em H. Kelsen, *La democrazia*, il Mulino, Bologna, 1984, pp. 69 e 126.

E, hoje, politólogos respeitáveis como Giovanni Sartori afirmam que os direitos políticos dos cidadãos estão enfim inutilizados pelo fenômeno da "videocracia", ou seja, pelo superpoder dos grandes meios de comunicação de massa, que dominam tanto o mercado econômico como o político, com instrumentos publicitários substancialmente equivalentes[132].

Ainda mais nitidamente do que os direitos políticos, os assim chamados "direitos sociais" gozaram, a partir do seu comparecimento na Constituição de Weimar, de uma efetividade incerta, porque mais diretamente exposta às contingências do mercado. Para garantir a efetividade dos "direitos sociais" são necessários serviços públicos – previdência, transferências monetárias, garantias de níveis mínimos de instrução, saúde e bem-estar etc. – que consomem uma quantidade muito alta de recursos. É, portanto, natural que, pela sua relevante incidência sobre os mecanismos da riqueza e do imposto de renda, os "direitos sociais" apresentem, no contexto de uma economia de mercado, caráter aleatório. Hoje, depois que a vitória planetária da economia de mercado e os processos de globalização econômica impuseram na Europa a assim chamada "reforma do Estado social", os "direitos sociais" perderam, em grande parte, os requisitos da universalidade e acionabilidade jurídica – basta pensar, em particular, no direito ao trabalho e, em parte, no direito à saúde – e tendem a se tornar simples serviços assistenciais, confiados à discricionariedade do poder político. E tal seria, à parte a sua viabilidade econômica e eficácia redistributiva, também o pagamento de um salário mínimo ou "renda de cidadania" a favor de todos os cidadãos, segundo uma proposta que se inscreve no interior dessa lógica reformista e que goza de grande consenso[133]. Mostra, portanto, todos os seus limites a idéia de um progresso natural do "Estado de Direito"

132. Ver G. Sartori, *Homo videns*, Laterza, Roma-Bari, 1997.

133. Mesmo quando não são suprimidos, os "direitos sociais" são concedidos em formas e medidas discricionárias, essencialmente por uma exigência de ordem pública e de gestão oportunista das situações de crise. E, portanto, não sem razão, Jacques Barbalet sustentou que em vez de "direitos sociais", hoje, se deveria falar de "serviços sociais" (cf. J. M. Barbalet, *Citizenship*, trad. it. cit., pp. 40-51). Sobre o tema do "salário mínimo garantido", ver L. Ferrajoli, *Dai diritti del cittadino ai diritti della persona*, cit., pp. 277-83 e a contribuição de Ferrajoli ao presente volume; cf. também Z. Bauman, *In Search for*

na direção não apenas da efetiva tutela das "liberdades negativas", mas também da promoção da "igualdade substancial", segundo os generosos auspícios da socialdemocracia européia do século passado. Bobbio escreveu:

> A maioria dos direitos sociais permaneceu no papel. A única coisa que se pode dizer até agora é que são a expressão de aspirações ideais, as quais dar-lhes o nome de "direitos" serve unicamente para atribuir-lhes um título de nobreza. [...] Só genérica e retoricamente pode-se afirmar que todos são iguais a respeito dos três direitos fundamentais – ao trabalho, à saúde, à instrução –, como, ao contrário, se pode dizer realisticamente que são iguais no gozo das liberdades negativas.[134]

E não faltam autores, como Pierre Bourdieu e Loic Wacquant, que afirmam que os processos de globalização, ao privarem os Estados de uma parcela relevante das suas prerrogativas tradicionais, hoje tendem a confiar aos Estados nacionais, essencialmente, a garantia da ordem política interna. Nesse quadro, também o "Estado social" europeu tenderia a substituir a própria oferta assistencial por uma preponderante função repressiva: de fiador do bem-estar coletivo, o "Estado social" iria se transformando em fiador da segurança dos cidadãos, tornando-se, segundo o modelo dos Estados Unidos, essencialmente um "Estado penal"[135].

6.3. A erosão da soberania do Estado nacional

O declínio da soberania dos Estados nacionais parece, enfim, irreversível. Os processos de globalização puseram defi-

---

Politics, Polity Press, Cambridge, 1999, trad. it. *La solitudine del cittadino globale*, Feltrinelli, Milano, 2000, pp. 181-91.

134. Cf. N. Bobbio, *L'età dei diritti*, cit., pp. XX, 72.

135. Cf. P. Bourdieu (organizado por), *La misère du monde*, Seuil, Paris, 1993; L. J. D. Wacquant, *La tentation pénale en Europe*, "Actes de la recherche en sciences sociales", 124 (1998); L. J. D. Wacquant, *L'ascension de l'État pénal en Amérique*, ibid.; L. J. D. Wacquant, *Les prisons de la misère*, Raisons d'agir, Paris, 1999, tr. it. *Parola d'ordine: tolleranza zero*, Feltrinelli, Milano, 2000.

nitivamente em crise o sistema westfaliano dos Estados soberanos, que não estão em condições de enfrentar problemas de escala global, como a contenção do desequilíbrio ecológico, o equilíbrio demográfico, o desenvolvimento econômico, a paz, a repressão da criminalidade internacional, a luta contra o *global terrorism*. Ao lado dos Estados se perfilam novos, potentes sujeitos da arena internacional: *corporations* multinacionais, uniões regionais, alianças político-militares, como a Otan, ONGs e assim por diante. E, ao lado dos tratados e das convenções internacionais, emergem novas fontes do direito internacional, como as *transnational law firms*, ou seja, os grandes estudos forenses que plasmam as novas formas da *lex mercatoria*, e as cortes arbitrais. Ao mesmo tempo, a função judiciária e o poder dos juízes tendem a se expandir mesmo em nível internacional, corroendo ulteriormente a soberania jurisdicional dos Estados nacionais, como prova a instituição dos tribunais internacionais de Haia e de Arusha, e como afirmam os teóricos da *global expansion of judicial power*[136].

Em um sistema de relações internacionais amplamente condicionado pelas conveniências dos grandes centros de poder econômico e financeiro, à decrescente eficácia reguladora dos ordenamentos jurídicos estatais se superpõe o poder decisório, dinâmico e inovativo das forças dos mercados, em particular nos setores da política econômica, fiscal e social. Nesses setores, o direito internacional tende a não operar mais, weberianamente, como uma estrutura "racional" de fortalecimento das expectativas dos atores internacionais: funciona como um instrumento compósito e pragmático de gestão dos riscos ligados a interações dominadas pela incerteza[137].

---

136. Cf. N. Tate, T. Vallinder (organizado por), *The Global Expansion of Judicial Power*, New York University Press, New York, 1995; G. Zagrebelsky, *Il diritto mite*, Einaudi, Torino, 1992, pp. 213 ss.; A. Pizzorno, *Il potere dei giudici*, Laterza, Roma-Bari, 1998; sobre o tema, pode-se ver também D. Zolo, *A proposito dell'espansione globale" del potere dei giudici*, "Iride", 11 (1998), 25, pp. 445-53. Sobre a discussão acerca dos poderes das cortes constitucionais na Alemanha, cf. G. Gozzi, *Democrazia e diritti*, cit., pp. 256-60. Ver, além disso, neste volume, o ensaio de Pier Paolo Portinaro.

137. Ver a útil contribuição de M. R. Ferrarese, *Le istituzioni della globalizzazione. Diritto e diritti nella società transnazionale*, il Mulino, Bologna, 2000; e ver, além disso, Y. Dezalay, *I mercanti del diritto*, Giuffrè, Milano, 1995.

Essas transformações do direito internacional são seguidas por uma crise muito grave da legalidade internacional e das tradicionais funções das instituições internacionais, em particular das Nações Unidas: elas não estão em condições de controlar o uso internacional da força e de tutelar, desse ponto de vista, os "direitos do homem", a começar pelo direito à vida. Em uma situação geral de erosão da soberania dos Estados nacionais e de "anarquia" internacional, as grandes potências ocidentais julgam necessária uma superação do princípio vestefaliano do respeito pela integridade territorial e pela independência política dos Estados nacionais. Elas reivindicam o direito de intervir militarmente por "razões humanitárias" contra os regimes políticos que violem gravemente os "direitos do homem". Nas recentes "intervenções humanitárias" da Otan nos Bálcãs, sob a égide dos Estados Unidos, a força foi usada violando abertamente a Carta das Nações Unidas, o Direito internacional geral e as Constituições de vários Estados europeus pertencentes à Otan. E julgou-se que o uso de armas de destruição em massa (mísseis, *cluster bombs*, projéteis envolvidos por uma camada de urânio empobrecido) e o assassinato de milhares de civis inocentes fossem coerentes com a finalidade da proteção internacional dos "direitos do homem"[138].

Portanto, mesmo por esses impulsos exógenos, os esquemas da difusão e da diferenciação do poder, próprios do Estado de Direito, aparecem funcional e "espacialmente" defasados, e a teoria dos direitos subjetivos se vê obrigada a confrontar-se com problemas que vão muito além do âmbito do Estado nacional e a tentar se internacionalizar. Segundo alguns autores, todavia, seria irrealista, seja a tentativa de evocar a soberania dos Estados, seja qualquer tentativa de regulamentar o desenvolvimento global com base em projetos de unificação política e jurídica do mundo e seria, antes, necessária uma *deregulation* geral, que em perspectiva atribua soberania apenas às forças dos mercados globais[139]. Segundo outros, na perspectiva de um

138. Cf. D. Zolo, *Chi dice umanità*, cit., pp. 81-123; P. de Senarclens, *L'humanitaire en catastrophe*, Presses de Sciences Po, Paris, 1999.

139. Ver, entre outros, K. Ohmae, *The End of the Nation State. The Rise of Regional Economies*, The Free Press, New York, 1995, trad. it. Baldini e Castoldi,

futuro "constitucionalismo global", uma contribuição decisiva será, ao contrário, oferecida por uma jurisprudência penal internacional assistida por uma polícia internacional e operante com base em um código penal universal. Neste sentido, o novo Tribunal Penal Internacional (ICC), cujo estatuto foi aprovado em Roma no verão de 1998, é visto como o vetor principal da evolução futura em direção a um "globalismo jurídico" que assegure, no plano internacional, seja a proteção dos direitos subjetivos, seja a repressão do uso arbitrário do poder[140].

7. Questões abertas

A análise da crise do Estado de Direito, apresentada no parágrafo anterior, põe uma série de questões de tal maneira radicais que poderiam até mesmo colocar em dúvida a função e o destino das instituições que, por alguns séculos, garantiram no Ocidente certo nível de proteção das liberdades individuais e de limitação do poder estatal.

Pode-se perguntar, por exemplo, como é possível, em presença de uma crise tão grave da categoria jurídica enquanto tal, recuperar o valor da "certeza do direito" no interior das hodiernas sociedades complexas. Sem esquecer, seja dito parenteticamente, que se trata de um valor que já na primeira metade do século passado tinha sido censurado como puro idealismo normativo pelos jusrealistas americanos e escandinavos e que hoje é objeto de críticas igualmente severas nos textos, tanto dos "Critical Legal Studies" como do *Economic*

Milano, 1996; ver também J.-J. Roche, *Théories des relations internationales*, Éditions Montchrestien, Paris, 1999, trad. it. il Mulino, Bologna, 2000.

140. Cf. *Statuto di Roma della Corte penale internazionale*, "Rivista di studi politici internazionali", 66 (1999), 1, pp. 25-95. Sobre o tema, ver G. Vassalli, *Statuto di Roma. Note sull'istituzione di una Corte Penale Internazionale*, ibid., pp. 9-24. Para uma ampla documentação, pode-se consultar o site das Nações Unidas: <www.un.org/law/icc/>. Um exemplo de "globalismo jurídico" aplicado ao direito penal é oferecido por O. Höffe, *Gibt es ein interkulturelles Strafrecht? Ein philosophischer Versuch*, Suhrkamps Verlag, Frankfurt a.M., 1999, trad. it. Comunità, Torino, 2001.

Analysis of Law[141]. E o que é possível fazer para restituir à lei o seu caráter "geral e abstrato" e para resgatar o direito da sua tendência inflacionária? Com que meios se pode dar novamente eficácia ao princípio de legalidade, se o esquema tradicional da diferenciação do poder está subvertido pela metamorfose degenerativa da representatividade política, pela decadência técnica da legislação e pelo caráter administrativo – executivo e judiciário – da regulamentação efetiva dos casos concretos? E ainda: como tutelar os direitos políticos e, principalmente, os assim chamados "direitos sociais", em uma situação de crescente privatização das funções sociais, de desagregação da "esfera pública", de declínio das estruturas coletivas da solidariedade social? Que destino terão os "novos direitos", em particular os direitos dos estrangeiros, sobretudo se estiverem sob investigação ou reclusão? O que será da proteção do ambiente e da "autonomia cognitiva" dos cidadãos submetidos à crescente pressão dos meios de comunicação de massa?

De forma análoga, no que diz respeito ao direito internacional, pode-se perguntar se é possível contrastar, com meios jurídicos, o poder arbitrário das grandes potências econômicas e militares do planeta e das suas ramificações comunicativas; se é possível evitar que o "terrorismo global" afirme com sucesso a sua sangrenta alternativa ao direito e à política. É dúbio que a estratégia kelseniana – *peace through law* – possa ser reconhecida como a forma mais idônea para garantir a paz internacional e para reduzir os desequilíbrios políticos e econômicos mundiais, que são os principais obstáculos à paz. Fortemente controversa é também a possibilidade de restituir vigor aos ordenamentos estatais, de modo que os torne capazes de submeter a regras jurídicas as forças dos mercados globais, em particular no terreno da política industrial, financeira e fiscal. E não está claro como é possível conseguir que, na Europa, o ordenamento comunitário se inspire em alguma medida no mo-

141. Cf. J. Frank, *Law and the Modern Mind*, Coward-McCann, New York, 1949; A. Ross, *On Law and Justice*, trad. it. cit., pp. 103 ss.; R. M. Unger, *Law in Modern Society*, cit.; R. A. Posner, *Economic Analysis of Law*, cit.; G. Tarello, *Il realismo giuridico americano*, Giuffrè, Milano, 1962.

delo do Estado de Direito, subtraindo-se à hegemonia dos grandes interesses econômico-financeiros e à prevaricação das burocracias administrativas que de fato "protegem" a constituição européia. Igualmente incerto é se é possível (e desejável) dar vida a um Estado de Direito planetário que possa emergir de uma reforma das atuais instituições internacionais e que se refira não só às Nações Unidas, mas também às contestadíssimas instituições de Bretton Woods. Tampouco se vislumbram soluções "reformistas" para conseguir que a justiça penal internacional seja realmente posta a serviço dos "direitos do homem", e não das conveniências estratégicas das grandes potências ocidentais. Enfim: como será possível reagir, com instrumentos jurídicos e não violentos, à degeneração neocolonial – comunicativa, judiciária e militar – da própria causa da proteção internacional dos direitos?

Todas essas são indagações cruciais que a referência à teoria do Estado de Direito nos permitiu encaminhar com suficiente clareza e realismo. No âmbito do presente ensaio, todavia, essas indagações não poderão ter outras respostas a não ser as que já se encontram implícitas na reflexão até agora desenvolvida. Restam, portanto, aqui, como prementes "questões abertas": abertas antes de tudo à contribuição dos ensaios publicados no presente volume[142]. De resto, uma elaboração analítica para cada aspecto em particular exigiria a redação de um volume inteiro. Este ensaio pode, portanto, concluir-se com a simples (e de qualquer modo imprudente) recomendação de alguns "pontos de partida" muito gerais. São pontos que, em parte, compendiam as linhas da discussão teórica até aqui desenvolvida e que talvez possam ser úteis para uma pesquisa mais pontual e aprofundada. E, em parte, correspondem a escolhas de valor muito explícitas e merecem, por isso, no máximo, ser registrados e discutidos.

---

142. É preciso indicar, em particular, por seu perfil crítico e prospectivo, a contribuição ao presente volume de Luigi Ferrajoli.

7.1. O Estado de Direito como "ordem política mínima"

O Estado de Direito se reapresenta, hoje, com a sua pretensão de rigorosa tutela dos direitos individuais, no interior de um cenário global que não é lhe certamente favorável. Trata-se de um cenário caracterizado por uma aceleração da mudança social nos países mais industrializados e por uma crescente polarização do poder e da riqueza em nível mundial: ambos fatores de instabilidade e de turbulência. E, todavia, o retorno do Estado de Direito, desde que se trate de uma operação teoricamente rigorosa e politicamente responsável, poderia ser interpretado como uma tentativa de recuperação por parte da cultura política ocidental do seu patrimônio mais reconhecido e precioso.

Não obstante as suas imperfeições, as suas tensões internas, os seus limites e, principalmente, a sua crise atual, o modelo do Estado de Direito não parece ter alternativas no Ocidente, nem no plano teórico, nem no plano político. Precisamente a crise das grandes ideologias do século passado – seguida pelo declínio do "socialismo real" e pela degradação do poder das imagens (a "videocracia") e o poder das sondagens de opinião (a "sondocracia") dos institutos representativos – parece recomendar o Estado de Direito como uma estrutura garantidora de uma "ordem política mínima": ou seja, capaz de assegurar uma ordem política estável e, ao mesmo tempo, um nível aceitável de tutela dos direitos subjetivos, em particular dos direitos civis. E a proteção dos direitos civis – o direito à vida, às liberdades fundamentais, à propriedade privada – parece hoje o objetivo político primário no interior de sociedades complexas nas quais aumenta o senso de insegurança e de "solidão" dos cidadãos. Também nas áreas de maior desenvolvimento econômico, grande número de pessoas teme pela própria incolumidade física e pela segurança dos próprios bens, sente-se ameaçada pela criminalidade urbana e pelo terrorismo e está em ansiosa procura de trabalho ou teme perdê-lo. Nesse contexto, que Ulrich Beck chamou de *Risikogesellschaft*, "sociedade de risco", o Estado de Direito poderia ser visto como um sistema político não-despótico, não-plebiscitário e não-totalitário, que seja capaz de uma eficaz regulamentação dos riscos coletivos e que garanta, ao mesmo tempo, espaços suficientes de autonomia social e de liberdade individual. O tema torna-se cada vez mais delicado se é verdade que hoje, sob o impulso dos processos de globalização, está se perfilando uma "sociedade global de risco"[143].

Isso não significa, é apenas o caso de dizer, que a ordem política mínima do Estado de Direito possa ser entendida, enquanto "mínima", como universalmente aplicável, como se pudesse corresponder a uma espécie de rawlsiano *overlapping consensus*. A ordem política mínima do Estado de Direito poderia ser de qualquer modo inconciliável com as culturas não-ocidentais, que não compartilham dos seus pressupostos individualistas, e poderia resultar, portanto, nesse sentido, não só estranha a elas, mas intolerante e opressiva.

7.2. A inflação internacional dos Bills of Rights

Norberto Bobbio assumiu como índice do progresso moral da humanidade a sucessão das declarações internacionais que definem sempre com maior amplitude os "direitos do homem" e os especificam em distintas subcategorias. Todavia, Bobbio tem admitido, ao mesmo tempo, as dificuldades crescentes encontradas para a efetiva garantia internacional dos direitos e, por isso, chegou a propor a eliminação de qualquer discussão teórica em favor de um empenho puramente pragmático[144]. Na realidade, pode-se afirmar que, ao lado da inflação do direito legislativo, assistiu-se, na segunda metade do século passado, a uma inflação propriamente dita das Cartas dos direitos. Seja qual for o seu valor simbólico ou moral, tratou-se de uma enxurrada de documentos, de tratados e de convenções internacionais que não foram mais do que prolixas,

143. Ver U. Beck, *Risikogesellschaft. Auf dem Weg in eine andere Moderne*, Suhrkamp, Frankfurt a.M., 1986, trad. it. Carocci, Roma, 2000; Z. Bauman, *In Search for Politics*, trad. it. cit.; A. Dal Lago, *Esistenza e incolumità*, "Rassegna italiana di sociologia", 41 (2000), 1, pp. 131-42; pode-se ver também U. Beck, D. Zolo, *Dialogo sulla globalizzazione*, "Reset" (1999), 55.

144. Cf. N. Bobbio, *L'età dei diritti*, cit., pp. 5-44.

repetitivas e ineficazes compilações normativas. Muitos governos ocidentais ou gravitantes na órbita ocidental – é o caso típico do Brasil[145] – assinaram sem hesitação esses documentos, com intenções sedativas em relação às oposições internas e confiando na cúmplice tolerância das potências aliadas (ou protetoras) para com as próprias sistemáticas violações. A linguagem dos direitos, escreveu ainda Bobbio, pode ter grande função prática, mas "se torna enganosa se é obscura ou oculta a diferença entre o direito reivindicado e o direito reconhecido e protegido"[146].

A inflação das Cartas dos direitos, seguida por uma conclamada inefetividade internacional dos direitos proclamados, põe problemas gerais que mereceriam ser aprofundados ao menos nas três direções teóricas a seguir:

7.2.1. *Law in books e law in action* – A hipertrofia internacional das Cartas deveria, antes de tudo, inspirar uma profunda desconfiança realista – tanto em termos de realismo político quanto jurídico – em relação a uma tradição "cartacea" que se difundiu na segunda metade do século passado, principalmente graças à vocação retórica das grandes assembléias internacionais, tendo como carro-chefe a Assembléia Geral das Nações Unidas. A essa tradição declamatória poderia ser oposta a sobriedade da tradição britânica. Na pátria dos direitos de liberdade e do *rule of law*, a oralidade da Constituição se segue a um difuso consenso social acerca da proteção das "liberdades dos ingleses" e a uma prática administrativa amplamente conseqüente. E isso se verifica na ausência de uma Constituição rígida, de um controle judiciário de legitimidade constitucional e de qualquer mecanismo (kelseniano) de hie-

145. Cf. M. Reale, *Crise do capitalismo e crise do Estado*, São Paulo, Senac, 2000. O Brasil, além de possuir uma "extensíssima" e avançadíssima Constituição, assinou praticamente todos os tratados e as convenções internacionais que têm por objetivo a tutela dos direitos do homem. E, todavia, permanece, há décadas, um dos países nos quais os direitos elementares dos cidadãos são sistematicamente violados; cf., por exemplo, sobre a prática sistemática da tortura por parte das polícias brasileiras, Luciano Mariz Maia, *Tortura no Brasil: a banalidade do mal*, pode ser consultado no site *L'altro diritto* <http://dex1.tsd.unifi.it/l'altrodiritto>.

146. Cf. N. Bobbio, *L'età dei diritti*, cit., p. XX.

rarquização do ordenamento jurídico. Pode-se dizer que, na Grã-Bretanha, o Estado de Direito como um todo é um "direito consuetudinário vivente", ou seja, é muito mais *law in action* do que *law in books*. No plano internacional, esse argumento poderia fazer-se valer contra os fautores do *global constitutionalism*. E poderia ser usado também contra quem afirma que uma Constituição escrita seja a *conditio sine qua non* da proteção dos direitos na Europa unificada, ao passo que parece mais plausível julgar que os cidadãos europeus sofram, no caso, de um excesso de normatização constitucional, tanto por parte das Constituições quanto das Cortes constitucionias dos vários países[147].

7.2.2. *Governo dos homens e governo das leis* – Em segundo lugar, à expansão pletórica das compilações normativas poder-se-ia responder não só, como foi apresentado, com uma tentativa de formulação rigorosa e seletiva da doutrina do Estado de Direito e da teoria dos direitos subjetivos, mas também com a construção de estruturas político-jurídicas de controle da aplicação (*implementation*) e da efetividade das normas. É uma ilusão iluminista pensar que uma sociedade – ainda mais tratando-se de uma sociedade complexa ou transnacional – é um destinatário dócil da regulação legislativa, plasmável segundo a racionalidade intrínseca dos princípios jurídicos. E é um ofuscamento normativista julgar que, hoje, o grande poder dos intérpretes da lei – principalmente dos juízes – seja devido exclusivamente às razões técnico-estruturais da crise da certeza do direito, ou seja, à inflação legislativa, à péssima qualidade técnica dos textos, ao seu conteúdo particularista, à desordenada pluralidade das fontes nacionais e internacionais.

Os pais da Constituição americana acreditavam cegamente na contraposição entre o "governo dos homens" e o "governo da lei": pensavam que, graças à Constituição escrita, nos Estados Unidos existiria rigorosamente um *government of law*,

---

147. Neste sentido, cf. J. H. H. Weiler, *I rischi dell'integrazione*, em A. Loretoni (organizado por), *Interviste sull'Europa*, Carocci, Roma, 2000, pp. 72-3; J. H. H. Weiler, *The Constitution of Europe: Do the New Clothes Have en Emperor?*, Cambridge University Press, Cambridge, 1999.

not of men. Na realidade, como adverte o realismo jurídico, o "governo dos homens" está sempre presente dentro do "governo da lei", não pode ser iluministicamente entendido como sua negação. Mesmo na mais perfeita "república das leis", afirmava Carl Schmitt, governam os homens e não as leis, soberanos são os intérpretes, não os legisladores[148]. Para a tranqüilidade de Portalis e de Bentham, a discricionariedade dos intérpretes – em particular dos juízes – pode ser simplesmente reduzida e canalizada por vínculos normativos e montagens institucionais, não suprimida. Suprimi-la significaria, *tout court*, suprimir a administração pública e a política. E é altamente significativo – e igualmente paradoxal – que na práxis do *rule of law* inglês seja precisamente o poder dos intérpretes da lei, ou seja, dos juízes de *common law*, a oferecer, em última instância, a garantia da proteção dos direitos de liberdades, mesmo contra a letra dos atos do Parlamento. E, portanto, na tradição da jurisprudência inglesa, o "princípio de legalidade" assume como própria premissa maior não simplesmente a lei parlamentar, mas, junto com ela, e eventualmente em contraste com ela, os princípios de liberdade de uma Constituição não-escrita que reflete as tradições imemoráveis e a cultura de todo um povo. Também sob esse perfil, portanto, a ênfase do "globalismo jurídico" e do cosmopolitismo político deveria ceder lugar a uma cautelosa visão historicista e pluralista da evolução dos ordenamentos jurídicos.

7.2.3. *Cultura jurídica e formação dos juízes* – Poderia ser útil, em terceiro lugar, uma teoria do "governo dos homens" no interior do Estado de Direito. Isso significa – assumindo a "exceção fundante" da Inglaterra como ponto de referência ideal – que um papel decisivo no funcionamento do Estado de Direito e na tutela dos direitos subjetivos é desempenhado pela cultura jurídica dos administradores. E é desempenhado, de modo totalmente particular, pela "ideologia normativa" –

148. Cf. C. Schmitt, *Über die drei Arten des Rechtswissenschaftlichen Denkens*, Hanseatische Verlaganstalt, Hamburg, 1934, trad. it. em C. Schmitt, *Le categorie del "politico"*, cit., pp. 250-60, 268-9; sobre o tema, ver N. Bobbio, *Governo degli uomini o governo delle leggi?*, agora em N. Bobbio, *Il futuro della democrazia*, cit., pp. 169-94.

para usar o léxico de Alf Ross[149] – dos juízes ordinários. E, portanto, a efetividade da proteção de direitos subjetivos depende em larga medida, além dos aparelhos normativos e das estruturas institucionais do Estado de Direito, dos "preconceitos garantísticos", por assim dizer, da magistratura ordinária. Uma política do direito "garantista" deveria, por isso, ter no seu centro temas como a formação cultural e a seleção dos juízes, a sua experiência e sensibilidade social, a sua identidade e integridade profissional, a sua orientação em direção aos "fins do direito" – o fortalecimento das expectativas sociais e a tutela dos direitos subjetivos –, bem além do formalismo de um evanescente "método jurídico", que se pretende "puro" e valorativamente neutro. Tudo isso vale, com maior razão, para as jurisdições penais internacionais, cujos magistrados estão normalmente desenraizados de qualquer tradição jurídica local e ignoram completamente os problemas políticos e sociais que deram origem ao contexto das condutas "desviantes" às quais pretendem aplicar uma justiça internacional.

7.3. A "luta pelo direito"

O Estado de Direito pode ser considerado uma "ordem política mínima", essencialmente limitada à garantia dos direitos civis. Isto pode significar duas coisas distintas: por um lado, que se trata de uma estrutura normativa e institucional *rebus sic stantibus* [estando assim as coisas] sem alternativas no Ocidente e que seria bastante arriscado tentar demolir ou simplesmente contrastar em nome de ideologias anárquicas, autoritárias ou totalitárias. Por outro lado, pode significar que em contraposição à tutela dos direitos civis que pertence, por assim dizer, à normalidade fisiológica do Estado de Direito, apenas uma pressão conflitiva pode fazer com que o nível mínimo seja superado: apenas o conflito é capaz de restituir efetividade ao exercício dos direitos políticos, resgatando-os da sua condição de puro cerimonial eleitoral, e de garantir suces-

149. Cf. A. Ross, *On Law and Justice*, trad. it. cit., pp. 53-4, 131-3.

so às expectativas e reivindicações ulteriores, em escala nacional e internacional.

Abre-se aqui uma divergência entre duas possíveis interpretações do Estado de Direito, que em parte reproduz a oposição entre a "abordagem liberal" e a "abordagem democrática", da qual falamos, e em parte a supera. Uma primeira interpretação identifica a tutela dos direitos subjetivos com a chamada "democracia constitucional"[150]. Trata-se da idéia, essencialmente imitada pelo constitucionalismo estadunidense, segundo a qual a garantia necessária e de algum modo suficiente da proteção dos direitos subjetivos seja dada pelo equilíbrio e pela interação entre "todos" os poderes do Estado, com a clássica bagagem de uma Constituição escrita e rígida, de uma Corte constitucional (ou de um tribunal com funções análogas) e de um incisivo controle de constitucionalidade sobre os atos legislativos. O que conta sobretudo é subtrair os "princípios constitucionais" à competência decisória das maiorias parlamentares e confiá-los à custódia "imparcial" do Poder Judiciário. Nessa moldura imunitária, a práxis jurisprudencial da Corte Suprema dos Estados Unidos pode ser até considerada uma "leitura moral" da Constituição, como propõe Ronald Dworkin, ou o "exercício de uma forma de autogoverno" que substitui a autogestão dos cidadãos, como propõe Frank Michelman[151]. Trata-se, portanto, de interpretações tendencialmente "não-políticas", paternalistas e não-conflitantes do Estado de Direito e da democracia, que confiam os destinos de ambos à "custódia" das altas burocracias judiciárias.

---

150. Cf. R. Dworkin, *Freedom's Law. The Moral Reading of the American Constitution*, Oxford University Press, Cambridge (Mass), 1996, pp. 37 ss. [trad. bras. *O direito da liberdade*, São Paulo, Martins Fontes, 2006]; F. I. Michelman, *The Supreme Court 1985 Term*, "Harvard Law Review", 100 (1986-7); F. I. Michelman, *Law's Republic*, "The Yale Law Journal", 97 (1988), 8; sobre o tema cf. também M. Fioravanti, *Appunti di storia delle Costituzioni moderne*, cit., pp. 73 ss.; M. Fioravanti, *Costituzione e Stato di diritto*, agora em M. Fioravanti, *La scienza del diritto pubblico*, Giuffrè, Milano, 2001, pp. 575-604; G. Gozzi, *Democrazia e diritti*, cit., pp. 256-93; G. Bongiovanni, *Teorie "costituzionalistiche" del diritto*, Clueb, Bologna, 2000, pp. 209-31.

151. Cf. G. Gozzi, *Democrazia e diritti*, cit., pp. 287-90. Gozzi assinala que as cortes constitucionais (por exemplo, a Corte constitucional alemã) correm o risco de perder prestígio se se posicionarem a favor de teses inovadoras (ibid., pp. 254-5).

Como alternativa a essa interpretação, pode ser proposta uma concepção ativista e conflitualista, seja da tutela dos direitos subjetivos, seja do funcionamento do Estado de Direito: os direitos "existem" e as instituições garantem-nos enquanto são ativadas através do conflito social[152]. Essa alternativa realista – maquiaveliana – poderia ser intitulada a "luta pelo direito", para usar a clássica formulação de Rudolph von Jhering[153]. Sem excluir minimamente a relevância das instituições e dos procedimentos, com essa fórmula seria possível entender, antes de tudo, um empenho civil para que a ritualização jurídica conserve a sua capacidade de submeter a regras e, portanto, tornar em alguma medida visível e controlável o exercício do poder estatal e internacional. As forças vivas da "sociedade civil" e entre elas, de modo todo particular, os representantes da cultura jurídica, não deveriam delegar aos órgãos do Estado de Direito – incluindo as assembléias eletivas – sequer a tutela dos direitos civis fundamentais. Mesmo o direito à vida está constantemente ameaçado: basta lembrar as intervenções armadas nos Bálcãs, decididas por governos e parlamentos europeus em aberta violação às respectivas Constituições[154]. E submetidas a risco estão também as liberdades fundamentais – principalmente a liberdade de pensamento – em sociedades dominadas pelos grandes meios de comunicação de massa.

Seria preciso, em segundo lugar, empreender uma batalha civil para a atuação dos direitos políticos e para o cumprimento efetivo – seja o que for que isso signifique em termos formalmente constitucionais – das expectativas que estão por

152. Ver a contribuição de Luca Baccelli neste volume, que vincula a concepção ativista dos direitos à tradição do realismo maquiaveliano; cf. também L. Baccelli, *Diritti senza fondamento*, em L. Ferrajoli, *Diritti fondamentali*, cit., pp. 201-16; L. Baccelli, *Il particolarismo dei diritti*, cit., pp. 145-85.

153. Cf. R. Von Jhering, *Der Kampf um's Recht*, Manz, Wien, 1874, trad. it. *La lotta per il diritto*, Laterza, Bari, 1935; R. Von Jhering, *Der Zweck im Recht*, Leipzig, Breitkopf und Härtel, 1923, trad. it. *Lo scopo nel diritto*, Einaudi, Torino, 1972.

154. Cf. L. Ferrajoli, *Una disfatta del diritto, della morale, della politica*, "Critica marxista" (1999), 3, pp. 18-20; U. Villani, *La guerra del Kosovo: una guerra umanitaria o un crimine internazionale?*, "Volontari e terzo mondo", (1999), 1-2, pp. 35-7.

detrás dos assim chamados "direitos sociais" e dos "novos direitos". Trata-se de interesses e de expectativas de grande relevância, que o Estado de Direito como tal não está propenso a reconhecer de modo estável, a não ser em termos assistenciais e de qualquer modo largamente não-efetivos. Apenas um novo "vivente costume jurídico", se é lícito referir-se idealmente à magistratura ordinária de *common law*, poderia tornar efetiva a tutela desses interesses e dessas expectativas, obviamente sob certas condições políticas e econômicas gerais.

Nos países ocidentais, os direitos subjetivos podem ser defendidos e promovidos não só dentro do ordenamento do Estado de Direito, mas também fora do seu âmbito formalizado, com instrumentos políticos, informáticos, culturais, educativos, econômicos. Certamente, seria fora de lugar invocar novamente, hoje, a noção rousseauniana de "soberania popular", entre outras coisas completamente desfocada com respeito à dimensão global dos problemas, dos conflitos e das forças antagônicas. Nem teria muito sentido referir-se genericamente ao poder constituinte como uma fonte originária de energia política e de normatividade jurídica. Poderia revelar-se útil, ao contrário, uma teoria realista, sociologicamente fundada, dos novos sujeitos "produtores de direito" em nível nacional e internacional e das possíveis formas de uma nova *political jusgenesis*[155]. Em todo caso, não se deveria esquecer que os direitos subjetivos, mesmo quando são proclamados nas formas mais solenes e moralmente vinculantes, são *opportunities* que premiam os vencedores da luta política, uma luta muitas vezes conduzida, como sublinhou Bobbio, com o uso da força[156]. Os direitos são (preciosíssimas) próteses sociais que

155. Cf. F. I. Michelman, *Law's Republic*, cit., p. 1514; M. R. Ferrarese, *Le istituzioni della globalizzazione*, cit., pp. 101-58; e ver a contribuição de Luca Baccelli neste volume.

156. Cf. J. M. Barbalet, *Citizenship*, trad. it. cit., pp. 47, 104 ss.; N. Bobbio, *L'età dei diritti*, cit., pp. XIII-XIV: "a liberdade religiosa é um efeito das guerras de religião, as liberdades civis, das lutas dos parlamentares contra os soberanos absolutos, a liberdade política e as sociais, do nascimento, crescimento e maturação do movimento dos trabalhadores assalariados, dos camponeses com pouca terra ou indigentes, dos pobres que pedem aos poderes públicos não só o reconhecimento da liberdade pessoal e das liberdades negativas, mas

permitem reivindicar com maior possibilidade de sucesso, e sem recorrer novamente ao uso da força, a satisfação de interesses e de expectativas socialmente compartilhadas. Mesmo a limitação do poder arbitrário e a proteção institucional dos direitos subjetivos – os dois serviços específicos do Estado de Direito – são o resultado histórico de "lutas pela defesa de novas liberdades contra antigos poderes"[157]: são a outra face do conflito social, estão e caem com ele.

também a proteção do trabalho contra o desemprego, e os primeiros rudimentos de instrução contra o analfabetismo".

157. Cf. N. Bobbio, *L'età dei diritti*, cit., p. XIII.

O Estado de Direito: uma introdução histórica

Por Pietro Costa

1. Os desenvolvimentos históricos do Estado de Direito

"Estado de Direito" é uma expressão que conheceu, em anos relativamente recentes, uma renovada fortuna não só no saber especializado, como também na publicística política. Apelar-se ao Estado de Direito pode servir, conforme os pontos de vista, para opor a liberdade ao totalitarismo, ou para reivindicar a importância dos direitos ou, ainda, para exaltar a autonomia dos indivíduos contra a intromissão da burocracia[1]. A impaciência manifestada em relação a uma organização centralista do poder, a crise do Estado social, a extraordinária multiplicação dos direitos, o esgotamento de alternativas aos modelos político-jurídicos das democracias ocidentais têm contribuído, de várias maneiras, para trazer à tona uma noção – o Estado de Direito – cuja parábola histórica podia parecer enfim concluída.

Seja qual for o grau de vitalidade atribuível ao conceito de Estado de Direito, quais usos analíticos, críticos, valorativos desta noção possam, hoje, ser de novo propostos, são questões que apenas o jurista e o filósofo do direito e da política estão em condições de enfrentar com conhecimento de causa; e uma contribuição neste sentido é precisamente o que se propõem a oferecer os ensaios de caráter teórico acolhidos neste

1. Cf., por exemplo, L. Cohen-Tanugi, *Le droit sans l'État: sur la démocratie en France et en Amérique*, PUF, Paris, 1985.

livro. Como autor de uma "introdução histórica", a minha tarefa é muito mais fácil e modesta: trata-se de olhar para trás, para história (e a pré-história) do conceito, para traçar um mapa (inevitavelmente esquemático e seletivo) dos significados e problemas que no decorrer do tempo foram atraídos ao campo gravitacional do Estado de Direito; a intenção é simplesmente a de fornecer uma moldura ou um pano de fundo para aqueles ensaios que, no âmbito deste volume, se detêm analiticamente em uma ou outra seção da parábola histórica do Estado de Direito.

Do que quer ser história a história do Estado de Direito? A resposta pode resultar apenas de um reconhecimento dos significados que, nos diversos contextos, assume aquela "fórmula" ou expressão compósita que, em italiano, soa como "Stato di diritto", em alemão como "Rechtsstaat", em francês como "État de droit" e em inglês, por hipótese, como *rule of law* (mas se trata de uma hipótese de tradução que deverá ser oportunamente examinada e circunstanciada). Para colocar a pergunta convém, todavia, dispor de uma pré-compreensão provisória do termo, de uma bússola rudimentar que permita fixar a direção da pesquisa.

Em primeira aproximação, os pontos cardeais do Estado de Direito parecem ser os seguintes: o poder político (a soberania, o Estado), o direito (o direito objetivo, as normas), os indivíduos. Mais precisamente, estas três grandezas constituem as condições de possibilidade e de sentido do Estado de Direito, ao passo que o Estado de Direito como tal se resolve em uma peculiar conexão entre elas: uma conexão entre "Estado" e "Direito" que se revele, em geral, vantajosa para os indivíduos. O Estado de Direito apresenta-se, em suma, como um meio para atingir um fim: espera-se que ele indique como intervir (através do "direito") no "poder" com a finalidade de fortalecer a posição dos sujeitos. O problema do Estado de Direito pode então ser apresentado como um momento do "discurso da cidadania": se o "discurso da cidadania" assume como próprio objeto a relação que une o indivíduo a uma comunidade política e determina a identidade político-jurídica deste, o Estado de Direito constitui uma das suas possíveis estratégias, visto que a sua razão de ser é precisamente a de influenciar a relação entre Estado e indivíduo, introduzindo, a favor do do sujeito, alguma limitação ("jurídica") do poder soberano[2].

O fato de o Estado de Direito assumir como própria destinação final a vantagem do sujeito deriva uma ulterior conseqüência: pode-se julgar que a posição favorável que o "Estado de Direito" pretende dar ao sujeito se concretize em um leque de direitos dos quais o indivíduo passa a ser titular. A ligação temática entre Estado de Direito e "direitos individuais" é portanto possível, mas não obrigatória, visto que é admissível pensar em um Estado de Direito que produza, para os sujeitos, efeitos vantajosos, mas não coincidentes necessariamente com a atribuição de direitos específicos[3].

---

2. Para os numerosos pontos de contato que foram sendo determinados, no curso de um longo desenvolvimento histórico, entre a temática do Estado de Direito e o "discurso da cidadania", permito-me remeter a P. Costa, *Civitas. Storia della cittadinanza in Europa,* vol. 1-4, Laterza, Roma-Bari, 1999-2001.

3. Sobre a noção histórico-teórica de Estado de Direito, cf. A. L. Goodhart, *The Rule of Law and Absolute Sovereignty,* em "University of Pennsylvania Law Review", 106, 7, 1958, pp. 943-63; E.-W. Bockenförde, *Entstehungswandel des Rechtsstaatsbegriffs,* em *Festschrift für Adolf Arndt zum 65. Geburtstag,* Europäische Verlagsanstalt, Frankfurt-am-Main, 1969, pp. 53-76; M. Tohidipur (organizado por), *Der bürgerliche Rechtsstaat,* Suhrkamp, Frankfurt-am-Main, 1978; B. Barret-Kriegel, *L'état et les esclaves,* Calmann-Lévy, Paris, 1979; J. Raz, *The Rule of Law and its virtue* (1977), em *The Authority of Law. Essays on Law and Morality,* Clarendon Press, Oxford, 1979, pp. 210-29; J. Finnis, *Natural Law and Natural Rights,* Clarendon Press, Oxford, 1980, pp. 270 ss.; N. MacCormick, *Der Rechtsstaat und die rule of law,* em "Juristische Zeitung", 39 (1984), pp. 65-70; F. Neumann, *The Rule of Law. Political Theory and the Legal System in Modern Society* (1935), Berg, Leamington, 1986; A. C. Hutchinson, P. Monahan (organizado por), *The Rule of Law. Ideal or Ideology,* Carswell, Toronto-Calgary-Vancouver, 1987; L. Ferrajoli, *Diritto e ragione. Teoria del garantismo penale,* Laterza, Roma-Bari, 1989, pp. 889 ss.; M. Stolleis, verbete *Rechtsstaat,* em A. Erler, E. Kaufmann (organizado por), em *Handwörterbuch zur deutscher Rechtsgeschichte,* Schmidt Verlag, Berlin, 1990, IV Band, pp. 367-75; S. Amato, *Lo Stato di diritto: l'immagine e l'allegoria,* em "Rivista Internazionale di Filosofia del diritto", 68 (1991), pp. 621-66; M. Fioravanti, *Costituzione e Stato di diritto,* em "Filosofia politica", 5 (1991), 2, pp. 325-50; J. Chevallier, *L'État de droit,* Montchrestien, Paris, 1992; B. Montanari (organizado por), *Stato di diritto e trasformazione della politica,* Giappichelli, Torino, 1992; M. Troper, *Le concept d'État de droit,* em "Droits", 15 (1992), pp. 51-63; I. v. Münch, *Rechtsstaat versus Gerechtigkeit?,* em "Der Staat", 33 (1994), 2, pp. 165-84; M. Fioravanti, *Lo Stato di diritto come forma di Stato. Notazioni preliminari sulla tradizione europeo-continentale,* em G. Gozzi, R. Gherardi (organizado por), *Saperi della borghe-*

Quais são os tempos históricos nos quais se situa o acontecimento do Estado de Direito?

Blandine Barret-Kriegel, ao identificar no Estado moderno um Estado organizado e limitado pelo direito, faz coincidir as origens do Estado de Direito com a primeira afirmação das grandes monarquias nacionais[4]. Trata-se de uma escolha seguramente legítima, mas é igualmente plausível atribuir ao problema, do qual a fórmula "Estado de Direito" quer ser uma solução, um cenário temporalmente bem mais amplo e em suma coincidente com a história político-intelectual do Ocidente, visto que nela surge sempre de novo a exigência de sublinhar a inevitável tensão (e a necessária conexão) entre poder e direito.

Convém, todavia, distinguir entre o problema geral envolvido na expressão "Estado de Direito" e o significado próximo e historicamente específico da "fórmula", identificando os "tempos históricos" nos quais o acontecimento do Estado de Direito se desdobra.

Proponho uma divisão em três "tempos", que apresento em ordem de decrescente proximidade com o nosso tema. O primeiro tempo é a *história*, em sentido estrito, do Estado de Direito: é uma história que tem início desde o momento no qual existe a expressão lexical em questão, quando diante do grande e recorrente problema da relação entre poder, direito, indivíduo não só se define uma solução peculiar, mas se encontra para ela também um nome correspondente (exatamente o Estado de Direito). Existe, contudo, para a nossa "fórmula" também uma *pré-história*: ou seja, os contextos e os tempos nos quais, embora ainda faltasse o "nome", já existia a "coisa",

---

sia e storia dei concetti fra Otto e Novecento, il Mulino, Bologna, 1995, pp. 161-77; P. P. Craig, *Formal and substantive conceptions of the rule of law*, em "Diritto pubblico", 1 (1995), pp. 35-55; H. Noske (organizado por), *Der Rechtsstaat am Ende? Analyse, Standpunkte, Perspektiven*, Olzog, München-Landsberg, 1995; A. Catania, *Lo Stato moderno: sovranità e giuridicità*, Giappichelli, Torino, 1996; H. Hofmann, *Geschichtlichkeit und Universalitätsanspruch des Rechtsstaats*, em "Archiv für Rechts- und Sozialphilosophie", Beiheft 65, Steiner, Stuttgart, 1996, pp. 9-31; S. Amato, *Lo Stato di diritto: l'immagine e l'allegoria*, em "Rivista Internazionale di Filosofia del diritto", 68 (1991), pp. 621-66.

4. B. Barret-Kriegel, *L'état et les esclaves*, cit., pp. 27 ss.

isto é, são reconhecíveis os traços de uma posição que encontrará no Estado de Direito a sua explícita formulação. A pré-história do Estado de Direito, como o conjunto das condições próximas que tornaram possível o seu surgimento, é, portanto, o segundo tempo do nosso acontecimento. Ainda mais atrás abre-se o terceiro tempo: um tempo no qual a tematização da relação poder/direito é, sim, rica e completa, mas também culturalmente muito distante das visões político-jurídicas que constituíram a precondição (a pré-história) da expressão (e do conceito) de Estado de Direito. A importância destes remotos "precedentes" não deve ser reconduzida ao banal (e falso) "nihil sub sole novi" [não há nada de novo sob o sol], visto que mudam radicalmente no decorrer do tempo a posição e a solução do nosso problema, e tampouco deve ser fundada na imagem de um desenvolvimento linear no qual cada elo da corrente remete ao precedente, mas consiste em oferecer à história (e à pré-história) do Estado de Direito aquele *horizonte de sentido* no qual também a sua mais recente fenomenologia continua a se colocar.

2. O horizonte de sentido do Estado de Direito

Se o Estado de Direito se inscreve na exigência de pôr barreiras contra a força transbordante e tendencialmente incontrolável do poder (um poder terrível e ameaçador, mas ao mesmo tempo indispensável para a fundação e a manutenção da ordem); se o Estado de Direito é a expressão da confiança que os indivíduos, acossados pela força numinosa e arcana do poder, repõem no direito, na norma objetiva, como um dique capaz de frear ou, de qualquer modo, de regular a energia desordenada e transbordante da soberania, então o seu horizonte de sentido se coloca em um cenário temporal extremamente amplo, que inclui tanto o mundo antigo quanto a cultura medieval.

Não é preciso esperar a Idade Moderna para encontrar a precisa tematização de uma "grande dicotomia" que opõe um tipo de regime a outro assumindo como critério distintivo precisamente a relação entre "governo" e "lei". Tanto em Platão quanto em Aristóteles (embora na diversidade, metódica e substantiva, das respectivas filosofias político-jurídicas) o problema das formas de governo – este também é um lugar obrigatório da reflexão política "ocidental" – é discutido pondo em evidência o papel central da lei.

Platão não é entusiasta do governo conforme as leis: se fosse possível confiar o governo a quem, possuindo "a arte" de governar, fosse capaz de realizar a justiça, as leis não serviriam; mas, visto que "um rei não nasce nos Estados do mesmo modo no qual nasce nas colméias, único a sobrepujar sem dúvida em corpo e alma", é inevitável dar importância ao momento da lei, a ponto de identificar, para as três formas de governo (monarquia, aristocracia, democracia), o seu "contrário", em relação ao fato de ser um, poucos ou muitos que governem "segundo as leis ou contra as leis"[5]. Do mesmo modo Aristóteles, na sua crítica da (falsa) democracia, na contraposição entre a "politìa" e a "democracia", introduz o tema da soberania da lei: "racional, portanto, pareceria a censura de quem afirma que tal democracia não é uma constituição, porque onde as leis não imperam não existe constituição. É preciso, de fato, que a lei regule tudo em geral e os magistrados em particular: eis aquilo que se deve considerar uma constituição"[6].

O papel da lei, a tensão entre o seu caráter geral e as manifestações sempre diversas da singularidade, a difícil, mas necessária, composição entre a decisão "despótica" e o respeito a uma ordem normativa indisponível são temas amplamente presentes na reflexão antiga e herdados, aprofundados, transformados pelo mundo medieval. Para os teólogos e os juristas que redescobrem e reinterpretam criativamente a *Política* de Aristóteles e o *Corpus Iuris*, a representação do poder é inseparável da sua colocação em uma ordem que o transcende e o funda. O poder tem a sua emblemática expressão na *iurisdictio* [jurisdição]: em um *dicere ius* [proclamar o direito] que realiza a essência do poder precisamente porque o poder pressupõe a

---

5. Platão, *Politico*, 301-2 (Platone, *Opere*, Laterza, Bari, 1966, vol. I, pp. 502-3).

6. Aristóteles, *Politica*, IV, 4, 1291 b-1292 a (Aristotele, *Opere*, Laterza, Roma-Bari, 1991, vol. IX, p. 126).

ordem e a "declara", a confirma, a realiza; a imagem do poder é inseparável da idéia de uma ordem normativa na qual as volições individuais se dispõem segundo as hierarquias naturais que constituem as estruturas fundamentais do cosmos e da sociedade. Um dos grandes temas da cultura medieval (ainda muito presente também no pensamento antigo) – o tema do tirano – tornar-se-ia incompreensível se se descurasse o vínculo entre governo e lei, entre poder e ordem.

Poder-se-ia, talvez, dizer (por amor de didascália contraposição, mas sem forçar demasiadamente) que a relação entre poder e ordem assume no universo medieval um andamento especular àquele que (nós "modernos") somos levados a supor: se para nós é familiar a idéia de um poder (espontaneamente) excessivo e "desordenado", para a cultura medieval é dada como certa a imagem de uma ordem que contém em si o poder, ou melhor, os poderes, e os dispõe, os regula, os contém na rede de uma precisa e ideal hierarquia.

A formação de uma nova, "absolutista" imagem de soberania coincide com a lenta, progressiva autonomização daqueles centros de poder [as *civitates* (cidades), os *regna* (reinos)] que o jurista medieval colocava na sua ideal hierarquia que culminava no ápice do poder imperial: soberano torna-se, pela inovadora reflexão de Bodin, o rei da França, investido de um poder que se diz "absoluto". É inútil, porém, despender muitas palavras para afugentar um equívoco que apenas tradicionais hábitos mentais poderiam perpetuar: o equívoco de um "absolutismo" dos séculos XVII-XVIII caracterizado (na teoria e na prática) por um poder desenfreado e ilimitado. Todos sabemos que o processo de construção de um centro efetivamente "soberano" é lento e confuso, choca-se com resistências locais, forças centrífugas, poderes e direitos de corpos, cidades, classes que (na França) apenas o Estado pós-revolucionário conseguirá debelar (e não é aqui o caso de se perguntar se porventura os "particularismos" dos corpos e das cidades não renasçam como árabe fênix das cinzas do antigo regime). De forma coerente, a própria teoria da soberania – tomemos o exemplo emblemático de Bodin –, não obstante as também relevantes descontinuidades com a tradição medieval, não excede a "ilimitabilidade" do poder: afirma-se o caráter "absoluto" do poder para reiterar a sua originariedade; e embora valorize como sinal eminente da soberania a *potestas* [poder] legislativa, não se omite, porém, de elencar os limites de um poder tido a respeitar a lei divina, a lei natural, portanto os pactos selados com os súditos (*pacta sunt servanda*) [os pactos devem ser cumpridos], enfim, as *leges fundamentales* [leis fundamentais] do reino.

Longe de dispor de um poder absoluto, o soberano "absolutista" pode contar com um poder muito limitado, sendo obrigado a levar em consideração as estruturas normativas, as estruturas institucionais, os *iura et privilegia* [direitos e privilégios] de corpos e cidades ainda largamente independentes que o enfrentam, o condicionam, o vinculam. Poderíamos afirmar, com uma frase só aparentemente provocatória, que o Estado "absoluto" é o mais bem sucedido Estado de Direito: um Estado, exatamente, pelo direito (e pelos direitos), titular de uma soberania que, longe de criar com a sua potência legiferante uma ordem integralmente dependente dela, "encontra" uma ordem já constituída, defronta-se com direitos e privilégios que florescem à sua sombra e sofre os inevitáveis condicionamentos de um e de outros.

3. A "pré-história" do Estado de Direito: entre Iluminismo e Revolução

O Estado "absoluto" é um Estado "limitado" pelo direito, pelos direitos, pelos *iura et privilegia* dos indivíduos, das classes, dos corpos: as sociedades de antigo regime não são o reino do arbítrio que uma antiga apologética "liberal" contrapunha à nova ordem "racional" dos códigos oitocentistas. Não se enfrentam não-razão e razão, desordem e ordem, mas entram em contato e se põem em contraste, posicionamentos e valores profundamente diversos: começa a se formar, entre os séculos XVII e XVIII, uma nova visão do sujeito, dos direitos, da soberania, desenvolve-se um novo "discurso da cidadania" que acaba por constituir a condição de surgimento, o terreno de formação da expressão Estado de Direito; a específica solução que o Estado de Direito pretenderá dar à relação entre poder e direito seria incompreensível sem pressupor aquele imponente processo de redefinição do léxico político-jurídico que se desenvolve na Europa entre os séculos XVII e XVIII.

A tematização da soberania e da lei passa através do filtro de uma nova antropologia filosófica: colhido nos seus traços essenciais e perenes, o indivíduo é arrancado da lógica dos pertencimentos, da conexão com os corpos para ser representado como um sujeito unitário de necessidades e de direitos, definidos pelos parâmetros da liberdade e da igualdade. A liberdade do sujeito não é porém desregramento subtraído a qualquer vínculo: é, de um lado, espaço protegido pelas indébitas intromissões de outros (como a antiga *immunitas* tivesse se transformado em uma qualidade do ser humano "como tal"); de outro, é relação com a lei, possibilidade de ação e expansão pessoal que encontra na lei o fundamento, o limite, a garantia.

A lei não tem uma relação (hobbesianamente) disjuntiva com a liberdade, razão pela qual esta começa onde se detém a força coativa da primeira. Tanto para Locke como para Montesquieu a lei (a lei natural, a lei civil) é o caminho indispensável da liberdade. Aquilo que, para Montesquieu, impede o despotismo – a degeneração de um bom regime político – é o feliz conúbio entre liberdade e lei. O indivíduo é livre enquanto age nos trilhos da lei e esta, por sua vez, é o único instrumento capaz de protegê-lo do arbítrio. É exatamente do nexo entre liberdade e lei que nasce a possibilidade de conter o arbítrio do príncipe e de tutelar a segurança dos sujeitos. A liberdade e a segurança (da pessoa, dos bens) são os valores finais que a lei permite alcançar na medida em que impede o arbítrio.

A lei não é apenas um momento interno à organização da soberania: extrai sentido da sua destinação funcional, da conexão com um indivíduo que nela encontra a moldura e a tutela da sua ação. É nesse contexto que são formulados aqueles princípios de legalidade ("nullum crimen sine lege") e de igualdade jurídica (a igual submissão de todos os sujeitos à lei) que a civilização jurídica oitocentista irá considerar de algum modo adquiridos (pelo menos idealmente, mesmo permanecendo incerta e problemática a sua efetiva realização). No "século XVIII reformador", de qualquer modo, a confiança na lei como instrumento de proteção e de fortalecimento da liberdade, da propriedade, dos direitos dos sujeitos procede igualmente com uma atitude otimista em relação à soberania: que na sua atual configuração tende perigosamente ao despotismo, mas pode, deve se tornar a expressão e o caminho para uma ordem finalmente racional.

Soberania, lei, liberdade (propriedade, direitos) apresentam-se, portanto, à consciência crítica dos reformadores setecentistas como momentos estritamente conexos; tal conexão não é sequer subvertida pelo terremoto desencadeado pela revolução, que também introduz uma linguagem e uma práxis que excederam enormemente as previsões e as expectativas dos *philosophes*. Também para os homens da revolução, a soberania é chamada a tutelar aqueles direitos (a liberdade e a propriedade acima de tudo) que constituem o eixo principal e a condição de legitimidade da nova ordem: segundo a *Declaração* de 1789, a soberania é chamada a realizar (tutelar, coordenar), por meio da lei, os direitos naturais dos sujeitos. Os direitos naturais são (rousseuanianamente) transformados em direitos civis e como tais são fortalecidos e completamente tutelados.

De qualquer modo, não faltam as novidades, de grande relevo, e dizem respeito tanto ao soberano quanto ao sujeito. Quem seja o soberano já foi dito por Sieyès no limiar da revolução: a soberania cabe àqueles "20 milhões de franceses" que, entre eles iguais, imunes do estigma do "privilégio", compõem, *são* a nação. Soberana é a nação, e o sujeito se realiza como cidadão enquanto, em acréscimo aos seus direitos naturais-civis, goza de direitos políticos, é parte ativa e empenhada do corpo político.

Em relação à soberania o otimismo setecentista encontra na "filosofia" da revolução não só uma confirmação, mas uma caixa de ressonância: o consueto círculo vicioso entre soberania, lei e liberdade é fortalecido pela nova imagem do titular da soberania, que remete não mais ao monarca (mesmo sendo iluminado), mas à nação, ao ente coletivo, ao "corpo". Eixo principal da relação entre soberano e indivíduo torna-se então (por força das coisas, para além de "filológicas" filiações) o *páthos* "corporatista" do rousseauniano *Contrato social*: sendo o soberano o eu comum, o corpo coletivo, coincidindo os muitos com um único, a relação do sujeito com o soberano é regida pela convicção de que o "corpo não pode causar dano a seus membros".

É nesse campo (a visão otimista da soberania, fortalecida pela imagem "corporatista" da nação soberana) que se enraiza uma tendência característica da publicística revolucionária: a escassa atenção demonstrada em relação às "garantias", em relação aos mecanismos jurídico-institucionais, capazes de tornar efetivas as liberdades solenemente declaradas protegendo-as das intromissões do poder: não é preciso ter garantias porque, como queria Rousseau, o corpo não prejudica os seus membros; as tentações despóticas do poder são bloqueadas, na raiz, pela própria natureza do portador da soberania.

Se é verdade portanto que, para o sentimento comum dos homens da revolução, a nação soberana é a guardiã dos direitos, se a soberania (enquanto realizada no corpo da nação) não é uma ameaça, mas uma via dos direitos individuais, é verdade também que alguns dos seus mais brilhantes protagonistas (Sieyès, Condorcet) levaram em consideração a hipótese de uma degeneração "tirânica" das instituições; e para Condorcet será precisamente a *Declaração dos Direitos*, posta em um nível mais alto da legislação ordinária, o verdadeiro "rempart des citoyens", o melhor baluarte contra as leis injustas que os representantes da nação possam eventualmente proclamar[7].

O tema da deformação "despótica" das instituições republicanas, longe de ser inócuo e acadêmico, põe-se no centro do debate e da luta política no curso da progressiva radicalização do impulso revolucionário. É no contexto da França assediada, da revolução ameaçada, que a relação entre soberania e lei, entre constituição, governo e direitos, põe-se em uma nova e dramática luz. Tanto para Robespierre quanto para Saint-Just é inútil apelar-se à constituição quando é urgente a exi-

---

7. J. A. N. Caritat de Condorcet, *Réflexions sur ce qui a été fait et sur ce qui reste à faire, lues dans une société d'amis de la paix* (1789), em J. A. N. Caritat de Condorcet, *Oeuvres*, IX, organizado por A. Condorcet O'Connor, M. F. Arago (Didot, Paris, 1847), reedição fac-similar Frommann, Stuttgart-Bad Cannstatt, 1968, p. 447.

gência de enfrentar o inimigo e salvar a pátria: são necessários o terror e a virtude; é necessário um governo pronto para reagir e golpear, livre dos impedimentos, das lentidões e da abstração das regras; não é a lei que conta, mas a excepcionalidade da situação; é o "estado de exceção" o princípio que impõe a defesa terrorista da liberdade republicana: é a "necessidade", é "a mais santa de todas as leis, a salvação do povo" que legimita o governo revolucionário tornando-o "terrível para com os maus", "favorável aos bons"[8]. E será, de novo, Condorcet que, debalde, irá opor ao "estado de necessidade", "pretexto da tirania", a exigência de indicar taxativamente os limites e a duração das medidas excepcionais, de manter, em suma, os parâmetros essenciais da justiça comum e da legalidade[9].

Em brevíssimo tempo, na vorticosa "aceleração histórica" imprimida pela revolução, a harmonia preestabelecida que parecia reinar entre a soberania, a lei e os direitos, a convicção de que a lei atuasse como termo médio entre o sujeito e o poder, traduzindo a vontade racional deste último nos direitos "naturalmente" pertencentes ao primeiro, se rompem para serem substituídas por drásticas e dramáticas alternativas: de um lado, a percepção da periculosidade do poder, da possível discrepância entre a legalidade formal e o substancial despotismo das medidas do poder legislativo (e a conseqüente tentativa de encontrar na *Declaração dos Direitos* um baluarte inatacável); de outro, a teorização de um "estado de necessidade" que, em nome da luta da luz contra as trevas, da liberdade contra o despotismo, da virtude contra a corrupção pode legitimamente anular a legalidade formal e os direitos individuais.

Certamente, nos debates revolucionários não recorre à expressão "Estado de Direito": estamos, portanto, ainda na pré-história da nossa fórmula, que é "pré-história", todavia, também enquanto enumera expectativas e problemas que constituem as precondições do futuro Estado de Direito. De fato, a

---

8. M. Robespierre, *Sui principi del governo rivoluzionario* (25 de dezembro de 1793), em M. Robespierre, *La rivoluzione giacobina*, organizado por U. Cerroni, Studio Tesi, Pordenone, 1992, pp. 145-6.

9. J. A. N. Caritat de Condorcet, *Sur le sens du mot révolutionnaire* (1793), em Condorcet, *Oeuvres*, cit., vol. XII, p. 623.

"filosofia" e a práxis revolucionárias se separam nitidamente de um "regime" – a sociedade dos corpos, das hierarquias, dos privilégios – que a partir daquele momento começa a ser chamado de "antigo". Não entra em cena apenas um novo sujeito, que "como tal" reivindica o direito à propriedade, à liberdade, à participação política, mas também se delineiam uma nova imagem e uma nova "experiência" do poder. Nunca como neste momento o poder manifestou a sua extraordinária energia e capacidade incisiva e transformadora. O poder "absolutus" do antigo monarca (obrigado, na realidade, a se confrontar com estruturas "objetivas" das quais nasciam diferenciadas e consolidadas posições subjetivas) procedia sobre trilhos em alguma medida subtraídos à sua vontade. O poder da nação soberana eliminava de si qualquer vínculo predeterminado, tanto formal como conteudístico: a nação, para Sieyès, é simplesmente tudo aquilo que deve ser. É um absoluto poder constituinte que, com a sua força irresistível, anula o antigo regime e instaura a nova ordem da liberdade e da propriedade. Decerto, existem os direitos naturais (a liberdade, a propriedade) que a nação se limita a "declarar": mas no momento em que os declara (e passa depois a realizá-los e coordená-los), ela demonstra, também, em relação aos direitos toda a sua potência determinante. A ordem se funda sobre os direitos, mas a ordem é instaurada pela vontade constituinte da nação. Vontade legiferante e direitos se unem em uma relação que nunca foi tão estreita assim, mediada por uma revolução que se imagina e se legitima como um ato de destruição do Velho Mundo e de instauração de uma nova ordem.

A ruptura revolucionária é um acontecimento especificamente francês. O "modelo francês", mesmo que destinado a produzir efeitos de grande alcance para toda a Europa, não é, contudo, a única resposta possível ao problema da relação entre poder e direito (direitos): ao contrário, um grande país europeu, a Inglaterra, tinha precocemente mostrado como compor a vocação "absoluta" da soberania com um sistema de vínculos capazes de limitar a sua arbitrariedade e proteger os sujeitos, a ponto de constituir um marco de referência exemplar para numerosos intelectuais franceses que, no Século das Luzes, viam prosperar nela aquele espírito de liberdade e de tolerância ainda fortemente hostilizado na sua pátria.

A ordem político-social da Grã-Bretanha setecentista podia parecer, por boas razões, para muitos intelectuais "iluminados" como a melhor aproximação possível ao modelo de convivência por eles aconselhado. A imagem de sociedade na qual diversas filosofias sociais, tanto francesas quanto inglesas (e em particular escocesas), acabavam por se encontrar tem um caráter "dicotômico": o segredo da ordem é colocado essencialmente na ação dos sujeitos e na sua interação; a sociedade se organiza espontaneamente em torno de algumas regras constitutivas (a liberdade, a propriedade, o contrato), ao passo que o poder político intervém "de fora", como instrumento de tutela e de proteção. A liberdade individual (a liberdade de expressão, a liberdade de satisfazer as necessidades na forma "racional" da propriedade e do contrato) é a linfa vital de uma ordem que vive independentemente da intervenção e das decisões do poder soberano, ao passo que a legitimação deste último é colocada no nexo funcional que o une à sociedade. Quer se acredite ainda nos argumentos jusnaturalistas e contratualistas aos quais Locke recorria, quer se volte, antes, aos diversos esquemas fundadores, a lei do soberano não tem um valor constitutivo, mas possui somente uma função protetora e fortalecadora de uma ordem que se enraiza na mesma ordem da ação intersubjetiva.

Esse esquema (em cujos perfis essenciais, ressalvando as diferenças de posicionamento teórico, podiam reconhecer-se Hume ou Hutcheson ou Smith ou Blackstone) não é obviamente a "fotografia" da Grã-Bretanha setecentista, mas não é tampouco um mapa de Utopia: é a representação, na forma abstrata e "modelística" da teoria, de um tipo de sociedade que constitui o ponto de chegada de um processo que se desenvolveu na Inglaterra nos séculos precedentes.

Até o século XVII, a monarquia inglesa, não muito diversamente dos seus similares continentais (Espanha e França), persegue, com algum sucesso, a construção de um forte poder central. É no decorrer do século XVII que as histórias das diversas monarquias (que podem ser ditas de algum modo já "nacionais") cessam de ser paralelas e se determina a anomalia inglesa, certamente não de modo rápido e indolor. É necessário um século ou um pouco menos (caracterizado por lutas sangrentas, mudanças repentinas, regicídio, revoluções, restaurações, patíbulos, conspirações) para que, no final da história, se dê razão a Coke, e não a Hobbes: é, de fato, teorizada e construída uma soberania dividida ou compartilhada e limitada, mas não por isso a ordem se enfraquece, arrastada pelo *bellum omnium* [guerra de todos].

Coke tem razão, *post mortem*, porque, depois da guerra civil e da "Revolução Gloriosa", a ordem político-jurídica se equilibra não em torno da vontade monocrática do rei, mas, sim, em torno da partilha da soberania e do primado do *common law*. A ordem jurídica não é decidida pelo soberano, mas coincide com uma tradição imemorável, desenvolve-se no tempo, cresce sobre si mesma, modifica-se e impõe-se como um conjunto coerente de regras e de princípios com o qual o poder político deve acertar as contas.

O *common law* é, romanisticamente, *ratio scripta*: não razão abstrata, razão natural, mas razão historicamente realizada graças a uma técnica posta e transmitida por gerações de juristas e juízes; razão artificial, portanto, razão técnica, razão objetivada, incorporada em um sistema de normas, razão coletiva, expressão de um *corpus* de *sapientes* que, de geração em geração, aperfeiçoam o sistema, refinam-no e adaptam-no às circunstâncias mutáveis. É a juristas como Coke, Hale, Blackstone que se devem a representação e legitimação de um tipo de ordem que se integra com o novo curso constitucional inglês e se apresenta como um sistema normativo do qual derivam as posições de vantagem, de liberdade e os direitos dos sujeitos.

De um lado, portanto, a estrutura da soberania é investida por uma "série de lutas pelo domínio e a composição dos diversos órgãos do poder estatal"[10] que rompe a sua originária vocação "absolutista", enquanto, de outro, os direitos e os deveres dos sujeitos acabam por depender de um sistema normativo amplamente independente de um único centro de "vontade".

10. N. MacCormick, *Der Rechtsstaat und die rule of law*, cit., p. 66.

O modelo "dicotômico" (a idéia de uma estrutura socio-jurídica fortalecida "por fora" da intervenção do governo) não é, portanto, um acréscimo "teórico" supérfluo separado da realidade, mas é a transcrição fidedigna (no léxico "abstrato" da filosofia social) da lógica profunda de uma estrutura, afinal, consolidada na Grã-Bretanha do século XVIII.

Se isso é verdade, a distância com relação a França parece então muito nítida mesmo quando os dois mundos dão a impressão de se tocar, ou seja, quando os *philosophes* declaram toda a sua admiração pelo "modelo inglês". A distância nasce do fato de que aquele modelo, que os reformadores franceses usam como instrumento de crítica de uma ordem política existente, para os ingleses não pertence ao mundo do possível e da alternativa, mas coincide substancialmente com a ordem realizada: não por acaso, Blackstone pode tranqüilamente conjugar jusnaturalismo e *common law* precisamente porque está convencido de que o direito natural (com a sua bagagem de direitos, liberdade, propriedade etc.) encontre a sua pontual e positiva realização no sistema jurídico-constitucional vigente.

Para os franceses não será possível traduzir em realidade o modelo ideal, realizar a ordem dos direitos, reconduzir o soberano ao papel de guardião da liberdade e da propriedade, senão inaugurando uma titânica e explosiva "política da vontade": senão confiando à nação soberana o papel de demiurgo, capaz de abater a ordem antiga e realizar os direitos. Compreende-se, então, o sentido daquele incandescente libelo que, já nos primórdios da revolução, Burke lançará contra os homens de 89. Em ambas as frentes, fala-se de direitos, mas de modo radicalmente diverso. Os "verdadeiros" direitos do homem não podem ser decididos, desejados, impostos pelo ato "instantâneo" de uma assembléia; eles são uma "inheritance", a herança de uma tradição imemoriável, o produto de uma constituição que se faz no tempo e se desenvolve autonomamente.

Decerto, na França revolucionária, os direitos são sempre "naturais": porém, eles não se afirmam por virtude própria, mas têm necessidade da intervenção da nação soberana para se realizarem, e a lei que os transforma de "naturais" em "civis" adquire, de algum modo, um valor constitutivo. A componente "voluntarista" do modelo francês, que faz do direito (e em última instância dos direitos) a expressão da vontade soberana, se opõe nitidamente à idéia (emblematicamente burkiana) de uma ordem jurídica objetiva, impessoal, "não-decidida", que se integra com a ordem da soberania determinando a posição dos sujeitos.

Diverso ainda é o quadro oferecido pela federação americana[11] *in statu nascenti*. Pelo gosto da simplificação e da combinatória seria possível ver nela uma "terceira via" que, em certo sentido, reúne a herança do *common law* inglês, mas, de outro, se abre a temas e a preocupações que se mostrarão típicos do ambiente francês. Uma exigência comum a franceses e a americanos é a redação de uma constituição que transforme em normas jurídicas positivas os direitos humanos, os direitos naturais. Certamente, os contextos são profundamente diversos e diversos são os inimigos contra os quais o projeto constituinte se dirige: se, para os americanos, é a metrópole que projeta sobre as colônias a sombra de uma soberania hostil e mortificante, para os franceses, ao contrário, é toda uma organização político-social, um longo e pesado passado "feudal" que é preciso jogar fora.

Em ambos os casos toma forma, de qualquer modo, um processo constituinte que na sua dinâmica e no seu êxito se diferencia nitidamente da situação inglesa: é o poder constituinte que "positiviza" os direitos, de outra forma, submetidos à fragilidade e à precariedade do seu estatuto "natural". O momento da vontade constituinte tem, portanto, na América, uma importância que não tem correspondência com o da Grã-Bretanha – e é nessa perspectiva que é preciso situar a "fortuna" americana do contratualismo lockiano –, mas não dá lugar às escolhas que serão próprias da assembléia francesa (a onipotência da nação, a centralidade da lei, sobretudo o forte nexo entre lei e direitos).

As colônias americanas não combatem contra o feudalismo: lutam contra a soberania do parlamento inglês e contra o

---

11. Ao *rule of law* americano é dedicado o ensaio de B. Casalini, *Sovranità popolare, governo della legge e governo dei giudici negli Stati Uniti d'America*, neste volume.

exercício tirânico da soberania no qual esse, segundo eles, incorreu[12]. A percepção da potencial periculosidade da soberania popular encontra, portanto, precoces e importantes manifestações no debate americano, no qual as teses de Jefferson ou de Paine, que pretendem reconduzir o edifício constitucional à "absoluta" vontade de um poder que, em qualquer ocasião, pode "recomeçar de novo" e reescrever as regras do jogo, contrapõem-se à posição de quem, como Adams, mesmo não renunciando ao fundamento último da soberania popular, quer diluir, porém, o impacto da mesma recorrendo ao federalismo e ao equilíbrio dos poderes.

Decerto, também na França não faltam – basta pensar em Condorcet – precisos apelos ao risco do despotismo e à necessidade de pôr barreiras à onipotência do legislador. Se, porém, as preocupações "garantistas" parecem na França nada mais do que um "caminho interrompido", na América, ao contrário, elas se traduzem, a partir da famosa sentença do juiz Marshall, em uma doutrina jurídica e em uma práxis, que, não obstante contemplem como fundamento "originário" da ordem política a soberania popular, todavia, atribuem aos princípios constitucionais o valor de normas inderrogáveis, tuteladas pelo controle que o juiz exerce sobre a atividade do poder legislativo.

É por essa razão que, nos Estados Unidos, a liberdade e a propriedade parecem como o eixo de uma ordem que a lei e o soberano têm o dever de respeitar e tutelar. Tanto nos Estados Unidos, como, contemporaneamente, na França e na Grã-Bretanha, difundem-se modelos teórico-sociais que assumem a liberdade e a propriedade dos sujeitos como o elemento fundamental da ordem e atribuem ao soberano o ônus de respeitar e tutelar as estruturas fundamentais das mesmas. Se, portanto, a organização do poder está em todo caso legimitada pelo nexo de funcionalidade que a une ao indivíduo e aos seus direitos, o jogo do poder e do direito, a relação entre lei e so-

---

12. G. Stourzh, *The Declarations of Rights, Popular Sovereignty and the Supremacy of the Constitution: Divergencies between the American and the French Revolutions*, em *La Révolution américaine et l'Europe*, Éd. du Centre National de la Recherche Scientifique, Paris, 1979, p. 361.

berania é posta nos diversos países segundo regras muito diversas: na França e nos Estados Unidos é, pelo menos em última instância, a vontade do povo soberano que realiza os direitos; esta vontade, porém, nos Estados Unidos, mas não na França, desdobra-se em sistemas normativos nitidamente diferenciados – a constituição e a lei – a ponto de fazer retroceder, por detrás dos bastidores, o fundamento "voluntarista" da primeira; ao passo que, no extremo oposto, a Grã-Bretanha tende a reconduzir os direitos a uma ordem objetiva que para existir e se impor não tem necessidade de um preciso e fundante ato de vontade.

Para além da diversidade dos contextos e da discordância das soluções, o tema da relação entre soberania, direito e liberdade, no final do século XVIII, põe-se no centro da representação e da fundação da ordem política; e é com a plena consciência do seu papel "estratégico" que esse tema se torna uma das principais passagens da reflexão político-jurídica kantiana.

A quadratura do círculo é, para Kant, conseguir compor a plenitude do poder soberano com a liberdade dos sujeitos. Enquanto para a moral a liberdade coincide com a autonomia interior do sujeito, ao contrário, para o direito, que se ocupa apenas da "relação externa e precisamente prática de uma pessoa para com a outra"[13], a liberdade é inseparável da dimensão intersubjetiva. O direito é a moldura normativa da ação dos sujeitos, a condição da sua coexistência: o seu fim é conciliar a liberdade de um indivíduo com a liberdade do outro; esse (o direito), portanto, não é senão "o conjunto das condições, por meio das quais o arbítrio do homem pode se harmonizar com a liberdade de um outro segundo uma lei universal da liberdade"[14]. Sistema de coordenação dos arbítrios, o direito, enquanto "derivado de princípios *a priori*", não tem um caráter contingente, não está sujeito à variedade dos lugares e dos tempos, às decisões do príncipe: trata-se de um direito que Kant continua a chamar de "natural" enquanto as suas características

---

13. I. Kant, *Princìpi metafisici della dottrina del diritto*, em I. Kant, *Scritti politici e di filosofia della storia e del diritto*, organizado por N. Bobbio, L. Firpo, V. Mathieu, Utet, Torino, 1956, p. 406.

14. Ibid., pp. 406-7.

fundamentais prescindem da intervenção de uma específica organização política[15].

A coordenação das liberdades não é, porém, um efeito que nasce da simples existência de um esquema normativo: está sempre aberta a possibilidade do conflito e da prevaricação, e o direito não pode se limitar a enunciar o princípio da coordenação das liberdades, mas deve garantir a sua efetiva aplicação. Visto que a obrigação jurídica não se funda em uma motivação ética, mas "se apóia unicamente sobre a possibilidade de uma constrição externa" que torne efetivamente possível a "coexistência dos arbítrios"[16], a coação, portanto, faz parte integrante da obrigação jurídica.

A coerção evoca o soberano: não existe direito sem a possibilidade de recorrer a uma força capaz de dirimir o conflito e reprimir as violações; por isso Kant fala da passagem obrigatória do "estado de natureza" ao "estado civil" (de um sistema jurídico em si realizado, mas destituído de força coercitiva, para um regime em que a norma é garantida pela força) como do "postulado do direito público" e indica no "contrato originário" o fundamento da comunidade política. O contrato originário não é, contudo, "um fato", mas "uma simples idéia da razão"[17]: a antiga figura contratualista que, em Sieyès, tinha sido transformada na realidade (e no símbolo) da vontade constituinte da nação, é reconduzida por Kant ao papel de idéia reguladora da ordem política, que surge de qualquer modo como a "união de todas as vontades particulares e privadas de um povo em uma vontade comum e pública"[18].

O direito não é a expressão da vontade soberana, nem o soberano remete à vontade criadora de um processo constituinte. Isso não exclui que o direito necessite do soberano e da sua força coercitiva para desempenhar a sua função ordenadora, requer a intervenção de um "patrão" que submeta a vontade de cada um e "o obrigue a obedecer a uma vontade uni-

---

15. Ibid., p. 422.

16. Ibid., pp. 408-9.

17. I. Kant, *Sopra il detto comune: "Questo può essere giusto in teoria, ma non vale per la pratica"*, em I. Kant, *Scritti politici*, cit., p. 262.

18. Ibid.

versalmente válida, sob a qual cada um possa ser livre". É nesse ponto que se perfila o problema que Kant não hesita em definir como o mais difícil diante do qual a humanidade se defronta: a lei tem necessidade da intervenção coercitiva do soberano, mas este "é, por sua vez, um ser animal que tem necessidade de um dono; desencadeia-se assim um processo *ad infinitum* que pode ser resolvido somente por aproximação: "de um pau torto, como é aquele do qual o homem é feito, não pode sair nada de inteiramente direito"[19].

A solução (embora seja tendencial) se inscreve para Kant na realização de "uma constituição civil perfeitamente justa"[20]. A ela não pertence a perseguição da felicidade, que cada indivíduo determina variada e livremente. Se o governo assume como fim a felicidade dos súditos, ele não só se atribui uma tarefa impossível (dada a variedade dos conteúdos individualmente atribuíveis à felicidade), mas se substitui às livres escolhas dos sujeitos violando-lhes gravemente a liberdade: tolhendo "toda liberdade aos súditos", o "governo paternalista" é, na realidade, "o pior despotismo que se possa imaginar"[21].

Não a perseguição da felicidade, mas a liberdade, a igualdade perante a lei, a independência são os princípios da "justa constituição" que o Estado é obrigado a respeitar e a realizar coercitivamente: a razão de ser e a ordem constitucional do Estado se explicam em relação a um objetivo que não tem nada a ver com o bem-estar ou a felicidade prometida (ou talvez também realizada) por um regime despótico, mas coincide com a tutela "daquele estado de coisas, no qual a constituição se harmoniza o mais possível com os princípios de direito"[22]. A tarefa do soberano é, portanto, tão essencial (dada a relação necessária que liga o direito à sanção) quanto vinculada ao seu fim: ele deve agir para respeitar e defender aqueles princípios de liberdade, igualdade e independência que não são leis "que o Estado já constituído emane", não são princípios de direito

19. I. Kant, *Idea di una storia universale*, em I. Kant, *Scritti politici*, cit., p. 130 [trad. bras. *Idéia de uma história universal de um ponto de vista cosmopolita*, São Paulo, Martins Fontes, 2.ª ed., 2004].

20. Ibid., p. 129.

21. I. Kant, *Sopra il detto comune*, cit., p. 255.

22. I. Kant, *Princìpi metafisici*, cit., p. 505.

positivo, embora de grau "superior", mas se apresentam como aqueles "princípios da razão pura" que tornam possível a justa constituição da sociedade civil"[23].

Soberano e direito parecem, portanto, no rigoroso modelo kantiano, perfeitamente distintos e necessariamente vinculados. O direito é um esquema normativo, em si realizado, do qual depende a ordem das liberdades, que, porém, somente a intervenção coercitiva do Estado pode tornar efetivamente vigente. As tarefas do soberano são, portanto, claramente predeterminadas: uma vez excluída uma intervenção "positiva" em vista da felicidade, o soberano põe a sua força a serviço da "justa constituição" da liberdade (e merece obter a imediata e absoluta obediência dos súditos). A vontade (do soberano, do povo) não tem parte alguma na fundação do direito (e dos direitos) nem comparece como momento de um processo constituinte do qual dependa a criação da ordem política. É na racional organização do Estado e no nexo funcional que vincula a sua força coercitiva com o direito (com a ordem das liberdades) que é posta a possibilidade de resolver (pelo menos por aproximação) aquele problema que lucidamente Kant apresenta como um dilema decisivo, ou seja, compor a posição "absolutamente" dominante do "patrão" com a inflexibilidade de uma regra da qual ele deve ser simplesmente o guardião.

4. O Estado de Direito entre a Revolução e 1848

Kant não utiliza a expressão "Rechtsstaat", "Estado de Direito", mas já em 1798 J. W. Placidus, referindo-se a Kant e aos seus seguidores, fala da "Schule der Rechts-Staats-Lehre"[24] e instaura um nexo "originário" entre Kant e a doutrina do Estado de Direito que permanecerá firme na reflexão sucessiva; é exatamente na Alemanha que, no decorrer do sécu-

---

23. I. Kant, *Sopra il detto comune*, cit., p. 254.

24. M. Stolleis, verbete *Rechtsstaat*, cit., p. 368. E.-W. Böckenförde (*Entstehungswandel des Rechtsstaatsbegriffs*, cit., pp. 53-4) lembra que Carl Theodor Welcker, em 1813, e Johann Christoph Freiherr von Aretin, em 1824, utilizam a expressão *Rechsstaat*.

lo XIX, a expressão "Estado de Direito" sai da "pré-história" e entra oficialmente na "história", tornando-se objeto de uma elaboração que exercerá uma forte (mesmo que tardia) influência na cultura jurídica tanto italiana como francesa.

Mesmo onde a expressão "Estado de Direito" tarda a comparecer, como na França, vêm à tona, de qualquer modo, todas as dificuldades que o dilema kantiano tinha lucidamente posto em evidência, agravadas pela decisiva, mas embaraçosa herança da revolução. É com a revolução que se confrontam aqueles intelectuais que começam a ser chamados de "liberais" – de Constant a De Staël, a Guizot, a Tocqueville – e é da revolução que eles extraem a convicção de ter de repensar a fundo o problema da soberania, da lei, dos direitos. A crítica constantiana a Rousseau (e, por meio dele, à revolução jacobina) põe em primeiro plano aquele problema das garantias que o *páthos* corporatista e a confiança na nação soberana relegavam às margens do debate revolucionário. A confiança (primeira iluminista e depois revolucionária) no soberano e na sua natural aliança com o indivíduo desaba diante do traumático episódio do Terror para dar lugar a uma "estratégia da suspeita"[25].

Indispensável (também segundo Constant) para garantir a ordem, o soberano parece, todavia, constitutivamente exposto ao risco do despotismo. O problema de controlar e conter a terrível energia do poder – um problema, por outro lado, já presente na "pré-história" do Estado de Direito – adquire, em Constant e no liberalismo francês da primeira metade do século XIX, uma urgência e uma crentalidade novas. A defesa dos direitos individuais (a liberdade, a propriedade) deve ser apresentada como uma "exigência absoluta", indisponível a exceções e temperamentos, deve sugerir uma organização constitucional adequada; deve, principalmente, traduzir-se em uma luta sem fronteiras contra aquilo que Constant considera a degeneração mais grave a que o poder está constantemente exposto: o arbítrio, a subtração às regras em nome da eficiência

25. B. Constant, *Principes de politique applicables à tous les gouvernements*, organizado por E. Hofman, T.I, Droz, Genève, 1980, pp. 22 ss. Cf. também B. Constant, *Principes de politique* [1815], em B. Constant, *Oeuvres*, organizado por A. Roulin, Gallimard, Paris, 1957.

ou da necessidade. Aquele "estado de necessidade" que servia aos jacobinos para legitimar a suspensão da constituição parece para Constant como a passagem por meio da qual irrompe a força desenfreada e terrível do poder. É precisamente o Terror que dá o exemplo mais dramático da patologia do poder e que sugere, por contraste, uma possível terapia: se o soberano oprime o indivíduo precisamente porque o seu poder está subtraído a qualquer limite e controle, o antídoto não pode ser dado senão pelo respeito das regras, pela observância dos vínculos formais.

A certeza dos direitos depende da certeza das regras. A mesma condenação constantiana do intervencionismo "iluminado" de Mably e de Gaetano Filangieri[26] nasce da convicção de que as "leis especulativas", as leis que influenciam a dinâmica social perseguindo finalidades sempre novas e inesperadas, propriamente porque olham para o futuro, reintroduzem sub-repticiamente aquele índice de imprevisibilidade e de incerteza, aquela margem de arbitrariedade que o respeito das formas e das regras se propunha a eliminar.

A certeza dos direitos remete à certeza das normas e das formas jurídicas, e estas, por sua vez, implicam o suporte externo, substancial e não-formal, daquela verdadeira e própria válvula de fechamento do sistema que, para Constant (e para todo o liberalismo oitocentista), é constituído pela opinião pública[27].

O jogo dos meios e dos fins, o quadro dos "aliados" e dos "inimigos", começa, portanto, a ser claramente definido. O objetivo é a segurança da liberdade e da propriedade, o meio é a rede de regras e de vínculos formais que envolve o soberano empenhando-o (com a ajuda "externa" da opinião pública) a desempenhar a sua indispensável tarefa de guardião da ordem. A complicação do quadro – a dilemática passagem do kantiano "pau torto" ao "pau direito" – nasce do fato de que a tutela (coercitiva) dos direitos é dada inevitavelmente por aque-

---

26. Cf. B. Constant, *Commento sulla scienza della legislazione di Gaetano Filangieri*, Tipografia Elvetica, Capolago, 1838.

27. Cf. B. Constant, *Le reazioni politiche*, em B. Constant, *Le reazioni politiche; Gli effetti del terrore*, organizado por F. Calandra, E.S.I, Napoli, 1950, pp. 91, 97.

le poder do qual provém, por aqueles mesmos direitos, a mais temível ameaça.

Constant desenvolve a linha das suas reflexões em anos ainda muito próximos da conturbadora experiência do Terror. Já está, contudo, determinado o quadro das expectativas e dos temores que o sucessivo liberalismo francês também continuará a cultivar diante de um poder cujos perfis, já traçados nos breves anos da "grande revolução, parecem encontrar uma conclusiva confirmação nas aspirações e nas convulsões de 1848. Para quem não persegue o objetivo da "república política e social", para quem continua a assumir como próprio ponto de referência não 1793, mas 1789, não a república jacobina mas a *Declaração dos Direitos do Homem e do Cidadão,* o poder continua a ser uma ameaça que se concretiza historicamente na imagem da "maioria tirânica": é a força cega e brutal do número, é o desprezível advento de uma "democracia sem qualidades", que, apostando na sinergia de alguns dos mais arrastadores símbolos revolucionários – a igualdade, a soberania popular, o sufrágio universal –, ameaça subverter qualquer freio e garantia. A maioria onipotente reintroduz aquele primado da "vontade", que a reivindicação do caráter "absoluto" dos direitos tentava exorcizar, apelando-se ao respeito das regras e à força da opinião pública.

O liberalismo pré-1848 está totalmente ciente da importância do risco e da fragilidade dos "remédios" propostos: o risco consiste naquela ordem da liberdade e da propriedade que constitui a destinação de sentido do aparelho político-constitucional, e os remédios em relação à "tirania" parecem frágeis porque dependentes, em última instância, daquele mesmo soberano que, em nome do primado da vontade (da assembléia, da maioria, do povo) pode decidir subvertê-los. Diante desse perigo amplamente sentido, a proposta, talvez, mais precisa e articulada, é desenvolvida por Antonio Rosmini: por um lado, trata-se de dar aos direitos um fundamendo "forte", metafisicamente incontestável; por outro, de fazer do soberano, por meio de um mecanismo representativo rigorosamente censitário, o reflexo fiel da ordem proprietária, enfim – e é este o aspecto mais relevante –, predispor, por meio da instituição de um "tribunal político", de uma "Suprema corte de justiça política", um controle eficaz da assembléia legislativa. É esse tribunal que deverá desempenhar "o ofício de protetor e guardião da Constituição nacional", controlando a conformidade das leis "com a lei fundamental que deve ser superior a todas as outras, a todas pedras de toque". Em vez de varar uma constituição e depois deixá-la "lá, de lado", sem imaginar nenhum poder "encarregado de protegê-la", é preciso criar um organismo que a defenda de qualquer infração: a constituição, então, "não é mais um papel escrito sem voz", mas "é dada a ela a vida e a palavra"[28].

Para além das intervenções de engenharia constitucional pensadas para conter as ameaças do poder[29], quer se perfile a hipótese de uma norma constitucional superior e intangível, quer se invoque genericamente o papel garantista das normas e das formas jurídicas, em nenhum caso a tensão entre poder e direito parece resolvida pela simples predisposição de expedientes e mecanismos formais: estes, de fato, por um lado, são apresentados como instrumentos para um fim (a preservação dos direitos individuais) a que se atribui um valor "absoluto", ao passo que, por outro, são concebidos não como um remédio auto-suficiente, mas como um meio que, embora indispensável, pressupõe, para o seu funcionamento efetivo, a intervenção ("externa" e não-formal) da opinião pública.

Se o liberalismo pré-1848 repropõe, nos seus termos constitutivos, o dilema kantiano e tenta formular uma solução apostando na dupla conexão (entre o poder e o direito, entre o poder juridicamente vinculado e os direitos individuais), por sua vez fortalecida pelo controle da opinião pública, a cultura político-jurídica alemã enfrenta o mesmo desenvolvimento temático, introduzindo, já antes de 1848, um termo destinado a uma fortuna notável: "Rechtsstaat".

---

28. A. Rosmini, *La costituzione secondo la giustizia sociale*, em A. Rosmini, *Progetti di costituzione. Saggi editi ed inediti sullo Stato*, organizado por C. Gray [Edição nacional das obras publicadas e inéditas de A. Rosmini-Serbati, vol. XXIV], Bocca, Milano, 1952, p. 231.

29. Cf. J. Luther, *Idee e storie di giustizia costituzionale nell'Ottocento*, Giappichelli, Torino, 1990.

Sejam quais forem os significados que esse lema assume no século XIX alemão, é certo que esses vão se perfilando no interior de um saber juspublicístico que se distancia do "modelo francês" em todas as suas componentes, tanto na fundação do Estado e na descrição do seu papel, quanto na representação do sujeito e dos seus direitos. Nesse saber juspublicístico predomina um "paradigma historicista", que, mesmo interpretado de modo profundamente diverso por um ou outro autor, mesmo transformado em opções político-ideológicas também opostas (conservadoras ou liberais), todavia, resta ainda ancorado em alguns postulados fundamentais e recorrentes: em primeiro lugar, a ordem política não é decidida, desejada, construída, mas está ligada à tradição, à história, à continuidade do desenvolvimento; em segundo lugar, o "sujeito" do desenvolvimento é uma entidade coletiva, o povo, que historicamente plasmado e provido de uma sua específica identidade ético-espiritual, se realiza, se torna visível, no Estado[30]; em terceiro lugar, a identidade político-jurídica do sujeito se determina no pertencimento ao povo-Estado, e os direitos, por conseguinte, não podem ser referidos a uma abstrata, jusnaturalística personalidade, mas nascem do nexo vital que une o indivíduo ao povo-Estado.

É nesse quadro que se desenvolvem as duas principais versões da fórmula do "Rechtsstaat" na Alemanha da primeira metade do século XIX, devidas a Friedrich Julius Stahl e a Robert von Mohl[31].

Para Stahl[32], "o sujeito do direito é o povo na sua unidade [...], não o indivíduo enquanto tal". É no real pertencimento

30. Cf. M. Ricciardi, *Linee storiche sul concetto di popolo*, em "Annali dell'istituto italo-germanico in Trento", 16 (1990), pp. 303-69.

31. Ao Estado de Direito na cultura alemã é dedicado o ensaio de G. Gozzi, *Estado de Direito e direitos subjetivos na história constitucional alemã*, neste volume. Cf. também I. Maus, *Entwicklung und Funktionswandel der Theorie des bürgerlichen Rechtsstaats*, em M. Tohidipur (organizado por), *Der bürgerliche Rechtsstaat*, cit., vol. I, pp. 13-81; G. Gozzi, *Democrazia e diritti. Germania: dallo Stato di diritto alla democrazia costituzionale*, Laterza, Roma-Bari, 1999, pp. 35 ss.

32. Cf. M. Stolleis, *Geschichte des öffentlichen Rechts in Deutschland, II, Staatsrechtslehre und Verwaltungswissenschaft 1800-1914*, Beck, München, 1992, pp. 152 ss.

ao povo que a personalidade individual se realiza concreta e historicamente. A relação entre o indivíduo e a ordem jurídica é mediada pelo pertencimento ao povo: o indivíduo é submetido ao direito "não como indivíduo, como *homo*", mas como parte do povo, "membro do todo", "*civis*"[33]. O povo, por sua vez, se transfunde e se realiza necessariamente no Estado: ele é a "personificação da comunidade humana", a união de um povo sob uma autoridade soberana[34], uma totalidade originária, a expressão objetiva e necessária da comunidade nacional, não uma formação dependente da vontade dos membros singulares.

É a esse Estado que Stahl refere o termo de "Rechtsstaat", indicando com clareza o sentido desta expressão. Qualificar o Estado como Estado de Direito não significa ver nele uma realidade eticamente indiferente (de resto já excluído pelo vínculo histórico-espiritual que ele mantém com o povo) nem postular a adesão à idéia kantiana (ou humboldtiana) de um soberano empenhado apenas na defesa dos direitos individuais: não se quer, com a expressão, impedir ao Estado de perseguir os seus fins mais variados nem se quer estender o domínio do direito ao "escopo e ao conteúdo do Estado". Com Estado de Direito se entende simplesmente indicar um Estado que age na forma do direito, um Estado que se propõe "determinar exatamente e fixar inabalavelmente as linhas e os limites da sua atividade assim como as livres esferas dos cidadãos na forma do direito (*in der Weise des Rechts*)". O direito é a modalidade formal da ação do Estado, a sua veste jurídica: o Estado de Direito se contrapõe ao "Estado de polícia" (bem como ao "Volksstaat" de Rousseau e de Robespierre) e corresponde à tendência evolutiva da Idade Moderna não tanto porque adota um ou outro conteúdo, mas porque subtrai a sua ação à extemporaneidade e ao arbítrio, torna-a regular, "normatizada", jurídica. O Estado moderno, enquanto Estado de Direito, não

33. Fr. J. Stahl, *Die Philosophie des Rechts*, II, *Rechts- und Staatslehre auf der Grundlage christlicher Weltanschauung*, Erste Abteilung, *Die allgemeinen Lehren und das Privatrecht* (Tübingen, 1878, 5.ª ed.), Olms, Hildesheim, 1963, pp. 195-6.

34. Ibid., p. 131.

pode senão agir (sejam quais forem os conteúdos da sua ação) na forma do direito[35].

O Estado de Direito não é tal enquanto assume como própria finalidade imanente a tutela dos direitos individuais e a tal fim se preocupa de submeter o poder a vínculos que neutralizem a periculosidade da sua ação. Certamente, Stahl fala de direitos fundamentais, de liberdade, de igualdade, esforçando-se para dar aos mesmos uma representação que possa se subtrair às "individualistas" abstrações do "modelo francês, ciente de ter de mediar os direitos individuais com as características de uma ordem necessariamente desigual e hierárquica. Essencial, de qualquer modo, na perspectiva de Stahl, é o fato de que o "Rechtsstaat" se traduz não já em um sistema de vínculos conteudísticos a que a ação do Estado subjaz, mas na modalidade formal, jurídico-normativa, na qual a atividade estatal deve se expressar.

Que o "Rechtsstaat", para Stahl, assinale essencialmente uma modalidade de ação do Estado em vez de uma ponte (construída pelo direito) entre o soberano e os sujeitos, é uma conseqüência coerente não tanto (ou não apenas) da sua escolha politicamente conservadora, quanto do conjunto da sua fundamentação teórica, dominada pela centralidade do povo-Estado e pela convicção de ter de declinar os direitos em estrita conexão com o pertencimento do sujeito à comunidade política.

Dessa interpretação do Estado de Direito diverge nitidamente a proposta de Robert Mohl que, introduzindo o termo "Rechtsstaat" no próprio título de sua vasta obra dedicada à "Polizeiwissenschaft"[36], batiza oficialmente, por assim dizer, aquela expressão[37]. Não estamos certamente diante de um título "kantiano", e por outro lado Mohl declara abertamente a sua insatisfação em relação a uma perspectiva, como aquela kantiana, que conduz a uma excessiva mortificação e contra-

---

35. Ibid., pp. 137-8.

36. *Die Polizei-Wissenschaft nach den Grundsätzen des Rechtsstaates.*

37. Cf. M. Fioravanti, *Giuristi e costituzione politica nell'ottocento tedesco*, Giuffrè, Milano, 1979, pp. 95 ss.; M. Stolleis, *Geschichte des öffentlichen Rechts*, cit., p. 258.

ção do empenho administrativo e "governante" do Estado. É preciso, antes, repensar o intervencionismo do soberano (um *tópos* da tradição cameral alemã) à luz dos enunciados fundamentais do Estado de Direito, pondo no centro a liberdade individual, mas ao mesmo tempo superando o rigorismo "abstencionista" da teoria kantiana.

O Estado de Direito é, para Mohl, um tipo de Estado adequado a uma sociedade que quer se desenvolver contando com as energias e a iniciativa de seus membros. A valorização dos recursos individuais e coletivos passa necessariamente através do potenciamento da liberdade, que, para Mohl, não se identifica com o simples "espaço vazio" de um sujeito preocupado com as ingerências de outros, mas se substancia na ação afirmativa e expansiva do indivíduo. O Estado de Direito é propriamente um tipo de Estado capaz de avaliar exatamente a medida e os limites da sua intervenção, decidido a não comprometer a autonomia das escolhas e das iniciativas individuais, mas também pronto a suster o indivíduo removendo os obstáculos que as suas únicas forças não sejam suficientes para superar.

Não é então suficiente, como queria Stahl, que a intervenção do Estado se expresse na forma do direito: para que o Estado seja um "Rechtsstaat", o direito deve intervir vinculando a sua ação ao perseguimento de um objetivo – a liberdade individual – que não se identifica com uma grandeza meramente negativa, com uma zona protegida da interferência do poder, mas, sim, coincide com o "desenvolvimento pleno" da personalidade. Se é necessário, portanto, determinar normativamente a esfera individual e confiar a sua tutela ao juiz, é preciso também precaver-se de limitar a intervenção do Estado à simples função jurisdicional, como se fosse possível viver em um Estado que não fornecesse nenhum outro serviço, exceto o da administração da justiça[38].

Não a centralidade do Estado, de qualquer modo, mas a liberdade do sujeito é a estrela polar da reflexão de Mohl: é a liberdade (como "immunitas" e ao mesmo tempo como ação

---

38. R. Von Mohl, *Die Polizei-Wissenschaft nach den Grundsätzen des Rechtsstaates* (1832), vol. I, Laupp, Tübingen, 1844, 2.ª ed., p. 10, nota 1.

expansiva e afirmativa) o fim, o limite, o critério da ação estatal, que também onde se traduz numa intervenção como suporte de uma empresa individual, deve proceder, tanto na observância das normas jurídicas como das regras de costume, deve levar em consideração a índole e as inclinações peculiares de um povo[39] e, sobretudo, respeitar a propriedade, que constitui a condição imprescindível do desenvolvimento individual[40].

Crítico de um Estado kantianamente limitado à salvaguarda dos direitos, Mohl está, de qualquer modo, inclinado a sublinhar o nexo funcional que liga o Estado a um indivíduo propenso ao livre e criativo emprego dos próprios recursos: compreende-se, portanto, que com alguma razão Stahl pudesse acusar Mohl de uma excessiva inclinação ao vício (capital, para o paradigma historicista) do "atomismo". Na realidade, mesmo que Mohl julgue fugir da acusação de Stahl precisamente porque ele também está convicto do papel ativo e insubstituível do Estado e do seu nexo vital com a sociedade, as raízes do dissenso remetem a duas imagens profundamente diversas de Estado e, portanto, de Estado de Direito. Também Stahl fala de "Rechtsstaat" e quer uma ação do Estado juridicamente "normatizada"; mas se, para Stahl, o centro de gravidade é a comunidade política, o povo-Estado do pertencimento ao qual depende a efetiva realização dos direitos do sujeitos, para Mohl, ao contrário, a condição de legitimidade e a medida da ação do Estado são ditadas pela liberdade dos indivíduos.

Decerto, também para Stahl, da íntima ligação entre Estado e direito, da necessária tradução jurídico-normativa a que a ação do Estado (como Estado de Direito) está submetida, nasce, para os sujeitos, uma precisa vantagem: a vantagem de poder contar com o caráter previsível, regular, regulado da intervenção estatal. O que, porém, em Stahl deixa de existir, ao passo que continua sendo central em Mohl, é a destinação funcional a que o direito pretende sujeitar o Estado, vinculando-o estritamente ao indivíduo e aos seus direitos fundamentais.

---

39. Ibid., pp. 30-2.
40. Ibid., pp. 21-2.

5. O Estado de Direito na juspublicística alemã da segunda metade do século XIX

A fórmula do Estado de Direito, se antes de 1848, na Alemanha, pode servir como palavra de ordem para uma política de reformas liberal-constitucionais, na segunda metade do século sofre, de um lado, um processo de despolitização e de tecnicização[41], ao passo que, de outro, estimula importantes aprofundamentos teóricos e justifica relevantes inovações institucionais.

É preciso levar em consideração, como pano de fundo, as transformações a cujo encontro vai o paradigma historicista no desenvolvimento do saber juspublicístico na Alemanha da segunda metade do século XIX. Se a opção historicista e organicista continua, em termos gerais, a ser um traço característico da cultura político-jurídica alemã, a partir dos anos 50-60 dividem-se duas linhas de reflexão entre si divergentes: em um caso, coloca-se o Estado como pano de fundo de uma rede de grupos e associações com a qual ele está ontologicamente ligado e se indica na associação, na *Genossenschaft,* a matriz de todo o direito público, levando a sério e desenvolvendo até o fim as sugestões organicistas da tradição; em outro, embora mantendo firme a idéia de uma ligação genética entre "povo" e "Estado", entre a realidade histórico-espiritual da nação e a sua realização jurídico-constitucional, se faz do Estado e da sua vontade soberana o eixo da ordem e o objeto específico e exclusivo do saber jurídico.

A fórmula do Estado de Direito não pode estar envolvida, senão por esse complexo acontecimento intelectual.

No início dos anos 70, Otto Bähr intitula o "Rechtsstaat" de uma obra que será um ponto de referência importante para o debate não apenas alemão, mas também italiano. Bähr se orienta naquela perspectiva que, de Beseler a Gierke, insiste no papel central que, na constituição da ordem, desempenhou e continua a desempenhar o grupo social, a *Genossenschaft.* É convicção de Bähr que apenas nessa perspectiva seja possível

41. M. Stolleis, verbete *Rechtsstaat,* cit., p. 372.

superar a insatisfatória posição de Stahl, que louva as virtudes do Estado de Direito, mas, ao reduzi-lo a uma dimensão puramente formal, renuncia a pôr limites efetivos à atividade discricional do soberano[42].

De fato, ao se levar em consideração a estrutura de qualquer grupo social, emergem com clareza os traços gerais do fenômeno político-jurídico: toda associação é um microcosmo caracterizado por regras constitutivas, por funções de comando, por determinada distribuição de ônus e direitos. A vida de qualquer associação depende, em suma, da capacidade de combinar a supremacia e a discricionariedade decisória dos governantes com a tutela das posições de vantagem dos associados[43]. O que vale para qualquer associação vale também para o Estado, que é simplesmente o ápice de uma longa cadeia de grupos de diversa extensão e complexidade[44]. Também o Estado implica a existência de uma "lei fundamental", que não é o fruto de uma repentina e voluntarista "decisão", mas é a consagração normativa da ordem jurídica existente e determina a competência dos órgãos e os direitos e os deveres dos sujeitos.

O problema delicado, que se põe para o Estado e não para as outras associações menores, é, também para Bähr, o problema já claramente enunciado por Kant e destinado a constituir o verdadeiro quebra-cabeça da doutrina oitocentista do Estado de Direito: a dificuldade de imaginar um árbitro imparcial das controvérsias quando as partes em conflito são, de um lado, o súdito, e de outro, o soberano; a dificuldade, em suma, de imaginar um controlador do controlador, quando a ação *sub iudice* é imputável àquela pessoa soberana da qual depende o conjunto da ordem.

A solução, para Bähr, é dada pela distinção entre as várias funções do Estado: perante o Estado legislador e o Estado juiz, as garantias dos cidadãos são apenas morais; quando, porém, o Estado age como administrador, é possível confiar o seu con-

---

42. O. Bähr, *Der Rechtsstaat* (1864), Scientia, Aalen, 1961, pp. 1-3.
43. Ibid., pp. 32-9.
44. Ibid., pp. 18-21.

trole a um juiz que tutele a esfera jurídica individual[45]. É esse o núcleo conceitual destinado a ser continuamente retomado e aprofundado nas décadas sucessivas[46], vista a relevante importância de uma teoria que abra caminho para um controle jurisdicional da administração e favoreça o delineamento daqueles órgãos de justiça administrativa que, com efeito, irão se difundir nas últimas décadas do século XIX, tanto na Alemanha como na Itália e na França[47].

Embora fortunada e brilhante, e ligada aos aspectos institucionais da "justiça na administração", a solução dada por Bähr ao problema "kantiano" do "pau torto" é sabidamente parcial: não o Estado como tal, mas uma específica, ainda que relevante, expressão (a atividade administrativa) resulta juridicamente controlável. Nessa perspectiva, a fórmula do Estado de Direito reduz em parte as suas pretensões, tornando-as em parte mais concretas e alcançáveis: não aspira a um limite "global" que, em nome do direito, possa ser oposto ao soberano arbítrio, mas, simultaneamente, vai para além da "formal" solução de Stahl (o Estado de Direito como "Estado que se expressa na forma do direito") e põe em evidência um setor onde o jogo das regras e dos controles pode ser claramente fundado e dar lugar a uma precisa organização institucional.

Bähr parte do interior de uma perspectiva que pressupõe a idéia de *Genossenschaft* e a fundamental homogeneidade entre o organismo social e o Estado e, sobre essa base, valoriza a fórmula do Estado de Direito. Aliás, ao Estado de Direito declara atribuir importância também um jurista como Carl Frie-

---

45. Ibid., pp. 45-52.

46. Em particular por Otto Mayer. Sobre Mayer, cf. M. Fioravanti, *Otto Mayer e la scienza del diritto amministrativo*, em "Rivista trimestrale di diritto pubblico", 33 (1983), pp. 600-59.

47. Cf., para a Itália, B. Sordi, *Giustizia e amministrazione nell'Italia liberale. La formazione della nozione di interesse legittimo*, Giuffrè, Milano, 1985; para a Alemanha, W. Rüfner, *Die Entwicklung der Verwaltungsgerichtsbarkeit*, em K. G. A. Jeserich, H. Pohl, G.-C. von Unruh (organizado por), *Deutsche Verwaltungsgeschichte*, vol. III, *Das deutsche Reich bis zum Ende der Monarchie*, Deutsche Verlags-Anstalt, Stuttgart, 1984, pp. 909 ss.; para a França, F. Burdeau, *Histoire du droit administratif (de la Révolution au début des années 1970)*, PUF, Paris, 1995.

drich Gerber, que se afasta da tradição organicista-historicista fazendo do Estado-pessoa o objeto exclusivo do saber juspublicístico[48].

Segundo Gerber, quando se quer abranger o Estado na sua dimensão especificamente jurídica, a vida "orgânica do *Volk* e os seus conteúdos ético-espirituais não são revelantes enquanto tais, mas somente enquanto transfundidos e realizados no Estado. O Estado como capacidade de querer, como "personalidade jurídica", é o guardião e o revelador de todas as "forças do povo", "a suprema personalidade do direito"[49], realização da "potência ética de um povo que tomou consciência de si, "forma social da humanidade": nenhum poder concorrente pode limitar e ameaçar do interior essa soberania. A representação dos sujeitos e dos seus direitos, que Gerber delineia, nasce da sua intransigente opção do Estado como centro. Os direitos individuais são a conseqüência indireta da autônoma decisão de um Estado que age unilateralmente em vista dos próprios fins: eles devem ser concebidos como "uma série de efeitos de direito público", como os reflexos de uma ordem normativa centrada na vontade do Estado[50].

É difícil imaginar nesse contexto uma ligação entre Estado, direito e sujeitos: que o Estado seja "Estado de Direito", "Rechtsstaat", é, para Gerber, um modo de afirmar simplesmente a exigência de que o Estado realize "a sua mais elevada força", agindo "no interior da sua esfera de existência jurídica"[51]. O interesse da reflexão de Gerber pela história do Estado de Direito está, contudo, em outro lugar, ou seja, na posição que ele assume diante do seu ponto crítico, diante do reflorescimento de uma exigência, de resto, dificilmente realizável, a exigência de "pensar" (e de realizar) um Estado que possa ser, ao mesmo tempo, senhor e servo da ordem jurídica.

A solução de Gerber é nítida: o Estado é o patrão, é o Estado que determina, juntamente com a ordem jurídica, os di-

---

48. Cf. M. Fioravanti, *Giuristi e costituzione*, cit., pp. 243 ss.

49. C. F. v. Gerber, *Lineamenti di diritto pubblico tedesco*, em C. F. v. Gerber, *Diritto pubblico*, organizado por P. L. Lucchini, Giuffrè, Milano, 1971, p. 95.

50. Ibid., pp. 65-8.

51. Ibid., p. 118, nota 18.

reitos individuais que são exatamente os "reflexos" dele. De um ponto de vista rigorosamente jurídico, não são dados limites formais à soberania estatal e permanece firme que, para o jurista, o objeto unitário e exclusivo de investigação é o Estado. Isso não impede, no entanto, que também para Gerber o Estado existe historicamente em relação ao povo, do qual constitui a realização e a concretude jurídica. O Estado é, portanto, sempre posto diante de "interesses", "manifestações e condições de vida" que se impõem porque são parte do mesmo processo histórico-espiritual do qual ele mesmo promana: não observá-los soaria como "um ultraje à dignidade ética de uma Nação ou como um obstáculo ao seu livre desenvolvimento"[52]. Os traços característicos da moderna civilização jurídica que Gerber examina (a liberdade de consciência, de pensamento, de imprensa, de associação, de emigração, a independência da jurisdição) acabam sendo, portanto, os conteúdos historicamente necessários de uma vontade estatal que também, no plano jurídico-formal que é o seu próprio, define unilateralmente a ordem jurídica e os direitos individuais.

A reflexão de Gerber, mesmo centrada no Estado e na rigorosa dedução dos direitos individuais por meio da ordem normativa determinada pelo próprio Estado, não se subtrai, de qualquer modo, à postulação de um "duplo binário": o binário da história, que plasma a face do "Estado moderno", dotando-o de direitos que a consciência coletiva não pode senão considerar irrenunciáveis, e o binário do direito, que não concede aos direitos outro fundamento a não ser a sua dependência da ordem objetiva do Estado.

Que os direitos sejam apenas um efeito indireto da vontade do Estado é uma tese decididamente rejeitada pelo mais aguerrido defensor da tradição organicista, Otto von Gierke[53]. Em relação à "virada" de Gerber, e em particular à rigidez dogmática com a qual o seu aluno Paul Laband a acolhe e a desenvolve, Gierke manifesta um nítido dissenso, que atinge tanto o método como os conteúdos: no plano do método, Laband res-

---

52. Ibid., p. 120.

53. Cf. S. Mezzadra, *Il corpo dello Stato. Aspetti giuspubblicistici della* Genossenschaftslehre *di Otto von Gierke*, em "Filosofia politica", 7 (1993), 3, pp. 445-76.

cinde o nexo entre história e direito, superestimando a lógica e esquecendo que o substrato histórico-espiritual do Estado é parte integrante da sua "positiva" realidade; no plano dos conteúdos, ele aplica os esquemas jusprivatistas ao direito público e absolutiza, por conseguinte, o caráter da "vontade dominante" do Estado, esquecendo o "Gemeinwesen", o substrato comunitário do qual ele depende.

Para Gierke, uma vez anulada a dimensão "orgânica" e comunitária do Estado, torna-se impossível compreender tanto a relação de cidadania quanto o fundamento e o alcance dos direitos individuais. A relação entre indivíduo e comunidade política deve ser, antes, entendida valorizando como complementares o momento do pertencimento à totalidade, à comunidade político-estatal, e a tutela da esfera jurídica individual. Os direitos não extraem o próprio fundamento, como para Gerber, de um ato de vontade unilateral do Estado: eles não são o reflexo da ordem normativa desejada pelo Estado, mas deitam raízes na vida da comunidade. Ao lado dos vínculos de pertencimento e dos deveres de obediência, forma-se, portanto, no tecido mesmo do organismo social, um sistema de limites que impede, tanto os outros membros como o Estado, de violar a esfera jurídica dos indivíduos.

Não estamos diante de direitos naturais, pré-sociais, pré-estatais, que se impõem, como limites absolutos e "externos", à ordem jurídica positiva. Os direitos que o Estado encontra diante de si não têm nenhuma outra origem que não seja a *Mitgliedschaft*, o comum pertencimento dos seus titulares à orgânica e viva comunidade política: é do pertencimento ao corpo que nascem, para cada um dos membros, ônus e direitos ("negativos", mas também "positivos"). Estado, ordem jurídica e direitos se desenvolvem e se determinam, todos, como nervuras do organismo social e político. Longe de existir como "reflexo" da ordem jurídica estatal, os direitos se enraízam no conjunto mesmo da comunidade e como tais limitam, direcionam, vinculam a ação estatal: a diferença em relação ao rigoroso modelo centrado no Estado de tipo labandiano (e gerberiano) não poderia ser maior[54].

---

54. O. v. Gierke, *Labands Staatsrecht und die deutsche Rechtswissenschaft* (1883), Wissenschaftliche Buchgesellschaft, Darmstadt, 1961.

É necessário, contudo, levar em conta dois aspectos. Em primeiro lugar, nem mesmo para Gierke os direitos têm uma valência "absoluta": não só porque ele os imerge na história, os representa sem inclinar-se a nenhuma nostalgia jusnaturalista, mas, principalmente, porque os considera suscetíveis de serem anulados pelo Estado, quando este, titular da suprema *potestas*, assim o decidir[55]. Certamente, para Gierke, trata-se de uma hipótese abstrata e "extrema", visto que os direitos se enraízam no desenvolvimento histórico-espiritual de um povo e como tais se impõem ao Estado. Permanece, porém, verdade – e este é o segundo ponto – que também para Gierke a soberania estatal é, em última instância, decisiva e que a garantia "última" dos limites oponíveis a ela é reposta na história, na força de uma sociedade que "dita" ao Estado as escolhas congruentes com a civilização que ela expressa. A distância de Gierke em relação aos "formalistas" permanece, sem dúvida, grande (no que se refere à representação do direito, dos direitos, do sistema dos limites), mas não deve esconder os pontos de convergência (senão com Laband) com Gerber, também ele disposto a reencontrar na "história" aqueles limites conteudísticos que o "direito", a seu ver, não podia opor ao Estado.

Em outros termos, está se desenvolvendo em torno da fórmula do "Rechtsstaat" uma singular *concordia discors* [concórdia discordante]: por um lado, formalistas e organicistas contendem pelo nexo entre Estado, direito e direitos e propõem teorias francamente opostas; por outro, porém, tanto uns quanto os outros vêem no soberano um árbitro (ao menos em última instância) não-controlável e se confiam como chance extrema à história, aos vínculos substantivos que ligam o Estado ao povo e ao estágio de civilização que ele exprime.

É nesse horizonte que se situa uma das mais notáveis *performances* da juspublicística alemã: a teoria da "autolimitação" do Estado, esboçada primeiramente por Jhering e desenvolvida depois, de modo conclusivo, por Jellinek.

Jhering enfrenta energicamente o problema central (como fazer conviver a suprema força do Estado com o direito, o li-

55. Ibid., pp. 37-8.

mite, o controle), declarando, sem meios-termos, que não está disposto a renunciar, em nome do direito, à força. Se, de fato, não há convivência que não pressuponha hierarquia e coerção, não é verdadeira a recíproca, no sentido de que também uma força "desregulada" pode exercer (pelo menos por breves, excepcionais períodos) uma força ordenadora[56]: O Estado "é a organização da coerção social", o exercício "regulado e garantido" do "poder coercitivo social"[57], ao passo que a "anarquia, ou seja, a impotência do poder estatal", é a negação da ordem e "a decomposição, a dissolução da sociedade"[58].

Se, portanto, a ordem depende da força do soberano, o problema delicado também para Jhering é entender se, até que ponto, com quais garantias seja possível direcionar o poder no binário do direito, compor o arbítrio do soberano, a sua "absoluta" capacidade decisória, com um sistema de normas com o qual ele acerte as contas. Quando a potência soberana se expressa na forma da lei, falar de limites é, para Jhering, inconcebível: a lei é a expressão por excelência da soberania; como tal ela é juridicamente ilimitada; arbitrário pode ser um ato legislativo somente em relação aos "princípios gerais do direito", mas então isso será julgado não-ilegal, mas, sim, "injusto"[59].

Diversa, porém, é a relação que se estabelece entre o Estado e o direito que ele mesmo colocou: nesse caso, é possível supor que o direito se ponha como limite da ação do Estado, desde que possa resolver ou evitar a famosa aporia, o dilema que volta sempre de novo a ameaçar a fórmula do Estado de Direito: "como o poder estatal pode subordinar-se a alguma coisa, visto que ele, por definição, não reconhece um poder superior? Ou, ainda, se a submissão consiste simplesmente em uma autolimitação, quem a garante?"[60].

A resposta, para Jhering, está contida exatamente na idéia de "autolimitação": não é um limite "externo" que condiciona

---

56. R. V. Jhering, *Lo scopo nel diritto*, organizado por M. G. Losano, Einaudi, Torino, 1972, pp. 186-7.

57. Ibid., p. 224.

58. Ibid., pp. 226-7.

59. Ibid., pp. 261-2.

60. Ibid., p. 269.

o soberano, não é um poder que, vinculando o Estado, se apresenta como o titular efetivo da soberania, mas é uma livre decisão do Estado que põe vínculos a si mesmo. O problema se desloca então na linha de frente das garantias: se a limitação do arbítrio é uma autolimitação, nada impede que o Estado remova de si um vínculo criado por ele mesmo. A resposta de Jhering é lançada no nexo genético e funcional que liga o Estado à sociedade: será interesse do Estado cultivar o próprio "autocontrole" e garantir aquela "certeza" do ordenamento da qual depende "a força espiritual e moral ínsita em um povo"[61]; mas o fator decisivo será a pressão da sociedade sobre o Estado, ou seja, "o sentido do direito" que a sociedade moderna percebe como a essência da própria civilização e impõe tanto aos indivíduos como ao soberano.

As articulações conceituais do nexo Estado-direito são, neste ponto, muito claras. Jhering julga ter achado no conceito de "autolimitação" a fórmula capaz de conciliar a absoluta soberania do Estado com um sistema de vínculos que limitam e direcionam o seu exercício. Parece, por conseguinte, fundada a possibilidade de defender a esfera jurídica individual das indébitas intromissões da administração. Resta, ao contrário, livre de vínculos e de efetivos controles, a ação do poder legislativo, que se confirma como a essência mesma da absoluta soberania.

Se, portanto, é possível supor um Estado vinculado pelo direito sem que se reduzam as prerrogativas da soberania, Estado e direito constituem, de qualquer modo, os pólos de um campo de tensão que resiste somente enquanto intervêm forças que, do "exterior", sustentam o mecanismo jurídico: a certeza do direito "não repousa sobre a constituição: existem artifícios para interpretá-la como se quiser, e não é tampouco concebível uma constituição que, praticamente, subtraia ao poder estatal a possibilidade de pisotear a lei". O que conta é "a força real que está por trás da lei, ou seja, um povo que reconhece no direito a condição da própria existência e que concebe uma ofensa ao direito como uma ofensa a si mesmo"[62]. Preci-

61. Ibid., pp. 270-1.
62. Ibid., pp. 271-4.

samente por isso, se na normalidade de uma civilização tranqüila e segura de si, Estado e direito podem conviver de forma útil, é preciso também ter em mente o patológico, mas inevitável divórcio que existe entre ambos no "estado de necessidade", quando, para a salvação da ordem, para o valor supremo da *salus populi* [salvação do povo], o respeito dos vínculos formais deve dar lugar, de novo, à absoluta excedência do poder soberano[63].

Tendo renunciado ao rigoroso formalismo jurídico que caracterizava a primeira fase da sua reflexão, Jhering não tem dificuldade em atribuir ao desenvolvimento histórico-social a tarefa de regular "de fora" o nexo entre Estado e direito. O ponto de partida e o objetivo de Jellinek são, ao contrário, diversos; pondo-se no interior do "paradigma centrado no Estado", inaugurado por Gerber, ele visa, todavia, um objetivo que poderia parecer uma verdadeira e própria quadratura do círculo: manter o dogma da absoluta soberania do Estado, fazer depender os direitos do pertencimento a este, apresentando-os não como meros reflexos da ordem normativa, mas, sim, como verdadeiras e próprias prerrogativas dos sujeitos. Os alicerces da solução jellinekiana coincidem, por um lado, com a teoria da autolimitação do Estado[64], por outro, com a demonstração de que o Estado, mesmo perseguindo sempre o interesse geral, alcança-o em muitos casos multiplicando precisamente os direitos dos sujeitos, estabelecendo com eles relações jurídicas propriamente ditas. O Estado de Direito é então aquele Estado soberano que, ao se autolimitar, se põe como pessoa, como sujeito jurídico, titular de direitos e de obrigações, devendo respeitar tanto o direito objetivo como os direitos dos sujeitos com os quais entra em relação[65].

---

63. Ibid., p. 304.

64. Cf. M. Fioravanti, *Giuristi e costituzione*, cit., pp. 391 ss.; M. Stolleis, *Geschichte des öffentlichen Rechts in Deutschland*, II, cit., pp. 375 ss.; pp. 450 ss.; G. Valera, *Coercizione e potere: storia, diritti pubblici soggettivi e poteri dello Stato nel pensiero di G. Jellinek*, em G. Gozzi, R. Gherardi (organizado por), *Saperi della borghesia*, cit., pp. 53-118.

65. Cf. G. Jellinek, *Sistema dei diritti pubblici subbiettivi*, Società Editrice Libraria, Roma-Milano-Napoli, 1911.

O Estado de Direito parece, portanto, formalmente realizado enquanto o Estado estreita uma série de relações jurídicas com aqueles indivíduos que ele mesmo (segundo uma lógica, de algum modo, paradoxalmente circular[66]) cria como sujeitos de direitos graças à sua soberania e incoercível decisão de se autolimitar. O Estado de Direito está, enfim, solidamente ordenado e resolvido em uma série de relações jurídicas nas quais Estado e direito, administração e sujeitos, são titulares de direitos e de obrigações juridicamente estabelecidas e jurisdicionalmente controláveis. O ponto crítico, também para Jellinek, se perfila quando se abandona a esfera da administração e se começa a refletir sobre a legislação; e, ainda uma vez, a dificuldade de pôr limites ao poder legislativo é resolvida ou contornada, dando um salto para "além" da configuração jurídico-formal do ordenamento, remetendo à maturidade e à civilização de um povo que, aos "atos de vontade do Estado formalmente inatacáveis", pode opor a existência de princípios apenas lentamente modificáveis ou até mesmo constantes e intocáveis[67].

Quando se olha de cima, sinteticamente, para a reflexão que a juspublicística alemã do século XIX dedica ao Estado de Direito, não obstante a evidente diversidade das suas abordagens, é possível colher temas e problemas recorrentes.

São comuns, tanto aos "formalistas" como aos "organicistas", a rejeição de uma fundação jusnaturalista dos direitos, a tese da constitutiva dependência do indivíduo da comunidade política, o dogma da centralidade do Estado. A absoluta soberania do Estado e a impossibilidade de opor a ela elementos, que derivem *aliunde* [de um outro lado] o seu fundamento, formam o terreno sobre o qual germina o dilema central evocado pela fórmula do Estado de Direito: como compor a excedência do poder soberano com uma ordem jurídica que torne regular e previsível a sua intervenção. As passagens essenciais

---

66. Cf. M. La Torre, *Dei diritti pubblici soggettivi: il paradosso dei diritti di libertà*, em "Materiali per la storia della cultura giuridica", 12 (1982), pp. 79-116.

67. G. Jellinek, *Dottrina generale dello stato*, organizado por M. Petrozziello, vol. I, Società Editrice Libraria, Milano, 1921, pp. 665-7.

da teoria que, gradualmente delineadas no decorrer da segunda metade do século, encontra em Jellinek a sua ponta de diamante, são: a idéia de autolimitação do Estado (que torna compatível o caráter absoluto da soberania com a existência de vínculos ao seu poder), a existência de verdadeiras e próprias relações jurídicas entre o Estado e os sujeitos, a distinção entre o Estado (como totalidade) e os demais órgãos nos quais ele se realiza, com a conseqüente possibilidade de pôr limites a um ou a outro órgão, mesmo continuando a ver no Estado "enquanto tal" o titular de um poder absoluto[68].

Com a contribuição dessa teoria, torna-se possível disciplinar as relações entre Estado e indivíduos, regular juridicamente a atividade da administração e, por meio do controle jurisdicional da sua ação, fortalecer a tutela da esfera jurídica individual, ao passo que parece ainda problemática a hipótese de opor precisos vínculos formais à legislação (como emblemática personificação da soberania estatal).

Que o Estado de Direito se apresente essencialmente na qualidade de "administração *sub lege*" e se traduza na construção de uma jurisdição administrativa não é mera conseqüência de um impasse teórico, mas corresponde a uma necessidade historicamente impelente, vindo a constituir o contrapeso de um fenômeno aparentemente contrário, mas, na realidade, complementar: o protagonismo da administração, a sua crescente influência na dinâmica social. Se, de um lado, se acentua a tendência em utilizar a administração como instrumento de integração social e de composição dos conflitos, como veículo de reformas que diminuam os excessos da desigualdade sem pôr em jogo os mecanismos de distribuição do poder e da riqueza, de outro, se acutiza o temor em relação aos perigos que ameaçam a liberdade e a propriedade e se delineiam instrumentos que possam controlar e conter o intervencionismo estatal.

A originária inflexão "administrativista" do Estado de Direito é, portanto, compreensível levando-se em conta o se-

---

68. Dá uma brilhante contribuição nessa direção S. Romano, *La teoria dei diritti pubblici subbiettivi*, em V. E. Orlando (organizado por), *Primo trattato completo di diritto amministrativo*. Soc. Ed. Libraria, Milano, 1900, pp. 160 ss.

guinte conjunto de fatores: a preocupação com o crescente intervencionismo do Estado, o processo de despolitização a que vai de encontro a fórmula do Estado de Direito depois da derrocada de 1848 (portanto, o deslocamento da tônica dos direitos políticos aos interesses "privados" dos sujeitos), enfim, a impressão de que a administração se preste a ser submetida a vínculos sem incorrer, por isso, no crime de "lesa-soberania". Esses motivos que impulsionam a concentrar a atenção sobre a administração tendem, ainda, a manter o Estado de Direito nos limiares da legislação: porque a legislação sempre se mostra (mesmo que não por muito tempo ainda) como uma força menos agressiva em relação àquela liberdade e àquela propriedade que a administração parece ameaçar mais de perto; e porque a legislação parece o precipitado mais direto daquela soberania que, por definição, não pode encontrar vínculos e resistências.

A tese da onipotência do Estado legislador não equivale, porém, de modo absoluto, nem mesmo para o modelo centrado no Estado da juspublicística alemã, à indiferença ou ao silêncio em relação à liberdade, à propriedade, aos direitos individuais. Emerge desse ponto de vista um traço comum no interior de toda a parábola oitocentista do Estado de Direito: tanto para Jellinek, Jhering, Gerber, Gierke, Robert von Mohl, como para Benjamin Constant, aquele campo de tensão que coincide com a relação entre o Estado e o direito, entre o soberano e a norma, entre o excesso e a regra, encontra o seu ponto de equilíbrio para "além" de si mesmo, ou seja, na dinâmica das forças historicamente operantes: na opinião pública, que, para Constant (como para toda a tradição liberal), constitui a válvula de segurança "externa" de um sistema político-jurídico, embora centrado no respeito das regras e das formas jurídicas; no povo que, para os juristas alemães, se realiza no Estado e impõe a ele as escolhas correspondentes ao seu estágio de civilização. O conflito entre "formalistas" e "organicistas" é, obviamente, de grande relevo no plano da construção do saber juspublicístico, mas não deve obscurecer a existência de um patrimônio comum que, por um lado, inclui a valorização máxima da soberania do Estado, mas, por outro, não renuncia a encontrar uma válvula de segurança no povo e na sua história: que a legislação não seja submetida a limites formalmente cogentes não é decisivo para a cultura jurídica oitocentista, não porque o problema parece irrelevante ou inexistente, mas porque a resposta é, de qualquer modo, dada pela história, que dita ao Estado os conteúdos irrenunciáveis da civilização. O horizonte comum a todos esses autores é o de uma "filosofia" otimista do progresso, que contém em um único sistema "Estado", "direito", "liberdade e propriedade", e os contempla como manifestações de uma civilização "moderna" apresentada como o ápice da história universal.

6. *Rechtsstaat* e *rule of law*: a contribuição de Dicey

A teoria do "Rechtsstaat" elaborada pela juspublicística alemã no decorrer do século XIX se traduz em uma peculiar posição do nexo poder-direito: por um lado, concentra-se a atenção sobre a atividade administrativa para impor a ela precisos vínculos jurídicos e correspondentes controles jurisdicionais, mas, por outro, hesita-se em pôr limites à atividade legiferante, assumida como emblemática realização da absoluta soberania do Estado.

A fórmula do "Rechtsstaat" gira, de qualquer modo, em torno daquela doutrina jurídica do Estado que constitui uma das mais significativas manifestações da cultura alemã do século XIX. É preciso se perguntar agora se, e até que ponto, é possível aplicar a fórmula do Estado de Direito a contextos que, embora sensíveis ao problema da relação entre poder e direito, não desenvolveram uma teoria jurídica do Estado de algum modo análoga àquela expressa pela cultura alemã.

Ora, se a Itália e a França delineiam (cada uma à sua maneira, em parte desenvolvendo tradições autóctones, em parte recebendo influências e estímulos do "modelo alemão") uma doutrina do Estado que permite a pontual recolocação de dilemas e temas já característicos da fórmula alemã do "Rechtsstaat", não está, de modo algum, assegurado que, também em contextos marcados por uma história e por uma cultura constitucional profundamente diversas, o jogo do poder e do direito evoque as mesmas aporias e sugira análogas tentativas de solução.

É o caso da Grã-Bretanha, que certamente elaborou uma teoria original da soberania – e Austin é, no século XIX, a sua expressão mais perfeita – mas não construiu uma teoria jurídica global do Estado que possa ser proposta (segundo o exemplo continental) como o referente do nexo poder-direito. O ponto de referência não é o ente "Estado" como síntese global do poder e realização do *ethos* da nação, mas é um ordenamento policêntrico caracterizado, por um lado, por uma precoce divisão da soberania, por outro, por um sistema jurídico que, no decorrer de um desenvolvimento gradual e aluvional, ofereceu-se como o principal baluarte dos "direitos dos ingleses"[69].

É no pano de fundo dessa compósita estrutura político-jurídica que, na Grã-Bretanha, ganha forma uma expressão – *rule of law* – não menos fortunada do que a expressão alemã "Rechtsstaat". Na medida em que o termo *rule of law* compendia em si mesmo um modo peculiar de posicionar e resolver o problema do nexo poder-direito-indivíduos, ele pode dizer-se semanticamente análogo à expressão "Estado de Direito" ("Rechtsstaat", "État de droit", "Stato di diritto") e ser apresentado como a tradução deste último (ou vice-versa). É preciso, porém, levar a sério o processo da "tradução", sem reduzi-lo ingenuamente a um mecânico decalque de uma palavra sobre a outra: que, por exemplo, o grego *iatrós* e o inglês *doctor* tenham o mesmo significado, depende de uma "decisão nossa", que, entre as outras atividades atribuíveis respectivamente ao *doctor* e ao *iatrós*, distingue entre as atividades "culture-bound", como tais destinadas a serem eliminadas no processo de "tradução", e aquelas reconduzíveis a um núcleo funcional "culture-invariant", das quais depende a possibilidade de equivalência e, portanto, de tradução[70].

Que *rule of law* seja equivalente a (traduzível por) "Estado de Direito" não significa, portanto, que uma noção é o decalque exato e mecânico da outra; significa apenas que a relevante diferença dos aspectos "culture-bound" não impede a identificação (obviamente "decidida", não "objetivamente" irrefu-

69. Ver *supra*, § 3.

70. J. Lyons, *Introduction to Theoretical Linguistics*, Cambridge University Press, Cambridge, 1969, p. 457.

tável) de uma "'culture-invariant' function" comum. Acerca das diferenças macroscópicas existentes entre os respectivos contextos (inglês e alemão, e europeu continental em geral) não importa voltar a insistir. Convém, antes, colher as diversidades (e as eventuais afinidades) porque, também na Inglaterra, a tradição constitucional se torna o objeto de uma abordagem que pretende ser sistemática e "científica": isso ocorre, de modo exemplar, com a obra de Albert Venn Dicey[71], autor de *An Introduction to the Study of the Law of the Constitution*, publicada em 1885 e destinada a um longo e significativo sucesso[72].

Não por acaso, precisamente nos anos nos quais a juspublicística alemã constrói uma completa "doutrina do Estado", um jurista inglês, no momento em que declara querer escrever uma obra de caráter genuinamente jurídico (que rompa com o "antiquarianism" de uma tradição presa à simples recognição "externa" da história constitucional e demonstre a legitimidade e a utilidade da teoria[73]) redige uma "introdução à constituição": como o tema do povo-Estado para a juspublicística alemã, assim a referência à constituição, para o jurista inglês, é o traço "culture-bound"; e é preciso ver se o *rule of law* da *Introduction* de Dicey e o "Rechtsstaat" da cultura jurídica alemã (e continental) apresentam, tanto na posição como na solução do problema da relação entre poder e direito (e direitos), traços "constantes" que permitam estabelecer uma (relativa) equivalência entre as duas expressões.

Decerto, Dicey não desenvolve uma total "doutrina do Estado", mas a sua "doutrina da constituição" é, em grande parte, uma teoria da soberania: a ela é dedicada toda a primeira seção da obra, e é em torno da soberania que giram os princi-

71. Cf. R. A. Cosgrove, *The Rule of Law. Albert Venn Dicey, Victorian Jurist*, Macmillan, London, 1980; S. Cassese, *Albert Venne Dicey e il diritto amministrativo*, em "Quaderni fiorentini", 19 (1990), pp. 5-82; S. Cassese, *La recezione di Dicey in Italia e in Francia. Contributo allo studio del mito dell'amministrazione senza diritto amministrativo*, em "Materiali per una storia della cultura giuridica", 25 (1995), 1, pp. 107-31.

72. A Dicey e ao *rule of law* é dedicado o ensaio de E. Santoro, *Rule of law e "liberdade dos ingleses", A interpretação de Albert Venn Dicey*, neste volume.

73. A. V. Dicey, *An Introduction to the Study of the Law of Constitution*, Macmillan, London, 1959, 10.ª ed., pp. 16 ss.

pais problemas tratados. A soberania não é estudada em abstrato, como a essência do "Estado enquanto tal", mas é reconduzida às instituições políticas que são os seus titulares: a rainha, a "House of Lords", a "House of Commons", em uma palavra, o Parlamento (a "Queen in Parliament"). A finalidade da obra não é, contudo, a descrição das instituições e dos mecanismos constitucionais, mas, precisamente, a demonstração do caráter absoluto do poder soberano: visto que o portador da soberania é o Parlamento, o caráter absoluto da soberania consiste no incoercível, irresistível poder da assembléia parlamentar. Enquanto assembléia legiferante, o Parlamento "tem o direito de fazer e de desfazer qualquer lei", a que toda entidade ou indivíduo deve obedecer.

Para Dicey, a famosa frase de De Lolme (segundo o qual o parlamento inglês pode fazer tudo, exceto transformar o homem em mulher) expressa o sentido de uma tradição que, de Coke a Blackstone, celebra a onipotência do poder parlamentar[74]. O fato de que o sistema jurídico inglês seja de matriz jurisprudencial não influencia nesse assunto: não só porque Austin já tinha dado um fundamento "imperativista" do *common law*, como também porque nenhum juiz jamais pretendeu ou pode pretender desaplicar uma lei do Parlamento, enquanto os *Acts of Parliament* ultrapassam tranqüilamente qualquer norma jurisprudencialmente consolidada[75].

A supremacia do Parlamento é, portanto, "a verdadeira e própria pedra angular da constituição"[76], e não são concebíveis vínculos jurídicos à onipotência parlamentar. A soberania absoluta que a juspublicística alemã centrada no Estado imputa ao Estado "como tal" é referida por Dicey ao Parlamento, conservando, todavia, intactas as suas características de poder subtraído a qualquer vínculo. Contudo, a onipotência do Parlamento – apressa-se Dicey em especificar – deve ser entendida no seu significado precisamente jurídico: se fosse entendida como onipotência "efetiva", a tese pareceria simplesmente absurda. O poder do soberano (o poder do Parlamento) está efetiva e

74. A. V. Dicey, *An Introduction*, cit., pp. 39-43.
75. Ibid., pp. 60-3.
76. Ibid., p. 70.

politicamente condicionado por limites internos e externos: já o mecanismo eleitoral permite aos cidadãos exercer uma influência sobre o Parlamento e, quando essa influência é insuficiente, está sempre aberta a possibilidade da desobediência e da resistência; o próprio Parlamento, por outro lado, é expressão e intérprete de um preciso equilíbrio político e social e, propriamente, por esse motivo, aquilo que o Parlamento quer, está, via de regra, muito próximo daquilo que ele pode concretamente.

É preciso, portanto, distinguir entre dois "níveis de realidade", a saber, o jurídico e o político: a onipotência soberana deve ser referida ao plano do direito e significa impossibilidade de opor vínculos jurídicos à lei do soberano. Ainda uma vez, Dicey pensa, certamente, não de modo idêntico (dada a diversidade do contexto), mas de modo equivalente a muitos dos seus colegas alemães: prontos a celebrar a onipotência do Estado, mas a postular, ao mesmo tempo, um tipo de harmonia (historicamente) preestabelecido entre a vontade do Estado e a civilização do povo que nele se realiza.

O primeiro termo do problema é, portanto, posto em evidência segundo uma lógica que nos é familiar e que gira em torno da tese da onipotência do soberano e da conseqüente impossibilidade de pôr limites jurídicos à sua ação. É nesse ponto que o problema da relação com o direito (como sistema de limites) torna-se difícil e espinhoso: se, nos juristas alemães, a solução pressupõe a teoria da autolimitação do Estado, a distinção entre Estado e órgãos e o fundamento da jurisdição administrativa, em Dicey, a solução procede em uma direção diversa, na qual as passagens fundamentais coincidem com o tema da constituição e com a natureza do *common law*.

No que se refere à teoria da constituição, Dicey acabará por ser devedor (no decorrer das numerosas edições da sua obra) de uma célebre contribuição de James Bryce, que, primeiramente no seu *The American Commonwealth*, de 1888, e depois em um ensaio[77] mais amplo, introduz uma distinção destinada a uma duradoura fortuna: a distinção entre constituição

---

77. J. Bryce, *Flexible and rigid constitutions* (1901), em J. Bryce, *Constitutions*, Oxford University Press, New York, 1905.

rígida e constituição flexível. Se a constituição como tal é "a ossatura de uma sociedade política organizada mediante e segundo o direito", é mister distinguir entre dois tipos diversos de constituição: uma constituição que se forma no tempo, que cresce sobre si mesma graças às contribuições de múltiplas fontes e pode dizer-se precisamente *flexível* porque sujeita a freqüentes ajustamentos e mudanças introduzidas sem seguir procedimentos específicos, e um diverso tipo de constituição que pode dizer-se *rígida* enquanto, aprovada solenemente por determinado órgão, determina de "uma vez por todas" a forma do Estado e desencoraja as mudanças declarando-se intangível ou pelo menos prevendo regras cogentes para a própria modificação[78].

Tanto para Bryce como para Dicey, enquanto as constituições antigas são flexíveis, a modernas são, via de regra, rígidas, e a exceção principal é exatamente dada pela constituição inglesa. Se, portanto, a constituição inglesa é flexível, Dicey dispõe de uma ulterior confirmação da sua tese: a absoluta soberania parlamentar é demonstrada (entre outras) pelo fato de que o Parlamento com uma lei ordinária pode introduzir as mais perturbadoras transformações constitucionais; carece, portanto, coerentemente, de qualquer controle de constitucionalidade: enquanto nos Estados Unidos a existência de uma constituição rígida e a distinção entre lei ordinária e lei constitucional faz do juiz o guardião da constituição e o controlador do legislador, na Grã-Bretanha, ao contrário, as cortes judiciárias devem se abster de interferir na "machinery of government"[79].

Não é, portanto, na forma da constituição que existem barreiras à absoluta soberania do Parlamento: a relação entre poder e direito está, até esse momento, totalmente desequilibrada, pendendo a favor do primeiro termo. O campo de tensão entre poder e direito se cria, para Dicey, quando sobre um dos pratos da balança se põe a soberania parlamentar e sobre o outro o "law of the land"; e é precisamente na composição desses dois princípios que "permeiam a totalidade da consti-

---

78. J. Bryce, *Costituzioni flessibili e rigide* (1901), organizado por A. Pace, Giuffrè, Milano, 1998, pp. 11 ss.

79. A. V. Dicey, *An Introduction*, cit., p. 137.

tuição inglesa"[80] que Dicey põe a solução do nexo poder-direito e o sentido autêntico do *rule of law*.

Dicey identifica três componentes do *rule of law*. Em primeiro lugar, *rule of law* implica, em suma, o respeito ao princípio "nullum crimen sine lege" [não há crime sem lei]: um princípio que também no continente começou a ser utilizado a partir do reformismo Iluminista, como Dicey reconhece, embora se declare cético com respeito à sua integral aplicação na Europa continental[81].

Em segundo lugar, *rule of law* significa igual submissão de cada um à lei ordinária; e também neste caso estamos diante de um princípio que podemos considerar (teoricamente) adquirido pela civilização jurídica oitocentista, mas que, para Dicey, é duramente desmentido pela existência (na França e em geral no continente) de uma especial jurisdição administrativa[82]. Começa nesse ponto uma dura polêmica de Dicey contra o "droit administratif", uma polêmica que é preciso "historicizar" apontando rapidamente para dois aspectos: primeiro convém lembrar que a incompreensão de Dicey em relação ao "droit administratif" francês "era legendária"[83] e que Dicey mesmo abrandará a sua avaliação no decorrer das várias edições da *Introduction*; depois, é preciso ter presente a forte prevenção político-ideológica[84] que Dicey nutre em relação a uma intervenção administrativa que, na realidade, também na Grã-Bretanha, está crescendo impetuosamente, solicitada (como no continente) pela exigência de "governar" a sociedade, pela finalidade de integrar aquelas que, outrora, se chamavam as "classes dangereuses"; e desse ponto de vista a defesa diceyana do *rule of law* como de uma zona preservada das intromissões administrativas é análoga à intenção continental de fortalecer a jurisdição administrativa no momento em que aumenta a pressão do "Estado intervencionista".

80. Ibid., p. 407.
81. Ibid., pp. 188 ss.
82. Ibid., pp. 193, 328 ss.
83. P. P. Craig, *Formal and substantive conceptions*, cit., p. 40.
84. Cf. neste sentido I. Jennings, *The Law and the Constitution*, University of London Press, London, 1959, 5.ª ed., pp. 54 ss.

Em terceiro lugar – e é o perfil decisivo –, *rule of law* significa, para Dicey, um peculiar processo de fundação e realização das liberdades e dos direitos, conexo ao tipo de constituição e, em geral, ao sistema jurídico típico da Grã-Bretanha. A constituição inglesa é, como ensinava Bryce, flexível, não-"decidida", mas foi se desenvolvendo por constantes ajustamentos sucessivos: os seus princípios gerais (por exemplo, os direitos de liberdade) "são o resultado de decisões judiciais". A esfera jurídica dos sujeitos não foi, portanto, determinada de uma vez por todas, em abstrato, mas foi se tornando gradativamente mais precisa, a partir "de baixo", em relação às múltiplas e variadas situações, graças à intervenção dos juízes que, chamados a resolver problemas específicos, fixaram, no decorrer do tempo, as suas fronteiras.

Rule of law, portanto, é, para Dicey, um traço inseparável do "judge-made-law" e precisamente por isso é um modo peculiarmente inglês de posicionar e resolver o problema da relação entre poder e direito, contrariamente ao continente (em particular o "modelo francês") que se confia às prescrições de uma ("rígida") carta constitucional. A diferença entre a Grã-Bretanha e o continente poderia parecer, observa Dicey, puramente extrínseca e como tal irrelevante: se na Inglaterra ou, por exemplo, na Bélgica, a liberdade é garantida e o arbítrio é evitado, não tem nenhuma importância que isso aconteça porque uma constituição escrita o impõe em termos gerais ou o "law of the land" o realiza caso por caso. Existe, porém, uma diferença relacionada a um problema decisivo, que Dicey põe veementemente em evidência: o problema da garantia. Destituídas de apropriados instrumentos de controle, as solenes declarações constitucionais parecem, para Dicey, como frágeis enunciações de princípio, cuja violação está sempre à espreita, ao passo que a força da flexível constituição inglesa depende propriamente do fato de que, nela, a tutela da esfera jurídica individual não é teorizada, mas é realizada; para a cultura jurídica inglesa, uma abstrata enunciação de direitos que não se preocupe com o seu "remédio" processual não é concebível, enquanto é certo que as liberdades nascem da multiplicação das intervenções jurisprudenciais que garantem *in action* sua tutela[85].

85. A. V. Dicey, *An Introduction*, cit., pp. 198 ss.

É nesse ponto que se propõe de novo, para Dicey, o problema mais espinhoso, ou seja, a relação entre poder e direito, entre soberania e lei, portanto, no seu caso, entre soberania parlamentar e "law of the land", aquele "law of the land" do qual nasce a determinação e a tutela da esfera jurídica individual. O *rule of law* situa-se então (precisamente como o Estado de Direito continental) no campo de tensão inaugurado pela relação entre o soberano e a lei, entre o poder e o direito (e os direitos); todavia, resta ser entendido em que modo a tensão, para Dicey, se compõe mesmo sem se anular.

A sua tentativa de resposta sustenta-se essencialmente sobre duas ordens de considerações. Em primeiro lugar, soberania parlamentar e direito jurisprudencial são muito mais elementos complementares do que antagonísticos no conjunto da lógica do ordenamento: é verdade, de fato, que o parlamento pode emanar qualquer lei sem encontrar nenhum vínculo, mas essa lei, uma vez produzida, é inteiramente confiada à interpretação do juiz, que a entende à luz da sua particular sensibilidade e do "espírito geral do *common law*"[86]. Portanto, a vontade parlamentar é, sim, formalmente absoluta, mas, quando é colocada no funcionamento geral do ordenamento, ela parece também, substancialmente, condicionada pela interpretação e pela aplicação judicial.

Em segundo lugar, é indubitável que o Parlamento pode mudar a constituição a seu bel-prazer, pode influenciar os direitos de liberdade, proceder à suspensão do "Habeas Corpus Act"; é igualmente verdade, porém, que "a supensão da constituição", uma vez que ela "está baseada no *rule of law*", ou seja, depende do "law of the land" jurisprudencialmente criado e interpretado, "significaria [...] nada menos do que uma revolução"[87].

Mesmo sendo uma "revolução", tratar-se-ia, contudo, de uma revolução "legal", uma vez que a soberania do Parlamento é, ao menos em última instância, absoluta e incontrolável: deste ponto de vista, o campo de tensão no qual se inscre-

86. Ibid., p. 413.
87. Ibid., p. 202.

ve o *rule of law* teorizado por Dicey se dissolve "em direção ao alto", resolve-se confirmando o papel de uma soberania que, para ser tal, não pode encontrar vínculos jurídicos insuperáveis no seu caminho. Nesse sentido, então, o diceyano *rule of law* e a fórmula alemã do "Staatsrecht" parecem análogos: não apenas porque ambos focalizam o mesmo campo de tensão entre poder e direito, como também porque compartilham da mesma aporia, ou seja, a dificuldade de compor o caráter absoluto do poder soberano com um sistema de vínculos funcionalmente ligados à proteção da esfera jurídica individual.

Sobre essa "constante" enxertam-se, porém, diferenças que se referem às estratégias adotadas para superar a dificuldade. Em Jellinek, o dilema deve ser evitado sem sair do universo jurídico-estatal (apostando na autolimitação do Estado, no Estado-pessoa, na relação jurídica etc.), enquanto a válvula de segurança do sistema é posta no povo, na história, na civilização, em suma, nas grandezas "externas" à cidadela do jurídico (mesmo que determinantes para a sua efetiva configuração). Para Dicey, a soberania parlamentar se confronta com uma precisa ordem jurídica (da qual a liberdade e a propriedade dependem primeiramente), o "law of the land", o direito jurisprudencial, que tem sua autônoma gênese e consistência: o soberano pode modificá-la, mas deve, de qualquer modo, acertar as contas com um sistema normativo não-reconduzível (ao menos diretamente) à sua vontade. Para continuar o jogo das analogias, é, eventualmente, com o historicismo de Gierke (que inscreve os direitos individuais na estrutura mesma da comunidade e do seu devir histórico, embora assegure, em última instância, ao Estado o poder de anulá-los *ad libitum*[88]) que o modelo diceyano de *rule of law* pode estar mais intimamente ligado.

Seja qual for a orquestração jurídica sugerida pelo *rule of law* diceyano ou pela fórmula alemã do "Rechtsstaat", em todo caso, permanecem firmes, por um lado, o objetivo da tutela da esfera jurídica individual, por outro, a convicção de encontrar na história e na sociedade a indispensável válvula de segurança do sistema.

---

88. Ver, *supra*, § 5.

Peculiares da *Introduction* de Dicey, para além das significativas analogias com o acontecimento continental, permanecem, de qualquer modo, dois motivos que no continente tardam a ser tematizados com equivalente clareza: em primeiro lugar, o nexo obrigatório entre o "direito" e a sua "interpretação", portanto a insuficiência de uma análise da relação entre poder e direito que leve em consideração apenas o momento da criação do direito e não também o da sua efetiva aplicação; em segundo lugar, e conseqüentemente, a relevância do problema das garantias e do controle, portanto a identificação no constitucionalismo continental (e em particular francês) de um calcanhar-de-aquiles, que consiste exatamente na falta de um mecanismo adequado de "enforcement" dos enunciados constitucionais, contrariamente aos Estados Unidos da América que, embora tenham se afastado da "flexibilidade" do modelo britânico, confiaram sabiamente aos juízes a proteção da sua constituição.

7. Estado de Direito e constituição: a reflexão kelseniana

Favorecidos, por um lado, pelo peculiar desenvolvimento do *rule of law* britânico, por outro, pela familiaridade com o modelo constitucional americano, Dicey e Bryce (cada um a seu modo) põem em evidência um problema insolúvel da juspublicística continental: a permanente fragilidade do direito diante do caráter absoluto do poder. Se a crítica de Dicey ao "droit administratif" poderia ter sido facilmente rejeitada (ou até mesmo remetida ao emissor, não sem razão imputável de descurar um análogo processo em curso na sua própria pátria), muito mais difícil teria sido ignorar as relevantes observações do jurista inglês quando se dirigisse o olhar do direito administrativo ao direito constitucional, quando, em suma, estivesse em questão o problema dos vínculos jurídicos oponíveis não já ao Estado-administrador, mas ao Estado-legislador.

Certamente, nem sequer Dicey tinha resolvido na raiz o problema, visto que a sua imagem de soberania era de todo análoga àquela adotada pela juspublicística continental. Ele podia, porém, apelar a uma constituição que, embora flexível e modificável *ad libitum* pelo parlamento, todavia, incluía uma estrutura normativa jurisprudencialmente consolidada, dando à liberdade e à propriedade dos sujeitos uma resistente (mesmo que não insuperável) intermediação protetora em relação aos eventuais (mas histórica e politicamente improváveis) golpes de força do soberano.

Que, por outro lado, o resultado predominantemente "administrativista" do Estado de Direito não fosse a solução definitiva do problema do nexo "poder-direito", era uma impressão que vinha se afirmando, com força crescente, também na juspublicística continental, nos países de língua alemã, bem como na França.

Na cultura jurídica francesa[89], a contribuição, talvez, mais próxima da tradição alemã do "Rechtsstaat" e, ao mesmo tempo, enfim, insatisfeita em relação ao resultado exclusivamente "administrativista" do Estado de Direito, provém da rigorosa reflexão de um jurista alsaciano, Raymond Carré de Malberg[90].

Tanto para Jellinek (ou para Vittorio Emanuele Orlando) como também para Carré de Malberg, o Estado é pessoa jurídica, personificação de uma nação que nele se realiza: o Estado pressupõe a nação, que, todavia, não é uma realidade dotada de um autônomo, ainda que embrionário, ordenamento, mas existe enquanto personificada no Estado; e o Estado-pessoa que ocupa por si só todo o espaço teórico da juspublicística[91] é o Estado que transcende a multiplicidade dos sujeitos e

89. Ao Estado de Direito na cultura francesa é dedicado o ensaio de A. Laquièze, *L'État de droit e soberania national na França*, infra, pp. 338 ss. Cf. também Ph. Raynaud, *Des droits de l'homme a l'état de droit. Les droits de l'homme et leurs garanties chez les théoriciens français classiques du droit public*, "Droits. Revue française de théorie juridique", 2 (1985), pp. 61-73; M.-J. Redor, *De l'état légal à l'état de droit. L'Évolution des Conceptions de la Doctrine Publiciste Française 1879-1914*, Economica, Paris, 1992.

90. Cf. M. Galizia, *Il "Positivisme juridique" di Raymond Carré de Malberg*, em "Quaderni Fiorentini", 2 (1973), pp. 335-509; G. Bacot, *Carré de Malberg et l'origine de la distinction entre souveraineté du peuple et souveraineté nationale*, éd. du CNRS, Paris, 1985.

91. R. Carré de Malberg, *Théorie générale de l'État, spécialement d'après les données fournies par le Droit constitutionnel français*, Sirey, Paris, 1920, vol. I, pp. 2-7.

torna possível a criação (a pensabilidade mesma) de uma ordem unitária[92].

Também para Carré de Malberg, a marca do Estado é a titularidade de um poder soberanamente absoluto[93] e, portanto, propõe-se de novo, com urgência, o consueto problema: como tornar compatível poder e direito, como conceber, simultaneamente, com a força irresistível do soberano, um sistema de limites oponíveis a ela? O problema é tão grave quanto mais evidente é a posição de dominância ocupada pelo Parlamento no sistema constitucional francês: "o Parlamento francês – declara, sem meios-termos, Carré de Malberg – é hoje, como o da Inglaterra, onipotente"[94]. Tanto na Inglaterra como na França, o Parlamento é o detentor da soberania, e o problema dos limites não pode, de modo algum, se estender da ação da administração à ação do legislador.

Carré de Malberg adere a uma solução que já nos é familiar: ele adota a teoria da autolimitação, insiste sobre a importância "garantista" do nexo "formal" entre Estado e direito, sobre o fato de que o Estado enquanto organização jurídica da nação não pode senão se expressar na forma do direito e afirma que o Estado enquanto pessoa jurídica está submetido às normas por ele mesmo criadas, podendo ser, como qualquer sujeito, titular de obrigações não menos do que de direitos.

O espinho no coração da teoria, a objeção mais insidiosa (formulada por Duguit[95]) está, porém, no caráter puramente *octroyée* do vínculo jurídico: um vínculo que repousa sobre o autocontrole (para usar a expressão jheringhiana) do soberano, modificável ou também anulável *ad libitum*, não é muito tranqüilizador para os sujeitos. É a partir dessa consciência que Carré de Malberg se interroga a fundo sobre o sentido daque-

92. Ibid., pp. 48-50.

93. Ibid., p. 194.

94. R. Carré de Malberg, *Théorie générale de l'État*, cit., vol. II, p. 140.

95. Duguit ataca a teoria da autolimitação apelando ao primado da sociedade e da "règle de droit". Cf. L. Duguit, *Traité de droit constitutionnel*, I, *La règle de droit – Le problème de l'État*, Ancienne Librairie Fontemoing, Paris, 1927, 3.ª ed., pp. 633 ss.; pp. 665 ss. Cf. E. Pisier-Kouchner, *Le service public dans la théorie de l'État de Léon Duguit*, Pichon et Durand-Auzias, Paris, 1972, pp. 62 ss.

la soberania nacional da qual o Estado é a personificação. Relendo originalmente a história constitucional francesa a partir do ato fundador da revolução, Carré de Malberg opõe a soberania (a seu ver) rousseauniana, ou seja, a soberania "democrática", a soberania identificada com a soma dos sujeitos dos quais se compõe a nação[96], à soberania cultivada e realizada pela revolução de 1789; confiando a soberania à nação, a revolução pretendia, de fato, subtraí-la ao monarca e, por isso, a todo órgão singular para atribuí-la ao Estado "como tal", que é a personificação da nação.

Se, portanto, por força de uma correta interpretação da teoria da "soberania nacional", é impróprio identificar como portador da soberania (que cabe ao Estado-nação) um único órgão, portanto também o Parlamento como tal, o poder deste último passa a ser redimensionado: rejeita-se a sua representação "hiperdemocrática" que faz dele uma simples correia de transmissão da vontade dos eleitores, mantém-se sob controle o antigo, mas sempre inquietante fantasma da "maioria despótica" e sobre essa base propõe-se novamente o tema do Estado de Direito, tentando expressar seu sentido e desenvolver todas as suas potencialidades.

Certamente, o Estado de Direito já produziu efeitos importantes requerendo a construção de uma administração *sub lege*. É preciso, todavia, distinguir, segundo Carré de Malberg, entre "État de droit" e "État légal". Este último persegue uma rígida e geral submissão da administração à lei, mesmo quando não estão em jogo interesses individuais, e se configura como "uma forma especial de governo", ao passo que o traço característico do Estado de Direito é o seu caráter instrumental, funcional: é para fortalecer a esfera jurídica do indivíduo que ele quer impor vínculos jurídicos à administração[97]. Portanto, "Estado legal" e "Estado de Direito" não coincidem perfeitamente: por um lado, o primeiro impõe à ação da administração vínculos mais rígidos e generalizantes, ao contrário do que é feito pelo segundo, que intervém sempre e apenas em

96. R. Carré de Malberg, *Théorie générale de l'État*, cit., vol. II, pp. 154 ss.
97. R. Carré de Malberg, *Théorie générale de l'État*, cit., vol. I, pp. 488 ss.

vista da proteção dos interesses individuais; por outro lado, porém, enquanto o "Estado legal" esgota os seus efeitos no âmbito da relação entre administração e lei, o Estado de Direito não pode se deter nesta esfera: precisamente porque o seu fim imanente e a sua razão de ser estão na proteção dos sujeitos contra as prevaricações do poder, ele deve, seguindo o seu "desenvolvimento natural", abranger não apenas a administração, como também a legislação; a realização "natural" do Estado de Direito é então o delineamento de uma "constituição" capaz de garantir "aos cidadãos aqueles direitos individuais" que nenhuma lei tem o poder de ferir. "O regime do Estado de Direito é um sistema de limitação, não apenas das autoridades administrativas, mas também do corpo legislativo". Para que se tenha um verdadeiro, completo Estado de Direito, é necessário que também na França não se confie apenas na "boa vontade" da Assembléia Parlamentar, mas se dê aos cidadãos a possibilidade de uma tutela jurisdicional das suas liberdades em relação, não apenas à atividade da administração, como também à ação do legislador[98].

Na sua obra *Théorie génerale*, Carré de Malberg pede, portanto, ao Estado de Direito a extensão do controle do poder até a parte mais íntima daquele *sancta sanctorum* [o santo dos santos] da soberania, que a tradição identifica com o poder legislativo e indica, como meios congruentes a esse escopo, não apenas uma nítida distinção entre constituição e lei (uma distinção que Bryce já apresentava como um traço característico do sistema constitucional "rígido"), como também a introdução de alguma forma de controle, capaz de assegurar a efetiva supremacia da norma constitucional (evitando assim o risco elevado, segundo Dicey, nos sistemas "continentais", de altissonantes princípios ignorados.

Não é apenas Carré de Malberg que nutre preocupações similares e propõe remédios similares. Ainda nos anos anteriores à Primeira Guerra Mundial (quando Carré de Malberg redigia a sua *Théorie génerale*[99]) e na década sucessiva, Hans Kel-

98. Ibid., pp. 492-3.
99. Cf. G. Bacot, *Carré de Malberg*, cit., pp. 10-1.

sen, além de lançar os fundamentos da sua original reflexão teórico-jurídica, deduzia, a partir dela, conseqüências de extrema relevância no plano da construção e da instrumentação técnica do Estado de Direito[100].

A cesura radical introduzida por Kelsen na tradição do "Rechtsstaat" pressupõe um preciso fundamento epistemológico (ao qual é possível apenas aludir): desde a sua grande obra de 1911 (os *Hauptprobleme der Staatsrechtslehre*), a distinção entre ser e dever[101], portanto a distinção entre as ciências consagradas à explicação causal dos fenômenos e os saberes envolvidos na análise das normas, é, para Kelsen, o princípio à luz do qual reler criticamente a tradição juspublicística[102]; é devido ao desrespeito a esse princípio que devem ser reconduzidas as aporias que afligem e que encontram o seu ponto de origem na atribuição do Estado ao domínio da "realidade".

O Estado não é um ente "real", mas é um objeto teórico construído pelo jurista: conceber juridicamente o Estado "não pode senão significar conceber o Estado como direito"[103]. Estado e direito se identificam: é precisamente a tese da redução do Estado a um sistema de normas – uma tese que atingirá a sua mais rigorosa formulação nas grandes obras dos anos 1920

---

100. A Kelsen é dedicada a contribuição de G. Bongiovanni, *Estado de Direito, primado da constituição e justiça constitucional na reflexão de Hans Kelsen*, neste volume.

101. H. Kelsen, *Problemi fondamentali della dottrina del diritto pubblico*, organizado por A. Carrino, E.S.I., Napoli, 1997, pp. 41 ss. Sobre Kelsen e o neokantismo, cf. G. Calabrò, *Kelsen e il neokantismo*, em C. Roehrssen (organizado por), *Hans Kelsen nella cultura filosofico-giuridica del Novecento*, Istituto dell'enciclopedia italiana, Roma, 1983, pp. 87-92; S. L. Paulson, *Kelsen and the Neo-kantian Problematic*, em A. Catania, M. Fimiani (organizado por), *Neokantismo e sociologia*, E.S.I., Napoli, 1995, pp. 81-98; R. Racinaro, *Cassirer e Kelsen*, em op. ult. cit., pp. 99-110.

102. Insiste oportunamente sobre a valência antitradicionalista do pensamento jurídico kelseniano M. Fioravanti, *Kelsen, Schmitt e la tradizione giuridica dell'Ottocento*, em G. Gozzi, P. Schiera (organizado por), *Crisi istituzionale e teoria dello Stato in Germania dopo la Prima guerra mondiale*, il Mulino, Bologna, 1987, pp. 51-103.

103. H. Kelsen, *Il problema della sovranità e la teoria del diritto internazionale. Contributo per una dottrina pura del diritto*, organizado por A. Carrino, Giuffrè, Milano, 1989, p. 20.

(na *Allgemeine Staatslehre* e na *Das Problem der Souveranität und die Theorie des Völkerrechts*), mas que já está substancialmente esboçada nos *Hauptprobleme* – que permite a Kelsen anular a idéia (jellinekiana e em geral "tradicional") da "duplicidade" do Estado e de desmantelar as suas mais consolidadas atribuições: cai a idéia do Estado como poder "realmente" excedente e irresistível, como sujeito que quer, que se proprõe fins e dispõe toda a sua força para atingi-los[104].

O Estado não é um ente real, mas um sistema de normas[105]: atribuir ao Estado o predicado da "realidade" é perpetuar uma postura arcaica e "religiosa", é dar uma visão "substancialista" e antropomórfica do Estado que a moderna epistemologia (de Vaihinger a Cassirer[106], de Mach a Avenarius[107]) enfim já demoliu. Se, ao contrário, o Estado coincide com o ordenamento jurídico, se ele é simplesmente a sua "personificação", cai a aporia que a fórmula do Estado de Direito tentou inutilmente superar ao compor (com a "teoria da autolimitação") o poder "absoluto" do Estado com a função vinculante (e garantista) do direito. A aporia está e cai de fato com a persistência da imagem arcaica e mítica do Estado-potência, do Estado como poder absolutamente excedente e "realmente" existente; e é uma aporia resistente ao expediente da autolimitação, que também em Kelsen parece uma arma despontada, confiada como tal à escolha (em última instância) discricional do Leviatã. Se, contudo, o Estado coincide com o ordenamento jurídico, vem a cair o termo principal da aporia: o Estado tem a ver não com o poder, mas com o direito; resolve-se, antes, integralmente no direito, é um sistema de normas e dele exprime (por via de "personificação") a unidade.

---

104. Cf. em geral A. Carrino, *L' ordine delle norme: politica e diritto in Hans Kelsen*, E.S.I., Napoli, 1984.

105. H. Kelsen, *Stato e diritto. Il problema della conoscenza sociologica o giuridica dello Stato* (1922), em H. Kelsen, *Sociologia della democrazia*, organizado por A. Carrino, E.S.I., Napoli, 1991, p. 69.

106. Cf. em particular E. Cassirer, *Sostanza e funzione* (1910), La Nuova Italia, Firenze, 1973.

107. H. Kelsen, *Il rapporto tra Stato e diritto dal punto di vista epistemologico* (1922), em H. Kelsen, *L'anima e il diritto. Figure arcaiche della giustizia e concezione scientifica del mondo*, Edizioni Lavoro, Roma, 1989, pp. 5 ss.

Precisamente porque Estado e direito coincidem, pessoas físicas, pessoas jurídicas, órgãos estatais encontram-se, todos, na idêntica condição de serem destinatários de obrigações que lhes são impostas pelas normas do ordenamento: "a obrigação jurídica do Estado em nada se diferencia dos demais sujeitos jurídicos"[108], e tanto o Estado como qualquer sujeito singular constitui "a personificação de normas jurídicas", com a única diferença de que o Estado personifica o ordenamento jurídico total, ao passo que os sujeitos são personificações de ordenamentos jurídicos parciais[109].

Os termos constitutivos da aporia que estava no fundo da fórmula do "Rechtsstaat", o campo de tensão constituído pelo soberano, pelo direito e pelos sujeitos, explodem porque a sua originária heterogeneidade se dissolve na unidade do ordenamento jurídico que por si só ocupa integralmente o horizonte do jurista. Não existem, de um lado, o irresistível poder do Estado e, de outro, os sujeitos que o enfrentam empunhando a (embora frágil) arma do direito, porque o Estado coincide com o ordenamento, e o sujeito é definido juridicamente em relação a um sistema objetivo de normas: a obrigatoriedade que delas deriva é exatamente a aplicabilidade das normas "a um sujeito concreto", "a subjetivação da proposição jurídica"[110]. Momentos "internos" da ordem jurídica, os sujeitos não são titulares de "direitos" com os quais o ordenamento jurídico seja obrigado, de qualquer modo, a acertar as contas: as pessoas são tais enquanto o ordenamento jurídico "sanciona os seus direitos ou obrigações" e cessam de sê-lo tão logo o Estado decida "subtrair-lhes essa qualidade"[111]. Admitir a existência de vínculos jurídicos ao ordenamento reabriria aquela temporada jusnaturalista que Kelsen considera definitivamente encerrada.

É, portanto, a partir dessa rigorosa recondução das tradicionais *dramatis personae* [personagens do drama] do "Rechtsstaat" à homogênea dimensão do ordenamento jurídico, é a partir da simétrica amputação do momento do "poder" e do mo-

108. H. Kelsen, *Problemi fondamentali*, cit., p. 484.
109. H. Kelsen, *Il problema della sovranità*, cit., pp. 31-2.
110. H. Kelsen, *Problemi fondamentali*, cit., p. 395.
111. H. Kelsen, *Il problema della sovranità*, cit., pp. 67-8.

mento da "subjetividade" (como componentes de um "real" campo de tensão mediado, senão resolvido, pelo "direito") que Kelsen enfrenta o tema do Estado de Direito. Se o absolutismo é, para Kelsen, a renúncia em construir juridicamente o Estado, o Estado de Direito coincide com o programa da integral juridicização de toda a atividade estatal: o Estado de Direito é "determinado em todas as suas atividades pelo ordenamento jurídico, que o abrange juridicamente em cada parte essencial"[112].

Para Kelsen, Estado de Direito significa, portanto, antes de tudo, centralidade da lei e conseqüentemente batalha contra a tendência, muito forte na juspublicística do seu tempo, em reivindicar para a administração um papel mais amplo do que o de mera "executora" de orientações rigidamente predeterminadas pela lei[113]. Desde os *Hauptprobleme* Kelsen se esforça por entender a "discricionariedade" administrativa não como liberdade de desvio da norma, mas, ao contrário, como um processo que, como passagem do abstrato ao concreto, como caminho de uma progressiva determinação da norma, a pressupõe e se torna juridicamente incompreensível sem ela[114]. Como atividade executiva (realizadora de uma norma e precisamente por isso "discricional"), a administração não é fonte autônoma de obrigações e direitos, mas pressupõe o ordenamento jurídico, cuja condição de existência é o "processo legislativo" e somente ele: estaria, de fato, compromentida a unidade do ordenamento se admitíssemos, ao lado da legislação, "um segundo ponto de partida, autônomo e independente em relação ao primeiro, da vontade estatal"[115].

---

112. H. Kelsen, *Stato di diritto e diritto pubblico* (1913), em H. Kelsen, *Dio e Stato. La giurisprudenza come scienza dello spirito*, organizado por A. Carrino, E.S.I., Napoli, 1988, pp. 214-5.

113. Cf. B. Sordi, *Tra Weimar e Vienna. Amministrazione pubblica e teoria giuridica nel primo dopoguerra*, Giuffrè, Milano, 1987, pp. 88 ss.; B. Sordi, *Un diritto amministrativo per le democrazie degli anni Venti. La 'Verwaltung' nella riflessione della 'Wiener Rechtstheoretische Schule'*, em G. Gozzi, P. Schiera (organizado por), *Crisi istituzionale e teoria dello Stato in Germania dopo la Prima guerra mondiale*, il Mulino, Bologna, 1987, pp. 105-30.

114. H. Kelsen, *Problemi fondamentali*, cit., pp. 560-1. Cf. também H. Kelsen, *Sulla dottrina della legge in senso formale e materiale* (1913), em H. Kelsen, *Dio e Stato*, cit., p. 233.

115. H. Kelsen, *Problemi fondamentali*, cit., pp. 612-3.

Portanto, se em uma primeira fase do seu pensamento Kelsen faz do Estado de Direito o emblema da tese da centralidade da lei e da luta contra o "Estado administrativo" – uma luta na qual às valências teóricas une um forte ataque ao *monarchisches Prinzip* em defesa da centralidade do Parlamento[116] –, em uma segunda fase imprime uma virada determinante no tema do Estado de Direito, enxertando-o sobre aquela análise "dinâmica" do ordenamento[117] que ele elabora acolhendo os motivos presentes em vários ensaios de Alfred Verdross e, principalmente, de Adolf Merkl[118].

Nessa perspectiva, a unidade do ordenamento jurídico não deve coincidir necessária e mecanicamente com o sistema de normas gerais, mas deve ser reposta na relação "dinâmica" que se estabelece entre "normas gerais" e "normas individuais", ambas componentes de um processo unitário de produção do direito[119]. Não se dá, portanto, uma simples oposição entre produção e aplicação do direito: a sentença do juiz é aplicação quando é posta em relação com a lei, "da qual é juridicamente determinada", mas é "criação do direito, normatização jurídica, enquanto é posta em relação com aqueles atos jurídicos que devem ser realizados *com base* nela, por exemplo, os atos executivos"[120].

Conceber "dinamicamente" o ordenamento, entender até o fundo as suas características jurídicas, ou seja, colher o Estado de Direito no conjunto dos seus perfis, impede então que a atenção seja focada apenas sobre a lei como tal. Não existem

---

116. Cf. B. Sordi, *Tra Weimar e Vienna*, cit., pp. 157 ss.

117. Cf. M. Barberis, *Kelsen, Paulson and the Dynamic Legal Order*, em L. Gianformaggio (organizado por), *Hans Kelsen's Legal Theory. A Diachronic Point of View*, Giappichelli, Torino, 1990, pp. 49-61 e os ensaios reunidos em L. Gianformaggio (organizado por), *Sistemi normativi statici e dinamici: analisi di una tipologia kelseniana*, Giappichelli, Torino, 1991.

118. H. Kelsen, *Problemi fondamentali*, cit., Prefazione alla seconda edizione (1923), pp. 27-8. Cf. as contribuições reunidas em A. Merkl, *Il duplice volto del diritto*, Giuffrè, Milano, 1987 (ibid., *Presentazione* di M. Patrono). Cf. A. Abignente, *La dottrina del diritto tra dinamicità e purezza: studio su Adolf Julius Merkl*, E.S.I., Napoli, 1990.

119. H. Kelsen, *Problemi fondamentali*, cit., pp. 25-7.

120. H. Kelsen, *La dottrina dei tre poteri o funzioni dello stato* (1923-24), em H. Kelsen, *Il primato del parlamento*, Giuffrè, Milano, 1982, pp. 88-9.

somente a lei e a sua "execução": a lei é simplesmente um degrau da complexa arquitetura "em níveis" que Kelsen delineia, e, olhando-se "para baixo" do ordenamento, avistam-se normas "individuais" que "aplicam" a lei; olhando "para o alto", percebe-se que a lei não é, de modo algum, o ápice do sistema, mas é, por sua vez, aplicação de uma norma superior, isto é, a norma constitucional; e é exatamente a constituição que, mesmo esboçada nos *Hauptprobleme*, mas não ainda aprofundada em todas as suas potencialidades[121], torna-se, em numerosos escritos dos anos 1920, um tema essencial do discurso kelseniano.

É a visão dinâmica, "em níveis", do ordenamento[122] que permite a Kelsen introduzir novidades de grande relevância tanto na teoria (e na legislação[123]) constitucional, como na construção do Estado de Direito. Quando a lei perde a sua posição "absoluta" no ordenamento para se tornar um degrau intermediário no processo de criação-aplicação das normas, quando ela cessa de ser um ato de pura e simples criação do direito e se configura como aplicação de uma norma superior, os atos do poder legislativo parecem também suscetíveis de controle: de qualquer procedimento de "aplicação" é, de fato, possível e oportuno examinar a "regularidade", a "correspondência" com o "grau superior do ordenamento jurídico"[124]. Para Kelsen, o natural desenvolvimento do Estado de Direito conduz, portanto, à instituição de um órgão de controle da constitucionalidade das leis. De fato, dada a "construção em níveis do ordenamento", "o postulado da constitucionalidade das leis é teórica e tecnicamente de todo idêntico ao postulado da legitimi-

121. Cf. G. Bongiovanni, *Reine Rechtslehre e dottrina giuridica dello Stato. H. Kelsen e la costituzione austriaca del 1920*, Giuffrè, Milano, 1998, pp. 64 ss.

122. Cf. A. Giovannelli, *Dottrina pura e teoria della Costituzione in Kelsen*, Giuffrè, Milano, 1979; M. Barberis, *Kelsen e la giustizia costituzionale*, em "Materiali per una storia della cultura giuridica", 12 (1982), pp. 225-42, M. Troper, *Kelsen e il controllo di costituzionalità*, em "Diritto e cultura", 4 (1994), pp. 219-41.

123. Kelsen desempenha um papel relevante no processo que conduz à constituição austríaca de 1920. Cf. G. Bongiovanni, *Reine Rechtslehre*, cit., pp. 143 ss.

124. H. Kelsen, *La garanzia giurisdizionale della costituzione (la giustizia costituzionale)* (1928), em H. Kelsen, *La giustizia costituzionale*, organizado por G. Geraci, Giuffrè, Milano, 1981, p. 148.

dade da jurisdição e da administração" e deve, portanto, ser submetido ao exame de um órgão apropriado[125].

Como norma superior dentro de um ordenamento hierarquicamente estruturado, a constituição torna teórica e tecnicamente possível o controle de constitucionalidade e este último torna, por sua vez, as normas constitucionais completamente obrigatórias[126]. É, portanto, a constituição que se propõe como válvula de fechamento do Estado de Direito, ao passo que as leis se tornam momentos de aplicação das normas constitucionais.

É nesse ponto que o Estado de Direito da tradição oitocentista sofre uma radical transformação para dar lugar a uma figura – o Estado de Direito constitucional – que, em determinados aspectos, reúne seu legado, ao passo que, em outros, constitui sua superação e transformação.

O nexo dilemático entre "poder" e "direito" (e "direitos") que acompanhou a longa história do Estado de Direito, mais do que estar resolvido, é rompido com uma técnica gordiana: são anulados os seus termos constitutivos graças à crítica demolidora de uma tradição que tinha se enredado na célebre aporia apenas porque vítima do "mito" do Estado "realmente" operante (nem é possível neste âmbito interrogar-se se e de que modo o "dilema" exorcizado volte a perturbar as reflexões kelsenianas no momento em que estas alcançam o tema da constituição originária e da norma fundamental).

Fundado o Estado de Direito na relação de "aplicação" que vincula a lei à constituição, o nexo com alguma "definição prévia" dos direitos individuais (típico da história anterior do "Estado de Direito") é rescindido, e o Estado de Direito adquire uma dimensão rigorosamente formal. É verdade também que Kelsen apresenta o Estado de Direito constitucional (onde a constituição requer para a modificação uma "maioria fortalecida") como um instrumento eficaz para a proteção da minoria e, portanto, como uma forma propícia ao desenvolvimento da democracia[127]. Entretanto, o Estado de Direito é útil para a

125. Ibid., pp. 171-2.
126. Ibid., p. 199.
127. Ibid., p. 202.

democracia não enquanto está intrinsecamente conexo com uma série de supostos direitos que encontram nele uma defesa eficaz contra o poder, mas pelos efeitos determinados pela sua própria estrutura jurídico-formal.

Graças à *Stufenbautheorie* e ao primado da constituição, interrompe-se a relação privilegiada tradicionalmente estabelecida entre soberania e parlamento; a lei não expressa como tal a quintessência da soberania, e o problema dos limites e do controle se posiciona e se resolve de modo análogo, tanto para o poder legislativo como para a administração, recorrendo ao exame de um órgão jurisdicional. Aquele limite ao poder legislativo que a doutrina tradicional tinha obrigado a encontrar na história, na política, na sociedade, para Kelsen, pode ser construído juridicamente com base na própria lógica que torna controlável a atividade de qualquer órgão estatal.

Introduzido o controle de constitucionalidade da lei, cai a aguda objeção que Dicey dirigia ao constitucionalismo continental: redundante nos princípios, mas desprovido no plano das garantias. A garantia é dada agora pelos mecanismos de controle que o próprio ordenamento, sem recorrer a "válvulas de segurança" externas ao sistema, está em condições de preparar. Enquanto Dicey partia ainda do interior da tradicional concepção oitocentista da soberania e da lei e resolvia o problema das "garantias" apostando na realidade multifacetada de uma constituição "flexível" que, se por um lado previa a absoluta soberania parlamentar, por outro se apoiava em uma ordem jurídica de matriz preponderantemente jurisprudencial, Kelsen, ao contrário, rompe com a tradição, submete a lei à constituição e resolve o problema das "garantias", apostando em mecanismos de controle internos a uma ordem jurídica rigorosamente unitária.

Certamente, a preservação do "Estado de Direito constitucional" não pode, para Kelsen, depender senão de mecanismos de caráter formal: a defesa da constituição é atribuída a um órgão jurisdicional que controla, para que a lei respeite os vínculos (formais e substanciais), ditados pela própria constituição, ao passo que a estabilidade da constituição é favorecida pela necessidade de dispor de uma maioria qualificada para introduzir mudanças no texto constitucional. Para além do perfil formal que, para Kelsen, é o único juridicamente relevante, abre-se o âmbito da ação dos sujeitos e da sua interação; e é desse jogo complicado de interesses e motivações, do grau de racionalidade e de tolerância, do qual os indivíduos se tornam capazes, que dependem os destinos da democracia e, com ela, daquele Estado de Direito constitucional que promete ser um instrumento refinado e eficiente da democracia.

8. O Estado de Direito entre "instituições jurídicas objetivas" e "Estado social"

Kelsen inaugura para o Estado de Direito uma nova temporada, que rompe na raiz os dilemas oitocentistas, põe fora do jogo a representação metajurídica do poder e dos sujeitos para concentrar a atenção sobre o ordenamento jurídico, define os seus diferenciais, hierárquicos níveis normativos e sobre essa base supera o dogma da intocável majestade da lei, consagra o papel fundamental da constituição, introduz vínculos à ação do legislador e torna possível o seu controle jurisdicional.

A brilhante performance kelseniana supõe uma rigorosa distinção entre o plano do ser e o plano do dever e se desenvolve e se exaure dentro das fronteiras de uma representação "formal" do ordenamento: para Kelsen, permanece fora do alcance do discurso jurídico a perspectiva de vínculos "conteudísticos" aos quais o ordenamento tenha que, de qualquer forma, estar submetido, enquanto a democracia (para a qual Kelsen dedica uma constante atenção) é um método de convivência que, precisamente porque exclui um credo absoluto, encontra, nos mecanismos "formais" do Estado de Direito, o instrumento mais apropriado.

É compreensível, portanto, o motivo pelo qual, na difusa reação antiformalista (e antikelseniana) dos anos 1920, surgem as dificuldades da definição "formal" do Estado de Direito. De fato, é verdade que a constituição (na perspectiva kelseniana) torna controlável a ação do legislador; mas é igualmente verdadeiro que a constituição não encontra outra defesa a não ser no dado puramente numérico e extrínseco da "maioria qualificada", necessária para a sua modificação: o problema do limite, que a *Stufenbautheorie* tinha permitido equacionar para o poder legislativo, em um nível "intermediário" do ordenamento, volta a se apresentar no seu vértice, quando está em jogo o poder constituinte.

A tese da insuficiência de um vínculo puramente formal ao arbítrio do poder circula insistentemente no debate que se alastra na Alemanha acerca da constituição weimariana e encontra na reflexão de Erich Kaufmann uma precisa formulação[128].

Após ter superado a sua fase juvenil neokantiana, Kaufmann rompe decididamente com Rudolf Stammler e com Kelsen[129], denunciando a insuficiência de uma visão puramente "formal" do direito: as "formas e normas" do neokantismo "são vazias, e nenhuma ponte leva através delas para baixo, em direção ao ser"; para Kaufmann, ao contrário, é essencial passar de um "sistema abstrato de formas" a "uma ordem material de conteúdos" e abandonar "o apriorismo formal" que "nos faz girar em círculos sem um guia no mar da realidade efetiva"[130]. O seu empenho avança, portanto, em uma direção totalmente contrária à de Kelsen e visa apreender, por detrás dos nexos "conceituais", as relações reais, na convicção de que os "Relationsbegriffe" [conceitos relacionais] extraem sentido dos "Dingbegriffe" [conceitos materiais][131]. É necessário ir além da superfície formal e processual do ordenamento para identificar pontos de referência "objetivos", que orientem as escolhas do juiz, assim como as do legislador: é preciso, em síntese, que os limites oponíveis à ação dos poderes públicos não sejam "alguma coisa de meramente formal", mas repousem sobre uma

---

128. Cf. E. Castrucci, *Tra organicismo e Rechtsidee. Il pensiero giuridico di Erich Kaufmann*, Giuffrè, Milano, 1984.

129. E. Kaufmann, *Critica della filosofia neokantiana del diritto*, organizado por A. Carrino, E.S.I., Napoli, 1992.

130. Ibid., pp. 12-3.

131. E. Kaufmann, *Juristische Relationsbegriffe und Dingbegriffe*, em E. Kaufmann, *Gesammelte Schriften*, III, *Rechtsidee und Recht. Rechtsphilosophische und ideengeschichtliche Bemühungen aus fünf Jahnrhunderten*, Schwartz, Göttingen, 1960, p. 267.

"ordem material" capaz de ditar "conteudisticamente" as condições da ordem[132].

É o conceito de "instituto"[133] que pode servir para superar o nível da pura análise normativa: o instituto é, de fato, algo mais do que mero conjunto de normas: ele é animado por princípios próprios, é a expressão de uma ordem objetiva, de uma "lógica das coisas" que o juiz, o legislador ordinário, a assembléia constituinte são obrigados a respeitar. Se, em uma perspectiva "formalista", o jogo dos limites e dos controles cruzados deve, em certo ponto, deter-se para dar lugar ao inevitável arbítrio de uma "vontade" (se não do legislador ordinário, ao menos do superlegislador constituinte), então, quando se ultrapassam as fronteiras estreitas do normativismo, emergem princípios, valores, formas de vida coletiva (os "institutos") que dão, em relação ao despotismo do poder, aquela "garantia" última e indisponível que o formalismo, por sua natureza, é incapaz de fornecer.

A noção de "instituto" como vínculo "substancial" ao arbítrio do poder não é uma cogitação solitária de Kaufmann, mas, por um lado, é um fruto extremo da tradição historicista-organicista alemã, enquanto, por outro, remete (como o próprio Kaufmann nos adverte) a Maurice Hauriou e àquela noção de "instituição" que, de forma inovadora, o jurista francês tinha começado a esboçar já no início do século XIX.

Para Hauriou, a ordem jurídica deve ser compreendida no pano de fundo de uma interação social caracterizada pela formação continuada dos mais diversos grupos e associações. O termo "instituição" quer exatamente designar qualquer grupo social organizado, exigente e, ao mesmo tempo, protetor em relação aos seus membros, caracterizado por uma específica distribuição do poder no seu interior, capaz de perdurar no

---

132. E. Kaufmann, *L'uguaglianza dinanzi alla legge ai sensi dell'art. 109 della Costituzione del Reich* (1927), em E. Kaufmann, *Critica*, cit., p. 85. Cf. R. Miccù, *La controversia metodologica nella dottrina weimariana dello Stato*, em R. Miccù (organizado por), *Neokantismo e diritto nella lotta per Weimar*, E.S.I., Napoli, 1992, pp. 155 ss.

133. E. Kaufmann, *L'uguaglianza*, cit., pp. 88-9. Cf. E. Castrucci, *Tra organicismo e Rechtsidee*, cit., pp. 128-9.

tempo[134]: é no microcosmo sociojurídico da instituição que se criam as regras que determinam o ônus e as prerrogativas dos seus membros[135].

A instituição, não o Estado, é o fenômeno jurídico "originário": o Estado pressupõe (histórica e logicamente) um rico e variado tecido de instituições que condiciona o seu desenvolvimento e se mantém vivo e vital também na fase do seu máximo esplendor[136]. A fundamentação de Hauriou é "dualista" e se contrapõe explicitamente ao monismo "sociologista" de Léon Duguit, como também ao monismo "formalista" de Carré de Malberg ou de Kelsen. A ordem jurídica se sustenta sobre a constitutiva dualidade de "Estado" e "nação"; e a nação não existe apenas enquanto está encarnada no Estado (como pretende Carré de Malberg), mas ela mesma é uma realidade historicamente determinada, visível e operante, "um corpo social organizado"[137], "o conjunto das situações estabelecidas [...], que se solidarizam para servir como contrapeso ao governo e constituir um bloco"[138] dotado de uma própria autonomia e consistência jurídica.

São essas as coordenadas que, para Hauriou, definem o Estado de Direito: que deve ser fundado não na idéia da autolimitação, interna ainda ao dogma da onipotência do Estado, expressão ainda de um "monismo" incapaz de divisar alguma coisa fora do Estado, mas em uma "teoria do equilíbrio", que pensa a ordem como o resultado da interação entre o Estado e o tecido institucional ao qual ele não pode senão estar relacionado[139].

Certamente, Hauriou não subestima as recaídas "internas", "endoestatais", do Estado de Direito: apostando, de fato, na pluralidade dos órgãos e dos poderes, foi possível submeter a

---

134. M. Hauriou, *La science sociale traditionnelle*, Larose, Paris, 1896, pp. 314 ss. Cf. também M. Hauriou, *La Théorie de l'institution et de la fondation. (Essai de vitalisme social)* (1925), em M. Hauriou, *Aux sources du droit. Le pouvoir, l'ordre et la liberté*, Bloud & Gay, Paris, 1933, pp. 91 ss.

135. M. Hauriou, *Principes de droit public*, Sirey, Paris, 1910, pp. 128 ss.

136. Ibid., pp. 228 ss.

137. Ibid., p. 254.

138. Ibid., p. 461.

139. Ibid., pp. 72-3.

administração à lei e prover à criação de uma jurisdição administrativa. No entanto, já é mais difícil, mantendo-se fiel a essa perspectiva, conseguir pôr limites à legislação, mesmo que, para Hauriou, um exemplo interessante nesta direção seja dado pela legislação americana[140]. De qualquer modo, o ponto é que não se chega a uma solução definitiva e satisfatória a não ser saindo da mônada estatal e referindo-se à dinâmica das "instituições sociais".

Emergem então os sujeitos, os interesses, os grupos, as hierarquias e a formação gradual, na dinâmica viva das relações sociais, de "situações estabelecidas", de estruturas que o poder estatal pode disciplinar, coordenar, tutelar, mas não criar ou anular arbitrariamente[141]. Não é, portanto, da autolimitação do Estado que nasce a liberdade: para Hauriou, o direito e os direitos nascem do tecido institucional da sociedade que constitui, por um lado, a matriz originária do próprio Estado, e, por outro, o pólo obrigatório de referência da sua ação[142].

A "constituição política" extrai sentido e força da sua relação com a "constituição social": os próprios direitos individuais devem ser entendidos não como unilaterais concessões do Estado ou como atributos de uma absoluta e desvinculada subjetividade, mas como nervuras da sociedade, estruturas socionormativas, formas de relações intersubjetivas, exatamente como "instituições": é o conjunto desses *status* [posições], dessas "instituições jurídicas objetivas", que define a condição do indivíduo, o "statut" do cidadão francês[143].

É por meio do jogo combinado da iniciativa estatal e da espontânea germinação de formas institucionais que nasce aquele equilíbrio dinâmico no qual repousa a mais forte garantia de sucesso do Estado de Direito. Precisamente por essa razão, não é determinante que os direitos socialmente consolidados encontrem uma confirmação formal em uma constituição escrita, como demonstra, para Hauriou, o exemplo elo-

140. Ibid., pp. 75-7.

141. Ibid., pp. 78-80.

142. M. Hauriou, *Précis de droit constitutionnel*, Sirey, Paris, 1929, 2.ª ed. (1923 , 1.ª ed.), pp. 101-3.

143. Ibid., p. 613.

qüente da Grã-Bretanha; e, vice-versa, não é suficiente que em uma constituição escrita falte uma precisa enunciação das liberdades como, por exemplo, na constituição francesa de 1875, para que a ordem jurídica se torne de imediato "iliberal", exatamente porque, de novo, o Estado de Direito vive não tanto nas estruturas formais, quanto no equilíbrio que nasce da relação entre instituições sociais e intervenção estatal. Isso não elimina, porém, que a existência de uma constituição escrita seja, segundo Hauriou, um fato de segura relevância: para a França, a Declaração dos Direitos é importante não tanto pelos conteúdos "individualistas" que ela, filha do seu tempo, adota como próprios[144], quanto porque, uma vez assumida como norma superior à lei ordinária e favoravelmente fortalecida por um mecanismo de controle da constitucionalidade das leis, contribui notadamente para fortalecer o respeito das "instituições jurídicas objetivas"[145].

Embora os contextos sejam diversos, as elaborações e as preocupações de um Hauriou ou de um Kaufmann, o ponto de encontro e de convergência reside, portanto, em uma dúplice exigência "antiformalista": mostrar as insuficiências de uma definição puramente formal do Estado de Direito, encontrar uma medida do direito capaz de subtrair-se aos golpes de mão de uma política que, mantida sob controle no decorrer da "ordinária" atividade legislativa, pode vir à tona no "estado de exceção" da atividade constituinte. Mesmo considerando os dispositivos jurídico-institucionais – tanto os que já foram adquiridos, como a jurisdição administrativa, quanto a última margem, representada pelo controle de constitucionalidade das leis –, teme-se a sua insuficiência em deter, por si mesmos, a deriva "despótica" do soberano: volta a pairar o espectro de uma ordem jurídica "in-fundada", separada por uma "lógica das coisas", por uma estrutura inscrita na própria realidade das relações intersubjetivas, único baluarte contra a sempre ressurgente "excedência" do poder.

---

144. M. Hauriou, *Principes de droit public*, cit., p. 558.
145. M. Hauriou, *Précis de droit constitutionnel*, cit., pp. 611 ss.

É compreensível que essa preocupação se manifeste com insistência no debate weimariano, se pensarmos na contraditória, mas inovadora e corajosa tentativa que o constituinte de 1919 cumpre empenhando-se naquele processo de "constitucionalização" dos "direitos sociais", destinado a ser prosseguido e aprofundado pelas constituições do período posterior à Segunda Guerra Mundial; e se, para alguns, a constituição weimariana tinha se subtraído a uma "decisão" qualificante atolando-se em um compromisso estéril, para outros ela tinha, ao contrário, mostrado uma perigosa propensão "intervencionista" ameaçando, com uma longa série de "direitos sociais" nela acolhidos, o tradicional primado da liberdade e da propriedade.

Se, portanto, por um lado, o antiformalismo e o antikelsenismo dos anos 1920 se traduzem na busca de uma barreira ao poder constituinte, por outro, em uma perspectiva de algum modo oposta, a crítica ao formalismo kelseniano pode fixar-se não já nas brechas que este deixou abertas ao decisionismo do legislador (constituinte), mas nas preclusões demonstradas em relação ao papel criativo e impulsionante do poder.

Partindo dessa última perspectiva, Hermann Heller acusa Kelsen de querer construir uma espécie de doutrina do Estado sem Estado[146], colocando entre parênteses o momento da soberania, do poder, da decisão. Heller (que milita nas fileiras da socialdemocracia) pretende manter-se distante tanto do economicismo da ortodoxia marxista quanto do formalismo kelseniano, e vai em busca de uma teoria da soberania capaz de dar conta, ao mesmo tempo, das regras e da autoridade que as institui e as torna efetivas, sem cair no erro de tornar juridicamente "invisível" o momento do poder e da obediência[147]. Hel-

---

146. H. Heller, *La crisi della dottrina dello Stato* (1926), em H. Heller, *La sovranità ed altri scritti sulla dottrina del diritto e dello Stato*, organizado por P. Pasquino, Giuffrè, Milano, 1987, pp. 31 ss. Cf. também H. Heller, *Dottrina dello Stato*, organizado por U. Pomarici, E.S.I., Napoli, 1988, pp. 97 ss.

147. Ibid., pp. 95 ss. Cf. as observações de P. P. Portinaro, *Staatslehre und sozialistischer Dezisionismus. Randbemerkungen zu Hellers Rechts- und Staatstheorie*, em Ch. Müller, I. Staff (organizado por), *Der soziale Rechtsstaat. Gedächtnisschrift für Hermann Heller 1891-1933*, Nomos, Baden-Baden, 1984, pp. 573-84.

ler está disposto a usar Carl Schmitt contra Kelsen para reivindicar a existência de uma instância suprema de comando capaz "de decidir de modo definitivo e eficaz qualquer questão relativa à unidade do agir social coletivo sobre o território, eventualmente também contra o direito positivo, e de impor esta decisão a cada um"[148].

O titular da soberania, nos modernos ordenamentos constitucionais, é, para Heller, sem dúvida, o povo, centro de irradiação daquela rousseauniana "volonté générale" que sustenta e legitima todo o ordenamento[149]. É ao redor dessa forte e determinada vontade popular que se organiza a democracia, que, para Heller, deve ser concebida mantendo-se distante tanto da celebração schmittiana da homogeneidade e da absoluta unidade do povo, quanto do neutro proceduralismo kelseniano que a reconduz à instrumentação jurídico-formal do Estado de Direito constitucional. A democracia implica aceitação e compartilha de um núcleo de valores e de princípios fundamentais que não exclui, porém, a diferenciação das perspectivas e das estratégias, o pluralismo, o conflito, mesmo que regulado e dissolvido pela aceitação das regras comuns. Por conseguinte, o parlamentarismo não é a projeção institucional de compromissos eticamente "neutros" (como pretende Kelsen), nem o frágil disfarce (como acredita Schmitt) dos conflitos e dos acordos entre os partidos "totais": a sua "base histórico-espiritual" "não é crença na discussão pública como tal, mas a crença na existência de um fundamento de discussão comum"[150].

É partindo da capacidade de se reconhecer em um patrimônio comum de valores que depende, para Heller, a possibilidade de sair da crise weimariana, salvando e aprofundando as suas potencialidades democráticas; e é nesse contexto que o problema do Estado de Direito assume, para Heller, toda a sua pregnância histórica e política.

---

148. H. Heller, *La sovranità*, cit., p. 174.

149. Ibid., pp. 165-7.

150. H. Heller, *Democrazia politica e omogeneità sociale* (1928), em H. Heller, *Stato di diritto o dittatura? e altri scritti*, Editoriale Scientifica, Napoli, 1998, pp. 17-8.

A parábola histórica do Estado de Direito é animada, para Heller, pela exigência de conter o arbítrio do poder tornando previsíveis as conseqüências jurídicas da ação individual. Apostando no primado da lei e no princípio da divisão dos poderes, é possível introduzir dispositivos de controle – em primeiro lugar a jurisdição administrativa – funcionais ao objetivo perseguido, a tutela da liberdade e da propriedade individual. As tentativas recentes de exigir um maior controle, submetendo não apenas a administração, mas também o poder legislativo ou até mesmo o poder constituinte a um sistema de vínculos nascem, para Heller, dos temores por parte da burguesia, consciente de que os verdadeiros perigos para a liberdade provêm, hoje, propriamente da assembléia parlamentar, na qual (com a introdução do sufrágio universal e o advento dos partidos de massa) o proletariado atua, enfim, como protagonista.

É nesse ponto que se abre, para Heller, uma alternativa dramática. Uma possibilidade é que a burguesia, atemorizada pela imagem de uma democracia voluntarista e intervencionista, não se sinta mais suficientemente tutelada pelos procedimentos formais do Estado de Direito e se lance nos braços de "um neofeudalismo irracionalista"[151], se refugie no culto do "homem forte" abandonando, ao mesmo tempo, a democracia e a "nomocracia", o parlamentarismo e o Estado de Direito. Uma diversa possibilidade – o único caminho que, para Heller, pode salvar o Estado de Direito, de outra forma condenado à impotência – se perfila somente sob a condição de repensar a fundo a tradição oitocentista do Estado de Direito e de reconhecer que o objetivo por ela perseguido – a defesa da esfera jurídica individual contra a intrusão arbitrária do poder – realiza uma condição necessária, mas não suficiente da ordem. Atualizar o Estado de Direito e colocá-lo em sintonia com as exigências do presente significa, para Heller, livrar a representação dos direitos das suas originárias hipotecas individualistas[152] e, portanto, transformar o Estado de Direito da

151. H. Heller, *Stato di diritto o dittatura?* (1928), em H. Heller, *Stato di diritto*, cit., p. 51.

152. H. Heller, *Grundrechte und Grundpflichten* (1924), em id., *Gesammelte Schriften*, II, *Recht, Staat, Macht*, Sijthoff , Leiden, 1971, pp. 284 ss.

tradição, concentrado na defesa da propriedade e da liberdade, no "Wohlfahrtsstaat" democrático-social, no Estado de Direito social[153]. Somente abrindo o Estado de Direito às novas realidades da "democracia social", somente vinculando-o funcionalmente a direitos não identificáveis com a "clássica" hendíade "liberdade e propriedade", o Estado de Direito pode renascer das suas cinzas e se tornar o caminho de uma nova legitimidade.

Com a reflexão (principalmente alemã e francesa) dos anos 1920 pode-se dizer virtualmente concluída aquela parábola do Estado de Direito, que tivera a sua "pré-história" no reformismo setecentista e a sua plena afirmação na juspublicística européia do amadurecido século XIX.

Os pontos-chave do "novo curso" do Estado de Direito são, em síntese, os seguintes.

Em primeiro lugar, a *Stufenbautheorie* kelseniana, determinando a relação hierárquica entre lei e constituição, contribui para demolir o dogma da "absoluta" soberania parlamentar (um dogma compartilhado no século XIX pelas principais tradições jurídicas européias), permite submeter a vínculos jurídicos a atividade legislativa, tornando-a jurisdicionalmente controlável (diminuindo desse ponto de vista a distância, até aquele momento notável, entre a tradição européia continental e o constitucionalismo americano). Se, portanto, por um lado, se introduz na história do Estado de Direito (graças à contribuição kelseniana, pioneira e por muito tempo relativamente apartada) um momento de radical descontinuidade devido à presença nova e determinante do "momento constitucional", por outro, com Kelsen, o Estado de Direito desenvolve até o fundo aquela instância de integral "juridicização" do

---

153. Ibid., p. 291. Cf. W. Schluchter, *Entscheidung für den sozialen Rechtsstaat. Hermann Heller und die staatstheoretische Diskussion in der weimarer Republik*, Nomos, Baden-Baden, 1983, 2.ª ed.; I. Staff, *Forme di integrazione sociale nella Costituzione di Weimar*, em G. Gozzi, P. Schiera (organizado por), *Crisi istituzionale e teoria dello Stato*, cit., pp. 11-50. Também Neumann fala da "construção de um Estado social de Direito" (F. L. Neumann, *Il significato sociale dei diritti fondamentali nella costituzione di Weimar* [1930], em F. L. Neumann, *Il diritto del lavoro fra democrazia e dittatura*, il Mulino, Bologna, 1983, p. 134).

ordenamento que, mesmo presente no seu genoma, tinha apenas se desenvolvido de modo imperfeito dentro das fronteiras da juspublicística oitocentista.

O dispositivo teórico empregado por Kelsen na sua brilhante operação é a tese que nega a "realidade" do Estado identificando-o com o ordenamento jurídico: por essa via, Kelsen cessa de propor uma solução interna para a famosa aporia (o oximoro de um Estado absolutamente soberano e ao mesmo tempo juridicamente vinculado) e demonstra, ao contrário, a inconsistência da mesma decapitando um dos termos da oposição. É nesse ponto que emerge, porém, um segundo ponto-chave do debate sobre o Estado de Direito: é precisamente o intransigente normativismo kelseniano que surge como o calcanhar-de-aquiles de um Estado de Direito que quer se oferecer como freio "definitivo" ao poder do soberano. A mera e formal "hierarquia das normas" irá parecer então como uma arma despontada diante de um poder que, mantido sob controle, em uma zona do ordenamento, volta, de qualquer modo, a mostrar a sua "excedência" em um nível hierarquicamente superior e não pode ser realmente contido até que não se realize um salto da forma ao conteúdo, das normas às estruturas sociais, aos "institutos", às "instituições", aos princípios fundadores.

Em terceiro lugar, mudam alguns aspectos da relação que liga o Estado de Direito com os direitos dos sujeitos. Com Heller e Neumann, o Estado de Direito mantém uma ligação privilegiada com uma nova classe de direitos (os direitos que podemos enfim chamar de "sociais"), que consagram juridicamente a pretensão de uma intervenção "positiva" do Estado em relação aos sujeitos. Permanece, de qualquer modo, confirmado um traço característico do Estado de Direito em todo o curso da sua parábola: a sua destinação funcional, "garantista", a posição de vantagem que ele pretende oferecer aos indivíduos e que, muitas vezes, se traduz em um preciso leque de direitos. Se, contudo, na tradição oitocentista, o Estado de Direito se declara essencialmente fadado à tutela da liberdade e da propriedade, na fórmula helleriana, ao contrário, o Estado de Direito, tornado Estado de Direito social, se vincula funcionalmente com uma classe de direitos que amplia e complica notadamente a sua destinação originária.

Em quarto lugar, perfila-se com inusitada clareza (ainda no lúcido testemunho de Heller) a possibilidade (não-remota ou hipotética, mas concreta e decisiva) de um completo esgotamento das razões histórico-políticas do Estado de Direito, inerte diante de uma crise que parece exigir uma radical "transvaloração" de qualquer estorvo "nomocrático" e formalista.

9. "Estado de Direito", "Estado de justiça", "Estado ético"

A "ditadura" que Heller temia iria se realizar em seguida na Alemanha de uma forma muito mais complexa e incisiva do que ele mesmo pudesse imaginar, enquanto na Itália a ditadura já tinha dado ao jurista alemão o exemplo de uma solução "antiparlamentar" da crise do Estado liberal-democrático. Certamente, não estamos diante de experiências homogêneas e intercambiáveis: os regimes que, nos anos 1920 e 30, dominam o cenário italiano e alemão fornecem, para a análise histórico-comparada, um quadro complexo e variado de analogias e diferenças. Um fato inegável (mesmo que tosco e elementar) é a idiossincrasia, compartilhada por ambos os regimes, em relação à tradição (ou às tradições) reconduzíveis ao "liberalismo" e à "democracia": seria, contudo, imprudente deduzir, apressadamente, deste fato que, tanto na Alemanha como na Itália, se avança na mesma execução sumária (ou sacrifício ritual) da fórmula do Estado de Direito.

Na Alemanha, nos anos imediatamente posteriores ao advento, em 1933, do novo regime, o Estado de Direito está no centro de uma áspera polêmica entre juristas[154]. No entanto, tal polêmica deve ser interpretada sem esquecer o fato de que, nos conflitos de poder que marcam em profundidade a vida do regime nacional-socialista, se tende a exarcebar (ou a inventar) diferenciações ideológicas, na realidade, modestas (ou

---

154. Cf. P. Caldwell, *National Socialism and Constitutional Law: Carl Schmitt, Otto Koellreutter and the Debate over the Nature of the Nazi State 1933-37*, em "Cardozo Law Review", 16 (1994), pp. 399-427; M. Stolleis, *Geschichte des öffentlichen Rechts in Deutschland*, III, *Staats- und Verwaltungsrechts-wissenschaft in Republik und Diktatur 1914-1945*, Beck, München, 1999, pp. 316 ss.

inexistentes), para usá-las como instrumentos de liquidação do adversário.

Para tornar "atual" o argumento do Estado de Direito no início da aventura nacional-socialista concorrem variadas circunstâncias: por um lado, o confronto com a célebre fórmula permite que os protagonistas do debate possam acertar as contas com a tradição liberal-constitucional e precisar o próprio credo político, ao passo que, por outro, os mesmos artífices da "revolução" nacional-socialista, no delicado momento de transição para uma nova ordem política, atribuem ao termo "Rechtsstaat" uma função tranqüilizadora em relação às classes e aos intelectuais mais ligados à tradição.

Para os juristas de antiga ou recente crença nacional-socialista, o Estado de Direito torna-se um útil bode expiatório para atacar o "liberalismo" do qual se acredita que o tema seja historicamente dependente: nem para todos, porém, o destino do "Rechtsstaat" está automaticamente marcado pela liquidação do liberalismo, e é precisamente acerca da possibilidade de utilizar, na nova Alemanha nacional-socialista, a noção (e o "símbolo") do Estado de Direito que se abre um debate entre muitos interlocutores, dominado, de qualquer modo, por dois juristas que lutam pela conquista de uma posição proeminente no organograma do novo regime: Otto Koellreutter e Carl Schmitt.

Mesmo que Koellreutter milite há muito tempo nas fileiras dos nacionais-socialistas, enquanto Schmitt tem atrás de si uma história mais complexa e atormentada, ambos interpretam de modo análogo e valorizam o "Gesetz zur Behebung der Not von Volk und Reich" de 24 de março de 1933[155], que confere ao governo o poder de emanar leis e também de introduzir mudanças constitucionais: para ambos os juristas é a partir desse momento que, mesmo sem uma revogação formal da constituição weimariana, a velha ordem perde a sua força e começa um regime fundado no *Führertum* e no *Volk*.

Em 1933, Koellreutter delonga-se sobre esses conceitos, mostrando como o nacional-socialismo, diferentemente do

155. Cf. C. Schmitt, *Das Gesetz zur Behebung der Not von Volk und Reich*, em "Deutsche Juristen-Zeitung", 38 (1933), pp. 455-8.

fascismo que se baseia sobretudo no Estado, faz ao apelo ao *Volk* (unidade de sangue, de raça, realidade homogênea caracterizada por uma específica identidade biológica e territorial) e ao *Führer*, que interpreta as suas exigências profundas: fundado sobre o nexo entre *Führer* e *Volk*, o regime nacional-socialista encontra, portanto, no termo *Führerstaat* a designação mais pertinente[156]. Ainda em 1933 Schmitt começa a sua carreira de "jurista do Reich"[157], publicando *Staat, Bewegung, Volk*[158], no qual as suas anteriores simpatias ou nostalgias pelo Estado forte, independente, separado da sociedade (o "Estado total" em sentido qualitativo[159]) são substituídas por uma "tríade" que, embora mantenha ainda no seu interior a referência ao Estado, apresenta o mesmo como órgão de um processo que encontra no "movimento" o seu elemento vital e propulsor e no *Führer* o seu intérprete e garante. Para ambos os juristas, portanto, o novo Estado é um *Führerstaat* que não exprime senão a força de um povo cuja característica fundamental deve ser considerada a "Artgleichheit": a igualdade qualitativa, a homogeneidade que nasce da comunhão do sangue e da raça"[160].

Se, portanto, em torno dos princípios fundamentais do novo regime não parecem existir diferenças decisivas entre os dois juristas, é precisamente o Estado de Direito que se propõe como *casus belli*. Para Koellreutter, a passagem daquilo que o juspublicista Gustav Adolf Walz chamava de "Zwischenverfassung"[161] (a imbele, impotente constituição weimariana)

---

156. O. Koellreutter, *Grundriss der allgemeinen Staatslehre*, Mohr (Paul Siebeck), Tübingen, 1933, pp. 163-4.

157. Cf. C. Galli, *Genealogia della politica. Carl Schmitt e la crisi del pensiero politico moderno*, il Mulino, Bologna, 1996, pp. 840 ss.

158. C. Schmitt, *Staat, Bewegung, Volk. Die Dreigliederung der politischen Einheit*, Anseatische Verlagsanstalt, Hamburg, 1933.

159. Cf. C. Schmitt, *Weiterentwicklung des totalen Staats in Deutschland* (1931), em C. Schmitt, *Verfassungsrechtliche Aufsätze aus den Jahren 1924-1954. Materialien zu einer Verfassungslehre*, Duncker & Humblot, Berlin, 1985, p. 360. Cf. G. Preterossi, *Carl Schmitt e la tradizione moderna*, Laterza, Roma-Bari, 1996, pp. 107 ss.

160. C. Schmitt, *Staat, Bewegung, Volk*, cit., p. 42; O. Koellreutter, *Grundriss*, cit., p. 54.

161. G. A. Walz, *Das Ende der Zwischenverfassung*, Kohlhammer, Stuttgart, 1933.

à nova ordem nacional-socialista é a transformação do antigo, liberal Estado de Direito no novo Estado de Direito que ele chama de "nacional". O novo Estado de Direito rescindiu qualquer vínculo com o velho mundo do individualismo liberal: se o Estado de Direito da tradição é função do indivíduo e dos seus direitos, o Estado de Direito "nacional" assume, ao contrário, como ponto de referência, a vida do povo. Que, porém, a nova ordem possa ser caracterizada como um "Rechtsstaat" é demonstrado pelo fato de que nela mantêm a sua importância, segundo Koellreutter, as leis gerais e a independência dos juízes[162]. Permanece firme, de qualquer modo, que também esses elementos estão funcionalmente ligados não ao indivíduo, mas ao povo, e podem ser suspendidos quando o estado de necessidade assim o exigir: aquela *salus populi* [a salvação do povo] da qual a mesma lei de 1933 deduz a sua legimitação[163].

Schmitt, por sua vez, não exclui o fato de que leis gerais e juízes independentes continuem a existir na ordem nacional-socialista, mas acrescenta que qualquer aspecto do novo regime deve ser reconduzido à sua lógica global, levando em conta que, nele, a igualdade não tem mais um caráter meramente formal e que as leis vigentes (mesmo as leis promulgadas antes de 1933 e ainda não revogadas) devem ser interpretadas à luz dos princípios nacionais-socialistas[164]. E é exatamente como conotação global do novo regime que, para Schmitt, a noção de Estado de Direito parece inadequada.

"Estado de Direito" é uma expressão recente, oitocentista. Ela nasce – lembra-nos Schmitt – como expressão de uma antropologia, de uma metafísica, de uma política genuinamente liberais: "Estado de Direito" se contrapõe, por um lado, ao "Estado cristão", para valorizar uma legitimação puramente secular, genericamente "humana", da ordem política e, por outro, ao Estado hegeliano, para pôr em evidência o nexo funcional que deve vincular o soberano ao indivíduo. Contrariamente a essa conotação ideologicamente forte do Estado de

---

162. O. Koellreutter, *Grundriss*, cit., pp. 108-9 e 255-6.

163. Cf. O. Koellreutter, *Der nationale Rechtsstaat*, em "Deutsche Juristen-Zeitung", 38 (1933), pp. 517-24.

164. C. Schmitt, *Nationalsozialismus und Rechtsstaat*, em "Juristische Wochenschrift", 63 (1934), pp. 716-8.

Direito, desenvolveu-se depois, a partir de Stahl, uma diversa formulação do conceito, orientada para a sua "neutralização e tecnicização": nessa perspectiva, é necessário apenas que o Estado de Direito esteja "submetido ao direito", seja qual for o objetivo por ele perseguido, ao passo que o direito se reduz a uma mera forma, adaptável a qualquer conteúdo[165].

Ora, a idéia de um Estado que o formalismo normativista torna exangue, ética e teleologicamente indiferente, é, para Schmitt, incompatível com a visão nacional-socialista da ordem "concreta", fundada na hendíade "Blut und Boden"[166]. O Estado de Direito, compreendido na sua precisa destinação de sentido, parece indissociável do relativismo e do agnosticismo que o resolveu em um "Gesetzesstaat", em um "Estado legislativo", em um Estado formalisticamente identificado com o jogo estéril da "posição" e da "aplicação" das normas[167]. Enquanto "Estado legislativo", o Estado de Direito é irredutível ao Estado nacional-socialista[168] para o qual Gustav Adolf Walz cunhou a feliz fórmula de "völkischer Führerstaat": admitindo, ele também, a existência de leis gerais e de juízes que as aplicam, mas insistindo sobre o seu valor instrumental, a partir do momento que o coração da nova ordem é um povo que não é, de modo algum, uma massa heterogênea e "plural", mas um "artgleicher deutscher Volk" que encontra no "Führerstaat" a sua expressão natural[169].

---

165. C. Schmitt, *Was bedeutet der Streit um den 'Rechtsstaat'?*, em C. Schmitt, *Staat, Grossraum, Nomos. Arbeiten aus den Jahren 1916-1969*, organizado por G. Maschke, Duncker & Humblot, Berlin, 1995, pp. 123-5.

166. Ibid., p. 126.

167. Também o aluno de Schmitt, Forsthoff, em sua resenha de *Der deutsche Führerstaat di Koellreutter*, sustenta a impossibilidade de separar o Estado de Direito da sua matriz liberal; cf. "Juristische Wochenschrift", 62 (1934), p. 538. A resposta de Koellreutter está contida no seu *Das Verwaltungsrecht im nationalsozialistischen Staat*, em "Deutsche Juristen-Zeitung", 39 (1934), pp. 626-8. Cf. também as observações de H. Helfritz, *Rechtsstaat und nationalsozialistischer Staat*, em "Deutsche Juristen-Zeitung", 39, 1934, pp. 425-33.

168. C. Schmitt, *Nationalsozialismus und Rechtsstaat*, cit., pp. 714-5; C. Schmitt, *Der Rechtsstaat*, em H. Frank (organizado por), *National-sozialistisches Handbuch für Recht und Gesetzgebung*, NSDAP, München, 1935, pp. 5-6.

169. G. A. Walz, *Autoritärer Staat, nationaler Rechtsstaat oder völkischer Führerstaat?*, em "Deutsche Juristen-Zeitung", 38 (1933), pp. 1338-40.

Dado o seu caráter congenitamente "formalista", a fórmula Estado de Direito não pode, portanto, ser empregada para caracterizar propriamente o novo *Führerstaat*. Resolvida histórica e conceitualmente em "Estado legislativo", essa fórmula se opõe a um outro tipo de Estado que pode ser invocado mais precisamente para caracterizar o regime nacional-socialista: o "Estado de justiça". Não se deve cair na armadilha dos liberais, que gostariam que se acreditasse que, em torno do "Rechtsstaat", se joga a alternativa entre "Recht" e "Unrecht", entre direito e não-direito, entre justiça e injustiça. Ao contrário, o Estado de Direito, resolvido em "Estado legislativo", livra-se da "justiça" fazendo da mesma uma questão de regularidade, de conformidade à lei. Cite-se o exemplo do setor penal, no qual a "justiça" reclama a punição do culpado ("nullum crimen sine poena") [não há crime sem pena], ao passo que o formalismo se abandona à máxima vazia, segundo a qual "nulla poena sine lege" [não há pena sem lei]. Se, portanto, o "Estado legislativo" se adapta ao vago ceticismo liberal, é, eventualmente, o "Estado de justiça" a característica referente à "ordem concreta" do povo[170].

É com base nessa asserção que Schmitt deduz, coerentemente, a legitimação da "Noite dos Longos Punhais", a eliminação dos chefes das SA [Seções de Assalto]: diante do perigo supremo, o chefe age como juiz supremo. Se o formalismo do Estado de Direito levou a nação alemã à ruína – o liberalismo usa as garantias constitucionais para proteger os culpados de alta traição –, a justiça concreta do *Führer* salva a nação. Certamente, também na tradição jurídica liberal, como Schmitt não deixa de lembrar, estava inscrita a possibilidade de suspender as garantias em nome da necessidade "excepcional". No novo regime, porém, a necessidade intervém como momento não já de suspensão, mas de revelação do direito: Hitler não agiu, como o ditador republicano, "em um espaço juridicamente vazio" para enfrentar uma contingência excepcional, superada, a qual volta ao auge o formalismo do Estado de Direito; a sua ação, ao contrário, foi um autêntico ato de justiça: a sua juris-

170. C. Schmitt, *Nationalsozialismus und Rechtsstaat*, cit., pp. 713-4.

dição deita raízes na fonte do direito, o povo, e em extrema necessidade o *Führer* é o juiz supremo e o caminho último da realização do direito[171].

Logo a seguir, a discussão sobre o Estado de Direito iria se apagar porque, enfim, ela era inútil para um regime que não tinha mais nenhum interesse em manter de pé uma ponte mesmo frágil com o passado. Parecem, de qualquer modo, claros e significativos os termos da contenda. Se a fórmula do Estado de Direito tinha expressado até aquele momento a tentativa de usar o direito (por meio de uma refinada instrumentação técnica) como instrumento de contenção e de controle do poder, tornando previsível e "regular" sua ação, agora ela, para ser acolhida no Olimpo dos conceitos nacionais-socialistas, deve colocar em termos invertidos o nexo entre poder e direito: é o poder (o poder por definição "excepcional" do *Führer*) que usa o direito em função da *salus populi* [salvação do povo]. Nasce aqui a relevância atribuída ao "estado de necessidade". Trata-se, certamente, de um antigo instrumento da tradição jurídica, já invocado pelos jacobinos para justificar a suspensão da constituição[172] e jamais esquecido pela juspublicística liberal[173]: com o novo regime, porém, a "regra" passa a ser um momento interno da "exceção", e não o contrário. É o poder que domina a cena e decide com base em considerações de oportunidade destinadas a prevalecer (não excepcionalmente, mas "estruturalmente") sobre as regras: estas podem desempenhar ainda uma função útil, desde que permaneça indiscutível a sua função "subalterna" e a sua destinação à disciplina de relações politicamente "secundárias". A solução "conservadora" de Koellreutter está no fundo (involuntariamente) próxima do agudo diagnóstico fraenkeliano do "duplo Estado"[174]: um Estado – típico do regime nacional-socialista –

---

171. C. Schmitt, *Der Führer schützt das Recht* (1934), em C. Schmitt, *Positionen und Begriffe im Kampf mit Weimar, Genf, Versailles 1923-1939*, Duncker & Humblot, Berlin, 1988, pp. 200-1.

172. Ver supra, § 3.

173. Ver supra, § 5, o exemplo de Jhering.

174. Cf. E. Fraenkel, *Il doppio Stato. Contributo alla teoria della dittatura*, Einaudi, Torino, 1983. Ibid. as observações de N. Bobbio, *Introduzione*, pp. IX-XXIX.

no qual o nível "alto" da política irrefreável e incontrolável se superpõe ao nível "baixo" da "normalidade" (do desenvolvimento "segundo regras") das relações privadas e econômicas.

O jogo da norma e da exceção, do direito e da necessidade não é uma prerrogativa da discussão alemã sobre o Estado de Direito, mas já tinha sido proposto (em termos análogos e simultaneamente diversos) na Itália fascista[175]. É o próprio Schmitt que faz notar como, tanto na Itália como na Alemanha, no momento de crise e de "superação" do liberalismo, a atenção se concentrara sobre o Estado de Direito: a qualidade das intervenções fora mais elevada na Itália, como, a seu ver, está demonstrado por um livro de Sergio Panunzio, publicado em 1921 e dedicado exatamente ao Estado de Direito[176].

Panunzio, com efeito, delineia precoce e claramente uma elaboração que, com muitas variações, continuará a ser cultivada durante os vinte anos do regime fascista. A intenção de Panunzio é não demolir o Estado de Direito, mas tão-somente limitar o seu alcance, demonstrando a insuficiência deste em esgotar, por si só, todo o fenômeno da estatalidade. O sistema das normas, dos vínculos, dos controles é importante, desde que se tenha consciência do âmbito da sua aplicação: o Estado de Direito vale essencialmente para a coexistência "contratual" dos indivíduos e pressupõe uma ordinária e tranqüila cotidianidade. A história, porém, é muito mais exigente: eclode o estado de exceção, do qual a guerra é o exemplo emblemático; não serve então "a lógica "ordinária" do Estado de Direito, "todo critério jurídico é superado" e quem assume para a si responsabilidade do momento supremo é o Herói, a personalidade excepcional que interpreta as exigências "profundas" da nação "acima de qualquer limite e critério jurídico". Cessa o Estado de Direito e sucede-lhe o "Estado ético", "como entidade histórica e como pessoa em si e para si, que é o próprio Espírito"[177].

---

175. Para uma documentação mais ampla, permito-me remeter a propósito a P. Costa, *Lo 'Stato totalitario': un campo semantico nella giuspubblicistica del fascismo*, em "Quaderni fiorentini", 28 (1999), pp. 61-174.

176. C. Schmitt, *Was bedeutet der Streit*, cit., p. 121.

177. S. Panunzio, *Lo Stato di diritto*, Il Solco, Città di Castello, 1921, pp. 156-9.

O Estado de Direito não é anulado: é colocado apenas em nível mais baixo na hierarquia dos conceitos jurídicos fundamentais e deve acertar as contas com uma outra dimensão, diversa e determinante, da estatalidade, o "Estado ético", o Estado como ação, dinamismo, projeção para o futuro, realização da comunidade nacional e, como tal, irredutível ao comedimento kantiano das liberdades (privadas)[178]. Muda, portanto, na perspectiva do "Estado ético", o nexo "individualista" que o Estado de Direito da tradição liberal tinha mantido com os sujeitos, assumidos como destinatários da ação do Estado e do sistema dos limites oponíveis a ela. O sujeito (para Giovanni Gentile, Felice Battaglia e Arnaldo Volpicelli) é certamente o protagonista do processo político: mas o sujeito não é o indivíduo egoísta, o indivíduo "empírico", a "pessoa" dos juristas, o centro abstrato de imputação de direitos e deveres imutáveis, mas é a subjetividade subjacente a toda diversa e superficial individualidade, o sujeito que descobre a si mesmo como "autoconsciência", "supera a sua imediaticidade" e "conhece a sua essência"[179]. Como organização total da vida humana na concreta forma do *ethos*, o Estado, para Battaglia, não se presta, portanto, como pretende Panunzio, a ser distinguido em "Estado de Direito" e "Estado ético": o Estado é totalmente ético, no sentido de que todo o processo de constituição da soberania "se funda no sujeito enquanto ele se torna cidadão", "enquanto colhe em si mesmo, *in interiore homine* [no interior do homem], a raiz do Estado[180].

A coexistência de "Estado de Direito" e de "Estado ético" não é sempre fácil e indolor, e não faltam na publicística fascis-

178. Cf. U. Redanò, *Lo Stato etico*, Vallecchi, Firenze, 1927. Cf. também a resenha de C. Curcio, em "Rivista internazionale di filosofia del diritto", 7 (1928), pp. 102-4.

179. F. Battaglia, *Dall'individuo allo Stato* (1932), em F. Battaglia, *Scritti di teoria dello Stato*, Giuffrè, Milano, 1939, pp. 48-51.

180. F. Battaglia, *La concezione speculativa dello Stato* (1935), em F. Battaglia, *Scritti*, cit., pp. 164-5. Cf. também para análogas considerações, por exemplo, A. Volpicelli, *Lo Stato e l'etica. Nuove osservazioni polemiche*, em "Nuovi studi di diritto, economia e politica", 4 (1931), pp. 163-75; G. Gentile, *Il concetto dello Stato in Hegel*, em "Nuovi studi di diritto, economia e politica", 4 (1931), pp. 321-32.

ta vozes duramente críticas em relação à adoção de uma fórmula intrinsecamente "individualista": basta citar o exemplo de Giuseppe Maggiore, que, atento aos desenvolvimentos da ideologia nacional-socialista, ataca o princípio de legalidade no direito penal, invoca o chefe como realização da consciência popular e fonte de todo direito[181] e desenvolve até as últimas conseqüências aquela crítica dos direitos públicos subjetivos (e da subjacente antropologia "individualista") que ele, já antes do fascismo, tinha elaborado opondo o indivíduo ao Estado: apresentando o Estado como o ato originário, a objetivação de si mesmo na história da consciência do Sujeito, "o sujeito universal, o Uno que se dialetiza na oposição de súdito e soberano"[182]. O indivíduo não tem consistência autônoma, é inconcebível como tal, visto que "é o Todo como subjetividade universal que confere a ele valor e significado"[183]. Os indivíduos e os seus direitos não contam: valem a totalidade e a força do Estado, uma força que é "a mesma energia imanente do processo jurídico: o ato do direito por excelência"[184].

Não faltam, portanto, testemunhos nitidamente contrários à sobrevivência da fórmula do Estado de Direito na cultura jurídica do regime. A estratégia mais difundida é, porém, diversa e, em vez de reivindicar uma ruptura frontal com a tradição juspublicística, acentua a sua já pronunciada vocação centrada no Estado e faz apelo ao protagonismo do Estado e à sua "absoluta" soberania. O Estado se determina livre e soberanamente através do direito, e os direitos brotam da organização jurídica do Estado. A lei não é "um comando unilateral imposto ao súdito", mas é uma ordem que o Estado dirige a si mesmo no desenrolar "contínuo e insubstituível da sua organização e avanço jurídico". O Estado existe enquanto se organiza ao pôr a lei: "em virtude do *ato legislativo* no qual o Estado *realmente* consiste, ele [...] se organiza e se constitui como

181. G. Maggiore, *Diritto penale totalitario nello Stato totalitario*, Cedam, Padova, 1939 (extraído da "Rivista italiana di diritto penale", 11 (1939), pp. 20 ss.).

182. G. Maggiore, *Il diritto e il suo processo ideale*, Fiorenza, Palermo, 1916, pp. 107-10.

183. Ibid., pp. 101-2.

184. Ibid., p. 113.

entidade jurídica"[185]. Diante dele não existem direitos pré-estatais e "princípios imortais": não se pode conceber uma "externa limitação jurídica da soberania"[186], que encontra como vínculo único e próprio (e como próprio fundamento não indagável) a história e a sua criativa, ininterrupta processualidade.

Os nexos com a tradição juspublicística oitocentista são evidentes: o Estado de Direito denota o Estado que existe e se realiza através do direito, em uma perspectiva que, partindo da já longínqua filosofia jurídica de Stahl, encontra numerosas reformulações também na cultura jurídica italiana pré-fascista[187] e se resolve, muitas vezes, na afirmação de que o "novo constitucionalismo" deve rejeitar qualquer "concepção atomista do indivíduo" e qualquer absolutização dos seus direitos, mas não pode se eximir de dar uma definição jurídica das relações entre o indivíduo e o Estado[188]. A estratégia mais freqüente está, portanto, inspirada na tentativa de "desideologizar" o Estado de Direito, de livrá-lo das incrustações liberal-constitucionais e de identificá-lo (*à la* Stahl) com o caráter "normatizado", jurídico, de qualquer manifestação de vontade do Estado. O Estado pode desvencilhar-se de qualquer norma, mas não pode prescindir de um ordenamento jurídico, de um sistema normativo, que torne "regular" e ordenada a sua vontade; o Estado não encontra limites à sua vontade e pode mudar o ordenamento a seu bel-prazer, mas deve acertar as contas com a história, com "as exigências da consciência popular"[189]. Se ele pode ser obrigado a limitar a liberdade em função do interesse público, isso não ocorrerá "jamais pelo arbítrio dos governantes", mas "mediante um comando geral que é o da lei"[190].

---

185. A. Volpicelli, *Vittorio Emanuele Orlando*, em "Nuovi studi di diritto, economia e politica", 1 (1927-28), p. 194.

186. Ibid., p. 202.

187. Cf. por exemplo A. Falchi, *I fini dello Stato e la funzione del potere* (1914), em A. Falchi, *Lo Stato collettività. Saggi*, Giuffrè, Milano, 1963, p. 97.

188. C. A. Biggini, *La legislazione costituzionale nel nuovo diritto pubblico italiano*, Arti Grafiche, Ravenna, 1931, pp. 156-7.

189. O. Ranelletti, *Istituzioni di diritto pubblico. Il nuovo diritto pubblico italiano*, Cedam, Padova, 1929, p. 30. Cf. também B. Brugi, *I così detti limiti dei diritti subiettivi e lo Stato*, em "Lo Stato", 2 (1931), pp. 699-707.

190. F. Ercole, *Lo Stato fascista corporativo*, Ed. del G.U.F., Palermo, 1930, p. 17. Nessa perspectiva, o Estado fascista pode ser apresentado como a fase

Redefinir o Estado de Direito, para a cultura jurídica fascista, significa, em síntese, manter firmes os seguintes pontos: em primeiro lugar, é preciso definir o Estado de Direito como um Estado cuja vontade se expressa na forma do direito, permanecendo em aberto os conteúdos das decisões e a extensão da sua intervenção; cai, por conseguinte, como inaceitável escória "individualista" da tradição oitocentista, o nexo funcional entre Estado e sujeito; em segundo lugar, é preciso entender o Estado de Direito como uma fórmula que tem a ver não com a constituição, mas com a administração, e sugere aquela idéia de "justiça na administração" em relação à qual o regime não nutre restrições insuperáveis; em terceiro lugar, é preciso ter em mente que o Estado de Direito supõe uma nítida distinção entre as relações "privadas" e a esfera pública; e essa distinção, mesmo não coincidindo totalmente com o "duplo Estado" nacional-socialista, visto o diverso relevo atribuído pelo fascismo à lei e ao caráter "normatizado" da vontade do Estado, postula, de qualquer modo, a idéia de uma política "absoluta" que encontra no Estado a sua principal personificação.

10. O Estado de Direito social e os seus críticos: o período após a Segunda Guerra Mundial

Se o nacional-socialismo chega a liquidar rapidamente o Estado de Direito, ao passo que o fascismo tende a conservá-lo como momento interno e "inferior" da absoluta, ética realidade do Estado, ambos, de qualquer modo, devem manejar

mais elevada e conclusiva da parábola do Estado de Direito, visto que o fascismo estendeu o domínio do direito a áreas, tais como as relações de trabalho, que foram deixadas juridicamente "desguarnecidas" pela civilização liberal. Cf., por exemplo, F. Battaglia, *Le carte dei diritti,* em "Archivio di studi corporativi", 5 (1934), pp. 154 ss. Renato Treves (em um ensaio publicado durante o seu exílio na Argentina) afirma o caráter verbalista da noção fascista de Estado de Direito. Uma réplica em F. Battaglia, *Ancora sullo Stato di diritto,* em "Rivista internazionale di filosofia del diritto", 25 (1948), pp. 164-71. Cf. também R. Treves, *Stato di diritto e Stato totalitario,* em *Studi in onore di G.M. De Francesco,* Giuffrè, Milano, 1957, vol. II, pp. 51-69; C. Treves, *Considerazioni sullo Stato di diritto,* em *Studi in onore di E. Crosa,* Giuffrè, Milano, 1960, vol. I, pp. 1594-5.

com cuidado aquela noção tratando de rescindir as múltiplas conexões que a ligam, genética e conceitualmente, à tradição do liberalismo oitocentista. É compreensível, portanto, que, já no período extremo do regime fascista e em seguida com renovado vigor após a sua queda, quando se torna peremptória a exigência de construir uma ordem alternativa, parecesse essencial recorrer àqueles princípios de legalidade e de certeza do direito tradicionalmente compreendidos no interior da fórmula do Estado de Direito.

Um importante indício ou presságio dessa exigência é dado pelo livro de um jovem filósofo italiano, Flavio Lopez de Oñate, dedicado ao problema da "certeza do direito". Explícito testemunho de uma "crise" difusa e crescente[191], a obra de Lopez de Oñate quer aventar também uma hipótese de solução assumindo como ponto firme a centralidade da lei. É da lei que nasce a possibilidade de prever as conseqüências jurídicas das ações individuais: somente se o direito mantém a sua objetiva e inalterável consistência, somente se não muda arbitrariamente conforme as contigências do momento, ele se dá como "coordenação objetiva da ação"[192] e fornece ao indivíduo a segurança que lhe é necessária.

O princípio de legalidade que Lopez de Oñate emprega como ato de acusação em relação a um regime já em crise mas ainda vigente é o mesmo princípio ao qual irá se apelar logo em seguida – durante o período "vazio" que se abre após a derrocada dramática do regime – Piero Calamandrei, que já tinha, por outro lado, resenhado entusiasticamente o livro de Lopez de Oñate[193]. Para Calamandrei, a legalidade é o legado

191. F. Lopez de Oñate, *La certezza del diritto* (1942), Giuffrè, Milano, 1968, pp. 25 ss. Sobre a "crise" dos intelectuais entre fascismo e pós-fascismo, cf. L. Mangoni, *Civiltà della crisi. Gli intellettuali tra fascismo e antifascismo*, em VV.AA., *Storia dell'Italia repubblicana, I, La costruzione della democrazia: dalla caduta del fascismo agli anni Cinquanta*, Einaudi, Torino, 1994, pp. 615-718.

192. F. Lopez de Oñate, *La certezza del diritto*, cit., p. 48.

193. P. Calamandrei, *La certezza del diritto e le responsabilità della dottrina* (1942), em F. Lopez de Oñate, *La certezza del diritto*, cit., pp. 167-90. Cf. P. Grossi, *Stile fiorentino*, Giuffrè, Milano, 1986, pp. 142 ss.; F. Sbarberi, *L'utopia della libertà eguale. Il liberalismo sociale da Rosselli a Bobbio*, Bollati Boringhieri, Torino, 1999, pp. 115 ss.

mais precioso da Revolução Francesa, e é a legalidade que o nacional-socialismo e o fascismo destruíram, o primeiro atacando-a abertamente, o segundo mantendo-a "oficialmente na fachada", mas introduzindo "uma prática oficiosa de efetivo ilegalismo"[194].

Trata-se, portanto, de um "retorno" que se prenuncia nas diversas mas convergentes contribuições de Lopez de Oñate e de Calamandrei: um "retorno" àquela tradição liberal-constitucional que tinha encontrado a sua marca no Estado de Direito, portanto naqueles princípios, imanentes a ele, da centralidade da lei, da independência dos juízes, da previsibilidade das conseqüências jurídicas das ações individuais. Que o direito possa voltar a exercer o seu controle sobre o poder parece, nesse contexto, como o sinal mais convincente da radical separação do pesadelo "totalitário" do passado recente.

Entretanto, a construção de uma alternativa ao Estado "totalitário" mostra-se, desde logo, como uma empresa muito complicada e árdua, visto que o tema da "legalidade" parece dificilmente separável da prefiguração global da nova ordem: na trajetória histórica do Estado de Direito, por outro lado, raramente as tentativas, mesmo recorrentes, de tecnicização, neutralização, despolitização daquela fórmula tinham sido impostas sem que voltasse sempre de novo a fazer-se ouvir (aberta ou timidamente) a exigência de imprimir a ela uma precisa destinação funcional, de tematizar a sua conexão com os sujeitos, com as suas expectativas, com as suas pretensões.

No momento em que se começa aqui a projetar uma nova ordem constitucional que resulta, em todos os seus aspectos, incompatível com o derrotado "totalitarismo", o mero retorno à tradição pré-fascista e à simples restauração do "princípio de legalidade" parecem soluções redutivas. É nesse clima que o Estado de Direito se põe no centro de duas distintas, mas confluentes linhas construtivas: por um lado, ele estimula intervenções de alta "engenharia constitucional", capazes de repensar o tema da "legalidade" à luz dos princípios teorizados

---

194. P. Calamandrei, *Costruire la democrazia (Premesse alla Costituente)* (1945), em P. Calamandrei, *Opere giuridiche*, organizado por M. Cappelletti, Morano, Napoli, 1968, vol. III, pp. 132-3.

de forma pioneira por Kelsen, nos anos 1920 (a hierarquia das normas, o controle jurisdicional de constitucionalidade); por outro, vê confirmada a própria destinação funcional, a sua conexão com o sujeito e com os seus direitos. E se é verdade que o nexo entre o Estado de Direito e os direitos individuais é recorrente na tradição, é inegável que ele assume valências novas, reconduzíveis às características ora atribuídas aos direitos: nova é, de fato, a sua colocação como as vigas mestras da ordem constitucional, são novas a descrição e a enumeração, que impedem a sua identificação com a oitocentista hendíade "liberdade-propriedade".

Quanto à tradição oitocentista, é diverso o leque dos direitos atribuíveis ao sujeito, porque é diversa a antropologia subjacente às escolhas constitucionais do período sucessivo à Segunda Guerra Mundial. Na constituição italiana[195], assim como na constituição francesa[196] e na "Lei fundamental" alemã[197] confluem numerosas e diversificadas orientações (do neotomismo de Jacques Maritain ao personalismo de Emmanuel Mounier, dos vários neojusnaturalismos, de inspiração tanto católica como protestante, ao liberal-socialismo) que, de qualquer modo, convergem na afirmação da centralidade da "pessoa"[198]. É a "pessoa" que oferece o princípio substancial que,

---

195. Cf. U. De Siervo (organizado por), *Scelte della costituente e cultura giuridica, I, Costituzione italiana e modelli stranieri*, il Mulino, Bologna, 1980; U. De Siervo (organizado por), *Scelte della costituente e cultura giuridica*, II, *Protagonisti e momenti del dibattito costituzionale*, il Mulino, Bologna, 1980; P. Pombeni, *La Costituente. Un problema storico-politico*, il Mulino, Bologna, 1995; M. Fioravanti, S. Guerrieri (organizado por), *La costituzione italiana*, Carocci, Roma, 1998.

196. S. Guerrieri, *Due costituenti e tre referendum. La nascita della Quarta Repubblica francese*, Angeli, Milano, 1998 (em particular pp. 101 ss.).

197. G. Gozzi, *Democrazia e diritti. Germania: dallo Stato di diritto alla democrazia costituzionale*, Laterza, Roma-Bari, 1999, pp. 117 ss. Cf. também F. Lanchester, I. Staff (organizado por), *Lo Stato di diritto democratico dopo il fascismo ed il nazionalsocialismo (Demokratische Rechtsstaatlichkeit nach Ende von Faschismus und Nationalsozialismus)*, Giuffrè-Nomos Verlag, Milano-Baden Baden, 1999.

198. Cf. P. Pombeni, *Individuo/persona nella Costituzione italiana. Il contributo del dossettismo*, em "Parolechiave", 10-11 (1996), pp. 197-218; F. Pizzolato, *Finalismo dello Stato e sistema dei diritti nella Costituzione italiana*, Vita e Pensiero, Milano, 1999.

coordenado com as estruturas "formais" do Estado de Direito, separa, na origem, a nova democracia constitucional do "Estado totalitário"; é a "pessoa" que sugere uma imagem do sujeito distante do "individualismo" liberal, que opõe a "solidariedade" ao egoísmo, os "direitos sociais" à mera liberdade "negativa".

Certamente, cada um dos processos de construção das novas democracias apresenta desdobramentos e aspectos próprios, ligados aos diversos contextos e às forças que neles operam. Contudo, existem também linhas comuns de tendência, e duas delas envolvem o Estado de Direito, separando-o nitidamente da tradição oitocentista. Em primeiro lugar, de fato, o Estado de Direito é, enfim, inseparável das hierarquias normativas e dos dispositivos institucionais que fazem do controle da constitucionalidade das leis um elemento característico da nova ordem político-jurídica; em segundo lugar, o "originário" vínculo do Estado de Direito com os direitos do sujeito é confirmado, mas adquire um novo alcance, a partir do momento em que "novos" direitos (em particular os direitos sociais) se acrescentam aos "velhos" direitos de "liberdade e propriedade".

Esse processo, que reúne fundamentalmente diversos países europeus, encontra uma plástica evidência no *Grundgesetz* (Lei fundamental) alemão que fala explicitamente de Estado de Direito social; e talvez não seja por acaso que propriamente na Alemanha a discussão sobre o sentido e o alcance dessa expressão tenha sido particularmente rica e intensa.

Que o Estado de Direito possa e deva ser "social", ligado a um modelo de democracia que se realiza estendendo a área jurídica do sujeito para além das fronteiras clássicas marcadas pela propriedade e pela liberdade, não é uma tese inédita: é uma perspectiva que Heller já tinha adotado e explicitado, acrescentando à formula do Estado de Direito o adjetivo "social". A novidade consiste em que esse modelo pretende ter dignidade constitucional e pôr-se como um dos pilares da ordem a ser construída por ele. Se, porém, parece um dado adquirido que o Estado de Direito seja afinal um Estado de Direito constitucional, não parece, de modo algum, evidente que o novo Estado de Direito seja também um Estado de Direito social. Se, de um lado, não faltam juristas que, recorrendo às expressões e à lógica abrangente do *Grundgesetz* alemão, atribuem importância ao Estado de Direito social[199], por outro, assume uma notável repercussão a posição de quem, como Ernst Forsthoff, toma distância dessa interpretação da "Lei fundamental".

Princípio fundamental do *Grundgesetz* é, para Forsthoff, o Estado de Direito como tal, com a sua tradicional bagagem de princípios reguladores (a separação dos poderes, a centralidade da lei, a independência dos juízes), ao passo que o "Estado social" é, sim, um fenômeno político e socialmente relevante, mas não uma realidade de relevo constitucional: é a administração, não a constituição, o veículo de realização do "Estado social". "A forma estrutural da constituição da República Federal [...] é determinada [...] pelo conceito de Estado de Direito", cuja relação com o "Estado social" se realiza somente "na conexão entre constituição, legislação e administração"[200]. Não é a constituição que se ocupa "das necessidades essenciais da vida", mas a administração[201]. Da mesma forma que o seu mestre Schmitt tinha "enfraquecido" a importância constitucional dos "direitos sociais" acolhidos pela constituição weimariana, afirmando que ela tinha optado a favor do Estado de Direito burguês e considerava "absolutos" somente os direitos de liberdade, ao passo que "os direitos socialistas" permaneciam direitos "condicionados" por uma longa série de pressupostos factuais e institucionais[202], assim Forsthoff julga não ter que "le-

---

199. Cf. por exemplo W. Abendroth, *Zum Begriff des demokratischen und sozialen Rechtsstaates im Grundgesetz der Bundesrepublik Deutschland* (1954), em E. Forsthoff (organizado por), *Rechtsstaatlichkeit und Sozialstaatlichkeit. Aufsätze und Essays,* Wissenschaftliche Buchgesellschaft, Darmstadt, 1868, pp. 114-44; W. Abendroth, *Der demokratische und soziale Rechtsstaat als politischer Auftrag* (1975), em M. Tohidipur (organizado por), *Der bürgerliche Rechtsstaat,* cit., vol. I, pp. 265-89. Sobre o nexo de continuidade entre Heller e Abendroth, cf. G. Gozzi, *Democrazia e diritti,* cit., p. 169.

200. E. Forsthoff, *Stato di diritto in trasformazione,* organizado por C. Amirante, Giuffrè, Milano, 1973, p. 60. Cf. também C. Amirante, *Presentazione,* pp. V-XXXIV. Sobre a complexidade do itinerário de Forsthoff, cf. B. Sordi, *Il primo e l'ultimo Forsthoff,* em "Quaderni fiorentini", 25 (1996), pp. 667-82.

201. E. Forsthoff, *Stato di diritto,* cit., pp. 151-2.

202. C. Schmitt, *Dottrina della costituzione* (1928), organizado por A. Caracciolo, Giuffrè, Milano, 1984, p. 227.

var a sério", no plano da interpretação constitucional, a importância do adjetivo "social" aposto por *Grundgesetz* ao Estado de Direito.

No período posterior à Segunda Guerra Mundial, duas diversas imagens de Estado de Direito tornam-se, portanto, possíveis: se alguns apelam às novas constituições para demonstrar a conexão funcional entre o Estado de Direito e os "direitos sociais", uma diversa leitura dos mesmos textos normativos conduz à negação de um nexo orgânico entre Estado de Direito, "Estado social" e "direitos sociais" e autoriza a introdução de uma nítida distinção entre Estado de Direito (constitucional), de um lado, e "Estado social" (administrativo e legislativo), de outro.

Entretanto, diante do problema da relação entre Estado de Direito e "Estado social" delineia-se, também, uma terceira possibilidade, que não se limita a pensar disjuntivamente o Estado de Direito e o "Estado social" (referindo o primeiro ao domínio da constituição e o segundo ao âmbito da administração e da legislação), mas apresenta o Estado de Direito e o "Estado social" como termos de uma direta oposição. Para Friedrich von Hayek e Bruno Leoni[203], o Estado de Direito vem então a coincidir emblematicamente com um *rule of law* por definição subtraído à intervenção artificial e despótica, tanto da legislação quanto da administração.

Abre-se o caminho para a idéia de uma crise do Estado de Direito induzida pelo fenômeno da inflação legislativa[204]:

---

203. Cf. B. Leoni, *La libertà e la legge* (1961), Liberilibri, Macerata, 1994 (em particular pp. 67 ss.). Cf. ibid., R. Cubeddu, *Introduzione*, pp. IX-XXXV. Cf. também a resenha de D. Zolo em "Quaderni fiorentini", 24, 1995, pp. 394-6. A Leoni (e a Hayek) é dedicado o ensaio de M. C. Pievatolo, Rule of law *e ordem espontânea. A crítica do Estado de Direito eurocontinental em Bruno Leoni e Friedrich von Hayeck*, pp. 555.

204. Giovanni Sartori (em um parágrafo intitulado de modo eficaz "From Rule of Law to Rule of Legislators") convida a não confundir *ius* [direito] com *iussum* [comando, ordem], salienta a insuficiência de uma construção meramente formalista do Estado de Direito e une a "inflação legislativa" a uma concepção (que, hoje, chamaríamos) "centrada na lei", vendo nesta um perigo para o "garantismo" (G. Sartori, *Democratic Theory*, Wayne State University Press, Detroit, 1962, pp. 306-14). Cf. também VV.AA., *La crisi del diritto*, Cedam, Padova, 1953 (em particular F. Carnelutti, *La morte del diritto*, pp. 177-90).

se o Estado de Direito é um sistema de limites que torna previsível e controlável a ação do poder, ele inclui, dentre os seus instrumentos essenciais, a idéia de uma lei firme e estável; se, ao contrário, a lei for usada como um instrumento de governo da sociedade e perseguir as necessidades sempre mutáveis dos sujeitos, ela se transforma, de eixo de certeza, em veículo de insegurança. O Estado de Direito perde a sua pureza categorial para perseguir os ideais do seu tipo ideal antagonista, ou seja, o "Estado de justiça"[205]; aquele "Estado de justiça" que Schmitt tinha identificado com o nacional-socialismo, mas que podia ser igualmente encontrado na doutrina soviética da "legalidade socialista". Não é suficiente, então, tornar controlável a administração ou a legislação: é preciso ir à raiz do problema, é preciso destruir (corrigindo Dicey) o mito da onipotência parlamentar e apelar para a idéia de um *rule of law* identificado com a intangibilidade de uma ordem jurídica que, confiada à sabedoria dos juízes e dos juristas, se desenvolve ao abrigo das decisões unilaterais e "arbitrárias" do legislador[206].

No clima difusamente "antitotalitário", típico da cultura jurídica do período posterior à Segunda Guerra Mundial, o Estado de Direito continua a ser uma fórmula cuja fortuna é diretamente proporcional à multiplicidade dos modelos teóricos aos quais ela pode ser agregada: parecendo como o caminho simbólico de uma impetuosa extensão dos direitos no quadro de uma constituição que julga ter finalmente resolvido o problema da sua "proteção", ou propondo-se como garante constitucionalmente intangível da liberdade e da propriedade perante um "Estado social" tão inevitável quanto perigoso,

---

205. G. Fassò, *Stato di diritto e Stato di giustizia*, em R. Orecchia (organizado por), *Atti del VI Congresso nazionale di filosofia del diritto*, I, *Relazioni generali*, Giuffrè, Milano, 1963, pp. 83-119.

206. Ibid., pp. 115 ss. A reflexão de Gustav Radbruch mereceria uma análise à parte: de qualquer modo, é preciso lembrar que ele também reconduz o "segredo" do Estado de Direito inglês a uma classe de juristas e de juízes acostumados a interpretar as leis positivas à luz dos valores historicamente enraizados no ordenamento. Cf. G. Radbruch, *Lo spirito del diritto inglese* (1946), Giuffrè, Milano, 1962, pp. 39 ss. Cf. A. Baratta, *Introduzione*, pp. XI ss.; G. Alpa, *L'arte di giudicare*, Laterza, Roma-Bari, 1996, pp. 32-3.

ou, ainda, identificando-se com um tipo de ordem sociojurídica completamente subtraída ao intervencionismo "artificial" e arbitrário do legislador.

11. Considerações conclusivas

Muitos dos temas que, no período posterior à Segunda Guerra Mundial, se entrelaçam em torno do Estado de Direito não esgotam a sua vitalidade naquele contexto, mas continuam sendo propostos (transformados, porém identificáveis) até os nossos dias: a tese de uma radical incompatibilidade entre Estado de Direito e "Estado social" ou, ao contrário, a exigência de desenvolver e levar a termo a idéia "helleriana" de um "Estado social de Direito", a transformação do papel da lei, a perda da sua "aura" iluminista e o seu cada vez mais freqüente emprego como dúctil e mutável instrumento de governo, o papel do juiz e a sua relação com a lei (ordinária e constitucional) são temas que chegam ao debate atual através do filtro da cultura dos anos 1950, que, porém, por sua vez, reúne reflexões e sugestões muito mais remotas no tempo.

Na realidade, olhando para a parábola histórica do Estado de Direito em toda a sua extensão, é possível divisar perfis e problemas recorrentes aos quais convém apontar de forma conclusiva.

a) Se, em termos gerais, o Estado de Direito encontra o seu horizonte de sentido no nexo poder-direito, na exigência de pôr uma barreira e uma regra à imprevisível vontade do soberano, constitui em particular a forma específica assumida no decorrer do século XIX por uma imponente e difusa tentativa de "juridicização"do poder:[207] a fórmula do Estado de Direito está e cai com a convicção de que o direito possa chegar a controlar de forma eficaz o poder graças aos serviços de uma engenharia institucional tornada possível pelos avanços da moderna "ciência do direito público". Não é, de fato, por acaso

207. Cf. P. P. Portinaro, *Il grande legislatore e il futuro della costituzione*, em G. Zagrebelsky, P. P. Portinaro, J. Luther (organizado por), *Il futuro della costituzione*, Einaudi, Torino, 1991, pp. 5-6.

que, propriamente, na Alemanha, a fórmula do Estado de Direito tenha se originado e se desenvolvido por causa do extraordinário florescimento, no século XIX alemão, do saber juspublicístico.

b) A juridicização do poder, do qual o Estado de Direito quer ser caminho e expressão, se realiza segundo regras e procedURAS muito diversas, ligadas às culturas jurídicas nacionais e aos vínculos impostos a elas pelos respectivos ordenamentos. Parecem ser três as suas áreas principais: os Estados Unidos da América, a Grã-Bretanha, a Europa continental (que, porém, por sua vez, apresenta traços diferentes segundo os modelos a serem considerados, a saber, o "modelo francês" – revolucionário e pós-revolucionário – ou o modelo alemão). Mesmo na diversidade dos sistemas político-jurídicos envolvidos, o lema "Estado de Direito" parece, de qualquer forma, traduzível em vários idiomas nacionais sem que as principais expectativas e imagens por ele envolvidas se percam na passagem de uma a outra experiência histórico-cultural.

c) Se o Estado de Direito persegue a finalidade de controlar o poder através do direito, as estratégias adotadas para tal escopo são diversas. Perfilam-se, portanto, duas imagens distintas de "Estado sujeito ao direito": na primeira, o direito põe ao Estado limites puramente formais e procedurais; na segunda, o direito vincula a ação do Estado impondo o respeito de conteúdos precisos. A distinção tem a ver com um ponto de importância fundamental na vicissitude do Estado de Direito, porque reflete sobre o seu sentido, mudando a sua distinção funcional: se, em ambos os casos, a juridicização do poder se traduz em uma posição de vantagem dos sujeitos, no primeiro caso a ação do Estado está livre para assumir qualquer conteúdo, ao passo que, no segundo, é previsto um vínculo obrigatório entre "Estado" e "direitos".

Se essa distinção pode assumir, em termos gerais, uma utilidade orientadora e classificatória, ela deve, porém, ser utilizada levando-se em conta duas considerações ulteriores. Em primeiro lugar, a trajetória histórica do Estado de Direito procede inspirando-se muito mais freqüentemente no modelo "conteudístico" do que no modelo "formal", que, em termos puros e rigorosos, está ligado primeiramente a Stahl (por sua "originária" enunciação) e depois a Kelsen (por sua completa teorização). Em segundo lugar, mesmo onde o Estado de Direito é definido prescindindo de um nexo funcional (explícito ou implícito) com os direitos do sujeito, isso não significa que ele não possa desempenhar uma função substantivamente pregnante: o kelseniano Estado de Direito constitucional é, em si, um complexo engenhoso, fundado na hierarquia formal das normas, mas se propõe também, para Kelsen, como o principal instrumento para a realização da democracia.

d) Na variedade de matizes que caracterizam o Estado de Direito na sua parábola histórica não parece emergir uma relação obrigatória entre o Estado de Direito e determinada ordem político-constitucional: sem dúvida, se existe um nexo historicamente preponderante entre o Estado de Direito e o constitucionalismo liberal, a história sucessiva, novecentista, do Estado de Direito focaliza usos diversos dessa fórmula, que passa a ser referida, de acordo com as circunstâncias, ao "Estado fascista" ou também ao "Estado social", do período posterior à Segunda Guerra Mundial.

e) Mesmo que se refira a diversas formas de Estado e a diversos regimes político-constitucionais, o Estado de Direito continua a expressar uma tensão jamais adormecida em relação a um poder concebido como instância de suprema vontade e decisão. O Estado de Direito tende sempre de novo a se propor não tanto como uma alternativa, quanto como um antídoto ao voluntarismo do poder, como um instrumento capaz de moderar e "domesticar" uma vontade soberana que constitui, de qualquer forma, o eixo da ordem. Se, em qualquer lugar, tanto na Grã-Bretanha de Dicey como na Alemanha de Jellinek ou na Itália de Orlando, o Estado de Direito expressa uma precisa instância "antivoluntarista", são diversos, porém, os modos com os quais ela se realiza: apostando no *judge-made law*, na Grã-Bretanha, ou recorrendo, no continente, a intervenções de alta engenharia institucional (primeiro, a construção da jurisdição administrativa, e, depois, o controle de constitucionalidade das leis).

O Estado de Direito quer ser, portanto, uma tentativa de frear o poder, corrigindo internamente os seus mecanismos. Por meio dele, a cultura político-jurídica oitocentista julga poder colher dois importantes objetivos. Em primeiro lugar, pretende-se contrastar aquele primado da "vontade" que evoca a terrificante idéia "rousseauniano-jacobina" de soberania popular[208] e se determina como "tirania da maioria", primado do número, "democracia sem qualidade": o Estado de Direito é uma tentativa de compor o absoluto poder do soberano com a tutela de uma esfera jurídica individual subtraída ao despotismo da vontade. Em segundo lugar, pretende-se superar uma postura ambivalente em relação à administração, que se por um lado parece um instrumento insubstituível de integração social e de neutralização dos conflitos, por outro é suspeitosa de ser muito "intervencionista" em relação à liberdade e à propriedade; o Estado de Direito promete exatamente moderar internamente o poder tornando controlável e corrigível a sua intervenção.

f) É a idéia da absoluta vontade do soberano que gera a aporia que está no fundo da parábola oitocentista do Estado de Direito: o contraste insolúvel entre a ilimitável soberania do Estado e os vínculos jurídicos com os quais o Estado de Direito se identifica. Se essa aporia permanece substancialmente insuperada no fundo da juspublicística oitocentista, o principal momento de descontinuidade no interior da parábola do Estado de Direito coincide com a teoria kelseniana do ordenamento jurídico, que permite superar o tabu do ilimitável poder legislativo e funda o controle de constitucionalidade das leis. No período posterior à Segunda Guerra Mundial começa então uma nova fase do Estado de Direito. Por um lado, parece que são, finalmente, dadas aos direitos fundamentais uma proteção segura contra o arbítrio de um legislador que pode ser enfim "controlável"; por outro, os direitos aos quais o Estado de Direito (agora também "social") parece funcionalmente ligado vão bem além da liberdade e da propriedade da tradição oitocentista. Disso nasce um paradoxo: o Estado de Direito, no momento em que oferece um antídoto ao absolutismo do legislador, estimula o seu (enquanto "Estado de Direito so-

208. Cf. M. Fioravanti, *Lo Stato di diritto come forma di Stato*, em G. Gozzi, R. Gherardi (organizado por), *Saperi della borghesia*, cit., pp. 173-4.

cial", funcionalmente ligado aos "direitos sociais") intervencionismo, induzindo aquele fenômeno de "inflação legislativa" prontamente denunciado como lesivo da certeza do direito pelos teóricos "antivoluntaristas" do *rule of law* (como Hayek ou Leoni).

g) Se é recorrente, tanto na fase oitocentista do Estado de Direito quanto nas suas metamorfoses novecentistas, a tensão "antivoluntarista", a exigência de frear um poder decididamente ameaçador, é igualmente insistente o remédio proposto: pôr limites ao soberano significa submeter as decisões deste ao controle do juiz. Que seja a Corte Suprema americana, ou o juiz de *common law*, ou o juiz administrativo, ou a Corte constitucional, em todo caso é, de qualquer modo, a jurisdição, o poder chamado para frear o poder. É razoável pensar que essa reiterada confiança na função "antivoluntarista" do juiz está ligada a uma imagem (obstinadamente) "montesquiana" da jurisdição vista como "poder nulo" e a uma teoria (tipicamente positivista) da interpretação como mero procedimento cognitivo-dedutivo[209].

Se em todo o curso da sua história o Estado de Direito parece indicar no papel do juiz o enigma resolvido da juridicização do poder, resulta, de qualquer modo, compreensível que a temática hodierna do Estado de Direito encontre propriamente na hermenêutica jurídica, nos problemas relativos ao papel do juiz, às técnicas de interpretação e de aplicação do direito, o seu momento decisivo de verificação[210].

h) Se o recurso ao juiz é a proposta reiteradamente apresentada para realizar o controle do poder, é igualmente recor-

---

209. Cf. R. Guastini, *Note su Stato di diritto, sistema giuridico e sistema politico*, em B. Montanari (organizado por), *Stato di diritto e trasformazione della politica*, cit., pp. 178-9.

210. Cf. neste sentido R. D. Dworkin, *A Matter of Principle*, Harvard University Press, Cambridge (Mass.), 1985, pp. 9 ss. [trad. bras. *Uma questão de princípio*, São Paulo, Martins Fontes, 2.ª ed., 2005]. Cf., a propósito, P. P. Craig, *Formal and substantive conceptions*, cit., pp. 54-5. Cf. também G. Zagrebelsky, *Il diritto mite. Legge, diritti, giustizia*, Einaudi, Torino, 1992, pp. 147 ss.; G. Alpa, *L'arte di giudicare*, cit.; E. Scoditti, *Il contropotere giudiziario. Saggio di riforma costituzionale*, E.S.I., Napoli, 1999. Uma brilhante crítica das recorrentes aporias do Estado de Direito em M. Troper, *Le concept d'État de droit*, cit., pp. 51 ss.

rente, na parábola do Estado de Direito, a impressão da dificuldade de achar uma solução "definitiva" para o problema do nexo poder-direito. No século XIX, quando o Estado de Direito despendia todos os seus recursos para assegurar o controle jurisdicional da administração, enquanto a legislação parecia, por sua natureza, escapar de qualquer vínculo jurídico, não se podia, de modo algum, deixar passar silenciosamente a exigência de encontrar uma "válvula de fechamento" do sistema: o controle jurisdicional da atividade administrativa apresentava-se certamente como um progresso seguro na longa marcha de juridicização do poder, mas não parecia esgotar o problema do poder e do seu controle; era, antes, uma difusa "filosofia da história" (ou melhor, um "senso" comum da história) que alimentava com a sua crença nos "grandiosos destinos progressivos" a idéia de uma harmonia preestabelecida entre o poder, o direito e os direitos e que dava por essa via a "válvula de fechamento" do sistema jurídico.

O historicismo otimista do século XIX era, porém, uma crença destinada a ser cruamente desmentida pelas vicissitudes dramáticas do século XX. E é propriamente a tremenda força de choque dos regimes totalitários que obriga a refletir de novo sobre os limites da soberania, a impulsionar em direção ao alto o processo de juridicização do poder iniciado no século precedente, estimulando a difusa realização daquele Estado de Direito constitucional que torna jurisdicionalmente controlável a ação do legislador e parece dar uma segura tutela dos direitos fundamentais.

Isso não impede, todavia, que surjam, de novo, exigências e tensões já presentes no debate que se desenrolou nos primeiros vinte anos do século. Por um lado, avança-se na realização do objetivo característico do Estado de Direito (a contenção da incontrolável vontade do soberano) estendendo o controle para níveis sempre mais elevados do ordenamento (do regulamento administrativo à lei, da lei à constituição), por outro, em perene tensão com a precedente linha de tendência, insinua-se a dúvida do sempre ressurgente decisionismo do poder, teme-se que os vínculos meramente formais sejam frágeis e "in-fundados", sente-se a necessidade de interromper o processo *ad infinitum* a que qualquer *Stufenbautheorie* parece condenada, para identificar vínculos "peremptoriamente" oponíveis ao poder, zonas "absolutamente" preservadas, ontologicamente subtraídas ao despotismo da vontade.

Talvez seja possível reconhecer então, na sempre renovada tensão entre poder e direito, entre controles formais e vínculos substanciais, entre intervencionismo do soberano e espontaneidade da ordem, uma espécie de "excedência de sentido" do qual o Estado de Direito extrai a sua força de sugestão simbólica, irredutível aos dispositivos de engenharia constitucional inventados de acordo com as circunstâncias, impregnada de expectativas dificilmente reconduzíveis às fronteiras da "pura razão".

"Mas, ainda uma vez – disse o europeu – qual Estado vós escolheríeis? – Aquele no qual se obedece somente às leis, respondeu o brâmane". "Mas onde é esse país? [...] – disse o conselheiro. O brâmane respondeu: – É preciso procurá-lo."[211]

211. Voltaire, *Stati, governi, qual è il migliore?*, em Voltaire, *Dizionario filosofico*, organizado por M. Bonfantini, Einaudi, Torino, 1969, pp. 195-6.

A experiência européia e norte-americana

Rule of law e *"liberdade dos ingleses"*

A interpretação de Albert Venn Dicey

Por Emilio Santoro

1. O direito e a liberdade dos ingleses

No final do século XVII, com o término da *Glorious Revolution* e a vitória do bloco parlamentar, difundiu-se entre os ingleses a convicção de ter criado o "domínio da lei" e de ter garantido, portanto, a liberdade do indivíduo. Juristas e teóricos da política começaram a afirmar que em sua pátria os procedimentos judiciais, a publicidade do processo, as regras relativas às provas, o papel do júri asseguravam sólidas garantias legais a quem fosse acusado de um algum crime, porque tutelavam os seus direitos fundamentais.

A luta travada na Inglaterra do século XVII contra o absolutismo monárquico teve uma característica fundamental: foi acompanhada de uma retórica que não pôs diretamente a ênfase sobre a liberdade e os direitos subjetivos, mas levantou como sua bandeira o direito objetivo. O melhor exemplo dessa postura é representado seguramente pelas teses de Edward Coke. Nos seus escritos, a invocação da liberdade deixa o campo para a exaltação do "direito", que é a condição essencial da liberdade: "o direito é o santuário mais seguro no qual os homens podem se refugiar, e a fortaleza mais adequada para proteger as fraquezas de todos"[1]. A liberdade é apresentada

---

1. E. Coke, *The Second Part of the Institutes of England Containing the Exposition of Many Ancient and Other Statutes*, Crooke, The Third Edition, London, p. 55.

como o reflexo de um direito e de uma administração da justiça que "tornam os sujeitos livres". É a partir da ordem objetiva das normas e das ações de tutela dos tribunais que o sujeito obtém aquela proteção que, para Coke[2], constitui o "direito originário" graças ao qual cada um pode proteger os seus bens, a terra, a mulher, os filhos, o corpo, a vida e a honra contra as agressões.

O direito que Coke invocava era o *common law*. O *common law* era tido como verdadeira fonte da liberdade, acreditado como o aparelho jurídico capaz de limitar o poder do monarca e de proteger a liberdade dos indivíduos. A retórica *whig*[3] deve a própria legitimação ao fato de que no século XVII o *common law* já tinha praticamente anulado as diferenças feudais de *status*, garantindo, com exceção das mulheres, a quase total igualdade dos ingleses perante a lei. As relações entre senhor feudal e "arrendatário" (*tenant*) já eram naquela época posicionadas sobre a base de direitos abstratos, definidos pelas Cortes régias e eram, portanto, subtraídas à discricionariedade do Lord[4]. De-

2. Ibid., p. 56.

3. *Whig* era definida a facção política inglesa que no decorrer do século XVII lutou contra os *Tories* (conservadores) pela transferência dos poderes do rei ao Parlamento.

4. Como testemunho da importância que era atribuída a essa regulamentação, pode-se lembrar que William Blackstone, nos seus celebérrimos *Commentaries on the Law of England* (Clarendon Press, Oxford, 1765-9, vol. II, p. 77), saúda a abolição das "military tenures" como "uma acquisição para a civilização deste reino até mesmo maior do que a própria Magna Carta". É o próprio Blackstone (*An Analysis of the Civil Part of the Law*, secs. XIX, XXI) que assinala que, enquanto escreve, já está realizada a quase total igualdade dos sujeitos perante a lei: não julga, de fato, necessário distinguir entre a discussão das relações entre "tenant" e "lord" e a das relações entre "lord" e "villein", ou seja, entre a relação que se estabelecia entre proprietário e quem detinha a terra com base em algum título e quem, ao contrário, a detinha e trabalhava enquanto "servo da gleba" e estava alienado junto com ela. Deve-se, portanto, deduzir que também os *villeins*, tradicionalmente submetidos ao poder discricional dos *lords*, tinham se tornado titulares de direitos abstratos que podiam fazer valer em juízo. Cerca de um século antes, Coke (*The Second Part of the Institutes of England*, cit., pp. 4 e 45) tinha afirmado que a liberdade sancionada pela Magna Carta tinha se estendido enfim aos *villeins*, que deviam ser considerados livres em relação a todos, exceto em relação aos seus senhores.

certo, como sublinha Douglas Hay[5], as conquistas da revolução foram essencias para a proteção da *gentry*, ou seja, da burguesia enriquecida que, no decorrer do século XVII, tinha começado a disputar o domínio da sociedade inglesa com os proprietários de terra, contra a avidez e a tirania do monarca. Uma das principais conquistas dos revolucionários foi a criação de um quadro normativo que garantia a certeza dos direitos em setores fundamentais, como os das transações civis, das transferências de propriedade, das heranças inalienáveis, dos contratos, dos testamentos e das citações em juízo. A estabilidade dessas conquistas foi, porém, imensamente favorecida pela circunstância de que elas se inseriram sobre a já secular tradição do *common law*.

O *common law* tinha se caracterizado muito cedo como um sistema de ações judiciais (*writs*) predispostas como garantia das relações entre cidadãos dispostos sobre o mesmo plano. Um inglês do século XVII tinha, portanto, a impressão de que a sua vida se desenvolvia em uma rede de relações jurídicas horizontais entre cidadãos formalmente iguais. A dimensão vertical era constituída pela relação entre os cidadãos e o soberano, que, por definição, não podia lesar os direitos dos cidadãos e, portanto, não podia ser chamado em juízo para responder pelos seus atos. Em teoria, portanto, os direitos dos cidadãos não eram garantidos em relação ao ato arbitrário do soberano. Mas a imunidade do soberano foi logo neutralizada pelas Cortes, que elaboraram a doutrina, plenamente consolidada no decorrer do século XVII, segundo a qual, como escreve Blackstone[6], o rei não podia "fazer um uso ilegítimo do seu poder, senão aconselhado por péssimos conselheiros e sob a influência de ministros malvados". Em razão dessa doutrina, o cidadão podia processar por danos que lhe eram causados pela Coroa, ou seja, pelo Estado, se não o próprio soberano, ao menos o ministro ou o agente público tidos como os reais responsáveis pelo abuso.

---

5. D. Hay, *Property, Authority and the Criminal Law*, em D. Hay, P. Linebaugh, J. G. Rule, E. P. Thompson, C. Winslow (organizado por), *Albion's Fatal Tree. Crime and Society in Eighteenth-Century England*, Penguin Books, London, 1988, p. 32.

6. W. Blackstone, *Commentaries on the Law of England*, cit., vol. I, p. 237.

As Cortes não reconheciam a estes últimos nenhum privilégio particular: o ministro e o agente público tinham de responder pelo dano causado como qualquer cidadão privado. No século XVIII, também o poder público podia, portanto, dizer-se absorvido na dimensão horizontal: estava garantida assim a igualdade absoluta perante a lei. Os juízes que compunham as Cortes superiores eram os mesmos para todos os ingleses, independemente da sua riqueza, e julgavam com base nos mesmos princípios segundo os quais, como sublinha Hay[7], se podia dizer que a Justiça estava assegurada até mesmo ao mais pobre dos homens.

Tal situação constituiu uma base formidável de legitimação para a retórica *whig*, que apresentou a Inglaterra como "reino do direito e da igualdade". Ao reagirem à tentativa realizada pelos monarcas de importar modelos juspolíticos continentais para justificar o consolidamento do próprio poder, os *Whigs* elaboraram os traços característicos do *common law*, elevando-o, de instrumento de recomposição e decisão das controvérsias jurídicas cotidianas, a eixo da organização constitucional. Com essa retórica, passou-se da exaltação da igualdade dos ingleses perante o direito àquela do mito do direito como guardião das liberdades nacionais. É com essa passagem que nasce o "mito" do *rule of law* e das "liberdades dos ingleses".

À autoglorificação *wigh* corresponde, a partir do fim do século XVII até a metade do século XIX, uma avalanche de diários, cartas, memórias, escritos por célebres juristas, como também por viajantes ocasionais, testemunho clamoroso da admiração pelo sistema jurídico inglês por parte dos visitantes provenientes do continente. Já no século XVIII, quem visitasse a Inglaterra ficava impressionado pela extrema solicitude dos juízes no tocante aos direitos dos imputados, solicitude essa que não tinha similar na práxis preponderante dos tribunais de nenhuma outra nação. A imagem da Inglaterra que se difunde a partir do fim do século XVII é a de um país no qual a tortura era praticamente desconhecida e o Poder Executivo já tinha sido limitado por um sistema judiciário independente. Essa imagem era certamente devida aos limites impostos ao poder discricio-

7. D. Hay, op. cit., p. 32.

nal do Executivo pela *Revolution Settlement* e pela tradição do *common law*, mas, principalmente, pelo fato de que as pessoas comuns eram tranqüilamente capazes de lembrar, vigorosamente, aos magistrados, a existência dos "direitos do inglês nato livre", que compreendiam a liberdade de associação, a liberdade de imprensa e uma moderada liberdade religiosa.

A idéia segundo a qual, em 1688, com o fim da *Glorious Revolution* e a vitória dos *Whigs*, nascera um sistema constitucional baseado no direito e capaz de garantir os "direitos dos ingleses", foi, no decorrer dos anos 70 do século passado, objeto de investigação historiográfica realizada por Edward P. Thompson e por alguns membros da sua escola, em particular por Douglas Hay. Os resultados dessas pesquisas suscitaram muitas polêmicas[8]. Thompson e Hay, de fato, avalizaram a substância da retórica *whig*. Thompson e a sua escola sustentaram que, no decorrer do século XVIII, na Inglaterra, havia sido realmente delineado um sistema de governo, centrado no direito, no *rule of law*, que representava uma etapa fundamental no processo político ocidental: pela primeira vez, delineava-se um sistema de governo no qual os direitos dos cidadãos tinham uma efetiva tutela. O povo miúdo, os dissidentes religiosos e políticos gozavam, na Inglaterra pós-revolucionária, de algumas reais garantias "constitucionais", e podiam apreciar o fato de que o "domínio da lei" os protegia contra o "domínio da força".

Thompson sublinhou que reconhecer a verdade histórica do núcleo essencial da propaganda *whig* não significa aceitar passivamente a representação que ela fazia da Inglaterra do período posterior à revolução como uma sociedade baseada na administração "imparcial" da justiça. Não é essa a sociedade que a pesquisa histórica mostra. Thompson afirmou, porém, que "a revolução inglesa do século XVII, mesmo derrotada em muitas

8. Para uma crítica das teses de Thompson e de Hay, ver: P. Anderson, *Arguments within English Marxism*, Verso, London, 1980, em particular pp. 87-99; B. Fine, *Democracy and the Rule of Law*, Pluto Press, London, 1984, pp. 169-89; A. Merrit, *The Nature of Law: A Criticism of E. P. Thompson's Whigs and Hunters*, "British Journal of Law and Society", 7 (1980), 2, pp. 194-214; M. J. Horwitz, *The Rule of Law: An Unqualified Human Good?*, "The Yale Law Journal", 86 (1977), pp. 561-7.

de suas aspirações, conseguiu, no fim, introduzir um sistema de limites legais ao poder que, embora tivessem sido manipulados, produziram, de qualquer modo, um significativo resultado cultural"[9]. Segundo a análise de Hay e Thompson, a cultura e a retórica inglesas do século XVIII foram profundamente impregnadas pelo conceito de "direito": o direito afirmou-se como um valor dominante, como o verdadeiro e próprio eixo ideológico de toda a sociedade. Ele removeu a religião e elevou-se como novo fundamento da organização social:

> a hegemonia da *gentry* e da aristocracia do século XVIII expressava-se não somente e não tanto na força militar, nas mistificações do clero e da imprensa, e tampouco na coerção econômica, quanto, e principalmente, nos rituais dos juízes de paz, nas audiências dos tribunais, na pompa das cortes e naquelas cerimônias particulares que se realizavam em Tyburn.[10]

A evocação ao patíbulo de Tyburn não é casual. Thompson e Hay afirmaram, de fato, que a lei penal e a sua aplicação constituíam uma espécie de "teatro" didático que dava à ideologia *whig* a possibilidade de inervar a vida social[11]. Hay, em particular, sublinhou que a lei penal, mais do que qualquer outra instituição social, tornava possível governar a Inglaterra setecentista sem uma força policial e sem um grande exército[12]. As garantias que caracterizavam a procedura penal eram seguramente surpreendentes com relação aos outros padrões da Europa continental da época:

> muitos processos movidos com base em provas excelentes e conduzidos com gastos consideráveis extinguiram-se por causa de pequenos erros de forma no ato de acusação [...]. Se um nome ou uma data não estavam corretos, ou se o acusado era descrito como *farmer* em vez do termo burocrático *yeoman*, o processo

---

9. N. Gallerano (organizado por), *Un'intervista a E. P. Thompson*, "Movimento operaio e socialista", 1 (1978), 1-2, p. 85.

10. E. P. Thompson, *Wighs and Hunters. The Origins of the Black Act*, Penguin Books, Harmondsworth, 1977, p. 262.

11. E. P. Thompson, *Patrician Society, Plebeian Culture*, "Journal of Social History", VII (1974); D. Hay, op. cit., pp. 40-9.

12. D. Hay, op. cit., p. 56.

> podia fracassar. Para as Cortes, tais defeitos eram conclusivos e, às vezes, gentis-homens que freqüentavam os processos como espectadores se levantavam e tomavam a palavra na sala para conduzir a atenção do juiz acerca do erro. [...] A obstinada atenção às formas, as objetivas e legalistas trocas de afirmações entre a defesa e o juiz, eram a prova de que aqueles que usavam e administravam as leis se submetiam às suas regras.[13]

A exaltação desse sistema, a despeito da sua severidade, que às vezes ultrapassava os limites da ferocidade, é facilmente compreensível se o compararmos com o sistema francês, caracterizado pelo instituto das "lettre de cachet", graças às quais a polícia[14] podia fazer desaparecer um indivíduo e mantê-lo na prisão por tempo indeterminado, sem uma acusação específica[15].

A existência das garantias procedurais e o fato de que os processos fossem decididos por um júri, não devem nos levar a imaginar a Inglaterra como o reino do direito penal "manso"[16]. Na Inglaterra, talvez, mais do que em outro lugar, sentia-se a urgente necessidade de definir critérios que assegurassem penas

---

13. Ibid., pp. 32-3.

14. Um claro indício do fato de que a polícia fora considerada por muito tempo pelos ingleses como alguma coisa alheia ao seu sistema e de caráter especificamente "francês" é o verbete "Polícia", incluído pela primeira vez na sétima edição da *Enciclopedia Britannica*, publicada em 1842 (vol. XVIII, pp. 248-56): seis colunas, num total de dezoito, eram dedicadas à descrição do sistema francês. Na edição seguinte, o espaço dedicado à França foi ainda maior (mesmo que em proporção tenha diminuído ligeiramente): ocupava quinze colunas num total de 51 (*Enciclopedia Britannica*, oitava edição, 1859, vol. XVIII, pp. 183-209). A tese sustentada era a de que a França possuía "o mais elaborado sistema policial que nenhuma outra mente humana conseguisse jamais construir, com uma força que lhe derivava de uma prolongada aplicação, e com um mínimo controle externo".

15. O sistema jurídico francês daquela época estava ainda baseado no princípio absolutista segundo o qual o soberano, autor das *lettres*, era a origem de todos os poderes.

16. Basta lembrar a esse propósito que a tradução da segunda edição de *Dei delitti e delle pene* (*Dos delitos e das penas*) de Cesare Beccaria, publicada na segunda metade do século XVIII, sublinhava o fato de que "o número de delinqüentes condenados à morte na Inglaterra é muito maior do que em qualquer outra parte da Europa" (Prefácio anônimo à segunda edição inglesa de 1769).

proporcionais à gravidade do crime, moderadas e certas[17], que desempenhassem uma eficiente função preventiva, e não fossem mera expressão de uma caprichosa severidade[18]. Decerto, o sistema penal inglês do século XVIII não podia tampouco ser definido como um sistema "imparcial". De fato, a maioria dos crimes era configurada de tal modo que quase sempre eram os pobres a cometê-los. A impressão de igualdade perante a lei foi, porém, garantida por célebres casos de senhores e nobres que subiram ao patíbulo para confirmar, com o próprio martírio, que a Inglaterra era o "reino do direito". A esse dado, deve-se acrescentar que os pobres eram, muitas vezes, as vítimas dos homicídios e dos roubos, por isso a severidade da lei e o zelo dos *gentlemen* que a aplicavam, puderam ser considerados uma garantia não só dos abastados, mas também do povo[19].

A estratégia *whig* de manutenção da ordem centrou-se, portanto, na óbvia e, algumas vezes, brutal preocupação de defender os direitos de propriedade, mas teve o seu eixo no direito, acompanhada por uma aversão moral e política pelo aparelho policial do Estado[20]. No decorrer do século XVIII, o direito afirmou-se como quadro de referência da nova práxis econômica e da nova vida social: as propriedades rurais foram reguladas por vínculos de inalienabilidade; os acordos matrimoniais foram

---

17. Esta exigência encontra a sua mais clara expressão na invocação das reformas que caracteriza as páginas dedicadas por Blackstone ao direito penal nos seus *Commentaries*. O tom crítico dessas páginas não se encontra em nenhum outro lugar da obra. Sir. William Holdsworth (*A History of English Law*, Methuen, London, 1938, vol. II, p. 578) escreve que "tinha sido o livro de Beccaria que tinha ajudado Blackstone a cristalizar as próprias idéias, e que tinha sido a influência de Beccaria que o tinha auxiliado a dar ao seu tratado do direito penal um tom mais crítico do que aquele que foi dado ao tratado de qualquer outra parte do direito inglês".

18. Hay sublinha que grande parte dos objetivos que os legisladores se propunham era perseguida sobretudo mediante "exibições de poder" por parte dos magistrados. Tais "exibições" incluíam a aplicação "imparcial" das penas, mas também a sua suspensão ou comutação em casos acuradamente selecionados, mas freqüentes: assim, de um lado, se demonstrava que a lei "era igual para todos", e de outro, se ilustrava ao "povo" a "misericórdia" dos governantes.

19. D. Hay, op. cit., pp. 36-7.

20. D. Hay, op. cit., pp. 17-65; E. P. Thompson, *Wighs and Hunters*, cit., pp. 245-69.

articulados com base nas complicadas tramas do *common law* e, principalmente, o absolutismo monárquico encontrou diante de si o intransponível muro da lei. Mas a coisa mais importante foi, como sublinha Hay, o fato de que a classe dirigente fez enormes esforços para parecer espontaneamente submetida ao domínio da lei. Ela mesma, com a sua postura, pôs como fonte da legitimidade do próprio poder a eqüidade e o caráter universal do direito, das suas normas, dos seus órgãos, das suas proceduras. Essa postura provocou aquilo que Thompson[21] define como um processo de osmose entre a ideologia legalista e a cultura popular: o direito configurou-se como uma importante conquista aos olhos da burguesia agrária e mercantil, um ponto de referência essencial para os *yeomen* e os artesãos que a apoiavam.

O direito afirmou-se como um conjunto de normas, procedimentos, valores, capazes de legitimar o poder das classes dominantes. Thompson[22] sublinha que quando o direito é elevado a esse papel, quando lhe é atribuído o papel de ideologia legitimadora, o direito adquire necessariamente "uma própria autonomia, uma própria identidade, desenvolve uma própria lógica, que pode, às vezes, frear a ação do poder e dar certa proteção àqueles que estão privados do mesmo". A seu ver, portanto, a função legitimadora que lhe foi atribuída pelos *Whigs* impediu ao direito de se configurar como simples instrumento funcional deste ou daquele grupo. Um direito claramente injusto não poderia ter ocupado nenhum papel parcial no âmbito do poder, não teria tido condições de legitimar absolutamente nada. Para poder desempenhar uma função legitimadora, o direito, entendido como normas, proceduras e estruturas, deveria estar isento de manipulação grosseira, deveria parecer substancialmente justo. A Inglaterra do século XVIII não era uma sociedade baseada no consenso. Nela, a lei era empregada de modo explícito para impor o predomínio de uma classe: o direito protegia, simultaneamente, esse predomínio contra a monarquia e representava a sua fonte de legitimação. Tal situação impedia que ele pudesse ser considerado um instru-

21. E. P. Thompson, *Wighs and Hunters*, cit., pp. 263-6.
22. E. P. Thompson, *Wighs and Hunters*, cit., p. 266.

mento de todo flexível, utilizável de modo arbitrário por quem quer que possuísse uma porção de poder. Foi desse contexto peculiar, segundo a análise de Thompson, que se originou a figura do "inglês nato livre", seguro da inviolabilidade da própria *privacy* e da própria liberdade, garantidas pelo *habeas corpus*, e plenamente convencido da igualdade de todos perante a lei.

No choque entre monarquia e *Whigs*, que se prolongou com fases alternadas durante os séculos XVI e XVII, o direito não tinha sido o instrumento nas mãos de um dos dois contendentes, mas o que estava em jogo. Quando a *gentry* herdou o direito como tinha sido modificado pela *Glorious Revolution*, este tinha se tornado o baluarte contra o absolutismo régio e as suas arbitrariedades. No século XVIII, o direito foi considerado pelos vencedores o eixo do sistema de controles sobre o poder, bem como sobre os seus bens, propriedades e riquezas. No decorrer da revolução, os *Whigs* tinham amadurecido a certeza de que somente a lei podia preservar do arbítrio monárquico e da arrogância aristocrática os seus bens e a suas próprias vidas[23].

Foi essa peculiar situação histórica, segundo Thompson[24], que originou, pela primeira vez, aquele domínio da lei que "representa um salto de qualidade na história das sociedades humanas". Se, de fato, é verdade que na vida de uma sociedade dividida pelo conflito de classe a ação do direito não corresponde à retórica da justiça, isso não reduz, segundo Thompson, o valor da sua ação, não diminui o fato de que a proceduralização jurídica do conflito é alguma coisa de totalmente diverso do exercício da força bruta.

O instrumento escolhido pelas classes dirigentes para defender os próprios interesses e legitimar o próprio poder, era alguma coisa que impedia essas mesmas classes de reservar a si o uso exclusivo do direito. A retórica legalista dos *Whigs* foi, portanto, ela mesma, circularmente, um dos elementos que levou ao desenvolvimento da ideologia legal dos "direitos do

23. Ibid., p. 264.
24. Ibid., p. 267.

inglês nato livre". A natureza peculiar do direito fez com que essa retórica cessasse logo de ser uma "máscara":

> os governantes, querendo ou não, foram verdadeiramente aprisionados pelas imagens e pelas mensagens que procuravam transmitir. [...] Disputavam uma partida que tinha como jogo o poder; certamente, disputavam-na segundo regras que lhes eram convenientes, mas, uma vez estabelecidas aquelas regras, não podiam infringi-las, de outra forma toda a partida teria sido anulada.[25]

Segundo essa corrente historiográfica, portanto, o peculiar acontecimento da *Glorious Revolution*, ao se inserir na herança ideológica deixada por Coke e por outros juristas, criou uma situação em que:

> não apenas os governantes (ou, melhor dizendo, as classes dominantes no seu conjunto) eram freados pelas normas da lei no exercício do poder e não se abandonavam a atos de força e a ilegalidades (prisão arbitrária, uso de tropas contra a multidão, tortura e a seqüência de abusos que todos nós conhecemos), mas se identificavam com essas normas e com a ideologia subjacentes a elas o quanto bastava para permitir – ao menos em certos casos – que a lei regulasse efetivamente alguns dos conflitos de classe.[26]

A circunstância de que o direito invocado fosse, em primeiro lugar, o *common law* contribuiu, de modo decisivo, para tornar menos traumática a afirmação da concepção moderna da propriedade privada. O *common law* é, de fato, uma construção eminentemente histórica, que se formou por estratificação de antecedentes judiciários e de interpretações, e é, portanto, muito difícil de ser modificado *ex abrupto*. Essa característica do *common law*, entre os séculos XVII e XVIII, na Inglaterra, elevou o "direito" como campo de batalha, como âmbito fundamental do conflito social. De modo coerente com a própria ideologia legalista, os *Whigs* usararam o "direito" como principal instrumento para impor a nova definição de propriedade, proclaman-

25. Ibid., p. 263.
26. Ibid., p. 265.

do por lei a extinção dos direitos de uso consuetudinário não bem definidos, ou encorajando e garantindo o *enclosure*, o cercamento das terras. Em vez de se apresentar como um choque entre classes, a luta social manifestou-se como um choque entre a lei escrita, aprovada pelo Parlamento, e o direito consuetudinário. Essa luta assumiu a forma de um choque entre duas diversas concepções e práticas da propriedade e dos relativos direitos, choque que ocorria perante as Cortes de *common law* e era, portanto, caracterizado por um altíssimo grau de procedimentalização. Os *copyholders*, ou seja, os titulares dos direitos de uso da terra garantidos por decisões jurisdicionais quando estavam em condições de pagar um advogado, conseguiam combater de modo eficaz nas Cortes pelos seus direitos e, em alguns casos, evocando as normas de *common law*, saíam vitoriosos da causa. Essa situação deslocou em parte o choque da propriedade para as proceduras jurídicas. As reações violentas desencadearam-se toda vez que os proprietários de terra procuraram barrar a via judicial aos *copyholders*. A luta pela defesa dos interesses dos sujeitos expulsos dos campos transformou-se em uma "batalha pelo direito", pela possibilidade de recorrer aos meios judiciais[27].

Na esteira de Thompson, outros historiadores ingleses exaltaram as virtudes do *rule of law* como estratégia integradora das classes sociais. Em particular pôs-se em destaque a idéia de que a retórica constitucional *whig* do domínio da lei permitiu à Grã-Bretanha evitar a crise resultante do impacto da Revolução Francesa, consentindo a muitos antijacobinos, a partir de Edmund Burke, coligar-se com alguma plausibilidade em torno da plataforma da *Glorious Revolution* para barrar o impacto da Revolução Francesa. Christopher Harvie[28] propôs esse esquema como chave de leitura dos acontecimentos da primeira metade do século XIX. Diante do conflito social entre os anos 1790 e 1832, as classes dirigentes inglesas teriam podido se desvencilhar da ideologia legalista do *rule of law* com

27. Ibid., p. 260.

28. C. Harvie, *Revolutions and the Rule of Law*, em K. Morgan (organizado por), *The Oxford Illustrated History of Britain*, Oxford University Press, Oxford, 1984, particularmente, pp. 421-60.

o seu traço universalista, abolir as complexas estruturas jurídicas previstas pela Constituição e transformar o poder destas em pura violência repressiva. A campanha contra Paine, os *Combination Acts* (1799-1800), a repressão de Peterloo (1819) e os *Six Acts* (1820) caminharam seguramente nessa direção. Em última instância, porém, em vez de infringir a própria imagem e repudiar um século e meio de legalidade constitucional, as classes dirigentes escolheram também, dessa vez, a via legalista: o governo, contrariamente ao que ocorreu em outros países, manteve a ordem aplicando a lei em vez de recorrer a medidas arbitrárias. Portanto, até nos anos de maior tensão da agitação cartista[29], a experiência das classes subalternas na Grã-Bretanha não foi apenas uma experiência de repressão, mas foi também uma experiência de garantias constitucionais e legais. A reforma eleitoral e a extensão do sufrágio de 1832 revitalizaram a imagem do direito e fortaleceram a idéia de um Estado de Direito imparcial entre diversos interesses sociais, permitindo à Grã-Bretanha superar também o ano de 1848 sem os eventos dramáticos que marcaram os outros países europeus. Segundo a análise de Harvie, portanto, o *Reform Act* de 1832 restituiu credibilidade à idéia da lei como instrumento imparcial de delimitação do conflito político e social[30], desempenhando a função que, para Thompson, havia desempenhado o sistema jurídico produzido pela *Glorious Revolution*.

---

29. O cartismo foi um movimento político que se desenvolveu na Inglaterra na primeira metade do século XIX. O seu nome deriva do fato de que esse movimento lutava pela aprovação da assim chamada *Carta do Povo*, um documento que reunia as principais reivindicações políticas já apresentadas pela ala radical do alinhamento revolucionário (sufrágio universal masculino, voto secreto, eleições anuais, pagamento pelo exercício da função parlamentar, elegibilidade não baseada sobre a renda, igualdade na dimensão dos colégios eleitorais). Em uma primeira fase, o movimento cartista foi um movimento preponderantemente pacífico, limitando-se a reunir assinaturas em apoio da *Carta* que foi três vezes submetida ao Parlamento para a aprovação e três vezes recusada.

30. À reforma do sistema representativo seguiu-se, entre os anos 1830 e 50, uma série de leis que procurou adequar as estruturas estatais às novas exigências da sociedade industrial ou, se se preferir usar a expressão de Harvie, "incorporar" as classes médias "provinciais" em ascensão.

Uma chave de leitura similar foi proposta por McKibbin[31] no tocante aos choques sociais que se desenvolveram no período entre os séculos XIX e XX. Segundo McKibbin, também nesse período a legitimidade do sistema foi preservada pelo "domínio da lei" e pelo rigor com o qual as suas regras foram aplicadas. As modalidades com as quais foram administradas as lutas entre sindicatos e empresários fizeram parecer acreditável que o *fair play* e o "domínio da lei" não eram *slogans* vazios. As classes dirigentes perceberam que "maquiar", por meio da lei, os mecanismos do mercado em favor do movimento operário e recorrer a métodos coercitivos teria sido indefensável no plano da retórica e politicamente muito perigoso. Cientes desse risco, a partir da segunda metade do século XIX, estadistas como Peel, Gladstone e Disraeli visaram a construção de um *liberal consensus*, cujo eixo era o *rule of law*, capaz de tornar uma sociedade classista aceitável para as classes sociais subalternas[32]. Para o sucesso de sua obra, contribuiu, de modo determinante, o fato de que eles não se estavam construindo no vazio, não deviam "inventar" uma tradição, mas puderam limitar-se a restaurar o mito constitucional *whig*, recorrendo à retórica da Revolução Puritana e aos seus desdobramentos.

2. A teoria constitucional de Dicey: *rule of law* e soberania parlamentar

A retórica *whig* e a historiografia concernente aos acontecimentos políticos ingleses dos últimos séculos parecem, portanto, ir igualmente na direção de indicar no *rule of law*, no domínio do direito, o segredo que permitiu aos "direitos dos ingleses", antes de emergir e depois, pouco a pouco, de se afirmar como base fundamental da convivência social. Paradoxalmente, porém, até o fim do século XIX, nenhum jurista tinha tentado definir exatamente em que consistia o *rule of law*, qual era o

31. R. McKibbin, *Why was there no Marxism in Great Britain?*, "English Historical Review", 99 (1984), pp. 305-26.

32. H. Perkin, *The Origins of Modern English Society*, Routledge and Keegan, London, 1969, pp. 340-407.

núcleo em torno do qual girava o aparelho constitucional da Grã-Bretanha e como tal aparelho conseguira garantir os direitos de liberdade, que não tinham equivalência em nenhum outro sistema constitucional europeu. Essa empresa foi tentada por Albert Venn Dicey, que, na sua obra intitulada *Introduction to the Study of the Law of the Constitution*, publicada em 1885, descreve o funcionamento do sistema constitucional inglês apresentando-o como centrado sobre a categoria do *rule of law*[33].

O tratato de Dicey se distingue por ser a primeira obra de estrutura rigorosamente jurídica no campo do direito público inglês, que até então tinha sido dominado por estudos de caráter histórico, e pela clareza do seu estilo. Essas características decretaram o imediato e duradouro sucesso de *The Law of the Constitution* e fizeram dessa obra a pedra angular dos estudos de direito constitucional inglês. Hoje parece impossível reconhecer como pertecente a esse setor dos estudos jurídicos ingleses qualquer estudo anterior ao de Dicey. Parece até que Dicey tenha inventado a juspublicística britânica. Como base dessa impressão está o fato de que praticamente qualquer texto juspublicístico britânico, publicado nos últimos trinta anos, que pretenda ser tanto histórico como analítico, começa com uma discussão das teses de Dicey[34]. Ainda hoje, passados mais de cem

---

33. A noção de *rule of law* tinha sido utilizada precedentemente por Wiliamm Edward Hearn, ex-deão da Faculdade de Direito da Universidade de Melbourne, em *The Government of England. Its Structure and its Development* (Longmans, London, 1866, 2.ª ed., 1886). Dicey (*Introduction to the Study of the Law of the Constitution*, 1915, Liberty Fund, Indianapolis, 1982, p. CXXXVII). De qualquer modo, não reconhece nenhum débito em relação às teses de Hearn. Afirma, de fato, que estas, como a célebre análise do sistema constitucional inglês de Walter Bagehot, "têm e pretendem estar relacionadas sobretudo com convenções e acordos políticos, e não com normas jurídicas".

34. Ver, por exemplo: P. McAuslan, J. F. McEldowney, *Law, Legitimacy and the Constitution. Essays Marking the Centenary of Dicey's Law of the Constitution*, Sweet & Maxwell, London, 1985, e I. Harden, N. Lewis, *The Noble Lie. The British Constitution and the Rule of Law*, Hutchinson, London, 1986, ambos iniciam com uma seção sobre "Dicey e o *rule of law*"; P. P. Craig, *Public Law and Democracy in the United Kingdom and the United States of America*, Clarendon Press, Oxford, 1990, no qual o primeiro capítulo, depois do introdutório, é dedicado à análise do pensamento de Dicey.

anos da publicação da sua primeira edição, os juspublicistas e os cientistas políticos do Reino Unido discutem e criticam as teses contidas em *The Law of the Constitution*.

Ao ler a obra de Dicey deve-se levar em consideração que a teoria jurídica no fim do século XIX era dominada pela tese de John Austin, segundo a qual em um Estado deve existir um órgão soberano, isto é, um órgão cuja competência não seja predefinida e cujo poder não esteja sujeito a nenhum limite. Essa tese afirmou-se com grande facilidade, uma vez que ela parecia a proposição, em termos gerais, de outro elemento fundamental da retórica constitucional *whig*: o princípio da soberania do Parlamento[35]. Um dos motivos do sucesso de *The Law of the Constitution* está provavelmente no fato de que ela funde a posição austiniana e a tradição *whig*. Nessa obra, em perfeita sintonia com as teses de Austin e com a tradição constitucional nascida da *Glorious Revolution*, Dicey afirma, de fato, que os dois princípios fundamentais da constituição inglesa são: a soberania do Parlamento e o *rule of law*[36]. A aproximação desses dois conceitos leva Dicey a apresentar o *rule of law* como princípio capaz de limitar não o poder do Estado como um todo, mas – analogamente ao conceito de *Rechtsstaat* que vinha sendo delineado no mesmo período no continente –, exclusivamente, o do gover-

---

35. Dicey sustenta que ao estudioso do direito constitucional não pode escapar o fato de que "a teoria da soberania de Austin foi sugerida pela posição do Parlamento inglês": "no que concerne à relação entre a teoria da soberania de Austin e a constituição britânica", pode-se dizer que a soberania, como muitos outros conceitos austinianos, é uma abstração deduzida principalmente do direito inglês, exatamente como as idéias dos economistas da geração de Austin são (em grande parte) generalizações sugeridas pela situação do comércio inglês" (A. V. Dicey, op. cit., pp. 26-7).

36. Dicey sublinha desde o "Prefácio" de *The Law of the Constitution* que o seu tratado não pretende ser um simples manual, mas, como o título indica, uma introdução ao tema centrado sobre "dois ou três princípios-guia que inervam a moderna Constituição inglesa" (A. V. Dicey, op. cit., p. XXV). Os dois fundamentais "princípios ordenadores" da constituição inglesa, a seu ver, são: "primeiro, a soberania legislativa do Parlamento; segundo, a supremacia ou o governo universal do direito" (A. V. Dicey, op. cit., p. CXLVIII). Menor importância, ao menos *prima facie*, é atribuída ao terceiro princípio: "a dependência, em última instância, das convenções constitucionais por parte do direito constitucional" (A. V. Dicey, op. cit., p. CXLVIII).

no. O *rule of law* é apresentado como a melhor forma de tutela da liberdade dos indivíduos enquanto garantia contra a ação arbitrária do Poder Executivo:

> o estudo da política européia lembra sempre a um leitor inglês que onde quer que exista discricionariedade há espaço para o arbítrio, e que em uma república, não menos do que em uma monarquia, o poder discricional do governo comporta inevitavelmente a insegurança da liberdade jurídica dos súditos.[37]

Nenhum problema parece, ao contrário, suscitar a ilimitabilidade da soberania parlamentar a que é dedicada a primeira parte de *The Law of the Constitution*. Do princípio da soberania legislativa do Parlamento, afirma Dicey, deriva o fato de que o Parlamento mesmo tem o direito de fazer e desfazer qualquer lei e que nenhum órgão ou indivíduo tem, na Grã-Bretanha, o direito de não levar em conta a legislação parlamentar. O princípio da soberania do Parlamento implica, em outras palavras, que toda lei, ou parte da lei, cria um novo direito, ou então revoga ou modifica o direito existente e, portanto, deve ser observada pelas Cortes. Em força desse princípio nenhuma pessoa ou órgão tem o direito de revogar ou ignorar as leis do Parlamento, nem o de emanar normas que sejam aplicadas pelas Cortes em contraste com uma lei do Parlamento[38]. Nas primeiras linhas do capítulo "The Nature of Parliamentary Sovereignty", Dicey afirma que:

> o Parlamento pode, legitimamente, legiferar sobre qualquer matéria que, a seu ver, se preste a ser regulada pela legislação. Segundo a constituição inglesa, não existe nenhum poder que possa rivalizar com a soberania legislativa do Parlamento. Não existe, na realidade, nenhum dos supostos limites que seriam impostos pelo direito à autoridade absoluta do Parlamento, e não existe sinal de respeito por eles nas coletâneas de leis e ou na práxis das Cortes.[39]

---

37. A. V. Dicey, op. cit., p. 110.
38. Ibid., p. 4.
39. Ibid., pp. 24-5.

A soberania legislativa do Parlamento é, portanto, caracterizada por Dicey em termos austinianos: o Parlamento é soberano enquanto detentor de um poder absoluto, não limitado por nenhuma norma. Uma norma que definisse os limites desse poder configuraria o Parlamento como "não-soberano". Como sublinha Dicey, tal concepção da "soberania" do Parlamento torna estranha ao sistema constitucional inglês a distinção, realizada pelos juristas continentais, entre leis constitucionais (ou fundamentais) e leis ordinárias. Essa distinção está baseada, de fato, em critérios formais ou de produção, ao passo que no Reino Unido

> não existe nenhuma lei que o Parlamento não possa modificar. Para dizer a mesma coisa de modo levemente diverso: com base na nossa constituição, as leis fundamentais, ou assim chamadas constitucionais, podem ser modificadas pelo mesmo órgão e da mesma maneira do que qualquer outra lei, ou seja, pelo Parlamento no exercício da sua função legislativa ordinária.[40]

A constituição inglesa, portanto, por definição, enquanto centrada na soberania do Parlamento, não pode prever nenhum elenco de direitos fundamentais intangíveis. A soberania do Parlamento é, segundo Dicey[41], incompatível com a existência de um pacto fundamental que defina as competências de *qualquer* autoridade. Não existe nenhum limite ao poder legislativo do Parlamento, não existe *a fortiori* nenhum órgão que possa declarar nula uma norma legislativa por esta ter violado os princípios constitucionais e em particular os direitos fundamentais dos cidadãos[42]. No entanto, Dicey apressa-se em sublinhar que o Parlamento é o detentor da soberania jurídica, mas não o da soberania política. Esta última pertence ao corpo eleitoral. Não parece, porém, existir aí nenhuma garantia "constitucional"

---

40. Ibid., p. 37.
41. Ibid., p. 78.
42. "Não existe em nenhum lugar do Império britânico uma pessoa ou um órgão, executivo, legislativo ou judiciário, que possa declarar nulo um ato do Parlamento britânico, aduzindo o desacordo desse ato com a constituição, ou por qualquer outra razão, exceto, naturalmente, a sua revogação por parte do Parlamento" (A. V. Dicey, op. cit., p. 39).

para tutelar os "direitos dos ingleses". O Parlamento, embora livre de vínculos jurídicos, está sujeito a vínculos políticos (vínculos internos e externos)[43]. Do mesmo modo que nas teorias do *Recthsstaat* que se afirmaram na Europa continental, o legislador está submetido exclusivamente a um controle político.

Ao *rule of law*, segundo princípio-base da constituição inglesa, é intitulada a segunda seção, aquela mais extensa, de *The Law of the Constitution*. Nela Dicey analisa, em primeiro lugar, o *status* constitucional dos direitos individuais de liberdade, dedicando amplo espaço à liberdade pessoal garantida pelo *habeas corpus writs* e debruçando-se com particular atenção sobre a liberdade de associação e a de discussão. Nessa seção encontram-se também um capítulo sobre a lei marcial e a célebre discussão do direito administrativo.

Em "The Rule of Law: Its Nature and General Applications", IV capítulo de *The Law of the Constitution*, com o qual se abre a seção dedicada ao *rule of law*, Dicey sublinha que a supremacia do *rule of law* determina três diversos aspectos fundamentais do ordenamento constitucional britânico.

> Em virtude da "supremacia do *rule of law*" na Grã-Bretanha, nenhum homem pode ser punido ou legitimamente atingido nos seus bens ou na sua pessoa por uma precisa violação do direito averiguada segundo a normal procedura jurídica pelas Cortes ordinárias.[44]

Da supremacia do *rule of law* deriva-se, portanto, a constitucionalização de princípios fundamentais do liberalismo. Em força de tal supremacia, a constituição inglesa é caracterizada, em primeiro lugar, pelo princípio da estrita legalidade: qualquer ato do governo que incide na esfera da liberdade individual ou na propriedade deve ser previsto pela lei. Em segundo lugar, a Constituição sanciona o princípio da unicidade do sujeito de direito: todos os indivíduos, independentemente da sua

---

43. Para a distinção entre soberania legal e soberania política e a discussão dos vínculos internos e externos que o poder legislativo encontra, cf. A. V. Dicey, op. cit., pp. 26-35 e 285-9.

44. A. V. Dicey, op. cit., p. 110.

posição ou papel, estão sujeitos ao ordenamento jurídico. Como indica a evocação às "Cortes ordinárias" no passo citado, a peculiaridade da formulação diceyana deste último princípio consiste no fato de que ela sublinha tanto o aspecto da unicidade da lei quanto o aspecto da unicidade da jurisdição:

> falando do *rule of law* como característica do nosso país, queremos dizer não só que junto a nós nenhum homem está acima do direito, mas (coisa ligeiramente diversa) que aqui todo homem, sejam quais forem a sua classe ou a sua condição, está submetido à jurisdição dos tribunais ordinários.[45]

O princípio do *rule of law* sanciona, portanto, alguma coisa a mais do que a mera igualdade dos sujeitos perante a lei: ele impõe a sujeição de todos os indivíduos às mesmas leis administradas pelas mesmas Cortes. Dicey cinde o dogma liberal da unicidade do *status* jurídico em dois princípios: o da tradicional unicidade da lei e o da unicidade da jurisdição. Este segundo princípio diferencia nitidamente o sistema constitucional inglês dos outros sistemas continentais que reconhecem normalmente apenas o princípio da competência do juiz preconstituído por lei.

A ênfase no princípio da unicidade da jurisdição é fundamental na concepção do *rule of law* elaborada por Dicey, mas é também instrumental na sua polêmica contra o direito administrativo. De fato, o constitucionalista inglês sublinha que somente combinando o princípio de unidade da jurisdição com o princípio de legalidade, elimina-se a possibilidade de que o Executivo possa exercer um poder discricional. Por si só, o princípio de legalidade não pode garantir a absoluta supremacia do direito ordinário e excluir a existência do arbítrio, de privilégios ou também de uma ampla autoridade discricional por parte do governo. Tal garantia pode ser assegurada apenas pela "igual sujeição de todas as classes de cidadãos ao direito ordinário administrado pelas Cortes ordinárias". É, de fato, apenas essa sujeição que exclui que os agentes públicos ou outras classes de cidadãos possam se subtrair à jurisdição das Cortes ordiná-

45. Ibid., p. 114.

rias e, desse modo, ficar tacitamente isentos da observância da lei ordinária válida para todos. Há muitos exemplos que demonstram como na França, tomada como modelo paradigmático da Europa continental, aqueles que ocupam um cargo público "no exercício das suas funções usufruem, ou usufruíram, em alguma medida, de uma imunidade em relação ao direito ordinário, subtraindo-se à jurisdição dos tribunais e sujeitos em alguns âmbitos somente a um direito especial administrado por órgãos especiais"[46].

Igualdade perante o direito e ilegitimidade do direito administrativo e dos tribunais administrativos são, portanto, apresentadas, por Dicey, em conformidade à tradição de *common law* que, como vimos, remonta pelo menos a Blackstone, como duas faces da mesma moeda:

> na Inglaterra, a idéia de igualdade jurídica, ou seja, da sujeição universal de todas as classes a um único direito administrado pelas Cortes ordinárias, foi levada até o seu limite mais extremo. Em nosso país, qualquer funcionário, desde o Primeiro-Ministro até o mais simples inspetor ou cobrador de impostos, está sujeito à mesma responsabilidade por qualquer ato que ele realize em desacordo com o fundamento jurídico como qualquer outro cidadão. As coletâneas de jurisprudência abundam em casos nos quais os funcionários foram citados perante as Cortes e julgados puníveis a título pessoal, ou condenados a ressarcir o dano, por atos cumpridos no exercício das suas funções, mas que excediam a sua autoridade legítima.[47]

Merece ser determinado que do princípio de unicidade da jurisdição não deriva o fato de que a atividade dos agentes públicos não seja regulada *também* por leis particulares, que não dizem respeito aos cidadãos privados, e que os agentes públicos não possam ser chamados a responder pela violação dessas normas perante as Cortes especiais. O princípio sobre o qual Dicey insiste é que a função de agente público não garante nenhum privilégio para quem a exerce. Um agente público, seja qual for a categoria a qual pertença, não pode usar da sua função

46. Ibid., p. 115.
47. Ibid., p. 114.

para escapar dos deveres de um cidadão ordinário[48]. Esse princípio não vale, ao contrário, nos países da Europa continental. Aos olhos do constitucionalista inglês, de fato, o sistema de direito administrativo, vigente nos outros países europeus, e em particular na França, articula-se a partir do princípio de que as controvérsias nas quais estão envolvidos o governo e os seus funcionários fogem da competência das Cortes ordinárias, uma vez que tais controvérsias são da competência de órgãos *ad hoc*[49]. Ao sancionar a ilegitimidade do direito administrativo, o *rule of law* garante que a igualdade e os direitos dos cidadãos sejam mais seguros na Inglaterra do que na França, onde não é, de modo algum, verdadeiro que "todas as pessoas estejam sujeitas a um único direito, ou que as Cortes tenham uma autoridade suprema em todo o Estado"[50].

Chegamos agora ao terceiro aspecto da constituição inglesa resultante da supremacia do *rule of law*. Esse aspecto parece ser colocado por Dicey não no plano axiológico, mas no factual: não é um princípio, mas um dado histórico. Esse terceiro aspecto é apresentado como o produto específico da tradição inglesa de *common law* e, portanto, como uma característica originária da "constituição inglesa" que a diferencia nitidamente das constituições da Europa continental. Dicey afirma que o sistema constitucional da Grã-Bretanha

> é permeado pelo *rule of law* porque os princípios gerais da constituição (por exemplo, o direito à liberdade pessoal, ou o direito de se reunir em público) são o resultado de decisões judiciárias que determinam os direitos dos cidadãos em casos particulares levados em juízo; enquanto, segundo muitas constituições estrangeiras, a garantia (seja qual for) dos direitos individuais é ou parece ser o resultado dos princípios gerais da constituição.[51]

Que esse terceiro aspecto do *rule of law* não se coloque no plano dos princípios, é demonstrado pelo fato de que, ao descrevê-lo, Dicey não sublinha a sua valência normativa. Debruça-se,

---

48. Ibid., p. 115.
49. Ibid., p. 120.
50. Ibid., p. 115.
51. Ibid.

antes, no fato de que este representa o núcleo verdadeiro da tese "errônea", mas constantemente repetida, segundo a qual "a constituição não foi feita, mas se fez". Dicey não se utiliza dessa tese *whig*, que naquela época representava ainda um dogma da teoria jurídica inglesa[52], para legitimar a ordem constitucional no seu conjunto. Sustenta, antes, que se deve desmascarar, de uma vez por todas, o caráter absurdo da idéia segundo a qual, na Grã-Bretanha, "a forma de governo seja uma espécie de geração espontânea tão intimamente ligada à vida de um povo a ponto de não ser possível tratá-la como o resultado da vontade e da energia humana". Como argumentou John Stuart Mill, essa tese é insustentável no plano lógico: qualquer norma jurídica é o resultado da ação voluntária de seres humanos, e não é como uma árvore que, uma vez plantada, cresce por conta própria[53]. O dado histórico importante, que se pode e se deve extrapolar da retórica *whig* concernente ao desenvolvimento espontâneo da constituição inglesa, é que ela não foi criada de uma só vez. A tese de que "a constituição inglesa se fez e não foi feita" tem exclusivamente, em outras palavras, o mérito de assinalar, embora "de modo vago e impreciso", o *fato* de que ela é uma constituição criada pelos juízes, com todas as conseqüências, positivas ou negativas, que essa circunstância comporta. Em particular põe em evidência o dado essencial de que "as liberdades dos ingleses", "longe de serem o resultado da legislação, no sentido ordinário do termo, são o fruto das controvérsias levadas perante as Cortes em nome dos direitos individuais"[54].

---

52. Para um exame da discussão sobre essa tese, que percorreu boa parte da história jurídica inglesa, permito-me remeter à terceira parte do meu *Common law e costituzione nell'Inghilterra moderna. Introduzione al pensiero di Albert Venn Dicey*, Giappichelli, Torino, 1999.

53. "É preciso levar em consideração, mesmo se às vezes nos esquecemos disso, que as instituições políticas são um produto humano, devem a sua origem e toda a sua existência à vontade humana. Os homens não as encontraram desabrochadas numa bela manhã de verão. Elas não se assemelham às árvores, que, uma vez plantadas, crescem mesmo se os homens dormem. Em qualquer outra estação da sua existência, é a ação voluntária do homem que as modela como elas são" (J. S. Mill, *Consideration on Representative Government*, Longman, London, 1865, p. 4).

54. A. V. Dicey, op. cit., p. 116.

O terceiro aspecto do *rule of law* não é, portanto, apresentado como um princípio, mas como uma "fórmula" que esclarece que as normas que, nos países da Europa continental, fazem parte da Constituição, na Grã-Bretanha, ao contrário, "não são a fonte, mas a conseqüência dos direitos individuais assim como são definidos e tutelados pelas Cortes"[55]. Essa "fórmula" não fixa os limites da legitimidade constitucional de normas e institutos: lembra simplesmente o fato de que a "constituição inglesa" não é o fruto de uma atividade extraordinária destinada à sua produção, mas "o resultado do direito ordinário". É possível imaginar que Dicey atribua, de qualquer modo, a essa "fórmula" um conteúdo preceptivo no sentido de assinalar o caminho que se deve continuar a percorrer. O constitucionalista inglês não parece, porém, julgar que a constituição possa continuar a se desenvolver por via jurisprudencial[56]. Ao enfatizar esse terceiro aspecto do *rule of law*, Dicey parece querer sublinhar exclusivamente a diferença genética entre "a constituição inglesa" e aquelas da Europa continental.

Na realidade, o que interessa ao constitucionalista inglês é sublinhar que, na Inglaterra, contrariamente ao que ocorreu nos países da Europa continental, o ator fundamental do processo constitucional foram as Cortes, que, com a ajuda do Parlamento, fizeram um verdadeiro e próprio processo de constitucionalização dos direitos tradicionalmente garantidos pelo *common law*:

> em nosso país, os princípios do direito privado foram *de tal forma ampliados pela ação das Cortes e do Parlamento a ponto de determinarem a posição jurídica da Coroa e dos seu funcionários.*[57]

---

55. Ibid., p. 121.

56. Dicey sustenta explicitamente essa tese em outra obra célebre, as *Lectures on the Relations between Law and Public Opinion in England during the Nineteenth Century* (Macmillan, London, 1914, p. 489): "poder-se-ia deduzir que a esfera da produção judicial está destinada progressivamente a se limitar, até desaparecer por completo. Essa conclusão contém certo grau de verdade: nos dias de hoje, nenhum juiz poderia modelar o direito tão livremente quanto os seus predecessores podiam fazê-lo há alguns séculos. Nos dias de hoje, nenhum presidente de tribunal poderia ocupar uma posição análoga à de Coke, nem poderia fazer reformas similares àquelas realizadas ou tentadas por Lord Mansfield. Existem setores inteiros do direito que não concedem mais nenhum espaço ao direito judicial".

57. A. V. Dicey, *The Law of the Constitution*, cit., p. 121 (o grifo é meu).

Nesse processo, Cortes e Parlamento não desempenharam o mesmo papel e não devem, por isso, ser colocados no mesmo plano. O Parlamento, na qualidade de órgão legislativo, limitou-se, de fato, a receber e sistematizar a elaboração jurisprudencial das Cortes e quando participou, de modo criativo, do processo de constitucionalização dos direitos, o fez como *High Court* do país, e não como órgão legislativo[58], reelaborando, portanto, o *common law*, e não "criando" um novo direito.[59]

Se os direitos de produção jurisprudencial fossem codificados, afirma Dicey, a constituição do Reino Unido teria sido totalmente similar às constituições européias. Para provar essa tese, Dicey compara a constituição inglesa com a que foi aprovada, no decorrrer do século XIX na Bélgica, e elevada como modelo por ser considerada "uma síntese admirável das máximas guias do constitucionalismo inglês". A idéia, difusa na Europa continental, de que a Grã-Bretanha não tivesse uma constituição e, em particular, que não existissem direitos constitucionalmente garantidos é, portanto, absurda. Se se comparam as constituições continentais com as disposições jurídicas inglesas e, em primeiro lugar, com as de origem jurisprudencial, percebe-se que "a constituição inglesa", com o seu núcleo fundamental de direitos de liberdade, existe, mas não é sancionada por um único documento. Ela não contém uma declaração dos direitos, como é típico das constituições dos outros países. A tutela das liberdades pessoais encontra o próprio fundamento nas decisões jurisprudenciais: o direito constitucional não é outra coisa senão uma generalização dessas decisões.

---

58. Sobre o dúplice papel, de órgão judiciário e legislativo, do Parlamento inglês e sobre suas implicações para a teoria constitucional anglo-saxônica, cf. C. H. McIlwain, *The High Court of Parliament and its Supremacy*, 1910, Arno Press, New York, 1979. Para uma crítica, a meu ver não plenamente convincente, das teses de McIlwain, ver J. Goldsworthy, *The Sovereignty of Parliament. History and Philosophy*, Clarendon Press, Oxford, 1999.

59. "Os princípios que podem ser descobertos na constituição inglesa são, como todas as máximas estabelecidas pela legislação judiciária, meras generalizações extraídas das decisões e das opiniões dos juízes, ou das leis que, tendo sido aprovadas para vir ao encontro de exigências especiais, assemelham-se muito às decisões judiciárias e são, com efeito, sentenças pronunciadas pela *High Court of Parliament*" (A. V. Dicey, *The Law of the Constitution*, cit., p. 116).

Parece que o objetivo de Dicey é mostrar que a "constituição inglesa" assegura os direitos tanto quanto aquelas continentais, e que a diferença quanto à gênese dos direitos é uma diferença meramente formal, sem concretas conseqüências sobre a efetiva tutela dos próprios direitos. No desenvolvimento da sua argumentação, porém, a criação jurisprudencial dos direitos cessa, pouco a pouco, de ser um simples dado histórico. Dicey muda, de forma quase imperceptível, o plano do discurso e transforma a "fórmula", que devia apenas lembrar a gênese dos direitos dos ingleses, no eixo da sua concepção do *rule of law*. A circunstância que fez com que os direitos de liberdade fossem o resultado de decisões jurisprudenciais é elevada como garantia fundamental do efetivo gozo dos mesmos. O dado saliente é que os direitos de liberdade, definidos por Dicey como "princípios constitucionais", não são fruto de qualquer proclamação oficial, mas foram fixados nos casos particulares levados ao conhecimento das Cortes. O verdadeiro problema, afirma Dicey, não é a falta de uma constituição escrita na Grã-Bretanha que tornaria problemática a defesa dos direitos individuais, mas é, antes, a pouca proteção que tais direitos recebem nos países dotados de uma constituição escrita. A relação entre os direitos individuais e a "constituição" em um país como a Grã-Bretanha, onde tais direitos são fundados sobre decisões judiciais, é muito diversa da relação entre os direitos individuais e as constituições dos países da Europa continental nos quais existem cartas fundamentais produzidas por um ato constituinte. Nestes últimos,

> o direito individual à liberdade deriva ou é garantido pela constituição. Na Inglaterra, o direito à liberdade faz parte da constituição, porque é garantido pelas decisões das Cortes, ampliadas ou confirmadas depois pelos *Habeas Corpus Acts*.[60]

Segundo Dicey[61], os constituintes dos diferentes países europeus se dedicaram exclusivamente a "definir" os direitos individuais, prestando pouca atenção à necessidade de prever

60. A. V. Dicey, *The Law of the Constitution*, cit., p. 116.
61. Ibid., pp. 117-8.

instrumentos adequados para tutelar os direitos que proclamavam. Dicey insiste sobre a efetiva execução dada pelas Cortes às disposições constitucionais e sublinha que, especialmente quando se fala de direito constitucional, o aforismo latino *ubi jus ibi remedium* [onde há direito, lá existe o remédio] não é absolutamente mera tautologia. De fato, muitas vezes, os direitos constitucionais não passam de declarações[62] vazias. Sob esse perfil representa uma garantia o fato de que "os ingleses"

> tivessem formado gradualmente o complicado conjunto de leis e instituições que chamamos de Constituição, tivessem se dedicado com mais determinação em encontrar instrumentos para tutelar particulares direitos ou (o que é exatamente a mesma coisa vista por um outro lado) para evitar determinados erros, do que qualquer declaração dos direitos do homem ou dos ingleses.[63]

Em outras palavras, a produção judicial das disposições concernentes aos direitos individuais tem uma indubitável vantagem sobre aquela legislativa e sobre aquelas declarações dos direitos: tal produção pelo seu próprio modo de vir à luz conecta de maneira inseparável os instrumentos de tutela de um direito e o direito a ser tutelado. Representa, portanto, uma grande vantagem do sistema constitucional inglês a circunstância de que os atos legislativo em matéria de direitos, como os *Habeas Corpus Acts*, não fizeram outra coisa a não ser organizar as garantias criadas pelas Cortes. Essas leis constitucionais, afirma Dicey, mesmo sem proclamar nenhum princípio e sem definir nenhum direito, "valem pelos seus efeitos práticos mais do que cem artigos constitucionais que garantem a liberdade individual"[64].

Os direitos individuais previstos pelas constituições da Europa continental são meras "deduções" extraídas de princí-

---

62. "Saber se o problema dos direitos à liberdade pessoal ou à liberdade de culto gozem de uma garantia efetiva, depende em boa proporção da resposta à pergunta se as pessoas que redigem, consciente ou inconscientemente, a constituição do seu país comecem por definir ou declarar direitos ou, ao contrário, por inventar instrumentos para garantir e tutelar os direitos" (A. V. Dicey, *The Law of the Constitution*, cit., p. 117).

63. A. V. Dicey, *The Law of the Constitution*, cit., p. 118.

64. Ibid.

pios constitucionais. A previsão constitucional dos direitos não garante, de modo algum, os cidadãos contra a supressão ou suspensão destes; aliás a favorece, como demonstra o fato de que, nos países dotados de uma declaração dos direitos, a validade desta declaração é muitas vezes suspensa. O fato de que os direitos sejam previstos por um texto normativo especial, que sejam "alguma coisa de estranho e de independente do corpo ordinário do direito", torna-os como alguma coisa que pode facilmente ser posta de lado sem subverter a normal práxis jurídica. A previsão constitucional que, em teoria, teria o objetivo de fortalecer a garantia de alguns direitos considerados fundamentais, impedindo ao Parlamento de suprimi-los sem modificar de modo explícito a constituição segundo as proceduras especiais eventualmente previstas, acaba, portanto, por enfraquecê-los[65].

A história mostra que os direitos de liberdade são mais seguros na Grã-Bretanha, onde "o direito constitucional é pouco mais do que uma generalização dos direitos garantidos pelas Cortes aos indivíduos"[66], onde não tem sentido falar de direitos "fundamentais" ou de direitos mais garantidos do que os outros[67]. Em particular, os acontecimentos do século XIX mostram que, ao contrário, onde a liberdade individual é sancionada apenas pelos princípios constitucionais, se está certo de que a validade da carta constitucional que a garante possa ser suspensa ou revogada. O fato de que na Grã-Bretanha os direitos de liberdade tivessem sempre sido percebidos como parte do "direito ordinário" comporta, ao contrário, que ninguém considere que eles possam ser eliminados "sem uma verdadeira e própria revolução nas instituições e nos costumes da nação".

---

65. Ibid., p. 117.

66. Ibid., p. 119.

67. "A liberdade da prisão arbitrária, o direito de expressar a própria opinião a respeito de qualquer assunto, ressalvando a responsabilidade civil por afirmações difamatórias e a responsabilidade penal por afirmações sediciosas ou blasfemas, e o direito de usufruir dos próprios bens, aos olhos de um inglês parecem estar apoiados sobre uma mesma base: o direito ordinário. Dizer que a 'constituição garante' um conjunto de direitos mais do que outros seria, para um inglês, uma forma de discurso inatural ou insensata" (A. V. Dicey, *The Law of the Constitution*, cit., p. 119).

O fato histórico da produção jurisprudencial dos direitos constitucionais, o terceiro aspecto do *rule of law*, embora não seja, portanto, um preceito, representa uma importante garantia cotidiana para os direitos de liberdade dos cidadãos. De fato, é graças a esse terceiro aspecto histórico-factual que Dicey pode afirmar que no Reino Unido

> como a constituição se baseia no *rule of law*, a sua suspensão, posto que seja concebível alguma coisa do gênero, seria para nós uma verdadeira e própria revolução.[68]

3. O *rule of law* e a soberania do Parlamento na tradição do *common law*

Tendo esclarecido o que Dicey entende por *rule of law* e por soberania do parlamento, encontramo-nos diante do problema da compatibilidade entre esses dois princípios. Esse tema é provavelmente o mais debatido pelos constitucionalistas ingleses.

Os autores mais atentos à tutela dos direitos fundamentais criticaram severamente a concepção da soberania parlamentar elaborada por Dicey. Acusaram o constitucionalista inglês de não ter entendido que, como sublinhou August Friedrich Von Hayek, "toda a história do constitucionalismo, pelo menos a partir de John Locke [...] é a história da luta contra a concepção positivista da soberania e a correspondente concepção da onipotência estatal"[69]. A culpa de Dicey seria a de não ter percebido que, sem a imposição de precisos limites ao poder legislativo, os direitos e as liberdades garantidos tradicionalmente na Grã-Bretanha pelo *common law* podem ser abolidos a qualquer momento pelo Parlamento. Esses autores criticam a tese de Dicey não apenas no plano "ideológico", mas também no da honestidade jurídica. Segundo eles, a constituição inglesa não prevê absolutamente, entre os seus princípios, a so-

---

68. A. V. Dicey, *The Law of the Constitution*, cit., p. 120.

69. A. F. von Hayek, *Law, Legislation and Liberty*, Routledge, London, 1973-9, vol. II, p. 61.

berania do Parlamento. Geoffrey De Q. Walker, por exemplo, falou de "dúbio dogma diceyano da soberania do Parlamento", acusando *The Law of the Constitution* de ser "similar a um enorme e espantoso monumento vitoriano que domina o cenário jurídico e constitucional, produzindo um efeito hipnótico na percepção jurídica"[70].

Os críticos de Dicey sustentam, em síntese, que *The Law of the Constitution* é marcado por uma leitura do sistema constitucional inglês centrada na lei. Dicey é acusado de ter reduzido o princípio do *rule of law* a mera "regra de reconhecimento". Interpretando a noção de *rule of law* à luz da idéia de "soberania do Parlamento", esses autores, em outras palavras, entendem Dicey como se ele afirmasse que "o Parlamento é a autoridade última, livre de qualquer vínculo legal e da qual toda regra legal extrai a sua validade"[71]. Eles interpretam *The Law of the Constitution* como se a obra afirmasse que toda norma produzida pelo Parlamento, em cumprimento aos procedimentos que regulam a sua atividade, tivesse de ser observada pelas Cortes enquanto válida, sem levar em conta o seu impacto sobre os direitos e sobre as expectativas legítimas dos indivíduos. Dicey, em suma, mais do que como o nobre fundador do constitucionalismo britânico contemporâneo, é imaginado como o autor que difundiu, entre os juristas ingleses, o dogma austiniano da soberania do Parlamento, enfraquecendo consideravelmente a tutela dos direitos individuais.

Para os juspublicistas mais complacentes, em *The Law of the Constitution* o princípio da soberania do Parlamento é apenas justaposto ao do *rule of law*. De tal justaposição deriva uma "contradição pragmática"[72] que marca todo o modelo constitucional proposto. Dever-se-ia, portanto, imputar a Dicey um substancial enfraquecimento do direito constitucional inglês que, em *The Law of the Constitution*, teria sido fundado sobre

---

70. G. De Q. Walker, *Dicey's Dubious Dogma of Parliamentary Sovereignty: A Recent Fray with Freedom of Religion*, "The Australian Law Journal", 59 (1985), pp. 283-4.

71. T. R. S. Allan, *Law, Liberty, and Justice*, Clarendon Press, Oxford, 1993, p. 16.

72. D. Dyzenhaus, *Hard Cases in Wicked Legal Systems: South Africa Law in the Perspective of Legal Philosophy*, Clarendon Press, Oxford, 1991, pp. 236-8.

bases contraditórias, incertas e inseguras[73]. Quem defende essa tese parte do pressuposto de que é impossível conciliar a ênfase sobre o *rule of law* com a teoria da soberania ilimitada do Parlamento. Também segundo esses autores, a principal culpa de Dicey seria a de ter sabido resistir à influência do positivismo jurídico de Austin[74], influência que lhe teria impedido de elaborar uma visão coerente da constituição[75]. Allan procurou até mesmo acreditar na existência de dois Diceys: o mentor da soberania parlamentar e o constitucionalista que luta para se livrar das correntes do autoritarismo hobbesiano que ele tinha herdado por meio de Austin[76].

Se é verdade que a reconstrução do sistema constitucional feita por Dicey é filha do seu tempo, é igualmente verdade que também as interpretações da sua obra se ressentiram fortemente da influência do ambiente cultural no qual foram elaboradas. A crise na qual se debateu o *common law* na segunda metade do século XIX abriu o caminho do sucesso para as teses de Austin e para uma teoria constitucional centrada na lei. Esta, além de encontrar o campo já preparado pela retórica *whig* acerca da soberania parlamentar, pôde servir-se dos efeitos favoráveis da extensão do sufrágio eleitoral, ocorrido entre 1866 e 1884, e que seguramente fortaleceu a autoridade do Parlamento. Nessa época o dogma da soberania parlamentar foi, naquele período, metabolizado por juristas ingleses, a ponto de fazer com que parecesse destituída de contato com a realidade qualquer teoria que não partisse desse dogma[77]. Não é, portanto, surpreendente que *The Law of the Constitution* tivesse sido imediatamente recebida como uma obra austiniana e que o pilar do sistema constitucional proposto por Dicey tivesse sido considerado o princípio da soberania parlamentar, e não o do *rule of law*. O tratado de Dicey foi concebido, escrito, revisto,

---

73. R. W. Blackburn, *Dicey and the Teaching of Public Law*, "Public Law", (1985), pp. 692-3.

74. Para a influência do positivismo austiniano em Dicey, cf. M. Loughlin, *Public Law and Political Theory*, Clarendon Press, Oxford, 1992, pp. 13-23.

75. T. R. S. Allan, op. cit., p. 16.

76. Ibid., p. 2.

77. Ibid., p. 16.

lido e discutido em um ambiente, como aquele dos juristas ingleses entre os séculos XIX e XX, impregnado de austinianismo[78]. Era de todo normal que naquele ambiente se fizesse uma interpretação de tipo centrado na lei do *The Law of the Constitution*, transmitindo-a como modelo de interpretação para o debate constitucional do período posterior à Segunda Guerra Mundial[79].

A consolidação dessa interpretação foi seguramente favorecida pelo fato de que à complexidade do ideal do *rule of law* corresponde a superficialidade teórica e a postura fortemente pragmática de Dicey. Parece, contudo, difícil negar que, mesmo com toda a sua falta de sofisticação filosófica, Dicey tentou dar conteúdo ao *rule of law*, considerando-o a pedra angular da constituição inglesa. Mesmo não conseguindo distinguir claramente entre teoria constitucional e aspecto contingente das instituições jurídicas britânicas[80], a ênfase dada aos princípios gerais de um sistema constitucional fundado sobre o *rule of law* representa, como foi corretamente dito, o "mérito duradouro"[81] da sua análise. Afirmando que o *rule of law* consiste na aplicação, por parte das Cortes, dos princípios gerais da constituição, que não são senão os já tradicionais princípios de liberdade[82], Dicey insiste sobre a necessidade de estudar o sistema jurídico inglês sob o ângulo da tutela das liberdades civis, *como também além,*

78. Para uma reconstrução do debate jurídico inglês do fim do século XIX e do papel representado neste pelas teses de Austin, permito-me remeter ao meu *Common law e costituzione nell'Inghilterra moderna*, cit., pp. 56-107.

79. Para confirmar esta tese pode-se notar que grande parte das críticas parecem dirigidas mais contra a interpretação das teses de Dicey desenvolvida no decorrer do século XX do que contra as próprias teses. É significativo, por exemplo, o fato de que Dyzenhaus (op. cit., pp. 236-8) associe as teses de Dicey com as de Sir William Wade, juspublicista inglês contemporâneo, e acabe por concentrar as suas críticas principalmente sobre aquelas do segundo, ou o fato de que, mais do que criticar a teoria de Dicey em si mesma, atribuiu-se a ela a culpa por ter favorecido o uso dogmático por parte da jurisprudência britânica da noção de "soberania do Parlamento" (T. R. S. Allan, op. cit., p. 16). Para um exame do debate juspublicístico britânico ou do papel representado nele pelas testes de Dicey, ver M. Loughlin, op. cit., passim.

80. T. R. S. Allan, op. cit., p. 46.

81. N. S. Marsh, *The Rule of Law as a Supra-National Concept* em A. Guest (organizado por), *Oxford Essays in Jurisprudence*, First Series, Clarendon Press, Oxford, 1961, p. 241.

82. Cf. A. V. Dicey, *The Law of the Constitution*, cit., p. 115 e capítulos 5-7.

sob o ângulo do controle dos poderes do governo. Não há dúvida de que Dicey exagere nos méritos do sistema britânico quanto à tutela dos direitos fundamentais em relação às outras democracias ocidentais, mas isso não significa que ele faça uma representação errônea[83] delas.

A polêmica de Dicey contra o constitucionalismo continental, em particular o francês, é, em primeiro lugar, uma polêmica contra os sistemas nos quais existe um poder que pode modificar o elenco dos direitos constitucionais "com uma só penada". É à luz dessa polêmica que deve ser interpretada a noção de soberania do Parlamento. Aos olhos de Dicey, a superioridade do sistema inglês reside precisamente no fato de que a tutela dos direitos é confiada, para além e antes do Parlamento, ao corpo judicial que se formou à luz da tradição de *common law*. Contrapor Dicey à tradição que vê nas "liberdades dos ingleses" o pilar da constituição britânica, parece-me uma operação exegética que desvirtua o sentido da sua obra.

No *The Law of the Constitution* é evidente que Dicey se orgulhava da tradição de *common law* que tinha permitido proteger na Grã-Bretanha, muito antes do que nos outros países, liberdades importantes e cânones de justiça e eqüidade que ainda hoje são fundamentais. Parece, portanto, legítimo separar, no plano historiográfico, além do teórico, as suas teses da posição centrada na lei de Austin e relacioná-las à tradição de *common law*. Embora possa ter sido grande a influência de Austin sobre Dicey, essa não o levou jamais a sustentar que o Parlamento é a fonte de toda regra legal. Dicey está bem longe de acolher a tese austiniana, e antes ainda hobbesiana, segundo a qual o *common law* é válido enquanto tacitamente aceito pelo soberano. Como procurarei mostrar, Dicey sustentou, ao contrário, que

83. Sir Ivor Jennings (*The Law and the Constitution*, London University Press, London, 5ª edição, 1967, p. 39), que dedicou toda a sua vida construindo uma representação do direito constitucional inglês em contraposição àquela de Dicey, afirmou que a tese segundo a qual os princípios constitucionais gerais se baseiam sobre as decisões jurisprudenciais é "a representação muito parcial de um fato verdadeiro". É preciso notar que Jennings entende a expressão os "princípios gerais da constituição" em sentido literal, escolhendo como exemplo a soberania do Parlamento. Dicey, ao contrário, parece referir a essa expressão somente os direitos de liberdade.

as Cortes de *common law* são os árbitros da validade do direito parlamentar. Pode-se dizer que *The Law of the Constitution* representa a tentativa de traçar uma *common law constitution*. Na ausência de uma verdadeira e própria lei constitucional, consagrada em um documento escrito e venerada como fundamento da autoridade legal, Dicey atribui ao *rule of law* a função de conferir categoria constitucional aos direitos tradicionalmente reconhecidos aos ingleses pelo *common law*. No quadro traçado por Dicey, mais do que na definição que ele dá do mesmo, o *rule of law* reflete e incorpora as idéias e os valores em torno dos quais se articulou, no seu secular desenvolvimento, o *common law*. O *rule of law* é em si mesmo uma etiqueta em grande parte vazia, cujo conteúdo é determinado pelo *common law*: é este, em última instância, que define as características da constituição.

A intenção de Dicey é mostrar que o *rule of law* e a soberania do Parlamento são os dois princípios aos quais pode ser reconduzido o direito constitucional inglês. O problema da incompatibilidade entre soberania parlamentar e *rule of law* é, para Dicey, literalmente inconcebível. O *rule of law* é apresentado não só como absolutamente compatível com a soberania do Parlamento, mas também como indissoluvelmente ligado a ela. Para Dicey, a supremacia do direito está "intimamente" ligada à soberania do Parlamento e a ambas deve-se a segurança garantida pela constituição inglesa aos direitos individuais. Soberania do Parlamento e supremacia da lei são apresentadas como noções equivalentes. Essa posição comporta, porém, a redução do *rule of law* a mero princípio de legalidade. Em outras palavras, se se faz coincidir a supremacia da lei com a soberania do parlamento, o *rule of law* é reduzido, como afirmam os críticos de Dicey, a uma simples "regra de reconhecimento", e torna-se difícil sustentar que ele possa garantir o respeito das "liberdades dos ingleses".

Dicey trata explicitamente desse problema[84], afirmando que a soberania do Parlamento, diferentemente de outras formas

84. No capítulo XIII, intitulado "Relation between Parliamentary Sovereignty and the Rule of Law". Esse capítulo suscitou muitas perplexidades nos juspublicistas ingleses: E. Barendt (*Dicey and Civil Liberties*, "Public Law" (1985), pp. 600-1), por exemplo, definiu esse capítulo "seguramente como uma das partes menos felizes do livro".

de poder soberano, favorece a supremacia do direito, ao passo que o predomínio da rigorosa legalidade remete ao exercício da soberania do Parlamento e, portanto, aumenta a sua autoridade[85]. Os dois princípios, portanto, não se limitam reciprocamente, mas, longe de serem conflitantes, um reforça o outro.

Para compreender a linha argumentativa de Dicey, deve-se lembrar que ela parte do postulado austiniano, segundo o qual em um Estado deve existir, por definição, um órgão soberano, ou seja, um órgão cujo poder é originário, não deriva de nenhuma norma e, portanto, não tem nenhum limite predefinido. A argumentação é desenvolvida, pelo menos em primeira instância, como se o *rule of law* consistisse no mero princípio de legalidade, ou seja, no princípio segundo o qual as atitudes do Executivo e das autoridades administrativas em geral são legítimas somente se estiverem conforme a lei. Dada essa posição, parece como certa a tese de Dicey segundo a qual a soberania do Parlamento favorece a supremacia do direito ordinário. O raciocínio poderia parecer pura tautologia. Se em um Estado deve existir necessariamente um órgão soberano, somente a soberania do Parlamento pode garantir o *rule of law*. De fato, apenas o Parlamento expressa a própria vontade através dos *Acts of Parliament*. A soberania do Parlamento e o *rule of law* garantem que o Poder Executivo não possa fazer outra coisa senão aplicar as leis aprovadas pelo Parlamento.

Dicey, porém, afirma que a relação entre soberania do Parlamento e *rule of law*, que ele apresentou como a característica fundamental da constituição inglesa, não é automática. Se é verdade que a soberania do Parlamento, assim como se desenvolveu na Inglaterra, promove a supremacia do direito, não é verdade que isso ocorre em todos os países que têm um governo parlamentar[86]. Tomando ainda uma vez como termo de comparação a situação da França, Dicey afirma que a Assembléia Nacional francesa, cujos poderes correspondem, em suma, aos do Parlamento inglês, exerce a sua soberania com um "espírito diverso". O legado da monarquia dos Bourbons e do império napoleônico induz a Assembléia a ser propensa a interferir

---

85. A. V. Dicey, *The Law of the Constitution*, cit., p. 268.
86. Ibid., p. 271.

nas mínimas práticas administrativas e a ter desconfiança da independência e autoridade dos juízes. Mas, sobretudo, impulsiona a mesma a não contrastar "o sistema do *droit administratif* que os franceses – muito provavelmente com razão – consideram uma instituição adequada ao próprio país". Essa postura leva, portanto, a Assembéia Nacional francesa a deixar nas mãos do governo amplos poderes não apenas executivos, mas também legislativos, poderes que o Parlamento inglês não concedeu jamais ao governo ou aos seus funcionários[87].

Apesar de alguns exageros, a análise de Dicey colhe um dado importante da tradição constitucional inglesa. A diferença entre a postura do Parlamento inglês e a da Assembléia Nacional francesa em relação à administração pública deve ser reconduzida ao fato de que na Inglaterra os membros da administração pública não perderam, mesmo depois da parlamentarização do governo, a posição de "funcionários da Coroa". Segundo Dicey, a postura do Parlamento para com os funcionários públicos é, em 1915[88], sempre aquela do tempo no qual os "funcionários da Coroa" dependiam do rei, ou seja, de um poder que despertava naturalmente a suspeita e a vigilância do Parlamento. A compatibilidade entre *rule of law* e soberania do Parlamento seria, portanto, devida ao fato de que

> mesmo soberano, o Parlamento, diferentemente de um monarca soberano que é não apenas legislador mas também governante,

87. Ibid. Na tentativa de tornar clamarosa a contraposição entre o sistema francês e o sistema inglês, Dicey defende uma tese evidentemente forçada e anacrônica. A compatibilidade entre a soberania do Parlamento e o *rule of law* é reconduzida, de fato, à circunstância que o Parlamento inglês nunca exerceu diretamente poderes executivos nem nomeou jamais os funcionários do poder executivo (A. V. Dicey, *The Law of the Constitution*, cit., p. 269). Como prova da implausibilidade dessa afirmação é suficiente lembrar que, muitos anos antes, Walter Bagehot, no seu célebre *The English Constitution* (1872) (Oxford University Press, London, 1928) tinha sublinhado que Parlamento e Governo constituíam na Inglaterra quase um único órgão constitucional.

88. Seria mais correto dizer em 1885, ano da primeira edição de *The Law of the Constitution*, visto que Dicey não fez a revisão dessa tese nas edições sucessivas. A descrição do funcionamento do "Government" feita por Bagehot demonstra de qualquer modo que as teses de Dicey eram anacrônicas também em 1885. Sobre as diversas edições de *The Law of The Constitution*, cf. E. Santoro, *Common Law e costituzione nell'Inghilterra moderna*, cit., pp. 9-15.

ou seja, chefe do poder executivo, não pôde nunca usar os poderes do governo como meio para interferir no curso regular do direito; coisa ainda mais importante, o Parlamento olhou desfavoralmente e com suspeita para todas as imunidades dos funcionários à responsabilidade ordinária dos cidadãos ou à jurisdição das Cortes ordinárias; a soberania parlamentar foi fatal para o desenvolvimento do "direito administrativo".[89]

Dicey traça aqui um quadro que permite entender, ao menos sob um ângulo histórico, qual é o fundamento da sua concepção do *rule of law*. A relação entre Parlamento, Governo e corpo judicial desenvolveu-se na Inglaterra a partir de um choque que viu reunidas as Cortes e o Parlamento contra a Coroa. Esse choque teve o seu momento mais agudo no século XVII e culminou na vitória da aliança entre Parlamento e Cortes que, a partir do século XVIII, tiveram liberdade para desenhar a ordem constitucional[90]. Esses acontecimentos fizeram com que, como sublinha Dicey, o Parlamento pudesse mostrar uma tendência em proteger a independência dos juízes da mesma forma que os soberanos pretenderam garantir os funcionários públicos no exercício dos seus poderes[91]. A evolução histórica levou, portanto, a uma situação em que o Parlamento é soberano, mas tem de exercer a sua soberania em conformidade com as

---

89. A. V. Dicey, *The Law of the Constitution*, cit., p. 270.

90. Como sublinha Jennings (op. cit., pp. 158-60), depois da *Glorious Revolution* as fronteiras entre os poderes do Parlamento e os das Cortes foram sendo delineadas pelo *modus vivendi*, paulatinamente, encontrado entre essas duas instituições. Os juízes não contestaram o poder do *Long Parliament* nem se opuseram à restauração de Carlos II, à ascensão ao trono de Guilherme e Maria estabelecida pelo *Bill of Rights* ou àquela da linhagem de Hannover estabelecida pelo *Act of Settlement*. Como emerge dos *Reports* de Coke, as Cortes poderiam ter julgado como não válidos esses atos segundo o *common law*, mas não fizeram isso. As fronteiras entre os poderes das Cortes e os do Parlamento nunca se tornaram, portanto, objeto de conflito político. Essa postura fez com que nunca se apresentasse a necessidade de definir de modo unívoco e formal a hierarquia entre *common law* e *Acts of Parliament*.

91. A. V. Dicey, *The Law of the Constitution*, cit., p. 270. O sinal mais evidente dessa aliança simbiótica é que parece de todo normal o fato de que, rigorosamente falando, os juízes não são inamovíveis; podem ser removidos do cargo por meio da decisão das duas Câmaras. Os magistrados aceitaram de bom grado ser "independentes de qualquer poder do Estado, exceto o do Parlamento".

Cortes, que são as suas aliadas. É a práxis judicial tornada possível por essa peculiar relação, e por suas raízes históricas, que torna plausível a concepção do *rule of law* proposta no *The Law of the Constitution*.

Para seguir o raciocínio de Dicey é útil dar um passo para trás e reexaminar a equiparação entre *rule of law* e princípio de *legalità*. Essa equiparação constitui, de fato, o ponto seguramente mais ambíguo e controverso da teoria diceyana. Dicey parece muitas vezes dar como certo que o *rule of law* não garanta os direitos fundamentais, mas se limite a proteger os indivíduos contra a arbitrariedade do governo. Comparando a situação inglesa do século XVIII com a dos países da Europa continental, ele reconhece, por exemplo, que muitos dos governos continentais não eram de maneira nenhuma opressivos, e todavia não existia nenhum país em que os cidadãos estivessem seguros contra o exercício arbitrário do poder. Dicey admite, em outras palavras, que a singularidade da Inglaterra não estava tanto na bondade ou na mansidão, mas na legalidade do seu sistema de governo[92]. Pareceria, portanto, que o *rule of law* não define de modo direto os direitos que são atribuídos aos cidadãos, mas se limite a garantir a previsibilidade das ações das autoridades estatais, a certeza do direito. A liberdade garantida pelo *rule of law* pareceria, em outras palavras, uma liberdade residual: a liberdade de fazer aquilo que a lei não proíbe. Em um sistema desprovido de uma declaração dos direitos e baseado no *rule of law* não existe nenhum conjunto mínimo de direitos fundamentais que a lei seja obrigada a respeitar.

O *rule of law*, portanto, longe de remeter a um elenco de direitos fundamentais garantidos, parece se identificar com o mero princípio de legalidade[93]. Se se aceita essa redução do *rule of law* ao princípio de legalidade, então, não faria verdadeira-

---

92. A. V. Dicey, *The Law of the Constitution*, cit., p. 111.

93. É indicativo que a seção de *The Law of the Constitution* dedicada ao *rule of law* se abra com uma longa citação de um passo de Tocqueville em que o espírito de legalidade dos ingleses é exaltado como superior ao dos suíços que também possuem uma constituição escrita (e além disso rígida). Dicey, às vezes, parece identificar espírito de legalidade e *rule of law*: escreve, por exemplo, que a característica peculiar das instituições inglesas é "o *rule of law* ou o predomínio do espírito legal" (A. V. Dicey, *The Law of the Constitution*, cit., p. 115).

mente nenhuma diferença, escreve Dicey[94], se os indivíduos estivessem protegidos contra qualquer risco de prisão arbitrária, graças a uma liberdade pessoal garantida pela constituição tal qual acontecia em países como a Bélgica, dotados de uma constituição que tutelava os direitos fundamentais, ou se o direito à liberdade pessoal, ou seja, à proteção contra a prisão arbitrária, fizesse parte da constituição por que garantido pelo direito ordinário, como acontecia na Inglaterra. É, de fato, evidente que se a previsão constitucional dos direitos fundamentais confere ao Parlamento a possibilidade de revogá-los com uma só penada, o *rule of law*, entendido como mero princípio de legalidade, enquanto protege os cidadãos contra a prisão e contra qualquer outra ação arbitrária realizada pelo executivo, não lhes garante, em absoluto, nenhuma liberdade, uma vez que o Parlamento pode aprovar em qualquer momento leis extremamente restritivas. Tal princípio impõe, de fato, apenas que as interferências na vida, liberdade e propriedade dos sujeitos sejam autorizadas pela lei.

A chave para resolver essa contradição aparente na teoria de Dicey encontra-se na ênfase que ele põe no fato de que o Parlamento expressa a própria vontade apenas através dos *Acts of Parliament*. Esse dado, afirma Dicey, aumenta imensamente a autoridade dos juízes. Fulcro da concepção do *rule of law* elaborada por Dicey é o postulado que, por definição – e não em virtude de uma norma constitucional que limita a soberania do Parlamento[95] –, cada lei atribui às Cortes ordinárias o poder de aplicá-la e de julgar sobre a sua aplicação por parte de alguma autoridade administrativa. Como afirma Jennings[96],

94. A. V. Dicey, *The Law of the Constitution*, cit., p. 117.

95. Dicey não pode sustentar que o Parlamento não tem o poder de emanar uma lei que exclua a competência das Cortes ordinárias pelas matérias por ela disciplinadas. Defender tal tese significaria, de fato, infringir a posição austiniana e admitir, ao menos, uma limitação parcial da soberania parlamentar. A existência de tal limite da competência parlamentar esteve também em tempos recentes no centro de numerosas controvérsias no campo do direito administrativo. Ver, a propósito, a célebre decisão da causa *Anisminic v. Foreign Compensation Commission* (1969, 2 AC 147) que, em suma, abraça a concepção diceyana do *rule of law*.

96. I. Jennings, op. cit., pp. 152-3.

o princípio fundamental da "constituição inglesa" não é a soberania do Parlamento, mas a regra segundo a qual as Cortes aplicam como direito o que foi aprovado conforme as formas jurídicas prescritas[97]. É essa "regra" que permite Dicey apresentar a soberania do Parlamento e o *rule of law* não só como termos mutuamente compatíveis, mas sinérgicos, e afirmar que a supremacia do direito torna necessário o exercício da soberania parlamentar[98].

Mas isso não é tudo. Dicey sublinha ainda que é essencial para a vigência do *rule of law* que as Cortes, como tradicionalmente fizeram as Cortes inglesas, não se refiram, na tarefa de interpretar a lei, a outra coisa do que ao seu sentido literal:

> um projeto de lei aprovado pelo Parlamento torna-se imediatamente sujeito à interpretação judicial, e os juízes ingleses sempre rejeitaram, ao menos em linha de princípio, interpretar uma lei do Parlamento a não ser com referência às palavras do texto aprovado.[99]

Essa prescrição poderia parecer uma ritual enunciação do princípio da subordinação das Cortes à vontade do legislador, ou seja, uma reafirmação daquele princípio que na França levou por um breve período à introdução do *référé législatif*[100]. Ela indica, ao contrário, um caminho exatamente oposto. Advertindo

---

97. Jennings prossegue sublinhando que "as Cortes não se interessam, de modo algum, pela soberania, mas apenas pelo direito vigente. A 'soberania jurídica' é apenas um nome para indicar que o Legislativo tem, no momento, o direito de emanar lei de qualquer tipo segundo a procedura prevista pelo direito". Em outras palavras, uma norma promulgada pela rainha, "com o parecer e o consenso dos Lords espirituais e temporais, e dos Comuns reunidos neste Parlamento, e em virtude da autoridade dos mesmos, será reconhecida como direito pelas Cortes". De resto, a própria noção diceyana de "soberania legal" implica que o poder do parlamento não seja originário e absoluto, mas derive de uma fonte jurídica, de outra forma não é claro o que a torna "legal" (cf. I. Jennings, op. cit., p. 156).

98. A. V. Dicey, *The Law of the Constitution*, cit., p. 271.

99. Ibid., p. 269.

100. Segundo esse sistema, introduzido no período da revolução, o intérprete devia remeter ao legislador, para que definisse uma regra clara, os casos que julgava dúbios por uma lacuna do ordenamento jurídico ou pela obscuridade da lei.

os juízes para se aterem exclusivamente às palavras do texto legislativo, Dicey quer, de fato, lembrá-los que *não devem levar em conta absolutamente a intenção do legislador*: "um juiz inglês não levará em conta [...] as mudanças que um projeto de lei pode ter sofrido entre o momento da sua primeira apresentação no Parlamento e o da sua promulgação por parte do rei"[101]. Essa regra hermenêutica, afirma Dicey, é um elemento fundamental para assegurar a autoridade dos juízes e a estabilidade do direito.

A idéia de que o legislador desapareça e permaneça apenas o texto legislativo é o pressuposto essencial do sistema constitucional delineado por Dicey: é a precondição que permite às Cortes o exercício de uma atividade normativa própria e autônoma. Ela, de fato, cria o quadro no qual a atividade judicial se configura não como a continuação da obra do legislador, mas como uma atividade dotada de finalidades autônomas[102]: as Cortes não devem dar execução à vontade do legislador, mas têm de amalgamar a sua vontade com a tradição constitucional incorporada no *common law*. Por trás da regra hermenêutica que proíbe aos juízes de considerar as leis como expressão da vontade do Parlamento, está, de fato, a consciência de que os juízes, que são chamados a interpretar a lei, são influenciados não apenas pelos sentimentos típicos da magistratura, que, como

---

101. A. V. Dicey, *The Law of the Constitution*, cit., p. 269.

102. O núcleo essencial da doutrina constitucional de Dicey está bem representado pelas palavras pronunciadas não muitos anos atrás pelo Lord Wilberforce perante a House of Lords no decorrer da discussão do caso *Black-Clawson v. Paperwerke Waldhof-Aschaffenburg* ([1975] AC 591, 629-30, citado por T. R. S. Allan, op. cit., p. 79): "Este poder, conferido aos juízes desde os primórdios, é uma parte essencial do processo constitucional por meio do qual os sujeitos são postos sob o *governo da lei – enquanto distinto do governo do rei ou o do Parlamento* – [...]. O dito segundo o qual a função das Cortes consiste em averiguar a vontade ou a intenção do Parlamento é repetido muitas vezes [...]. Se é afirmado com demasiada freqüência ou sem refletir sobre isso, induz a descurar o elemento importante da interpretação judicial; um elemento não limitado à análise mecânica das palavras hodiernas, mas [...] correlato a questões como a compreensibilidade para os cidadãos, a pertinência constitucional, as considerações históricas, as normas internacionais, os efeitos racionais e não-retroativos e, sem dúvida, em alguns contextos, as necessidades sociais" (o grifo é meu).

vimos, é "ciumenta" em relação ao poder do Executivo, mas também pelo espírito do *common law*. São essas duas posturas das Cortes, protegidas pela fidelidade à letra da lei[103], que representam o pilar do *rule of law* assim como foi conceitualizado por Dicey. São essas duas posturas das Cortes que neutralizam o voluntarismo ínsito no princípio da soberania do Parlamento e garantem a proteção das "liberdades dos ingleses".

Embora possa parecer estranha aos olhos do jurista continental, essa doutrina não é absolutamente excêntrica: ao contrário, ela se insere perfeitamente na esteira da tradição do *common law*. A tese de que os juízes devem interpretar as leis de acordo com "as normas e o espírito do *common law*" remonta a Sir Edward Coke[104]. Carleton Kemp Allen, no seu monu-

---

103. Algumas observações de Stanley Fish (*Interpretative Authority in the Classroom and in Literary Criticism*, agora em id., *is There a Text in This Class? The Authority of the Interpretative Communities*, Harvard University Press, Cambridge, (Mass.), 1980, pp. 353-4) sobre o valor da fidelidade à letra do texto esclarecem muito bem o sentido da operação de Dicey. Fish observou que a invocação do sentido literal só aparentemente prefigura a rejeição de qualquer interpretação para apresentar simplesmente o texto. Na realidade, com essa estratégia exegética, "um conjunto de princípios interpretativos é substituído por outro que reivindica para si mesmo a virtude de não ser, de modo algum, uma interpretação". Dicey parece totalmente consciente de que o "retorno ao texto" não é, a rigor, uma estratégia possível, porque o texto que se invoca será o texto postulado por alguma outra interpretação. Ao mesmo tempo parece convencido do fato de que ninguém possa, com efeito, invocar o sentido literal do texto, o que não torna menos eficaz essa estratégia interpretativa. A evocação à letra do texto é uma estratégia exegética tanto mais eficaz quanto mais está arraigada nos juristas a convicção de que a atividade deles deveria consistir em deixar que o texto fale por si só. Dicey parece seguro que invocando a fidelidade ao sentido literal do texto conseguirá um retorno aos cânones interpretativos do *common law*. Apostando nessa convicção consegue separar o texto legislativo da sua fonte de produção e entregá-lo nas mãos dos seus intérpretes (o que é um êxito seguramente paradoxal para uma evocação ao sentido literal da lei).

104. Jennings (op. cit., p. 326) afirma que Coke definia o *common law* como o direito comum e reconhecia ao Parlamento, em virtude do seu poder "transcendente e absoluto", a possibilidade de fazer exceções à lei geral ou, como se lê no prefácio do nono volume dos *Reports*, de "abater uma das vigas do *common law*". Como esta última colorida expressão leva a entender, Coke considerava esse poder de todo excepcional e recomendava qualquer Parlamento "a deixar que as controvérsias fossem governadas pelo bastão áureo e reto da lei, e não pela corda incerta e contorcida da discricionariedade" (E. Coke, *The Fourth Part of Institutes of the Law of England Concerning the Jurisdiction of Court*, IV Edition,

mental *Law in the Making*[105], sublinhou que a máxima de Coke é um "guia essencial" que assegura a continuidade do desenvolvimento do direito, ajustando o impacto das novas medidas legislativas de modo que possam ser inseridas no esquema constitucional existente. Como lembrou recentemente Postema[106], essa tradição e o mito que a cercou puseram como fundamento da atividade das Cortes a certeza de que o direito formalmente estatuído possa ser aceito no corpo do direito inglês somente se puder se integrar ao *common law*. Essa posição foi delineada por Sir Mathew Hale[107], que, juntamente com Coke, pode ser considerado o fundador do *common law*. Na sua *The History of the Common Law*, Hale afirmou que a tarefa do juiz é interpretar a legislação parlamentar como um conjunto de atos declaratórios do *common law* ou, no máximo, como atos que podem corrigir algum defeito dele[108]. Tal tese tornou-se logo um sentimento comum, como demonstra o fato de que foi acolhida por Blackstone nos seus célebres *Commentaries*[109].

O que torna a teoria de Hale relevante em uma discussão sobre a concepção diceyana do *rule of law* é o fato de que ele é o primeiro jurista inglês a tematizar, embora de modo implíci-

---

London, 1669, p. 41, citado em I. Jennings, op. cit., p. 327). O domínio da "razão artificial" foi reivindicado por Coke como peculiaridade dos juristas de *common law* no decorrer da sua famosa controvérsia com Jaime I. Para uma discussão das teses defendidas por Coke nessa disputa e da sua concepção da "razão", permito-me remeter a E. Santoro, *Common Law e costituzione nell'Inghilterra moderna*, cit., pp. 23-8.

105. C. K. Allen, *Law in the Making*, Clarendon Press, Oxford, 1964, pp. 456-7. A primeira edição dessa obra remonta a 1927; seguiram-se a esta outras seis. As citações são extraídas da sétima edição, publicada em 1964.

106. G. J. Postema, *Bentham and the Common Law Tradition*, Clarendon, Oxford, 1986, p. 17.

107. Para uma apresentação das teses desse autor e para confrontá-las com as de Coke, remeto ao meu *Common Law e costituzione nell'Inghilterra moderna*, cit., pp. 29-32, 37-41; ver também C. M. Gray, *Editor's Introduction*, em M. Hale, *The History of the Common Law*, The University Press of Chicago, Chicago and London, 1971, em particular pp. XXI-XXXVII.

108. Hale (op. cit., pp. 101-6) apresenta também as grandes reformas legislativas de Edward the Confessor como uma reorganização do direito (uma operação de "averiguação do direito") que tinha se tornado caótico pela unificação de diferentes povos na nação inglesa.

109. W. Blackstone, *Commentaries on the Law of England*, cit., vol. I, pp. 85-7.

to, a soberania legislativa do Parlamento, inserindo-a na tradição jurídica existente. Essa inserção ocorreu combinando e moderando o princípio da soberania parlamentar com a idéia de que o *common law* e as suas normas consuetudinárias do Reino são o grande *substratum* do direito[110]. Se as normas de produção parlamentar não encontrarem um lugar nesse "substrato", então são regras sem nenhuma influência significativa no conjunto do quadro normativo e, portanto, incapazes de lesar os "direitos dos ingleses". Das páginas de Halle já emerge claramente o esquema que Dicey torna próprio. Hale afirma, de fato, que apenas o Parlamento tem o poder de produzir novo direito, mas este produto tem um impacto e um significado limitados, se não for incorporado no *common law*[111]. Sem essa "incorporação", o ato legislativo é válido em força da norma constitucional que autoriza a sua produção – aquela que Dicey define como "soberania do Parlamento –, mas existe exclusivamente como ato normativo isolado, como um distúrbio momentâneo sobre a superfície do direito que não deixa vestígios profundos.

Em outras palavras, essa posição chega até a ponto de afirmar, analogamente ao que fizeram os jusrealistas do século XX, que os atos legislativos não são automaticamente direito: os juízes podem, com as devidas precauções e modalidades, recusar-se a aceitar uma norma de lei como direito. Como afirma Postema[112], a discussão de Hale sobre esse ponto é "esquemática", mas deixa entrever claramente quais são as regras que, segundo a tradição de *common law*, presidem à recepção dos atos legislativos no direito inglês. As leis são vistas como atos normativos que se inserem no interior do quadro dos princípios do *common law* e operam sobre a base desse mesmo quadro. Quando parece

---

110. M. Hale, op. cit., p. 46.

111. Hale sublinha também que o quadro constitucional inglês está em contínua evolução e somente a recepção de um ato legislativo no interior do *common law* o preserva da eventualidade de ser abolido, porque tornado incompatível com o novo quadro constitucional. O juízo de inconstitucionalidade repentino é naturalmente de exclusiva competência das Cortes. Segundo Hale, essa é a sorte reservada a muitas normas legislativas do passado, cuja memória está, enfim, completamente perdida.

112. G. J. Postema, op. cit., pp. 24-5.

impossível seguir essa via interpretativa porque a lei se afasta nitidamente do quadro do *common law*, os juízes devem interpretar a linguagem das normas legislativas de modo restritivo para preservar, assim, o mais possível, a disciplina do *common law*. Os juízes devem partir do postulado de que o Parlamento pode ampliar ou restringir o alcance das normas de *common law*, mas não alterar a substância das mesmas ou acrescentar novas normas completamente estranhas ao seu sistema. Eles podem interpretar e aplicar as leis exclusivamente sobre a base das categorias jurídicas tradicionais do *common law* e reconstruir as normas legislativas, que aparentemente se afastem do quadro por esta definida, à luz daquela "razão artificial" que Coke tinha elevado a patrimônio específico dos juristas.

O Parlamento tem o poder constitucional de aprovar uma disciplina mesmo totalmente nova com respeito àquela prevista pelo *common law*, mas a sua mera aprovação não torna imediatamente a lei em "direito": ela se tornará "direito" apenas se e quando as Cortes tornarem-na parte do *common law*, substituindo as regras preexistentes. Em certo sentido, a soberania do Parlamento implica não o poder de *produzir* direito, mas o de *propor* direito, com a ressalva de que agora as propostas têm validade jurídica, validade essa que pode, porém, ser efêmera[113]. O Parlamento, portanto, exerce a soberania legislativa, mas os juízes permanecem, para usar a metáfora tornada célebre por Lewis Carrol, os verdadeiros *masters* do direito: são eles que estabelecem – sobre a base dos princípios do *common law* – quais são as regras. A teoria clássica do *common law*[114] está fundada sobre a idéia de que "por meio da interpretação" os juízes exercem um "controle" constante sobre a legislação: como

113. Essa posição, como sublinha Postema (op. cit., p. 26), não deixa espaço ao projeto benthamiano de uma total reforma codicista do direito inglês: toda reforma aprovada pelo Parlamento pode se transformar em uma verdadeira reforma do direito inglês apenas por obra das Cortes, coisa que exclui *a priori* a idéia de um ordenamento codicista.

114. Defino "teoria clássica do *common law*" aquela que se desenvolveu antes de Austin. Considero, ao contrário, "teoria moderna do *common law*" aquela que se desenvolveu a partir da segunda metade do século XIX sob a influência dos ensinamentos austinianos. Desenvolvi esta distinção na segunda parte do meu *Common Law e Costituzione nell'Inghilterra moderna*, cit., passim.

sublinha Allen, o princípio dominante, sempre presente na mente dos juízes, é a idéia de que o *common law* é a mais ampla e a mais fundamental das leis e que, portanto, "quando é possível – o que significa toda vez que os juízes julguem oportuno – os atos legislativos devem ser interpretados em harmonia, e não em conflito com os princípios estabelecidos pelo *common law*"[115].

Inserido no esquema delineado por Hale, tornando bem cedo o quadro de referência da teoria clássica do *common law*, a doutrina constitucional de Dicey parece coerente e significativa. As teses de Hale permitem, de fato, entender que a soberania do Parlamento não se configura, no quadro constitucional delineado por Dicey, como a expressão mediada da soberania popular. Em última instância, a soberania não é sequer uma prerrogativa do Parlamento entendido como órgão do Estado. Ela consiste, antes, na soberania dos *Acts of Parliament*. É essa equiparação que leva Dicey a reduzir o *rule of law* ao princípio de legalidade. Deve-se, porém, levar em consideração que "soberania da lei" não significa soberania de qualquer *Act of Parliament* formalmente válido: soberanos são apenas os *Acts* que começaram a fazer parte do direito, ou seja, que foram reconhecidos como válidos pelos juízes e foram, portanto, inseridos no corpo do *common law*. É o contexto do *common law*, e não a vontade do Parlamento ou do corpo eleitoral, que orienta a concreta determinação do conteúdo da lei. Em outras palavras, Dicey pode reduzir a noção de *rule of law* ao princípio de legalidade porque ele trabalha sobre uma tradição já delineada por Hale, segundo a qual, para que uma norma seja transformada em direito, de modo estável, é preciso não apenas que ela tenha sido aprovada pelo Parlamento segundo determinadas modalidades – isto é, que seja um *Act of Parliament* –, mas que tenha sido também examinada à luz dos padrões, dos valores e dos próprios princípios do *common law*. É esse quadro teórico que permite dar sentido a toda construção de Dicey e que permite em particular a coexistência, no interior do seu sistema, de dois princípios aparentemente contraditórios, como a soberania do Parlamento e o *rule of law* entendido substancialmente como proteção dos direitos fundamentais dos indivíduos.

---

115. C. K. Allen, op. cit., p. 456.

Elaborando a sua teoria do *rule of law*, Dicey repropõe as teses de Hale, igualando, porém, os princípios, os valores e os padrões do *common law*, elevados por Hale como *substratum* do direito inglês, com os da filosofia liberal. Dicey muda, em outras palavras, o fundamento legitimante do *common law*. Este deve ser assumido como contexto no qual inserir as normas legislativas não só, e não tanto porque exprime a *law of the land*, mas porque garante os direitos considerados fundamentais pela tradição liberal e faz isso melhor do que qualquer outro ordenamento jurídico. Essa é a operação que se esconde por trás do confronto entre a constituição inglesa e as constituições liberais da Europa continental. Mostrando que os direitos normalmente previstos pelas constituições são reconhecidos pelo *common law* e afirmando a superioridade da tutela que esta última fornece, Dicey atribui a secular tradição jurídica inglesa à tradição liberal. Os *common lawyers*, talvez sem estarem conscientes disso, produziram o mais imponente edifício jurídico liberal existente. Tanto o sucesso de *The Law of the Constitution* no campo do direito constitucional inglês, quanto o seu interesse teórico-jurídico e teórico-político residem precisamente sobre essa tentativa de fundir a tradição do *common law* com a tradição liberal. Essa operação permite, de fato, de um lado, revitalizar no início do século XX o mito do *common law*, de outro, dar sólidos fundamentos, sob um ângulo juspositivista, mas também sociológico, aos valores liberais. Estes, de fato, encontram a própria tradução no direito positivo, como é o *common law*, e próprio baluarte em uma tradição jurídica plurissecular (paradoxalmente precedente às próprias doutrinas liberais). É em virtude de tal operação que Dicey pode afirmar que uma violação dos direitos constitucionais na Inglaterra pode ocorrer apenas em presença de uma revolução que mude radicalmente o sistema jurídico.

4. As Cortes como baluarte das liberdades individuais

Posta a doutrina constitucional de Dicey no quadro da teoria clássica do *common law*, a justaposição entre o *rule of law* – na concepção substantiva delineada por Dicey – e a soberania parlamentar não parece mais intrinsecamente contraditória: a soberania parlamentar não é, de fato, *formalmente* incompatível com o papel tradicionalmente desenvolvido pelas Cortes de *common law* na defesa da justiça e da liberdade. O quadro constitucional traçado por Dicey encontra o seu ponto de equilíbrio na idéia, indubitavelmente formalista, segundo a qual as Cortes não podem desaplicar as leis produzidas pelo Parlamento, porque isso significaria negar-lhe soberania, mas podem interpretá-las de modo restritivo, até reduzi-las, se necessário, à impotência prática, quando isso é exigido para a defesa dos direitos individuais tradicionalmente garantidos pelo *common law*, ou para a defesa das "liberdades dos ingleses".

A substancial honestidade histórica do papel fundamental atribuído por Dicey às Cortes é reconhecida inclusive por Jennings[116], que também critica duramente a noção diceyana do *rule of law*. De fato, segundo esse autor

> para um constitucionalista de 1870, ou ainda de 1880, poderia parecer que a Constituição britânica se fundasse essencialmente sobre um *rule of law* individualista, e que o Estado britânico fosse o *Rechtsstaat* da teoria política e jurídica individualista. A Constituição olhava com decepção para os poderes "discricionais", a não ser que fossem exercidos pelos juízes. Quando Dicey escrevia que "os ingleses são governados pelo direito e somente pelo direito", queria dizer que "os ingleses são governados pelos juízes e somente pelos juízes".[117]

Contrariamente ao governo, o Parlamento age por meio de leis, e as leis, diversamente dos atos administrativos, são aplicadas e, portanto, examinadas exclusivamente pelas Cortes ordinárias. Somente se as normas são produzidas pelo Parlamen-

---

116. I. Jennings, op. cit., p. 309.

117. Entre os juristas continentais, G. Radbruch, *Der Geist des englischen Rechts* (Vanderhoeck und Ruprecht, Göttingen, trad. it. 1946, Giuffrè, Milano, 1962, pp. 39 ss.), foi, talvez, o primeiro a afirmar que o "segredo" do *rule of law* consiste em uma classe de juristas e de juízes acostumados a interpretar as leis positivas à luz dos valores historicamente arraigados no ordenamentos. Cf. também, ibid., a Introdução de A. Baratta, pp. XI ss. e G. Alpa, *L'arte di giudicare*, Laterza, Bari-Roma, 1996, pp. 32-3.

to, as Cortes podem garantir a efetividade do *rule of law*, ou melhor, podem garantir os valores e os direitos do *common law constitution*. Segundo Dicey, o fato de que, entre a promulgação da lei e a sua aplicação, seja inserido o seu exame pelas Cortes, o fato de que a lei possa ser traduzida somente pelas Cortes em normas individuais, permitiu na Grã-Bretanha (e permitia também entre os séculos XIX e XX) submeter a legislação, mais do que aos vínculos de forma e de método, às efetivas limitações de conteúdo e âmbito. A tutela dos direitos individuais, garantida pelas Cortes, configurada quase como um verdadeiro e próprio exame de constitucionalidade, é o elemento que permite a Dicey afirmar que *rule of law*, entendido como tutela judicial dos direitos individuais, e soberania do Parlamento são compatíveis ou até mesmo complementares.

O alcance garantista do sistema que Dicey delineia, colocando-se na esteira da tradição do *common law* assim como tinha sido traçado por Hale, é nitidamente posto em evidência pela sua discussão nos momentos de crise. Essa discussão permite também esclarecer as razões profundas da aversão de Dicey pela justiça administrativa.

Emblemática é, em primeiro lugar, a discussão sobre a possibilidade de que o Parlamento, como tinha acontecido várias vezes no decorrer da história constitucional inglesa, suspenda a validade dos *Habeas Corpus Acts*, ou seja, daquelas leis que regulam a emissão por parte das Cortes do *writ of habeas corpus*. Essa medida era uma ordem emitida por uma Corte e era dirigida a quem se supunha que mantivesse um indivíduo em estado de detenção. A ordem exigia que se conduzisse o detido diante da própria Corte, de modo que ela pudesse averiguar a legalidade da reclusão. A Corte estabelecia a liberação do detido quando a sua prisão fosse ilegal, ou garantia que ele fosse imediatamente processado. O *writ* podia ser exigido pelo próprio preso ou, em seu nome, por qualquer pessoa que pensasse que ele estivesse recluso ilegalmente. O direito de obter um *writ of habeas corpus* era reconhecido pelo *common law* muito antes de 1679, ano em que foi aprovado o primeiro famoso *Habeas Corpus Act*. Como escreve Dicey, os *Habeas Corpus Acts* demonstram claramente que o direito constitucional inglês é fundamentalmente um direito jurisprudencial. Esses atos podem ser considerados a base prática (forense) sobre a qual se apóia a garantia da liberdade dos cidadãos na Inglaterra:

> os *Habeas Corpus Acts* são essencialmente leis procedurais, e visam simplesmente melhorar o mecanismo jurídico de tutela do direito reconhecido à liberdade pessoal. O seu objetivo, como ocorre geralmente no caso da legislação emanada sob a influência dos juristas, é simplesmente o de atenuar as dificuldades efetivas encontradas na práxis.[118]

Os direitos de liberdade já eram garantidos pelo *common law*, mas as proceduras previstas por este não funcionavam sempre de forma correta. Os *Habeas Corpus Acts* foram emanados porque, muitas vezes, os juízes ou os carcereiros recorriam a cavilações para não emitir ou executar o *writ*. O primeiro dos *Habeas Corpus Act*, promulgado por Carlos II, garantiu o controle judicial a todos aqueles que estavam presos sob acusação de terem cometido um crime. O segundo *Habeas Corpus Act*, promulgado por Jorge III, estendeu essa garantia a todos aqueles que estavam privados da liberdade por outros motivos. Para o primeiro *Habeas Corpus Act*, uma pessoa acusada de um crime, se este não era grave, tinha o direito, com as devidas garantias, de ser posta em liberdade para aguardar o julgamento. Ao contrário, quando era acusada de um crime mais grave, tinha apenas o direito de ser julgada rapidamente. O segundo *Habeas Corpus Act* garantia, ao contrário, que podiam recorrer à Corte, para que julgasse sobre o seu estado de detenção, todos aqueles que tinham sido privados da própria liberdade sem serem acusados de um crime: portanto, por exemplo, a criança segregada dos pais, a mulher mantida reclusa pelo marido, ou o doente mental internado forçadamente em um manicômio[119].

Em períodos de turbulência política, escreve Dicey[120], freqüentemente o poder e o dever das Cortes de emanar um *writ of habeas corpus*, impondo com isso um julgamento rápido ou

118. A. V. Dicey, *The Law of the Constitution*, cit., p. 134.

119. Dicey (*The Law of the Constitution*, cit., p. 133) sublinha que as proceduras previstas por este segundo *Habeas Corpus Act* até 1856 eram menos garantistas e eficazes do que aquelas previstas para os acusados de um crime.

120. A. V. Dicey, *The Law of the Constitution*, cit., p. 139.

a liberação das pessoas acusadas de um crime, pareceu um obstáculo ou um perigo para o poder executivo. Nessas ocasiões, o Parlamento aprovou leis definidas como *Habeas Corpus Suspension Acts*. Tais leis, normalmente, proibiam às Cortes a liberação ou o julgamento de pessoas acusadas ou suspeitas de alta traição. Dicey faz questão de sublinhar os efeitos limitadores desses *Acts*. Estes, embora reduzam as garantias postas como tutela da liberdade individual, não tinham nada a ver com "a suspensão das garantias constitucionais" ou o "Estado de sítio", proclamados nos países da Europa continental em circunstâncias similares. De fato, esses não sancionaram jamais uma total suspensão do poder de emanar os *writ of habeas corpus*, como o próprio nome poderia fazer pensar. Normalmente um *Suspension Act*

> não atinge de nenhum modo os direitos de uma pessoa que não esteja presa sob acusação de alta traição; não legaliza nenhuma detenção, prisão ou punição que não fosse legítima antes da aprovação do *Suspension Act*; não invalida, de nenhum modo, a exigência de um *writ of habeas corpus* que cabe a qualquer um, homem, mulher ou criança, que esteja detido por um motivo diverso da acusação de crime.[121]

Além disso, essas leis sempre tiveram validade anual: o poder de prisão fora do controle judicial deve, portanto, ser concedido de ano em ano. O seu resultado era limitado ao fato de que, durante a vigência do *Suspension Act*, o Ministro podia freqüentemente adiar o julgamento de pessoas presas sob a acusação de traição. Seja como for, o julgamento se desenrolava em certo ponto, e se a prisão fosse considerada ilegal, o responsável pelo ato tinha de responder perante a lei. A suspensão dos *Habeas Corpus Acts* não tornava legal, em circunstâncias excepcionais, uma medida normalmente ilegal, mas se limitava a adiar o seu exame de ilegalidade por parte das Cortes. Se o Parlamento queria garantir a imunidade dos funcionários públicos que tivessem agido em força do *Suspension Act* devia, como tinha regularmente feito, juntar a este um *Act of Indem-*

121. Ibid., p. 140.

nity. É essa práxis que tranqüilizava os funcionários públicos acerca das conseqüências que deveriam enfrentar pelas ações ordenadas por eles mesmos[122]. Esse *Act*, que tornava retroativamente legais as violações da lei, era a expressão máxima do poder do Parlamento.

É evidente que um *Act of Indemnity* era a expressão de um poder arbitrário e quando se seguia ao *Suspension Act*, era equilavente à atribuição de um poder arbitrário ao Executivo. Dicey afirma, porém, que um *Suspension Act*, mesmo que seguido por um *Act of Indemnity*, não priva os cidadãos dos próprios direitos de liberdade. Esse, de fato, mesmo sendo um ato arbitrário, é um ato realizado por uma assembléia parlamentar e "este fato em si conserva em medida relevante a supremacia real não menos do que aparente do direito"[123] e com ela o controle por parte das Cortes ordinárias. Esse controle é a verdadeira garantia da liberdade individual. Nenhuma norma proíbe ao Parlamento de suspender o controle por parte da magistratura e de conceder um salvo-conduto aos agentes públicos[124]: se assim fosse, esse órgão cessaria de ser soberano. A liberdade é, portanto, remetida ao arbítrio do Parlamento. A única verdadeira garantia da liberdade individual deriva do fato de que o poder dos magistrados de emitir o *writ of habeas corpus*, e, portanto, o controle exercido por eles no que se refere à restrição da liberdade, é previsto pelo *common law*, cujas normas os *Habeas Corpus Acts* não fizeram outra coisa senão receber e sistematizar:

> a revogação dos *Habeas Corpus Acts* [...] privaria qualquer pessoa na Inglaterra de uma garantia contra a prisão ilegítima, mas, visto que *deixaria em vigor o poder enfim indiscutível dos juízes de emanar e impor o respeito por um writ of habeas corpus de common law*, não aumentaria, sob a condição de que a magistratura faça

122. Ibid., pp. 141-4.

123. Ibid., p. 145.

124. Dicey nomeia raramente a polícia, coerentemente com a posição que considera esse corpo estranho ao sistema inglês; ela não é sequer mencionada no índice dos assuntos do volume. Deve-se, porém, sublinhar que, quando fala dos agentes públicos em geral, ele se refere com freqüência às competências e aos poderes da polícia. Essa estratégia retórica tem por fim, evidentemente, tornar mais ameaçador o direito administrativo.

o seu dever, o poder do governo de prender pessoas suspeitas de atos proditórios, nem diminuiria sensivelmente a liberdade dos ingleses pertencente a qualquer classe.[125]

Portanto, também na presença de uma lei de suspensão dos *Habeas Corpus Acts*, sinal de uma clara vontade do Parlamento de privar o preso, acusado de determinados crimes, da garantia do controle jurisdicional, os juízes têm o *dever* de continuar a garantir a liberdade dos cidadãos acusados de traição. Isso não implica que a lei de suspensão dos *Habeas Corpus Acts* seja ilegítima ou inconstitucional e, portanto, não-válida. Ela é legítima como expressão do princípio constitucional da soberania do Parlamento, mas, visto que é irracional à luz dos princípios do *common law*, as Cortes têm o dever de proceder a uma interpretação que minimize os seus efeitos. É por essa razão que a suspensão dos *Habeas Corpus Acts*, embora seja uma medida muito grave, não comporta a diminuição dos direitos de liberdade – como acontece, ao contrário, com a suspensão da constituição nos países da Europa continental –, mas torna inoperante apenas um particular instrumento de tutela da liberdade pessoal. É, portanto, a específica relação entre direito legislativo e *common law* que permite a Dicey[126] afirmar que, apesar de uma eventual suspensão do *Habeas Corpus Act*, os ingleses continuariam a usufruir de todas as garantias previstas para a sua liberdade. Como para Hale, a soberania do Parlamento não impede que as Cortes sejam o verdadeiro *master* do direito.

De modo análogo, Dicey desenvolve a discussão sobre os *Acts of Indemnity*. Um *Act of Indemnity*, escreve, é o extremo e supremo exercício da soberania parlamentar: "legaliza a ilegalidade". Esse é aprovado não só para sanar a situação que se criou em seguida à suspensão dos *Habeas Corpus Acts*, mas também nos casos de emergência – por exemplo, em ocasião de in-

---

125. A. V. Dicey, *The Law of the Constitution*, cit., p. 140, nota 29 (grifos meus). Para confirmar que essa tese, embora possa parecer paradoxal, faz parte tradicionalmente do *common law*, Dicey remete aos *Commentaries* de Blackstone (op. cit., vol. III, p. 138).

126. A. V. Dicey, *The Law of the Constitution*, cit., p. 120.

vasões ou tumultos – nos quais o Parlamento reconhece que, para salvaguardar a própria legalidade, as regras do direito devem ser violadas. Nesses casos, que pareceriam colocar-se, por definição, fora da vigência do princípio de legalidade, os membros do Executivo se encontram freqüentemente obrigados a violar a lei e o fazem considerando que, depois, o Parlamento irá sanar essa violação através de um *Act of Indemnity*[127]. Dicey sublinha que essa práxis, embora possa parecer pura formalidade, é de grande importância enquanto fixa de modo inequívoco o princípio de que também os poderes mais arbitrários do executivo inglês devem sempre ser exercidos segundo uma lei do Parlamento. O Parlamento, como aconteceu com o *Act of Indemnity* de 1801, pode se limitar a legalizar apenas alguns dos atos cumpridos pelos agentes públicos[128], e esta eventualidade os impede de realizar ações particularmente opressivas e cruéis. Mas, sobretudo, esse princípio comporta que, como no caso do *Suspension Act*, o poder executivo tem de agir, "mesmo quando é dotado da máxima autoridade, sob a supervisão, por assim dizer, das Cortes":

> os poderes, embora extraordinários, conferidos ou sancionados por uma lei, não são jamais realmente ilimitados, porque estão circunscritos pelas palavras da própria lei *e, o que é mais importante, pela interpretação da lei dada pelos juízes.*[129]

A referência simultânea ao sentido literal da lei e à sua interpretação judicial pode parecer contraditória. Essa aparente contradição é, porém, como procurei mostrar, o eixo da estra-

---

127. Dicey (*The Law of the Constitution*, cit., p. 273) apresenta essa procedura como a solução laboriosamente delineada no decorrer do século XVIII para combinar "a manutenção do direito e da autoridade do Parlamento com o livre exercício daquele gênero de privilégio ou de poder discricional que, em uma forma ou na outra, nos momentos críticos deve ser exercido pelo poder executivo de qualquer país civil".

128. "A crueldade gratuita em relação a um prisioneiro político ou, coisa ainda mais certa, a execução ou a punição arbitrária de um prisioneiro político, entre 1793 e 1801, não obstante a *Indemnity Act*, teria implicado a responsabilidade penal de todos aqueles que tivessem sido envolvidos no crime" (A.V. Dicey, *The Law of the Constitution*, cit., p. 145).

129. A. V. Dicey, *The Law of the Constitution*, cit., p. 273 (o grifo é meu).

tégia retórica usada por Dicey para sublinhar que a interpretação das Cortes ordinárias tem, em primeiro lugar, a função de adequar o significado da norma legislativa (que atribui a imunidade) ao quadro dos princípios do *common law*. Também no exercício da máxima expressão da sua soberania, o Parlamento se vê, portanto, obrigado a exercer o próprio poder, se não em harmonia com as Cortes ordinárias, ao menos tendo presente a espada de Dâmocles pelo posterior exame feito por elas à luz dos cânones do *common law*.

Que em Dicey a teoria do *rule of law* atribua às Cortes o papel de guardiãs dos direitos constitucionais parece evidente, mesmo repercorrendo a sua discussão acerca do controle dos poderes excepcionais concedidos ao governo em situações de emergência. Dicey admite que há momentos em que o governo, para enfrentar uma situação contingente, não pode agir, pena um grave dano para o interesse público, atendo-se às rigorosas regras do direito como são interpretadas pelos juízes. Para livrar o governo desse vínculo, sublinha Dicey[130], o Parlamento deve, mediante uma lei especial, conferir-lhe um poder que, via de regra, lhe é negado pelo direito ordinário, ou seja pelo *common law*. Esse procedimento, porém, não subtrai o poder do governo ao controle das Cortes. Tal poder é, de fato, atribuído ao executivo por uma lei e, por conseguinte, a legitimidade dos atos realizados com base nela é remetida ao juízo das Cortes ordinárias, titulares da competência sobre a correta aplicação de qualquer lei:

> o executivo inglês tem necessidade, portanto, do direito de exercer poderes discricionais, mas as Cortes devem impedir, e o impedirão seguramente quando estiver em jogo a liberdade pessoal, o exercício por parte do governo de poderes discricionários de qualquer tipo.[131]

Também no caso de uma concessão de poderes discricionais ao governo, o poder judiciário não é, portanto, um poder subordinado que se atém à vontade do Parlamento: é, ao

130. Ibid., p. 271.
131. Ibid., p. 272.

contrário, um poder autônomo que, por meio da sua atividade interpretativa, garante a tutela dos direitos dos cidadãos. Se as Cortes, culturalmente hostis à concessão de poderes extraordinários ao governo, não tivessem de avaliar a atribuição de tais poderes conforme os princípios do *common law*, julgarão o governo e os agentes públicos como responsáveis pelos atos cumpridos como se a lei especial não existisse. Ainda uma vez, a validade da lei e a legitimidade do comportamento dos agentes públicos dependem, para usar a linguagem de Hale, do fato de que as Cortes "recebam" ou não a lei extraordinária:

> o Parlamento é o legislador supremo, mas, a partir do momento em que o Parlamento manifestou a sua vontade de legislador, ela se torna sujeita à interpretação que os juízes ordinários dão da mesma, e os juízes, *influenciados pelos seus sentimentos de magistrados não menos do que pelo espírito geral do common law*, estão propensos a interpretar as derrogações legislativas aos princípios do *common law* de um modo que não se recomendaria a um corpo de funcionários ou às Câmaras, se estas últimas fossem chamadas a interpretar as suas próprias leis.[132]

Como conclusão do exame do quadro constitucional que regula a atribuição e o exercício do poder extraordinário do Executivo nos momentos de crise, Dicey[133] afirma ter atingido o objetivo a que se propunha, ou seja, de ter demonstrado que na Inglaterra a soberania do Parlamento favoreceu o *rule of law* e que a supremacia do direito exige o exercício da soberania parlamentar e, ao mesmo tempo, obriga a exercê-la em um espírito de legalidade. Seguramente essa discussão esclarece a pervicácia com que Dicey se opõe à instituição de tribunais administrativos. O risco que esses tribunais, que, por sua própria constituição são estranhos à tradição de *common law*, se adaptem passivamente à vontade do legislador seria muito elevado: se isto acontecesse, dada a estrutura da Constituição inglesa centrada sobre a soberania do Parlamento, nada mais poderia garantir os direitos de liberdade dos cidadãos.

---

132. Ibid., p. 273 (o grifo é meu).
133. Ibid., p. 273.

5. *Rule of law* e Estado de Direito

À luz da reconstrução teórica de Dicey pode ser útil tentar estabelecer uma comparação entre a noção de *rule of law* elaborada por ele e a teoria continental do Estado de Direito que chega à própria formulação mais madura precisamente nos anos em que foi publicado *The Law of the Constitution*.

O núcleo essencial da teoria do Estado de Direito é representado pela convicção de que existe um círculo virtuoso entre soberania do Estado, lei (geral) e liberdade, convicção esta que se difunde igualmente com a afirmação do princípio da soberania popular. O fulcro em torno do qual gira esse círculo virtuoso é, conforme o caso, ou a idéia lockeana, segundo a qual os limites impostos pela lei à liberdade individual são limites desejados pelo eu racional do sujeito cuja liberdade é limitada[134], ou a idéia rousseauniana da vontade geral, segundo a qual o corpo coletivo não pretende jamais, por definição, prejudicar a liberdade de nenhum de seus membros. Essa ideologia "democrática" se harmoniza com a ideologia aristocrática "montesquieuiana" do juiz "boca da lei", do Poder Judiciário como poder "nulo"[135]. Paradoxalmente, essas duas ideologias se fortalecem reciprocamente, dando vida a uma forma ideal centrada na lei de organização constitucional que se poderia definir como rousseuaniano-montesquieuiana. Esse modelo está centrado no papel do Parlamento, considerado o órgão soberano em virtude da sua conexão com o corpo eleitoral, e atribui aos juízes a tarefa de aplicar a lei para serem os fiéis executores da vontade do corpo legislativo (e, portanto, em última instância, do povo): o poder judiciário é fundamentalmente um instrumento para garantir a execução da vontade do Parlamento.

O paradigma rousseauniano-montesquieuiano, que se afirmou na França com a revolução, difundiu-se no decorrer do

---

134. Sobre esse ponto, remeto ao meu *Autonomy, Freedom and Rights. A Critique of Liberal Subjectivity*, Kluwer, Dordrecht, 2003, em particular pp. 123-59.

135. Montesquieu, no livro XI, cap. III, de l'*Esprit des Lois* afirma, como é sabido, que o poder judiciário é "em certo sentido nulo" (*en quelque façon nul*).

século XIX na Europa continental, acabando por dominar durante dois séculos o cenário europeu. A despeito desse sucesso, o progressivo desfazimento da doutrina contratualista tornou sempre mais incerto o fundamento dessa teoria constitucional: a idéia de que o legislador seja, por sua própria composição, orientado em garantir a liberdade dos indivíduos pareceu muito dúbia desde o fim do século XVIII. Tornara-se sempre mais claro que a ordem capaz de garantir a liberdade é, em última instância, confiada àquele mesmo soberano que pode subvertê-la. Como sublinha Pietro Costa neste volume, grande parte do liberalismo oitocentista é atravessada por um mal-estar derivante da consciência da fragilidade da tutela dos direitos fundamentais dada pelo paradigma centrado na lei.

A partir de Lorenz Von Stein e Otto Bähr, a teoria jurídica alemã por volta da metade do século XIX tentou coibir o Leviatã estatal, transformando a teoria montesquieuiana da divisão dos poderes em uma teoria das diversas funções do Estado: administrativa, jurisdicional e legislativa. O Estado administrador foi assim submetido às regras do Estado legislador e aos veredictos do Estado juiz, que a doutrina iluminista já tinha tornado independente do poder do Executivo e submetido exclusivamente à lei. A partir da segunda metade do século XIX, o Estado de Direito é o Estado no qual vige o princípio de legalidade não apenas para atividade jurisdicional (*nullum crimen sine lege* e *nulla poena sine lege*), como tinha afirmado o Iluminismo do século XVIII, mas também para a atividade administrativa. No que diz respeito ao Estado-legislador, porém, também a escola jurídica alemã não encontrou uma solução: limitou-se a confiar o seu controle a elementos extrajurídicos, como a opinião pública, o grau de civilização do povo, a história da nação. A essas fórmulas tiveram de recorrer também as teorias mais sofisticadas do Estado de Direito, como a teoria da autolimitação do Estado de Rudolf von Jhering e a teoria dos direitos públicos subjetivos de Georg Jellinek.

O nó da relação entre poder (legislativo) e direito foi desatado apenas no início do século XX por Hans Kelsen. De um lado, o jurista austríaco identificou o Estado com o ordenamento jurídico, esvaziando-o de qualquer traço voluntarista. De outro, ao delinear a teoria hierárquica do ordenamento jurídico, concebeu a relação entre Constituição e lei como uma relação normal entre duas normas de grau diverso e, portanto, como qualquer relação desse tipo, avaliável de um ponto de vista jurídico. Nesse quadro, o Parlamento não é mais um órgão soberano, mas um órgão chamado a agir baseado em precisas normas constitucionais, que definem a sua competência e as modalidades procedurais que ele deve seguir. O exato cumprimento dessas normas e, portanto, a exatidão formal e substancial das leis podem ser controlados por uma Corte judicial. A *Stufenbautheorie* kelseniana, fixando a relação hierárquica entre constituição e lei, demoliu, em outras palavras, o dogma oitocentista da soberania do Parlamento e, submetendo-o a vínculos jurídicos, tornou o Poder Legislativo jurisdicionalmente controlável. Abriu-se assim o caminho que levou à aproximação entre a tradição juspublicística européia e a tradição constitucionalista dos Estados Unidos.

O problema que Dicey procura resolver com a teoria do *rule of law* não é diverso daquele que atormentou a juspublicística européia continental: como conciliar a tutela da liberdade dos cidadãos com a soberania do Estado e em particular com a do órgão legislativo. Tanto Dicey quanto os juristas continentais procuram recompor as duas forças que definiram o âmbito do debate teórico-jurídico no curso dos últimos quatro séculos: o voluntarismo, que encontrou a sua máxima expressão no absolutismo do Estado moderno, e a concepção universal, formal e racionalista do direito e dos direitos subjetivos, típica do liberalismo.

Muito diversa com respeito às teorias continentais é, ao contrário, a solução proposta por Dicey. Diversa é, em primeiro lugar, a tradição jurídica da qual a idéia de *rule of law* tem origem, ou seja, a do *common law*. Esse contexto leva à elaboração de uma noção que, embora articulada no interior de um horizonte problemático de todo similar ao da Europa continental, em certo sentido subverte aqueles que ali eram considerados elementos fundamentais do "Estado de Direito". Dicey, de fato, fiel à posição austiniana, rejeita tanto a idéia de que a constituição inglesa esteja centrada, como tinha afirmado Montesquieu, sobre o princípio da divisão dos poderes[136], quanto a idéia de que o Parlamento esteja submetido às normas constitucionais. Coerentemente com a idéia de que o Parlamento não está submetido ao direito, Dicey sustenta que o *rule of law* tem o seu fulcro no princípio de legalidade e, portanto, analogamente ao *Rechtsstaat* alemão, visa, em primeiro lugar, limitar o uso discricional do poder por parte do executivo. Sustenta, ainda, porém, que o *rule of law*, precisamente como princípio de legalidade, garante os direitos fundamentais dos ingleses. Paradoxalmente, a tutela dos direitos é apresentada como se fosse um corolário da soberania do Parlamento.

Esse paradoxo é dissolvido pelo diverso papel que a teoria de Dicey atribui ao poder judiciário. É, sobretudo, sob esse perfil que a teoria do *rule of law* se diferencia daquela do Estado de Direito continental: ela rejeita de modo nítido o paradigma rousseauniano-montesquieuiano. A concepção da independência do poder judiciário que está como fundamento deste paradigma é, de fato, muito diversa daquela que caracteriza a tradição de *common law*, a qual Dicey evoca. Enquanto a primeira atribui às Cortes apenas uma independência orgânica, considerada funcional para a neutra aplicação da vontade do legislador, a segunda atribui às Cortes também um autônomo poder normativo. Graças a este, como sustenta Dicey em *Law and Public Opinion*, é

> de tal modo fácil que a interpretação de uma norma (sobretudo quando esta constitui precedente) ultrapasse os limites da extensão ou da fixação *ex novo* da mesma, ou seja, de fato da legislação, que a linha de demarcação entre as duas atividades não pode ser traçada com precisão.[137]

---

136. Sobre esse ponto Dicey (*The Law of the Constitution*, cit., pp. 74, 86) afirma peremptoriamente: "em síntese, o princípio que informa o nosso sistema de governo é (para usar uma palavra estrangeira, mas adequada) o "unitarismo", ou o exercício habitual da autoridade legislativa suprema por parte de um único poder central, que, no caso particular, é o Parlamento britânico. [...] Todo o poder do Estado inglês está concentrado no Parlamento imperial, e cada ramo do governo está juridicamente submetido ao despotismo parlamentar".

137. A. V. Dicey, *Law and Public Opinion*, cit., p. 491.

Uma concepção de tipo rousseauniano-montesquieuiana mina, nos seus alicerces, o papel tradicionalmente exercido pelas Cortes de *common law* em defesa dos direitos individuais. Ela configura esse papel como uma usurpação do poder político[138], visto que os direitos individuais inibem, por definição, o poder da maioria ou dos governantes de transformar em normas uma eventual vontade despótica dos mesmos. A concepção diceyana do *rule of law* contrapõe-se de modo nítido à concepção "fonográfica" do Poder Judiciário, ou seja, à idéia de que o juiz não passe de mero repetidor da vontade do legislador: ela atribui às Cortes um poder não só formalmente independente, mas também dotado de uma própria função normativa e autônoma, que tem por finalidade a tutela dos direitos individuais.

Do sistema elaborado por Dicey o *rule of law* emerge, portanto, como princípio jurisprudencial que leva a considerar a legislação parlamentar como o resultado de um processo democrático cuja legitimidade depende, em última instância, da condição de que sejam respeitados alguns direitos fundamentais, isto é, os históricos "direitos dos ingleses". Um juiz respeita a vontade popular, assim como ela se expressa mediante as leis, porque a sua "ideologia normativa"[139] inclui o valor da democracia (ou mais simplesmente o princípio da soberania parlamentar). Mas a legitimidade de uma lei é uma legitimidade *prima facie*: o caráter democrático [*democraticità*] do Parlamento não deve persuadir os juízes a aplicarem automaticamente uma lei por este aprovada, qualquer que seja o seu conteúdo. O *rule*

138. Esse é o aspecto da doutrina da divisão dos poderes que Dicey acha incompatível com o sistema constitucional inglês. Em *Law and Public Opinion* (cit., pp. 59-60), de fato, escreve: "a democracia inglesa tem em larga medida recebido as tradições do governo aristrocrático, do qual é herdeira. As relações do poder judiciário com o executivo, com o Parlamento e com o povo continuam ainda agora a ser muito similares como eram no início do século e ninguém imaginaria afirmar que o governo e a administração não estejam sujeitos ao controle e à interferência dos juízes".

139. Tomo por empréstimo esse termo de Alf Ross. A ideologia normativa, segundo Ross (*On Law and Justice*, Steven and Sons, London, 1958, pp. 75-6), "constitui o fundamento do sistema jurídico e consiste em diretrizes que não concernem diretamente o modo de resolver uma controvérsia jurídica, mas indicam o modo segundo o qual o juiz deverá proceder para descobrir a diretriz ou as diretrizes relevantes para a controvérisa da qual se trata".

of law requer que uma lei formalmente válida que viole importantes direitos civis seja interpretada pelas Cortes coerentemente com os valores da liberdade e da autonomia individual que, segundo Dicey, são os valores tradicionalmente garantidos pelo *common law*.

Pode-se dizer que emerge da tradição constitucional britânica um modelo de Estado de Direito alternativo àquele que se originou da Revolução Francesa, baseado na idéia de que a constituição sanciona a divisão dos poderes e, através desta última, garante os direitos fundamentais[140]. Eixo da noção de *rule of law* delineada por Dicey é, ao contrário, a idéia de que os direitos nascem da tutela judiciária[141] e que a constituição não é outra coisa senão o reconhecimento do ocorrido "entrincheiramento"[142] dessa tutela, entrincheiramento esse que prescinde, ao menos a princípio, da divisão dos poderes (mesmo que historicamente tenha se realizado graças à independência das Cortes) e encontra, antes, o seu fundamento na fidelidade do corpo judiciário a uma arraigada tradição jurídica que torna quase impermeável o direito aos excessos do voluntarismo legislativo.

Uma vez colocada no contexto da tradição de *common law*, a teoria de Dicey abre, a meu ver, um importante espaço teórico dentro do qual é possível repensar, hoje, a noção de "Estado de Direito". O acontecimento continental do Estado de Direito pode ser considerado uma grandiosa tentativa de juridicizar o poder. O ápice desse acontecimento é certamente a teoria do direito kelseniana, que abre o caminho para uma engenha-

---

140. O emblema dessa concepção é o celebérrimo artigo 16 da Declaração dos Direitos do Homem e do Cidadão de 26 de agosto de 1789: "Toda sociedade na qual a garantia dos direitos não é garantida nem a separação dos poderes determinada, não tem constituição".

141. Em *Law and Public Opinion* (cit., p. 487), Dicey escreve: "onde não existe possibilidade de recorrer à justiça não existe nenhum direito. Garantir a possibilidade de recorrer à justiça e garantir um direito são a mesma coisa".

142. Tomo por empréstimo esse termo de Nelson Goodman, *Fact, Fiction and Forecast*, Harvard University Press, Cambridge (Mass.), 1983, pp. 94 ss. Para Goodman, um predicado está "entrincheirado" quando o seu uso (a sua "projeção") parece natural. Segundo Dicey, às Cortes de *common law* parece natural "projetar" as liberdades dos ingleses sobre a controvérsia que devem decidir: essa é a verdadeira garantia dos direitos na Grã-Bretanha.

ria constitucional capaz de submeter ao controle judicial também o poder legislativo. Enfatizando mais os aspectos substanciais do que formais, o acontecimento do Estado de Direito pode ser lido como a tentativa de fazer conviver a esfera do poder soberano com a esfera jurídica das liberdades individuais, subtraída àquele poder. Tal empresa pareceu impossível no decorrer do século XIX. A teoria kelseniana ofereceu a via para a solução do problema no plano formal, eliminando o dogma da soberania do órgão legislativo. Na sua esteira, as constituições pós-bélicas empenharam-se em assegurar a tutela não só dos direitos de liberdade, mas também dos direitos sociais. O formalismo kelseniano pareceu, porém, muito cedo, como uma solução insatisfatória no plano substancial. A progressiva expansão do intervencionismo estatal, a partir dos anos 70, fez com que a esfera da liberdade individual parecesse ameaçada de novo pelo Leviatã.

Para Kelsen, coibir o poder do Leviatã estatal significa, em harmonia com uma ideologia que se afirmou com o Iluminismo, submetê-lo ao controle dos juízes. Mais precisamente, o papel limitador é confiado a um Poder Judiciário ainda uma vez pensado, *à la* Montesquieu, como "poder nulo", a um corpo judicial ao qual é confiada a tarefa de ser "boca da constituição". A reflexão de Dicey põe radicalmente em questão esse papel do juiz e desloca o problema para o âmbito da aplicação do direito, das técnicas interpretativas, da cultura jurídica e da formação dos juízes. Partindo da lição de Dicey, talvez seja possível delinear uma noção jusrealista de "Estado de Direito", capaz de superar as aporias formalistas e a controversa efetividade garantista que a caracterizaram.

Soberania popular, governo da lei e governo dos juízes nos Estados Unidos da América

por Brunella Casalini

1. Introdução

Nos Estados Unidos, entre 1764 e 1776, afirmou-se uma concepção da Constituição que representa um verdadeiro e próprio divisor de águas em relação ao pensamento constitucional pré-moderno. A Constituição não será mais entendida como um aglomerado de leis, costumes e tradições, mas será considerada um esquema fundamental de governo, reconduzível a um corpo sistemático e escrito de normas. A Constituição assume um caráter normativo e não mais simplesmente descritivo. A própria palavra *Constitution* é, pela primeira vez, utilizada naqueles anos no seu significado hodierno, e o poder da Constituição é posto claramente acima do poder do legislador ordinário[1]. A consciência da diferença entre leis ordinárias e leis

---

1. Acerca desse argumento existem diversas interpretações: Gordon Wood, *The Creation of the American Republic*, North Carolina Press, Norton (N.Y.), 1972, afirmou, por exemplo, que as primeiras Constituições foram escritas pelo legislador ordinário, deslocando para 1780, ou seja, para a redação da Constituição de Massachussetts, o momento em que emergiu de modo claro e explícito a consciência da diferença entre processo legislativo ordinário e processo constituinte. Tomo, aqui, as conclusões obtidas pelo mais recente estudo de Kruman, que corrige a tese de Wood, cf. M. W. Kruman, *Between Authority and Liberty. State Constituion Making in Revolutionary America*, The University of North Carolina Press, Chapell Hill-London, 1997. Sobre a mudança da concepção da Constituição nos Estados Unidos, ver também: G. Stourzh, *Constitution: Changing Meanings of the Term from Early Seventeenth to Late Eighteenth Century*, em T. Ball, J. G. A.

constitucionais se perfila como uma das mudanças mais significativas em torno da elaboração do conceito de Constituição. São atribuídas, ainda, à história constitucional americana as seguintes invenções: a criação de assembléias constituintes, a ratificação popular das Constituições, a positivação dos direitos fundamentais, a introdução de procedimentos para fazer emendas à Constituição e o instituto da *judicial review of legislation.* Na base dessas inovações, cruciais para a história do constitucionalismo moderno, está a tentativa de enuclear as implicações derivantes da idéia de que a Constituição é um ato de autodeterminação da soberania popular. É a partir dessa idéia, que está como fundamento da tensão entre política e direito, típica do constitucionalismo moderno[2], que o direito pôde ser elevado como lugar central ao redor do qual se construiu a identidade política dos Estados Unidos e se enraizou o culto da lei, tornando-se como uma verdadeira e própria religião civil. A idéia de "governo da lei" sofre conseqüentemente uma torsão significativa: para que se possa falar de "governo da lei", e não de "governo dos homens", não é suficiente que os direitos fundamentais do cidadão sejam subtraídos ao arbítrio do legislador, mas torna-se agora necessário que a lei possa ser vista como uma derivação da soberania popular. Na concepção republicana[3] do período da

---

Pocock, *Conceptual Change and the Constitution,* University Press of Kansas, Lawrence (Kansas), 1988, pp. 35-54.

2. Sobre a tensão entre política e direito própria do constitucionalismo moderno, cf. P. P. Portinaro, *Il grande legislatore e il futuro della Costituzione,* em G. Zagrebelsky, P. P. Portinaro, J. Luther (organizado por), *Il futuro della Costituzione,* Einaudi, Torino, 1991, pp. 5-6.

3. Sobre a tradição republicana americana existe, enfim, uma ampla literatura. Entre as obras mais importantes, ver: B. Bailyn, *The Ideological Origins of the American Revolution,* Cambridge University Press, Cambridge, 1967; G. Wood, *The Creation of the American Republic, 1776-1787,* cit.; e J. G. A. Pocock, *The Machiavellian Moment: Florentine Political Tought and the Atlantic Republican Tradition,* Princeton University Press, Princeton, 1975. Para uma reavaliação do caráter inovador do republicanismo americano e das suas raízes lockeanas, em contraste com as interpretações de Pocock, Bailyn e Wood, ver: I. Kramnick, *Republicanism & Bourgeois Radicalism. Political Ideology in Late Eighteenth-Century England and America,* Cornell University Press, Ithaca-London, 1990; T. L. Pangle, *The Spirit of Modern Republicanism. The Moral Vision of the American Founders and the Philosohy of Locke,* The University of Chicago Press, Chicago-London, 1990; J. Appleby, *Liberalism and Republicanism in the Historical Imagination,* Harvard

fundação dos Estados Unidos, a certeza do direito é, sim, considerada um valor necessário, mas não mais suficiente. Indo para além da idéia montesquieuiana da liberdade como ausência de medo, garantida por leis estáveis e certas para a defesa dos direitos civis, os americanos olham para o "governo da lei" como garantia de uma liberdade entendida, antes de tudo, como autodeterminação republicana. E a liberdade pressupunha – ao menos na origem – um nexo estreito entre direitos políticos e direitos civis.

A reavaliação novecentista do conceito de *rule of law* remove, na maioria dos casos, do próprio horizonte as implicações da noção republicana de "governo da lei", remetendo, antes, a um direito de produção espontânea, administrado pelas Cortes de justiça. Essa noção implica, por exemplo, em Hayek e em Oakeshott, uma desvalorização da legislação parlamentar como fonte do direito e, ao mesmo tempo, uma redução da Constituição a uma função de garantia, de limite ao poder político. O direito parece, assim, completamente independente da política, e capaz de auto-reprodução e de autolegitimação. Os Estados Unidos são considerados um exemplo paradigmático dessa tendência contemporânea que parece configurar o risco de uma passagem da supremacia das Constituições à supremacia das Cortes Constitucionais. Trata-se de uma tendência mais forte nos Estados Unidos do que em qualquer outro lugar por causa de uma peculiaridade da tradição constitucional americana: a existência de um amplo controle de constitucionalidade das leis, ou seja, a possibilidade por parte das Cortes, e da Corte Suprema, em última instância, de assumir a função de intérprete da Constituição, capaz de rever, declarar inconstitucionais e, portanto, de invalidar, seja as decisões do Congresso, seja aquelas dos poderes legislativos estatais, sobre a base de motivações que se estendem à substância dos atos legislativos julgados.

University Press, Cambridge (Mass.), 1993; P. Rahe, *Republics Ancient & Modern. Classical Republicanism and the American Revolution*, The University of North Carolina Press, Chapell Hill-London, 1992; M. P. Zuckert, *Natural Rights and the New Republicanism*, Princeton University Press, Princeton (N.J.), 1994; J. Huyler, *Locke in America. The Moral Philosophy of the Founding Era*, University Press of Kansas, Lawrence (Kansas), 1995; J. P. Young, *Reconsidering American Liberalism. The Trouble Odyssey of the Liberal Idea*, Westview Press, Boulder (Col.), 1996.

A introdução do instituto da *judicial review of legislation*, que, em geral, remonta à sentença *Marbury v. Madison* (1803) do juiz John Marshall[4], acabou por atribuir um poder de notável alcance à Corte Suprema. Se somente se considerar, de um lado, o espaço interpretativo deixado pela imprecisão de certas cláusulas constitucionais (basta lembrar formulações como *due process* e *equal protection of the laws*), de outro, a impossibilidade de recorrer ao procedimento legislativo ordinário para mudar as decisões da Corte Suprema, a medida do seu poder torna-se imediatamente clara[5]. Se, à base da posição de proeminência assumida pela Corte Suprema, está o caráter muito particular do instituto de revisão constitucional americano, é necessário, todavia, evidenciar que a situação atual está sobretudo ligada a uma mudança de percepção do próprio papel por parte da Corte.

A interpretação predominante da Constituição americana como modelo de Constituição-garantia reconhece, desde o início da história americana, um papel prioritário ao controle difuso de constitucionalidade na defesa dos direitos civis. À luz dessa interpretação, o *Bill of Rights*, graças à sua defesa no âmbito judiciário, teria assegurado aos americanos, já a partir da sua introdução (1791), amplas garantias no exercício e no gozo dos direitos fundamentais[6]. Essa leitura da história constitucio-

---

4. O juiz John Marshall foi *Chief Justice* da Corte Suprema de 1801 a 1835. A sua jurisprudência foi fundamental para a consolidação dos critérios interpretativos da Constituição. À sentença que ele expressou no caso *Marbury v. Madison* é atribuída a introdução da *judicial review of legislation*. O caso do qual surgiu aquela sentença foi determinado pela recusa de Jefferson e do seu secretário de Estado, James Madison, em tornar executivas as nomeações ao cargo de juiz de paz – entre as quais aquela do juiz Marbury – decididas pelo presidente John Adams pouco antes do término do seu mandato (por isso fez também "nomeações na calada da noite").

5. Contra as decisões da Corte não resta senão a difícil e pouco utilizada via das emendas constitucionais. É preciso lembrar, por outro lado, que o art. V da Constituição torna protagonista das proceduras de revisão constitucional não a cidadania federal, mas os Estados. Para ser válida para todos os efeitos, as emendas devem ser ratificadas por 75 por cento dos Estados, coisa que – considerada a diversa densidade demográfica de cada Estado – pode produzir efeitos paradoxais de um ponto de vista democrático.

6. Excluindo o caso *Dred Scott* (1857), com o qual se sancionava a legitimidade da exclusão dos negros do gozo dos direitos de cidadania, a Corte utilizou raramente o *Bill of Rights* para tornar nulos os atos do legislativo federal

nal americana, todavia, é no mínimo parcial. Basta lembrar que, do princípio de igualdade perante a lei, um dos eixos do *rule of law*, permanceram excluídos até quase a metade do século XX não apenas os negros e os índios, mas também as mulheres, os trabalhadores hóspedes mexicanos e os imigrantes de origem asiática, ou todos aqueles que não tinham acesso à cidadania[7]. Mas, talvez, ainda mais importante, seja lembrar que até a introdução da emenda XIV (1868) não existia espaço no interior do sistema constitucional americano para uma interpretação da carta dos direitos fundamentais que fosse vinculante não só para o governo federal, mas também para os Estados federados, aos quais está delegado no sistema federal americano o governo das questões mais relevantes na vida cotidiana de um cidadão (da escola à assistência, à família etc.)[8].

O ativismo dos juízes ordinários e da Corte Suprema na defesa dos direitos individuais e, sobretudo, dos direitos das minorias, é uma história totalmente novecentista, uma história estritamente ligada ao papel que os Estados Unidos assumiram no plano internacional na luta contra a difusão do totalitarismo na Europa[9]. O verdadeiro elemento de reviravolta nessa direção é representado pela famosa quarta nota à sentença *United States v. Carolene Products Co.*, de 1938, que entre outras

---

até o final do século XIX. Somente depois da Segunda Guerra Mundial – não diversamente do que ocorreu em outras democracias ocidentais – a Corte maturou uma particular sensibilidade pelos temas da liberdade pessoal e dos direitos civis. Para uma estimulante leitura sobre o uso da linguagem dos direitos na história americana, que sublinha o impacto ocorrido pela reação ao totalitarismo sobre a concepção novecentista dos direitos, ver: R. A. Primus, *The American Language of Rights,* Cambridge University Press, Cambridge, 1999.

7. Para uma leitura da cidadania americana atenta às suas contradições internas, ver: R. M. Smith, *Civic Ideals. Conflincting Visions of Citinzenship in U.S. History*, Yale University Press, New Haven-London, 1997.

8. Através da cláusula, prevista pela XIV emenda, que proíbe a qualquer Estado de dar vigor a "alguma lei que restrinja os privilégios e as imunidades dos cidadãos dos Estados Unidos", a jurisprudência da Corte Suprema no século XX procedeu a uma parcial incorporação das dez primeiras emendas, podendo assim fazer valer o conteúdo do *Bill of Rights* não só em relação ao governo, mas também em relação ao governo de cada Estado. Cf. R. Primus, *The Language of Rights*, cit., passim.

9. Cf. R. M. Cover, *The Origins of Judicial Activism in the Protection of Minorities*, "Yale Law Yournal", 91 (1982), pp. 1287-316.

coisas afirmava – como sublinha Ely – "que a Corte deveria também se preocupar com aquilo que a maioria faz às minorias, mencionando em particular as leis 'voltadas para' as minorias raciais, nacionais e religiosas, bem como aquelas marcadas por preconceitos em relação a essas mesmas minorias"[10]. Se são indúbias as vantagens que os cidadãos americanos puderam extrair dessa reviravolta na percepção que a Corte Suprema tem do próprio papel (basta lembrar a sentença *Brown v. Board of Education of Topeka* de 1954, que marca o fim do regime de segregação racial), é igualmente verdadeiro que jamais o debate constitucional sobre o papel do poder judiciário e sobre a relação entre *judicial review of legislation* e democracia foi tão aceso quanto depois do período posterior à Segunda Guerra Mundial.

Nas páginas que se seguem será delineado, em primeiro lugar, um quadro histórico da tradição americana do *rule of law,* que é aqui mostrada nas torções que ela sofreu no decorrer de mais de duzentos anos de vida constitucional. A minha reconstrução histórica sublinha o nexo entre *rule of law* e *rule of the people* que subsistia nas origens do constitucionalismo americano. Esse nexo parece ter sido de alguma forma neutralizado, mesmo que nunca tenha sido negado, seja pelas dificuldades de recorrer ao poder de revisão constitucional por causa da miscelânea do art. V, seja pela afirmação do poder de intérprete único e último da Constituição que a Corte Suprema assumiu com a sentença *Marbury v. Madison*. A ligação que a cultura jurídica americana tinha continuado a manter com a tradição do *common law* – apesar da revolução e o reconhecimento do caráter positivo da Constituição – contribuiu para facilitar esse processo de neutralização da soberania popular. E, por outro lado, a crise mais recente da tradição de *common law* não é alheia às dificuldades que a Corte Suprema encontra na tentativa de legitimar o próprio papel. À reconstrução histórica se seguirá a análise das principais posições que vieram à tona do interior do debate teórico contemporâneo, um debate que gira em torno do problema do caráter imparcial da interpretação judiciária e dos efeitos que a supremacia do poder judiciário produziu no inte-

---

10. Cit. em J. Ely, *Democracy and Distrust: A Theory of Judicial Review*, Harvard University Press, Cambridge (Mass.), 1980, p. 76.

rior do sistema político. As tentativas de refundar a neutralidade da interpretação judiciária estão voltadas para salvar a idéia de que a efetiva subsistência de um "governo da lei" está ligada à administração imparcial por parte das Cortes. A reflexão sobre os efeitos resultantes da supremacia do Poder Judiciário se conecta, ao contrário, ao objetivo de relegitimar o processo político e reler o significado do *rule of law* à luz da complexidade da estrutura constitucional.

2. *Rule of law* e *rule of the people* no pensamento republicano dos pais fundadores

A tentativa já realizada por Edmund Burke no século XVIII de colocar o constitucionalismo americano na esteira da continuidade histórica em relação à Constituição britânica pôs na penumbra as novidades implícitas na redação da Constituição introduzida pela Revolução Americana. A mesma coisa pode-se dizer que ocorreu reconduzindo a Constituição à tradição das cartas coloniais. As notas escritas por Benjamin Franklin à margem dos *Thoughts on the Origin and Nature of Governments* (1769) de Allan Ramsey oferecem, todavia, o motivo para ler a continuidade entre as cartas coloniais e as Constituições do período revolucionário em termos novos. Criticando a afirmação de Ramsey segundo a qual se devia julgar um verdadeiro absurdo considerar as cartas coloniais *Pacta conventa*, Franklin sublinhava que o erro de Ramsey era devido ao fato de ter ignorado que as cartas coloniais – a da Pennsylvania e da Carolina do Norte e do Sul – tiveram entre os seus inspiradores até mesmo John Locke e Algernon Sidney[11]. A ligação que Franklin estabelecia entre Locke e Sidney e, de outro lado, entre as cartas coloniais e a idéia de contrato, ilumina um dos lugares centrais que ligam, por volta dos anos 60 e 70 do século XVIII, os mais importantes personagens da Revolução Americana à cultura radical inglesa do século XVII. A utilização de

11. Cf. C. A. Houston, *Algernon Sidney and the Republican Heritage in England and America*, Princeton University Press, Princeton, 1991, p. 233. Para a influência de Sidney sobre a redação da Constituição da Pennsylvania, cf., ibid., pp. 232-3.

Locke e de Sidney para explicar o significado da "verdadeira" Constituição inglesa era recorrente nos *pamphlets* revolucionários. Na maioria dos casos, o conhecimento dos pensadores radicais ingleses do século XVII por parte dos americanos tinha ocorrido sobretudo através da recepção do pensamento de Locke e de Sidney presente nos escritos dos *real whigs*, ou seja, de autores como John Trenchard, James Gordon e James Burgh, destinados a ter, na América, popularidade e influência[12].

Nas elaborações teóricas dos *real whigs*, o culto do *ancient Constitution* – na esteira de intuições já presentes nas reflexões de Locke e de Sidney[13] – tinha sido objeto de uma releitura que é decisiva para compreender a reflexão constitucional do período da revolução na América. O valor da Constituição inglesa era reconduzido, de fato, não à sua antiguidade, ao seu fundamento imemorial, mas ao fato de que o exame racional revelava nela a presença dos princípios fundamentais do direito e da lei natural. John Adams, Thomas Jefferson e outros numerosos pensadores norte-americanos do século XVIII podiam ser considerados os herdeiros dos vários Locke e Sidney na tentativa de revelar o "verdadeiro" significado da Constituição inglesa. A luta travada por eles desenvolveu-se no plano jurídico-constitucio-

---

12. Sobre a influência dos assim chamados *real, independent* o *true whigs* sobre a história constitucional americana no período da revolução, ver: C. Robbins, *The Eighteenth Century Commonwealthman*, Cambridge University Press, Cambridge (Mass.), 1959; T. Colbourn, *The Lamp of Experience: Whig History and the Intellectual Origins of the American Revolution*, Chapell Hill, (N.C.), 1965; B. Bailyn, *The Ideological Origins of the American Revolution*, cit.; R. E. Toohey, *Liberty and Empire, British Radical Solutions to the American Problem, 1774-1776*, The University Press of Kentucky, Lexington, 1978; D. N. Mayer, *The Constitutional Thought of Thomas Jefferson*, The University Press of Virginia, Charlottesville-London, 1997, cap. II; C. B. Thompson, *John Adams & the Spirit of Liberty*, Lawrence (Kansas), 1998, cap. IV.

13. Para a possibilidade de reconduzir essa reviravolta no pensamento constitucional inglês ao pensamento de Locke e Sidney, cf. J. G. A. Pocock, *The Ancient Constitution and the Feudal Law. English Historical Thought in the Seventeenth Century*, W. W. Norton & Company, New York, 1967, pp. 236-9. Sobre a ruptura lockeana em relação ao paradigma de *common law*, cf. D. Resnick, *Locke and the Rejection of the Ancient Constitution*, "Political Theory", 12 (1984), 1, pp. 97-114; J. R. Stoner, Jr., *Common Law and Liberal Theory. Coke, Hobbes, & the Origins of American Constitutionalism*, University Press of Kansas, Lawrence, 1992, pp. 137-51.

nal, mas em nome de uma concepção da Constituição inglesa que comportava implicitamente uma drástica ruptura com o passado, afirmando de modo inequívoco o princípio da soberania popular.

Para tornar ainda mais complexo o debate constitucional americano do século XVIII e da primeira metade do século XIX, está o fato de que esse gira em torno de duas diversas concepções de republicanismo, ligadas, por sua vez, a duas diversas visões da soberania popular. Evocando aqui as categorias conceituais elaboradas por Philip Pettit, poderíamos falar de um republicanismo populista, reconduzível à linha que, partindo de Aristóteles, se prolonga até Hannah Arendt, e de um "republicanismo clássico", que pode ser ligado à linha que vai de Cícero a Maquiavel[14]. A primeira versão republicana, o assim chamado "humanismo cívico", é – escreve Pettit – "essencialmente populista": essa considera, de fato, a participação política do povo como um dos bens fundamentais. Na perspectiva do republicanismo populista – afirma Pettit –, o povo deveria contar com os representantes e agentes públicos apenas quando é estritamente necessário[15]. O republicanismo populista baseia-se em uma concepção positiva do "povo", utilizando freqüentemente essa noção de modo acrítico como representante de um público homogêneo. O populismo, de outro lado, junto com a defesa dos interesses e do senso comum do cidadão ordinário, nutre uma postura de desconfiança em relação a toda forma de hierarquia e de peritocracia[16].

Já o assim chamado "republicanismo clássico", ao contrário, sublinha o elemento da confiança entre povo e representantes eleitos. Em particular – como escreve Pettit –, essa segunda tradição republicana "vê o povo repor confiança em um Estado que garante a existência de uma forma de governo não-arbi-

---

14. No que diz respeito às diversas famílias internas à tradição republicana, ver: M. Geuna, *La tradizione repubblicana e i suoi interpreti: famiglie teoriche e discontinuità concettuali*, "Filosofia politica", 12 (1998), 1, pp. 101-32.

15. P. Pettit, *Republicanism. A Theory of Freedom and Government*, Clarendon Press, Oxford, 1997, p. 8.

16. Cf. J. M. Balkin, *Populism and Progressivism as Constitutional Categories*, "The Yale Law Journal", 104 (1995), em particular, pp. 1945-6.

trário"[17]. Diversamente da tradição aristotélica, o republicanismo clássico não apresenta uma imagem edificante do cidadão ordinário. Os indivíduos são vistos como seres corruptíveis, portadores de fins diversos e conflitantes. O processo político, mediante a seleção dos representantes, tem um efeito de filtrar as opiniões, ao passo que a participação dos cidadãos nos assuntos políticos é, principalmente, o meio que eles têm à disposição para prevenir a degeneração do governo em uma forma de tirania nociva à liberdade individual.

À concepção populista do republicanismo pode ser reconduzido o pensamento de Jefferson e dos antifederalistas, ao passo que no interior da visão republicana pode ser colocado o pensamento constitucional de John Adams e dos Federalistas.

Na interpretação populista radical de Jefferson ou de Thomas Paine, o fato de que a Constituição fosse expressão do povo soberano significava que nada poderia impedir ao povo de criar periódicas revisões constitucionais. Era central no constitucionalismo jeffersoniano a idéia de que um governo republicano tivesse de reconhecer à soberania popular a tarefa de agir como freio ao exercício do poder, através de instrumentos como a Constituição escrita e a breve duração dos mandatos (e portanto do recurso freqüente às urnas). Essa visão subentendia, de um lado, a autonomia da sociedade civil em relação ao governo; de outro, a suspeita em relação a qualquer concentração de poder político. Considerando o *self-love* a principal paixão do ser humano, o constitucionalismo populista procurara não equilibrar, mas reduzir o poder político por meio da representação e da separação dos poderes em diversos níveis e em diversos setores. Nesse contexto Jefferson inseria a função do *Bill of Rights* e da Corte Suprema: o primeiro teria de limitar as possibilidades de ingerência do poder federal na autonomia de cada Estado, a segunda tinha de funcionar dentro dos limites de uma aplicação estreita do texto da lei: se o Poder Judiciário não pudesse ser reduzido a *mere machine*, ou seja, a órgão obrigado a uma estreita aplicação do texto da lei, o poder dos juízes poderia, de fato, segundo Jefferson, abalar a lógica

---

17. P. Pettit, *Republicanism. A Theory of Freedom and Government*, cit., p. 8.

democrática, tornando-se um poder impróprio no interior de um governo republicano[18].

Diversa era a perspectiva de John Adams e dos Federalistas. Na sua *Defence of the Constitutions of Government of the United States of America* (1787-1788), Adams distinguia o republicanismo dos franceses – em direção aos quais se voltavam as preferências de Jefferson – do republicanismo dos americanos. Franceses, ingleses e americanos utilizavam a mesma palavra "república", mas, afirmava Adams, não pensavam na mesma coisa. Para os franceses e os ingleses, "república" era sinônimo de democracia ou democracia representativa: um "governo com um único centro, e aquele centro era a nação"[19], ou uma única assembléia, escolhida em determinados períodos pelo povo e investida de uma completa soberania. Para os americanos, ao contrário, a derrota do absolutismo régio não podia ceder lugar ao absolutismo das maiorias democráticas. Adams olhava com horror para a onipotência de um regime democrático governado por paixões irracionais, que teriam conduzido ao surgimento de novas aristocracias demagógicas. A república é, sim, governo do povo, mas o "povo" não tem existência senão em virtude da sua conformidade com as leis fundamentais e com os princípios de justiça: "povo", e não mera "multidão", existe unicamente quando vontade e razão convergem. Somente nesse sentido *rule of the people* pode coincidir com *rule of law* e se contrapor a *rule of men*. Para manter a vontade dos governantes fiel aos princípios do "governo da lei", Adams propunha um sistema de *checks and balances* que era imaginado como um verdadeiro e próprio instrumento de controle das paixões, que deveria canalizá-las em uma direção socialmente não-prejudicial. Adams não negava o valor da soberania popular, mas, como teriam feito também os Federalistas[20], procurava ignorar

18. D. N. Mayer, *The Constitutional Thought of Thomas Jefferson*, cit., p. 257; mas ver em geral todo o cap. IX: *A Solecism in a Republican Government. The Judiciary and Judicial Review*.

19. J. Adams, *Defence of the Constitutions of Government of the United States of América*, em J. Adams, *Works*, vol. 4, Little Brown, Boston, 1851, p. 504.

20. A influência da reflexão de J. Adams sobre o pensamento dos Federalistas é afirmada por C. B. Thompson, *John Adams & the Spirit of Liberty*, cit., passim.

a questão do poder constituinte a fim de neutralizar os êxitos revolucionários do mesmo no plano político-institucional.

James Madison retomará o espírito da posição de Adams e insistirá sobre as virtudes dos *checks and balances* e de um sistema representativo que, por meio de distritos eleitorais de grandes proporções e a multiplicação dos grupos políticos, permitisse a seleção de uma elite política qualificada, capaz de resistir às tentações demagógicas e de se subtrair aos impulsos de interesses particulares e locais[21]. O filtro do sistema representativo e a constituição de um corpo político de *optimates* eram necessários, segundo Madison, para manter o caráter imparcial das decisões políticas, subtraindo-as às paixões que se instalam no ânimo popular, e que igualmente poderiam levar o povo-multidão a "prejudicar a si mesmo"[22]. Madison era contrário a atribuir um particular papel de defesa dos direitos individuais, seja ao *Bill of Rights*, seja à Corte Suprema. Era ao conjunto dos *checks and balances*, à divisão dos poderes, à construção dos distritos eleitorais de grandes proporções, à dialética entre Estado federal e Estados federados, que ele confiava a tarefa de neutralizar as paixões e os interesses, de contê-los e canalizá-los para reconduzir o processo deliberativo da maioria o mais próximo possível da razão. Somente uma lei, capaz de ser defendida com argumentos gerais e imparciais, poderia, a seu ver, garantir a existência de um governo que fosse percebido como "governo da lei", e não "dos homens". Para Madison, a Corte Suprema não tinha um papel privilegiado de intérprete da Constituição, e os seus poderes deviam ser limitados ao controle de atos legislativos manifestamente inconstitucionais[23]. Somente a posterior introdução por parte do juiz Marshall da *judicial review of legislation*, que cancelou a distinção entre *unjust acts* e *unconstitutional acts*,

---

21. Para uma interpretação em sentido republicano do pensamento do *Federalista*, ver: D. F. Epstein, *The Political Theory of the Federalist*, The University of Chicago Press, Chicago, 1984; G. W. Carey, *The Federalist Design For a Constitutional Republic*, University of Illinois Press, Urbana-Chicago, 1994.

22. Cf. A. Hamilton, J. Madison, J. Jay, *The Federalist Papers*, Clinton Rossiter (organizado por), New American Library, New York, 1961, p. 384.

23. Cf. S. Snowiss, *Judicial review and the Law of the Constitution*, Yale University Press, New Haven, 1990, caps. II e III.

decidiu a superioridade hierárquica dos direitos civis sobre os direitos políticos, construindo uma barreira ao poder de autodeterminação democrática.

3. A *judicial review of legislation*

A distinção entre poder legislativo e poder constituinte, presente no pensamento dos pais fundadores, podia ser entendida não como "uma tentativa elitista de limitação da vontade em nome de uma noção ideal de direito", mas como instrumento para preservar intacta "a 'reserva de potência' implícita na soberania popular cuja vontade não podia ser representada *in toto* porque era constituída pela soma de indivíduos singulares dotados de direitos inalienáveis"[24]. A superposição entre *rule of law* e *rule of the people* podia ser declinada, isto é, em direção a um nexo entre autogoverno e primado da lei. Uma possibilidade que, todavia, era destinada a permanecer no plano meramente teórico em nível federal diante do congelamento da soberania popular realizada de fato, de um lado, pelos confusos procedimentos de revisão constitucional previstos no art. V da Constituição; de outro, precisamente pela interpretação do *rule of law* contida na famosa sentença *Marbury v. Madison* do juiz Marshall, que havia introduzido a *judicial review*[25]. Desse ponto de vista, é significativo recordar o contexto político no qual o juiz Marshall tinha emitido aquela sentença[26]. Vivia-se, de fato, bem no meio de uma acesa luta política entre o Partido Republicano e o Partido Federalista acerca do significado da Revolução Ame-

---

24. T. Bonazzi, *Il Demos Basileus e la nascita degli Stati Uniti*, "Filosofia politica", 5 (1991), p. 102.

25. Appleby escreve: "A despeito da celebração da soberania popular na América, o povo soberano foi limitado nos seus poderes a partir do momento em que a Constituição foi ratificada", J. Appleby, *Liberalism and Republicanism in the Historical Imagination*, cit., p. 219.

26. O contexto histórico no qual se coloca a sentença, ou seja, o pano de fundo constituído pela luta entre Federalistas e Republicanos sobre a Constituição, é raramente lembrado. Para uma análise aprofundada, remete-se a P. Kahn, *The Reign of Law. Marbury v. Madison and the Construction of America*, Yale University Press, New Haven, 1997.

ricana, iniciada em 1800 com a eleição presidencial de Jefferson. A sentença de Marshall representou indiretamente a resposta dos Federalistas, entrincheirados nas suas posições de poder no interior das Cortes de justiça, à interpretação jeffersoniana da democracia, àquela idéia de "revolução permanente" que parecia remeter à continuidade entre eleições e revolução, sobre a qual Jefferson tinha construído o significado da própria vitória, apresentando-a como uma "segunda revolução".

O risco de que a posição jeffersoniana pudesse minar os alicerces do edifício constitucional, assim como tinha sido formulado pelos Federalistas, emerge de algumas frases centrais do primeiro discurso inaugural de Jefferson, nas quais, elencando os princípios essenciais do governo americano e evitando qualquer referência ao *rule of law,* sublinhava que a tutela do direito do povo às eleições era um "corretivo pacífico e seguro contra os abusos que são cortados pela espada da revolução quando remédios pacíficos não são previstos". E se alinhava com "o absoluto respeito pelas decisões da maioria, princípio vital da república, contra o qual não existe outro apelo a não ser o da força"[27].

Contra a concepção majoritária da democracia, apresentada por Jefferson, na sentença *Marbury v. Madison,* Marshall tinha proposto a subtração do direito constitucional da esfera da política. Naquela sentença reconhecia-se ao povo "um direito originário de fixar, para o próprio futuro governo, os princípios que pudessem garantir a felicidade", um ato que, porém – se determinava logo depois –, não poderia ser "freqüentemente repetido". Uma vez estabelecidos, aqueles princípios deviam ser considerados fundamentais, "permanentes". Os princípios constitucionais, aprovados pelo povo, tinham afirmado o caráter limitado do poder legislativo, de modo que um ato do legislativo contrário à Constituição deveria ser considerado nulo. Se no caso de conflito entre leis ordinárias, as Cortes tinham a

27. T. Jefferson, *Public and Private Papers,* Vintage Books, New York, 1990, pp. 168-9. Mas sobre o significado do discurso inaugural de Jefferson e sobre o desafio que ele lançava à interpretação federalista da revolução, ver também P. Kahn, *The Reign of Law,* cit., passim.

obrigação de decidir *what the law is*, o mesmo critério deveria valer no caso de conflito entre leis ordinárias e leis constitucionais[28]. Assim a sentença *Marbury v. Madison* tornava o Poder Judiciário – entendido como representante virtual do povo constituinte – responsável pela realização e pela defesa dos princípios do ordenamento constitucional. Ao mesmo tempo, aquela sentença privava o poder legislativo do papel de intérprete da Constituição, criando um vínculo jurídico permanente ao poder da maioria, análogo ao poder exercido sobre os indivíduos pelas leis ordinárias[29].

No decorrer do século XIX, a Corte Suprema tentou várias vezes responder às críticas e aos ataques que lhe foram dirigidos, procurando reproduzir no interior da jurisprudência americana a imagem asséptica e desinteressada do juiz de *common law*[30]. A evocação à tradição de *common law* desempenhou uma dupla função: uma, de freio aos impulsos radicais que podiam resultar da teoria lockiana do contrato[31] e, outra, de legitimação de uma visão do direito que – em contraste com a visão pública originariamente ligada ao texto escrito da Constituição – se apresentava agora como âmbito privilegiado daquela razão "artificial" que somente o juiz possuía em virtude da sua específica formação. O inteiro âmbito das relações econômico-contratuais foi excluído da esfera da decisão política e submetido à competência da ação judiciária. As conseqüências desse fato foram para além das relações econômico-contratuais. Basta lembrar que na sentença *Dred Scott v. Sandford*, de 1857, a Corte estabeleceu – sobre a base da cláusula do *due process* pre-

---

28. *Appendix: William Marbury v. James Madison. Secretary of State of the United States*, em P. Kahn, *The Reign of Law*, cit., pp. 254-6.

29. S. Snowiss, *Judicial review and the Law of the Constitution*, cit., p. 119.

30. S. C. Stimson, *The American Revolution in the Law: Anglo-American Jurisprudence Before John Marshall*, Princeton University Press, Princeton, 1990, p. 144.

31. Acerca dessa tese concordam os estudos de Stimson (op. cit.) e Stoner (*Common Law and Liberal Theory*, cit.). Sobre o mesmo argumento, ver também: C. L. Tomlins, *Law, Labor and Ideology in the Early American Republic*, Cambridge University Press, Cambridge (Mass.), 1993, em particular pp. 93-4, 104-5.

vista pela V emenda[32] – que a propriedade dos escravos tinha o mesmo direito de ser protegida como qualquer outro tipo de propriedade[33].

4. A concepção liberal do *rule of law* no decorrer do século XIX

Para todo o século XIX e para além, até o New Deal, dois modelos constitucionais disputaram entre si um predomínio indiscutível[34]. O primeiro – predominante até os anos imediatamente posteriores à guerra civil – baseava-se sobre a convicção de que os direitos fundamentais pudessem ser mais bem protegidos pela nítida separação entre poderes dos Estados e poderes do governo federal. O *Bill of Rights* foi, por isso, utilizado por todo esse período (assim como, de resto, os antifederalistas e o próprio Jefferson tinham-no concebido, no momento em que o tinham proposto) como instrumento contra a extensão do poder federal e jamais contra os Estados, nunca para verificar se os direitos fossem efetivamente usufruídos pelos cidadãos sob as Constituições republicanas de cada Estado em particular[35]. O segundo modelo afirmou-se no período que com-

32. A V emenda estabelece, entre as várias garantias para a proteção da liberdade e da segurança da pessoa, que nenhuma pessoa pode ser "privada da vida, da liberdade ou da propriedade, a não ser em conseqüência de um regular procedimento legal".

33. Cf. J. Nedelsky, *Private Property and the Limits of American Constitutionalism. The Madisonian Framework and its Legacy*, The University of Chicago Press, Cambridge (Mass.), 1985, p. 225; R. M. Smith, *Liberalism and American Constitutional Law*, Harvard University Press, Cambridge (Mass.), 1985, p. 73.

34. Cf. L. Tribe, *American Constitutional Law*, The Foundation Press, Mineola (N.Y.), 1978.

35. A estrutura federal foi um potente freio à proteção dos direitos fundamentais, e em parte continua a sê-lo, visto o caráter concorrencial e não cooperativo do federalismo americano. Estando em direta rivalidade entre si em matéria de investimentos e de produção, no interior de um sistema que permite aos interesses particulares negociar, a fim de obter dos órgãos legislativos e judiciários estatais as condições a eles mais favoráveis, os Estados dificilmente conseguem manter altos padrões de regulamentação das condições de trabalho etc., cf. H. N. Screiber, *Constitutional Structure and the Protection of Rights*, em A. E. Dick Howard (organizado por), *The United States Constitution.*

preende aproximadamente a última década do século XIX à reviravolta produzida pelo New Deal, logo depois da introdução da XIV emenda, com a qual, pela primeira vez, se afirmava a supremacia da cidadania federal sobre aquela estatal[36]. Esse modelo foi o resultado da particular interpretação que a Corte Suprema deu da cláusula do *due process*. Tendo que estabelecer, à luz da nova emenda, quais direitos fossem assim fundamentais para exigir proteção em nível federal, a Corte, em conformidade com uma visão liberal do Estado como "guardião noturno" e árbitro imparcial nos conflitos de natureza socioeconômica, constitucionalizou a teoria da liberdade contratual. Na tentativa de reconduzir ao âmbito do direito privado questões que iam assumindo sempre mais um caráter político-social[37], a Corte se opôs, nesses anos, à introdução de uma regulamentação dos horários de trabalho ou das condições de trabalho dos sujeitos mais frágeis, como as crianças[38]. A defesa da teoria da liberdade contratual realizada pela Corte pareceu logo paradoxal por sua dissonância em relação à intensificação do conflito social resultante das transformações ocorridas nesse meio tempo na economia americana, com a criação de grandes concentrações de empresas industriais e financeiras.

Roots, Rights and Responsabilities, Smithsonian Institution Press, Washington, 1992, p. 195; sobre o mesmo tema, ver também: H. A. Linde, *Citizenship and State Constitutions*, ibid., pp. 381-96.

36. À seção I, a XIV emenda afirma: "Todas as pessoas nascidas e naturalizadas nos Estados Unidos e sujeitas à sua jurisdição são cidadãos dos Estados Unidos e do Estado em que residem. Nenhum Estado poderá emanar ou dar vigor a alguma lei que restrinja os privilégios e as imunidades dos cidadãos dos Estados Unidos; da mesma forma, nenhum Estado poderá privar qualquer pessoa da vida, da liberdade, da propriedade, sem uma procedura legal na devida forma, nem poderá recusar a quem quer que seja, nos limites da sua jurisdição, a igual proteção das leis".

37. Cf. M. J. Horwitz, *The Transformation of American Law, 1870-1960: The Crisis of Legal Ortodoxy*, Oxford University Press, Oxford, 1992, pp. 10-1.

38. Para a oposição da Corte à regulamentação do trabalho infantil, cf. S. M. Griffin, *American Constitutionalism*, cit., pp. 88-9. As sentenças emitidas pela Corte na assim chamada *Progressive era* contra a legislação sobre o trabalho infantil são freqüentemente tomadas como exemplo da capacidade da *Supreme Court* de paralisar por decênios reformas sobre as quais existe um amplo consenso por parte da opinião pública; ver J. Agresto, *The Supreme Court and Constitutional Democracy*, Cornell University Press, Ithaca, 1984, pp. 28-9.

A natureza ideológica de sentenças – como a famosa *Lochner v. New York* de 1905[39] –, manifestamente alinhadas a favor do *laissez-faire,* desacreditou a imagem do poder judiciário como poder neutro e imparcial. A doutrina do *common law,* à qual a jurisprudência da Corte tinha se inspirado por todo o século precedente, teve de enfrentar as críticas do movimento realista e pragmatista, que varreram de um só golpe as certezas da doutrina do direito natural[40]. A idéia do *common law* como expressão objetiva e imparcial de um estado de coisas espontâneo, reflexo de uma realidade que tinha de ser salva das intervenções distorcidas do legislador, foi superada por um direito concebido não mais como "dado", mas como "construção", capaz de regular e direcionar em sentido normativo a realidade. À metáfora da Constituição "machine", inspirada em uma visão mecanicista-newtoniana, substituiu-se a idéia de uma "living Constitution", sustentada por uma abordagem historicista e evolutiva do direito[41].

5. A explosão da tensão entre política e direito

A crise do paradigma jurídico oitocentista, fundado sobre a tradição do *common law,* teve repercussões importantes sobre o direito constitucional americano nas primeiras décadas do século XX. O primeiro resultado foi a reproposição da tensão entre constitucionalismo e democracia, entre os poderes da Corte Suprema e a autonomia dos Estados, assim como entre os poderes da Corte e os do governo federal. Essa tensão era

---

39. Com essa sentença, a Corte declarou inconstitucional a legislação introduzida pelo estado de Nova York para a regulamentação do horário de trabalho nas padarias. A sentença foi considerada um retrato do papel conservador desempenhado pela Corte no início do século (a assim chamada *Lochner era,* derivante do nome desta mesma sentença), impedindo a introdução de uma legislação mais favorável à classe trabalhadora; cf. S. M. Griffin, *American Constitutionalism,* Princeton University Press, Princeton, 1996, pp. 100-1.

40. Cf. M. J. Horwitz, *The Transformation of American Law, 1870-1960: The Crisis of Legal Ortodoxy,* cit., passim.

41. Cf. M. Kammen, *A Machine that Would Go of Itself: The Constitution in American Culture,* Alfred A. Knopf, New York, 1986.

destinada a se tornar mais aguda à medida que o Estado central não só fortalecia as suas prerrogativas e exercia um poder de orientação sobre a política nacional no âmbito econômico e social, mas assumia uma mais acreditável veste democrática com o fim da escravidão e a introdução do sufrágio feminino. A percepção cada vez mais clara do caráter problemático do poder "contramajoritário" exercido pela Corte Suprema impulsionou, nas primeiras décadas do século XX, a auspiciar a adoção do princípio do *self-restraint*, ou seja, uma maior deferência do Poder Judiciário em relação ao legislativo.

Entretanto, depois de 1938, a Corte conseguiu recortar para si um novo espaço de ação, transformando-se de defensora do direito de propriedade em garante também de outros direitos civis e em tutora das minorias. A jurisprudência da Corte introduziu, pelo menos, duas novas orientações constitucionais. A primeira era orientada à defesa de alguns "direitos preferenciais", considerados tais porque eram inerentes à personalidade humana, como a liberdade de expressão e o direito à *privacy*. A segunda era inspirada, ao contrário, na idéia de *equal protection* e visava garantir a todos o igual acesso aos serviços sociais fundamentais, por meio de um escrupuloso escrutínio dos critérios de classificação adotados para a identificação dos sujeitos destinatários, com o objetivo de evitar medidas discriminatórias[42]. Ambos esses modelos comportam não apenas a formulação por parte da Corte de juízos fortemente intrusivos em relação às decisões políticas majoritárias, mas também a admissão de um verdadeiro e próprio papel de co-legislador. Por meio da parcial incorporação do *Bill of Rights* na XIV emenda e de uma interpretação extensiva das fórmulas constitucionais, a Corte, de fato, produziu, no período posterior à Segunda Guerra Mundial, em particular no período da *Warren Court* (1953-1969), uma série de novos direitos, não explicitamente previstos pela Constituição (basta lembrar, por exemplo, o direito à *privacy* ou o direito ao aborto).

Tudo isso abalou os princípios do Estado liberal de Direito. A concepção oitocentista da Constituição como *rule of law*

42. Refiro-me aqui à análise de L. Tribe, *American Constitutional Law*, cit.; ver, em particular, capítulos 11 e 16.

apoiava-se sobre a autoridade de um direito aparentemente neutro e apolítico. A prática constitucional novecentista ultrapassou tanto os limites entre direito público e direito privado quanto aqueles entre direito e política. O reconhecimento de um ineliminável elemento de discricionariedade interpretativa por parte do juiz e o ativismo da Corte Suprema obrigaram a repensar o papel da interpretação judiciária da Constituição, bem como o significado, as virtudes e os limites próprios do *rule of law*.

6. As tentativas de reformular a noção de Constituição como *rule of law*

Algumas das posições expressas pelo debate constitucional contemporâneo, nos Estados Unidos, são um desenvolvimento e uma reelaboração do realismo jurídico, ou seja, são uma conseqüência da nova consciência que esse produziu acerca do caráter indeterminado do direito e a sua inaplicabilidade em termos mecanicistas. Entre os herdeiros da crítica realista ao formalismo jurídico, uma posição de relevo foi assumida pelo movimento dos *Critical Legal Studies*[43]. Para esse movimento, a concepção liberal do *rule of law*, e a visão formalista do direito sobre a qual este se apóia, é expressão da vontade de chegar a uma justificação do direito que o coloque fora das disputas sobre as bases fundamentais nas quais se apóia a sociedade[44]. A defesa do formalismo jurídico remeteria implicitamente, segundo os *Critical Legal Studies*, à idéia de que a forma do direito esteja em condições de refletir uma ordem moral objetiva e inteligível, subtraída à dimensão precária e conflitante da política[45]. Para os *Critical Legal Studies*, essa imagem do direito é uma ficção: incoerência e indeterminação são os traços próprios das leis, traços que derivam do próprio modo em que as leis são pro-

---

43. Sobre o movimento dos CLS, ver: A. Carrino, *Ideologia e coscienza. Critical Legal Studies*, E.S.I., Napoli, 1992.

44. R. M. Unger, *The Critical Legal Studies Movement*, "Harvard Law Review", 3 (1983), p. 563.

45. Ibid.

duzidas. Elas não emanam – observa Roberto Mangabeira Unger – de uma racionalidade moral imanente, mas são o resultado de conflitos, choques e compromissos entre grupos sociais dotados de diversas posições de poder, portadores de interesses e opiniões contrastantes, cujos traços permanecem nas ambigüidades do texto legislativo. Das teses da indeterminação das regras jurídicas, os *Critical Legal Studies* derivam aquela da politicidade do direito e da atividade jurisdicional. Qualquer tentativa de determinar a melhor interpretação possível da Constituição, assim como de identificar os objetivos que o ordenamento legitima e permite realizar permanecendo dentro dos limites do direito, para os *Critical Legal Studies* esconde uma operação ideológica. Na interpretação da lei, o juiz exerce sempre um poder discricional, selecionando, entre os muitos pontos de vista deixados abertos pelo direito, aquele que está mais próximo das suas preferências subjetivas. A necessidade do legalismo liberal de identificar uma única regra correta para a aplicação do direito e a impossibilidade de obter esse resultado marcam, para os *Critical Legal Studies*, a falência do "governo da lei".

Se os *Critical Legal Studies* desferem um ataque direto contra a idéia de *rule of law*, afirmando sem meios-termos o caráter ideológico da deliberação judiciária, diversas abordagens contemporâneas ao estudo do direito constitucional norte-americano tentam fazer uma reavaliação da idéia do "governo da lei" por meio da formulação de teorias da interpretação voltadas a pôr o juízo jurisdicional sobre bases objetivas. O êxito dessa operação está condicionado pela escolha daquilo que se pretende considerar fundamental da Constituição: o seu caráter de texto escrito, ou a sua intenção originária, ou os princípios inspiradores da tradição constitucional, ou então a vontade popular expressa nos momentos constituintes. Desses elementos, o juiz deveria poder deduzir regras gerais dentro das quais subsumir o caso particular. E em cada um desses casos, embora sobre a base de concepções diversas do *rule of law*, procura-se conduzir o juiz além do limite da política, ou melhor, além de uma função jurisdicional que desenvolve, de fato, um papel legislativo. Examinarei aqui, em particular, as propostas de Antonin Scalia, de Ronald Dworkin e de Bruce Ackerman.

7. Antonin Scalia e o governo da lei como *rule of rules*

A concepção formalista do *rule of law* identifica na existência de regras gerais, na aplicação coerente e estável do direito, na não-retroatividade da lei e na separação entre órgão designado à produção legislativa e órgão delegado à administração um valor intrínseco do ordenamento jurídico. A existência de um sistema jurídico dotado de tais características, afirma-se, torna previsíveis os comportamentos dos governantes e, portanto, aumenta a liberdade do cidadão, emancipando-o do medo e da insegurança que deriva do fato de viver sob um governo arbitrário. Segundo a concepção formalista do "governo da lei", a capacidade do ordenamento jurídico de estabilizar as expectativas sociais favorece a autonomia individual e a dignidade humana, uma vez que permite aos indivíduos projetarem as suas vidas. Nessa concepção, o papel do *rule of law* é puramente negativo: visa minimizar os perigos resultantes do exercício arbitrário do poder político. Ao aplicar a lei, o juiz deve agir segundo critérios de imparcialidade e neutralidade, e não deve se empenhar em avaliações ligadas a nenhuma concepção substantiva da justiça. Quando o juiz vai além da aplicação estrita da norma, ele transforma o "governo da lei" em "governo dos homens", arrogando para si um poder arbitrário.

A Constituição pode ser considerada uma extensão e um aperfeiçoamento da idéia do "governo da lei" ou do princípio segundo o qual o governo deve agir no respeito de vínculos jurídicos preestabelecidos. A Constituição torna-se, assim, dentro de uma concepção formalista do *rule of law*, um conjunto de regras destinadas a limitar o poder. O valor privilegiado dessa leitura do constitucionalismo é a estabilidade normativa, considerada como condição essencial para a autonomia do cidadão[46].

Segundo Antonin Scalia, que é atualmente um dos maiores expoentes de uma concepção do *rule of law* como *rule of rules* ou ainda de uma visão formalista do Estado de Direito[47], a ten-

---

46. Para essa leitura do constitucionalismo americano, cf. R. S. Kay, *American Constitutionalism*, em L. Alexander (organizado por), *Constitutionalism. Philosophical Foundations*, cit., pp. 16-63.

47. Cf. A. Scalia, *The Rule of Law as a Law of Rules, Oliver Wendell Holmes Bicentennial Lecture*, "Harvard Law School", 56 (1989), 4, pp. 1175-88.

dência do juiz de *common law* em remeter-se não ao texto, mas à intenção do legislador ou a algum outro critério externo ao texto da lei, está destinada a abrir as portas ao arbítrio judiciário e a ultrapassar e trair a vontade expressa pelas maiorias democráticas. Na interpretação "originalista" de Scalia[48], um "governo da lei" e não "dos homens" deveria respeitar o significado objetivo do texto da lei e não ir em busca da intenção subjetiva nele supostamente expressa pelo legislador: "Is the law that governs not the intent of the lawgiver"[49]. O fato de o juiz recorrer à intenção subjetiva do legislador, extraída, talvez, das atas das comissões legislativas ou das discussões parlamentares, é, segundo Scalia, uma das vias mais freqüentemente praticadas pelos juízes americanos para assumir o papel ilegítimo de co-legisladores.

Passando da interpretação das leis ordinárias àquela das normas constitucionais, a distinção entre as diversas teorias constitucionais é dada, segundo Scalia, pela diferença entre a busca do significado *originário* e a busca do significado *atual*. Um juiz textualista atém-se ao significado originário do texto. Poderá, se julgar oportuno, consultar os pareceres expressos durante a convenção dos "pais fundadores", mas somente se isso puder ajudá-lo a identificar o significado que o texto da norma constitucional tinha no momento da sua redação. Não tem relevância, e não deve ter relevância, para ele, nem a intenção originária nem o significado que um leitor contemporâneo poderia atribuir ao texto. A busca do significado "atual" é típica

48. O que conta na interpretação dos originalistas – como escreve John Arthur – é "a história: a questão que deve ser levantada interpretando a linguagem imprecisa da Constituição é saber como aquelas palavras foram entendidas originariamente por aqueles que as escreveram", J. Arthur, *Judicial Review and the Ground of Modern Constitutional Theory*, Westview Press, Boulder-San Francisco, 1995, p. 23. Sobre a perspectiva originalista, ver: R. Bork, *The Tempting of America. The Political Seduction of the Law*, The Free Press, New York, 1990; R. Berger, *Government by Judiciary: The Transformation of the Fourteenth Amendement*, Liberty Fund, Indianapolis, 1997.

49. A. Scalia, *Common-Law Courts in a Civil-Law System: The Role of United States Federal Courts in Interpreting the Constitution and Laws*, em A. Scalia, *A Matter of Interpretation. Federal Courts and the Law*, organizado por A. Gutmann, com comentários de G. Wood, L. H Tribe, M. A. Glendon, R. Dworkin, Princeton University Press, Princeton, 1997, p. 21.

dos juízes que pretendem transformar a Constituição em uma *living Constitution*, em uma Constituição flexível e adaptável à mudança. Por detrás da aparente virtude da flexibilidade, a noção de *living Constitution* esconde, segundo Scalia, o perigo do arbítrio por parte do Poder Judiciário e da incerteza do direito. Aquilo que a Constituição significava ontem poderia não ser mais verdadeiro amanhã. Quem decide se vai ser assim ou não, não é o legislador democrático, mas um corpo de juízes não democraticamente eleitos. Essa leitura da Constituição, que, para Scalia, é o resultado da influência do sistema de *common law* no âmbito da interpretação constitucional[50], dá como certa que a Constituição não pode e não deve resistir aos impulsos da mudança social. Tal leitura perde de vista, afirma Scalia, o escopo último da Constituição como "governo da lei": impedir que as gerações futuras possam mudar os vínculos estabelecidos pelas gerações precedentes[51]. O argumento da flexibilidade é, na perspectiva do textualismo originalista, uma justificação dissimulada da tendência dos juízes americanos em seguir o caráter aberto e arbitrário da tradição de *common law* na interpretação constitucional. Isso esconde o risco de que a Constituição acabe por significar simplesmente aquilo que os juízes consideram, por sua vez, que ela deva significar.

Os efeitos negativos da cultura jurídica da qual deriva essa posição são apontados por Scalia em referência, seja à formulação dos juízes, seja aos critérios da sua seleção, seja, mais em geral, em relação às repercussões que aquela cultura jurídica pode produzir dentro do sistema político. Nas faculdades de Direito americanas, o estudo do Direito constitucional concentra-se não tanto sobre o texto da Constituição, quanto sobre os casos e as sentenças das Cortes de justiça[52]. Nos procedimentos de seleção e de confirmação dos juízes federais, por outro lado, aquilo a que se dá importância são sobretudo as idéias que os juízes professam, ou dizem professar, em mérito às "propostas de reforma constitucional"[53]. Um Poder Judiciário que

50. Ibid., p. 38.
51. Ibid., p. 40.
52. Ibid., pp. 3-9.
53. Ibid., p. 47.

se expõe dessa forma sobre o plano político está fadado – segundo Scalia – a se tornar escravo das preferências mutáveis da opinião pública. Por isso, a sua capacidade de cumprir uma função de garantia dos direitos das minoras estaria seriamente ameaçada, e os recursos democráticos da república americana correriam o risco de ser dissipados[54].

A crítica de Scalia à tradição de *common law* atinge em particular – como observou Mary Ann Glendon[55] – as tendências degenerativas que essa manifestou na jurisprudência das últimas décadas, como, por exemplo, uma decrescente atenção a uma aplicação rigorosa do princípio do *stare decisis*. A evocação ao textualismo originalista, todavia, apesar de ser movida por intenções e argumentações apreciáveis, não parece ser uma resposta adequada às dificuldades que o juiz tem de enfrentar na aplicação da lei ordinária e ainda mais do ditado constitucional. A alternativa posta por Scalia entre uma aplicação rigorosa da norma e um juízo jurisprudencial arbitrário parece demasiada radical[56]. A busca do significado originário do texto deixa de qualquer modo aberto o problema do hiato existente entre a sua interpretação e a sua aplicação: uma vez identificado o significado originário de uma norma, permanece a questão de saber o que este implica em relação ao caso específico. A perspectiva originalista, por outro lado, levanta difíceis questões teóricas concernentes aos fundamentos de legitimidade de uma interpretação histórica da Constituição. É legítimo perguntar-se, de fato, por quais motivos as gerações atuais deveriam sentir-se vinculadas pelo significado que os pais fundadores davam ao texto da Constituição há mais de duzentos anos. Por que razão, por exemplo, a oitava emenda, que proíbe infligir "cruel and unusual punishment", deveria ser interpretada não sobre a base daquilo que os americanos, hoje, consideram "cruel", mas so-

---

54. Ibid., pp. 46-7.

55. M. A. Glendon, *Comment*, em A. Scalia, *A Matter of Interpretation. Federal Courts and the Law*, cit., pp. 95-114.

56. Uma tentativa de reformulação do originalismo textualista atento à distinção entre questão interpretativa e questão normativa, ou seja, ao problema da diretriz que deve ser extraída do texto constitucional em relação ao caso específico, está em M. Perry, *The Constitution in the Courts. Law or Politics?*, Oxford University Press, Oxford, 1994.

bre a base da percepção moral da época em que a emenda foi criada[57]? Não parece possível deduzir a obrigatoriedade de uma Constituição, como pretenderia a perspectiva originalista, da autoridade das convicções professadas pelos "pais fundadores". No caso, ela está ligada à capacidade das diversas gerações de continuar a se reconhecer nela, através de sucessivas reapropriações do seu significado[58].

8. Dworkin: o juiz intérprete dos princípios constitucionais

Também Dworkin tem por objetivo recuperar um "núcleo duro" da Constituição sobre a base do qual construir um "governo da lei", e não "dos homens". O caminho escolhido para reafirmar a idéia de uma *rock-solid, unchanging costitution*[59], todavia, abandona definitivamente o formalismo jurídico: não o texto da Constituição, mas os princípios da moral constitucional são o dado objetivo ao qual Dworkin procura ancorar a sua concepção substancialista do *rule of law*.

A filosofia do direito de Dworkin seria de difícil compreensão se não se levasse em consideração – como sugere Duncan Kennedy – a dupla exigência da qual ela nasce: de um lado, fornecer uma justificativa teórica da contribuição dada pela Corte Suprema para algumas importantes reformas liberais realizadas na segunda metade do século XX; de outro, mostrar como essa contribuição não foi um desvirtuamento da idéia do "governo da lei". A legitimação do Poder Judiciário no interior da concepção liberal do *rule of law* é ligada, de fato, à possibilidade de sustentar que o juiz age corretamente não em

57. Cf. C. R. Sunstein, *One Case at a Time. Judicial Minimalism on the Supreme Court*, Harvard University Press, Cambridge (Mass.), 1999, pp. 237-41.

58. Sobre esse ponto, cf. G. Palombella, *Costituzione e sovranità. Il senso della democrazia costituzionale*, Dedalo, Bari, 1997, pp. 25-9.

59. A idéia da Constituição como *rock-solid, unchanging constitution* é formulada por Scalia, cf. A. Scalia, *Common-Law Courts in a Civil-Law System: The Role of United States Federal Courts in Interpretating the Constitution and Laws*, cit., p. 47. Para a não adesão de Dworkin à idéia de *living constitution*, cf. R. Dworkin, *Comment*, em A. Scalia, op. cit:, pp. 122-3.

termos puramente morais, mas em termos jurídicos[60]. A idéia da Corte como "foro dos princípios" é a solução a que Dworkin chega através de uma reformulação da idéia do "governo da lei", que busca no interior do ordenamento constitucional a legitimidade de uma postura de não-deferência do poder judiciário em relação ao legislativo quando os direitos estão em jogo.

Na concepção formalista do *rule of law*, a tarefa do juiz é a de deduzir dos textos normativos as regras no interior das quais subsumir os casos particulares. A concepção da Constituição como conjunto de regras admite a possibilidade de lacunas normativas. Nos assim chamados "casos difíceis", quando se depara com uma lacuna, o juiz parece não ter outro caminho a não ser o de agir segundo as suas preferências ou avaliações subjetivas. Precisamente esse elemento de discricionariedade sugere aos juspositivistas uma postura de deferência prudencial do juiz em relação às *policies* decididas pelo legislador. Dworkin toma distância dessa noção do *rule of law*: a Constituição não é um conjunto de regras, mas um conjunto de princípios fundamentais. A "Constituição de princípio", ao contrário da Constituição como livro das regras (*rule-book conception*), propõe uma noção substancialista do *rule of law*: ela oferece critérios substanciais de justiça com base nos quais criticar uma sociedade cujas leis não garantem os direitos atribuíveis com base em uma coerente interpretação da Constituição. O controle de mérito que essa concepção substancialista do *rule of law* permite ao juiz parece querer ampliar de forma considerável os poderes de ingerência do poder judiciário na atividade do poder legislativo. Dois riscos poderiam perfilar-se: em primeiro lugar, um arbítrio absoluto por parte do juiz; em segundo, um desvirtuamento da lógica democrática. Dworkin procura mostrar como a sua teoria escapa desses dois perigos.

Se democracia equivale a "governo do povo", é possível, todavia, distinguir – sustenta Dworkin – duas formas de ação coletiva. A primeira pode ser considerada derivante de qualquer função estatística dos comportamentos individuais, como, por exemplo, quando se assiste ao aumento ou à diminuição

---

60. Cf. D. Kennedy, *A Critique of Adjudication (fin de siècle)*, Harvard University Press, Cambridge (Mass.), 1998; ver, em geral, pp. 119-30.

do custo do dinheiro. Nesse caso, não se pode encontrar uma finalidade coerente do grupo de indivíduos que influi sobre o andamento do mercado financeiro. A segunda forma de ação coletiva, ao contrário, tem um caráter comunitário: ela deriva de uma ação harmoniosa na qual as ações individuais convergem e se fundem. *We the people*, o povo do qual emana a Constituição, não é uma entidade "estatística"[61], nem a sua vontade pode ser feita coincidir – sustenta Dworkin – com a vontade da maioria. Na interpretação do *republican liberalism* de Dworkin, *We the people* é uma comunidade política "de princípio", que se forma como pessoa moral no ato da Constituição.

Dworkin entende, de fato, a Constituição como expressão da identidade moral de uma "comunidade política de princípio", isto é, uma comunidade cujos membros escolhem ser regidos por princípios comuns, e não apenas por regras resultantes de compromissos políticos. Para estes – acrescenta Dworkin –, a política é "a arena da discussão sobre os princípios, sobre a visão geral que os cidadãos deveriam compartilhar sobre temas como a justiça, a eqüidade e o *due process*"[62]. A personificação da comunidade realizada por Dworkin, supondo que a comunidade possa agir como uma entidade separada das pessoas, é o pressuposto que lhe permite afirmar que a comunidade, agindo como um indivíduo, escolheria como princípio de ética pessoal a coerência no tempo. Em segundo lugar, Dworkin chega a afirmar que a Constituição pode ser vista como um texto, ou uma narração, escrita por um único autor. Essas duas afirmações justificam a tese segundo a qual a atitude do juiz em relação ao ordenamento é similar àquela do intérprete em relação a uma obra literária.

A práxis jurídica é uma práxis interpretativa e, como tal – admite Dworkin –, é profundamente política. Dworkin, todavia, para salvar a legitimidade da *judicial review*, procura demonstrar que o processo jurisdicional, por sua natureza, não

61. R. Dworkin, *Freedom's Law. The Moral Reading of the American Constitution*, Havard University Press, Cambridge (Mass.), 1996, pp. 19-20.

62. R. Dworkin, *Law's Empire*, The Belknap Press of Harvard University Press, Cambridge (Mass.) 1986; trad. it. *L'impero del diritto*, Il Saggiatore, Milano, 1989, p. 199.

pode ser reduzido a um assunto de preferências políticas pessoais. O apelo de Dworkin à teoria hermenêutica não está voltado, de fato, a ampliar *ad infinitum* o espaço das interpretações, mas tende, ao contrário, a provar que é sempre possível para o juiz chegar a uma "resposta certa" (*right answer*), ou a uma interpretação correta, e portanto objetiva, à luz do significado global do documento constitucional[63].

A práxis interpretativa, afirma Dworkin, não deixa nas mãos do juiz um poder absoluto e arbitrário. O juiz deve, de fato, ater-se a determinadas regras interpretativas. Ele está vinculado pelo princípio de *integridade*, ou seja, pela necessidade de dar interpretações coerentes com um conjunto de princípios defensáveis à luz de toda a estrutura da Constituição e das precedentes interpretações constitucionais. Os juízes devem ser considerados, escreve Dworkin, "*partners* de outros funcionários públicos, do passado e do futuro, juntamente com os quais devem elaborar uma modalidade constitucional coerente, prestando atenção para que a contribuição deles se integre com a dos demais"[64]. Os juízes não podem propor uma interpretação da Constituição conforme as suas convicções pessoais, por mais atraentes que elas possam ser. "O dever de um juiz – escreve Dworkin – é o de interpretar a história jurídica precedente como um dado, e não o de inventar uma história melhor"[65]. A dimensão de adaptação (*fit*) estabelece alguns limites para julgar se uma teoria oferece a melhor justificativa do direito existente. Um limite ulterior é dado pela dimensão da moralidade política. Na interpretação de cláusulas como aquela da *equal protection of the law* é impossível, segundo Dworkin, dar uma interpretação que seja independente de qualquer teoria política sobre o que se deve entender por igualdade. Também neste caso, todavia, o juiz não pode resolver problemas de moralidade, evocando as suas opções políticas pessoais ou as mais gerais questões de *policy*. É precisamente a fidelidade a que

---

63. Cf. R. Dworkin, *Su interpretazione e oggettività*, em R. Dworkin, *Questioni di principio*, Il Saggiatore, Milano, 1995, pp. 206-18.

64. R. Dworkin, *Freedom's Law*, cit., p. 10.

65. R. Dworkin, *Diritto come letteratura*, em R. Dworkin, *Questioni di principio*, cit., p. 197.

o juiz é obrigado para com os documentos a serem interpretados que o diferencia do legislador, o qual pode agir e, segundo Dworkin, em geral age, seguindo uma orientação ditada mais pela busca do resultado político do que pela coerência em relação aos princípios constitucionais.

Comparada com as concepções formalistas do *rule of law*, a teoria de Dworkin tem o mérito de não remover o elo existente entre política e direito no plano da interpretação constitucional. Os argumentos com os quais ele sustenta a legitimidade do poder de revisão constitucional da Corte Suprema repropõem, todavia, uma nova forma de dualismo: a "política judiciária" deveria orientar-se dentro de um espaço não contaminado pela "política parlamentar", à qual, segundo Dworkin, são normalmente impedidas seja a possibilidade de decidir em vista do interesse comum, seja a capacidade de interpretar corretamente os princípios da moral constitucional.

Talvez seja o caso de lembrar, contra a concepção substancialista do *rule of law* apresentada por Dworkin, a pouca aderência da Corte, no curso da história constitucional americana, ao princípio de integridade, ou seja, a uma interpretação coerente com toda a estrutura constitucional e com as precedentes interpretações constitucionais. Escolhendo o nome Hércules para o seu juiz ideal, o próprio Dworkin parece estar ciente da distância existente entre a realidade e a sua teoria. O que parece ser verdadeiramente problemático é a relação opositiva que Dworkin delineia entre constitucionalismo dos direitos e democracia. Os direitos agem como poder contraposto de modo permanente à democracia, não apenas nas suas vestes de democracia parlamentar, mas também nas vestes de democracia constituinte, tanto que Dworkin mesmo chega a sustentar a inutilidade de recorrer ao processo de revisão constitucional para a definição de novos direitos[66]. Para Dworkin, a via das emendas constitucionais pode ser descurada, visto que novos direitos ("direitos não-enumerados" ou não previstos pela Constituição ou pelo *Bill of Rights*) podem ser mais facilmente reconhecidos e defendidos sobre a base de uma melhor

66. Cf. G. Palombella, *Giudici, diritti e democrazia*, "Democrazia e diritto", 1 (1997), p. 248.

interpretação judiciária das cláusulas do *due process* e do *equal protection*. Na interpretação dessas cláusulas falta, segundo Dworkin, o próprio sentido da distinção entre direitos enumerados e direitos não-enumerados. Estamos aqui diante de princípios gerais de moralidade política, cuja aplicação não pode depender do significado das palavras, mas do sentido que uma maioria de juízes decide atribuir aos ideais constitucionais de liberdade e de igual cidadania.

Nas sociedades pluralistas, o direito deveria funcionar como um instrumento de integração social. Dificilmente, todavia, ele pode cumprir essa tarefa, se – como sublinha Habermas – a reconstrução racional do direito for confiada unicamente à habilidade profissional de juízes, cujo pensamento permanece monologicamente encerrado dentro das Cortes[67]. Um Poder Judiciário que pretenda, em virtude da sua suposta independência das pressões da opinião pública, defender autonomamente os direitos individuais contra a eventual violação desses por parte do poder político, corre o risco de criar vínculos sociais que os cidadãos perceberão como arbitrários. O sentido do dever que deveria acompanhar o nascimento de cada novo direito não pode encontrar raízes fora dos processos de reconhecimento ativados por procedimentos decisórios e democráticos[68]. No constitucionalismo liberal de Dworkin, cabe à Corte a deliberação moral: ela é o lugar em que, mediante a aplicação do princípio de integridade, os valores morais expressos pela tradição constitucional são reconstruídos pelo juiz em uma visão coerente[69]. Delineia-se assim uma contraposição entre o papel deliberativo da Corte e o papel prudencial, de simples registro das preferências existentes, do processo democrático. Na base dessa contraposição, segundo Gutmann e Thompson, pode ser vista uma espécie de "institucionalismo dedutivo"[70], que reside sobre a diversa natureza

67. Cf. J. Habermas, *Faktizität und Geltung. Beiträge zur Diskurstheorie des Rechts und des demokratischen Rechtsstaats*, Suhrkamp Verlag, Frankfurt a.M., 1992, trad. ingl.: *Between Facts and Norms. Contribution to a Discourse Theory of Law and Democracy*, The MIT Press, Cambridge (Mass.), 1996, p. 222.

68. Ibid.

69. Cf. A. Gutmann, D. Thompson, *Democracy and Disagreement*, The Belknap Press of Harvard University Press, Cambridge (Mass.), 1996, p. 372.

70. Ibid., p. 45.

dos incentivos dados ao legislador e ao juiz. O argumento é simples: como o legislador deve visar ao consenso eleitoral, tenderá a escolher à luz das preferências dos próprios eleitores; o juiz, ao contrário, para obter o reconhecimento do seu profissionalismo, estará mais atento a argumentar as próprias decisões em termos de princípio. Trata-se, como sublinham Gutmann e Thompson, de um argumento frágil. Poder-se-ia observar, de fato, que o legislador é freqüentemente impulsionado a realizar escolhas de princípio precisamente porque tem por finalidade o consenso geral, ao passo que o juiz, pela necessidade de concentrar a própria atenção sobre casos particulares, corre o risco de emanar sentenças que não levam em conta as suas repercussões sociais. Do ponto de vista normativo, as implicações da contraposição entre poder legislativo e poder judiciário caminham rumo à perspectiva de uma política parlamentar reduzida a simples sistema de agregação das preferências[71].

9. Ackerman: *rule of law* e poder constituinte

A visão da Constituição como *rule of rules* proposta pela interpretação "originalista" do juiz Scalia deixava aberta uma questão fundamental: por que a vontade expressa pelos "pais constituintes" deveria ser percebida como vinculante pelas gerações posteriores? Dworkin dá uma resposta a esse problema em termos de teoria moral: a Constituição é o núcleo de empenhos de princípio em torno dos quais se desenvolve a identidade de uma comunidade política.que age como pessoa moral. A solução de Dworkin é atraente pela sua capacidade de conciliar estabilidade e flexibilidade, mas está baseada sobre a contraposição entre democracia e constitucionalismo: o núcleo fundamental de princípios incorporados pela Constituição é subtraído à discussão público-política e protegido por uma elite de juízes-filósofos. Ackerman esboça uma solução ao problema do *gap* temporal deixado aberto pelo originalismo, afirmando que a Constituição estabelece, sim, um "governo da lei" que vincula o legislador ordinário, mas o "governo da lei" assim

71. Ibid., pp. 45-6.

criado não pode vincular a fonte da própria legitimação, ou seja, o poder constituinte. Cada geração – como tinha afirmado Jefferson – deve poder reescrever os princípios fundamentais do *rule of law* caso não pretenda aceitar os das gerações precedentes. Entre uma mudança generacional e outra, a Corte exerce a função de garante da vontade expressa pelo povo constituinte. A obrigação que o povo tem para com a Constituição não deriva, portanto, nem do fato de que a Constituição está "lá", nem do fato de que ela é "justa", mas do empenho do povo americano ao autogoverno[72].

Contra a habitual interpretação da Constituição estadunidense como exemplo típico de Constituição-garantia, Ackerman propõe uma leitura da história constitucional americana que sublinha os espaços em que ela valorizou o papel da soberania popular. A Constituição, segundo Ackerman[73], deixou incólume o poder de autodeterminação do povo, delineando uma espécie de democracia dualista. Trata-se de uma democracia na qual a política corre no interior de dois binários: um *higher law-making track,* típico da política constitucional, e outro *lower law-making track,* típico da política ordinária. Em períodos normais, as decisões são deixadas ao governo e aos representantes eleitos no parlamento, ao passo que ao cidadão não se pede senão um empenho limitado: votar e pagar os impostos. Em momentos excepcionais, todavia, a Constituição permite que o povo possa agir como poder constituinte. A *dualist democracy* ackermaniana distingue, assim, entre dois diversos níveis de racionalidade política: as escolhas de política ordinária são confiadas aos compromissos e à lógica do choque de interesses da democracia pluralista, ao passo que as escolhas determinantes para a definição da identidade política da nação exigem a capacidade dos líderes políticos de reativarem a participação e de mobilizarem o consenso.

72. F. I. Michelman, *Constitutional Authorship,* em L. Alexander, *Constitutionalism. Philosophical Foundations,* cit., p. 77.

73. B. Ackerman, *We The People. Foundations,* The Belknap Press of Harvard University Press, Cambridge (Mass.), 1991; B. Ackerman, *We The People. Transformations,* The Belknap Press of Harvard University Press, Cambridge (Mass.), 1998.

A valorização da racionalidade expressa pela soberania popular nos momentos da política constitucional e a dúvida acerca da capacidade do processo legislativo de expressar o interesse comum têm reflexos importantes sobre o papel que Ackerman confia à Corte Suprema. Nos períodos de normal administração política, quando prevalecem os grupos de interesse, a Corte Suprema é chamada a assumir o papel de "tutora" dos valores da Constituição, fazendo-se intérprete da razão pública expressa pelo povo constituinte.

Com a teoria dos dois binários, Ackerman nega a existência, no interior da democracia constitucional americana, de uma tensão entre o poder do Parlamento e o poder dos juízes de invalidar, por meio da *judicial review of legislation*, as decisões tomadas pelos representantes do povo. Alexander Bickel definiu essa tensão como *counter-majoritarian difficulty*[74]. O erro das teorias monistas da democracia (entre as quais está aquela de John Ely[75]), da qual derivaria a idéia de uma *counter-majoritarian difficulty*, está, segundo Ackerman, em conceber o poder legislativo como representante da vontade popular, e a democracia como sinônimo de soberania do Parlamento. Diversamente daquilo que ocorre na tradição britânica, no sistema democrático americano, afirma Ackerman, *will of the People* e *parliamentary sovereignty* não coincidem. A voz da vontade popular se faz ouvir somente nos momentos da política constitucional. Por isso, o controle de constitucionalidade das leis, longe de representar uma contradição com respeito ao princípio majoritário, desempenha, segundo Ackerman, uma função democrática de grande importância: a esse cabe defender os êxitos constitucionais dos particulares momentos em que o povo, normalmente eclipsado, se apresenta no cenário público.

A teoria dualista da democracia propõe-se como capaz de respeitar a sensibilidade democrática dos monistas e de oferecer, ao mesmo tempo, uma alternativa às teorias dos direitos. Contrariamente aos *democratic monists*, os *rights foundationalists*

---

74. Cf. A. Bickel, *The Least Dangerous Branch: The Supreme Court at the Bar of Politics*, Bobbs-Merrill Co., Indianapolis, 1962.

75. J. Ely, *Democracy and Distrust: A Theory of Judicial Review*, Harvard University Press, Cambridge (Mass.), 1980.

temem os abusos do legislativo em relação aos direitos individuais e defendem a possibilidade de subtrair os direitos às vicissitudes das controvérsias políticas, confiando a defesa destes às Cortes. A teoria dualista da democracia faz própria a desconfiança para com as maiorias transitórias, mas não concebe os direitos como instâncias que, por sua intrínseca natureza, precedem e limitam o poder da vontade popular expressa no interior do *higher law-making track*. O povo constituinte conserva, segundo Ackerman, a possibilidade de reformar ou reescrever os direitos fundamentais contidos no *Bill of Rights*. Se um dia, supõe Ackerman, a onda de fanatismo religioso, que investiu o mundo árabe, chegasse ao Ocidente, e desencadeasse nos Estados Unidos uma reação polêmica que levasse à revisão da I emenda[76] e à introdução de uma nova emenda em que o cristianismo fosse elevado à religião de Estado, um juiz da Corte Suprema teria o dever de julgar tal emenda como parte integrante da Constituição. A plausibilidade dessa interpretação encontraria fundamento, segundo Ackerman, no silêncio do texto constitucional: enquanto a Constituição alemã exclui explicitamente a revisão constitucional dos direitos fundamentais, a dos Estados Unidos cala-se a esse respeito, e isso porque, diferentemente do que ocorre na Alemanha – afirma o autor –, nos Estados Unidos "o Povo é a fonte dos direitos"[77]. Neste sentido, a Constituição dos "dualistas" "é primeiro democrática e depois protetora dos direitos"[78].

Consciente da dificuldade de fundar essa tese sobre uma interpretação textual da Constituição, Ackerman concebe o recurso ao poder constituinte do povo como uma "reserva implícita" do sistema constitucional. Nem a Reconstrução, isto é, o período em que ao término da guerra civil foram introduzidas as XIII, XIV e as XV emendas, nem o New Deal fizeram apelo a uma regular aplicação dos procedimentos de revisão constitucional previstos pelo artigo V da Constituição[79]. Em par-

---

76. A I emenda, como é notório, sanciona o respeito da liberdade de religião como também o da liberdade de expressão.

77. B. Ackerman, *We The People. Foundations*, cit., p. 15.

78. Ibid., p. 13.

79. Ackerman faz uma análise detalhada do período da Reconstrução e do New Deal em B. Ackerman, *We The People. Transformations*, cit., passim.

ticular, com a Presidência de Franklin Delano Roosevelt, os Estados Unidos experimentaram um moderno procedimento de revisão constitucional, que consistiu na emanação de *emendament analogues*. Para realizar as reformas do New Deal, Roosevelt, graças à força que lhe derivava do consenso popular e do apoio da maioria dos democratas no seio do Congresso, persuadiu a Corte a mudar a jurisprudência que tinha caracterizado a assim chamada *Lochner Era*. A esse propósito, o Presidente utilizou-se da prática dos *transformative appointments*. Substancialmente, a "revolução" constitucional promovida por Roosevelt não produziu emendas constitucionais escritas, mas se concretizou em uma nova práxis interpretativa da Corte, favorecida pela nomeação de novos juízes mais disponíveis em relação à política rooseveltiana.

É principalmente a impossibilidade de registrar em um texto escrito as transformações introduzidas pelo moderno procedimento de revisão constitucional que permite atribuir à Corte um papel que corre o risco de ir além das tarefas técnico-burocráticas que Ackerman pretenderia atribui a elas. Cabe à Corte interpretar a vontade do povo constituinte, expressa através do canal da política constitucional. É a Corte que deve averiguar se ocorreu um daqueles excepcionais momentos em que o povo ou os seus líderes acionam a troca que permite passar do binário da política ordinária àquele da política constitucional. É sempre a Corte que deve determinar os conteúdos específicos alcançados pela política constituinte e realizar, enfim, uma síntese que os torne coerentes com a precedente tradição constitucional. Em teoria, apenas o povo constituinte poderia decidir quais direitos sejam fundamentais para a definição da própria identidade política. Mas, na realidade, na ausência de uma revisão do artigo V que permita à vontade da cidadania nacional (e não à vontade dos Estados) emendar a Constituição, a Corte pode sempre se transformar em alguma coisa de diverso em vez de uma simples guardiã dos princípios do *rule of law* estabelecidos pelo povo constituinte. Se, por outro lado, como observa Waldron, "em certo momento o povo começa a não estar mais de acordo sobre o significado que deve ser atribuído aos seus antigos atos de *higher-lawmaking*, não está claro por que uma interpretação qualquer daquela herança deveria ser capaz de pôr em xeque outras interpretações pelo simples fato de ser sustentada por cinco juízes de um total de nove"[80]. Em outras palavras, não está claro por que a resposta da Corte deveria prevalecer sobre as interpretações alternativas dadas pelos representantes do povo democraticamente eleitos.

10. A irredutibilidade da Constituição a *rule of law* judiciário

Às tentativas de refundar o *rule of law* judiciário mediante uma teoria da interpretação que garanta o seu caráter imparcial, podem ser contrapostos os esforços realizados por alguns autores na direção de um constitucionalismo democrático, ou seja, de um constitucionalismo que não configure como oposição à relação entre Constituição e democracia política. O "governo da lei" em âmbito judiciário é, segundo essa perspectiva, um dos valores que um sistema constitucional busca promover, mas não é o único. Se, para Ackerman, a Constituição é democrática enquanto emana do povo constituinte, outros autores buscaram um nexo entre democracia e constitucionalismo, sublinhando não tanto a origem popular da Constituição quanto o fato de que ela é destinada à criação de um governo democrático. Nessas teorias sublinha-se a necessidade de que uma democracia constitucional deixe espaço à dialética entre os poderes e as decisões democráticas. Desse ponto de vista, a única função legítima da *judicial review of legislation* é a de apoio ao processo democrático. Podem ser lidos nesse sentido as teses de Sunstein, que fazem apelo a uma reavaliação da perspectiva republicana presente no *Federalista.* Sunstein propõe uma interpretação de Madison em que a atenção não está posta apenas sobre a luta entre facções movidas pela busca do interesse egoístico: os indivíduos não são movidos somente por motivos econômicos, mas são impulsionados também por uma paixão puramente política que consiste na von-

---

80. J. Waldron, *Resenha* de B. Ackerman, *We The People: Volume I, Foundations,* "Journal of Philosophy" (1993), p. 153.

tade de afirmar as próprias opiniões[81]. A filosofia política madisoniana combina assim elementos liberais e republicanos evocando um republicanismo próximo à tradição maquiaveliana. Trata-se de uma perspectiva que Sunstein diferencia, seja do humanismo cívico, seja do pluralismo democrático[82]. Segundo Sunstein, Madison tinha insistido sobre a possibilidade de uma "política virtuosa" sem contudo fazer concessões a postulados excessivamente otimistas sobre a natureza humana[83]. Nessa concepção liberal-republicana, a participação não era mais o Sumo Bem, nem a liberdade podia principalmente ser definida como autogoverno. A Constituição deve dar, escreve Madison, um

> conjunto de vínculos (*pre-commitments*), capazes de pôr à disposição da cidadania meios institucionais que lhe permitam se proteger contra as facções políticas guiadas por interesse egoístico, por miopia política ou por uma péssima representação e por outros problemas previsíveis, típicos de um governo democrático.[84]

A Constituição desempenhava uma função de garantia contra qualquer forma de governo arbitrário principalmente porque exigia que governo agisse dando "razões que fossem inteligíveis para pessoas diversas agindo sobre a base de diversas premissas"[85]. A Constituição, portanto, garantia um "governo da lei" enquanto assegurava uma produção legislativa que podia ser percebida como imparcial e capaz, portanto, de obter um consenso geral.

O processo político ordinário, em virtude da sua capacidade de produzir decisões baseadas sobre princípios, recupera, nessa concepção, uma posição de centralidade, que implica uma reconsideração do papel da Corte Suprema dentro do esquema constitucional. Nas teorias dos assim chamados *rights*

---

81. Cf. D. F. Epstein, *The Political Theory of the Federalist*, cit., cap. III.

82. C. R. Sunstein, *Interests Groups in American Public Law*, "Stanford Law Review", 38 (1985), p. 42.

83. Cf. C. R. Sunstein, *The Partial Constitution*, Harvard University Press, Cambridge (Mass.), 1993, p. 21.

84. Ibid.

85. Ibid., p. 24.

foundationalists, mas também em certa medida em abordagens como aquelas de Amar e Ackerman, nas quais o poder judiciário nos períodos de política normal eleva-se como substituto temporário da vontade do povo constituinte, a Corte Suprema exerce um amplíssimo poder de controle em relação aos órgãos legislativos. A posição de Sunstein redimensiona o poder discricional da Corte, recolocando-a no esquema do equilíbrio entre os diversos poderes desenhado pelos "pais fundadores". Da opção em favor de uma concepção deliberativa da democracia deriva a limitação do ativismo da Corte em dois principais tipos de caso: quando se trata de direitos que desempenham um papel crucial no funcionamento do processo democrático e quando exista o perigo que determinados grupos minoritários não recebam um tratamento justo no interior do processo político[86].

A função deliberativa assumida no decorrer do século XX pela Corte Suprema mediante o exercício do poder de controle de constitucionalidade é vista com suspeita por Sunstein, por duas razões. A primeira depende do fato de que as sentenças constitucionais operam removendo da arena política as questões controversas para as quais dão resposta. Essa operação – como sublinhou Holmes[87] – pode fortalecer um sistema político na medida em que consegue neutralizar a luta entre facções irredutíveis: basta lembrar o efeito de pacificação que derivou do fato de as questões religiosas terem sido postas fora do plano da luta política. Por outro lado, porém, surge o problema do caráter democrático das instituições que desviam para fora do espaço público as questões percebidas como potenciais fontes de divisão social[88]. "Em um sistema desse tipo – afirma Sunstein – o processo democrático seria capaz de funcionar somente quando o risco é baixo, e as questões de maior

86. Ibid., pp. 143-4. Sunstein retoma e reelabora aqui a teoria de Ely, vinculando-a a uma diversa concepção da democracia (não mais o modelo da democracia pluralista, mas sim o da democracia deliberativa).

87. S. Holmes, *Precommitments and the Paradox of Democracy*, em J. Elster, R. Slagstad (organizado por), *Constitutionalism and Democracy*, Cambridge University Press, Cambridge (Mass), 1997, pp. 195-240.

88. Cf. C. R. Sunstein, *Constitutions and democracies*, em J. Elster, S. Slagstad, op. cit., p. 340.

alcance acabariam por ser resolvidas por cada grupo atrás dos bastidores."[89] A segunda razão está ligada à idéia de que em uma democracia constitucional que funciona corretamente "o verdadeiro foro dos princípios é a política – não o poder judiciário – e os princípios fundamentais são desenvolvidos democraticamente, não nas salas dos tribunais"[90]. O pluralismo das sociedades contemporâneas, segundo Sunstein, parece obter melhores garantias por meio de um sistema constitucional em que as questões controversas não são delegadas a um grupo de juízes que operam sobre a base de teorias de alto nível de abstração, a ponto de bloquear, em vez de estimular, uma intervenção do processo deliberativo democrático.

Vale a pena citar o exemplo do aborto. A decisão da Corte Suprema, que, em 1973, com a sentença *Roe v. Wade* constitucionalizou o direito ao aborto, subtraiu uma questão candente ao âmbito da deliberação política, mas os efeitos dessa decisão foram, segundo muitos, ao menos controversos no plano político. Existem razões para considerar que aquela sentença tenha aguçado, em vez de neutralizar, o conflito entre grupos *pro-choice* e grupos *pro-life*. Em um caso como esse, a Corte, para Sunstein, deveria ter agido em uma direção que pudesse favorecer a retomada do diálogo no plano político, em vez de encerrar a discussão.

O que Sunstein escreve sobre a sentença *Roe v. Wade* evidencia a sua tentativa de restituir uma imagem complexa e articulada do constitucionalismo, que valorize o elemento estrutural do mesmo. Uma Corte *minimalista,* que agisse sobre a base de *incompletely theorized agreements,* ou seja, buscando um plano sobre o qual em cada caso particular seja possível alcançar um acordo geral, sem argumentar em profundidade os princípios fundamentais que podem motivar a escolha, respeitaria o pluralismo das sociedades contemporâneas e estaria de acordo com a necessidade de manter uma relação dialética entre os poderes na sua divisão, seja horizontal, seja vertical. Nesta última hipótese, estaria garantida a autonomia concedida aos Es-

---

89. Ibid.

90. C. R. Sunstein, *Legal Reasoning and Political Conflict,* Oxford University Press, Oxford, 1996, p. 7.

tados dentro de um sistema federal que entendeu dar espaço a um amplo espectro de soluções e experimentos políticos[91].

A concepção estritamente liberal do constitucionalismo, sublinhando o seu caráter de garantia, tende a reduzi-lo a um conjunto de direitos que podem a todo momento ser defendidos e reivindicados nas salas dos tribunais[92]. Dessa maneira esse conjunto desvaloriza o papel ativo da cidadania e a função de filtro desenvolvida pelo processo político. E acaba corroendo as fontes da solidariedade social e do consenso que são necessários para um correto e eficaz funcionamento do sistema democrático. Na interpretação republicana de Sunstein, o constitucionalismo vai, ao contrário, muito além da certeza do direito e da tutela jurisdicional dos direitos[93]. Por esse motivo, não é abandonado o caráter fundamental dos direitos: eles são, antes, interpretados ou como precondições ou como o resultado de um correto processo político. Por outro lado, mesmo salvaguardando o valor do *rule of law*, o constitucionalismo liberal-republicano de Sunstein não o considera a única ou a principal virtude de um sistema político, apontando, ao contrário, para um diálogo entre os poderes constitucionais útil para tornar mais eficaz o processo político e minimizar as patologias do mesmo.

11. Conclusões

Dworkin, Ackerman e Sunstein têm um grande mérito: de diversas maneiras, eles procuram acertar as contas com a interpretação republicana do "governo da lei" que animava o constitucionalismo dos "pais fundadores", ou seja, com a idéia de que a Constituição, na medida em que remete a um direito no

91. Cf., por exemplo, C. R. Sunstein, *One Case at Time. Judicial Minimalism on the Supreme Court*, cit., p. 114.

92. Para sublinhar (em sintonia com as posições de Sunstein) os limites da concepção liberal do constitucionalismo, como esquema dos direitos que agem como poder contraposto e em permanente conflito com a idéia democrática, ver: G. Palombella, *Giudici, diritti, democrazia*, cit., passim.

93. Para uma interpretação similar do constitucionalismo, ver: R. Bellamy, *The Political Form of the Constitution: Separation of Powers, Rights and Representative Democracy*, "Political Studies", 44 (1996), pp. 436-56.

qual o cidadão deve ter a possibilidade de se reconhecer, tem muito mais a ver com a construção da identidade da comunidade do que com a certeza do direito. E, todavia, o entrelaçamento entre direitos civis e direitos políticos, que derivava da idéia da Constituição como emanação da soberania popular, desaparece do horizonte do *republican liberalism* de Dworkin, onde – como já vimos – o que é desvalorizado não é apenas o processo político ordinário, mas até mesmo o recurso às procedures de revisão constitucional. A teoria da democracia dualista de Ackerman está mais atenta para os riscos resultantes da tarefa, atribuída às Cortes judiciárias, de reconstruir periodicamente a identidade constitucional, mesmo através de uma expansão da proteção dos direitos. Ao princípio da soberania popular, Ackerman restitui plena dignidade, mas parece concebê-lo como capaz de produzir racionalidade e consenso apenas quando se expressa na forma do poder constituinte. É provável que, sobretudo em um sistema constitucional em vigor há mais de duzentos anos, um recurso mais freqüente à revisão constitucional poderia evitar que inovações significativas possam ser introduzidas fora dos procedimentos previstos pelo ordenamento. A perspectiva republicano-populista de Ackerman acaba, porém, por subestimar a assim chamada "política ordinária", seja como momento de criação e reprodução do consenso institucional, seja como instrumento para garantir os direitos e para resolver os conflitos sociais.

A "política ordinária", graças ao seu enraizamento na vida pública, permite ao legislador uma avaliação do impacto das próprias escolhas sobre a vida cotidiana, o que não é possível nos momentos da "política constitucional" em que as questões públicas são tratadas com um amplo grau de abstração. A mesma capacidade de avaliar o impacto das próprias decisões é, em larga medida, impedida também às Cortes de justiça e isto por diversas razões: a concentração da atividade judiciária sobre casos individuais, a formação técnica dos juízes, a sua proveniência de âmbitos sociais restritos, além do seu caráter não representativo dos diversos componentes da sociedade. A dificuldade por parte das Cortes de prever e administrar os efeitos sistemáticos das suas decisões, bem como de recolher informações sobre os fatos sociais relevantes, são elementos que deveriam levar a uma profunda consideração acerca da oportunidade de confiar a defesa dos direitos aos cuidados exclusivos das Cortes de justiça.

Os efeitos que a intervenção das Cortes teve em matéria de *affirmative actions* e de aborto, sobre o sistema político dos Estados Unidos, podem ser considerados como exemplos das conseqüências contraditórias da política judiciária. A constitucionalização do aborto radicalizou o conflito entre abortistas e antiabortistas, e criou simultaneamente uma situação paradoxal[94]: uma eventual mudança da jurisprudência da Corte – possível também através da simples práxis dos *transformative appointments,* ou seja, através da nomeação de novos juízes – poderia inverter a situação atual e subtrair às mulheres o direito ao aborto. A esse ponto, a via da legislação ordinária estaria impedida, e a única possibilidade que permaneceria aberta ao legislador seria o recurso à complicada procedura da revisão constitucional. Não menos contraditório são os efeitos da ação da Corte Suprema em matéria de direitos das minorias. A ação da Corte, nesse caso, parece ter servido para esconder os limites das medidas de *welfare* até agora adotadas nos Estados Unidos e, principalmente, para desviar a atenção dos aspectos sociais, econômicos e culturais da questão étnica e racial[95].

O Poder Judiciário pode ser um sustentáculo importante do processo político, mas as Cortes não deveriam substituir-se à discussão coletiva dentro do espaço público. É no confronto político que se realiza não apenas o acordo sobre os fins coletivos, mas também a escolha dos meios com os quais perseguir os objetivos concordados; e essa escolha não é menos relevante e menos carregada de tensões. O papel de garante dos direitos individuais e dos direitos das minorias que a Corte Suprema assumiu na segunda metade do século XX contribuiu para direcionar os grupos políticos no sentido da solução judicial

---

94. Sobre o efeito de radicalização do conflito produzido pela constitucionalização do direito ao aborto, cf. P. Raynaud, *Tyrannie de la majorité, tyrannie des minorités,* "Le débats", 69 (1992), p. 56. O artigo leva em consideração também os efeitos contraditórios da política judiciária das "ações afirmativas".

95. Cf. G. A. Spann, *Race Against the Court. The Supreme Court and Minorities in Contemporary America,* New York University Press, New York, 1993.

dos conflitos políticos. As razões que impulsionaram e continuam a impulsionar nessa direção podem ser facilmente explicadas, considerando o fato de que a ação por via judicial reduz o número dos atores envolvidos no processo decisório e é em geral mais rápida na solução das questões controversas em relação ao procedimento legislativo[96]. Instâncias de natureza política, passíveis de discussão pública, acabam assim por ser apresentadas em termos de pretensões reivindicatórias por via exclusivamente judicial, com um notável efeito distorcido: os cidadãos são encorajados a pensar que o reconhecimento dos direitos possa prescindir de qualquer tipo de ação e de decisão política.

96. Cf. C. P. Manfredi, *Judicial Power and the Charter: Canada and the Paradox of Liberal Constitutionalism*, University of Oklahoma Press, Norman-London, 1993, em particular o cap. VI, que se detém não apenas acerca dos efeitos distorcidos sobre o discurso político da ação judicial, mas também sobre as dificuldades do Judiciário de controlar os efeitos sistêmicos das próprias decisões.

Estado de Direito e direitos subjetivos na história constitucional alemã

Por Gustavo Gozzi

1. *Rechtsstaat* e *rule of law*: uma disputa sem fim

Lorenz von Stein, um dos principais teóricos do Estado de Direito no campo alemão, afirmava, em 1869, que o *Rechtsstaat* era uma criação especificamente alemã[1], e reconduzia suas origens à obra de Robert von Mohl, que tinha desenvolvido a história do conceito de Estado de Direito a partir de Hugo Grócio[2].

Qual significado atribuir à afirmação de Stein? Ele pretendia referir-se apenas ao conceito de *Rechtsstaat*, querendo todavia afirmar que, para além das diversas formulações, seria possível reconhecer uma idêntica forma-Estado? Ou pretendia, ao contrário, afirmar que o conceito se referia a uma específica história constitucional que excluía a possibilidade de assimilar a típica forma-Estado alemã a outras formas de Estado? Considero que a segunda interpretação corresponda ao significado correto a ser atribuído à afirmação de Stein[3]: portanto é essa tese que procurarei argumentar em primeiro lugar.

---

1. L. von Stein, *Die Verwaltungslehre* (1869), I, *Die vollziehende Gewalt*, Scientia Verlag, Aalen, 1962, p. 296.

2. R. von Mohl, *Die Geschichte und Literatur der Staatswissenschaften*, I, Verlag von F. Enke, Erlangen, 1855, pp. 229 ss. Na realidade, já antes de Mohl, K. Th. Welcker tinha usado o termo *Rechtsstaat* em *Die letzten Gründe von Recht, Staat und Strafe* (1813), Scientia Verlag, Aalen, 1964, p. 25. A propósito, cf. E. W. Böckenförde, *Entstehung und Wandel des Rechtsstaatsbegriffs*, em E. W. Böckenförde, *Staat, Gesellschaft, Freiheit*, Suhrkamp, Frankfurt-am-Main, 1976, p. 66.

3. Dessa mesma opinião também E. W. Böckenförde, op. cit., p. 85.

O problema foi tratado também por Neil MacCormick, que chegou, todavia, a conclusões opostas àquelas que serão defendidas aqui. Ele afirma, de fato, que comparando o caso alemão com o caso inglês, *Rechtsstaat* e *rule of law*, apesar das diversas histórias constitucionais, encerram os mesmos princípios[4]. Em particular MacCormick identifica os seguintes princípios: 1) o princípio de legalidade, que é o mesmo nos diversos contextos; 2) o princípio de validade geral das normas jurídicas[5]; 3) o princípio da publicidade das leis; e, por fim, 4) o da não-retroatividade. Esses princípios, para além das específicas histórias constitucionais, compõem a mesma tradição constitucional ocidental.

Todavia, quando MacCormick se debruça sobre o significado a ser atribuído aos princípios, ele os identifica com os valores políticos pressupostos pelo ordenamento jurídico. Mas aqueles valores, ele considera, são diversos nas diferentes histórias constitucionais. Assim, para a Inglaterra os valores se enraízam na tradição de *common law* elaborada pelos tribunais e posta como fundamento do *rule of law*, ao passo que, para a Alemanha, a doutrina do Estado de Direito exclui a anterioridade do direito em relação ao Estado[6]. É precisamente na especificidade da relação direito-Estado – que é resolvida, no caso alemão, com o primado do Estado – que se deve identificar a característica mais relevante da doutrina do *Rechtsstaat* alemão. Enquanto, ao contrário, é na superioridade do direito proclamado pelas Cortes de justiça como fundamento do *rule of law* que deve ser reconhecido o aspecto mais significativo da doutrina inglesa do "governo do direito".

Uma posição similar àquela de MacCormick foi sustentada por Hasso Hofmann, que, embora reconhecendo que o termo *Rechtsstaat* é típico da língua alemã e que não corresponde

4. N. MacCormick, *Der Rechtsstaat und die rule of law*, "Juristen Zeitung", 39 (1984), p. 67.

5. MacCormick observa que, na tradição alemã, esse princípio é reconhecível na obra de Kant, *Metaphysische Anfangsgründe der Rechtslehre* (1797), em particular § 42 e, na tradição inglesa, na obra de J. Locke, *The Second Treatise of Government*, § 136, em N. MacCormick, *op. cit.*, p. 68.

6. Essa posição tinha sido sustentada por Radbruch, que temia na anterioridade do direito em relação ao Estado um retorno ao direito natural, em G. Radbruch, *Rechtsphilosophie* (1914), K. F. Koehler, Stuttgart, 1956, § 26, p. 284.

ao inglês *rule of law*, declara, todavia, que os dois termos fazem parte de um desenvolvimento global do pensamento liberal e dos sistemas políticos liberais na Europa e na América do Norte[7]. A esse desenvolvimento global pertencem, em particular, a obra de Locke e a de Montesquieu.

O princípio central que permite enunciar a universalidade do Estado de Direito é, segundo Hofmann, o da separação dos poderes, que se origina do pressuposto de um *regimen mixtum*, ou seja, do princípio do equilíbrio[8]. Sobre a base dessas considerações, Hofmann concebe a afirmação do Estado de Direito como a realização na história de uma idéia que pode pretender uma validade universal. O acontecimento do Estado de Direito pertence, portanto, à história interna do desenvolvimento constitucional ocidental. Portanto, caso se queira afirmar o relativismo desse conceito, não se deve referir aqui às diversas histórias constitucionais nacionais do mundo ocidental, mas, ao contrário, segundo o juízo de Hofmann, ao confronto com outras culturas. Em particular Hofmann sublinha a diversidade da concepção dos direitos humanos na tradição ocidental em relação a outras interpretações culturais: é suficiente pensar na afirmação no Ocidente de uma moral individual contra a centralidade de uma eticidade objetiva (*objektive Sittlichkeit*) em outros mundos culturais (como, por exemplo, na Ásia ou nas culturas africanas).

Essa última afirmação de Hofmann parece dificilmente contestável, mas o que parece problemático na sua reconstrução é a atribuição de ambos os conceitos ao mesmo pensamento liberal. É precisso aprofundar – para além dos princípios – o sistema das relações político-constitucionais entre as forças em campo para colher plenamente a diferença entre as duas formas-Estado.

---

7. H. Hofmann, *Geschichtlichkeit und Universalitätsanspruch des Rechtsstaats*, "Archiv für Rechts- und Sozialphilosophie", Beiheft 65, Franz Steiner Verlag, Stuttgart, 1996, p. 9. Sobre a realidade européia do Estado de Direito, cf. M. Fioravanti, *Lo stato di diritto come forma di Stato. Notazioni preliminari sulla tradizione europeo-continentale*, em R. Gherardi, G. Gozzi (organizado por), *Saperi della borghesia e storia dei concetti fra Otto e Novecento*, il Mulino, Bologna, 1995.

8. H. Hofmann, op. cit., p. 27.

Assim Franz Neumann podia afirmar: "a essência do Estado de Direito consiste na separação da estrutura política em relação à organização jurídica que unicamente deve garantir, independentemente da estrutura política, a liberdade e a segurança. Essa separação é também o que distingue um da outra o conceito alemão de Estado de Direito e a doutrina inglesa na qual a soberania do Parlamento e o *rule of law* estão ligadas entre si"[9].

Neumann desenvolvia essa afirmação declarando que a burguesia inglesa tinha conseguido transformar a sua vontade em lei através do Parlamento, enquanto, ao contrário, a burguesia alemã tinha encontrado as leis já prontas e tinha procurado retematizá-las e interpretá-las para obter tanta liberdade quanto fosse possível em relação a um Estado quase absoluto. Com essa premissa, ele julgava poder concluir: "A doutrina alemã poderia ser dita liberal-constitucional; a inglesa, ao contrário, democrático-constitucional."[10]

Neumann reconhecia, portanto, a diversidade entre as duas concepções, mas a sua afirmação era muito problemática, pois acabava por reduzir a doutrina alemã do Estado de Direito à única versão liberal, omitindo a perspectiva conservadora e não considerando a complexa solução constitucional que se realizou a partir da criação do *Reich* em 1871. É preciso, enfim, antes de adentrar-nos no modelo alemão, indagar um aspecto particular do modelo inglês para poder colher completamente a diversidade das duas perspectivas constitucionais.

Albert Venn Dicey, na sua obra fundamental *Introduction to the Study of the Law of the Constitution* (1885), delineava as três características fundamentais do *rule of law*: 1) a supremacia da lei ordinária; 2) a igualdade perante a lei e, por fim, 3) a derivação do direito da Constituição dos direitos dos indivíduos proclamados pelas Cortes de justiça e pelo Parlamento[11].

---

9. F. Neumann, *Die Herrschaft des Gesetzes*, Suhrkamp, Frankfurt-am-Main, 1980, p. 204.

10. Ibid., p. 210.

11. A. V. Dicey, *Introduction to the Study of the Law of the Constitution* (1885), Macmillan, London-Melbourne-Toronto; St. Martin's Press, New York, 1967, 10ª ed., pp. 202-3.

É certamente a terceira característica que denota o significado de *rule of law* em conformidade com a específica história constitucional inglesa. Dicey afirmava, de fato, que na Inglaterra a Constituição é permeada pelo *rule of law*, "baseando-se no fato de que os princípios gerais da Constituição (por exemplo, o direito à liberdade pessoal ou o direito de associação) são o resultado de sentenças judiciais que determinam o direito dos sujeitos em casos particulares levados perante as Cortes"[12]. Nesse sentido, ele podia declarar: "a nossa Constituição é, em resumo, uma Constituição feita pelos juízes e traz na sua face todas as características, boas ou más, de um direito feito pelos juízes"[13].

Dicey examinava a fundo essas considerações, comparando o constitucionalismo inglês com a realidade da Europa continental. Enquanto na maioria dos países europeus o fun-

---

12. Ibid., p. 195. Jennings criticava alguns aspectos da reconstrução de Dicey. Em particular, ele observava que, quanto à afirmação de Dicey, segundo a qual a Constituição consistia essencialmente no reconhecimento dos direitos dos indivíduos, era necessário evidenciar também a extensão da intervenção das autoridades públicas no âmbito das ações privadas. Jennings acrescentava, ainda, que – em relação à análise das relações entre poder legislativo e poder judiciário formulada por Dicey –, se o Parlamento não aceitasse a interpretação dada pelos juízes, podia sempre modificar o seu conteúdo. Cf. Sir Ivor Jennings, *The Law and the Constitution* (1933), University of London Press, London, 1959, pp. 55-8. Jennings evidenciava que a Constituição inglesa continha as idéias políticas dos seus construtores e, nessa perspectiva, ela expressava os princípios da vitória do Parlamento sobre os Stuarts. A soberania do Parlamento provinha de um movimento político que tinha sido reconhecido como direito da nação. Era esse o sentido que deveria ser atribuído – a seu juízo – à afirmação de Dicey segundo a qual o direito determina a Constituição. De tal modo seria possível afirmar – a juízo de Jennings – que Dicey estivesse apenas enunciando as teorias individualistas dos *whigs* no século XIX. Todavia, segundo Jennings, Dicey e os *whigs* ignoravam os novos poderes administrativos que a Revolução Industrial tinha tornado necessários, ibid., p. 314. Seria possível considerar que a obra de Dicey expressasse adequadamente a doutrina do *rule of law* no século XIX, mas poder-se-ia também concordar com Jennings sobre a sua inadequação em exprimir as novas funções do Estado resultantes da crescente extensão da intervenção pública. Sobre a crítica de Jennings a Dicey cf. J. Harvey, L. Bather, *Über den englischen Rechtsstaat. Die "rule of law"*, em M. Tohidipur (organizado por), *Der bürgerliche Rechtsstaat*, II, Suhrkamp, Frankfurt-am-Main, 1978, pp. 359 ss.

13. A. V. Dicey, op. cit., p. 196.

damento dos direitos era representado pelas Declarações dos Direitos, na Inglaterra, ao contrário, os direitos se baseavam sobre o direito do país (*law of the land*): esses eram generalizações de sentenças judiciais confirmadas pelas leis do Parlamento, como, por exemplo, os *Habeas Corpus Acts*.

Portanto, enquanto no continente europeu – Dicey se referia em particular à Constituição francesa de 1791 e à Constituição belga – era possível modificar a Constituição com uma procedura particular, na Inglaterra, ao contrário, os direitos pertenciam à Constituição no sentido de que estavam baseados sobre o direito ordinário do país (*ordinary law of the land*) e, portanto, não podiam ser suprimidos a não ser "através de uma revolução nas instituições e nos costumes da nação"[14]. Em síntese: Dicey evidenciava a peculiaridade do caso inglês em relação ao continente europeu, identificando tal peculiaridade nas específicas garantias constitucionais dos direitos. Essa diferença valia também em relação à doutrina alemã do *Rechtsstaat*, que, na sua solução definitiva, como veremos, não admitia nenhuma anterioridade do direito em relação ao Estado. O caso alemão foi, além disso, caracterizado por uma particular evolução da forma do Estado de Direito: da perspectiva liberal da primeira metade do século XIX à afirmação de uma solução substancialmente conservadora a partir da criação do *Reich* em 1871.

2. A idéia de *Rechtsstaat* no primeiro constitucionalismo alemão

A análise das transformações das doutrinas dos direitos na Alemanha no decorrer do século XIX pode permitir colher o acontecimento do *Rechtsstaat* na sua especificidade irredutível em relação ao caso inglês. Se, na Inglaterra, os direitos – como afirmava Dicey – foram o resultado das sentenças judiciais que tinham contribuído para formar "o direito do país", nos Estados alemães, ao contrário, as interpretações dos direitos foram diferentes nos diversos territórios alemães e foram marcadas

14. Ibid., p. 201.

por uma complexa evolução caracterizada, de um lado, pela transição do jusnaturalismo ao positivismo jurídico e, de outro, pela superação da perspectiva liberal em direção a afirmação de uma visão essencialmente conservadora na segunda metade do século, caracterizada pelo primado do Estado em relação ao direito. A investigação acerca dessas transformações permitirá evidenciar os elementos constitutivos da doutrina alemã do *Rechtsstaat*.

Em geral, pode-se afirmar que, até 1871, existiu nos territórios alemães um predomínio das idéias liberais[15]. Procuremos, portanto, definir, em primeiro lugar, essa interpretação liberal do Estado de Direito, aprofundando em particular a análise das doutrinas sobre os direitos fundamentais.

As constituições do sul da Alemanha – Bavaria (1818), Baden (1818), Württemberg (1919), Assia-Darmstadt (1820) – representaram um processo de positivação dos direitos fundamentais. Nessas cartas, de fato, não compareciam nem *Urrechte* (direitos originários), nem *Menschenrechte* (direitos do homem), mas somente *bürgerliche und politische Rechte*[16] (direitos civis e políticos) ou *staatsbürgerliche Rechte*[17] (direitos dos cidadãos). Os documentos constitucionais exprimiam uma concepção positivada dos direitos fundamentais; a teoria, ao contrário, era ainda dividida entre jusnaturalismo e positivismo jurídico, e esta tensão encontrou uma solução apenas na segunda metade do século.

Os inícios da teoria do Estado de Direito foram, além disso, marcados pela oposição entre a perspectiva conservadora e a liberal. Expressão dessa primeira concepção foi a obra de Friedrich Julius Stahl, que fundou a sua doutrina do *Rechtsstaat*

---

15. Cf. W. Wilhelm, *Metodologia giuridica nel secolo XIX* (1958), Giuffrè, Milano, 1974, p. 158.

16. Cf. a Constituição da Bavária de 26.5.1818, IV, § 9, em W. von Rimscha, *Die Grundrechte im süddeutschen Konstitutionalismus*, Carl Heymanns Verlag, Köln-Berlin-Bonn-München, 1973, p. 218.

17. Cf. a Constituição de Baden de 22.8.1818, II, § 7, em W. von Rimscha, op. cit., p. 220; e a Constituição de Württemberg de 25.9.1819, Capítulo III, § 21, em E. R. Huber (organizado por), *Dokumente zur deutschen Verfassungsgeschichte*, I, Verlag W. Kohlhammer, Stuttgart-Berlin-Köln-Mainz, 1978, p. 190.

sobre o princípio monárquico[18]. A ele deve-se a celebérrima definição de Estado de Direito que foi assim formulada: o Estado de Direito "deve determinar precisamente e com certeza as linhas e os limites da sua atividade, assim como a livre esfera dos seus cidadãos, segundo as modalidades do direito"[19].

Tratava-se de uma formulação jurídica do Estado de Direito que teve uma grande difusão no decorrer do século XIX e que foi acolhida também por autores de orientação liberal[20]. A definição política dos limites da ação do Estado cabia, contudo, ao monarca, considerado o intérprete daquela visão cristã do mundo que, na perspectiva de Stahl, constituía o fundamento do ordenamento jurídico. Nessa concepção, os direitos eram meras concessões por parte do soberano e, somente como tais, representavam limites ao poder do governo[21].

A doutrina liberal do Estado de Direito foi, ao contrário, separada entre jusnaturalismo e positivismo jurídico. Do lado liberal, a diversa fundação dos direitos – jusnaturalista ou juspositivista – exprimia a tensão, de um lado, entre a doutrina que visava reconhecer os inalienáveis direitos do homem, e, de ou-

---

18. Cf. F. J. Stahl, *Das monarchische Prinzip*, Verlag der akademischen Buchhandlung, Heidelberg, 1845. Stahl afirmava que "o princípio monárquico é o fundamento do direito público alemão e da ciência alemã do Estado (*Staatsweisheit*)", ibid., p. 34. De um ponto de vista histórico-constitucional, o princípio monárquico tinha sido formulado nos *Wiener Schußakte* de 1820 em que, no art. 57, podia ser lido: "Visto que o *deutsche Bund* consiste, com excepção das cidades livres, em princípios soberanos, conformemente a este conceito fundamental todo o poder do Estado (*Staats-Gewalt*) cabe ao chefe do Estado (*Oberahaupte des Staats*), e o soberano pode estar vinculado a uma colaboração com as classes (*Stände*), com base em uma Constituição territorial-estamental, somente no exercício de determinados direitos", em E. R. Huber, op. cit., p. 99. Desse modo, o princípio monárquico era formulado como "o princípio fundamental do novo direito público constitucional alemão", como afirmou Treitschke citado em E. Kaufmann, *Studien zur Staatslehre des monarchischen Prinzips*, Leipzig, 1906, p. 37. A propósito cf. W. von Rimscha, op. cit., p. 93.

19. F. J. Stahl, *Die Philosophie des Rechts* (1833-37), Zweiter Band, *Rechts- und Staatslehre auf der Grundlage christlicher Weltanschauung*, Mohr, Tübingen, 1878, p. 137.

20. A definição jurídica de Estado de Direito formulada por Stahl comparecia, por exemplo, na obra de um autor liberal como O.v. Bähr.

21. Cf. W. von Rimscha, op. cit., p. 95.

tro, a consideração da realidade constitucional dominada pelo princípio monárquico e somente a duras penas orientada para os princípios do Estado constitucional.

Bastante relevante na perspectiva jusnaturalista foi a influência da doutrina jurídica de Kant[22], em particular sobre Carl von Rotteck. A concepção de Rotteck, partindo de um fundamento jusnaturalista, conjugava os direitos originários da pessoa e a realidade do Estado na doutrina do Estado de Direito. Ele reconhecia, de fato, os direitos que cada um traz consigo no Estado "não como cidadão, mas como pessoa jurídica" e que podiam ser concebidos também "prescindindo do Estado"[23]: eram direitos sobre os quais uma decisão por maioria de votos não tinha nenhuma força jurídica.

Entre esses direitos, Rotteck enumerava em particular o direito da pessoa ou da liberdade e observava que o indíviduo, entrando em um Estado, tornava-se um membro livre de uma livre associação com a finalidade de confirmar e tutelar o seu próprio direito[24]. Em síntese, segundo a lição de Kant, para

---

22. A importância de Kant para a doutrina do Estado de Direito é decisiva. Kant rejeitava qualquer concepção eudemonística do Estado – que remontava à tradição aristotélica – e identificava as finalidades do Estado não tanto na felicidade dos cidadãos, quanto, ao contrário, no acordo da liberdade de cada um com a lei universal. Cf. I. Kant, *Über den Gemeinspruch: Das mag in der Theorie richtig sein, taugt aber nicht für die Praxis* (1793), Vittorio Klostermann, Frankfurt-am-Main, 1992, em particular pp. 39 ss. Embora Kant não usasse o termo *Rechtsstaat,* mas sim o termo *rechtlicher Zustand* [Estado jurídico], todavia, depois da publicação dos *Metaphysische Anfangsgründe der Rechtslehre* (1797), Kant e os seus seguidores foram definidos como "die kritische oder die Schule der Rechts-Staats-Lehre" [a escola crítica ou da doutrina do Estado de Direito] em J. W. Placidus, *Literatur der Staatslehre – Ein Versuch,* Straßburg, 1798. A propósito, cf. M. Stolleis, *Rechtsstaat,* em *Handwörterbuch zur deutscher Rechtsgeschichte,* (organizado por) A. Erler und E. Kaufmann, IV, Erich Schmidt Verlag, Berlin, 1990, p. 367.

23. C. von Rotteck, *Lehrbuch des Vernunftsrechts und der Staatswissenschaften* (1830), II, Hallberger'sche Verlagshandlung, Stuttgart, 1848, p. 135. As mesmas posições eram sustentadas por P. Pfizer no verbete *Urrechte oder unveräußerliche Rechte* [os direitos originários ou inalienáveis] em C. von Rotteck, C. Welcker (organizado por), *Das Staats-Lexikon* (1834-43), II, Verlag von Johann Friedrich Hammerich, Altona, 1848, p. 689. Pfizer afirmava: "Os jusnaturalistas definem como direitos invioláveis aqueles direitos inatos do homem, que não podem ser perdidos com base em nenhum contrato nem com nenhuma renúncia."

24. C. von Rotteck, *Lehrbuch,* cit., p. 136.

Rotteck, os direitos inalienáveis pertenciam ao homem como homem, mas podiam ser realizados somente no interior da união estatal. Rotteck, assim como Carl Welcker[25], desenvolveu a perspectiva jusnaturalista até a elaboração de um abstrato Estado de Direito racional que ele, todavia, teve realisticamente que adaptar à realidade existente da monarquia constitucional[26].

Diversamente de Rotteck, Mohl desenvolveu a sua concepção do Estado de Direito segundo uma perspectiva juspositivista[27]. Ele, de fato, na análise da Constituição de Württemberg, em 1819, tinha assumido a realidade do Estado como uma condição que se impunha ao comportamento humano. Além disso, na investigação sobre o direito público de Württemberg, ele não falava em direitos originários, mas apenas em direitos dos cidadãos (*Rechte der Staatsbürger*)[28].

A reflexão de Mohl baseava-se sobre a Constituição escrita e sobre os direitos que ela atribuía ao cidadão. Apenas no Estado de Direito – diferentemente do Estado patrimonial, do despotismo e da teocracia – havia cidadãos. A eles era conferida uma qualidade jurídica (*rechtliche Eigenschaft*)[29], em virtude da qual gozavam de determinados direitos enunciados pela Constituição (de Württemberg no capítulo III): a igualdade perante a lei, a tutela da liberdade pessoal, a liberdade de pensamento, a liberdade de consciência, a tutela da propriedade diante do Estado, a liberdade de migração, a liberdade de imprensa[30]. Todavia, o fato de os outros direitos não serem mencionados, como, por exemplo, a liberdade de associação, não

---

25. C. Welcker, *Grundgesetz, Grundvertrag, Verfassung*, em C. von Rotteck, C. Welcker, *Das Staats-Lexikon* (1834-43), VI, Verlag von Johann Friedrich Hammerich, Altona, 1847, p. 162.

26. Cf. W. von Rimscha, *Die Grundrechte*, cit., p. 103.

27. Em outro lugar eu havia, ao contrário, sublinhado a perspectiva jusnaturalista de R. von Mohl, quando este autor tinha atribuído à doutrina do Estado de Direito também a obra de Hugo Grócio. A propósito, cf. G. Gozzi, *Democrazia e diritti. Germania: dallo Stato di diritto alla democrazia costituzionale*, Laterza, Roma-Bari, 1999, p. 36.

28. R. von. Mohl, *Das Staatsrecht des Königreiches Württemberg*, I, Verlag der H. Laupp'schen Buchhandlung, Tübingen, 1840, pp. 312 ss.

29. Ibid., p. 316.

30. Ibid., p. 314.

significava que estes estivessem excluídos. Em uma obra posterior, de fato, Mohl desenvolveu os princípios gerais do Estado de Direito e estendeu os direitos conferidos aos cidadãos, incluindo em particular o direito ativo e passivo de participação política, o livre exercício da religião, a faculdade de criar associações[31].

A identificação dos princípios gerais do Estado de Direito derivava, na obra de Mohl, do claro delineamento dos objetivos desta forma de Estado: em primeiro lugar, a conservação do ordenamento jurídico no âmbito de todo o Estado; em segundo lugar, o apoio aos objetivos racionais dos indivíduos, quando os seus meios não fossem suficientes[32], mas, também, a intervenção em favor de cada membro do Estado no "exercício e no uso mais livre possível das suas forças"[33]. A identificação dos objetivos do Estado levou Mohl a superar uma abordagem jusnaturalista e a interpretar um concreto ordenamento jurídico positivo – o de Württemberg – segundo o seu ideal constitucional[34].

As problemáticas que identificamos na análise da teoria política comparecem também na doutrina juspublicística alemã da primeira metade do século XIX. Também na doutrina do direito público pode ser encontrada uma diversa fundação dos direitos: a perspectiva jusnaturalista é, de fato, encontrável em Johann Christoph Freiherr von Aretin[35], enquanto outros

---

31. R. von Mohl, *Encyklopädie der Staatswissenschaften*, Verlag von Laupp'schen Buchhandlung, Tübingen, 1859, pp. 329-31.

32. Ibid., p. 325.

33. R. von Mohl, *Die Polizeiwissenschaft nach den Grundsätzen des Rechtsstaates* (1832-33), I, Verlag der H. Laupp'schen Buchhandlung, Tübingen, 1844, p. 8. Mohl concebia o Estado de Direito também como *Polizei-Staat*. O Estado de Direito não devia, de fato, visar, a seu juízo, apenas à segurança dos direitos. O conceito de *Polizei* era assim definido por Mohl: esse é "o conceito que se refere a todas as diversas entidades e instituições que visam remover, por meio do poder do Estado, os obstáculos externos que se opõem ao desenvolvimento das forças do homem e que o indivíduo não é capaz de superar", ibid., p. 11. Para Mohl, o Estado de Direito não devia se limitar à segurança dos direitos, mas devia também visar à consecução do bem-estar; cf. M. Stolleis, *Rechtsstaat*, cit., p. 370.

34. W. von Rimscha, op. cit., p. 92.

35. J. C. Freiherr von Aretin, *Staatsrecht der konstitutionellen Monarchie*, I, Literatur-Comptoir, Altenburg, 1824, pp. 153 ss.

autores, como Friedrich Schmittener, embora atribuindo aos direitos um caráter jusnaturalista, julgavam que esses, como tais, expressassem apenas uma força ética: para se tornar direito, esses deviam ser reconhecidos pelo ordenamento jurídico do Estado mediante a legislação e sob a tutela do Poder Judiciário[36].

A garantia dos direitos era o critério do Estado de Direito. Heinrich Zoepfl afirmava: por Estado de Direito entende-se "a idéia de um Estado em que a liberdade individual encontra plena garantia"[37]; e Aretin declarava: o Estado de Direito é o Estado constitucional "em que se governa segundo a vontade geral racional, visando unicamente ao bem comum. Por bem comum, entendemos a mais ampla liberdade e segurança de todos os membros da sociedade civil"[38].

Segundo Aretin, a monarquia constitucional era aquela que realizava plenamente esta forma-Estado, já que ela resolvia o grande problema de conjugar "o poder necessário do governo com a mais ampla possível liberdade dos cidadãos"[39]. Mas quem estabelecia o espaço possível da liberdade? A resposta a esta pergunta permitia delinear a arquitetura desta forma-Estado, definindo progressivamente a idéia do Estado de Direito.

Zoepfl afirmava que os súditos podiam reivindicar os seus *Volksrechte* (direitos do povo) contra o soberano. Era o Poder Legislativo que permitia garantir os direitos do povo pondo-

---

36. Cf. F. Schmittener, *Grundlinien des allgemeinen oder idealen Staatsrechts*, Georg Friedrich Heyer's Verlag, Gießen 1845, p. 558. A propósito e, em geral, para uma análise das doutrinas dos direitos no primeiro constitucionalismo alemão, cf. D. Grimm, *Die Entwicklung der Grundrechtstheorie in der deutschen Staatsrechtslehre des 19. Jahrhunderts*, em id., *Recht und Staat der bürgerlichen Gesellschaft*, Suhrkamp, Frankfurt-am-Main, 1987, p. 314. Devo em grande parte ao ensaio de Grimm pelas considerações que se seguem neste parágrafo.

37. H. Zoepfl, *Grundsätze des allgemeinen und des constitutionell-monarchischen Staatsrechts* (1841), Akademische Verlagshandlung von C. F. Winter, Heidelberg, 1846, p. 56. As posições de Zoepfl, que esteve em um primeiro momento perto dos liberais e posteriormente do conservadorismo, são analisadas por M. Stolleis, *Geschichte des öffentlichen Rechts in Deutschland*, II, Verlag C. H. Beck, München, 1992, pp. 91 ss.

38. J. C. Freiherr von Aretin, op. cit., p. 163.

39. Ibid., p. 164.

os como limites naturais (*natürliche Gränze*) do poder estatal[40]. O povo tinha, de fato, direito a uma autônoma produção jurídica, na qual se exprimia a sua consciência ética (*sittliches Bewusstsein*) mediante a sua participação na legislação através do processo de representatividade popular. A doutrina alemã do Estado de Direito pôs gradativamente o fundamento dos direitos na legislação mediante a representatividade. A propósito, Dieter Grimm esclarece: "a representatividade popular foi o meio encontrado pelo primeiro constitucionalismo para realizar a relação dos direitos fundamentais com o poder legislativo"[41].

Enfim, a doutrina juspublicística pôs o problema – central para o Estado de Direito – da relação entre lei e Constituição. Zoepfl declarava que a Constituição exprimia "o conceito dos princípios jurídicos que valem em um Estado do ponto de vista da forma da soberania (*Beherrschungsform*) e do governo, ou seja, do ponto de vista da organização do poder do Estado e dos direitos do povo e das suas relações recíprocas"[42]; e Aretin declarava que a Constituição era a "lei de todas as leis" (*das Gesetz aller Gesetze*)[43], cujas prescrições deviam ser cumpridas tanto pelo poder executivo quanto pela Assembléia representativa. Em particular Aretin lembrava que algumas constituições, como aquela de Württemberg, declaravam nulas as leis que estivessem em contraste com a Constituição[44].

---

40. H. Zoepfl, op. cit., p. 227. Também Zachariä concebia os direitos como limites do poder do governo. Em particular Zachariä reconhecia uma liberdade natural, que, todavia, não podia ser ilimitada (*unbeschränkte*). Era a lei que estabelecia esses limites; cf. H. A. Zachariä, *Deutsches Staats- und Bundesrecht*, I, Vandenhoeck und Ruprecht, Göttingen, 1841, pp. 227 ss., em particular p. 237. Sobre a posição contraditória de Zachariä, hesitante entre a adesão aos princípios da filosofia kantiana e a perspectiva conservadora, cf. M. Stolleis, *Geschichte*, cit., p. 170.

41. D. Grimm, op. cit., p. 319.

42. H. Zoepfl, op. cit., p. 244.

43. J. C. Freiherr von Aretin, op. cit., p. 229.

44. O § 91 da Constituição de Württemberg proclamava: "Todas as leis e as medidas que [...] estejam em contraste com a presente Constituição são nulas. As outras estão sujeitas à revisão constitucional (*verfassungsmäßigen Revision*)", em E. R. Huber, *Dokumente*, cit., p. 198. A propósito R. von Mohl esclarecia que o cidadão devia obedecer às leis somente se fossem emanadas em conformidade com a Constituição e tivessem um conteúdo constitucional, e

A Constituição vista como fundamento do *Rechtsstaat* era reconhecida também na obra de um dos mais significativos expoentes do liberalismo alemão, como Carl von Rotteck. "A essência da Constituição – ele afirmava – consiste na representatividade nacional (*National-Repräsentation*) que deve expressar contra o governo os interesses e os direitos do povo." Somente essa representatividade era adequada para "realizar a idéia da verdadeira vontade geral e para fazer de um Estado-de-poder (*Gewalts-Staat*) um Estado de Direito"[45].

Todavia, a superioridade da Constituição em relação à lei – que representou um dos princípios essenciais da doutrina liberal do Estado de Direito e que poderia ter se tornado o fundamento da compatibilidade entre *Rechtsstaat* e democracia – não se afirmou[46] na realidade da história constitucional alemã, e também a fundação constitucional dos direitos fundamentais foi abandonada por uma fundação apenas legislativa dos direitos na realização do Estado de Direito que se impôs na segunda metade do século XIX.

As teses do liberalismo encontraram uma afirmação política nos debates constituintes da Paulskirche[47] e entraram em

---

lembrava que a Constituição de Württemberg no § 21 estabelecia que devia ser prestada apenas uma obediência conforme a Constituição (*verfassungsmäßigen Gehorsam*): cf. R. von Mohl, *Das Staatsrecht*, cit., pp. 324-6. A propósito ainda D. Grimm, op. cit., p. 316.

45. C. von Rotteck, *Constitution*, em *Das Staats-Lexikon* (1834-43), organizado por C. von Rotteck, C. Welcker, III, Verlag von Johann Friedrich Hammerich, Altona, 1846, p. 527.

46. A propósito, cf. R. Wahl, *Der Vorrang der Verfassung*, "Der Staat", (1981), pp. 491 ss. Da mesma opinião também U. Scheuner, *Die rechtliche Tragweite der Grundrechte in der deutschen Verfassungsentwicklung des 19. Jahrhunderts*, em E. Forsthoff, W. Weber, F. Wieacker (organizado por), *Festschrift für Ernst Rudolf Huber*, Verlag Otto Schawartz & Co, Göttingen, 1973, p. 155.

47. Em seguida às eleições gerais ocorridas nos Estados da Confederação com um sistema preponderantemente majoritário, chegou-se à reunião de 18 de maio de 1848 com a qual foram iniciados os trabalhos da primeira Assembléia Nacional do povo alemão. Mirava-se à elaboração da nova Constituição da Alemanha e iniciou-se pelos direitos fundamentais. Em dezembro de 1848, os direitos fundamentais tornaram-se direito vigente para toda a Alemanha. O problema constitucional entrelaçou-se com aquele da forma-Estado e, precisamente, com as relações entre Áustria e Prússia. O problema era se a Áustria deveria entrar no novo Estado e renunciar à sua unidade ou

crise com a sua falência. O *Rechtsstaat* foi concebido como o Estado dos direitos fundamentais que devia pôr a liberdade como o valor mais alto[48]. Todos os debates da Paulskirche sublinharam essas questões; a Assembléia Nacional quis fazer dos direitos fundamentais a base da unidade alemã. Assim o deputado Georg Beseler, expoente liberal de centro-direita, que, com Friedrich Christoph Dahlmann estava à frente da comissão constitucional, pôde afirmar que os direitos fundamentais deviam ser garantidos constitucionalmente e que, sobre essa base, seria possível sair do Estado de polícia e dar vida ao Estado de Direito[49].

Em junho de 1848, a Comissão constitucional formulou um projeto de Declaração dos direitos fundamentais do povo alemão que enunciou o princípio da igualdade perante a lei e rejeitou os privilégios de casta, eliminando com isso todo resquício feudal[50]. A 27 de dezembro do mesmo ano foi proclamada a Declaração dos direitos fundamentais. No comentário à lei introdutória, Theodor Mommsen afirmava que a Declara-

---

se, ao contrário, deveria manter a sua unidade limitando as ligações com a Alemanha a relações de direito internacional. A 27 de março de 1849 foi aprovada uma Constituição que excluía a Áustria e foi oferecida a Frederico Guilherme IV a coroa do Império. Mas a sua recusa em aceitar o poder imperial dado por uma assembléia democraticamente eleita marcou a crise definitiva da Assembléia Nacional de Frankfurt. Sobre os acontecimentos da Paulskirche, cf. H. Lutz, *Zwischen Habsburg und Preußen. Deutschland 1815-1866*, Siedler, Berlin, 1985 (trad. it. em *Tra Asburgo e Prussia*, il Mulino, Bologna, 1992, particularmente pp. 293-385). Ver ainda J.-D. Kühne, *Die Reichsverfassung der Paulskirche*, Metzner, Frankfurt-am-Main, 1985.

48. Cf. G. Haverkate, *Deutsche Staatsrechtslehre und Verfassungspolitik*, em O. Brunner, W. Conze, R. Kosellek (organizado por), *Staat in Geschichtliche Grundbegriffe*, VI, Klett-Cotta, Stuttgart, 1990, p. 75. Sobre o acontecimento da Paulskirche, cf. o importante volume de A. G. Manca, *La sfida delle riforme. Costituzione e politica nel liberalismo prussiano (1850-1866)*, il Mulino, Bologna, 1995, principalmente o capítulo primeiro.

49. Cf. a intervenção de G. Beseler em F. Wigard (organizado por), *Verhandlungen der deutschen constituirenden Nationalversammlung zu Frankfurt*, I, Frankfurt-am-Main, 1848, p. 701.

50. Cf. Artikel II dell'*Entwurf. Die Grundrechte des deutschen Volkes*, em J. G. Droysen (organizado por), *Die Verhandlungen des Verfassungs-Ausschusses der deutschen Nationalversammlung*, Weidmann'sche Buchhandlung, Leipzig, 1849, p. 374.

ção, "a *Magna Carta* da Nação alemã, garantia de liberdade para todas as gerações futuras, contém verdadeiramente aquilo que promete: os direitos fundamentais do povo alemão"[51].

Todavia, a Declaração dos Direitos foi rejeitada pela Prússia, que já possuía uma Constituição própria, aprovada em dezembro de 1848, enquanto Bayern e Hannover recusaram-se a publicá-la. Enfim, os direitos fundamentais foram declarados destituídos de validade pela declaração federal de 23 de agosto de 1851[52]. Era o fim da experiência constituinte da Paulskirche.

3. A crise da doutrina liberal do Estado de Direito

O infeliz acontecimento da Paulskirche não permitiu a afirmação da concepção liberal do Estado de Direito que tinha proclamado a superioridade da Constituição dentre as fontes do direito e o caráter pré-estatal dos direitos (mesmo que não tenham faltado na doutrina, como vimos, acepções juspositivistas na interpretação dos direitos). Esses princípios foram enunciados pela doutrina, mas não encontraram aplicação na história constitucional alemã no decorrer do século XIX. O fim da Paulskirche preparou, portanto, a crise da perspectiva liberal, e os liberais acabaram por aceitar um compromisso com o princípio monárquico que salvaguardasse os direitos dos indivíduos na sociedade civil.

Expressão dessa perspectiva foi a obra de Johann Kaspar Bluntschli, o qual afirmava que a liberdade natural do homem era uma liberdade jurídica (*rechtliche Freiheit*), ou seja, limitada pelo direito e, portanto, o problema da política consistia em encontrar "a correta ligação da liberdade com o ordenamento jurídico"[53]. A liberdade jurídica apresentava duas acepções: a *Volks-*

---

51. Ver o comentário de Mommsen à Lei Introdutória da declaração de 28 de dezembro de 1848, em Th. Mommsen, *I diritti fondamentali del popolo tedesco*, organizado por G. Valera, il Mulino, Bologna, 1994, p. 118.

52. Na deliberação lê-se: "Os assim chamados direitos fundamentais do povo alemão [...] não podem ser considerados juridicamente válidos", em E. R. Huber (organizado por), *Dokumente zur deutschen Verfassungsgeschichte*, II, Verlag W. Kohlhammer, Stuttgart-Berlin-Köln-Mainz, 1986, p. 2.

53. J. C. Bluntschli, *Allgemeines Staatsrecht*, Verlag der literarisch-artistischen Anstalt, München, 1852, pp. 667-8.

freiheit (a liberdade do povo), que se realizava no Estado, e a liberdade individual, que tinha o seu fundamento "na vida individual da alma" (*in dem Individualleben der Seele*), ou seja, em uma realidade em que o Estado nem era chamado a dominar nem tinha o poder de dominar[54].

Da relação dessas duas acepções da liberdade com o direito público dependiam as diversas formas-Estado. Bluntschli aceitava o primado da monarquia constitucional que não consentia à "liberdade do povo" de se transformar em "poder do povo" (como na democracia) e não permitia à liberdade individual ultrapassar na anarquia. Na monarquia constitucional, ao contrário, a "liberdade do povo", ou seja, a liberdade política, era uma instituição do Estado, ao passo que a liberdade individual pertencia ao direito privado e garantia a esfera jurídica individual. Eram assim postos com clareza os termos do compromisso: de um lado, era aceita a monarquia constitucional; de outro, o Estado devia "respeitar e tutelar a liberdade individual assim como todo o direito privado"[55].

Também Joseph Held distinguia entre direitos civis e direitos políticos. Os primeiros – entre os quais o direito de propriedade e a liberdade da pessoa – não eram atribuídos pelo Estado, mas pertenciam a cada homem enquanto tal[56]. Ao contrário, os direitos políticos derivavam do Estado e podiam ser concedidos somente pelo Estado; dessa forma, esses não eram direitos em sentido próprio, já que eram, antes, concebidos como deveres[57] dos súditos em relação ao Estado: assim deviam ser entendidas a admissão a um cargo público, a participação nas eleições políticas etc.

A concepção liberal tendia, portanto, a salvaguardar, em uma perspectiva claramente juspositivista, a segurança dos direitos de cada indivíduo e a autonomia da sociedade civil, mas devia aceitar o compromisso com a monarquia constitucional.

---

54. Ibid., p. 669. Ver, a propósito, D. Grimm, op. cit., p. 324.

55. J. C. Bluntschli, *Allgemeines Staatsrecht*, cit., p. 670.

56. J. Held, *System des Verfassungsrecht der monarchischen Staaten Deutschlands mit besonderen Rücksicht auf den Constitutionalismus*, I, Verlag der Stahel'schen Buch- und Kunsthandlung, Würzburg, 1856, p. 253. Sobre as posições de Held, ver de novo D. Grimm, op. cit., pp. 324-5.

57. Ibid., p. 256.

Depois de 1848, a formulação mais sistemática do compromisso com a monarquia, aceito pela doutrina liberal, surgiu com a obra de Otto von Bähr, dedicada ao Estado de Direito.

O primeiro e fundamental passo para a criação de um Estado de Direito era, segundo Bähr, a promulgação de uma lei fundamental (*Grundgesetz*), ou seja, de uma Constituição. O escopo de uma Constituição era – assim ele afirmava – "a determinação dos direitos e dos deveres com os quais o Estado, representado pelos seus órgãos, se põe diante dos indivíduos, e a formulação das normas segundo as quais o ordenamento opera no interior do organismo do Estado"[58]. Na perspectiva de Bähr era ainda formalmente enunciada a superioridade dos princípios postos constitucionalmente, dos quais dependia a atividade dos órgãos do Estado e o conjunto das relações entre o Estado e o cidadão, mas o centro da sua construção era representado, como parecerá logo evidente, pela forma do poder legislativo.

Sobre o fundamento da Constituição, Bähr delineava a estrutura do Estado de Direito: em primeiro lugar, a legislação. A lei estabelecia as regras permanentes na mudança das relações sociais. "Essa deve assumir em si o bem mais sagrado da nação, isto é, o direito."[59] E como o direito amadurecia na consciência da nação, assim também a lei não podia ser a obra de um único indivíduo, mas devia ser o resultado do acordo entre povo e soberano.

Contudo – advertia Bähr –, o direito e a lei podem encontrar o seu verdadeiro significado e a sua força (*Macht*) autêntica somente quando "encontram uma jurisdição preposta para a sua realização"[60]. A reflexão de Bähr construía assim a doutrina do Estado de Direito sobre o princípio da representatividade e sobre a necessidade da separação dos poderes. Mas a sua construção sistemática se aprofundava ulteriormente. Ele advertia, de fato, que, ao lado da legislação e da jurisdição, existia o poder do governo no qual se expressava "a vida

58. O. von Bähr, *Der Rechtsstaat*, Georg H. Wigand, Kassel-Göttingen, 1864, p. 49.

59. Ibid., p. 12.

60. Ibid.

do organismo do Estado". O poder judiciário e o poder executivo estavam sumetidos à lei, mas de modo diverso. De fato, o juiz agia como representante do ordenamento jurídico e as suas sentenças eram direito objetivo, ao passo que o poder do governo não intervinha do ponto de vista do ordenamento, mas sim com base nos interesses subjetivos que esse, por sua vez, representava.

Com base nessas considerações, a jurisdição e a administração deviam ser funções distintas, e à tutela do ordenamento jurídico exercida pelo Poder Judiciário devia ser reconhecida uma posição superior. Era, portanto, necessário que a administração fosse submetida a uma jurisdição: isso "representa – escrevia Bähr – uma condição essencial do Estado de Direito"[61]. A conseqüência lógica da reflexão de Bähr conduzia o autor à identificação dos princípios da justiça administrativa[62]. Tratava-se, indubitavelmente, de um dos desenvolvimentos mais relevantes da doutrina liberal do Estado de Direito, que resultava do princípio de legalidade e das exigências em subordinar a administração a uma jurisdição de direito público para tutelar os direitos dos cidadãos perante a autoridade administrativa do Estado[63].

Lorenz von Stein atribuía a Bähr, sobretudo, o mérito de ter reconhecido a centralidade da representatividade popular no processo legislativo e de ter afirmado a independência da jurisdição em relação ao soberano. Ao contrário, em uma recente reconsideração da obra de Bähr, Michael Stolleis vê na restrição do conceito de Estado de Direito à tutela do direito

---

61. Ibid., p. 54.

62. A propósito, O. von Bähr reconhece a importância dos princípios enunciados por R. von Gneist em *Das heutige engl. Verfassungs- und Verwaltungsrecht*, Springer, Berlin, 1857.

63. Na copiosa literatura sobre o argumento, ver em particular L. von Stein, *Rechtsstaat und Verwaltungsrechtspflege*, "Zeitschrift für das privat- und öffentlichen Recht der Gegenwart", 6 (1879). Stein reconhecia a originalidade do escrito de O. von Bähr em relação aos tratados "acadêmicos" da doutrina do Estado de Direito, como, por exemplo, o de Mohl. Stein, que introduzia a distinção entre Constituição e administração, afirmava que a mera Constituição não era suficiente para assegurar a liberdade de um povo. Ao contrário, era necessário sobretudo uma jurisdição que tutelasse o direito e a liberdade dos indivíduos também contra a administração: ibid., p. 316.

nas questões administrativas uma formalização[64] e despolitização dessa doutrina: nisso consistiria, entre outras, a específica variante alemã do Estado de Direito[65]. As considerações apresentadas até aqui – com particular referência à crise da doutrina liberal do Estado de Direito – levam-nos a compartilhar, sem dúvida, dessa interpretação de Stolleis.

A criação do Segundo Império em 1871 originou novas relações constitucionais, e a reconhecida superioridade do princípio monárquico tornou-se o fundamento de uma concepção que desvirtuou completamente a doutrina do Estado de Direito.

4. O Estado de Direito e os direitos subjetivos

Partindo de Carl Friedrich von Gerber a Paul Laband, até Georg Jellinek realizou-se uma profunda transformação da concepção do *Rechtsstaat* que marcou a derrota definitiva da perspectiva liberal. A obra de Gerber antecipou a orientação que se afirmou definitivamente com a criação do Segundo Império. No famoso escrito de 1852, ele reconheceu que o Estado não absorvia toda a vida social dos homens, uma vez que grande parte dessa vida permanecia fora da órbita estatal. Existiam, portanto, "direitos do povo" que representavam limites para o poder do Estado, mas esses não eram direitos propriamente ditos, ou seja, em sentido subjetivo: esses direitos – afirmava Gerber – "permanecem sempre apenas negações, restringindo o poder estatal nos limites das suas faculdades; esses devem ser considerados apenas limites dos direitos do monarca do ponto de vista dos súditos"[66].

Em uma obra posterior, essa perspectiva assumiu uma forma sistemática. Gerber declarou explicitamente, a propósito dos direitos do indivíduo, que de nenhum modo se podia

---

64. A formulação do Estado de Direito na segunda metade do século XIX continuou também com a criação do direito administrativo como disciplina autônoma, sobretudo por obra de O. Mayer; cf. M. Stolleis, *Rechtsstaat*, cit., p. 372.

65. Ibid., p. 371.

66. C. F. W. von Gerber, *Sui diritti pubblici* (1852), em id., *Diritto pubblico*, Giuffrè, Milano, 1971, p. 67.

julgar que se tratasse "de direitos em sentido subjetivo, uma vez que esses parecem, antes, como proposições jurídicas, ou seja, como normas de direito objetivo"[67]. Tratava-se da liberdade de consciência, da liberdade de professar uma convicção científica, da liberdade de instrução e de escolha profissional, do direito de adir o próprio juiz natural, da liberdade de reunião e de associação, do direito de emigrar, da liberdade individual da pessoa.

As liberdades individuais da tradição liberal, que, de Locke a Kant, tinham sido reconhecidas como pertencentes aos homens em virtude da comum humanidade, eram agora concebidas apenas como reflexo de normas objetivas, ou seja, como expressão de leis gerais. Rompia-se assim o equilíbrio entre o ordenamento jurídico e a liberdade individual que tinha sido enunciado pela doutrina liberal: impunha-se unicamente a soberania do Estado, e o Estado de Direito (*Rechtsstaat*) se transformava no direito do Estado (*Staatsrecht*). A propósito, Gerber enunciou, de fato, explicitamente: "a força da vontade do Estado, o poder do Estado, é o direito do Estado. O direito público é, portanto, a doutrina do poder do Estado"[68].

Após a criação do Império, Laband retomou a doutrina de Gerber, formulando agora como dadas aquelas premissa que Gerber tinha apenas antecipado[69]. Laband pôde assim afirmar que "os direitos de liberdade ou direitos fundamentais são normas para o poder do Estado, que ele dá a si mesmo. Esses direitos formam limites para a competência dos funcionários, asseguram ao indivíduo a sua liberdade natural de comportamento em âmbitos determinados, mas não fundam direitos subjetivos dos cidadãos. Esses não são direitos porque não têm nenhum objeto"[70].

---

67. C. F. W. von Gerber, *Grundzüge des deutschen Staatsrechts* (1865), Tauchnitz, Leipzig, 1880, reedição fac-similar de Olms-Weidmann, Hildesheim-Zürich-New York, 1998, p. 34 (trad. it. em *Lineamenti di diritto pubblico tedesco*, em id., *Diritto pubblico*, Giuffrè, Milano, 1971, p. 121); o segundo grifo é meu.

68. Ibid., p. 3.

69. Ainda D. Grimm, op. cit., p. 334.

70. P. Laband, *Das Staatsrecht des deutschen Reiches* (1876-82), I, Verlag der H. Laupp'schen Buchhandlung, Tübingen, 1876; reimpressão da quinta edição (Tübingen, 1911): Scientia Verlag, Aalen, 1964, p. 151.

Coube, enfim, a Jellinek a tarefa de formular a doutrina do Estado de Direito na Era Guilhermina. Ele distinguiu-se, todavia, da doutrina dos direitos de Gerber e Laband, embora compartilhasse substancialmente a abordagem juspositivista deles. Jellinek introduziu a distinção entre 1. *status passivus*, 2. *status negativus*, 3. *status positivus* e 4. *status activus*, que, representou, a partir do fim do século XIX, a formulação mais sistemática do *Rechtsstaat* e dos direitos subjetivos na doutrina do Estado de Direito.

O *status passivus* (ou *status subjectionis*) indicava a situação do súdito a quem cabem deveres – como, por exemplo, a obrigatoriedade do serviço militar – e nenhum direito. O *status negativus* (ou *status libertatis*) indicava, ao contrário, a condição do homem a quem pertencem os direitos de liberdade. Mas esses direitos não eram concebidos por Jellinek segundo uma perspectiva jusnaturalista; ao contrário, eram considerados sobre a base de uma interpretação de tipo historicista. "Embora se deseje fazê-los parecer – escrevia Jellinek – como o produto de uma teoria geral do homem e do Estado, todavia, na sua concreta forma legislativa, estes (os direitos fundamentais) não podem ser explicados a não ser historicamente."[71]

Isso significava, ao mesmo tempo, que as constituições não reconheciam nenhum direito preexistente ao Estado e que as normas constitucionais eram apenas prescrições direcionadas ao legislador. É também verdade que Jellinek admitia que certas normas estatutárias, como aquela que reconhece a liberdade religiosa, pudessem ter uma validade imediata, mas, em geral, as prescrições constitucionais exigiam, para ter valor, a concreta atividade do legislador. Nesse sentido – concluía Jellinek –, o fato de que as leis promulgadas com base nas normas constitucionais se resolvessem a favor do interesse individual era um efeito do direito objetivo, não a satisfação de uma pretensão jurídica subjetiva[72].

Na perspectiva juspositivista de Jellinek, a lei era, por conseguinte, o fundamento dos direitos de liberdade e ele po-

71. G. Jellinek, *System der subjektiven öffentlichen Rechts* (1892), Verlag von J. C. B. Mohr, Tübingen, 1905, p. 95 (trad. it. em G. Jellinek, *Sistema dei diritti pubblici subbiettivi*, Società Editrice Libraria, Milano, 1912, p. 106).
72. Ibid., p. 97 (trad. it. cit., p. 108).

dia, portanto, declarar: "toda liberdade não é senão isenção de constrições ilegais"[73]. Todavia, Jellinek distinguia a sua posição em relação à de Gerber, que, como lembramos, tinha resolvido os direitos de liberdade no direito objetivo. Essa afirmação podia valer – declarava Jellinek – somente em uma época anterior à instituição dos tribunais administrativos; a criação desses organismos tinha, ao contrário, permitido reconhecer e proteger "o interesse individual que se ocultava nas fórmulas dos direitos fundamentais"[74].

O *status positivus* (ou *status civitatis*) indicava a atribuição por parte do Estado de direitos públicos subjetivos, ou seja, de uma precisa capacidade jurídica ao indivíduo: a capacidade de "pôr em movimento normas do ordenamento jurídico (*Normen der Rechtsordnung in Bewegung zu setzen*) para provocar a intervenção de uma autoridade com o objetivo de anular um ato administrativo ilegal"[75].

Enfim, o *status activus* (ou *status activae civitatis*) consistia na atribuição de direitos políticos ao cidadão.

Essa reconstrução sistemática do Estado de Direito na Era Guilhermina da segunda metade do século XIX baseava-se sobre alguns determinados princípios, a saber:

1. O Estado possui uma personalidade jurídica própria. Personalidade era, para Jellinek, a capacidade de ser titular de direitos. O Estado possuía uma vontade própria na qual se expressava a vontade de uma comunidade. A concepção do Estado como "personalidade jurídica" era traço comum, tanto em Jellinek como em Laband[76]. Essa perspectiva se traduzia na

---

73. Ibid., p. 103 (trad. it. cit., p. 115).

74. Ibid., p. 102 (trad. it. cit., p. 113). Por essas razões, Jellinek criticava também as teses de Laband, que, como observamos, negava a existência dos direitos subjetivos, cf. G. Jellinek, op. cit., p. 102, nota 2 (trad. it. cit., p. 114).

75. Ibid., p. 106 (trad. it. cit., p. 118).

76. P. Laband, *Das Staatsrecht des Deutschen Reiches*, cit., p. 94. Laband observava que, da concepção do Estado como pessoa jurídica de direito público, derivava que o sujeito do poder do Estado era o Estado mesmo. Ele declarava, ainda, que também Jellinek compartilhava das suas posições. Ibid., p. 95. Enfim, Laband afirmava que o soberano era o único representante do Estado. É sobre essa representatividade do Estado que se fundava a soberania, da qual derivava que apenas o *Kaiser*, a juízo de Laband, podia agir pelo *Reich*; ibid., p. 229. Estas afirmações de Laband encontram-se substancialmente também

superioridade do Estado em relação ao ordenamento jurídico. Jellinek afirmava de fato: "resulta que o Estado é uma unidade de fins constituída por indivíduos humanos [...] a qual [...] possui uma vontade própria [...]; resulta, além disso, que o ordenamento jurídico, partindo exatamente da sua expressa condição de fato, que existe independentemente deste, é capaz de regular a formação da vontade do Estado. De tal modo o Estado, ao criar o seu próprio ordenamento, afirma-se como sujeito de direito"[77].

2. O Estado atribui ao indivíduo uma personalidade jurídica e, com essa, a capacidade de exigir a tutela jurídica por parte do Estado. Jellinek observava que a pessoa que outorgava a tutela jurídica e aquela que era obrigada a prestá-la era a mesma, ou seja, o Estado. Disso resultava que o Estado podia cumprir a sua obrigação apenas "limitando a sua atividade em relação aos súditos"[78].

3. Os direitos concedidos pelo Estado são direitos subjetivos – direitos públicos subjetivos – que representam "um ampliamento da liberdade natural", e não podem ser, de modo nenhum, concebidos, da mesma forma que na doutrina de Gerber, como mero "direito reflexo" do direito objetivo.

Esses elementos permitem afirmar que a concepção formulada por Jellinek expressava no modo mais sistemático a doutrina alemã do Estado de Direito da segunda metade do século XIX, baseada na soberania do Estado, na fundação legislativa – e não constitucional – dos direitos, nos critérios da justiça administrativa. Alguns princípios da tradição liberal – a

---

em Jellinek. Ele afirmava, de fato, que o Estado "é a única associação que domina em virtude de uma força ínsita nele, originária, juridicamente não derivada de nenhuma outra força", em G. Jellinek, *Allgemeine Staatslehre*, Verlag von O. Häring, Berlin, 1900, p. 158 (trad. it., em *La dottrina generale dello Stato*, vol. I, Società Editrice Libraria, Milano, 1921, p. 369). Jellinek acrescentava ainda que "todo poder de domínio no Estado só pode derivar do próprio Estado", ibid., p. 370. Enfim, com relação à soberania do Estado, o monarca era o órgão supremo do Estado. Ele era titular de um direito do soberano "conferido pelo Estado", G. Jellinek, *System*, cit., p. 150 (trad. it. cit., p. 166).

77. G. Jellinek, *System*, cit., p. 32 (grifo meu); trad. it. cit., p. 36.

78. Ibid., p. 67 (trad. it. cit., p. 76).

condição pré-estatal dos direitos, o primado da Constituição – acabaram ficando assim completamente perdidos[79].

5. Estado de Direito e democracia: compatibilidade ou oposição irremediável?

As considerações acima mencionadas revelaram o caráter controverso da doutrina alemã do Estado de Direito, a saber: foi evidenciada a perspectiva liberal, a interpretação conservadora (Stahl), a solução realizada pelo compromisso entre liberalismo e conservadorismo. Foi esta última a concepção que, por fim, se impôs, sobretudo por obra da formulação sistemática elaborada por Jellinek.

A multiplicidade das perspectivas doutrinárias explica as hordiernas dificuldades interpretativas, sobretudo no tocante à relação entre Estado de Direito e democracia. É possível uma compatibilidade entre as duas doutrinas e, em caso afirmativo, com qual concepção do Estado de Direito pode coexistir a democracia? A pluralidade das respostas dadas demonstra a dificuldade do problema, que deriva, seja da hodierna evolução da democracia, seja da falta de clareza sobre as diversas interpretações oitocentistas do Estado de Direito.

Werner Kägi admite a possível coexistência das duas doutrinas na forma-Estado da democracia constitucional[80], enquanto os princípios que estão no fundo das duas concepções

---

79. Böckenförde declara, ao contrário, que a doutrina do Estado de Direito da segunda metade do século XIX continua a ser a doutrina liberal. Tratava-se de um conceito meramente *formal* do Estado de Direito que se prolongou até o fim da República de Weimar: cf. E. W. Böckenförde, *Entstehung und Wandel des Rechtsstaatsbegriffs*, cit., p. 76. De opinião diversa Haverkate, que sublinhava, ao contrário, o caráter conservador do conceito de Estado de Direito da segunda metade do século XIX: cf. G. Haverkate, *Deutsche Staatsrechtslehre*, cit., p. 74.

80. W. Kägi, *Rechtsstaat und Demokratie*, em *Demokratie und Rechtsstaat. Festgabe zum 60. Geburtstag von Zaccaria Giacometti*, Polygraphischer Verlag A.G., Zürich, 1953, p. 107. Também Bäumlin põe a reciprocidade de democracia e Estado de Direito sobre a base de um comum horizonte de valores. Assim, segundo essa interpretação, a responsabilidade dos governantes na forma-Estado democrática corresponde à centralidade da dignidade da pessoa

estão orientados em relação ao mesmo fim. Para que isso seja possível, na perspectiva de Kägi, é necessário que a democracia não seja concebida, com base na doutrina rousseuaniana, como "democracia totalitária", mas, ao contrário, que o princípio de maioria seja posto nos limites do direito. O povo não deve se pôr acima da Constituição e do direito, mas deve reconhecer a existência de direitos pré-estatais e superestatais: sobre essa base pode ser edificado um Estado democrático de Direito[81].

Na realidade, a perspectiva acima mencionada enuncia um ponto de vista doutrinário, em particular leva em consideração apenas a interpretação liberal, que constrói o Estado de Direito sobre o fundamento de direitos pré-estatais, e assume a democracia apenas na versão dada por Jean-Jacques Rousseau. É preciso, ao contrário, considerar o desenvolvimento da efetiva realidade constitucional na área germânica.

Na história constitucional alemã do século XIX, o liberalismo alcançou um compromisso com a monarquia constitucional, com base no qual a Câmara representativa e a Câmara alta, de um lado, e o poder monárquico, de outro, concorreram juntos ao exercício da função legislativa, cujas normas legais excluíam que pudesse ocorrer uma separação entre política e direito na esfera da legislação[82]. Nesse contexto constitucional, dominado pelo juspositivismo, a legalidade da administração e a reserva de lei eram os princípios próprios do Estado de Direito que deviam garantir o indivíduo contra possíveis intervenções arbitrárias por parte da administração[83].

Depois da Primeira Guerra Mundial, o poder ilimitado dos parlamentos provocou o temor de que as maiorias pudessem

---

no Estado de Direito; cf. R. Bäumlin, *Die rechtstaatliche Demokratie*, Polygraphischer Verlag A.G., Zürich, 1954, p. 91.

81. Ibid., pp. 129-36.

82. G. Leibholz, *Demokratie und Rechtsstaat*, em Schriftenreihe der Landeszentrale für Heimatdienst in Niedersachsen, 5, Bad Gandersheim, 1957, p. 28.

83. Ibid., p. 28. Também R. Thoma indicava no princípio de legalidade o fundamento do Estado de Direito: cf. R. Thoma, *Rechtsstaatsidee und Verwaltungswissenschaft*, "Jahrbuch des öffentlichen Rechts der Gegenwart", 6 (1910), pp. 196 ss.

violar a Constituição. Ainda durante o período da República de Weimar, com base no artigo 19 da Constituição, o *Staatsgerichtshof* (Tribunal Constitucional do Reich) era chamado para examinar os conflitos de constitucionalidade que surgissem no interior de um *Land* ou entre diversos *Länder* ou entre o *Reich* e os *Länder*. Todavia, o controle de constitucionalidade era reivindicado também por outros tribunais, como, por exemplo, o *Reichsgericht* (Supremo Tribunal de Justiça).

Somente após a Segunda Guerra Mundial, chegou-se a um *richterliches Prüfungsrecht* (controle judiciário) de constitucionalidade centralizado, que foi exclusivamente confiado ao *Bundesverfassungsgericht* (Tribunal Constitucional Federal). É essa reviravolta – que marca o primado da Constituição em relação ao legislador – que põe o contraste insuperável entre a hodierna democracia constitucional e o Estado de Direito e que admite a compatibilidade da democracia apenas com algumas limitadas interpretações liberais do *Rechtsstaat*[84].

A democracia que se afirmou na Alemanha após a Segunda Guerra Mundial elevou o Tribunal Constitucional Federal a "guardião da Constituição" e fez dele um órgão constitucional dentro do processo de formação da vontade política. O desenvolvimento de um sistema de justiça constitucional elimina qualquer tensão potencial entre legalidade e legitimidade e assegura a identidade da Constituição[85].

Mas é também a concepção da Constituição que mudou na democracia constitucional alemã em relação ao Estado de Direito: a Constituição não representa mais apenas o limite do poder estatal em relação à liberdade do cidadão; ao contrário, constitui também "a positivação jurídica dos valores fundamentais do ordenamento da vida da comunidade"[86].

Trata-se de valores ou princípios de justiça que postulam uma "validade para todos os âmbitos do direito"[87]; a realização desses representa a condição necessária, ou seja, a criação

---

84. Sobre essa interpretação cf. G. Bongiovanni e G. Gozzi, *Democrazia*, em A. Barbera, G. Zanetti (organizado por), *Le basi filosofiche del costituzionalismo*, Laterza, Roma-Bari, 1997, pp. 215 ss.

85. G. Leibholz, op. cit., p. 11.

86. G. Böckenförde, op. cit., p. 81.

87. Entscheidung des Bundesverfassungsgerichts (BVerfGE) 7, 198 (205).

daquele conjunto de pressupostos sociais que tornam efetiva a liberdade de todo indivíduo[88]. É sobretudo essa superação do formalismo do Estado de Direito aquilo que o torna incompatível com a realidade da hodierna democracia constitucional.

A constitucionalização dos direitos fundamentais e a anterioridade da Constituição em relação à lei tornam, portanto, irrecuperável a distância que separa o Estado de Direito da democracia constitucional, ou seja, impõem uma redefinição dos conteúdos da doutrina do Estado de Direito. Assim Grimm introduz o conceito de um Estado material contraposto a um Estado formal de Direito. Somente o primeiro pode coexistir, a seu juízo, com a democracia. Este consiste na admissão de uma dupla legalidade: a da decisão democrática constituinte, que pôs os princípios do ordenamento constitucional, e a do poder legislativo. A primeira decisão está baseada sobre um consenso mais amplo em relação àquele do qual podem usufruir as decisões tomadas por maioria, pelo legislador. O contraste entre os dois níveis decisórios pode ser resolvido apenas pelo Tribunal Constitucional.

O erro de quem postula, ao contrário, uma reformalização do Estado de Direito[89] – e com esta, a juízo de Grimm, o retorno a uma perspectiva juspositivista – consiste em afirmar a ilimitada liberdade do legislador. Ao contrário, conclui Grimm, a legalidade em dois níveis (*zweistufige Legalität*) "não é senão um sinônimo de Constituição"[90].

---

88. G. Böckenförde, op. cit., p. 79.

89. A concepção de um Estado formal de Direito é utilizada por juspublicistas e politólogos de esquerda (Abendroth, Maus, Preuß, etc.): cf. D. Grimm, *Reformalisierung des Rechtsstaats als Demokratiepostulat?*, "JuS", 10 (1980), p. 706.

90. Ibid., p. 708. A resposta polêmica à concepção do Estado de Direito em sentido material formulada por Grimm sublinha como essa perspectiva tende a estabelecer o primado do juiz constitucional sobre o legislador e como, sobre a base de um controle "valorativo" das modalidades de comportamento dos indivíduos, acaba por "juridificar" o potencial político do conflito; cf. F. Hase, K.-H. Ladeur, H. Ridder, *Nochmals: Reformalisierung des Rechtsstaats als Demokratiepostulat?*, "JuS", 11 (1981), p. 796. Ao contrário, a formalização do Estado de Direito estabeleceria, segundo esses autores, a centralidade do processo da legislação e, com isso, a valorização "das condições de formação de uma opinião e de uma vontade social-decentrada, política e não-estatal, científica, cultural", ibid., p. 795.

Após a Segunda Guerra Mundial, também Konrad Hesse, antes de Grimm, tinha distinguido entre os elementos formais e os elementos materiais do Estado de Direito. Ele tinha observado que no Estado de Direito vige o primado do direito, mas tinha acrescentado também que na Lei Fundamental alemã de 1949 a superioridade do direito se identifica com o primado da Constituição e que "isso separa substancialmente o princípio do Estado de Direito do presente em relação às concepções precedentes"[91]. O limite constitucional dos poderes do Estado corresponde à concepção do Estado formal de Direito, mas a Constituição obriga os órgãos do Estado não apenas formalmente, mas também materialmente, pondo o vínculo representado por precisos conteúdos do direito.

Em resumo: o Estado de Direito dá forma, de um lado, à realidade do Estado mediante a Constituição e a lei; de outro, obriga todos os poderes do Estado ao perseguimento dos conteúdos do direito[92]. Em particular, comenta Hesse, os conteúdos são os da igualdade e da dignidade da pessoa. Essa conjugação de elementos formais e materiais é o fundamento do "Estado social de Direito"[93].

---

91. K. Hesse, *Der Rechtsstaat im Verfassungssystem des Grundgesetzes*, em M. Tohidipur (organizado por), op. cit., I, p. 293.

92. Ibid., p. 299.

93. A reconstrução de Hesse baseia-se sobre a Lei Fundamental alemã (*Grundgesetz für die Bundesrepublik Deutschland*) onde, no art. 28, parágrafo I, pode-se ler: "O ordenamento constitucional dos *Länder* deve corresponder aos princípios do Estado de Direito republicano, democrático e social nos termos da presente Lei Fundamental", Druck Verlag Kettler, Bönen/Westfalen, 1998. Hesse identifica, portanto, no *Grundgesetz* o fundamento constitucional do Estado social de Direito. De opinião diversa tinha sido, ao contrário, E. Forsthoff, cujas celebérrimas teses tinham negado a possibilidade de uma compatibilidade constitucional de Estado de Direito e Estado social. A seu juízo, de fato, o Estado social podia ter um fundamento apenas legislativo e administrativo; cf. E. Forstoff, *Stato di diritto in trasformazione* (1964), Giuffrè, Milano, 1973, p. 60. Abendroth lembra que, para Forsthoff, a fórmula "Estado social de Direito" era apenas um fórmula de propaganda, uma fórmula de compromisso. Para Abendroth, o conceito de Estado de Direito democrático e social remonta a 1848 e, precisamente, ao pensamento de Louis Blanc, que se referia essencialmente ao direito ao trabalho, concebido como direito fundamental. No debate alemão, o termo foi empregado, em primeiro lugar, por H. Heller, em *Rechtsstaat oder Diktatur?* (1930), em H. Heller, *Gesammelte Schriften,*

Enfim, Hesse admitia a compatibilidade entre Estado material de Direito e democracia, uma vez que os princípios do primeiro eram, a seu ver, também os princípios do ordenamento democrático. Ao Estado de Direito e à democracia estão subentendidas duas diversas formas de legalidade: respectivamente a do nível institucional e a do nível político. A democracia deve, de fato, realizar, por meio de um processo político participativo, os princípios que o Estado de Direito põe normativamente no nível constitucional.

Parece, portanto, evidente que uma reutilização do conceito de Estado na era da democracia contemporânea pode ocorrer somente sobre o fundamento de uma profunda transformação, ou seja, concebendo-o como Estado constitucional (e não legislativo) e como Estado material (e não formal) de direito: uma transformação que o torna irreconhecível em relação à doutrina do *Rechtsstaat* oitocentista.

II, *Recht, Staat, Macht*, A. W. Sijthoff, Leiden, 1971, pp. 450 ss. Abendroth julga que a fórmula de um Estado de Direito democrático e social surge no *Grundgesetz* ao lado do sistema liberal dos direitos fundamentais com a finalidade de esclarecer que o Estado surgido depois da Segunda Guerra Mundial "não pretendia e não devia de modo algum retomar o ordenamento econômico e social sobre cuja base tinha surgido o *Terceiro Reich*"; cf. W. Abendroth, *Der demokratische und soziale Rechtsstaat als politischer Auftrag*, em M. Tohidipur, op. cit., p. 274.

État de droit *e soberania nacional na França*

Por Alain Laquièze

Na doutrina juspublicística francesa contemporânea, o conceito de *État de droit* apresenta dois amplos significados, a saber:

1. O Estado age exclusivamente de forma jurídica, ou seja, opera mediante o direito. Enquanto soberano, o Estado funda e delimita o ordenamento jurídico nacional, isto é, o conjunto das regras que ele dita a si mesmo e daquelas que dele resultam. Fonte do direito, o Estado é competente para definir as próprias competências.

2. O Estado está submetido ao direito: o objetivo perseguido é o de enquadrar e limitar o Estado mediante o direito. O poder político é enquadrado pelo direito através das seguintes garantias: a separação dos poderes, que implica em particular a independência da autoridade judiciária em relação aos órgãos políticos, a proclamação dos direitos e das liberdades, o controle jurisdicional de constitucionalidade das leis e dos atos administrativos[1].

Esses dois significados, que se completam mais do que se excluem, são tradicionalmente atribuídos ao "Estado de Direito", conceito este elaborado pelos juristas e destinado ao seu uso. O termo francês *État de droit* não é senão a tradução literal da palavra *Rechtsstaat*, cujos primeiros teóricos foram os juris-

1. Ver G. Burdeau, F. Hamon, M. Troper, *Droit constitutionnel*, Librairie Générale de Droit et de Jurisprudence, Paris, 1995, pp. 88-9; P. Pactet, *Institutions politiques. Droit constitutionnel*, Armand Colin, Paris, 1998, pp. 43-4, 125-8.

tas alemães Von Mohl[2] e Stahl[3], antes que o Estado de Direito se tornasse o lugar-comum da doutrina jurídica do além-Reno da segunda metade do século XIX (Gerber, Jhering, Laband, Jellinek), que exerceria uma influência decisiva sobre os publicistas da Terceira República[4].

A problemática de um Estado limitado pelo direito não nasce, todavia, no século XX. Ela já está presente, em resumo, na monarquia de Antigo Regime. Mas, enquanto na época moderna os juristas se utilizaram da teoria do Estado de Direito para pôr limites ao poder do Estado e, em particular, para limitar a onipotência parlamentar resultante da teoria da soberania nacional, os juristas anteriores a 1789 esforçaram-se, antes de tudo, por fundar juridicamente a onipotência do monarca – os direitos do rei – diante das resistências que este encontrava no exercício corrente do poder.

A partir do século XVI, a autoridade régia é considerada absoluta. Porém, o termo "absoluto" é entendido não como sinônimo de ditatorial ou tirânico, mas no sentido de pessoa livre, independente, sem nenhuma restrição. Se a monarquia é independente em relação a qualquer restrição humana, o governo absoluto do monarca não pode, contudo, ser assimilado a um governo arbitrário. O escritor monárquico Louis de Bonald, na esteira de Bossuet, poderá escrever no início do século XIX que:

> o poder absoluto é um poder independente dos homens sobre os quais se exerce; um poder arbitrário é um poder independente das leis em virtude das quais se exerce.[5]

---

2. R. von Mohl, *Die Polizeiwissenschaft nach den Grundsätzen des Rechtsstaates,* 3 volumes, Laupp, Tübingen, 1832-34.

3. F. J. Stahl, *Die Philosophie des Rechts* (1856), Olms, Hildesheim,1963.

4. Sobre essa influência que não é, de modo nenhum, uma imitação servil, ver J. Chevallier, *L'État de droit,* Montchrestien, Paris, 1999, especialmente pp. 11 ss.; P.-M. Gaudemet, *Paul Laband et la doctrine française de droit public,* "Revue du droit public" (1989), 4, pp. 957 ss.

5. Citado por P. Sueur, *Histoire du droit public français XV*ème*-XVIII*ème *siècle,* Presses Universitaires de France, Paris, 1989, I, p. 123.

Sem dúvida, a monarquia absoluta apóia-se sobre uma noção rigorosa e integral de soberania, cujos princípios estão na base do Estado. Não é preciso deter-se aqui para lembrar a obra dos juristas franceses que, de Bodin a Jacob Nicolas Moreau, apresenta a soberania monárquica como o monopólio do poder de coerção do qual o soberano é o único titular e que, conseqüentemente, exclui a separação dos poderes ou o compromisso entre esses. Cardin Le Bret, conselheiro de Richelieu, expressa essa idéia em uma fórmula que é, na realidade, um axioma: "o rei é o único soberano no seu reino e a soberania é tão indivisível quanto a do ponto em geometria"[6].

Contudo, essa vontade doutrinária de condenar qualquer poder antitético, qualquer resistência ao excesso de poder real, não significa que este último seja ilimitado. A monarquia francesa é, para retomar os termos exatos de Bodin, uma "monarquia real ou legítima", ou seja, uma monarquia na qual "os súditos obedecem às leis do monarca e o monarca obedece às leis naturais, e aos súditos restam a liberdade natural e a propriedade dos bens". Todavia, esses direitos naturais, em razão do seu caráter abstrato, não parecem facilmente defendíveis em caso de violação por parte do rei, a não ser que se faça uso de um hipotético direito de resistência.

Em uma sociedade dominada por uma intensa vida corporativa, os direitos individuais devem necessariamente desaparecer perante a razão de Estado. A liberdade individual, entendida como o direito de ir aonde se quer ou de agir como se deseja, não está, de modo nenhum, garantida. O rei pode restringi-la ou suprimi-la com uma simples *lettre de cachet*. A liberdade de consciência, a liberdade de expressar o próprio pensamento, a propriedade individual estão igualmente pouco garantidas em termos jurídicos aos súditos, que pertencem "de corpo e bens" ao rei[7].

Embora os direitos dos indivíduos não estejam protegidos contra o poder real – é preciso por isso confiar-se à moderação

6. C. Le Bret, *De la souveraineté du Roy*, J. Quesnel, Paris, 1632.

7. Ver as densas páginas de F. Olivier-Martin, *Histoire du droit français des origines à la Révolution*, Domat Montchrestien, Paris, 1948, pp. 340-2.

prática de um monarca, cuja ação é inspirada no bem comum –, resta, todavia, o fato de que a monarquia francesa dispõe de um estatuto jurídico, e até de uma Constituição, mesmo que não se deva entender esse termo no sentido em que o entendem os juristas contemporâneos. Longe de ser um documento escrito, contendo a exposição sistemática das regras relativas ao governo do Estado, a "Constituição monárquica" apresenta-se como um mosaico de disposições consuetudinárias, no vértice das quais se põem as leis fundamentais do reino que dizem respeito às regras de devolução do poder real e à inalienabilidade do domínio. É assim que coexistem uma lei de sucessão (princípio de hereditariedade e de primogenitura, princípio de masculinidade, princípio de catolicidade), uma lei de indisponibilidade da coroa e uma lei de inalienabilidade do domínio da coroa; e todas elas obrigam o monarca.

Além disso, o poder régio encontra limites jurídicos no direito consuetudinário, o qual é muito importante no que diz respeito ao direito privado, assim como nos estatutos particulares das províncias. O poder monárquico deve igualmente estabelecer acordos com alguns órgãos deliberantes, como os Estados-gerais, que, porém, não eram mais convocados a partir de 1614, e os Estados provinciais, que continuam a ser regularmente reunidos em assembléia na Bretanha, no Languedoc, em Artois, nas Flandres, em Béarn. Além disso, o rei deve enfrentar o ativismo das cortes soberanas e em particular do parlamento de Paris, que, na época da Fronda e em seguida sob o reinado de Luís XIV, reclamam o direito de serem associados à elaboração das leis[8]. Apesar desses limites, o rei é o único titular da soberania e é ele quem decide em última instância.

A Revolução não mudou de modo significativo os dados do problema. Certamente, houve uma ruptura, pois não é mais o monarca, mas a nação o titular da soberania. Apesar disso, a mudança do titular não modifica a natureza da soberania, a qual permanece ilimitada. Além disso, a descoberta, com o Terror, de que também o povo pode ser opressor e a descon-

8. Acerca da fronda dos parlamentos sob o reinado de Luís XV, ver em particular M. Antoine, *Louis XV*, Fayard, Paris, 1989.

fiança crônica em relação à democracia direta levam muitos autores a distinguir nação e povo e a exaltar o modelo representativo. A construção da teoria da soberania nacional, já presente de forma embrionária em Siéyès, mas levada a cabo pelos "doutrinários" (Royer-Collard, Guizot)[9], chega a atribuir a natureza real do poder aos órgãos representativos incumbidos de elaborar o ato supremo que é a lei, expressão da vontade geral.

O caráter incontestável da lei, expressão da vontade geral, que prevalecerá na literatura jurídica francesa por todo o século XIX e por uma grande parte do século XX, já estava presente na "Declaração dos Direitos do Homem e do Cidadão" de 1789, precisamente enquanto a intenção dos revolucionários era a de construir um ordenamento jurídico hierárquico, no qual a declaração teria tido um valor superior à Constituição, a qual, por sua vez, teria sido supra-ordenada à lei. Essa mística rousseauniana da lei encontra-se em muitos artigos da Declaração, que remetem sistematicamente ao ato legislativo para a determinação concreta das condições de exercício dos direitos proclamados e para a delimitação da sua extensão[10]. Ela encontra-se de novo na enunciação dos direitos individuais postos no cabeçalho das cartas de 1814 e de 1830, fato este que levará o jurista Hello a afirmar, em 1848, que: "a lei mantém a promessa da Carta, ou seja, serve como garantia dos nossos direitos"[11].

O Segundo Império, assim como a Terceira República, recorrerá à lei quando for necessário afirmar as grandes liberdades, como a liberdade de reunião, a liberdade sindical e a liberdade de associação. O caráter supremo da lei, votada por um parlamento que age em nome da nação, é ulteriormente acentuado devido à ausência de um poder antitético. A autori-

---

9. Aqui nos referiremos à obra de G. Bacot, *Carré de Malberg et l'origine de la distinction entre souveraineté du peuple et souveraineté nationale*, Ed. CNRS, Paris, 1985; veja-se também S. Rials, *Constitutionnalisme, souveraineté et représentation*, em *La continuité constitutionnelle en France de 1789 a 1989*, Economica et Presses Universitaires d'Aix-Marseille, Paris, 1990, pp. 49-69.

10. Ver J. Chevallier, *op. cit.*, pp. 24-5.

11. C.-G. Hello, *Du régime constitutionnel dans ses rapports avec l'état actuel de la science sociale et politique*, Auguste Durand, Paris, 1848, II, p. 42.

dade judiciária não ocupa senão uma posição subordinada. A má lembrança deixada pelos parlamentos do antigo regime não encoraja os governantes a concederem prerrogativas amplas aos magistrados. Estes últimos, regularmente expurgados de qualquer mudança de regime político, não dispõem nem da independência nem dos poderes necessários para limitar a ação do Estado. Não surpreende, portanto, que o modelo americano de controle jurisdicional de constitucionalidade da lei tenha pouca repercussão na França, apesar dos esforços de um Laboulaye[12].

Por conseguinte, a garantia jurisdicional dos direitos individuais contra um eventual abuso do legislador, característica essencial do Estado de Direito como nós o entendemos hoje, não está, de modo nenhum, assegurada. Não que os publicistas do século XIX acreditem ingenuamente que a lei, como o rei, não possam agir mal. Um liberal como Benjamin Constant sabe muito bem que uma lei pode ser opressiva. Diferenciando-se, seja da concepção rousseuniana de uma soberania ilimitada, seja do utilitarismo benthamiano, que nega a existência de direitos naturais inalienáveis ou imprescritíveis, Constant pensa que uma lei retroativa ou que prescreva ações contrárias à moral não deva ser aplicada. Mas essa desaplicação de uma lei liberticida se realiza, em última instância, através do exercício de um direito de "resistência à opressão" dado aos indivíduos, direito este bastante ilusório nas suas modalidades práticas, a não ser que se pense em uma revolução[13]. Ademais, Constant, na sua defesa de uma soberania limitada do Estado, repõe confiança no controle que os cidadãos exercem sobre os seus representantes[14].

---

12. Ver E. Laboulaye, *Histoire des États-Unis*, Charpentier, Paris, 1867, 3 vol. (especialmente o tomo III); veja-se também A. Dauteribes, *Les idées politiques d'Edouard Laboulaye 1811-1883*, texto datilografado inédito, Montpellier, 1989, 2 volumes. Pode-se confrontar a posição de Laboulaye com a de Tocqueville, que, na primeira edição de *Démocratie en Amérique*, de 1835, trata precisamente do controle americano de constitucionalidade da lei, mas não acredita que se possa transferi-lo para a França.

13. Ver B. Constant, *Écrits politiques*, Gallimard, Paris, 1997, especialmente pp. 510 ss.

14. Ibid., especialmente pp. 616 ss.

Essa temática da lei opressiva, mesmo que seja reproposta por alguns ilustres representantes da corrente liberal – além de Constant, é preciso citar em particular Edouard Laboulaye –, não está no centro da discussão antes dos últimos anos do século XIX. Se o poder estatal é considerado perigoso, é sobretudo o Executivo que é posto no índex. É, portanto, compreensível que certos autores cheguem a defender o governo misto e em seguida o regime parlamentar, regime no qual um Executivo responsável é posto sob o estrito controle dos deputados.

Os publicistas da Terceira República irão pôr em evidência a fragilidade do Estado francês, que era dominado pela teoria da soberania nacional e pelo princípio da lei como expressão da vontade geral, no que dizia respeito à proteção das liberdades individuais. Será o jurista alsaciano Raymond Carré de Malberg, na sua *Contribution à la théorie générale de l'État*, publicada em 1920, que determinará, de modo mais preciso, as características daquilo que ele chama "o Estado legal" para opô-lo a um "Estado de Direito" propriamente dito. Com ele, outros eminentes juristas construirão, nos anos de 1900 a 1930, o conceito de "Estado de Direito", o qual não só será "uma máquina de guerra contra o sistema do Estado legal"[15], mas fomentará uma reflexão de grande fôlego sobre a natureza jurídica do Estado e sobre as suas relações com o direito.

Se nos próximos parágrafos examinaremos a contribuição decisiva da doutrina, essencialmente publicística, da Terceira República, para a construção do conceito de "Estado de Direito", não deixaremos, todavia, de proceder também ao estudo da mais recente reflexão doutrinária sobre o "Estado de Direito". Há cerca de cem anos da sua invenção na França, o conceito de "Estado de Direito" dá origem ainda a debates e, às vezes, a polêmicas. Enquanto alguns julgam que o "Estado de Direito" esteja chegando a seu cumprimento, outros pensam que esteja se dissolvendo silenciosamente. Talvez esse conceito não seja senão um horizonte, quer dizer, uma meta, por definição, impossível de ser alcançada.

---

15. J. Chevallier, op. cit., p. 31.

1. A doutrina da Terceira República: a construção do conceito de *État de droit*

A elaboração do conceito de "Estado de Direito" por parte dos juristas da Terceira República responde, sem dúvida, ao desejo imediato de combater o sistema do Estado legal, caracterizado pelo apego à soberania da lei. Mas conduz, além disso, a uma reflexão sobre as relações entre o Estado e o direito.

1.1. L'État de droit *contra* l'État légal

Na sua *Contribution à la théorie générale de l'État*, Carré de Malberg identifica duas diferenças principais entre o regime de *l'État de droit* e o sistema de *l'État légal*, ainda presente na França da Terceira República. A primeira diferença está no fato de que, enquanto o Estado de Direito age unicamente no interesse dos cidadãos e para a salvaguarda dos seus direitos, o regime do Estado legal está ligado a uma concepção política segundo a qual a autoridade administrativa deve, em todos os casos e em todas as matérias, estar subordinada ao órgão legislativo, no sentido de que ela não poderá agir senão em execução ou sob concessão de uma lei. Trata-se de uma concepção da organização fundamental dos poderes que comporta que a administração tenha sempre de buscar em um texto legislativo a legitimação e a fonte principal da sua atividade.

A segunda diferença reside no fato de que o sistema do Estado de Direito tem um alcance mais amplo que o do Estado legal. Este último tende apenas a assegurar a supremacia da vontade do corpo legislativo e não implica senão a subordinação da administração às leis. O Estado de Direito, ao contrário, como protetor dos direitos dos cidadãos, não se limita a submeter as autoridades administrativas aos regulamentos administrativos e às leis, mas pretende também subordinar o legislador às regras constitucionais[16].

---

16. Ver R. Carré de Malberg, *Contribution à la théorie générale de l'État*, Sirey, 1920 (rééd. CNRS, 1962), tomo I, pp. 490-2.

A crítica doutrinária do Estado legal é, antes de tudo, uma crítica da onipotência do parlamento sob a Terceira República. A teoria da soberania nacional tinha sido concebida para limitar o poder dos governantes e evitar que estes se acreditassem como detentores exclusivos da autoridade. Mas o desenvolvimento do regime parlamentar, que tende a enfraquecer o Executivo, e a ampliação do direito de voto no decorrer do século XIX tinham gerado uma confusão entre o titular da soberania e aqueles que a exercem, levando assim a uma identificação da nação com os seus representantes, e, conseqüentemente, à transformação da soberania nacional em soberania das assembléias. E as assembléias, seguras da própria legitimação popular, tinham a capacidade de proclamar as normas que quisessem[17].

Torna-se compreensível, então, como uma larga parte da doutrina francesa, com a importante exceção de Carré de Malberg, tenha-se oposto à teoria alemã da autolimitação do Estado, desenvolvida principalmente por Jellinek, segundo a qual o poder do Estado não é limitado por uma autoridade externa, mas pelo próprio Estado, ou seja, pelo direito que só o Estado pode criar. Ora, sendo o parlamento a principal fonte de criação do direito, obrigar o Estado a respeitar o direito que ele mesmo criava não implicava, naquela época, nenhuma limitação da onipotência parlamentar. Léon Duguit, na realidade, resumia a opinião dominante quando escrevia: "um limite que pode ser criado, modificado ou suprimido segundo a vontade daquele ao qual é posto, não é, de modo nenhum, um limite"[18].

A teoria do Estado de Direito, assim como foi desenvolvida a partir dos primeiros anos do século XX, apresenta uma série de elementos que atribuem um papel fundamental aos mecanismos jurídicos e põem de lado garantias políticas, como

---

17. Sobre a crítica do Estado legal, ver M.-J. Redor, *De l'État légal à l'État de droit. L'évolution des conceptions de la doctrine publiciste française 1879-1914*, Economica et Presses Universitaires d'Aix-Marseille, Paris, 1992, parte I: *La doctrine face à l'État légal*, pp. 33 ss.

18. Sobre a teoria da autolimitação do Estado, ver R. Carré de Malberg, *Contribution*, cit., I, pp. 231 ss.; L. Duguit, *Traité de droit constitutionnel*, E. De Boccard, Paris, 1927, I, pp. 104-5; M.-J. Redor, op. cit., pp. 80-4.

o mandato imperativo e o referendo, das quais se teme o caráter plebiscitário. Afirma-se, essencialmente, uma estruturação hierárquica das normas que não se limita a enunciar a subordinação do ato administrativo à lei, mas submete também a lei à Constituição, quando não até a uma declaração dos direitos que assume um valor supraconstitucional.

Visto que as leis constitucionais de 1875 não eram precedidas por uma declaração dos direitos, a questão do valor jurídico da Declaração dos Direitos de 1789 era destinada a dividir a doutrina. Duas categorias de autores iriam se enfrentar sobre essa questão. Alguns, como Adhémar Esmein e Raymond Carré de Malberg, negariam qualquer valor jurídico à Declaração dos Direitos de 1789. Para esses defensores do positivismo jurídico, a Declaração dos Direitos de 1789 não é senão um conjunto de máximas abstratas que aguardam ser postas em prática por textos constitucionais e legislativos futuros e que, em si mesmas, permanecem destituídas de sanção jurídica. A Declaração dos Direitos, separada de um texto constitucional, não pode ser senão uma declaração de princípios, uma enunciação de verdades filosóficas que não podem ser reconhecidas como prescrições jurídicas possuindo eficácia de regras de direito positivo. Esmein opõe as Declarações, que reconhecem em geral direitos individuais como "superiores e anteriores às leis positivas", às garantias dos direitos que são as verdadeiras e próprias leis positivas e obrigatórias. Mais precisamente, Esmein contrapõe as Declarações às disposições inseridas em um texto constitucional, que asseguram efetivamente ao cidadão o gozo deste ou daquele direito individual. Examinando as diversas Constituições francesas a partir de 1791, o autor dos *Eléments de droit constitutionnel* mostra, sem dificuldade, como a maior parte destas, a saber, da Constituição de 1791 à de 21 de maio de 1870, prevê explicitamente a garantia dos direitos. A mesma coisa pode ser dita em relação às Constituições americanas e, na Europa, à quase-totalidade das Constituições escritas[19].

---

19. Ver A. Esmein, *Eléments de droit constitutionnel français et comparé*, Sirey, Paris, 1921, I, pp. 553 ss.; R. Carré de Malberg, *Contribution*, cit., II, pp. 579 ss.

Autores como Léon Duguit e Maurice Hauriou defendem, por outro lado, o valor jurídico da Declaração dos Direitos de 1789 e o seu caráter supremo, tanto em relação à lei quanto à Constituição. Nessa perspectiva profundamente jusnaturalista, a Declaração não é senão o reconhecimento dos direitos individuais preexistentes e, ao proclamá-los, outorga-lhes um valor supraconstitucional. Assim, Léon Duguit pode escrever:

> O sistema das declarações dos direitos tende a definir os limites que se impõem à ação do Estado e, para esse fim, formula alguns princípios superiores que tanto o legislador constituinte como o legislador ordinário devem respeitar. Esses princípios não são, de modo nenhum, criados pela declaração: essa os constata e os proclama solenemente. [...] No sistema de 1789, existem três categorias de leis dispostas em ordem hierárquica: as declarações dos direitos, as leis constitucionais e as leis ordinárias. O legislador constituinte está submetido às declarações e o legislador ordinário ao legislador constituinte. *A fortiori*, o legislador ordinário está vinculado pelas declarações dos direitos.[20]

E Duguit acrescenta, confutando a tese de Esmein, que a Declaração dos Direitos conserva, sob a Terceira República, assim como em 1789, um valor jurídico positivo, que se impõe inclusive ao poder constituinte. Mas essa afirmação do mestre de Bordeaux é muito mais a manifestação de uma convicção que o resultado de uma argumentação rigorosa[21].

Na primeira edição do seu *Précis de droit constitutionnel*, Maurice Hauriou pode escrever:

> As declarações não têm somente um valor moral, como se afirma demasiado freqüentemente; elas têm um valor jurídico. Decerto, não são suficientes para consagrar praticamente as liberdades que proclamam, porque não contêm senão o seu

---

20. L. Duguit, *Traité*, cit., III, pp. 603-4.

21. Ver C. de La Mardière, *Retour sur la valeur juridique de la Déclaration de 1789*, "Revue française de droit constitutionnel" (1999), 38, especialmente p. 235.

> princípio e não asseguram a sua organização em particular, sem a qual é impossível qualquer forma de aplicação, mas a declaração de princípio que elas contêm possui um valor; visto que ela estabelece juridicamente o princípio da liberdade proclamada e contém um empenho por parte do Estado em não suprimir este princípio e a promulgar leis orgânicas, necessárias para a regulação prática da liberdade. As declarações de direitos não têm apenas um valor jurídico, mas têm um valor constitucional. Decerto, elas não são incorporadas no texto da Constituição, constituem o seu preâmbulo, mas isso significa que elas contêm princípios constitucionais superiores à Constituição escrita.[22]

Mesmo que o valor supremo da Declaração dos Direitos de 1789 seja afirmado com maior ênfase na primeira edição do *Précis de droit constitutionnel* que na segunda, nesta última, em compensação, é defendida a permanência do seu caráter de regra de direito positivo. A Declaração dos Direitos torna-se, de fato, "o texto constitucional da Constituição social"[23].

Afirmar o valor jurídico da Declaração de 1789 representava uma dupla vantagem: em primeiro lugar, equivalia a pôr fora de questão a teoria da autolimitação do Estado, pois se admitia o fato de que direitos naturais externos ao Estado se impunham juridicamente ao próprio Estado; em segundo lugar, ao afirmar que o legislador deveria respeitar não só o texto constitucional, que continha apenas regras relativas às relações institucionais, mas também alguns direitos individuais, abria-se o caminho para um controle mais profundo da lei.

Mas como conceber, em um Estado fortemente marcado pelo centralismo da lei, a efetividade dessa hierarquia das normas e uma eficaz garantia dos direitos individuais postos no topo da hierarquia? Punha-se então a questão das modalidades de um controle de constitucionalidade da lei, instrumento decisivo na construção de um Estado de Direito. A partir do momento em que o controle por parte de um órgão político era unanimemente rechaçado, por causa das más recordações dei-

---

22. M. Hauriou, *Précis de droit constitutionnel*, Sirey, Paris, 1923, p. 245.

23. M. Hauriou, *Précis de droit constitutionnel*, Sirey, Paris, 1929, 2.ª ed., p. 625.

xadas pelo Senado do Primeiro e do Segundo Império[24], decidiu-se naturalmente por um controle de tipo jurisdicional. A hipótese de uma corte constitucional especial, incumbida de examinar a constitucionalidade das leis, é rechaçada pela maioria dos juristas. Para Duguit, semelhante instituição, dotada de amplas prerrogativas em matéria de revisão e de anulação, teria se tornado um órgão político capaz de adquirir um poder excessivo no âmbito do Estado[25]. Analogamente, para Hauriou, uma corte constitucional, pela sua própria competência exclusiva, teria ocultado a figura do legislador[26]. Encontra-se, aqui, uma crítica clássica ao controle de constitucionalidade da lei que já estava presente, por exemplo, em Tocqueville[27]. Em síntese, uma revisão constitucional que fosse nessa direção não pareceria realizável. Não deve causar surpresa o fato de que, em tais circunstâncias, muitas das propostas parlamentares a favor de uma corte constitucional especial apresentadas entre 1903 e 1907, especialmente por iniciativa do deputado Charles Benoist, retomadas depois nos anos 1920, não obtivessem nenhum sucesso[28].

Decerto, Charles Eisenmann propugnava a instituição de uma corte constitucional especial no ensaio *La justice constitutionnelle et la Haute Cour constitutionnelle d'Autriche*, publicado

---

24. Sobre o Senado do Primeiro e do Segundo Império podem ser consultados J. Barthélemy, P. Duez, *Traité de droit constitutionnel*, Economica, Paris, 1985, pp. 293-206; A. Ashworth, *Le contrôle de la constitutionnalité des lois par le Sénat du Seconde Empire*, "Revue du droit public" (1994), pp. 45 ss.

25. L. Duguit, *Traité de droit constitutionnel*, cit., III, pp. 715-6.

26. M. Hauriou, *Précis de droit constitutionnel*, 1929, cit., p. 271.

27. Na primeira *Démocratie en Amérique*, Tocqueville já escrevia: "Se o juiz tivesse podido atacar as leis de modo teórico e geral; se tivesse podido tomar a iniciativa e censurar o legislador, teria subido com clamor no cenário político; tornado o alferes ou o adversário de um partido, teria convocado todas as paixões que dividem uma nação a tomar parte na luta" (*De la Démocratie en Amérique*, Flammarion, Paris, 1981, I, p. 171).

28. Ver M. Verpeaux, *Le contrôle de la loi par la voie de l'exception dans les propositions parlementaires sous la III République*, "Revue française de droit constitutionnel" (1990), 4, pp. 688 ss.; J.-P. Machelon, *Parlementarisme absolu, État de droit relatif. A propos du contrôle de constitutionnalité des lois en France sous la III République (positions et controverses)*, "Revue administrative" (1995), pp. 628 ss.

em 1928. Se esse sistema parecia-lhe preferível, é porque impedia que a questão de constitucionalidade pudesse ser levantada em ocasião de qualquer processo e porque apresentava uma solução única e definitiva. Solução única, porque assegurava a unidade e, conseqüentemente, a visibilidade da jurisprudência. Solução definitiva, porque permitia organizar a anulação das leis irregulares, a sua eliminação do ordenamento jurídico. E Eisenmann acrescentava:

> Que não se diga que ao legislador fica como que impedida a criação do direito. Não, ele permanece livre para criar tudo aquilo que quiser, mas não criará validamente senão direito regular. E assim fica, além disso, garantida a certeza do direito através da uniformidade e da homogeneidade do direito legislativo.[29]

Todavia, o trabalho de Eisenmann, que veicula as teses de Kelsen, e é, ao mesmo tempo, uma crítica das posições jusnaturalistas de Hauriou, Duguit e Gény, não exercerá na sua época senão uma influência muito limitada sobre a doutrina francesa. Será preciso esperar a Quinta República, e a instituição de um verdadeiro e próprio controle centralizado de constitucionalidade das leis para que se difunda o pensamento do grande jurista austríaco.

A maioria dos publicistas da Terceira República julga que deve existir um controle de constitucionalidade da lei; tal controle deve ser exercido pelo juiz ordinário, utilizando a técnica da exceção de inconstitucionalidade. Eles chegam a essa conclusão por meio de argumentos de lógica jurídica. Em 1912, Joseph-Barthélemy e Paul Duez, em um parecer relativo a uma lei romena de 1911, podem afirmar que

> o poder e o dever dos tribunais de não aplicar as leis inconstitucionais por ocasião de um processo pendente diante deles não precisam ser consagrados por um texto específico; ao contrário, seria necessário um texto formal para retirar dos juízes o poder de verificar em geral a constitucionalidade das leis.

---

29. C. Eisenmann, *La justice constitutionnelle et la Haute Cour constitutionnelle d'Autriche*, Economica, Paris, 1986, p. 292.

Esses autores vêem nisto uma "conseqüência lógica, natural, da função jurisdicional"[30]. Analogamente, Paul Duez extrai todas as conseqüências da afirmação da existência de uma hierarquia das normas do Estado. Para este autor,

> Lei e Constituição têm a mesma natureza jurídica: ambas fundam ou organizam de modo geral, abstrato, impessoal, as regras de direito. Não existe entre elas senão uma diferenciação hierárquica: a regra constitucional, posta no grau legislativo superior, vincula a lei ordinária, como esta última determina os limites a que está sujeito o regulamento, tipologia de ato legislativo inferior. Nos seus elementos jurídicos, o controle de constitucionalidade das leis parece pertencer, assim, à mesma ordem do controle de legalidade dos regulamentos.[31]

Controlar a constitucionalidade de uma lei não é uma operação jurídica diversa daquela do controle da legalidade de um regulamento. Também Maurice Hauriou reconhece isso ao explicar que "a declaração de inconstitucionalidade de uma lei não é de gênero diverso da declaração de ilegalidade de um regulamento administrativo"[32].

A lógica jurídica implicaria, portanto, que o juiz ordinário pudesse exercer um controle de constitucionalidade da lei também na falta de um texto preciso que o habilite nesse sentido. Muitos autores apelam para essa concepção. Julgando que os textos revolucionários, que proibiram a intromissão dos tribunais no exercício do Poder Legislativo, tenham enfim caído em desuso[33], eles admitem que o juiz tenha ao menos a competência para exercer um controle da existência da lei; ou seja, ele tem o poder de verificar se a lei foi votada segundo as for-

30. "Revue du droit public" (1912), pp. 142-3, citado por G. Drago, *Contentieux constitutionnel français*, Presses Universitaires de France, Paris, 1998, p. 137.

31. P. Duez, *Le contrôle juridictionnel des lois en France. Comment il convient de poser la question*, em VV.AA., *Mélanges Maurice Hauriou*, Sirey, Paris, 1929, especialmente p. 225.

32. M. Hauriou, *Précis de droit constitutionnel*, Sirey, Paris, 1929, p. 269.

33. Trata-se em particular da Lei de 16 e de 24 de agosto de 1790, título II, artigo 10, da Constituição de 3 de setembro de 1791, título III, capítulo V, artigo 3 e do artigo 127, § 1 do Código Penal.

mas legais e constitucionais[34]. Trata-se de um controle de regularidade externa da lei, e não de um controle de mérito, não de um controle material da lei. Não se pode, todavia, deixar de salientar uma ambigüidade na reflexão dos publicistas franceses da Terceira República. Se estes últimos estão conscientes do fato de que a afirmação de um verdadeiro e próprio Estado de Direito passa através de um controle material de constitucionalidade de lei por parte do juiz, eles encontram dificuldades para justificar tal controle com base no direito positivo. Dois obstáculos principais impedem a organização de um verdadeiro e próprio controle de constitucionalidade da lei por parte do juiz.

Em primeiro lugar, existe o apego ao princípio da separação dos poderes que, desde 1789, proíbe ao juiz de se intrometer na função legislativa. O direito público francês permanece dominado pelo temor de que um juiz político possa usurpar o poder. Maurice Hauriou tentará afastar essa preocupação, mostrando que o sistema francês era marcado pela dualidade de jurisdição – conseqüência do princípio de separação das autoridades administrativas em relação às judiciárias – e circunscrevia o papel do juiz no interior de controvérsias específicas. A sua função era unicamente contenciosa e impedia por isso a criação judiciária de regras gerais e, portanto, um eventual governo dos juízes. Além disso, como o juiz ordinário e o juiz administrativo deviam se pronunciar, ambos, sobre a constitucionalidade das leis, eles deveriam ter de harmonizar as suas respectivas jurisprudências, o que teria levado necessariamente à busca de um compromisso. E Maurice Hauriou podia, então, concluir:

> Nessas circunstâncias, os juízes não representariam nenhum papel político, como, de um lado, não criariam nenhuma regra de direito e, de outro, não exerceriam nenhuma ação pre-

34. Citamos em particular Gaston Jèze, Henri Berthélemy, Paul Duez, Maurice Hauriou, Joseph-Barthélemy (cf., para as referências precisas, G. Drago, op. cit., pp. 141-2). Ver também J. Laferrière, *Manuel de droit constitutionnel*, Domat-Montchrestien, Paris, 1943, pp. 315-6, que ainda afirma essa concepção.

ventiva. Ora, pode-se qualificar o poder político dizendo que esse cria preventivamente o direito.[35]

Para fundamentar o seu ponto de vista, Hauriou reencontrava na jurisprudência do Tribunal Superior Administrativo, na jurisprudência do Conselho de Estado e na do Supremo Tribunal de Justiça um controle no mérito de constitucionalidade das leis, exercido pelos tribunais franceses ou, ao menos, uma interpretação dos textos constitucionais[36].

O segundo fator que paralisa a evolução rumo a um controle material de constitucionalidade da lei é a ausência de normas suficientes de referência. Não existe, de fato, sob a Terceira República, nenhum texto constitucional de referência que seja, ao mesmo tempo, preciso e rico de proibições dirigidas ao legislador. Nem as leis constitucionais de 1875, que se caracterizam pela sua concisão, nem a Declaração dos Direitos do Homem e do Cidadão de 1789, cujo valor jurídico era, como vimos, contestado por muitos autores (o que leva a duvidar da natureza consuetudinária que essa teria adquirido graças à formação de uma *opinio juris*), permitiam fundar, sem prévia revisão constitucional, um controle material de constitucionalidade da lei.

Ademais, o estudo da jurisprudência do Conselho de Estado da época é revelador. Se a suprema jurisdição administrativa tinha reconhecido com a sentença Roubeau, em 1913, valor jurídico à Declaração através do sistema dos princípios gerais do direito, isso tinha sido feito com o único escopo de anular um regulamento administrativo que contradizia o princípio de

35. M. Hauriou, *Précis de droit constitutionnel*, cit., p. 281.

36. Ibid., pp. 282-7. Ver também a nota de Maurice Hauriou à sentença Tichit de 1912 (citada por M.-J. Redor, op. cit., p. 219), na qual, para relativizar os efeitos do controle de constitucionalidade da lei, considera que o juiz use apenas do seu poder de interpretação da lei: "O juiz que se pronuncia sobre o conflito que surge, em uma certa matéria, entre uma lei fundamental e uma lei ordinária, não se intromete no exercício do Poder Legislativo, ele não toma uma decisão reguladora, não pára nem suspende a execução de uma lei: a lei permanece executiva; ele regula um conflito entre duas leis e é, na realidade, uma das duas leis que suspende a aplicação da outra em um caso específico."

igualdade. Essa fato não significava que a Declaração tivesse um valor constitucional: é exatamente isso que é salientado por um sagaz comentador da jurisprudência do Conselho de Estado ao considerar que, neste caso, a Declaração tinha, ao contrário, valor legislativo[37].

De qualquer modo, Carré de Malberg era, dentre todos, o mais clarividente quando pensava que somente uma revisão constitucional, capaz de modificar o artigo 8 da Lei de 25 de fevereiro de 1875, que estabelecia a procedura de revisão da Constituição[38], teria permitido a introdução de um verdadeiro e próprio controle de constitucionalidade. O mestre de Estrasburgo tinha visto corretamente como a instituição de um tal controle jurisdicional, à medida que levava a uma revolução no direito público francês, não era concebível sem um fundamento textual[39].

Em suma, o impacto das construções doutrinárias sobre a vida política daquela época permaneceria muito limitado, ao menos no que se referia à plena aceitação de uma hierarquia das normas e o seu corolário, o controle de constitucionalidade da lei. Em contrapartida, a doutrina teria sido parcialmente seguida para um controle mais profundo por parte do juiz administrativo sobre a ação da administração. Essa exortação doutrinária a favor de um controle jurisdicional mais estrito sobre a administração constitui um outro elemento na construção do conceito de "Estado de Direito".

Alguns autores propugnam assim o recurso por "excesso de poder", ação de anulamento dos atos administrativos que pode ser promovida por cidadãos. Para submeter efetivamente o Estado ao direito, é preciso distinguir, no âmbito do Esta-

---

37. Ver a nota de Gaston Jèze à sentença do Conselho de Estado, Roubeau, de 9 de maio de 1913, pp. 685-8. Ver também C. de la Mardière, op. cit., pp. 250 ss.

38. O artigo 8, parágrafo 1, da Lei constitucional de 25 de fevereiro de 1875 estabelecia que: "As Câmaras terão o direito, com deliberações separadas, tomadas em cada uma delas por maioria absoluta de votos, espontaneamente ou com solicitação do presidente da República, de declarar que existe motivo para rever as leis constitucionais."

39. R. Carré de Malberg, *La constitutionnalité des lois et la Constitution de 1875*, "Revue politique et parlementaire" (1927), 132, pp. 339 ss.

do, a autoridade que cria o direito e aquela que é incumbida de sancionar as violações do direito. Por essa razão, o recurso por excesso de poder não pode ser assimilado a um recurso de jurisdição voluntária porque isso significaria o apelo à boa vontade da administração, sem nenhuma obrigação para esta última de se conformar ao direito. O recurso por excesso de poder é, por conseguinte, um recurso contencioso que se dirige a uma autoridade jurisdicional. Essa tese corresponde perfeitamente à idéia de que a administração seja obrigada a respeitar o direito[40].

Além da defesa da natureza contenciosa do recurso por excesso de poder, a doutrina publicística declara-se favorável à ampliação da receptividade de tal recurso, em particular em favor dos contribuintes e das associações. Portanto, essa doutrina não pode senão aprovar os avanços da jurisprudência nessa direção[41]. Analogamente, a doutrina publicística afirma a extensão das categorias dos atos sujeitos ao recurso por excesso de poder. Pode, de fato, parecer desconcertante, em nome do Estado de Direito, que o poder público não possa ser submetido ao direito em todas as suas manifestações e que existam, portanto, atos da administração não passíveis de controle jurisdicional. Assim, alguns autores deviam contestar em particular a categoria de "atos de governo". Como é o caso de Léon Michoud e de Henri Berthélemy, que negam a existência de uma categoria homogênea de atos subtraídos ao recurso por excesso de poder. Se certos atos não são passíveis de recurso, isso ocorre sempre por uma razão particular: por exemplo, os fatos de guerra são fatos de força maior que não comportam a este título nem ação por indenização nem impugnação por nulidade. Esses autores, principalmente, censuram o fato de que a noção de "atos de governo" fabrica uma distinção artificial entre a função governativa e a função administrativa[42].

---

40. Sobre esta questão, ver M.-J. Redor, op. cit., pp. 186 ss.

41. Sobre a questão da extensão do recurso por excesso de poder, cf. F. Burdeau, *Histoire du droit administratif*, Presses Universitaires de France, Paris, 1995, pp. 256 ss.

42. L. Michoud, *Des actes de gouvernement*, em *Annales de l'enseignement supérieur de Grenoble*, Larose et Forcel, Paris, 1889, p. 82, citado por M.-J. Redor, op. cit., p. 213.

Enfim, é em nome do Estado de Direito que os juristas contestam a antiga teoria da irresponsabilidade do poder público pelos danos causados aos cidadãos. Essa teoria, que encontrava a sua justificativa na idéia de soberania, não é mais admissível, visto que é considerada limitada e, em particular, é reconhecida a receptividade do recurso por excesso de poder contra os atos do Estado. Por tal motivo, muitos autores se pronunciam a favor da teoria do risco em matéria administrativa[43], do acúmulo de responsabilidade que permite à vítima de um dano causado por um funcionário de pleitear em relação à administração para obter um ressarcimento[44], e da responsabilidade do Estado legislador, mesmo que, acerca deste último ponto, apenas Léon Duguit declare-se favorável. Os outros autores rejeitam a responsabilidade do Estado legislador por razões de conveniência política e financeira. Eles temem, de fato, que tal responsabilidade leve a paralisar a legislação, a aumentar as despesas do Estado e a dar ao juiz uma importância política excessiva, pois ao juiz caberia a tarefa de fixar o montante do dano em caso de responsabilidade comprovada por parte do Estado legislador[45].

1.2. **L'État de droit**: *uma teoria geral do direito e do Estado*

Exatamente como a teoria alemã do *Rechtsstaat*, a teoria francesa de *l'État de droit* levanta o problema da natureza do Estado. Na esteira de Léon Michoud, o qual na *La théorie de la personne morale*[46] apela à literatura jurídica alemã para defen-

---

43. Esta teoria do risco, afirmada em particular por Maurice Hauriou e Fernand Larnaude, tinha sido consagrada, de resto, pela sentença do Conselho de Estado, Cames, de 21 de junho de 1895 (*Recueil Sirey*, 1897.3.33, concl. Romieu, nota Hauriou.).

44. Gaston Jèze defenderá o sistema do acúmulo de responsabilidade em vários artigos na "Revue du droit public", a partir de 1910. O Conselho de Estado consagrará esse sistema com a decisão Lemonnier no dia 26 de julho de 1918, *Recueil Sirey*, 1918-1919. 3. 41, concl. Blum, nota Hauriou; "Revue du droit public" (1919), 41, concl. Blum, nota Jèze. Ver também F. Burdeau, op. cit., pp. 319 ss.

45. Ver M.-J. Redor, op. cit., pp. 251 ss.

46. Librairie Générale de Droit et de Jurisprudence, Paris, 1906-1909, 2 vol. e segunda edição, 1924, I, pp. 36 ss.; II, pp. 1 ss.

der a tese da personalidade moral do Estado, a doutrina publicística francesa aderirá progressivamente a essa concepção, com a relevante exceção de Duguit e de Jèze, que vêem nela uma abstração sem nenhuma ligação com a realidade. Para Carré de Malberg, a tese da personalidade jurídica do Estado proposta por Michoud é a "condição mesma do sistema moderno do Estado de Direito".

Todavia, a concepção francesa da personalidade jurídica do Estado distingue-se daquela que foi acolhida além-Reno. Segundo esta última, a noção de personalidade do Estado significa que a organização estatal de um povo viva um ser jurídico inteiramente distinto não apenas dos indivíduos *uti singuli* [como indivíduos] que compõem a nação, mas também do corpo nacional dos cidadãos. Decerto, a nação é um dos elementos que concorrem para a formação do Estado. Mas, uma vez constituído, o Estado não é a personificação da nação, personifica só a si mesmo. Não sendo o sujeito dos direitos da nação, esse é só o sujeito dos próprios direitos. Para os eminentes autores alemães como Jellinek e Laband, só o Estado é uma pessoa jurídica, ao passo que o povo alemão não é um sujeito de direito.

Essa teoria que separa o Estado e a nação não podia ser acolhida na França, em virtude do princípio da soberania nacional, assim como tinha sido concebido pela Revolução Francesa. Esta última, atribuindo a soberania, ou seja, o poder estatal, à nação, tornava as duas noções indissociáveis. Como sublinha Carré de Malberg:

> Proclamando que a soberania, ou seja, o poder característico do Estado, reside essencialmente na nação, a Revolução, com efeito, consagrou, implicitamente, como base do direito francês, a idéia fundamental de que os poderes e os direitos dos quais o Estado é sujeito não são, no fundo, senão os direitos e poderes da própria nação. O Estado, portanto, não é um sujeito jurídico que se sobressai diante da nação e se opõe a ela: uma vez admitido que os poderes de natureza estatal pertencem à nação, é preciso admitir também que existe identidade entre a nação e o Estado, no sentido de que este não pode ser senão a personificação daquela.[47]

---

47. R. Carré de Malberg, *Contribution à la théorie générale de l'État*, cit., I, p. 13.

Nessas circunstâncias, a nação não tem nenhuma existência jurídica distinta em relação ao Estado. Os próprios membros da nação não poderiam ser considerados nas suas relações com o Estado-pessoa, como terceiros, ou seja, absolutamente estranhos a esta[48]. Como os termos "Estado" e "nação" não significam outra coisa a não ser as duas faces da mesma pessoa, o Estado é, para retomar os termos de Esmein, "a personificação jurídica de uma nação"[49].

A tese da personalidade moral do Estado foi contestada em particular por Duguit nas suas grandes obras sobre *L'État*, publicadas em 1901-1903[50]. A sua crítica foi em seguida retomada no seu *Traité de droit constitutionnel*. Partindo da observação social, Duguit, discípulo do sociólogo Durkheim, distingue, de um lado, a existência da solidariedade social, da qual derivam regras de direito objetivo às quais todo indivíduo deve se adequar; de outro, a existência de vontades individuais que têm direito de se realizar somente se estiverem em conformidade com essas regras de direito objetivo. Para o mestre da escola de Bordeaux, o atributo de pessoas jurídicas não pode ser reconhecido senão aos seres humanos, pois somente eles têm uma existência real e são dotados de uma vontade. Em tais condições, falar de personalidade estatal significa incorrer em abstração e ficção. Como o Estado não tem nenhuma existência real, existem apenas governantes e governados, e os primeiros se distinguem dos segundos unicamente porque são mais fortes. O poder não é senão poder de fato e resulta da circunstância de que os governantes são mais fortes e é legítimo só quando age em conformidade com o direito positivo. Para

48. Ver L. Michoud, *La théorie de la personnalité morale. Son application au droit français*, Librairie Générale de Droit et de Jurisprudence, Paris, 1924, I, pp. 36 ss.; II, pp. 1 ss.

49. Para A. Esmein, *Eléments de droit constitutionnel français et comparé*, cit., I, p. 1: "O Estado é a personificação jurídica de uma nação: é o sujeito e o suporte da autoridade pública." Vejam-se afirmações similares em L. Michoud, op. cit., I, pp. 313 ss.: "A nação não tem nenhuma existência jurídica distinta, o Estado não é senão a própria nação (a coletividade), juridicamente organizada; e é impossível imaginar como esta poderia ser concebida como um sujeito de direito distinto do Estado."

50. L. Duguit, *L'État, le droit objectif et la loi positive*, Fontemoing, Paris, 1901; L. Duguit, *L'État, les gouvernants et les agents*, Fontemoing, Paris, 1903.

retomar uma fórmula de Duguit, "o Estado é simplesmente o indivíduo ou os indivíduos investidos de fato do poder, os governantes"[51].

Léon Michoud rechaçaria vigorosamente as teses duguistas. Salientando que a ciência do direito é feita de abstrações e que ela supõe a construção de teorias que procuram classificar os fatos reais e extrair regras gerais deles, Michoud acrescentava elegantemente que o seu adversário bordalês não fugia ao uso de ficções ao utilizar os termos governantes e governados, os quais, na realidade das coisas, não eram assim tão diferentes como ele queria que parecessem. Além disso, dizer que as vontades dos governantes prevaleciam sobre as dos governados unicamente porque eles eram de fato os mais fortes levava a um risco de *escalation*: alguns podiam ser tentados a usar a força para fazer prevalecer a vontade pessoal deles, no caso em que a julgassem mais conforme às regras de direito. Para Michoud, tratava-se de uma teoria propriamente anárquica, que ele considerava incompatível com as necessidades sociais[52]. Isso equivalia, de fato, a fazer do Estado um fenômeno de pura força, e não um sujeito de direito necessariamente limitado.

Se é verdade que a tese da personalidade do Estado prevaleceu largamente como doutrina, não é preciso acreditar que ela se apresentasse sob uma única forma. Léon Michoud, rechaçando as contribuições da *Willenstheorie*, pensa que o Estado é um sujeito de direito, não porque detém uma vontade – vontade coletiva que seria em todo caso impossível demonstrar –, mas, antes, porque ele é o sujeito dos direitos correspondentes ao interesse coletivo nacional, que não se identifica com os interesses particulares de cada membro da nação. O

---

51. L. Duguit, *L'État, le droit objectif et la loi positive*, cit., p. 259.

52. L. Michoud, *La théorie de la personnalité morale*, cit., tomo I, pp. 45-53. Cf. R. Carré de Malberg, *Contribution*, cit., I, pp. 20 ss. A controvérsia Michoud-Duguit sobre a natureza do Estado teria outros desdobramentos: ver em particular L. Michoud, *La personnalité et les droits subjectifs de l'Etat dans la doctrine française contemporaine*, em *Festschrift Otto Gierke*, Hermann Böhlaus Nachfolger, Weimar, 1911, pp. 493 ss.; L. Duguit, *Les transformations générales du droit privé depuis le Code Napoléon*, Alcan, Paris, 1920. Ver também L. Duguit, *Traité de droit constitutionnel*, E. De Boccard, Paris, 1927, III, pp. 616 ss.

surgimento de uma pessoa moral pressupõe, portanto, simplesmente que no interior de um grupo exista, de um lado, um interesse coletivo, distinto dos interesses individuais dos seus membros; de outro, uma organização capaz de expressar uma vontade que possa representar e defender esse interesse. Aqui, a vontade da pessoa moral não é a vontade natural da coletividade, mas é o produto da organização jurídica da comunidade, pois é através dessa organização que ela dá a si mesma representantes ou órgãos incumbidos de querer em seu nome[53].

Carré de Malberg aproxima-se sem dúvida de Léon Michoud quando considera, contrariamente aos partidários da vontade coletiva, que ter uma vontade não pertence à própria natureza das coletividades. De um ponto de vista realista, as vontades expressas em nome de uma pessoa moral são unicamente individuais. É somente depois quando a união dos indivíduos estiver organizada juridicamente, com base em um estatuto, que a pessoa moral será dotada de uma vontade. Mas existe, contudo, uma diferença essencial entre Carré de Malberg e Michoud. Para Michoud, a organização unificante que cria a vontade não é senão um elemento secundário na manifestação da personalidade moral: o elemento fundamental permanece a existência de um interesse coletivo distinto dos interesses individuais. Nessa hipótese, a personalidade moral é uma realidade social antes de ser uma realidade jurídica, e esta realidade social está fundada sobre o interesse coletivo. Para Carré de Malberg, de conformidade com seu projeto positivista, a personalidade moral é, ao contrário, uma realidade exclusivamente jurídica, fundada sobre elementos puramente formais: a organização unificante é apenas o elemento fundador da personalidade moral[54].

A problemática do Estado de Direito conduz, portanto, a doutrina francesa a se interrogar sobre as relações entre o Estado e o direito. Autores como Esmein e Carré de Malberg acre-

53. Cf. A. Paynot-Rouvillois, *Personnalité morale et volonté*, "Droits", 28 (1999), pp. 17 ss., 25.

54. Ibid., pp. 26-7. Ver como Carré de Malberg tratou a questão na *Contribution*, cit., I, pp. 31 ss.

ditam que não pode existir direito sem Estado. Convicto da teoria alemã da autolimitação, Carré del Malberg acredita que o Estado seja o único criador do direito, pois esse é o único a dispor de um poder de coerção material, capaz de garantir a execução da regra de direito e de reprimir a sua falta de aplicação. Não poderia existir, portanto, um poder capaz de limitar juridicamente o Estado e sem dúvida o direito natural não poderia fazê-lo, uma vez que está desprovido de qualquer meio de sanção. O Estado é, portanto, a fonte do direito que limita o próprio poder. E Carré de Malberg apressa-se em acrescentar que é em razão da sua natureza jurídica que o poder do Estado está submetido ao direito e, portanto, é limitado[55].

Essa teoria da autolimitação suscitará, todavia, fortes restrições na doutrina francesa, a qual considera que tal teoria não permita limitar eficazmente o poder do Estado. Será preciso, portanto, fundar o Estado de Direito sobre bases mais sólidas, fazendo do direito uma realidade distinta do Estado. O recurso aos princípios do direito natural, já proclamados na Declaração dos Direitos do Homem de 1789, era uma solução. É essa que Léon Michoud escolhe ao afirmar que os poderes do Estado soberano são limitados por uma regra superior de justiça que não nasceu do grupo, mas que preexiste a este. Como ele esclarece:

> Nós admitimos que mesmo acima do limite que resulta da consciência social do grupo, exista um outro limite de caráter totalmente ideal, que é o do direito natural, e que este limite,

---

55. Ibid., I, p. 229: "A soberania não é pura força bruta: ela é o produto de um equilíbrio de forças, tornado suficientemente estável para que resulte do mesmo uma organização duradoura da coletividade. O Estado supõe essencialmente esta organização, ou seja, supõe uma força organizada; é preciso entender com isso uma força regulada por princípios jurídicos, chamada a agir segundo determinadas formas e por meio de determinados órgãos, e conseqüentemente limitada pelo direito. Do fato de que o Estado não pode se realizar sem essa ordem jurídica, resulta, imediatamente, que ele não pode se conceber senão como subordinado, no que se refere à sua continuidade e ao seu funcionamento, a respeito de uma regra de direito. Qualquer poder que não pode nascer nem subsistir senão por meio da instituição e da aplicação de uma regra jurídica é necessariamente um poder limitado pelo direito."

não só se impõe aos órgãos do grupo, mas se imporia ao grupo mesmo se este pudesse decidir de outra forma que não através dos seus órgãos.[56]

Todavia, a questão do direito natural, desacreditada nos inícios do século XX pelo sucesso crescente da sociologia, será substituída, na doutrina francesa, pela idéia de um direito objetivo. A existência de normas estáveis e imutáveis, fundadas sobre uma "natureza" inalterável, é considerada incompatível com a dinâmica social e é, portanto, à consciência social que se dirige agora para encontrar um verdadeiro fundamento da obrigação jurídica. A análise de Duguit é, sem dúvida, reveladora desse ponto de vista. Descartando todas as noções "metafísicas" do direito público (a soberania, a personalidade moral, o direito subjetivo), Duguit julga que o fundamento e os limites do poder dos governantes residem no direito objetivo que extrai a sua origem da realidade social. O direito é, portanto, um fato social que se forma espontaneamente na consciência dos homens sob a influência de dois sentimentos, a saber, o da sociabilidade, que exorta a sancionar os atos que atentam contra a solidariedade social, e o da justiça, que impele a preservar a igualdade. Segundo essa hipótese, o Estado ou, antes, os governantes, para retomar uma terminologia duguista, não exercem mais um papel determinante na produção das normas jurídicas[57].

Essa concepção do direito objetivo, que encontra a própria fonte na realidade social, estará presente nas obras do internacionalista Georges Scelle, do sociólogo Georges Gurvitch e do publicista Georges Burdeau. Mas, apesar da sua popularidade, essa teoria da "heterolimitação social" do Estado suscita muitas reservas. Além do fato de essa teoria ser censurável por não explicar com precisão como as regras de direito aparecem no seio da sociedade, ela também nos deixa céticos quanto às soluções que propõe para limitar os poderes dos governantes nas suas relações com os governados. A partir do mo-

---

56. L. Michoud, op. cit., II, pp. 57-8.
57. Cf. J. Chevallier, *L'État de droit*, cit., pp. 35-8.

mento em que se admite que a apreciação da validade dos atos dos governantes depende não de uma ordem jurídica determinada, mas de um sentimento que emerge no seio da sociedade, encontra-se diante da seguinte alternativa: ou legitima-se um direito de resistência à opressão, com um risco evidente de anarquia; ou, para afastar esse risco, admite-se a presunção de regularidade dos atos dos governantes com relação ao direito objetivo, e a resistência à opressão torna-se então uma faculdade puramente teórica[58].

Em última análise, essas reflexões sobre o Estado de Direito giram em torno do tema da legitimação do poder estatal, pois transformam a relação de subordinação entre governados e governantes em uma relação jurídica. O poder do Estado e o dever de obediência dos governados serão mais bem acolhidas quanto mais o direito conseguir enquadrá-los. O problema é em particular a legitimação do direito público e do direito administrativo, visto que o estudo do Estado de Direito permite tomar consciência da natureza particular do poder estatal e, portanto, da necessidade de dispor de um direito específico, derrogatório em relação ao direito comum. E a legitimação deve dizer respeito também ao papel dos juristas, pois eles se tornarm os principais atores desse Estado de Direito moderno, produto do progresso da civilização, oposto à barbárie do Estado de polícia. Mais do que o advogado ou o professor de direito, o juiz revela-se a figura principal desse governo dos juristas[59].

Essa última lição da elaboração do Estado de Direito sob a Terceira República levará muito tempo para se afirmar. A imagem de um juiz competente e imparcial, capaz de se impor diante do poder político, não se corporificará na sociedade francesa senão na última década do século XX. O que indica a atualidade de um tal debate.

58. Para a crítica da teoria duguista, cf. em particular R. Carré de Malberg, *Contribution*, cit., I, pp. 236-7.

59. Sobre a apologia do juiz e dos juristas, ver M.-J. Redor, op. cit., pp. 260 ss.

2. O Estado de Direito em discussão

Seria errôneo acreditar que se assiste hoje a um fim da história do conceito de "Estado de Direito". Elemento essencial das sociedades liberais ocidentais, o conceito de Estado de Direito não escapou ao reacender-se do interesse doutrinário que essas últimas suscitaram depois da queda do comunismo. Tanto mais que, no direito francês, realizou-se uma mutação que, sobretudo com a expansão da jurisprudência do Conselho constitucional, corroeu fortemente a fé no mito da lei, entendida como a única expressão da vontade geral. Enquanto alguns autores contemporâneos evocam o cumprimento do Estado de Direito, outros, constatando a multiplicação das ordens e das normas jurídicas, são, antes, propensos a falar da sua dissolução. Diante desta alternativa, o papel da doutrina jurídica é, a meu ver, o de recriar soluções para melhorar o Estado de Direito na França.

2.1. Cumprimento ou dissolução do Estado de Direito?

A instituição do controle de constitucionalidade da lei é, certamente, um dos elementos mais importantes do progresso do Estado de Direito na França sob a Quinta República. É significativo que a introdução de um controle de constitucionalidade por parte da Constituição de 4 de outubro de 1958 tenha sido seguida, alguns anos depois, pelo reconhecimento do valor jurídico do preâmbulo da própria Constituição, que, por sua vez, remete à Declaração dos Direitos do Homem de 1789 e ao preâmbulo da Constituição de 1946[60].

Não podemos ver nisso uma simples coincidência. Temos de reconhecer aí, ao contrário, a prova de que um controle jurisdicional eficaz da lei requeria a admissão dos direitos individuais como princípios de valor constitucional, como já tinham evidenciado os publicistas da Terceira República e alguns constituintes de 1958, em particular Pierre-Henri Teitgen. Todavia,

---

60. Ver o comentário dessa decisão em L. Favoreu, L. Philip, *Les grandes décisions du Conseil constitutionnel*, Dalloz, Paris, 1999, pp. 252 ss.

é preciso considerar que o mito da lei como expressão da vontade geral fosse difícil de morrer, assim como, após 1971, seria ainda posto em dúvida o valor constitucional de todos os direitos inscritos na "Declaração" de 1789. O Conselho constitucional, em uma decisão de 16 de janeiro de 1982, confirmaria que a Declaração de 1789 tinha pleno valor constitucional e submetia o legislador, como "todos os órgãos do Estado"[61], à Constituição ou, antes, ao complexo de normas constitucionais do qual o texto constitucional *stricto sensu* não era senão um componente.

Um constitucionalista contemporâneo, Louis Favoreu, viu nisso a realização plena e total do Estado de Direito na França, na medida em que a legislação era submetida às regras superiores por parte de um juiz que podia sancioná-lo. Enquanto no "Estado legal" o respeito pela hierarquia das normas era baseado sobre o princípio de legalidade, no Estado de Direito esse respeito passa, enfim, por um "princípio de constitucionalidade" que suplantou a legalidade. A lei não é mais a "fonte das fontes", mas não é enfim senão uma fonte em meio a muitas outras. A Constituição tornou-se o texto central que reparte as competências normativas, sob a vigilância do juiz constitucional, fato esse que impede ao legislador de ampliar ou restringir livremente, como ocorria antes, as próprias competências. A teoria da soberania nacional, entendida como teoria da soberania parlamentar, está, portanto, bem distante.

A constitucionalidade substituiu a legalidade na sua função de veículo dos valores essenciais à sociedade. É a constitucionalidade, e não a legalidade, que é considerada como garante do conteúdo essencial dos direitos fundamentais. Com o reconhecimento do valor constitucional, seja da Declaração dos Direitos de 1789 seja do Preâmbulo de 1946, fica reduzido o alcance do artigo 34 da Constituição francesa, que prevê em particular que a lei estabeleça as regras relativas "às garantias fundamentais outorgadas aos cidadãos para o exercício das liberdades públicas". E fica reduzida também a importância e o interesse dos princípios gerais do direito, princípios infralegis-

61. Ver a decisão de 16 de janeiro de 1982.

lativos e supradecretais, forjados pelo juiz administrativo para permitir um controle mais estrito dos atos administrativos[62]. Nessa perspectiva, a legalidade se tornaria um simples componente da constitucionalidade.

De resto, é por iniciativa do próprio autor, Louis Favoreu, que foi publicada, de novo, em 1986, a tese de Charles Eisenmann sobre a *La justice constitutionnelle et la Haute Cour constitutionnelle d'Autriche*; o que permitiu avaliar a modernidade do postulado de Eisenmann e concorreu para difundir ainda, se houvesse necessidade, as teses kelsenianas junto aos constitucionalistas franceses. A propósito, é preciso notar que o manual de *Droit constitutionnel*, redigido sob a direção de Favoreu, contém um livro Primeiro, intitulado *L'État de droit*, que é fortemente marcado pela influência de Kelsen: o Estado não é senão o ordenamento jurídico, ou seja, um "sistema normativo globalmente eficaz e dotado de sanção". Por conseguinte, o Estado se confunde com o direito, o que faz do Estado de Direito puro pleonasmo pelo menos na sua dimensão material. Não existe senão uma concepção formal do Estado de Direito que repousa sobre a hierarquia das normas[63].

Poder-se-ia acreditar, além disso, que a realização do Estado de Direito tenha sido definitivamente completada na França, visto que o juiz ordinário e o juiz administrativo aceitaram controlar a lei no que se refere aos tratados, mesmo posteriores[64]. Afinal, e visto o caráter subordinado da lei, as perguntas a serem postas seriam apenas questões de competência jurisdicional, relativas às funções do Conselho constitucional, do juiz ordinário ou do juiz administrativo. Estes últimos, por exemplo, poderiam um dia declarar aceitável uma ação fundada sobre a inconstitucionalidade de uma lei?[65] Tudo isso parece

---

62. Ver L. Favoreu, *Légalité et constitutionnalité*, "Les Cahiers du Conseil constitutionnel", 3 (1997), pp. 73 ss. Do mesmo autor, em colaboração, *Droit constitutionnel*, Dalloz, Paris, 1998, pp. 343-6.

63. Cf. L. Favoreu, *Droit constitutionnel*, cit., pp. 107-8.

64. Cf. A título de exemplo as decisões do Supremo Tribunal de Justiça, Câmara mista, de 24 de maio de 1975, Société des Cafés Jacques Vabre, e do Conselho de Estado, Assembléia de 20 de outubro de 1989, Nicolo.

65. Embora o controle de constitucionalidade em caráter de exceção, que tinha sido objeto de um projeto de revisão constitucional em 1990, apare-

muito plausível, visto que, paralelamente a essa evolução, o juiz administrativo aumentou ulteriormente o seu controle sobre a administração, por exemplo, com o quase desaparecimento da categoria das assim chamadas medidas de ordem interna[66].

Todavia, alguns expoentes da doutrina[67], longe de estar convencidos desses avanços do Estado de Direito, apontaram, ao contrário, o dedo contra as suas disfunções, que levariam à sua progressiva dissolução. É assim que a inflação das normas jurídicas, que não é típica da França, mas deve ser avaliada segundo o critério do modelo europeu do Estado assistencial, prejudicou-lhes a compreensibilidade e tornou mais difícil o acesso ao direito por parte dos cidadãos. No relatório público de 1991, o Conselho de Estado informava que eram adotadas entre 110 e 120 leis por ano em relação às únicas oitenta leis por ano no começo da Quinta República, e que estavam em vigor entre 80 mil a 90 mil decretos regulamentares. De modo análogo, foi possível constatar o aumento de 35% em trinta anos da duração média dos textos normativos[68].

Na realidade, assiste-se a uma multiplicação de textos diversificados e cada vez mais técnicos que, à força de querer colher a realidade mais de perto, se renovam com uma velocidade cada vez maior. Ao aumento das regras junta-se, portanto, a da sua instabilidade, que tende deixar o lugar a um direito que, como foi notado, não apresenta mais "as características de sis-

---

ça como um elemento não desprezível para o fortalecimento do Estado de Direito, no sentido de uma garantia dos direitos individuais previstos no preâmbulo da Constituição.

66. Trata-se da jurisprudência do Conselho de Estado, decisão tomada em Assembléia, Hardouin e Marie, em 17 de fevereiro de 1995: a acolhida do recurso de um preso e de um militar contra uma medida de prisão.

67. Ver J. Carbonnier, *Flexible droit*, Librairie Générale de Droit et de Jurisprudence, Paris, 1971; J. Carbonnier, *Droit et passion du droit sous la V République*, Flammarion, Paris, 1996; J. Chevallier, *Vers un droit post-moderne? Les transformations de la régulation juridique*, "Revue du Droit Public", 3 (1998), pp. 659 ss.

68. Ver o relatório público do Conselho de Estado, 1991: *De la sécurité juridique*, "Études et Documents du Conseil d'État", 43 (1992); ver também B. Mathieu, *La loi*, Dalloz, Paris, 1996; Colloque de l'Institut de France sous la présidence de Jean Foyer, *Les abus du juridisme*, Palais de l'Institut, Paris, 1997.

tematicidade, generalidade e estabilidade que eram tradicionalmente suas e que testemunhavam a sua 'racionalidade'"[69].

Mas às regras jurídicas e, antes de tudo, às leis, são censuradas também por serem redigidas de modo inadequado, com um conteúdo demasiado freqüentemente programático e impreciso, que prejudica o caráter prescritivo das regras de direito. Esse direito mole, flexível, traz prejuízo à credibilidade dos textos e à sua própria efetividade. O trabalho do legislador, posto em discussão com freqüência, atribui indiretamente àquele intérprete autorizado, que é o juiz, um papel não negligenciável na reescritura da lei.

Além da profusão de textos, é preciso notar também a multiplicação das fontes do direito: o direito não é mais unicamente de origem interna, mas é cada vez mais também de origem comunitária e internacional e se aplica no território nacional às vezes sem nenhuma medida de ratificação. E o que dizer a respeito da superabundância de princípios fundamentais, consagrados e garantidos pelos textos constitucionais franceses, pela Convenção Européia dos Direitos do Homem e pela Carta Européia dos Direitos Fundamentais, que multiplicam o número de jurisdições passíves de intervir nessa esfera (Conselho Constitucional, Corte Européia dos Direitos do Homem, Corte de Justiça das Comunidades Européias etc.)?

Um direito cada vez mais fragmentário e cada vez mais complexo perde incontestavelmente a sua eficácia. O próprio Estado de Direito é necessariamente tocado por essa evolução. Como os cidadãos podem, de fato, beneficiar-se das vantagens do direito, se eles não conhecem precisamente os seus direitos ou se o acesso a estes torna-se sempre mais difícil? É o caso de constatar que o debate jurídico mais recente é fortemente alimentado pelas noções de certeza do direito e de "confiança legítima", que são apresentadas como meios eficazes para proteger os cidadãos contra as mudanças demasiado bruscas do direito em vigor e para assegurar-lhes uma maior legibilidade e transparência dos textos normativos[70]. Esse debate

---

69. Ver J. Chevallier, *L'État de droit*, cit., p. 102.

70. Sobre o princípio de segurança do direito, podem ser lidos os artigos de B. Pacteau, *La sécurité juridique, un principe qui nous manque?*, "Actualité Ju-

não poderá ser senão reavivado pelos avanços recentes da jurisprudência do Conselho constitucional que fez da acessibilidade e da inteligibilidade das leis um objetivo de valor constitucional[71].

Seria necessário, como recomenda Jacques Chevallier, aceitar de qualquer modo um Estado de Direito por essência fadado à imperfeição e à incompletude, e que traz em si os germes de autodestruição, visto que a proclamação demasiada de direito mata o próprio direito?[72] Em síntese, o direito sufocaria aquilo que tinha por tarefa proteger? Poder-se-ia também ir além e dizer, seguindo Michel Troper, que ou o Estado de Direito é uma tautologia, ou é uma contradição em termos. Em uma palavra, ele seria impossível[73]. Para esse autor, é ilusório considerar que o Estado possa ser limitado pelo direito. O direito é o produto da vontade do Estado, e em tal caso a limitação do Estado não existirá a não ser que o próprio Estado o queira (voltamos aqui à crítica clássica da tese da autolimitação). Ou seja, o Estado é limitado por um direito que lhe é externo, por um direito natural. Mas, nesse caso, a teoria do Estado de Direito é incompatível com a tese da soberania e da democracia. Se se admite, de fato, que a democracia é um regime no qual o povo é soberano e que a soberania é um poder ilimitado, um povo que fosse submetido a regras superiores deixaria de ser soberano.

Além disso, como as regras do direito natural não são imediatamente cognoscíveis, seria preciso, para identificá-las e interpretá-las de modo uniforme, de homens especialmente autorizados para esse fim, o que implica escolhas baseadas em juízos de valor. Como o conteúdo do direito natural não pode ser objeto de um conhecimento certo, é preciso que pessoas es-

---

ridique Droit Administratif" (1995), número especial sobre *Le droit administratif*, pp. 151-5; M. Fromont, *Le principe de sécurité juridique*, "Actualité Juridique Droit Administratif" (1996), número especial sobre *Droit administratif et droit communautaire*, pp. 178-84.

71. Decisão n.º 99-421, DC de 16 de novembro de 1999, *Journal Officiel*, 22 de dezembro de 1999, p. 19.041.

72. Ver J. Chevallier, *L'État de droit*, cit., p. 150.

73. Ver M. Troper, *Le concept d'État de droit*, "Droits", 15 (1992), pp. 51-63.

pecíficas – e aqui é preciso pensar nos juízes – tomem decisões que não serão, na realidade, senão a expressão das suas preferências. Dito de outra forma, "o Estado de Direito assim concebido não é [...] um Estado submetido ao direito, mas um Estado submetido ao juiz"[74].

2.2. *Pode-se melhorar o Estado de Direito?*

Seguindo a argumentação de Michel Troper, qualquer tentativa de melhorar o Estado de Direto é uma tarefa inútil, visto que o Estado de Direito é, de qualquer modo, pura ilusão lingüística. Mesmo que se rechacem as conseqüências últimas de tal argumentação, não se pode não constatar a sua grande pertinência em pôr o juiz no centro deste Estado sustentado e limitado pelo direito.

Pouco atraída pelo juridicismo e por questões contenciosas, a sociedade francesa, em tempos passados, nunca tinha conferido ao juiz um lugar tão importante. A rápida ascensão do poder judiciário, até nos assuntos políticos mais candentes, fez com que se dissesse que este havia se tornado um "terceiro poder"[75], situado entre o povo e os seus representantes. Certamente, poderia suscitar preocupação essa onipresença das jurisdições, nas quais se traduzem certa patologia social e uma crise do poder político. Alguns autores, que não viram no juiz senão um justiceiro, sem nenhuma legimitação, preocuparam-se em todo caso com essa questão[76].

A questão da legitimação dos juízes é fundamental, vistos os seus novos poderes, que os conduziram a censurar atos políticos, quando não até a sancionar as ações de alguns representantes políticos. No que se refere ao Conselho Constitucional, algumas decisões do qual, em particular nos anos 80, foram denunciadas como usurpadoras do poder legislativo, a

---

74. Ibid., p. 57.

75. A expressão é de D. Salas, *Le tiers pouvoir. Vers une autre justice*, Hachette Littératures, Paris, 1998, pp. 169 ss.

76. Ver A. Garapon, *Le gardien des promesses. Justice et démocratie*, Odile Jacob, Paris, 1996; A. Minc, *Au nom de la loi*, Gallimard, Paris, 1998.

doutrina construiu uma série de argumentações sólidas para justificar a legitimação do Conselho no papel de controlador da lei. O controle de constitucionalidade é, antes de tudo, democrático na medida em que permite à minoria parlamentar de se expressar e de contestar perante o juiz constitucional uma decisão da maioria parlamentar. Além disso, e a jurisprudência do Conselho constitucional mostrou muito bem, é passível de ser um sistema de defesa das competências legislativas contra os excessos do governo. Ademais, a jurisdição constitucional contribui para o equilíbrio entre as instituições democráticas fixando, para cada órgão do Estado, a extensão e os limites da sua competência constitucional. O Conselho constitucional expressou claramente essa idéia quando, na sua decisão de 23 de agosto de 1985, declarou que "a lei expressa a vontade geral somente no respeito da Constituição". Pode-se até julgar que o juiz constitucional concorra ao funcionamento de uma melhor democracia participando na criação das normas legislativas. Em virtude da sua capacidade de interpretar, se não até de censurar parcial ou inteiramente a lei, o Conselho constitucional seria um verdadeiro e próprio colegislador[77].

Enfim, observou-se que os membros do Conselho constitucional eram designados por autoridades políticas e que a sua legitimidade dependia da aceitação dos sujeitos submetidos ao seu controle, como também do consenso por parte da opinião pública[78]. Na realidade, a questão da legitimação democrática do juiz se põe menos para o juiz constitucional que para o juiz ordinário, e em particular para o juiz civil, em primeira linha nos assuntos políticos. Alguns autores identificaram a fonte de tal legitimação na dimensão de imparcialidade, essencial à função de julgar: uma imparcialidade que deve ser garantida por uma verdadeira independência no avanço da carreira e que

---

77. Ver M. Troper, *Justice constitutionnelle et démocratie,* em *Pour une théorie juridique de l'État,* Presses Universitaires de France, Paris, 1994, pp. 329 ss.; G. Drago, *Contentieux constitutionnel français,* cit., pp. 106 ss.; D. Rousseau, *Droit du contentieux constitutionnel,* Montchrestien, Paris, 1995, pp. 412 ss.

78. Ver L. Favoreu, *De la démocratie à l'État de droit,* "Le Débat", 64 (1991), pp. 158 ss.

deve se expressar na tomada de distância do juiz em relação às partes em litígio. Além disso, a legitimação viria pela capacidade do juiz de representar os valores comuns, de tornar presentes os princípios fundamentais da democracia liberal, em particular zelando pelo respeito da lei e pela garantia dos direitos individuais[79].

Pôde-se evocar, para fortalecer a legitimação dos juízes, a possibilidade de fazer com que estes fossem eleitos pelos cidadãos. Mas, além do fato de que a eleição do poder judiciário está situada diametralmente oposta à tradição francesa, não é, de modo nenhum, seguro que tal reforma fortaleceria a sua autoridade. No fundo, a classe política francesa, embora eleita, sofre, há muitos anos, de uma flagrante perda de legitimação. Além disso, um procedimento eletivo, que força os candidatos a fazerem campanha eleitoral e a se comprometerem com programas, não correria o risco de prejudicar a vocação principal do juiz, que é a imparcialidade?

Parecem três as orientações que podem ser configuradas para melhorar ulteriormente a legitimação do Poder Judiciário. Em primeiro lugar, propõe-se um fortalecimento, se ainda houvesse necessidade, da independência do juiz. Um projeto de reforma constitucional orientou-se recentemente em direção a esse objetivo, realizando uma ruptura radical entre o governo e a promotoria pública. Tal projeto repropunha, mais precisamente, que os procuradores fossem nomeados pelo Executivo, sob parecer conforme do Conselho Superior de Magistratura[80], dando assim a essa instituição o verdadeiro poder de nomeação. O projeto pretendia também proibir ao ministro da Justiça de dar qualquer instrução a um magistrado da Promotoria no âmbito de um inquérito. Mas essa reforma naufragou no início do ano 2000. O eterno medo do "governo dos juízes" e a vontade de preservar uma política judiciária centrali-

79. Ver D. Salas, op. cit., pp. 183 ss.

80. O artigo 65 da Constituição de 1958 prevê a instituição de um Conselho Superior de Magistratura incumbido de dar o próprio parecer sobre a nomeação dos magistrados. A partir da lei constitucional de 27 de julho de 1993, o Conselho Superior de Magistratura é composto por duas seções; uma competente para os juízes, e outra para a Promotoria Pública.

zada representaram, sem dúvida, um papel importante em um debate que não estava imune a segundas intenções políticas.

Em segundo lugar, afirma-se que a busca da responsabilidade do juiz não seria, talvez, inútil, vista a amplitude das suas competências. A dificuldade estaria, todavia, em encontrar uma solução praticável. Certamente, pode-se objetar que tal responsabilidade já existe mediante o estatuto da magistratura que prevê um sistema de responsabilidade civil, penal e deontológica. Mas não haveria a necessidade, com ulterior coragem, de instituir uma verdadeira e própria responsabilidade constitucional dos juízes? É o que pensa Denis Salas quando escreve:

> Não se pode reconhecer um poder judiciário na sua plenitude, de fato, sem que exista uma sanção de nível simbólico equivalente. Como se pode pedir um controle externo para os políticos se, ao mesmo tempo, se tolera que os juízes não sejam julgados senão pelos seus pares? A responsabilidade política existiria apenas para os políticos? Um Conselho Superior de Magistratura com uma composição mais aberta não seria suficiente. Seria preciso pensar ou em um novo procedimento reconhecido pela Constituição, ou em um Conselho Superior composto exclusivamente por não-magistrados. Chegado o momento, o juiz se empenharia em justificar os seus erros mais graves perante uma instância preponderantemente política. As democracias nas quais o poder judiciário é forte conhecem há muito tempo esse tipo de responsabilidade: é o caso do *impeachment* nos países de *common law* e da *Richteranklage* na Alemanha.[81]

Trata-se de uma grande empresa que necessita de uma revolução das mentalidades. É pouco provável que essa possa ser levada a bom termo em um futuro próximo. Mas sobre esse ponto os exemplos do direito comparado, em particular nos países europeus próximos da França, podem ser de grande ajuda.

Pode-se, todavia, perguntar se o modo mais eficaz para consolidar a autoridade do poder judiciário, e portanto do Es-

---

81. D. Salas, op. cit., pp. 218-9.

tado de Direito, não seja simplesmente o de conceder-lhe meios suplementares, em termos de pessoal e de locais. A falta de um número adequado de magistrados, que não são de modo nenhum mais numerosos que no início do século, enquanto as questões contenciosas nesse meio tempo aumentaram, obriga, às vezes, alguns tribunais a não aplicar verdadeiramente a regra da colegialidade. Acontece assim que uma decisão assinada por três magistrados tenha, na realidade, sido tomada apenas por um deles. O número insuficiente de juízes leva em todo caso a graves atrasos nos procedimentos. Ora, investigações recentes mostraram que a principal crítica feita às jurisdições por aqueles que aguardam uma decisão judicial diz respeito à lentidão em tratar os processos e à definição dos juízes. É claro hoje que a tarefa de julgar se assemelha freqüentemente mais com uma hábil bricolagem do que com uma organização racional. Se os juízes que pertencem ao ordenamento judiciário não têm os meios de sua competência, é preciso sem dúvida ver nisso uma última intromissão do poder político que segura as tiras da bolsa.

Um melhoramento do Estado de Direito passa, certamente, também por uma nova reflexão sobre os direitos individuais e sobre a melhor maneira de garanti-los. Assim, não seria supérfluo pôr ordem na multidão dos direitos chamados fundamentais, reconhecidos pela Corte Européia dos Direitos do Homem, pelo Conselho Constitucional, pelo Conselho de Estado e pelo Supremo Tribunal de Justiça. A extensão ao infinito dos direitos fundamentais levanta uma irrefutável aporia: em geral, nem tudo pode ser fundamental, de outra forma nada mais o seria. Além disso, os direitos fundamentais não podem ser todos iguais, porque podem ser incompatíveis entre si, tendo que ceder um diante do outro. Dito de outro modo, quanto mais o caráter fundamental se difunde em vantagem dos diversos direitos, maiores são os riscos de uma colisão entre o caráter fundamental dos direitos e a necessidade de relativizá-los. Etienne Picard propôs a instituição de uma "escala de fundamentalidade"[82]. No topo dessa escala existiria o prin-

82. Ver E. Picard, *L'émergence des droits fondamentaux en France*, "Actualité Juridique. Droit Administratif" (1998), número especial sobre *Les Droits fondamentaux*, pp. 6 ss., 32.

cípio da proeminência do direito que funda a proeminência dos direitos fundamentais. A seu lado se encontraria o princípio da dignidade humana contra qualquer forma de degradação, reconhecido como princípio constitucional pelo Conselho Constitucional em julho de 1994. Segundo esse autor:

> São, portanto, esses dois princípios combinados que fundam os direitos fundamentais enquanto devem, em linha de princípio, serem proeminentes e enquanto podem, tudo considerado, prevalecer no plano prático: a proeminência da pessoa funda a proeminência dos seus direitos; a proeminência do direito não é senão a proeminência dos direitos.[83]

O mérito desta "escala de fundamentalidade" consiste no fato de que ela é uma tentativa de fundar uma hierarquia substancial dos direitos fundamentais que possa ser emancipada de uma visão unicamente formal da estrutura hierárquica do ordenamento. E mesmo que a hierarquia substancial de fundamentalidade se insira no interior de cada classe dessa hierarquia formal, visto que alguns princípios podem ser consagrados por normas de valor diverso, nota-se que a hierarquia formal foi largamente modelada pela hierarquia substancial: assim a Constituição consagra os princípios "mais" fundamentais, a lei ocupa-se dos princípios "menos" fundamentais, os regulamentos referem-se a princípios de importância ainda menor, e assim por diante.

Em síntese, uma reflexão sobre a identidade e o valor dos direitos fundamentais é de absoluta importância, pois dá um conteúdo e uma alma a uma hierarquia apenas formal das normas, que parece, às vezes, girar em falso. É precisamente porque o Estado de Direito não é apenas um ordenamento jurídico, um sistema de normas, que a reflexão sobre os direitos fundamentais é necessária, tanto mais necessária se é verdade que a consagração constitucional desses direitos nos diversos países da Europa, entre os quais a França, foi fonte de liberdade para os indivíduos, e até de paz social.

Pode-se hoje imaginar que os direitos fundamentais não vinculem apenas o legislador, mas também o poder constituin-

83. Ibid., p. 32.

te? Está em jogo aqui a questão da supraconstitucionalidade. Stéphane Rials, em um ensaio publicado nos "Archives de Philosophie du Droit", em 1986, tinha relançado um debate que havia se extinguido depois dos anos 20[84]. Adotando uma perspectiva jusnaturalista, o autor tentou catalogar princípios supraconstitucionais, passíveis de serem aplicados pelo juiz constitucional também no controle das leis constitucionais. Ele pôde identificar, assim, um princípio de respeito da pessoa na sua vida e na sua dignidade, um princípio de organização do poder que comporta a sua regular circulação e procedimento que o moderem, e, por fim, um princípio de subsidiariedade segundo o qual as organizações são subsidiárias em relação à pessoa.

Esse projeto não teve, porém, nenhuma continuação[85]. A doutrina francesa rejeitou fortemente a supraconstitucionalidade, antes de tudo em nome da sua adesão ao positivismo jurídico. Na França, o controle da lei constitucional por parte do juiz constitucional parece impossível, visto que este recebe o seu poder da Constituição e não do próprio direito, como nos países de *common law*. Em uma decisão de 2 de setembro de 1992, o Conselho constitucional lembrou que o poder constituinte é soberano e que tem, portanto, a possibilidade de revogar, modificar ou completar as disposições de valor constitucional, salvo alguns limites relativos ao objeto – a forma republicana de governo – e aos tempos. A supraconstitucionalidade foi percebida também como um perigo para a democracia, visto que o povo soberano é posto de lado em favor de um "governo dos juízes"[86]. Sobre essa questão da supraconstitu-

---

84. S. Rials, *Supraconstitutionnalité et systématicité du droit*, "Archives de Philosophie du Droit", 31 (1986), pp. 57-76.

85. Stéphane Rials mesmo, talvez impressionado pelos trabalhos de Michel Troper, reviu a sua posição. O conteúdo da lei natural parece-lhe enfim não cognoscível, e qualquer pesquisa nessa direção não seria por parte do intérprete senão uma obra de vontade, por definição arbitrária, e não uma obra de conhecimento. Ver S. Rials, *Entre artificialisme et idolâtrie. Sur l'hésitation du constitutionnalisme*, "Le Débat", 64 (1991), pp. 163-81. Ver também a análise de X. Dijon, *Droit naturel*, Presses Universitaires de France, Paris, 1998, I: *Les questions du droit*, particularmente pp. 73-81.

86. Cf. G. Vedel, *Souveraineté et supraconstitutionnalité*, "Pouvoirs", 67 (1993), pp. 79-97.

cionalidade, a França fica certamente atrás de países como a Alemanha ou a Itália.

Todavia, pode-se perguntar, aqui, em conclusão, se a concepção de um Estado de Direito, entendido como incompatível com a democracia e com a soberania nacional, não está hoje superada, a partir do momento em que se constata uma crescente supranacionalidade dos direitos, reconhecida pelos próprios juízes franceses, que não hesitam em se inspirar em jurisprudências internacionais e européias para forjar novos direitos fundamentais. Os debates atuais sobre o princípio de precaução ou sobre o princípio de segurança jurídica são uma significativa ilustração desse fenômeno. O Estado de Direito que está se afirmando é um Estado que dá, antes de tudo, uma importância fundamental aos juízes, e mais precisamente ao diálogo, e inclusive à controvérsia entre as jurisdições nacionais e européias. E dá importância aos direitos fundamentais que tendem a se tornar independentes em relação à Constituição e à soberania, como se fossem duas faces de uma mesma moeda. Nessa perspectiva, a concepção de um Estado de Direito *à la* francesa tende a desaparecer pouco a pouco. Seria certamente muito difícil, hoje, opor *l'État de droit* ao *Rechtsstaat*, como faziam os juristas da Terceira República, em uma época, é verdade, marcada pela exaltação patriótica.

Estado de Direito e justiça constitucional

Hans Kelsen e a Constituição austríaca de 1920

Por Giorgio Bongiovanni

1. Premissa

Este ensaio é dedicado à análise do percurso histórico e teórico que introduz a jurisdição constitucional na Constituição austríaca de 1920. A literatura histórico-constitucional austríaca é unânime em atribuir a redação dos artigos dedicados ao *Verfassungsgerichtshof* a Hans Kelsen[1] e a considerá-lo, também do ponto de vista teórico, o "criador da justiça constitucional" (*Vater der Verfassungsgerichtsbarkeit*)[2]. O próprio Kelsen confirmou várias vezes esta circunstância e, fazendo referência ao processo constituinte austríaco, descreveu a criação da Corte como "seu personalíssimo trabalho" e a própria Corte como "sua obra predileta"[3].

---

1. Neste sentido, R. Walter, *Die Entstehung des Bundes-Verfassungsgesetzes 1920 in der Konstituirenden Nationalversammlung*, Manz, Wien, 1984; F. Ermacora, *Österreichs Bundesverfassung und Hans Kelsen*, em A. Merkl et alii (organizado por), *Festschrift für Hans Kelsen zum 90. Geburtstag*, Deuticke, Wien, 1971; G. Stourzh, *Hans Kelsen, die österreichische Bundesverfassung und die rechtsstaatliche Demokratie*, em R. Walter (organizado por), *Die Reine Rechtslehre in wissenschaftlicher Diskussion*, Manz, Wien, 1982; G. Schmitz, *Die Vorentwürfe Hans Kelsens für die österreichische Bundesverfassung*, Manz, Wien, 1981.

2. Para este juízo, A. Merkl, *Hans Kelsen als Verfassungspolitiker*, em "Juristische Blätter", 60 (1931), p. 385; W. Antoniolli, *Hans Kelsen und die österreichische Verfassungsgerichtsbarkeit*, em *Hans Kelsen zum Gedenken*, Europaverlag, Wien, 1974; levanta, ao contrário, dúvidas H. Haller, *Die Prüfung von Gesetzen*, Springer, Wien-New York, 1979.

3. H. Kelsen, *Wiedergabe einer Sendung des österreichischen Rundfunks, 8 de mai 1973*, em *Hans Kelsen zum Gedenken*, cit., pp. 47 ss. Kelsen fala de "*sein personlichstes Werk*" e de "*sein geliebstiges Kind*".

A introdução do controle de constitucionalidade pode ser vista como um dos resultados mais importantes da reflexão que Kelsen desenvolve a partir dos *Hauptprobleme* de 1911[4] e da profunda revisão da teoria e dogmática juspublicística alemã que está na sua base. Um aspecto decisivo desse percurso crítico é a profunda reelaboração do conceito de Estado de Direito desenvolvida por Kelsen. De um lado, ele critica a teorização que se desenvolveu na experiência alemã e os seus pressupostos teóricos e "políticos" e, de outro, elabora uma concepção alternativa ao *Rechtsstaat* que se põe como configuração jurídica do Estado e da democracia constitucional. No que se refere ao primeiro aspecto, Kelsen sublinha como a concepção "alemã" é construída com base no dogma da personalidade jurídica do Estado e na conseqüente proeminência do Estado sobre o direito. Este aspecto é examinado com referência às implicações da relação público/privado e à separação que a dogmática "tradicional" introduz entre duas esferas de diferentes relações jurídicas. A primazia do Estado sobre o direito traduz-se em uma série de postulados teóricos que caracterizam o conceito de *Rechtsstaat*: em primeiro lugar, a concepção do direito como imperativo, ou seja, como comando de uma autoridade soberana originária; em segundo lugar, uma dogmática dos direitos e das liberdades baseada na diferenciação entre liberdade natural e liberdade legal[5] e na conexa identificação de direitos subjetivos "públicos" ligados à "auto-obrigação" (*Selbstverplichtung*) do Estado; em terceiro lugar, uma concepção da separação dos poderes ligada à necessidade da salvarguarda do princípio monárquico e do princípio de autonomia da Administração e portanto na presença de um princípio de legalidade amplamente limitado pelos "privilégios" da Administração pública; enfim, uma redução global do significado jurídico do *Rechtsstaat* aos "remédios" jurisdicionais contra a Administra-

4. H. Kelsen, *Hauptprobleme der Staatsrechtslehre* (1911), Scientia, Aalen, 1960.

5. A. Merkl, *Idee und Gestalt der politischen Freheit*, em *Demokratie und Rechtsstaat. Festgabe zum 60. Geburtstag von Zaccaria Giacometti*, Polygraphischer Verlag A.G., Zürich, 1953; A. Baldassarre, *Libertà*, em *Enciclopedia giuridica*, Istituto della Enciclopedia italiana, Roma, 1991.

ção pública[6]. Esse aspecto da crítica kelseniana aparece ligado, tanto à situação constitucional austríaca quanto, e sobretudo, à específica teorização austríaca e à crítica que diversos autores tinham desenvolvido contra as elaborações alemãs[7].

No que se refere ao segundo aspecto, Kelsen desenvolve, tanto do ponto de vista histórico como jurídico-constitucional, uma diversa concepção do Estado de Direito baseada, de um lado, na soberania do ordenamento jurídico e a necessária autorização normativa de cada poder e, de outro, na negação da distinção público/privado e a conseqüente paridade dos diversos sujeitos jurídicos. Do ponto de vista histórico, essa análise é desenvolvida a partir da negação da soberania do Estado, em relação à dimensão de "compromisso" do ordenamento jurídico e, por conseguinte, à dimensão pluralista da dinâmica publicística. O resultado dessa primeira fase da reflexão kelseniana é a elaboração das características essenciais do Estado de Direito que são identificadas na sua dimensão "formal". Essas características são, portanto, desenvolvidas, tanto em correspondência com a adoção da concepção dinâmica do ordenamento, como em relação à plena afirmação dos sistemas democráticos: nessa perspectiva, o conceito de Estado de Direito adquire uma dimensão "substancial" ligada à primazia da Constituição e dos direitos. Por isso é possível identificar duas fases na elaboração kelseniana do conceito de Estado de Direito: a primeira, ligada principalmente à dimensão "formal" do conceito, e a segunda na qual são desenvolvidos os seus aspectos "substanciais" em relação à plena afirmação da democracia. Essa elaboração global leva à introdução da justiça constitucional que é vista como "condição de existência" da democracia. Nessa perspectiva, muda a idéia mesma de democracia, da qual Kelsen sublinha os aspectos "constitucionais"[8].

---

6. B. Sordi (*Tra Weimar e Vienna*, Giuffrè, Milano, 1987, pp. 108-9), o qual sublinha que essa concepção está, de forma geral, ligada à polêmica antiparlamentar.

7. A figura principal é a de Friedrich Tezner. Para a crítica a Gneist é importante também a obra de J. Redlich, *Englische Lokalverwaltung*, Duncker & Humblot, Leipzig, 1901.

8. É preciso assinalar que Kelsen é seguramente o primeiro autor a desenvolver uma crítica sistemática da doutrina alemã do direito público e da re-

2. *Rechtsstaat* e *Staatsrecht*

Em uma série de intervenções[9], logo após a publicação dos *Hauptprobleme*, Kelsen põe diretamente no centro da sua reflexão a relação entre o direito público alemão e o significado do *Rechtsstaat*. Nesses ensaios, nos quais são sistematizadas as diversas observações desenvolvidas na obra de 1911, Kelsen põe o problema de qual seja o conceito de *Rechtsstaat* presente na elaboração juspublicística alemã e o problema relativo aos seus pressupostos "políticos" e teóricos. A análise tem como ponto de partida as "tendências mais recentes do direito" que afirmavam, em particular na dogmática administrativa, a "não-construtividade jurídica do Estado" em relação à sua "atividade soberana", ou seja, a da Administração monárquica vista como "livre atividade do Estado para o perseguimento dos seus fins"[10]. Kelsen põe em evidência como o conceito de Estado de Direito presente nessas concepções esteja limitado àquele – visto exclusivamente como conjunto de "postulados de política do direito" (*rechtspolitische Postulate*) que "podem ser mais ou menos realizados" – dos "remédios" contra os possíveis abusos da própria Administração[11]. Essa tentativa de subtrair "precisamente estas relações do Estado, precisamente

---

lativa conceitualização do Estado de Direito. Essa crítica kelseniana abre a reflexão novecentista sobre a relação entre direito e democracia. Além disso, é preciso notar que Kelsen encontra um ponto de referência importante na obra de Adolf Merkl, que deve ser visto como co-autor dessa revisão.

9. H. Kelsen, *Rechtsstaat und Staatsrecht*, em "Österreichische Rundschau", 36 (1913), trad. it. *Stato di diritto e diritto pubblico*, em H. Kelsen, *Dio e Stato*, E.S.I., Napoli, 1988, às quais se referem as citações; H. Kelsen, *Zur Lehre vom Gesetz im formellen und materiellen Sinn, mit besondere Berücksichtung der österreichischen Verfassung*, em "Juristische Blätter", 42 (1913), trad. it. *Sulla dottrina della legge in senso formale e materiale*, em H. Kelsen, *Dio e Stato*, cit., às quais se referem as citações; H. Kelsen, *Zur Lehre vom öffentlichen Rechtsgeschäfte*, em "Archiv des öffentlichen Rechts", 31 (1913).

10. H. Kelsen, *Hauptprobleme der Staatsrechtslehre*, cit., p. 493.

11. H. Kelsen, *Zur Lehre vom öffentlichen Rechtsgeschäfte*, cit., p. 75, refere-se a "tribunais administrativos, responsabilidade pessoal dos órgãos do Estado por danos causados por comportamentos antijurídicos, responsabilidade do Estado por atos ilícitos dos seus órgãos" (*Verwaltungsgerichte, persönliche Haftung der Organe für rechtswidrigen Schaden, Haftung des Staates für Unrecht seiner Organe*).

esta parte do poder político" ao ordenamento jurídico, ou seja, de afirmar a "liberdade da Administração", além de ser a expressão de precisas "razões políticas", encontra as "suas raízes" na idéia de que "a pessoa do Estado está supra-ordenada a todos os outros sujeitos"[12] e por isso é caracterizada por uma "mais-valia" (*Mehrwert*) nas relações com os "súditos"[13].

Na reflexão alemã, o conceito de *Rechtsstaat* é por isso construído em relação ao papel e à centralidade do Estado visto como "sujeito" soberano em relação ao qual são construídas as relações jurídicas. Essa idéia do Estado como sujeito central da dinâmica publicística que se encontra, no final do século XIX, na dogmática administrativista, se acompanha na reflexão alemã à visão do sujeito estatal como autoridade originária e por isto soberana, mas também como único representante do interesse público e geral. Essa visão do Estado representa o ponto-chave daquela que Kelsen chama de doutrina "tradicional": a idéia de um sujeito originário em torno do qual se constrói o sistema das relações juspublicísticas[14]. Essa idéia tem uma implicação extremamente relevante: no direito público alemão é invertida a relação entre direito e Estado e afirmada a proeminência do segundo sobre o primeiro. A relação entre "poder do Estado e direito" (*Staatsgewalt und Recht*) é resolvida através da concepção do Estado como criador do direito e, conseqüentemente, dos limites jurídicos ao seu poder como simples "postulados políticos" que o próprio Estado pode mais ou menos pôr. Nessa criação, como notamos, a noção de Estado de direito se identifica principalmente com a dos sucessivos "remédios" jurídicos aos seus atos soberanos.

Essa posição, pela qual o Estado representa o *prius* em relação ao direito, encontra, segundo Kelsen, uma dupla criação: de um lado, através da tese de que o Estado representa um sujeito diverso e superior em relação a todos os outros sujeitos;

---

12. H. Kelsen, *Rechtsstaat und Staatsrecht*, cit., p. 218.

13. H. Kelsen, *Zur Lehre vom öffentlichen Rechtsgeschäfte*, cit., p. 192.

14. Sobre esses aspectos, cf. M. Fioravanti, *Kelsen, Schmitt e la tradizione giuridica dell'Ottocento*, em G. Gozzi, P. Schiera (organizado por), *Crisi istituzionale e teoria dello Stato in Germania dopo la Prima guerra mondiale*, il Mulino, Bologna, 1987.

de outro, por meio da idéia de que ele seja o representante do interesse geral. A primeira tese corresponde à da "soberania" do Estado, a segunda à da identificação Estado/sociedade, pressuposta na idéia de vontade do Estado. No que se refere ao primeiro aspecto, o Estado é visto como "relação de poder", ou seja, como uma relação entre quem domina e quem é dominado. Desse ponto de vista, o Estado é concebido como "sujeito de poder em sentido soberano", como "causa primeira: uma vontade que se torna causa de outras vontades, e por isso um sujeito que domina outros sujeitos, estando 'acima' deles, sendo-lhes 'superior', e pelo fato de estar no vértice não é, por sua vez, dominado, ou seja, não é originado por nenhuma outra vontade"[15]. O Estado é "força pública" (*öffentliche Gewalt*) ou "poder intensivo" (*intensive Macht*) e tem por isso "uma existência independente do direito": segundo a "teoria dos dois lados" (*zwei-seiten Theorie*) de Georg Jellinek, o Estado "como fato social é um poder"[16]. Ele representa um poder originário: segundo Jellinek, "o Estado nasce, onde uma comunidade tem a capacidade, a partir de um poder originário (*ursprüngliche Macht*) e por meios coercitivos originários (*ursprüngliche Zwangmitteln*), de exercer o domínio (*Herrschaft*) sobre os seus membros e sobre o seu território"[17]. Como observa Kelsen, essa visão se traduz na afirmação "de um próprio direito de domínio [...] que deve evidentemente caber ao Estado"[18].

No que se refere ao segundo aspecto, a análise desenvolve-se sobre aquilo que Kelsen chama de *Substrat* da "idéia do Estado-pessoa": a existência de uma "vontade unitária do Estado"[19]. Essa concepção é analisada com referência específica à

---

15. H. Kelsen, *Das Problem der Souveranität und die Theorie des Völkerrechts. Beitrag zu einer Reinen Rechtslehre*, Mohr, Tübingen, 1920, trad. it. *Il problema della sovranità e la teoria del diritto internazionale. Contributo per una dottrina pura del diritto*, Giuffrè, Milano, 1989, às quais se referem as citações, p. 12.

16. H. Kelsen, *Der soziologische und der juristische Staatsbegriffe* (1922), Mohr, Tübingen, 1927, pp. 91, 114-5.

17. G. Jellinek, *Allgemeine Staatslehre*, Häring, Berlin, 1905, p. 476.

18. H. Kelsen, *Das Problem der Souveranität und die Theorie des Völkerrechts. Beitrag zu einer Reinen Rechtslehre*, cit., p. 98.

19. H. Kelsen, *Über Grenzen zwischen juristischer und soziologischer Methode*, Mohr, Tübingen, 1911, trad. it. *Tra metodo giuridico e sociologico*, Guida, Napoli, 1974, às quais se referem as citações, p. 52.

sistematização de Jellinek, o qual constrói a idéia de vontade unitária do Estado como "unidade teleológica" (*teleologische Einheit*) das vontades dos diversos órgãos do Estado. Essa vontade originária está presente, segundo Jellinek, porque os órgãos do Estado perseguem os seus "fins constantes" (*konstante Zwecke*)[20], ou seja, estão voltados para o interesse comum da sociedade. Isso significa, para Kelsen, afirmar que existe uma "consciência comum": (*Gesamtbewusstsein*) que remete à unitariedade dos fins da sociedade da qual os órgãos do Estado são simples intérpretes. O Estado é por isso o representante do "interesse comum e geral" presente na sociedade, isto é, um fato da vida social na comunidade estatal, que se realiza na ação dos órgãos do Estado[21]. O Estado é, por isso, a expressão do interesse geral presente na consciência comum de uma sociedade vista como homogênea e que se especifica com a ação dos órgãos do Estado. Essa idéia de vontade unitária tem uma ulterior especificação: como esclarece Jellinek, o "interesse comum" (*Gemeininteresse*) deriva da comunidade (*Volksgemeinschaft*), mas esta deve ser considerada "idêntica ao Estado"[22]. O Estado e a sociedade não são, por isso, vistos como separados: a existência de uma sociedade homogênea permite não separá-la do Estado, que é a sua direta expressão[23]. Desse modo, o interesse geral se identifica com o do Estado.

Essa construção tem uma série de corolários que Kelsen evidencia e que mencionaremos brevemente. Em primeiro lugar, a idéia do Estado como sujeito originário e representante do interesse geral comporta uma visão do direito como comando ou imperativo estatal. Na reconstrução que Jellinek de-

---

20. G. Jellinek, *System der subjektiven öffentlichen Rechte*, Mohr, Tübingen, 1905, p. 26.

21. H. Kelsen, *Hauptprobleme der Staatsrechtslehre*, cit., pp. 172 ss. É preciso notar que Jellinek insere diretamente o povo nos órgãos do Estado: a vontade unitária do Estado é por isso a vontade unitária do povo.

22. G. Jellinek, *System der subjektiven öffentlichen Rechte*, cit., p. 234. Sobre esses aspectos, cf. M. Fioravanti, *Giuristi e Costituzione politica nell'Ottocento tedesco*, Giuffrè, Milano, 1980, pp. 404 ss.

23. Para H. Kelsen, (*Hauptprobleme der Staatsrechtslehre*, cit., p. 173), esta concepção remonta a Gerber. Isso, naturalmente, significa reduzir a dinâmica social àquela do Estado. Sobre esse aspecto, A. Baldassarre, *Diritti pubblici soggettivi*, em *Enciclopedia giuridica*, Istituto della Enciclopedia italiana, Roma, 1989.

senvolve acerca das características essenciais e diferenciais do direito, não há dúvida sobre o fato de que as normas são o produto de uma "autoridade externa reconhecida", cuja "obrigatoriedade" (*Verbindlichkeit*) é garantida através de "poderes externos" (*äussere Mächte*)[24]. Desse modo, as normas representam "um imperativo que requer o comportamento correspondente dos súditos", seja porque tal imperativo "vem do Estado", seja porque esse se baseia "sobre o seu poder de fato, sobre a sua força física e psicológica"[25]. A concepção da norma como comando (*Befehl*) conduz, segundo Jellinek, ao "problema mais complexo de toda a doutrina do Estado"[26], ou seja, a de como o Estado, mesmo na função legislativa, pode ser vinculado pelo direito. A resposta é, como se sabe, construída em uma analogia com a "autonomia ética": o Estado pode ser vinculado não por "outros atos de vontade" (*andere Willensakte*), isto é, por outras normas, mas, ao contrário, pela "autolegislação da razão" (*Selbstgesetzgebung der Vernunft*), que é vista como "auto-obrigação do Estado em relação às próprias leis" (*Selbstbindung des Staates an seine Gesetze*)[27]. O vínculo do Estado ao direito, a premissa indispensável do *Rechtsstaat*, é vista como princípio ético ou como *politische Postulat*, que tem raiz na "autonomia ética" e que se resolve, do ponto de vista jurídico, na autolimitação em relação ao direito criado pelo próprio Estado. A primazia do direito sobre o Estado aparece por isso, do ponto de vista teórico, como muito limitado: a visão do Estado, no interior da sua identificação com a sociedade, como fonte única do direito comporta, seja a inexistência de normas superiores à lei, seja a dificuldade de pôr o problema dos limites da lei diante dos direitos.

Em segundo lugar, essa posição comporta a construção de relações jurídicas com base da distinção entre público e privado: trata-se de âmbitos de relações diversas entre sujeitos di-

---

24. G. Jellinek, *Allgemeine Staatslehre*, cit., pp. 325-6.

25. H. Kelsen, *Hauptprobleme der Staatsrechtslehre*, cit., pp. 223 ss.

26. G. Jellinek, *Allgemeine Staatslehre*, cit., p. 462.

27. Ibid., p. 466. Segundo H. Kelsen (*Hauptprobleme der Staatsrechtslehre*, cit., p. 405), a auto-obrigação tem em sua base o problema da criação do direito.

ferentes. No caso do direito público, a relação jurídica é vista como relação entre sujeitos não paritários (o Estado e os súditos); no caso do direito privado, a relação é, ao contrário, entre sujeitos postos sobre o mesmo plano. Segundo Kelsen, essa distinção tem origem na recepção do direito romano na Alemanha e nas características que, em conseqüência disso, são assumidas pelo direito público alemão[28]. A análise é desenvolvida em relação à *Rektoratrede* de Paul Laband[29] e à sua reconstrução teórica. Dessa análise emerge, segundo Kelsen, seja a presença de uma dupla concepção da relação Estado/direito, seja a especificidade da distinção público/privado. Kelsen evidencia, antes de tudo, que a recepção do direito romano é vista, seja como novo direito da organização estatal que estabelece a sua estrutura jurídica e os vínculos jurídicos, seja como momento de afirmação, através do princípio "princeps legibus solutus est" [o princípe é superior à lei], do "poder soberano" (*Herrschaftgewalt*) do Estado que se põe acima do ordenamento jurídico e é visto como "livre do direito"[30]. Em segundo lugar, Kelsen sublinha como essa dupla concepção comporta a distinção entre "jus publicum" [direito público] e "jus privatum" [direito privado]: uma distinção que, a seu ver, antes da recepção do direito romano não era conhecida, e que se traduz em uma "diferença profunda" entre "direito do Estado" e "direito dos súditos", como âmbitos de relações jurídicas de natureza diversa. Enfim, essa duplicidade na concepção da relação Estado/direito conduz à nítida distinção que é posta entre o âmbito da jurisdição (*Justiz*) e o da administração (*Verwaltung*). Na reflexão jurídica de fim de século e, em geral, no direito administrativo alemão, a administração é vista como poder do qual não são possíveis a completa "construtividade jurídica" e a sujeição ao direito. A concepção da atividade ad-

---

28. H. Kelsen, *Zur Lehre vom öffentlichen Rechtsgeschäfte*, cit.; H. Kelsen, *Rechtsstaat und Staatsrecht*, cit., passim.

29. P. Laband, *Rede über die Bedeutung der Rezeption des Römischen Rechts für das deutsche Staatsrecht* (1880), em P. Laband, *Opuscola Juridica*, I. *Abhandlungen, Beiträge, Reden und Rezensionen*, Zentralantiquariat der DDR, Leipzig, 1980. Sobre a recepção e a interpretação de Laband, cf. P. Cappellini, *Pubblico e privato (diritto intermedio)*, em *Enciclopedia del diritto*, vol. 35, Giuffrè, Milano, 1986.

30. H. Kelsen, *Zur Lehre vom öffentlichen Rechtsgeschäfte*, cit., pp. 94, 61.

ministrativa como "atividade livre", voltada para a realização dos "fins" estatais, se traduz na idéia de que ela seja independente da norma, que seja uma função que precede o direito. A relação administrativa é, por isso, uma relação de desigualdade: nela se manifesta a "mais-valia jurídica" do poder do Estado que a Administração, como seu núcleo forte e garantia da sua unidade, exprime[31].

Kelsen analisa, em particular, três direções dentro das quais emerge essa visão da administração: em primeiro lugar, a proposta de Otto Mayer de construir institutos jurídicos "especiais", como os "contratos de direito público", como expressões da diversidade entre "público" e a "mais-valia jurídica" do Estado[32]; em segundo lugar, a utilização da distinção, proposta por Laband[33], entre lei em sentido formal e lei em sentido material e a concepção desta última como função reservada ao monarca e aos seus aparelhos burocráticos: trata-se, como mencionado, da tentativa de conservar uma função de legislação material subtraída ao procedimento legislativo e confiada à administração com o objetivo de manter "um poder de estatuir normas e deveres jurídicos análogo ao poder legislativo formal"[34]. Essa concepção reflete-se naquela de discricionariedade administrativa que é considerada "livre atividade do Estado no interior da lei" que o "monarca e o governo" podem exercer em função do interesse público[35].

Em terceiro lugar e em direta relação com a idéia de Estado de Direito, existem as posições de quem, como Richard Thoma, afirmava a "liberdade da administração" (*Freheit der Verwaltung*) diante do aumento das funções administrativas e das tarefas econômicas do Estado liberal em *Kulturstaat*[36]. Como

---

31. B. Sordi, *Tra Weimar e Vienna*, cit., p. 47.

32. H. Kelsen, *Zur Lehre vom öffentlichen Rechtsgeschäfte*, cit., p. 192.

33. P. Laband, *Das Budgetrecht nach den Bestimmungen der Preubischen Verfassungs-Urkunde*, Guttentag, Berlin, 1871. Sobre essa distinção, cf. H. Kelsen, *Zur Lehre vom Gesetz im formellen und materiellen Sinn, mit besondere Berücksichtung der österreichischen Verfassung*, cit., passim.

34. B. Sordi, *Tra Weimar e Vienna*, cit., p. 172.

35. Sobre esses aspectos, cf. H. Kelsen, *Hauptprobleme der Staatsrechtslehre*, cit., pp. 500-1.

36. R. Thoma, *Rechtsstaatsidee und Verwaltungsrechtswissenschaft*, em "Jahrbuch des öffentlichen Rechts der Gegenwart", 4 (1910).

observamos, essas posições são reconduzidas por Kelsen a precisos "objetivos" e "razões" políticas. A afirmação da autonomia da administração em que se concretiza, no Estado monárquico-constitucional, a idéia da não dependência do Estado em relação ao direito, representa, para Kelsen, a reafirmação da centralidade do *monarchisches Prinzip* e a presença de resquícios autoritários do Estado de polícia. A liberdade em relação ao direito de alguns aspectos da atividade administrativa corresponde, de fato, à sua dependência do executivo monocrático e do monarca e se traduz, no plano das relações entre os órgãos constitucionais, na afirmação do papel superior do monarca em relação à lei e, assim, na centralidade do princípio monárquico. Como mencionado, Kelsen evidencia a centralidade de tal princípio na doutrina alemã e o fato de que esse princípio "tinha dado ao rei, ao executivo e à administração, poderes relevantes, fundados sobre a idéia "segundo a qual o complexo institucional monarquia-burocracia representava o 'Estado', ou seja, o núcleo fundamental da experiência política"[37]. A *deutsche Staatsrechtslehre* revela-se, por isso, nos termos de Adolf Merkl, atormentada por um "preconceito monárquico"[38].

Dessa reconstrução emergem também os limites da concepção alemã do *Rechtsstaat*. Esses limites dizem respeito, em primeiro lugar, ao princípio de legalidade e, em segundo, à concepção dos direitos e das liberdades. Em relação ao primeiro aspecto, esses limites são relativos, seja à falta de uma norma superior que vincule a decisão legislativa perante os direitos, seja nos amplos espaços de liberdade da administração que a doutrina põe em relação ao efetivo primado da lei. Como é sabido, no primeiro caso, a conseqüência é a negação do caráter supralegislativo da Constituição, que é igualada à lei e a conseqüente dificuldade de identificar limites ao poder do legislador (que é entendido, na figura composta de monarca e parlamento, como expressão da vontade do Estado). No segundo caso, como vimos, a precariedade do princípio de lega-

---

37. M. Fioravanti, *Costituzione*, il Mulino, Bologna, 1999, p. 152.

38. A. Merkl, *Die monarchische Befangenheit der deutschen Staatsrechtslehre*, em "Schweizerische Juristenzeitung", 16 (1919-20).

lidade é produzida através de uma série de instrumentos que tendem a estabelecer espaços de liberdade para a administração monárquica. Em relação ao segundo aspecto que mencionaremos brevemente[39], a temática dos direitos individuais é construída inteiramente sobre a base da distinção público/privado[40]. Na sistematização dos direitos públicos subjetivos proposta por Jellinek, os direitos dos indivíduos relativos à esfera privada correspondem à idéia de liberdade natural, ou seja, de uma esfera "indiferente" para a ação do Estado. Os direitos relativos à dimensão pública aparecem, ao contrário, como "criações" do Estado que, em se autolimitando, permite o nascimento dos direitos "legais" do indivíduo. Neste segundo caso, trata-se de liberdades legais que têm por isso uma simples determinação legislativa, variáveis segundo a vontade do Estado. Os direitos "públicos" subjetivos são assim o fruto da vontade do Estado e expressam, como observa Kelsen, uma "diversidade de essência" (*Wesenverschiedenheit*) entre o Estado e os outros sujeitos jurídicos[41].

Esses pressupostos e os limites da idéia alemã de Estado de Direito dão lugar a uma concepção do *Rechtsstaat* que, como notamos, se resolve naquela dos "remédios", sobretudo administrativos, em relação à vontade do Estado soberano. Para essa concepção do *Rechtsstaat* vale a consideração que Kelsen faz quanto à recepção do direito romano e às características do direito público alemão: "que tipo de direito público pode ser aquele que não contém nenhuma norma jurídica positiva e não estabelece nenhum dever jurídico do Estado?"[42].

---

39. Para uma análise detalhada desses aspectos, ver G. Gozzi, *Estado de Direito e direitos subjetivos na história constitucional alemã*, neste volume.

40. Para um aprofundamento desse aspecto, cf. H. Kelsen, *Hauptprobleme der Staatsrechtslehre*, cit., pp. 629 ss.

41. Para H. Kelsen (*Hauptprobleme der Staatsrechtslehre*, cit., p. 646), falar de direitos "públicos" implica a diferença entre o Estado e os demais sujeitos jurídicos.

42. H. Kelsen, *Zur Lehre vom öffentlichen Rechtsgeschäfte*, cit., p. 62.

3. O conceito de *Rechtsstaat*

A elaboração do conceito de *Rechtsstaat* é desenvolvida por Kelsen no interior da evocação às idéias do constitucionalismo e da consciência da necessidade de uma atualização geral das suas tarefas[43] que supere as profundas ambigüidades e os limites do modelo alemão. A obra reconstrutiva de Kelsen liga-se, deste ponto de vista, com a precedente doutrina austríaca e, em particular, com aquela administrativista de Friedrich Tezner[44], o qual tinha proposto uma interpretação do ordenamento austríaco ligada a um rígido princípio de legalidade e a um modelo "jurisdicional" da administração pública. O modelo de Estado de Direito kelseniano é construído, seja delineando uma diversa reconstrução histórica do seu significado em relação à afirmação do Estado moderno, seja identificando as características fundamentais do conceito de Estado de Direito que Kelsen sintetiza na sua dimensão formal. Em relação ao primeiro aspecto, o Estado de Direito é visto como "Constituição jurídica e estatal" (*Rechts- und Staats Verfassung*), ou seja, como um ordenamento constitucional superior posto como condição de "equilíbrio" de uma sociedade concebida não mais como homogênea, mas pluralista. Em relação ao segundo aspecto, o *Rechtsstaat* é identificado com a soberania do ordenamento e é visto por isso como "pressuposto lógico" (*logische Voraussetzung*) para "a integral construtividade jurídica" do "direito do Estado" (*Staatsrecht*).

A influência da doutrina austríaca sobre a concepção kelseniana é relativa, como mencionamos, à reflexão sobre o princípio de legalidade e à elaboração de um modelo "jurisdicional

---

43. H. Kelsen, *Zur Lehre vom Gesetz im formellen und materiellen Sinn, mit besondere Berücksichtung der österreichischen Verfassung*, cit., p. 231.

44. É preciso lembrar que o primeiro prefácio dos *Hauptprobleme* contém um agradecimento, "não exprimível somente com palavras", propriamente a Tezner. Além disso, Tezner é um crítico de Jellinek que antecipa algumas considerações de Kelsen sobre a *zweiseiten Theorie*. Ver F. Tezner, *Die wissenschaftliche Bedeutung der allgemeinen Staatslehre und Jellineks Recht des modernen Staates*, em "Annalen des Deutschen Reichs für Gesetzgebung, Verwaltung und Volkswirtschaft" (1902). Enfim, em termos de análise constitucional, Tezner é, talvez, o primeiro estudioso que menciona os *Hauptprobleme*, na obra *Die Volksvertretung*, Manz, Wien, 1912.

da administração pública". O primeiro aspecto encontra-se na discussão sobre o significado da discricionariedade administrativa que nasce na Áustria depois da introdução, em 1875, do Tribunal administrativo (*Verwaltungsgerichtshof*). De fato, a competência do Tribunal era excluída em relação "aos assuntos nos quais a administração é investida de um poder discricionário". Na interpretação deste artigo contrapuseram-se duas posições: a de Edmund Bernatzik que, com base no pressuposto da liberdade da autoridade administrativa, afirmava a incontestabilidade da atividade discricional, e a de Tezner que tendia, ao contrário, a limitar a cláusula de exclusão e afirmar a contestabilidade de tal atividade[45]. Nesse debate, relativo sobretudo à atividade discricionária ligada à consideração das exigências do "interesse público", opuseram-se duas concepções da administração: a primeira estava vinculada à tese tradicional da independência da administração; a segunda interpretava o vínculo da administração como rígido e ligado à prevalência da lei[46]. Apesar dessas divergências, a reflexão austríaca estava ligada à idéia comum da paridade entre administração e jurisdição e da sua idêntica sujeição à lei: basta lembrar a afirmação de Bernatzik, segundo a qual "na livre discricionariedade admistrativa não pode ser identificado o critério com base no qual distinguir entre o conceito de jurisdição e o de administração"[47]. A figura principal é, de qualquer modo, a de Tezner, que, partindo da equivalência entre administração e jurisdição, extrairá a conseqüência da necessidade de formas jurídicas adequadas também para a atividade administrativa, propondo, já no fim do século XIX, a necessidade do procedimento administrativo[48]. Essa reflexão, orientada para a construção de um princípio de legalidade desvinculado da concepção

---

45. E. Bernatzik *Rechtssprechung und materielle Rechtskraft* (1896), Scientia, Aalen, 1964; F. Tezner, *Zur Lehre vom dem freien Ermessen der Verwaltungsbehörden als Grund der Unzuständigkeit der Verwaltungsgerichte*, Manz, Wien, 1888.

46. Sobre a "*Frage des öffentliches Interesse*", ver B. Sordi, *Tra Weimar e Vienna*, cit., pp. 195-7; A. Piras, *Discrezionalità amministrativa*, em *Enciclopedia del diritto*, vol. 13, Giuffrè, Milano, 1964.

47. E. Bernatzik *Rechtssprechung und materielle Rechtskraft*, cit., p. 47.

48. F. Tezner, *Handbuch des österreichischen Administrativverfahrens*, Manz, Wien, 1896.

tradicional da Administração, constitui um preciso ponto de referência para a sucessiva análise kelseniana do Estado de Direito.

Tal análise, como notamos, tem, antes de tudo, uma dimensão histórico-constitucional. Essa dimensão encontra-se nos *Hauptprobleme* em relação ao problema do nascimento do Estado e do direito. Kelsen nega, contra a doutrina alemã, que o Estado, e não o direito, seja uma "autoridade originária" e, por conseguinte, que o primeiro represente o *prius* [antes] e o segundo o *posterius* [depois], ou seja, que o Estado surja antes do direito. Essa consideração "deve ser rechaçada com firmeza", porque "a pesquisa histórica mostra que o nascimento do direito e o da organização estatal não podem ser separados entre si" e como não seja possível considerar "o Estado na qualidade de criador do direito", a saber, historicamente, "como instituição anterior ao direito"[49]. Kelsen desenvolve essa análise em relação ao nascimento do Estado moderno, negando que esta represente uma cesura com respeito à dinâmica político-constitucional da Idade Média. Mesmo não se empenhando em uma completa reconstrução histórica desse acontecimento, Kelsen mostra, de um lado, como sublinhamos, que o novo conceito de Estado se afirma como "expressão de determinados postulados políticos não reconhecidos no ordenamento [...], que contradizem o ordenamento jurídico"; de outro, que o Estado é expressão de um "ordenamento autocrático, construído com base nos interesses do príncipe e do seu séquito contra o ordenamento jurídico democrático", com a finalidade de adquirir "contra a Constituição jurídica (e estatal) um maior espaço de ação de livre discricionariedade" para o soberano[50]. O Estado moderno afirma-se, portanto, como negação dos limites constitucionais do poder, como afirmação do postulado político do Estado enquanto sujeito de poder.

---

49. H. Kelsen, *Hauptprobleme der Staatsrechtslehre*, cit., pp. 406-7.

50. H. Kelsen, *Das Verhältnis von Staat und Recht im Lichte der Erkenntniskritik*, em "Zeitschrift für öffentliches Recht", 2 (1921), trad. it. *Il rapporto tra Stato e diritto dal punto di vista epistemologico*, em H. Kelsen, *L'anima e il diritto*, Edizioni Lavoro, Roma, 1989, às quais se referem as citações, pp. 46-7.

A negação kelseniana da soberania do Estado tem uma dupla conseqüência. De um lado, o Estado de Direito é identificado com a soberania do ordenamento jurídico e com o vínculo de qualquer atividade do Estado por parte do direito. Como observa Kelsen, polemizando com a doutrina administrativista alemã, para a definição do conceito de Estado de Direito, "o momento essencial permanece um só: a sujeição do Estado na totalidade das suas expressões ao ordenamento jurídico, ou seja, o princípio político do exclusivo poder da lei"[51]. Como veremos em relação aos seus princípios formais, o conceito de Estado de Direito define-se no "princípio do necessário fundamento normativo de qualquer poder" e na negação de "poderes autocráticos", ou seja, destituídos de "fundamento normativo" e de "uma atribuição formal de competência"[52]. De outro lado, o conceito de *Rechtsstaat* refere-se a uma diversa concepção da dinâmica político-constitucional que sublinha a dimensão pluralista da mesma. Como foi evidenciado, o conceito de *Rechts- (und Staats-) Verfassung* (com o qual se identifica o de *Rechtsstaat*) que Kelsen utiliza para descrever a organização político-constitucional antes e depois do nascimento do Estado moderno, faz referência a um ordenamento jurídico entendido como "ordenamento normativo de conflitos [...], como suma organizada de pretensões e obrigações" e, portanto, como organização legal do pluralismo social. A redução da dinâmica político-constitucional à soberania estatal significa, ao contrário, a negação desta dimensão pluralista e do papel de mediação do ordenamento jurídico. Para Kelsen, a dinâmica política, a saber, da formação do Estado moderno até o Estado constitucional, tem na sua base "a difusão do poder em sentido pluralista" e "a busca de um acordo entre as distintas forças políticas e sociais com base em uma mediação contratual" na qual não é possível identificar nenhum caráter estatal entendido como "unidade, soberania e concórdia do poder público-estatal"[53]. O ordenamento jurídico representa por

---

51. H. Kelsen, *Zur Lehre vom öffentlichen Rechtsgeschäfte*, cit., p. 75.

52. M. Fioravanti, *Costituzione*, cit., p. 151.

53. M. Fioravanti, *Stato*, em id., *Stato e Costituzione*, Giappichelli, Torino, 1993, p. 65.

isso a condição de equilíbrio e de possibilidade do pluralismo e não pode ser reduzido à vontade de um sujeito soberano. Tal ordenamento, como observa Kelsen, "tem sempre mais ou menos o caráter de um compromisso"[54], exprime "as regras comuns" da vida política e da "condição jurídica" dos diversos sujeitos, o instrumento "para a tutela dos próprios direitos e a ativação das proceduras judiciárias"[55]. A soberania do ordenamento permite, portanto, que "o Estado e os demais sujeitos submetidos ao ordenamento jurídico sejam entre eles coordenados"[56]. O conceito de *Rechtsstaat*, entendido como *Rechtsverfassung*, expressa esse papel do direito e do ordenamento jurídico como estrutura de mediação e condição de possibilidade do pluralismo.

Essa reconstrução é análoga àquela em que é evidenciado o caráter formal do *Rechtsstaat*: nessa perspectiva, esse se identifica com a soberania do ordenamento jurídico e se torna o pressuposto para a construtividade jurídica do direito público. O significado "formal" do Estado de Direito é identificado com as características essenciais que este conceito deve ter em relação às diversas formas de Estado: a "forma" representa a especificação da "essência do Estado de Direito" (*Wesen des Rechtsstaates*)[57]. As características formais do conceito de Estado de Direito podem ser resumidas em dois pontos principais: a) o *Rechtsstaat* implica a necessidade da "diferença entre norma jurídica e ato do Estado, o qual é determinado por tal norma e da qual deve estar formalmente separado"[58]; b) a norma jurídica põe, entre os diversos sujeitos que a ela estão submetidos, uma relação jurídica, ou seja, deveres e obrigações correlativos[59]. Isso significa que o "*Wesen*" do *Rechtsstaat* se concretiza, em primeiro lugar, no primado (na soberania) do ordenamen-

54. H. Kelsen, *Gott und Staat*, em "Logos. Internationale Zeitschrift für Philosophie der Kultur", 11 (1922-1923), trad. it. *Dio e Stato*, em H. Kelsen, *Dio e Stato*, cit., às quais se referem as citações, p. 157.

55. M. Fioravanti, *Stato*, cit., p. 70.

56. H. Kelsen, *Zur Lehre vom öffentlichen Rechtsgeschäfte*, cit., p. 73.

57. H. Kelsen, *Hauptprobleme der Staatsrechtslehre*, cit., p. 438.

58. H. Kelsen, *Zur Lehre vom öffentlichen Rechtsgeschäfte*, cit., p. 206.

59. Ibid., p. 88.

to jurídico e, em segundo, no fato de que não pode existir dever jurídico sem a presença de uma norma. Por isso afirma-se que "o Estado pode somente 'querer' e 'agir'" (*der Staat kann nur 'wollen' und 'handeln'*) segundo aquilo que é estabelecido pelo ordenamento jurídico e que não existe dever jurídico por parte de qualquer sujeito se este não é correlativo a uma norma. Esses dois princípios expressam o fato em razão do qual, "segundo o princípio do Estado de Direito", a pessoa estatal "pode ser pensada como sujeito de obrigações e de direitos, subordinada como todas as outras pessoas"[60] ao ordenamento jurídico. De tal ordenamento, ou seja, do sistema das normas, são estabelecidos os direitos e os deveres, isto é, as relações jurídicas entre os diversos sujeitos, inclusive o Estado.

A concepção "formal" do Estado de Direito como pressuposto teórico do direito público tem uma série de conseqüências importantes também no que se refere à juridicidade dos diversos atos do Estado e em relação à unidade do sistema: em primeiro lugar, a validade de um ato do Estado é considerada tal somente em presença de uma autorização normativa (*Ermächtigung*), resultante da Constituição ou da lei, e não pode sê-lo sobre a base da suposta vontade do Estado. Em segundo lugar, o fato de que a norma expresse "relações jurídicas" (*Rechtsverhältnisse*) entre sujeitos, nas quais é considerada somente a dimensão formal (atribuição de direitos e deveres), permite excluir da consideração jurídica todos os pressupostos pré-jurídicos (poder, força ou soberania) que a caracterizam em sentido material e subjetivo (qualidade dos sujeitos compreendidos na relação) e rejeitar as teorias imperativistas. Em terceiro lugar, é estabelecido que o pressuposto da unidade do ordenamento está no fato de que toda a ação estatal é originada do sistema das normas. Em quarto lugar, é possível desenvolver uma concepção unitária de subjetividade jurídica no interior da qual são igualados os diversos atos de execução do ordenamento (ato, sentença, contrato jurídico) e é enfim possível a rejeição da distinção público/privado e da dogmática publicística a ela ligada.

---

60. H. Kelsen, *Rechtsstaat und Staatsrecht*, cit., p. 218.

Emerge dessa conceitualização a descontinuidade da concepção kelseniana do Estado de Direito em relação à doutrina alemã. Diante dos pressupostos desta última, a concepção kelseniana do *Rechtsstaat* se especifica, em primeiro lugar, pelo vínculo entre soberania do ordenamento e paridade dos diversos sujeitos jurídicos. Como foi observado, ao superar a centralidade do Estado-pessoa, Kelsen "separa-se de toda a tradição oitocentista dos remédios"[61] e afirma um princípio de legalidade não limitado pelo papel do Estado. A idéia de Estado de Direito é especificada com respeito à relação entre lei e administração: nesta dimensão é expresso o princípio da exclusiva "executividade" da administração e desaparecem a presunção de legalidade para as atividades administrativas e a teoria da intrínseca incontrolabilidade das mesmas. Em segundo lugar, através da negação do conceito de vontade do Estado, é rechaçada a construção dos direitos "públicos" subjetivos de Jellinek. A identificação, no interior do Estado de Direito, de uma relação paritária entre os diversos sujeitos, mina na raiz a possibilidade da identificação de direitos "concedidos" pelo Estado ou resultantes da sua "autolimitação". Esta última é vista como conceito "não-jurídico" (*unjuristisch*), no inteiror do qual não é possível fundar as situações subjetivas dos indivíduos[62]. O modelo de Estado de Direito proposto pela *Reine Rechtslehre* permite, assim, a superação da concepção oitocentista e abre caminho, graças à idéia de exclusiva soberania do ordenamento, à consideração da Constituição como fonte superior do ordenamento.

4. *Rechtsstaat* e Constituição

A concepção "formal" do Estado de Direito, desenvolvida por Kelsen nos escritos da segunda década do século XX, encontra um ulterior ponto de elaboração, nos anos sucessivos, graças à adoção da concepção dinâmica do ordenamento. Pode-se dizer que, desse modo, a concepção "formal" do *Rechtsstaat* assume uma dimensão "substancial" que se põe como

61. B. Sordi, *Tra Weimar e Vienna*, cit., p. 110.
62. H. Kelsen, *Hauptprobleme der Staatsrechtslehre*, cit., pp. 400 ss.

doutrina do significado do Estado de Direito nos sistemas democráticos. A dimensão substancial é desenvolvida por Kelsen em uma dupla dimensão: de um lado, em sentido mais técnico-jurídico através da concepção da estrutura hierárquica em graus (*Stufenbau*) do ordenamento e da superioridade da Constituição; de outro, por meio da elaboração do conceito de Constituição. A distinção formal/material[63] é apresentada por Kelsen como diferença entre o significado geral do Estado de Direito e as suas especificações conteudistas em relação aos diversos sistemas jurídicos: a estrutura hierárquica, o primado da Constituição e a análise do seu significado se põem como dimensão conteudista da democracia novecentista. Pode-se dizer que a reflexão precedente é desenvolvida em relação às transformações da dinâmica publicística. A introdução do conceito de Constituição (*Verfassung*) e da concepção dinâmica representa a confirmação e a conclusão da reflexão sobre o modelo do Estado de Direito e sobre a organização legalitária do Estado que tinham sido delineados nos *Hauptprobleme* e nos escritos sucessivos.

Simultaneamente, essa reflexão pode ser vista como doutrina da "democracia constitucional", ou seja, das formas nas quais o Estado de Direito se realiza na democracia nas quais é possível a convivência entre "democracia e constitucionalismo"[64]. A elaboração das características da democracia constitucional é desenvolvida sobre a base de uma concepção da democracia que se separa da sua ligação exclusiva com a idéia de soberania popular e que define a mesma, à luz das novas características do pluralismo e da liberdade, em uma diversa versão na qual ela é caracterizada pelo vínculo da maioria diante dos direitos dos indivíduos, vistos como garantias do pluralismo.

A definição da dimensão "substancial" do *Rechtsstaat* tem, como notamos, uma dupla dimensão: de um lado, a idéia da estrutura hierárquica do ordenamento jurídico; de outro, a característica do conceito e da função da Constituição.

a) A introdução da "doutrina da construção hierárquica em graus" do ordenamento (*Stufenbaulehre*) e da Constituição

63. H. Kelsen, *Allgemeine Staatslehre*, Springer, Berlin, 1925, p. 91.
64. M. Fioravanti, *Costituzione*, cit., p. 151.

como norma superior está ligada a uma nova interpretação da doutrina tradicional das funções do Estado, ou seja, da doutrina dos três poderes do Estado. A crítica a tal doutrina está dirigida aos seus aspectos ideológicos e às suas conseqüências políticas[65]. Esses aspectos da doutrina da separação dos poderes, que representam a ideologia da monarquia constitucional, são reconhecidos na identificação de conteúdo da lei como "livre" determinação dos fins do Estado e na identificação do Executivo como poder "igualmente ordenado" ao Legislativo. Isso se traduz, a partir de "considerações histórico-políticas [...] fundadas sobre a essência da 'soberania' e do 'Estado'", na negação da possibilidade do "controle jurídico sobre a atividade legislativa"[66] e na concepção da administração como atividade apenas parcialmente vinculada à lei.

A teoria hierárquica do ordenamento e o primado da Constituição que é o seu correlato permite, ao contrário, a superação do esquema rígido da separação dos poderes, concebendo todas as funções do Estado como executivas da Constituição, e dando desse modo "uma sólida plataforma unificante que re-

---

65. H. Kelsen, *Die Lehre von der drei Gewalten oder Funktionen des Staates*, em "Archiv für Rechts- und Wirtschaftsphilosophie", 17 (1923-1924), trad. it. *La dottrina dei tre poteri o funzioni dello Stato*, em H. Kelsen, *Il primato del parlamento*, Giuffrè, Milano, 1982, às quais se referem as citações, p. 82, segundo a qual nessa doutrina está presente "a intenção política de obter ou conservar a quem historicamente se encontrava exercendo determinados poderes, ao titulares de determinadas funções, aos sujeitos de determinados direitos, uma posição de particular privilégio". Sobre a separação dos poderes, remetemos à análise de W. Kägi, *Von der klassischen Dreiteilung zur umfassenden Gewaltenteilung (Erstarrte Formeln – bleibende Idee – Neu Formen)*, em *Verfassungsrecht und Verfassungswirklichkeit. Festschrift für Hans Huber zum 60. Geburtstag*, Stämpfli & Cie, Bern, 1961, pp. 151-73; e cf. à ampla pesquisa de G. Silvestri, *La separazione dei poteri*, Giuffrè, Milano, 1984.

66. H. Kelsen, *La garantie jurisdictionelle de la Constitution (La justice constitutionelle)*, em "Revue du droit public et de la science politique", 35 (1928), trad. it. *La garanzia giurisdizionale della Costituzione (La giustizia costituzionale)*, em H. Kelsen, *La giustizia costituzionale*, Giuffrè, Milano, 1981, às quais se referem as citações, pp. 151-2. Kelsen observa que, na monarquia constitucional, "o problema da constitucionalidade das leis" não suscita "questões de interesse prático", porque se considera que o "monarca", com a sanção, "deveria atestar a constitucionalidade da formação da lei", sendo a sanção o momento em que se expressaria a vontade unitária do Estado.

conduz os poderes às normas, assegura o respeito dos vínculos recíprocos e a recíproca coordenação entre os poderes"[67]. A Constituição torna-se a "fundação da unidade do Estado[68] e representa o instrumento da juridificação integral do poder. Isso permite, ainda, considerar a legislação como função inteiramente jurídica, pondo-a, desse modo, como atividade sujeita ao controle jurisdicional da conformidade dos seus atos ao ditado constitucional, seja em termos formais, seja de conteúdo. A idéia da coincidência entre soberania do ordenamento e primado da Constituição comporta a necessidade da justiça constitucional como garantia da regularidade de todas as funções do Estado e da coerência do ordenamento[69]. Através da construção em graus do ordenamento e do conceito de Constituição torna-se possível estender as "formas processuais e da sentença para território impenetráveis e resistentes à difusão do jurídico, para controvérsias em que a lei, de parâmetro, torna-se, ao contrário, objeto de juízo"[70]. Segundo Merkl, a estrutura hierárquica do ordenamento torna evidente o fato de que "o legislador tem um superior, isto é, a Constituição"[71]. Enfim, a construção em graus é, com base nos resultados dos *Hauptprobleme*, o momento da total "juridificação" da atividade administrativa: esta última é concebida, do mesmo modo que as outras formas da atividade estatal, como função integralmente jurídica e de execução do ordenamento. No interior desse paradigma, a administração é totalmente igualada à jurisdição, segundo o modelo "jurisdicional" da administração pública que havia se afirmado na precedente escola austríaca.

---

67. B. Sordi, *Un diritto amministrativo per le democrazie degli anni Venti*, em id., *Crisi istituzionale e teoria dello Stato in Germania dopo la prima guerra mondiale*, cit., p. 123.

68. H. Kelsen, *Die Lehre von der drei Gewalten oder Funktionen des Staates*, cit., p. 109.

69. H. Kelsen, *La garantie jurisdictionelle de la Constitution (La justice constitutionelle)*, cit., p. 202.

70. B. Sordi, *Tra Weimar e Vienna*, cit., p. 187.

71. A. Merkl, *Die Unveränderlichkeit von Gesetzen-ein normologischen Prinzip*, em "Juristische Blätter", 46 (1917), trad. it. *L'immodificabilità delle leggi, principio normologico*, em A. Merkl, *Il duplice volto del diritto*, Giuffrè, Milano, 1987, às quais se referem as citações, p. 134.

A *Stufenbaulehre* e a superioridade da Constituição no sistema das fontes correspondem por isso à total juridificação do poder e a um preciso sistema de organização dos poderes. Como veremos a seguir, partindo desse último aspecto, o sistema hierárquico como modelo jurídico dá a descrição da estrutura do sistema democrático e da centralidade do parlamento: trata-se, como foi evidenciado, de uma "construção hierárquica das funções do Estado" (*Stufenbau der Staatsfunktionen*)[72] através da sua direta relação constitucional. Essa construção representa por isso a realização do modelo do Estado de Direito elaborado nos *Hauptprobleme*: em conformidade com a idéia de Estado de Direito e de soberania do ordenamento jurídico, todas as atividades do Estado são vistas como funções juridicamente determinadas, ou seja, exercidas com base em uma precisa autorização normativa.

b) O segundo aspecto em que se concretiza a dimensão "substancial" do Estado de Direito é a análise do *conceito* de Constituição. A essa análise está ligada à da *função* da Constituição: nesse âmbito, Kelsen põe o primado da Constituição como condição de possibilidade do pluralismo democrático e desenvolve uma concepção "constitucional" da democracia, ou seja, dos limites da soberania popular.

O conceito de Constituição é construído em relação a duas dimensões principais: a primeira diz respeito à organização e à relação entre os vários poderes do Estado; a segunda, de conteúdo, refere-se à relação entre Estado e indivíduos. Kelsen delineia o conceito de Constituição sobretudo em relação às limitações que ela põe ao processo legislativo: nesse âmbito emerge a distinção entre forma e conteúdo e é afirmada a dimensão material da Constituição. O limite posto pela Constituição ao processo legislativo não está, de fato, restrito ao respeito das regras procedurais para a formação das leis, mas é estendido às normas que "regulam, não já a formação, mas o conteúdo das leis". É necessário, por isso, distinguir o conceito de Constituição em senso "estrito" que é vista como "a base indispensável das normas jurídicas que regulam a conduta re-

---

72. T. Öhlinger, *Der Stufenbau der Rechtsordnung*, Manz, Wien, 1975, p. 30.

cíproca dos membros da coletividade estatal" e "a noção de Constituição em senso lato", cujo "sentido originário, se não exclusivo", é o fato de traçar "princípios, diretrizes e limites ao conteúdo das futuras leis". O conceito de Constituição não está, portanto, limitado às "regras sobre os órgãos e os procedimentos legislativos", mas faz referência à dimensão conteudista dos "direitos fundamentais dos indivíduos ou liberdades individuais"[73]. Por isso, a Constituição "não é apenas uma regra procedural, mas é também uma regra substancial". No conceito de Constituição estão assim totalmente evidenciadas as duas partes: a primeira relativa à organização dos poderes do Estado, a segunda relativa aos direitos fundamentais.

Essa concepção da Constituição é posta por Kelsen em relação a novas dimensões do pluralismo e da liberdade que a afirmação da democracia comporta. Em relação ao primeiro ponto, Kelsen analisa a nova dimensão do pluralismo social e as suas repercussões em nível político através da discussão da noção de povo e de soberania popular desenvolvida em *Vom Wesen und Wert der Demokratie*[74]. Em correspondência à crítica da doutrina oitocentista e à diversa visão do ordenamento como "equilíbrio" entre forças contrastantes, Kelsen sublinha a impossibilidade, no plano sociológico e político, de conceber o povo como unidade e como substrato da vontade estatal: esse aparece, antes, como "multiplicidade de grupos distintos" que estão divididos por "contrastes nacionais, religiosos e econômicos"[75]. Esse dado introduz a novidade política mais relevante: o pluralismo social se traduz em "um dos elementos mais importantes da democracia real: os partidos políticos", sobre os quais se "funda inteiramente a democracia moderna"[76]. A vontade do Estado nos sistemas democráticos pode ser vista apenas como "resultante da vontade dos partidos". Isso correspon-

---

73. H. Kelsen, *La garantie jurisdictionelle de la Constitution (La justice constitutionelle)*, cit., pp. 153-4.

74. H. Kelsen, *Vom Wesen und Wert der Demokratie*, II, Mohr, Tübingen, 1929, trad. it. *Essenza e valore della democrazia*, em H. Kelsen, *La democrazia*, il Mulino, Bologna, 1981, às quais se referem as citações, pp. 50 ss.

75. Ibid., p. 51.

76. Ibid., p. 52.

de à mutação da dinâmica publicística: no sistema democrático-pluralista, a relação indivíduo-Estado é mediada pelas "formações coletivas que, como os partidos políticos, resumem as iguais vontades de cada indivíduo"[77].

A essa transformação corresponde, em relação ao segundo ponto de vista, aquela que Kelsen chama de "metamorfose do pensamento da liberdade"[78]. Essa "mudança de significado" toca principalmente ao fato de que a idéia de liberdade para se tornar o "princípio" da democracia se transforma de liberdade "negativa" em liberdade "social ou política" (positiva). Desse ponto de vista, Kelsen revê profundamente a idéia de liberdade: da visão clássica de liberdade "negativa", ou seja, de espaço de autonomia individual em relação ao poder do Estado, ela se transforma em liberdade "positiva", ou seja, na "participação do indivíduo no poder do Estado"[79]. Isso exige uma diversa relação entre a idéia de liberdade e a de igualdade: a democracia torna-se um sistema que procura realizar uma "síntese" entre esses dois valores[80]. Como foi sublinhado[81], a análise kelseniana das transformações da idéia de liberdade deve ser colocada em relação à passagem do Estado liberal de Direito ao Estado democrático-social. A idéia de liberdade "positiva" se põe como superação da antítese liberal entre liberdade e igualdade: a participação na "criação do ordenamento jurídico" exige, para os diversos sujeitos, iguais oportunidades de escolha. Isso significa que a liberdade política tem como pressuposto necessário a livre possibilidade de escolha e que tudo isso é possível se essa liberdade não estiver vinculada por obstáculos de ordem econômico-social.

Desse modo, "a liberdade 'negativa' não é mais um bem em si, mas é um bem como parte ou aspecto de um conceito mais abrangente de 'liberdade positiva'"[82]. Este dado se traduz em uma dupla consciência: de um lado, a de que a liberdade

77. Ibid., p. 56.
78. Ibid., pp. 39 ss.
79. Ibid., p. 46.
80. Ibid., p. 40.
81. A. Baldassarre, *Diritti sociali*, em *Enciclopedia giuridica*, Istituto della Enciclopedia italiana, Roma, 1989.
82. Ibid., p. 6.

positiva implica a autonomia de escolha do indivíduo no âmbito político; de outro, a de que tal autonomia é possível se forem realizadas condições mínimas de igualdade "substancial"[83]. Essa conexão estabelece a ligação inseparável entre realização da democracia e direitos sociais[84] e, conseqüentemente, caracteriza tal sistema em sentido substancial. Se "o fundamento do sistema torna-se a liberdade positiva", passam a ser aspectos essenciais do mesmo "o princípio de 'libertação da privação'"[85] e a "co-essencialidade" dos direitos sociais ao processo político democrático. Essa passagem é desenvovida por Kelsen a partir da crítica à "concepção atomista-individualista": a liberdade da democracia pressupõe, não o indivíduo isolado da tradição liberal, mas um sujeito que encontra a sua dimensão essencial nas "formações sociais"[86] da vida associada. Desse modo, a liberdade positiva se põe como categoria sintética de uma visão do sujeito como "indivíduo" social.

A ligação entre o conceito de Constituição e a nova dimensão do pluralismo e da liberdade comporta a concepção da Constituição como condição de possibilidade do sistema democrático. O fato do pluralismo requer a supremacia da Constituição como "regra de procedura"[87] superior que estabelece a dinâmica do jogo democrático. Como normatização que estabelece a "forma de criação do direito", a Constituição determina, no sistema pluralista dos partidos, as regras do jogo democrático[88]. A supremacia da Constituição está em relação com o pluralismo e a necessidade de estabelecer as regras da forma-

---

83. Para uma visão análoga, N. Bobbio, *Il futuro della democrazia,* Einaudi, Torino, 1984. Sobre o estrito parentesco entre a teoria kelseniana e a análise de Bobbio, cf. D. Zolo, *Il principato democratico,* Feltrinelli, Milano, 1992, pp. 121 ss.

84. Sobre esse aspecto e sobre a derivação dos direitos sociais da idéia de liberdade positiva e de sufrágio universal, M. Luciani, *Sui diritti sociali,* em "Democrazia e diritto", 4 (1994); 1 (1995).

85. A. Baldassarre, *Diritti sociali,* cit., p. 7.

86. H. Kelsen, *Vom Wesen und Wert der Demokratie,* II, cit., p. 57.

87. H. Kelsen, *La garantie jurisdictionelle de la Constitution (La justice constitutionelle),* cit., p. 154.

88. H. Kelsen, *Allgemeine Staatslehre,* cit., p. 321, na qual Kelsen sublinha como na passagem ao sistema democrátrico a Constituição se torna a regra da formação da vontade do Estado.

ção da vontade política que não podem ser deixadas à determinação de maiorias mutáveis. A Constituição rígida representa, desse ponto de vista, a "garantia" de um correto desenvolvimento do processo de formação da vontade política.

Além disso, a Constituição, vista não em relação aos seus aspectos "procedurais", ou seja, à determinação de "quem" e "como" pode decidir, mas como "regra substancial", é posta por Kelsen em relação direta com a "garantia" do pluralismo e com o problema clássico do possível "arbítrio da maioria"[89]. O sistema dos direitos fundamentais contidos na Constituição representa, neste sentido, uma forma direta de proteção das minorias. A proteção da minoria é, de fato, "a função essencial dos assim chamados direitos e liberdades fundamentais, ou direitos do homem e do cidadão, que são garantidos por todas as modernas constituições das democracias parlamentares"[90]. No sistema pluralista-democrático caracterizado pela liberdade positiva, os direitos fundamentais não são apenas o "instrumento de proteção do indivíduo contra o Estado", mas se transformam em "instrumento de proteção da minoria"[91]. O pluralismo requer por isso uma limitação "conteudista" da vontade da maioria, tanto em relação aos direitos de liberdade[92] como em relação à "garantia" do pluralismo das vontades políticas. O sistema dos direitos não tem mais, como no Estado monárquico-constitucional, apenas a função de defesa dos espaços de liberdade do indivíduo em relação ao Estado[93], mas assume também a função de garantia das minorias e de limitação do poder da maioria.

---

89. H. Kelsen, *Vom Wesen und Wert der Demokratie*, II, cit., p. 83.

90. Ibid., p. 94.

91. Ibid., p. 95.

92. Como notamos, na construção kelseniana, a idéia de liberdade positiva comporta também a presença de um catálogo articulado de direitos sociais. A esse propósito, é preciso lembrar que o quinto projeto de Constituição da República austríaca que Kelsen prepara em 1919 contém um amplo catálogo de direitos sociais. Sobre esses aspectos, G. Schmitz, *Die Vorentwürfe Hans Kelsens für die österreichische Bundesverfassung*, cit.; G. Bongiovanni, *Reine Rechtslehre e dottrina giuridica dello Stato*, Giuffrè, Milano, 1998, pp. 167 ss.

93. Essa proteção é limitada pela característica legislativa dos direitos. Sobre direitos no Estado liberal de Direito, cf. M. Fioravanti, *Appunti di storia delle costituzioni moderne*, Giappichelli, Torino, 1991.

O primado da Constituição assume um duplo valor: de um lado, de "garantia" das regras procedurais de formação da vontade política; de outro, de proteção das minorias e de garantia do pluralismo nos sistemas democráticos. A afirmação da liberdade "positiva" implica a regulamentação constitucional dos modos e dos conteúdos da vontade política: a superioridade da Constituição torna-se o correlato da democracia. Essa articulação da relação entre Constituição e democracia tem duas implicações ulteriores relativas ao conceito de Constituição e às modificações do conceito de democracia. O modelo constitucional proposto por Kelsen insere-se no paradigma da Constituição como "suprema norma jurídica de garantia", e não naquele que a vê como "princípio primeiro de unidade, de ordem política"[94], à luz da valorização do fato da pluralidade social e da recusa de qualquer unidade de tipo substancial. A Constituição não é o fruto da decisão de um sujeito determinado, mas surge, antes, como uma "Constituição sem autor"[95], que "testemunha a situação de equilíbrio relativo na qual permanecem os grupos em luta pelo poder"[96].

Essa concepção reflete-se na relação entre constituinte e constituído, ou seja, na concepção do papel do poder constituinte. A idéia de Constituição entendida como "garantia", e não como identificação de um sujeito-autor da Constituição, põe a separação entre constituinte e constituído: a validade (o fundamento) da Constituição não se origina do poder constituinte, mas é fundada em uma norma em relação à qual "o poder constituinte permanece um mero fato"[97]. Nessa perspectiva, o poder constituinte pode ser visto apenas como "um conceito-limite, um conceito apenas analítico que serve só para designar um pressuposto teoricamente necessário da Consti-

94. M. Fioravanti, *Costituzione e Stato di diritto*, em id., *Stato e Costituzione*, cit., p. 187.

95. M. Fioravanti, *Costituzione*, cit., p. 152.

96. H. Kelsen, *Der Drang zur Verfassungsreform*, em "Neue Freie Presse", 6 Oktober 1929, trad. it. *Le spinte alla riforma costituzionale*, em H. Kelsen, *La giustizia costituzionale*, cit., às quais se referem as citações, p. 49.

97. M. Dogliani, *Potere costituente e revisione costituzionale*, em G. Zagrebelsky et alii (organizado por), *Il futuro della Costituzione*, Einaudi, Torino, 1996, p. 257.

tuição"[98]: no interior de uma Constituição "garantista" não existe espaço para a idéia "jacobina" e em geral democrático-radical do poder constituinte de um sujeito titular do poder de revisão da Constituição, ao passo que está presente uma concepção segundo a qual o processo constituinte "dá lugar a regras comuns" que põem "formas e limites" do poder. Isso corresponde à idéia segundo a qual o processo constituinte significa a soberania não de um sujeito, mas de uma regra "jurídica" como afirmação de uma situação de "equilíbrio" jurídica para os vários sujeitos[99].

Em relação ao segundo aspecto, é preciso notar que com respeito à organização dos poderes de governo, a concepção kelseniana confirma a sua natureza "garantista": ela pode ser vista como Constituição "balanceada", enquanto aparece pensada em função do equilíbrio dos vários poderes, e não, como ocorre com as constituições assim chamadas "monistas", para a identificação de um "órgão" soberano no interior dos poderes do Estado[100]. Como foi notado, isso corresponde à afirmação da centralidade, mas não da soberania do parlamento[101], ou seja, de um sistema voltado para o recíproco equilíbrio entre os vários poderes. Nessa perspectiva, muda a idéia mesma de democracia, que não é mais rousseauneanamente entendida como soberania popular que se expressa através do princípio de maioria, mas é concebida como princípio "majoritário-minoritário" que corresponde aos limites do poder da maioria[102]. A democracia adquire uma dimensão "constitucional": isso significa que ela não se identifica com a soberania popular e com o princípio de maioria, mas encontra a sua realização nos limites de tal poder e no "compromisso" entre maioria e minoria. Se o princípio majoritário é construído em relação à

---

98. Ibid.

99. Sobre o poder constituinte e sobre esses princípios, cf. M. Fioravanti, *Potere costituente e diritto pubblico*, em id., *Stato e Costituzione*, cit.

100. Sobre a distinção entre Constituição monista e Constituição equilibrada, cf. M. Fioravanti, *Le dottrine dello Stato e della Costituzione*, em R. Romanelli (organizado por), *Storia dello Stato italiano*, Donzelli, Milano, 1995.

101. M. Fioravanti, *Costituzione*, cit., p. 154.

102. H. Kelsen, *Vom Wesen und Wert der Demokratie*, II, cit., pp. 94 ss.

idéia de liberdade, e não àquela de soberania, esse princípio pressupõe "logicamente" a defesa e a tutela da minoria. O sistema democrático é construído sobre a idéia de alternância das posições políticas e, portanto, sobre o pluralismo. Nessa perspectiva, o princípio de maioria revela-se como sendo, na realidade, um princípio majoritário-minoritário: não coincide com o poder numérico do voto, mas corresponde à possibilidade de que a minoria se torne maioria. Isso implica, a partir do papel dos direitos fundamentais, uma dialética contínua entre as diversas posições e a garantia, em última análise, das posições da minoria e isso torna necessário um sistema que, como veremos, comporta poderes antitéticos em relação ao poder da maioria.

5. O papel da justiça constitucional

Essa elaboração do conceito de Estado de Direito e do papel da Constituição está na base da idéia kelseniana de justiça constitucional. Na reflexão de Kelsen, o controle de constitucionalidade das leis é o necessário correlativo jurídico da supremacia do ordenamento jurídico e do primado da Constituição. Como observa Kelsen, "uma Constituição em que falte a garantia do anulamento dos atos constitucionais não é, em sentido técnico, completamente obrigatória"[103]. "A garantia jurisdicional, a saber, a justiça constitucional", é por isso um meio técnico voltado "para assegurar o exercício regular das funções do Estado", que, a partir da estrutura hierárquica do ordenamento e da idéia da legislação como "aplicação do direito", se traduz na avaliação da "regularidade" das leis, ou seja, da "correspondência entre um grau inferior e um grau superior do ordenamento jurídico". Ela é uma das principais "garantias da Constituição [...] isto é, essencialmente, garantias da constitucionalidade das leis" e da possibilidade de anulamento das "leis inconstitucionais"[104].

---

103. H. Kelsen, *La garantie jurisdictionelle de la Constitution (La justice constitutionelle)*, cit., p. 199.

104. Ibid. É preciso assinalar que essa teorização kelseniana representa uma inovação decisiva em relação à situação das jurisdições de direito público

Nos sistemas democrático-pluralistas, a justiça constitucional é por isso o instrumento jurídico principal que torna efetiva a Constituição e permite a realização do seu papel de garantia da democracia. Kelsen sublinha, portanto, os aspectos políticos da justiça constitucional no sentido da garantia do pluralismo e do equilíbrio entre os poderes. De fato, enquanto instrumento de limitação do poder legislativo, a justiça constitucional tem uma direta função política: ela é "a instituição de controle" que torna efetiva a garantia das minorias[105]. A jurisdição constitucional representa a "condição de existência" da república democrática: na democracia deve ser fortalecido o controle jurídico contra o "domínio" da maioria. Segundo Kelsen, a justiça constitucional, "enquanto assegura a formação constitucional das leis e em particular a sua constitucionalidade material, [...] é um meio de proteção eficaz da minoria contra os abusos da maioria". A garantia jurisdicional da Constituição aparece como o "instrumento idôneo" para a garantia das minorias e para a realização de um sistema democrático cuja essência não é "a onipotência da maioria", mas sim o "constante compromisso entre os grupos que a maioria e a minoria representam no parlamento". Ela torna possível a oposição "à ditadura da maioria que não é menos perigosa para a paz social do que a da minoria"[106].

Analogamente à dimensão garantista da justiça constitucional, Kelsen sublinha que ela corresponde, como poder independente, "tanto em relação ao parlamento quanto em relação ao governo", à exigência do controle recíproco entre os poderes e por isso à idéia de uma Constituição balanceada. A sua organização em caráter jurisdicional e, portanto, na forma de uma Corte constitucional que se põe como poder antitético em relação ao legislativo e ao executivo, deve ser vista em re-

---

presente no século XIX. Ela marca a passagem da *Staatsgerichtsbarkeit* à *Verfassungsgerichtsbarkeit*, ou seja, a um efetivo controle de constitucionalidade. À primeira perspectiva permanece ligada a proposta de ampliação das funções do *Reichsgericht* austríaco de G. Jellinek, *Ein Verfassungsgerichtshof für Österreich*, Hölder, Wien, 1885.

105. H. Kelsen, *La garantie jurisdictionelle de la Constitution (La justice constitutionelle)*, cit., p. 201.

106. Ibid., pp. 202-3.

lação ao significado que a "separação dos poderes" assume na "república democrática": ela corresponde à idéia da "repartição do poder entre órgãos diversos, não tanto para isolá-los reciprocamente quanto para permitir um controle de uns sobre os outros". A jurisdição constitucional e o tribunal constitucional não estão em contraste "de modo nenhum com o princípio da separação dos poderes", mas representam, ao contrário, "uma afirmação" dos mesmos: estes significam não só o impedimento da "concentração de um poder excessivo nas mãos de um único órgão – concentração que seria nociva para a democracia" –, mas representam o instrumento para "garantir também a regularidade do funcionamento dos diversos órgãos"[107].

A correlação do controle de constitucionalidade com a função de garantia e de equilíbrio da Constituição representa apenas o primeiro aspecto da reflexão kelseniana. A este é possível, ao menos, acrescentar um segundo aspecto relativo ao espaço de intervenção que a Corte constitucional tem em relação à invalidação das leis. O problema é, nesta segunda dimensão, o dos limites e das características do controle de constitucionalidade e da sua relação com o Poder Legislativo. Esse problema remete, como é sabido, àquele das possibilidades interpretativas da Constituição por parte da Corte e das características que podem ser atribuídas a tal função. Trata-se da identificação das tarefas e dos limites da jurisdição constitucional, a saber: se a Corte está limitada a funções de "controle" da regularidade ou, ao contrário, se tem um papel mais amplo e claramente político. Este segundo aspecto toca mais diretamente o modelo kelseniano de Corte constitucional, isto é, se está configurada, embora a distinção seja apenas indicativa, uma Corte de caráter mais "político" ou mais "jurisdicional". A identificação dessas características requer a análise de aspectos diversos do controle de constitucionalidade que cabem, ao menos, ao tipo de controle, aos sujeitos titulares da iniciativa de controle, à composição da Corte, à eficácia das sentenças. Embora o modelo kelseniano tenha sido considerado em geral não-"político", ou seja, limitado ao espaço de intervenção da

107. Ibid., pp. 173-4.

Corte em relação ao Poder Legislativo, é preciso, ao contrário, notar que, tanto na contribuição à Constituição austríaca quanto na reflexão sucessiva, estão presentes, em Kelsen, aspectos diversos e freqüentemente uma pluralidade de perspectivas que deixam em aberto alternativas diferentes. Esse dado emerge, seja em relação à contraposição entre controle abstrato e controle concreto, seja mais diretamente em relação às características da interpretação da Constituição por parte da Corte.

Em relação ao primeiro aspecto, é preciso notar que a contraposição controle abstrato/controle concreto remete a uma alternativa, presente em geral na atividade jurisdicional, "entre a função de proteção objetiva do ordenamento [...] e a da tutela e garantia das situações subjetivas dos indivíduos": no caso da jurisdição constitucional, o interesse objetivo é aquele ligado à "tutela da Constituição". A alternativa entre os dois modelos está no fato de que, no primeiro caso, "a dúvida de constitucionalidade surge exatamente como abstrata e teórica, em que não estão [...] em jogo interesses materiais concretos", ao passo que, no segundo "estão envolvidos os interesses de sujeitos jurídicos reais"[108]. Por conseguinte, no primeiro caso o procedimento diz respeito a vícios "abstratos" da norma, enquanto no segundo "é a lesão do direito do indivíduo que é levada diretamente em consideração", e o juízo visa os "vícios concretos" que estão proporcionados a tal lesão. Desse ponto de vista, não há dúvida de que o modelo kelseniano, baseado sobre um controle confiado a uma corte central, se caracteriza como controle "abstrato": o monopólio de um órgão chamado a controlar a legitimidade se traduz no fato de que se "elimina quase automaticamente a Constituição da categoria dos instrumentos normalmente à disposição do juiz comum para desempenhar a própria tarefa" e, portanto, a jurisdição constitucional tende a exercer um controle objetivo e não ligado à concreta tutela dos direitos.

Se esse dado parece importante e talvez predominante, é preciso, todavia, assinalar que Kelsen teoriza a jurisdição constitucional também como direta tutela dos direitos. Este aspec-

108. M. Luciani, *Le decisioni processuali e la logica del giudizio costituzionale incidentale*, Cedam, Padova, 1984, pp. 238-9.

to pode ser evidenciado propriamente em relação ao nascimento da Corte austríaca. O nascimento do *Verfassungsgerichthof* e sua concepção como "garante da Constituição", e não como simples instrumento de equilíbrio da relação entre *Bund* e *Länder*, que se verifica no decorrer dos trabalhos da subcomissão da Assembléia Constituinte, tornam-se possíveis graças à ampliação dos modos por meio dos quais pode ser introduzido o juízo sobre as leis. É somente, de fato, com a proposta kelseniana da possibilidade de auto-ativação da Corte através da procedura oficial (*amstwegiges Verfahren*)[109] que o controle sobre as leis assume uma dimensão mais ampla de tutela "objetiva" da Constituição e a Corte reveste um papel não só de equilíbrio entre os diversos níveis da legislação federal, mas também de controle global da Constituição[110].

Em relação à segunda dimensão, ou seja, às possibilidades interpretativas da Corte, podem ser feitas considerações análogas. Se a posição de Kelsen é geralmente reconstruída em relação a algumas das suas considerações muito conhecidas concernentes à necessidade de evitar a inserção na Constituição de "fórmulas vagas" e de evocar princípios indeterminados como aqueles correspondentes aos "ideais de eqüidade, justiça, liberdade, igualdade, moralidade etc."[111], é preciso dizer que essas observações não esgotam o quadro das suas posições. Se é verdade que Kelsen põe a presença de uma Constituição não programática como condição para evitar um "deslocamento de poder" do legislador ao juiz constitucional, ele sublinha, ao

---

109. Chamou a atenção sobre o papel decisivo representado pelo princípio do *"amstwegige Verfahren"*, na interpretação do modelo austríaco de controle de constitucionalidade, B. Caravita, *Corte "giudice a quo" e introduzione del giudizio sulle leggi. La Corte costituzionale austriaca*, Cedam, Padova, 1985. Essa análise é fundamental, tanto para a gênese do modelo austríaco como para uma interpretação mais geral da concepção kelseniana.

110. Sobre o significado da procedura oficial, também em relação à tutela dos direitos subjetivos e à *Verfassungsbeschwerde* (recurso individual), cf. H. Kelsen, G. Fröhlich, A. Merkl, *Die Verfassungsgesetze der Republik Österreich*, Deuticke, Wien-Leipzig, 1923, com referência aos artigos 139, 140, 144 da Constituição austríaca; A. Merkl, *Die gerichtliche Prüfung von Gesetzen und Verordnungen*, em "Zentralblatt für juristische Praxis" (1921).

111. H. Kelsen, *La garantie jurisdictionelle de la Constitution (La justice constitutionelle)*, cit., pp. 189-90.

mesmo tempo, a ligação que tal princípio tem com a tutela dos direitos. Em outros termos, as considerações críticas de Kelsen dizem respeito exclusivamente às normas "programáticas", e não às "disposições sobre o conteúdo das leis que se encontram nas declarações dos direitos individuais"[112].

Além disso, é preciso notar que, se em Kelsen está presente a interpretação da norma constitucional como simples fixação dos limites dentro dos quais pode desenvolver-se a atividade do legislador, fica, contudo, evidenciada também a possibilidade de escolha da Corte por uma das possíveis opções interpretativas e, conseqüentemente, por determinados valores. Se está presente, na reflexão kelseniana, uma visão na qual a atividade da Corte está voltada para a simples verificação da "congruidade do ato inferior àquele imediatamente superior", não é menos importante uma segunda perspectiva na qual emerge uma avaliação mais diretamente política da atividade da Corte[113]. Esta segunda característica está presente em particular em alguns passos da resposta a Carl Schmitt, na qual à consideração da jurisdição constitucional como instância que decide sobre "reais" contrastes de interesse segue-se explicitamente a escolha por determinadas opções. Segundo Kelsen, quando uma norma deixa "uma grande margem à discricionariedade", a atividade da Corte "não versa, ou melhor, não versa apenas e não só diretamente sobre a questão de constitucionalidade, mas diz respeito também à oportunidade do ato impugnado"; neste caso, a interpretação faz referência ao "melhor modo em que a criação individual ou geral do direito tenha que se desenvolver no quadro delineado pela Constituição"[114]. A atividade jurisdicional da Corte é por isso "de-

---

112. Ibid., p. 190.

113. B. Caravita, *Corte "giudice a quo" e introduzione del giudizio sulle leggi. La Corte costituzionale austriaca*, cit., pp. 160 ss.; D. Grimm, *Sul rapporto tra dottrina dell'interpretazione, giustizia costituzionale e principio democratico*, em C. Roehrssen (organizado por), *Hans Kelsen nella cultura filosofico-giuridica del Novecento*, Istituto della Enciclopedia italiana, Roma, 1983; C. Mezzanotte, *Corte costituzionale e legittimazione politica*, Tipografia Veneziana, Roma, 1984.

114. H. Kelsen, *Wer soll der Hüter der Verfassung sein?*, em "Die Justiz", 11-12 (1930-1931), trad. it. *Chi dev'essere il custode della Costituzione?*, em H. Kelsen, *La giustizia costituzionale*, cit., às quais se referem as citações, p. 259.

senvolvimento da Constituição em determinada direção", enquanto qualquer decisão da Corte é relativa ao "contraste de interesse existente" e resulta da "realidade sociológica da qual se origina o procedimento contencioso". Como nas outras figuras jurídicas, também na decisão de uma Corte, e em particular de uma Corte guardiã da Constituição, contrapõem-se interesses contrastantes, e qualquer decisão delibera sobre contrastes de interesse, ou seja, a favor de um ou de outro desses ou no sentido da sua mediação".

Essas considerações, que são decisivas também para a configuração jurisdicional da Corte constitucional[115], representam também uma visão "política" e ampla da jurisdição constitucional. Resulta por isso difícil qualificar a reflexão kelseniana no interior de um único perfil e, sobre essa base, definir o caráter unívoco da mesma. Diante da possibilidade de interpretar de modo unívoco o controle de constitucionalidade e a Corte "kelsenianos" é preciso sublinhar, ao contrário, que a posição de Kelsen contém especificações diversas da natureza e das funções da Corte e que essa reflete uma série de diversas exigências políticas e institucionais. Essa posição exprime a consciência, presente na análise de Kelsen, de alguns pontos críticos da jurisdição constitucional: de um lado, não parece possível delinear aspectos importantes da sua configuração prescindindo das características da Constituição; de outro, essa relação depende também do quadro das relações políticas e, em geral, da organização constitucional da forma de governo, do fato de ser uma Constituição "monista" ou "pluralista". Nessa perspectiva, a elaboração kelseniana deve ser vista como uma definição "aberta" que se especifica com base em concretas relações constitucionais: a Corte é diversamente configurável à luz das relações políticas e constitucionais em que é inserida.

---

115. Ibid., p. 260: "mesmo aqui é particularmente importante que a vontade estatal manifestada na sentença do tribunal constitucional se forme em um procedimento que leve a expressar o contraste de interesse existente"; "de modo que um procedimento contencioso sirva ao menos para trazer à tona a efetiva situação dos interesses". Kelsen identifica naturalmente outras motivações da opção para a forma jurídica, que são identificadas tanto na garantia de independência do tribunal quanto no fato de que a sua atividade é, sobretudo, de aplicação do direito e apenas parcialmente de criação do direito.

O debate teórico contemporâneo

O Estado de Direito entre o passado e o futuro

Por Luigi Ferrajoli

1. Estado legislativo de Direito e Estado constitucional de Direito

A expressão "Estado de Direito" é utilizada normalmente com dois significados diversos que é oportuno manter rigorosamente distintos. Em sentido amplo ou fraco ou formal, ela designa qualquer ordenamento no qual os poderes públicos são conferidos pela lei e exercidos nas formas e com os procedimentos por ela estabelecidos. Neste sentido, correspondente ao uso alemão de "Rechtsstaat", são Estados de Direito todos os ordenamentos jurídicos modernos, inclusive os mais não-liberais, nos quais os poderes públicos têm uma fonte e uma forma legal[1]. Em um segundo sentido, forte ou substancial, "Estado de Direito" designa, ao contrário, aqueles ordenamentos nos quais os poderes públicos estão igualmente sujeitos à (e por isso limitados ou vinculados pela) lei, não apenas quanto às formas, mas também quanto aos conteúdos do seu exercício. Neste significado mais restrito, que corresponde àquele predominante ao uso italiano, são Estados de Direito aqueles ordenamentos nos quais todos os poderes, inclusive o Legislativo, estão vinculados ao respeito de princípios substanciais, estabelecidos

---

1. Ver, por exemplo, H. Kelsen, *La dottrina pura del diritto* (1960), trad. it., organizado por M. G. Losano, Einaudi, Torino, 1966, p. 345: "se se reconhece o Estado como ordenamento jurídico, todo Estado é um Estado de Direito e este termo torna-se pleonástico"; ibid., p. 351: "todo Estado deve ser um Estado de Direito, no sentido em que todo Estado é um ordenamento jurídico".

costumeiramente por normas constitucionais, como a separação dos poderes e os direitos fundamentais.

A tese que pretendo sustentar é que esses dois diversos significados correspondem a dois distintos modelos normativos de direito correlativos a duas diversas experiências históricas, ambas desenvolvidas no continente europeu; cada uma, fruto de uma mudança de paradigma nas condições de existência e de validade das normas jurídicas, a saber: o modelo paleojuspositivista do Estado legislativo de Direito, que se produziu com o nascimento do Estado moderno e a afirmação do princípio de legalidade como norma de reconhecimento do direito existente; e o modelo neojuspositivista do Estado constitucional de Direito, produzido, por sua vez, pela difusão na Europa, logo após a Segunda Guerra Mundial, de constituições rígidas como normas de reconhecimento do direito válido e do controle jurisdicional de constitucionalidade sobre as leis ordinárias.

De todo evidente é o alcance da primeira mudança gerada pelo monopólio estatal da produção jurídica e, portanto, pela fundação puramente juspositivista do direito. Não menos radical, contudo, é a segunda mudança, que, como veremos, investe os mesmos aspectos estruturais alterados pela primeira. Mostrarei três alterações produzidas por cada uma das duas mudanças de paradigma das quais se originam, aqui, dois modelos distintos do Estado de Direito, a saber: a) na natureza do direito, b) na natureza da ciência jurídica e c) na natureza da jurisdição. Identificarei, conseqüentemente, três paradigmas – o direito pré-moderno, o Estado legislativo de Direito e o Estado constitucional de Direito –, analisando as suas mudanças que, sob os três aspectos, intervêm na passagem de um ao outro. Não tratarei, ao contrário, do *rule of law* inglês que, mesmo representando a primeira experiência de Estado de Direito no verdadeiro sentido, permaneceu sempre ligado à tradição do *common law* e não é, por isso, reconduzível a nenhum dos dois modelos aqui distinguidos[2]. Por fim, falarei da atual crise

2. É oportuno esclarecer que os termos "Estado constitucional de Direito" e "Estado de Direito no verdadeiro sentido" não são sinônimos. O "Estado de Direito no verdadeiro sentido" e o que chamarei mais adiante de "princípio de estrita legalidade" implicam simplesmente que a lei, e em geral a pro-

desses dois modelos de Estado de Direito diante da qual se apresenta uma nova mudança de paradigma, cujas formas e contornos estão ainda incertos.

2. Estado legislativo de Direito e positivismo jurídico

O que caracterizava o direito pré-moderno era a sua forma não legislativa, mas preponderantemente jurisprudencial e doutrinária, fruto da tradição e da sabedoria jurídica sedimentadas no decorrer dos séculos. Não existia no direito comum da Idade Média um sistema unitário e formalizado de fontes positivas. Certamente, existiam também fontes estatutárias: leis, ordenações, decretos, estatutos e similares. Mas essas fontes reportavam-se a instituições diversas e concorrentes entre si – o Império, a Igreja, os príncipes, as Comunas, as corporações –, nenhuma das quais detinha o monopólio da produção jurídica. Os conflitos entre essas diversas instituições – as lutas entre a Igreja e o Império ou aquelas entre o Império e as Comunas – foram exatamente conflitos pela soberania, isto é, pelo monopólio ou ao menos pela supremacia na produção jurídica. Esses conflitos, porém, não se resolveram jamais de forma unívoca até o nascimento do Estado moderno, com o

dução jurídica, são de fato – mesmo que não de direito – submetidas a princípios normativos, como as liberdades fundamentais e a separação dos poderes; e isso obviamente pode ocorrer, como demonstra a experiência inglesa, porque aqueles princípios estão enraizados socialmente e independentemente da existência de uma constituição. O nexo biunívoco, hoje quase generalizado entre Estado de Direito no verdadeiro sentido e constitucionalismo, reside no fato de que as constituições rígidas positivaram aqueles princípios, e por isso garantiram a sujeição a eles de todos os poderes públicos, confiando-a não já simplesmente ao seu espontâneo respeito por parte dos juízes e legisladores, mas também à sua formulação em normas positivas de grau superior à lei e ao controle jurisdicional de constitucionalidade sobre as suas violações. É evidente que, embora destituída de constituição, a experiência inglesa do *rule of law* integra um modelo de Estado de Direito em sentido estrito, inspirando assim todo o acontecimento do Estado de Direito no continente europeu. Mas é igualmente evidente que essa experiência permanece estranha a esse acontecimento e às mudanças de paradigma que a caracterizam, aos quais esse ensaio é dedicado, uma vez que ela não pode ser qualificada nem como "Estado legislativo de Direito" nem como "Estado constitucional de Direito".

predomínio de uma instituição e do seu respectivo ordenamento sobre as demais. Nessas condições, na ausência de um sistema unitário de fontes e na presença de uma pluralidade de ordenamentos concorrentes, a unidade do direito era, por isso, assegurada pela doutrina e pela jurisprudência através do desenvolvimento e da atualização da antiga tradição romanista, no interior da qual as diversas fontes estatutárias foram sistematizadas e coordenadas como materiais do mesmo gênero dos antecedentes judiciários e das opiniões dos doutores. É evidente que um paradigma similar – herdado do direito romano, mas sob esse aspecto análogo àqueles dos direitos consuetudinários extra-europeus – tem grandes implicações, tanto no plano institucional como epistemológico.

A primeira implicação diz respeito à teoria da validade, isto é, da identificação daquela que podemos chamar de norma de reconhecimento do direito existente. No interior do sistema jurídico de tipo doutrinário e jurisprudencial, uma norma existe e é válida por força não já da sua fonte formal, mas da sua instrínseca racionalidade ou justiça substancial. *Veritas, non auctoritas facit legem* [é a verdade, e não a autoridade, que faz a lei] é a fórmula, oposta àquela afirmada por Hobbes na polêmica com o jurista no seu célebre *Diálogo entre um filósofo e um estudioso do direito comum na Inglaterra*, com a qual se pode expressar o fundamento da validade do direito pré-moderno[3]. Então tinha razão o jurista. Carecendo de um sistema exaustivo e exclusivo de fontes positivas, uma norma jurídica é válida não por força da autoridade de quem a põe, mas pela respeitabilidade de quem a propõe. Assim, a validade da norma se identifica com a sua "verdade", obviamente no sentido amplo de racionalidade ou de conformidade aos antecedentes e à tradição, ou ao senso comum da justiça.

---

3. A fórmula "authoritas, non veritas facit legem" comparece, na realidade, na tradução latina de 1670 do *Leviatã* (1651), T. Hobbes, *Leviathan, sive de materia, forma et potestate civitatis ecclesiasticae et civilis*, em *Opera philosophica quae latine scripsit omnia*, organizado por W. Molesworth (1839-1845), reedição Scientia Verlag, Aalen, 1965, III, cap. XXVI, p. 202. Uma máxima substancialmente idêntica é porém enunciada por Hobbes em *A Dialogue between a Philosopher and a Student of the Common Laws of England* (1681), em *The English Works*, organizada por W. Molesworth (1839-1845), reedição Scientia Verlag, Aalen, 1965, VI, p. 5: "It is not wisdom, but authority that makes a law".

A segunda implicação diz respeito à natureza da ciência jurídica e da sua relação com o direito. No interior de um sistema doutrinário e jurisprudencial, a ciência jurídica é imediatamente normativa e se identifica de fato com o próprio direito. Não existe, realmente, um direito "positivo" que seja "objeto" da ciência jurídica e do qual a ciência seja interpretação ou análise descritiva e explicativa, mas apenas o direito transmitido pela tradição e constantemente reelaborado pela sabedoria dos doutores.

Disso decorre uma terceira implicação: também a jurisdição não consiste na aplicação de um direito "dado" ou pressuposto como autonomamente existente, segundo o princípio moderno da sujeição do juiz à lei, mas, ao contrário, na produção jurisprudencial do próprio direito. Com todas as conseqüências que o defeito de legalidade implica, sobretudo em matéria penal: a ausência de certeza, a enorme discricionariedade dos juízes, a desigualdade e a ausência de garantias contra o arbítrio.

Entende-se o alcance extraordinário da revolução que se produziu com a afirmação do princípio de legalidade como efeito do monopólio estatal da produção jurídica. Trata-se de uma mudança de paradigma que investe muito mais a forma do que o conteúdo da experiência jurídica. Se compararmos o código civil de Napoleão ou o código civil italiano com as *Istitutiones* de Gaio, as diferenças substanciais podem parecer pequenas. O que muda é o título de legitimação: não é mais a respeitabilidade dos doutores, mas a autoridade da fonte de produção; não é mais a verdade, mas a legalidade; não é a substância, isto é, a justiça intrínseca, mas a forma dos atos normativos. *Auctoritas, non veritas facit legem* [é a autoridade, e não a verdade, que faz a lei]: este é o princípio convencionalista do positivismo expresso por Hobbes no já mencionado *Diálogo*, como alternativa à fórmula oposta que exprime o princípio oposto, ético-cognitivista, do jusnaturalismo.

Jusnaturalismo e positivismo jurídico, direito natural e direito positivo podem ser concebidos como as duas culturas e as duas experiências jurídicas que estão na base desses dois paradigmas opostos. Não se entenderia o predomínio milenar do jusnaturalismo como "corrente de pensamento segundo a qual uma lei, para ser lei, deve ser conforme à justiça"[4] se não levássemos em consideração as características aqui mencionadas da experiência jurídica pré-moderna, na qual, onde faltassem fontes positivas, era exatamente o direito natural que valia como sistema de normas supostas intrinsecamente "verdadeiras" ou "justas", como "direito comum", isto é, como o parâmetro de legitimação, seja das teses propostas pela doutrina jurídica, seja da prática judicial[5]. Por essa razão, o jusnaturalismo não podia ser senão a teoria do direito pré-moderno; enquanto o positivismo jurídico, expresso pela fórmula hobbesiana, correspondia, então, com aparente paradoxo, a uma instância axiológica ou filosófico-política do dever ser, isto é, de racionalidade e de justiça. Mais precisamente à instância da refundação do direito sobre o princípio de legalidade como metanorma de reconhecimento do direito existente e, ao mesmo tempo, como primeiro e insubstituível limite contra o arbítrio, fonte de legitimidade do poder por força da sua subordinação à lei, garantia de igualdade, de liberdade e de certeza.

O Estado de Direito moderno nasce, na forma do "Estado legislativo de Direito" (ou se se preferir do "Estado legal"), no momento em que esta instância se realiza historicamente com a exata afirmação do princípio de legalidade como fonte exclusiva do direito válido e existente anteriormente. Graças a esse princípio e às codificações que constituem a sua atuação, todas as normas jurídicas existem e simultaneamente são váli-

---

4. É a definição de jusnaturalismo proposta por N. Bobbio, *Teoria della norma giuridica*, Giappichelli, Torino, 1958, § 12, pp. 49-54.

5. "O direito natural", escreve Bobbio, "era concebido como 'direito comum' (*koinòs nomos*, conforme o designa Aristóteles), e o positivo como direito especial ou particular de uma dada *civitas*; assim, baseando-se no princípio pelo qual o direito particular prevalece sobre o geral ('lex specialis derogat generali'), o direito positivo prevalece sobre o natural sempre que entre ambos ocorresse um conflito" (*Il positivismo giuridico*, Giappichelli, Torino, 1996, pp. 13-4; trad. bras. *O positivismo jurídico: lições de filosofia do direito*, Ícone Editora, São Paulo, 1999, p. 25). A relação entre direito natural ou comum e direito positivo ou estatutário não era, todavia, unívoca: alguns institutos de *jus naturale*, como a propriedade e as trocas comerciais, estavam, de qualquer modo, "subtraídas ao arbítrio do legislador" (cf. P. Costa, *Civitas. Storia della cittadinanza in Europa*, I, *Dalla civiltà comunale al Settecento*, Laterza, Roma-Bari, 1999, p. 34).

das desde que sejam "postas" por autoridades dotadas de competência normativa. A linguagem na qual essas normas são formuladas não é mais, como no direito pré-moderno moldado ao direito natural, uma linguagem espontânea e, digamos, por sua vez, "natural", mas, ao contrário, é uma linguagem artificial da qual as regras de uso são estipuladas pela lei: seja quanto às formas dos atos lingüísticos normativos – leis, sentenças, medidas, negócios –, seja quanto aos significados expressos e produzidos por esses. Disso resulta uma inversão de paradigma tanto do direito como da ciência jurídica e da jurisdição.

Em primeiro lugar, muda com o princípio de legalidade a própria noção de "validade" das normas, a qual se dissocia da noção de "justiça" ou de "verdade". E muda, portanto, o critério de identificação do direito existente: uma norma existe e é válida não porque é intrinsecamente justa e ainda menos "verdadeira", mas somente porque é proclamada em forma de lei por sujeitos habilitados por ela. Trata-se de uma mudança que se expressa naquela que chamamos costumeiramente de "separação entre direito e moral" e que se realiza através de um lento processo de secularização do direito impulsionado, no início da Idade Moderna, pelas doutrinas de Hobbes, Pufendorf e Thomasius, e que atingiu a maturidade com o Iluminismo jurídico francês e italiano e com as doutrinas claramente juspositivistas de Jeremy Bentham e de John Austin. Sobre essa separação baseia-se a concepção formal da validade entendida como logicamente independente da justiça, que é o traço característico do positivismo jurídico. E baseia-se, também, a unidade do ordenamento: seja qual for o ponto do qual se parta, mesmo o mais marginal, quer esse seja um ato jurídico (por exemplo, o ato da compra de um jornal) ou uma situação jurídica (por exemplo, estacionar em lugar proibido), pode-se remontar à lei: ou porque imediatamente reguladora do primeiro ou constitutiva do segundo, ou porque reguladora dos atos normativos dos quais os atos ou as situações de que se fala são, por sua vez, regulados ou constituídos.

Muda, em segundo lugar, a natureza da ciência jurídica, a qual cessa de ser uma ciência imediatamente normativa para se tornar uma disciplina tendencialmente cognitiva, ou seja, explicativa de um objeto – o direito positivo – autônomo e separado dela. Os nossos manuais de direito privado diferenciam-se, para além das semelhanças de conteúdo, dos tratados civilistas da época pré-moderna, assim como das obras dos juristas romanos, porque não são mais sistemas de teses e conceitos imediatamente normativos, mas, ao contrário, interpretações, ou comentários ou explicações do código civil, sobre a base do qual somente podem ser argumentáveis e sustentáveis.

Muda, enfim, a natureza da jurisdição, a qual se sujeita à lei e extrai unicamente de tal sujeição, e por isso do princípio de legalidade, a própria fonte de legimitação. Disso resulta o caráter tendencialmente cognitivo também do juízo, chamado a examinar os fatos previstos e nomeados pela lei, como, por exemplo, os crimes, sobre a base das regras de uso estabelecidas pela própria lei. Precisamente o caráter convencional da lei expresso pela fórmula hobbesiana serve, de fato, para transformar o juízo em cognição ou verificação daquilo que é preestabelecido pela lei, segundo o princípio simétrico e oposto *veritas non auctoritas facit iudicium* [é a verdade, e não a autoridade, que faz o juízo]. E vale, portanto, para fundar todo o conjunto das garantias: da certeza do direito à igualdade perante a lei e à liberdade contra o arbítrio, da independência e imparcialidade do juiz ao ônus da prova a cargo da acusação e aos direitos da defesa.

3. Estado constitucional de Direito e constitucionalismo rígido

Se essa primeira mudança de paradigma do direito exprimiu-se na afirmação do princípio de legalidade e, portanto, da onipotência do legislador, a segunda mudança chegou à sua realização, neste último meio século, com a subordinação da própria lei, garantida por uma específica jurisdição de legitimidade, a uma lei superior: a constituição, hierarquicamente supra-ordenada à legislação ordinária.

Disso resultam três alterações do modelo do Estado legislativo de Direito sobre os mesmos planos nos quais esse tinha modificado o direito jurisprudencial pré-moderno: a) no plano da natureza do direito, cuja positividade se estende da lei às normas que regulam os conteúdos da lei e implica por isso uma separação entre validade e vigor e uma nova relação entre forma e substância das decisões; b) no plano da interpretação e da aplicação da lei, onde tal separação implica uma mudança do papel do juiz, bem como das formas e das condições da sua sujeição à lei; c) no plano, enfim, da ciência jurídica, que resulta assim investido de um papel não mais simplesmente descritivo, mas crítico e projetual em relação ao seu próprio objeto.

A primeira alteração diz respeito à teoria da validade. No "Estado constitucional de Direito", as leis são submetidas não só a normas formais sobre a produção, mas também a normas substanciais sobre o seu significado. De fato, não são admitidas normas legais, cujo significado esteja em contraste com normas constitucionais. A existência ou vigor das normas, que no paradigma paleojuspositivista tinham sido separadas da justiça, separam-se agora, também, da validade, tornando possível que uma norma formalmente válida e, portanto, vigente, seja substancialmente inválida quando o seu significado estiver em contraste com normas constitucionais substanciais, como, por exemplo, o princípio de igualdade ou os direitos fundamentais. Precisamente, enquanto a norma de reconhecimento do "vigor" permanece o antigo princípio de legalidade, que diz respeito unicamente à "forma" da produção normativa e que por isso pode ser chamado de "princípio de legalidade formal" ou de "mera legalidade", a norma de reconhecimento da "validade" é, ao contrário, muito mais complexa, sendo integrada por aquele que podemos chamar de "princípio de legalidade substancial" ou de "estrita legalidade", pois vincula também a "substância", isto é, os conteúdos ou significados das normas produzidas à coerência com os princípios e os direitos estabelecidos pela constituição.

A segunda alteração diz respeito ao papel da jurisdição. A incorporação em nível constitucional de princípios e direitos fundamentais e por isso a provável existência de normas inválidas porque em contraste com esses, de fato, mudam a relação entre o juiz e a lei. Tal relação não é mais, como no antigo paradigma, de sujeição à lei, seja qual for o seu conteúdo ou significado, mas, ao contrário, de sujeição antes de tudo à constituição e, portanto, à lei apenas se constitucionalmente válida. Desse modo, a interpretação e a aplicação da lei são também, sempre, um juízo sobre a própria lei que o juiz tem o dever, caso não seja possível interpretá-la em sentido constitucional, de censurar como inválida por meio da sua denúncia de inconstitucionalidade.

A terceira alteração diz respeito, enfim, ao paradigma epistemológico da ciência jurídica. Assim como transforma as condições de validade, essa mudança impõe, também, à ciência jurídica uma função não mais meramente explicativa e não valorativa, mas crítica e projetual. No antigo paradigma do Estado legislativo de Direito, a crítica e a elaboração do direito vigente eram possíveis apenas externamente – no plano ético ou político, ou apenas no da oportunidade ou da racionalidade –, não existindo espaço para vícios jurídicos de substância interna ao direito positivo: nem para as antinomias geradas pela incoerência entre normas, valendo de qualquer modo a lei posteriormente emanada, nem para as lacunas geradas pela incompletude, não sendo configuráveis inadimplências legislativas de vínculos constitucionais inexistentes. Ao contrário, no interior de um sistema normativo complexo como é o do Estado constitucional de Direito (que disciplina não apenas as formas da produção jurídica, mas também os significados normativos produzidos), incoerência e incompletude, antinomias e lacunas são vícios ligados aos desníveis normativos nos quais se articula a sua própria estrutura formal. É evidente que esses vícios, não apenas prováveis, mas em alguma medida inevitáveis, retroagem sobre a ciência do direito, conferindo-lhe o papel científico e, ao mesmo tempo, político de examiná-los no seu interior e de propor as suas necessárias correções: precisamente, de examinar assim as antinomias geradas pela presença de normas que violam os direitos de liberdade, como as lacunas geradas pela ausência de normas que satisfaçam os direitos sociais e, por outro lado, de solicitar a anulação das primeiras porque inválidas e a introdução das segundas porque devidas.

O constitucionalismo levado a sério, como elaboração do direito por parte do próprio direito, confere, portanto, à ciência jurídica e à jurisprudência uma função e uma dimensão pragmática desconhecidas à razão jurídica própria do antigo juspositivismo dogmático e formalista: o exame das antinomias e das lacunas, a promoção da sua superação por meio das garantias existentes, a elaboração, enfim, das garantias que faltam. E investe por isso a cultura jurídica de uma responsabilidade civil e política em relação ao próprio objeto, atribuindolhe a tarefa de perseguir, por meio de operações interpretativas ou jurisdicionais ou legislativas, a sua coerência interna e completude – valer dizer a efetividade dos princípios constitucionais – sem, por outro lado, ter a ilusão de que tais operações possam ser jamais inteiramente realizáveis.

É claro que a sujeição da lei à constituição introduz um elemento de permanente incerteza sobre a validade da primeira, confiada à avaliação jurisdicional da sua coerência com a segunda. No entanto, ela restringe, ao mesmo tempo, contrariamente ao que muitas vezes se julga, a incerteza sobre o seu significado, uma vez que reduz a discricionariedade interpretativa, tanto da jurisprudência como da ciência jurídica. De fato, em igualdade de condições, um mesmo texto de lei implica, de acordo com a existência ou não de princípios estabelecidos por uma constituição rígida, um leque, no primeiro caso mais restrito e no segundo mais amplo, de interpretações legítimas. Tomemos como exemplo uma norma como aquela, presente no código penal italiano, que pune o pouco esclarecido crime de "ultraje" ("Qualquer pessoa que ultraje etc."). Na ausência de constituição, o significado de uma norma similar fica totalmente indeterminado, sendo possível entender por "ultraje" qualquer manifestação de pensamento considerado "vil", ou seja, que ofenda as instituições por ela tuteladas. Na presença da constituição, e em particular do princípio constitucional da liberdade de manifestação do pensamento, admitindo que a norma sobre o ultraje ainda possa ser considerada válida, resultam de qualquer modo excluídas do seu campo de significação e de aplicação todas as expressões de pensamento, em vez de simples insultos, mesmo que ofensivas em relação às próprias instituições.

Existe, enfim, uma quarta mudança – talvez a mais importante e a qual me limito aqui apenas a aludir – produzida pelo paradigma do constitucionalismo rígido[6]. Se, no plano da teoria do direito, tal paradigma implica uma revisão do conceito de validade baseada na separação entre o vigor relativo às formas e a validade relativa à substância das decisões, no plano da teoria política esse paradigma implica uma correlativa revisão da concepção puramente procedural da democracia. A constitucionalização de princípios e direitos fundamentais, vinculando a legislação e condicionando a legitimidade do sistema político à sua tutela e satisfação, inseriu de fato na democracia uma dimensão substancial em adendo à tradicional dimensão política ou formal ou meramente procedural. Pretendo dizer que a dimensão substancial da validade no Estado constitucional de Direito se traduz em uma dimensão substancial da própria democracia, da qual representa um limite e ao mesmo tempo um complemento: um limite porque os princípios e os direitos fundamentais se configuram como proibições e obrigações impostas aos poderes da maioria, de outra maneira absolutos; um complemento, porque essas mesmas proibições e obrigações se configuram como outras tantas garantias para a tutela de interesses vitais de todos, contra os abusos de tais poderes que – como a experiência do século recém-passado ensina – poderiam igualmente subverter, juntamente com os direitos, o próprio método democrático.

Acrescento que o constitucionalismo rígido, mesmo implicando uma mudança interna do modelo paleojuspositivista, representa um completamento, não só do Estado de Direito, mas também do próprio positivismo jurídico: por assim dizer, o Estado de Direito e o positivismo jurídico na sua forma ex-

---

6. Elucidei reiteradamente essa tese em *Diritto e ragione. Teoria del garantismo penale*, Laterza, Roma-Bari, 2000, pp. 898-900, 904-7 e 926; *Il diritto come sistema di garanzie*, "Ragion pratica", I (1993), 1, pp. 150-3; *Diritti fondamentali*, "Teoria politica", 14 (1998), 2, pp. 7, 14-8; *I diritti fondamentali nella teoria del diritto*, ibid., 15 (1999), 1, pp. 67-71; *I fondamenti dei diritti fondamentali*, ibid., 16 (2000), 3, pp. 70-80, em resposta às críticas que me foram feitas por M. Bovero, *Diritti fondamentali e democrazia nella teoria di Ferrajoli. Un consenso complessivo e un dissenso specifico*, ibid., pp. 32-7 e por A. Pintore, *Diritti insaziabili*, ibid., 15 (2000), 2, pp. 3-20. Todo o debate está agora reunido em L. Ferrajoli, *Diritti fondamentali*, organizado por E. Vitale, Laterza, Roma-Bari, 2001.

trema e mais completa. De fato, como vimos, a mudança que se produziu com esse paradigma imprimiu à legalidade uma dupla artificialidade e positividade: não apenas do *ser* do direito, isto é, das suas condições de "existência", mas também do seu *dever ser*, ou seja, das suas condições de "validade", também elas positivadas constitucionalmente como direito sobre o direito, em forma de limites e vínculos jurídicos para a sua produção. Essa foi a conquista mais importante do direito contemporâneo: a regulação não só das formas da produção jurídica, mas também dos conteúdos normativos produzidos, e, portanto, de uma ampliação e de um complemento do próprio princípio do Estado de Direito, através da subordinação do poder legislativo, anteriormente absoluto, à lei.

4. Mudanças institucionais e mudanças culturais

Neste ponto podemos identificar as duas mudanças de paradigma até agora mencionados com uma mudança estrutural ocorrida no princípio de legalidade e, por conseguinte, nas regras de formação da linguagem jurídica. O traço específico do "positivismo jurídico" que distingue o direito moderno do pré-moderno, como vimos, é o caráter exatamente positivo proveniente daquele que foi chamado de "princípio de legalidade formal" ou de "mera legalidade", por força da qual uma norma existe e é válida com base unicamente na forma legal da sua produção. O traço específico do "constitucionalismo jurídico" com relação aos sistemas jurídicos de tipo meramente legislativo é, por sua vez, uma característica não menos estrutural: a sua subordinação das próprias leis ao direito expressa por aquilo que "designei como princípio de legalidade substancial" ou de "estrita legalidade", por força da qual uma norma é válida, além de vigente, somente se os seus conteúdos não constrastam com os princípios e os direitos fundamentais estabelecidos pela constituição.

Manifestei a primeira dessas duas diferenças estruturais – aquela entre o direito pré-moderno e o direito positivo do *Estado legislativo de Direito* (ou Estado de Direito em sentido fraco) – afirmando que enquanto a linguagem jurídica dos ordenamentos não-codificados é uma linguagem "natural", a dos sistemas de direito positivo é uma linguagem "artificial", uma vez que todas as suas regras de uso são estipuladas e positivamente convencionadas. São as leis penais, por exemplo, que nos dizem o que é "roubo" e o que é "homicídio" e condicionam, portanto, como normas substanciais sobre a sua produção, juntamente com a "verdade" das inclusões, a validade das decisões jurisdicionais que constituem sua aplicação[7]. Analogamente, são as normas do código civil que nos dizem o que é um contrato ou mais especificamente um financiamento ou uma compra e venda, formando, assim, no seu conjunto, as normas substanciais sobre a produção das sentenças civis que examinam a condição de validade dos contratos. É sobre esse conjunto de normas a respeito da produção que se funda, com o formalismo, o positivismo jurídico expresso pelo princípio de mera legalidade: o direito não é, em nenhum sentido, derivante da moral ou da natureza de outros sistemas normativos, mas é totalmente um objeto artificial, "posto" ou "produzido" pelos homens e por isso confiado à responsabilidade dos mesmos, sendo como eles o pensam, o projetam, o produzem, o interpretam e o aplicam.

Também a segunda diferença estrutural – aquela entre o direito positivo do Estado legislativo e o direito positivo do *Estado constitucional de Direito* (ou Estado de Direito no verdadeiro sentido) – pode ser expressa no que diz respeito à linguagem jurídica. Essa diferença consiste no fato de que, através da língua jurídica são agora codificadas e disciplinadas, por normas de grau supra-ordenado, não apenas as normas procedurais sobre a produção dos atos lingüísticos normativos, mas

---

7. "Conhecer esta verdade", escreve Hobbes com extraordinária modernidade, "não significa senão reconhecer que ela foi criada por nós mesmos... Se lembrarmos o que designa roubo e o que significa injustiça, saberemos, pelas própria palavras, se é verdade ou não que o roubo é uma injustiça. Dizer verdade equivale a dizer proposição verdadeira: mas verdadeira é uma proposição na qual um nome posterior, que os lógicos chamam de predicado, abrange na sua extensão também o nome anterior, que se chama sujeito; e saber uma verdade é a mesma coisa que lembrar que ela foi criada por nós por meio do emprego dos nomes de que é composta" (*Elementa philosophica. De Cive*, 1647, trad. it. organizada por N. Bobbio, em *Opere politiche*, Utet, Torino, 1959, XVIII, 4, p. 377).

também as normas substanciais sobre os significados ou conteúdos que são expressos por esses; não apenas as regras sintáticas sobre a formação dos signos – ou seja, das leis, das sentenças e dos outros atos jurídicos preceptivos –, mas também as regras semânticas que vinculam o seu significado, impedindo o que não pode ser validamente decidido e impondo o que deve ser decidido; em resumo, não apenas as regras sobre "como" se diz o direito, mas também aquelas sobre "o que" o direito não pode dizer ou não dizer. As condições substanciais de validade das leis, que no paradigma pré-moderno se identificam com os princípios do direito natural e no paradigma paleopositivista tinham sido removidas pelo princípio puramente formal da validade como positividade, penetram novamente no sistema jurídico sob forma de princípios positivos de justiça estipulados em normas supra-ordenadas à legislação. De fato, no interior de um Estado de Direito baseado no princípio de estrita legalidade, também as leis são, por sua vez, reguladas por normas sobre a sua própria produção. Portanto, elas não só são condicionantes, como regras de língua, da validade das decisões expressas em linguagem jurídica, mas estão, por sua vez, condicionadas na sua própria validade, como expressões em linguagem jurídica, por normas superiores que regulam, não só a forma, mas também o significado das mesmas. É nessas normas substanciais sobre o significado que residem os fundamentos do Estado constitucional de Direito: quer elas imponham limites, como no caso dos direitos de liberdade, quer imponham obrigações, como no caso dos direitos sociais. E é nelas que se manifesta, com a convenção democrática, o paradigma jurídico da democracia constitucional: o jogo, mas também as regras do jogo democrático; o projeto democrático, mas também o método e as formas da democracia.

Essas duas mudanças, por outro lado, não foram ocasionadas apenas por revoluções políticas e por inovações jurídicas e institucionais – o nascimento do Estado moderno e depois a introdução das constituições rígidas e de específicos órgãos de justiça constitucional –, mas também por fatos culturais, vale dizer, por revoluções teóricas que mudaram a concepção do direito no imaginário dos juristas e no senso comum. Assim ocorreu com a primeira grande revolução jurídica moderna, que se produziu com a afirmação do positivismo jurídico como modelo e, ao mesmo tempo, concepção do direito em oposição ao antigo direito jurisprudencial pré-moderno. Embora antecipada no plano da filosofia política pelas doutrinas contratualistas do direito como "artifício" ou "invenção"[8] e pelas doutrinas juspositivistas de Bentham e de Austin, essa revolução afirmou-se na cultura jurídica logo após um processo atormentado e de modo nenhum tido como certo. Basta pensar na dura oposição às codificações por parte da mais importante escola jurídica do século XIX – a pandectista, baseada na idéia do *Sistema do direito romano atual*, segundo o título significativo da obra do fundador da escola, Friedrich Savigny – que reivindicou com firmeza a autonomia do direito com relação à legislação e o papel imediatamente construtivo e normativo da ciência jurídica.

Podemos dizer a mesma coisa no que tange ao constitucionalismo. As suas premissas institucionais e até mesmo teóricas já estavam em grande parte presentes muito antes que nas hodiernas constituições européias fosse consagrada e garantida a sua rigidez, através da previsão de procedimentos especiais para a sua revisão e a introdução do controle de constitucionalidade sobre as leis. Havia o exemplo da Constituição dos Estados Unidos, que foi desde o início – a partir do célebre julgamento Marbury *versus* Madison de 1803 sobre uma lei em contraste com ela – uma constituição rígida garantida pelo controle jurisdicional da Corte Suprema. Mas tal garantia provinha-lhe não tanto da sua concepção como lei supra-ordenada às leis, quanto, ao contrário, do fato de que ela era o fruto de um tratado federal que não podia ser abolido nem pelo Congresso nem pelos Estados. Além disso, existiam, na maioria dos países europeus, constituições formalmente rígidas, visto que previam procedimentos rigorosos para as suas modifi-

---

8. Recorde-se a primeira página do Leviatã, na qual o Estado é chamado de "homem artificial" e as leis, de "razão e vontade artificiais" (T. Hobbes, *Leviathan*, 1651, trad. it. de M. Vinciguerra, *Leviatano*, Laterza, Bari, 1911, Introdução, p. 3). "As sociedades políticas, ou as sociedades civis e os governos", escreve, por sua vez, Locke, "são invenções e instituições humanas" (*Segunda Epístola sobre a Tolerância*, 1690, em *Scritti sulla tolleranza*, organizado por D. Marconi, Utet, Torino, 1977, p. 253).

cações[9]. Mas nenhuma delas, com exceção da constituição austríaca de 1920[10], previa uma especial jurisdição sobre a constitucionalidade das leis. Pode-se até mesmo sustentar, como foi feito recentemente, a tese da "natural rigidez das constituições"[11], mesmo que destituídas, como era o caso do Estatuto albertino italiano, de normas sobre a sua revisão: o que hoje nos parece uma tese totalmente óbvia, uma vez que uma constituição flexível, isto é, validamente modificável com os procedimentos ordinários, não é, na realidade, uma constituição, mas uma lei ordinária, seja como for que a chamemos e ainda que gravada no mármore. Mas é um fato que essa tese foi sustentada em 1995, e não em 1925, quando Mussolini rasgou o Es-

---

9. O artigo 8 da lei constitucional francesa de 25.2.1875 previa que as modificações da constituição fossem deliberadas pelas duas Câmaras – Câmara dos Deputados e Senado – reunidas em uma única e apropriada "assemblée nationale". O artigo 123 da Constituição da Confederação Helvética de 29.5.1874 prevê que qualquer revisão da constituição, depois da sua votação com o procedimento ordinário, tenha de ser submetida a referendo. O artigo 76 da Constituição de Weimar da República alemã previa, para a aprovação de uma lei de revisão, a presença de ao menos dois terços dos membros do *Reichstag* e o voto de ao menos dois terços dos presentes. O artigo 131 da Constituição belga de 17.11.1831 prevê que, caso o "poder legislativo" declare a necessidade de uma revisão, as Câmaras são dissolvidas e a revisão é aprovada pelas novas Câmaras na presença de ao menos dois terços dos seus componentes e de ao menos dois terços dos presentes. Analogamente, o artigo 94 da Constituição dinamarquesa de 5.6.1915 previa, do mesmo modo que o artigo 88 da atual constituição de 5.6.1953, o dissolvimento do Parlamento logo após qualquer proposta de revisão e a sucessiva votação desta pelo novo Parlamento e por um referendo popular.

10. Como é sabido, a introdução da Corte constitucional austríaca de 1.10.1920 (nos artigos 137-148) foi obra de Hans Kelsen, que elaborou seu projeto a pedido do Governo; o próprio Kelsen foi, por muitos anos, membro da Corte e seu relator permanente. Ver os ensaios sobre o controle de constitucionalidade das leis agora reunidos em H. Kelsen, *La giustizia costituzionale*, trad. it. organizada por C. Geraci, Giuffrè, Milano, 1981 e, em particular, o ensaio de 1928, *La garantie jurisdictionelle de la Constitution*, ibid., pp. 143-206.

11. A. Pace, *La causa della rigidità costituzionale*, Cedam, Padova, 1996. Veja-se também M. Bignami, *Costituzione flessibile, costituzione rigida e controllo di costituzionalità in Italia (1848-1956)*, Giuffrè, Milano, 1997, o qual afirmou que o Estatuto albertino do reino da Itália era, na realidade, uma constituição não flexível, mas rígida, aliás, rigidíssima, precisamente porque era destituída de normas sobre a sua revisão.

tatuto com as suas leis liberticidas sem que nenhum jurista protestasse contra o golpe de Estado, e sequer nos anos 1950 quando o Supremo Tribunal de Justiça italiano teorizou a natureza somente programática dos princípios e dos direitos constitucionais. Mesmo no plano teórico, as premissas do constitucionalismo democrático já estavam inteiramente presentes no pensamento do maior teórico do juspositivismo, Hans Kelsen, o qual não só teorizou a estrutura em graus do ordenamento, mas também elaborou, com o seu projeto de constituição austríaca de 1920, a garantia do controle de constitucionalidade sobre as leis[12]. Mas é de novo um fato que o próprio Kelsen foi o mais convicto defensor, não só do caráter "puro" e avalorativo da teoria do direito, mas também da tese paleojuspositivista – a qual, como vimos, é insustentável em ordenamentos dotados de constituição rígida – da equivalência entre validade e existência das normas, que impede de qualificar como inválidas as normas substancialmente em contraste com a constituição[13].

Na cultura jurídica do século XIX e da primeira metade do século XX, a lei, qualquer que fosse seu conteúdo, era, em

12. Sobre a contribuição decisiva dada por Kelsen, no plano teórico e institucional, para a afirmação do paradigma constitucional, ver, enfim, G. Bongiovanni, *Reine Rechtslehre e dottrina giuridica dello Stato. H. Kelsen e la costituzione austriaca del 1920*, Giuffrè, Milano, 1998.

13. H. Kelsen, *General Theory of Law and State* (1945), trad. it. de S. Cotta e de G. Treves, *Teoria generale del diritto e dello Stato*, Edizioni di Comunità, Milano, 1959, p. 118: as normas "permanecem válidas enquanto não forem tornadas inválidas no modo determinado pelo próprio ordenamento jurídico"; ibid., p. 158: "a afirmação costumeira de que uma 'lei inconstitucional' é inválida (nula), é uma proposição destituída de significado, porque uma lei inválida não é, de modo nenhum, uma lei". As mesmas teses são repetidas em *Dottrina pura*, cit., pp. 302-5: "uma lei não-válida não é, de modo algum, uma lei, pois juridicamente ela não existe e, assim, não é possível nenhuma assertiva jurídica a respeito"; "as assim chamadas leis 'inconstitucionais' são leis constitucionais, anuláveis, porém, com um particular procedimento". Cf. também *La giustizia costituzionale*, cit., pp. 166-7, 300, no caso, para superar a antinomia, a anulação da lei inconstitucional é assimilada à revogação, com a estranha tese de que essa consistiria em "tolher-lhe validade", mesmo "com efeito retroativo". Remeto, para uma crítica dessas heranças paleopositivistas no pensamento de Kelsen e na filosofia jusanalítica, ao meu *La cultura giuridica nell'Italia del Novecento*, Laterza, Roma-Bari, 1999, pp. 92-113.

suma, considerada a fonte suprema, ilimitada e não-limitável do direito. E as cartas constitucionais, seja o que for que pensemos hoje sobre a sua "natural" rigidez, não eram percebidas como vínculos rígidos ao legislador, mas como solenes documentos políticos ou, no limite, como simples leis ordinárias. Basta apenas lembrar a desvalorização e a incompreensão da Declaração de 1789 por parte de Jeremy Bentham, que também foi um entre os grandes expoentes do liberalismo jurídico. O que é, afinal, perguntava-se Bentham, em um *pamphlet* intitulado *Fallacie anarchiche*[14] [Falácias anarquistas], um semelhante documento – que começa com a proclamação "todos os homens nascem livres e iguais" e prossegue com a enunciação de uma série de princípios de justiça e de direitos naturais –, a não ser um "tratadinho" filosófico exposto em artigos, fruto de uma "confusão de idéias tão grande que não é possível associá-las em nenhum sentido"?[15] Ora, "não existem", afirmava, "direitos naturais antes da instituição do Estado"[16], isto é, "anteriores às leis, independentes das leis, superiores às leis"[17]. Bentham não se dava conta de que o próprio direito positivo, graças àquela Declaração, estava sob os seus olhos, mudando de natureza: a própria Declaração era uma lei positiva e aqueles princípios de justiça que ela proclamava não eram mais, uma vez estipulados, princípios de direito natural, mas, ao contrário, princípios de direito positivo que vinculavam o sistema político ao seu respeito e à sua tutela.

Mas, também, depois do reconhecimento do seu caráter jurídico, as constituições e os estatutos foram por muito tempo considerados simples leis, expostas como tais às modificações e por isso, como na Itália, às violações por parte do legislador. De fato, até cinqüenta anos atrás, não existia, no senso comum dos juristas, a idéia de uma lei sobre as leis e de um direito sobre o direito. E era inconcebível que uma lei pudesse

14. J. Bentham, *Anarchical Fallacies*, trad. fr. de 1816 organizado por É. Dumont, *Sophismes anarchiques*, em *Oeuvres de Jerémie Bentham*, Société Belge de Librairie, Bruxelles, 1840, I, pp. 505-6.

15. Ibid., p. 512.

16. Ibid., p. 513.

17. Ibid., p. 526.

vincular a lei, sendo esta a única fonte, por isso onipotente, do direito, ainda mais se legitimada democraticamente como expressão da maioria parlamentar e por isso da soberania popular. Dessa forma, o legislador era, por sua vez, concebido como onipotente; e onipotente era conseqüentemente a política, da qual a legislação é o produto e ao mesmo tempo o instrumento. Disso resultava, ainda, uma concepção totalmente formal e procedimental da democracia, identificada apenas com o poder do povo, isto é, com os procedimentos e os mecanismos representativos voltados para a realização da vontade da maioria.

Somente após a Segunda Guerra Mundial, no dia seguinte à derrota nazifascista, é reconhecido e sancionado – com a introdução da garantia jurisdicional do anulamento das leis inconstitucionais por obra de Cortes específicas, e não pela sua simples desaplicação no caso concreto, como no modelo americano[18] – o significado e o alcance normativo da rigidez das constituições como normas supra-ordenadas à legislação ordinária. E não é por acaso que esta garantia é introduzida na Itália e na Alemanha, e depois na Espanha e em Portugal, onde

18. Sobre a diferença entre "a centralização do controle de constitucionalidade das leis" por meio da "atribuição à corte constitucional da tarefa de eliminar a lei inconstitucional em via geral e não em referência a casos determinados", típico do modelo austríaco adotado em seguida pela maioria das constituições européias do pós-guerra, e o modelo americano do poder confiado a todos os juízes de desaplicar a norma inconstitucional "só no caso concreto", uma vez que ela "permanece válida e pode ser, portanto, aplicada em outros casos", ver H. Kelsen, *Il controllo di costituzionalità delle leggi. Studio comparato delle costituzioni austriaca e americana* (1942), em id., *La giustizia costituzionale*, cit., pp. 295-313. O inconveniente da "falta de uniformidade em questões constitucionais" presente neste segundo modelo, observa justamente Kelsen, é reduzido, mas, certamente, não eliminado pelo fato de que nos Estados Unidos, por causa do valor normativo associado aos precedentes, "as decisões da Corte Suprema são vinculantes para todas as outras cortes", de modo que "uma decisão de tal Corte que recuse aplicação a uma lei, em um caso concreto, por motivos de inconstitucionalidade, tem na prática quase o mesmo efeito de uma anulação geral da lei" (ibid., p. 301). Existe, então, um terceiro modelo de controle de constitucionalidade das leis: o modelo francês não já posterior, mas preventivo à sua entrada em vigor, confiado pela Constituição da V República a um *Conseil Constitutionnel*, cujas declarações de inconstitucionalidade impedem a promulgação da lei.

se redescobre, depois da experiência das ditaduras fascistas e do consenso de massa de que elas usufruíram, o papel da constituição como limite e vínculo contra os poderes da maioria, segundo a noção estabelecida dois séculos atrás no artigo 16 da Declaração de 1789: não existe constituição caso "não esteja assegurada a garantia dos direitos fundamentais, nem estabelecida a separação dos poderes". São esses exatamente os dois princípios e valores que tinham sido negados pelo fascismo e que constituem, por sua vez, a negação do próprio fascismo.

Por isso, podemos falar de uma "descoberta" da Constituição ocorrida somente nessas últimas décadas. Na Itália, por exemplo, a hibernação da Constituição realizada nos primeiros anos pelo Supremo Tribunal de Justiça só foi descongelada nos anos 60 pela Corte constitucional, visto que o constitucionalismo, no século XIX e ainda na primeira metade do século passado, não pertencia ao horizonte científico dos juristas, e apenas hoje penetrou na cultura jurídica, inserindo-se no antigo paradigma juspositivista. Temos, aliás, precisamente neste campo, a mais clamorosa confirmação da dimensão pragmática da ciência jurídica: as normas e os princípios não são senão significados, e não existem somente em virtude das suas enunciações legais, mas também e mais ainda como significados compartilhados pela cultura jurídica e pelo senso comum. Acrescento que a nossa cultura jurídica é, ainda, de fato, largamente paleojuspositivista e aconstitucional; e o paradigma do Estado constitucional de Direito deve ainda, em grande parte, ser desenvolvido, tanto no plano teórico como no institucional.

Existe uma interação entre mudanças institucionais e mudanças culturais. As filosofias jurídicas e políticas são sempre um reflexo e ao mesmo tempo um fator constitutivo e, por assim dizer, performativo das experiências jurídicas concretas do seu tempo. O jusnaturalismo, mesmo com todas as suas variantes, foi a filosofia jurídica dominante da época pré-moderna enquanto ainda não existia um sistema formalizado de fontes fundado sobre o monopólio estatal da produção jurídica; o juspositivismo foi dominante depois das codificações e do nascimento do Estado moderno; o constitucionalismo é hoje dominante, ou de qualquer modo está se tornando tal, após a introdução da garantia jurisdicional da rigidez das constituições.

A cada uma dessas passagens correspondeu uma mudança dos títulos de legitimação do direito e dos seus critérios de validade: do fundamento imediatamente substancialista no direito jurisprudencial pré-moderno, quando a validade de uma tese jurídica dependia da avaliação (subjetiva) da justiça (objetiva) dos seus conteúdos, àquela puramente formalista do Estado legislativo de Direito, quando a validade de uma norma dependia apenas da forma legal da sua produção, até aquela formalista e ao mesmo tempo substancialista no Estado constitucional de Direito, quando a validade das leis foi ancorada, não só à conformidade das suas fontes e das suas formas às normas sobre a sua produção, mas também à coerência dos seus conteúdos com os princípios estabelecidos por constituições rigidamente supra-ordenadas a elas.

Portanto, três culturas, três modelos de direito, três noções de validade, correspondentes, respectivamente, a um diverso sistema político: o *ancien régime*, o Estado legislativo de Direito, o Estado constitucional de Direito. Mas, também, três diversos paradigmas epistemológicos de jurisdição e de ciência jurídica e três diversos modelos, cada vez mais complexos, de legitimação política. Com a primeira revolução institucional, a existência e a validade do direito separam-se da sua justiça, vindo a faltar a presunção apriorista confiada à sabedoria da sua elaboração doutrinária e jurisprudencial, segundo a qual o direito é imediatamente justo. O primeiro conteúdo do pacto social fundador da ordem jurídica positiva é, de fato, que uma lei preestabeleça formalmente, contra o arbítrio judiciário, aquilo que é proibido e punível, de modo que o juiz esteja vinculado a aplicá-la, examinando os pressupostos estipulados por ela mesma. Mas o segundo conteúdo, produzido pela segunda revolução institucional, é que a própria lei esteja vinculada a princípios substanciais de justiça, de forma que lhe seja impedido ou imposto, como garantia dos direitos fundamentais constitucionalmente estipulados, aquilo que lhe é permitido proibir e o modo que lhe é permitido punir. Graças a essa segunda revolução, a existência do direito separa-se ainda da sua validade, cessando também a presunção apriorista segundo a qual uma norma é válida somente pelo qual é dita, e não também por aquilo que diz. A dimensão substancial e estática das normas (*nomostatica*) do direito, que tinha sido eliminada do primeiro positivismo, volta no juspositivismo ampliado do Estado constitucional de Direito a se introduzir novamente no sistema jurídico, porém não mais sob a forma de arbitrário senso do justo, mas, ao contrário, sob a forma de limites e vínculos impostos ao legislador através da positivação destes como normas constitucionais.

5. A crise hodierna dos dois modelos de Estado de Direito

Ambos os modelos de Estado de Direito aqui mencionados estão hoje em crise. Identificarei dois aspectos e duas ordens de fatores da crise que investem, um, o Estado legislativo de Direito, e outro, o Estado constitucional de Direito. Em uma palavra, o Estado de Direito tanto em sentido fraco como forte ou o próprio direito na sua forma positiva, seja legal que constitucional. Sob ambos os aspectos, a crise se manifesta em outras tantas formas de regressão a um direito jurisprudencial de tipo pré-moderno.

Sob um primeiro aspecto, a crise investe o "princípio de mera legalidade", que, como dissemos, é a norma de reconhecimento própria do *Estado legislativo de Direito*. Ela é gerada, por sua vez, por dois fatores: a inflação legislativa e a disfunção da linguagem legal, ambas expressões da crise da capacidade reguladora e condicionante da lei e por isso daquela *artificial reason* que Thomas Hobbes contrapôs à "*iuris prudentia* ou sabedoria dos juízes desordenados" do seu tempo[19]. Na Itália, por exemplo, estimam-se afinal em muitas dezenas de milhares as leis estatais e regionais vigentes, e em centenas as leis e decretos-leis proclamados anualmente. O resultado desse crescimento exponencial – fruto de uma política que degradou a legislação a administração, perdendo enfim a distinção

---

19. T. Hobbes, *Leviatã*, cit., vol. I, XXVI, p. 222: "não é a *iuris prudentia* ou sabedoria de juízes desordenados, mas a razão deste nosso homem artificial, que é o Estado, e o seu comando, que fazem a lei". Deve-se recordar também as palavras evocadas na nota 7.

entre as duas funções, tanto no plano das fontes como dos conteúdos – é o declínio das codificações e a crescente incerteza e ingovernabilidade de todo o sistema jurídico. O direito penal, em particular, sofreu um processo de expansão que subverteu ao mesmo tempo a sua eficiência e garantia, bem como a capacidade de regulação e prevenção, tanto dos crimes como dos abusos repressivos. Na Itália ainda está em vigor o código Rocco de 1930, ao qual em meio século de República acrescentou-se uma infinidade de leis de exceção, de emergência e de ocasião, produzidas por um uso político e conjuntural do direito penal, capaz apenas de exorcizar os problemas: da legislação antidroga às inumeráveis leis ditadas pela ininterrupta emergência, inicialmente terrorista e depois mafiosa, até os inúteis "pacotes de segurança" aprovados unicamente em função de seu valor simbólico. Dada a ineficiência geral dos controles extrapenais, por outro lado, não existe lei importante que não tenha o seu apêndice penal. A situação chegou a tal ponto que a Corte constitucional viu-se obrigada a declarar a bancarrota do direito penal com a sentença de número 364 de 1988 com a qual arquivou como irrealista o clássico princípio da não-desculpabilidade da *ignorantia legis* em matéria penal.

Outro fator de crise do princípio de legalidade foi o desequilíbrio da linguagem das leis expresso pela sua crescente imprecisão, obscuridade e ambigüidade. De novo, o código penal italiano é emblemático. Já o código Rocco tinha minado o princípio de taxatividade por meio do uso, principalmente em assunto de crimes contra a personalidade do Estado, de expressões ambíguas, imprecisas e valorativas, cujo significado pode ser estendido indefinidamente em âmbito de aplicação. Mas a incerteza semântica das normas atingiu formas de verdadeira inconsistência com a legislação especial do período republicano, que produziu uma ulterior dissolução da língua penal com inteiras páginas de longos artigos de lei, intricados labirintos normativos, referências descoordenadas e contraditórias, fórmulas obscuras e de polivantes, fruto normalmente de escolhas comprometedoras, ou pior, da opção de confiar as escolhas normativas à aplicação judiciária.

O efeito desse desvio é um direito penal máximo – maximamente estendido, maximamente ineficiente, maximamente antigarantista –, do qual estão sendo eliminadas todas as funções políticas classicamente confiadas ao princípio de legalidade: a predeterminação por parte do legislador dos casos jurídicos, e por isso a certeza do direito e a sujeição juiz à lei; as garantias dos cidadãos contra o arbítrio judiciário e policial e a sua igualdade perante a lei; a obrigatoriedade da ação penal, a centralidade do debate e o papel do processo como instrumento de verificação ou confutação dos fatos cometidos em vez da penalização preventiva; a eficiência, enfim, da máquina judiciária obstruída por uma infinidade de processos cartáceos inúteis e custosos, cujo único resultado é o de ofuscar no senso comum a fronteira entre lícito e ilícito e de subtrair tempo e recursos às investigações mais importantes destinadas sempre mais àquela forma de anistia sub-reptícia, que é prescrição. É, em suma, o papel condicionante do princípio de mera legalidade que na hodierna "era da decodificação"[20] está minando o primado da legislação, e por isso da política e da democracia representativa, a favor da administração, da jurisdição e da contratação, ou seja, de fontes de poder neo-absolutistas, porque não estão mais subordinadas à lei. A racionalidade da lei contraposta por Hobbes à "*iuris prudentia* ou sabedoria de juízes desordenados", típico do antigo direito comum, foi dissolvida por uma legislação de legisladores ainda mais desordenados, cujo efeito é exatamente o de reproduzir, através do aumento da discricionariedade na prática jurídica, um direito de formação preponderantemente jurisprudencial ou administrativa ou privada, segundo o antigo modelo do direito pré-moderno.

O segundo aspecto não menos relevante da crise diz respeito ao "princípio de estrita legalidade", ou seja, ao caráter regulado e condicionado das próprias leis, no qual identifiquei aqui a norma de reconhecimento típica do *Estado constitucional de Direito*. Ainda na Itália, a Constituição foi submetida nesses anos a ataques concêntricos e a repetidas transgressões – das infrações feitas ao art. 138 sobre a sua revisão com as várias tentativas de reforma institucional até à violação do art. 11 consumada com a participação na guerra de Kosovo – que re-

---

20. É o título do conhecido livro de N. Irti, *L'età della decodificazione*, Giuffrè, Milano, 1979.

duziram a sua autoridade e força vinculante. Não se trata, de resto, de uma simples perda de efetividade da Constituição de 1948, mas da crise da própria idéia de constituição como sistema de limites e vínculos e, em geral, do valor das regras enquanto tais, sempre mais desqualificadas e percebidas, tanto pelos poderes políticos quanto econômicos, como indébitos entraves à soberania popular e ao livre mercado.

Existe, pois, outro fator, ainda mais evidente, da crise do Estado constitucional de Direito. Trata-se do fim do Estado nacional como monopólio exclusivo da produção jurídica, que se deslocou em grande parte para fora das suas fronteiras, e por isso da crise da unidade e da coerência do sistema das fontes, bem como do papel de garantia das constituições estatais. À antiga estrutura piramidal das fontes, cujo ápice era a constituição, e imediatamente abaixo as leis ordinárias, depois os regulamentos e as outras fontes administrativas e negociais, substituiu-se um amontoado de fontes pertencentes a ordenamentos diversos, da União Européia a Nações Unidas, e, todavia, direta ou indiretamente vigentes.

Emblemático – porque avançado na substância, mas não certamente nas formas, nem frágeis nem fortes, do Estado de Direito – é o processo de integração da Europa. Por um lado, a União Européia é ainda um ordenamento jurídico e politicamente amorfo, cujas características contradizem ambos os princípios do constitucionalismo democrático: a representatividade política dos órgãos da União dotados de maiores poderes normativos e a rígida subordinação das suas decisões a um controle de validade claramente fixado na tutela dos direitos fundamentais. Por outro lado, o processo de integração européia deslocou para fora dos Estados nacionais os lugares de decisão reservados tradicionalmente à soberania dos Estados: não só em matéria econômica e monetária, mas também em questões de relações comerciais, de imigração, de defesa dos consumidores, de proteção do ambiente e de políticas sociais. Calculou-se que quase 80% da produção legislativa é, enfim, direta ou indiretamente, de origem comunitária[21].

21. M. Cartabia, J. H. H. Weiler, *L'Italia in Europa. Profili istituzionali e costituzionali*, il Mulino, Bologna, 2000, p. 50.

Falarei mais adiante das perspectivas, a longo prazo certamente progressivas, abertas por tal processo graças também à Carta européia dos direitos fundamentais, aprovada em Nice, em dezembro de 2000. Todavia, enquanto não se chegar a uma refundação constitucional da União, a integração incompleta está colocando em crise a hierarquia tradicional das fontes e enfraquecendo, na falta de responsabilidade política e de controles de constitucionalidade, as constituições nacionais. Com base nessa Carta, normas de produção extra-estatal – tratados, regulamentos, diretrizes e decisões – entram, de fato, em vigor nos ordenamentos dos Estados, prevalecendo sobre as leis dos seus Parlamentos e pretendendo prevalecer até mesmo sobre as suas constituições. Desse modo, a estrutura constitucional das democracias nacionais resulta deformada, seja sob o perfil da representatividade política das novas fontes, seja sob o perfil dos seus vínculos constitucionais: em suma, todo o paradigma do Estado constitucional de Direito.

O déficit democrático da União manifesta-se antes de tudo sobre o plano do ordenamento comunitário. As fontes reportam-se a órgãos não diretamente representativos, como o Conselho e a Comissão, que decidem com procedimentos não transparentes, fortemente condicionados por *lobbies* tão mais potentes quanto mais endinheirados e organizados. Mas a carência de representatividade e de responsabilidade política retroage sobre os próprios ordenamentos nacionais dos quais as novas fontes começam a fazer parte: pela maior distância dos cidadãos em relação aos orgãos normativos; pela pouca influência dos parlamentos nacionais sobre as escolhas dos seus governos na participação de processos decisórios complexos que se concluem freqüentemente com deliberações adotadas pela maioria; pela desinformação e o desinteresse para com os assuntos europeus, tanto por parte da classe política como da opinião pública.

Igualmente enfraquecido resulta o controle de constitucionalidade sobre as fontes comunitárias[22]. Essas fontes não só

22. Ver, sobre os controles de legitimidade na jurisprudência da Corte de justiça e da Corte constitucional italiana, M. Cartabia, J. H. H. Weiler, op. cit., pp. 73-98, 163-90; R. Guastini, *Teoria e dogmatica delle fonti*, Giuffrè,

entram diretamente em vigor nos ordenamentos nacionais – os regulamentos como normas diretamente aplicáveis, as diretrizes como normas secundárias, porém dotadas também de eficácia imediata[23] –, mas são hierarquicamente supra-ordenadas, segundo a jurisprudência da Corte de Justiça, a todas as normas de direito interno[24], inclusive as constitucionais[25]. Trata-se de

---

Milano, 1998, pp. 670-87; G. Gaja, *Introduzione al diritto comunitario*, Laterza, Roma-Bari, 1999, pp. 117-37; F. Pocar, *Diritto dell'unione e delle comunità europee*, Giuffrè, Milano, 2000, cap. IV.

23. O sistema das fontes comunitárias é previsto pelo art. 249 do Tratado: "O regulamento tem alcance geral. Ele é obrigatório em todos os seus elementos e diretamente aplicável em cada um dos Estados-membros. A diretriz vincula o Estado-membro ao qual é dirigida no que concerne ao resultado a ser alcançado, salvaguardando a competência dos órgãos nacionais a respeito da forma e dos meios. A decisão é obrigatória em todos os seus elementos para os destinatários designados por ela. As recomendações e os pareceres não são vinculantes." É preciso acrescentar que também as diretrizes, segundo a constante jurisprudência da Corte de Justiça (sentenças de 4.12.1974, processo 41/74 *van Duyn/Home Office*; 6.5.1980, processo 102/79 *Commissione/Regno del Belgio*; 19.1.1982, processo 8/81 *Becker/Finanzamt Münster-Innenstadt*; 19.11.1991, processos C-6/90 e C-9/90 *Francovich/República Italiana*), devem ser diretamente aplicadas quando a sua formulação é suficientemente precisa e detalhada a ponto de não exigir normas de atuação.

24. É o princípio afirmado pela Corte de Justiça com a sentença de 15.7.1964, processo 6/64 *Costa/Enel*, na qual se afirma que "o direito originado pelo Tratado não pode encontrar um limite em qualquer medida de direito interno sem perder o próprio caráter comunitário e sem que resulte abalado o fundamento jurídico da própria Comunidade"; e que por isso "a transferência realizada pelos Estados a favor do ordenamento jurídico comunitário dos direitos e das obrigações correspondentes às disposições do tratado implica uma limitação definitiva dos seus direitos soberanos, diante da qual um ato unilateral ulterior, incompatível com o sistema da Comunidade, seria totalmente destituído de eficácia". Ainda mais explicitamente, o princípio foi reiterado pela sentença de 9.3.1978, processo 106/77 *Simmenthal*, que afirma o caráter unitário, sobre o modelo federal, do ordenamento comunitário e dos ordenamentos estatais, estabelecendo que as normas do primeiro "fazem parte integrante, com grau superior às normas internas, do ordenamento jurídico vigente no território de cada um dos Estados-membros"; de modo que, qualquer norma interna, em contraste com as normas do ordenamento comunitário, é "ipso iure inaplicável": "qualquer juiz nacional, ádito no âmbito da sua competência, tem a obrigação de aplicar integralmente e de tutelar os direitos que este atribui aos sujeitos, desaplicando eventualmentes as leis contrastantes com a lei interna, tanto anterior como posterior à lei comunitária".

25. "O fato de que sejam reduzidos, quer os princípios fundamentais sancionados pela Constituição de um Estado-membro, quer os princípios de

uma tese oposta àquela inicialmente afirmada pela Corte constitucional italiana[26], mas depois acolhida[27] por esta, mesmo com

---

uma constituição nacional, não pode diminuir a validade de um ato da Comunidade nem a sua eficácia no território do próprio Estado" (sentença da Corte de Justiça de 17.12.1970, processo 106/70 *Internationale Handelsgesellschaft*).

26. Segundo a sentença n.º 14, de 7.3.1964, sobre o caso *Costa/Enel*, que ocasionou poucos meses depois a sentença da Corte de Justiça citada na nota 21, as normas comunitárias, extraindo o seu fundamento da lei ordinária que torna executivo o Tratado, também têm valor de lei ordinária, de modo que "a violação do Tratado, se implica responsabilidade do Estado no plano internacional, não tolhe à lei em contraste com ele a sua plena eficácia. Não há dúvida de que o Estado deve honrar os compromissos assumidos e que o tratado manifesta a eficácia a ele conferida pela lei de execução. Mas, como deve permanecer firme o império das leis posteriores a esta última, segundo os princípios da sucessão das leis no tempo, conclui-se disso que qualquer hipótese de conflito entre uma e as outras não pode dar lugar a questões de constitucionalidade".

27. A Corte constitucional italiana adaptou-se progressivamente à jurisprudência da Corte de Justiça, com uma série de admissões sempre mais comprometedoras acerca da prevalência das normas comunitárias sobre as nossas leis ordinárias por força das "limitações de soberania" permitidas pela Itália com base no art. 11 da Constituição. Inicialmente, com a sentença n.º 232 de 30.10.1975, afirmou-se que "a transferência do poder de proclamar normas jurídicas aos órgãos da Comunidade" conseguinte a tais limitações – em vez de implicar a "radical privação de eficácia da vontade soberana dos órgãos legislativos dos Estados-membros" que proviria, segundo a Corte de Justiça, da sua imediata inaplicabilidade – "faz surgir o diverso problema da legitimidade constitucional dos atos legislativos" pelo seu "contraste com os princípios enunciados pelos artigos 177 e 189 (agora 249 e 234) do Tratado" e por isto com "o art. 11 da nossa Constituição". Em seguida, com a sentença n.º 163 de 29.12.1977 e ainda mais explicitamente com a de n.º 170 de 8.6.1984, a Corte constitucional italiana uniformizou-se com a tese da Corte de Justiça afirmando que "os regulamentos comunitários são aplicáveis no território italiano por força própria, e a garantia que cerca a aplicação de tal normativa é, graças ao preceito do art. 11 da Constituição, plena e contínua, no sentido de que as disposições comunitárias, as quais satisfaçam os requisitos da imediata aplicabilidade, entram e permanecem em vigor no território do Estado italiano, sem que a sua eficácia possa ser prejudicada por leis estatais, mesmo se posteriores. O juiz nacional, portanto, em caso de incompatibilidade entre o regulamento comunitário e as normas estatais superiores, deve aplicar o regulamento". Nesse caso, a sentença n.º 389, de 11.7.1989, determinou que "o eventual conflito entre o direito comunitário diretamente aplicável e o interno não dá lugar à hipótese de revogação ou derrogação, nem a formas de caducação ou de anulação por invalidade da norma interna incompatível, mas produz um efeito de desaplicação desta última". O dissenso com a Corte de Justiça sobre a concepção das relações entre ordenamento comunitário e ordenamento in-

o limite da subordinação das normas comunitárias aos princípios supremos da Constituição republicana[28]. Assim, normas que não são leis resultam não mais subordinadas à lei, mas supra-ordenadas a ela e em condições até, ao menos segundo a Corte de Justiça, de derrogar a Constituição, causando uma ulterior inflação normativa e, sobretudo, abrindo novos espaços

terno resistiu por mais tempo: à tese monista expressa pelas sentenças da primeira (*supra,* nota 24), a Corte italiana opôs repetidamente uma tese dualista por força da qual as normas comunitárias pertencem a "um ordenamento alheio", "totalmente distinto do interno" (sentença n.º 98, de 27.12. 1965), cujas fontes "permanecem estranhas ao sistema das fontes internas" (sentença n.º 170, de 8.6.1984). Expressões análogas estão contidas nas sentenças n.º 183, de 27.12.1973, n.º 232, de 30.10.1975 e n.º 389, de 11.7.1989. Mas uma tese substancialmente monista é aquela expressa pela Corte italiana com as sentenças n.º 232, de 21.4.1989, n.º 286, de 23.12.1986, e n.º 399, de 19.11.1987, citadas nas duas notas seguintes.

28. Com a sentença n.º 183, de 27.12.1973, a Corte constitucional italiana, enquanto admite que as "limitações de soberania" criadas pelo Tratado implicam uma derrogação por parte do ordenamento comunitário às atribuições normativas e jurisdicionais previstas pela segunda parte da Constituição italiana, exclui que "tais limitações [...] possam, de qualquer modo, implicar para os órgãos da C.E.E. um indamissível poder de violar os princípios fundamentais do nosso ordenamento constitucional ou os direitos inalienáveis da pessoa humana. E é claro que se, porventura, fosse dado ao art. 189 uma interpretação tão aberrante, em tal caso estaria sempre assegurada a garantia do controle jurisdicional desta Corte sobre a perdurante compatibilidade do Tratado com os princípios fundamentais". A mesma tese, que tinha sido antecipada na sentença n.º 98, de 27.12.1965, com referência ao "direito do indivíduo à tutela jurisdicional" considerado "inviolável", será confirmada pelas sentenças n.º 170, de 8.6.1984, e n.º 399, de 19.11.1987. Enfim, com a sentença n.º 232 de 21.4.1989, a Corte italiana, para evitar a pesada implicação de uma possível declaração sobre a "perdurante compatibilidade do Tratado com os princípios fundamentais", contrariou a sua antiga tese dualista sobre a estranheza do ordenamento comunitário àquele italiano, mas reabriu ao mesmo tempo um diverso conflito com a Corte de Justiça, declarando-se competente para controlar "se qualquer norma do tratado, assim como é interpretada e aplicada pelas instituições e pelos órgãos comunitários, não esteja em contraste com os princípios fundamentais do ordenamento constitucional ou não atente aos direitos inalienáveis da pessoa humana". Não está claro quais sejam esses "princípios fundamentais": se são somente aqueles que a Corte considera neste ponto essenciais para julgá-los subtraídos à própria revisão constitucional (sentença n.º 1146, de 29.12.1988), ou todos aqueles estabelecidos na primeira parte da Constituição italiana. Ao contrário, fica evidente a antinomia – em perspectiva insustentável, como se vê na nota 34 – entre esta tese e as que são afirmadas pela Corte de Justiça nas sentenças aqui citadas nas notas 24 e 25.

de poder neo-absolutista em contraste com todos os princípios do Estado de Direito. Por isso, existe o perigo de que se produza, devido também à falta de clareza na divisão dos papéis entre fontes nacionais e fontes européias, uma dupla forma de dissolução da modernidade jurídica: a formação de um incerto direito comunitário jurisprudencial, por obra de Cortes concorrentes e conflitantes[29] entre si, e a regressão ao pluralismo e à superposição dos ordenamentos e das fontes que foram próprias do direito pré-moderno. Expressões como "princípio de legalidade" e "reserva de lei" estão progressivamente perdendo sentido.

Enfim, é preciso registrar a crise daquele esboço de constituição internacional formado pela Carta da Nações Unidas e por várias convenções sobre os direitos humanos. O princípio da paz, que para as Nações Unidas representa a norma fundamental e a sua própria razão de ser, foi arquivado por duas guerras fomentadas na década passada por potências ocidentais – a guerra do Golfo e a de Kosovo – e pela perda da auto-

---

29. A concorrência e o conflito potencial entre a Corte de Justiça européia e a Corte Constitucional italiana manifestaram-se na pretensão da primeira, da qual tratamos nas notas 24 e 25, de fazer com que as normas comunitárias derivadas, submetidas ao seu controle da mesma maneira que o Tratado, prevaleçam sobre todas as normas estatais, inclusive as constitucionais, e na pretensão oposta da segunda de controlar, de um lado, como vimos nas três notas precedentes, todas as normas comunitárias, inclusive as do Tratado, da mesma maneira que a Constituição italiana, de outro, as leis estatais da mesma maneira que o Tratado: "cabe à Corte constitucional julgar as questões de legitimidade constitucional relativas a leis estatais que possam lesar o art. 11 da Constituição, enquanto incompatíveis com os princípios fundamentais do ordenamento comunitário deduzíveis do Tratado de Roma de 25 de março de 1957 constitutivo da C.E.E." (sentença n.º 286, de 23.12.1986). Trata-se de uma tese monista resultante da aceitação das fontes comunitárias como fontes do ordenamento interno expressa, além das duas sentenças aqui citadas pela sentença n.º 399, de 19.11.1987: "Os órgãos das Comunidades européias não são obrigados a observar a repartição das competências previstas por normas de nível constitucional, mas podem emanar, no âmbito do ordenamento comunitário, disposições de diferente conteúdo, desde que respeitem os princípios fundamentais do nosso sistema constitucional, bem como os direitos inalienáveis da pessoa humana. Quando tal condição for observada, as normas comunitárias se substituem por aquelas da legislação interna e, se derrogaram a disposições de grau constitucional, devem ser consideradas equivalentes a essas últimas, em virtude do que está disposto no art. 11 da Constituição."

ridade das Nações Unidas a favor da Otan como garante de uma "ordem" mundial cada vez mais marcada pelo aumento das desigualdades, pela concentração das riquezas e pela expansão da miséria, da fome e da exploração no resto do mundo[30].

De resto, todo o processo de integração econômica mundial, que é chamado de "globalização", pode ser interpretado como uma ausência de direito público, produzida pela falta de limites, regras e controles, tanto em relação à força dos Estados militarmente mais potentes, como dos grandes poderes econômicos privados. Na falta de instituições à altura das novas relações, o direito da globalização vai se moldando sempre mais, em lugar das formas públicas, gerais e abstratas da lei, às formas privadas do contrato[31], sinal de um primado incontestável da economia sobre a política e do mercado sobre a esfera pública. É assim que, à regressão neo-absolutista da soberania externa das grandes potências, está se seguindo uma simultânea regressão neo-absolutista dos grandes poderes econômicos transnacionais. Trata-se de um neo-absolutismo regressivo e que retorna, manifestando-se na ausência abertamente assumida de regras pelo hodierno anarcocapitalismo globalizado, como a própria regra fundamental, uma espécie de nova *Grundnorm* das relações econômicas e industriais.

---

30. Ver, sobre a absurda justificação da guerra como instrumento de tutela dos direitos humanos, o belo livro de D. Zolo, *Chi dice umanità. Guerra, diritto e ordine globale*, Einaudi, Torino, 2000. Cf. também o meu *Guerra "etica" e diritto*, "Ragion pratica", 13 (1999), pp. 117-28; e S. Senese, *L'insanabile contraddizione tra guerra e tutela dei diritti umani*, "Questione giustizia" (1999), 3, pp. 393-9.

31. É a tese elucidada por M. R. Ferrarese, *Le istituzioni della globalizzazione. Diritto e diritti nella società transnazionale*, il Mulino, Bologna, 2000. Sobre o direito na era da globalização, veja-se também S. Rodotà, *Diritto, diritti, globalizzazione*, "Rivista giuridica del lavoro e della previdenza sociale" (2000), 4, pp. 765-7; U. Allegretti, *Globalizzazione e sovranità nazionale*, "Democrazia e diritto" (1995), 3-4, pp. 47 ss.; id., *Costituzione e diritti cosmpolitici*, em G. Gozzi (organizado por), *Democrazia, diritti, costituzione*, il Mulino, Bologna, 1997, pp. 53 ss.; id., *Diritti e Stato in un'età di mondializzazione*, Apostilas do Curso de Direito Público Geral, Università di Firenze, Firenze, dezembro de 2000.

6. O futuro do Estado legislativo de Direito. Perspectivas de reforma

Declínio dos Estados nacionais, perda do papel normativo do direito, multiplicação e confusão das fontes, inutilização do princípio de legalidade, tanto formal como substancial, e crise da política e da sua capacidade projetual, estão, portanto, minando o Estado de Direito em seus dois paradigmas, a saber: o paradigma legislativo e o constitucional. Não é possível prever o resultado dessa crise: se será uma crise destrutiva, sob a égide do primado da lei do mais forte ou, ao contrário, uma crise de transição para um terceiro modelo ampliado de Estado de Direito. Sabemos apenas que tal resultado irá depender, ainda uma vez, do papel que a razão jurídica e política será capaz de desempenhar. A transição para um fortalecimento, em vez de uma dissolução do Estado de Direito, dependerá da refundação da legalidade – ordinária e constitucional, estatal e supra-estatal – à altura dos desafios a ele dirigidos pelos dois aspectos da crise acima mencionados.

O primeiro desafio, aquele dirigido ao Estado legislativo de Direito pela crise do princípio de mera legalidade, chama em causa o papel crítico, projetual e construtivo da razão jurídica na refundação da legalidade ordinária. Indicarei duas possíveis linhas de reforma, uma relativa à dimensão liberal do Estado de Direito, outra relativa à sua dimensão social.

A primeira indicação diz respeito ao direito penal, no âmbito do qual nasceu, não por acaso, o Estado liberal de Direito. Contra a legislação aluvional que pôs em crise o papel garantista da lei penal, um corretivo eficaz seria o fortalecimento do princípio de mera legalidade através da substituição da simples reserva de lei com uma "reserva de código", entendendo com esta expressão o princípio a ser introduzido em nível constitucional, segundo o qual nenhuma norma pode ser introduzida em matéria de crimes, penas e processos penais, senão através de uma modificação ou integração, a ser aprovada com procedimento agravante, do texto do código penal ou processual[32].

32. Sustentei o princípio da reserva de código em matéria penal em *La pena in una società democratica*, "Questione giustizia" (1996), 3-4, pp. 537-8;

Não se trataria simplesmente de uma reforma dos códigos. Ao contrário, tratar-se-ia de um recodificação de todo o direito penal com base em uma metagarantia contra o abuso da legislação especial, capaz de pôr fim ao caos existente e colocando os códigos – concebidos pela cultura iluminista como sistemas normativos relativamente simples e claros para a tutela das liberdades dos cidadãos contra o arbítrio daqueles que Hobbes chamou de "juízes desordenados" – a salvo do arbítrio e da volubilidade dos hodiernos legisladores "desordenados". O código penal e o de procedura tornar-se-iam textos normativos exaustivos e, ao mesmo tempo, exclusivos de toda a matéria penal, cuja coerência e sistematicidade o legislador deveria cada vez assumir. Disso resultaria um aumento da capacidade reguladora, tanto em relação aos cidadãos como em relação aos juízes. A drástica despenalização que se seguiria – a começar pelo direito penal cartáceo e burocrático que é formado de um amontoado de crimes hoje punidos como contravenções ou com simples penas pecuniárias – seria largamente compensada pelo aumento da certeza, da efetividade e do garantismo do conjunto.

A restauração e o fortalecimento do princípio de mera legalidade, e por isso da capacidade reguladora e condicionante da lei, remete assim à reforma e ao fortalecimento do princípio de estrita legalidade em força do qual, como vimos, a própria lei deve ser regulada e condicionada por garantias metalegais: não apenas pelos clássicos princípios substanciais de taxatividade, materialidade e ofensividade, como regras semânticas de formação da linguagem legal, mas também, neste caso, por um princípio formal sobre a produção legislativa voltada para vinculá-la à unidade, à coerência e à máxima simplicidade e cog-

---

Giurisdizione e democrazia, "Democrazia e diritto" (1997), 1, pp. 302-3; *Sulla crisi della legalità penale. Una proposta: la riserva di codice*, ibid. (2000), 5, pp. 67-79. Uma tentativa de introduzir esse princípio no ordenamento italiano – mesmo sem a previsão de procedimentos agravantes para a modificação do código, com inclusão na reserva também das leis orgânicas e com a exclusão das normas processuais – foi realizado pelo esboço de reforma da Constituição aprovado pela Comissão bicameral, que no art. 129 estabelecia que "normas penais são admitidas somente se modificam o código penal ou se contidas em leis disciplinantes organicamente a toda a matéria a que elas se referem".

noscibilidade. Somente a refundação da legalidade induzida por estes princípios – a taxatividade no plano dos conteúdos e a reserva de código no plano das formas de produção – pode, por outro lado, restaurar uma correta relação entre legislação e jurisdição sobre a base de uma rígida *actio finium regundorum* [ação de demarcação dos limites]. Com aparente paradoxo, de fato, a legislação e por isso a política podem assegurar a separação dos poderes e a sujeição do juiz à lei, e realizar, portanto, a prerrogativa constitucional da reserva absoluta de lei, se e somente se a própria lei estiver subordinada, por sua vez, ao direito, ou seja, às garantias, a primeira entre as quais é a taxatividade, capazes de limitar e vincular a jurisdição. Isso equivale a dizer que a lei pode ser efetivamente condicionante se e somente se ela for também juridicamente condicionada. O fato de que esta é a antiga receita iluminista não diminui o seu valor. O fato de que tudo isso fosse válido há dois séculos, quando a codificação tornou possível a transição do arbítrio dos juízes própria do antigo direito jurisprudencial ao Estado de Direito, não o torna menos válido hoje no momento em que a inflação legislativa fez praticamente regredir o sistema penal à incerteza do direito pré-moderno.

Mais difícil e complexa é a refundação da legalidade do Estado social. O Estado social desenvolveu-se na Europa muito mais do que nas formas da sujeição à lei, típicas do Estado de Direito, através da progressiva expansão dos aparelhos públicos, do aumento dos seus espaços de discricionariedade política e da acumulação desorgânica de leis especiais, medidas setoriais, práticas administrativas e intervenções clientelistas que se inseriram e deformaram as antigas estruturas do Estado liberal. Disso derivou uma pesada e complexa intermediação burocrática nos serviços públicos que é responsável pela sua ineficiência e, como a experiência não apenas italiana ensina, por suas degenerações ilegais. É evidente que o fornecimento de serviços sociais por parte da esfera pública requer, de qualquer modo, o desenvolvimento de custosos aparelhos burocráticos. Mas tais aparelhos podem ser convenientemente reduzidos e simplificados pela construção de um Estado social de Direito que, não diversamente do Estado de Direito liberal, se funde sobre a máxima sujeição à lei não apenas das formas,

mas também dos conteúdos dos seus serviços como derivaria da declinação destes segundo a lógica universalista das garantias dos direitos sociais em vez das intervenções discricionárias e seletivas de tipo burocrático.

Nessa perspectiva, a indicação mais fecunda sugerida pelos estudos de maior interesse sobre a reforma do Estado social é, a meu ver, um princípio de caráter geral, que se conjuga perfeitamente com o princípio do fortalecimento da mera legalidade e do seu papel condicionante através dos conteúdos, por sua vez condicionados e impostos à própria lei. Segundo esse princípio, um direito social pode ser garantido de modo tão mais pleno, simples e eficaz no plano jurídico, tão menos custoso no plano econômico e estar tão mais protegido contra a discricionariedade político-administrativa e, portanto, contra o arbítrio e a corrupção por essa alimentadas, quanto mais a intermediação burocrática exigida para a sua satisfação for reduzida e, no limite, eliminada através da sua igual garantia a favor de todos por obra de leis quanto mais gerais e abstratas possível. O exemplo paradigmático, nesta direção, é o da satisfação *ex lege*, de forma universal e generalizada, dos direitos sociais à subsistência e à assistência mediante o fornecimento de um salário mínimo garantido a todos a partir da maioridade[33]. Mas um esquema análogo têm as formas generalizadas,

---

33. Trata-se, como é sabido, de uma proposta amplamente debatida na literatura sociológica e politológica. Limito-me a lembrar os estudos de James Meade, que propõe um "dividendo social" ou "serviço social básico" (*Full Employment, New Technologies and the Distribution of Income*, "Journal of Social Policy", 13 (1984), pp. 142-3); de Ralf Dahrendorf, que supõe "uma renda mínima garantida como direito constitucional", mesmo na forma de uma "modesta quantia" porém "incontestável" (*Per un nuovo liberalismo*, Laterza, Roma-Bari, 1990, pp. 135-47, 156); de Massimo Paci, que propõe por sua vez o modelo sueco de um "regime universalista de tutela pensionista básica" (*Pubblico e privato nei moderni sistemi di Welfare*, Liguori, Napoli, 1990, pp. 100-5). Ver também o fascículo de "Democrazia e diritto" (1990), 1, pp. 141-232, sobre *Il reddito di cittadinanza*; o volume *La democrazia del reddito universale*, Manifestolibri, Roma, 1997, pp. 7-46, que contém escritos de M. Bacetta, G. Bronzini, Andrea Fumagalli, Claus Offe, Alain Caillé, David Purdy e Philippe van Parijs; C. Saraceno, *Una persona, un reddito*, "Politica ed economia" (1989), 1; M. Paci, *La sfida della cittadinanza sociale*, Edizioni Lavoro, Roma, 1990, pp. 131-46; M. T. Consoli, *Il 'Minimo vitale' tra amministrazione e legislazione*, "Sociologia del diritto" (1998), 2, pp. 51-78.

gratuitas e obrigatórias de serviços sociais, como a assistência médica e a instrução para todos que, hoje, já estão de várias formas sob a responsabilidade da esfera pública, segundo o paradigma da igualdade que é típico da forma universal dos direitos à saúde e à instrução. Nesses casos, é o automatismo dos serviços que garantem, no máximo grau, juntamente com a sujeição à lei, a certeza do direito e dos direitos, a igualdade dos cidadãos e a sua imunidade contra o arbítrio. Naturalmente, essas garantias sociais têm um alto custo econômico. Mas se trata precisamente do custo da efetiva satisfação dos relativos direitos, compensado, por outro lado, além do mínimo indispensável e dos níveis mínimos de igualdade substancial por ela assegurados, pela redução dos desperdícios produzidos pelos enormes aparelhos burocráticos e parasitários que hoje administram a assistência social de forma, algumas vezes, corrupta e com critérios potestativos e discriminatórios.

Infelizmente, não se deve nutrir demasiadas ilusões sobre nenhuma dessas perspectivas de reforma. A transformação do atual *Welfare State*, segundo o modelo universalista da garantia *ex lege* dos direitos sociais, está hoje em contraste com as tendências à privatização da esfera pública e com as opções liberistas dominantes na cultura política e na esfera governamental. Igualmente improvável é uma refundação da legalidade penal sobre a base da garantia da reserva de código. Enquanto a legislação penal está regredindo ao direito pré-moderno, a cultura penalista assiste em silêncio à destruição do próprio objeto, iludindo-se com a falácia "realista" segundo a qual o direito penal não pode ser diverso daquilo que é. Mas improvável não quer dizer impossível. Não devemos confundir, se não quisermos ocultar as responsabilidades, tanto da política como da cultura jurídica, entre inércia e realismo, desqualificando como "irrealista" ou "utópico" aquilo que simplesmente não queremos ou não sabemos fazer. Ao contrário, temos de admitir que a responsabilidade da crise remonta à indisponibilidade da política e à inércia projetual da cultura, as quais se favorecem reciprocamente – uma como álibi da outra – correndo o risco de comprometer, com o futuro do Estado de Direito, também o da democracia.

7. O futuro do Estado constitucional de Direito. Um constitucionalismo sem Estado

O segundo desafio ao Estado de Direito é dirigido à sua dimensão constitucional pela crise do princípio de estrita legalidade produzida pelas perdas de soberania dos Estados, pelo deslocamento das fontes para fora das suas fronteiras e pelo decorrente enfraquecimento do papel garantista das constituições nacionais. Esse desafio impõe um repensamento do constitucionalismo e do garantismo, isto é, dos lugares, das formas e do grau de rigidez com que as constituições podem condicionar a legislação, vinculando-a à garantia dos direitos fundamentais e dos princípios de igualdade e de justiça nelas estabelecidos. Esses lugares, como vimos, não são mais apenas estatais, mas, enfim, supra-estatais, e estão hoje ocupados, em nível europeu e mundial, por organismos que decidem de fato sem responsabilidade política e com incertos vínculos constitucionais. Disso resultam enfraquecidas, como vimos, as duas dimensões da democracia constitucional: a dimensão formal da democracia política, pelo caráter não representativo de organismos dotados de crescentes poderes decisórios, e a dimensão substancial do Estado constitucional de Direito, pela não-sujeição à lei e pela ausência de controles seguros de constitucionalidade sobre as suas decisões.

Diante desses processos, o primeiro entre todos é o da unificação européia, não servem atitudes nostálgicas de oposição estéril. É evidente que os mercados não irão regressar para o interior das fronteiras nacionais e que os fenômenos de integração e de interdependência supra-estatal e internacional são destinados a se desenvolver em vez de regredir. A única resposta possível que provém desse desafio é a promoção de uma integração jurídica e institucional, em adendo à integração econômica e política que, agrade ou não, está não só em curso, mas é irreversível. Temos de tomar consciência, diante da crise do Estado nacional e do constitucionalismo estatal, que a única alternativa ao declínio do Estado de Direito e às novas formas de absolutismo do mercado e da política é um constitucionalismo sem Estado, à altura dos novos lugares nos quais o poder e as decisões estão deslocados. Se é verdade que as constituições estatais hodiernas não são mais suficientes no seu papel de garantia, não adianta deter-se na defesa de uma soberania dos Estados e de uma autonomia dos seus ordenamentos já declinados, mas é preciso empenhar-se, de um lado, para o desenvolvimento de um constitucionalismo europeu e, de outro, de um constitucionalismo internacional, capazes de limitar o absolutismo dos novos poderes.

O constitucionalismo internacional representa a perspectiva a longo prazo certamente mais difícil e improvável. O fim dos blocos contrapostos, que podia anunciar a refundação de uma ordem planetária fundada sobre o primado da Nações Unidas e sobre a garantia dos direitos humanos sancionados pelas várias cartas internacionais, produziu, ao contrário, o declínio das Nações Unidas, a conversão da Otan em braço armado dos países ricos do Ocidente contra os países sempre mais pobres do resto do mundo e a reabilitação da guerra como instrumento de resolução dos conflitos internacionais e de defesa das nossas fortalezas democráticas contra a pressão de massas crescentes de excluídos às suas fronteiras. O único passo à frente na direção de um Estado de Direito internacional foi o Tratado de Roma, de 17 de julho de 1998, sobre a instituição, remetida por outro lado à ratificação ainda longínqua por parte de pelos menos sessenta Estados, de uma Corte penal internacional competente para julgar os crimes contra a humanidade. Resta o fato de que em um futuro de guerras, de violências e de crescimento exponencial da pobreza, da fome e da criminalidade, que deixaria as nossas democracias não só destituídas de legitimação, mas também ameaçadas, não existe outra saída a não ser o projeto jurídico de um constitucionalismo mundial já delineado pela Carta da Nações Unidas e uma política das grandes potências disposta a levá-lo a sério.

Mais realistas são as perspectivas de um alargamento do paradigma constitucional da União Européia. Está em curso, mesmo entre múltiplos limites e dificuldades, um processo constituinte da União que se acelerou notavelmente no último decênio. O passo mais significativo foi por último a aprovação em Nice, em 7 de dezembro de 2000, de uma Carta européia dos direitos fundamentais que prevê, ao lado dos tradicionais direitos civis e de liberdade, um longo elenco de direitos sociais e de direitos de última geração em questão de *privacy*, de tutela do corpo humano e de defesa do ambiente. Trata-se de um documento que foi apenas proclamado, mas ainda não formalmente inserido nos Tratados. São indubitáveis, todavia, em seguida à sua unânime aprovação por parte do Conselho, da Comissão e do Parlamento europeu, o valor político e a força de fato vinculante do documento. Também no plano jurídico, por outro lado, pode-se considerar que as suas normas já tenham sido acolhidas pelo art. 6 do Tratado da União, o qual evoca como "princípios gerais do direito comunitário" os direitos fundamentais "como resultam", não só da Convenção Européia dos Direitos do Homem de 1950, mas também "das tradições constitucionais comuns dos Estados-membros", a saber, propriamente daquelas mesmas "tradições constitucionais comuns" que a Convenção instituída pelo Conselho europeu de Colônia de 3 a 4 de junho de 1999 foi incumbida de identificar na Carta por ela sucessivamente elaborada[34]. Desse modo, pode-se afirmar que esta Carta não é apenas o primeiro passo importante rumo à elaboração de uma verdadeira constituição

---

34. É bem provável que a Corte de justiça irá adotar esta tese, não só porque ela está fundada na letra do art. 6 cpv do Tratado, mas também porque ela é sempre mais essencial para a legitimação da sua própria jurisdição e de todo o direito comunitário. Se, de fato, é verdade que tal direito – como estabelecido na sentença de 1964 aqui reevocada na nota 24 – não pode ser derrogado a nenhuma lei ou sentença de qualquer Estado-membro "sem perder o próprio caráter comunitário e sem que disso resulte abalado o fundamento jurídico da própria Constituição", é igualmente inegável que nenhuma Corte Constitucional – como foi afirmado pela Corte italiana com as sentenças aqui citadas nas notas 26 e 28 – pode admitir a inclusão, no seu ordenamento, de normas "em contraste com os princípios fundamentais do ordenamento constitucional". É evidente que o único modo para reduzir, e até mesmo eliminar, esta virtual antinomia é o estabelecimento da validade das fontes comunitárias, e por isso da jurisprudência da Corte de Justiça, em uma tábua de direitos fundamentais não menos rica do que a contida nas constituições nacionais. Por isso pode-se dizer que a Carta européia dos direitos aprovada em Nice preenche uma lacuna insustentável. No caso, pode-se afirmar que, sob esse aspecto, ela peca por defeito: para evitar qualquer possível antinomia do tipo aqui evidenciado, ela deveria incluir todos os princípios constitucionais contidos nas constituições dos Estados-membros e garantir, assim, um controle de legitimidade mais rigoroso ou ao menos mais igual àquele por estas permitido às Cortes nacionais.

européia, mas é, enfim, direito vigente, juridicamente vinculante, não só para os órgãos decisórios da União e para os Estados-membros, mas também para a Corte de Justiça de Luxemburgo, destinada sempre mais claramente a se transformar em uma Corte constitucional européia.

Naturalmente, a nova Carta dos direitos não é suficiente para redesenhar o ordenamento europeu do Estado constitucional de Direito. É necessária, para esse fim, uma refundação racional de toda a organização dos poderes da União baseada, de um lado, sobre o clássico princípio dos poderes e, de outro, sobre uma mais clara distribuição das competências, segundo o modelo federal, entre órgãos europeus e órgãos dos Estados. A construção de um Estado de Direito europeu requer, por isso, um percurso inverso àquele realizado pelos Estados de Direito nacionais: não o constitucionalismo como completamento do Estado legislativo de Direito, mas, ao contrário, como seu pressuposto. Somente quando for realizada a integração constitucional da União – por meio da ampliação das suas competências para além da originária matéria econômica e, por outro lado, da atribuição nelas de funções legislativas ao Parlamento europeu – será de fato possível promover formas cada vez mais avançadas de integração legislativa.

Hoje, a integração jurídica procede com a superposição das fontes comunitárias às fontes estatais, agravando assim o emaranhado das normas e a crise do princípio de legalidade na sua dimensão formal não menos do que substancial. O seu principal fator é o papel desempenhado pela Corte de Justiça, que, graças também ao envolvimento das jurisdições estatais provocado pelo ingresso imediato das normas comunitárias nos ordenamentos dos Estados[35], está produzindo a formação de

35. Cf., sobre este ponto, M. Cartabia, J. H. H. Weiler, op. cit., pp. 60-76, que sublinham, de um lado, a efetividade assegurada por este caminho ao direito comunitário ("um Estado, nas democracias ocidentais, não pode desobedecer aos próprios juízes": ibid., p. 61); de outro, a uniformidade interpretativa entre jurisdições nacionais, as quais normalmente se ignoram de forma mútua, obtida graças ao art. 234 do Tratado, que prevê a possibilidade para os juízes dos Estados-membros de solicitar preliminarmente à Corte de Justiça para se pronunciar sobre as questões interpretativas e de legitimidade dos atos e das normas da União.

um direito europeu de caráter tendencialmente jurisprudencial. Mas é claro que não existe nenhuma razão substancial para que a integração não aconteça no plano legislativo. Não há motivo para que, em particular, na União, tenham de existir quinze códigos ou sistemas de direito civil e igualmente de direito penal substancialmente similares, e não se chegue, ao menos nas matérias de sua competência, a uma codificação civil[36] e penal européia[37]. Disso resultariam beneficiados não só

---

36. É nesta direção, de resto, que está se orientando a projetação jurídica, com base em duas resoluções do Parlamento europeu, de maio de 1989 e de maio de 1994, as quais auspiciam, como essencial ao mercado comum, "a harmonização de alguns setores do direito privado nos Estados-membros" em vista da elaboração de um "código comum europeu de direito privado". Uma comissão de juristas para a redação de um projeto de código civil europeu, coordenada por Christian von Bar, apresentou, no final de 1999, a segunda versão dos *Principles of European Contract Law*, publicada com uma apresentação de G. Alpa, *I principi del diritto contrattuale europeo*, "Rivista critica del diritto privato", 18 (2000), 3. Após uma primeira versão dos *Principles*, limitada às normas sobre o contrato e elaborada nos anos 1980-1992 por uma comissão presidida pelo dinamarquês Ole Lando, esta segunda versão, redigida nos anos 1990 e destinada a ulteriores desenvolvimentos e integrações, codificou as regras comuns no interior do direito privado patrimonial. Ver também, sobre essa obra, além da grande coletânea de escritos *Towards a European Civil Code (Second Revised and Expanded Edition)*, Nijmegen, The Hague-London, 1998; G. Alpa, *Nuove frontiere del diritto contrattuale*, em "Contratto e impresa", (1997), pp. 961-79; id., *Il codice civile europeo: 'ex pluribus unum'*, "Contratto e impresa/Europa", (1999), pp. 695-710; id., *Lineamenti di diritto contrattuale*, em G. Alpa, M. J. Bonell, D. Corapi, L. Moccia, V. Zeno-Zencovich, *Diritto privato comparato. Istituti e problemi*, Laterza, Roma-Bari, 1999, pp. 147-237; M. J. Bonell, *Comparazione giuridica e unificazione del diritto*, ibid., pp. 3-33, que trata também da elaboração, por iniciativa do Unidroit, de um sistema de *Principles of International Commercial Contracts* com base planetária, publicados em 1994 e já adotados como orientação, uma espécie de *lex contractus*, em muitos contratos comerciais internacionais.

37. Sobre o projeto elaborado, graças à iniciativa da Comissão Européia, por um grupo de penalistas coordenado por Mireille Delmas-Marty e denominado de forma um pouco pomposa de "*Corpus Juris* para a tutela penal dos interesses financeiros da União Européia" – que entre outras coisas prevê a instituição de um Ministério Público europeu independente e vinculado ao princípio de legalidade –, ver o volume G. Grasso (organizado por), *Verso uno spazio giudiziario europeo*, Giuffrè, Milano, 1998, que contém o texto do projeto comentado artigo por artigo; L. Ricotti (organizado por), *Possibilità e limiti di un diritto penale dell'Unione europea*, Giuffrè, Milano, 1999, que reúne as atas de um Congresso realizado sobre esse tema, em Trento, de 3 a 4 de outubro

a tutela dos direitos e o processo de unificação política, mas a própria livre troca, a certeza das transações comerciais e a proteção dos interesses e dos bens comunitários que também estão entre os objetivos estatutários e entre as matérias de competência da União. O principal obstáculo à unificação dos códigos, ou ao menos à formação de códigos e jurisdições federais em matérias claramente distintas daquelas disciplinadas pelos códigos estatais, diz respeito obviamente à matéria penal, que, em ordenamentos como o italiano, está protegida pela reserva de lei no alto de órgãos representativos, mas que poderia ser satisfeita, também em nível comunitário, se ao Parlamento fossem conferidas funções legislativas[38]. É, em re-

---

de 1997. Acerca da perspectiva de um direito penal europeu discute-se há mais de trinta de anos: recorde-se o volume *Prospettive di un diritto penale europeo*, Padova, Cedam, 1968, que reúne as atas de um Congresso análogo realizado em Bressanone, de 24 a 27 de agosto de 1967. Ver ainda M. Delmas-Marty, *Pour un droit commun*, Seuil, Lonrai, 1994; id., *Union Européenne et droit pénal*, "Cahiers de droit européen" (1997), pp. 613 ss.; id., *Verso un diritto penale comune europeo?*, "Rivista italiana di diritto e procedura penale" (1997), 5-6, pp. 543-54; K. Tiedemann, *L'europeizzazione del diritto penale*, ibid., 1998, pp. 3-21; G. Grasso, *Comunità europea e diritto penale. I rapporti tra l'ordinamento comunitario e i sistemi penali degli Stati membri*, Milano, Giuffrè, 1989; id., *Le prospettive di formazione di un diritto penale dell'Unione Europea*, "Rivista Trimestrale di diritto penale dell'economia" (1995), 4, pp. 1159-93; id. (organizado por), *Prospettive di un diritto penale europeo*, Giuffrè, Milano, 1998; S. Riondato, *Competenza penale della Comunità europea. Problemi di attribuzione attraverso la giurisprudenza*, Padova, Cedam, 1996; M. Delmas-Marty, S. Manacorda, *Le corpus juris: un Chantier ouvert dans la construction du Droit pénal économique européen*, "European Journal of Law Reform", 1 (1999), 4, pp. 473-500.

38. Atualmente, a União Européia não é dotada de competências em matéria penal, mas apenas de poderes sancionadores diretos, por meio de sanções pecuniárias específicas de tipo administrativo, ou indiretas, por meio da solicitação do recurso aos sistemas sancionadores, inclusive o penal, dos Estados-membros. O estabelecimento de uma competência penal ao poder, mesmo genericamente sancionada pelo Parlamento europeu, como órgão representativo, é, por outro lado, dado pelo art. 229 do Tratado da Comunidade: "Os regulamentos adotados conjuntamente pelo Parlamento europeu e pelo Conselho, em virtude das disposições do presente Tratado, podem atribuir à Corte de Justiça uma competência jurisdicional, inclusive de mérito, no que diz respeito às sanções previstas nos próprios regulamentos." É significativo, por outro lado, em relação às tendências em curso para a unificação, o fato de que a Comissão Européia – que no seu 8º relatório de 1974 tinha declarado

sumo, possível, como alternativa às atuais tendências à formação de um direito comunitário de tipo jurisprudencial confusamente entrelaçado com os ordenamentos estatais, o desenvolvimento de um Estado legislativo de Direito europeu. E a este objetivo pode seguramente contribuir a própria Carta européia recentemente aprovada, a qual desenha, através dos direitos por ela garantidos, um espaço público que vai para além das limitadas matérias previstas pelos Tratados.

Tratar-se-ia, evidentemente, de uma terceira mudança de paradigma: depois do direito jurisprudencial, o Estado legislativo de Direito e o Estado constitucional de Direito, um quarto modelo, o Estado de Direito ampliado em nível supranacional, que não tem mais nada da antiga forma do Estado e todavia conserva a sua estrutura constitucional articulada, no plano formal e no plano substancial, nos dois princípios acima mencionados, a saber, da mera e da estrita legalidade. Naturalmente, não teria sentido discutir as formas que poderiam assumir o sistema e a hierarquia das fontes de um possível Estado de Direito supranacional e especificamente europeu. Pode-se apenas supor, na perspectiva de um constitucionalismo e de uma esfera pública não apenas estatais, mas supra-estatais, um espaço da constituição supra-ordenada a qualquer outra fonte e a refundação sobre esse da estrita legalidade, segundo o modelo do Estado constitucional de Direito como dimensão ne-

---

que o direito penal "é um tema que não faz parte, como tal, da esfera de competência da Comunidade, mas que permanece de competência de cada Estado-membro" – ter predisposto em 29.9.2000, em vista da Conferência intergovernamental de Nice sobre as reformas institucionais, a proposta de introduzir no Tratado um artigo 280 bis que prevê, em adendo ao art. 280 que já impõe "medidas dissuasivas específicas para permitir uma proteção eficaz" dos "interesses financeiros da Comunidade", a elaboração, com a tutela do projeto "Corpus juris" recordado na nota precedente, de um verdadeiro direito penal e processual europeu: além da nomeação, por um período de seis anos, de um Ministério Público europeu incumbido de perseguir as "infrações que atentam aos interesses financeiros da Comunidade", a predeterminação das normas sobre "elementos constitutivos" de tais infrações, sobre as "penas cominadas para cada uma delas", sobre a "admissibilidade das provas" relativas, sobre os "procedimentos aplicáveis à atividade do Ministério Público europeu" e acerca dos "controles jurisdicionais sobre os atos" por ele realizados "no exercício das suas funções".

cessária, limite e vínculo intrínseco a todo poder legítimo. É precisamente neste espaço que reside de fato a esfera pública, identificável com os interesses de todos – ou porque gerais, ou porque correspondentes a direitos fundamentais e por isso universais –, de cuja garantia depende a legitimação de todos os poderes públicos. E é da articulação da esfera pública em seus diversos níveis e dimensões que depende a refundação da mera legalidade, segundo o modelo do Estado legislativo de Direito, através da reorganização do sistema das fontes subjacentes e dos relativos poderes sobre a base de uma clara redefinição e repartição das suas competências e das suas relações de hierarquia ou de subsidiaridade, de inderrogabilidade ou de derrogabilidade.

É precisamente a perspectiva desse terceiro modelo ampliado de Estado de Direito, desenhado pelas cartas supranacionais dos direitos, que suscita, todavia, na cultura politológica, resistências e dúvidas teóricas, tanto em relação à sua possibilidade quanto à sua desejabilidade. Faltariam um povo, uma sociedade civil e uma esfera pública européia, mais ainda mundial, que representariam os pressupostos[39] indispensáveis do constitucionalismo e do Estado de Direito; de modo que uma integração jurídica supranacional, mesmo limitada à tutela dos direitos fundamentais, equivaleria à imposição, destinada, no melhor dos casos, a permanecer no papel, de um único mode-

---

39. Ver, nesse sentido, P. Grimm, *Una costituzione per l'Europa?*, trad. it. em G. Zagrebelsky, P. P. Portinaro, J. Luther (organizado por), *Il futuro della costituzione*, Einaudi, Torino, 1996, pp. 339-67; D. Zolo, *Cosmopolis. La prospettiva del governo mondiale*, Feltrinelli, Milano, 1995, pp. 155-60; M. Luciani, *La costruzione giuridica della cittadinanza europea*, em G. M. Cazzaniga (organizado por), *Metamorfosi della sovranità. Tra stato nazionale e ordinamenti giuridici mondiali*, Edizioni Ets, Pisa, 1999, pp. 87-8; A. Baldassarre, *La sovranità dal cielo alla terra*, ibid., p. 80. Parece-me reconhecível, nessas teses, o eco da constituição de Carl Schmitt como expressão da "unidade política de um povo", ou como ato que "constitui a forma e a espécie da unidade política, cuja existência é pressuposta" (*Verfassungslehre*, 1928, trad. it. organizado por A. Caracciolo, *Dottrina della costituzione*, Giuffrè, Milano, 1984, § 1 p. 15 e § 3 p. 39; cf. também, ibid., § 18, pp. 312 ss.). Para uma crítica mais analítica destas teses, remeto aos meus ensaios: *I diritti fondamentali nella teoria del diritto*, cit., pp. 74-6; *I fondamenti*, cit., pp. 68-9, 85-90, agora no volume *Diritti fondamentali*, cit., pp. 155-6, 316-7, 338-45.

lo normativo que estaria em contraste com a pluralidade das culturas, das tradições e das experiências jurídicas.

Essa objeção – para além da hipótese, a meu ver, irreal, da existência de uma homogeneidade política e cultural na origem dos nossos Estados nacionais – subentende uma concepção da constituição como expressão orgânica de um *demos* ou, ao menos, de vínculos pré-políticos e de um senso comum de pertencimento entre os sujeitos para os quais está destinada ter valor. Acredito que essa concepção comunitária tem de ser invertida. Uma constituição não serve para representar a vontade comum de um povo, mas para garantir os direitos de todos também contra a vontade popular. A sua função não é a de expressar a existência de um *demos*, ou seja, de alguma homogeneidade cultural ou identidade coletiva ou coesão social, mas, ao contrário, a de garantir, por meio desses direitos, a convivência pacífica entre sujeitos e interesses diversos e virtualmente em conflito. O seu fundamento de legitimidade, diversamente daquele das leis ordinárias e das escolhas de governo, não reside no consenso da maioria, mas, ao contrário, em um valor ainda mais importante e prévio: a igualdade de todos nas liberdades fundamentais e nos direitos sociais, isto é, em direitos vitais conferidos a todos como limites e vínculos precisamente contra as leis e os atos de governo expressos pelas maiorias contingentes.

Senso comum de pertencimento e constituição, unificação política e afirmação jurídica do princípio de igualdade estão, por outro lado, como mostra a própria experiência das nossas democracias, intimamente vinculados. É verdade também que a efetividade de qualquer constituição supõe um mínimo de homogeneidade cultural e pré-política, todavia, encontrável, no que diz respeito à Carta dos direitos européia, propriamente – e talvez sobretudo – nas tradições constitucionais comuns dos países-membros da União. Mas é ainda mais verdadeiro o contrário: é sobre a igualdade nos direitos como garantia da tutela de todas as diferenças de identidade pessoal e da redução das desigualdades materiais que amadurecem a percepção dos outros como iguais e, portanto, o senso comum de pertencimento e a identidade coletiva de uma comunidade política. Ao contrário, pode-se afirmar que igualdade e garantia dos direitos são condições não só necessárias, mas também suficientes para a formação da única "identidade coletiva" que mereça ser perseguida: aquela fundada por tais condições no respeito recíproco em vez das mútuas exclusões e intolerâncias geradas pelas identidades étnicas ou nacionais, ou religiosas, ou lingüísticas. Em geral, é a unificação jurídica, mais do que a econômica e monetária, o fator principal de unificação política.

Em resumo, se entendermos por "esfera pública" aquela que diz respeito ao interesse de todos, em oposição à esfera privada que diz respeito aos interesses dos indivíduos[40], temos de reconhecer que ela se constitui principalmente com a garantia da igualdade e daqueles direitos que são os direitos fundamentais. Esfera pública e sociedade não são, por isso, o pressuposto, mas o efeito da constituição. É com a constituição, isto é, com o pacto social com o qual se estabelece a tutela dos direitos fundamentais, que a sociedade sai do estado de natureza e se forma uma esfera pública como lugar da política e esfera da igualdade, separada da esfera privada que é, ao contrário, o lugar da economia e a esfera das desigualdades e das diferenças. Por isso, podemos claramente dizer que uma esfera pública européia não existe enquanto a Europa permanecer simplesmente um mercado comum, isto é, uma área de livre troca, e passará a existir precisamente com a estipulação e a efetiva garantia da igualdade naqueles direitos de todos que são os direitos fundamentais; e tampouco existirá uma esfera pública mundial enquanto os direitos humanos estabelecidos nas inúmeras convenções e declarações universais permanecerem no papel, destituídos de garantias, e continuar a prevalecer, nas relações políticas e econômicas internacionais, a lei do mais forte.

Tampouco as razões que não permitem hoje sermos otimistas em relação à perspectiva de um constitucionalismo ampliado em nível internacional são, por isso, de caráter teórico. Elas são todas e somente de caráter político. Nada autoriza a

40. Ulpiano: "Publicum jus est quod ad statum rei Romanae spectat, privatum quod ad singulorum utilitatem" [Público é o que diz respeito ao interesse geral dos romanos, privado é o que diz respeito aos interesses dos indivíduos] (D 1.1.1.2).

afirmar que a perspectiva de um Estado internacional de Direito é irrealizável no plano teórico. A sua realização depende unicamente da política e precisamente da vontade dos países econômica e militarmente mais fortes. É apenas este o verdadeiro problema: a crise daquele projeto de paz e de igualdade nos direitos que a política tinha precisamente estipulado logo depois da Segunda Guerra Mundial. O paradoxo é que esta crise da projetualidade política ocorreu em uma era de transição de alcance epocal, na qual é evidente que, no espaço de poucas décadas, os processos de integração em curso conduzirão de qualquer modo a uma nova ordem planetária. Dependerá da política e do direito a qualidade dessa nova ordem: se o Ocidente se fechar em uma fortaleza assediada, se aumentarem as desigualdades e a miséria e se desenvolverem novos fundamentalismos, novas guerras e violências, ou se prevalecerá, na comunidade internacional, a vontade de dar alguma atuação àquele projeto racional de uma ordem constitucional da qual dependem a paz e a própria segurança das nossas democracias.

Para além do Estado de Direito

Tirania dos juízes ou anarquia dos advogados?

Por Pier Paolo Portinaro

1. Como tantas outras categorias do léxico político moderno, a de "Estado de Direito" parece também condenada à implosão, pela estratificação histórica das referências e pela complexidade dos ordenamentos jurídicos contemporâneos. Quem se aventurou na mais recente literatura jurídica sobre o conceito pôde identificar mais de uma centena de proposições normativas que, no conjunto, sem uma clara sistematização ou um "cânone" compartilhado e com uma seleção mutável de autor para autor, são consideradas elementos constitutivos ou pressupostos irrenunciáveis de uma concepção do Estado de Direito[1]. Também entre os juristas permanece controverso o conteúdo do "princípio dogmático 'Estado de Direito'", quais outros subprincípios estão aí subsumidos, e em quais relações ele se coloca com outros elementos da ordem constitucional, por exemplo, os direitos fundamentais e o princípio democrático: não é por acaso que, em decorrência desta situação de confusão e incerteza, haja também quem propôs

1. K. Sobota, *Das Prinzip Rechtsstaat. Verfassungs- und verwaltungsrechtliche Aspekte*, Mohr Siebeck, Tübingen, 1997, p. 527. A autora realiza neste ponderoso estudo um útil exercício de análise e classificação das determinações jurídicas (do princípio de proporcionalidade ao princípio de publicidade e assim por diante em um total de 142 verbetes) que foram postas em (alguma) conexão com o conceito de Estado de Direito. Cf. E. Schmidt-Assmann, *Der Rechtsstaat*, em J. Isensee, P. Kirchhof (organizado por), *Handbuch des Staatsrechts*, I, Müller, Heidelberg, 1995, pp. 987-1043.

desvencilhar-se do conceito como de um achado ideológico antiquado e inutilizável[2].

Na sua acepção mais restrita e rigorosa, o conceito é um produto da elaboração da doutrina alemã do Estado (culminada naquela peculiar despotencialização e naquela desmaterialização jurídica do seu objeto, que é a doutrina da soberania do direito)[3]. Mas na sua acepção mais ampla remete, como os historiadores do pensamento político não deixam de lembrar, à venerável tradição filosófica do "governo das leis", entendido no seu duplo significado de governo *per leges* e governo *sub lege*[4], e acaba portanto por confundir-se com o constitucionalismo. Sobre a base do comum (para a civilização jurídica européia) obséquio ao "princípio nomocrático", segundo o qual são as leis, e não os homens, que devem reinar, a idéia aflora em qualquer lugar no qual se abra caminho para a reivindicação de um limite jurídico natural ou consuetudinário ao exercício do poder político; ela se consolida no reconhecimento de um pluralismo de ordenamentos e de normas, vivendo da po-

2. Cf. Ph. Kunig, *Das Rechtsstaatsprinzip*, Mohr Siebeck, Tübingen, 1986. Para notar como o interesse pelo assunto "Estado de Direito" fora suplantado na literatura da segunda metade do século XX pela dogmática dos direitos é ainda K. Sobota, op. cit., pp. 8-9. Isso está bem documentado também com base na literatura italiana: exemplar, por último, o debate sobre os direitos fundamentais desencadeado por Luigi Ferrajoli na revista "Teoria politica" (1998-2000). Mas sobre os direitos fundamentais como "elementos constitutivos" da ordem constitucional também P. Häberle, *Le libertà fondamentali nello Stato costituzionale*, Nis, Roma, 1993 (trad. parcial de *Die Wesensgehaltgarantie des Art. 19 Abs. 2 Grundgesetz*, Müller, Heidelberg, 1983).

3. Cf. E.-W. Böckenförde, *Entstehung und Wandel des Rechtsstaatsbegriffs*, em id., *Staat, Gesellschaft, Freiheit. Studien zur Staatstheorie und zum Verfassungsrecht*, Suhrkamp, Frankfurt a.M., 1976, pp. 65-92; M. Tohidipur (organizado por), *Der bürgerliche Rechtsstaat*, Suhrkamp, Frankfurt a.M., 1976; M. Stolleis, *Geschichte des öffentlichen Rechts in Deutschland, II, Staatsrechtslehre und Verwaltungswissenschaft 1800-1914*, Beck, München, 1992. Para a doutrina francesa, cf. M. J. Redor, *De l'État legal à l'État de droit. L'evolution des conceptions de la doctrine publiciste française 1879-1914*, Economica, Paris, 1991.

4. Cf. N. Bobbio, *Governo delle leggi e governo degli uomini*, em *Il futuro della democrazia*, Einaudi, Torino, 1991, pp. 175 ss.; L. Ferrajoli, *Diritto e ragione. Teoria del garantismo penale*, Laterza, Roma-Bari, 1989, pp. 895 ss. São clássicas enfim as análises de F. Neumann, *Die Herrschaft des Gesetzes*, Suhrkamp, Frankfurt a.M., 1980; M. Villey, *La formazione del pensiero giuridico moderno*, Jaca Book, Milano, 1985.

laridade de direito positivo e regras de conduta que têm a ver com o *ethos* ou com o *mos*[5]. Muitos historiadores, por outro lado, reconstruindo a história daquela idéia e da prática do *rule of law* que constitui o laboratório ocidental do disciplinamento jurídico do poder, identificaram um constitucionalismo antigo na origem daquele moderno[6]. Mas, mesmo se alimentando destas tradições, a concepção do Estado de Direito é um produto específico da modernidade. De fato, pode-se corretamente afirmar que "a noção de Estado de Direito nasce no momento em que a idéia do 'governo das leis' interage com a idéia da soberania do Estado nacional moderno"[7].

Todavia, também essa especificação, que designa uma passagem ulterior no caminho evolutivo das instituições ocidentais, ainda não é suficiente para colher a peculiaridade do objeto. Um Estado em que à soberania do poder legislativo não seja posta, por outros poderes e não apenas mediante a evocação da lei natural ou de qualquer princípio de direito suprapositivo, um limite, não é ainda um Estado de Direito. Chega-se a ele com a instituição de uma *potestas irritans actus contrarios* atribuída ao Poder Judiciário, a qual se torna, porém, efetiva somente com o reconhecimento da independência da magistratura (na história britânica, por exemplo, com o *Act of Settlement* de 1701) e, principalmente, com a afirmação do controle político do governo que será exercido por parte dos representantes do povo. Somente o nascimento dos regimes representativos modernos, fruto das grandes revoluções políticas, cria as condições para uma substancial juridificação da

5. P. Prodi, *Una storia della giustizia. Dal pluralismo dei fori al moderno dualismo tra coscienza e diritto*, il Mulino, Bologna, 2000, p. 12.

6. Cf. C. H. Mcilwain, *Costituzionalismo antico e costituzionalismo moderno*, Neri Pozza, Venezia, 1956; N. Matteucci, *Lo Stato moderno. Lessico e percorsi*, il Mulino, Bologna, 1993. Para uma síntese recente, cf. M. Fioravanti, *Costituzione*, il Mulino, Bologna, 1999; id., *Costituzione e Stato di diritto*, em id., *La scienza del diritto pubblico. Dottrine dello Stato e della costituzione tra Otto e Novecento*, Giuffrè, Milano, 2001, p. 577, onde de forma persuasiva é mostrado como aos dois modos alternativos de conceber a Constituição correspondem também diferentes concepções do Estado de Direito.

7. E. Santoro, *Common law e costituzione nell'Inghilterra moderna. Introduzione al pensiero di Albert Venn Dicey*, Giappichelli, Torino, 1999, p. 2, bem como, do mesmo autor, a contribuição incluída no presente volume.

política. E, todavia, o Estado de Direito exerce uma função de moderação, de contenção e de neutralização política em relação àquelas energias revolucionárias que deram origem ao parlamentarismo moderno: é o produto de uma transformação que conduz "da primazia do legislador como sujeito político, que corporifica a vontade geral, à primazia da lei como fonte de direito, como expressão formal e imparcial da autoridade do Estado"[8].

Na sua acepção restrita, o conceito de Estado de Direito serve, assim, para caracterizar um período específico da história do Estado oitocentista – portanto pós-revolucionária – e para dar expressão à forma jurídica específica da sociedade burguesa liberal, emancipada dos vínculos e das hierarquias do antigo regime, mas também despotenciada em relação à ideologia revolucionária da soberania popular, realizando aquela síntese de estatalismo e liberalismo que se configuraria como a cifra ideológica de uma época de extraordinário florescimento da ciência jurídica[9]. É em particular a teoria alemã da sociedade civil e do Estado que irá delinear os alicerces daquela que se tornará, em sentido próprio e para gerações de juristas, a doutrina do Estado de Direito[10]. A forte centralização sobre a noção de soberania e de personalidade jurídica do Estado permite superar o dualismo entre *gubernaculum* [governo] e *jurisdictio* [jurisdição] que dominava ainda as primeiras concepções do constitucionalismo moderno, inclusive a de Montesquieu. Mas a antiga polarização da tradição constitucionalista revive ainda nos dois focos do elipse desenhado pelos teóricos do Estado de Direito: *richterliche Rechtsfindung* e *politische Rechtssetzung*[11].

---

8. M. Fioravanti, *Lo Stato di diritto come forma di Stato. Notazioni preliminari sulla tradizione europeo-occidentale*, em id., *La scienza del diritto pubblico*, cit., p. 863.

9. M. Fioravanti, *Lo Stato di diritto*, cit., p. 867.

10. Cf. H. Hofmann, *Geschichtlichkeit und Universalitätsanspruch des Rechtsstaats*, em "Der Staat", 34 (1995), pp. 1-32. Sobre a polaridade direito natural/direito positivo na doutrina do Estado de Direito cf. D. Klippel (organizado por), *Naturrecht im 19. Jahrhundert. Kontinuität-Inhalt-Funktion-Wirkung*, Keip, Goldbach, 1997.

11. H. Hofmann, *Das Recht des Rechts, das Recht der Herrschaft und die Einheit der Verfassung*, Duncker & Humblot, Berlin, 1998, p. 40.

Assim, se dirigirmos a atenção para a concepção novecentista da democracia constitucional, três são as idéias norteadoras da teoria do Estado de Direito que nela estão englobadas: 1) o direito põe em forma e com isso limita os poderes públicos – os *pouvoirs constitués*; 2) a soberania jurídica se exerce na forma do governo das leis, motivo pelo qual a reserva de lei torna-se a chave da doutrina clássica do Estado de Direito[12]; 3) a tutela jurisdicional opera através do reconhecimento constitucional do direito de se defender em juízo contra qualquer ato prevaricador de um poder privado ou público. Sobre essa base, é compreensível como as duas tradições do *Rechtsstaat* alemão e do *rule of law* anglo-americano tenham se encontrado e se fundido nas teorias contemporâneas da democracia constitucional. Com relação à recente expansão do poder judiciário, a respeito do qual falaremos agora, aparece de fato funcional a conjugação entre a tradição jurídica continental e a tradição britânica e americana do *common law*, em que o papel da *jurisdictio* sempre foi acentuado. É verdade, por outro lado, que ao redor dessas proposições fundamentais foram se aglutinando tantas determinações que fazem pensar, como dissemos, em uma implosão do conceito. Todavia, nenhum outro princípio se mostrou capaz de representar e sintetizar em uma construção coerente e unitária a pluralidade de normas que têm a ver com as idéias norteadoras do constitucionalismo moderno[13].

2. À polissemia das tradições confluídas na concepção do Estado de Direito foi freqüentemente contraposta, em particular no discurso jurídico da primeira metade do século XX, a tendência às simplificações. De um lado, as origens do Estado de Direito foram reconduzidas ao universo jurídico medieval, com base no argumento de que nele se encontrava a sua primeira configuração que seria chamada de Estado jurisdicional

12. Remeto aqui à literatura discutida no meu *Legalità (principio di)*, em *Enciclopedia delle scienze sociali*, Istituto dell'Enciclopedia Italiana, vol. V, Roma, 1996, pp. 216-25; e a R. Guastini, *Legalità (principio di)*, e *Legge (riserva di)*, em *Digesto delle discipline pubblicistiche*, vol. IX, Utet, Torino, 1994, pp. 84-97, 163-73.

13. K. Sobota, op. cit., p. 527.

(como "Estado garante do Direito", segundo, de qualquer modo, a ambígua expressão de Fritz Kern, retomada por muitos autores); e reconheceu-se, por outro lado, no Estado de Direito a forma jurídica específica da sociedade burguesa moderna. De resto, se levarmos em consideração as teorias clássicas, temos de reconhecer que, desde o início, foram dadas numerosas variantes da doutrina do Estado de Direito, que cada vez tinham enfatizado mais o componente legislativo (Robert von Mohl) do que o administrativo (Rudolf von Gneist) ou o judiciário (Otto Bähr)[14], abrindo, deste modo, o caminho não só para avaliações diferenciadas, mas também para deformações polêmicas. A doutrina do Estado liberal de Direito tinha posto fim com sucesso à "perigosa oscilação entre poder absoluto do soberano e direitos originários absolutos dos indivíduos que o jusnaturalismo tinha introduzido"[15], mas não tinha podido subtrair-se a outras oscilações, mesmo que na verdade menos perigosas.

"O Estado jurisdicional – escrevia, por exemplo, Carl Schmitt no início dos anos 30 – parece ser um 'Estado de Direito', na medida em que nele o juiz pronuncia diretamente o direito e faz valer este direito também contra o legislador que produz as normas e contra a sua lei."[16] A partir de tal consideração, naturalmente, tinha-se a possibilidade de denunciar o caráter fundamentalmente conservador do Estado de Direito e a sua substancial estranheza às funções de governo. Mas, por outro lado, quase desejando evidenciar a sua constitutiva ambigüidade, sublinhava-se também o seu potencial inovador a serviço das forças burguesas e dos interesses econômicos modernizadores. Com o conceito de soberania ingressou na política das grandes monarquias a idéia de centralidade da lei, e o

---

14. Cf. K. Sobota, op. cit. (toda a segunda parte, de reconstrução histórica, do volume); R. Ogorek, *Richterkönig oder Subsumtionsautomat? Zur Justiztheorie im 19. Jahrhundert*, Klostermann, Frankfurt a.M., 1986; U. Falk, *Von Dienern des Staates und von anderen Richtern. Zum Verständnis der deutschen Richterschaft im 19. Jahrhundert*, em VV.AA., *Europäische und amerikanische Richterbilder*, Klostermann, Frankfurt a.M., 1996, pp. 251-92.

15. M. Fioravanti, *Costituzione e Stato di diritto*, cit., p. 590.

16. C. Schmitt, *Legalità e legittimità*, em id., *Le categorie del 'politico'*, il Mulino, Bologna, 1972, pp. 213-5 ss.

Estado moderno tinha assumido o caráter de Estado legislativo. "Aquilo que, a partir do século XIX, nos Estados da Europa continental, era entendido como 'Estado de Direito' era, na realidade, apenas um Estado legislativo, e precisamente o Estado legislativo parlamentar."[17] Também neste caso, contudo, a ênfase do componente legislativo acabava por assumir um valor polêmico, voltado para confinar o período do Estado de Direito em uma época ainda dominada por uma crença jusnaturalista na universalidade e na racionalidade da lei.

Simplificações desse tipo eram naturalmente funcionais para uma argumentação que tendia a afirmar o caráter substancialmente impolítico ou antipolítico do Estado de Direito, e, portanto, a sua fragilidade e condescendência em relação às forças políticas revolucionárias. O Estado de Direito entrava assim em conflito com o Estado de poder, com o Estado de funcionários (*Beamtenstaat*), ou com o Estado ético, sendo apenas uma transfiguração idealista[18] destes. A monarquia fundada sobre uma burocracia militar e civil de um lado, a democracia plebiscitária de outro, constituíam os regimes tradicionais a serviço dos quais tais simplificações históricas e tais argumentações polêmicas eram postas em campo. Essas, porém, compreendiam mal o significado do conceito, que a teoria moderna introduziu para dar conta de um sistema jurídico-político diferenciado, no qual, como foi evidenciado por Niklas Luhmann, o direito é tutela contra os excessos de intromissão política seja pelos limites e pelos vínculos decisórios do governo, seja pela neutralidade política do poder judiciário. Vínculos decisórios e neutralidade dos juízes se implicam de fato necessariamente no interior da construção do Estado de Direito. "A neutralidade política do judiciário tem sentido somente e enquanto é impossível, de um ponto de vista técnico-decisório, continuar a adaptar todo o direito às flutuantes possibilidades de consenso da política. E, por outro lado, isso é em parte im-

---

17. C. Schmitt, *Legalità e legittimità*, cit., pp. 211-2. Sobre esse aspecto, cf. E. Forsthoff, *Stato di diritto in trasformazione*, Giuffrè, Milano, 1973; E.-W. Böckenförde, *Entstehung und Wandel des Rechtsstaatsbegriffs*, cit., passim.

18. Para uma reconstrução crítica, ver L. Ferrajoli, *La sovranità nel mondo moderno. Nascita e crisi dello Stato nazionale*, Anabasi, Milano, 1995.

possível porque um Judiciário independente da política zela pelas exigências de coerência de um direito altamente complexo, e rejeita as grandiosas simplificações da política."[19]

Ressalvando tais observações, é preciso dizer de todo modo que fórmulas como "Estado legislativo" ou "Estado jurisdicional" não perderam completamente a sua potencialidade heurística, pelo menos como contratipos-ideais para evidenciar as especificidades das atuais transformações institucionais. Ainda hoje tende-se a qualificar o sujeito oitocentista da política com a expressão "Estado legislativo de Direito" em contraposição ao "Estado constitucional de Direito" que lhe teria sucedido no século XX, em particular depois das trágicas experiências dos totalitarismos: a diferença consistiria fundamentalmente no fato de que, no primeiro, a garantia dos direitos fundamentais era confiada unicamente à política legislativa, no segundo, ao contrário, ela é remetida à Constituição – e a uma Constituição presidida por um órgão que exerce o controle de constitucionalidade[20]. Muitos intérpretes voltam assim a identificar, como preponderante tendência atual nos sistemas políticos ocidentais e como peculiaridade de alguns em particular (o alemão), uma involução do Estado legislativo parlamentar em Estado democrático jurisdicional[21]. E é precisamente a respeito dessa transformação que foi se concentrando o debate novecentista sobre as perspectivas do Estado de Direito.

Como Estado legislativo ou Estado administrativo submetido à reserva de lei, o Estado de Direito clássico conservava de todo modo sólida a sua substância estatal como sujeito soberano. O Estado de Direito contemporâneo surge, ao contrário, como um sujeito, cuja soberania[22] é sempre mais limitada e dúbia. Nesta mudada situação, verificar-se-ia, portanto,

---

19. N. Luhmann, *Stato di diritto e sistema sociale*, Guida, Napoli, 1978, p. 59.

20. Ver, por exemplo, L. Ferrajoli, *Garanzia*, em "Parolechiave", 19 (1999), p. 20.

21. V. E.-W. Böckenförde, *Staat, Verfassung, Demokratie. Studien zur Verfassungstheorie und zum Verfassungsrecht*, Suhrkamp, Frankfurt a.M., 1991, p. 190.

22. Cf. N. Matteucci, *Lo Stato moderno*, cit., p. 79: "O Estado pós-moderno pode ser descrito e sintetizado como o eclipse da soberania ou melhor do poder soberano."

com base nos diagnósticos clássicos que obtiveram em anos recentes sempre maior difusão, uma tendência à "juridicização" ou "justicialização" da política que inevitavelmente implicaria uma indébita politização da magistratura e dos órgãos judiciários[23]. Um componente decisivo dessa evolução consistiria no papel de "guardião da Constituição", assumido por um órgão judiciário (uma Corte constitucional, com base no modelo esboçado por Hans Kelsen, logo depois da Primeira Guerra Mundial[24]), ao qual é atribuído não só o controle de constitucionalidade dos atos legislativos, mas a tarefa de promover a realização da Constituição e a concretização dos direitos fundamentais. Os críticos dessa inovação constitucional identificaram de forma recorrente, precisamente na vontade ou na necessidade de subtrair competências ao legislador para demandá-las ao juiz, a manifestação mais evidente da crise do Estado de Direito clássico[25]. Do lado oposto, os defensores do controle de constitucionalidade apontaram as suas flechas sobre o caráter ideológico da doutrina clássica da separação dos poderes, evidenciando como o órgão ao qual era confiado o poder de anular as leis inconstitucionais fosse, sim, organizado em forma de tribunal, mas considerado em virtude da sua função um "órgão do poder legislativo"[26].

Também em nível internacional, por outro lado, em relação ao poder judiciário como instrumento de luta contra os crimes cometidos pelos Estados (crimes de guerra e crimes con-

---

23. O diagnóstico e o crítico mais radical da justicialização do política permanece C. Schmitt; ver *Il custode della costituzione* (1931) Giuffrè, Milano, 1981; ver também id., *Dottrina della costituzione* (1928), Giuffrè, Milano, 1984, p. 181.

24. Ver G. Bongiovanni, *Reine Rechtslehre e dottrina giuridica dello Stato. H. Kelsen e la costituzione austriaca del 1920*, Giuffrè, Milano, 1998.

25. Sobre o tema, cf. L. Lombardi, *Saggio sul diritto giurisprudenziale*, Giuffrè, Milano, 1967; M. Cappelletti, *Giudici legislatori?*, Giuffrè, Milano, 1984; id., *Les pouvoirs des juges*, Economica, Paris-Aix, 1990; R. Wassermann, *Die richterliche Gewalt. Macht und Verantwortung des Richters in der modernen Gesellschaft*, Schneider, Heidelberg, 1985; G. Orrù, *Giudici sovrani?*, em M. Basciu (organizado por), *Crisi e metamorfosi della sovranità*, Giuffrè, Milano, 1996, pp. 93-100.

26. Como é sabido, esta é a tese de H. Kelsen, *La giustizia costituzionale*, Milano, 1981, p. 173, exposta no decorrer da sua controvérsia com Carl Schmitt e com a *Staatslehre* tradicional.

tra a humanidade) determinaram-se expectativas crescentes e excessivas, na esteira de uma corrente proceduralista que teve ainda em Kelsen o seu mais respeitável téorico, e abriu-se um significativo contencioso teórico-político[27]. O que está em questão aqui, na verdade, não parece ser tanto a expropriação da política por obra de órgãos judiciários quanto, ao contrário, a sujeição destes a lógicas de poder e a interesses hegemônicos de forma nítida e politicamente caracterizados. Também nesta arena, de qualquer modo, verificou-se uma erosão do poder executivo (no que concerne em particular às duas normas tradicionais do direito internacional, a norma da imunidade dos Estados independentemente da jurisdição e a norma sobre a "imunidade dos órgãos") e um aumento do âmbito de dicricionariedade do poder judiciário, um ativismo sem precedentes, uma extensão do raio de ação da iniciativa penal[28].

3. O século XX concluiu-se, como de resto algumas tendências já tinham previsto nos seus primórdios, com uma transformação do equilíbrio dos poderes em vantagem do poder judiciário, com um peso crescente da justiça na vida coletiva e com a difusa e crescente preocupação com uma degeneração que, segundo o juízo de muitos, estaria produzindo uma profunda alteração do Estado de Direito[29]. Assim como no iní-

---

27. Cf. D. Zolo, *Il globalismo giudiziario di Hans Kelsen*, em *I signori della pace. Una critica del globalismo giuridico*, Carocci, Roma, 1988, pp. 21-48; id., *Chi dice umanità. Guerra, diritto e ordine globale*, Einaudi, Torino, 2000, pp. 124 ss. Para um balanço geral dos problemas, cf. M. L. Volcansek (organizado por), *Law Above Nations. Supranational Courts and the Legalization of Politics*, University Press of Florida, Graimesville, 1997.

28. Para os precedentes significativos, cf. A. Cassese, *Violenza e diritto nell'era nucleare*, Laterza, Roma-Bari, 1986, pp. 151 ss. Sobre os temas da jurisdição penal internacional, ver G. Vassalli, *La giustizia internazionale penale. Studi*, Giuffrè, Milano, 1995; F. Lattanzi, E. Sciso (organizado por), *Dai Tribunali Penali Internazionali "ad hoc" ad una Corte Permanente*, Editoriale Scientifica, Napoli, 1995; S. Clark, M. Sann (organizado por), *The Prosecutions of International Crimes*, Transaction Publishers, New Brunswick, 1996; O. Höffe, *Globalizzazione e diritto penale*, Edizioni di Comunità, Torino, 2001.

29. Cf. C. N. Tate, E. T. Vallinder (organizado por), *The Global Expansion of Judicial Power*, New York University Press, New York, 1995; *The Judicialisation of Politics: A World-wide Phenomenon*; número monográfico de "International

cio do século, e com particular intensidade sobretudo depois da Primeira Guerra Mundial, tinha se desenvolvido um debate sobre "Estado jurisdicional" e "governo dos juízes"[30], agora sempre mais freqüentemente fala-se de "democracia judiciária" e de "burocracia guardiã", quando não, acirrando com populista desenvoltura, de "despotismo" ou "totalitarismo" judiciário, "tirania" ou "ditadura dos juízes"[31]. Causa impressão, hoje, em particular, uma significativa desvalorização semântica: que seja invocada em nome da governabilidade e do princípio majoritário ou exorcizada sob o espectro do autoritarismo, a democracia plebiscitária não encontra mais a sua contraposição na democracia representativa, mas na democracia judiciária. Acerca do governo dos juízes, em particular, começou-se de novo a falar em referência a uma politização do poder judiciário que, segundo o juízo de muitos críticos, pareceria servir como instrumento jacobino para expurgar os corruptos do corpo social ou também como vetor de conservação em relação às estruturas constitucionais do Estado social de Direito. No lado oposto, mas sempre no interior do contexto de uma polêmica antipartidocrática enfim transversal[32], diante da exigência po-

---

Political Science Review", 15 (1994), 2; A. O'Neill, *The Government of Judges: The Impact of the European Court of Justice on the Constitutional Order of the United Kingdom*, European University Institute Press, Firenze, 1993; J. Weiler, *The Quiet Revolution: The European Court of Justice and Its Interlocutors*, "Comparative Political Studies", 26 (1994), pp. 510-53.

30. Cf. L. B. Boudin, *Government by Judiciary*, "Political Science Quarterly" 26 (1911), pp. 238-70 e uma literatura sobre a oligarquia e burocracia judiciária que abrange livros como: G. E. Roe, *Our Judicial Oligarchy* (1912); E. Fuchs, *Schreibjustiz und Richterkönigtum* (1907), E. Lambert, *Il governo dei giudici e la lotta contro la legislazione sociale negli Stati Uniti* (1921), Giuffrè, Milano, 1996. Para uma história do "social litigation system" veja-se a boa monografia de E. A. Purcell, Jr., *Litigation and Inequality. Federal Diversity Jurisdiction in Industrial America, 1970-1958*, Oxford University Press, New York-Oxford, 1992.

31. Inspirei-me no ensaio, particularmente rico de informações e sugestões bibliográficas, de E. Bruti Liberati, *Potere e giustizia*, em E. Bruti Liberati, A. Ceretti, A. Giasanti (organizado por), *Governo dei giudici. La magistratura tra diritto e politica*, Feltrinelli, Milano, 1996, pp. 190 ss. Sobre o tema do juiz "guardião", por diversas perspectivas, cf. L. M. Friedman, *Total Justice*, Russel Sage, New York, 1994; A. Garapon, *Le gardien des promesses. Justice et démocratie*, Jacob, Paris, 1996.

32. Ver, para um balanço bem informado, K. Von Beyme, *Die politische Klasse im Parteienstaat*, Suhrkamp, Frankfurt a.M., 1993.

pulista de que a política volte a fazer ouvir a sua voz através do apelo direto ao povo, repropõe-se o problema das garantias constitucionais e dos órgãos imparciais que desempenhem a função de guardiães dos direitos e da Constituição.

É um fato que o repertório das decisões que os sistemas políticos de sociedades complexas delegam às Cortes ou às instituições parajudiciárias está, nas últimas décadas, aumentando progressivamente. Adquirida a consciência de que tais sociedades não podem ser governadas racionalmente de modo burocrático e hierárquico, mas tampouco podem ser confiadas inteiramente a mecanismos de auto-regulação espontânea, os órgãos judiciários vêm a ocupar a articulação nevrálgica em uma paisagem social caracterizada por contrastantes (e simultâneas) tendências à juridificaçao e à *deregulation*, à regulamentação e à desinstitucionalização. O juiz assume sempre mais as características do "*factotum* institucional", cuja função não se limita em dirimir controvérsias, mas em resolver problemas que outros órgãos públicos ou outras instituições sociais não percebem na sua gravidade ou não são capazes de enfrentar de modo satisfatório. O recurso ao juiz apresenta, por outro lado, para o cidadão usuário das instituições algumas vantagens comparativas em relação ao pedido de intervenção dirigido a outros poderes: o poder judiciário é menos invasivo, mais aberto, mais difuso e menos discricional de quanto não sejam os Poderes propriamente políticos[33].

Na base dessa expansão do poder judiciário podem ser identificados fatores de vários tipos: entre os seus pré-requisitos normais são habitualmente arrolados a dinâmica do ordenamento democrático, o fortalecimento da independência da magistratura, a difusão de uma cultura dos direitos, a "revolução das expectativas crescentes"; entre os elementos patológicos, e todavia menos influentes, a corrupção das classes políti-

---

33. C. Guarnieri, P. Pederzoli, *La democrazia giudiziaria*, il Mulino, Bologna, 1997, p. 9, onde se remete a R. C. Cramton, *Judicial Lawmaking and Administration in the Leviathan State*, "Public Administration Review", 36 (1976), pp. 551-5. Sobre a questão da discricionariedade do poder judiciário, que não é possível tratar neste âmbito, remeto ao menos a R. Dworkin, *I diritti presi sul serio*, il Mulino, Bologna, 1982, pp. 102 ss.; A. Barak, *La discrezionalità del giudice*, Giuffrè, Milano, 1995.

cas, a ineficiência dos governos, a fragilidade das oposições, que obrigam a magistratura a desempenhar um papel substitutivo[34]. Isso pode explicar por que a intervenção da magistratura tenha acabado por assumir o caráter de uma ação realizada para preencher um vazio político e tenha sido freqüentemente interpretado como um ataque direto ao legislador por parte dos juízes – um ataque não limitado a decisões sobre casos particulares. Simultaneamente, foi crescendo nos sistemas políticos ocidentais – mas em nenhum deles de forma tão marcada como na Itália – o papel de outros Poderes "imparciais" ou supostos, tais como o da Presidência da República ou o das Câmaras, à custa também de uma inevitável supra-exposição[35].

Um sociólogo atento às dimensões institucionais e às lógicas da política como Alessadro Pizzorno sintetizou, recentemente, fazendo referência a uma pluralidade de tendências: 1. "a crescente participação do juiz na criação da lei"; 2. "a crescente tendência dos órgãos legislativos e administrativos em delegar decisões delicadas aos órgãos jurisdicionais"; 3. "a ampliação do acesso dos cidadãos à Justiça para resolver controvérsias que tradicionalmente eram resolvidas por autoridades sociais ou administrativas"; 4. "a instituição, em grande parte das democracias parlamentares européias [...] do controle de constitucionalidade das leis por parte de um especial órgão ju-

34. Para uma análise desses e de outros fatores, cf. C. N. Tate, *Why the Expansion of Judicial Power*, em C. N. Tate, E. T. Vallinder (organizado por), *The Global Expansion*, cit., pp. 28 ss. Sobre o caso italiano cf. S. Righettini, *La politicizzazione di un potere neutrale. Magistratura e crisi italiana*, em "Rivista italiana di scienza politica", 25 (1995), pp. 227-65; S. Rodotà, *Magistratura e politica in Italia*, em E. Bruti Liberati, A. Ceretti, A. Giasanti (organizado por), *Governo dei giudici*, cit., pp. 17-30; G. Gargani, C. Panella, *In nome dei pubblici ministeri. Dalla Costituente a Tangentopoli: storia di leggi sbagliate*, Mondadori, Milano, 1998. Para o debate alemão cf. Ch. Koller, *Die Staatsanwaltschaft. Organ der Judikative oder Exekutivbehörde? Die Stellung der Anklagebehörde und die Gewaltenteilung des Grundgesetzes*, Lang, Frankfurt a.M., 1997.

35. Sobre a questão verdadeiramente crucial – mas sobre a qual não podemos nos deter aqui – do papel das autoridades administrativas independentes nas transformações que dizem respeito ao Estado de Direito contemporâneo, ver A. Predieri, *L'erompere delle autorità amministrative indipendenti*, Passigli, Firenze, 1997; F. Bassi, F. Merusi (organizado por), *Mercati e amministrazioni indipendenti*, Giuffrè, Milano, 1993.

risdicional"; 5. o surgimento e a difusão de uma prática que pode ser definida como "controle de honestidade política" ou "controle de virtude" por parte da magistratura[36]. A esses elementos dever-se-ia acrescentar a proliferação de "conflitos de responsabilidade" no interior de um cenário social que, não sem razão, foi definido como "irresponsabilidade organizada"[37]. A expansão do poder judiciário nos sistemas contemporâneos tem de fato as suas raízes também em uma condição na qual mudou a economia do sofrimento humano, no sentido de que este surge sempre mais freqüentemente como conseqüência da civilização, sobretudo da industrialização e do impacto das grandes tecnologias. Em geral, aumentam os danos coletivos, provocados por uma quantidade indeterminada de ações de uma quantidade indeterminada de sujeitos, com relação às quais emerge sempre mais forte o pedido de identificação dos responsáveis e sempre mais problemática parece a atribuição de responsabilidade individual e coletiva[38]. Também a incerteza científica nas decisões judiciárias que têm como matéria a responsabilidade em processos sociais complexos não faz, por sua vez, outra coisa a não ser favorecer o aumento das controvérsias que exigem uma composição judiciária[39].

Em alguns casos, o fenômeno da expansão do poder judiciário tem a ver, em larga medida, com uma supra-exposição em vez de um fortalecimento do mesmo, por razões conexas

---

36. A. Pizzorno, *Il potere dei giudici. Stato democratico e controllo della virtù*, Laterza, Roma-Bari, 1998, pp. 12-3. Sobre o fenômeno da expansão e do fortalecimento do Poder Judiciário, cf. K. Holland (organizado por), *Judicial Activisme in Comparative Perspective*, MacMillan, London, 1991; o número monográfico *The Judicialisation of Politics: A World-wide Phenomenon*, cit.; C. N. Tate, T. Vallinder (organizado por), *The Global Expansion of Judicial Power*, cit.; um balanço análogo em língua italiana no volume: E. Bruti Liberati, A. Ceretti, A. Giasanti (organizado por), *Governo dei giudici. La magistratura tra diritto e politica*, cit., passim.

37. Cf. U. Beck, *Gegengifte. Die organisierte Unverantwortlichkeit*, Suhrkamp, Frankfurt a.M., 1988.

38. V. W. Lübbe, *Verantwortung in komplexen kulturellen Prozessen*, Alber, Freiburg, 1998.

39. F. Stella, *Giustizia e modernità. La protezione dell'innocente e la tutela delle vittime*, Giuffrè, Milano, 2001, pp. 309 ss.

por um lado à perene "emergência da criminalidade" e, por outro, ao colapso de uma classe política desacreditada por fatos de corrupção transformados, enfim, em sistema[40]. Dever-se-ia falar aqui não de um perigo ao qual estariam expostos os equilíbrios do Estado de Direito por obra da ofensiva judiciária, mas da tentativa de retomar uma normalidade em uma situação historicamente marcada pela presença daquilo que, mesmo com divergentes acepções, foi definido como duplo Estado[41].

4. Seria fácil, e também um pouco inadequado, insistir sobre as anomalias do caso italiano para ilustrar as transformações que investiram, no decorrer das últimas décadas, as modalidades de síntese entre direito e política nas democracias constitucionais. Mais oportuno, ao contrário, é partir do fato da democracia constitucional alemã a propósito da qual foi tematizada pela doutrina uma dupla e complementar tendência. De um lado evidencia-se a "politização da jurisprudência constitucional" em relação ao fato de que à Corte "são reconhecidas competências não só de controle de constitucionalidade, mas também de iniciativa ativa para 'a atuação da Constituição', entendida como 'ordenamento objetivo de valores'"[42]. A passagem de uma concepção da Constituição-garantia para uma concepção da Constituição-diretora ou "diretriz" (Böckenförde fala de *dirigierende Verfassung*) está na raiz desta evolução. Mas, de outro lado, constata-se a "justicialização da política"[43], enquanto também a iniciativa legislativa e as escolhas políti-

---

40. Cf. D. Della Porta, *Lo scambio occulto. Casi di corruzione politica in Italia*, introdução de A. Pizzorno, il Mulino, Bologna, 1992.

41. Sobre perspectivas diversas, cf. C. G. Rossetti, *L'attacco allo Stato di diritto. Le associazioni segrete e la Costituzione*, Liguori, Napoli, 1994; T. Klitsche De La Grange, *Il doppio Stato*, Rubbettino, Soveria Mannelli, 2001.

42. Cf. G. E. Rusconi, *Quale "democrazia costituzionale"? La Corte federale nella politica tedesca e il problema della costituzione europea*, "Rivista italiana di scienza politica", 27 (1997), p. 279.

43. Cf. J. Isensee, *Die Verfassung als Vaterland. Zur Staatsverdrängung der Deutschen*, em A. Mohler (organizado por), *Wirklichkeit als Tabu*, Oldenbourg, München, 1989, pp. 11-36; E.-W. Böckenförde, *Grundrechte als Grundsatznormen. Zur gegenwärtigen Lage der Grundrechtsdogmatik*, em id., *Staat, Verfassung, Demokratie*, cit., passim.

cas resultam condicionadas pela consideração das possíveis posições e reações da Corte. Em caso de conflito sobre as normas, a última palavra cabe à Corte, que se revela assim como o verdadeiro poder soberano, ao passo que a política acaba se reduzindo à excrescência do direito constitucional e coincidindo com "a interpretação sempre mais extensiva da lei constitucional"[44].

Podemos evocar aqui como paradigmática a própria posição de Ernst-Wolfgang Böckenförde, constitucionalista de escola schmittiana e juiz junto à Corte de Karlsruhe de 1983 a 1996, para o qual a passagem do Estado legislativo clássico a um Estado submetido à tutela da jurisdição constitucional põe em perigo a separação do poder judiciário em relação ao poder legislativo e, assim, tanto o núcleo liberal como a substância democrática do Estado de Direito. Afirma-se uma tendência em direção ao "Estado jurisdicional dos juízes constitucionais", que implica uma ampliação da discricionariedade judiciária, pondo em risco, exatamente, o equilíbrio institucional do Estado de Direito em prejuízo da autonomia dos cidadãos. A Corte, ele observa, tornou-se "um forte órgão político (não partidário), um areópago da Constituição; amplia-se a porção de soberania que tem entre as mãos em virtude da sua competência para a decisão última e vinculante"[45]. Essa evolução entra em conflito com o momento democrático: o equilíbrio entre democracia e Estado de Direito, sempre delicado, que na primeira metade do século passado havia se rompido a favor da democracia plebiscitária, parece romper-se agora a favor daquilo que poderia ser mais bem definido como "Estado dos direitos". A justiça constitucional, esta é a acusação, mostra-se

---

44. Cf. J. Ipsen, *Richterrecht und Verfassung*, Duncker & Humblot, Berlin, 1975; D. Simon, *Die Unabhängigkeit des Richters*, Wissenschaftliche Buchgesellschaft, Darmstadt, 1975; F. Müller, *'Richterrecht'*, Duncker & Humblot, Berlin, 1986; M. Reinhardt, *Konsistente Jurisdiktion. Grundlegung einer verfassungsrechtlichen Theorie der rechtsgestaltenden Rechtssprechung*, Mohr Siebeck, Tübingen, 1997; G. Orrù, *Richterecht. Il problema della libertà e autorità giudiziale nella dottrina tedesca contemporanea*, Giuffrè, Milano, 1984 .

45. E.-W. Böckenförde, *Grundrechte als Grundsatznormen. Zur gegenwärtigen Lage der Grundrechtsdogmatik*, em id., *Staat, Verfassung, Demokratie*, cit., p. 191. Sobre a relação entre democracia e Estado de Direito, cf. ibid., pp. 365 ss.

mais preocupada com a garantia dos direitos e do princípio do Estado social do que com o princípio democrático. Mas também a jurisprudência constitucional dá uma interpretação dos direitos fundamentais já em termos de "normas de princípio" que entra, inevitavelmente, em conflito com a síntese clássica de democracia e Estado de Direito. "Quem quer manter firme a função determinante desempenhada por um parlamento eleito pelo povo visando a formação do direito – evitando assim a reestruturação do arcabouço constitucional a favor de um Estado fundado sobre a *jurisdictio* da Corte constitucional – deve também manter firme o fato de que os direitos fundamentais (acionáveis em juízo) são 'apenas' direitos subjetivos de liberdade em relação ao poder estatal, e não normas objetivas (e vinculantes) de princípio para todos os âmbitos do direito"[46].

A idéia habermasiana da Corte constitucional como "guardiã da democracia deliberativa"[47] e a idéia rawlsiana desta como "paradigma da razão pública"[48] alimentam-se de uma análoga desconfiança em relação às possíveis involuções paternalistas da justiça constitucional, na convicção de que os discursos jurídicos possam desenvolver estratégias interpretativas capazes de favorecer no circuito decisório o momento da argumentação, mas "não podem *se substituir* aos discursos políticos que servem à fundação das normas e dos programas e devem sempre pressupor a inclusão de todos os interessados"[49]. É um fato que a existência das cortes constitucionais acabou por influenciar profundamente a concepção do direito das de-

46. Ibid., p. 194. Cf. E.-W. Böckenförde, *Verfassungsgerichtsbarkeit. Strukturfragen, Organisation, Legitimation*, em id., *Staat, Nation, Europa. Studien zur Staatslehre, Verfassungstheorie und Rechtsphilosophie*, Suhrkamp, Frankfurt a. M., 1999, pp. 157 ss.

47. J. Habermas, *Fatti e norme. Contributi a una teoria discorsiva del diritto e della democrazia*, Guerini e Associati, Milano, 1996, p. 328.

48. J. Rawls, *Liberalismo politico*, Comunità, Milano, 1994, pp. 198 ss.

49. J. Habermas, *Fatti e norme*, cit., p. 316. Sobre a relação entre democracia e Estado de Direito, cf. id., *Il nesso interno tra stato di diritto e democrazia*, em id., *L'inclusione dell'altro*, Feltrinelli, Milano, 1998, pp. 249-59; id., *Stato di diritto e democrazia: nesso paradossale di princìpi contraddittori?*, "Teoria politica", 16 (2000), 3, pp. 3-17.

mocracias ocidentais[50] e favoreceu, também nos países com sistema centralizado de controle de constitucionalidade, uma espécie de controle difuso encorajando os juízes a fazer uso dos próprios poderes interpretativos (aquilo que em linguagem técnica se chama "interpretação conformadora" à disposição de lei)[51]. Mas a Constituição – observa Rawls – "não é aquilo que a Corte diz dela; é o que lhe permitem dizer sobre ela aqueles que agem constitucionalmente nos outros setores do governo"[52].

Contra esses riscos há quem, como Ottfried Höffe, apela-se ao *judicial self-restraint*, a uma ética do autocontrole judiciário[53]. Argumentando assim, ele mostra, porém, subestimar o que já em anos longínquos Luhmann tinha evidenciado (mesmo pecando por sua vez de unilateralidade), ou seja, como "o direito tornou-se demasiado complexo e a organização das profissões tornou-se demasiado diferenciada para que se possa conferir à unidade da formação e da orientação profissional uma substancial importância prática"[54]. Seja como se quiser pôr a questão, é a eticização da Constituição em virtude de de-

50. Para um balanço geral, G. Zagrebelsky, *Il diritto mite. Legge diritti giustizia*, Einaudi, Torino, 1992.

51. R. Romboli, *Giudicare la legge? La legge "giusta" nello stato costituzionale*, em E. Ripepe (organizado por), *Interrogativi sul diritto "giusto"*, SEU, Pisa, 2000, p. 106. Mas ver sobre a questão, e sobre a distinção entre interpretação e concretização, E.-W. Böckenförde, *Grundrechte als Grundsatznormen*, cit., p. 186.

52. J. Rawls, *Liberalismo politico*, cit., p. 202. Sobre a função da Corte Suprema, ver, além disso, pp. 199-200: "A Corte Suprema insere-se na idéia de democracia constitucional dualista como instrumento institucional voltado para a proteção da lei suprema; ela deve impedir, aplicando a razão pública, que esta seja prejudicada pela legislação de uma maioria transitória ou, como é mais provável, por interesses restritos mas organizados, detentores de boas posições e hábeis em se fazer valer. Se a Corte assume para si este papel e o desempenha de modo eficaz, não é exato considerá-la antidemocrática *sic et simpliciter*; é, porém, antimajoritária em relação à lei ordinária, que, possuindo poderes de revisão judiciária, pode declarar inconstitucional – mas nisso é defendida pela autoridade suprema do povo. E não é antimajoritária em relação à lei suprema, desde que as decisões que toma estejam razoavelmente conformes à constituição, às suas emendas e às suas interpretações por mandato político."

53. O. Höffe, *Wieviel Politik ist dem Verfassungsgericht erlaubt?*, em "Der Staat", 38 (1999), pp. 182 ss.; crítico sobre esta solução E.-W. Böckenförde, *Grundrechte als Grundsatznormen*, cit., pp. 191 ss.

54. N. Luhmann, *Stato di diritto*, cit., p. 63.

terminada concepção dos direitos fundamentais e do papel atuante dos mesmos por obra das instituições que faz com que o juiz – como guardião da Constituição – assuma um papel estratégico no conjunto contemporâneo dos poderes. O juiz torna-se guardião da Constituição, de uma Constituição em que a *potestas coercitiva* do direito diminui a favor da sua *potestas directiva*: é esta a grande transformação no caso atual do Estado de Direito[55].

O sulco republicano e *communitarian*, dentro do qual sempre mais freqüentemente vêm se desenvolvendo os discursos constitucionais nas democracias contemporâneas, é um indicador dessa orientação eticizante, da qual os detentores do poder judiciário parecem ter permanecido, com a tecnicização das outras profissões jurídicas, os últimos defensores. É, por exemplo, incontestável o retorno da temática do bem comum na teoria política contemporânea, favorecido propriamente pela consideração de que as Constituições tocam, em medida eminente, questões que concernem valores humanos e compromissos de solidariedade, responsabilidade e respeito mútuo (aos quais os juízes se referem amplamente na motivação das suas decisões): à política caberia, assim, a composição dos interesses, mas aos guardiães do Estado jurisdicional caberia a superior definição do bem comum[56]. Igualmente incontestável é que, para muitos, a nova fronteira do Estado de Direito parece consistir no exame judiciário da verdade, nas assim chamadas comissões-verdade. "No Estado constitucional – escreveu, por exemplo, Peter Häberle –, o princípio do *Estado de Direito* em todas as suas formas lança, talvez, uma ponte mais sólida

55. G. F. Schuppert, C. Bunke (organizado por), *Bundesverfassungsgericht und gesellschaftlicher Grundkonsens*, Nomos, Baden-Baden, 2000; H. Vorländer, *Die Suprematie der Verfassung. Über das Spannungsverhältnis von Demokratie und Konstitutionalismus*, em W. Leidhold (organizado por), *Politik und Politeia. Formen und Probleme politischer Ordnung*. Königshausen & Neumann, Würzburg, 2000, pp. 373 ss.

56. Cf. G. Frankenberg, *Die Verfassung der Republik. Autorität und Solidarität in der Zivilgesellschaft*, Suhrkamp, Frankfurt a.M., 1997, p. 21. Sobre o problema, cf. P. Häberle, *Die Gemeinwohlproblematik in rechtswissenschaftlicher Sicht*, em id., *Europäische Rechtskultur. Versuch einer Annäherung in zwölf Schritten*, Suhrkamp, Frankfurt a.M., 1997, pp. 323-54.

rumo ao eterno processo de busca da verdade."[57] É preciso se perguntar, todavia, se esta condução eticizante dos discursos públicos representa verdadeiramente um perigo de hegemonia judiciária nas democracias contemporâneas, ou se, ao contrário, devam ser buscadas alhures as mais sérias ameaças à sobrevivência do Estado de Direito.

6. Avança-se, portanto, à luz desses desenvolvimentos e do surgimento de novos órgãos de jurisdição internacional, em direção a um Estado jurisdicional planetário ou pelo menos, kelsenianamente, de uma centralização supranacional da função judiciária? Pouco (nada no que concerne à primeira opção), na realidade, autoriza a pensar nisso. O que, no máximo, pode ser observado é uma separação entre essas dinâmicas de expansão do poder judiciário e o deslocamento dos poderes efetivos na constituição material das sociedades e da comunidade internacional. O processo de globalização parece caminhar, mais do que em direção a um governo ou a um "regime" internacional dos juízes, rumo a afirmação do poder de especialistas mercenários, partidários e advogados, que exploram estrategicamente as oportunidades e os recursos de uma *litigation society*. As instituições estatais do Ocidente se revelaram e continuam a se revelar como mercadoria de difícil exportação. Impôs-se o modelo do Estado de poder (os aparelhos militares e de repressão, a organização coercitiva e as técnicas de disciplinamento), não o do Estado de Direito; não foi difícil exportar o Estado-caserna, mas é difícil transplantar uma democracia judiciária que não degenere no justicialismo, estando submetida às finalidades de uma justiça política. Mais do que a figura do juiz (e do juiz constitucional), com a sua balança equilibrante de diferentes valores e princípios ético-jurídicos, o que hoje está em campo e se expande quantitativa e qualitativamente é o próprio poder do "mercador de direito"[58].

57. P. Häberle, *Diritto e verità*, Einaudi, Torino, 2000, p. 99.

58. Y. Dezalay, *I mercanti del diritto. Le multinazionali del diritto e la ritrutturazione dell'ordine giuridico internazionale*, Giuffrè, Milano, 1995. Para uma reflexão sobre as transformações do direito nos processos de globalização, cf. G. Teubner, *Nach der Privatisierung? Diskurskonflikte im Privatrecht*, "Zeitschrift für Rechtssoziologie", 19 (1998), pp. 8-36.

Aos juristas especialistas do instrumento jurisdicional vão se flanqueando, nas práticas da sociedade civil mundial, os especialistas do *lobbyng* político junto aos grandes centros federais ou nacionais do poder executivo e os especialistas do contencioso de negócios, os *litigators*. Aliás, são precisamente essas categorias de *lawyers* que estão, afinal, adquirindo o maior peso nas arenas da globalização[59]. Ao *ethos* da imparcialidade a serviço da busca da verdade e do interesse geral, esses juristas-estrategistas contrapõem um maquiavelismo jurídico que passo a passo os afasta dos fundamentos culturais do Estado constitucional de matriz cristã-ocidental (pondo-os em irredutível conflito com os juristas guardiães das Constituições). Mas, sobretudo, eles põem as próprias competências a serviço de corporações transnacionais de poder em relação às quais as deslegitimadas instituições dos Estados nacionais mostram-se sempre menos capazes de opor um baluarte de garantias em defesa dos direitos fundamentais de indivíduos incautamente enredados nos círculos da globalização.

O que caracteriza a problemática do Estado de Direito no alvorecer do século XXI não são, portanto, os perigos de abuso e prevaricação por parte dos aparelhos públicos, mas as ameaças provenientes das grandes concentrações de poder privado (começando por aquelas em matéria de proteção dos dados e de disciplina dos fluxos informativos)[60]. Os processos de privatização redesenharam profundamente o mapa das constituições econômicas, começando pelos países que assistiram ao rápido desmantelamento de economias coletivistas[61]. Mas ainda mais profundamente esses processos estão pondo em perigo as bases sociais e culturais daquelas democracias constitucionais que no século XX conservaram e inovaram criativamente o patrimônio do Estado de Direito clássico, no qual tinha encontrado configuração jurídica a civilização liberal do

---

59. Y. Dezalay, *I mercanti del diritto*, cit., p. 187.

60. Cf. S. Rodotà, *Tecnologie e diritti*, il Mulino, Bologna, 1995; id., *Tecnopolitica. La democrazia e le nuove tecnologie della comunicazione*, Laterza, Roma-Bari, 1997; W. Hoffmann-Riem, *Modernisierung von Recht und Justiz*, cit., pp. 153 ss.

61. Fundamental é J. A. Kämmerer, *Privatisierung. Typologie-Determinante-Rechtspraxis-Folgen*, Mohr Siebeck, Tübingen, 2001.

Ocidente. E os verdadeiros guardiães da nova ordem são, enfim, organismos monetários e instituições financeiras subtraídas ao controle democrático, mas propensas ainda a um respeito muito seletivo dos princípios do Estado de Direito[62].

Sem dúvida, quem se preocupa com os destinos do Estado de Direito mostra-se atento, em primeira instância, à dimensão privatista. Tal é, por exemplo, a concepção de Friedrich August von Hayek, inscrita na tradição do *common law* e tornada paradigmática para o novo liberalismo (o *libertarianism*) da globalização, segundo a qual "a função do juiz está circunscrita aos problemas de ordem espontânea", pela qual o juiz é nada mais do que um coadjuvante do processo natural de seleção das normas em uma sociedade de mercado[63]. Aquilo do qual, porém, a filosofia jurídica de Hayek (e dos seus muitos e repetitivos epígonos) parece prescindir é o fenômeno da concentração dos poderes em uma sociedade de mercado distante das harmônicas idealizações dos filósofos morais de boa escola escocesa: não tribunais *super partes* ou magistrados obrigados profissionalmente à verdade e à imparcialidade, mas grandes escritórios organizados por advogados, capazes de mobilizar os oportunos apoios políticos, e verdadeiras e próprias multinacionais do direito comercial, decidem na realidade contemporânea as controvérsias jurídicas.

Aquilo para o qual a evolução "espontânea" das sociedades abertas parece caminhar é um "sistema dualista de justiça", no qual a uma "justiça sob medida" para os detentores do poder econômico está se flanqueando uma "justiça de massa para os 'consumidores' ordinários"[64]. E é precisamente este novo dualismo que ameaça pôr em perigo a subsistência do (e

---

62. Sobre os "guardiães internacionais", cf. S. Strange, *Denaro impazzito. I mercati finanziari: presente e futuro*, Edizioni di Comunità, Torino, 1999.

63. F. A. von Hayek, *Legge, legislazione e libertà*, il Saggiatore, Milano, 1989, p. 148 (mas é bom lembrar, com Mauro Barberis, que a tradução correta do título originário, *Law, Legislation and Liberty* deveria soar, caso não se queira perder o sentido da distinção enfatizada pelo autor, *Direito, legislação e liberdade*). Como sublinha, por exemplo, F. Viola, *Autorità e ordine del diritto*, Giappichelli, Torino, 1987, p. 173, para Hayek a função do juiz não é a de reconhecer direitos, mas a de proteger expectativas.

64. Y. Delazay, op. cit., p. 223.

a crença no) Estado de Direito nos sistemas políticos da era da globalização. Clamorosas sentenças, capazes de pôr em dificuldade grupos associados de multinacionais, constituem, de fato, mais uma exceção do que uma regra. O risco está, portanto, na transição de uma democracia sob a supervisão de juízes constitucionais[65] a uma sociedade civil de corporações legais, que é na substância uma *litigation society* na qual prevalecem invariavelmente os interesses dos mais potentes e as estratégias mais inescrupulosas: nela faltaria aquele contrapeso que, zelando sobre a coerência de um sistema jurídico altamente complexo, põe limites às "grandiosas simplificações da política"; e faltariam também os contrafortes para contrastar as novas e transnacionalmente organizadas formas de macrocriminalidade.

À luz desses desenvolvimentos, a polêmica contra o poder de especialistas judiciários corre o risco de ser dirigida contra um alvo falso. Está claro, no caso, por que os juízes estão sob a mira de ofensivas convergentes: eles surgem não só como os guardiães de uma justiça comutativa que visa abrandar os desequilíbrios da globalização[66] e de uma justiça distributiva voltada para corrigir os exageros de uma sociedade plasmada pela competição e pelo conflito dos interesses privados, mas também como guardiães de uma justiça retributiva, nas interpretações malévolas, portanto de uma oligarquia de vingativos. Em particular, eles surgem, de um lado, como os garantes daquele compromisso liberal-socialdemocrático que esteve na base do Estado de Direito contemporâneo – e dos direitos civis, políticos e sociais –, de outro, como os defensores de um controle de legalidade (e de moralidade pública) que colide com as tendências, que muitos julgam fisiológicas, à corrupção inerente às dinâmicas de mercados globalizados, operantes em condições culturais, sociais e políticas fortemente

---

65. Supervisão no sentido em que o conceito é usado por H. Willke, *Supervision des Staates*, Suhrkamp, Frankfurt a.M., 1997. Do mesmo autor, ver, agora, *Atopia. Studien zur atopischen Gesellschaft*, Suhrkamp, Frankfurt a.M., 2001.

66. Sobre o qual pelo menos L. Gallino, *Globalizzazione e disuguaglianze*, Laterza, Roma-Bari, 2000.

heterogêneas. No entanto, também a sociedade civil mundial que penosa e conflitantemente vai se formando, tem necessidade, mais ainda do que as sociedades civis nacionais para as quais Hegel olhava na sua clássica síntese, da administração da justiça e de uma classe de juristas competentes, determinados e imparciais.

Estado de Direito e diferença de gênero

Por Anna Loretoni

1. Premissa

O projeto filosófico e jurídico da modernidade foi descrito por muitos autores em termos de uma progressiva afirmação do individualismo. Libertando-se dos tradicionais vínculos societários que o inscreviam em uma ordem pré-constituída, o sujeito moderno vive a própria experiência na dimensão de um eu individual e isolado. Segundo a sugestiva reconstrução de Norbert Elias, se em fases precedentes os homens tinham se percebido como membros de formações, classes e grupos familiares com uma prevalência das "identidades-nós", com a modernidade o papel decisivo é desempenhado pela forma individual da identidade (a "identidade-eu"). Nesse sentido, a experiência identitária moderna se configura de modo inédito em relação ao passado: ela não está mais inscrita no interior das fronteiras certas e inamovíveis de um ambiente plenamente dominável, mas é antes o produto reflexivo de um projeto individual, cujos resultados são incertos[1]. Pois bem, acontece que os processos identitários de grupo[2] que parecem caracterizar apenas as fases pré-modernas do desenvolvimento social são, ao contrário, um fator constante das democracias

---

1. Ver N. Elias, *La società degli individui*, il Mulino, Bologna, 1990.

2. Para a noção de identidade de grupo, ver P. L. Berger, Th. Luckmann, *The Social Construction of Reality*, Doubleday, London, 1966; B. Henry, *Fra identità politica e individualità*, em F. Cerutti (organizado por), *Identità e politica*, Laterza, Roma-Bari, 1996, pp. 167-83.

ocidentais – segundo alguns é um resultado paradoxal da modernidade –, de forma nenhuma superado e contingente. E é, portanto, uma dimensão com a qual uma reflexão crítica sobre o Estado de Direito, hoje, deve necessariamente se confrontar.

O surgimento de diferenças que exigem reconhecimento no espaço público – entendido este último tanto em sentido jurídico como político –, reclama bens e recursos para sujeitos que têm uma específica identidade de grupo. Essa exigência põe em crise ou, de qualquer modo, propõe desafios inéditos ao papel e à função do direito nas sociedades contemporâneas. Em particular, a presença sempre mais marcante dos grupos na realidade política submeteu a uma torsão significativa as características tradicionais do Estado de Direito, entendido na sua acepção liberal oitocentista. É uma torsão que permitiu a alguns autores falar até de crise, se não de uma superação propriamente dita da formulação clássica do Estado de Direito (ou *rule of law*)[3].

As características tradicionais da lei tinham se afirmado sobre a base de uma ordem societária muito diversa da atual, uma ordem fortemente caracterizada em sentido individualista na qual as identidades de grupo eram muito insólitas. Os inúmeros exemplos das assim chamadas legislações de setor, fruto do exercício de pressões operadas sobre o legislador por grupos capazes de organizar os próprios interesses, foram interpretados como uma superação do "princípio de generalidade e de abstração" da lei[4]. Além disso, o legislador encontra-se hoje diante de uma realidade sempre mais diferenciada, não apenas no que se refere a interesses, mas também a valores, e também isso depende da existência de grupos fortemente diversificados por interesses e culturas. Por isso o legislador é induzido a assumir o próprio pluralismo como ponto de partida da sua ação, como um *fato* a ser levado em consideração.

---

3. Cf. D. Grimm, *Die Zukunft der Verfassung*, Suhrkamp, Frankfurt a.M., 1991; E.-W. Böckenförde, *Entstehung und Wandel des Rechtsstaatsbegriffs*, em id., *Staat, Gesellschaft, Freiheit. Studien zur Staatstheorie und zum Verfassungsrecht*, Suhrkamp, Frankfurt a.M., 1976.

4. Cf. G. Zagrebelsky, *Il diritto mite*, Einaudi, Torino, 1993.

Isso vale ainda mais quando a lei diz respeito a questões que têm a ver diretamente com âmbitos da vida privada, com espaços de liberdade pessoal. A heterogeneidade dos próprios estilos de vida – outro fator que caracteriza as sociedades contemporâneas – torna, por exemplo, difícil assumir um único modelo generalizado, padronizado de relações interpessoais, como, ao contrário, podia acontecer em contextos sociais não tão fortemente marcados pelas diferenças[5]. É esse o sentido das reivindicações de um pleno reconhecimento de diversos estilos de vida, apresentadas por grupos que pressionam para que, em matéria de direitos sociais, por exemplo, encontre cidadania toda a gama das escolhas pessoais, e não – ao contrário, como ocorreu durante muito tempo – apenas o modelo da família heterossexual[6]. Aqui, a antiga caracterização do Estado social, que fazia da instituição familiar um dos eixos da sociedade, deve ser revista sobre a base de uma reestruturação das relações afetivas que adote pelo menos a idéia de um pluralismo das formas familiares[7].

Aprofundar a questão dos "direitos coletivos" significa examinar de forma radical como a exigência de reconhecimento de identidades coletivas, no plano jurídico, põe em discussão um dos aspectos centrais da noção clássica de "Estado de Direito": o indivíduo como única referência – ponto de partida e de chegada – da produção legislativa. É esse, entre outros, um aspecto que põe em crise o Estado de Direito tanto na sua versão liberal como na democrática, tendo essa última, de fato, mantida intacta a originária base individualista. No âmbito de reflexão que aceita confrontar-se com o tema das identidades

---

5. Cf. A. Giddens, *La trasformazione dell'intimità. Sessualità, amore ed erotismo nelle società moderne*, il Mulino, Bologna, 1995.

6. Com a expressão "estilos de vida" não entendo neste contexto alguma coisa que possa ser sobreposta à noção de identidade, uma vez que nem todo estilo de vida corresponde a um pertencimento identitário claramente definido: neste sentido D. H. Haraway, *Manifesto cyborg: donne, tecnologie e biopolitiche del corpo*, Feltrinelli, Milano, 1995.

7. Na Itália discutiu-se amplamente a propósito do art. 29 da Constituição: "A República reconhece os direitos da família como sociedade natural fundada no matrimônio", que *a contrario* põe em condição subordinada todas as outras escolhas de convivência: casais de fato, casais homossexuais, *singles* etc.

de grupo pertence uma concepção da lei que não se baseia apenas sobre a tutela da liberdade privada, do bem-estar e da segurança individuais – sem levar em consideração as diferenças, por exemplo, a condição das culturas assim chamadas minoritárias –, mas que exige muito mais do Estado, induzindo-o a tutelar juridicamente as identidades coletivas[8].

2. O feminismo da diferença

Várias teorias buscaram dar legitimidade às transformações introduzidas pela realidade dos grupos e suas exigências de reconhecimento e, entre essas, uma das mais importantes é seguramente a reflexão feminista[9]. Aquela que aos teóricos liberais parece como uma degeneração do paradigma do Estado de Direito – entendido nas suas variantes liberal, democrática e social – é assumida pelas feministas como um resultado inscrito nos próprios limites da concepção universalista do direito e como alguma coisa que é, sob certos aspectos, até mesmo desejável. Se existe um traço comum na reflexão feminista, daquela filosófica àquela psicológica, àquela político-jurídica, este é a crítica conduzida à idéia de universalidade e de neutralidade, típica do pensamento liberal e profundamente arraigada aos seus paradigmas teóricos. Por meio de uma obra de desconstrução e desvelamento, o feminismo identificou também no direito, e sobretudo na legalidade neutra e imparcial que o caracteriza no interior da tradição liberal, a forma que ele assume para conferir uma aparência de neutralidade a categorias teóricas que, na realidade, implicam a adesão a um modelo político-ideológico.

Como é sabido, essa abordagem crítica ao direito não pertence à fase inicial da reflexão e da política das mulheres. A fase do assim chamado feminismo emancipacionista reconhe-

8. Ver J. Habermas, J. Taylor, *Multiculturalismo. Lotte per il riconoscimento*, Feltrinelli, Milano, 1998; A. Honneth, *Kampf um Anerkennung*, Suhrkamp, Frankfurt a.M., 1992.

9. De particular interesse é I. M. Young, *Le politiche della differenza*, Feltrinelli, Milano, 1990.

ceu no discurso jurídico, e sobretudo na afirmação dos direitos políticos e sociais, um instrumento a favor de uma condição mais igualitária das mulheres na sociedade, de uma plena cidadania delas. Nesse contexto, a questão teórica dizia respeito à mera desigualdade formal: tratava-se por isso simplesmente de estender às mulheres o modelo dos direitos antes reservados somente aos homens. A condição feminina era tematizada também no discurso político não na sua diferença específica, como acontecerá a partir dos anos 1980, mas, ao contrário, na dimensão do seu ser excluída de um mundo que não se desejava contestar e pôr em discussão, mas apenas criticar na sua parcialidade. Portanto, naquele mundo queriam ser incluídas sem trazer modificações radicais. Desde que a "diferença" se tornou um valor, ou seja, desde que se afastou do feminismo assim chamado emancipacionista, a reflexão das mulheres procurou mostrar – por trás dos paradigmas, das categorias, dos valores – a aparente neutralidade do discurso jurídico, revelando como no seu interior representa um papel dominante uma específica idéia normativa de sujeito. De maneira nenhuma assexuado, neutro, sem cor e pertencimento social, o indivíduo moderno resulta, nas sociedades ocidentais, rigidamente determinado: possui as características definidas pelos grupos dominantes[10].

É a partir do pressuposto de uma diferente identidade de gênero que o pensamento feminista conduziu uma reflexão crítica sobre a noção de igualdade entendida como assimilação e homologação. O raciocínio jurídico, em particular, dado que define o que é legítimo e o que não o é, aplica uma lógica binária cujos efeitos de exclusão e discriminação são muito intensos. Aquilo que o movimento feminista pede à tradicional lógica do direito é a capacidade de receber o caráter específico das identidades subjetivas, de abandonar o *falso* universalismo e de tornar própria uma abordagem que acolha os indivíduos nas suas concretas relações sociais. É nessa direção que se encaminha, por exemplo, a proposta de Martha Minow acerca

---

10. Ver A. Facchi, *Il pensiero femminista sul diritto: un percorso da Carol Gilligan a Tove Stang Dahl*, em G. Zanetti (organizado por), *Filosofi del diritto contemporanei*, Raffaello Cortina Editore, Milano, 1999.

de um *social-relations approach*[11]. A partir do reconhecimento dos dilemas postos pela existência das diferenças no interior de cada contexto social, Minow propõe um modelo jurídico que não funciona nos termos de alternativas que se opõem sobre a base de categorias generalizantes. Minow assume, ao contrário, no plano normativo, a particularidade das situações e dos contextos e funda a sua proposta sobre a concreta colocação social do indivíduo. É nesse contexto teórico que o feminismo chega à definitiva ruptura com o paradigma clássico do direito liberal e põe em discussão o próprio modelo dos direitos subjetivos, entendendo-o como conseqüência da específica concepção liberal do sujeito.

Mesmo reconhecendo a utilidade da estratégia que busca afirmar específicos direitos femininos, algumas reflexões põem em evidência os efeitos inadequados ou até perversos desta estratégia, em lugar da qual propõem uma noção de "cura" ou de "responsabilidade para com"[12], capaz de evidenciar principalmente o caráter relacional dos sujeitos e a natureza das específicas situações de fato. Wolgast escreveu que "sendo os átomos indistinguíveis uns dos outros, também os seus direitos devem sê-lo: o conceito de direitos individuais é, em suma, uma conseqüência natural do atomismo"[13]. O que é evidenciado aqui é o fato de que a linguagem dos direitos torna-se sempre mais uma grade conceitual para interpretar toda a realidade: uma grade que não carece de valor e utilidade, mas da qual precisam ser colocados em evidência também os limites. A reivindicação de um direito põe o detentor em uma posição assertiva, a partir da qual ele/ela pode pretender alguma coisa em relação a outro/outra. Os problemas nascem do fato de que o direito "igual" faz referência a um mundo em que as relações entre indivíduos são concebidas como relações entre

11. M. Minow, *Making All the Difference: Inclusion, Exclusion and American Law*, Cornell University Press, Ithaca, 1990.

12. Para a noção de "cura", no sentido muito mais rico do inglês "care", ver C. Gilligan, *Con voce di donna*, Feltrinelli, Milano, 1987; para a noção de "responsabilidade para com" cf. E. H. Wolgast, *La grammatica della giustizia*, Editori Riuniti, Roma, 1991.

13. Cf. E. H. Wolgast, op. cit., p. 33.

sujeitos autônomos e, sobretudo, postos em uma situação de absoluta paridade. Nesse modelo cada um responde a si mesmo, também quando se encontra em uma situação de manifesta inferioridade. Um exemplo eficaz dessa lógica é aquele representado pelo código dos direitos do doente, no interior do qual as responsabilidades do médico para com o paciente prescindem da condição de dependência em que, por necessidade, se encontra o doente em relação ao médico. Considera-se o paciente como se ele fosse um sujeito são, sem colher em termos normativos os traços específicos da sua condição. Mesmo as teorias liberais da justiça, enquanto fazem referência à humanidade comum que liga os indivíduos, não são capazes de considerá-los nas suas distintas particularidades[14]. Aquilo que de cada sujeito torna-se relevante não é o que o diferencia, que o torna um indivíduo particular, mas aquilo que o assemelha a todos os outros, que o torna igual a eles.

Que a moderna teoria dos direitos esteja estruturada em sentido individualista deriva da própria natureza das Constituições modernas, que tomam forma, como lembra Habermas, a partir da idéia jus-racionalista segundo a qual são os próprios cidadãos que decidem constituir uma comunidade disciplinada pelo direito[15]. De forma análoga, cada pessoa é tida como titular de direitos subjetivos, prescindindo das suas relações sociais e do seu pertencimento a grupos diferenciados. Porém, se no plano jurídico podem ser acionados apenas os direitos individuais, na arena política, ao contrário, confrontam-se sempre atores coletivos, os quais disputam sobre escolhas que dizem respeito à coletividade ou a algumas das suas partes, não os indivíduos singularmente como tais. É propriamente esta última condição, sempre mais difusa no interior das democracias modernas, que pôs em crise o Estado de Direito, e sobretudo a idéia liberal dos direitos como direitos apenas individuais. Como é sabido, na disputa com Charles Taylor sobre a

---

14. Ver S. Benhabib, *The Generalized and the Concrete Other: The Kohlberg-Gilligan Controversy and Feminist Theory*, em S. Benhabib, D. Cornell (organizado por), *Feminism as Critique*, University of Minnesota Press, Minneapolis, 1987.

15. Cf. J. Habermas, Ch. Taylor, op. cit., passim.

necessidade de reconhecer formas de identidade coletiva, Jürgen Habermas afirma que não é possível, nem sequer sobre a base de uma suposta falsa neutralidade do liberalismo, exigir do Estado de Direito a promoção ativa de determinadas concepções da "vida boa", assim como sustentam alguns dos *communitarians*. Ele afirma, no entanto, ser também verdadeiro que para tutelar cada sujeito é freqüentemente necessário fazer alguma coisa para proteger os contextos de vida no interior dos quais as próprias identidades individuais podem ser garantidas. Nessas circunstâncias, o formalismo do Estado de Direito não é proposto de novo *sic et simpliciter*, e a sua ação de defesa dos sujeitos aparece mais articulada, na consciência das ligações existentes entre individual e coletivo. No "Estado social", por exemplo, é superada a tradicional concepção de um Estado de Direito como mera defesa de cada indivíduo contra o sempre possível efeito *spill-over* do poder. Dando a necessária importância à ligação interna entre Estado de Direito e democracia, torna-se claro – argumenta Habermas – que o "sistema dos direitos" não pode ignorar as desigualdades sociais, e muito menos as diferenças culturais. Cada titular de direitos individuais possui de fato uma identidade que precisa ser concebida de forma intersubjetiva. "As pessoas (e portanto também os sujeitos jurídicos) adquirem identidade somente graças aos fenômenos de interação social."[16]

Tudo isso significa que a partir dessa perspectiva, que sublinha a importância dos vários contextos de vida nos quais os indivíduos realizam efetivamente os direitos que lhes são reconhecidos, não é necessário elaborar – ao contrário do que propõe Taylor – uma espécie de contramodelo capaz de corrigir as premissas individualistas do sistema dos direitos. O daltonismo do liberalismo formalista, que concebe as identidades individuais como mônadas, teria, em suma, capacidades autocorretivas, capazes de esconjurar o abandono do paradigma individualista do Estado de Direito em nome do reconhecimento de identidades coletivas que, afinal, poderia produzir lesões ainda mais graves precisamente aos espaços de liberdade dos indivíduos.

16. Ibid., p. 70.

3. Público/privado: uma separação apenas aparente

Sustentou-se que a ambigüidade é constitutiva do direito: as suas prescrições obrigam e libertam contemporaneamente[17]. A relação entre reflexão feminista e direito parece confirmar tal ambigüidade, e não apenas na sucessão histórica entre "feminismo emancipacionista" e "feminismo da diferença". Também entre as estudiosas que evocam o feminismo da diferença se reproduz freqüentemente, de fato, a dupla valência do discurso jurídico, de modo que as várias posições tendem a se alinhar em duas frentes: quem se volta para o direito com prudência, mas com o propósito de utilizar as suas potencialidades e quem, ao contrário, julga que o discurso jurídico seja absolutamente incapaz de dar respostas adequadas à questão feminina. Entre as que se colocaram no primeiro grupo, e renovaram de maneira mais produtiva o discurso jurídico, devem ser arroladas as reflexões de Adrien Howe e Catharine MacKinnon.

A partir de uma concepção não-atomista dos sujeitos, e que tenta pôr em discussão a tradicional separação entre público e privado, Howe formula a interessante noção de *social injury*[18], que exprime o sentido de uma violação que tem um alcance coletivo e diz respeito às mulheres como um grupo. É introduzida, assim, na clássica linguagem liberal do direito um conceito que interpreta cada ação ofensiva, não apenas como o agir de um sujeito para com o outro, mas como alguma coisa que faz referência também a uma ordem social e política que vai além da própria ação. Embora diante das cortes judiciárias estejam diretamente em questão apenas direitos individuais, o conceito de *social injury*, rediscutindo as fronteiras da oposição público/privado, permite vincular uma ofensa individual ao contexto mais geral da condição social das mulheres, pondo em evidência aquilo que permanecia confinado no espaço doméstico e aparecia apenas como uma experiência individual. Nesse sentido, o espaço privado é posto em uma relação diversa com a dimensão coletiva e pública da experiência feminina. Trata-se

---

17. A expressão está em J. Habermas, *Fatti e norme*, Guerini, Milano, 1996.
18. A. Howe, *The Problem of Privatized Injuries: Feminist Strategies for Litigation*, Routledge, London, 1991.

de uma reflexão que dá plena importância ao fato de que o poder do direito, a sua eficácia com relação às expectativas dos atores sociais, medem-se também sob um plano simbólico. Como recorda Tamar Pitch, se as normas são símbolos, os atores que exigem a sua mudança têm objetivos não só de natureza prática, mas também de tipo simbólico, e é precisamente essa dimensão que se torna decisiva naquela ação de transformação social, de pleno reconhecimento da subjetividade feminina, para a consecução da qual atua o feminismo da diferença[19].

Igualmente incisiva é a reflexão da jurista americana Catharine McKinnon, que, mesmo expressando certa confiança no direito como instrumento capaz de melhorar a condição das mulheres, põe em discussão os pressupostos e princípios do mesmo. Como é sabido, a reflexão de McKinnon desenvolveu-se principalmente, não só na direção de um reconhecimento da pornografia como ofensa contra o gênero feminino, mas também acerca do complexo tema dos abusos sexuais. Em relação a estes, a sua proposta pode ser inserida no interior da corrente do feminismo que não exclui a utilidade do direito. De fato, uma normativa que reprima os abusos sexuais dá, antes de tudo, às vítimas, a possibilidade de reclamar publicamente a injustiça do próprio sofrimento, oferece-lhes uma instância judiciária a qual apelar-se para obter um ressarcimento legal. A inovação introduzida é relevante: um comportamento que era admitido como *normal* substituiu-se por um comportamento que é interpretado como *crime*. O nexo entre legal e social surge aqui com evidência: o reconhecimento jurídico dos abusos sexuais fez com que estes se tornassem não apenas legal, mas também socialmente ilegítimos. Antes da intervenção do direito, os fatos que constituíam a ofensa não tinham existência social, não tinham nem forma nem coerência cognitiva: a ofensa contra as mulheres era simplesmente alguma coisa que acontecia normalmente. Quando o direito reconheceu os abusos sexuais como prática de discriminação sexual, retirou-os da linguagem elementar com a qual o abuso sexual era expresso pelas mulheres, e deu-lhes uma forma, uma

---

19. Cf. T. Pitch, *Un diritto per due. La costruzione giuridica di genere, sesso e sessualità*, Il Saggiatore, Milano, 1998.

etiologia em uma série de experiências que se acumulam e que se associam uma a outra[20].

São freqüentemente assinalados os pontos de contato da crítica feminista ao Estado de Direito com aquela formulada pelos *Critical Legal Studies*. Desejando proceder ulteriormente nesta direção, deve-se evidenciar que, em ambas as abordagens, a crítica ao conceito de neutralidade vai além das funções do poder legislativo e investe as funções mesmas do judiciário. Nem sequer o juiz é um ator imparcial: ao interpretar a lei, o juiz exerce sempre um papel discricionário, selecionando, entre os muitos pontos de vista deixados em aberto pelo direito escrito, aquele que está mais próximo das suas preferências subjetivas. Também a ação do juiz está distante do esquema normativista da aplicação mecânica e objetiva da lei. Se o juiz não é o garante do "governo da lei", pode-se perguntar, então, qual função ele desempenha ou deve desempenhar. A resposta de feministas como Martha Minow é similar àquela dada por Duncan Kennedy, segundo a qual a "revelação dos fins políticos que se escondem por detrás da fachada mistificadora (do direito) é a premissa para colocar no lugar certo juízes que farão "a coisa certa"[21]. Onde "fazer a coisa certa" significa "ter projetos normativos que sejam melhores do que aqueles comumente revestidos pelo direito e melhores do que os dos juízes atuais"[22]. Como os *Critical Legal Studies*, portanto, algumas feministas transformam o juiz em um ator da mudança social: um bom juiz reconhece o poder discricionário que está nas suas mãos e age pragmaticamente de modo que possa favorecer o processo de reforma. Um empenho em prol dos programas de "ação afirmativa" (*affirmative action*) a favor das mulheres, de uma redistribuição social mais justa, de uma maior descentralização do poder político e econômico em vista de uma mais ampla participação democrática: são todos objetivos que fazem parte do programa radical dos *Critical Legal Studies* e do feminismo que se aproxima a eles.

---

20. C. McKinnon, *Feminism. Marxism, Method and the State: Toward Feminist Jurisprudence*, "Signs", 8 (1993).

21. D. Kennedy, *A Critique of Adjudication*, Harward University Press, Cambridge (Mass.), 1998.

22. Ibid., p. 299.

4. A família: um espaço não separável

O ponto de vista feminista, como mostramos, ao pôr em discussão a disciplina corrente das relações entre os sexos, implica uma redefinição dos espaços privados, criticando a distinção entre esfera pública e esfera privada. Na análise da família, a reflexão feminista concentrou-se particularmente sobre a noção de "sistema patriarcal", com base no qual a mulher encontra a sua colocação essencial na esfera doméstica da reprodução e da cura, como reino da necessidade biológica ordenada pela *phýsis*. A esfera pública, ao contrário, a *pólis*, âmbito de realização da subjetividade masculina, constitui o reino da racionalidade, das relações políticas e econômicas, superação daquele dado natural que é, ao contrário, típico da esfera doméstica dos afetos. Essas duas esferas, mesmo sendo rigidamente separadas, estão de qualquer modo conexas, ou melhor, são complementares em relação a um sistema que hierarquicamente ordena funções e identidades dos respectivos gêneros.

Em relação a essa estruturação/separação, o direito durante muito tempo ou escolheu não intervir, deixando o âmbito da família considerada como espaço separado, fora do controle jurídico, ou interveio para consolidar e legitimar o modelo patriarcal. Em ambas as estratégias, o espaço do "patriarcado" conservou-se como uma espécie de "estado de natureza" dentro do mais amplo "estado civil"[23]. Sob esse enfoque é preciso entender o próprio *slogan* feminista dos anos 1970: ao afirmar que "o que é pessoal é político" entendia-se exatamente evidenciar aquela série de relações internas à família tradicionalmente impedidas à visão pública, e que graças à impermeabilidade produzida por essa separação puderam ser mantidas intactas. No decorrer de séculos nos quais ocorreram mudanças radicais no cenário político, a estrutura de poder entre os gêneros no interior da família permaneceu quase inalterada. Poder tornar público este mundo escondido, confinado às margens do cenário político e do discurso jurídico, significou

---

23. C. Shalev, *Nascere per contratto*, Giuffrè, Milano, 1992.

fazer emergir a natureza coletiva da experiência familiar das mulheres e determinou a partilha – no sentido literal de colocar em comum – daquela condição. Tornar público o privado significou então permitir que, na esfera doméstica, encontrasse cidadania aquela dimensão da escolha livre e responsável que parecia, ao contrário, exclusiva da esfera pública. É sobre essa base, acredito, que é preciso interpretar a crítica de MacKinnon à noção de *privacy*: se ela é utilizada como um instrumento para isolar as mulheres, é totalmente funcional à perpetuação do domínio masculino sobre as mulheres – não apenas sobre os seus corpos – perigosamente próxima à posição de não-intervenção do direito no âmbito familiar. "A esfera privada, que nos isola e separa, é, portanto, uma esfera política, uma base comum da nossa desigualdade e marginalização."[24]

Abre-se o caminho nestas reflexões à idéia segundo a qual aquilo que é definido em termos naturais, como alguma coisa que prescinde da história e da cultura, seja na realidade um elemento socialmente construído, incluindo a identidade dos gêneros e as suas relações. Na análise de Susan Moller Okin, esse aspecto é particularmente evidente: segundo essa perspectiva, a construção do gênero ocorre por via social, e pode ser explicada em termos de papéis, em primeiro lugar a função feminina de genitor primário[25]. Não é difícil então compreender como partindo daqui distancia-se radicalmente daquela perspectiva que enfatizou, a partir dos anos 1980, a capacidade específica da mulher de aderir com mais facilidade ao contexto concreto e à dimensão da cura, precisamente graças à sua capacidade de gerar. Segundo essas autoras, essa tese contribuiu involuntariamente para tornar mais forte o antigo estereótipo feminino, implicando um fortalecimento da separação das esferas masculina e feminina. Um exemplo nesse sentido é constituído pela encíclica de João Paulo II, *Mulieris dignitatem*, na qual a identidade das mulheres é reconstruída

---

24. Ver C. McKinnon, *Feminism, Marxism, Method and the State: Toward Feminist Jurisprudence*, cit., p. 213.

25. Ver S. Moller Okin, *Le donne e la giustizia. La famiglia come problema politico*, Dedalo, Bari, 1999; N. Chodorow, *La funzione materna. Psicanalisi e sociologia del ruolo materno*, La Tartaruga Edizioni, Milano, 1991.

a partir da sua específica capacidade de cuidar do outro e de desempenhar uma função que é "naturalmente" materna.

A idéia de uma esfera separada que pertenceria por natureza ao gênero feminino está muito difusa no pensamento político e jurídico ocidental pelo menos até a metade do século passado, e muitos exemplos poderiam provavelmente ser citados para sustentar tal afirmação. Atendo-se ao caso americano, que é, talvez, aquele mais estudado, pode-se lembrar a sentença *Bradwell v. Illinois* (1872). Fazendo referência à XIV emenda que tinha sido adotada alguns anos antes (1868), Myra Bradwell tinha pedido para ser admitida ao foro de Illinois, tentando obter o acesso das mulheres à prática da profissão legal, que lhes era impedida. Naquela circunstância, a Suprema Corte confirmou a decisão da Suprema Corte de Illinois em recusar a Myra Bradwell, enquanto mulher, o direito de poder fazer parte de um tribunal. A motivação da Suprema Corte é interessante precisamente porque ela não faz referência a uma interpretação restritiva das garantias constitucionais da XIV emenda, mas recorre a razões especiais para tratar as mulheres de modo diverso, sobre a base de seu pertencimento à esfera separada da família. A opinião do juiz Bradley, apoiando-se na existência de uma grande diferença que caracterizaria a esfera de ação do homem e a da mulher, reproduz perfeitamente a ideologia da esfera separada. As mulheres pertencem ao âmbito doméstico e a sua tarefa é a de cuidar daquilo que acontece no interior da família: se é isso o que impõe "a natureza", "a lei do Criador" ou a "vontade divina", o direito civil não é obrigado a modificar tal situação. Em nome de uma família organizada, segundo um princípio patriarcal de desigualdade, essa sentença fixava para as mulheres uma condição de dependência, bem como a sua exclusão da vida política e civil[26].

A separação das esferas, portanto, foi o elemento que permitiu não pensar a família como parte integrante do mundo social. Somente assim a incongruência entre um mundo externo que reconhece o igualitarismo e uma família estrutu-

---

26. O tema é amplamente discutido em S. Moller Okin, op. cit., pp. 100-20.

rada segundo condições manifestamente desiguais podia criar problemas para a maioria dos teóricos que não assumiram o espaço privado como âmbito específico da sua reflexão[27]. Segundo o sistema patriarcal, as mulheres e os menores encontram a sua colocação social no interior das paredes domésticas, entendidas como espaço natural e biológico, ao passo que os homens se colocam no espaço marcado pelas relações políticas e econômicas. Este último âmbito é o reino da liberdade, mas de uma liberdade construída como emancipação da necessidade, como espaço superior reservado ao desenvolvimento da espécie. Por detrás da exaltação do papel materno da mulher estava a vontade de privatizar a família, de torná-la separada do espaço do mercado que, com a Revolução Industrial, estava se impondo sempre mais como área na qual tinham de prevalecer os interesses privados, típicos de uma ética individualista. A família foi, ao mesmo tempo, se configurando como o âmbito do sacrifício de si, da cooperação, capaz de transformar o egoísmo dos indivíduos em uma ética altruísta[28]. É por isso que, como já foi sublinhado, tal separação constitui na realidade a união de dois mundos complementares. Segundo essa fundamentação, o direito casa-se plenamente com a cultura que interpreta a mulher apenas como esposa e mãe, objeto do poder do marido e substancialmente privada de proteção jurídica.

5. A crítica do Estado social

Segundo algumas feministas, das muitas aporias presentes no paradigma político e jurídico liberal faria parte a redução da justiça à questão de igual distribuição de bens, entre os quais são arrolados também os próprios direitos, como se os direitos fossem bens a ser repartidos de forma equânime entre

27. Cf. C. Saraceno, *Le donne nella famiglia: una complessa costruzione giuridica. 1750-1942*, em M. Barbagli, M. Kertzer (organizado por), *Storia della famiglia italiana*, il Mulino, Bologna, 1992.

28. Cf. F. Olsen, *A Finger to the Devil: Abortion, Privacy and Equality*, "Dissent", 38 (1991), 3, pp. 377-82.

os indivíduos. Reduzir os direitos a bens, conceber os direitos como propriedade, sustenta-se, não é apenas errado, mas até prejudicial. Em vez de objetos, os direitos são relações, regras institucionalmente definidas: elas estabelecem o que uma pessoa pode fazer em relação a outra pessoa, e não se referem ao que ela possui. A partir dessa concepção, falar em injustiça, portanto, não significa simplesmente pensar em uma condição na qual existe subtração de bens, mas – muito mais problematicamente – restrição de liberdade e sobretudo ofensa da dignidade[29].

Trata-se de uma crítica bastante radical, que é preciso conectar a uma teoria feminista do direito que se afasta não só da visão formalista do Estado de Direito liberal, mas também do paradigma jurídico do Estado social. É inadequado pensar o paradigma da justiça unicamente como paradigma distributivo de objetos concretos, mesmo que seja precisamente isso que é tido como certo pela maioria dos autores. De tal paradigma são evidenciadas duas aporias: a primeira tem a ver com o fato de que ele tende a ignorar o contexto institucional no qual se dá a distribuição e a considerá-la como certa; a segunda é que, quando tal paradigma é ampliado a bens não materiais, acaba-se dando uma representação inadequada dos mesmos. É preciso, ainda, esclarecer que por "contexto institucional" entende-se alguma coisa que inclui, por exemplo, também a família, uma das principais unidades sociais em relação às questões distributivas, e que de fato é assumida assim como é, sem pôr em discussão os papéis que no seu interior foram se consolidando ao longo do tempo. Falar em bens sociais quando na realidade se trata de processos, relações, relacionamentos entre indivíduos – sustenta por exemplo Iris Young – produz um efeito distorcido também no sentido de que com isso se conceitualiza a justiça social em termos de esquemas estáticos, em vez de pôr em evidência os processos sociais que produzem as situações concretas. Também, aqui, volta a desempenhar um papel o paradigma clássico do individualismo libe-

---

29. A crítica mais radical ao paradigma distributivo é aquela elaborada por I. M. Young, *Le politiche della differenza*, cit., passim.

ral, com base no qual os indivíduos são receptores de bens ou portadores de propriedades, e não ao contrário atores em relação entre si, agentes em relação recíproca com outros, juntos ou contra.

Se partirmos da noção de "opressão", amplamente utilizada por movimentos de libertação contemporâneos, entre os quais o próprio movimento feminista, ou o dos negros ou das lésbicas, o discurso político não pode ser reduzido à linguagem do individualismo liberal que domina, ao contrário, tanto a ciência jurídica como a ciência política. Basta pensar, por exemplo, na condição de opressão em que as mulheres vivem: a simples consciência de ser um potencial objeto de violência, de uma possível agressão pertencente ao gênero feminino, não é apenas fonte de mal-estar, mas também causa de significativas restrições de liberdade.

É razoável assumir essa experiência como caso de injustiça social, ou devemos julgar que tudo isso não tenha nenhum efeito significativo sobre os direitos, as oportunidades e a autoestima dos indivíduos? Ora, se pensarmos não tanto nos atos individuais de violência, quanto no contexto social em que esses ocorrem, e sob certos aspectos se legitimam, não podemos senão responder de modo afirmativo a essa questão. Trata-se, de fato, de uma injustiça que nasce de uma forma de violência sistêmica voltada contra as mulheres pertencentes a um grupo[30] específico. O caráter opressivo da violência não está na vitimização imediata que se tem em cada caso, mas na consciência de todos os pertencentes ao grupo estarem expostos ao risco precisamente em razão da sua identidade coletiva.

A questão é então relativa ao tipo de resposta que o paradigma distributivo é capaz de fornecer. Não é arriscado afirmar que a interpretação distributiva da justiça seja precisamente a menos apropriada para colher a problemática da discriminação feminina, mesmo porque ela elude a pergunta sobre a tipologia das instituições políticas, jurídicas e culturais que, de algu-

30. Segundo a estimativa dos Centros antiestupro, mais de um terço das mulheres americanas sofrem no decorrer da própria vida ao menos uma agressão sexual ou tentativa de agressão sexual, cf. I. M. Young, *Le politiche della differenza*, cit., p. 78.

ma forma, encorajam, toleram ou pelo menos tornam possíveis a violência contra grupos específicos. Tendendo a dar como certo o contexto em que se produz a injustiça, os mecanismos distributivos não trazem nenhum corretivo importante às causas da injustiça, e perpetuam, de fato, inconscientemente, as condições de opressão em que se encontram os grupos desfavorecidos, aqueles que estão apenas em parte socialmente incluídos, também em razão de uma identidade, cujas características são sistematicamente objeto de depreciação.

6. Considerações finais

Ao clássico problema da relação entre mudança social e mudança normativa, a reflexão feminina sobre o direito associa uma série de considerações que complicam ulteriormente o quadro[31]. Em suma, a questão torna-se muito mais radical e pergunta-se aqui se o direito *qua talis* é capaz de acolher a linguagem feminina, as petições, as aspirações de uma nova identidade como aquela que foi se definindo reflexivamente no interior do pensamento da diferença de gênero. Tudo isso contribui para fortalecer a consciência, para a tranqüilidade dos *communitarians*, que a identidade feminina, talvez de modo mais impetuosa em relação a outras formas modernas de experiência identitária, é sobretudo e em primeiro lugar uma identidade "contra". A fuga do universalismo abstrato da tradição liberal não pode nos conduzir a abraçar a proposta de um sujeito situado no interior das rígidas fronteiras da tradição da comunidade de pertencimento, cuja identidade seria fundada por via atributiva. A este modelo contrapõe-se toda forma de identidade moderna, e ainda mais a feminina, que se desenvolveu por meio da crítica radical e do dissenso[32].

É então possível, servindo-se das tradicionais ferramentas do direito, representar a liberdade das mulheres, ou fazen-

31. Uma acentuada sensibilidade nesta direção está presente no estudo de T. Pitch, *Un diritto per due*, cit., passim.

32. A este propósito permito-me remeter ao meu *Identità e riconoscimento*, em F. Cerutti (organizado por), *Identità e politica*, cit., pp. 97-112.

do assim estaríamos condenados a desatender de qualquer modo as suas aspirações? A essa questão, relativa à função do direito, Carol Smart dedica sua particular atenção, mas se trata de uma questão subentendida no âmbito da literatura da qual estamos nos ocupando[33]. No interior do próprio feminismo italiano, por exemplo, ressurgiu de fato uma atitude ambivalente para com o direito toda vez que foi posta em discussão uma lei relevante para a condição da mulher ou influente sobre a definição da sua imagem pública e/ou privada. Basta lembrar a discussão a respeito da lei sobre a violência sexual, aquela sobre os abusos sexuais, que jamais resultou em uma normativa legislativa, ou as leis relativas ao âmbito reprodutivo. Nesses casos, a pergunta acerca de quanto fosse eficaz ou, ao contrário, quanto fosse inútil ou até prejudicial o discurso jurídico como espaço de afirmação da identidade feminina representou freqüentemente aquilo que estava em jogo. É a este propósito que na Itália uma parte do feminismo mais radical, mais crítico para com as instituições em geral – incluindo aquelas da representatividade política –, evidenciou a noção de "vazio jurídico" como espaço de indiferença, de ausência do direito. Paralelamente à consciência crítica do perigo de progressiva juridificação dos espaços privados, a noção de "vazio jurídico" significa conquista ou manutenção de um espaço de liberdade[34].

Também neste, como em outros contextos, uma posição de distância radical em relação ao discurso jurídico desempenha um papel decisivo. Como expressão do poder patriarcal sobre as mulheres, afirma-se, o direito precisa ser considerado instrumento inútil ou prejudicial, que acaba enredando as mulheres e as situações concretas em rígidas categorias, em padronizações generalizantes que ao final resultam formalistas, distantes da realidade e, portanto, inutilizáveis no momento em que se recorre a elas. Em segundo lugar, o apelo ao direito penal como âmbito de resolução definitiva do agravo sofrido dá lugar a não poucas perplexidades, pois em muitas situações

---

33. Cf. C. Smart, *Feminism and the Power of Law*, Routledge, London, 1989.

34. Cf. L. Cigarini, *Sopra la legge*, "Via Dogana", 5 (1992).

– por exemplo no caso da violência – o dano não pode ser administrado socialmente mediante o instrumento da pena. Nesses contextos, a resposta que o conjunto das instituições pode dar deveria ser muito mais articulada. Além da punição a quem cometeu o crime, dever-se-ia levar em consideração, de fato, o amparo do qual tem necessidade a vítima do abuso. O significado das numerosas "casas" para proteger a mulheres contra a violência e os maus-tratos, concebidas e administradas por associações femininas com a colaboração de instituições locais, está também na consciência dos limites do direito, mais especificamente dos limites de uma abordagem apenas penalista[35]. O âmbito do direito penal precisaria ser, portanto, drasticamente redimensionado, e muitos crimes relativos às relações interpessoais – violência sexual, abusos sexuais, injúrias etc. – deveriam ser antes resolvidos pelo direito civil. Com base em uma conflitualidade interpessoal que, muitas vezes, é apenas contingente, pede-se ao direito para favorecer soluções "extrajudiciais" e com isso ser menos invasivo nos espaços vitais. A extensão da procedibilidade da querela à maioria dos crimes que dizem respeito à esfera das relações pessoais serve aqui como corolário para uma visão dos sujeitos muito mais marcada pela responsabilidade e pela liberdade de escolha do que pela tutela. Ao punir esses crimes, não existe por parte do Estado nenhum interesse que seja superior ao da pessoa que sofreu o agravo, e a pretensão de uma punição justificada com base em uma ameaça para a coletividade não pode ser considerada adequada na ausência de uma punição conforme a vontade por parte de quem sofreu efetivamente o dano[36].

Mesmo não esquecendo o resultado padronizante e formalista para o qual o discurso jurídico tende naturalmente, não seria preciso sequer subestimar o poder que o direito tem de

---

35. Ver a este propósito a contribuição do Grupo juristas Virginia Woolf B, *Per un diritto leggero. Esperienze di giustizia e criterio di equità*, "Democrazia e diritto" (1996), 1.

36. O papel aqui é desempenhado pela oposição entre liberdade e autonomia de um lado, tutela e, portanto, controle, de outro. Para um exame da visão paternalista do direito penal em relação ao gênero feminino, ver M. Graziosi, *Infirmitas sexus. La donna nell'immagianrio penalistico*, "Democrazia e diritto" (1993), 2.

modificar também as concretas relações entre os gêneros, produzindo com o tempo significativos deslocamentos de poder. Basta lembrar, por exemplo, o reconhecimento da autodeterminação feminina em matéria reprodutiva, tornado explícito, embora sem limitações, na lei sobre a interrupção da gravidez e no modelo de relação entre os gêneros que ela propõe e fortalece. Sem falar do notável poder simbólico que ela é capaz de evocar. Se partirmos de uma concepção dinâmica e conflitante do direito, então é lícito pensar a norma como alguma coisa que nasce das expectativas dos grupos (nesse caso das mulheres) e que é capaz de produzir mudança e inovação[37].

Sustentar tudo isso, de qualquer modo, não significa esquecer que, principalmente quando se trata de questões relativas à esfera reprodutiva, encontra-se em um espaço marcado por fortes diferenças, mesmo e sobretudo em termos de valores últimos. Esta consideração conduziu alguns a expressar uma preferência pelo modelo cultural da jurisdição, em relação àquele que põe a lei no centro do sistema jurídico, precisamente porque o primeiro é mais apropriado àquele pluralismo dos valores que parece destinado a ter muito espaço no interior das sociedades democráticas[38]. Nesse modelo, o direito apresentar-se-ia como discurso mais dútil, mais aberto, mais atento ao contexto, à situação concreta, principalmente porque é capaz de levar em consideração os vários pontos de vista e de assumir os sujeitos por aquilo que eles realmente são, nas suas relações de dependência recíproca.

Essa preferência, sob muitos aspectos compartilhável, põe problemas relacionados a uma possível liberdade excessiva do juiz, cuja decisão poderia ser de todo discricionária. Em geral, quem propõe o modelo jurisprudencial faz referência, ao responder a essa objeção, aos princípios presentes nas Constituições democráticas e, portanto, à idéia de Estado constitucional de Direito. Esses princípios representam as coordenadas gerais no interior das quais o juiz exerceria o próprio mandato e

---

37. Mesmo em uma perspectiva diversa daquela de gênero, é a essa concepção global do direito que se inspira a reflexão de L. Ferrajoli, *La sovranità nel mondo moderno*, Anabasi, Milano, 1995.

38. Cf. S. Rodotà, *Tecnologie e diritti*, il Mulino, Bologna, 1995.

a própria função social. Resta de qualquer modo ao juiz um papel em certo sentido criativo. Não se trata aqui, uma vez identificada a regra, de aplicá-la mecanicamente ao caso concreto, segundo um procedimento lógico-dedutivo que do geral conduz ao particular. Tal fundamentação, reconduzível ao positivismo jurídico, deixa espaço apenas a uma aplicação "correta" da lei, segundo aquilo que o legislador quis prescrever com ela. Trata-se então de tornar própria uma espécie de incerteza do direito, que não deveria porém ser entendida como uma degeneração produzida pela excessiva importância assumida pelos juízes. É o próprio direito que, encontrando-se no interior de um contexto sociopolítico muito mais diferenciado do que aquele relativo ao Estado liberal de Direito, não pode deixar de acolher em si esta nova incerteza, fazendo-se exatamente brando e escolhendo o caminho do bom senso[39]. A pressão exercida sobre o direito pelos assim chamados "casos críticos" (as inúmeras questões relativas a temas como a vida, a morte, a bioética), em relação aos quais os contextos de valor e de sentido se diversificam nitidamente, torna o princípio da onipotência da lei obsoleto e indesejável. Tolher alguma coisa ao poder das assembléias legislativas e reconhecê-lo, ao mesmo tempo, à práxis jurisprudencial, como âmbito de maior prudência, é esta a proposta que emerge, ao menos em relação aos temas até aqui examinados. A discussão sobre o Estado de Direito parece hoje atribuir um papel crucial às questões relativas à hermenêutica jurídica e à função dos juízes. É seguramente desejável dar maior importância à função judiciária, mas desde que esteja obviamente ativa uma esfera pública no interior da qual seja possível discutir criticamente a própria atuação dos juízes.

---

39. Ver G. Zagrebelsky, *Il diritto mite*, cit., pp. 200-13; G. Alpa, *L'arte di giudicare*, Laterza, Roma-Bari, 1996.

Maquiavel, a tradição republicana e o Estado de Direito

Por Luca Baccelli

> Visto que o povo desejaria viver conforme as leis, ao passo que os poderosos querem viver acima das mesmas, não é possível nenhum acordo entre ambos.
>
> NICOLAU MAQUIAVEL, *Histórias de Florença*

> A autoridade das leis, quando tem um efeito real sobre a salvaguarda da liberdade, não consiste em nenhum poder mágico derivado das estantes carregadas de livros, mas, ao contrário, consiste na autoridade real de homens decididos a serem livres, de homens que, após terem posto por escrito os termos nos quais eles devem viver com o Estado e com os seus concidadãos, estão determinados a fazer observar esses termos com a própria vigilância e o próprio espírito.
>
> ADAM FERGUSON, *Ensaio sobre a história da sociedade civil*

Os fatos da história social e institucional do século XX obrigaram a redefinir a concepção de Estado de Direito elaborada pela teoria jurídica do século precedente. Pode-se supor, em particular, que a Segunda Guerra Mundial tenha marcado o limiar de uma transição. A derrota da Alemanha nacional-socialista e dos seus aliados deu início a um processo de difusão e generalização da democracia política que, através da descolonização, se prolongou por volta do final do século com a democratização dos países ibéricos e da América Latina, a derrocada dos regimes do Leste europeu, o colapso da União Soviética, o fim do *apartheid* e a queda de muitos regimes autoritários no Terceiro Mundo. Trata-se de um cenário radicalmente diferente em relação aos sistemas políticos liberais oitocentistas, fundados sobre uma restrita base eleitoral, nas quais as noções de *rule of law* e de *Rechtsstaat* tinham sido elaboradas. O quadro se enriquece se se considera a afirmação do constitucionalismo contemporâneo: a solução "kelseniana"[1] ao problema do nexo entre direito e poder – a introdução de constituições rígidas e do controle jurisdicional de constitucionalidade das leis – coloca a relação entre *rule of law* e soberania popular em uma nova perspectiva, e põe, em termos inéditos, o problema do *status* e do papel do Poder Judiciário. Além disso, as constituições européias do pós-guerra incluem nos seus princípios fundamentais um significativo conjunto de direitos sociais e, mais em geral, a "cidadania social", que pressupõe a fruição de uma série de prestações e serviços garantidos e fornecidos pelo Estado.

Portanto, a discussão em torno do "Estado de Direito", iniciada a partir da Segunda Guerra Mundial, não pode senão investir o significado e as funções do "Estado democrático", do "Estado constitucional" e do "Estado social". Em relação à idéia do Estado de Direito como formação política na qual o poder é exercido "sobre a base", "por meio", e "no quadro" do direito, o poder do Estado se redefiniu quanto aos seus titulares, à sua legitimação, aos seus destinatários e às suas formas de exercício. Mas tudo isso acaba pondo em questão as próprias funções e o próprio significado do "direito". Hoje, nas complexas "sociedades de risco", o sistema jurídico assume características que o diferenciam de forma significativa daquele instrumento formalmente racional e processualmente confiável que tinha sido analisado e teorizado pelos juristas do século XIX.

Na passagem de milênio, enfim, não é possível abstrair da perspectiva internacional e multicultural. O Estado de Direito é uma criação da experiência social, da práxis política e da doutrina jurídica de uma restrita elite de países ocidentais. Hoje, contudo, o princípio do *rule of law* é proposto também como critério norteador nas relações internacionais. Além disso, na era da globalização econômica e da ocidentalização cultural põe-se o problema da "exportabilidade" do modelo político-jurídico do Estado de Direito para além da cultura e das sociedades que o produziram. Por outro lado, as migrações submetem os singulares ordenamentos jurídicos inspirados no princípio do Estado de Direito a problemas inéditos e põem o desafio do multiculturalismo.

---

1. Ver a contribuição de Pietro Costa neste volume.

Diante desse cenário tornou-se muito difusa uma estratégia político-teórica que conjuga uma abordagem "minimalista" com uma espécie de "retorno aos princípios". Ou seja, sustenta-se, de vários lados, que a democratização dos processos políticos, a expansão dos serviços públicos, a constitucionalização dos direitos sociais, os princípios de justiça material e de igualdade substancial acabam por atribuir ao Estado funções e poderes não mais fundados juridicamente e não mais exercidos sob o império do direito. As transformações sofridas pelo sistema jurídico abalariam, de outro lado, um alicerce do *rule of law*: a certeza do direito. À crise do Estado de Direito poder-se-ia, portanto, responder somente através de um drástico redimensionamento da intervenção pública e uma deflação da demanda de prestações e de serviços sociais. Um redimensionamento que, aliás, muitos vêem como uma conseqüência inevitável dos processos de globalização e da conseqüente redefinição das fronteiras entre política e economia. De outro lado, pareceria verossímil que um "abrandamento" do Estado de Direito possa favorecer também a sua difusão. Se o embaraçoso Estado de Direito democrático, constitucional e social apresenta graves problemas teóricos e práticos no âmbito da própria cultura político-jurídica que o engendrou, então poder-se-ia afirmar que *a fortiori* os causaria em outros lugares. Nesse sentido, as sociedades mais distantes da experiência cultural, jurídica e política do Ocidente convergiriam mais facilmente na aceitação de um "Estado de Direito mínimo".

O objetivo deste ensaio é pôr indagações acerca do significado que uma análise da "pré-história" conceitual do Estado de Direito poderia assumir na maneira de tratar esses problemas. À primeira vista, pareceria oportuno proceder a uma nítida distinção, se não uma contraposição, entre Estado de Direito, Estado democrático e Estado social. Desde o seu surgimento, o ideal do "governo da lei" – contraposto ao "governo dos homens" – parece, de fato, implicar um preconceito antidemocrático coligando-se a uma antropologia antiigualitária. Em particular, se é possível afirmar que a tradição republicana do pensamento político é, na primeira modernidade, um dos terrenos de cultivo do *rule of law*, tal tradição parece exprimir, através do princípio do governo misto, uma crítica radical da democracia. Podem ser considerados elementos desta crítica: a atribuição às elites de um papel político radicalmente diferenciado em relação ao do "povo", a exclusão do âmbito do político dos temas econômicos e sociais, a comum aceitação de uma noção organicista do corpo político, a qual vê a desunião e o conflito como patologias *tout court*.

Gostaria de pôr em questão essa imagem, à luz da idéia de que embora muitos autores inseridos na tradição republicana compartilhem teses desse tipo, emergem também posições significativamente diferentes. Em particular, precisamente a figura de Nicolau Maquiavel – considerado o autor epônimo desta tradição – se destaca com uma especificidade e uma originalidade irredutíveis aos pressupostos teóricos comuns e às convenções lingüísticas compartilhadas. Na obra de Maquiavel, a noção de "governo da lei" é central, mas assume significados bem diferentes em relação a muitos autores republicanos aos quais se assemelha.

Não pretendo sustentar que essa noção possa constituir a base para uma teoria do Estado de Direito, capaz de enfrentar os problemas dos sistemas sociais e jurídicos contemporâneos. Penso, ao contrário, que se deva assumir uma distância crítica em relação às tentativas contemporâneas de construir filosofias políticas "neo-republicanas" que repropõem conceitos e princípios da tradição protomoderna. Todavia, a dimensão da longa duração, o confronto com a genealogia das linguagens e com os conceitos-chave podem nos ajudar a lançar um olhar diferente sobre os temas do debate contemporâneo. Pode fazer adquirir, por assim dizer, uma tal profundidade de campo historiográfica a ponto de nos permitir esclarecer "outros" modos, insólitos e originais, de enfrentar e de conceitualizar os problemas teóricos.

Suponho por isso que um confronto com a tradição republicana, e em particular com a teoria maquiaveliana, possa fornecer uma contribuição em termos argumentativos para a maneira de tratar alguns dos temas de grande relevância na discussão contemporânea sobre o Estado de Direito. Gostaria de tentar ilustrar essa tese no que diz respeito a temas como o da concepção dos direitos subjetivos, do Estado social, do papel do poder judiciário, da relação entre *rulé of law* e democracia, do próprio conceito e da função do direito. A hipótese ulterior é que esses argumentos possam contribuir para a elaboração de uma noção de Estado de Direito que se diferencie do tradicional paradigma socialdemocrático e welfarista, mas que, todavia, não implique um retorno às clássicas concepções liberais e elitistas. Enfim, procurarei sustentar que uma noção deste tipo pode revelar-se mais adequada no confronto intercultural em relação às hipóteses "minimalistas" repropostas pelos neoliberais.

1. O governo da lei: do "momento maquiaveliano" a Maquiavel

O ideal clássico do "governo da lei', que está na raiz da noção de *rule of law*, parece implicar um preconceito antidemocrático desde a sua origem no pensamento político-jurídico helênico e romano. Na *Política* de Aristóteles, o conceito é introduzido no contexto da crítica às formas radicais e "demagógicas" de democracia, nas quais quem governa é a massa dos pobres em vez das leis[2]. Cícero põe, por assim dizer, a lei ao abrigo da deliberação popular, referindo-a "jusnaturalisticamente" a um horizonte normativo "natural" e por isso indisponível: as leis das quais "omnes servi sumus ut liberi esse possimus" [somos todos servos para que possamos ser livres] expressam a razão suprema ínsita na natureza, eterna, anterior à formação do Estado[3]. O ideal do governo da lei percorre o pensamento político medieval e se repropõe nos autores "republicanos" da primeira modernidade. Nesses autores, a críti-

---

2. Cf. Aristóteles, *Política*, 1292a-1293a; 1295a-1296b; é oportuno observar que em Aristóteles está em jogo também a questão da relação entre atividades produtivas e ação prática (*poíesis* e *práxis*), segmentação social, disponibilidade de tempo "livre" do trabalho para a política: as piores formas de democracia, as mais distantes do ideal do governo da lei, são aquelas em que o instituto da *mistophoría* permite também aos trabalhadores participarem da assembléia; as melhores são aquelas das *pólis* de camponeses, que têm pouco tempo para a política e se deixam governar pelo setor médio. Cf. também Platão, *Político*, 300c-303b.

3. M. Tullius Cícero, *Pro Cluentio*, 53,146; M. Tullius Cícero, *De Re Publica*, III, 22, 33; M. Tullius Cicero, *De Legibus*, I, 16, 43-4.

ca à democracia liga-se com a opção institucional por um governo misto, entendido como uma estrutura constitucional na qual aos diversos componentes da cidadania – o monarca, os "melhores" e os "muitos" – é atribuído o papel político para os quais são aptos[4]. A crítica "republicana" da democracia se prolonga até a obra de Kant, a *auctoritas* filosófica dos primeiros teóricos do *Rechtsstaat*[5].

O mais relevante nessa tradição é que a crítica da democracia exprime uma antropologia da desigualdade. A idéia aristotélica segundo a qual os homens são, por natureza, desiguais e precisamente por isso são seres sociais, "políticos", é a matriz teórica da tese que sustenta a idéia de que apenas os "poucos", os "melhores", os "optimates", pertencem à cidadania e são capazes de deliberação política; ao contrário, os "muitos" revelam-se aptos apenas para escolher entre alternativas já elaboradas. Essa distinção remete a uma espécie de divisão política do trabalho, que ainda se insere na tradição platônico-aristotélica: os diversos componentes da cidadania devem desempenhar o papel para o qual são aptos, para ocupar o próprio lugar na totalidade da ordem, perseguindo o próprio fim "natural". É este o sentido do governo misto que, através de tal divisão do trabalho, permite uma ordenada concórdia do *corpo* político (pode-se sustentar que esta concepção se insere ainda no interior do paradigma organicista do Estado[6]). Essa idéia percorre o pensamento político do humanismo civil florentino e em particular as obras dos pensadores políticos mais próximos à elite optimatista, a começar por aquelas de Francesco Guicciardini, e se reencontra formulada com muita clareza na *Oceana* de James Harrington. Para Harrington, em toda república existe

4. Para a elaboração do paradigma interpretativo do republicanismo protomoderno, cf. J. G. A. Pocock, *The Machiavellian Moment. Fiorentine Political Thought and the Atlantic Republican Tradition*, Princeton University Press, Princeton, 1975, trad. it. il Mulino, Bologna, 1980.

5. Cf. I. Kant, *Die Metaphisik der Sitten* (1797), em I. Kant, *Gesammelte Schriften*, Reimer, Berlin-Leipzig, 1970, 7ª ed., vol. VI, trad. it. Laterza, Roma-Bari, 1970, pp. 149, 153-4, 175-6.

6. Cf. N. Bobbio, *Organicismo e individualismo: un'antitesi*, em A. M. Petroni, R. Viale (organizado por), *Individuale e collettivo. Decisione e razionalità*, Cortina, Milano, 1992.

uma "aristocracia natural", excelente em qualidade e virtude, naturalmente levada à deliberação política e dotada de tempo livre para os negócios de governo. Por outro lado, o povo é, por natureza, apto a escolher entre as alternativas propostas e examinadas pela aristocracia[7]. Aos "poucos" – a aristocracia, os *optimates*, a elite – é atribuído o poder de propor e discutir, ao passo que os "muitos" – o povo – podem apenas eleger os governantes e escolher entre as opções que lhes são apresentadas, após uma prévia discussão e seleção por parte dos "poucos".

A crítica da democracia, a antropologia elitista, a teoria do governo misto unem-se, nestes autores, a uma noção de ordem que exprime uma nítida aversão – poderíamos dizer uma obsessão – a qualquer forma de conflito político. Na *Política* de Aristóteles emerge a idéia de que a prevalência do setor médio garante que a *polis* não seja perturbada pelas facções[8], e a crítica das repúblicas "tumultuosas" é recorrente no pensamento político da primeira modernidade. A tendência à "sedição" e a recorrência dos "tumultos" são, para Harrington, *sic et simpliciter* uma patologia do corpo social; mas as causas do conflito podem ser removidas se se introduz um adequado "equilíbrio da propriedade": é possível assim realizar uma república "perfeita" e "imortal"[9]. Em Kant, a afirmação da forma "republica-

---

7. Ressurgem aqui temas clássicos aristotélicos, como o da incompatibilidade entre funções produtivas e política, entre *poiesis* e *praxis*. A deliberação política é monopólio dos nobres, porque eles têm disponibilidade de tempo livre, são ricos e, portanto, estão co-interessados nos destinos da República, ao passo que o povo é incapaz de empreender de modo autônomo a iniciativa política. Para Harrington, atribuir ao povo a faculdade de debater significa cair em "uma grande anarquia como a de Atenas" (Cf. J. Harrington, *The Republic of Oceana* (1656), em *The Political Works of James Harrington*, organizado por J. G. A. Pocock, Cambridge University Press, Cambridge, 1977, trad. it. Franco Angeli, Milano, 1985, pp. 230 ss.). As repúblicas "embelezadas com a sua aristocracia", isto é, Esparta, Roma e Veneza, são contrapostas e preferidas às de tendência "plebéia", como Atenas, Suíça e Holanda.

8. Cf. Aristóteles, *Política*, 1295a-1296b.

9. Cf. J. Harrington, op. cit., p. 95. De resto, essa imposição é assinalada desde as primeiras páginas dos *Preliminares*: Harrington repropõe a apologia aristotélica da democracia dos camponeses (*Política*, 1318b-1319b). Essas democracias, caracterizadas por uma escassa participação em assembléias, são as menos expostas "aos tumultos e às perturbações" (J. Harrington, op. cit., p. 163).

na" significará não apenas a exclusão do princípio de resistência, mas também a ilegitimidade de qualquer forma de oposição pública ao poder soberano[10].

Essa concepção do governo da lei como crítica do princípio democrático deveria retornar sem forçar o quadro do republicanismo protomoderno esboçado por John Pocock em *The Machiavellian Moment*. Como é sabido, a obra de Pocock reconstrói um paradigma político alternativo ao jusnaturalismo contratualista: um pensamento republicano que utiliza um típico vocabulário conceitual, no qual são recorrentes palavras-chave como o viver civil, virtude cívica, corrupção, fortuna, oportunidade. Segundo Pocock, a matriz comum do republicanismo – do humanismo civil florentino a autores como Guicciardini, Maquiavel e Giannotti, a Harrington, ao pensamento político britânico do século XVIII, aos teóricos da Revolução Americana – é a filosofia prática aristotélica. Os republicanos compartilhariam a concepção de homem como *zoon politikon* e, conseqüentemente, a idéia de que a participação política exprime a sua "verdadeira natureza"; e estes, por sua vez, proporiam no plano institucional a teoria do governo misto, enraizada na antropologia política da qual falamos. Nesse quadro a "virtù" republicana tende a exprimir um ideal de morigeração e uma nítida distinção, se não uma contraposição, entre a esfera do político e a dimensão econômica. Isto valeria em diferentes

---

10. Como é sabido, Kant formula um "princípio prático da razão" segundo o qual "deve-se obedecer ao poder legislativo atualmente existente, seja qual for a sua origem". Mesmo diante de graves atos despóticos por parte do soberano, que ponham em xeque a própria estrutura constitucional, a sublevação popular não é legítima: "contra tal injustiça o súdito pode opor apenas *querela* (*gravamina*), mas nenhuma resistência". Kant não só exclui qualquer direito de "insurreição", "rebelião", "tiranicídio", porque "o soberano no Estado tem para com os súditos apenas direitos e nenhum dever" (I. Kant. *Die Metaphisik der Sitten*, trad. it., cit., p. 149), mas não é sequer admitida uma "resistência ativa" mediante manifestações públicas que possam ir além da mera oposição parlamentar: "não é sequer permitida nenhuma resistência ativa (por meio da qual o povo arbitrariamente reunido obrigaria o governo a seguir certa conduta, exercendo assim um ato de poder executivo), mas apenas uma resistência *negativa*, a saber, uma *recusa* do povo (no parlamento) em permitir apenas aquilo que o governo exige sob o pretexto do bem do Estado" (ibid., p. 153).

fases do pensamento político republicano: de Maquiavel aos *commonwealthmen* setecentistas, hostis ao capital comercial e financeiro, até os republicanos americanos[11].

Os historiadores do pensamento político que delinearam os traços do paradigma republicano, a começar por Pocock, mostraram muita cautela em despender os resultados historiográficos das suas pesquisas no âmbito do debate teórico contemporâneo. Todavia, a interpretação pocockeana do republicanismo protomoderno como teoria política de inspiração aristotélica foi amplamente utilizada pelos comunitaristas contemporâneos para propor uma tradução política de suas teses sobre a coesão social, a ética da virtude e do bem comum, a formação da identidade individual, a obrigação de pertinência à comunidade[12]. Mais recentemente chegou-se a propor uma teoria política normativa "neo-republicana", um modelo para as políticas e as instituições inspirados no republicanismo clássico[13]. Qual contribuição poderia ser dada por tal teoria ao debate sobre o Estado de Direito? À luz do que nos referimos até agora, pareceria termos que aduzir argumentos a favor da contraposição entre os princípios do Estado de Direito e os princípios da soberania popular, da oposição entre "governo da lei" e democracia como formas particularmente insidiosas do "governo dos homens". Além dessa visão antidemocrática, a tradição republicana pareceria repropor a clássica oposição

11. Cf. por exemplo J. G. A. Pocock, *The Machiavellian Moment*, trad. it. cit., pp. 396-401, 721-79, 805-19, 877, 887 ss.

12. Cf. por exemplo A. MacIntyre, *Is Patriotism a Virtue?*, Lindley Lecture, University of Kansas, 1984, tr. it. em A. Ferrara (organizado por), *Comunitarismo e liberalismo*, Editori Riuniti, Roma, 1992; M. Sandel, *Introduction*, em M. Sandel (organizado por), *Liberalism and its Critics*, Basil Blackwell, Oxford, 1984; M. Sandel, *The Procedural Repubblican and the Unencumbered Self*, "Political Theory", 12 (1984), 1; M. Sandel, *Democracy's Discontent. America in Search of a Public Philosophy*, Harvard Univerity Press, Cambridge (Mass.), 1996; C. Taylor, *What's Wrong with Negative Liberty*, em *Philosophy and the Human Sciences*, Cambridge University Press, Cambridge, 1985, pp. 211-29; C. Taylor, *Cross-purposes: The Liberal-Communitarian Debate*, em N. Rosenblum (organizado por), *Liberalism and the Moral Life*, Harvard University Press, Cambridge (Mass.), 1989.

13. Cf., por exemplo, P. Pettit, *Republicanism. A Theory of Freedom and Government*, Clarendon Press, Oxford, 1997, trad. it. Feltrinelli, Milano, 2000.

entre âmbito político e âmbito econômico, ou seja, pareceria sugerir a tradicional exclusão dos temas econômicos do âmbito "público" da práxis política, e, portanto, delinear a incompatibilidade da intervenção pública na economia e do *Welfare State* com o ideal do governo da lei. Enfim, se é possível considerar o republicanismo como uma teoria comunitarista, uma eventual concepção neo-republicana do Estado de Direito pareceria implicar uma visão – organicista e particularista – do corpo político como "integração ética de uma comunidade particular", que exprimiria um *éthos* comum bem definido[14]. Essa visão pareceria dificilmente "universalizável" fora do contexto histórico e cultural em que foi elaborada.

A historiografia mais recente tem, todavia, problematizado a interpretação de Pocock inspirada em uma visão linear do "momento maquiaveliano". No *corpus* de obras etiquetadas como republicanas foram identificadas diferentes linhas de registro, foram identificadas distintas famílias ideológicas e foram evidenciadas profundas linhas de fratura. Entre os autores que utilizam a linguagem política republicana notam-se, por exemplo, concepções diversas de liberdade, visões alternativas da política, antropologias otimistas ou pessimistas, declinações do nexo ordem/conflito muito articuladas.

Em primeiro lugar, nem todos os republicanos protomodernos podem ser considerados neo-aristotélicos. Quentin Skin-

14. Cf. J. Habermas, *Faktizität und Geltung. Beiträge zur Diskurstheorie des Rechts und des demokratischen Rechtsstaats*, Suhrkamp, Frankfurt a.M., 1992, trad. it. Guerini e associati, Milano, 1996, p. 33; tanto Philipp Pettit como Maurizio Viroli criticam a assimilação de comunitarismo e republicanismo. Este último considera que é "um grave erro histórico" atribuir ao republicanismo uma origem aristotélica" (M. Viroli, *Per amore della patria. Patriottismo e nazionalismo nella storia*, Laterza, Roma-Bari, 1995, p. 169; M. Viroli, *Repubblicanesimo*, Laterza, Roma-Bari, 1999, pp. 45-56). Pettit distingue a tradição republicana "daquela tradição – enfim da tradição populista – que exalta a participação democrática popular como um dos bens mais elevados e que, muitas vezes, assume tonalidades líricas, com acentuações comunitárias, quando declama os méritos das sociedades pequenas e homogêneas" (P. Pettit, *Republicanism. A Theory of Freedom and Government*, Clarendon Press, Oxford, 1997, trad. it. Feltrinelli, Milano, 2000, p. 16), mesmo não renunciando a afirmar que o ideal republicano da liberdade como não-domínio contentaria tanto os liberais como os comunitaristas.

ner identificou em alguns autores italianos do século XIII traços de uma ideologia política bem definida, inspirada no pensamento republicano romano. Essa ideologia toma corpo antes que a tradução latina da *Política* e da *Ética a Nicômaco* tornasse disponível a filosofia prática aristotélica aos intelectuais europeus. Enquanto na tradição aristotélico-tomista o homem é *zoon politikon* e é na atividade política que se realiza o seu *fim* moral, para os neo-romanos, ao contrário – sustenta Skinner –, a política é um *instrumento* para realizar fins diversos. Donde, duas diferentes concepções da liberdade: a liberdade "positiva" no primeiro caso[15], uma forma de liberdade que exprime a não-dependência e a ausência de domínio, no segundo caso. Esta última concepção da liberdade, destaca ainda Skinner, é desenvolvida por uma série de autores "neo-romanos" quinhentistas, seiscentistas e setecentistas e constitui por muito tempo uma alternativa à concepção "negativa" da liberdade, elaborada por Hobbes e retomada pelo liberalismo moderno[16]. Essa reinterpretação do republicanismo baseia-se sobretudo na leitura dos textos de Maquiavel[17]. Mas, de forma mais geral, pode-se sustentar que a figura de Maquiavel perfila-se no interior do panorama dos autores republicanos com características tais que tornam problemática a sua completa assimilação ao "momento maquiaveliano"[18].

---

15. A referência é obviamente ao clássico I. Berlin, *Four Essays on Liberty*, Oxford University Press, Oxford, 1969.

16. Cf. Q. Skinner, *Ambrogio Lorenzetti. The Artist as a Political Philosopher*, "Proceedings of the British Academy", 72 (1986), pp. 1-56; Q. Skinner, *Machiavelli's Discorsi and Pre-Humanist Origins of Republican Ideas*, em G. Bock, Q. Skinner, M. Viroli (organizado por), *Machiavelli and Republicanism*, Cambridge University Press, Cambridge, 1993, pp. 121-41; Q. Skinner, *The Paradoxes of Political Liberty*, em S. McMurrin (organizado por), *The Tanner Lectures on Human Values*, VII, Cambridge University Press, Cambridge, 1986, pp. 225-50; Q. Skinner, *The Italian City Republics*, em J. Dunn (organizado por), *Democracy: The Unfinished Journey 508 BC to AD 1993*, Oxford University Press, Oxford, 1992; id., *Liberty before Liberalism*, Cambridge University Press, Cambridge, 1998.

17. Cf. N. Machiavelli, *Discorsi sopra la prima Deca di Tito Livio*, I.xvi, em id., *Tutte le opere*, Sansoni, Firenze, 1992, pp. 100-1.

18. O tema althusseriano da "solidão" de Maquiavel (cf. L. Althusser, *Machiavel et nous*, em *Ecrits philosophiques*, II, Stock/IMEC, Paris, 1995) foi retomado por M. Geuna, *La tradizione repubblicana e i suoi interpreti: famiglie teo-*

As diferenciações internas ao paradigma republicano e as peculiaridades da obra de Maquiavel deveriam estar muito presentes quando se enfrenta, em particular, o tema do governo da lei. Nessa perspectiva, assume particular relevância a teoria maquiaveliana do conflito político. Como é sabido, o IV Capítulo do Livro Primeiro dos *Discorsi* introduz uma novidade radical na história do pensamento político europeu: é a tese revolucionária segundo a qual, em determinadas condições, o conflito político pode produzir efeitos positivos. No caso da república romana, o conflito entre as duas principais tendências da cidadania – a dos patrícios e a dos plebeus – produzira "leis e ordens em benefício da liberdade pública". A radicalidade da inovação teórica pode ser medida pelas reações que suscitou: não só adversários declarados de Maquiavel, mas também autores inscritos em diferentes vertentes do pensamento republicano, como Guicciardini, e até pensadores como Rousseau, que foram largamente inspirados por Maquiavel, distanciam-se dele acerca desse ponto. Particularmente significativa é a posição de Harrington: o mesmo autor que havia exaltado Maquiavel como restaurador da "antiga prudência" que se exprime no "governo *de jure*', ou seja, no "governo das leis e não dos homens"[19], critica-o explícita e diretamente acerca desse tema.

Na perspectiva da teoria republicana do governo misto, *rule of law* e conflito político parecem constituir os pólos de uma contraposição, ou pelo menos assinalar uma forte tensão. É então compreensível que as interpretações que enfatizaram, na obra de Maquiavel, a importância do tema do "governo da lei", até considerá-la a marca autêntica do seu republicanismo, tivessem procurado redimensionar o significado da avaliação positiva do conflito, à luz da tese segundo a qual, também para Maquiavel, governo da lei signifique moderação[20].

---

riche e discontinuità concettuali, "Filosofia politica", 12 (1998), 1, pp. 130-2; cf. V. B. Sullivan, *Machiavelli's Momentary 'Machiavellian Moment'. A Reconsideration of Pocock's Treatment of the Discourses*, "Political Theory", 20 (1992).

19. Cf. J. Harrington, *The Republic of Oceana*, em J. G. A. Pocock (organizado por), *The Political Works of James Harrington*, Cambridge University Press, Cambridge, 1977.

20. "Machiavelli's republicanism is a commitment to a well-ordered popular government. By a well-ordered, or *moderated*, republic he means, in

Em face de interpretações desse tipo seria possível replicar lembrando os lugares em que Maquiavel enfatiza o elemento agonístico da política, colhendo nela uma irredutível carga de violência a ponto de forçar qualquer barreira institucional[21]. Observando bem, isso significaria reproduzir pela enésima vez o típico movimento pendular que caracterizou a história da literatura crítica sobre Maquiavel[22] e fornecer uma ulterior

---

accordance with Cicero's concept of orderliness or moderation, a republic in which each component of the city has its proper place" (M. Viroli, *Machiavelli*, Oxford University Press, Oxford, 1998, p. 125, grifo meu). Viroli insiste na idéia de que Maquiavel estigmatiza não só a "arrogância" dos nobres, mas também a ambição do povo. A referência é às lutas sociais decorrentes das leis agrárias romanas e a toda a história dos conflitos florentinos, com as "exageradas exigências" do povo. Para Viroli, o conflito social que se torna choque armado é o principal perigo para uma república; ao contrário, as formas virtuosas de conflito se concluem com leis que promovem o bem comum. Os conflitos, para Viroli, favorecem a liberdade pública "only in so far as they do not violate the main prerequisite of civil life – that is, the rule of law and the common good" (ibid., p. 127). E é sempre sob o signo da moderação que Viroli interpreta o nexo entre *rule of law* e liberdade: uma cidade "pode-se dizer livre" se o seu ordenamento é capaz de controlar e conter os "maus humores" dos nobres – o desejo de não se submeter às leis –, a permissividade. Nessa perspectiva, Viroli atribui notável importância ao capítulo III.5 das *Histórias de Florença*, na qual um cidadão anônimo reconduz à divisão em facções a origem dos "males" e das "desordens" de Florença e das outras cidades italianas. O governo da lei está evidentemente contraposto ao "poder das facções", e Florença é o caso paradigmático de "cidade que quer se manter mais com as facções do que com as leis".

21. Para criticar a interpretação que Viroli faz do republicanismo maquiaveliano baseado no ideal do governo da lei, seria oportuno citar o capítulo XVIII do *Príncipe*, no qual Maquiavel refere-se a "duas formas de se combater: uma, pelas leis, outra, pela força. A primeira é própria do homem; a segunda, dos animais [...] como, porém, muitas vezes a primeira não seja suficiente, é preciso recorrer à segunda" (N. Machiavelli, *De principatibus*, em *Opere complete*, cit., p. 283, trad. portuguesa *O príncipe*, Abril Cultural, São Paulo, 1979, p. 73). Ou poder-se-ia citar o capítulo XII: "e como não podem existir boas leis onde não há armas boas, e onde há boas armas convém que existam boas leis, referir-me-ei apenas às armas leis" (ibid., p. 275, trad. port., cit., p. 49). De resto, é discutível que o sábio gentil-homem das *Istorie fiorentine* (III.5) represente exaustivamente o ponto de vista de Maquiavel. Igualmente, poder-se-ia sustentar de modo legítimo que é o igualitarismo niilista do cardador de lã (III.13, ibid., pp. 701-2) a dar voz à teoria maquiaveliana.

22. Cf. G. Procacci, *Machiavelli nella cultura europea*, Laterza, Roma-Bari, 1995.

imagem unilateral e simplificada da sua posição. Parece-me muito mais oportuno reconhecer a efetiva centralidade do tema do governo da lei e pôr-se o problema da sua compatibilidade com o conflitualismo maquiaveliano.

A idéia de que a cidadania seja irremediavelmente cindida em componentes diversos e atravessada por diferentes tendências resulta crucial e recorrente nas obras maquiavelianas, a partir do *Príncipe*[23], e não pode ser edulcorada. As diferentes tendências exprimem interesses e fins diferentes, levando-os inevitavelmente ao contraste: Maquiavel abandona, de fato, o modelo antropológico platônico-aristotélico-tomista, que subtendia a noção organicista do corpo político. No modelo tradicional, os indivíduos humanos são, por natureza, *desiguais*, e precisamente por isso são levados a associar-se. Estão enredados em relações naturais de supra-ordenação/subordinação (homem/mulher, pai/filhos, senhor/escravo) a partir das quais se desenvolve a sociabilidade política que forma o Estado[24]. São, exatamente, "membros" de um corpo político, cada um com suas funções específicas e um "lugar natural" na totalidade da ordem. Maquiavel, ao contrário, esboça uma antropologia que reconhece a irredutível tendência à conflitualidade, radicada no desequilíbrio entre a inesgotabilidade dos desejos humanos e a escassez de recursos capazes de satisfazê-los[25]. As tendências da cidadania não são membros de um corpo, unidos por um nexo orgânico; são componentes sociais em conflito atual e potencial[26]. O conflito pode assumir formas diferentes, virtuosas ou degenerativas, mas é de qualquer modo um fato da política, incluindo a política das repúblicas.

---

23. "É que em todas as cidades se encontram essas duas tendências diversas, e isso nasce do fato de que o povo não deseja ser governado nem oprimido pelos grandes, e estes desejam governar e oprimir o povo. Desses dois apetites diferentes nasce nas cidades um destes três efeitos: principado, liberdade, desordem" (N. Machiavelli, *De principatibus*, cit., IX, p. 271, trad. port. cit., p. 39).

24. A clara referência é a Aristóteles, *Política*, 1252a-1253a.

25. Cf. N. Machiavelli, *Discorsi*, cit., II, *Introduzione*, p. 145.

26. Deste ponto de vista, parece-me que não se deva interpretar de modo excessivamente literal a metáfora médica implícita no uso do termo "umori" [tendência], como ocorre em A. J. Parel, *The Machiavellian Cosmos*, Yale University Press, New Haven-London, 1992.

Maquiavel sublinha que os diversos componentes da cidadania têm diferentes interesses e são caracterizados por diferentes "fins". Todavia, isso não significa que sejam dotados de diferentes capacidades de deliberação política. O "povo" e os "gentis-homens" estão igualmente aptos para a atividade política, e entre as instituições da república romana as mais louvadas foram aquelas que atribuíam à plebe o poder de propor e discutir as leis[27]. Estamos muito longe do típico republicanismo filo-optimacio, a exemplo da visão guicciardiniana do governo da lei, segundo a qual "não deve governar senão quem é apto e o mereça"[28].

A atribuição a todos os cidadãos de iguais capacidades políticas obriga a tradicional teoria do governo misto, até mudar-lhe o significado. Se a teoria tinha sido elaborada para limitar os riscos do governo do povo, Maquiavel inverte-lhe o sinal, afirmando a tese de que o perigo maior para a comunidade política é representado pela irreprimível tendência dos "gentis-homens" a impor o próprio domínio. Nos *Discorsi* se estabelece um nexo entre república e "igualdade", sustenta-se que os "gentis-homens" são perigosos para a república[29], afir-

---

27. Maquiavel vê de modo favorável a possibilidade, durante muito tempo garantida aos cidadãos romanos, de propor novas leis para serem discutidas nos comícios, e de intervir "a favor ou contra" as mesmas. "Um tribuno, ou qualquer outro cidadão, podia propor ao Povo uma lei acerca da qual qualquer cidadão podia se manifestar a favor ou contra, antes que ela fosse deliberada. Era essa uma boa medida, quando os cidadãos eram virtuosos; deve-se considerar um bem o fato de que cada um possa propor o que julga útil para o público; e é bom que cada um possa manifestar a sua opinião sobre o que é proposto, a fim de que o povo, esclarecido pela discussão, possa depois escolher o que achar melhor. Mas, quando os cidadãos tornaram-se maus, tal ordem tornou-se péssima, porque apenas os poderosos propunham leis, não para a liberdade comum, mas para o seu próprio poder; e contra aquelas leis ninguém podia se manifestar, por medo dos poderosos. De modo que o povo, ou era enganado ou forçado a deliberar a sua própria ruína" (ibid., I.18, p. 103).

28. "Deve governar não o que procura tirar vantagem das liberdades, nem da finalidade destas, e sim quem está preparado e merece o cargo, desde que observe as boas leis e as boas ordens, as quais são mais seguras na vida em liberdade que sob o domínio de um ou de poucos" (F. Guicciardini, *Ricordi*, C 109, em F. Guicciardini, *Opere*, Utet, Torino, 1970, p. 759, trad. bras.: *Reflexões*, Hucitec, Instituto Cultural Ítalo-Brasileiro, São Paulo, 1995, p. 97).

29. Cf. N. Machiavelli, *Discorsi*, cit., I.55, pp. 137-8.

ma-se a superioridade política do povo em relação ao príncipe e a superioridade institucional da república em relação ao principado. As análises maquiavelianas sobre a dinâmica dos conflitos estão endereçadas a valorizar as capacidades políticas do povo mais do que a identificar uma espécie de ponto de equilíbrio entre as duas "tendências" [*umori*]. E, se em alguns lugares Maquiavel parece condenar a "ambição" por parte do povo do mesmo modo que condena a sede de poder dos aristocratas, esclarece também que, sem os "apetites" do povo, Roma teria perdido muito mais rapidamente a sua liberdade[30]. É difícil superestimar a importância desse esclarecimento. Maquiavel reitera o efeito virtuoso do conflito, a idéia de que as leis em defesa da liberdade nascem da contraposição de paixões que se equilibram uma com a outra. Isso significa que a mesma ambição do povo, que Maquiavel parece execrar em diferentes momentos, tem efeitos virtuosos. O governo misto, assim, não exprime um ideal orgânico, e nem sequer o princípio aristotélico da *mesotes*, do "justo meio", mas antes a idéia dos controles e contrapresos, a articulação dos poderes de modo tal que "um olha o outro"[31].

Tudo isso está estritamente conexo ao tema do "governo da lei": Maquiavel abandona a tradicional celebração aristotélico-tomista da monarquia para afirmar que um povo submetido ao governo da lei é mais virtuoso do que um príncipe na mesma condição e para negar que as formas "licenciosas" de democracia constituam – ainda segundo a visão tradicional – a pior forma de tirania[32]. O que mais fica evidente em relação à

30. "E embora tenha demonstrado alhures como as inimizades entre o Senado e o Povo de Roma mantivessem Roma livre, para disso nascer, por meio daquelas, leis a favor da liberdade; e embora isso pareça não conforme à conclusão sobre o fim desta lei agrária, digo que não me afasto de tal opinião: porque a ambição dos poderosos é tal que, se por todos os meios e modos, ela não for abatida, logo reduz aquela cidade à sua própria ruína. De modo que, se a disputa acerca da lei agrária levou trezentos anos para fazer de Roma serva, ela teria sido conduzida muito mais cedo à servidão, se o povo, seja com esta lei, seja com outros apetites, não tivesse sempre refreado a ambição dos nobres. Esse fato prova como os homens se interessam mais pela riqueza do que pelas honrarias" (ibid., I.37, p. 120).

31. Ibid., I.ii, p. 80.

32. "Se, portanto, considerarmos um príncipe sujeito às leis, e um povo também submetido a elas, ver-se-á mais virtudes no povo do que no príncipe:

recorrente conexão entre governo da lei, governo misto, crítica da democracia, é que, em Maquiavel, o povo tem um papel de protagonista político, e que este papel é desenvolvido através do conflito político. É, de fato, mediante o conflito que a parte popular põe em movimento a inovação institucional. As "leis que se fazem em favor a liberdade" nascem precisamente da "desunião" entre as duas tendências principais da república[33].

Portanto, o conflito, que expressa as tendências fundamentais da cidadania e se canaliza em "leis e ordens", é fisiológico, aliás salutar. Mas em outras condições, o conflito torna-se patológico e perigoso. Neste caso, aciona-se o medo recíproco e chega-se à funesta formação de "facções"[34]. Na literatura crítica maquiaveliana, a distinção entre as duas formas de conflito foi, muitas vezes, interpretada à luz do ideal de moderação

---

se considerarmos um e outro livres de qualquer restrição, ver-se-ão menos erros no povo do que no príncipe; erros menos graves e mais fáceis de corrigir (ibid., I.58, p. 141). A opção "popular" de Maquiavel emerge de modo nítido também naquele que parece o seu escrito mais "moderado": os *Discursus florentinarum rerum* dirigido ao papa Leão X, no qual Maquiavel delineia para Florença um possível modelo constitucional de transição que prevê a revitalização das instituições republicanas sob uma espécie de protetorado a termo dos Médici. Aqui, Maquiavel inspira-se, indubitavelmente, no ideal do "governo misto", mas o declina em sentido filo-popular. Em particular, propõe a reabertura da "sala" do grande conselho, a instituição-principal e o lugar-símbolo da república popular florentina. Ou seja, propõe o máximo de democracia possível nas condições dadas: Cf. N. Machiavelli, *Discursus florentinarum rerum post mortem iunioris Lurentii Medices*, em id., *Tutte le opere*, cit., p. 29.

33. "Eu afirmo que aqueles que condenam as dissensões entre os nobres e o povo parecem desprezar precisamente as causas que asseguraram que fosse conservada a liberdade de Roma, dando mais atenção aos gritos e rumores provocados por tais dissensões do que aos seus efeitos salutares. Não querem perceber que existem em todas as repúblicas duas tendências [umori] diversas, a do povo e a dos grandes; e como todas as leis que se fazem a favor da liberdade nascem da sua desunião, como facilmente pode-se ver que ocorreu em Roma, porque entre os Tarquínios e os Gracos as desordens duraram mais de trezentos anos, e produziram poucos exilados e mais raramente ainda fizeram correr o sangue" (N. Machiavelli, *Discorsi*, cit., I.4, p. 82).

34. Cf. ibid., I.7: "disso surgia crime de indivíduos para indivíduos, o crime provoca o medo; o medo busca meios de proteção; estes reclamam partidos; e os partidos criam as facções que dividem as cidades, e originam a ruína dos Estados" (p. 87). Em I.8: "De cada parte surgia ódio: donde se retornava à divisão, da divisão às facções, das facções à ruína" (p. 89).

(que por sua vez se expressaria no princípio do governo da lei): as formas virtuosas de conflito seriam aquelas menos radicais e violentas, as que podem ser solucionadas com meios pacíficos, "disputando" em vez de "combatendo"; e seria exatamente a "ambição" do povo que aciona a espiral da violência, conduzindo ao conflito violento. Mas Maquiavel afirma que o caminho para a tirania abre-se não tanto quando o conflito se radicaliza, mas, ao contrário, quando o povo escolhe confiar a proteção dos seus interesses, e ainda mais a vingança contra os seus inimigos, a um indivíduo poderoso[35]. Maquiavel, em suma, mais do que justapor as formas "radicais" de conflito àquelas "moderadas", distingue o conflito que nasce da contraposição de grupos sociais bem definidos e expressa as tendências fundamentais da cidadania em relação ao conflito que se origina da busca do poder pessoal e se une com a formação de clientelas, facções, grupos armados destinados ao poder pessoal. O primeiro é virtuoso e produz liberdade, o segundo é patológico e conduz à tirania. Na gênese das formas potencialmente destrutivas de conflito, a "desigualdade" é indicada como um poderoso fator negativo, que está na origem exatamente da formação de facções e camarilhas. Essa idéia une-se diretamente ao tema do "governo da lei". Em particular, nas *Istorie fiorentine*, apresentadas geralmente como a expressão de uma virada "moderada" na obra maquiaveliana[36], esclarece-se que os senhores e os nobres se contrapõem, por sua natureza, ao "governo da lei": a inimizade entre o povo e os "poderosos" é insuperável, "porque o povo desejaria viver conforme as leis, ao passo que os poderosos querem viver acima das mesmas, não é possível nenhum acordo entre ambos"[37]. O povo parece, portanto, espontaneamente, "naturalmente", predisposto a respeitar o governo da lei; já os poderosos, ao contrário,

35. Ibid., I.40, pp. 124-5.

36. Em vários lugares das *Histórias de Florença*, a "desordem" popular é condenada do mesmo modo que a "ambição" dos grandes, e a divisão em facções surge como o motivo fundamental de degeneração da vida civil. Para uma interpretação oposta, cf. F. Del Lucchese, *Disputare e combattere. Modi del conflitto nel pensiero di Machiavelli*, "Filosofia politica" (2001), 1.

37. N. Machiavelli, *Istorie fiorentine*, II.12, em id., *Tutte le opere*, cit., p. 666.

desejam impor o "governo dos homens". A inversão da teoria tradicional é evidente.

Nessa perspectiva, uma releitura do republicanismo de Maquiavel poderia abrir caminho a uma diversa interpretação da sua contribuição à genealogia da noção de "Estado de Direito". "Governo da lei", em Maquiavel, não significa moderação, nem governo misto significa atribuição ao povo de um papel subordinado. Ao contrário, o "governo da lei" oferece a moldura institucional dentro da qual o conflito pode se realizar de formas virtuosas. Dentro dessa moldura, o conflito retroage sobre o quadro institucional, exprime-se em "leis e ordens" que favorecem a liberdade e o poder da república. Precisamente por isso o conflito sob o "governo da lei" não é um fato degenerativo, mas, ao contrário, opõe-se à tendência entrópica da república para a "corrupção".

O conflitualismo de origem maquiaveliana tornará própria, em alguns autores republicanos da primeira modernidade, aquela "constitution-enforcing conception of rights" da qual falaram Skinner e James Tully. Nessa concepção, os direitos subjetivos têm a função de obrigar os poderes públicos "a agir no quadro de uma estrutura de legalidade conhecida e reconhecida", e, portanto, "de submeter os governantes ao *rule of law*"[38]. Mas é importante destacar que os direitos desempenham essa função enquanto exprimem o ativismo dos cidadãos em defesa da sua liberdade. Segundo Adam Ferguson, por exemplo, a moderação e a disposição conciliatória podem se traduzir em indiferença política, e abandonar-se confiantemente ao gozo dos próprios direitos significa pôr em perigo a liberdade. A liberdade e os direitos não estão nunca garantidos de uma vez por todas. Não apenas para conquistá-los, mas para torná-los efetivos, é necessária a vigilância, e a capacidade de mobilização ativa, o "zelo atento dos próprios direitos"[39]: é

38. J. Tully (*Placing the "Two Treatises"*, em N. Phillipson, Q. Skinner (organizado por), *Political Discourse in Early Modern Britain*, Cambridge University Press, Cambridge, 1993, p. 261) observa como também Locke expressa tal concepção dos direitos. Cf. Q. Skinner, *The State*, em T. Ball, J. Farr, S. Hanson (organizado por), *Political Innovation and Conceptual Change*, Cambridge University Press, Cambridge, 1989, pp. 114-6.

39. Ibid., p. 237.

preciso uma constante disposição para "se opor aos ultrajes" e para defender a própria segurança[40]. A liberdade é assim defendida mais pela divergência e pelo conflito do que pela busca do bem comum[41]. E entre as principais vantagens da forma republicana de governo está precisamente o fato de que ela mantém aberta a possibilidade do conflito e da mobilização[42]. É evidente que tal concepção "ativa" e agonal dos direitos pode ser unida à noção republicana de liberdade como resistência ao domínio. Observando bem, essa concepção é alternativa, seja à visão jusnaturalista dos direitos como dotação natural dos indivíduos, preexistente à formação do Estado, seja à concepção juspositivista dos direitos como "efeitos reflexos" do poder estatal ou como resultado de uma "autolimitação" do próprio Estado, muito presente na teoria oitocentista do *Rechtsstaat.*

Propus essas rápidas referências à "pré-história" conceitual do Estado de Direito na tradição republicana protomoderna para sugerir um possível percurso interpretativo, alternativo ao "momento maquiaveliano" de Pocock (que é, na realidade,

---

40. Cf. A. Ferguson, *An Essay on the History of Civil Society* (1767), Cambridge University Press, Cambridge, 1996, trad. it. Laterza, Roma-Bari, 1999, pp. 300-1.

41. "Para conceder à comunidade algum grau de liberdade política, talvez seja suficiente que os seus membros, quer como indivíduos, quer como componentes das suas diversas classes, sustentem firmemente os seus direitos [...]. Em meio aos conflitos partidários, os interesses públicos e também as máximas da justiça e da lealdade são, às vezes, esquecidos, e todavia disso não decorre inevitavelmente aquelas conseqüências fatais que tal grau de corrupção parece fazer pressentir. O interesse público está freqüentemente assegurado não porque os indivíduos estão dispostos a considerá-lo um fim da própria conduta, mas porque cada um na sua posição está decidido a salvaguardar o próprio interesse. A liberdade é sustentada pelas contínuas divergências e oposições entre os diversos grupos, não pelo concurso do seu zelo a favor de um governo justo" (ibid., pp. 120-1).

42. Cf. ibid., pp. 206, 241. "A autoridade das leis, quando tem um efeito real sobre a salvaguarda da liberdade, não se ergue sobre nenhum poder mágico derivado das estantes carregadas de livros, mas, ao contrário, reside na autoridade real de homens decididos a serem livres, de homens que, depois de terem posto por escrito os termos nos quais eles devem viver com o Estado e com os seus concidadãos, estão determinados a fazer observar estes termos com a sua vigilância e o seu espírito" (ibid., p. 241).

sobretudo um "momento harringtoniano"), que conduz do conflitualismo democrático de Maquiavel à concepção fergusoniana dos direitos como expressão da mobilização ativa e do conflito. Nos parágrafos que se seguem, gostaria de mostrar como, à luz desse percurso, é possível tratar alguns temas do debate contemporâneo sobre o Estado de Direito.

2. Estado de Direito e "luta pelos direitos"

A elaboração do paradigma "republicano" nasce da tentativa de reconstruir a evolução dos dicionários políticos no ambiente das formas de vida e dos contextos lingüísticos em que eram utilizados[43]. Todavia, como já vimos, a partir dos resultados dessa obra de reinterpretação historiográfica, buscou-se recentemente construir uma filosofia política normativa neo-republicana. As profundas diferenças que atravessam o republicanismo no plano das soluções institucionais, dos referentes filosóficos, da própria antropologia política, deveriam fazer ressaltar as dificuldades correspondentes a operações teóricas desse tipo[44]. Mais especificamente, não parece possível delinear uma compacta teoria "republicana" do Estado de Direito. Seja como for, considero que a consciência historiográfica do modo pelo qual o princípio do "governo da lei" foi declinado por Maquiavel e por alguns autores do seu legado, em relação ao tema do conflito político e dos direitos subjetivos, permite ganhar uma perspectiva interpretativa útil para lançar uma luz diferente sobre alguns temas que se en-

---

43. Cf. Os ensaios metodológicos dos principais expoentes da assim chamada *Cambridge School*: J. G. A. Pocock, *Politics, Language, and Time*, Atheneaum, New York, 1972, trad. it. parc. Comunità, Milano, 1990; J. Dunn, *The Identity of the History of Ideas* (1968), em P. Laslett, W. G. Runciman, Q. Skinner (organizado por), *Philosophy, Politics and Society. Fourth Series*, Blackwell, Oxford, 1972; J. Tully (organizado por), *Meaning in Context. Quentin Skinner and His Critics*, Polity Press, Cambridge, 1988.

44. Para um uso menos sistemático, e precisamente por isso, a meu ver, mais interessante, da tradição republicana na teoria política, cf. R. Bellamy, *Liberalism and Pluralism. Towards a Politics of Compromise*, Routledge, London, 1999; R. Bellamy, *Rethinking Liberalism*, Pinter, London-New York, 2000.

contram no centro do debate contemporâneo. Nas páginas seguintes gostaria de tentar mostrar como essa visão do *rule of law* oferece sugestões interessantes para tratar temas como os do *status* e do fundamento dos direitos subjetivos, da relação entre Estado de Direito, Estado social, democracia, do papel e dos poderes do judiciário, da própria concepção do direito. E o problema da "exportabilidade" do Estado de Direito poderia ser visto sob um novo enfoque.

2.1. Estado de Direito e direitos: razão e sentimento

Pode-se discutir se entre direitos subjetivos e Estado de Direito subsiste um nexo de implicação necessária. Todavia, visto que o Estado de Direito tem como finalidade a proteção jurídica dos sujeitos, parece natural que a este escopo se utilize a figura deontológica do direito subjetivo e as técnicas jurídicas que ela permite adotar. Mas a "pré-história" e a histórica conceitual do Estado de Direito mostram como foram, cada vez, adotadas concepções muito diferentes dos direitos subjetivos: dos *rights* consuetudinários do *common law* aos direitos "naturais" da tradição jusnaturalista e iluminista, aos "efeitos reflexos" da vontade do Estado (ou da sua "autolimitação") nos teóricos do *Rechtsstaat* na segunda metade do século XIX, às diversas concepções presentes na filosofia jurídica contemporânea.

Hoje, a idéia de que o Estado constitucional (e democrático) de Direito incorpore entre os seus princípios fundamentais uma série de direitos subjetivos é, de modo geral, compartilhada. A idéia de um nexo inextricável entre Estado de Direito e direitos humanos está expressa com vigor na mais recente tentativa de elaborar uma teoria sistemática do *Rechtsstaat*, como a de Jürgen Habermas[45]. Para Habermas, direitos humanos, Estado de Direito e soberania popular são "co-originários", porque

---

45. Cf. J. Habermas, *Faktizität und Geltung*, Suhrkamp, Frankfurt a.M., 1992, trad. it. *Fatti e norme*, Guerini e associati, Milano, 1996; J. Habermas, *Die Einbeziehung des Anderen*, Suhrkamp, Frankfurt a.M., trad. it. *L'inclusione dell'altro*, Feltrinelli, Milano, 1998; J. Habermas, *Stato di diritto e democrazia: nesso paradossale di principi contraddittori?*, "Teoria politica", 16 (2000), 3.

representam faces diversas de um mesmo processo histórico de afirmação e evolução do direito moderno. Além disso, os direitos fundamentais resultam a condição funcional necessária para que se constitua o "código direito", que exige a garantia da autonomia privada e pública. Segundo Habermas, não existe direito, pode-se dizer, sem direitos. Em terceiro lugar, os direitos fundamentais exprimem a realização, através de uma "gênese lógica dos direitos", do princípio normativo geral da teoria do discurso – o "princípio D"[46] – no que diz respeito ao âmbito político-jurídico[47]. Mas os direitos individuais, observa Habermas, têm necessidade do poder do Estado para se tornar efetivos, e de outro lado o poder estatal precisa do direito, seja para desenvolver as suas funções, seja para assegurar a sua legitimidade. Graças ao direito surge o poder organizado do Estado, que pode realizar finalidades coletivas. Mas é somente graças ao Estado que "o direito pode exercer a sua função de estabilizar expectativas de comportamento"[48]. A idéia dessa troca recíproca é expressa pela noção de "Estado de Direito"[49].

O nexo entre fundação dos direitos subjetivos e Estado de Direito mostra-se portanto em Habermas muito (talvez demasiado) convincente. A sua teoria do Estado de Direito parece de fato inextricavelmente conexa à sua fundação discursiva dos direitos fundamentais. Habermas não fala em direitos humanos naturais; os direitos fundamentais não exprimem mais a racionalidade "monológica" cartesiana: são antes as precondições e os resultados da aplicação da racionalidade procedimental dialógica ao âmbito político-jurídico. Constituem, to-

---

46. O princípio D é formulado nestes termos: "são válidas apenas as normas de ação que todos os potenciais interessados poderiam aprovar participando de discursos racionais", J. Habermas, *Faktizität und Geltung*, trad. it. cit., p. 131.

47. Ibid., p. 163.

48. Ibid., p. 171.

49. "Em muitos aspectos, o ato auto-referencial que institucionaliza juridicamente a autonomia cívica permanece incompleto se não for capaz de estabilizar a si mesmo. [...] A constituição co-originária e entrelaçamento conceitual entre 'direito' e 'poder político' geram uma ampla necessidade de legitimação, ou seja, a necessidade de canalizar em termos jurídicos o próprio poder estatal de sanção, organização e execução. Nisso consiste a idéia do Estado de Direito" (ibid., p. 160).

davia, dados normativos lógica e axiologicamente precedentes a instituição do Estado e exprimem uma forma de "racionalidade" (neste caso comunicativa). Nesse sentido, pode-se observar que a fundação habermasiana apresenta-se como uma reformulação "pós-metafísica" da abordagem dos direitos subjetivos, típica do jusracionalismo moderno. Mas, como vimos, é possível encontrar na experiência político-jurídica da primeira modernidade uma outra concepção dos direitos, alternativa àquela jusracionalista, que pode ser referida ao "sentimento" de afirmação da própria dignidade e de resistência ao domínio arbitrário. Apresento a hipótese de que esta concepção alternativa ofereça uma contribuição significativa à reflexão contemporânea sobre os direitos fundamentais.

Contra idéia, difusa no juspositivismo tradicional, de que a linguagem dos direitos seja totalmente traduzível na linguagem dos deveres, sustentou que existe uma irredutível excedência semântica dos direitos em relação aos deveres[50]. Para qualificar e interpretar essa excedência, Joel Feinberg fez referência a *the activity of claiming*. A idéia é de que o significado específico dos direitos derive do ato de reivindicá-los, no sentido de que "ter direitos nos torna capazes de 'ficar de pé como homens', de 'olhar os outros nos olhos e de nos sentirmos fundamentalmente iguais a qualquer outro'"[51]. Segundo Feinberg, um elemento "reivindicativo", conexo ao conceito de dignidade humana, é, portanto, característico dos direitos; todavia, deve-se, por outro lado, observar que a própria origem dos direitos e o seu desenvolvimento está relacionada à reivindicação e ao conflito. Na teoria constitucional de Frank Michelman, inspirada também na tradição republicana da primeira mo-

50. Cf. A. Ross, *On Law and Justice*, Steven & Sons, London, 1958, trad. it. Einaudi, Torino, 1990, pp. 158-9; H. L. A. Hart, *Are there any Natural Rights?*, agora em J. Waldron (organizada por), *Theories of Rights*, Oxford University Press, Oxford, 1984, pp. 80-3; N. MacCormick, *Rights in Legislation*, em P. M. S. Hacker, J. Raz (organizado por), *Law, Morality and Society. Essays in Honour of H. L. A. Hart*, Clarendon Press, Oxford, 1977; M. La Torre, *Disavventure del diritto soggettivo*, Giuffrè, Milano, 1996, p. 338.

51. J. Feinberg, *The Nature and Value of Rights*, em id., *Rights, Justice, and the Bonds of Liberty. Essays in Social Philosophy*, Princeton University Press, Princeton, 1980, p. 159.

dernidade, os direitos – concebidos como "uma relação e uma prática social"[52] – emergem do, e se fundam sobre, o processo de elaboração e transformação dos princípios jurídicos: aquele processo que Michelman chama de *political jusgenesis*. Os direitos fundamentais, portanto, constituem, de um lado, uma precondição da cidadania – entendida como pertencimento ativo à comunidade política e jurídica –, de outro, são o seu produto[53]. Essas considerações podem ser relacionadas à tese, expressa por Norberto Bobbio e retomada por Luigi Ferrajoli, sobre a origem dos direitos a partir do conflito social e das reivindicações políticas[54].

A teoria habermasiana tem o mérito de conceber o Estado de Direito essencialmente como um "Estado dos Direitos". Todavia, as potencialidades dessa abordagem parecem limitadas devido à sua origem jusracionalista. Os direitos fundamentais permanecem um produto da razão, mesmo que se trate de uma razão comunicativa, e remetem ao céu do *a priori*, àqueles que Habermas considera os pressupostos quase-transcendentais da comunicação. A idéia do "Estado dos Direitos" poderia, ao contrário, ser valorizada à luz da noção ativista e conflitualista dos direitos subjetivos a que aludimos: os direitos, mais do que a expressão de princípios da racionalidade, poderiam ser vistos como o resultado de reivindicações, lutas, mobilizações contra situações de opressão e de sofrimento, e como expressão do sentimento humano de auto-afirmação e dignidade. Desse modo, parece ser valorizado plenamente um elemento que o próprio Bobbio apresentou como um dos aspectos mais significativos da moderna afirmação da linguagem dos direitos: uma espécie de mudança gestáltica, a admissão de uma pers-

---

52. F. Michelman, *Justification (and Justifiability) of Law in a Contradictory World*, em J. R. Pennock, J. W. Chapman (organizado por), *Nomos XXVIII. Justification*, New York University Press, New York-London, 1986, p. 91.

53. Do processo de *political jurisgenesis* participam os corpos deliberativos institucionalizados, a jurisdição (*in primis* a constitucional) e todas as arenas de debate público aberto aos cidadãos que realizam um "potentially transformative dialogue". Cf. F. Michelman, *Law's Republic*, "The Yale Law Journal", 97 (1988), 8, p. 1514.

54. Cf. N. Bobbio, *L'età dei diritti*, Einaudi, Torino, 1992, em particular pp. viii, xiii-xv; L. Ferrajoli, *Diritti fondamentali*, Laterza, Roma-Bari, 2001.

pectiva *ex parte populi* [da parte do povo] em lugar da tradicional perspectiva *ex parte principis* [da parte do príncipe] que se expressava na linguagem dos deveres[55].

Por outro lado, se partindo da tradição republicana retoma-se também a concepção *constitution-enforcing* dos direitos, então entra em jogo um outro importante elemento. Na óptica do jusracionalismo moderno, os direitos, expressão da "natureza humana", constituem uma "propriedade" do sujeito. Por conseguinte, o sujeito pode também renunciar a eles, aliená-los ou transferi-los ao Estado; emerge aqui um paradoxo implícito na noção jusnaturalista dos direitos naturais[56], evidente, por exemplo, nas teorias contratualistas de Hobbes e de Rousseau. Ao contrário, na concepção republicana, o exercício ativo dos direitos tem o escopo de obrigar os poderes do Estado a agir no âmbito da estrutura constitucional. Ocorre assim uma dialética entre o ativismo dos indivíduos e dos grupos e as transformações do quadro constitucional. O *rule of law* é a condição para que a atividade de reivindicação se realize, e é a atividade de reivindicação que torna efetivo o *rule of law*. Por outro lado, que a reivindicação ocorra "sob o governo da lei", dentro de um perímetro juridicamente determinado, embora em evolução, é uma das condições para que o conflito social não degenere e não se torne entrópico e destrutivo. Nesse sentido, o Estado de Direito poderia ser entendido não apenas como um "Estado dos Direitos", mas, de forma mais específica, como o quadro constitucional e a precondição jurídica da "luta pelos direitos".

2.2. *Estado de Direito e Estado social*

Um dos temas mais recorrentes do debate do século XX diz respeito à compatibilidade do Estado de Direito com o Estado social. No decorrer do século confrontaram-se por muito tempo dois paradigmas: um, que poderia ser definido como paradigma liberal, "minimalista", e outro como paradigma so-

55. Cf. N. Bobbio, *L'età dei diritti*, cit., pp. 53-61.

56. Cf. R. Tuck, *Natural Rights Theories*, Cambridge University Press, Cambridge, 1979.

cialdemocrático-welfarista. A crítica neoliberal põe para além do limiar de admissibilidade compatível com o Estado de Direito todo o âmbito dos direitos sociais (se não também a dos direitos políticos típicos das democracias representativas). O tradicional modelo do Estado social foi também criticado, seja por seus insucessos, seja à luz da exigência de estender o catálogo dos direitos na direção dos direitos de "terceira" e "quarta" geração (culturais, ecológicos, biológicos).

Mais recentemente buscou-se replicar às críticas neoliberais, distanciando-se, todavia, também do paradigma welfarista tradicional. Uma estratégia teórica proposta foi a de colocar as diferentes gerações dos direitos sobre uma única linha evolutiva. Nessa perspectiva, a afirmação da democracia e do Estado social não significam a introdução de novos princípios, como os de justiça social ou de responsabilidade coletiva, potencialmente conflitantes com o princípio de autonomia da tradição liberal. Em particular, Habermas procurou estender a sua "gênese lógica dos direitos" além dos tradicionais direitos sociais, para incluir aí os direitos de terceira e quarta gerações[57]. Para Habermas, direitos políticos e sociais não limitam a autonomia, mas garantem a "concreta realização de iguais liberdades subjetivas para todos".

A concepção dos direitos sociais como evolução linear dos direitos civis e políticos foi criticada por muitos lados. Tanto alguns críticos "de esquerda" quanto os teóricos da análise econômica do direito sustentaram que existe uma notável diferença entre os direitos civis e políticos, de um lado, e os direitos sociais, de outro. Estes últimos exigem uma intervenção direta do Estado para fornecer serviços e prestações e têm um custo tal a ponto de fazer destes, mais do que direitos acionáveis em juízo, "oportunidades condicionais"[58]. Contra essas teses objetou-se, a meu ver, com eficácia, que qualquer tipo de di-

57. Cf. J. Habermas, *Faktizität und Geltung*, trad. it. cit., pp. 148-9.

58. Cf. J. M. Barbalet, *Citizenship*, Open University Press, Milton Keynes, 1988, trad. it. Liviana, Padova, 1992; D. Zolo, *La strategia della cittadinanza*, em D. Zolo (organizado por), *La cittadinanza. Appartenenza, identità, diritti*, Laterza, Roma-Bari, 1994. Crítica da excessiva proliferação dos direitos é a escola da *Law and Economics*; cf. por exemplo R. A. Poster, *Economic Analysis of Law*, Little, Brown & C., New York, 1986.

reito tem um custo[59]. Mas é difícil negar que as críticas neoliberais contenham ao menos um grão de razão. Não só porque a extensão das prestações do *Welfare State* torna o Estado uma realidade poderosa e penetrante, que como tal limita de fato os espaços de liberdade "negativa". E não só porque as políticas welfaristas – sobretudo em determinadas experiências nacionais, como a italiana – demonstraram uma limitada capacidade de alcançar os objetivos de redistribuição e igualdade substancial. Também os modelos mais eficazes de Estado social produziram efeitos de estereotipação das necessidades sociais, além de impor modelos sociais determinados (familistas, machistas, etnocêntricos). Por outro lado, nos últimos anos tem-se assistido não só ao aumento do consenso sobre a linguagem dos direitos, mas a uma espécie de inflação dos direitos e, principalmente, dos sujeitos dos direitos (dos animais não humanos, ou mesmo dos vegetais e dos minerais, até o pré-embrião). Falou-se a esse propósito em "direitos errados", sustentando que outros conceitos jurídicos e outras figuras éticas (da responsabilidade ao zelo) são mais adequados do que os direitos subjetivos para regular determinados âmbitos[60]. E, de outro lado, tem-se assistido à produção de efeitos perversos (a proliferação dos sujeitos de direito em certos casos acaba por se resolver em uma limitação dos direitos dos sujeitos já definidos).

Uma possível resposta a essas situações problemáticas – inspirada indiretamente na tradição republicana – faz referência a uma espécie de prioridade dos direitos políticos enquanto direitos "reflexivos": contrariamente aos direitos civis e aos direitos sociais que podem ser concedidos de modo paternalista, os direitos políticos atribuem capacidade de reivindicação autônoma e são a precondição para obter outros direitos. Axel Honneth utilizou o conceito de "luta pelo reconhecimento" para sustentar que a definição das necessidades e das catego-

59. Cf., por exemplo, F. Vertova, *Cittadinanza liberale, identità collettive, diritti sociali*, em D. Zolo (organizado por), *La cittadinanza*, cit.; S. Holmes, C. S. Sunstein, *The Cost of Rights. Why Liberty Depends on Taxes*, Norton, New York-London, 1999, trad. it. il Mulino, Bologna, 2001.

60. Cf. E. Wolgast, *The Grammar of Justice*, Cornell University Press, Ithaca (N.Y.), 1987.

rias a serem tuteladas não pode provir "de cima", mas deve ser obra dos sujeitos interessados[61]. Argumentos desse tipo, juntamente com análogas elaborações de matriz feminista, foram retomados pelo próprio Habermas. Pode-se, porém, perguntar se a "gênese lógica" habermasiana constitui a moldura teórica mais adequada para enquadrar essas teses, as quais, ao contrário, pareceriam mais congruentes com uma concepção conflitualista dos direitos. Se os direitos são concebidos como a expressão de reivindicações e a formalização do *claiming*, não só são valorizados os direitos políticos (sem limitar-lhes o significado ao eleitorado ativo e passivo), mas também – de forma diferente – os direitos civis e os direitos sociais. Reconhecer que os direitos não estão jamais completamente garantidos, que eles requerem mobilização constante para se tornar efetivos, que não remetem a um fundamento absoluto ou a uma perspectiva universalista, significa também admitir que não é possível estabelecer uma nítida cesura entre os direitos de primeira geração e os direitos sociais. A efetividade de qualquer categoria de direitos requer um investimento não só em termos econômicos, mas também no que diz respeito aos recursos comunicativos e à mobilização dos sujeitos interessados. E também os direitos sociais estão entre as precondições necessárias para que a atividade de reivindicação possa se desenvolver de modo eficaz.

Uma explícita referência à tradição "conflitualista" do republicanismo permite, portanto, definir melhor a crítica às noções paternalistas dos direitos e do Estado de Direito; e permite ver em uma luz diversa os próprios clássicos direitos de liberda-

61. "As concretas relações de reconhecimento que são sancionadas por um legítimo ordenamento jurídico são sempre o fruto de uma 'luta pelo reconhecimento'; esta luta é motivada pelos sofrimentos causados por formas concretas de ofensa (*Mißachtung*) e pela indignação que elas suscitam. Axel Honneth demonstrou como apenas articulando experiências que tenham humilhado a dignidade do homem é possível corroborar aqueles aspectos à luz dos quais, nos respectivos contextos, o igual será tratado de maneira igual e o desigual de maneira desigual. Trata-se de controvérsias que, vertendo sobre a interpretação das necessidades, não podem ser delegadas nem aos juízes e funcionários nem ao legislador político" (J. Habermas, *Faktizität und Geltung*, trad. it. cit., p. 505).

de. É possível reinterpretar o sentido em que esses representam uma tutela da autonomia privada, entendendo-a como uma reserva de identidade e um recurso moral, fundamental para "entrar" no espaço público e apresentar as próprias reivindicações. Pode-se unir também aqui à teoria "republicana" de Michelman: não só a discriminação racial, mas também a de gênero ou àquela relativa aos comportamentos sexuais inibem a possibilidade de mostrar-se no cenário da sociedade civil e reivindicar os próprios direitos. Ao comentar a célebre sentença *Bowers v. Hardwick*, Michelman observa que as leis contra a "sodomia" não só violam um espaço íntimo intocável de qualquer indivíduo, mas inibem a presença dos homossexuais no espaço público. Um direito tipicamente "liberal" como o da *privacy* une-se assim ao princípio da cidadania ativa, em um processo de "fertilização cruzada"[62]. De outro lado, nessa óptica os direitos políticos e sociais constituem, por sua vez, a condição para a afirmação dos direitos de liberdade. Se os direitos não são faculdades "naturais" dos indivíduos para fazer valer "contra" o Estado, mas, ao contrário, um instrumento de afirmação do sujeito no interior de um quadro constitucional, a intervenção do Estado para tornar-lhes efetiva a titularidade não é alguma coisa adicional ou secundária. O catálogo dos direitos resultaria, de qualquer modo, aberto a sucessivas reivindicações, capazes de ampliar a gama dos direitos. Mas isso não abriria necessariamente o caminho para uma excessiva inflação

---

62. Cf. *Bowers vs. Hardwick*, 478 U.S. 186 (1986). Michelman fundamenta a tutela da liberdade sexual na consideração de que proibir a homossexualidade significa inibir "uma modalidade ou as modalidades de existência que constituem e caracterizam a personalidade". Desse modo impede-se o desenvolvimento "de um aspecto da identidade que demanda respeito" (F. Michelman, *Law's Republic*, cit., p. 1533), negando assim a cidadania a determinados indivíduos. Nessa perspectiva, a *privacy* é valorizada como direito político: tal "fertilização cruzada da noção constitucional-legal de autonomia – a simples liberdade pessoal – com o valor da liberdade de associação inspirado na primeira emenda representa exatamente aquela inclinação republicana na direção dos direitos que une o pessoal e o político". Nessa perspectiva, a *privacy* não é vista "apenas como um fim (embora controverso) de libertação por meio do direito, mas também como o princípio constante e regenerativo – jusgenerativo – dessa libertação. O argumento fornece a conexão entre *privacy* e cidadania" (ibid., p. 1535).

dos direitos: uma concepção ativista e conflitualista dos direitos implica a valorização daquilo que diferencia a linguagem dos direitos em relação a de outros códigos normativos (e, portanto, implica também o reconhecimento de que em relação a determinadas situações são mais adequados outros códigos) e exclui uma multiplicação ilimitada dos sujeitos dos direitos. Além disso, se são os sujeitos das reivindicações que identificam os seus motivos de mal-estar e de sofrimento, que declinam das suas necessidades e das suas expectativas, e nesse processo se definem e se redefinem, então se exorcizam os efeitos de estereotipização e as classificações arbitrárias típicas dos modelos paternalistas do *Welfare State*.

2.3. *Estado de Direito e democracia*

O problema da relação entre Estado de Direito e democracia foi tratado em um significativo ensaio de Michelman à luz de uma inspiração "republicana". Tanto a idéia do autogoverno como a do "governo da lei" – observa Michelman – são princípios indiscutíveis do constitucionalismo e, portanto, devem coexistir de algum modo, embora a sua relação possa resultar problemática[63]. A solução identificada por Michelman alude a uma espécie de convergência entre o processo de autoconstituição do povo, do "si" que se autogoverna, e o processo de produção do direito: a forma com a qual o povo – dotado de soberania – se constitui como tal é de algum modo governado pela lei. Trata-se daquele processo "jusgenerativo"[64] ao qual já aludimos.

Essas intuições de Michelman poderiam ser desenvolvidas. O problema da relação entre Estado de Direito e democracia não pode senão investir a questão do significado da própria democracia nas sociedades contemporâneas. Como é sabido, a teoria clássica da democracia como "governo do povo", expressão da vontade e da soberania popular, foi desafiada pela crítica elitista dos fundadores da ciência política. No decorrer

63. Ibid., pp. 1.499-500.
64. Ibid., pp. 1.502-13.

do século XX responderam a esse desafio, de um lado, as elaborações do "elitismo democrático", de Weber a Schumpeter, a Dahl, a Sartori; de outro, as teorias radicalmente participacionistas[65]. Estas últimas são sempre mais dificilmente proponíveis nas sociedades complexas, mas também os pressupostos das teorias procedimentalistas são desafiados pelas críticas dos autores que lhes identificaram as "promessas não cumpridas", os "riscos evolutivos" e os efeitos desatendidos[66]. Assiste-se à progressiva redução das pretensões da teoria democrática, e sobretudo ao seu afastamento dos valores ético-políticos que subtendiam a noção clássica de "governo do povo".

Pode-se, porém, perguntar aqui se não são possíveis alternativas teóricas. No debate contemporâneo têm largo curso as diferentes versões da *deliberative democracy*, que criticam a abordagem economicista da ciência política do século XX e a conseqüente redução da política a mero choque de interesses. O processo democrático é visto como um espaço público no qual se confrontam princípios e valores e se debatem argumentos morais. A essas concepções unem-se as contribuições de Habermas, que propõe uma "procedimentalização" do princípio de soberania popular[67]: a democracia se identifica com a abertura, a "permeabilidade" das instituições aos processos comunicativos da sociedade civil. Referindo-se à tradição republicana, e em particular à idéia da liberdade como não-domínio, Philipp Pettit desenvolve uma noção de democracia como *contestability*[68]. Todavia, Habermas remete também neste caso ao céu das abstrações normativas: o "princípio democrático" que funde soberania popular e direitos humanos não é senão a tradução do geral "princípio D" no âmbito político-jurídico.

No decorrer da elaboração da sua noção de "Estado de Direito", Habermas tinha proposto um interessante "modelo

---

65. Cf. D. Held, *Models of Democracy*, Polity Press, Cambridge, 1987.

66. Cf., por exemplo, no debate italiano: N. Bobbio, *Il futuro della democrazia*, Einaudi, Torino, 1984; D. Zolo, *Il principato democratico*, Feltrinelli, Milano, 1991; P. P. Portinaro, *La rondine, il topo e il castoro*, Marsilio, Venezia, 1993.

67. Cf. J. Habermas, *Volkssouveränität als Verfahren* (1988), agora em *Faktizität und Geltung*, cit., trad. it. em *Morale diritto politica*, Einaudi, Torino, 1992.

68. Cf. P. Pettit, *Republicanism*, trad. it. cit., em particular pp. 220-46.

do assédio", que valorizava a mobilização social e os processos comunicativos da cidadania; mas na sua obra maior põe no centro a questão da "permeabilidade" das instituições e a conformidade dos corpos legislativos ao modelo deliberativo[69]. Analogamente, Pettit põe-se o problema de como as instituições possam permitir a contestação e responde aludindo exatamente à noção "deliberativa" da democracia, à perspectiva do acordo, ao ideal de uma "república das razões", ao princípio *audi alteram partem* [escute a outra parte]; até atribuir valor e legitimidade apenas àquelas que define como contestações "dialógicas"[70]. A idéia da contestabilidade parece assim descolorir-se em uma espécie de autodisciplina de quem contesta, ao passo que emerge em primeiro plano uma receptividade das instituições que mostra traços paternalistas. Em ambos os autores, o motor do processo parece residir mais na abertura das instituições do que na mobilização dos cidadãos.

Alguns temas presentes nas posições de Habermas e Pettit poderiam, talvez, ser retomados e desenvolvidos na óptica de uma concepção conflitualista do Estado de Direito. Poder-se-ia supor que seja possível elaborar uma alternativa à teoria "clássica" da democracia que não se identifique com um progressivo afastamento das suas premissas normativas e das suas promessas. Em outros termos, a alternativa ao elitismo democrático ou à teoria poliárquica não seria a reproposição da participação popular em todos os níveis decisórios, mas seria antes um modelo que prevê a manutenção de formas de abertura das instituições aos *input* provenientes das agências da sociedade. Nessa óptica, o *rule of law* torna-se a garantia da "permeabilidade" e da abertura das instituições. A taxa de democracia não se identifica com a quantidade de decisões formalmente sujeitas a regras de maioria em assembléias eletivas, mas envolve uma pluralidade de fatores que incluem a existência de uma esfera pública ativa, como também a efetividade das tutelas jurídicas da liberdade de expressão no interior dessa esfera.

À luz das aquisições recentes da teoria democrática, o problema da relação entre constitucionalismo, *rule of law* e demo-

69. Cf. J. Habermas, *Faktizität und Geltung*, trad. it. cit., passim.
70. Cf. P. Pettit, *Republicanism*, trad. it. cit., pp. 224-8.

cracia resulta, por um lado, desdramatizado, ao passo que, por outro, precisa ser radicalizado. De um lado, a contraposição não é entre princípios puros e absolutos: se se é ciente de que a soberania popular não pode se realizar como a teoria clássica pretendia, a idéia de que existam princípios jurídicos que substanciam o *rule of law* e põem limites ao princípio majoritário é mais facilmente aceitável. E, de outro lado, a experiência histórica mostra como na ausência do Estado de Direito e sem a garantia dos direitos fundamentais, a democracia se resolve em uma ilusão autoritária[71]. Se se concebem direitos como princípios nunca completamente garantidos, que exigem portanto mobilização ativa, fica claro que sem formas democráticas de mobilização, sem uma instância de efetiva resistência ao domínio, o próprio Estado de Direito corre o risco de se deteriorar.

2.4. *O poder dos juízes*

Estritamente ligada à questão da relação entre Estado de Direito e democracia é a questão concernente ao papel do Poder Judiciário, e em particular da jurisdição constitucional nos ordenamentos em que estão em vigor formas de *judicial review of legislation.* Esse debate foi desenvolvido sobretudo a partir da discussão das sentenças dos tribunais constitucionais alemão e estadunidense: foram percebidos riscos de "paternalismo judiciário", seja nos documentos do *Bundes-verfassungsgericht*, seja nas teses dos constitucionalistas americanos[72], e contra tais riscos foi proposto o antídoto de uma noção estritamente deontológica, *à la* Dworkin, dos direitos fundamentais[73].

No debate político-jurídico americano dos últimos decênios, a idéia de que o papel dos juízes da Corte Suprema seja o de "rígidos intérpretes" da constituição associou-se geral-

71. Cf. L. Ferrajoli, *Diritti fondamentali*, cit., passim.

72. Cf. J. Habermas, *Faktizität und Geltung*, trad. it. cit., pp. 307-8.

73. Ibid., p. 309. "A produção de normas coloca-se, antes de tudo, na perspectiva da justiça, comparando-se a princípios que estabelecem o que é, em igual medida, bom para todos" (ibid., p. 332).

mente a uma posição conservadora[74]. Bruce Ackerman, ao contrário, vê a Corte como um interlocutor privilegiado de *We the People*: o povo nas fases "revolucionárias" de *higher lawmaking* reassume o seu poder constituinte, ao passo que confia-se à obra da Corte nas fases de legiferação ordinárias. Mais interessante parece a tese de Michelman, segundo a qual o processo "jusgenerativo" não se desenvolve apenas em casos excepcionais[75] e o ator de tal processo não é necessariamente o povo na sua totalidade. Particularmente instrutiva a esse propósito é a história das sentenças contra a discriminação racial. Os afro-americanos constituíam no início do acontecimento uma parte marginalizada da sociedade que estava reelaborando a sua autopercepção. Com o desenvolvimento do seu movimento – que, além disso, conheceu conflitos internos à sua própria comunidade –, os afro-americanos se contrapuseram "àquele tipo de cidadania parcial que a Constituição lhes tinha atribuído", mas reivindicaram também e fizeram valer essa "cidadania parcial". Neste processo, o Poder Judiciário "desenvolveu possibilidades interpretativas que a própria atividade dos desafiantes ajudou a criar"[76].

74. Na história da Suprema Corte distinguem-se fases "intervencionistas" nas quais a Corte tende a exercer um papel de protagonista, e outras nas quais a Corte tende a satisfazer ou a não contrastar os Poderes Executivo e Legislativo. Na assim chamada *Lochner Era* (partindo da conhecida sentença em que se declarava inconstitucionhal uma normativa para a regulamentação do horário de trabalho dos padeiros), a Suprema Corte contrapõe às tentativas de introduzir formas de tutela dos trabalhadores e intervenções reguladoras na economia a rígida reproposição dos princípios de liberdade de empresa e de comércio. Essa fase de *conservative activism* é superada em seguida no choque com a administração Roosevelt, no início dos anos 1930. Depois dessa época de *liberal restraint*, é com a presidência Warren que a Corte voltará a ser protagonista, graças a uma série de sentenças contra a segregação racial e em favor dos direitos civis. Contra este *liberal activism*, Richard Nixon irá se apresentar às eleições presidenciais de 1968 declarando que os juízes da Corte devem desempenhar um papel de "intérpretes rígidos" da Constituição. A sistemática nomeação de juízes conservadores por parte dos presidentes Reagan e Bush *senior* é história recente. Sentenças como as de *Bowers* exprimem na *Lead opinion* a idéia da ilegitimidade de uma intervenção ativa dos juízes na interpretação e na evolução dos princípios constitucionais.

75. Ibid., p. 1.521.

76. Ibid., p. 1.530.

Michelman fundamenta o problema da inovação constitucional e do controle de constitucionalidade das leis de modo que evite, seja a atribuição de uma espécie de onipotência ao legislador ordinário, seja a reproposição de uma visão estática e conservadora do papel da jurisdição constitucional. Tal visão pode ser expressa tanto na anulação de leis voltadas para introduzir elementos de tutela social – típica da época *Lochner* da Corte Suprema –, como na tese, reproposta em *Bowers v. Hardwick*, de que as assembléias parlamentares têm direito de legiferar em matéria de moral coletiva[77]. Na óptica dessa visão aparece como dado pré-político e pré-jurídico aquilo que na realidade é produto de políticas, atividades sociais e decisões jurídicas; isso acaba por favorecer práticas de marginalização[78]. Ao contrário, a que Cass Sunstein define como uma concepção *liberal republican* da jurisdição constitucional é uma defesa para as reivindicações dos grupos socialmente desfavorecidos e marginalizados pelo *ethos* majoritário. Na dialética entre práxis comunicativa da sociedade e produção legislativa, a jurisdição desenvolve um papel ativo. Mas evita-se recair em uma concepção "paternalista" do papel dos juízes constitucionais: é evidente que a sua função inovadora pode ser exercida enquanto sejam a contraparte de sujeitos, processos e movimentos presentes na sociedade[79]. Neste sentido, pode ser contrastada a tendência,

77. Cf. *Bowers v. Hardwick*, cit. Segundo a opinião da maioria, não existe nenhum direito para comportamentos sodomitas por parte de homossexuais: a sodomia foi proibida por "milênios de ensinamento moral", pela *Common Law* e pelas leis penais em muitos Estados, e, seja como for a maioria da população, através de procedimentos democráticos, tem o direito de impor a sua concepção da decência moral. Por outro lado, prossegue a *Lead Opinion*, a Suprema Corte não pode arrogar-se um papel ilegítimo de inovação legislativa. Sobre o tema, cf. R. Dworkin, *Liberal Community*, "California Law Review", 77 (1989), 3.

78. C. Sunstein, *Beyond the Republican Revival*, "Yale Law Review", 97 (1988), p. 1539.

79. Desse ponto de vista, a posição de Michelman e Sunstein se diferencia da expressa por Bruce Ackermann com a sua teoria da legiferação em "dois binários". Cf. B. Ackerman, *The Storr Lectures: Discovering the Constitution*, "The Yale Law Journal", 93 (1984); B. Ackerman, *We the People*. 1. *Foundations*, Harvard University Press, Cambridge (Mass.), 1991. Sobre esses temas, cf. a contribuição de Brunella Casalini no presente volume.

difusa na política e no debate teórico contemporâneos, em delegar ao poder dos especialistas judiciários e ao "governo dos juízes" a solução de problemas capitais que o sistema político não consegue tratar.

Uma concepção conflitualista do Estado de Direito contrastaria com a fundamentação conservadora que reconduz de fato a função do Poder Judiciário à tutela das estruturas sociais e políticas existentes. Por outro lado, deve-se reconhecer que nas sociedades contemporâneas, diferenciadas e complexas, um aumento do espaço do direito jurisprudencial é provavelmente inevitável. Mas é claro que existe diferença se os juízes – e em particular os juízes constitucionais – desempenham o papel conservador de rígidos intérpretes, ou se se atribui um papel de representantes diretos de *We the People* ou de profetas do ethos coletivo, ou, enfim, se se põem como parceiros dos sujeitos e dos grupos empenhados na "luta pelos direitos". Se se concebe o ordenamento constitucional como uma entidade em evolução, na relação com as reivindicações dos consociados, com as transformações do ethos politeísta, com os conflitos de valor, com os processos de definição e redefinição dos princípios e dos sujeitos, a jurisdição constitucional pode encontrar significativas formas de conexão com os processos jusgenerativos. O Poder Judiciário – em virtude da interpretação e reinterpretação dos princípios constitucionais – pode solicitar ou antecipar a ação legislativa das maiorias parlamentares, mas não pode substituir-se aos sujeitos individuais e coletivos. Neste sentido, as Cortes constitucionais podem desempenhar um papel "progressivo" e reformador; mas não é incompatível com essa idéia também um papel das Cortes em função da defesa – de alguma forma "conservadora" – dos direitos constitucionais de grupos minoritários. Assim concebido, o Poder Judiciário representa um princípio antimajoritário, mas não antidemocrático. Apresenta-se como uma das agências – ao lado das Assembléias Legislativas, do Executivo, das autonomias locais – que intervém na dialética entre processo reivindicativo "de baixo" e elaboração normativa com os instrumentos do direito.

2.5. *Qual direito?*

Como vimos, o problema da crise do Estado de Direito investe a própria concepção do direito. Se Albert Venn Dicey tinha notado uma oposição entre direito administrativo e *rule of law*, Friedrich von Hayek considerava inconciliável com o Estado de Direito a contemporânea prevalência da *legislation* em relação ao direito. Bruno Leoni chegou a considerar compatível com o *rule of law* apenas o direito jurisprudencial de formação "espontânea": a maximização da liberdade identificar-se-ia com a minimização do âmbito sujeito às decisões de maiorias expressas pelos "representantes" do povo e à legislação.

A afirmação e o desenvolvimento do Estado social pareceriam dar espaço a posições desse gênero. O sistema jurídico transforma-se significativamente com a introdução das "concretas" medidas de redistribuição; a adoção de medidas legais e, de forma mais geral, a tendência à inflação legislativa distanciam-se sempre mais do modelo da "lei" visto como norma geral e abstrata a que se referia o ideal da certeza do direito. Segundo Dieter Grimm, por exemplo, a introdução de valores substantivos na Constituição e as finalidades sociais do Estado expressam um modelo político muito diferente daquele do *Rechtsstaat* oitocentista, alheio a critérios de justiça material. Para Grimm, tudo isso configura a crise do Estado de Direito. A indisponibilidade de meios imperativos e de normas justiciáveis põe em questão a força da lei como limitação jurídica do poder e prefigura a superação da clássica distinção entre Estado e sociedade civil[80].

Diante desses cenários, uma corrente da teoria política contemporânea delineia hipóteses "anarcocapitalistas" de superação do Estado no mercado globalizado. Mas mesmo que se concebam essas posições como utopias regressivas, permanecem os problemas postos pela transformação do *medium* do direito. Trata-se de transformações inevitáveis: o clássico direito oitocentista não dispõe da *requisite variety* necessária para a regulação jurídica das modernas "sociedades de risco", comple-

---

80. Cf. D. Grimm, *Der Wandel der Staatsaufgaben und die Krise des Rechtsstaats*, em id., *Die Zukunft der Verfassung*, Suhrkamp, Frankfurt a.M., 1991.

xas, diferenciadas e investidas pelos processos de globalização. Isso vale *a fortiori* para o direito jurisprudencial "espontâneo", irremediavelmente conservador, adequado às sociedades tradicionais que conhecem uma evolução muito lenta. Diante da globalização econômica e financeira, esse tipo de direito parece favorecer mais passivamente os processos em curso do que permitir-lhes alguma forma de controle e de governo.

À luz do paradigma conflitualista, esses problemas poderiam ser repensados em uma óptica diferente. Não há dúvida de que nas sociedades contemporâneas uma redeslocação dos respectivos papéis do direito legislativo e do direito jurisprudencial seja de um lado uma tendência inevitável e, de outro, uma oportunidade a ser aproveitada. As teses favoráveis à legislação "leve", ao quadro de leis no interior das quais identificar as medidas administrativas e realizar as decisões jurisprudenciais, ao "direito brando" e "dútil", são bem conhecidas[81]. Nessa óptica, o direito aparece sobretudo como a moldura que permite que os atores sociais se expressem, persigam os próprios fins e afirmem os próprios valores, tornando possível o seu equilíbrio enquanto ancorados a alguns princípios fundamentais em um quadro irredutivelmente pluralista. Trata-se, porém, de se perguntar quais são os atores em campo e quais processos sociais são pertinentes. Uma abordagem conflitualista do Estado de Direito toma evidentemente distância do estatalismo e do centralismo, da idéia de que o aumento das garantias públicas coincida com a expansão do controle estatal na vida dos cidadãos. Em um quadro legislativo definido à luz das normas constitucionais e das instâncias da sociedade, as medidas públicas são expressão de práticas sociais e de reivindicações provenientes de baixo. Nessa perspectiva, não subsiste a oposição escolástica delineada por Leoni entre a produção "espontânea" do direito por parte da sociedade civil e a legislação vista como autoritária em si. Trata-se de se perguntar qual (relativa) espontaneidade está em questão.

---

81. Cf., por exemplo, G. Zagrebelsky, *Il diritto mite*, Einaudi, Torino, 1992 (retomo o termo "direito dútil", a meu ver mais feliz, da tradução espanhola do livro: *El derecho dúctil*, Trotta, Madrid, 1999).

Leoni contrapõe a noção de certeza do direito no sentido de "exatidão", que se origina na democracia grega e chega a informar a experiência jurídica continental moderna, à idéia de "certeza" elaborada pelo direito romano e depois retomada pela *common law*. No primeiro caso, o governo da lei remete à existência de leis escritas e "certas". Mas tais leis podem mudar por obra da intervenção das maiorias, de um dia para outro. No segundo caso, o direito não é visto como obra arbitrária de um legislador, mas como o resultado de uma elaboração espontânea por parte dos atores sociais. Não se trata então de produzir o direito, mas antes de "verificá-lo"; e é exatamente essa função que tinha sido desempenhada, respectivamente, pelos jurisconsultos romanos e pelos juízes ingleses. Nesse contexto, "certeza do direito" significava a ausência de mudanças repentinas e imprevisíveis. Os cidadãos romanos e os súditos ingleses gozavam assim, sustenta Leoni, de uma liberdade análoga àquela dos operadores econômicos em um mercado livre sujeito a regras constantes[82].

Em favor da sua tese, Leoni apresenta o testemunho de Catão, o Censor, que teria contraposto os ordenamentos políticos gregos, criados por particulares legisladores, à república romana, formada em um processo secular, de modo que possa valer-se da experiência de numerosas gerações[83]. Também Maquiavel observa que o ordenamento romano não foi obra de um único legislador, mas se produziu a partir de processos espontâneos.[84] Contudo, o tipo de espontaneidade a que Ma-

---

82. Cf. B. Leoni, *La libertà e la legge*, LiberiLibri, Macerata, 1994, pp. 95-9.

83. "O nosso Estado, ao contrário, não é fruto da criação pessoal de um único homem, mas de muitos: não foi fundado no decorrer da vida de um indivíduo, mas no decorrer de uma série de séculos e de gerações. Por isso ele dizia que nunca existiu no mundo um homem tão inteligente a ponto de prever tudo, e mesmo que se conseguisse concentrar todos os cérebros na cabeça de um único homem, seria impossível para ele prover a tudo ao mesmo tempo sem ter a experiência que vem da prática de um longo período de história." M. Tullius Cicero, *De Re Publica*, II.1.2.

84. "Mas, retornemos a Roma. No princípio da sua vida, essa cidade não teve um Licurgo que lhe desse leis, que estabelecesse ali um governo capaz de conservar a liberdade por muito tempo. Contudo, devido a tanto acontecimentos que fizeram nascer no seu seio a desunião entre o Povo e o Senado, Roma conseguiu o que seu legislador não lhe tinha concedido" (N. Machiavelli, *Discorsi*, cit., I,ii, p. 81).

quiavel se refere é dado pela contraposição de duas tendências fundamentais: os "grandes", que perseguem o poder exclusivo, e o "povo", que defende a liberdade. É desse contraste que se produzem as "leis e ordens em benefício da liberdade pública": não das relações mercantis, mas do conflito político e social.

2.6. *Estado de Direito e confronto intercultural*

Na era da globalização põe-se um problema ulterior: qual modelo de Estado de Direito é adequado ao confronto intercultural, e quais argumentos a seu favor poderiam ser aceitos mais facilmente pelas culturas distantes da tradição política e jurídica ocidental?

Poder-se-ia sustentar que a leveza favoreça a exportabilidade: um Estado de Direito mínimo, reduzido à essência da igualdade formal e da proteção dos direitos civis, poderia ser apresentado como o candidato mais promissor para o confronto intercultural; sobre um Estado de Direito reduzido ao essencial poder-se-ia exercer uma forma de *overlapping consensus*. Todavia, pode-se perguntar se não são precisamente os tradicionais direitos de liberdade, enraizados no individualismo ocidental, os mais dificilmente "traduzíveis". Uma observação dos documentos como a Carta Africana dos Direitos ou a Declaração Islâmica poderia ser útil neste sentido: a distância da fundamentação individualista da tradição liberal ocidental é evidente e são antes os direitos sociais e os assim chamados "direitos coletivos" a ser enfatizados[85]. É, além disso, difícil imaginar que para as sociedades mais pobres resulte particularmente atraente um modelo de Estado de Direito destituído de prestações sociais; parece mais verossímil que o *appeal* dos sistemas sociopolíticos e dos modelos jurídicos ocidentais tenha a ver não só com as garantias da liberdade individual, mas também com aqueles serviços sociais e aque-

---

85. Cf., por exemplo, F. Belvisi, *Universal Legal Concepts? A Critic of "General" Legal Theory*, "Ratio Juris", 9 (1996), 1; F. Belvisi, *La crisi dell'universalismo giuridico come conseguenza del rapporto tra diritto e cultura*, em V. Ferrari, M. L. Ghezzi, N. Grindelli Vigogna (organizado por), *Diritto, cultura e libertà*, Giuffrè, Milano, 1998.

las formas de tutela dos sujeitos mais fracos que foram historicamente realizados.

Alguns autores contemporâneos tentam resolver o problema no plano dos fundamentos teóricos. A linguagem dos direitos e o modelo institucional do *rule of law* exprimiriam os princípios – universais e auto-evidentes – da lei moral[86], ou seriam reconhecidos de forma unânime em uma hipotética "posição originária" global[87], ou resultariam ao mesmo tempo os pressupostos necessários do código funcional do direito, a expressão das aquisições evolutivas da modernidade jurídica e o resultado de um acordo racional em condições discursivas ideais[88]. Pode-se, porém, sustentar que todas essas tentativas de fundação universal remetem, na realidade, a um contexto histórico, social e cultural bem definido[89]. E a própria escolha de fundar o Estado de Direito em uma perspectiva unilateralmente deontológica, que se expressa em uma concepção dos direitos como princípios indisponíveis e não balanceáveis, como na idéia dworkiniana das *trump cards*, foi justamente criticada: observou-se com argumentos convincentes que esta concepção dos direitos como princípios indisponíveis torna problemática a sua aceitabilidade política e social, em particular nas culturas orientais e nos países pobres[90].

---

86. Cf. J. Finnis, *Natural Law and Natural Rights*, Clarendon, Oxford, 1980; J. Finnis, *Moral Absolutes (Tradition, Revision and Truth)*, The Catholic University of America Press, Washington, 1992.

87. Cf. J. Rawls, *The Law of the Peoples*, em S. Shute, S. Hurley (organizado por), *On Human Rights. Oxford Amnesty Lectures 1993*, Basic Books, New York, 1993.

88. Cf. J. Habermas, *Faktizität und Geltung*, cit., passim.

89. Permito-me remeter ao meu *Il particolarismo dei diritti. Poteri degli individui e paradossi dell'individualismo*, Carocci, Roma, 1999, cap. 3.

90. Cf. A. Sen, *Legal Rights and Moral Rights: Old Questions and New Problems*, "Ratio Juris", 9 (1996), 2. A parábola da teoria habermasiana do Estado de Direito mostra-se particularmente instrutiva. Diante do desafio representado pelos teóricos dos *Asian Values* e pelos fundamentalistas religiosos ao modelo ocidental de *Staatsrecht*, Habermas abandonou de fato a teoria do discurso e recorreu a um argumento pendente entre o funcionalismo e a incontrolada filosofia da história: simplificando, para Habermas, com a globalização econômica também os países de recente desenvolvimento não podem senão utilizar o *medium* jurídico, e, portanto, desenvolver o Estado de Direito aceitando o pluralismo cultural. Se os direitos individuais resultam em um produto da globalização econômica, então cinde-se precisamente aquele nexo fun-

Por outro lado, alguns autores que assumem com rigor o problema do confronto intercultural parecem enveredar por um caminho igualmente impérvio no momento em que buscam comuns idiomas normativos ou superiores horizontes de justiça – nos termos dos "equivalentes homeomorfos" ou da "troca transcendental"– nos quais "traduzir" a linguagem ocidental dos direitos subjetivos e do Estado de Direito, fundindo-os com outros idiomas normativos[91].

Também por esse aspecto uma abordagem conflitualista do Estado de Direito poderia conquistar uma perspectiva útil. Em primeiro lugar, é preciso observar que a herança republicana não remete necessariamente a uma concepção exclusivista – para não dizer etnonacionalista – da identidade coletiva. O *Self* do *Self-government* se constitui no processo de reivindicação e de institucionalização dos resultados das reivindicações, portanto, através da "luta pelos direitos". Não é, em suma, a expressão de um ethos coletivo fechado, mas o resultado de práticas jurídicas e políticas que podem ser mutuadas e reelaboradas. Por outro lado, observando bem, a pretensão de que o Estado de Direito seja fundado sobre princípios universalmente válidos não favorece, mas antes dificulta, um confronto desse tipo. Apresentar as instituições do Estado de Direito como expressão de uma racionalidade superior não é de forma verossímil o melhor modo para torná-las aceitáveis às culturas jurídicas não ocidentais. A atitude, "francamente etnocêntrica"[92], que exprime um juízo de valor favorável ao Estado de Direito, mas reconhece a relatividade dos argumentos com base nos quais se pode argumentar em seu favor, é provavelmente a mais preferível.

---

damental entre direitos humanos e soberania popular sobre os quais Habermas fundou a sua teoria do Estado de Direito. Desse modo, os teóricos dos *Asian Values* acabam por ser aproximados aos movimentos de crítica dos efeitos perversos da globalização econômica (cf. J. Habermas, *Die Einbeziehung des Anderen*, trad. it. cit., passim).

91. Cf. R. Panikkar, *La notion des droits de l'homme est-elle un concept occidental?*, "Diogéne", 120 (1980); O. Höffe, *Déterminer le droits de l'homme à travers une discussion interculturelle*, "Revue de métaphysique et de morale", 4 (1997).

92. Cf. R. Rorty, *Human Rights, Rationality, and Sentimentality*, em S. Shute, S. Hurley, op. cit.; R. Rorthy, *Giustizia come lealtà più ampia*, "Filosofia e questioni pubbliche", 2 (1996), 1.

Em muitas situações, os indivíduos e os grupos tendem, com maior ou menor espontaneidade, a submeter-se, a encontrar segurança na dependência. Ao contrário, a linguagem dos direitos valoriza o gesto de revolta e de reação, de afirmação da própria dignidade: um sentimento igualmente difuso e especificamente "humano". A valorização desse sentimento poderia tornar atraente a linguagem dos direitos. Não há dúvida de que o "ativismo" tem uma raiz ocidental, mas não é insensato sustentar que precisamente o elemento reivindicativo da linguagem dos direitos é apreciado também no interior das culturas não ocidentais. Se o Estado de Direito é concebido como a estrutura institucional que constrói e estabiliza as condições para elaborar, atuar e tornar efetivas as específicas técnicas jurídicas necessárias para permitir que os indivíduos e os grupos se empenhem na "luta pelos direitos", esse poderia resultar atraente fora da experiência cultural que o produziu.

Na óptica conflitualista poderiam ser enfrentadas duas ulteriores questões relativas ao impacto das migrações sobre os ordenamentos jurídicos internos e ao problema da tutela dos indivíduos contra o poder de agências não-estatais. Em um quadro de garantias constitucionais dos direitos fundamentais, a resposta do Estado de Direito aos problemas postos pela imigração nos países ocidentais deveria consistir, primeiramente, em tornar possível e em tutelar juridicamente a atividade reivindicativa, a "luta pelos direitos" de indivíduos e grupos imigrados. De outro lado, na era da globalização não há dúvida de que em nível nacional e supranacional aumenta o poder de agências não públicas – das *corporations* multinacionais às instituições tecnocráticas, aos *network* midiáticos e telemáticos, aos grandes escritórios de advocacia transnacionais – que parecem escapar à regulação jurídica e parecem, ao contrário, produzir direito "por conta própria"[93]. O clássico modelo do Estado de Direito – elaborado em função da proteção dos indivíduos contra o poder público – parece inadequado. Também diante desses cenários a valorização da instância conflitual, a proteção jurídica das formas dúteis de resistência contra os novos poderes e de produção de contrapoderes, surge como a possível fronteira do futuro próximo.

---

93. Cf. M. R. Ferrarese, *Le istituzioni della globalizzazione*, il Mulino, Bologna, 2000.

Rule of law *e ordem espontânea*

A crítica do Estado de Direito eurocontinental em Bruno Leoni e Friedrich von Hayek

Por Maria Chiara Pievatolo

Para quem considera insuficientes as concepções formalistas do Estado de Direito, a história é um grande recurso. Contar com uma tradição e compreender o seu desenvolvimento, oferece ao direito verdades que parecem subtrair-se ao caráter estático e abstrato das teorias, que querem fixar em sistemas os seus conteúdos ou as suas formas. Para quem pensa ter a história do seu lado, jusnaturalismo e formalismo jurídico mostram-se unilaterais. O primeiro procura propor valores e modelos de referência que podem ser teoreticamente superados e praticamente desatendidos, ao passo que as estruturas formais sobre as quais insiste o segundo[1] correm o risco de ser reduzidas a recipientes impotentes de escolhas substantivas formalmente incontroláveis[2]. Um teórico que não acerta as contas com a história – ou, para melhor dizer, que aceita o risco de ser superado pela história – parece destinado a ser um teórico sem história. O quanto isso é verdade depende, porém, do modo como que essa história é narrada.

Sobre a versão do pensamento neoliberal que se enraíza no individualismo metodológico, entre os quais se arrolam o

---

1. Por trás do positivismo jurídico está freqüentemente uma escolha moral e política de autolimitação da moral, e, portanto, em certo sentido, também de autolimitação do direito; vale a pena citar ainda, a esse propósito, o clássico U. Scarpelli, *Cos'è il positivismo giuridico*, Comunità, Milano, 1965, pp. 127-34.

2. Ver, acerca deste tema, precisamente a crítica de Hayek ao positivismo jurídico em geral e a Kelsen em particular contida em *Law, Legislation and Liberty*, II, Routledge and Kegan Paul, London, 1976, pp. 44-8.

austríaco Friedrich A. von Hayek e o italiano Bruno Leoni, existe uma farta literatura. Na perspectiva do problema do Estado de Direito, essa literatura pode mostrar-se interessante porque parece oferecer uma versão do direito tão enraizada na história a ponto de poder evitar seja uma orientação axiológica criticamente consciente, seja um balanço formal, seja, às vezes, a relação com instituições formalmente determinadas. A tese fundamental do individualismo metodológico, aplicada ao direito, é a seguinte: o *rule of law* compõe-se de princípios que não foram escolhidos conscientemente por ninguém, mas que são o produto evolutivo não intencional das ações individuais. O direito se forma como se formam os caminhos em uma floresta emaranhada: cada viajante procura abrir espaço por entre a ramagem, e a passagem freqüente cria percursos com os quais os outros podem contar, e que "funcionam" muito "mais", para os objetivos de todos, do que os itinerários teoricamente projetados[3]. O direito e a história não estão em conflito, porque as normas jurídicas se compõem em uma "ordem espontânea" de regularidades naturalísticas evolutivamente selecionadas.

Essa interpretação do direito, afirma Hayek, é de caráter dedutivo, ou reconstrutivo: não estamos propriamente em condições de vir a saber de que modo tenha se formado um caminho particular, mas podemos deduzir como isso geralmente acontece, porque conhecemos o comportamento dos nossos semelhantes que buscam um caminho e, com base nisso, somos capazes de construir idealmente um modelo genealógico. Mas, se é verdade que essa explicação é de caráter dedutivo, então aquilo que para Hayek parece a ordem espontânea, com base no ponto de vista de quem busca um caminho, para outros pode surgir como irregularidade e desordem, por exemplo, do ponto de vista de um pesquisador de cogumelos, para o qual as pistas já trilhadas são infecundas, ou para quem se preocupa em proteger o solo da erosão. Podemos contar muitas histórias e construir por deduções muitos e diferentes modelos de ordem, segundo o nosso ponto de vista, que nos conduz a assumir como decisivo ora um, ora outro princípio de ordenamento.

3. F. A. Hayek, *L'abuso della ragione*, Vallecchi, Firenze, 1967, pp. 39-48.

Quem sente ter "a" história do seu lado tem do seu lado apenas a genealogia que reconstrói, assumindo como decisivo o próprio ponto de vista e o próprio interesse particular.

A metáfora da formação "espontânea" dos caminhos esboça uma contraposição entre uma idéia do direito como projeto deliberado, que se sustenta sobre instituições políticas, e uma concepção do direito como ordem espontânea, em relação à qual as instituições políticas são instrumentais e podem se tornar supérfluas ou até nocivas. Essa bipartição opõe ao *Rechtstaat* continental, ao Estado democrático e aos sistemas totalitários, sobretudo socialistas, uma única forma autêntica de Estado de Direito, que é o *rule of law* anglo-saxão, fundado na tradição e no direito jurisprudencial. Do ponto de vista da produção normativa, existe um verdadeiro Estado de Direito apenas quando as decisões sobre o que é direito são tomadas essencial ou exclusivamente pelos juízes e pelos jurisconsultos, no contexto de uma tradição orgânica, e não por corpos legislativos[4]. Somente o *rule of law* é o verdadeiro "governo da lei": todo o resto é "governo de homens", sejam eles, indiferentemente, maiorias democráticas, governantes e funcionários em um Estado de Direito administrativo ou ditadores totalitários. De um lado, existem os homens com as suas escolhas arbitrárias, de outro o direito e a tradição, com as suas determinações que vão para além daquilo que os indivíduos sabem e querem. A relação entre a história e o direito, como forma e escolha política, não é um problema, porque o direito é propriamente "a" história.

Se por Estado de Direito se entende, como escreve Pietro Costa na introdução deste volume, um conjunto de mecanismos para mediar, modular e controlar a relação entre o poder e os indivíduos, pode-se perguntar, aqui, se esse tipo de assimilação do direito à história – ou melhor, a *uma* história narrada em determinado tempo, em determinado lugar e de determinado modo[5] – oferece verdadeiramente um modelo de me-

---

4. B. Leoni, *Freedom and the Law*, Liberty Fund, Indianapolis, 1991, p. 22, trad. it. *La libertà e la legge*, Liberilibri, Macerata, 1994, p. 25.

5. Podemos, talvez, tratar a teoria neoliberal da ordem espontânea como uma extrema versão novecentista das grandes narrativas legitimadoras,

diação jurídica conceitualmente determinado. De fato, a teoria do *rule of law* como ordem espontânea floresce e floresceu em climas teóricos e políticos de choque entre filosofias da história, diante de experiências revolucionárias importantes e controversas como a francesa e a russa. Nesses ambientes, o confronto entre filosofias da história tradicionalistas, de um lado, e posições progressistas e proféticas, de outro, parecia de grande atualidade: mas, uma vez transcorridos os tempos das contraposições, é preciso se perguntar se essa perspectiva está em condições de oferecer uma estrutura definida, capaz de sobreviver às suas polêmicas.

1. O governo da lei como governo de homens

A contraposição de Hayek entre ordem (jurídica) espontânea e ordem artificial humana reproduz a oposição clássica entre "governo da lei" e "governo dos homens" que se encontra no *Político* de Platão[6]. A oposição platônica trata, entre outras coisas, também do problema da relação do direito com a condição histórica. Platão põe na boca do anônimo protagonista do *Político* um mito: Zeus, para dar um sinal favorável a Atreu, em luta pela herança contra o irmão Tieste, mudou o curso dos astros e do Sol, fazendo-o surgir no Oriente em lugar do Ocidente, como tinha acontecido até então. A inversão da ordem do cosmo comportou uma mudança na ordem total do mundo em relação ao período precedente, no qual o senhor dos deuses não era Zeus, mas *Cronos*[7].

---

da qual fala J.-F. Lyotard, em *La condition postmoderne*, Éditions de Minuit, Paris, 1979, para constatar a sua crise.

6. Vale a pena lembrar que, como diz M. Dogliani (*Introduzione al diritto costituzionale*, il Mulino, Bologna, 1994, pp. 33-72), se se levar em consideração que uma das características fundamentais do constitucionalismo moderno é a tentativa de positivar princípios tornados instáveis pela crise do direito natural, então emergem interessantes pontos de contato com a reflexão grega. O constitucionalismo moderno nasce com a crise do princípio de tradição, que torna necessário e possível organizar artificialmente o mundo político.

7. Platão, *Político*, 268d ss. A versão italiana de referência é a de A. Zadro, Platone, *Opere complete*, vol. II, Laterza, Roma-Bari, 1984. Para um *excursus* histórico-filosófico sobre o tema da tecnocracia, ver, por exemplo, P. P. Portinaro, *Tecnocrazia*, "Filosofia politica", 3 (1995).

No tempo de *Cronos*, o político era um pastor, e governava sem leis, mas era uma figura divina. A humanidade que ele conduzia à pastagem tinha um ciclo de vida semelhante ao do vegetal: surgia da terra, florescia, desestruturava-se e ao final desaparecia. Hoje, ao contrário, não se pode falar do político como de um pastor divino. Os políticos desse ciclo são muito mais parecidos com os seus súditos, também pela educação da qual são partícipes e o modo em que são criados.

Uma reta constituição, prossegue Platão, é aquela na qual existam magistrados especialistas em sua arte, ou seja, onde o governo é confiado a homens inteligentes. Uma lei não poderia jamais compreender em si com exatidão o que é melhor e justo para todos, e decidir o que é justo e melhor para cada um. As dessemelhanças dos homens e das suas ações e o fato de que nada de humano é imutável fazem com que uma arte não possa enunciar alguma coisa de simples e de imediatamente válido em todos os tempos e em todos os casos. A lei é comparável a um homem autoritário e ignorante que não permita a ninguém agir de modo diverso das suas ordens e não consinta ser interrogado, nem sequer em caso de novidade. Para dar lei a muitos é preciso fazê-lo de modo genérico e grosseiro, em relação àquilo que diz respeito a cada indivíduo. Todavia, se a lei se revela inadequada diante da mudança, os chefes inteligentes fazem bem em transgredi-la, embora a opinião comum exija que se deva, preliminarmente, persuadir os cidadãos a mudá-la. O governo da lei está para o governo dos homens como o manual de medicina está para o médico: as instruções do manual são genéricas, mas, na falta do especialista, é preciso confiar-se a elas, mesmo estando cientes da sua inadequação.

Platão prefere o governo da lei ou o governo do homens? À primeira vista, o mito parece dizer que a lei é apenas um expediente contra a inconfiabilidade dos governantes: poderíamos muito bem viver sem ela se existissem políticos sábios, capazes de tratar os homens e as questões na sua particularidade, sem recorrer a regras gerais grosseiras. Mas o mundo do governo pastoral da divindade política era diverso do nosso: os homens tinham um ciclo vital e um florescimento unívoco. Precisamente porque ninguém se afastava de um modelo geral, de tipo botânico, era suficiente a sabedoria do pastor. Se os homens têm um ciclo vital – ou um *human flourishing*, como preferem dizer os neo-aristotélicos americanos – de tipo vegetativo, não se geram nem controvérsias nem problemas de deliberação.

Agora as coisas são diversas: a humanidade desenvolveu-se cultural e historicamente, segundo relações abertas, até na reprodução. Um modelo de desenvolvimento e de florescimento humano de tipo naturalista, como o anterior, não serviria para nada. Nem serviria a sabedoria do deus, porque o mundo caminha por conta própria. No princípio, o cosmo era ordenado e redutível a regras; agora, ao contrário, é complexo e caótico. Não governa mais o deus, mas governam os homens. Por isso põe-se o problema do governo da lei: a realidade humana é cultural e histórica, e uma perspectiva de tipo naturalista seria contraproducente, porque os homens não podem mais ser tratados como plantas, e porque nenhum homem pode ter a sabedoria que era própria do deus. Por isso, apesar de tudo, é preferível o governo da lei: *porque governam os homens*. As leis não teriam sentido para ordenar a harmonia, que já possui as suas regularidades; servem, porém, para regular o caos. Nem teriam sentido se existissem apenas criaturas divinas, plantas e animais semelhantes a plantas, e não, ao contrário, homens, histórias e culturas.

As características importantes da condição histórica, narrada neste mito, são pelos menos três:

1. não existe mais uma ordem dada de uma vez para sempre e imutável; e por isso não se dá mais nem sequer uma botânica da humanidade, segundo modelos de florescimento indiscutíveis e fixos: até a realização humana, uma vez ingressada em uma condição histórica, torna-se um problema;
2. de modo correspondente, no mundo histórico não existe mais uma sabedoria divina: o governo paternalista pastoral da época de Cronos não resultava opressivo apenas porque os homens eram criaturas vegetais, sem história, cultiváveis segundo uma botânica dada de uma vez por todas;

3. à história destina-se o governo da lei, o qual, em relação ao mundo instável que deveria regular, se caracteriza por ser humano, e não divino, textual e, portanto, semanticamente fechado, autoritário e grosseiro, em relação a uma realidade não mais fixa, mas mutável.

A condição histórica – a falta de uma ordem e de uma correspondente sabedoria baseadas em fórmulas "botânicas" dadas de uma vez por todas – requer, ao mesmo tempo, o direito, como sistema fechado para dar ordem ao caos, e denuncia a sua inadequação, porque o ambiente do direito transcende aquilo que o próprio direito pretende fixar e formalizar. Uma teoria do Estado de Direito consciente da condição histórica deveria interrogar-se sobre as modalidades e sobre os instrumentos que possam permitir-lhe acertar as contas com os próprios limites: aqueles limites que tornam o direito necessário, mas não exaustivo.

O mito narrado no *Político* não oferece apenas uma descrição pouco edificante da condição histórica, mas também uma representação, aparentemente edificante, da condição a-histórica e vegetativa da época de *Cronos*. Também essa é uma história que alguém tem interesse em narrar. Uma história em que a mudança é redutível a uma fórmula previsível, nas mãos de um governante em que se concentram poder e conhecimento. Até mesmo reduzir a história à fórmula naturalista é um modo de nos fazer acertar as contas, exorcizando-a: um modo que para o estrangeiro narrador do mito é alternativo em relação àquele que justifica o governo da lei[8]. O governo da lei é uma ordem histórica e humana; o governo dos homens pode ser legitimado apenas como modelo a-histórico e divino. Se queremos o governo da lei, devemos estar cientes de que é histórica e humanamente condicionado e limitado e que as suas formas e razões internas são insuficientes; se queremos o governo dos homens, devemos estar dispostos a entender o universo como a-histórico e os governantes como dotados de uma sabedoria divina.

---

8. *Político*, 269c ss.: o cosmo pode girar ou em um sentido ou em sentido oposto, mas, obviamente, não em ambos.

No *Político*, essas duas opções são os dois ângulos de um dilema: escolher um significa renunciar ao outro. Mas quem acredita contar histórias mais convincentes pode pensar que seja suficiente encontrar a fórmula do desenvolvimento histórico do direito para conciliar o que, para Platão, parecia inconciliável e produzir um governo da lei, ou melhor, um *rule of law*, dotado de uma sabedoria sobre-humana. Uma semelhante empresa, para ser coroada de sucesso, deveria nos fornecer uma fórmula do Estado de Direito que seja capaz de dar conta do devir histórico e que, sobretudo, seja rigorosamente determinada no seu conteúdo. De fato, um apelo à história, cujo conteúdo fosse episódico e vago, reduzir-se-ia a um apelo sub-reptício ao governo dos homens.

Nesse cenário, vale a pena examinar a justificativa do *rule of law* que se funda sobre a fórmula histórico-filosófica da ordem espontânea, para entender se ela pode oferecer à reflexão sobre o Estado de Direito alguma coisa de definido, ou se não encontre um conteúdo apenas confiando-se ocultamente e, talvez, inconscientemente ao governo dos homens, ou melhor, de notáveis e juízes investidos de uma sabedoria de maneira nenhuma divina[9].

---

9. P. P. Portinaro (op. cit.) e D. Zolo em *A proposito di "Legge, legislazione e libertà" di Friedrich A. von Hayek*, "Diritto privato", 1 (1996), 2, observam que Hayek, com as propostas de engenharia constitucional contidas no III volume de *Law, Legislation and Liberty*, que implicam a atribuição do poder legislativo a uma câmara de notáveis selecionada com um eleitorado passivo e ativo muito restrito, recai ingenuamente naquele governo de guardiães do qual, em palavras, é ferrenho inimigo. Deixarei completamente de lado esse tema, visto que já foi abundantemente tratado. Também Bruno Leoni (*Freedom*, cit., p. 22, trad. it., p. 25), epígono italiano da escola austríaca com propensões anarco-capitalistas, adere com entusiasmo à perspectiva de um direito jurisprudencial feito por notáveis, no modelo do direito romano. Leoni, naturalmente, não lembra que o *ius civile* romano pôde ser, por séculos, quase exclusivamente direito de jurisconsultos – direito de optimates ou *Honoratiorenrecht* – porque se fundava, ao menos na origem, na força e nos interesses dos membros da aristocracia, os quais achavam oportuno dirimir as suas controvérsias recorrendo à *auctoritas* de um jurista da sua classe, em vez de recorrer ao poderes institucionais, expostos à contaminação democrática (L. Lombardi, *Saggio sul diritto giurisprudenziale*, Giuffrè, Milano, 1975, p. 46). Vale a pena sublinhar que a simpatia pelo paternalismo autoritário em pensadores de matriz liberal não é simplesmente uma característica incompatível com a personalidade de-

2. Estado de Direito e historicismo jurídico

O filósofo do direito italiano Guido Fassò pensa que o Estado de Direito possa ser definido de dois modos, conforme se considere a perspectiva da legalidade ou aquela das legitimidades[10]. Do ponto de vista técnico-formal da legalidade, ele entende por Estado de Direito um Estado limitado pelo direito, que controla e delimita a sua soberania. Do ponto de vista da legitimidade, o Estado de Direito é entendido como um Estado de justiça, fundado sobre uma justiça substantiva, que deve ser pensada como supra-ordenada aos requisitos técnico-formais próprios da mera legalidade.

O jusnaturalismo, afirma Fassò, põe, seja o problema do Estado de Direito como Estado de legalidade, seja o do Estado de Direito como Estado de justiça. Mas, precisamente pela sua essência racionalista e não historicista, o jusnaturalismo permanece abstrato, a-histórico e arbitrário, embora exprima a exigência de unificar legalidade e legitimidade. Seja a legalidade sem a legitimidade, seja a legitimidade sem a legalidade conduziriam ao arbítrio, isto é, à negação daquela limitação da soberania e busca de certeza que inspira o Estado de Direito. Uma lei definida apenas formalisticamente está aberta a qualquer conteúdo compatível com a forma, ao passo que uma mera legitimidade substantiva não elimina o governo da lei a favor do governo dos homens, ou melhor, de um ou de alguns homens que devem ser supostamente dotados da capacidade de intuir ou de conhecer a justiça. Por outro lado, se quiséssemos, à maneira do jusnaturalismo, vincular o direito segundo critérios conteudistas de tipo racionalista, o tornaríamos rígido e historicamente arbitrário.

Nessa perspectiva, poder-se-ia concluir que o Estado de Direito permanece, seja como for entendido, uma máscara do poder arbitrário, porque a própria limitação da soberania da qual ele nasce se reduz, em última análise, a uma limitação ar-

---

les, mas, ao contrário, um expediente teórico dificilmente evitável para quem pretende compreender em uma única teoria o devir histórico como imprevisibilidade e mutabilidade.

10. G. Fassò, *Società, legge e ragione*, Comunità, Milano, 1974, pp. 13-52.

bitrária. Fassò, todavia, pensa que um simples recurso à história torne possível dar um conteúdo não arbitrário às exigências de limitação, de certeza e de garantia dos direitos individuais expressos abstratamente pelo jusnaturalismo. Mas, para fazer isso, é preciso ampliar o conceito de direito, ou seja, não identificá-lo com a lei, isto é, com a vontade, com o arbítrio, mas incluir aqui os aspectos concretos e particulares da jurisprudência e do costume.

A esse propósito, Fassò refere-se a Bruno Leoni, para o qual o Estado de Direito inspirado pelo jusnaturalismo e pela Revolução Francesa, com a sua pretensão de reduzir todo o direito à lei de produção parlamentar, exclui os cidadãos da participação na formação do direito e compromete a certeza do mesmo por causa da corrupção legislativa. A certeza do direito pode ser assumida apenas pelo direito como formação social espontânea, administrado por notáveis ou *honoratiores* não vinculados a leis escritas[11]. Em lugar de um Estado de Direito legislativo, deve existir um Estado de Direito social espontâneo, ou de Direito livre. Esse sistema é capaz de assumir e de refletir os valores difusos na sociedade, porque é "espontâneo" seja na seleção dos juízes e dos juristas, que tem lugar com base na aprovação das partes, seja na pronúncia do direito, que não se baseia sobre a vontade expressa do legislador, mas sobre o precedente e o costume. O direito não é desejado por ninguém, mas é descoberto na própria estrutura histórica da sociedade. De fato, se o direito fosse desejado por alguém, então seria arbitrário. Quando, ao contrário, é descoberto como parte de uma ordem, serve como garantia do indivíduo contra o poder do Estado, conforme o modelo da tradição britânica do *common law* – se, ao menos, quisermos descurar, na formação dessa tradição, o papel político do Parlamento, como faz, muito significativamente, o próprio Leoni[12].

11. Ibid., p. 41.

12 Vale a pena sublinhar que é possível se esquecer do papel do parlamento inglês precisamente porque o seu poder não é justificado como produto de uma constituição estipulada e desejada, mas, ao contrário, como elemento de uma tradição dada e imemorável, que deve ser simplesmente descoberta, sem que seja preciso perturbar a continuidade da história com o mo-

Podemos nos perguntar se é justo reduzir a tese desta forma de historicismo jurídico neoliberal a um apelo a acertar as contas com a tradição histórica, integrando ou substituindo o governo da lei pelo governo dos homens. Os homens, neste caso, não são os pastores divinos do relato platônico, mas, ao contrário, juízes, funcionários e notáveis. Nada garante que esses personagens sejam menos grosseiros e autoritários do que a lei que, aqui, se propõe a integrar historicamente: sendo eles mesmos homens em uma condição histórica, é, para eles, subjetiva e objetivamente impossível atingir a botânica da humanidade, típica de um saber que transcenda a história. E se essa forma de historicismo jurídico consistisse na redução do governo da lei ao governo dos homens, um Estado de Direito historicista seria, simplesmente, um Estado paternalista e pouco justificado regime de notáveis.

A teoria da ordem espontânea, todavia, julga saber explicar de que modo "crescem" as boas leis", capazes de enfrentar os desafios da história, e de que modo o elemento humano pode ser conduzido a completar o desenvolvimento dessas leis. Apenas se se demonstrasse que essa teoria é programaticamente incerta, poder-se-ia concluir que o *rule of law* historicisticamente entendido corre o risco de reduzir os direitos dos cidadãos a uma retórica vazia. Aliás, o êxito de uma empresa cujo objetivo – encontrar a lei do desenvolvimento histórico das sociedades humanas – é desmedido, em relação aos instrumentos teóricos que escolhe usar[13], pode ser uma forma de paternalismo autoritário.

---

mento deliberativo e voluntarista ínsito no conceito de poder constituinte. Ver, a este propósito, M. Fioravanti, *Costituzione*, il Mulino, Bologna, 1999, pp. 142-3.

13. R. Bellamy (*Liberalism and Modern Society*, Polity Press, Cambridge, 1992, pp. 222-3) observa que Hayek de um lado exalta de modo anti-racionalista a evolução espontânea e não planejada, e, de outro, tenta erigir como modelo uma forma de evolução espontânea. Precisamente essa tensão condena-o a ser um teórico imensamente ambicioso e, ao mesmo tempo, extraordinariamente pobre, diante de uma empresa que, para produzir resultados dotados de alguma dignidade filosófica, exigiriam provavelmente algo semelhante a uma reformulação liberal da dialética hegeliana.

3. O *rule of law* como ordem espontânea: o problema da liberdade individual

Aos teóricos da ordem espontânea é normalmente atribuído o interesse pela "defesa intransigente da liberdade individual"[14]. Hayek explica, claramente, no *The Constitution of Liberty*, qual seja o Estado de liberdade ao qual aspira: aquele em que a coerção seja reduzida ao mínimo, de modo que cada um possa agir conforme os próprios projetos, em vez de sujeitar-se à vontade de outros. Este conceito de liberdade é negativo, ou seja, denota uma ausência de impedimento e diz respeito exclusivamente, esclarece Hayek, às relações dos homens entre si. Tem-se coerção quando o ambiente e as circunstâncias em que se encontra uma pessoa são controlados por parte de outra com tal incisividade que esta deve agir não segundo um próprio projeto coerente, no máximo pode escolher o mal menor, mas para servir os objetivos alheios. A coerção é mal porque elimina o indivíduo como pessoa pensante e capaz de avaliar, e o torna instrumento submetido às finalidades alheias. A ação é livre quando está baseada em dados que não podem ser plasmados arbitrariamente por outros; e para que cada um tenha um âmbito de ação livre, é preciso reservar-lhe uma esfera privada, na qual ninguém possa interferir[15].

Se levarmos a sério o que diz Hayek, o seu conceito de liberdade é alguma coisa de dificilmente realizável em uma condição histórica. Tal conceito nos representa a liberdade como um espaço livre, cujos dados não estejam sob o controle ou a influência de outros, mas estejam absolutamente disponíveis para as escolhas do interessado. Mas tal espaço, para quem vive em sociedade, não existe: até mesmo vir ao mundo deriva das escolhas de outros. Também a tese de Hayek, segundo a qual os trabalhadores empregados são livres na medida em que podem escolher entre os vários dadores de trabalho em concorrência entre eles, e o desemprego não se estende além de um certo limite[16], não está em harmonia com o seu critério negati-

---

14. R. Cubeddu, *Introduzione* a B. Leoni, *La libertà e la legge*, cit., p. XII.

15. F. A. Hayek, *The Constitution of Liberty*, Routledge & Kegan Paul, London, 1960, pp. 11-21.

16. Ibid., pp. 118-30.

vo de liberdade. O ambiente de escolha no qual o potencial trabalhador se encontra a atuar é alguma coisa de predisposto por outros: pouco importa se os outros estejam efetiva ou nominalmente em concorrência entre eles e procurem atraí-lo. O que conta é que os dados sobre os quais o trabalhador baseia a sua escolha são predispostos pelos outros, e não por ele.

Se as coisas estão assim, o conceito de liberdade de Hayek não é negativo no sentido de que define um espaço individual de não-interferência: é negativo apenas no sentido de que define alguma coisa que, em sociedade, não existe. Por outro lado, a manipulabilidade dos indivíduos é um elemento do qual o liberalismo de Hayek poderia dificilmente evitar. Uma sociedade livre, baseada em uma ordem jurídica, requer que as pessoas sejam responsáveis por aquilo que fazem: isto é, que sejam juridicamente imputáveis porque são permeáveis aos normais instrumentos de coerção dos quais se vale o direito[17]. A manipulabilidade, em outros termos, é essencial para viver sob o *rule of law*: os sujeitos liberais não são sábios estóicos, que podem fazer abstração das próprias paixões e organizar um próprio espaço de não-interferência na cidadela da sua razão, mas *devem* ser de tal forma frágeis a ponto de fazer com que o campo de aplicação deste celebrado princípio de liberdade negativa seja praticamente nulo.

Existe, porém, um aspecto da definição hayekiana de liberdade negativa que poderia dar um sentido não irônico a esta locução. Hayek tem o cuidado de esclarecer que a sua idéia de liberdade aplica-se apenas às relações dos homens entre si. Portanto, para que se dê liberdade negativa, é suficiente demonstrar que *as condições nas quais alguém escolhe não são o produto imediato da deliberação de algum outro, mas, ao contrário, o resultado de um processo impessoal* e, neste sentido, naturalista.

---

17. Ibid., pp. 71-84. Vale a pena, talvez, sublinhar que a crítica segundo a qual o sujeito liberal, apesar da ênfase do liberalismo sobre a liberdade, é um sujeito não-autônomo, mas disciplinável apenas de modo heterônomo, de fora (G. Palombella, *Filosofia del diritto*, Cedam, Padova, 1996, pp. 73-4), pode ser dirigida muito mais eficazmente a Hayek do que a Kant, o qual tem aberturas para com Rousseau e a democracia que no economista austríaco são dificilmente imagináveis.

Eu me torno tanto mais "livre" – no sentido de que nenhum ser humano interfere voluntariamente no meu campo de escolha – quanto mais esse campo for definido por forças e processos interpretados como impessoais e suprapessoais. Disso resulta, paradoxalmente, que deveríamos ser livres na medida em que o mundo em que vivemos não depende das nossas escolhas – ou seja, na medida em que conseguimos ver a nossa cultura e a nossa sociedade como uma produção natural, fora de qualquer possibilidade de controle[18]. Além disso: a partir do momento em que os indivíduos fazem escolhas e tomam decisões, seremos tanto mais livres quanto menos essas escolhas e essas decisões influenciarem direta e intencionalmente as condições em que nos encontramos a escolher.

Essa tese deve valer para a delimitação da liberdade negativa cujas fronteiras e garantias, para não serem opressivas e arbitrárias, devem ser vistas como resultado de um processo impessoal, e não como fruto imediato da reflexão e da deliberação de alguém. A teoria da liberdade mais confiável, sustenta Hayek, é a britânica, como formulada pela escola escocesa (David Hume, Adam Smith e Adam Ferguson) do século XVIII e por alguns contemporâneos ingleses (Josiah Tucker, Edmund Burke, William Paley), porque se vangloria de compreender a tradição e o espírito do *common law*: o direito e as liberdades que este garante não são uma produção consciente, mas o resultado de processos de seleção e evolução que a razão individual controla muito pouco: a sociedade deve ser considerada um organismo vivo, que, via de regra, cresce e se desenvolve "por si"[19].

---

18. Quando Hayek afirma que em uma sociedade de homens livres, na qual os membros podem usar os seus conhecimentos para a consecução dos próprios fins, a justiça social não tem sentido, porque a divisão dos benefícios materiais não é determinada pela vontade humana (*Law, Legislation and Liberty*, II, cit., p. 96), aplicando exatamente essa estratégia. Para subtrair uma instituição ou um processo ao ônus da legitimação moral, basta demonstrar que é fruto da natureza, ou da história na sua veste de segunda natureza, entendida como alguma coisa que não se pode decidir e controlar.

19. F. A. Hayek, *The Constitution of Liberty*, cit., pp. 54-70. À experiência inglesa é contraposta a teorização iluminista francesa, que se funda sobre a pretensão racionalista e construtivista de propor um modelo de liberdade jurídica e política que implique práxis e escolhas voluntárias. O próprio Hayek afirma que

Leoni, coerentemente, sustenta que a única definição plausível de liberdade é a lexical: "liberdade é uma palavra empregada na linguagem ordinária para indicar tipos particulares de experiências psicológicas"[20]. Essa definição, que é em suma um apelo a um *idem sentire* difuso e compartilhado, se justifica propriamente porque este *idem sentire* é fruto de uma evolução e de uma tradição que o legitima, e não de uma escolha teórica e prática feita por qualquer um.

A delimitação e a justificativa teorética da liberdade com base na tradição faz pensar que na concepção de Hayek e Leoni não exista um âmbito autônomo da razão prática, no qual se coloque o interesse e a reflexão sobre a liberdade. A justificativa da liberdade individual, afirma Hayek no *The Constitution of Liberty*, funda-se principalmente no reconhecimento da nossa ignorância acerca de uma grande quantidade de fatores dos quais depende a realização dos nossos fins e do nosso bem-estar. Se fôssemos oniscientes, se pudéssemos conhecer não só tudo aquilo que pode influenciar a realização dos nossos desejos atuais, mas também os desejos futuros, a liberdade não teria nenhuma utilidade coletiva, porque seria eliminada a necessidade da experimentação. Por outro lado, prossegue Hayek, em uma condição de conhecimentos limitada, a liberdade é essencial para dar espaço ao imprevisível: o desenvolvimento da civilização depende da maximização da probabilidade de incidentes e da conseqüente elaboração, por via de seleção evolutiva, de regras que funcionam geralmente melhor[21].

---

os modelos franceses tinham sido inspirados pela intenção de exportar a experiência britânica no continente, e isso, às vezes, torna confusa a diferença entre a tradição inglesa e a razão francesa. Parece, contudo, muito difícil erigir uma experiência como modelo a ser aplicado contra a tradição local sem presumir, nos próprios interlocutores, uma razão capaz de compreendê-lo e uma vontade política e moral capaz de guiar escolhas intencionais e até mesmo de realizá-las.

20. B. Leoni, op. cit., p. 47, trad. it., p. 54.

21. F. A. Hayek, *The Constitution of Liberty*, cit., pp. 29-30, trad. it., pp. 48-50. Vale a pena citá-lo no original: "the case for individual freedom rests chiefly on the recognition of the inevitable ignorance of all of us concerning a great many of the factors on which the achievement of our ends and welfare depends. If there were omniscient men, if we could know not only all that affects the attainment of our present whishes but also our future wantes and desires, there would be little case for liberty. And, in turn, liberty of the individual would, of course, make

Quando Hayek fala em onisciência, ele não está se referindo a uma onisciência individual, mas a uma hipotética onisciência coletiva: não por acaso, fala na primeira pessoa do plural e justifica a liberdade individual como instrumento de experimentação e seleção de regras úteis, até mesmo para "a civilização". O sentido da liberdade está relacionado exclusivamente a uma deficiência cognoscitiva comum, que torna bastante recomendável, para o desenvolvimento de um ente coletivo como "a civilização", que os indivíduos possam fazer experimentos e invenções. Uma hipotética "civilização" que possuísse um *corpus* de noções perfeito, completo e realizado não teria motivo para deixar espaço à liberdade do indivíduo.

Esse modo de raciocinar sugere que a liberdade assim entendida não tenha nem um significado prático nem um sentido genuinamente individual. Se a razão prática fosse autônoma em relação à razão teorética, se o valor e o sentido daquilo que fazemos, fosse pelo menos parcialmente independente daquilo que a "civilização" coletivamente conhece, a onisciência não eliminaria a liberdade como condição de possibilidade das escolhas e das leis morais e das decisões técnicas a elas entrelaçadas. Elas deveriam constituir um problema também em uma "civilização" teoreticamente capaz de conhecer todos os elementos do seu ambiente. Se a autonomia individual fosse alguma coisa com a qual acertar as contas para além do seu significado evolutivo, a onisciência de alguém não deveria destruir o valor das experimentações e das escolhas livres de algum outro.

A desenvoltura holística e funcionalista com a qual o passo de *The Constitution of Liberty*[22] em que tais teses são enun-

---

complete foresight impossible. [...] Humiliating to human pride as it may be, we must recognize that the advance and even the preservation of civilization are dependent upon a maximum of opportunity for accidents to happen [...] All institutions of freedom are adaptation to this fundamental fact of ignorance. [...] Certainly we cannot achieve in human affairs, and it is for this reason that, to make the best use of the knowledge we have, we must adhere to rules which experience has shown to serve best on the whole, though we do not know what will be the consequence of obeying them in the particular instance."

22. Lorenzo Infantino, organizador de F. A. Hayek, *Conoscenza, competizione e società*, Rubbettino, Soveria Mannelli, 1998, insere esse passo (cf. nota 22) na sua antologia hayekiana, considerando-o, evidentemente, importante e representativo.

ciadas descura o significado prático da liberdade, faz suspeitar que, a rigor, o interesse de Hayek pela liberdade seja moral e politicamente nulo. Se quisermos levar a sério o que diz Hayek, quem conhece as leis da ordem espontânea gosta, instrumentalmente, da liberdade apenas até quando permanece consciente da própria ignorância.

4. O *rule of law* como ordem espontânea: a naturalidade do direito

O direito, enquanto sistema de regularidade distinto da legislação, ou seja, da produção normativa explícita e voluntária por parte de uma autoridade, de qualquer modo, legitimada, é uma ordem espontânea. A sua espontaneidade depende do fato de que as regularidades das quais se compõe não são fruto de um projeto deliberado, não é preciso nem sequer que as criaturas que "seguem" essas regularidades estejam conscientes dela, mas foram formadas e selecionadas por via evolutiva: um comportamento torna-se uma regularidade se o grupo que o adota sobrevive e prevalece sobre os demais. O mundo do direito, da linguagem, do mercado e de muitas outras instituições culturais deve ser pensado como resultado da ação, mas não da projetação humana. Estamos certos de que nenhuma mente humana seja capaz de projetar uma ordem espontânea, porque nenhuma mente humana está em condições de calcular a infinita complexidade das interações e correlações entre um elemento do sistema e todos os demais[23]. Por isso, a atitude do juiz de *common law,* que descobre o direito para um caso individual como derivável de um complexo de princípios já em ato na tradição e não pretende criá-lo, é o mais respeitoso em relação à ordem social.

Hayek distingue entre dois tipos de ordem: por *taxis* ele entende a ordem "artificial" fruto de uma organização projetada para algum fim: por *kósmos* a ordem composta de regularidades criadas espontaneamente, típica dos sistemas que se

23. F. A. Hayek, *Law, Legislation and Liberty,* I, cit., pp. 11-2.

auto-organizam e se autogovernam. "*Existe* uma ordem não deliberadamente criada pelo homem", mas esse fato, esclarece Hayek, não recebe um amplo reconhecimento, porque ela deve "ser reconstruída com o nosso intelecto"[24]. A operação de reconstrução de uma ordem, seja essa uma ordem de normas ou de caminhos florestais, é um processo dedutivo, tinha já afirmado Hayek em outro lugar[25]. Mas, então, por que não reconhecer que o *kósmos* é simplesmente uma *taxis*, ou seja, uma construção com a qual nós, na veste de teóricos, procuramos dar sentido à multiplicidade do real?

Esse modo de raciocinar, embora não seja estranho à obra de Hayek, seria, neste contexto, deletério, porque legislação e direito, *táxis* e *kósmos*, ou, de forma mais geral, teorias científicas que podemos discutir, e verdades naturais, as quais devemos nos inclinar porque demasiado complexas para as nossas mentes limitadas, tornar-se-iam virtualmente indistiguíveis. A ordem vegetal do direito perderia a sua legitimação epistemológica. Assim, neste caso, a retórica da ignorância é abandonada para afirmar peremptoriamente que o sistema não é uma construção cognitiva nossa, mas existe objetivamente. O ponto de vista do sistema é de fato tratado como um ponto de vista absoluto[26]. Não se pode sair do sistema.

Que até mesmo o caráter de uma ordem baseada em regras deliberadamente criadas possa ser espontâneo, percebe-se pelo fato de que as suas manifestações particulares dependerão sempre das múltiplas circunstâncias que quem projetou aquelas regras não conhecia nem podia conhecer[27].

Para Hayek, portanto, as culturas e as sociedades humanas existem como ordens espontâneas; as nossas mentes são demasiado limitadas para compreender a sua complexidade e para prever o seu desenvolvimento; e também a instituição de regras artificiais, interagindo em um ambiente complexo, recai

---

24. Ibid., pp. 52-3. Os grifos são meus.

25. Cf., aqui, nota 3.

26. É quase supérfluo pôr em evidência a assonância desta proclamação de princípio com a operação teórica, por outro lado muito mais sofisticada, realizada por N. Luhmann (*Soziale Systeme*, Suhrkamp, Frankfurt a.M., 1988, p. 30, trad. it. *Sistemi sociali*, il Mulino, Bologna, 1990, p. 61).

27. F. A. Hayek, *Law, Legislation and Liberty*, I, cit., p. 46.

em uma ordem espontânea. Que diferença existe, então, entre a pronúncia de um juiz de *common law*, a lei emanada por um parlamento democraticamente legitimado e o édito de um tirano, na perspectiva da ordem espontânea?

Se considerarmos as três pronúncias do ponto de vista dos efeitos, temos de reconhecer que nem os juízes, nem os parlamentares, nem os tiranos possuem um ponto de vista privilegiado sobre a complexidade dos desdobramentos potenciais dos seus atos. Do ponto de vista da ordem espontânea, ninguém pode justificar as suas escolhas de modo exaustivo no momento em que as realiza. A justificativa é alguma coisa sobre a qual a evolução dirá, com o juízo tardio, a última palavra: mas isso significa que quem faz as escolhas de direito não dispõe de nenhum critério definido para legitimá-las e deve caminhar às apalpadelas. O único critério de legitimação é retrospectivo. No espírito de Hayek, o juiz dirá que a sua escolha não é um gesto criativo, mas uma descoberta que explicita alguma coisa que já é dado, legisladores e tiranos farão, diversamente, apelo a uma ou a mais vontades e procedimentos. Isso, por outro lado, não pode excluir que a evolução, com os seus processos imperscrutáveis, acabe por dar "razão" à escolha, fruto de uma vontade consciente, e não àquela que deriva de um ato de interpretação e de reconhecimento.

Pode-se observar que nenhum dos critérios de legitimação adotados é capaz, por si só, de delimitar o conteúdo das escolhas jurídicas: a legitimação concerne aos efeitos futuros e ao nexo da escolha com um antecedente, que pode ser ou cognitivo ou voluntário. Mas isso significa que uma mesma providência jurídica pode ser vista como fruto de uma liberal sabedoria, se quem o emana teve a perspicácia de queimar um grão de incenso sobre o altar da ordem espontânea, ou como produto de uma insuportável tirania, se quem o emana assume a responsabilidade de admitir que é fruto de uma vontade e de uma imposição potestativa[28]. Para não lesar a liberdade nega-

---

28. Essa estratégia esconde o momento voluntário e potestativo presente no direito; e é também útil para ocultar o poder extrajurídico. Não é por acaso que os inimigos de Hayek e Leoni sejam os democratas, os reformadores e os revolucionários, que têm a ingenuidade de admitir, nas suas escolhas, a pre-

tiva dos outros é suficiente convencê-los de que as nossas escolhas estão inseridas em uma ordem natural.

5. O *rule of law* como ordem espontânea: o caráter indeterminado das normas

A ordem espontânea age imperscrutavelmente e pode-se reconhecer e explicar apenas em linha geral, com o juízo tardio: por isso não é possível mostrar um critério de demarcação para identificar o tipo de comportamento ou de deliberação normativa capaz de produzir uma ordem espontânea ou de se inserir nela. O que foi dito, todavia, diz respeito exclusivamente à produção das normas. Temos também de considerar se existam, no sistema de Hayek, critérios não indeterminados para identificar as normas típicas de uma ordem espontânea[29] com base nos seus conteúdos, com a cautela de que a questão da gênese das regras permanece de qualquer modo decisiva, se a desconfiança hayekiana na razão projetante deve ser levada a sério. Temos que nos perguntar, portanto, se existe um nexo convincente entre as características das regras típicas de uma ordem espontânea, a sua gênese espontânea e a sua justificativa em relação a esta gênese.

As regras típicas de uma ordem espontânea, explica Hayek, nascem como simples regularidades naturais, ou seja, como regras observadas de fato, sem consciência; tornam-se regras

---

sença deste momento. Por causa de uma visão naturalística da sociedade, Hayek, e, em maior medida, Leoni tendem a identificar os poderes políticos formais como única causa de opressão. A liberdade é identificada com a ausência de coerção governativa, e isso tende a deixar inalteradas as relações sociais de poder (M. Stoppino, *L'individualismo integrale di Bruno Leoni*, em B. Leoni, *Scritti di scienza politica e teoria del diritto*, Giuffrè, Milano, 1980, pp. XLVI ss.). Em outro lugar, ao introduzir B. Leoni, *Le pretese ed i poteri: le radici individuali del potere e della politica*, Società Aperta, Milano, 1997, p. XIX, Stoppino se pergunta se é conveniente, também no plano liberal, concentrar-se apenas no poder do governo como inimigo, sem considerar a opressão da sociedade.

29. F. A. Hayek, em *Law, Legislation and Liberty*, I, cit., pp. 1-7, afirma explicitamente que as ordens espontâneas contêm no seu interior um gênero de lei característico.

prescritivas articuladas lingüisticamente, apenas quando se desenvolve o intelecto, e se sente a necessidade de corrigir os comportamentos desviantes e de resolver as controvérsias em mérito a elas. Essas regras induzem os indivíduos a se comportarem de modo tal a ponto de tornar possível a sociedade, com a cautela de que a possibilidade da sociedade não é uma possibilidade lógica, mas naturalista-evolutiva, e pode-se verificar apenas *ex post*, em virtude da sobrevivência da sociedade que segue as normas em questão[30].

As regras de uma ordem espontânea são independentes de qualquer escopo e universais, ou seja, aplicáveis a um número indeterminado de casos possíveis; elas põem os indivíduos em condições de perseguir os seus próprios fins, seja porque lhes asseguram um ambiente pelo menos em parte previsível, seja porque definem para cada um deles um domínio reservado. Vale a pena sublinhar que não existe, à maneira dessas regras, um critério para delimitar esse domínio reservado, porque ele é produto das próprias regras, e não pressuposto, mesmo que, de modo genérico, as ações que dizem respeito apenas ao indivíduo não devessem ser sancionadas. Não devemos incorrer no erro de tratar essa esfera reservada como a esfera da moral: a única diferença entre normas de direito e normas morais é a presença ou não de um procedimento de aplicação reconhecido por parte de uma autoridade constituída: uma visão naturalista do direito como conjunto de regularidades não permite certamente distinguir entre regularidades jurídicas e regularidades morais. Assim, afirma Hayek, se existe um conjunto de normas cuja observância habitual produz uma ordem concreta de ações, para algumas das quais a autoridade já conferiu validade jurídica, ao passo que outras foram observadas apenas de fato, ou são implícitas naquelas já convalidadas, no sentido de que estas alcançam o seu escopo somente se são observadas, o juiz pode tratar, à sua discrição, como normas juridicamente válidas também aquelas implícitas, embora não tenham sido sancionadas[31] por nenhuma autoridade judiciária ou legisladora.

30. Ibid., I, pp. 70 ss.
31. Ibid., II, pp. 56-7.

Essa tese depende do fato de que o sistema normativo de uma ordem espontânea é alguma coisa que existe independentemente das escolhas e do conhecimento dos indivíduos, e portanto ela mesma, enquanto tal, não pode ser organizada explicitamente em um *corpus* de normas sistemático e exaustivo: na pior das hipóteses, podem ser destilados os seus princípios inspiradores, como fazem, por exemplo, os juízes de *common law*. O juiz, explica Hayek, decide com base em uma lógica da situação, que se funda sobre as necessidades da ordem existente das ações. Essa lógica é, por sua vez, o resultado não-intencional e a *ratio* de todas aquelas regras que ele deve assumir como consolidadas. O *common law* torna previsível o direito, porque o juiz está vinculado pelas convicções difusas sobre aquilo que é justo, mesmo que não sufragadas pela letra da lei. A treinada intuição do juiz, diz Hayek citando Roscoe Pound, o conduz continuadamente a resultados justos: a idéia de que as decisões judiciais sejam fruto da inferência lógica é um produto do racionalismo "construtivista", que trata todas as regras como se fossem criadas deliberadamente. Direito é qualquer regra cujo caráter vinculante seria em geral reconhecido, se fosse formulada em termos verbais[32].

O apelo de Hayek à intuição do juiz, a tese de que é impossível ou deletério ver o direito como um complexo sistemático compreensível pela mente humana e a precária delimitação da fronteira entre direito e moral fazem entender que essa concepção do *rule of law* pode funcionar, ou seja, preencher-se de conteúdo, apenas graças à contribuição sub-reptícia, e por isso criticamente incontrolável, do governo dos homens. Todavia, existem pelo menos duas características que poderiam fornecer uma identidade ao *rule of law:* o fato de que as suas regras não sejam destinadas a um escopo particular e a sua universalidade.

A primeira qualificação teria sentido se o escopo fosse um caráter intrínseco a uma regra, que se pudesse descobrir como, diz Hayek, se descobre a regra mesma no seu originário caráter de regularidade. Mas isso, pelo menos a partir da revolução copernicana de Kant, não é de maneira nenhuma óbvio: o fim

32. Ibid., I, pp. 115-22.

de uma regra, ou melhor, a pluralidade de fins para os quais uma regra pode ser empregada, não é uma espécie de um atestado de antecedentes criminais que ela traz consigo, mas nasce da relação de um agente deliberante com a própria regra. Uma mesma regra pode ser considerada com um interesse meramente teorético, para um escopo descritivo ou explicativo, ou pode estar relacionada a vários fins, que nos interessam praticamente: por exemplo, a regra que estabelece qual seja a dose letal de digitalina pode estar relacionada seja ao fim de envenenar, seja ao de curar. Um exemplo muito mais apropriado é dado pelo próprio Hayek, quando sustenta que os princípios de uma ordem espontânea devem ser observados, se se assume como fim a sobrevivência do grupo como entidade dotada de certa ordem[33]: se é possível relacionar a um fim também o sistema normativo de uma ordem espontânea, nenhum tipo de regra, nem descritiva, nem técnica, nem moral, nem jurídica, comporta por si só uma relação ou uma falta de relação com escopos determinados como um caráter irrevogável escrito, por assim dizer, na sua carteira de identidade.

A universalidade[34] poderia ser um critério finalmente independente das escolhas arbitrárias do juiz ou do legislador intencionado em promover e preservar a ordem espontânea, se não fosse reduzida a um conceito meramente etnográfico-

33. Ibid., I, pp. 80-1.

34. Para dizer a verdade, Hayek acrescenta uma outra característica, ou seja, o fato de que quase todas as normas de mera conduta sejam negativas, isto é, imponham sempre proibições e quase obrigações que não sejam conseqüência de uma atividade voluntária, com exceção do direito de família (ibid., p. 227) e outros casos raros; ao contrário, as normas que estabelecem as condições segundo as quais se pode adquirir ou transferir a propriedade, estipular contratos ou testamentos etc. servem apenas para definir as condições às quais a lei outorga a proteção das normas de mera conduta, tornando-as sancionáveis, fazendo com que a situação das coisas relevantes sejam legalmente reconhecíveis (ibid., p. 222). Mas tudo isso é pouco relevante para o nosso objetivo, seja porque se trata de uma generalização empírica, seja porque muitas normas de direito privado, sobretudo se ligadas à família e ao matrimônio, impõem indiretamente obrigações também pesadas, mesmo onde existiria possibilidade de escolha. Ver, por exemplo, a crítica feminista, que se aplica a um contexto de *common law*, contida em L. J. Weitzmann, *The Marriage Contract*, The Free Press, New York, 1981.

sociológico. Quando Hayek fala em critério da universalidade de uma norma não pretende certamente a sua universabilidade formal, mas apenas a sua coerência ou compatibilidade com o restante do sistema de valores aceitos: alguma coisa, portanto, que não depende de um raciocínio, mas de generalizações sociológicas inevitavelmente arbitrárias[35], sobretudo porque o fato mesmo de que uma linha de conduta se apresente como um problema mostra que as generalidades sociológicas sobre as quais deveriam se basear as escolhas não funcionam, ou não funcionam mais[36].

Se essa análise é correta, então os conceitos de evolução, ordem espontânea, *rule of law* são destituídos de um conteúdo definido, caso não intervenham as escolhas dos homens para preenchê-los. E essas escolhas correm o risco de ser arbitrárias, porque a ênfase sobre a ignorância dos homens e, de modo correspondente, sobre o caráter suprapessoal e imperscrutável da ordem e do seu desenvolvimento tem como efeito colateral que os critérios de decisão e de interpretação jurídica sejam absolutamente incertos.

Hayek e Leoni, mesmo utilizando argumentos largamente reconduzíveis a um mesmo ambiente histórico e teórico, divergem institucionalmente[37] sobre a necessidade da interven-

---

35. F. A. Hayek, *Law, Legislation and Liberty*, II, cit., p. 27. Aqui, Hayek, além de interpretar Kant de uma maneira muito pessoal, mostra a sua sensibilidade etnográfica afirmando que seria moralmente errôneo recuperar um velho esquimó abandonado, segundo os costumes do seu povo, a não ser que se assuma a responsabilidade de transferi-lo para uma sociedade na qual possa prover à sua sobrevivência. Esse modo de pensar pressupõe que as culturas sejam entidades reciprocamente impermeáveis, que funcionam com base em regras e tradições marmóreas, que os indivíduos sejam predeterminados rigidamente por essas (o inuíte, quer seja deixado morrer, quer seja remetido a um outro mundo, é de qualquer modo tratado como uma encomenda postal, cuja eventual opinião é irrelevante), e que a questão do confronto e do diálogo entre pessoas de diferentes culturas é um tema que não deve ser nem sequer tocado.

36. Ver, por exemplo, J. Waldron, *Particular Values and Critical Morality*, "California Law Review", 77 (1989), 3, pp. 562-89, trad. it. em A. Ferrara, *Comunitarismo e liberalismo*, Editori Riuniti, Roma, 1992, pp. 291-327.

37. Sobre esses temas, veja-se antes de tudo a crítica de Hayek a Leoni (*Law, Legislation and Liberty*, I, cit., p. 88), em mérito à necessidade da legislação (e portanto do Estado) como suporte da jurisprudência, na linha de C.

ção da legislação para corrigir o direito jurisprudencial e sobre a eventual redução do Estado a favor de um hipermercado anarcocapitalista. Leoni, tendencialmente mais propenso a esta última orientação, está convencido de que um Estado de Direito legislativo transforme o próprio direito, de vínculo e limitação do poder, em instrumento de poder, subjugado aos interesses particularistas e episódicos das maiorias[38]. Ao direito pode ser restituído o seu papel de garantia, libertando-o das especulações políticas e da inflação legislativa, somente se ele for afastado o mais possível do Estado e se for devolvido à espontaneidade social das decisões jurisprudenciais e da seleção de jurisconsultos e notáveis, segundo o modelo do direito romano e, em geral, do mercado. Mas por que deveríamos acreditar que o poder dos jurisconsultos e dos administradores delegados seja menos arbitrário do que o dos legisladores políticos?

Leoni define o direito como a normalidade dos comportamentos sociais, ou seja, como o conjunto de pretensões que previsivelmente sejam satisfeitas[39]. Mas, se é correto descrever o direito como um fenômeno social, é preciso também reconhecer que numerosas decisões destinadas a influenciar a vida e as escolhas dos outros não são tomadas apenas nos parlamentos ou em geral no Estado. E por isso afastar o direito do Estado pode afastá-lo apenas do problema do Estado, mas não do problema geral do poder e da sua controlabilidade, que, ao contrário, se reapresenta tanto mais dramaticamente quanto menos é tornada pública e formal, a menos que não se façam pressuposições naturalistas sobre a harmonia da sociedade e sobre a homogeneidade dos interesses dos indivíduos.

O mundo do direito, na metáfora de Hayek, é uma floresta emaranhada, onde os viajantes, indo para as suas metas in-

---

Menger, *Untersuchungen über die Methode des Sozialwissenschaften und der politischen Ökonomie insbesondere*, trad. it. *Sul metodo delle scienze sociali*, Liberilibri, Macerata, 1996, p. 266; para uma exposição histórica, cf. R. Cubeddu, *Sul concetto di Stato nella Scuola austriaca*, "Diritto e Cultura", 1 (1998), pp. 3-35.

38. Ver em particular o prefácio a B. Leoni, *Freedom and the Law*, cit., passim.

39. B. Leoni, *Il diritto come pretesa individuale*, agora em id., *Le pretese ed i poteri: le radici individuali del potere e della politica*, organizado por M. Stoppino, Società Aperta, Milano, 1997, pp. 119-33.

dividuais, formam caminhos igualmente úteis para todos. Os teóricos da ordem espontânea, mesmo divergindo de vários modos sobre a necessidade e sobre o grau da intervenção de uma guarda-florestal, estão de acordo em julgar o projeto dos caminhos como um processo espontâneo e correspondente aos interesses de todos: o poder a ser controlado, justificado e eventualmente eliminado é somente aquele da guarda-florestal. Desse modo, porém, não percebendo que os viajantes que trataram o bosque como um lugar de passagem realizaram, no momento mesmo em que se deram conta de que os caminhos formavam uma ordem boa e funcional para "todos", um exercício de poder carente de legitimação, ao menos quanto ao da guarda-florestal. Para quem vê o bosque como um meio para bloquear a erosão do solo, ou um oásis botânico, ou até mesmo uma criatura viva merecedora de respeito, os caminhos percorridos surgem como o produto de escolhas arbitrárias e discutíveis. Para acreditar no contrário, é preciso assumir acriticamente que todos freqüentam os bosques apenas para fazer um passeio.

6. *Rule of law* e democracia

Um historicismo jurídico especulativamente consciente poderia oferecer temas preciosos para a reflexão sobre o Estado de Direito, porque solicitaria a filosofia do direito a se interrogar sobre o problema das relações do direito, como estrutura formal, com o seu ambiente político, social e cultural; e a filosofia política a indagar sobre o jogo entre os poderes formalizados e os poderes informais que se escondem no Estado e na sociedade[40]. Qual elemento do direito deve ser tratado como indisponível, e por quê? E como e onde é possível garantir essa indisponibilidade?

As teorias da ordem espontânea não ajudam a responder a essas perguntas. A concepção da liberdade negativa que elas pressupõem, liberdade como ausência de interferência am-

40. Ver, por exemplo, G. Palombella, *Costituzione e sovranità. Il senso della democrazia costituzionale,* Dedalo, Bari, 1997.

biental por parte da ação deliberada de outras pessoas, leva-as a identificar o espaço da liberdade com o espaço em que vigoram exclusivamente regularidades naturalísticas, ou seja, pensadas como indisponíveis e incontroláveis. Na perspectiva de Hayek e Leoni, um poder com uma justificativa naturalística suprapessoal não é de forma nenhuma coercitivo. E, vindo a faltar o fascínio pelo socialismo real, a democracia, precisamente porque se legitima explicitamente como uma construção e um pacto[41], é *a* inimiga da liberdade[42], contra a qual se ergue a ordem espontânea exemplificada pelo mercado e por um direito formulado à sua imagem. A ordem espontânea, que pode ser pensada como suprapessoal e não deliberada, é a garantia absoluta da liberdade individual, e para realizá-la basta eliminar os momentos explicitamente deliberativos do poder político.

Essa idéia deriva direto da necessidade teórica de dar um mínimo de conteúdo social a uma liberdade negativa entendida descritivamente[43] como ausência de manipulação das condições de escolha individuais. Esse axioma da liberdade nega-

---

41. M. Fioravanti, *Appunti di storia delle costituzioni moderne*, I: *Le libertà: presupposti culturali e modelli storici*, Giappichelli, Torino, 1991, pp. 138-9.

42. Ver, por exemplo, B. Leoni, *Freedom and the Law*, cit., p. 130 (trad. it., p. 145): "quanto mais conseguirmos reduzir a vasta área atualmente ocupada pelas decisões coletivas na política e no direito, com toda a parafernália das eleições, da legislação e assim por diante, mais conseguiremos estabelecer um estado de coisas semelhante ao que prevalece no âmbito da linguagem, da *common law*, do livre mercado, da moda, do costume etc., no qual *todas* as escolhas individuais se adaptam reciprocamente e jamais nenhuma é posta em minoria".

43. Nas teorias da ordem espontânea, não se pode renunciar facilmente à redução da liberdade a elemento descritivo e teorético, porque o único critério de juízo admissível é aquele, descritivo e teorético, do sucesso evolutivo. Uma liberdade teoreticamente problemática, que tivesse cidadania na práxis e nos seus aspectos éticos, políticos e jurídicos, seria um perigoso cavalo-de-tróia, porque introduziria a possibilidade de outras razões para a ação: como o inimigo político da ordem espontânea é a democracia, assim, analogamente, o seu inimigo especulativo é a autonomia da razão prática. G. Marini, ao resenhar *La libertà e la legge* de B. Leoni, em "Il pensiero politico", 29 (1996), pp. 332-3, observa que "os fatos da ética não podem ser assimilados aos processos genéticos ilustrados pelo direito e tanto menos pela linguagem (segundo uma tendência latente nestas páginas), sem introduzir na argumentação problemas filosóficos de grande alcance, que se refletem certamente sobre as esferas mais sensíveis da ética, como o direito penal, a política, a economia".

tiva tem uma conseqüência política paradoxal: se é verdade que o *único* inimigo da liberdade individual é o aspecto deliberativo do direito, típico das democracias, deve-se acreditar que o projeto democrático do Estado de Direito (legislativo), pelo qual o cidadão deveria ser obrigado exclusivamente com base em uma lei a que deu o seu consentimento, foi tão completamente realizado que na sociedade não existe mais nenhum outro poder que possa manipulá-lo, entrando com ele em uma relação coercitiva. Devemos acreditar, em outros termos, que o Estado de Direito (legislativo) democrático eliminou todos os poderes informais, e na sociedade não existem mais famílias patriarcais, máfias, maçonarias, multinacionais oligopolistas e concentrações midiáticas, capazes de manipular para os próprios fins os ambientes de escolha individuais. Mas apenas em virtude desta particular cegueira, que é conseqüência de uma visão naturalística do mundo social, é possível pensar que, uma vez eliminada ou minimizada a produção legislativa do direito, seja por isso mesmo favorecida a liberdade individual em absoluto, em vez de uma simples liberdade da interferência do Estado, mas não de outras autoridades menos visíveis e menos controladas. Quanto mais o governo da lei é pensado como incontrolável e espontâneo, tanto mais se justifica o governo dos homens, nos tribunais e sobretudo em outros lugares.

Estado de Direito e direito internacional

Estado nacional de Direito e direito internacional

Por Stefano Mannoni

A idéia de submeter as relações entre os Estados ao domínio imparcial do direito – "the rule of law" – não nasce pela primeira vez imediatamente após a Primeira Grande Guerra como faria pensar a criação da Sociedade das Nações e o grande debate doutrinário sobre a soberania.

Há mais ou menos um século o liberalismo acariciava o projeto de realizar o sugestivo desígnio kantiano de uma "paz perpétua" na qual o livre comércio se unisse com a solução racional das disputas entre os Estados. O ideal do Estado de Direito projetado no fundo das relações entre os povos se perfila já com nitidez nos anos do declínio do Iluminismo, naquele estrepitoso período do final do século XVIII que batizou o constitucionalismo contemporâneo. Dali será consignado ao liberalismo oitocentista que o adota como próprio estandarte na luta engajada a favor do internacionalismo econômico e pacifista. As duas Conferências de Haia, a de 1899 e a de 1907, marcarão a meta máxima alcançada pela ciência jurídica e pelos movimentos pacifistas na época do Concerto europeu e do imperialismo colonial. Mais do que isso não será possível conseguir no clima de profunda desconfiança que caracteriza as relações entre as diplomacias no último período do século XIX, tanto pela ausência de um forte antídoto cultural e psicológico contra o nacionalismo, quanto pelo real conflito de interesses entre potências em áspera luta pela hegemonia.

O esforço dos partidários da "paz através do direito" era destinado, portanto, a permanecer muito aquém das suas ambições, resolvendo-se, em conclusão, em algumas convenções sobre o direito bélico e sobre a arbitragem. Trata-se de um resultado que não pode ser, em todo caso, liquidado como insignificante, se consideramos ao menos o seu forte valor ideológico e as fecundas intuições que transmitiu em herança à cultura do direito internacional até os nossos dias.

Nestas páginas proponho-me a seguir por inteiro a parábola da ciência jurídica que se realiza entre duas datas-símbolo da história contemporânea: 1814, o Congresso de Viena, e 1914, a eclosão da Grande Guerra. Este itinerário se concluirá com uma breve alusão aos desdobramentos do período sucessivo à Primeira Guerra.

1. As intuições do Iluminismo

Na inesgotável disputa sobre os pais fundadores do direito internacional, uma corrente atribui a palma da vitória a Emer de Vattel[1], suscitando as vivazes reações de todos aqueles que reconhecem no diplomata suíço pouco mais que um excelente divulgador do bem mais ponderoso Wolff.

Não é necessário adentrar nesta anosa contenda para afirmar que Vattel, deixando de lado a estatura intelectual que estamos dispostos a reconhecer-lhe, ostenta sem dúvida dois méritos: o de ter introduzido no discurso republicano sobre a constituição o tema das relações internacionais e o de ter laicizado o *jus gentium*.

A primeira operação que Vattel realiza no seu *Droit de gens* (1758) é, com efeito, a de assinalar a importância constitucional da competência em declarar a guerra. Os cidadãos de um Estado não podem, não devem abandonar ao poder discricionário incontrolado do príncipe essa prerrogativa. O eco da polêmica republicana contra o despotismo é de todo evidente mesmo nas cautelosas páginas do suíço que colhe lucidamente um nó central na construção do Estado de Direito: como garantir os

1. Emer de Vattel (1714-1767), natural de Neuchâtel, conjuga os estudos da filosofia de Leibniz e Wolff com a experiência diplomática a serviço do Eleitor da Saxônia.

súditos contra a decisão suprema que põe em perigo a existência do Estado?[2] O segundo movimento consiste em redimensionar o peso do direito natural. Vattel diferencia as fontes em direito natural puro e simples, em direito das gentes "voluntário", fundado sobre o suposto consentimento dos Estados – uma espécie, portanto, de direito natural "secundário" ou "derivado" – e em direito positivo propriamente dito, "arbitrário". O primeiro destes três é logo neutralizado enquanto relegado a uma função moral; o terceiro é admitido, mas não em uma posição estratégica, porque demasiado mutável; apenas o segundo – o "voluntário" é destinado a representar um papel decisivo[3]. Esse impõe aos Estados, em nome do seu "suposto" consentimento, uma série de regras de convivência destinadas a refrear os desvios do direito "arbitrário", dependente da vontade dos Estados e como tal inadequado para a consolidação. Assim fazendo, Vattel lançava uma ponte entre o direito natural e o direito positivo. Era a primeira vez que isso acontecia de modo tão inequívoco[4]. A doutrina dos direitos fundamentais dos Estados, que exerceria uma enorme influência na reflexão sucessiva, servia exatamente para isso, para manifestar o caráter individualista da sociedade dos Estados sem com isso re-

---

2. O controle sobre a diplomacia e sobre o "poder federativo" (o de paz e de guerra) para assegurar sua orientação pacífica é um tema recorrente na publicística setecentista, de Locke a Montesquieu, a Mably; cf. M. Belissa, *Droit des gens et théorie constitutionnelle dans la pensée des Lumières*, em "Revue historique de droit français et étranger", 76 (1998), pp. 215-33.

3. "O direito das gentes *necessário* e o direito das gentes *voluntário* são ambos, portanto, estabelecidos pela natureza, mas cada um a seu modo: o primeiro, como uma lei sagrada, que as nações e os soberanos devem respeitar e seguir em todas as suas ações; o segundo, como uma regra que o bem e a salvaguarda coletiva os obrigam a admitir nas relações recíprocas. O direito *necessário* procede imediatamente da natureza. Esta mãe comum dos homens recomenda observar o direito das gentes *voluntário*, em consideração do estado em que as nações se encontram e para o bem dos seus negócios. Este duplo direito, fundado sobre princípios certos e constantes, é passível de demonstração" (E. de Vattel, *Le droit des gens*, I, J.-P. Allaud, Paris, 1830, pp. 31-2).

4. "Colocando ao lado do direito natural, modificado ou não, o *jus arbitrarium et liberum*, Wolff e os seus discípulos lançaram uma ponte que liga a sua concepção à teoria que concede um lugar preponderante ao direito positivo nas relações entre os povos" (J. Kosters, *Les fondements du droit des gens*, Bibliotheca Visseriana, IV, Brill, Lugduni Batavorum, 1925, p. 77).

nunciar de todo a um fundamento jusnaturalista, os direitos "fundamentais" exatamente[5].

É apenas o caso de acrescentar que o sistema de Vattel permanece ainda muito primitivo, destituído de qualquer sensibilidade, mesmo somente utópica, para com a dimensão organizativa da comunidade internacional. A exigência de uma reconstrução das relações entre os Estados sob a égide do direito e das instituições internacionais não é sequer vislumbrada.

Esse limiar é, ao contrário, superado solenemente quarenta anos depois por Kant e por Bentham. Em 1795, o filósofo alemão publica uma obra com um título emblemático: *À paz perpétua*. Nada é descurado neste projeto. No que diz respeito às proibições, percorre aqui a eliminação da cláusula *rebus sic stantibus*, a proibição de aquisições territoriais dinásticas, a abolição dos exércitos permanentes, a proscrição das intervenções militares, a condenação das guerras punitivas. No que se refere às propostas construtivas, desfilam a obrigatoriedade da constituição republicana e o projeto de um federalismo de Estados livres que, mantendo firme a sua individualidade, assegurasse-lhes a coexistência pacífica graças ao direito internacional.

Impressiona, antes de tudo, que Kant tenha deixado resolutamente para trás a herança wolffiana. Ele não almeja nenhuma *civitas maxima*, mas imagina uma realista sociedade de Estados soberanos e independentes ligados entre si por um pacto voluntário. Aliás, tem o cuidado de esclarecer que "a idéia de direito internacional pressupõe a separação de muitos Estados vizinhos e independentes entre si"[6]. Em segundo lugar, Kant confia a realização do seu plano a uma força histórica concreta que define como o *espírito comercial*[7]. "Porque entre todas

---

5. "Através da doutrina dos direitos e deveres perfeitos dos Estados, subsiste com efeito um projeto que, mesmo sendo limitado no seu objeto e campo de aplicação, inscreve-se, todavia, no interior de uma visão do direito tipicamente jusnaturalista" (E. Jouannet, *Emer de Vattel et l'émergence doctrinale du droit intérnational classique*, Pédone, Paris, 1998, p. 163).

6. I. Kant, *Zum ewigen Frieden*, trad. it. *Per la pace perpetua*, Editori Riuniti, Roma, 1984, p. 25.

7. Sobre a difusão deste argumento no liberalismo setecentista, ver N. G. Onuf, *The Republican Legacy in International Thought*, Cambridge University Press, Cambridge, 1998, pp. 241-2.

as forças subordinadas (como meios) ao poder do Estado", ele explica, *a força do dinheiro* parece ser a mais segura, ocorre que os Estados se vêem forçados (não certamente por motivos morais) a fomentar a nobre paz e a impedir a guerra mediante compromissos sempre que ela ameace eclodir em qualquer parte do mundo, como se os Estados estivessem por isso unidos em alianças permanentes[8]. "Desse modo", acrescentava, "é a própria natureza, através do mecanismo das inclinações humanas, que garante a paz perpétua, com uma segurança que certamente não é suficiente para *vaticinar* (teoricamente) o futuro, mas que chega, no entanto, ao fim prático e faz com que se torne um dever o esforçar-se em vista desse fim (que não é simplesmente quimérico)"[9]. O filósofo desceu, portanto, sobre a terra e indicou um programa de ação a longo prazo que não pode ser previamente liquidado como "quimérico". O seu cosmopolitismo está vinculado a um processo histórico e sociológico muito concreto e poderoso.

A profecia kantiana não era uma extravagância extemporânea; ao contrário, as suas idéias estavam, por assim dizer, "no ar", como está demonstrado em um projeto muito semelhante elaborado alguns anos antes (1789) por Jeremy Bentham. Em um *Plan for an Universal and Perpetual Peace*[10], o filósofo inglês propõe entre outros pontos: a) uma corte internacional para dirimir as controvérsias entre os Estados; b) o desarmamento progressivo, terrestre e naval; c) o fim do imperialismo colonial; d) o livre comércio internacional; e) a difusão da diplomacia; f) a constituição de um congresso formado por deputados de cada Estado.

Todas essas intuições de Bentham são brilhantes e destinadas a ter sucesso no futuro, com uma especial menção para a corte internacional de justiça e o congresso. O escopo da primeira das duas instituições deveria ter sido, para o filósofo, o de desdramatizar os conflitos entre os Estados. Mesmo que

8. I. Kant, *Per la pace perpetua*, cit., p. 26.
9. Ibid., p. 26.
10. *The Works of Jeremy Bentham*, organizado por J. Bowring, II, Marshall & Co., London, 1843, pp. 546 ss. Esse plano para a paz permaneceu em manuscrito até a publicação póstuma das obras de Bentham por parte de Bowring.

desprovida de poderes coercitivos, a corte podia diluir o ressentimento e a desconfiança, ditados pela proteção da honra e pelas suscetibilidades nacionais, propiciando, com a imparcialidade do seu juízo, o acordo. O congresso devia, ao contrário, atuar como caixa de ressonância para as negociações entre os Estados, ao passo que cabia à opinião pública internacional emitir o veredicto sobre a qualidade das respectivas posições. Com o tempo, o congresso teria assumido também a função de intervir para prestar a força executiva às decisões da corte: "poderia, talvez, ser útil, como recurso extremo, estabelecer o contingente militar que deve ser colocado à disposição dos Estados para atuar as decisões da Corte"[11].

As guerras revolucionárias e a epopéia napoleônica ofuscarão, por alguns anos, essa concepção que tinha parecido, por um momento, inspirar os primeiros passos da Grande Revolução. Mas, assim que foram restabelecidas as condições da paz continental, essa concepção não tardará a encontrar discípulos nas fileiras mais nobres do liberalismo europeu.

2. O credo dos liberais

Toda a reflexão filosófica liberal oitocentista se põe com insistência a questão sobre a legitimidade da violência bélica. Como submeter ao direito a negação mais radical do direito? Como proteger a esfera privada dos contragolpes devastadores da luta? Essas são as perguntas recorrentes nas páginas dos corifeus do liberalismo. O fatalismo que havia marcado por séculos a percepção do evento bélico era agora desafiado por um pacifismo nutrido de sabedoria econômica, de cultura tecnológica, de moralismo religioso. "Nós chegamos à época do comércio, época que deve necessariamente substituir àquela da guerra."[12] Assim profetizava Benjamin Constant ao declínio da aventura napoleônica, último grande lampejo da idade guer-

---

11. Ibid., p. 554.

12. *De l'esprit de conquête et de l'usurpation dans leurs rapports avec la civilisation européenne* (1813), em B. Constant, *Œuvres*, organizado por A. Roulin, Gallimard, Paris, 1957, p. 959.

reira clássica. Do outro lado da Mancha, Richard Cobden concordava em nome de um livre comércio sem fronteiras[13]. A paz perpétua preconizada por Kant assume as feições de um espaço público burguês transnacional ao mesmo tempo ideológico, econômico e cultural, que olha com impaciência para as tramas anacrônicas das diplomacias: "As ramificações infinitas e complexas do comércio deslocaram o interesse das nações além dos limites dos seus territórios", afirmava Constant. "O espírito do século prevalece sobre o espírito estreito e hostil que gostaria de ser condecorado com o nome de patriotismo"[14], concluía de modo peremptório.

Esse movimento de intelectuais consegue obter nas décadas sucessivas ao Congresso de Viena alguns resultados significativos. Entre estes, o mais clamoroso é representado pela Declaração de Paris, de 1856, reconhecimento solene por parte das grandes potências navais dos direitos dos Estados neutros na guerra sobre o mar. Ulteriores sucessos a serem arrolados no balanço ativo da inédita sensibilidade do século são: o *Lieber Code*, primeira codificação do direito de guerra durante a Guerra de Secessão americana, e a *Convenção de Genebra* de 1864 sobre a assistência aos militares feridos. Seria, todavia, inútil pretender algo mais dessas primeiras metas. O direito internacional permanece em uma condição fortemente embrionária em relação aos outros setores do saber jurídico, ao passo que os projetos organizativos da comunidade dos Estados são relegados ao campo da utopia.

A profecia kantiana e a exortação benthamiana à codificação e à justiça internacional voltam a ter atualidade imediatamente após a guerra franco-prussiana com o surgimento da estrela do "internacionalismo"[15]. O ano da virada é 1870. A guerra franco-prussiana deveria ter encerrado de uma vez por todas a era dos conflitos armados. Agora que o mundo tinha

---

13. Sobre a importância de Cobden no movimento pacifista, cf. M. Ceadel, *The Origins of War Prevention. The British Peace Movement and International Relations, 1730-1854*, Clarendon Press, Oxford, 1996, pp. 10-23.

14. B. Constant, op. cit., p. 960.

15. Cf. S. E. Cooper, *Patriotic Pacifism. Waging War to War in Europe (1815-1914)*, Oxford University Press, New York-Oxford, 1991, pp. 48-9, 91-115.

descoberto quão intensa, custosa e destrutiva era a mobilização dos recursos bélicos dos Estados nacionais, era necessário que a civilização européia deixasse para trás a aposta sobre a força das armas. Outras apostas, bem mais consistentes, deviam substituí-la.

O belga Émile de Laveleye resume, em uma espécie de manifesto, o credo liberal-pacifista, dois anos após o fim das hostilidades, em 1873. As razões da produção, da divisão do trabalho, do comércio constituem um belo exemplo contra aquele da luta armada. Este é o seu axioma: "todo o universo torna-se uma imensa oficina na qual, sob o impulso da divisão natural do trabalho, cada povo se esforça em produzir aquilo para o qual as suas atitudes e os recursos do território o predispõem"[16]. Agora que "o comércio internacional traz consigo a interdependência internacional, da qual resulta a solidariedade universal", encerrar-se de novo na lógica do Estado soberano equivaleria a condenar-se ao isolamento e à estagnação, para não falar dos altos custos das guerras.

Qual o projeto? Laveleye o indica em nove pontos: 1) a diminuição dos direitos de importação; 2) a redução das tarifas de transporte e de comunicação postal; 3) a adoção de um sistema monetário, de pesos e medidas e de leis comerciais o mais uniforme possível; 4) a concessão aos estrangeiros dos mesmos direitos civis dos cidadãos nacionais, de modo "que um sentimento de fraternidade cosmopolita substitua, pouco a pouco, o da exclusiva nacionalidade"; 5) o ensino das línguas estrangeiras e da geografia; 6) a propagação do pacifismo; 7) a consolidação da representatividade política a cargo do Poder Executivo; 8) a internacionalização do capital; 9) a mobilização do clero contra a guerra[17].

Cada uma dessas proposições teria sido saudada com favor por qualquer liberal sincero em qualquer país ocidental. Mas a peça forte, seguramente a mais original, era o auspício de um código de leis internacionais e de um sistema de arbitragem

---

16. E. De Laveleye, *Des causes actuelles de la guerre en Europe et de l'arbitrage*, C. Muquardt, Guillaumin & Cie., Bruxelles-Paris, 1873, p. 155.

17. Ibid., pp. 159-60.

permanente, coroado pela instituição de uma alta corte internacional[18]. O direito internacional devia se tornar a arquitrave da paz entre os Estados, bem como o garante da sua longevidade.

De Roma, um italiano célebre, Pasquale Stanislao Mancini, subscreve também o empenho em prol de constituições interestaduais fundadas sobre três pilares: "A lei, o juiz, a sanção."[19] Este paladino da primeira hora do direito internacional indica à Europa a trindade laica a ser honrada. A ela confia a missão de realizar o programa jurídico do liberalismo, e não apenas daquele. Por sua vez, o filósofo jusnaturalista Adolf Trendelenburg repropõe o projeto kantiano, auspiciando o progresso da arbitragem e da organização internacional[20].

A ciência do direito é chamada por três influentes internacionais – a socialista, a liberal e a pacifista – a assumir as próprias responsabilidades. A União Interpalarmentar[21] e a *Universal Peace Congress* tornam-se os *lobbies* do direito internacional, visto como instrumento precioso e natural para realizar o ideal da internacionalização liberal: *la paix par le droit*. Enquanto as duas primeiras fazem propaganda e proselitismo, o Institut de droit International e a Association for International Law delineiam os institutos jurídicos que servem à causa da paz: a arbitragem, o direito internacional privado, a cooperação antes de tudo.

O movimento é bastante forte para resistir até mesmo à maré montante do nacional-darwinismo e do neomercantilismo de fim de século, quando, um pouco em toda parte, as ações do liberalismo começam a declinar em benefício de um nacionalismo de tonalidades intransigentes.

---

18. Ibid., p. 161.

19. P. S. Mancini, *Della vocazione del nostro secolo per la riforma e la codificazione del diritto delle genti e per l'ordinamento di una giustizia internazionale*, Civelli, Roma, 1874, p. 40.

20. A. Trendelenburg, *Lücken im Völkerrecht*, Hirzel, Leipzig, 1870.

21. O art. 1 do Estatuto da Associação atribui como escopo aos seus aderentes o "de fazer reconhecer nos seus respectivos Estados, seja por via de legislação, seja por meio de tratados internacionais, o princípio de que as controvérsias entre as nações serão submetidas à arbitragem" (*Union interparlamentaire pour l'arbitrage international, XIII Conférence tenue à Bruxelles du 28 au 31 août 1905*, Bruxelles, 1905, p. 177).

"Em nenhum âmbito da atividade humana, a internacionalização é assim tão completa como no âmbito financeiro", escrevia em 1909 Norman Angell no felicíssimo *The Great Illusion,* manifesto pacifista de toda uma geração[22]. Precisamente como tinha profetizado Kant, o mundo era atravessado pelos mil fios do capital e do comércio que não conheciam fronteiras e não tiravam nenhuma vantagem das guerras[23]. Eis, em síntese, a estratégia: atingir uma organização social construída "sobre bases diversas daquelas territoriais e nacionais"[24].

Do outro lado do Atlântico, Nicolas Murray Butler[25] invoca por sua vez "a instituição de uma corte internacional independente para decidir as controvérsias entre as nações"[26]. Em casos que são "de natureza jurídica", o recurso ao juiz deve ser automático. De meros tribunais arbitrais deve-se passar a uma verdadeira e própria corte, conforme o modelo judiciário americano, que declare o direito internacional. À opinião pública internacional, a grande força do século XX, ele confia a missão de vencer a resistência dos governos e de satisfazer esse projeto.

São idéias que não se detêm diante das fronteiras nacionais. O suíço Max Huber[27] identifica no Estado de Direito a grande força propulsora do pacifismo. Agora que a soberania

22. N. Angell, *The Great Illusion. A Study of the Relation of Military Power to National Advantage (1909),* W. Heinemann, London, 1914, p. 309.

23. "O capitalista não tem pátria e sabe bem, se for de mentalidade aberta, que as armas, as conquistas e as complicações com as fronteiras não servem absolutamente aos seus objetivos e podem, aliás, contrariá-los" (ibid., p. 309).

24. Ibid., p. 314.

25. Presidente da Columbia University, Nicolas Murray Butler é, juntamente com Eilhu Root, um dos mais fervorosos apóstolos da arbitragem obrigatória em função da preservação da paz (S. R. Herman, *Eleven Against War. Studies in American Internationalist Thought, 1828-1921,* Hoover Institution Press, Stanford, 1969, pp. 26 ss.).

26. N. Murray Butler, *The International Mind,* C. Scribner's Sons, New York, 1912, p. IX.

27. Max Huber (1874-1960) ensina direito internacional em Zurique. Toma parte da Segunda Conferência de Haia na delegação suíça, elevando-se à notoriedade após a Primeira Guerra com a eleição à Corte Permanente de Justiça da qual é presidente entre 1925 e 1929. É por muito tempo chefe da Cruz Vermelha Internacional (até 1944).

interna dobrou a cabeça diante do direito, ele auspicia que também as relações entre os Estados se encaminhem lentamente rumo à meta de um *rule of law* entre os povos[28].

O fervor dessas perorações não basta, de qualquer modo, para fazer prosélitos nas fileiras dos estadistas e dos diplomatas, conquistados pelo discurso da razão de Estado e céticos como nunca a respeito do poder de dissuasão do direito nas relações internacionais.

As duas Conferências de Paz de Haia, a de 1899 e a de 1907, realizadas na onda de uma intensa mobilização pelo direito internacional e a arbitragem, encerraram-se com um balanço muito inferior às expectativas: a codificação de uma parte do direito bélico e a criação de uma "corte permanente de arbitragem" que, sob o pomposo título, esconde apenas uma lista de nomes de juristas à disposição das partes.

O resultado era certamente menos decepcionante de quanto parecesse aos olhos dos pacifistas mais convictos, visto o ponto de partida. Mas não podiam subsistir dúvidas sobre o fato de que a causa da "paz através do direito" tivesse de esperar tempos ainda longos para triunfar nas relações entre os Estados.

3. As peripécias da ciência jurídica

Nem sequer a doutrina, de resto, tinha vida fácil na atmosfera rarefeita das suas bibliotecas quando se preparava para lançar as bases teóricas do ordenamento jurídico internacional.

---

28. "O Estado de Direito, que faz parecer como juridicamente unidos os titulares da autoridade pública (até mesmo os constituintes) ao menos nas relações formais e que sujeita ao direito os órgãos estatais, favorece as tendências que desejam subordinar completamente ao direito o Estado também como unidade nas relações com os outros Estados. Aquelas mesmas classes, às quais o Estado de Direito deu impulso econômico e político, vêem na disciplina jurídica das relações entre os Estados, o *rule of law*, um princípio geral de civilização", cf. M. Huber, *Beiträge zur Kenntnis der soziologischen Grundlagen des Völkerrechts und der Staatengeselleschafts*, em "Jahrbuch des öffentlichen Rechts der Gegenwart", 4 (1910), 2, pp. 129-30.

De Hobbes a Hegel, uma influente escola de pensamento vai na contracorrente, liquidando as normas entre os Estados a pura moralidade. Um direito sem legislador e juiz não é verdadeiro direito – assim se dizia. Quanto ao direito natural, outrora tábua de salvação por excelência, já não gozava mais dos favores da ciência jurídica, seduzida como nunca pelo rigor geométrico do positivismo.

Parecia claro que a via de fuga de um axioma tão negativo como aquele hegeliano tivesse de ser buscada no único dado certo e confiável de que se dispusesse, ou seja, na vontade dos Estados, aquela mesma que tinha servido para argumentar a inconsistência do direito internacional. Grande parte do esforço da doutrina é absorvida pela tentativa de demonstrar que o direito internacional, mesmo emanando da vontade dos Estados, não está inteiramente entregue aos seus caprichos; ostenta, em suma, uma estabilidade e consistência próprias, apesar dos caprichos volúveis das diplomacias. Verdadeira *probatio diabolica*!

Entre os primeiros é Carl Bergbohm[29] que esboça um embrião de teoria. Ele distingue os tratados negociais, sinalagmáticos, que não criam direito internacional "objetivo"[30], daqueles que põem, ao contrário, normas destinadas a valer para o futuro, "que os Estados estipulam expressamente como normas comuns para a disciplina das suas ações no futuro"[31]. O conteúdo desta segunda categoria de tratados é o reconhecimento ou a declaração de princípios comuns (exemplo típico: a Declaração de Paris de 1856 ou a Convenção de Genebra de 1864). Em tal caso, os Estados são verdadeiros e próprios autores da norma jurídica, fatores de produção do ordenamento.

---

29. Carl Bergbohm (1849-1927), nascido em Riga e formado em Dorpat, será chamado para lecionar direito público em Bonn, após a publicação do apreciado volume de teoria geral *Jurisprudenz und Rechtsphilosophie*, Duncker & Humblot, Leipzig, 1892.

30. "Assim como os contratos dos sujeitos privados no Estado não são fontes do direito privado, também os tratados dos Estados não podem ser fontes do direito internacional objetivo" (C. Bergbohm, *Staatsverträge und Gesetze als Quellen des Völkerrechts*, Mattiesen, Dorpat, 1877, p. 80).

31. Ibid., p. 81.

Mas de onde esses tratados haurem as suas forças? Fazia-se necessário responder a essa pergunta que era, afinal, a da estabilidade de um empenho ligado ao fio fragilíssimo da anárquica vontade estatal.

A réplica vem de Georg Jellinek em pessoa, principal expoente dos estudiosos alemães do direito público[32]. Para Jellinek, a própria existência do direito internacional, bem como, por outro lado, também dos direitos subjetivos[33], depende da possibilidade de admitir que o Estado se autolimite – "que o Estado possa obrigar a si mesmo através das suas próprias normas" – ou então da plausibilidade "que obrigante e obrigado coincidam na mesma pessoa"[34]. O quesito está posto: "o Estado pode, portanto, auto-obrigar-se?"[35]. A resposta é afirmativa, a vontade do Estado pode autolimitar-se; aliás: "lei e autolimitação da vontade estatal são conceitos correlatos"[36]. Se assim não fosse, todo o edifício do direito constitucional e do direito administrativo desabaria enquanto também este não se sustenta senão sobre o pressuposto de uma vontade estatal autolimitada. "Por isso, qualquer ato de volição estatal é uma limitação da vontade estatal e, dado que esta limitação não é imposta ao Estado de fora, mas, ao contrário, procede da íntima natureza da sua vontade, é uma autolimitação."[37] Essa vontade não é passageira e volúvel[38], mas se exprime com atos de vontade formais que duram até quando não são substituídos por

---

32. Georg Jellinek (1851-1911), por muito tempo professor de direito público em Heidelberg, é o renovador da doutrina positivista do Estado. A sua *Allgemeine Staatslehre*, traduzida em várias línguas, exerce uma influência decisiva sobre a ciência jurídica européia. Para uma visão de conjunto da ciência jurídica alemã do período, ver M. Stolleis, *Geschichte des öffentlichen Rechts in Deutschland*, II, Beck, München, 1992, pp. 450-5.

33. O conceito de autolimitação é verdadeiramente crucial no pensamento de Jellinek. O direito subjetivo emana "de um ato de autoridade do Estado que decide autolimitar-se" (M. La Torre, *Disavventure del diritto soggettivo. Una vicenda teorica*, Giuffrè, Milano, 1996, p. 144).

34. G: Jellinek, *Die rechtliche Natur der Staatenverträge*, Hoelder, Wien, 1880, p. 7.

35. Ibid., p. 8.

36. Ibid., p. 27.

37. Ibid.

38. Ibid.

atos iguais e contrários. Pois bem, as normas de direito internacional, também como as de direito constitucional, não realizam um direito supra-estatal, mas, ao contrário, um direito dependente da vontade dos Estados – *jus inter partes*[39]. Por meio da ratificação, o Estado exprime a sua vontade soberana de se vincular ao tratado[40], enquanto o interesse em conservar o próprio lugar na comunidade internacional o induz a observá-lo segundo a boa-fé.

A comunidade internacional, portanto. Na reflexão de Jellinek vemos projetar-se os contornos dessa figura que unicamente pode refrear o instinto anárquico dos Estados. O Estado singular e isolado é uma abstração, enquanto, na realidade, ele vive integrado nas relações com os próprios "semelhantes". Assim como o indivíduo é obrigado ao autocontrole pela convivência com os seus semelhantes, também o Estado é votado à autolimitação pela contigüidade com outras entidades estatais[41]. O objeto do direito internacional é dado pelas relações necessárias entre os Estados, mesmo que a sua fonte resida exclusivamente na vontade dos Estados. A consciência dos povos civilizados é um freio ao abuso do direito enquanto induz, como uma necessidade psicológica, ao reconhecimento e ao respeito das normas de direito internacional.

Decerto, o pertencimento à comunidade internacional não exclui que, em caso de necessidade, o Estado possa desvincular-se da relação com os outros Estados, invocando a cláusula *rebus sic stantibus*. Diante da exigência imperiosa da própria

39. Ibid., p. 45.

40. Jellinek não julga que a ratificação crie direito interno, destinado a obrigar os súditos, mas sustenta que tal ato vincula só e somente o Estado. No caso, é a publicação do tratado que se torna necessária para a sua execução interna (ibid., p. 56).

41. "Precisamente como o indivíduo, que é obrigado pela presença dos outros à autodisciplina e à autolimitação da própria vontade, também o Estado o é pela presença dos próprios pares. Esta autolimitação que deriva da sua própria autarquia e soberania no sentido mais autêntico das palavras, cria direito para o Estado e, quando os membros da comunidade dos Estados entram em relação entre si, eles reconhecem normas que regulam a vida em comum e se submetem, assim fazendo, a um direito que se origina das suas vontades e cujo conteúdo é dado pela natureza imutável de cada relação" (G. Jellinek, *Die Lehre von den Staatenverbindungen*, Haering, Berlin, 1882, p. 94).

auto-realização, o Estado é legitimado a se desvincular[42]. Visto que nenhum juiz se ergue acima dos Estados, apenas a ética garante que seja feito bom uso da faculdade de rescisão.

Não é preciso muito esforço para perceber que a parte reservada à soberania permanece bastante ampla, mesmo nesta construção. Jellinek devia ter chamado em auxílio a idéia metajurídica de comunidade internacional para sustentar a sempre precária volição estatal[43]. Apesar disso, a idéia de autolimitação dava à ciência jurídica o pretexto para escapar das dificuldades do *aut-aut* hegeliano: ou direito estatal ou direito internacional. Se se quiser: *faute de mieux*!

Não causa admiração, portanto, que precisamente desse porto fujam os jovens estudiosos positivistas, como o suíço Nippold. O problema é sempre o mesmo: para construir um direito internacional objetivo – entendendo com isso: estável – é preciso supor que também os tratados internacionais sejam capazes de produzi-lo, sem se limitar a criar uma mera obrigação individual, dependente da boa vontade dos contraentes. O que está em jogo é alto: "A existência de um direito internacional objetivo resiste ou cai conforme se reconheça ou não o tratado como fonte possível do direito internacional."[44] Como admitir que os tratados possam ser verdadeiras fontes (*Quellen*)? Simples: desvencilhando-se de falsas analogias com o direito privado. A circunstância de que neste âmbito a lei sirva como garante autorizado da validade dos contratos não significa que em outros setores jurídicos deva recorrer este mesmo

42. "A vontade do Estado está vinculada apenas até que a necessidade de perseguir um objetivo mais alto não imponha desvincular-se da corrente a que essa mesma está ligada" (ibid., p. 103).

43. Observou-se justamente que na perspectiva de Jellinek "a soberania resulta limitada sobretudo porque o seu titular *se pensa ou se quer* (e não tanto porque se constrói) limitado, ou seja, em virtude de um fato meramente subjetivo". Disso resulta logicamente "que o soberano pode muito bem mudar de atitude em relação aos limites por ele antes aceitos e portanto subvertê-los", cf. M. La Torre, *La lotta del "nuovo" diritto contro il "vecchio". Georg Jellinek pensatore della modernità,* em "Quaderni fiorentini per la storia del pensiero giuridico", 26 (1998), pp. 130-1.

44. O. Nippold, *Der Völkerrechtliche Vertrag. Seine Stellung im Rechtssystem und seine Bedeutung für das internationale Recht,* Wyss, Bern, 1894, p. 41.

esquema. No direito internacional, as coisas são exatamente diversas: o tratado, que Nippold assimilou ao negócio jurídico, produz, como forma de coordenação das vontades estatais, normas que são por si mesmas vinculantes sobre as partes contraentes[45]. O âmago do raciocínio é este: o tratado tem uma dupla identidade: é fonte enquanto prescreve normas de conduta para os Estados que o estipularam; é negócio jurídico enquanto assegura-lhe o respeito, obrigando os Estados a observá-las[46]. Naturalmente, é um negócio que produz um vínculo jurídico para os Estados que o estipulam, não para terceiros[47].

Nippold insiste sobre essa natureza comum (*gemeinsam*) da vontade coletiva dos Estados, em contraposição àquela individual de cada um deles. A obrigatoriedade para o Estado (*Gebundenheit*) surge do encontro da sua vontade com a de outrem. Portanto, a norma jurídica "se baseia na vontade comum dos Estados e é sustentada pela autoridade comum dos mesmos"[48]. Não diversamente, também o direito consuetudinário repousa sobre a vontade dos Estados, mesmo que seja expressa tacitamente através das suas condutas.

Se depois de Bergbohm e Nippold era possível considerar adquirido o conceito de tratado-fonte, fundado na providencial autolimitação de Jellinek, restava ainda obscura a estrutura desse modo de produção do direito internacional. Posto que a diferença entre esses tratados e os outros não podia ser reduzida apenas aos conteúdos, era necessário esclarecer a identidade e a dinâmica deles de modo mais satisfatório do que até

---

45. "A norma e o contrato, do ponto de vista do direito privado, devem a sua origem necessariamente a sujeitos distintos. Não é assim no caso do tratado internacional. Este é estipulado pela mesma autoridade que cria o direito, e, portanto, se esta quer vincular-se na forma do tratado coletivo, é perfeitamente livre para fazê-lo. No plano do direito internacional, nenhum terceiro sujeito é obrigado pelo tratado, mas apenas os contraentes se vinculam a alguma coisa" (ibid., p. 35).

46. "Essas proposições, de um lado, são normas, ou seja, regras às quais os Estados conformam a própria conduta, disposições para o seu comportamento. De outro, o tratado é um negócio jurídico, a cujas disposições cada Estado está juridicamente vinculado" (ibid., p. 102).

47. Ibid., p. 95.

48. Ibid., p. 71.

então se havia conseguido, a saber, prescindindo do escopo perseguido pelos contraentes e indagando a nervura jurídica do ato.

É neste ponto que entra em cena a *Vereinbarung* de Heinrich Triepel. O nome de Triepel significa muito para a ciência jurídica alemã da primeira metade do século XX[49]. O seu trabalho de 1899, *Völkerrecht und Landesrecht*, formou toda uma geração de internacionalistas, obrigando também os adversários da teoria dualista a um cerrado confronto.

"Como é que entre os tratados, alguns têm um conteúdo negocial, outros um conteúdo normativo? Responde-se: porque assim desejam os contraentes. Afinal, com isso está verdadeiramente dito tudo?"[50] Não, replica Triepel. É preciso se perguntar se "existe ao lado do verdadeiro e próprio contrato uma categoria de encontros de mais vontades, capaz de alcançar o resultado cujo contrato se revelou inadequado: ou seja, a fusão em uma única vontade de mais vontades tendo igual conteúdo"[51]. A solução está em uma figura elaborada por Binding: a *Vereinbarung*, exatamente. Essa "convenção" consiste em um encontro de declarações de vontade que, diferentemente do contrato (onde os interesses são contrapostos), tende a satisfazer interesses comuns ou idênticos. "Essa consta de mais declarações de vontade de igual conteúdo. Cada um dos Estados quer a mesma coisa: isto é, que seja realizada uma norma objetiva, a qual regule uniformemente para todos a atitude futura."[52]

---

49. Heinrich Triepel (1868-1946) obtém o doutorado em Friburgo, em 1891 e, após ter ensinado em Lipsia, Tübingen e Kiel, chega em Berlim em 1913 onde reveste a dignidade de reitor de 1926 a 1927. Além de ser o principal expoente da corrente dualista, é também o promotor da escola positivista-sociológica que exercerá notável influência no período entre as duas guerras. Indicativo desta corrente é o seu livro de 1938 sobre a hegemonia (*Hegemonie. Ein Buch von führenden Staaten*). Muitos são os estudiosos que evocam o seu ensinamento, também pelo papel representado no Institut für ausländisches Recht, fundado por Viktor Bruns; cf. C. Bilfinger, *Heinrich Triepel, in memoriam*, em "Zeitschrift für ausländisches, öffentliches Recht und Völkerrecht", 13 (1950).

50. H. Triepel, *Völkerrecht und Landesrecht*, Hirschfeldt, Leipzig, 1899, trad. it. *Diritto internazionale e diritto interno*, Utet, Torino, 1913, p. 49.

51. Ibid., p. 51.

52. Ibid., p. 70.

De onde esta convenção extrai a sua força? Triepel não acredita na autolimitação. "Eu não consigo conceber uma norma jurídica que não se ponha como uma autoridade acima dos sujeitos aos quais se dirige." Qual é, portanto, a resposta? "Na norma de direito internacional, o Estado não tem diante de si apenas a própria vontade, mas uma vontade comum que surgiu mediante a cooperação da vontade de outros Estados."[53] A vontade comum, portanto, adquire uma consistência própria, liberta-se da vontade de cada um dos Estados. Certamente – admite Triepel – a vontade de cada Estado é mutável: não pode ser vinculada de uma vez por todas. O que acontecerá então com a convenção? É aqui que a rigorosa argumentação do autor mostra uma fissura: "Eu acredito", afirma, "que podemos nos contentar de estarmos seguros de que o Estado se sente, neste caso, vinculado."[54] O intransigente positivismo deve pactuar com um elemento pré-jurídico, ou, ao contrário, deve pedir ajuda a um fator psicológico, como o "sentir-se vinculado" do Estado.

Portanto, a refinada construção excogitada por Triepel está também abalada por uma grande rachadura, que não escapa à observação da atenta comunidade científica coeva.

Para alguém como Erich Kaufmann[55] não é difícil mostrar que a vontade estatal, idêntica artífice tanto do tratado-acordo quanto do tratado-contrato, não podia conferir à *Vereinbarung* a propriedade de ser alguma coisa de independente da fonte que a havia criado e que, como tal, podia da mesma forma destruir[56]. Na realidade, explicava, o direito internacional, modelado sobre a coordenação da vontade, não se presta propriamente a tolerar as hierarquias das fontes, típica do direito estatal.

Que a *Vereinbarung* não convencesse Kaufmann é algo que se pode entender: menos tranqüilizadora para Triepel e os

53. Ibid., p. 79.

54. Ibid., p. 83.

55. E. Kaufmann (1880-1972) estuda em Berlim, Heidelberg, Halle, Erlangen. Após a conclusão de seus estudos, leciona em Königsberg, Bonn e Berlim. Afastado do cargo em 1934, emigra para a Holanda, em 1938, onde permanecerá durante toda a guerra. Retorna à Alemanha em 1945.

56. "Não está absolutamente claro do ponto de vista conceitual como é possível fazer nascer uma 'vontade comum' da 'convenção-*Vereinbarung*' entre as partes em vez do 'tratado'" (E. Kaufmann, *Das Wesen des Völkerrechts und die Clausula rebus sic stantibus*, Mohr-Siebeck, Tübingen, 1911, p. 168).

seus seguidores, era, ao contrário, o dissenso de Paul Heilborn, estudioso objetivamente em sintonia com a corrente positivista dualista[57]. A objeção de Heilborn não causa admiração: presumir a existência de uma vontade comum (*Gemeinwille*) dotada de uma autoridade superior àquela das vontades individuais equivalia a introduzir um postulado indemonstrável. A *Gemeinwille* decerto existe, mas é exatamente comum aos Estados, não superior. É ilusório julgar que a vontade comum possua uma força que falta a cada um dos seus componentes, ou seja, às vontades individuais dos Estados[58]. A tese de Heilborn é que o tratado-acordo (a *Vereinbarung*) crie, sim, direito objetivo, diferentemente do tratado-contrato, produtor apenas de direitos subjetivos. Mas ele não acredita, todavia, na superioridade dessa fonte em relação às vontades dos Estados. Ainda uma vez, é feito apelo à consciência jurídica comum dos Estados, freio psicológico que os impede de subtrair-se aos compromissos assumidos. É melhor confiar-se honestamente nesse dado pré-jurídico do que em qualquer suposta qualidade da vontade incorporada no tratado-acordo[59]. O empenho dos juristas continentais a favor de uma construção dualista do ordenamento, na qual o direito internacional conquistasse uma autônoma dignidade própria e validade distinta em relação àquela do direito interno, parece, portanto, tão generoso quanto problemático. Percebe-se bem como, a despeito da boa vontade dos autores, uma vontade estatal incoercível e indomável continue a pesar como hipoteca sobre todas essas sofisticadas doutrinas.

---

57. Paul Heilborn (1861-1932), realiza o seu primeiro aprendizado em direito internacional sob a orientação de dois astros no declínio daquela ciência no século XIX, Bluntschli e Holtzendorff, dos quais segue os últimos cursos, respectivamente em Heidelberg e Berlim. Entre os estudiosos da sua geração, Heilborn é um dos mais prestigiosos e conhecidos no exterior pelo seu rigor, tornando-se um ponto de referência obrigatório para Cavaglieri e Anzilotti. O seu intransigente positivismo torna óbvia a aproximação do primeiro Triepel, do qual partilha inspiração, método e objetivos. Morre em Breslau onde ensinava, juntamente com direito internacional, direito público e direito penal.

58. P. Heilborn, *Grundbegriffe des Völkerrechts*, em F. Stier-Somlo, *Handbuch des Völkerrechts*, I, *Grundbegriffe und Geschichte des Völkerrechts*, Kohlhammer, Stuttgart, 1912, p. 36.

59. Ibid., p. 29.

Menos sofrida parece, ao contrário, a reflexão da doutrina anglo-saxã. Do seu lado, os juristas ingleses e americanos tinham um grande ponto de força: a jurisprudência herdada, dominada pelo axioma, quase um mito, da assim chamada "incorporação". O direito internacional consuetudinário – assim soava a máxima – era parte integrante do *common law* e da mesma forma que este se elevava como *law of the land*, como tal diretamente aplicável pelo juiz.

Os magistrados dos dois países não poupam, de resto, homenagens ao direito internacional. Lord Stowell, célebre autoridade da Corte de Almirantado, nos casos de *Maria* (1799) e de *Fox* (1811) tinha forjado o axioma – ou antes a lenda – da aplicação direta do direito internacional por parte do tribunal dos saques[60], por sua vez apresentado como uma verdadeira instância imparcial, mesmo localizada no território de um particular Estado a ponto de, também, na presença de ordens do próprio governo, esse tribunal dever interpretá-las de modo conforme ao *ius gentium*[61]. Não faz por menos a Corte Suprema estadunidense que, nas palavras do juiz Joseph Story (*La jeune Eugenie*, 1822), reivindica a autoridade de extrair do direito natural a existência de normas jurídicas, desde que não sejam desmentidas na práxis efetiva dos Estados[62]. É célebre o caso *Smith* (1820), no qual a Corte Suprema declara que o crime de pirataria pode ser punido "como descrito pelo direito das gentes"[63]. Ao direito internacional consuetudinário cabe, portanto, os crimes punidos pela legislação interna com uma espécie de norma penal em branco, em que a emissão é feita exatamente em benefício do *jus gentium*. Levando em conta o fato de que o art. VI da Constituição federal equipara os trata-

60. Os tribunais dos saques (conforme os países, jurisdições ordinárias ou de exceção) eram chamados a julgar da legalidade, à luz do direito internacional, das capturas de naus inimigas ou neutras realizadas no curso de operações bélicas por parte de navios de guerra ou de corsários devidamente autorizados.

61. P. Cobbett, *Cases and Opinion on International Law, War and Neutrality*, Stevens and Haynes, II, London, 1913, pp. 188-90.

62. Cf. J. Brown Scott, *Cases on International Law*, West Publishing Co., St Paul, 1906, p. 4.

63. Ibid., p. 14; e G. E. White, *The Marshall Court and International Law: The Piracy Cases*, em "American Journal of International Law", 83 (1989), p. 735.

dos internacionais à *higher law* constitucional, compreende-se melhor a inclinação dos juízes a assimilar aí aquela parte de direito internacional consuetudinário que fosse universalmente reconhecível e documentável (não muito extensa, portanto).

A origem oficial da máxima que elevava o direito internacional a "lei do país" era normalmente atribuída aos célebres *Commentaires* de Blackstone, que todo estudante de direito inglês tinha lido pelo menos uma vez na vida. "O direito internacional (todas as vezes que surgir uma questão que é propriamente objeto da sua jurisdição) é adotado em toda a sua extensão pela *common law* e é visto como se fosse parte do ordenamento do país."[64] Assim, os tribunais dos saques e qualquer outra corte que tivesse de administrar a justiça sobre relações que exigiam uma norma de direito internacional não tinha necessidade de procurar a norma municipal correspondente, enquanto o ato do parlamento teria sido no máximo declarativo ou acessório: bastava que consultasse diretamente as próprias fontes daquele direito, a começar pela própria doutrina.

A equação direito natural-direito internacional-*common law* tinha se tornado, a partir do século XVIII, o pilar da concepção britânica e um motivo recorrente do discurso jurisprudencial. Não fortuitamente, de resto, enquanto oferecia algumas conspícuas vantagens teóricas e práticas, antes de tudo a de permanecer fiéis ao primado do direito natural e ao mesmo tempo secularizá-lo, reinserindo nele a maior parte das normas, sobretudo aquelas mais apropriadas aos ingleses, obviamente.

Rutheforth, por exemplo, afirmava que o direito internacional era "a lei de natureza aplicada por consentimento positivo às pessoas artificiais dos Estados"; e acrescentava, preenchendo assim o hiato com a práxis, que as suas regras deviam ser tratadas pela "práxis consolidada da humanidade"[65]: o que correspondia, em última análise, a uma profissão de pragmático positivismo.

---

64. W. Blackstone, *Commentaries on the Laws of England*, IV, Clarendon Press, Oxford, 1769, p. 67. Naturalmente, a origem da doutrina era anterior; Blackstone tinha-lhe acrescentado apenas o selo da sua autoridade.

65. T. Rutherforth, *Institutes of Natural Law*, II, Thurlbourn, Cambridge, 1756, pp. 471-2.

O direito natural cria raízes nos Estados Unidos com vigor ainda maior do que na Inglaterra. No final do sécuo XVIII, a idéia da incorporação do direito internacional natural no *law of the land* era patrimônio comum dos juristas americanos[66]. Ainda nas primeiras décadas do século XIX, um oráculo como Kent enumerava sem hesitar o direito natural entre as fontes do direito internacional. Na ausência de normas positivas, "o intercurso e a conduta das nações devem ser regidos por princípios claramente deduzidos dos direitos e deveres das nações e da natureza da obrigação moral". Moralidade internacional e individual não são heterogêneas, mas constituem, ao contrário, "parte da mesma ciência" e, como é óbvio, esse direito internacional tem valor universal no tempo e no espaço "na medida em que está fundado sobre princípios da lei natural"[67]. Trinta anos depois, Halleck repetia a lição: o direito natural é o fundamento da práxis, "tão amplo quanto os princípios de justiça e tão imutável quanto a lei divina"[68]. Podia até ocorrer, no final do século, de deparar-se com um fino jurista escocês, James Lorimer[69], que reconstruía por inteiro o seu sistema sobre o postulado de que "o direito internacional é a lei de natureza realizada nas relações entre comunidades políticas separadas"[70].

Falou-se, portanto, que além da Mancha "o direito internacional é parte da lei do país". Em alguns casos (jurisdição dos saques), acrescenta-se até que o "direito internacional prevalece sobre o direito interno". Nessas duas máximas está

---

66. H. J. Bourgouignon, *Incorporation of the Law of Nations During the American Revolution. The Case of the San Antonio*, em "American Journal of International Law", 71 (1977), p. 294.

67. J. Kent, *Commentaries on American Law*, décima primeira edição organizada por G. F. Comstock, I, Little-Brown, Boston, 1866, p. 3.

68. H. W. Halleck, *International Law*, H. H. Bancroft & co., San Francisco, 1861, p. 51.

69. James Lorimer (1818-1890), professor de direito internacional em Edimburgo, formou-se na Alemanha, onde seguiu, em Berlim, as aulas de Puchta e Trendelenburg e, em Bonn, de Dahlmann, estudando ao mesmo tempo química. Muito respeitado na pátria e no exterior – Ernest Nys traduz em francês o seu manual –, rico de intuições, não exerce, todavia, uma grande influência, devido à base jusnaturalista do seu pensamento.

70. J. Lorimer, *The Institutes of the Law of Nations*, I, Edinb. &c., Edinburgh, 1883, p. 53.

condensado o legado da escola do direito natural, na forma de um monismo por "incorporação", no qual o direito internacional representa a parte de *higher law*, precisamente como o antigo direito natural.

Embora essas proposições resultassem, no fim das contas, mais ornamentais do que densas de implicações concretas, elas emanarão um fascínio duradouro ao qual cederão juristas de calibre.

Ainda no nosso século, em uma circunstância que via projetar-se sombras ameaçadoras sobre os destinos da comunidade internacional, Hersch Lauterpacht recolocava em um lugar de honra a antiga máxima de Blackstone em polêmica com o positivismo agressivo dominante no Continente. "Em períodos de crise na esfera internacional", declarava Lauterpacht, "toda vez que se revelarem tendências em substituir a autoridade do direito internacional com um difícil e precário equilíbrio de forças materiais, a missão dos tribunais nacionais ao administrar e sustentar ao menos algumas porções do direito internacional, entendendo-as como partes integrantes do direito interno tornadas efetivas pela sanção estatal, adquire um significado todo particular."[71]

4. Ilusões pós-bélicas

Viu-se até agora que a idéia do *rule of law* internacional é muito anterior à Grande Guerra. Apesar disso, se é verdade que o cataclisma mundial não forja *ex novo* o *slogan*, ele contribui porém eficazmente para remover em largos setores da opinião pública as reservas até então nutridas rumo a uma superação da lógica puramente estatal. Para alguma coisa tinham servido os massacres de Verdun. O trauma bélico cria um terreno propício para o florescimento de múltiplas iniciativas voltadas para superar o rígido atomismo nacional da época clássica da soberania. Com os seus catorze pontos, o presidente

71. H. Lauterpacht, *Is International Law Part of the Law of England?* (1939), em E. Lauterpacht, *International Law, Being the Collected Papers of Hersch Lauterpacht*, Cambridge University Press, Cambridge, 1970, II, parte I, p. 568.

Wilson se faz genuíno intérprete do credo liberal sobre o direito internacional, do livre comércio à segurança coletiva. A Conferência de Versalhes oferece a este respeito uma tradução parcial e imperfeita com o nascimento da Sociedade das Nações, centro da qual se irradiam a tutela das minorias, os mandatos nas ex-colônias turcas e alemães, a Organização Internacional do Trabalho, a Corte Permanente de Justiça. Tratava-se de uma versão de ordenamento internacional que aparecia certamente imperfeita em relação ao tipo ideal kantiano, mas também sempre fortemente inovadora em relação ao vazio de instituições da época pré-guerra. Decididamente, a cultura do direito internacional se enriquecia de um capítulo inédito que permitia esperar em promissores desdobramentos, apesar de alguns sinistros presságios logo se adensarem sobre o sistema genebrino, o primeiro dentre todos a defecção americana do empenho fortemente desejado por Wilson.

Em todo esse fervor civil e diplomático, a ciência jurídica não podia permanecer inerte, parada em passiva observação. Dividida pelo conflito, ela cerra as fileiras tornando-se a mais convicta defensora do triunfo do Estado de Direito nas relações internacionais. Na ânsia de resgatar-se da acusação de excessiva condescendência para com a soberania, a doutrina prodigaliza as suas melhores energias no esforço de construir uma teoria coerente do *rule of law* sobre aquelas que pareciam as ruínas do positivismo estatalista. Esse seu impulso generoso e fecundo atenua-se, porém, na virada decisiva dos anos 1930, vítima das suas ilusões não menos do que dos seus adversários.

A convicção de que a virada da cultura do direito internacional passasse pela crítica cerrada do conceito de soberania tinha aberto caminho já no início do século, mas é preciso esperar os anos 1920 para vê-la frutificar. De diversos pontos de partida, a soberania é submetida a um maciço ataque. Entre os primeiros, Kelsen e a sua escola reduzem essa estreita prerrogativa a nada mais do que uma competência acordada pelo ordenamento jurídico. Posto no topo da pirâmide de normas, o direito internacional delega aos órgãos estatais determinados âmbitos, sem que as funções e os poderes assim criados possam ostentar algum primado qualitativo em relação a outros e mais modestos estágios do dever ser (*Sollen*) jurídico. Até o Estado-pessoa ao qual tantas homenagens tinha rendido a cultura oitocentista, é destronizado sem cerimônias, reduzido a nada mais do que a uma tosca metáfora. "A tendência subjetivista congênita à teoria do primado do ordenamento jurídico estatal", escreve Kelsen em 1920, "leva, a partir da sua posição de base, à rejeição do direito internacional, e daqui à negação da idéia do direito – pelo menos nesta esfera – e à afirmação do ponto de vista de pura potência."[72] A orientação sociológica francesa, personificada por Georges Scelle, não é menor em virulência iconoclasta. No lugar dos ídolos de outrora, escarnecidos sem piedade, essa orientação aponta faixas de competência distribuídas segundo o universal paradigma da divisão do trabalho social para agentes destinados a realizar funções nacionais e supranacionais conforme a necessidade. Enquanto secreção espontânea do agir coletivo, o direito arrola como artífices e destinatários só e somente indivíduos, seja qual for a função realizada por estes, sejam governantes ou não[73]. A personalidade estatal não existe como tal. Ela está, ao contrário, indicando de modo resumido um conjunto de funções reconduzíveis a um grupo de agentes, e nada mais. Não existe nenhuma interposição do Estado entre o direito internacional e os indivíduos: "Uma sociedade internacional, como uma sociedade estatal, é uma sociedade de indivíduos e nada mais do que indivíduos."[74] A comunidade supra-ordenada engloba em si a sociedade jurídica submetida: "não existe na realidade senão um vasto sistema de direito cujas estratificações jurídicas adquirem toda vez maior amplitude, a cada vez que se superpõem, e condicionam automaticamente as estratificações jurídicas inferiores que elas englobam e recuperam"[75].

Mas era verdadeiramente suficiente decapitar a soberania para aplanar o caminho ao *rule of law*? Não era, talvez, uma

---

72. H. Kelsen, *Das Problem der Souveränität und die Theorie des Völkerrechts*, Mohr, Tübingen, 1920, trad. it. *Il problema della sovranità*, Giuffrè, Milano, 1989, p. 464.

73. G. Scelle, *Précis de droit des gens, première partie*, Librairie du Recueil Sirey, Paris, 1932, p. 49.

74. G. Scelle, *Règles générales du droit de la paix*, em *Recueil des cours / Academie de Droit International*, t. 46, Librairie du Recueil Sirey, Paris, 1933, p. 343.

75. Ibid., p. 353.

ilusão debelar de uma vez por todas a luta etológica pelo espaço e a hegemonia?

No curso de pouco mais de dez anos se romperá, ainda uma vez, a esperança de refrear os impulsos da potência nas malhas sutis do direito. Hoje, depois de mais de meio século, superado o limiar do milênio, o direito internacional tenta de novo esse desafio.

O déficit democrático da Europa e o problema constitucional

Por Richard Bellamy e Dario Castiglione

O avanço da integração européia, primeiro em nível econômico e depois com a formação de estruturas mais propriamente jurídicas e políticas, parece dar lugar a preocupações crescentes. O temor é que esse processo, na forma em que vai se desenrolando, corra o risco de resolver-se na criação de instituições pouco legítimas, dificilmente controláveis e tendencialmente arbitrárias. A preocupação – expressa muito além do círculo dos "eurocéticos"– diz respeito em primeiro lugar ao método de constitucionalização da União e das suas Comunidades através de tratados internacionais: um método que não corresponde aos procedimentos político-jurídicos típicos do Estado de Direito e dos regimes democráticos. Em segundo lugar, pergunta-se aqui se, com o deslocamento dos poderes decisórios do âmbito nacional para aquele supranacional, não se corra o risco de privar esses poderes, seja de uma forma direta de legitimidade popular, seja de uma definição precisa dos limites de suas competências. Enfim, teme-se que a capacidade de controle dos cidadãos sobre as instituições, e a transparência do funcionamento destas últimas, venham drasticamente a diminuir com o aumento da distância geográfico-administrativa entre cidadãos e governantes. Esses temores relativos à modalidade e à substância do deslocamento dos poderes para o âmbito supranacional são fortalecidos pela observação de que tal transferência corrói a legitimidade dos poderes nacionais, enfraquecendo a sua eficácia e mudando os seus equilíbrios internos, sancionados pelas respectivas constituições. A deslegitimação decorrente disso seria, portanto, dupla: a um enfraquecimento das radicadas constituições nacionais corresponderia, de fato, a criação de instituições supranacionais com pouca legitimidade.

A essa série de preocupações responde-se – pelos menos por parte dos "euro-entusiastas" – propondo a reestruturação das instituições européias segundo os procedimentos e os princípios clássicos do Estado de Direito moderno: ou seja, deslocando os mecanismos fundamentais da democracia representativa e constitucional em nível supranacional[1]. A obviedade de tal resposta (simétrica à de quem nega que o princípio da legitimidade democrática possa ser aplicado fora do Estado nacional)[2] deriva do fato de que os elementos principais do Estado de Direito refletem precisamente as três preocupações acima mencionadas. Legitimidade, não-arbitrariedade e controle popular seriam, de fato, no conjunto, a *conditio sine qua non* do exercício do "poder político" (por definição, não-despótico). Antes de tudo, o Estado de Direito sancionaria uma fundação normativa e procedural baseada em leis voltadas para regular o poder político, estabelecendo, assim, aquilo que poderia ser chamado de o Estado de Direito mínimo (ou seja, uma concepção formalista do *rule of law*). Em segundo lugar, o Estado de Direito garantiria a uniformidade, a validade e a igual aplicação dos aparelhos normativos – a isonomia da lei, isto é –, contribuindo para identificar as competências da autoridade política e da autoridade jurídica, de modo que previna abusos na formulação, interpretação e aplicação das leis (uma concepção, por assim dizer, mais institucional do *rule of law*). Enfim, o Estado de Direito moderno, na sua forma social e constitucional, pretenderia fornecer aos cidadãos os instrumentos es-

1. Cf. M. Burgess, *Federalism and the European Union*, Routledge, London, 1989; S. Williams, *Sovereignty and Accountability in the European Community*, "Political Quarterly", 61 (1990), 3; V. Bogdanor, G. Woodcock, *The European Community and Sovereignty*, "Parliamentary Affairs", 44 (1991), 4.

2. Cf. N. Barry, *Sovereignty, the Rule of Recognition and Constitutional Stability in Britain*, em "Hume Papers on Public Policy", 2 (1994), 1, pp. 10-27; D. Miller, *On Nationality*, Oxford University Press, Oxford, 1995; A. Moravcsik, *Preferences and Power in the European Community: A Liberal Intergovernmentalist Approach*, "Journal of Common Market Studies", 31 (1993), pp. 473-524.

senciais para exercer um controle eficaz sobre o exercício do poder (uma concepção de caráter substancial do *rule of law*).

Segundo uma fórmula já tornada de rito, a transformação da União Européia em um Estado de Direito passaria através da resolução do assim chamado "déficit democrático". Mas, em relação ao que foi dito até aqui, seria mais apropriado falar de três déficits, correspondentes em conjunto às preocupações acima mencionadas[3]. O primeiro é um déficit constitucional, que consiste na falta, seja de uma estrutura normativa dotada de uma autoridade reconhecida, seja de procedimentos formais plenamente legítimos e consolidados[4]. O segundo é um déficit, por assim dizer, "federal", que deriva da ambígua relação que ainda hoje subsiste entre as instituições centrais européias, que reivindicam poderes federais, e as instituições nacionais, que, ao contrário, aqui se opõem com surda resistência, apesar do apoio retórico de alguns líderes e governos nacionais à instância federalista[5]. O terceiro déficit é o democrático em sentido próprio, que consiste na ausência de uma plena cidadania político-social, e na pouca influência que os cidadãos têm sobre as políticas e sobre os governantes europeus[6].

Seguindo esse esquema compreende-se melhor como a versão ainda hoje prevalente da crítica dos três déficits e da sua resolução em um Estado de Direito transnacional reflete, na maioria das vezes, uma concepção liberal-democrata da polí-

---

3. D. Castiglione, *Contracts and Constitutions*, em R. Bellamy, V. Bufacchi, D. Castiglione (organizado por), *Democracy and Constitutional Culture in the Union of Europe*, Lothian Foundation Press, London, 1995, pp. 61-3.

4. Cf. T. W. Pogge, *How to Create Supra-national Institutions Democratically. Some Reflections on the European Union's "Democratic Deficit"*, em A. Føllesdal, P. Koslowski (organizado por), *Democracy and the European Union*, Springer Verlag, Berlin, 1997, pp. 160-2; F. Rubio Llorente, *Constitutionalism in the 'Integrated' States of Europe*, "Harvard Jean Monnet Chair Working Papers Series", 5 (1998), par. 6.1; A. Moravcsik, K. Nicolaïdis, *Keynote Article: Federal Ideas and Constitutional Realities in the Treaty of Amsterdam*, "Journal of Common Market Studies", 36 (1998), Annual Review, p. 34.

5. K. Neunreither, *The Democratic Deficit of the European Union: Towards Closer Cooperation between the European Parliament and the National Parliaments*, "Government and Opposition", 29 (1994), pp. 3-14.

6. S. Williams, *Sovereignty and Accountability in the European Community*, "Political Quarterly", 61 (1990), 3.

tica (com várias nuanças cristã-socialdemocratas, que, por razões de simplicidade, serão aqui assumidas como implícitas). A natureza geral desta crítica, e a análise que a subtende, é discutida no primeiro parágrafo deste ensaio, onde porém se apresenta uma série de reservas sobre a sua capacidade de dar conta da complexidade crescente e do pluralismo profundo das sociedades globalizadas, e de oferecer, portanto, um modelo de Estado de Direito adequado às novas circunstâncias. O argumento é desenvolvido no segundo parágrafo, com particular referência à União Européia, mostrando como os três déficits nascem em parte da própria aplicação do modelo liberal-democrata à sociedade contemporânea, de modo que este modelo, mais do que a cura que ele prescreve, pareceria ser a causa dos próprios déficits. No terceiro parágrafo propõe-se, sumariamente, um modelo do Estado de Direito de inspiração republicana, em muitos aspectos alternativo àquele dominante tanto na literatura como na prática. Esse modelo tem raízes na exigência, expressa pela idéia mesma de Estado de Direito, de que o poder deve ser regulado para evitar que seja exercido de modo arbitrário, mas interpreta essa exigência segundo categorias de caráter político, em vez de estritamente jurídico, como faz, ao contrário, a abordagem liberal-democrata. Conseqüentemente, o modelo republicano apresenta uma concepção positiva do poder político como instrumento não apenas para limitar, mas também para levar à civilização da sociedade. E identifica ainda a Constituição com o sistema político, mais do que com normas abstratas, encorajando o diálogo e a cooperação no interior do próprio corpo político, e promovendo uma ulterior distribuição do poder através das instituições da sociedade civil.

No parágrafo conclusivo do ensaio, enfim, procura-se ilustrar, também aqui de maneira sumária, as razões pelas quais o modelo de inspiração republicana se presta melhor à construção da União Européia como entidade política. Esse é, de fato, mais adequado para receber as instâncias que provêm das sociedades plurinacionais, às quais se condiz uma estrutura constitucional "mista", em que a distribuição vertical e horizontal do poder não pode senão assumir formas não-hierárquicas e complexas. Além disso, esse modelo está mais equipado para repensar as características de uniformidade e de universalidade das normas, que marcaram o surgimento do Estado de Direito moderno, e que agora, ao contrário, tornou-se necessário reconsiderar para dar conta da multiplicidade de identidades e de esferas de ação social presentes nas sociedades contemporâneas.

1. O modelo liberal-democrata

O modelo corrente de democracia liberal funda-se sobre uma distinção nítida entre Estado e sociedade civil. Esse modelo considera o constitucionalismo como um quadro normativo que estabelece as tarefas e os limites do poder estatal. Os princípios reguladores desse quadro normativo são normalmente atribuídos a um contrato social, mais ou menos hipotético, voltado para legitimar o monopólio estatal da força. Segundo esse modelo, os cidadãos, sendo livres e iguais, se submetem voluntariamente a um poder político capaz de remover as incertezas do estado de natureza, avocando de qualquer modo a si uma gama, a mais vasta possível, de liberdades naturais. A intervenção do Estado e da lei é justificada como o único meio capaz de reduzir as interferências, e mais ainda os abusos, que a vida em sociedade inevitavelmente comporta. Mas essa justificação da autoridade permanece totalmente interna a uma concepção "negativa" da liberdade (liberdade *da*), de modo que o uso do poder político é funcional a uma aritmética das interferências que tem como escopo precípuo o de chegar a um resultado nitidamente positivo em termos de liberdade de ação do indivíduo. No interior desse quado, a separação dos poderes torna-se o meio principal para evitar que a ação do Estado, considerado um árbitro, possa ser instrumentalizada a favor dos interesses dos indivíduos ou dos grupos que administram o Estado e em detrimento dos interesses dos livres cidadãos. A divisão e o recíproco controle dos poderes servem sobretudo para prevenir que aqueles que estão em uma posição de autoridade política (ou, em medida menor, jurídica) se ponham acima da lei e que, portanto, possam agir como juízes em causa própria. É nesse sentido que se diz que o "governo dos homens" é substituído pelo "governo da lei", ou seja, pela sua universal e équa aplicação[7].

Na conceitualização que o modelo liberal-democrata faz do Estado de Direito, um lugar particular cabe à idéia de *rule of law*. Nesse contexto, a expressão *rule of law* é usada no sentido abstrato de idéia-norteadora do Estado de Direito, e não para indicar uma particular concepção histórica, como freqüentemente se faz, por exemplo, com relação à experiência britânica, segundo a leitura que Albert Venn Dicey fez da mesma. Neste outro sentido, *rule of law* contrapõe-se a outras formas históricas concretas, como o *Rechtsstaat*, o Estado de Direito administrativo, o Estado constitucional do pós-guerra europeu etc. As razões da primazia atribuída ao *rule of law*, em sentido abstrato, não são difíceis de imaginar, considerando também a profunda influência que o jusnaturalismo moderno exerceu na formação da ideologia liberal. A idéia de *rule of law* pareceria exprimir em forma sintética o *escopo* de um Estado fundado sobre o direito: ou seja, a conformidade da vida coletiva aos ditames e à forma da lei. Em termos mais precisos, isso significa que o "governo da lei" funda-se sobre certas características lógico-epistemológicas que se atribuem à idéia mesma de lei e àquela de sistema jurídico. A lei é um modo de tomar decisões no que se refere às ações humanas seguindo determinadas *regras*, e, portanto, excluindo decisões *ad hoc*. Isso garantiria a igualdade e a universalidade da aplicação da lei, e outras importantes características como a clareza, a previsibilidade, o conhecimento público e a relativa estabilidade das próprias leis, de modo que possa facilmente adequar a ação humana aos limites impostos por elas. O sistema jurídico, por seu lado, deveria garantir que as leis sejam congruentes entre si e com os fins que pretendem perseguir; que a sua formulação, aplicação e contestabilidade estejam elas também sujeitas a regras e procedimentos definidos. O valor normativo do *rule of law* deriva da pressuposição de que essas qualidades *formais* do "governo segundo regras" dariam lugar a um tipo de regime no

---

7. Ver, por exemplo, a Declaração dos Direitos do Homem e do Cidadão de 1789, em particular os artigos 1, 2, 4, 6, 14, 16, e comparar com J. Rawls, *A Theory of Justice*, Clarendon Press, Oxford, 1971, p. 60.

qual o arbítrio no uso do poder político é fortemente limitado, se não de todo excluído; onde existe um contexto social estável em que os livres cidadãos agem; e onde, mesmo indiretamente, garantem-se as condições para o desenvolvimento da autonomia individual[8].

Observe-se que essa concepção, como de resto outras concepções do *rule of law*, não tende a afirmar que todas as sociedades onde a lei – no seu sentido formal moderno – exerce um controle extensivo das relações sociais são sociedades que respondem ao princípio do *rule of law*. Aquilo que se sustenta é que esse princípio opera apenas naqueles ordenamentos institucionais capazes de provocar um curto-circuito entre aspectos formais e valores sociais. A relação que existe entre forma e substância, ou entre direito e justiça, no princípio do *rule of law*, não é, porém, um fato totalmente adquirido, ou sujeito à interpretação unívoca, no interior daquilo que aqui chamamos de modelo liberal-democrata. Existem diferentes posições filosóficas – de tendência positivista, jusnaturalista ou racionalista – sobre a natureza do *rule of law* e sobre o seu fundamento normativo. E existem também versões "políticas" diversas, de inspiração libertária, social-democrata ou comunitária, mas todas de qualquer maneira reconduzíveis a um modelo liberal-democrata que enfatiza o papel das instituições e das práticas estritamente jurídicas na interpretação do princípio do *rule of law*. Essa ênfase traz consigo importantes conseqüências sobre a função do direito constitucional, sobre o papel que este desempenha no quadro normativo da política, sobre a "neutralidade" como condição, tanto do discurso público como da política constitucional, e sobre a superioridade (de princípio, não apenas de fato) que o juízo de constitucionalidade tem em relação à legislação parlamentar. O *rule of law* caracteriza, portanto, a concepção liberal-democrata da política subordinando-a a um sistema de normas de cunho jurídico, que nesta versão coincide com o Estado de Direito.

---

8. A bibliografia sobre o *rule of law* é vastíssima. Evocamos, aqui, apenas uma recente coletânea de ensaios que tratam o argumento sob várias perspectivas analíticas, filosóficas e ideológicas: D. Dyzenhaus (organizado por), *Recrafting the Rule of Law*, Hart Publishing, Oxford, 1999.

É preciso sublinhar aqui, como observou James Tully[9], que o consenso normativo na origem desta "moderna" concepção liberal do constitucionalismo funda-se na hipótese de uma substancial uniformidade do povo constituinte. Os processos de construção nacional precisariam ser vistos, sob esta óptica, como a ocasião que teria permitido forjar a identidade dos cidadãos como membros de um mesmo corpo político. Partindo dessa hipótese da substancial homogeneidade e uniformidade do povo, resulta mais simples tratar a função do Estado como a de um regulador imparcial dos conflitos, destituído – ao menos em princípio, se não nos fatos – de qualquer interesse para com a promoção de um particular conjunto de valores, visto que estes são comuns a todo o corpo social. A essa concepção imparcial do Estado acompanha-se uma visão da economia fundada apenas sobre as preferências manifestadas dos consumidores, e da democracia como simples agregação de interesses. A regulação da economia e da democracia são, portanto, legítimas quando estas ameaçam o quadro constitucional. As decisões sobre esses conflitos não podem, porém, ser deixadas aos governos democráticos, porque estes representam grupos particulares e podem, portanto, exercer o poder coercitivo do Estado para promover interesses setoriais. Esse tipo de dilema produz uma tensão contínua entre o consenso que se supõe como subjacente ao contrato constitucional e a vontade popular expressa a cada vez pelos governos democráticos. A posição liberal procura evitar esse dilema, tratando a Constituição como uma lei "superior" que age como quadro de referência para a "normal" legislação produzida através da política democrática. Os procedimentos de revisão constitucional, fortalecidos por uma carta dos direitos fundamentais, representam, portanto, a melhor maneira para prevenir a subversão democrática da Constituição[10].

Visões cosmopolitas do liberalismo estendem os mesmos princípios e as mesmas considerações acerca do progresso da

---

9. J. Tully, *Strange Multiplicity: Constitutionalism in an Age of Diversity*, Cambridge University Press, Cambridge, 1995, cap. 3.

10. R. Dworkin, *Constitutionalism and Democracy*, "European Journal of Philosophy", 3 (1995), p. 2.

sociedade em uma direção pós-nacional. Segundo elas, a crescente a globalização produz comunidades de destino que se sobrepõem e que tornam possíveis instituições reguladoras de caráter global, como a União Européia, que se fundam sobre normas iguais e uniformes[11]. É, porém, verdade que os mesmos processos que são citados em apoio à extensão da lógica constitucional liberal além do Estado nacional são aqueles que favorecem formas pós-modernas de diferenciação, as quais tornam cada vez mais problemático alcançar um consenso de tipo liberal. No novo contexto global, a democracia liberal promete mais do que pode cumprir. Enquanto regime político, permanece como presa dos déficits – constitucional, federal e democrático – acima mencionados. Existem grandes dificuldades, de fato, na defesa jurídica e constitucional das liberdades fundamentais. Liberais de várias derivações sustentam que a Constituição, e o sistema jurídico em geral, é capaz de oferecer uma moldura formal às atividades da política, cuja neutralidade se funda sobre a distinção entre o bem e o justo. Mas tal distinção é evasiva na prática. As modalidades dos conflitos, por exemplo,

11. Para uma defesa da abordagem cosmopolita, veja-se D. Held, *Democracy and the Global Order: From the Modern State to Cosmopolitan Governance*, Polity Press, Cambridge, 1995; de um ponto de vista mais estritamente normativo, cf. T. W. Pogge, *Cosmopolitanism and Sovereignty*, em C. Brow (organizado por), *Political Restructuring in Europe. Ethical Perspectives*, Routledge, London-New York, 1994, pp. 89-122; C. R. Beitz, *Cosmopolitan Liberalism and the States System*, em Brown (organizado por), *Political Restructuring in Europe*, cit., pp. 123-36; L. Ferrajoli, *Beyond Sovereignty and Citizenship: A Global Constitutionalism*, em R. Bellamy (organizado por), *Constitutionalism, Democracy and Sovereignty: American and European Perspectives*, Avebury, Aldershot, 1996, pp. 151-60. Cf. também algumas contribuições em D. Archibugi, D. Held, M. Köhler (organizado por), *Re-imagining Political Community. Studies in Cosmopolitan Democracy*, Polity Press, Cambridge, 1998. Na nossa contribuição para aquele volume e em alguns outros ensaios discutimos os prós e os contras de uma visão cosmopolita: ver também *The Normative Challenge of a European Polity: Cosmopolitan and Communitarian Models Compared, Criticised and Combined*, em A. Føllesdal, P. Koslowski (organizado por), *Democracy and the European Union*, cit., pp. 254-84; *Building the Union: The Nature of Sovereignty in the Political Architecture of Europe*, "Law and Philosophy", 16 (1997), pp. 421-45. Para uma visão cética dos efeitos da globalização, cf. P. Hirst, G. Thompson, *Globalisation in Question: The International Economy and the Possibilities of Governance*, Polity Press, Cambridge, 1996.

entre direitos de *privacy* e a liberdade de expressão dependem freqüentemente de argumentos sobre a suposta presença ou ausência de condições de coerção que podem ser justificados diversamente no plano normativo e descritivo, e que são dificilmente dirimíveis. Os problemas de legitimidade e implementação são, neste âmbito jurídico, ainda mais difíceis de resolver do que no interior do sistema político. O uso sistemático da lógica do precedente judiciário dá ao sistema jurídico um alto nível de auto-referencialidade. A sua legitimação se realiza, portanto, ou em forma indireta, através do poder legislativo, ou através de um consenso difuso. Se a influência do primeiro se enfraquece, e o segundo desaparece, a lei tende por força das coisas a operar sem contexto externo, tornando-se para todos os efeitos auto-referencial e praticamente impotente.

As dificuldades relativas à legitimidade e ao respeito do direito são hoje ulteriormente complicadas pela difusão do multiculturalismo. Não apenas culturas distantes geograficamente tendem a se aproximar, mas o aumento da mobilidade social dá aos Estados um caráter mais marcadamente pluriétnico. As diferenças de crenças e de identidades são ainda mais difíceis de ser superadas do que as diferenças de interesses econômicos. Conseqüentemente, conflitos e formas de opressão em relação às minorias tornam-se mais difusos, fazendo por sua vez aumentar demandas separatistas, de autogoverno, e de multiplicação, em lugar da ampliação, dos *demoi*.

O resultado desses processos vai mais na direção da fragmentação do que da extensão da esfera pública democrática. A complexidade das sociedades industriais avançadas se traduz na proliferação de centros autônomos de poder. Tais centros são capazes de tomar decisões segundo uma vasta gama de critérios funcionais específicos aos próprios âmbitos, coisa que pode ter efeitos imprevisíveis e perversos para as outras partes do sistema econômico e social. Os cidadãos, enquanto indivíduos, agem em uma multiplicidade de esferas, que os arrastam, de acordo com as suas lógicas internas, em uma variedade de direções diversas e, às vezes, contrastantes. Essas esferas de ação social operam seguindo critérios sempre mais distintos e auto-referenciais, de modo que os cidadãos são absorvidos totalmente pelos seus interesses específicos e interpretam o mundo segundo uma perspectiva muito parcial, gerando demandas incomensuráveis e muitas vezes reciprocamente incompatíveis[12].

A complexidade e a crescente diferenciação das funções de governo tornam mais dificultoso o seu controle democrático, visto que essas tendem a se tornar mais técnicas e menos sujeitas a regras gerais. O número das decisões que são apanágio exclusivo de burocracias especializadas, e que exigem um nível considerável de discricionariedade tecnocrática, está em contínuo crescimento; assim o é a autonomia de muitos setores da economia e da sociedade. A globalização pode, também, significar um aumento de interconexões, mas tem um impacto fortemente diferenciado sobre classes, países e setores econômicos. Como está bem ilustrado pelo funcionamento dos mercados financeiros, este aspecto diminiu a capacidade das instituições políticas de impor decisões coletivas, aumentando, ao contrário, a capacidade das elites de contornar ou evadir o contexto de tais decisões.

Aumentar o número das instituições globais ou supranacionais não serve para muita coisa. Estas estão demasiado distantes para poder governar de maneira diferenciada, são desprovidas de uma efetiva capacidade de implementação das normas, a não ser aquelas muito gerais. Nem se pode assumir que tais instituições possam contar com alguma forma de legitimidade democrática, se é verdade que a falta de interesse dos eleitores já é muito evidente nos sistemas políticos nacionais, que os cidadãos freqüentemente influenciam apenas de maneira indireta e marginal. Além disso, não está totalmente claro como os eleitores podem se identificar de maneira significativa com instituições mais remotas, nem é fácil pensar como instituições de caráter supranacional podem se desenvolver coerente e eficazmente.

Concluindo, os processos de globalização parecem criar condições adversas à aplicação do modelo liberal-democrata além do âmbito do Estado nacional. A diferenciação funcional

---

12. Sobre o tema da complexidade, ver D. Zolo, *Complessità e democrazia*, Giappichelli, Torino, 1987; cf. também N. Luhmann, *The Differentiation of Society*, Columbia University Press, New York, 1981.

da economia e da sociedade procede contemporaneamente com a fragmentação e a diferenciação multicultural, ao passo que o pluralismo e a complexidade criam ulteriores dificuldades ao modelo liberal da Constituição democrática. Os mecanismos decisórios majoritários tornam-se mais problemáticos, os poderes da sociedade civil são mais difíceis de serem regulados e, ao mesmo tempo, o consenso sobre os direitos liberais se faz mais árduo de ser alcançado. Os limites do modelo liberal-democrata somam-se paradoxalmente: o enfraquecimento dos poderes de controle democrático é acentuado, seja pela inadequada distribuição dos poderes territoriais, seja pela dificuldade de aplicar normas constitucionais gerais e uniformes em contextos diferenciados e em circunstâncias complexas. Como veremos a seguir, os déficits da União Européia são sintomáticos deste mal-estar geral do modelo liberal-democrata, e, portanto, são difíceis de ser resolvidos com as curas sugeridas por esse mesmo modelo.

2. O déficit liberal-democrata da União Européia

Nesses últimos anos, uma certa cultura jurídica européia foi a precursora da interpretação liberal-democrata do processo de constitucionalização da União Européia[13]. Existem, evidentemente, outras visões deste processo: visões de caráter politológico, de inspiração funcionalista ou intergovernamental, que evocam também princípios liberal-democratas. Mas sem nada subtrair às diversidades dessas leituras, ou às divergências internas ao paradigma jurídico da integração européia[14], pare-

---

13. Recentemente, Kenneth Armstrong e Jo Shaw criticaram, seja a tendência em considerar a função integradora do direito em nível europeu como o simples produto da ação da Corte de Justiça, seja uma interpretação demasiado "intencionalista" desta ação; ver *Legal Integration: Theorizing the Legal Dimension of European Integration*, "Journal of Common Market Studies", 36 (1998), p. 148; e cf. J. H. H. Weiler, *The Transformation of Europe*, "The Yale Law Journal", 100 (1991), pp. 2403-83.

14. Além das objeções a uma leitura demasiado "intencionalista" e estratégica da constitucionalização através do direito, existem outras posições jurídicas que rejeitam a leitura "constitucional" do processo de integração, mas,

ce-nos que nas interpretações de alguns juristas e na prática da Corte de Justiça européia a posição liberal-democrata assumiu um grau notável de coerência, tanto interpretativa como propositiva. É por isso que apontamos essa visão jurídico-constitucional como *o modelo* de uma posição liberal-democrata.

Muitos desses juristas fazem notar que a construção do Mercado Comum ocorreu através de um processo de integração "negativa": ou seja, com a remoção de barreiras comerciais e de práticas restritivas de um lado, e a instituição das liberdades de movimento de capitais, bens, serviços e trabalho, de outro. Aqui, segundo esses mesmos juristas, há cerca de vinte anos, e com notável, ainda que tácito, apoio político, a jurisprudência da Corte de Justiça levou pacientemente à realização a obra de constitucionalização do direito econômico europeu[15]. Os alicerces dessa operação consistem em uma série de importantes decisões, que visaram, entre outras coisas, reivindicar o princípio de "efeito direto" do direito europeu, estabelecer o seu caráter autônomo como fonte independente de obrigações e direitos, promover a sua supremacia sobre os sistemas legais nacionais, apresentar os Tratados originários da Comunidade Européia como uma espécie de "carta constitucional", em vez de simples acordos internacionais, e, enfim, atribuir à Corte de Justiça a função de "competência-das-competências" em decidir quando e como aplicar o direito europeu[16].

Em muitos aspectos, a representação que a Corte de Justiça oferece do sistema jurídico europeu e do próprio papel de estabelecer e defender a nova "Constituição" funda-se sobre uma impecável lógica liberal-democrata. De fato, a Corte de Justiça sustenta que já existe um consenso normativo, capaz de

---

neste caso, porque interpretam este processo como totalmente interno ao direito internacional: cf. D. Grimm, *Does Europe need a Constitution?*, "European Law Journal", 1 (1995), pp. 282-302.

15. E. Stein, *Lawyers, Judges and the Making of a Transnational Constitution*, "American Journal of International Law", 75 (1981), pp. 33-50.

16. Sentença da Corte de Justiça, processo 26/62, Van Gend en Loos v. Nederlandse Administratie der Belastingen, em *European Court Reports*, 1963 (citada a seguir como ECR), p. 1; Sentença da Corte de Justiça, processo 6/64, Costa v. ENEL, *ECR* 1964, p. 585; Sentença da Corte de Justiça, processo 294/83, Partes Ecologistas "Les Verts" v. European Parliament, *ECR* 1986, p. 1339. Vejam-se também as interpretações do art. 177 CE.

assegurar, seja o máximo de igual liberdade para todos, seja a cooperação social. Neste sentido, "a manutenção do caráter comunitário do direito" exige "que em todas as circunstâncias o direito seja o mesmo em todos os Estados da Comunidade"[17], e que esse tenha "efeitos idênticos em todo o território da Comunidade"[18]. De modo análogo, a Corte de Justiça assume que já exista uma organização federal dos poderes, com certos aspectos de soberania nacional definitivamente transferidos para a Comunidade[19]. Por conseguinte, a validade das medidas cada vez tomadas pela União Européia deriva apenas da validade intrínseca do direito europeu. Por esta razão, ela não pode ser contestada sobre a base de conflitos com as leis nacionais, também essas de caráter constitucional, "sem que isso ponha em dúvida as bases jurídicas da própria Comunidade"[20]. As cortes nacionais seriam, portanto, obrigadas, seja a aplicar as decisões da Corte de Justiça, sem derrogações de caráter "nacional", seja a garantir o papel da Corte de Justiça na defesa das liberdades fundamentais estabelecidas pelos Tratados. Seguindo a mesma linha argumentativa, sustenta-se que agora seria possível aceitar instâncias contra os órgãos legislativos nacionais, quando estes derrogam a obrigação de dar execução à legislação européia[21]. Enfim, a Corte de Justiça considera o Parlamento Europeu "um fator essencial na balança dos poderes institucionais estabelecida pelos Tratados", reproduzindo assim "no plano da Comunidade o princípio democrático de que os povos deveriam tomar parte do exercício do poder através de um próprio intermediário na forma de uma assembléia de representantes"[22]. Estes, sumariamente, são os pontos que

---

17. Sentença da Corte de Justiça, processo 166/73, Rheinmühlen-Düsseldorf v. Einfuhr- und Vorratstelle für Getreide und Futtermittel, *ECR* 1974, p. 33.

18. Sentença da Corte de Justiça, processo 48/71, Commission v. Italy (Art Treasures II), *ECR* 1972, p. 527.

19. Sentença da Corte de Justiça, processo 48/71, Commission v. Italy (Art Treasures II), *ECR* 1972, cit.

20. Sentença da Corte de Justiça, processo 11/70, *Internationale Handelsgesellschaft*, *ECR* 1970, p. 1125.

21. Sentença da Corte de Justiça, processos reunidos 6, 9/90, Francovich v. Italian State (Francovich I), *ECR* 1991, I, p. 5357.

22. Sentença da Corte de Justiça, processo 138/79, Roquette Frères v. Council, *ECR* 1980, p. 3333.

a cultura jurídica liberal-democrata, que inspira a ação da Corte de Justiça, apresenta como decisivos para a constitucionalização da União Européia.

A arquitetura federalista que transparece dessa leitura "jurídica" do processo de constitucionalização se choca em parte com uma visão estatalista e centralizadora, que é sobretudo difusa entre os estudiosos de relações internacionais[23]. A mesma visão se manifesta, em forma política, nas periódicas tensões entre os Estados, e entre eles e as instituições européias. Em nível constitucional, essas contradições se manifestam com clareza nos conflitos relativos à interpretação dos direitos. Como já observamos, o pluralismo das sociedades modernas aumenta as divergências de interpretação, aguçando os problemas de incomensurabilidade e incompatibilidade dos direitos e tornando mais árduo o seu ajustamento recíproco. Esses conflitos vieram à tona toda vez que ocorreram choques de opinião entre a Corte de Justiça e as cortes constitucionais nacionais em tema de proteção dos direitos.

Lendo nas entrelinhas das justificações levadas pela Corte de Justiça em apoio à identificação de direitos fundamentais no interior do próprio direito europeu, parece emergir uma vontade estrategicamente instrumental de desencorajar as tentativas das cortes constitucionais nacionais, como a alemã e a italiana, de contestar a supremacia e a ampliação de competência do direito europeu. Até pouco tempo atrás, algumas cortes nacionais apelaram para o fato de que as suas Constituições, diferentemente do sistema jurídico europeu, incorporam verdadeiras e próprias cartas de direitos, que lhes atribuiriam a ta-

---

23. Para uma posição enfim clássica, ver S. Hoffman, *Reflections on the Nation-State in Western Europe Today*, "Journal of Common Market Studies", 21 (1982), pp. 21-38; A. Moravcsik, *Preferences and Power in the European Community: A Liberal Intergovernmentalist Approach*, "Journal of Common Market Studies", 31 (1993), pp. 473-524; A. Moravcsik, *Liberal Intergovernmentalism and Integration: A Rejoinder*, "Journal of Common Market Studies", 33 (1995), pp. 611-28. Para uma discussão da relação entre os aspectos jurídicos e os aspectos políticos do processo de integração, cf. J. H. H. Weiler, *The Transformation of Europe*, cit.; D. Wincott, *Political Theory, Law and European Union*, em J. Shaw, G. More (organizado por), *New Legal Dynamics of European Union Oxford*, Oxford University Press, Oxford, 1995.

refa de escrutinar a legislação européia para assegurar-se de que esta não contradiga os direitos fundamentais sancionados pelas suas respectivas Constituições[24]. A Corte de Justiça, por seu lado, sentiu-se no dever de assegurar sobre o fato de que a proteção dos direitos está implícita nos princípios gerais do direito europeu, e que a sua própria atuação baseia-se em tradições institucionais comuns aos países-membros e em tratados internacionais, como a Convenção dos Direitos do Homem, também estes reconhecidos pelos países-membros. Seja qual for a sua origem, esses direitos teriam de fato se tornado direitos da União Européia e como tais sujeitos à interpretação "no quadro das estruturas e dos objetivos da Comunidade"[25]. Essa posição, porém, não encontrou um consenso unânime entre as cortes constitucionais dos países-membros, de modo que, segundo muitos, esse estado de coisas não pode durar muito tempo e desembocará, cedo ou tarde, em um choque direto entre a Corte de Justiça e as cortes nacionais[26].

Passando das questões de supremacia e competência à substância da política dos direitos até aqui atuada em nível europeu, pode-se dizer que a Corte de Justiça abraçou de fato uma visão economicista dos direitos, em muitos aspectos análoga àquela praticada pela Corte Suprema dos Estados Unidos no tempo de Lochner. Assim fazendo, acabou por representar um papel importante na privatização de empresas até agora administradas publicamente em âmbito nacional. E, por outro lado, gerou tensões sobre questões de política social, como ocorreu com os direitos das minorias lingüísticas e, na Irlanda, com a questão do aborto. Em muitas dessas disputas, a Corte de Justiça fez apelo a uma visão estritamente econômica e negativa dos direitos, que, para além das divergências sobre a

---

24. Ver, por exemplo, a sentença da Corte Constitucional Federal Alemã, conhecida como Solange I, processo Internationale Handelsgesellschaft, *Common Market Law Reports*, 1974, II, p. 549.

25. Processo Internationale Handelsgesellschaft (1974), e sentença da Corte de Justiça, processo 4/73, Nold v. Commission, *ECR* 1974, p. 503; sentença della Corte de Justiça, processo 374/87, Orkem v. Commission, *ECR*, 1989, p. 3283.

26. Cf. B. De Witte, *Droit communitarie et valeurs constitutionelles nationales*, "Droits", 14 (1991), pp. 87-96; J. Shaw, *Law of the European Union*, London, Macmillan, 1996, pp. 188-95.

substância da causa, era precisamente um dos objetos da contenda. É de fato verdade que muitos dos direitos sancionados pelas Constituições nacionais tinham sido originariamente concebidos como proteção de valores e oportunidades que, de outra forma, teriam sido facilmente subvertidos pelos mecanismos de mercado. Paradoxalmente, mesmo quando as decisões da Corte de Justiça confirmaram as sentenças das Cortes nacionais, fizeram-no muitas vezes com base em posições que, dissimuladamente, abalavam a própria lógica interna do direito constitucional nacional.

Recentemente, de qualquer modo, a União Européia elaborou uma própria Carta dos direitos fundamentais, que, embora acolhida apenas em forma de declaração de princípio, muitos consideram uma peça importante no mosaico constitucional europeu. As razões aduzidas são de três ordens, a saber: de princípio, de procedimento constitucional e de substância político-jurídica. De um ponto de vista liberal-democrata, a Carta poderia seria entendida como a pedra angular de uma Constituição Européia, a ponto que muitos consideram a Carta um preâmbulo da futura Constituição. Mas, de forma mais sutil, alguns sustentam que a aprovação dos direitos fundamentais em nível europeu é a via principal através da qual dar realidade jurídica a um *demos* europeu, cortando assim, gordianamente, o nó relativo à questão do que vem primeiro, se o *demos* (o povo europeu) ou a unidade política na forma do Estado (o Estado democrático europeu)[27].

No que diz respeito às questões de procedimento constitucional, estas se traduzem em dois outros pontos[28]. O primeiro

---

27. A literatura sobre a Carta dos direitos fundamentais da União Européia está ainda no início, ao passo que a literatura sobre os direitos fundamentais é imensa. Para duas posições recentes, que sintetizam as teses que aqui analisamos, ver a entrevista a Jürgen Habermas, *Sì, voglio una Costituzione per l'Europa Federale*, em "CaffèEuropa" (http://www.caffeeuropa.it/attualita/112attualita-habermas.html); S. Rodotà, *Ma l'Europa già applica la nuova Carta dei diritti*, "La Repubblica", 8/1/2001, p. 15. Habermas afirma que "este documento é a expressão aguerrida, bem-sucedida, de uma autocompreensão normativa de nós mesmos, da qual nós, europeus, temos que estar orgulhosos".

28. Para uma interessante discussão sobre o itinerário de formação da Carta, cf. G. de Bùrca, *The Drafting of the EU Charter of Fundamental Rights*, em "European Law Journal" (2001), no prelo.

refere-se ao método, bastante transparente, em muitos aspectos deliberativo e em linha de princípio democrático, com o qual a Carta dos direitos foi discutida e preparada. O método adotado pela Convenção que a redigiu por-se-ia, portanto, como um modelo alternativo às reuniões intergovernamentais que até agora dominaram o processo de constitucionalização da União, através de tratados e acordos entre os vários governos, freqüentemente alcançados com compromissos rápidos e de baixo perfil. O segundo ponto refere-se à natureza escrita e formal da Carta, que sancionaria o retorno a uma forma própria de constitucionalização, não mais como resultado casual de uma legislação secundária e *ad hoc*, mas como produto de uma visão unitária e sistemática dos princípios norteadores e da arquitetura institucional da União.

Enfim, no que se refere às questões mais estritamente jurídico-políticas, sustenta-se que mesmo na sua forma puramente enunciativa a Carta é um ato político do qual a legislação européia e as legislações nacionais não poderão prescindir. Embora muitos tivessem preferido a sua plena aprovação legal, sustenta-se que a Carta é de qualquer modo um ponto de referência no universo jurídico europeu, do qual, querendo ou não, as Cortes terão, em todos os níveis, que levar em consideração, mesmo que apenas em nível retórico. Existe certamente algo de verdadeiro em algumas dessas observações, sobretudo em relação ao impacto que a Carta pode ter sobre questões de procedimento no processo constituinte, e pelo modo em que ela, por si mesma, se põe como um *fato* no discurso político-jurídico europeu. Mas confirmar a importância da Carta e do modo pelo qual se chegou a ela não significa abraçar uma visão do processo constituinte europeu fundada sobretudo na aprovação dos direitos, nem esconder as dificuldades intrínsecas a tal projeto. Em muitos aspectos, o próprio processo através do qual se chegou à Carta testemunha esses limites.

É paradoxal, de fato, que à definição de um elenco de direitos fundamentais, que se desejaria excluir dos normais procedimentos de troca política, tenha-se chegado – por explícita e unânime aceitação dos participantes da Convenção – muito mais através dos procedimentos de compromisso do que por convicto consenso. Mesmo que as opiniões a esse respeito sejam discordantes, a Carta não pareceria um documento nem inovador, nem de caráter fundador. Reflete, ao contrário, a intenção explicitamente declarada (e declaradamente *política*, pelo menos no caso de alguns governos nacionais) de fazer da Carta um documento que, em vez de estabelecer valores e aspirações fundamentais, põe-se como a aprovação do *status quo* na legislação européia. No decorrer do debate emergiram também outras importantes divergências de opinião sobre qual seja, por exemplo, o âmbito ao qual os direitos aprovados pela Carta se aplicam: se exclusivamente à legislação européia e ao funcionamento das instituições da União e das Comunidades, ou, ao contrário, à União como área jurídica, e, portanto, também às legislações e à ação dos governos nacionais. Além disso, não parece que com a aprovação da Carta tenham sido resolvidos os problemas de competência e de aplicação dos direitos, já que existem conflitos de interpretação entre os vários sistemas jurídicos.

No que concerne à supremacia do direito europeu, assim como é indicada pela Corte de Justiça, esta implica uma estrutura hierárquica do ordenamento jurídico, na qual interpretação e aplicação das normas procedem de cima para baixo. Mas, recentes desdobramentos pareceriam sugerir que não é assim, e que não existe uma clara divisão dos poderes entre o nível "federal" e os níveis inferiores. Um exame mais atento da estrutura decisória européia mostra que estamos na presença de um sistema que encoraja variações, derrogações e desdobramentos ao longo de diretrizes diversas[29]. A configuração complexa do poder soberano na União se repercute também na questão do déficit democrático em sentido estrito. O Parlamento europeu e a Corte de Justiça têm uma comum vocação federal que os leva a se sustentarem mutuamente. A Corte de Justiça vê no incremento dos poderes legislativos do Parlamento uma forma de legitimação indireta, e esta percepção se reflete, por exemplo, na sua ação em defesa das prerrogativas

---

29. Para uma análise da relação entre os aspectos formais e os aspectos informais do processo decisório, com particular referência ao papel das autoridades regionais, cf. E. Bomberg, J. Peterson, *European Union Decision Making: the Role of Sub-national Authorities*, "Political Studies", 46 (1998), pp. 219-35.

do Parlamento[30]. De modo semelhante, o Parlamento procurou tomar a iniciativa ao superar a fase intergovernamental do processo de integração, propondo a aprovação de uma Constituição européia juntamente com os parlamentos nacionais[31]. Essas iniciativas, de qualquer modo, suscitaram certa oposição. A difícil ratificação de Maastricht foi também interpretada como parte de uma reação popular contra ulteriores passos no processo de integração e assim também a decisão da Corte Constitucional alemã no caso Brunner. Tal decisão não só pôs em questão a "competência das competências" da Corte de Justiça, mas declara explicitamente que a soberania popular na Europa permanece ainda nas mãos dos parlamentos nacionais[32].

A discussão desenvolvida até aqui a respeito de como o modelo liberal-democrata foi aplicado à União Européia mostra como esse modelo é incapaz de resolver os três déficits que identificamos no início[33]. Em vez de um consenso constitucional, temos certo número de tradições constitucionais que se superpõem e em parte se contradizem. Em vez de uma organização federal da soberania, temos um emergente sistema de governos em muitos níveis, que implica a dispersão do poder e formas mistas de soberania. Em vez de um sistema democrático unificado, fundado sobre formas homogêneas de cidadania européia, temos uma pluralidade de *demoi* que atuam em diversos níveis de agregação política. Para muitos, essa si-

---

30. Sentença Corte de Justiça, processo C-70/88, Parliament v. Council (Chernobyl), *ECR* 1990, I, p. 2041; e art. 173 CE.

31. *Gazzetta Ufficiale,* 1994, C61/155.

32. Corte Constitucional Federal Alemã, processo Brunner, *Common Market Law Reports,* 1994, I, p. 57.

33. O modo superficial com o qual os modelos políticos tradicionais explicam os vários aspectos do déficit democrático está bem ilustrado por vários estudos recentes, entre os quais S. Hix, *Parties at the European Level and the Legitimacy of EU Socio-Economic Policy,* "Journal of Common Market Studies", 33 (1995), pp. 527-54; P. Norris, *Representation and the Democratic Deficit,* "European Journal of Political Research", 32 (1997), pp. 273-82; B. Laffan, *The Politics of Identity and Political Order in Europe,* "Journal of Common Market Studies", 34 (1996), pp. 81-102: J. Lodge, *Transparency and Democratic Legitimacy,* "Journal of Common Market Studies", 32 (1994), pp. 343-68; A. Geddes, *Immigrant and Ethnic Minorities and the EU's 'Democratic Deficit',* "Journal of Common Market Studies", 33 (1995), pp. 197-217.

tuação parece confusa, da qual nem Maastricht, nem Amsterdam, e muito menos Nice conseguiram fazer emergir a União européia. Do ponto de vista liberal-democrata é propriamente assim; mas, como veremos, não está excluído que uma interpretação diversa desses desdobramentos não possa levar a uma avaliação mais positiva da situação atual.

3. Um modelo neo-republicano

Em sociedades sempre mais diferenciadas, complexas e sujeitas a crescentes pressões globais, um governo em múltiplos níveis – com uma dispersão transversal da soberania – parece o mais apropriado. Esse permite a participação dos indivíduos em instâncias decisórias autônomas, que refletem a multiplicidade de interesses, preocupações e identidades no interior do corpo político. Uma estrutura não-hierárquica e não-unitária do poder político deveria procurar promover a colaboração e a coordenação sociais entre aqueles grupos e aqueles indivíduos que estão diretamente envolvidos ou pela natureza das questões sobre as quais decidir, ou pelos possíveis efeitos das políticas entre as quais escolher. O princípio norteador para a dispersão da soberania seria, portanto, aquele que hoje normalmente se identifica com a "subsidiariedade", mesmo que na acepção que aqui propomos esta não deva ser entendida como uma forma de distribuição das competências apenas em escala territorial. Não há dúvida de que tal sistema pode dar lugar a fáceis abusos e a uma fragmentação e corporativização do corpo político. Para evitar o retorno de velhos erros, acreditamos que esse modelo de "poder difuso" deva ser reconceitualizado" em termos neo-republicanos.

O neo-republicanismo ao qual nos referimos aqui está em muitos aspectos ligado à redescoberta da tradição republicana "neo-romana", recentemente revisitada pelos estudos históricos de Quentin Skinner e por aqueles de inspiração mais analítica, de Philip Pettit[34]. Para além das disputas de caráter his-

---

34. P. Pettit, *Republicanism: A Theory of Freedom and Government*, Clarendon Press, Oxford, 1997; Q. Skinner, *Liberty before Liberalism*, Cambridge University Press, Cambridge, 1998.

toriográfico, que não se referem às questões das quais nos ocupamos aqui, o núcleo desta concepção está em uma peculiar idéia de liberdade, entendida como uma conquista cívica, funcional à exclusão do "domínio" das relações entre os cidadãos e entre estes e o poder político. "Domínio" denota a capacidade que um sujeito tem de controlar as escolhas de um outro sujeito, seja através de formas explícitas de coação, ou então, ocultamente, com formas sutis de influência e manipulação. A arbitrariedade do "domínio" consiste no exercício do poder que prescinde dos interesses ou das idéias daqueles em relação aos quais ele é exercido. Pettit observa que a ausência de interferência – que é o único fator a que se referem os teóricos da pura "liberdade negativa" – não exclui por si só que exista domínio. Quem dispõe de um tal poder de controle pode simplesmente decidir não fazer uso do mesmo, mas isto não altera o fato de que as relações sociais permanecem influenciadas por esse poder. Ao mesmo tempo, visar à redução das interferências é, em determinados contextos, compatível com o fato de deixar para certos atores sociais ou para certos sujeitos políticos um considerável poder sobre outros[35]. A questão das formas de domínio, e não da simples interferência, é, portanto, aquilo que dá forma à concepção republicana do papel e dos fins do sistema político.

A idéia que a tradição republicana possui do funcionamento do corpo político evoca a imagem que muitas vezes se tem da saúde das pessoas e da constituição física delas. Este é um *topos* clássico nos escritos de autores de inspiração republicana, em que se define que aquele corpo político é capaz de manter em equilíbrio os seus elementos constitutivos. Segundo essa concepção, o objetivo da gestão do poder é o de difundi-lo de modo que favoreça a formação de um sistema equilibrado de conflitos, e garanta um tipo de deliberação política que assegure a colaboração entre grupos e classes sociais diversas, estimulando-os, deste modo, à construção e ao perseguimento do bem público, em vez de interesses setoriais restritos. A máxima *audi alteram partem* [ouça a outra parte] resume bem

35. Cf. C. Sunstein, *The Partial Constitution*, Harvard University Press, Cambridge (Mass.), 1993.

o sentido da justiça política que inspira a posição republicana[36]. No âmbito de uma sociedade política pluralista, "dar ouvidos a outra parte" implica aceitar o fato de que os cidadãos de um mesmo Estado podem ter sistemas de valores diversos e interesses legítimos, mas incompatíveis entre si. Isto implica aceitar a necessidade de confrontar-se com os outros nos termos que esses possam aceitar, ao menos em linha de princípio. Esse critério põe limites que se referem, seja aos procedimentos, seja aos resultados dos processos políticos[37]. Ele impulsiona as pessoas a deixar de lado perspectivas puramente egoísticas e auto-referenciais e, ao mesmo tempo, apelar para argumentos voltados para convencer os outros. Desse modo, é excluída também, em linha de princípio, qualquer posição que não atribua aos outros igual valor moral.

No quadro de uma justiça política assim entendida, a ação política tem como sua tarefa específica a de chegar a um sentido compartilhado do bem comum através de modificações recíprocas de várias posições e um "justo" compromisso entre as partes[38]. O *acordo político* toma assim o lugar do consenso pré-político, porque os contrastes de princípio e as diferenças que o pluralismo tende a salvaguardar impedem o caminho para acordos baseados sobre um consenso substancial. Nem a forma de um confronto respeitoso por outro lado, nem a substância de um compromisso "justo" podem estabelecer-se *a priori* e em abstrato, visto que depende muito das temáticas discuti-

---

36. Cf. P. Pettit, *Republicanism*, cit., p. 189; ver também S. Hampshire, *Justice is Strife*, "Proceedings and Addresses of the American Philosophical Association", 65 (1991), pp. 20-1.

37. Cf. A. Gutmann, D. Thompson, *Democracy and Disagreement*, Harvard University Press, Cambridge (Mass), 1996, p. 57; J. Cohen, *Procedure and Substance in Deliberative Democracy*, em S. Benhabib (organizado por), *Democracy and Difference: Contesting the Boundaries of the Political*, Princeton University Press, Princeton, 1996, pp. 100-1; S. Benhabib, *Toward a Deliberative Model of Democratic Legitimacy*, em S. Benhabib (organizado por), *Democracy and Difference*, cit., pp. 67-94.

38. Os parágrafos a seguir, que se referem à política do "compromisso", retomam em parte R. Bellamy, M. Hollis, *Consensus, Neutrality and Compromise*, em R. Bellamy, M. Hollis (organizado por), *Pluralism and Liberal Neutrality*, Cass, London, 1999, pp. 54-78; R. Bellamy, *Liberalism and Pluralism: Towards a Politics of Compromise*, Routledge, London, 1999.

das, dos interesses em jogo e de quem participa do debate. Onde o contraste refere-se a simples preferências, é verossímil que um équo compromisso possa ser alcançado encontrando um meio-termo, ou então através de uma forma de troca. Muitas vezes acontece que as preferências individuais devem ser avaliadas de maneira proporcional para que se tenha um justo procedimento e se chegue a resultados équos. A igualdade política defendida pelos democratas é de fato violada nos casos em que votações de maioria simples produzem resultados sempre a favor de um particular tipo de preferências estáveis (ou seja, que refletem questões de estilos de vida), excluindo sistematicamente outros tipos de preferências e de estilos de vida[39]. Mas o caráter do compromisso muda quando se passa a questões de princípios. Aqui, o objetivo torna-se o de assegurar, seja uma équa consideração dos conteúdos em discussão, seja a avaliação da importância relativa que a decisão reveste para os grupos de pessoas diretamente envolvidos, para assim chegar a soluções aceitáveis a partir de pontos de vista diversos. Em vez de negociar em senso estrito, os participantes desse tipo de disputas discutem, argumentam e negociam em senso lato. No caso dos compromissos de caráter "contratual", aos quais nos referimos anteriormente, as preferências são exógenas em relação ao sistema, e a decisão democrática tem uma função geralmente instrumental. Os compromissos de caráter "consensual" implicam, ao contrário, um modelo mais deliberativo da escolha democrática, voltado para estimular a formação e a hierarquização das preferências em formas endógenas em relação ao processo democrático. Esse mesmo processo torna-se o modo em que as informações necessárias – inacessíveis por outras vias – para julgar a natureza e a intensidade das reivindicações morais e materiais das várias partes vêm à tona. Para que esse processo deliberativo funcione, é necessário que todos os grupos sejam capazes de superar um limite mínimo, de modo que tenham voz ativa e sejam "levados a sério". Para dar

39. Cf. R. Bellamy, D. Castiglione, *The Uses of Democracy: Reflections on the European Democratic Deficit,* em E. O. Eriksen, J. E. Fossum (organizado por), *Democracy in the European Union. Integration through Deliberation?,* Routledge, London, 2000, pp. 65-84.

voz a grupos muito pequenos, é muitas vezes necessário recorrer a formas de supra-representação, ao passo que para grupos mais consistentes podem bastar soluções mais simples.

Segundo a idéia republicana clássica do "governo misto", este se fundava sobre a atribuição de particulares funções de governo às diversas classes sociais. Nas sociedades contemporâneas tal proposta é impraticável, mas uma versão atualizada do "governo misto" e da idéia de divisão e balanceamento dos poderes que esse implica, propõe uma estrutura institucional que favoreça a multiplicidade dos lugares de decisão e das formas de representação adaptando-as às diversas finalidades decisórias. A representação territorial, por exemplo, resulta insuficiente para dar contar das complexidades funcionais e culturais de setores particulares da sociedade. Particulares interesses sociais e culturais são freqüentemente dispersos, e portanto difíceis de ser agregados em nível de uma específica unidade territorial. A dipersão democrática do poder exige que se supra a única representação territorial com outras formas de caráter transversal, como aquelas no interior de um lugar específico (escola, trabalho), ou no interior de um setor econômico-social (sindicatos, profissões), ou ainda no interior de grupos que verticalmente dividem a sociedade política (étnicos, religiosos, lingüísticos e culturais). O complexo desses mecanismos de representação e de divisão dos poderes permite às minorias reservar-se certo grau de autonomia no âmbito da própria esfera de ação, e conservar, ao mesmo tempo, o direito de palavra no interior do processo coletivo decisório. A interpretação dos vários níveis decisórios está voltada para garantir que todos os grupos, incluindo os de estatuto especial, levem em conta os interesses gerais e as preocupações que atravessam a sociedade no seu conjunto. Esses mesmos mecanismos deveriam também pôr um freio e balancear o exercício do poder quando este está dirigido somente para a satisfação de interesses parciais.

Notar-se-á que até aqui não se falou de uma concepção particular do Estado de Direito e do *rule of law* na posição neo-republicana, enquanto ela estava no centro da posição liberal-democrata. De fato, a idéia do Estado de Direito como governo das leis, e do *rule of law* como imposição de certa regularidade às leis e, de forma geral, ao sistema jurídico, são comuns a ambas as posições – liberal-democrata e republicana –, uma vez que, para ambas, se trata de pôr limites ao exercício do poder (do poder político, em particular) para evitar que assuma formas arbitrárias e prevaricadoras. A diferença está eventualmente no modo de conceber esta função de "limite" da política, tanto em termos conceituais como institucionais. A posição liberal-democrata parece, de fato, realizar um curto-circuito entre as qualidades formais e as substanciais do *rule of law*, de modo a nivelar assim as três dimensões que citávamos no início (formal, institucional e substancial) em uma visão "mínima" do Estado de Direito, que o identifica com os mecanismos formais da lei e do sistema jurídico, e que se baseia nas instituições jurídicas e da justiça constitucional como freios da ação política considerada por si mesma tendencialmente arbitrária.

A tradição republicana apresenta aquelas mesmas funções de freio nas quais o Estado de Direito e a idéia do *rule of law* inspiram-se como o resultado complexo de mecanismos políticos e constitucionais voltados para balancear o poder com o poder. Em outros termos, a idéia do Estado de Direito e do *rule of law* se expressa naquele conjunto de considerações sobre a liberdade, sobre o domínio, sobre a justiça e sobre a divisão dos poderes que mencionamos acima. Na sua concepção do *rule of law*, a visão neo-republicana não se distingue, portanto, de um ponto de vista propriamente analítico, mas no caso sintético, pondo em relação questões de forma do direito com questões de substância e, principalmente, com questões de legitimidade: ou seja, como, ao dar regras à ação humana, o direito tenha de levar em constante consideração as condições nas quais ela se desenvolve e os interesses a que ela visa. As instituições e os mecanismos do Estado de Direito são, portanto, concebidos em termos mais genericamente políticos, em vez de estritamente jurídicos, valorizando, sejam os momentos positivos de participação das decisões, sejam aqueles negativos de controle e contestação das decisões arbitrárias e opressivas, em linha com a concepção da liberdade como não-domínio a que se mencionava no início.

Nesse tipo de sistema, a democracia assume um papel central, seja como proteção contra o governo arbitrário, seja como momento formativo da participação do governo coletivo. Os interesses dos cidadãos não são redutíveis apenas às preferências manifestas, nem são agregáveis de modo simples. Interesses e preferências podem ser submetidos à crítica da razão, transformando a política em um *forum* de princípios. Diminui, conseqüentemente, a necessidade de pôr a democracia sob a tutela de um quadro jurídico constitucional concebido sobretudo como um elenco de direitos e princípios fundamentais, sobre os quais, como fizemos notar várias vezes, as opiniões podem ser freqüentemente discordantes. O controle de constitucionalidade pode ser um modo de estimular e verificar a existência de um debate político racional, mas não substituí-lo. A democracia republicana deve operar na sociedade civil como no Estado: o poder não pode ser simplesmente impelido para os níveis inferiores do Estado, como em um sistema federal típico, mas deve ser antes difuso entre sujeitos privados semi-autônomos, desde que reconhecidos publicamente. Desse modo, a política contribui para modelar as demandas sociais em vez de ser modelada por elas.

4. O "governo misto" na Europa

As críticas liberal-democratas dos déficits da União Européia e as propostas resultantes disso são muitas vezes animadas por uma impaciência para com a imagem que a União e as suas Comunidades dão de si como de um sistema decisório opaco e remendado, sem uma lógica institucional unitária e sem uma finalidade constitucional precisa. Não há dúvida de que o atual sistema não satisfaz muitos dos critérios de democracia e legitimidade que freqüentemente se aplica aos Estados-membros, mas não se pode dizer que a complexa arquitetura da União (ou a falta dela) e as suas modalidades evolutivas sejam fatos de todo execráveis, que exigiriam uma reestruturação *ab ovo*. Ao contrário, a nossa tese relativa à aplicabilidade do modelo neo-republicano à União Européia tende precisamente a mostrar como a evolução constitucional européia pode ser ao menos em parte canalizada, sem que haja um desvirtuamento, para uma forma de sistema de poder difuso e um tipo de governo "misto", que satisfaça os critérios ideais e institucionais descritos no parágrafo anterior.

Em nível constitucional existe, antes de tudo, necessidade de uma instância na qual as instituições que têm a tarefa de salvaguardar os valores constitucionais possam entrar em diálogo entre si para a resolução de questões de competência e de mérito. A esse respeito, Joseph Weiler apresentou a proposta de um Conselho constitucional europeu que una os membros das cortes constitucionais, ou de instituições equivalentes, dos países-membros[40]. A proposta em si mesma corresponde aos critérios do modelo neo-republicano acima delineado, mas as motivações dadas a esse respeito por Weiler deveriam ser qualificadas em pelos menos dois pontos. Weiler, de fato, teme que o conflito entre Cortes nacionais e Corte de Justiça ameace a integridade mesma do sistema jurídico europeu e da União. Esse temor é provavelmente exagerado, porque o próprio princípio de supremacia do direito comunitário sobre os ordenamentos constitucionais nacionais nunca foi totalmente aceito pelas cortes nacionais. No caso, elas justificaram a autoridade do direito comunitário com raciocínios e instrumentos normativos internos aos seus próprios sistemas jurídico-políticos nacionais, e não como reconhecimento de uma própria supremacia intrínseca. Ou seja, elas consideraram os princípios de "supremacia" e "efeito direto" como conseqüência da transferência de poderes mais do que como uma modificação das suas cartas constitucionais. Como Neil MacCormick observou, essa análise sugere uma leitura pluralista e uma imagem interativa dos sistemas jurídicos mais do que uma concepção monista e hierárquica desses[41]. Desse ponto de vista, não se trata de estabelecer qual sistema usufrui de supremacia, mas quais são os mecanismos e os momentos institucionais através dos quais buscar consenso, ou formas de compromisso, sobre questões que não se chegue imediatamente a um acordo.

---

40. J. H. H. Weiler, *European Neo-Constitutionalism*, cit., pp. 120-1.

41. Cf. N. MacCormick, *The Maastricht-Urteil: Sovereignty Now*, "European Law Journal", 1 (1995), pp. 255-62.

A nossa segunda divergência de interpretação quanto a Weiler refere-se ao nível de consenso normativo que se julga necessário como esteio do Estado de Direito e para a aplicação do princípio do *rule of law*. O modelo neo-republicano acima delineado não requer um forte nível de consenso normativo, mas implica o caso que o direito reflita a variedade de interesses e de valores daqueles aos quais se aplica. Esse objetivo, como vimos, é alcançado sobretudo através da difusão dos poderes, entendida como um modo de dar expressão aos interesses e às identidades difusas no corpo social, mais do que no sentido tradicional da separação dos poderes. Para esse fim, as instâncias e os foros políticos são mais adequados do que os jurídicos, porque são mais representativos e de mais direta legitimação. Os procedimentos democráticos adotados deveriam fazer com que as modalidades do debate fossem coerentes com os princípios constitucionais em questão, de modo que sejam, antes de tudo, asseguradas a igualdade e a liberdade dos cidadãos no curso do processo deliberativo. Nessa perspectiva, um eventual Conselho constitucional europeu não deveria ser entendido necessariamente como um corpo jurídico, mas poderia ter, ao contrário, as formas de uma instituição mais declaradamente política como o Conseil d'État francês.

O modelo neo-republicano sugere, portanto, um juízo diverso sobre a recente aprovação em Nice da Carta dos Direitos fundamentais em relação àquele – ao mesmo tempo entusiástico (pelo valor ideal da Carta) e de parcial decepção (pela sua forma apenas enunciativa) – que vem do campo liberal-democrata. Também em uma perspectiva republicana, de qualquer modo, existem luzes e sombras. No que concerne aos aspectos positivos, a Carta e o modo com que foi aprovada sancionam definitivamente que o processo de integração européia chegou ao nó da sua legitimidade – nó que exige ser enfrentado com mais clareza e determinação, seja pelas instituições comunitárias, seja pelos países-membros e pelos cidadãos da União. Mesmo de forma freqüentemente ambígua, a composição da Convenção e a maneira em que operou abrem um novo capítulo no processo constituinte europeu. Não no sentido de fundar a subjetividade jurídica dos cidadãos europeus, mas no sentido de pôr a questão da forma da representação nas instituições européias. No caso específico, a maneira em que o espaço político-jurídico europeu vai se constituindo não pode prescindir do fato de que na Europa existem já subjetividades políticas, jurídicas e sociais e que estas devem ser de algum modo representadas, seja nos momentos institucionais constituídos da União e das suas Comunidades, seja naqueles de caráter constituinte. No que se refere a estes últimos, as formas de representação não podem, como também ocorreu com a Convenção, ser expressão direta dos órgãos já constituídos, porque de outra forma cai-se em um círculo vicioso, visto que a legitimidade destes depende sempre mais de um processo constituinte explícito e em parte separado do acordo direto entre os Estados. É preciso, além disso, que os momentos constituintes, pela sua própria natureza, prevejam uma relação mais estreita de comunicação e controle entre representantes e representados do que aquela normalmente assumida para as instituições constituídas, com várias formas de consulta e aprovação referendária que garantam a expressão da vontade popular acerca de questões que podem ter conseqüências de longa duração.

O raciocínio que vale a respeito da especificidade da representação nos momentos constituintes vale também para as formas do debate e da deliberação. Isto aconteceu em parte com a Convenção e a sua oposição simbólica aos procedimentos das Conferências intergovernamentais que até aqui caracterizaram os momentos fundantes do processo constituinte de Maastricht em diante. Mas a lição a ser tirada do processo de aprovação da Carta é, a nosso ver, mais complexa do que a que opõe a Convenção, com fins consensuais e métodos de aberta discussão deliberativa, às Conferências intergovernamentais, com os seus compromissos alcançados a portas fechadas através de negociações e trocas. Como já notamos, a percepção de muitos participantes da Convenção foi a de que os procedimentos deliberativos e consensuais (através de uma espécie de aprovação "negativa", sem recurso a votações sobre cada artigo ou emenda) alcançaram o efeito desejado graças a uma vontade comum de chegar a uma "Carta-compromisso", e que este método compromissório se reflete, tanto no bem como no mal, no texto da Carta. Pelas razões apresentadas a propósito da importância do acordo político como parte do método neo-republicano, essa percepção não deve ser por si mesma considerada negativa. Ela representa a confirmação, fundada sobre razões realistas, mas também de avaliação, de que o compromisso, se bem entendido, é parte intrínseca da deliberação política em sociedades pluralistas. Que, enfim, as formas do compromisso ou as decisões substanciais tomadas a respeito da Carta sejam ou não aquelas justas é totalmente outra questão. O que conta, nesse contexto, é estabelecer os parâmetros fundamentais do método de discussão e de decisão no decorrer de um processo constituinte.

Passando agora aos aspectos menos satisfatórios da Carta[42], é, talvez, paradoxal que precisamente a tentativa de fixar solenemente os direitos fundamentais dos cidadãos da União corra o risco de cristalizar uma visão parcial dos direitos. Já foi observado que, mais do que fundar, a Carta parece fixar um *status quo*, e o faz em uma perspectiva que se consolidou *a latere* do processo de integração econômica e que, em muitos aspectos, representa a expressão de políticas antagônicas em relação aos princípios sociais sobre os quais o Estado constitucional (nacional) tinha se desenvolvido na Europa depois da guerra. Em segundo lugar, a especificidade das formas de representação e de debate do processo constituinte a que nos referimos acima não faz disso um momento totalmente separado da política. A relação entre momentos constituintes e momentos "normais" da política é mais delicado e complicado do que é sugerido por uma visão da Constituição (ou no caso específico da Carta) como os únicos momentos de fundação e transformação da política[43]. Pela mesma razão, nem a Constituição nem uma declaração dos direitos se põem no vértice de uma

---

42. O ceticismo para com a Carta não implica necessariamente uma posição política de rejeição do processo de integração (como faz ao contrário a crítica eurocética dos conservadores na Grã-Bretanha), nem a adesão a posições políticas iliberais e discriminatórias (como aquelas que a Lega praticou na Itália). Ver, por exemplo, J. H. H. Weiler, *Does the European Union Truly Need a Charter of Rights?*, "European Law Journal", 6 (2000), 2, pp. 95-7; Anne-Cécile Robert, *La Carta dei diritti, una falsa buona idea*, "Le Monde diplomatique" (ed. it.), dezembro de 2000.

43. Cf. R. Bellamy, D. Castiglione, *Costituzionalismo e democrazia in una prospettiva europea*, "Teoria Politica", 12 (1996), 3, pp. 47-70.

estrutura normativa hierárquica que depois justifica e condiciona o processo democrático. A relação entre o aparelho normativo e o processo democrático põe-se, ao contrário, em um plano horizontal, mais do que vertical, da divisão dos poderes. O papel e o conteúdo de ambos se definem como parte de um processo dialógico e de confronto em uma sociedade política em contínua evolução, seja do ponto de vista dos seus princípios e valores, seja daquele dos interesses e das identidades dos cidadãos ou dos grupos no seu interior. A falácia "fundadora" que está na base da visão liberal-democrata da Carta (ou de uma futura Constituição européia, se chegarmos a isso) corre o risco também de cravar a idéia de cidadania européia em uma imagem de Estado jurídico passivo que, em muitos aspectos, já está em crise em todos os Estados-membros. A cidadania européia não se desenvolverá de fato como produto da atribuição de direitos, a não ser na presença de práticas de colaboração e de solidariedade que adquiram sentido e sejam reconhecidas como válidas no interior de um espaço político europeu, mas não necessariamente em substituição ou em concorrência com outras práticas cujo escopo e âmbito permaneçam mais restritos.

Como se vê, a discussão da resolução do déficit constitucional na Europa conduz diretamente à questão do déficit "federal", ou seja, de como unir os vários níveis de governo que existem, ou se exigem, na Europa. A esse propósito, a presente situação, mesmo que confusa, não é totalmente desanimadora. Pode-se afirmar, como alguns fazem, que em nível intergovernamental a União Européia tenha se caracterizado em sentido confederativo[44]. Os quatro critérios que Arend Lijphart cita como apropriados a um sistema consociado – grande coalizão, autonomia dos segmentos, proporcionalidade e poder de veto das minorias – aplicam-se às deliberações do Conselho dos ministros e às negociações em torno dos vários tratados[45]. Tais mecanismos de consociação tiveram a finalidade e o efeito de tornar o processo de integração conciliável com a proteção, e

44. Cf. D. Chryssochoou, *Democracy in the European Union*, Taurus, London, 1998.

45. Cf. A. Lijphart, *Democracy in Plural Societies. A Comparative Exploration*, Yale University Press, New Haven, 1977.

em uma certa medida com a exaltação, das identidades e dos interesses nacionais. Além disso, o Conselho e as Conferências Intergovernamentais compartilharam o poder legislativo com o Parlamento e a Comissão. Paul Craig e Neil MacCormick viram nesse sistema a expressão de algumas idéias republicanas[46]. Esse encarna, segundo eles, a noção de equilíbrio institucional, típica de um "governo misto", que representa os vários interesses eleitorais compreendidos no âmbito da União Européia, muito melhor do que possa fazer um Parlamento europeu no qual esteja centralizado o poder legislativo[47].

Naturalmente, os compromissos sobre os quais se baseia o atual sistema de governo europeu são com freqüência fundados sobre a mera contratação, em vez da negociação, refletindo assim um *modus vivendi* voltado para confirmar, mais do que superar, desigualdades de poder e de bem-estar. Esses compromissos são, além de tudo, negociados pelas elites nacionais e internacionais que têm um forte interesse em manter o *status quo*. Um programa genuinamente republicano para a Europa deveria buscar quais são os modos que favorecem um fortalecimento da influência popular e um mais elevado envolvimento no processo político. A isso visam as propostas de democracia associativa recentemente apresentadas por vários autores, como Paul Hirst, Philippe Schmitter, Joshua Cohen e Charles Sabel[48]. Essas propostas estão bem conciliadas com o objetivo neo-republicano de uma soberania difusa e de uma

---

46. Cf. P. Craig, *Democracy and Rule-making Within the EC: An Empirical and Normative Assessment*, "European Law Journal", 3 (1997), pp. 105-30; N. MacCormick, *Democracy, Subsidiarity, and Citizenship in the "European Commonwealth"*, "Law and Philosophy", 16 (1997), pp. 331-56.

47. No extremo oposto, Joanne Scott sustentou que o princípio de *partnership* adotado no âmbito da Comunidade em matéria de fundos estruturais pode ser interpretado também em termos republicanos: cf. J. Scott, *Law, Legitimacy and the EC Governance: Prospects for "Partnership"*, "Journal of Common Market Studies", 36 (1998), p. 181. Segundo Joanne Scott, as formas de *partnership* garantem uma distribuição do poder entre níveis diferentes de governo, obrigando a Comunidade a reconhecer que os Estados-membros não são entidades uniformes e que os atores fora da esfera política institucional merecem também ser levados em consideração.

48. Cf. Paul Hirst, *Associative Democracy*, Polity Press, Cambridge, 1994, pp. 139-41. Philippe Schmitter, por um lado, e Joshua Cohen e Charles Sabel, por outro, procuram precisamente fazer o que aqui foi dito; ver P. Schmitter,

renovada ética da participação no governo coletivo. Uma proposta específica que colhe o sentido da participação associativa é a de um sistema público de *vouchers*, que os cidadãos podem por escolha distribuir às associações. A natureza dessas associações pode variar: da étnica à religiosa, da profissional àquela de âmbito local. E pode mudar também as suas finalidades: do fornecimento de um particular serviço em um dado lugar a um complexo sistema de bem-estar e de previdência social. As únicas limitações às quais deveriam estar sujeitas são as da rescisão da inscrição, do caráter democrático da organização interna e de certas condições mínimas de confiabilidade. O associacionismo assim entendido é uma estratégia reformista voltada não para suplantar, mas para coadjuvar a administração pública e os mecanismos de mercado fornecendo-lhes alternativas.

Ao lado dessa concepção associativa da democracia, o modelo neo-republicano apela para uma concepção deliberativa que se sustenta sobre a idéia de liberdade como ausência de domínio. Além de enfrentar diretamente a questão do déficit democrático em sentido estrito, esta concepção neo-republicana da democracia tem importantes conseqüências para os outros dois tipos de déficits. Em nível constitucional, ela favorece uma multiplicidade de visões, em vez da uniformidade do discurso político. Oferece também um modo para fazer com que as decisões sejam tomadas levando em consideração vários interesses em jogo. Conseqüentemente, conflitos de valor e de interesses podem ser enfrentados por aquilo que são, sem ter de recorrer a autoridades superiores putativas. Em nível federal, a democracia associativa e deliberativa oferece uma visão múltipla e transversal do processo decisório, que reflete tanto a pluralidade das identidades políticas quanto a complexidade dos problemas coletivos.

Um esquema democrático assim concebido pode servir como suporte para um processo de integração, tanto negativa como positiva. A remoção de vínculos necessita de fato de programas de integração de natureza positiva que, todavia,

---

How to Democratize the European Union... And Why Bother?, Rowman & Littlefiled, Lanham, 2000; J. Cohen, C. Sabel, *Directly-Deliberative Polyarchy*, "European Law Journal", 3 (1997), pp. 313-42.

muitas vezes, levantam uma forte oposição quando isso implica o ônus de satisfazer necessidades de uma coletividade mais ampla e mais heterogênea, enquanto mais distante geográfica e culturalmente. Isto vale, por exemplo, no caso do programa social da União Européia. Ao tratar questões de exclusão social, de desenvolvimento econômico desigual, de oportunidades de emprego e de direitos dos trabalhadores e dos imigrantes, fica claro que é preciso enfrentar problemas de domínio, em vez de simples interferência. Desse ponto de vista, as preocupações do neo-republicanismo parecem ser aquelas justas. O mesmo, depois de tudo, vale para uma política de maior colaboração no campo da segurança e dos assuntos internos. Em outras palavras, uma estrutura política mais flexível e com maiores formas de autonomia não deve necessariamente ser considerada um obstáculo que freie o processo de integração européia. Pelo contrário, mesmo de formas mais diferenciadas, a atenção para questões de legitimidade substancial pode favorecer uma integração mais profunda.

A práxis do "governo misto", como aqui a descrevemos, oferece, talvez, o único modelo adequado para a União Européia no início do novo milênio. Nem as tentativas de revitalizar o Estado nacional, nem as de reinventá-lo em veste supranacional, sob as aparências de um Estado federal europeu, parecem respostas adequadas às demandas de governabilidade flexível que a globalização, a complexidade e o pluralismo põem nas sociedades contemporâneas. As instituições político-jurídicas devem, portanto, ser projetadas de modo tal que possam refletir as virtudes e as necessidades desse estado de coisas. A noção republicana de "governo misto" é uma maneira, em parte metafórica, mas conceitualmente significativa, de dar expressão a uma idéia flexível de governo na nova Europa e, portanto, de prefiguração de uma nova modalidade européia de Estado de Direito e de aplicação do *rule of law*.

Post Scriptum

O ensaio aqui publicado precede os últimos desenvolvimentos constitucionais da União Européia, e em particular a decisão tomada em Laecken de abrir um verdadeiro e próprio processo de constitucionalização. No entanto, a natureza de tal processo permanece ambígua, como é evidenciado pela fórmula escolhida para o documento constitutivo, que foi apresentado como um "tratado constitucional".

Esse tratado, ainda em fase de ratificação no momento em que escrevemos este *post scriptum*, naturalmente altera uma série de dados empíricos e reforça uma visão mais unitária da União Européia. Por exemplo, resolve a ambigüidade na qual a Carta dos Direitos Fundamentais tinha permanecido, após a Conferência Intergovernamental de Nice tê-la apenas acolhido como declaração de princípio, sem conferir-lhe nenhum valor jurídico formal. Mas se, em nível formal, essa ambigüidade está agora solucionada, o mesmo não ocorre em nível substancial, porque a validade e a eficácia da Carta como instrumento dos cidadãos Europeus, e como sustentáculo de um Estado de Direito Europeu, devem ainda ser verificadas, como por outro lado explicamos neste ensaio.

A análise que fizemos neste ensaio do processo de redação e do papel substancial da Carta pode, a bom direito, estender-se ao que ocorreu na Convenção que aprovou o texto do Tratado constitucional. Remetemos a esse respeito a dois ensaios que publicamos recente e separadamente[49]. A leitura de ambos confirma de fato a tese fundamental desenvolvida neste ensaio. (*Abril de 2005.*)

---

49. R. Bellamy, J. Schönlau, *The Good, the Bad and the Ugly: The Need for Constitutional Compromise and the Drafting of the EU Constitution*, em L. Dobson, A. Føllesdal (organizado por), *Political Theory and the European Constitution*, Routledge, London, 2004, pp. 57-71; D. Castiglione, *Reflections on Europe's Constitutional Future*, em "Constellations: An International Journal of Critical and Democratic Theory", 11 (2004), pp. 392-411.

Estado de Direito e colonialismo

Estado de Direito, direitos coletivos e presença indígena na América

Por Bartolomé Clavero

O Estado de Direito é uma construção cultural, não um produto natural e, além disso, é uma invenção européia. Esse conceito foi criado por uma parte da humanidade caracterizada pela convicção de representar integralmente a humanidade e pela conseqüente intenção de se impor sobre ela valendo-se, juntamente com outros mecanismos, da instituição política do Estado. A partir do século XVIII, as variantes jurídicas dessa atitude alternaram-se assumindo as formas da imposição, fora da Europa, de uma presença e de uma cultura européias. Por conseguinte, o Estado de Direito, o Estado constitucional, o Estado dos direitos, o Estado dos diversos direitos de liberdade ou fórmulas similares que visavam a subordinação das instituições políticas ao ordenamento jurídico, podem encerrar um significado muito diverso para a Europa ou para o resto da humanidade[1].

Eis que o Estado, também o Estado dos direitos ou das liberdades, nos põe diante de um problema que é mal compreendido ou até mesmo não se consegue elaborar se a nossa perspectiva permanecer interna a um cenário marcado por um tipo de ordem de matriz européia. Desse ponto de vista, o laboratório mais interessante é o continente americano, com os seus Estados (do Canadá à Argentina) fundados por uma população de origem européia que se encontra diante de populações

---

1. Posso me expressar de uma forma assim tão nítida com base em B. Clavero, *Happy Constitution. Cultura y lengua constitucionales*, Trotta, Madrid, 1997.

nativas inicialmente majoritárias e também destinadas a se tornarem estrangeiras na sua própria terra. O objeto da minha pesquisa é exatamente entender como isso pôde acontecer a partir de uma elaboração que também está fundada sobre a supremacia do direito e inclui como própria premissa a liberdade. Examinaremos alguns elementos importantes para depois refletir sobre eles[2].

1. A exclusão constitucional: EUA e Canadá

Os Estados Unidos inauguram a história constitucional do continente americano com uma posição intransigente em relação às populações indígenas que mantiveram uma própria cultura: trata-se, em uma palavra, da exclusão. Para efeitos especificamente jurídicos não se concebe nenhuma comunicação com a população estranha à cultura de origem européia. A comunicação, todavia, não poderá não subsistir, não apenas pela presença de tais populações, mas também pela tendência expansiva dos novos Estados, que certamente não contribuirá para facilitar as coisas. Isso é bem conhecido, graças ao cinema; porém, não se busque a esse respeito uma reconstrução historiográfica de tipo jurídico-constitucional. Seria uma empresa decepcionante[3].

Nesse caso o antecedente é o acontecimento colonial. A monarquia inglesa não tinha dominado de forma direta nenhum povo nativo e os Estados Unidos não tinham preceden-

---

2. Fundamentei este conceito em B. Clavero, *Teorema de O'Reilly. Incógnita constituyente de Indoamérica,* "Revista Española de Derecho Constitucional", 49 (1997), pp. 35-77.

3. Uma contribuição crítica em S. L. Harring, *Crow Dog's case: American Indian Sovereignty, Tribal Law, and United States Law in the Nineteenth Century,* Cambridge University Press, Cambridge, 1994, pp. 8-10. O autor hoje mais citado na correspondente historiografia constitucional, J. P. Reid, vai da atenção monográfica, *A Law of Blood: The Primitive Law of the Cherokee Nation* (1970), à desatenção total, *Constitutional History of the American Revolution,* University of Wisconsin Press, Madison, 1986-1993. Para uma introdução historiográfica de interesse jurídico, cf. J. R. Wunder, *"Retained by the People": A History of American Indians and the Bill of Rights,* Oxford University Press, New York, 1994, pp. 251-62.

tes jurídicos desse tipo no seu interior. Antes da Independência, de 1763, tinha sido emanada uma proclamação solene nesse sentido. Ela reconhecia o território como ordenamento indígena, porém não com base em um direito da população, mas, ao contrário, como expressão da monarquia, da sua "sovereignty, protection and dominion", como objeto submetido à sua soberania e proteção. Todo o território habitado pelos índios da América do Norte era declarado "reserved", reserva, para aqueles povos, como graciosa concessão por parte da Grã-Bretanha. E esta se atribuía poderes em nome da própria proteção. A declaração de 1763, considerando os índios incapazes por princípio de alienar as suas terras, permite-lhes fazê-lo somente em benefício desta monarquia e desta soberania, que deste modo se estende e se aplica para além das suas próprias colônias, para além da faixa atlântica que até então elas ocupavam, traçando assim uma fronteira[4].

A oposição das próprias colônias a essa fronteira foi um dos principais fatores propulsores da independência, mas já se havia criado uma situação de direito que os Estados Unidos podiam herdar, substituindo-se na mesma posição de soberania. A Constituição federal definitiva, a de 1787, tornará manifesta esta intenção atribuindo ao Congresso uma competência "para regular o comércio com as nações estrangeiras, entre os vários Estados e com as tribos indígenas" (art. 1, seção 8, parágrafo 3)[5]; o que será interpretado amplamente, na linha de uma substituição na soberania, no que se refere àquela espécie de "terceiro gênero", as tribos indígenas, que não são nem nação

4. R. N. Clinton, *The Proclamation of 1763: Colonial prelude to two centuries of Federal-State conflict over the management of Indian affairs*, "Boston University Law Review", 69 (1989), pp. 329-85; cf. o texto da proclamação, pp. 382-5.

5. "To regulate commerce with foreign nations, among the several states, and with the Indian tribes." Reporto a referência exata das citações constitucionais no decorrer da exposição se se trata de textos em vigor, para indicar a sua vigência, diferentemente dos casos apenas históricos. Hoje em dia, a melhor coletânea das Constituições americanas atuais, tanto norte-americanas como sul-americanas, encontra-se, segundo o meu conhecimento, na internet, organizado pela Universidade de Georgetown, Washington D.C.: <http://www.georgetown.edu/ LatAmerPolitical/Constitutions/constitutions.html>.

estrangeira nem parte integrante do Estado. Os povos indígenas são considerados inicialmente entidades que não fazem parte dos Estados Unidos, mas estão de qualquer modo sujeitos a uma soberania de competência federal. A jurisprudência constitucional da Corte Suprema Federal formulará, daqui a algumas décadas, essa posição sustentando que esses povos constituem "domestic dependent nations": ou seja, eles são nações, mas internas e dependentes, colocadas "in a state of pupilage", postas sob uma tutela em certo sentido "familiar" enquanto colocados em um estado permanente de "menoridade" em relação aos Estados Unidos. Trata-se de uma elaboração muito mais equilibrada do que a da simples proteção[6].

As tribos indígenas são aqui entendidas como nações e podem, portanto, se autogovernar, salvo a incapacidade enquanto pupilos de tratar e estabelecer acordos com outras partes que não sejam as do seu tutor, a Federação dos Estados Unidos. Desse ponto de vista, podem ser estabelecidas e desenvolvidas relações entre "nações" e "Nação", entre as *nações* indígenas e a Nação estadunidense. A tutela é entendida de modo que as primeiras possam tão-só, e aliás devam, se relacionar estavelmente apenas com a segunda, dentre todas as nações da terra. Os povos indígenas possuem territórios, têm governos e ordenamentos próprios. Eles mantêm relações internacionais com os Estados Unidos, que são relações obrigadas por princípio e de alcance determinado. São obrigados principalmente à paz, legitimando desse modo a guerra que os Estados Unidos fazem contra os povos indígenas que não respeitem o que foi estabelecido. O procedimento normativo para a concretização de tais relações será, portanto, internacional, a dos tratados no sentido estrito do termo. Pouco antes da Constituição de 1787 foram feitas aos povos indígenas ofertas de incorporação na Federação[7].

---

6. R. A. Williams Jr., *The American Indian in Western Legal Thought: The Discourses of Conquest*, Oxford University Press, New York, 1990, pp. 287-317; P. P. Frickey, *Marshalling Past and Present: Colonialism, Constitutionalism, and Interpretation in Federal Indian Law*, "Harvard Law Review", 107 (1993), pp. 381-440.

7. F. P. Prucha, *American Indian Treaties: History of a Political Anomaly*, University of California Press, Berkeley, 1994, pp. 31-4, 59-66; acerca de tudo isso pesa a *anomalia* preconceituosa do título.

Antes da Constituição federal registra-se um outro passo de alcance constitucional, a invenção do *Territory*, o território, como alternativa ao Estado, com o claro escopo de evitar uma constituição formal autônoma. Trata-se de um regime transitório até que não se desenvolva a colonização ou se reduza a população indígena. É um contexto no qual não valem as disposições de tratados nem sequer o princípio de reconhecimento territorial contido na proclamação colonial de 1763, que era assim rechaçada. Os Estados Unidos arrogam-se o direito de dispor e administrar as áreas de expansão ocidental que não fazem parte dos Estados internos. Nessa perspectiva, a própria prática dos tratados pode ser elaborada nos termos, pouco equilibrados, da concessão de reservas, permissões de governo e formas de aplicação da tutela. Com a Constituição de 1787 já se entra nessa ordem de idéias[8].

A situação não muda durante décadas. A prática dos tratados se conserva até 1871, dando lugar a acordos menos formais e mais diretamente sujeitos à decisão dos poderes federais. A possibilidade de fundar ao menos um Estado indígena permanece aberta sobretudo no Território Indígena de Oklahoma, mas se reduz nos anos seguintes e é definitivamente liquidada em 1907, quando o território torna-se constitucionalmente mais um Estado, sem que os indígenas tenham aqui alguma parte[9]. Tudo é reconduzido à linha da relação entre "tutor" e "pupilo". Entre os dois séculos, XIX e XX, dá-se uma ulterior erosão da posição indígena, provocada pela prática de tratados e fortalecida pela manutenção de territórios e governos próprios. Se estes restam ainda, é na condição colonial de reserva e tutela[10].

---

8. H. R. Berman, *The Concept of Aboriginal Rights in the Early Legal History of the United States*, "Buffalo Law Review", 27 (1977-1978), pp. 637-67; M. Savage, *Native Americans and the Constitution: The Original Understanding*, "American Indian Law Review", 16 (1991), pp. 57-118; F. P. Prucha, *American Indian Treaties*, cit., pp. 67-182.

9. M. Henriksson, *The Indian on Capitol Hill: Indian Legislation and the United States Congress, 1862-1907*, Societas Historica Finlandiae, Helsinki, 1988, pp. 190-220; J. Burton, *Indian Territory and the United States, 1866-1906: Courts, Government and the Movement for Oklahoma Statehood*, University of Oklahoma Press, Norman, 1995.

10. C. F. Wilkinson, *American Indians, Time, and the Law. Native Societies in a Modern Constitutional Democracy*, Yale University Press, New Haven, 1987;

As relações são estabelecidas em termos internacionais, o que implica um princípio de reconhecimento jurídico não demasiado degradante, embora sempre baseado em pressupostos de tipo colonial. Mediante essas relações estabelecidas por meio de tratados, a parte indígena pode manter a própria idéia de direito começando por atribuir um sentido diverso às palavras. O termo comum nação pode ser tranqüilamente interpretado como sinal de paridade jurídica. E também outros termos podem não ter um tom pejorativo ou depreciativo. A reserva pode ser entendida como a terra que o povo indígena conserva para si enquanto põe à disposição ou cede uma outra parte do próprio território. Nessa perspectiva, também a tutela pode ser vista como uma assistência negociada e aceita como contrapartida de paz e terras, legitimando assim a guerra defensiva. E estão em jogo não apenas palavras, mas também sinais de outro tipo. Os gestos de amizade e as trocas de obséquios podiam ter um significado mais amplo e não perfeitamente coincidente com o significado de um texto escrito em um idioma estrangeiro, mesmo que "língua franca" como o inglês. O fumo de tabaco compartilhado podia ser juridicamente mais significativo do que uma escritura legal. Tudo isso era de qualquer modo direito[11].

É um direito que não prevalece sobre aquele dos Estados Unidos nem se compõe de modo paritário com ele. As reservas permanecem sob dependência e tutela sem ter contribuído ou dado consenso ao constitucionalismo estadunidense e sem se integrar nele. Entre os dois séculos, aproximadamente entre o fim do período dos tratados e o nascimento do Estado de Oklahoma, os povos indígenas das *reservas* continuam a ser nações mesmo excluídos da Nação. Os seus membros não são cidadãos e cidadãs desta Nação. Continua a valer o requisito da conversão não só a uma ordem pública, mas também à

S. L. Harring, *Crow Dog's case*, cit., pp. 57-206, 251-81; F. P. Prucha, *American Indian Treaties*, cit., pp. 287-333; B. Clark, *Lone Wolf v. Hitchcok: Treaty Rights and Indian Law at the End of the Nineteenth Century*, University of Nebraska Press, Lincoln, 1994.

11. R. A. Williams Jr., *Linking Arms Together: American Indian Treaty Visions of Law and Peace, 1600-1800*, Oxford University Press, New York, 1997.

ordem privada da propriedade e da família. Isso vale para o acesso à cidadania, ou melhor, para a sua imposição. Esse período se caracteriza por uma política agressivamente integracionista, fundada sobre a privatização das terras e sobre a destruição das comunidades, uma política que todavia não consegue se impor de modo definitivo e torna a se repropor periodicamente no século XX. Não falta nem sequer o recurso às Igrejas para exercer uma tutela funcional para uma aculturação que se pretende não apenas civilizadora, mas também salvífica[12].

Os habitantes das reservas indígenas recebem a cidadania estadunidense em 1924, não a pedido deles, mas por decisão dos próprios Estados Unidos, fato este que não pode senão gerar resistências. O contexto internacional, ou melhor, interestatal, está começando a mudar. Até então não tinham sido postos particulares problemas, visto que eram geralmente aceitas uma concepção soberana do Estado e uma concepção territorial da soberania. A partir de 1919 existe, porém, a Sociedade das Nações que começa a se interessar pelo destino de alguns povos não constituídos em Estado, ou minorias, como ela os definia. Em 1923, alguns indígenas americanos tentam chamar a sua atenção. Nesse contexto, os Estados Unidos têm em mira um objetivo que era, como veremos, um ponto de partida para outros Estados americanos: levar em consideração a cidadania da população indígena deixando de lado a sua autodeterminação e o respeito pelos seus direitos. Apenas em seguida, por exigências de legitimação, sem todavia que isso leve a uma reviravolta do sistema, são examinados direitos específicos das populações nativas, direitos que a outra parte sempre define, atribui, submete a condição, modela[13].

---

12. W. C. Sturtevant (organizado por), *Handbook of North American Indians*, vol. IV, Smithsonian Institution, Washington, 1978-1998; W. E. Washburn (organizado por), *History of Indian-White Relations*, Smithsonian Institution, Washington, 1988, pp. 430-521; M. Henriksson, *The Indian on Capitol Hill*, cit., pp. 96-116; J. R. Wunder, *"Retained by the People": A History of American Indians*, cit., pp. 27-41, 147-77.

13. F. S. Cohen, *Handbook of Federal Indian Law* (1942), William S. Hein & Co., Buffalo, 1988, pp. 153-81, 401-15; J. R. Wunder, *"Retained by the People": A History of American Indians*, cit., pp. 48-51, 124-46.

Quando, enfim, os povos culturalmente indígenas recebem a cidadania e alguns direitos, eles já constituem uma minoria absoluta e definitiva no interior dos Estados Unidos. E os seus territórios, que esses povos governam internamente, são reservas, não Estados. Há nações internas dependentes, nações sujeitas a poderes federais, nações que todavia não fazem parte do sistema federal organizado por uma outra nação, a Nação com maiúscula. E a Constituição permanece em silêncio, com exceção da enigmática referência ao "terceiro gênero", as *Indian tribes*, as tribos indígenas, que não formam, como sabemos, Estados próprios nem são Estados estrangeiros. Nenhuma emenda federal estadunidense faz referência a esse fato. A jurisprudência pode proceder de modo tranqüilo na constitucionalização de uma posição substancialmente colonial[14].

O caso constitucional do vizinho Canadá é mais claro. Trata-se, originariamente, de colônias que não se agregaram ao processo de independência e que, portanto, não reagiram contra a proclamação inglesa de 1763. É um ponto de partida bem distinto que implica uma diferença, mesmo que relativa. A atual norma constitucional, de 1982, contém claramente, a favor dos "aboriginal peoples of Canada", "peuples autochtones du Canada", os povos indígenas do Canadá, aqueles "direitos ou liberdades reconhecidos pela proclamação de 7 de outubro de 1763" (parte I, seção 25; parte II, seção 35)[15], e esse reconhecimento é extensivo também a outros tratados e acordos.

A vigência e o valor constitucional dessa proclamação constituem um dado importante a partir de um ponto de vista comparativo. É preciso, de fato, lembrar que ela não se limitava a um reconhecimento do território e do direito. Este segundo aspecto resultava mais problemático. A declaração partia de uma explícita afirmação de soberania que colocava o direi-

---

14. I. K. Harvey, *Constitutional Law: Congressional Plenary Powers over Indian Affairs. A Doctrine Rooted in Prejudice*, "American Indian Law Review", 10 (1982), pp. 117-50; R. A. Williams Jr., *The Algebra of Federal Indian Law: The Hard Trail of Decolonizing and Americanizing the White Man's Indian Jurisprudence*, "Wisconsin Law Review" (1986), 2, pp. 219-99.

15. "Any rigths or freedoms that have been recognized by the Royal Proclamation of October 7, 1763", "droits ou libertés reconnues par la Proclamation royale du 7 octobre 1763".

to colonial acima daquele indígena, válido enquanto reconhecido pelo primeiro, enquanto não se podia conceber o contrário, mesmo em se tratando de uma população originária residente no seu território. Tudo isso, ainda, implicava a projeção de uma tutela, que desvalorizava a posição e reduzia as faculdades da população indígena, visto que o "lado obscuro" da proclamação de 1763 continuava a pesar, em todo o seu alcance constitucional, sobre o sistema canadense[16].

Como situar então o Estado de Direito em duas zonas anglo-americanas como os Estados Unidos e o Canadá? Como se põe para elas um direito que possa ser efetivo, comum, tanto para a parte índio-americana quanto para aquela euro-americana e reconhecido pelos dois povos? Com exceção das pretensões e das ilusões constitucionais da contraparte de origem européia, que possibilidades existiram para a instauração de um ordenamento capaz de oferecer uma efetiva garantia? É evidente que o constitucionalismo anglo-americano enraizou-se e se enraíza em um colonialismo europeu incapaz como tal, enquanto colonial, de fundar um Estado de Direito capaz de envolver toda a população interessada[17]. Não apresentemos, porém, conclusões apressadas: é preciso de fato ampliar o nosso panorama ao restante do continente americano e, dada a sua matriz colonial, situar também o nosso ponto de observação fora dele.

2. A inclusão constitucional: América Latina

Já afirmei que o ponto de partida latino-americano parece diverso ou também aparentemente contrário em relação àquele norte-americano: está em jogo a inclusão. Os Estados que se tornaram independentes da monarquia espanhola o fizeram em

---

16. A. Fleras, J. L. Elliot, *The "Nations Within": Aboriginal. State Relations in Canada, the United States, and New Zealand*, Oxford University Press, Toronto, 1992, pp. 7-126.

17. A análise do caráter colonial da cultura constitucional dos Estados Unidos é o ponto de partida de B. Ackerman, *We the People*, vol. I, *Foundations*, Harvard University Press, Cambridge (Mass.), 1991, que todavia não chega a levar em consideração o nexo com os mecanismos de exclusão dos povos indígenas.

nome de toda a população, e não apenas daquela de proveniência européia. Eles têm sua origem em um regime colonial que já estabelecera um domínio direto sobre a população nativa, instaurando expressa e eficazmente um mecanismo de tutela. Ora, algumas Constituições nascem sobre o pressuposto de uma única Nação, sobre o fundamento implícito ou também explícito de uma nacionalidade e também de uma cidadania compartilhada com a população indígena. Porém, a incorporação não ocorre. Há uma exclusão produzida por precisos mecanismos jurídicos, e não apenas por fatores de outro tipo que agora não nos dizem respeito. O nosso é um problema constitucional: não procuremos, então, os rastos disso na correspondente historiografia, se quisermos evitar a desilusão verdadeiramente superlativa de uma cegueira quase absoluta[18].

Procuremos não nos dispersar entre os casos, realmente vários e diversificados, que encontramos naquela área do continente americano (do México à Argentina) que hoje se costuma chamar de latino. Traçamos um percurso para poder delinear uma imagem geral. O ponto de partida do esquema da inclusão está expresso de modo bastante claro em uma das primeiras Constituições dessa região, a da Venezuela de 1811. Ela se desenvolve sobre o pressuposto de uma cidadania comum e produz o efeito da anulação explícita do *status* de tutela dos indígenas, daqueles "privilégios dos menores de idade" que, "ao procurar protegê-los, prejudicaram ao contrário o seu desenvolvimento, como demonstrou a experiência"[19].

---

18. Resenha bibliográfica introdutória em B. Clavero, *Cádiz entre indígenas. Lecturas y lecciones sobre la Constitución y su cultura en la tierra de los mayas*, "Anuario de Historia del Derecho Español", 65 (1995), pp. 931-92. Sendo não-constitucional, a historiografia jurídica é muito mais escassa, apesar da existência de um setor específico de *Direito Indígena*, ou talvez por causa disso mesmo, dada a sua identidade de qualquer modo colonial, mesmo que comecem a haver exceções: A. Levaggi (organizado por), *El aborigen y el derecho en el pasado y el presente*, Universidad del Museo Nacional Argentino, Buenos Aires, 1990.

19. "Dirigiéndose al parecer a protegerlos, les ha perjudicado sobremanera, según ha acreditado la experiencia": *Constituciones de Venezuela*, Instituto de Estudios Políticos, Madrid, 1965, em *Disposiciones generales*. As Constituições latino-americanas históricas estão em uma edição do mencionado Instituto, hoje Centro de Estudios Políticos y Constitucionales, prosseguida pelas Ediciones de Cultura Hispánica: Equador (1951), Cuba (1952), Argentina (1952),

Essa anulação é preparada por um longo artigo, que lhe oferece motivação, dedicado àquela "parte de cidadãos até então denominados *índios*"[20]. A anulação perseguida é de alcance ainda maior: emerge um programa de conversão, primeiro religiosa e depois cultural, dos *índios*. É sublinhada a exigência de "fazer-lhes compreender a íntima ligação com todos os demais cidadãos"[21] e a necessidade de compartilhar os direitos "pelo único fato de serem pessoas iguais a todas as outras da própria espécie"[22]. O programa de uma "desculturação" indígena por meio da aculturação constitucional é aplicado pela própria Constituição em vista da distribuição da propriedade das terras que tinham sido concedidas[23]. Fica assim entendido que não existe domínio territorial que não provenha da propriedade privada. Não há possibilidade de uma comunidade própria nem de nenhum direito próprio. A negação da cultura indígena é o efeito produzido sobre os nativos pela prática da "inclusão".

As primeiras constituições latino-americanas são geralmente desse tipo, mas não faltam posições que não desembocam em resultados de tão nefasta anulação. A Constituição do Equador de 1830 é a mais clara. Ela considera os indígenas uma "classe inocente, abjeta e miserável"[24] e nomeia "os veneráveis párocos como os seus tutores e pais naturais"[25], mantendo assim

---

Porto Rico (1953), Peru (1954), Panamá (1954), Uruguai (1956), República Federal da América Central (1958), Guatemala (1958), Nicarágua (1958), Bolívia (1958), Brasil (1958), El Salvador (1961), Honduras (1962), Costa Rica (1962), Venezuela já citada (1965), Haiti (1968), Colômbia (1977) e Paraguai (1978). Sul do México, ver: F. Tena (organizado por), *Leyes Fundamentales de México, 1808-1992*, Porrúa S.A., México, 1992, até a reforma que nos diz respeito. As Constituições históricas do Peru encontram-se também na internet: <gopher://ulima.edu.pe/11/ccpp/seccion1>. Cito os textos das constituições vigentes na melhor coletânea que se pode encontrar hoje também na internet: <http://www.georgetown.edu/LatAmerPolitical/Constitutions/constitutions.html>.

20. "Parte de ciudadanos que hasta hoy se ha denominado *indios*."

21. "Hacerles comprender la íntima unión que tiene con todos los demás ciudadanos."

22. "Por sólo el hecho de ser hombres iguales a todos los de su specie."

23. "Reparto de propiedad de las tierras que les estaban concedidas y de que están en posesión."

24. "Clase inocente, abyecta y miserabile."

25. "A los venerables curas sus tutores y padres naturales."

o regime de tutela. A Declaração dos Direitos da Guatemala, de 1839, não é menos importante nesse sentido. Ela proclama precisamente que sejam "protegidos em particular aqueles que por sexo, idade ou falta de capacidade não podem conhecer e defender os próprios direitos"[26], razão pela qual não apenas as mulheres, mas também outras pessoas maiores de idade resultam passíveis de tutela. Fica compreendida claramente "la generalidad de los indígenas", incapazes de conhecer o próprio direito e, portanto, presumivelmente também de entender uma instituição tão estranha à própria cultura como a da propriedade privada.

A atribuição às populações indígenas (que também constituem a maioria quantitativa) de uma posição de minoria qualitativa (com a correspondente tutela, tanto estatal como eclesiástica) não se manifesta de modo tão claro no âmbito constitucional, mas é o objeto da política corrente. A própria Venezuela, iniciada com a afirmação taxativa da igual cidadania, passa em 1864 à fórmula constitucional da tutela estatal através do regime dos territórios para chegar à modalidade eclesiástica em 1909: "o Governo poderá contratar a chegada de missionários que se estabelecerão nas áreas da República onde há índios para civilizar"[27]. A Constituição venezuelana atual, de 1963, vai além oferecendo uma ulterior proteção: "a lei estabelecerá o regime de exceção que requer a proteção dos indígenas e a sua incorporação progressiva na vida da Nação"[28] (art. 77).

Tanto no México como na Argentina, e nos outros casos ou fases do desenvolvimento federal dos Estados latino-americanos, o regime dos territórios, essa invenção estadunidense, serve para pretender e impor o domínio sobre a população indígena independente. A influência do federalismo não é estranha a este projeto. E o direito internacional de então o favorece

---

26. "Protegidas particularmente aquellas personas que por su sexo, edad o falta de capacidad actual carecen de ilustración suficiente para conocer y defender sus propios derechos."

27. "El Gobierno podrá contratar la venida de misioneros que se establecerá precisamente en los puntos de la República donde hay indígenas que civilizar."

28. "La ley establecerá el régimen de excepción que requiera la protección de indígenas y su incorporación progresiva a la vida de la Nación."

não concebendo a possibilidade de reconhecer como Nações, em condições de igualdade, povos dotados de território e direito próprios e anteriores à chegada dos europeus. Em seguida, analisaremos esse fator externo, mas de segura importância também do ponto de vista interno. Deste último ponto de vista, entre as diversas Constituições que falam de Estado e de fronteiras sem levar em consideração as nações, existe um amplo leque de posições que oscilam entre os extremos da total submissão e da plena independência.

Dá-se uma grande variedade de práticas que vão dos acordos à guerra, passando por todo tipo de mediação e composição, caracterizadas em geral pelo denominador comum da evolução e do desenvolvimento à margem de programas e mandatos constitucionais e pelo resultado da atribuição ao Estado de um poder arbitrário e incontestável e ao povo indígena um direito frágil e precário; a população nativa chega, desse modo, a usufruir de uma autonomia tolerada e baseada nos costumes, mas não garantida por um poder próprio e por um preciso ato de reconhecimento. Entre um ordenamento e outro, entre a vontade explícita de alguns Estados e a hipocrisia de outros, não parece que se instaure uma ordem jurídica de alcance geral. Que possibilidade existe de um Estado de Direito que possa se estender efetivamente para toda a Nação?[29]

Desde o início, a partir das próprias proclamações de cidadania geral, foram postas as premissas dessas conseqüências. A incorporação deve significar abandono da própria cultura. Sem este requisito, não existe reconhecimento de nenhum direito.

---

29. Em uma perspectiva mais ampla, R. Stavenhagen (organizado por), *Derecho indígena y derechos humanos en América Latina*, Colegio de México. Instituto Interamericano de Derechos Humanos, México, 1988; G. Urban, J. Sherzer (organizado por), *Nation-States and Indians in Latin America*, University of Texas Press, Austin, 1991; B. Clavero, *Derecho indígena y cultura constitucional en América*, Siglo XXI, México, 1994; D. L. Van Cott (organizado por), *Indigenous Peoples and Democray in Latin America*, St. Martin's Press, New York, 1994; E. Sánchez Gutiérrez (organizado por), *Derechos de los pueblos indígenas en las Constituciones de América Latina*, Coama-Disloque, Bogotá, 1996; M. Gómez Rivera (organizado por), *Derecho indígena*, Instituto Nacional Indigenista, México, 1997; C. G. Barié, *Los derechos indígenas en las Constituciones latinoamericanas contemporáneas*, tese de laurea inédita, Universidad Nacional Autónoma de México, 1998.

O resultado é a perda definitiva da autonomia. Dito de outra forma, o estado de tutela, uma tutela muito incisiva porque visava não apenas a uma conversão religiosa, mas também a uma transculturação jurídica, foi sempre entendido como uma fase necessária de transição para esse tipo de comunidade e de cidadania. Não existe, pois, tanta diferença entre o ponto de partida e o resultado final da evolução constitucional venezuelana. Não existe certamente diferença nos princípios de base da cidadania e da tutela. São diferenças de tons, não de paradigmas, que distinguem uma fundamentação da outra, o modelo anglo-americano em relação às fórmulas latino-americanas. O primeiro e as outras oscilam entre a inclusão e a exclusão, colonial a primeira e constitucional a segunda.

Tanto uns como os outros preferem evitar um explícito empenho constitucional, que porém acaba, seja como for, por estar presente de modo significativo. Sabemos que o Canadá recorre às emendas, contrariamente aos Estados Unidos, que fazem resistência a esse respeito. Permancerão mudos os textos constitucionais do Uruguai, Chile e Costa Rica, até nas suas versões mais recentes, como as de 1997. No decorrer do século XIX, as manifestações constitucionais são sempre esporádicas. O fulcro é sempre a religião, a "conversão ao catolicismo", como diz a constituição da Argentina de 1853, ou a "conversão ao cristianismo e à civilização", como especifica a constituição do Paraguai de 1870: um programa que implica, para a parte indígena, a perda da própria cultura e outras privações não menos graves, como o confisco das terras, ou então, em caso de resistência, o extermínio.

Com o novo século o panorama parece mudar. No Equador, no Peru e ainda, mais tarde, no Brasil, Bolívia, Equador e na Guatemala começam a surgir reconhecimentos um pouco mais respeitosos acerca da presença indígena, que, enquanto autonomamente organizada, não responde às presunções constitucionais, mesmo sem transigir o primado dos poderes do Estado e a conseqüente precariedade de um direito que não tenha origem nele. Inicia o Equador com as comprometidas declarações de 1906 e de 1929: "os Poderes Públicos deverão proteger a etnia indígena no que se refere ao melhoramento da sua vida social"[30]. Prossegue o Peru em 1920: "o Estado protegerá a etnia indígena"[31], "a Nação reconhece a existência legal das comunidades indígenas"[32] e "a lei promulgará os direitos que lhes correspondem"[33]. O Estado protege, a Nação reconhece e a Lei determina os direitos. A Constituição peruana de 1933 dedica um artigo inteiro às comunidades indígenas, reconhecendo-lhes "existência legal e personalidade jurídica"[34], como também "a integridade da propriedade"[35] e a autonomia na administração de rendas e bens em conformidade com a lei: "o Estado promulgará a legislação civil, penal, econômica e administrativa de que os indígenas têm necessidade"[36]. A partir de 1934, o Brasil declara reconhecer constitucionalmente a posse das terras dos índios[37].

Em 1938, a Bolívia, como o Peru, acrescenta a um substantivo – a *comunidad*, que indica uma realidade dotada de uma própria ordem – um adejtivo, *legal*, que implica a subordinação ao Estado, e introduz uma referência à legislação e assim ao papel determinante da decisão política. Acrescente-se a isso a obrigação de instituir "núcleos escolares indígenas, abrangendo aspectos econômicos, sociais e pedagógicos"[38] e prover, desse modo, à "educação do camponês": tudo isso está incluído na seção condição camponesa e, longe de reconhecer a cultura autônoma, adota uma perspectiva que tende simplesmente a anulá-la. Nem parece diversa a posição da Constituição do Equador de 1945 quando estabelece que "nas escolas das zonas com predominância de população indígena se usará, além do castelhano, o quéchua ou a língua nativa cor-

---

30. "Los Poderes Públicos deberán protección a la raza india en orden a su mejoramiento en la vida social."

31. "El Estado protegerá a la raza indígena."

32. "La Nación reconoce la existencia legal de las comunidades de indígenas."

33. "La ley declarará los derechos que les corresponden."

34. "Existencia legal y personería jurídica."

35. "Integridad de la propiedad."

36. "El Estado dictará la legislación civil, penal, económica y administrativa que las peculiares condiciones de los indígenas exigen."

37. "Será respeitada a posse das terras de silvícolas."

38. "Nucleos escolares indígenas abarcando los aspectos económico, social y pedagógico."

respondente"[39]. A Constituição sucessiva de 1946 muda a linguagem para diminuir o nível de compromisso até reduzi-lo a mero registro: o ensino "prestará especial atenção à etnia indígena"[40], sem outra especificação.

No ano de 1945, a Guatemala proclama na Constituição a existência de "grupos indígenas", declarando de "utilidade e interesse nacional" uma política voltada para o "melhoramento econômico, social e cultural" desses grupos e confiando a tutela das suas "necessidades, condições, práticas, usos e costumes"[41] ao Estado. Em 1965, o Estado guatemalteco se empenha "no melhoramento socioeconômico dos grupos indígenas visando a sua integração na cultura nacional"[42]. Até 1945 a perspectiva é ainda a de uma anulação da cultura indígena, embora se acrescentem garantias sobre a propriedade comum e apreços pela arte popular. Em 1967, a Constituição do Paraguai declara que "são línguas nacionais da república o espanhol e o guarani"[43], mas acrescenta que "será de uso oficial o espanhol", ao passo que omite a língua da população nativa.

Em 1972, a Constituição do Panamá oferece um desenvolvimento maior dessas mesmas posições (arts. 84, 104 e 120-123). Ela reconhece aos "grupos indígenas" não só os seus diversos idiomas, mas também "modelos culturais próprios", assim como garante a "propriedade coletiva das comunidades indígenas"[44]. São, porém, enunciados apenas os objetivos gerais, ao passo que as específicas realizações permanecem confiadas ao Estado. A sua política deverá se desenvolver "de acordo com os métodos científicos da mudança cultural"[45]. Os mesmos reconhecimentos positivos devem ser entendidos como transi-

39. "En las escuelas establecidas en las zonas de predominante población india, se usará, además del castellano, el quechua o la lengua aborigen respectiva."

40. "Prestará especial atención a la raza indígena."

41. "Necesidades, condiciones, prácticas, usos y costumbres."

42. "Al mejoramiento socio-económico de los grupos indígenas para su integración a la cultura nacional."

43. "Idiomas nacionales de la República son el español y el guaraní."

44. "Propiedad colectiva de las comunidades indígenas."

45. "De acuerdo con los métodos científicos del cambio cultural."

tórios. De forma precoce, porém, uma Reforma Constitucional de 1928 tinha concedido a criação de "zonas de estatuto especial", dando às comunidades indígenas uma autonomia tutelada e garantida pela lei. Algumas delas puderam dotar-se de um estatuto próprio alegando o direito internacional atual dos direitos humanos com o fim de se fortalecerem constitucionalmente perante a lei do Estado[46]. Mas dessa dimensão supra-estatal falaremos mais adiante.

Segue uma onda de pronunciamentos constitucionais mais ou menos inovadores. Em 1978, a Constituição do Equador acrescenta à tutela dos aspectos lingüísticos o reconhecimento da "propriedade comunitária" como um dos setores fundamentais da economia. Em 1982, a Constituição de Honduras declara que "o Estado preservará e estimulará as culturas nativas"[47], ocupando-se da "proteção dos direitos e dos interesses das comunidades indígenas existentes no país"[48] (arts. 172, 173 e 346). Em 1983, a Constituição de El Salvador afirma que "as línguas autóctones faladas no território nacional fazem parte do patrimônio cultural e serão objeto de preservação, difusão e respeito"[49] (art. 62). Nestes casos são utilizadas pelo menos formulações mais respeitosas, sem falar explicitamente de *tutela*, sem dar expressão constitucional a uma fundamentação de tipo "tutelar". Fala-se agora de cultura, ao passo que antes se entendia "incivilização".

Em 1985, a Constituição da Guatemala amplia o panorama com o reconhecimento do "direito das pessoas e das comunidades à própria identidade cultural em conformidade com os próprios valores, língua e costumes"[50], remodelando de forma

46. *Derechos de los Pueblos Indígenas*, Servicio Central de Publicaciones del Gobierno Vasco, Vitoria-Gasteiz, 1998, pp. 505-60, é o texto de referência. Este volume oferece uma coletânea de documentos que abrange todas as normas constitucionais e internacionais em vigor aqui tratadas.

47. "El Estado preservará y estimulará las culturas nativas."

48. "Protección de los derechos e intereses de las comunidades indígenas existentes en el país."

49. "Las lenguas autóctonas que se hablan en el territorio nacional forman parte del patrimonio cultural y serán objeto de preservación, difusión y respeto."

50. "Derecho de las personas y de las comunidades a su identidad cultural de acuerdo a sus valores, su lengua y sus costumbres."

correspondente as disposições em tema de propriedade: "as comunidades indígenas ou de outro tipo que tenham, historicamente, propriedade de terras e que por tradição as tenham administradas de forma especial manterão esse sistema"[51] (arts. 58, 66-76 e 143). Há a impressão de uma mudança de perspectiva enquanto o reconhecimento parece estar fundado sobre um direito próprio das comunidades indígenas e não é, portanto, precário e transitório: a novidade, porém, não se concretiza, uma vez que tudo permanece confiado a uma "lei específica" que, deixando de lado a sua concreta aplicação, confia à escolha discricionária do Estado a obtenção do objetivo[52].

É um plano sobre o qual se registram importantes intervenções de integração. Em 1987, a Constituição da Nicarágua introduz um regime de autonomia territorial mediante disposições legislativas para a zona onde a população indígena é predominante (arts. 8, 11, 89-91, 180 e 181). Em 1988, a constituição do Brasil confia à legislação a tarefa de identificar e delimitar as terras (arts. 49.16, 215 e 231). Em 1991, a constituição da Colômbia, considerando "a diversidade étnica e cultural da Nação", permite por lei a autonomia e organiza a participação de uma minoria indígena no exercício do poder legislativo (arts. 7, 10, 171, 176, 286, 288, 329 e 330). Em 1992, o México procede ao reconhecimento não apenas da língua e dos costumes, mas também de verdadeiras e próprias culturas: "a Nação mexicana tem uma composição pluricultural que está originariamente baseada nas suas populações nativas"[53] (art. 4). A obtenção do objetivo é confiada à legislação ordinária. Porém,

---

51. "Las comunidades indígenas y otras que tengan tierras que históricamente les pertenecen y que tradicionalmente han administrado de forma especial, mantendrán ese sistema."

52. A lei não chegou nem chegará, porque a Guatemala está atualmente em uma fase de negociação para uma reforma constitucional sobre a base de uma supervisão internacional que presta particular atenção à presença indígena: J. Skinner-Klée (organizado por), *Legislación indigenista de Guatemala*, Serviprensa Centroamericana, Guatemala, 1995, pp. 239-63. Mas aqui não trato dos desdobramentos legislativos nem faço previsões constitucionais, limitando as informações ao final de 1998.

53. "La Nación mexicana tiene una composición pluricultural sustentada originalmente en sus pueblos indígenas."

ao mesmo tempo, são anuladas algumas garantias para a propriedade comunitária previstas na Constituição mexicana a partir de 1917 (art. 27.7).

No mesmo ano de 1992, o Paraguai fortalece o reconhecimento da multiculturalidade: "esta Constituição reconhece a existência dos povos indígenas, definidos como grupos de cultura anteriores à formação e à organização do Estado paraguaio"[54] e introduz direitos à "identidade étnica" e à "propriedade comunitária". O Paraguai é um Estado pluricultural e bilíngüe" (arts. 62-67, 77 e 140). Em 1993, o Peru reconhece na sua constituição "a pluralidade étnica e cultural da nação"[55], mas orienta-se para um plurilingüismo desequilibrado a favor do castelhano e para um regime de "comunidades camponesas e nativas" que tende, como no caso mexicano, a favorecer uma privatização das terras dissimuladas pelo próprio reconhecimento constitucional (arts. 2.19, 17, 48, 88, 89 e 149).

Em 1994, a Constituição da Argentina chega a reconhecer a presença e a identidade das culturas e das terras indígenas, confiando à lei a regulamentação da matéria (art. 75.17). No mesmo ano, a Bolívia declara-se constitucionalmente "multiétnica e pluricultural", assim como "República unitária". A Constituição da Bolívia reconhece "os direitos sociais, econômicos e culturais dos povos indígenas que vivem no território nacional"[56] ou das comunidades indígenas, entendidas mais concretamente como sujeitos coletivos com personalidade jurídica (arts. 1 e 171). O problema permanece confiado em menor medida à lei, mas é sempre o Estado que se reserva, como sujeito político, o poder de criar e de administrar o direito, também no que concerne aos povos organizados como comunidades autônomas.

O Equador fez um ulterior esforço. Além de proceder, em 1996, ao registro da multiculturalidade, produziu, em 1998, uma Constituição nova e realmente inovadora graças à atenção em

---

54. "Esta Constitución reconoce la existencia de los pueblos indígenas, definidos como grupos de cultura anteriores a la formación y organización del Estado paraguayo."

55. "La pluralidad étnica y cultural de la Nación."

56. "Los derechos sociales económicos y culturales de los pueblos indígenas que habitan en el territorio nacional."

relação aos direitos e à cultura indígena (arts. 1, 3.1, 23.22 e 24, 62, 66, 69, 83-91, 97.20, 191, 224 e 241)[57]. O reconhecimento da pluralidade das culturas e o respeito pela "eqüidade e igualdade" das mesmas parecem um meio para "fortalecer a unidade nacional na diversidade"[58] dentro de um horizonte de "interculturalidade". Abre-se um caminho também para a idéia de um substrato nacional comum: "os povos indígenas, que se autodefinem como nações com raízes ancestrais e os povos negros ou afro-equatorianos fazem parte do Estado equatoriano, único e indivisível"[59]. "O castelhano é a língua oficial"; "os idiomas ancestrais" o são também "para os povos indígenas, nos termos estabelecidos pela lei". É esse o tom recorrente, como um inciso de exceção, nos vários capítulos da Constituição. Entre os direitos comparecem o de "participar da vida cultural da comunidade" e o da "identidade, de acordo com a lei".

No cenário de um constitucionalismo que, como o latino-americano, vem se desenvolvendo em castelhano, comparece, na Constituição equatoriana de 1998, sob o título de "deveres e responsabilidades", um artigo em um idioma diverso daquela que é a segunda língua constitucional americana, o inglês, e diverso também das outras línguas correntes, como o português e o francês[60]; um idioma que não é nem sequer europeu:

---

57. A coletânea sobre os *Derechos de los Pueblos Indígenas*, cit., não inclui a atual Constituição equatoriana. Ela pode ser encontrada na internet, no seguinte endereço: <http://www.georgetown.edu/pdba/Constitutions/ Ecuador/ ecuador98.html>.

58. "Fortalecer la unidad nacional en la diversidad."

59. "Los pueblos indígenas, que se autodefinen como nacionalidades de raíves ancestrales, y los pueblos negros o agroecuatorianos, forman parte del Estado ecuatoriano, único e indivisibile."

60. Na América continental existe também em inglês um texto que trata da presença indígena, a Constituição da Guiana, de 1980, que visa à *protection* dos *Amerindians of Guyana* (art. 149.6c); Belize, 1981, e Suriname, 1987, omitem-se, como também para as ilhas, sejam as Constituições em inglês (Jamaica, 1962; Barbados, 1966; Granada, 1973; Bahamas, 1973; Dominica, 1978; Santa Lucia, 1979; San Vicente e Granadinas, 1979; Trinidad y Tobago, 1980; Antigua e Bermudas, 1981; Saint Kitts e Nevis, 1983), sejam aquelas em castelhano (Cuba, 1992; República Dominicana, 1994) e em francês (Haiti, 1987). O *Preâmbulo* da constituição cubana elimina o problema invocando "los aborígenes que prefirieron muchas veces el exterminio a la sumisión (os aborígenes que

"Ama quilla, ama llulla, ama shua", isto é: "não sejas ocioso, não mintas, não roubes" em quéchua, a língua franca entre as línguas indígenas da zona andina, incluindo sobretudo o Peru e a Bolívia. Existe também uma extensão do mote[61]. Pode parecer um trecho extemporâneo e negligenciável em um texto constitucional, mas constitui um sinal pertinente e relevante. Representa uma expressão tradicional do sentido comunitário, típico da ordem indígena[62].

Com base em dados obtidos até 1998, não podemos dizer que a presença indígena seja ignorada pela maior parte das Constituições. Ao contrário, um certo constitucionalismo, baseado sobre a cultura da diferença e da autoridade[63], continua, porém, a ignorá-la. Até este ponto desenvolve-se o percurso "aventuroso" para a parte constitucional, mas, todavia, até o presente momento com míseros resultados para a parte indígena. A auto-identificação de alguns povos como nacionalidade em condição de igualdade com outras, sem excluir aquelas de origem européia, aparece indiretamente hoje no Equador como uma autodeterminação destituída de um preciso alcance em termos de reconhecimento constitucional e de claros

---

preferiram o extermínio à submissão). Como não tratei das Constituições estatais nos casos de Estados federais, analogamente ignorei as das reservas indígenas nos Estados Unidos que existem no século XX, algumas das quais se encontram na internet: <http://thorpe.ou.edu/const.html>.

61. E. Ticona, G. Rojas, X. Albó, *Votos y wiphalas. Campesinos y pueblos originarios en democracia*, Fundación Milenio–Cipca, La Paz, 1995, pp. 193-4, com o acréscimo de um quarto termo: "ama llunku", não sejas servil.

62. N. Pacari, membro da Comisión de Nacionalidades Indígenas del Ecuador, presidente da Comisión de Derechos del Congreso Constituyente de la República, 1997-98, na conferência sobre *Derechos humanos y derechos indígenas* na Faculdade de Direito da Universidade de Sevilha, 10/12/98, dia do cinqüentenário da Declaração Universal.

63. Um exemplo para todos, porque a lista seria excessivamente longa, C. Lleras, C. A. Arenas, J. M. Charry, A. Hernández, *Interpretación y génesis de la Constitución de Colombia*, Cámara de Comercio, Bogotá, 1992, p. 96: o reconhecimento recíproco "resulta excessivo", põe em perigo "a unidade nacional" e "não tem precedentes". Sobre esse problema, sobre a própria tradição jurídica que gera ignorância constitucional, R. Roldán (organizado por), *Fuero Indígena Colombiano. Normas nacionales, regionales e internacionales, jurisprudencia, conceptos administrativos y pensamiento jurídico indígena*, Presidencia de la República, Bogotá, 1990.

efeitos em termos de tradução institucional. A Constituição equatoriana, no seu conjunto, leva em consideração a presença indígena, mas não é em função desta que o edifício constitucional foi se construindo. O problema já emerge no capítulo sobre os direitos, em que não comparece o direito como tal, em sentido estrito, uma vez que a sua realização é sempre confiada à lei, de modo que a condição indígena é subordinada às medidas ordinárias das instituições políticas, que parecem mais estranhas do que próprias, mais setoriais do que comuns.

Para completar o panorama latino-americano convém também fazer uma referência, mesmo de modo sumário, a um instrumento internacional de reconhecimento da presença indígena que está assumindo valor constitucional em alguns Estados desta área. Refiro-me ao Pacto 169, de 1989, relativo aos "Povos Indígenas e Tribais nos Países Independentes" da Organização Internacional do Trabalho, atualmente ratificado pelo México, Colômbia, Bolívia, Costa Rica, Paraguai, Peru, Honduras, Guatemala e Equador. Para ser breve, digamos que o Pacto pressupõe um grau de reconhecimento dos povos nativos equivalente àquele dos mais recentes desdobramentos constitucionais anteriormente mencionados[64]. É um direito desses Estados. Em alguns, como na Costa Rica, pode suprir a falta de indicações constitucionais[65]. Em outros, como em Honduras, pode aumentar o seu alcance. Em nenhum caso muda a sua natureza. Continua a tratar-se de uma isenção concedida pela parte que resiste ao reconhecimento do direito dos povos já residentes no seu território. Porém, existem compromissos. Tem um sentido o fato de que alguns Estados, como o Chile, oponham resistência, seja ao reconhecimento constitucional, seja à ratificação desse Pacto, e prefiram recorrer aos mais fáceis procedimentos da lei ordinária[66].

---

64. Não falta na coletânea *Derechos de los Pueblos Indígenas*, cit., pp. 109-26. Notícias atualizadas sobre as ratificações das Convenções, assim como sobre os textos e a sua influência, são dadas pela Organização Internacional do Trabalho no site <http://ilolex.ilo.ch:1567/public/50normes/ilolex/pqconv.pl>.

65. B. Clavero, *Ley nacional y costumbre indígena en Costa Rica*, "Revista de Estudios Políticos", 102 (1998), pp. 181-92.

66. *Derechos de los Pueblos Indígenas*, cit., pp. 461-500.

De um ponto de vista constitucional, no interior de uma visão mais jurídica do Estado, existe, se não um verdadeiro e próprio direito autônomo da parte indígena, pelo menos um direito de reconhecimento obrigatório com efeitos não apenas de legitimação, mas também de fundamentação de um sistema comum de relações. Isso tem pouco a ver com a multiculturalidade, com um paradigma que possa realmente fundar um Estado de Direito, se a própria Nação não se abre ao pluralismo, não começa a reconhecer as diversidades existentes, a pluralidade das culturas e de sujeitos coletivos dotados de ordenamentos e poderes próprios. Os direitos efetivos dos povos nativos surgiram e, em boa medida, continuam a se produzir e a se colocar à margem das Constituições, atrás dos programas e dos mandatos constitucionais dos Estados. Qual Estado de Direito não-ilusório pode amadurecer nessas condições?

3. O Estado de Direito das gentes: a América inteira

Podemos ter um Estado de Direito para o continente americano que não pressuponha uma situação de *apartheid* (já que este é o resultado) para os povos nativos, para aqueles que possuem território, comunidade e títulos anteriores à presença européia e à própria formação dos Estados? Existe um Estado de Direito americano que não seja uma ilusão das Nações, prejudicial para os povos? Pode existir. O próprio *apartheid*, como foi demonstrado muito claramente na África do Sul, pode ser perfeitamente um Estado de Direito, um Estado que se atém a um ordenamento e o respeita.

No continente americano, na realidade, existe um *status iuris gentium*, um Estado antes de tudo de Direito das Gentes, de direito internacional em toda a sua extensão. Já tivemos de fazer referência ao fato de que, no final do século XIX, os Estados americanos podiam usufruir das vantagens de um ordenamento interestatal geral, que sustentava e favorecia a presunção de uma soberania e a pretensão de sua distribuição sobre toda a área americana, como se não existissem territórios independentes de povos indígenas nem populações efetivas nesses territórios, como se a presença delas fosse literalmente invisível. Isso não é um simples cenário[67], mas é um fator poderoso que é preciso levar em consideração para compreender a ilusão do Estado de Direito no continente americano. A posição atribuída aos povos nativos não foi uma invenção do Estado, de cada Estado por conta própria. Entre exclusão e inclusão, resulta uma coincidência de fundo pelo menos sintomática.

A tutela, e tudo aquilo que ela implica em termos de redução de papel e de neutralização dos direitos, era uma invenção do *ius gentium*: um direito que desde a Idade Média concebe apenas a Europa como a única humanidade, não olha para o restante dos povos e se apresenta como *ius naturale*, como direito natural, portanto como ordem obrigatória. E o tutor, como se sabe, dispõe de muitos poderes discricionários. Presume-se que conheça os interesses do pupilo melhor do que ele mesmo. Como uma vez as Monarquias e as Igrejas, agora as Igrejas e os Estados conhecem aquilo de que têm necessidade os povos nativos da América. Não é, portanto, possível opor nenhum direito à discricionariedade da tutela. Mesmo quando esta não é explicitada nem estabelecida, como em alguns casos iniciais ou em outros desdobramentos recentes, é mantida essa posição de fundo. Os Estados se sentem investidos de ciência e não só de poder para administrar a população indígena como uma humanidade passiva, incapaz de se ocupar até mesmo dos próprios interesses.

A degradação de algumas *gentes* em relação a outras, em relação aos europeus, não é uma invenção constitucional. Tem origem em séculos anteriores e se agrava até a véspera de alguns momentos cruciais, quando já se vai delineando aquilo que irá se chamar de Estado de Direito. Recorre-se à autoridade mais respeitada no período da formação de muitos Estados americanos, uma autoridade bem conhecida, tanto no mundo anglo-saxão como no mundo latino: refiro-me ao *Droit des Gens* de

---

67. P. Onuf, N. Onuf, *Federal Union, Modern World: The Law Of Nations in an Age of Revolutions, 1776-1814*, Madison House, Madison, 1993, sobre o contexto sem a presença indígena. Como introdução, B. Clavero, *Diritto della società internazionale*, Jaca Book, Milano, 1995.

Emmerich de Vattel[68]. Por volta da metade do século XVIII chega-se a definir de modo bastante claro o Estado de Direito, incluindo o Estado Constitucional. E também aqui encontramos fundamentações restritivas que desembocam na exclusão colonial da população indígena, dos seres humanos presentes no território americano antes dos europeus.

Devemos analisar sobretudo a categoria de "Nation ou Etat", de um Estado identificado com a Nação, a instituição política criada pelos homens para se protegerem deles mesmos, "para obter vantagem e segurança unindo as suas forças"[69], e dotada para este escopo do poder de soberania ou autogoverno: "essa autoridade política é a Soberania"; "toda Nação que governa a si mesma, seja qual for a forma de governo, sem depender de um poder estrangeiro, é um Estado soberano"[70]. A forma em que tudo isso se concretiza é a Constituição: "a regra fundamental que determina a maneira pela qual a autoridade pública deve ser exercida é aquilo que forma a Constituição do Estado"[71]. Os grifos estão no original. Essas categorias são definidas em termos tão gerais que parece que toda a humanidade pode recorrer à fórmula nacional, estatal e constitucional para dar a si mesma uma boa tutela. Porém, um inciso, o da dependência de um Estado estrangeiro, nos põe de sobreaviso. Deixando de lado outras aplicações, o nosso tema emerge de algum modo já em um contexto que não é exatamente o da plausibilidade da Nação e da possibilidade do Estado e da Constituição.

---

68. E. de Vattel, *Le Droit des Gens, ou Principes de la Loi Naturelle, appliqués à la conduite et aux affaires des Nations et des Souverains,* London (Neuchâtel), 1758, reprint, Carnegie Institution, Washington, 1916, livro I, cap. I, par. 4; cap. II, par. 24; cap. III, par. 27; cap. VII, par. 81, cap. XVIII, pars. 208 e 209. Cf. E. Jouannet, *Emer de Vattel et l'émergence doctrinale du Droit Internationale Classique,* Éditions A. Pedone, Paris, 1998, pp. 10-29; sobre a autoridade da obra a *Introduction* de A. de Lapradelle nesta mesma edição, pp. I-LIX.

69. "Pour procurer leur avantage et leur sûreté à forces réunies."

70. "Cette Autorité Politique est la *Souveraineté*"; "toute Nation qui se gouverne elle-même, sous quelque forme que ce soit, sans dépendance d'aucun étranger, est un *État souverain.*"

71. "Le règlement fondamental qui détermine la manière dont l'Autorité Publique doit être exercée est ce qui forme la *Constitution de l'État.*"

Fala-se da América. Ela é citada em um capítulo sobre "a obrigação natural de cultivar a terra" como em um outro dedicado ao problema "se é lícito ocupar uma parte de um país no qual não se encontrem senão povos nômades e em pequeno número"[72], onde o preconceito em relação à população indígena já é sinal de solução afirmativa. Esta é "uma questão célebre, a qual deu lugar principalmente à descoberta do Novo Mundo"[73]: já a idéia de "descoberta" fortalece o cenário preconceituoso. É a partir desse contexto que se origina a resposta: "os povos da Europa, excessivamente concentrados em seus países, ao encontrarem um território do qual os Selvagens não tenham uma necessidade particular e não façam um uso atual e continuado, podem legitimamente ocupá-lo e estabelecer aí Colônias"[74]. Se existem reservas, é por causa do colonialismo espanhol, e não daquele anglo-saxão, na medida em que o primeiro excedeu no domínio direto dos povos nativos. Nesse caso, não se fala de tutela, de uma tutela já existente para uns e que chegará para os outros, porque já estamos na posição constitucional originária da exclusão, que estará na base do primeiro constitucionalismo estadunidense.

É a Europa, em toda a sua extensão, o sujeito desse direito das gentes, dos povos. "Les peuples de l'Europe", os povos europeus, são aqueles que contam, que podem contar, usufruindo do direito de Nação, da instituição do Estado e do ordenamento da Constituição. O resto são "les Sauvages", os selvagens, pessoas supostamente sem cultura, populações com credenciais inferiores, destituídas de um direito próprio em senso estrito, radicado no seu próprio território, diante da presença européia. Disso resulta um quadro normativo baseado sobre uma precisa presunção cultural, de modo que aspectos tão importantes para a existência e a tutela de cada um, como a Nação,

---

72. "S'il est permis d'occuper une partie d'une pays, dans lequel il ne se trouve que des peuples errants et en petit nombre."

73. "Question célèbre, à laquelle la découverte du nouveau Monde a principalement donné lieu."

74. "Les peuples de l'Europe, trop resserrés chez eux, trouvant un terrain, dont les Sauvages n'avoient nul besoin particulier ne saisoient aucun usage actuel et soutenu, on peut légitimement l'occuper et y établir des Colonies."

o Estado e a Constituição não estão ao alcance de todos os povos. Aqueles povos que se mantêm independentes na América e têm uma cultura não européia não podem pretender uma posição de igualdade jurídica e política com as populações de origem européia, das quais somente podem surgir Nações, Estados e Constituições.

Façamos um salto no tempo, sem dúvida oportuno, vista a subjacente continuidade[75]. O cenário internacional, interestatal ou interconstitucional que delineamos resiste substancialmente, ao menos até 1960, data da Declaração sobre a Concessão da Independência aos Países e aos Povos Coloniais da Assembléia Geral das Nações Unidas, ao passo que, contrariamente, a própria Declaração Universal dos Direitos Humanos em 1948, na realidade, havia mantido a discriminação colonial entre os povos, como se esta fosse irrelevante para as liberdades individuais (art. 2.2)[76]. A Declaração de 1960 afirma que "a submissão dos povos à sujeição, à dominação e à exploração estrangeira constituem a negação dos direitos humanos fundamentais", para chegar a reconhecer que não apenas os Estados consolidados, mas também "todos os povos têm o direito à livre determinação" (arts. 1.º e 2.º). É um passo que, mesmo insuficiente, acabará por dizer respeito aos povos nativos do continente americano[77].

---

75. S. J. Anaya, *Indigenous Peoples in International Law*, Oxford University Press, New York, 1996, pp. 9-38; B. Clavero, *Derechos indígenas versus derechos humanos*, em "Quaderni fiorentini per la storia del pensiero giuridico moderno", 26 (1997), pp. 549-69.

76. Entre as muitas edições, refiro-me à do *Manual de Documentos para la defensa de los derechos indígenas*, Academia Mexicana de Derechos Humanos, México, 1989, primeira edição. Cito no mesmo texto, como as constituições atuais, também os artigos dos instrumentos internacionais quando estão em vigor. Em qualquer coletânea atual de direito internacional e direitos humanos encontram-se os instrumentos que levamos em consideração, de 1948 a 1992. Também as Nações Unidas e os seus diversos organismos especializados, como a Organização Internacional do Trabalho, têm bons acervos de informação e documentação na internet.

77. G. Palmisano, *Nazioni Unite e autodeterminazione interna. Il principio alla luce degli strumenti rilevanti dell'ONU*, Giuffrè, Milano, 1997, pp. 262-308, pela sua importância, da qual trataremos a seguir, em relação aos indígenas.

Segundo as Nações Unidas, a qualificação de *estrangeira* atribuída à descolonização exclui desde o início, para o continente americano, a hipótese de um colonialismo interno aos Estados daquele continente. Os mesmos critérios usados para identificar os novos povos capazes de se afirmar como Nações e de se constituir como Estados são de tipo colonial: populações externas às fronteiras dos Estados colonizadores e de acordo com os limites que separam entre eles as próprias colônias. O povo poder ser entendido como a população que constitui o Estado, mas considera-se como certa desse modo a assimilação entre as duas partes sem pôr-se o problema de uma outra entidade mais intrínseca. O mesmo equívoco perpetua-se manifestamente com o termo "Nação", como demonstra o próprio nome "Nações Unidas", cujos membros são na realidade os Estados.

É de qualquer modo a partir desses primeiros sinais (a Declaração dos Direitos Humanos de 1948 e o compromisso descolonizador de 1960 realizado em seu nome) que as coisas podem se desenvolver com impulso das próprias Nações Unidas até impelir os Estados americanos muito além do ponto a que estavam (como vimos) propensos a chegar. Falamos do Congresso de 1989 da Organização Internacional do Trabalho, deste órgão especializado das Nações Unidas. A partir da Declaração de 1948, de um lado se desenvolveram os instrumentos de reconhecimento dos direitos humanos, enquanto ao contrário, de outro, emergiram controvérsias que produziram jurisprudência a esse respeito no próprio interior das Nações Unidas. Convém percorrer as duas vertentes, tanto o das Declarações como o da jurisdição[78].

O ponto nevrálgico é o fato de que existem hoje dois instrumentos jurídicos que presidem ao desenvolvimento dos direitos humanos, a Convenção dos Direitos Civis e Políticos, de 1966, e a Declaração dos Direitos das Pessoas pertencentes a Minorias nacionais e étnicas, religiosas ou lingüísticas, de 1992, à qual se adicionou a Declaração dos Direitos dos Povos Nati-

---

78. H. Hannum, *Autonomy, Sovereignty, and Self-Determination: The accommodation of conflicting rights*, University of Pennsylvania Press, Filadelfia, 1990, pp. 74-103; S. J. Anaya, *Indigenous Peoples in International Law*, cit., pp. 39-182.

vos, que é apenas um projeto, mas já formalizado. A Convenção de 1966 diz respeito ao propósito mais do que àquela, paralela e simultânea, sobre os Direitos Econômicos, Sociais e Culturais, não obstante este último adjetivo, porque é a primeira, mais do que a segunda, que reconhece o direito a uma cultura particular, não já a uma cultura de caráter universal, e porque além disso acrescenta um protocolo que instaura o Comitê dos Direitos Humanos, uma jurisdição mais independente do regime comum de controles realizado mediante trocas e choques entre Estados e Nações Unidas. As duas Convenções inserem como primeiro artigo a declaração dos direitos de todos os povos à livre determinação: deste modo ambas (assim como, por sua parte, a anexa jurisdição) exigem com a sua entrada em vigor, ao contrário das declarações, uma ratificação particular e, portanto, mais comprometedora por parte dos Estados.

A Convenção dos Direitos Civis e Políticos, com exceção do já citado artigo sobre o direito coletivo à livre determinação, consiste em um catálogo de direitos de titularidade individual, incluindo o direito à própria cultura. Onde existem "minorias étnicas, religiosas ou lingüísticas", os Estados não negarão "àqueles que pertencem a estas minorias" "o direito correspondente, em comum com os outros membros do grupo, de ter uma própria vida cultural, de professar e praticar a própria religião e de desenvolver a própria língua"[79] (art. 27). Tratando-se de um direito coletivo, não se entende que a minoria como tal o tenha, mas o direito é atribuído à pessoa, ao indivíduo. É preciso ser um *povo* para contar com os direitos reconhecidos por essa convenção, aqueles do primeiro artigo. No que se refere aos problemas que tudo isso implica, tem-se um Comitê dos Direitos Humanos, ao qual fazem referência os cidadãos dos Estados que aceitam essa jurisdição.

A esse Comitê já chegaram reivindicações do direito de livre determinação, aquele declarado no primeiro artigo da Convenção dos Direitos Civis e Políticos, por parte de certo número de povos não constituídos em Estado, como ocorreu

79. "El derecho que les corresponde, en común con los demás miembros de su grupo, a tener su propia vida cultural, a profesar y practicar la propia religión y a emplear su propio idioma."

com a iniciativa das populações nativas do Canadá. O Canadá ratificou de imediato esses direitos. O Comitê dos Direitos Humanos não pode responder a essas exigências por um motivo processual: as Nações Unidas que o constituem, o Protocolo da Convenção que o habilita, a própria Convenção que o estrutura e os Estados que o aceitam sem reservas admitem somente uma legitimação de caráter individual, e não coletiva. Em outros termos, o Comitê pode se pronunciar sobre o direito dos povos garantido pelo primeiro artigo, mas somente sobre casos individuais previstos pelos demais artigos[80].

Não se nega, de qualquer modo, com isso a existência substancial desse direito fundamental, o direito coletivo: nega-se apenas a possibilidade de se valer dele por essa via jurisdicional. A jurisprudência declara expressamente que o reconhecimento e o exercício do direito à livre determinação não está realizado e esgotado com a descolonização cujos critérios evita claramente recorrer. O Comitê dos Direitos Humanos não sustenta que o pressuposto existe apenas no caso de "sujeição, domínio e exploração estrangeira", como afirmava, com todas as suas conseqüências, o primeiro artigo da Declaração de 1960. Agora se entende que a questão subsiste, por causa das diferenças entre os povos, mesmo em um contexto de maior contigüidade ou no caso de inclusão em um mesmo Estado. Os critérios da descolonização estão justamente superados. Para esse organismo jurisdicional das Nações Unidas o problema permanece em aberto.

O Comitê dos Direitos Humanos está gerando também uma jurisprudência sobre o artigo 27, relativo ao direito à cultura particular, um direito cuja titularidade é individual e cujo exercício é social. Existiram até agora casos suficientes para traçar uma linha interpretativa. Dada a tensão, característica des-

80. D. McGoldrick, *The Human Rights Committee: Its Role in the Development of the International Covenant on Civil and Political Rights. With an Updated Introduction*, Clarendon Press, Oxford, 1994, pp. 14-6, 247-68; E. Evatt, *Individual Communications under the Optional Protocol to the International Covenant on Civil and Political Rights*, em S. Pritichard (organizado por), *Indigenous Peoples, United Nations and Human Rights*, Zed Books, London, 1998, pp. 86-114; S. Pritchar, *The International Covenant on Civil and Political Rights and Indigenous Peoples*, ibid., pp. 184-202.

se artigo, entre o direito individual e o contexto coletivo, não se pode chegar de modo algum a levar em consideração um direito coletivo, diferente daquele do Estado, que dê força a uma pretensão individual, mas se indica de qualquer modo uma direção: o direito à cultura não parece apenas mais um direito à própria língua ou a outras formas de comunicação e convivência, mas inclui também, por exemplo, um direito ao próprio território e às modalidades de utilização dos próprios recursos. Isso também é considerado cultura e assim é protegido pelo artigo 27, aproximando-se ao limite do direito coletivo, que não é admitido, como já falamos, por razões de caráter mais processuais do que substanciais[81].

Existem outras novidades nas Nações Unidas. Por exemplo, a própria questão da minoria, dessa categoria que serve para determinar os pressupostos do artigo 27 da Convenção dos Direitos Civis e Políticos. Não é um conceito novo para indicar um grupo humano. Já foi utilizado pelo organismo precedente, a Sociedade das Nações. As Nacões Unidas empregam esse termo desde as suas origens, tanto que ele dá o nome a uma das suas instituições mais ativas, a Subcomissão para a Prevenção da Discriminação e a Proteção das Minorias. É um termo que serve para identificar a existência de grupos dotados de uma precisa consistência e cultura próprias, mas destituídos de um Estado próprio. O critério portanto é, desde o início, qualitativo, não quantitativo. Pode ser aplicado, e de fato é aplicado traqüilamente, por parte das Nações Unidas para populações também majoritárias no interior do respectivo Estado, que porém é um Estado que se identifica com uma cultura diversa. Às vezes, acontece que uma minoria de direito seja uma maioria de fato segundo a medida de avaliação estatal na América Latina, apesar de todas as políticas de imigração.

Embora falte uma linguagem de tipo tutelar, existe certa continuidade com a categoria mais claramente colonial da menoridade permanente. Dado que o conceito de minoria qualitativa é estendido, de resto, a toda população, sem levar em

81. D. McGoldrick, *The Human Rights Committee*, cit., pp. LXIII, 158-9, 203-4, 249-50, 256; S. Pritchard, *The International Covenant on Civil and Political Rights and Indigenous peoples*, cit., pp. 195-9.

conta o fato de que seja ou não quantitativa, compreende-se a atividade da mencionada Subcomissão para Efeitos Habilitantes da Proteção. Existem muitos casos nos quais os Estados não garantem nenhuma proteção e, portanto, a minoria é por definição destituída da possibilidade de ajudar a si mesma. Mas a descolonização não deixa de influenciar o nosso problema. Existem outras minorias que, uma vez reconhecidas como povos, desaparecem quando os Estados são formados, ao passo que, ao contrário, outras, destituídas de reconhecimento, permanecem mais visíveis precisamente porque são excluídas de tal metamorfose. O fato é que nas últimas décadas, a Subcomissão sobre a Prevenção das Discriminações e a Proteção das Minorias não só assistiu ao aumento do seu trabalho, mas teve também que pôr fortemente o problema do seu objeto, com uma urgência impensável em tempos mais abertamente coloniais.

A questão central é a existência de povos, não apenas de minorias destituídas de garantias do ponto de vista dos direitos humanos, em uma óptica definida não em 1948, mas em 1966. É fortemente inovador o fato de que as Convenções prevêem um artigo sobre o direito coletivo: o direito dos povos à própria livre determinação e uma ampliação dos direitos individuais. Quanto à declaração de 1960 sobre a descolonização, o ponto de partida é a integração. Os direitos humanos individuais são estabelecidos assumindo como premissa o direito humano coletivo. O direito de cada povo à própria liberdade é um requisito da liberdade individual: o direito individual refere-se a indivíduos cuja existência se fundamenta, cuja vida se desenvolve, cuja identidade se forma não no interior de uma humanidade indiferenciada, mas no interior de uma cultura particular, nacional ou de adoção. De outra forma, bastariam apenas os Estados. No limite bastaria apenas um.

Para além da descolonização, a principal questão pendente nas Nações Unidas é a dos povos nativos, povos colonizados e incorporados de autoridade em Estados de Direito constitucionais que continuam sendo estranhos a eles mesmos. É preciso levar em conta que, segundo as estatísticas divulgadas pelas Nações Unidas, essa condição que pode ser dita indígena diz respeito a uma população de aproximadamente 400 milhões de indivíduos, 40 milhões dos quais no continente americano. Mas o problema jurídico não é quantitativo, e sim qualitativo. Uma característica, embora não exclusiva, do continente americano é que a ordem constitucional, na origem e ainda hoje em alguns Estados, ignorou a presença não só daquele grupo originário, mas também do restante da população. Existem muitos povos totalmente destituídos de reconhecimento, desprovidos até agora daquele direito humano à autodeterminação que constitui a premissa social da liberdade individual.

As Nações Unidas enfrentaram o problema chegando a formular um projeto de Declaração dos Direitos dos Povos Indígenas que apresenta um duplo interesse porque não se reduz à simples proposta de reconhecer esses direitos como tais[82]. O reconhecimento de povos como sujeitos coletivos dotados de livre determinação é a primeira novidade fundamental do projeto. Existe porém outra não menos substancial, ou seja, a atenção à previsível hipótese de uma futura não-correspondência entre povo e Estado. Perfila-se, por isso, uma hipótese de distinção entre estes dois conceitos ou se oferece a possibilidade de uma compatibilidade entre ambos, sem que se produza o efeito de anular o direito do povo à autodeterminação. Dito de outra forma, o processo que se abre tornando possível a entificação destes sujeitos, os povos, é um processo de proliferação não de soberania, mas de autonomias, autonomias que todavia são reconhecidas e garantidas internacionalmente perante os respectivos Estados. O povo, e não o Estado, se incumbe não apenas do próprio direito, mas também do nível e da forma de comunicação e participação. A própria autonomia interna torna-se a expressão da livre determinação, seja no caso que se mantenha a inclusão do povo no Estado, seja no caso que se exerça, quando necessária, essa liberdade coletiva.

Por enquanto trata-se apenas de um projeto. No âmbito de um direito internacional dos direitos humanos, é no Comitê que tem o mesmo nome e na sua jurisprudência que deve ser

82. Podemos encontrar o texto do atual projeto nas suas versões oficiais, em inglês e em castelhano, em obras já publicadas: S. J. Anaya, *Indigenous Peoples in International Law*, cit., pp. 207-16; *Derechos de los Pueblos Indígenas*, cit., pp. 281-95.

reconhecido o ponto de maior importância e atualidade. Existem, todavia, outras novidades. Tudo isso que é proposto e deliberado sobre os direitos dos povos nativos, sobre as coletividades que não podem ser encerradas na categoria de minoria, influenciou certamente um novo instrumento (não um mero projeto) relativo ao desenvolvimento dos direitos humanos. Trata-se da Declaração dos Direitos das Pessoas Pertencentes a Minorias Nacionais ou Étnicas, Religiosas e Lingüísticas, promulgada em 1992.

Esse novo instrumento apresenta-se claramente como a evolução do já referido art. 27 da Convenção dos Direitos Civis e Políticos. O seu título não parece anunciar grandes novidades quando esclarece que serão tratados os direitos individuais e os direitos de "pessoas que pertencem a minorias". Algum elemento de indubitável novidade percebe-se quando a qualificação de nacional, que até agora correspondia apenas aos Estados e continuava a corresponder a eles na própria denominação das Nações Unidas, é anteposta pela própria minoria aos termos de etnia, religião e língua que já compareciam no artigo, antes mencionado, de 1966. E existe outra novidade substancial. Os direitos que estão declarados são efetivamente de titularidade individual e de exercício coletivo, com a contradição que já vimos se apresentar quando não existe, como neste caso, um direito atribuído à própria coletividade. A minoria continua a ser o âmbito de liberdade de indivíduos cuja cultura não pode contar com a proteção do próprio Estado. Existe quem tem a felicidade de ter esta proteção e quem não pode servir-se da mesma coletivamente e deve, portanto, confiar-se em larga medida a um Estado de diversa cultura[83].

Essa novidade é de qualquer modo interessante para uma população indígena que, não tendo ainda uma Declaração que lhe diz respeito, permanece minoria, continuando a usufruir do tratamento previsto na ordem internacional. Ora, mediante a Declaração dos Direitos das Pessoas que Pertencem a Minorias, existe a preocupação em dispor aqui que "as medidas adotadas pelos Estados para garantir" tais direitos não deverão ser

---

83. G. Palmisano, *Nazioni Unite e autodeterminazione interna*, cit., pp. 308-33.

contrárias ao princípio de igualdade (art. 8.3), ou seja, a um cânone que é próprio não apenas das Constituições, mas também dos direitos humanos da Declaração Universal dos Direitos Humanos. No interior do Estado um princípio assim basilar assume como parâmetro a referência aos grupos. Compreendem-se facilmente as implicações: há uma mudança de medida. A igualdade dos direitos individuais, que se pretende universal, deve ser avaliada não já pelo Estado, como na práxis constitucional, mas pela própria minoria. Não poderá acontecer que povos juridicamente autonômos não obtenham um espaço no interior dos Estados constitucionais, porque isso seria um atentado contra a igualdade dos cidadãos, um argumento proverbial para os povos nativos em todo o continente americano. A igualdade é medida pela minoria, portanto pelos povos nitidamente distintos do Estado.

A minoria é então medida de si mesma, o que modifica a própria categoria. Como ela pode continuar a se declarar tal, minoria, se sobre a questão essencial dos direitos ela se refere não já a alguma coisa de estranho, mas a si mesma? A igualdade individual resulta uma igualdade coletiva, a igualdade de todos os indivíduos em um espaço cultural próprio, sem nenhuma discriminação ou proibição de acesso. Não existem *gentes* mais cultas com maiores direitos e outras que necessitam de aculturação, como, em conclusão, presumia a própria Declaração Universal dos Direitos Humanos. Era a presunção do colonialismo desde os tempos do *ius gentium* da Europa medieval.

Qual Estado de Direito é resultado disso e qual poderá existir? No que se refere ao passado (um passado que de qualquer modo continua até hoje), temos uma resposta. O futuro é mais incógnito, mas não faltam sugestões provenientes da evolução do constitucionalismo em todo o continente americano, assim como pelo desenvolvimento do ordenamento dos direitos humanos por iniciativa e impulso das Nações Unidas. Se levarmos em conta e colocarmos em relação os dois fenômenos, se cessarmos de olhar a matéria constitucional no espelho europeu e se compreendermos que um constitucionalismo que vá além da Europa passa hoje através do direito internacional, existem respostas. Não servem outras hipóteses.

Entre o direito estatal e o direito internacional, entre os direitos constitucionais e os direitos humanos, hoje está se perfilando a necessidade de que alguns Estados que interiorizaram constitucionalmente o colonialismo se reorganizem, não já simplesmente reconhecendo uma "presença" à qual atribuir algum direito, mas dando lugar a um constitucionalismo inédito que, no plano das liberdades individuais, não se limite a privilegiar o título coletivo (isso os Estados já fazem com o próprio ordenamento), mas valorize a efetiva existência de povos que se diferenciam com base na própria cultura[84].

O Estado dos Direitos individuais depende exclusivamente do Direito do Estado no singular, e isto acaba por lesar o próprio indivíduo, visto que, como acontece no continente americano, o povo que forma o Estado e se identifica com a sua cultura não é nem toda a população compreendida no interior das fronteiras nem a população originária. Somente os direitos dos povos (onde não só o primeiro termo, mas também o segundo seja um plural e não um singular), assumidos como fundamento e escopo dos direitos individuais, expressões da autonomia coletiva, podem fundar um Estado dos Direitos sem aquelas hipotecas coloniais das quais não consegue se livrar – porque não *pode* se livrar – o Estado de Direito no singular, esta invenção européia.

---

84. A questão da reconstituição é levantada para o caso estadunidense por B. Ackerman, *We the People*, vol. I, cit., pp. 314-7, por causa da ausência no processo constituinte não apenas dos indígenas, mas também dos escravos e das mulheres. O autor não considera todavia determinante esse perfil, visto que o sistema hoje parece capaz de incorporar tanto os afro-americanos como as mulheres, esquecendo-se assim no momento decisivo daqueles que, como povos de cultura e território próprios, dotados de um direito muito anterior, põem o problema do estranhamento da população em relação ao Direito do Estado ou ao Estado de Direito e das liberdades. E a *escamotage* não é um simples esquecimento, mas o pressuposto da sua fundamentação complacente. A operação se repete da mesma forma no vol. II, *Transformations*, Harvard University Press, Cambridge (Mass.), 1998, pp. 88-9. B. Ackerman, todavia, consciente dos limites constitutivos e operativos do Estado de Direito e do seu *rule of law* (vol. II, pp. 91-5), formula pelo menos o problema evitado por todo o constitucionalismo americano (não só estadunidense).

O modelo colonial do Estado de Direito

A Constituição africana na Guiné

Por Carlos Petit

1. Salus Regum et salus rei publicae *[A saúde dos reis e a saúde da república]*

"Sua Majestade, o Rei Dom Alfonso XIII (que Deus o proteja), Sua Majestade a Rainha Dona Vitória Eugênia, e Suas Altezas Reais o Príncipe das Astúrias e os Infantes Dom Jaime e Dona Beatriz, [...] ainda gozam de boa saúde", mas os habitantes brancos de Santa Isabel estão muito mais interessados no edital do governo, publicado nas páginas centrais do "Boletín Oficial de los Territorios Españoles del Golfo de Guinea", de 1º de setembro de 1911, do que no anúncio "oficial" da Presidência do Conselho dos Ministros a respeito da saúde da realeza, com o qual se abre a revista[1]. "Já que se aproxima a colheita do cacau e falta mão-de-obra para efetuá-la, o que acarretará a perda de boa parte da colheita, com grave prejuízo para os interesses dos proprietários agrícolas e da Colônia em geral, se não forem tomadas medidas idôneas para evitá-lo" e considerando, visto as recentes revoltas em Balachá, que "não seria uma boa política o fato de os *bubis* não se empenharem em trabalhar na propriedade, pois seria possível interpretar essa inércia como um temor de que se repita o que já aconteceu e um estí-

1. Os referidos documentos, inclusive os números do "Boletín", encontram-se no Arquivo Geral da Administração (Alcalá de Henares, Madrid), Sección Africana, leg. G-2, de onde provêm os termos racistas que estas páginas pretendem denunciar.

mulo a se considerarem livres de qualquer vínculo imposto por nossa Soberania", considerando ainda "que fazer trabalhar os indígenas é um meio de civilização, fazendo-os perder seus ociosos hábitos de vida, e que em nome da civilização é preciso obrigá-los a trabalhar com grande firmeza", o Excelentíssimo Sr. D. Angel Barrera y Luyando, tenente de vaso de guerra, Governador-geral dos Territórios Espanhóis do Golfo da Guiné, lembra que a respeito dessa questão estão em vigor outros editais emitidos precedentemente (30 de agosto de 1907 e 9 de setembro de 1909) e ordena aos negros *bubis* de Fernando Póo a firmar contratos de trabalho ("acordos a serem assinados com os patrões") para a colheita do cacau.

Um mês depois, Suas Majestades "ainda gozam de boa saúde", mas o cacau continua amadurecendo nas árvores. Sua Excelência o governador Barrera torna públicas as disposições de aplicação do edital emitido em 9 de agosto último pelo Governo-geral, referente ao trabalho dos *bubis* (11 de setembro de 1911, "Boletín" de 1º de outubro). Muito detalhado e prolixo, o edital acrescenta notícias preciosas, cuja leitura se torna inevitável.

O problema diz respeito às relações de trabalho, é uma disputa entre patrões e trabalhadores braçais, mas a total ausência de regras contratuais transforma a Autoridade Militar em destinatário imediato dessas disposições. Se a Guarda Colonial aparece desde o Edital de agosto como último recurso para assegurar sua aplicação, completando com eficácia a mobilização dos *morenos*, as "Instruções" dizem respeito inicialmente aos "Delegados" do Governador e aos "Comandantes da guarnição" (instruções A e seguintes), organizados em distritos para as "operações de serviço" (instr. F), obrigados a ajudar-se mutuamente e "a fazer relatórios diários sobre os caminhos achados abertos e sobre as novidades encontradas" (instr. G). Em um horizonte de conflitos e de resistências, o leitor dessas terríveis disposições é obrigado a se perguntar sobre o alcance do que tinha acontecido "em julho do último ano entre as populações de Balachá", como dizia o edital de 9 de agosto. Prudentes na previsão de "um comportamento subversivo por parte dos *naturales*", que seria comunicado com urgência ao Governo e levaria à detenção "daquele que figura como principal instigador" (instr. I), decididas a impedir ("com energia") qualquer possível agressão que os comandantes da Guarda "não devem provocar de modo algum" (instr.J), as "Instruções" do governador Barrera abandonam o problema da colheita, dos contratos e das empresas agrícolas, convertendo-se simplesmente em duras disposições governamentais que garantam a ordem pública.

É a ausência de liberdade para trabalhar a causa que, no final, transforma a opaca questão social, que provoca na Guiné a falta de operários agrícolas, em pura questão militar. Segundo essas mesmas Instruções, as autoridades estão também incumbidas de distribuir os trabalhadores braçais entre os donos das empresas conforme a necessidade e sucessivamente verificar o cumprimento (instr. C), através do controle das listas dos *negros* indicados para cada fazenda, dos acordos com os patrões e do respeito a algumas condições de trabalho que hoje em dia pareceriam bastante onerosas: para os *bubis* (para os habitantes da ilha de Fernando Póo) estão previstos cinco dias de trabalho semanais, com uma jornada de trabalho de dez horas (instr. L), "para que tenham livres o sábado e o domingo e possam dedicar-se ao trabalho em suas *besés*", com um salário mínimo de uma peseta ao dia "incluindo o almoço" (instr. D). As listas dos contratos (instr. D), as infrações à norma e as negligências (instr. K), particularmente a omissão do dever de trabalhar que provoca "a imposição da penalidade à qual se condena quem se burla das disposições do Governo-geral" (instr. Q), serão notificadas ("a fim de que se proceda") pelos Comandantes da guarnição a uma figura protetora, o *curador colonial*, de quem teremos a oportunidade de tratar.

Os guardas do Governador não são os únicos sujeitos obrigados a obedecer às suas ordens. Em menor medida, mas não menos decisiva, as "Instruções" também obrigam à colaboração os "*batukos* ou chefes das populações *bubis*", instruídos sobre a necessidade do cumprimento do edital de agosto, com especial atenção às vantagens da empreitada, com uma remuneração diária estimada em uma peseta e cinqüenta centavos por pessoa ao dia, "e desta maneira, uma família inteira pode fazer a colheita e ganhar um ótimo salário, reunindo todos os membros da família" (instr. B): uma preferência, esta pela empreitada, analisada com meticulosidade nos mostra a permeabilidade da imprensa oficial às exigências de interesses particulares[2]. De qualquer modo, "os Comandantes da guarnição se comportarão com notável prudência e lançarão mão de qualquer meio pacífico e das pessoas notáveis do país" – referindo-se sem dúvida aos missionários, católicos e protestantes, que "com a finalidade de ajudar o Governo nesta gestão, exortem os respectivos fiéis a ajudar na colheita do cacau" (instr. R) – "para convencer os *naturales* que devem respeitar com submissão as ordens do Governo-geral" (instr. H), caso contrário, a falta de colaboração dos chefes tribais acarretará um "castigo exemplar" que será determinado, levando em conta os precedentes e as circunstâncias, pelo Governador "que zela paternalmente pelos *naturales*" (instr. N). Estamos em 1.º de outubro de 1911.

2. De regimine coloniae ab hispanis deductae *[Do regime da colônia fundada pelas Hispânias]*

Isso é tudo quanto lêem naquele dia os duzentos habitantes brancos de Santa Isabel ao abrirem o "Boletín Oficial de los Territórios Españoles del Golfo de Guinea", uma revista administrativa recém-editada (precisamente em 1.º de março de 1907) por iniciativa do governador Luis Ramos-Izquierdo. Os bravos colonos dispõem, porém, de outras leituras: além da pioneira experiência de "El Eco de Fernando Póo" (24 de novembro de 1901 – 10 de março de 1902), fundado por Enrique López Perea, tenente de vaso de guerra, ex-vice-governador de Elobey e experiente publicista dos problemas da colônia[3]; no

---

2. Cf. B. Roig, *El trabajo a destajo en Fernando Póo,* em "La Voz de Fernando Póo", n.º 27, 15 de julho de 1911, pp. 7-8; n.º 28, 1.º de agosto de 1911, pp. 8-9; n.º 29, 15 de agosto de 1911, pp. 6-8; n.º 31, 15 de setembro de 1911, pp. 6-8 (com fotografia da belíssima torre do autor em Camprodón, Gerona); n.º 33, 15 de outubro de 1911, pp. 9-11. Um comentário a uma edição acompanhada por um prólogo do *curador colonial* López Canto em S. Muguerza, *La cuestión obrera,* ibid., n.º 46, 1.º de maio de 1912, pp. 4-5; n.º 47, 15 de maio de 1912, pp. 4-5; n.º 48, 1.º de junho de 1912, pp. 5-7.

3. E. López Perea, *Las posesiones españolas del Golfo de Guinea y datos comerciales del Africa occidental,* Madrid, 1906.

início do governo de Angel Barrera y Luyando (1911-1924), é publicado na ilha "La Guinea Española", uma revista quinzenal – como costuma acontecer com este singular jornalismo hispano-africano – criada em 1903 pelos *claretianos* (Missionários Filhos do Imaculado Coração de Maria), a congregação católica catalã encarregada oficialmente da evangelização dos negros[4]. E logo depois encontramos "La Voz de Fernando Póo", vivaz revista gráfica produzida em Barcelona, órgão dos proprietários rurais da Guiné. Surgida (em 15 de junho de 1910) com um título bastante expressivo ("Boletín del Comité de Defensa Agrícola de Fernando Póo"), logo mudará de nome, visto que "já não atrai a atenção do público por causa das numerosas revistas profissionais e de propaganda que hoje circulam em toda parte, foi decidido trocá-lo pelo atual, pondo nossa modesta publicação em condições de flanquear as publicações de grande circulação e de oferecer várias oportunidades para difundir nossos trabalhos e, desta maneira, formar uma opinião pública a respeito da Guiné"[5]. Todas essas revistas circularam naquele período na colônia e todas estão conservadas hoje – em coleções mais ou menos completas – nas hemerotecas espanholas, fornecendo uma verdadeira mina de testemunhos de onde podemos extrair facilmente os textos jurídicos que mais nos interessam[6].

---

4. C. Fernández, *Misiones y misioneros en la Guinea española. Historia documentada de sus primeros azarosos días (1883-1912)*, Editorial Co. Cul, Madrid, 1962. Cf. também: (Misioneros Claretianos), *Cien Años de evangelización en Guinea Ecuatorial (1883-1983)*, Claret, Barcelona, 1983; T. L. Pujadas, *La iglesia en la Guinea Ecuatorial*, I-II, Claret, Barcelona, 1983.

5. A Redação, *La Prensa de Fernando Póo*, em "La Voz de Fernando Póo", n.º 25, 15 de junho de 1911, pp. 3-7, 5. Devemos também acrescentar o "Boletín de la Câmaras oficial Agrícola de Fernando Póo" (1.º de março de 1907 – 31 de outubro de 1910), assim como outras publicações sobre a África que tratavam do Marrocos e em parte da Guiné; cf. "África. Revista política y comercial consagrada á la defensa de los intereses españoles en Marruecos, Costa del Sahara y Golfo de Guinea", longeva revista de Barcelona (1906-1936) das quais falaremos a seguir.

6. A. M. Junco, *Leyes coloniales*, Madrid, 1945, coletânea de caráter geral à qual se deve dar preferência em lugar daquela mais específica de S. Llompart Aulet, *Legislación del trabajo de los territórios españoles del Golfo de Guinea*, Madrid, 1946. Cf. também F. Martos Ávila, *Índice legislativo de Guinea*, Instituto de Estudios Políticos, Madrid, 1944, útil via de acesso ao "Boletín" local.

Já se pode perceber como o acontecimento não é muito anterior ao início do século XX. Atraídos para a órbita da Espanha graças a uma cessão portuguesa negociada com o Tratado do Pardo (1778), a ponto de serem vendidos no decorrer do século XIX para a Inglaterra[7], zona de escassa importância e pouco conhecida[8], os "Territórios espanhóis no Golfo da Guiné" (essa era a denominação empregada oficialmente pelo direito da metrópole), começam a parecer interessantes somente depois da perda das Antilhas, das Filipinas e das Carolinas: depois da resolução, se se preferir, do contencioso internacional com a França (Tratado de Paris de 27 de junho de 1900) que reduz drasticamente (visto também o suicídio do negociador espanhol) as pretensões hispânicas no continente africano[9]. E não parece haver, antes da ditadura de Primo de Rivera, uma presença significativa de espanhóis ou pelo menos um controle efetivo da parte não insular da pequena colônia[10].

---

7. Ver A. Carrasco Gonzáles, *El proyecto de venta de Fernando Póo y Annobón a Gran Bretaña en 1841*, em "Estudios Africanos", 10 (1996), pp. 47-63.

8. A julgar pelos primeiros esforços: cf. J. B. Gonzáles, *Expedición Argelejo: primer intento colonizador de España en África ecuatorial*, em "Revista de Historia Militar", 32 (1988), pp. 73-109; e até os últimos: cf. M. Iradier, *Africa. Viajes y trabajos de la Asociación Eúskara La Exploradora* (1887), I, *Primer viaje. Exploración del País del Muni* (1875-1877), II, *Segundo viaje. Adquisición del país del Muni* (1844), Miraguano-Polifemo (Bibioteca de Vajeros Hispánicos), Madrid, 1944. Vários governadores, entre os quais Barrera, mandaram contingentes militares em exploração.

9. M. Liniger-Goumer, *La Guinée équatorial. Un pays méconu*, L'Harmattan, Paris, 1979; do mesmo autor, *Small Is Not Always Beautiful. The Story of Equatorial Guinea*, C. Hurst & Co., London, 1989. Cf. E. Borrajo Viñas, Capitão de Estado Maior, *Demarcación de la Guinea Española, Conferencia dada en la Real Sociedad Geográfica*, Talleres del depósito de la Guerra, Madrid, 1903, para um quadro mais amplo.

10. Luiz Ramos-Izquierdo y Vivar, ex-vice-governador do Distrito de Bata e ex-Governador-geral (*Descripción geográfica, y gobierno, administración y colonización de las Colonias Españolas del Golfo de Guinea*, Imprenta de Felipe Peña, Madrid, 1912), apresenta a respeito de Santa Isabel alguns dados – significativos da população de Fernando Póo – de 190 brancos (170 espanhóis) e 1500 negros (200 estrangeiros) (p. 26), com uma população estimada de Muni (p. 43) de 130 brancos (90 espanhóis) e 89.320 negros (350 provenientes do Senegal e de Camarões); seguindo a classificação do autor: *indígenas* primitivos (81.000), medianamente civilizados (4449) e civilizados (3521). Elobey Grande, habitada por 230 negros, não tem população branca (p. 57), ao passo

Até então, as intenções oficiais de explorar a Guiné e de organizar o seu governo resultam puros experimentos de intensidade variável, entre os quais emerge, sem dúvida, o decreto orgânico e o estatuto sobre propriedades promulgados em 1940 pelo Ministro de Estado Faustino Rodríguez Sampedro. Em face de sua longa vigência (o decreto será modificado somente sob a Segunda República), as normas governamentais anteriores parecem apenas fugazes sinais de uma época de "tentativas e ensaios"[11].

E, com efeito, o Real Decreto de 1904, "verdadeira carta colonial, sem chegar às proporções dos Atos Coloniais portugueses nem das Constituições coloniais das colônias autônomas da Coroa da Inglaterra"[12], edifica uma organização duradoura e contém o estatuto sob cujo regime o governador Barrera poderá exercer os seus amplos poderes sobre os *bubis* de Fernando Póo. Já que estamos interessados nesse fato, convém dedicar alguns momentos à sua leitura[13].

Lemos. O desastre de 1898 e o tratado de 1900 são as motivações de uma norma que se apresenta como uma reelaboração de disposições anteriores: o primeiro fator – o desastre nacional – tem como efeito a extinção, por falta de objeto, do Ministério dos Assuntos de Além-Mar e a conseqüente passagem dos assuntos coloniais para a pasta dos Assuntos de Estado, depois de uma primeira tímida tentativa de transferi-los à presidência do Governo; o segundo fator – a solução, desfavorável, de um típico contraste expansionista – produz a ordena-

---

que em Annobón há sete espanhóis e 1200 negros (p. 60). Segundo o censo da população branca de 1923 em Fernando Póo há 526 espanhóis (de um total de 650 homens) e 261 estrangeiros (118 portugueses e 66 alemães), e 61 na parte continental da colônia (com 26 estrangeiros); em Elobey, Corisco e Annobón apenas 39 (mais seis estrangeiros). Todavia, em 1942 só em Muni há 955 habitantes brancos, enquanto na ilha principal existem 1579.

11. Veja J. M. Cordero Torres, *Tratado Elemental de derecho colonial español*, Editora Nacional, Madrid, 1941, p. 40. É uma obra fundamental, introdutória, na qual se lêem com cautela algumas observações interessantes.

12. José Mª Cordero Torres, *Tratado de derecho colonial*, cit., pp. 80 ss.

13. Real Decreto de 11 de julho de 1904, estatuto orgânico. No Arquivo Geral da Administração, Alcalá de Henares (Madrid), Sec. África, caixa G-560, conserva-se uma importante coleção das disposições coloniais portuguesas (1901-1903), que sem dúvida têm relação com esse decreto.

ção das fronteiras da Espanha na África, que "ao deixar definitivamente submetidos à nossa soberania os territórios do continente, nos impunha, na ocasião, de levar em consideração as condições especiais das tribos que povoam a região e os recursos oferecidos pela mesma".

É nesse âmbito colonial, não apenas metaforicamente posto nas fronteiras do ordenamento, que se superam os limites políticos que caracterizam o Estado liberal de Direito[14]. Sem parlamento, tanto local como metropolitano, competente para a definição normativa, a Administração central legisladora invoca como precedente a proposta apresentada por uma simples "Junta Consultiva" que estuda medidas jurídicas cuja única legitimidade deriva da competência técnica atribuída a seus membros[15]. As novas disposições são em geral observadas, a não ser no ponto, extremamente delicado, do sistema representativo. Constituir ao lado do Governo-geral de Fernando Póo um Conselho Colonial que, "representando os interesses criados até aqui, ofereça uma garantia de melhor respeito e satisfação destes interesses" é uma aspiração irrealizável, conforme demonstram as normas da estatística; para a participação popular "não existe naquelas localidades um número suficiente de chefes de família espanhóis para os quais deveria necessariamente verificar-se a eleição [...] e isso obriga a limitar esta tendência positiva à manifestação dos Conselhos vicinais que se instituem para a gestão dos assuntos locais".

---

14. Cf. em geral M. Fioravanti, *Lo Stato di diritto come forma di Stato. Notazioni preliminari sulla tradizione europeo-continentale*, em R. Gherardi, G. Gozzi (organizado por), *Saperi della borghesia e storia dei concetti tra Otto e Novecento*, il Mulino, Bologna, 1995, pp. 161-77.

15. Cf. Real Decreto de 30 de julho de 1902, que cria uma Junta Consultiva sobre as possessões espanholas da África ocidental. Os seus componentes (art. 2) eram em sua maioria ex-ministros (Maura, Castellanos, García Sancho, Ugarte) e ex-subsecretários (Alvarado), aos quais se acrescentavam alguns dirigentes coloniais do momento (o subsecretário de Estado Pérez-Caballero, o chefe da Seção Colonial Bosch, o Governador Ibarra). Eram bastante representados o Parlamento (Bergamin, Huelín, Labra), a Sociedade Geográfica Real (Fernández Duro, Beltrán) e a similar Régia Comissão para a África Ocidental (Ossorio, López Vilches). Aqui não nos interessam todos os participantes, que já foram tratados, em relação à Guiné, pelo autonomista hispano-cubano Rafael Maria de Labra.

A partir do déficit de autogoverno imposto pelas circunstâncias (que justificam, portanto, a criação de grupos de interesse e de uma imprensa periódica militante), a vida na colônia girará em torno da figura do Governador-geral, nomeado pelo Rei e livremente designado pelo Conselho dos Ministros de Estado (art. 2). Único "representante do Governo da Nação", "encarregado do governo e da administração da colônia, ele disporá das forças de mar e terra existentes naquela área [...], a ele estarão subordinadas todas as Autoridades e os funcionários, será responsável pela segurança e pela manutenção da ordem nos territórios a ele confiados e lhe caberão, como 'Vice-real Patrono' todos os poderes inerentes a essa condição". O artigo 4 do Real Decreto de 1904, ao qual pertencem as expressões acima citadas, elenca com um cuidado e um método até então desconhecidos um grande número de atribuições, algumas conexas ao grau superior hierárquico que cabem ao Governador (efetuar inspeções nos vários setores, manter relações com outras autoridades, enviar relatórios ao Governo, suspender por motivos justificados os funcionários, conceder licenças, admitir pessoal provisório) e outras, exorbitantes, fundamentadas sobre sua condição de autoridade delegada, partícipe da mais alta jurisdição estatal (como publicar e realizar todo tipo de disposição normativa, inclusive acordos internacionais, suspender a pena capital e propor um indulto).

A paz interna e a segurança externa da colônia constituem, sem dúvida, os valores supremos do ordenamento colonial proposto em 1904 e, por isso, o Real Decreto em questão autoriza o Governador Geral – na realidade, é bom lembrar, um militar de profissão – a tomar, em defesa da ordem, "todas as medidas consideradas necessárias [...], informando devidamente o Ministério de Estado"[16]. Não existe nenhum princípio de legalidade penal (o governador poderá "emanar decretos para corrigir erros, manter a paz social e, para fins de polícia e bom governo dentro dos limites, no que diz respeito às penas, estabelecidos pelo Ministério de Estado") e vale antes a livre apre-

16. Com o Real Orden de 25 de novembro de 1911, a partir de proposta do Ministério da Guerra, serão concedidas ao governador da Guiné honras de general-de-brigada.

ciação das condições locais: fica a critério do Governador-geral, após ouvir o parecer somente consultivo da Junta das Autoridades (art. 12, 1.º), a decisão de "suspender a promulgação e a execução das disposições comunicadas pelo Ministério de Estado quando, segundo seu parecer, possam causar danos aos interesses gerais da Nação ou àqueles particulares dos territórios de sua competência; pelo qual [o Governador] imediatamente prestará contas ao referido Ministério". Trata-se de poderes de governo que, no território metropolitano, nem sequer nos anos mais duros do moderantismo chegarão a tanto[17]. Estamos agora em plena Restauração, mas pareceria estar diante das velhas "Leis das Índias".

3. *Ius publicum europaeum in terra africana* [Direito público europeu no território africano]

Não é por acaso que essas leis tão elogiadas circulam na Espanha no final do século[18]. Na generosa regulamentação dos poderes governamentais, realizada por Faustino Rodríguez Sampedro, em 1904, permanecem, sem dúvida, alguns princípios (e algumas soluções) das normas anteriores ditadas para

17. Cf. Lei de 2 de abril de 1845, que estabelece as atribuições dos governos políticos, em T. Ramón Fernández, J. A. Santamaría (organizado por), *Legislación administrativa española del siglo XIX*, Instituto de Estudios Administrativos, Madrid, 1977, ref. n.º 120, pp. 574-5. Trata-se de uma útil coletânea, que não deixa na penumbra nem sequer a Espanha colonial.

18. M. Lorente, *La suerte de la Recopilación de 1680 en la España del siglo XIX*, relatório apresentado ao Congresso Internacional de Direito dos Índios, realizado em Buenos Aires (1995). O tema das leis das Índias é freqüente na legislação hispano-guineana, sobretudo no que diz respeito à propriedade indígena: cf. Real Decreto de 26 de novembro de 1880, art. 8, 1.ª; Real Decreto de 17 de fevereiro de 1888, art. 7. No importante Real Decreto de 11 de julho de 1904, que fixa o estatuto das propriedades na colônia (Miranda, cit., ref. n.º 230, pp. 142-9), a "Recopilación" de 1680 só comparece na exposição de motivos, como um glorioso antecedente nacional, do "princípio universalmente aceito pelo direito moderno, segundo as suas mais recentes disposições e autorizações", que consiste na titularidade estatal da terra, não concedida a particulares, com o que a propriedade dos indígenas – "indiscutível direito que não se lhes pode negar" – permanece em função dos limites postos pelo Governador (arts. 11-12).

a Guiné[19], mas principalmente incidiu sobre ela o importantíssimo caso das Antilhas, a respeito do qual foi possível admitir de modo claro, precisamente quando Leopoldo O'Donnel começou a série da normativa colonial africana (Real Decreto de 13 de dezembro de 1858), que

> o caráter principal da administração colonial espanhola foi até o presente, e continua sendo, o fato de todas as autoridades desempenharem em conjunto funções judiciárias e administrativas, tanto os capitães gerais quanto os superintendentes delegados, intendentes, governadores e prefeitos maiores. As Audiências territoriais dão votos de consulta sobre os problemas mais graves e sobre as questões de bom governo; para isso são criados alguns tribunais mistos [...]. A autoridade do capitão geral, que representa a Coroa nas províncias de além-mar, é praticamente ilimitada em todas os setores da administração pública, da justiça ou da guerra.[20]

Tudo isso pressupõe, inevitavelmente, do ponto de vista da liberdade, "que existe um povo para o qual a vida normal quase coincide com a suspensão das garantias individuais"[21]. Certamente, haverá mudanças lá pela metade do século e se chegará também a um efêmero regime autônomo para as Antilhas, mas na África nunca comparecerá essa face mais amável da experiência espanhola na América[22].

---

19. Cf. Real Decreto de 13 de dezembro de 1858, art. 5 (concessão da faculdade discricionária ao Governador); Real Decreto de 12 de novembro de 1868 (art. 4, nos mesmos termos). O Real Decreto de 26 de novembro de 1880, regulando a figura do Governador no art. 2, remete genericamente "às atribuições, tanto ordinárias como extraordinárias, que as leis em vigor conferem às Autoridades superiores de além-mar", repetido literalmente pelo posterior Real Decreto de 17 de fevereiro de 1888, art. 1.

20. L. de Arrazola (organizado por), *Enciclopédia española de Derecho y Administración, Ó Nuevo Teatro Universal de la Legislación de España é Indias*, X, Imprenta de la Revista de Legislación y Jurisprudencia, Madrid, 1858, veja-se o verbete *colonia*, pp. 5-26, em particular pp. 23-4.

21. R. M. de Labra, *La Justicia en Ultramar*, em "La Escuela del derecho", 3 (1863), pp. 209-32, em particular p. 217.

22. Cf. J. Lalinde Abadía, *La administración en el siglo XIX puertorriqueño. (Pervivencia de la variante indiana del decisionismo castellano en Puerto Rico)*, Escuela de Estudios Hispanoamericanos, Sevilla, 1980, em particular pp. 125 ss. sobre o "Sistema Administrativo".

De qualquer forma, resulta como um fato novo na Guiné o gosto pelos detalhes na descrição das prerrogativas da autoridade colonial. E note-se que não estamos diante de mera questão de logorréia administrativa. Se as competências do governador são minuciosamente regradas, se a previsão dos seus poderes excepcionais parece tão natural a ponto de se constituir como direito comum na Guiné, deve-se ao fato que o Real Decreto de 1904, esta "Carta Colonial" que fez história para os que lidam com esses problemas, agora nos aparece como uma verdadeira norma de governo, ou seja, criada pelo governo sem o concurso do Poder Legislativo, e ditada pelo Governo, para favorecer o enorme poder da autoridade espanhola que opera na colônia. Isso é estabelecido sem outras concessões à participação da autoridade espanhola além de uma "Junta de Autoridade" onde sentam as autoridades administrativas com poder consultivo (arts. 9 -12)[23], sem outra vida municipal a não ser a dos "Conselhos vicinais", que dependem (na própria definição de suas funções) da plena discricionariedade do governador-geral (arts. 14-22); sem uma eficiente previsão, afinal, de uma presença institucional dos colonizados[24], a não ser aquela que pareça juridicamente relevante ao Governador. E pouco ou nada conta a justiça ordinária (art. 23): na mão dos encarregados temporariamente nomeados pelo Governador, compatível (ainda em 1904) com as atribuições judiciárias de seus

---

23. Cf. Freire, *Al Sr. Ministro de Estado*, em "La Voz de Fernando Póo", nº 26, 1 de julho de 1911, carta sobre a Junta das Autoridades em que formula uma série de reformas do ordenamento colonial.

24. O art. 14 do Real Decreto estabelece que "Os Conselhos vicinais se constituirão com o Delegado do Governo como presidente e dois ajudantes, sejam ou não indígenas, designados a cada três anos pela Junta das Autoridades", com uma posição residual dos indígenas, que o preceito seguinte parece aceitar com referências "às funções municipais [dos povos] compatíveis com o grau de cultura de seus membros"; em todo caso, tratava-se de uma fórmula temporária, até que fossem criadas "condições análogas em Santa Isabel" (art. 14). E esses simulacros de vida municipal são claramente uma imposição de modelos de convivência de interesse exclusivamente da Espanha: "as autoridades governamentais promoverão, com os meios sugeridos pela prudência, e em conformidade com as diretrizes do Ministério de Estado, a redução dos indígenas a vilarejo e a conseqüente formação de Conselhos Vicinais" (art. 22).

delegados[25], a justiça ordinária sofre também com o sistemático afastamento dos juízes de carreira da Guiné, devido a pouca remuneração econômica juntamente com a dureza da vida no local[26].

Desse modo, a base institucional para o exercício da liberdade permanecerá na verdade muito frágil. "Valerão nos territórios do Golfo da Guiné os direitos concedidos aos espanhóis pela Constituição da Monarquia", que é de 1876: um texto doutrinário que subordina continuadamente, como se sabe, os direitos ao crivo da lei que os orienta e os desvaloriza, quando não opera diretamente a mais brutal das restrições – tão freqüente na Espanha do início do século – que deriva do estado de sítio,

25. A Real Orden de 27 de julho de 1905 estende o art. 23 do Real Decreto de 1904 a outras autoridades não mencionadas aqui. Quatro anos depois (Real Orden de 8 de outubro de 1909), insiste-se no fato de que as competências judiciárias dos delegados governamentais não devem reduzir aquelas do Tribunal de primeira instância e de instrução de Santa Isabel. Para o registro civil do casamento religioso entre indígenas, um decreto do Governador (4 de outubro de 1915) transfere a competência do Juiz municipal aos comandantes militares da guarnição. Cf. também *Una memoria*, Cap. II, em "La Voz de Fernando Póo", n.º 16, 1.º de fevereiro de 1911, pp. 6-8, apresentada às *Cortes* pelo Ministro de Estado, que denuncia um decreto de 1906, que atribui "alguns poderes judiciários, mais de eqüidade do que de estrita jurisdição, aos vice-governadores de Bata e Elobey e ao Delegado de São Carlos, que assim podem mantê-las, contra toda boa organização dos tribunais".

26. J. Muñoz y Núñez de Prado, *Organización de la justicia en Guinea*, em "Revista de los tribunales y de legislación universal", 65 (1931), pp. 123-4, como *El ministerio fiscal en Guinea*, ibid., pp. 204-5; cf. também, do mesmo, *El régimen judicial de nuestras posesiones en Africa occidental. Contestación concisa a una pregunta del programa de oposiciones a la judicatura*, ibid., 67 (1933), p. 571. Era um problema endêmico: A. Frik, *Funcionarios coloniales en Fernando Póo*, em "África. Revista política y comercial consagrada á la defensa de los intereses españoles en Marruecos, Costa del Sahara y Golfo de Guinea", IV (2.ª época), novembro-dezembro 1910, pp. 13-4, em particular p. 14: "em algumas ocasiões uma mesma pessoa exercia as funções de Secretaria do Governo, de Tribuna de primeira instância, de Administração da Fazenda Agrícola e de Tabelião"; L. Ramos-Izquierdo, *Descripción geográfica del Golfo de Guinea*, cit., pp. 325-6: "às vezes, um iletrado torna-se Juiz de primeira instância, ao passo que outras vezes o mesmo indivíduo passa de secretário a Promotor Público e Juiz, por nomeações internas". E. V. Ynfante, *Cubanos en Fernando Póo; horrores de la dominación española*, El Figaro, Habana, 1898, pp. 53 ss., descreve no final do século XIX uma "justiça do cadì", totalmente corrompida no que diz respeito, por exemplo, à administração local dos Correios.

que pode ser decidido pelo Governo à margem do Parlamento[27]. Por isso, não podemos nos admirar que, numa colônia definida "de exploração", o adiamento geral da Carta de 1876 só se complete em 1904, com a proclamação expressa da livre iniciativa profissional na colônia, com o acréscimo, neste caso, de um genérico direito de petição que, sem obviamente chegar a compensar a ausência de liberdade, dá voz a uma imprensa de interesse dos donos das fazendas: "cada espanhol, natural ou não, dos territórios do Golfo da Guiné tem direito a: 1) iniciar sua profissão e exercê-la como melhor lhe aprouver, nos limites das leis e 2) fazer petições, individuais ou coletivas, às Autoridades. Este direito não poderá ser exercido por aqueles que pertencem às Forças Armadas" (art. 29).

Em suma, na pequena colônia da Guiné, o quadro normativo das liberdades constitucionais afasta-se cada vez mais da lei metropolitana para coincidir com o Estatuto orgânico de 1904 e com os seus sucessivos desdobramentos locais, sempre de natureza regulamentar[28]. A situação de fato dessas longínquas partículas da Soberania nacional – "o estado dos assim chamados territórios" na linguagem de nosso Real Decreto – condiciona *ab initio* as liberdades e consagra, em seu exercício, a intromissão da Autoridade governamental, seja aquela imediata do Governador, seja aquela mais remota, mas não menos efetiva, do Ministério de Estado[29].

---

27. Cf. uma análise jurídica em P. Cruz Villalón, *El estado de sítio y la Constitución. La constitucionalización de la protección extraordinaria del Estado (1789-1878)*, Centro de Estudios Constitucionales, Madrid, 1980, especialmente pp. 429 ss. sobre o original art. 17 da Constituição. É possível encontrar uma crônica muito dramática em M. Ballbé, *La justicia española en la historia constitucional desde 1812 a 1978: una justicia civil teórica versus una justicia militar dominante*, em J. Michael Scholz (organizado por), *El tercer poder. Hacia una comprensión histórica de la justicia contemporánea en España*, Vitório Klostermann, Frankfurt a.M., 1992, pp. 381-94.

28. Com efeito: "Nos territórios do Golfo da Guiné vigorarão os direitos reconhecidos aos espanhóis pela Constituição da Monarquia, regulando-se seu exercício de acordo com este decreto e com as disposições complementares ditadas para adaptar suas normas, como aquelas dos Códigos gerais, ao estado destes territórios" (art. 27).

29. Cf. art. 7: "As medidas do Governador-geral podem ser revogadas ou reformadas pelo Governo supremo, de ofício ou de instância de parte, quando

Nas mãos do poder governamental – ou do poder sem outro acréscimo – estão, portanto, remetidas as liberdades: o quadro dos regulamentos e as condições materiais que permitem sua inteira e concreta fruição. Trata-se do *ius publicum europaeum* consagrado em 1885 pelas potências reunidas em Berlim: são princípios que todos aceitam para a repartição efetiva do continente africano. Para nós, de qualquer modo, basta analisar, do pequeno ponto de observação que nos oferece a Guiné, a *constituição colonial* imposta pela Europa na África[30].

Em primeiro lugar, trata-se de uma Constituição que abdica sem pudor daquela retórica representativa que havia tradicionalmente acompanhado as leis políticas metropolitanas[31]. Depois dos anos da fugaz experiência democrática na Espanha (1868-1874), fora possível conhecer um sistema liberal de governo colonial "no qual o poder executivo na colônia não invoca nem exerce maiores atribuições daquelas que na Europa correspondiam a um governo representativo", mas sabe-se que tal sistema – difuso, embora não dominante, nas colônias inglesas – é considerado perigoso também na sua terra de origem. Onde não o é (na Espanha, assim como na França) a regra será um assim chamado sistema administrativo, caracterizado pela falta de instituições participativas: "um sistema no qual a autoridade do governo só é limitada por Conselhos ou corporações meramente consultivas ou pela intervenção dos funcionários do Poder Judiciário, como nos é mostrado pelo *Real Acuerdo* das leis espanholas das Índias"[32]. Embora resulte desejável a par-

---

a matéria o permite ou sejam julgadas contrárias às leis, regulamentos e disposições em vigor ou inadequados ao governo e à boa administração dos territórios espanhóis do Golfo da Guiné."

30. Introdução de P. Guillaume, *Le Monde Colonial, XIXe-XXe siècle*, Armand Colin, Paris, 1974, em particular pp. 129 ss. sobre a "Administração colonial". Mas a argumentação, não obstante o renascimento dos estudos sobre o colonialismo, que data da metade dos anos 1980, resta ainda a ser desenvolvida.

31. Cf. G. Crotti de Costiglione, *Les représentants des colonies au Parlement*, Paris (Thèse droit), 1908; V. Dupuich, *Le régime législatif des colonies*, Paris (Thèse droit), 1912. De grande utilidade: *Les Lois Organiques des Colonies. Documents officiels précédés de notices historiques*, I-III, Institut Colonial Internacional, Bruxelles, 1906.

32. J. Maldonado Macanaz, *Principios generales del arte de la colonización*, Impr. M. Tello, Madrid, 1875, pp. 224-5. Faz referência sobretudo ao oxoniano H. Merivale, *Lectures on Colonization and Colonies*, Longman, London, 2.ª ed., 1861.

ticipação das colônias nas Assembléias metropolitanas – como acontecerá no caso espanhol para as Antilhas –, parece claro que seja mantido "o princípio da representatividade virtual [...] para aquelas províncias externas povoadas por raças diferentes da raça européia e semicivilizadas, e nas quais os colonos provenientes da metrópole constituam apenas uma pequena minoria"[33]. Mais claro, impossível. Não obstante as retóricas da assimilação, a nossa constituição africana deixa pouco espaço para as liberdades positivas. Com uma verdadeira ostentação de coerência, a literatura colonial espanhola entre o século XIX e o XX limitar-se-á, portanto, a exprimir uma mera vocação administrativa[34].

A "exploração" metropolitana da colônia procede em direção à pura "administração", mesmo proclamando uma tendência à "assimilação" dos respectivos regimes jurídicos, uma tendência que se deseja apresentar como uma característica dos povos latinos, mas que na realidade está repleta de contradições: no máximo, a tão ostentada assimilação negaria o próprio fato da realidade colonial[35]. Se para a Espanha se afirma genericamente esse princípio, ele é sempre desmentido pelo direito peculiar da Guiné: a legislação da península ibérica não vale na colônia, salvo decisão contrária do Poder Executivo[36]. Algo pare-

---

33. J. Maldonado Macanaz, *Arte de la colonización*, cit., pp. 257-8.

34. Cf. G. R. España, *Tratado de derecho administrativo colonial*. I. *Organización administrativa*, "Revista de Legislación", Madrid, 1894, sem outras notícias sobre a Guiné além do Real Decreto de 17 de fevereiro de 1888, anexado ao apêndice (pp. 319-29).

35. Assim afirma S. Romano, *Curso de direito Colonial*. I. (Parte geral), Athenaeum, Roma, 1918, pp. 32 ss. Cf. C. Grilli, *Gli esperimenti coloniali nell'Africa neolatina*, em "Rivista Internazionale di Scienze sociali e discipline ausiliare", 62 (1913), pp. 433-62; 63 (1913), pp. 30-64, 145-73, 449-77; 64 (1914), pp. 29-42, 174-94, 309-32; e também os números sucessivos.

36. Teve alguma importância o Real Decreto de 18 de julho de 1913, que resolve a favor do Ministério de Estado a competência disputada com a Marinha, sob instância da Sociedade Hispano-Americana de Crédito e Desenvolvimento. Foi alegado o art. 89 da Constituição de 1876, "considerando que as possessões espanholas na África ocidental constituem uma colônia regida por leis e disposições especiais para o seu governo e administração confiados ao Ministério de Estado [...] sem que sejam aplicadas as leis promulgadas, ou a serem promulgadas, por parte da Península, a não ser que o Governo disponha a sua aplicação com as modificações que julgar convenientes". Esta decisão oferece

cido acontece com a suposta inclinação espanhola à fusão das raças[37]. Além disso, segundo o Tratado do Congo (1885), latinos e saxões, para "administrar" na África, não são sequer obrigados a proceder a uma ocupação territorial efetiva[38]. Se esta ocupação em geral interessa, se para torná-la possível nasce uma nova ciência geográfica, mais uma vez nos deparamos com um Executivo polivalente, que projeta como geografia o que não quer realizar como política[39]. Revestido pela legitimidade científica que lhe concede a primeira, o direito colonial escapará das competências das assembléias legislativas: os juristas reconhecem que "mesmo quando o poder legislativo ordinário afirma a própria competência, de fato as disposições concernentes às colônias, que são emanadas pelo poder executivo, são em maior número do que as emanadas pelo poder legislativo"[40].

A exploração geográfica exige uniformidade de comando, rapidez operacional, máxima eficiência. O segundo elemento da constituição colonial, na qual, como sabemos, as liberdades ocupam tão pouco espaço, consiste, portanto, em sacrificar a

---

um precedente para a Real Ordem de 2 de junho de 1922. Cf. em geral F. Martos Ávila, *Indice legislativo*, cit., "Prólogo", pp. VII-XVIII.

37. Assim argumenta J. M. Cordero Torres, *Tratado de derecho colonial*, cit., p. 278: "Não sendo a Espanha (e nunca tendo sido) uma potência colonial racista, é difícil enfrentar o tema da mestiçagem. Esse, de fato, não por preconceito racial, mas pelo estado de degeneração e atraso dos nativos, resulta praticamente inconcebível sem necessidade de uma proibição oficial." Isso, porém, chegará com o Decreto de 30 de setembro de 1944 contra os casamentos mistos: J. M. de la Torre, *La tragedia de Guinea*, "Tiempo de Historia", 36 (1977), pp. 120-1, em particular p. 120.

38. S. Romano, *Curso de direito colonial*, cit., pp. 42 ss. Cf. A. Delvaux, *Les Protectorats de la France en Afrique*, Dijon (Thèse droit, Paris), 1903.

39. Ao caso de L. Ramos-Izquierdo, *Descripción geográfica del Golfo de Guinea*, cit., podemos acrescentar, mesmo sem abandonar a Guiné, A. Barrera y Luyando, *Lo que son y lo que deben ser las posesiones españolas del Golfo de Guinea*, Imprenta Eduardo Arias, Madrid, 1907, conferência na Real Sociedad Geográfica (20 de junho de 1907). Cf., em geral, E. Hernández Sandoica, *La ciencia geográfica y el colonialismo español en torno a 1880*, "Revista de la Universidad Complutense", 28 (1979), pp. 183-99; J. M. Llorente Pinto, *Colonialismo y geografía en España en el último cuarto de siglo XIX. Auge y descrédito de la geografía colonial*, "Eria", 15 (1988), pp. 51-76; e por último A. Gollewska, Neil Smith (organizado por), *Geography and Empire*, Blackwell, Oxford, 1994.

40. S. Romano, *Corso di diritto coloniale*, cit., pp. 139 ss.

separação dos poderes, esse velho tema revolucionário afirmado – com menor ou maior convicção – pelas constituições européias do Estado de Direito. Os juristas o sabem perfeitamente: é um princípio de direito público universal "a inferioridade manifesta da civilização da colônia", e isso "torna quase indispensável um poder de algum modo despótico, mas existe um despotismo legítimo e benéfico e um despotismo injusto"[41]. Não são registradas muitas diferenças, visto que a esta descrição correspondem também as numerosas colônias inglesas da Coroa (de Gibraltar a Hong Kong, de Labuan a Gâmbia, de Serra Leoa a Trinidad Tobago)[42]. Quando é necessário adequar as normas aos fatos, a situação africana impõe uma via decididamente mais prática, que exige o apelo ao Poder Executivo: "o governador possui competências gerais como representante conjunto do interesse metropolitano e do interesse da colônia; tem competências legislativas e outras relativas à administração da justiça; tem poderes militares; além disso, é depositário de todos os direitos que deve possuir o primeiro mandatário do governo para a manutenção da ordem e da segurança pública na colônia"[43]. E precisamente por isso a sólida posição do Governador colonial incluirá sempre a "faculdade de emanar disposições regulamentares que têm [...] um substancial valor legislativo"[44].

---

41. J. G. Bluntschli, *Derecho público universal*, I-II, Góngora, Madrid, 1917, II, p. 228.

42. Cf. *Les Lois Organiques dês Colonies*, cit., I, pp. 11 ss. A autoridade é Ch. J. Tarring, *Law relating to the Colonies*, Stevens and Haynes, London, 1913.

43. J. Gingast, *De l'oeuvre et du rôle des gouverneurs coloniaux*, Impr. Rennaise (Thèse droit), Rennes, 1902, pp. 124 ss. ("le gouverneur a des attribuitions générales comme représentant à la fois l'intérêt métropolitais et l'intérêt de la colonie; il a des attribuitions législatives et d'autres relatives à l'administration de la justice; il a des pouvoirs militaires; il est, en outre, dépositaire de tous les droits que doit avoir le premier mandataire du gouvernement pour le mantien de l'ordre et de la sécurité publique dans la colonie").

44. S. Romano, *Corso di diritto coloniale*, cit., p. 159, sobre o problema do "senátus-consulto" francês de 3 de maio de 1854 sob as leis constitucionais da III República, que interessam também A. Bienvenu, *Le législateur colonial*, "Revue du Droit Public et de la Science Politique en France et à l'Étranger", 36 (1929), pp. 224-42; e A. Bonnefoy-Sibour, *Le Pouvoir législatif aux colonies. Essai historique sur le Droit de légiferer en matière coloniale*, Imp. Régionale (Thèse Droit,

Reduzida a legislação a regulamento, resultam, por sua vez, coerentemente limitadas as possibilidades de tomar decisões sobre o regime colonial em âmbito parlamentar: também para o Congo (onde uma *Charte coloniale* de 18 de outubro de 1908 – que é uma lei em sentido formal – transformou o feudo leopoldino em domínio nacional belga) a intervenção das Câmaras de Bruxelas terá um caráter extraordinário[45]. Sem mencionar o caso das potências só recentemente admitidas ao banquete colonial, como a férrea Alemanha[46] ou a Itália aventureira[47]. Estamos no período do governo representativo e da opinião pú-

Montpellier), Dijon, 1908, p. 296: "Nas colônias de exploração ou simplesmente nas novas colônias, é evidente que o poder de legiferar na Colônia deve pertencer unicamente ao Governador."

45. O Rei legifera por decreto, assistido por um *Conseil Colonial* com poderes não vinculantes e na sua maioria estranho ao Parlamento: este conserva somente um peso decisivo em matéria de balanço. Por essa razão, o Governador do Congo tem faculdade de emanar ordenações, sujeitas à ratificação do *Conseil*, por motivos urgentes, embora as autoridades governamentais coloniais intervenham continuamente em âmbito normativo com "decretos de execução" mais ou menos abusivos. Cf. P. Dufrénoy, *Précis de Droit Colonial*, E. Bruylant, Bruxelles, 1946, pp. 25 ss.

46. Cf. O. Köbner, *Les organes de législation pour les colonies allemandes*, em *Les Lois Organiques des Colonies*, cit., III, pp. 333-53. Segundo o *Schutzgebietsgesetz* de 25 de julho-10 de setembro de 1900 (incluído nesta coletânea, pp. 355 ss.), o Imperador legifera com ordenações, ao passo que pouquíssimas matérias são reservadas à Dieta; a respeito dos indígenas este poder legislativo imperial não conhece limites, mas reporta-se às amplas faculdades regulamentárias que cabem ao chanceler do *Reich* e que, por procuração, os Governadores exercem ordinariamente. Cf. R. Lobstein, *Essai sur la législation coloniale de l'Allemagne*, (Thèse droit, Poitiers), Paris, 1902; A. Chéradame, *De la condition juridique des colonies allemandes* (Thèse droit), Paris, 1905. Reconhece-se modernamente, com uma observação válida não só para o contexto alemão, que chegamos a "um terreno jurídico pouco explorado"; cf. U. Wolter (com a colaboração de P. Kaller), *Deutsches Kolonialrecht – ein wenig erforschtes Rechtsgebiet, dargestellt des Arbeitsrechts der Eingeborenen*, em "Zeitschrift für Neuere Rechtsgeschichte", 17 (1995), pp. 201-44, em particular pp. 214 ss. sobre o direito colonial.

47. Cf. *L'Ordinamento della Colonia Eritrea*, Lei de 24 de maio de 1903 (com o sucessivo regulamento de administração de 22 de setembro de 1905), sem dúvida uma das mais claras expressões do que eu entendo por constituição colonial. Outros textos em *Les Lois Organiques des Colonies*, cit., III, pp. 399 ss. Cf. G. Marller, *Le Droit colonial italian*, Nancy (Thèse droit), 1909. A crônica do caso, documentada, em T. Scovazzi, *Assab, Massaua, Uccialli, Adua. Gli strumenti giuridici del primo colonialismo italiano*, Giappichelli, Torino, 1996.

blica, mas uma espécie de "inefabilidade" política da constituição colonial apresenta-se ao observador como uma sua terceira característica:

> é reconhecido hoje por todos os povos coloniais e pela grande maioria dos publicistas que trataram da administração colonial que os parlamentos metropolitanos são incompetentes para a formação da legislação colonial [...]; em países como a Inglaterra, onde foram concedidas as mais amplas faculdades de descentralização e onde o *self-government* encontra sua mais completa realização, não é proibido ao parlamento a criação de leis coloniais; indubitavelmente ele tem esse direito, mas só o exerce raramente, pela força do costume e porque reconhece a sua incompetência.[48]

Pelo menos no caso espanhol, parece evidente que as *Cortes* tratarão da Guiné apenas de maneira episódica e por reflexo: sob o império do Real Decreto de 1888, a discussão sobre a lei financeira no capítulo concernente às Terras de Além-Mar, sem referências específicas às possessões na África, permite que o deputado Rafael Maria de Labra exponha suas idéias sobre o

> desenvolvimento daquela colônia [...]: em primeiro lugar, a extensão do Conselho [vicinal] em sentido autonomista; em segundo lugar, a ampliação do número de conselheiros, de modo que destes venham a fazer parte a raça negra e, em geral, qualquer classe de homens; em terceiro lugar, a substituição gradual dos conselheiros nomeados pelo Governo por conselheiros eleitos pelo povo; em quarto lugar, por fim, a plena e sincera consagração das liberdades públicas, dos direitos naturais do homem e das franquias constitucionais do cidadão espanhol em Fernando Póo e em todas as colônias na Guiné.[49]

---

48. A. de Magalhães, *Estudos coloniaes*. I. *Legislação colonial. Seu espírito, sua formação e seus defeitos*, F. França Amado, Coimbra, 1907, p. 107.

49. Em R. M. de Labra, *Nuestras colonias de África. Fernando Póo y la Guinea española en 1898*, Tipografia de Alfredo Alonso, Madrid, 1898, p. 25; é citada uma intervenção parlamentar de 8 de junho de 1898. No restante, a propósito das "numerosas disposições" emanadas pelos Governos "sem a menor intervenção de nosso Parlamento", "contra essa aberração, contra essa verdadeira e própria infração constitucional", pronuncia-se todavia Labra, referindo-se

Vamos reler essas expressões. A menção das colônias a partir da tribuna do Parlamento conduz inevitavelmente a tratar dos poderes e a discutir sobre as liberdades. Não é, portanto, insignificante o que se omite quando os parlamentares silenciam a respeito das questões coloniais. De todo excepcional para as *Cortes* espanholas, se não fosse por seu empenho constitucional, a sensata proposta de Labra, não menos do que a lei orçamentária para as Terras de Além-Mar, não obteve uma particular ressonância[50].

Separada da lógica parlamentar, destituída de liberdade e de poderes autônomos, a constituição colonial parece a imagem especular daquela metropolitana: "não se deve esquecer que o direito colonial, por sua natureza, não pode ser construído sobre a mesma base e com os mesmos critérios do direito metropolitano. Ele se refere a populações de civilização menos desenvolvidas do que a européia, para as quais é compatível um governo semelhante àquele que vigorava entre nós em época mais antiga, e ao contrário não seria possível adotar os princípios do moderno constitucionalismo"[51]. Que o direito ocidental, orgulho de nossa civilização e inimigo de passados despotismos, tenha também sido o instrumento mais eficaz para submeter, em benefício da Europa, as culturas não-européias, é uma tese corroborada pela melhor historiografia existente sobre o caso americano[52], mas, como vemos, não é difícil esten-

---

às intervenções pronunciadas às Cortes, em seu discurso de abertura do Segundo Congresso Africanista, celebrado no Salão da Câmera de comércio, industrial e agrícola de Saragoça, nos dias 26, 27, 28, 29, 30 e 31 de outubro de 1908, por iniciativa das Agências para o Comércio Hispano-Marroquino, Imprenta "España en África", Barcelona, 1908, pp. 30-8, em particular pp. 30-1.

50. Cf. "La Voz de Fernando Póo", n.º 14, 1.º de janeiro de 1911, p. 15, com notícias da intervenção do já velho Labra (16 de dezembro de 1910), que solicita ao Ministério de Estado alguns dados sobre o funcionamento da *curadoria* colonial.

51. S. Romano, *Corso di diritto coloniale*, cit., p. 167.

52. Cf. R. A. Williams, Jr., *The American Indian in Western Legal Thought. The Discourses of Conquest*, Oxford University Press, New York/Oxford, 1990, que se exprime de maneira tal eficaz à p. 6: "Law, regarded by the West as the most respected and cherished instrument of civilization, was also the West's most vital and effective instrument of empiring during its genocidal conquest and colonization of non-Western peoples of the New World, the American Indians."

der às terras africanas os amargos juízos por ela formulados. O regime metropolitano das liberdades não resulta compatível com a mais rígida dominação colonial e por este motivo arrastam-se soluções que nossos juristas modernos, como, por exemplo, Santi Romano, situam sem dificuldades no Antigo Regime.

Houve, sem dúvida, algumas exceções. Assim se exprime Adolfo Gonzáles Posada, que se dirige em francês a um público internacional:

> É impossível deixar de evidenciar um ponto sobre o qual obviamente os colonizadores, os conquistadores e os aventureiros não pensaram, mas que o moralista – e todo historiador, assim como todo crítico, é ou deve ser um moralista – deve levar em consideração, assim como deve fazer, por outro lado, de outros pontos de vista, o sociólogo. O ponto é saber com que direito o povo que se julga o mais civilizado invade, com a imigração ou por impulso político coletivo, o território do povo ou dos povos que ele quer colonizar.

"Pode um homem, e principalmente um Estado, exterminar a seu bel-prazer?" Eis finalmente a questão de fundo que ninguém parecia ter a coragem de fazer; uma pergunta decisiva cuja simples formulação é suficiente para interditar aquela repartição de terras e de povos africanos que tranqüilamente tinha sido concordada *unter den Linden.* Diferentemente de outros colegas europeus, mais envolvidos na moderna aventura colonial, pesa a favor de Adolfo Posada – com sua maneira livre de observar certos fenômenos – a sua condição, irrepetível[53], de *krausista* e de espanhol, com a conseqüente lucidez de pensamento:

> acredito que uma colônia, mesmo quando em seu início nada mais é do que uma empresa comercial ou uma manifestação do espírito de aventura, deva necessariamente se converter ou em uma obra de extermínio ou então em uma obra de regeneração

53. A. Posada, *Breve historia del krausismo español (aproximadamente en 1925)*, Universidad–Servicio de Publicaciones, Oviedo, 1981. Cf. F. J. Laporta, *Adolfo Posada: Política y Sociología en la crisis del liberalismo español*, Edicusa, Madrid, 1974.

> ou de elevação moral e jurídica do indígena; creio igualmente que, por razões não somente humanitárias mas de caráter sociológico e político, a obra colonizadora que melhor responde às exigências éticas das quais a humanidade não pode se desinteressar é a que se preocupa seriamente com o destino do indígena, que o atrai para si, eleva-o e acaba por fundir, em uma formação etnográfica única, o elemento colonizador e o elemento dominado.[54]

Posada *dixit* [disse]. As suas expressões (pronunciadas em um seminário realizado em Oviedo para estudantes de direito e pontualmente publicadas numa revista muito atenta às colônias[55], por ocasião da perda das Antilhas e das Filipinas) reúnem o melhor pensamento jurídico em matéria colonial que a amargurada Espanha foi capaz de produzir no final do século[56]. A mistura final das raças imposta pela Europa com o risco certo da extinção das culturas diversas nos parece hoje, sem dúvida, uma hipótese lamentável, mas não seria justo aplicar a Posada os nossos critérios politicamente corretos. Pelo menos Posada teve a coragem de transformar em problema a então óbvia, e geralmente não discutida, dominação colonial.

Digno de mérito também era recorrer ao direito para compreender as relações entre "civilizados" e "bárbaros": de fato, sobre o saudável terreno jurídico parecia evidente que "entre homem e homem *nunca* pode existir uma diferença tão fundamental a ponto de implicar que um seja *apenas um meio* para o

---

54. A. Posada, *Le régimen colonial de l'Espagne. Les origines et le developpement historique*, "Revue de Droit Public", 10 (1898), pp. 385-418; 11 (1899), pp. 33-71. O trecho citado corresponde à primeira parte, pp. 389-91.

55. Cf. A. Girault, *Chronique coloniale*, "Revue de Droit Public", 10 (1898), pp. 451-89, onde se refere ao renascimento da "contrainte par corps" na Índia francesa "à l'égard des indigènes seulement", após ter sido abolida em 1867 nos territórios metropolitanos com medidas que serão estendidas às colônias em 1891. Descreve-se como, em relação ao Madagáscar, "l'oeuvre de la pacification méthodique de l'île, habilement conduite par le general Gallieni, avance progressivement", mesmo se existe uma aguda falta de mão-de-obra: "le mal a deux causes, le petit nombre des indigènes et leur hésitation à travailler pour les Français". Este é exatamente o nosso problema.

56. Cf. S. Romano, *Corso di diritto coloniale*, cit., bibliografia, pp. 16-8, com essa única referência à Espanha.

outro (daí o absurdo da escravidão)". Continuemos com Adolfo Posada. As suas opiniões (reunidas em um ensaio enfim ignorado que discute com argumentos jurídicos um *pamphlet* anticolonialista a ele contemporâneo[57]), reconhecendo a dignidade de quem é culturalmente diverso, restituem dignidade também ao próprio talento europeu[58]. "É preciso pôr-se de acordo sobre quais são as características que constituem a civilização. Há povos que vivem em um estado de atraso material; sem dúvida [...] são dóceis, simples, afáveis, sinceros, hospitaleiros. A civilização que se desenvolve costuma consistir nos vícios mais infames e vergonhosos."[59] Sem dúvida. Mas o direito com base no qual Posada constantemente raciocina é o da nossa tradição européia: um direito carregado de significados culturais, funcional a um projeto político que conta vencedores e vencidos. "Os povos bárbaros e selvagens não são, talvez, verdadeiros Estados constituídos e juridicamente dignos de respeito? O selvagem isolado não é, por acaso, um sujeito de direito, não é uma pessoa? As declarações dos direitos da humanidade, mesmo sem atribuir-lhes o valor abstrato que a elas dava a Constituinte francesa, derivando-as de Rousseau, excluem, por acaso, as raças que consideramos inferiores?"[60]

---

57. Trata-se de E. Cimbali, *Popoli barbari e popoli civili. Osservazioni sulla política coloniale*, Ferdinando Strambi, Roma, 1887, agora acessível graças à amizade de Italo Birocchi. O interlocutor a quem Posada se dirige foi um dos poucos especialistas em questões internacionais – talvez entre aqueles que mais causaram alvoroço – que militaram contra o colonialismo até que aderiu à causa, do lado fascista. A respeito do empenho e das obras de Cimbali, antes desse período, cf. G. Fois, *L'Università di Sassari nell'Italia liberale. Dalla legge Casati alla rinascita dell'età giolittiana nelle relazioni annuali dei Rettori*, Centro interdisciplinare per la storia dell'Universitá di Sassari, Sassari, 1991, pp. 140 ss.

58. A. (González) Posada, *Los savajes y el Derecho político*, "La Nueva Ciencia Jurídica, Antropología, sociología", 1 (1892), pp. 193-9, em particular p. 197. Não é o momento de enfrentar a questão da importância que naqueles tempos, apesar de Posada, revestia a absurda instituição da escravidão: cf. J. Goudal, *La lutte international contre l'esclavage*, em "Revue générale de Droit International Publique", 35 (1928), pp. 591-625, a que nos reportamos.

59. A. Posada, *Los salvajes*, cit., p. 197.

60. Ibid., p. 195. Cf. também A. Posada, *Animal Societies and Primitive Societies* (trad. A. Kocourek), em A. Kocourek, J. H. Wigmore (organizado por), *Evolution in Law*, III, *Formative Influences of Legal Development*, Little, Brown and Co., Boston, 1918, pp. 267-87.

Põe-se em discussão, portanto, em relação aos *selvagens*, um Direito político – aquele elaborado na Europa para a África através do tratado do Congo – que protege e salvaguarda e, na verdade, submete:

> impõe-se ao ser humano dotado de razão 1º um respeito absoluto ao fim racional de seus semelhantes. Não se *pode*, ou melhor, não *se deve* destruí-los, é necessário vê-los como são realmente, como seres que merecem todo o respeito humano; 2º nas relações com o selvagem, precisamente quem é mais civilizado, é também aquele que tem mais obrigações, visto que a obrigação jurídica é sempre diretamente proporcional à capacidade racional do sujeito. Isso posto, os selvagens terão salvaguardados todos os seus direitos e o homem civilizado coloca-se em uma posição tal a ponto de poder se relacionar com eles, *mesmo quando eles se oponham*.[61]

4. *Locatio-conductio* [locação-condução] e os direitos dos africanos

Mesmo quando eles se oponham. O grifo é de Posada. Suas palavras contêm uma cautelosa, mas claramente nova referência às leis das Índias – aos antigos argumentos, idealizados por Vitória, Suárez e companheiros, que justificaram a conquista americana – em nome daquela sociabilidade aristotélica que convertia a defesa do *commercium* entre os homens em uma razão mais do que suficiente para dominar os bárbaros. O leitor seguramente lembrará: a qualquer pessoa é lícito um ir aonde quiser, e não se tem o direito de excluir de um território, que é de todos, um estrangeiro pacífico, que não prejudica ninguém e não suscita nenhuma suspeita ("perigrinari cuivis quocumque fas est, nefas vero hospitem pacatum neque laedentem, neque

---

61. A. Posada, *Los salvajes*, cit., pp. 197-8. Cf. em geral K. Braun, *Die Kolonisations-Bestrebungen der modernen europäischen Völker und Staaten*, L. Simion, Berlin, 1886; G. de Courcel, *L'influence de la Conférence de Berlin de 1885 sur le Droit Colonial International*, Les Éditions Internationales (Thèse droit), Paris, 1935. Não pude consultar C. Ocha'a M've Bengobesama, *Hispanismo en la Conferencia de Berlin*, Universidad Complutense (Facultad de Geografía e Historia, tese de graduação), Madrid, 1974.

suspectum communi solo excludere"[62]). As coisas mudam se o exercício dessa faculdade de relacionamento tão caracteristicamente humana se torna difícil: então é lícito, sem nenhuma dúvida, entrar nos territórios dos bárbaros ("licet ergo, licet sine ulla dubitatione barbarorum fines penetrare, idque si renuant nulla vel accepta vel merito expectata iniuria, iniqua sunt"[63]) [é sem nenhuma dúvida lícito entrar nos territórios dos bárbaros, e estes estão errados se reagirem a uma ofensa que na realidade não receberam, ou que não esperavam validamente receber]. Não por acaso, quando o *ius publicum europaeum* começa a circular pelos *boulevards* de Berlim, o dominicano espanhol Francisco de Vitória inicia sua brilhante carreira de padre e fundador do direito internacional[64].

Passando de Berlim para Vitória (e tendo sempre como pano de fundo a nossa Guiné), entramos em um mundo de realidades virtuais, de observações contaminadas pelo filtro cultural[65]. Ignorando qualquer senso de limite afirma-se como disciplina científica uma antropologia que não se refugia sequer no postulado – aceito por todos – da superioridade da raça branca[66]. Uma legião de escritores, músicos e pintores euro-

---

62. J. de Acosta, *De procuranda Indorum salute* (1588), organizado por L. Pereña e outros, Consejo Superior de Investigaciones Científicas ("Corpus Hispanorum de Pace", XXIII), Madrid, 1984, II, XIII.1, pp. 340-3. Sobre as atividades e o pensamento de Acosta, aprende-se muito em A. Pagden, *La caída del hombre natural* (1982), trad. esp. de B. Urrutia, Alianza, Madrid, 1988, p. 216, para este fundamento (o único admissível, segundo Acosta) da sociabilidade. E trata-se de um entre vários exemplos, o qual me parece o mais significativo, por razões que explicarei em seguida.

63. Ibid., II, XIII.3, p. 344. Trata-se de um pensamento ortodoxo, retomado para uso e consumo da Abissínia fascista: A. Messineo, S.J., *L'annessione territoriale nella tradizione cattolica*, "La Civiltà Cattolica", 87 (1936), 1, pp. 190-202, 291-303.

64. R. A. Williams, Jr. *The American Indian in Western Legal Thought*, cit., pp. 96 ss.

65. R. Preiswerk, D. Perrot, *Ethnocentrisme et Histoire*, Anthropos, Paris, 1975; P. A. Taguieff, *La force du préjugé. Essai sur le racisme et ses doubles*, La Découverte, Paris, 1988.

66. J. Copans, *Anthropologie et Impérialisme*, Maspéro, Paris, 1975; G. W. Stocking, Jr. *Victorian Anthropology*, Free Press, New York, 1987, em particular pp. 81 ss. sobre "The Benevolent Colonial Despot as Etnographer" (em referência ao Sir George Grey); H. Kuklick, *The Savage Within. The Social History of*

peus desenvolverá em seus textos temas exóticos, óperas ou quadros famosos, com o efeito duplo de difundir imagens banais e dissolver as tensões da consciência metropolitana por meio de "práticas culturais que distanciam e 'estetizam' o seu objeto"[67]. E não são saberes estranhos ao direito, nem paixões artísticas que deixem indiferente o jurista. Um novo juscomparatismo que faz então a sua aparição, e uma moderna disciplina romanística que renega a dogmática, sem por isso praticar a caça às interpolações, mescla-se alegremente com as outras ciências sociais, incluindo a antropologia[68]. Todas essas disciplinas compartilham suposições implícitas e preconceitos. Todavia, mesmo a nossa esquálida corporação histórico-jurídica levará ao colonialismo seu grão de areia: por sua reconhecida competência nos costumes primitivos, por sua familiaridade com a descrição de regimes políticos pouco desenvolvidos, "a ciência da história comparada do direito pode, por outro lado, oferecer à colonização os serviços mais consideráveis"[69].

Além disso, encontramo-nos diante de uma imponente biblioteca de embolorados textos latinos, para os quais agora aqui se dirige com edições e estudos, após um prolongado parêntese que cobre o Século das Luzes[70]. São textos carregados de um modo de sentir confessional, que deixa pouco espaço à dúvida sobre a legitimidade da expansão européia, milhares de veneráveis páginas que criam e reproduzem uma imagem de

British Anthropology, 1885-1945, Cambridge University Press, Cambridge, 1991, com um capítulo específico sobre "The Colonial Exchange", pp. 182 ss.

67. E. S. Said, *Cultura e Imperialismo* (1993), trad. de N. Catelli, Anagrama, Barcelona, 1996, p. 213, com um belíssimo capítulo dedicado à *Aída* de Verdi (ao Egito do Canal).

68. L. Capogrossi Colognesi, *Modelli di Stato e di famiglia nella storiografia dell'800,* La Sapienza Editrice, Roma, 1994.

69. É. Jobbé-Duval, *L'histoire comparée du droit et l'expansion coloniale de la France* (intervenção de 27 de julho de 1900 no "Congrès d'histoire comparée, seccion d'histoire du droit et des institucions"), em "Annales internationales d'histoire", Macon 1902, (3)-32, p. 6 do extrato: ("la science de l'histoire comparée du droit peut d'ailleurs rendre à la colonisacion les services le plus considérables").

70. Mais parecido ainda com este: E. de Hinojosa, *Francisco de Vitória y sus escritos jurídicos (1889),* em id., *Obras,* III. *Estudios de síntesis,* Instituto Nacional de Estudios Jurídicos, Madrid, 1974, pp. 375-425.

barbárie, ainda presente no tempo das colônias. Os índios que Hernán Cortez sujeitou e que Bartolomé de las Casas tentou salvar, os negros de Albert Schweizer ou do Governador Barrera, todos correspondem ao mesmo modelo: o *clichê* que aplica, sem escapatória, na descrição das populações não-européias, categorias como indolência, infantilidade, alcoolismo, covardia, desconfiança, superstição, emotividade e assim por diante[71]. E isso é bem sabido por nossos juristas:

> é na África central e oriental, no Sudão, na Senegâmbia e na Guiné que a raça negra africana exibe o tipo que realmente a caracteriza: crânio alongado, comprimido, que se afina nas têmporas; narinas achatadas, dentes não verticais, mas inclinados, que por conseguinte levantam o lábio superior; pescoço curto; peito amplo e cilíndrico; pés um pouco curvados; cabelos negros, curtos, e lanosos. A essas características anatômicas é necessário acrescentar aquelas morais: uma inteligência menos desenvolvida [...] e uma grande impressionabilidade. Dificilmente o negro, deixado a si mesmo, supera no caminho da civilização o nível de vida da tribo.[72]

Nessa perspectiva, não terá importância que o Ocidente explore um ou outro lado do Atlântico, que o seu domínio seja recente ou secular: os especialistas têm sempre à disposição uma narrativa histórica da arte das colônias – um capítulo obrigatório nos escritos do direito colonial – que une Stanley, Gallieni ou Cecil Rhodes a Cristóvão Colombo e até mesmo aos antigos romanos[73].

---

71. N. Thomas, *Colonialism's Culture. Anthropology, Travel and Government*, Polity Press, Cambridge, 1994, seguindo o clássico estudo de E. W. Said sobre orientalismo. Para o valor do clichê em relação à Guiné, cf. C. Crespo Gil-Delgado, Conde de Castillo-Fiel, *Notas para un estudio antropológico y etnológico del bubi de Fernando Póo*, Instituto de Estudios Africanos (Csic), Madrid, 1949, pp. 78 ss. sobre "características psicológicas".

72. J. Maldonado Macanaz, *Arte de la colonización*, cit., p. 104.

73. A autoridade principal foi, sem dúvida, P. Leroy-Beaulieu, *De la colonizacion chez les peuples modernes*, I-II (1874), Paris, Guillaumin, 1902, com muitas edições. Cf. também C. Summer Lobingier, *Colonial Administration*, em E. R. A. Saligman, A. Johnson (organizado por), *Encyclopaedia of the Social Sciences*, III (1930), Macmillan, New York, 1963, pp. 641-6.

Não se entendam mal essas afirmações. Invocando a continuidade dos argumentos – a superioridade racial e a cultura européia –, ninguém pretende desconhecer as múltiplas diferenças que separam a conquista da América da exploração da África. Será suficiente lembrar de uma, seguramente não a menor: no final do século XIX, o mito ocidental do progresso – formas políticas superiores, ciência e medicina modernas, economias produtivas, inovações tecnológicas[74] – substituíram completamente, ou quase, a antiga vocação missionária. O progresso percorre agora os capítulos de um novo direito público universal que consagra a "civilização" como uma das "idéias políticas modernas" dotada da mesma força das antigas palavras de ordem revolucionárias de igualdade e liberdade e, portanto, capazes, se for o caso, de subvertê-las:

> não se deve negar o caminho do progresso a nenhum ser humano, seja branco ou negro. Todos devem poder competir com os mais nobres e os mais inteligentes e rivalizar nos esforços para o bem público e para a humanidade. Mas é necessário ter cuidado para não ultrapassar o limite do que é racional. Os políticos, ofuscados por uma falsa igualdade, chegaram a ponto de esquecer que as diferenças reais sempre têm uma grande importância. O homem de Estado não pode desconhecer o fato psicológico da transmissão hereditária de certas qualidades, boas ou más, e nem a influência da raça sobre as atitudes individuais.[75]

Orientações de fundo muito diversas; todavia, a nossa história textual documenta também pontos de convergência: afinal de contas, a partir de Acosta surge uma etnografia empírica e comparada – em suma, moderna – que une o final do século XVI

---

74. Em relação aos aspectos que nos são menos familiares de um processo tão complexo, cf., por exemplo, M. Adas, *Machines as the Measure of Men. Science, Technology and Ideologies of Western Dominance*, Cornell University Press, Ithaca (N.Y.), 1989; M. Vaughan, *Curing their Ills. Colonial Power and African Illness*, Polity Press, Cambridge, 1991.

75. J. G. Bluntschli, *Derecho público universal*, cit., II, pp. 141-2. Cf. também Jörg Fisch, *Zivilisation, Kultur*, em O. Brunner y otros (organizado por), *Geschichtliche Grundbegriffe*, VII, Klett-Cotta, Stuttgart, 1992, pp. 679-774 (p. 745 sobre Berlim).

ao século XIX[76]. A concepção ocidental do trabalho – maldição bíblica e título legítimo de apropriação, mas também concurso necessário de energias para explorar as riquezas africanas – inclui também uma confiança ilimitada na sua função civilizadora que parece percorrer os séculos, aproximando os missionários jesuítas de ontem dos modernos governadores coloniais. E aquilo que pode ser afirmado – estamos em 1588 – para os índios americanos ("estas nações bárbaras, principalmente os povos da Etiópia e das Índias Ocidentais, devem ser educadas à maneira do povo hebreu [...], de modo que se mantenham distantes do ócio e das paixões desenfreadas através de um trabalho salutar repleto de contínuas ocupações e permaneçam presos ao cumprimento do dever porque induzidos pelo temor"[77]) pode valer para a Guiné de 1907: "há muito a ser feito na ilha de Fernando Póo para convencer os *bubis*, e uma das condições indispensáveis para poder dominá-los, fazê-los trabalhar e conhecer o número dos que habitam a ilha, é instituir outros postos de polícia"[78].

Passados apenas dez anos desde o Tratado de Berlim e a questão social nas colônias já ocupa um lugar importante na agenda do principal centro de estudos coloniais na Europa[79]. Estão agindo, claramente, os filtros culturais da aventura antropológica: diante da preguiça indômita que se atribui aos negros e que já havia sido descoberta nos índios, a receita dos mestres europeus – quer se chamem José de Acosta ou Angel Barrera – sempre consistiu na imposição de um regime de traba-

76. A. Pagden, *La caída del hombre natural*, cit., pp. 261 ss.

77. J. de Acosta, *De procuranda Indorum salute*, cit., I, VII 4, trad. p. 147. Cf. também ibid., III, IX, pp. 442 ss. ("An propter revocandos ab otio barbaros tributa graviora imperanda sint") [Se para manter os bárbaros longe do ócio é necessário impor-lhes trabalhos mais pesados]; III, XVII, pp. 506 ss. ("De servitio personali indorum"). E este é o autor que, segundo o *Volumen de índices*, I-XXV do *Corpus Hispanorum de Pace* (Luciano Pereña, dir.), Consejo Superior de Investigaciones Científicas, Madrid, 1987 (veja-se: Trabajo, p. 223), foi a autoridade principal sobre o tema trabalho dos índios, o que justifica minha preferência.

78. A. Barrera y Luyando, *Lo que son y lo que deben ser*, cit., p. 17.

79. Cf. *La Main-d'oeuvre aux Colonies. Documents officiels*, Institut Colonial International, Bruxelles, 1895-1898.

lho que civiliza uns para enriquecer outros e que não hesita em utilizar os instrumentos do direito penal pré-iluminista, quando se trata de assegurar a produtividade e a disciplina[80]. Entre Europa e África, a cultura do colonialismo estabeleceu um particular sinalagma, segundo o qual os brancos trazem o progresso e os negros pagam-no com a sua força de trabalho: "as nações civilizadas e cultas têm o dever de trazer à vida civil aqueles seres que se encontram em estado primitivo e selvagem, convertendo-os em homens produtivos e úteis e descobrir e explorar as riquezas existentes em terras virgens por eles habitadas, prestando, assim, um serviço à Humanidade e ao Progresso e obtendo em relação à nação civilizadora o maior número de riquezas"[81]. Nunca se chega a considerar um problema a falta de consenso, tanto no progresso como no trabalho, por parte dos africanos. Em um contexto similar, a defesa rígida do trabalho obrigatório, freqüentemente previsto nas leis e sempre utilizado na prática dos regimes coloniais, chegará a ser valorizado como índice da estima européia pelas culturas tradicionais: "os colonizadores limitaram-se a usar uma fórmula já inscrita no costume e correspondente à concepção local do trabalho"[82]. Parece difícil entender que a aversão ao trabalho ou a sua má execução são mecanismos naturais de resistência, desenvolvidos pelos indígenas diante do dominador estrangeiro[83].

---

80. U. Wolter, *Deutsches Kolonialrecht*, cit., pp. 231 ss., defendido em G. Walz, *Die Entwicklung der Strafrechtspflege in Kamerun unter deutscher Herrschaft 1894-1914*, Schwarz, Freiburg, 1981. As faltas no âmbito da prestação de trabalho, punidas em geral com o uso do chicote, respondem aos seguintes clichês: *Ungehorsam, Faulheit, fortgesetzte Faulheit, Trunkheit im Dienst, Widersetzlichkeit im Dienst, Zuspätkommen und Nachlässigkeit im Dienst, unbegründetes Verlassen der Arbeit*, etc.

81. L. Ramos-Izquierdo, *Descripción geográfica del Golfo de Guinea*, cit., p. 69.

82. R. Mercier, *Le travail obligatoire dans les Colonies Africaines*, Émile Larose (Thèse droit), Paris, 1933, p. 235; e prossegue (ibid.): "Indolent, enserré dans les liens d'une vie collective, où une place infime est laissé à l'initiative individuelle, l'indigène ne travaillait, le plus souvent, que sur les injonctions précises du chef ou du marabout. Sous le régime du travail obligatoire, il continue de travailler dans les conditions où il avait l'habitude de travailler."

83. E. S. Said, *Cultura e imperialismo*, cit., pp. 393 ss. discute precisamente com S. H. Alatas, *The Mith of the Lazy Native*, Cass, London, 1977.

Estamos no golfo da Guiné no início do século XX, mas conservam plenamente sua atualidade os princípios elaborados para as Índias no final do século XVI. Na época em que vigorava um direito comum de origem européia e de vocação universal, os índios americanos podiam resultar, se não diretamente animais, em todo caso pessoas miseráveis e dotadas de um *status* específico, classificadas em níveis menos protegidos do imaginário social. Vítimas de sua condição infantil, eles não gozavam nem mesmo da cota de autonomia familiar da qual usufruía os mais pobres ou os "rústicos"[84]. Três séculos mais tarde, um outro direito comum europeu rege o continente africano, o direito colonial de Berlim. E ninguém lembrará as arcaicas categorias da "rusticidade" e da miséria. Nem sequer a Igreja conta como instituição que civiliza e protege. A imagem da "menoridade" do africano mantém-se, porém, nos códigos civis e serve ao legislador colonial para submeter os negros em nome de sua barbárie: "pode-se tranqüilamente assimilar os selvagens aos menores ou àqueles indivíduos que não sabem julgar de maneira correta", todos incapazes, todos submetidos à tutela[85]. Em nome de uma proteção que ninguém na África jamais pediu, a Europa expropria as vontades: completa *more suo* a incapacidade declarada dos próprios africanos, que obriga a trabalhar. Em tal perspectiva, que assimila os indígenas às crianças ou aos loucos metropolitanos, insere-se um direito internacional público que recicla conceitos privados até estender seus laços protetores – seja protetorado, mandato ou fideicomisso – a qualquer população exótica que permaneceu estranha a uma forma de Estado definida: povos que pagam sua infância política com a dependência de remotas metrópoles ocidentais.

Os súditos coloniais encontrarão, forçosamente, seu enquadramento: "com efeito, parte-se de uma limitação das fa-

---

84. Cf. os textos principais em P. Castañeda Delgado, *La condición miserable del indio y sus privilegios*, "Anuario de Estudios Americanos", 28 (1971), pp. 245-335; a melhor interpretação em B. Clavero, *Derecho indígena y cultura constitucional en América*, Siglo XXI, México, 1994, em particular pp. 11 ss. sobre "*status* de etnia". Clavero insiste muito sobre o conteúdo não necessariamente favorável que o privilégio tinha na cultura pré-moderna, um dado totalmente ausente na exposição de Castañeda.

85. J. Maldonado Macanaz, *Arte de la colonización*, cit., p. 214.

culdades intelectuais na média dos nossos africanos de cor, que lhes torna difícil governar por si próprios, não só na esfera política, mas também na esfera privada", o que obriga a confiar a funcionários e patronatos especiais a expressão de uma vontade que se mostra perturbada[86]. Existem mecanismos que garantam uma submissão maior? Os negros são como crianças, com a terrível diferença que, para eles, o tempo não passa: uma vez postos os africanos indefinidamente sob tutela, a medicina tropical, com base em argumentações estatísticas, e a antropologia física, que põe no desenvolvimento sexual o limite extremo da maturidade intelectual, poderão fixar, por exemplo, em doze anos exatos a idade mental dos *bubis* guineanos[87].

Com o tema do "trabalho" chegamos, portanto, "ao próprio coração do problema colonial"[88]. Não faltaram certamente trabalhadores europeus disciplinados nas terras dos negros por normas especiais para brancos[89], mas contra sua presença na África difunde-se, depois de Berlim, um sentimento comum, feito de advertências higiênicas sobre a dureza dos climas tropicais e de mais fortes razões de dignidade da raça: "a Guiné não é uma colônia de emigração de braços. O branco não pode viver com o salário diário do negro nem sua *capacidade* de trabalho é igual à deste último, nem a dignidade da raça lhe permite inclinar-se diante de pessoas de cor, nem, por fim, po-

86. Patronato de Indígenas de los Territorios españoles del Golfo de Guinea (Delegación de Asuntos indígenas del distrito insular), *Patronato de Indígenas. Datos para su historia. Antecedentes y memoria de 1954*, Hijo de R. Oviedo, Madrid, 1955, p. 7.

87. C. Crespo, *Estudio antropológico y etnológico del bubi*, cit., pp. 79 ss. Mesmo que se note um certo ceticismo a respeito dos estudos em questão (trata-se de V. B. González e outros, *Capacidad mental del negro. Los métodos de Binet-Botertag y de Yerkes para determinar la edad y coeficiente mental aplicados al negro*, Madrid, 1944, 1952, 2ª edição), baseando-se em testes elaborados pelos europeus, Crespo afirma que o desenvolvimento mental do *bubi* permanece estacionado na puberdade, já que o sexo "absorve todas as suas faculdades".

88. R. Mercier, *Le travail obligatoire*, cit., p. 8. Cf. também J. Ots Capdequí, W. C. MacLeod, S. H. Roberts, *Native Policy*, em *Encyclopaedia of the Social Sciences*, cit., XI (1933), pp. 252-83.

89. Cf. R. Pommier, *Les contrats coloniaux de louage de services*, Librairie Arthur Rousseau, Paris, 1932, com a atribuição das custas da viagem e a inevitável "saudade" do trabalhador como problemas específicos da relação.

deria desempenhar um trabalho duro sem arruinar a saúde"[90]. A escassa aptidão biológica aos climas tropicais é até mesmo saudada como salvaguarda de algumas raças consideradas inferiores, mas tudo isso se traduz na terrível experiência histórica de uma dominação virtual: a legislação da época em matéria de emigração não contempla sequer a possibilidade de ir trabalhar no continente africano[91].

Ainda uma vez deparamos com problemas não apenas espanhóis. Quando começam a perceber mudanças nos domínios exóticos das velhas potências européias (quando afloram à Sociedade das Nações os Estados anteriormente objeto de domínio colonial), o Instituto Internacional de Bruxelas dedica os seus esforços coletivos para refletir sobre o *Régime et l'Organisation du Travail des Indigènes dans les Colonies Tropicales*[92]. E a Guiné nos permite observar ainda um difuso princípio de direito colonial comum, cuja vigência deve claramente acertar as

---

90. Cf. F. del Río Joan, *África Occidental Española (Sahara y Guinea)*, Imprenta de la "Revista Técnica de Infantería y Caballería", Madrid, 1915, p. 179, mas leia-se também A. Barrera y Luyando, *Lo que son y lo que deben ser*, cit., p. 45: "nos territórios de exploração como são hoje estes [os territórios do Golfo da Guiné] [...] é absurdo procurar mão-de-obra na metrópole, já que isso equivale, sem uma adequada preparação, e uma preparação de alto custo, a levá-los à miséria e à morte". Outro Governador, L. Ramos-Izquierdo, *Descripción geográfica del Golfo de Guinea*, cit., pp. 260 ss., apoiava a emigração de trabalhadores brancos, mas trata-se de um texto muito vago, de forte cunho utópico. Vinte e cinco anos antes da descolonização, ainda sobreviverá o preconceito: "não queremos trabalhadores braçais brancos na Guiné, nem qualquer coisa que diminua o prestígio dos cidadãos metropolitanos aos olhos dos indígenas", cf. J. M. Cordero Torres, *Tratado de derecho colonial*, cit., p. 259.

91. Cf. a lei de 21 de dezembro de 1907 e o Real Decreto de 30 de abril de 1908, "Reglamento provisional de la Ley de Emigración", art. 1, 5º, em A. Martín Valverde y otros (organizado por), *La legislación social en la historia de España. De la revolución liberal a 1936*, Madrid, Congreso de los Diputados, 1987, ref. 96, pp. 238-42; ref. 97, pp. 243-8.

92. Établissements Généraux d'Imprimerie, Bruxelles, 1929; e percebemos que em 1950, e provavelmente também antes, produz-se uma mudança significativa no nome oficial do Centro belga, transformado em flamejante "Institut International des Sciences Politiques et Sociales Appliquées aux Pays de Civilisations différentes". O estado de coisas concordado na Conferência do Congo já está no fim.

contas com as circunstâncias próprias de cada caso[93]. No contexto da África Equatorial espanhola, o obstinado "problema da mão-de-obra", a carência de trabalhadores nas plantações de Fernando Póo, compromete seriamente o destino de um pequeno território com poucos capitais, suficiente penetração estrangeira e pouquíssimos recursos. Mas a história econômica da colônia – as descontínuas concessões de terras, os riscos da monocultura de cacau, a barreira de impostos na península ibérica, a difícil "importação" de trabalhadores da costa do Kru, de Serra Leoa ou de Biafra – não pode nos fazer esquecer que se trata de manifestações locais de fenômenos muito mais amplos, que fazem parte integrante da própria cultura do imperialismo.

5. A tutela dos selvagens incapazes

Agora estamos em 1906. Falta à Espanha uma regulamentação do contrato de trabalho, mas agora, em suas reduzidas possessões tropicais, entrará em vigor o "Regulamento provisório do trabalho indígena nos territórios espanhóis do Golfo da Guiné"[94]. Elemento-chave do plano de exploração que está sendo realizado, com o estatuto orgânico de 1904, de acordo com o governo colonial, esse Regulamento é uma normativa metropolitana de baixo perfil e de forte cunho local, que deve seu conteúdo por inteiro ao Comissário Real Diego Saavedra, governador muito sensível às exigências patronais dos colonos[95]. Inspirado na legislação portuguesa posterior ao Tratado

93. G. Sanz Casas, *Los finqueros y el uso del trabajo forzado en la agricultura colonial de la isla de Fernando Póo*, "Arxiu d'Etnografia de Cataluyna", 3 (1984), pp. 121-36, tese de doutorado (Universidad de Barcelona, 1984). Não tive acesso a I. K. Sundiata, *The Fernandinos: Labor and Community in Santa Isabel de Fernando Póo, 1827-1931*, Northwestern University, Doctoral dissertation, 1971.

94. Real Orden de 6 de agosto de 1906. O texto com as reformas sucessivas é de S. Llompart Aulet, *Legislación del trabajo*, cit., pp. 23-38.

95. Cf. A. Barrera y Luyando, *Lo que son y lo que deben ser*, cit., pp. 18-9; R. Beltrán y Rózpide, *La expansión europea en África (1907-1909)*, Imprenta del Patronato de Huérfanos de Administración Militar, Madrid, 1910, pp. 76 ss. sobre o "problema dos trabalhadores braçais".

de Berlim[96] e visando garantir mão-de-obra suficiente para a ilha, o Regulamento espanhol certamente não alcança seu objetivo imediato, mas abre espaço para uma vigorosa normativa menor de "decretos, ordenanças, editais e instruções cujas boas intenções se chocaram contra a indolência congênita daqueles que pretenderia influenciar"[97].

Os editais emitidos por Barrera em 1911 são, portanto, um exemplo, entre muitos, de um direito governamental prolixo, revestido de "boas intenções". A constituição africana sempre preferiu, desde então, as normas elaboradas "terra-a-terra", "visto que o legislador se manteve mais próximo aos sujeitos do direito e colheu com mais exatidão os problemas de sociologia colonial"[98], mas devemos dizer que, através da via discreta das disposições locais, penetrará na Guiné aquele princípio comum de coerção do trabalho que, como tal, faltava em relação aos *bubis*, a raça bantu que povoa a principal ilha da colônia. Segundo o Regulamento do trabalho de 1906, "todos os residentes da ilha de Fernando Póo que não tenham propriedade, ofício, profissão legal e reconhecida ou que não resultem domiciliados nos Registros especiais que para tal fim serão redigidos pelos Conselhos vicinais, estarão sujeitos à tutela da *Curadoria*

96. "Os indígenas das províncias ultramarinas [...] à obrigação, moral e legal, de procurar adquirir pelo trabalho os meios que lhes faltem, de subsistir e de melhorar a própria condição social", art. 1 do *Regulamento* sobre o trabalho de 1899 (D. 9 de novembro). Cf. J. M. da Silva Cunha, *O trabalho indígena*, Agência Geral do Ultramar, Lisboa, 1955, pp. 151 ss. O "princípio de coerção", que estabelece um sistema de "trabalho compelido" sob a ameaça do "trabalho correccional" (arts. 33-34), seria um efeito direto da exploração econômica consagrada em 1885, com o abandono do postulado liberal que animava o precedente *Regulamento* de 1878. Com a modificação do regime em 1899, sem alterar-lhe a base coerciva, com os novos decretos de 1911 e de 1914, seus princípios serão derrogados somente com a promulgação do "Código de Trabalho dos Indígenas das Colônias Portuguesas da África" (Decreto 16.199, 6 de dezembro de 1928), em outras palavras, com a aceitação no direito interno da Convenção Internacional de condenação à escravidão (25 de setembro de 1926).

97. S. Llompart Aulet, *Legislación del trabajo*, cit., p. 10.

98. J. M. Cordero Torres, *Tratado de derecho colonial*, cit., p. 176. Cf. também p. 185: o direito de trabalho indígena "tem origem em disposições fragmentárias locais reunidas pela primeira vez em 1907 [!] e no fato de que para agregação de normas consuetudinárias foi sendo substituído por um verdadeiro Código do Trabalho".

e serão obrigados a trabalhar, seja sob contrato com particulares, seja para o Estado. A esta disposição farão exceção os *bubis*, sem que haja proibição de autorizar os contratos, desde que estejam concordem" (art. 24).

Para explicar a exceção, voltemos ao princípio geral. O seu enunciado é claro: os africanos "estarão sujeitos à tutela e serão obrigados a trabalhar". Este preceito contém muito mais do que duas simples preposições unidas por uma conjunção copulativa. A categoria de *selvagem* aplicada a todos os negros, junto com a obrigação dos brancos de civilizar os selvagens, legitima, como sabemos, a submissão dos segundos aos primeiros. Portanto, do ponto de vista das definições jurídicas em uso entre os povos europeus, a subjugação da população colonial passa através de um vínculo de tutela que protege porque civiliza e que civiliza porque inculca uma cultura produtiva baseada no trabalho: a obrigação de trabalhar imposta aos guineanos é, portanto, a conseqüência da sua condição de menores sujeitos à tutela.

Tendo por base o que foi dito, podemos entender a lógica do Regulamento que se refere a eles. Se essa norma diz referir-se ao trabalho indígena, se a disciplina do trabalho ocupa realmente a maior parte de suas disposições (arts. 24-76), é porque o Regulamento de 1906 parte de uma instituição protetora, a assim chamada *curadoria* colonial (arts. 1-23, cf. também arts. 77-79), que é o próprio Estado espanhol na sua função de tutor dos selvagens-incapazes. Sem esquecer os precedentes índios, exemplo diante das nações céticas da grandeza moral da Espanha, mas agora a terminologia e o mecanismo derivam do direito colonial comum[99]. A ele pertence, pelo menos, a dupla

99. Sobre as Índias, cf. C. Bayle, S.J., *El protector de indios*, Editorial Católica Española, Sevilla, 1945 (= "Anuario de Estudios Americanos", 2, 1945, pp. 1 ss.); M. Norma Olivares, *Construcción jurídica del régimen tutelar del indio*, em "Revista del Instituto de Historia del Derecho Ricardo Levene", 18 (1967), pp. 105-26; C. R. Cutter, *The "Protector de Indios" in Colonial New Mexico, 1659-1821*, The University of New Mexico, Albuquerque (N.M.), 1992. Sobre o direito colonial português, cf. J. M. da Silva Cunha, *O trabalho indígena*, cit.; e Enrique d'Almonte, *El régimen del trabajo indígena en las colonias portuguesas de África*, em "Revista de Geografía Colonial y Mercantil", 7 (1910), pp. 484-8, com dúvidas sobre a extensão à Espanha do sistema descrito. Sobre a Guiné, cf. J. M. Cordero Torres, *Tratado de derecho colonial*, cit., pp. 173 ss.

natureza de "tutela" e de "trabalho" – "proteger" o indígena para submetê-lo ao trabalho – própria do curador espanhol: "os deveres desses funcionários consistem em evitar e, se for o caso, punir as violências cometidas pelos europeus contra os indígenas, vigiar os contratos entre os primeiros e os segundos, particularmente aqueles referentes ao trabalho assalariado, que mais favorecem os abusos e outros da mesma natureza"[100]. Como é regra na constituição européia para a África, a fronteira entre uma vontade contratual assistida e a violenta imposição de um contrato de trabalho simplesmente não existe: o braço armado da instituição protetora saberá reconduzir à razão seus protegidos mais recalcitrantes[101].

Pode-se então manter a isenção legal do trabalho no que se refere aos *bubis*, eles também, na prática, sob tutela? Os editais circunstanciados da autoridade espanhola não restabelecem, por acaso, a lógica inexorável dessa constituição, subvertida, no momento, por uma norma não conseqüente? A presença em Fernando Póo de mão-de-obra estrangeira, determinante no início do século, unida à construção da figura do ilhéu como um ser física e moralmente fraco e, portanto, pouco útil aos proprietários rurais, tem a ver sem dúvida com aquela exceção original: "raça raquítica e degenerada [...] um conjunto bastante repulsivo [...] caracterizados por uma constituição física menos desenvolvida"[102], "os infelizes *bubis* da costa são uma raça inferior, uma raça degenerada devido ao abuso de álcool, que sustentam os brancos com o único motivo de tirar algum proveito"[103] e "procedem rapidamente em direção à

---

100. J. Maldonado Macanaz, *Arte de la colonización*, cit., p. 214.

101. Decreto do Governo-geral de 16 de julho de 1912, Reglamento de la policía de la Curadoría Colonial: os principais deveres desse Corpo, definidos pelo art. 1 são: "1.º) a busca e a captura de trabalhadores braçais sob contrato fugidos das fazendas; 2.º) recolher os preguiçosos e os vagabundos sem trabalho ou ocupação legal conhecida".

102. Ramos-Izquierdo, *Descripción geográfica del Golfo de Guinea*, cit., pp. 32-4 sobre os "Usos, costumes e organização político-social da raça *búbi* que habita a ilha de Fernando Póo". Cf. também M. Góngora Echenique, *Angel Barrera y las posesiones españolas del Golfo de Guinea*, Imprenta San Bernardo, Madrid, 1923, p. 22, com a imagem de um *bubi* viciado, covarde e embriagado.

103. Cf. E. V. Ynfante, *Cubanos en Fernando Póo*, cit., p. 61: dos bubis (*bubees*, anglicismo do autor) "não se pode esperar [...] um trabalho assíduo".

extinção"[104]. Afirmações indubitavelmente terríveis, mas os textos exigem um nível mais aprofundado de interpretação. Muito além da conjuntura opressiva e das grosseiras estimativas etnográficas, aqui o que nos interessa é traçar os perfis da "tutela" e do "trabalho" para voltar novamente ao tema dos direitos, isto é, à falência da proteção dos direitos no continente negro.

Deixemos de lado o perfil jurídico dessas inexistentes liberdades. Comecemos agora uma incursão naquele conjunto de revistas anteriormente citadas apenas para tomar conhecimento dos textos normativos. E as coisas são tão claras, e é tão óbvia a rede de representações que giram ao redor da colheita fernandiana do cacau, que é suficiente reportar um exemplo qualquer. Eis o exemplo. Estamos em 1921. Na presença do novo delegado distrital, D. Emilio G. Laygorri, a cidade de São Carlos celebra festivamente o onomástico do Rei. "Uma nota muito simpática desta festa foi o gesto de aproximação realizado pelos indígenas *bubis* de quase todo o distrito, vindos para oferecer suas homenagens ao amado Rei, na pessoa do seu simpático representante. Todos unidos sob um mesmo ideal, os elementos desta colônia rivalizavam para dar mostras de seu forte patriotismo [...] até que, como acontece em família quando todos competem no mesmo sentimento, não é estranho que seu próprio interesse tenha suscitado uma questão de honra."[105] Mais tarde veremos alguns detalhes pitorescos de uma festa tão patriótica, mas por enquanto convém determo-nos em um termo banal usado pelo cronista dos simpáticos acontecimentos. Brancos e negros unidos em vivo amor pela Monarquia espanhola, os habitantes de São Carlos formam, aos olhos coloniais, uma família muito harmoniosa. Isso mesmo: uma *família.*

A vocação familiar oferece, portanto, a moldura que faltava para dispor adequadamente as normas coloniais. Passemos ao ano de 1921. Em 31 de dezembro, atraca em Santa Isabel o Governador Barrera. Está voltando da Espanha e os habitantes

---

104. C. Crespo, *Estudio antropológico y etnológico del bubi*, cit., pp. 35 ss.

105. C. Mangado, C.M.F., *De San Carlos. Fiestas de S.M. el Rey*, em "La Guinea Española", n.º 491, 10 de fevereiro de 1921, pp. 46-7. A patrona di San Carlos, principal centro missionário claretiano, era a Moreneta: cf. ibid., n.º 497, 10 de maio de 1921, pp. 142-3.

locais lhe tributam uma calorosa acolhida[106]. "O Conselho Local ergueu um belo arco arabesco às portas da cidade, com uma placa que diz: 'Excelentíssimo Sr. D. Angel Barrera. Ao seu Filho adotivo, o público reconhecido'. A decoração põe em evidência o inteligente pincel do funcionário das Obras públicas D. Francisco Bermejo. No arco erguido pela Sociedade *Filhas da África*, ressaltava a simplicidade e o estilo típico do país, com esta carinhosa inscrição: 'Ao papai Barrera, as filhas da África': as cores nacionais eram o pano de fundo do conjunto animado da obra."

Podemos talvez desprezar o uso repetido da mesma metáfora? A mãe comum de todos é a longínqua pátria espanhola, que o governador visitou. Lá ele nasceu, em 1863, mais precisamente em Burgos, *caput Castellae*, mas agora foi adotado por Santa Isabel, jovem capital colonial. E um cidadão de Burgos, filho legal de Fernando Póo, resulta progenitor por sua vez. Saúdam com peculiar intenção a chegada do Governador, as assim chamadas *Filhas da África*, que o são também de Barrera: pelo menos, chamam-no com o apelido carinhoso reservado aos pais, *papai*. Parece um costume difuso: na mesma ocasião festiva alguns *batukos*, chefes tribais dos *bubis*, em um ímpeto de submissão chegam a lamber-lhe as mãos, ajoelhados "aos pés de seu ídolo, deste *Papai Barrera*". São notícias que chegam da colônia, mas que não tardam a alcançar a metrópole[107].

O leitor da imprensa guineana deverá levar muito a sério essa lição jurídica concedida por essas repugnantes anedotas[108]. A metáfora da família, tão recorrente na linguagem colonial, não é apenas um artifício retórico que serve às consciências européias para sublinhar, contemporaneamente, a superioridade racial do Ocidente e o empenho amoroso de seu domínio político sobre a Ásia ou sobre a África. Desse modo não só fica trunca-

---

106. *El Exmo. Sr. D. Angel Barrera*, ibid., n.º 512, 10 de janeiro de 1922, pp. 10-1.

107. M. Góngora, *Angel Barrera*, cit., p. 35, com a fonte do jornal madrilenho "ABC" (fevereiro 1922).

108. Faltando o verbete "Kolonien" na grande coleção dos *Geschichtliche Grundbegriffe*, cit., temos que nos limitar a Werner Konze, *Rasse*, ibid., V (1984), pp. 135-78. Cf. também J. Fisch, D. Groh, R. Walther, *Imperialismus*, ibid., III (1982), pp. 171-236.

da, no plano discursivo que sublima todo tipo de desigualdade, qualquer possível discussão sobre os direitos de outros povos e sobre a liberdade das raças não-européias; além dessas considerações, nos textos que nos interessam, a figura da família dissolve a incoerência conceitual dos juristas que, para a África, são obrigados a raciocinar em termos exatamente opostos às construções que eles mesmos elaboraram para a Europa. A proclamação dos princípios políticos ditos universais, desmentidos continuamente por considerações de raça, organização social ou desenvolvimento, encontra-se eficazmente, no plano argumentativo oferecido pela família, com os bem conhecidos instrumentos de dominação: o protetorado estatal sobre os povos indígenas ou a tutela de cada um de seus membros. E, além disso, "não se pode esquecer" – adverte Santi Romano – "que o direito colonial, por sua natureza, não pode ser construído sobre a mesma base e com os mesmos critérios do direito metropolitano. Ele se refere a populações de civilização menos adiantada do que a européia, para as quais é compatível um governo semelhante àquele que vigorou junto a nós em época mais antiga, e ao contrário não seria possível adotar os princípios do moderno constitucionalismo".

A essa altura resulta, sem dúvida, fácil dotar de um conteúdo preciso a advertência geral do publicista italiano. Em época mais antiga, também em terras européias, a família encarnava a estrutura principal da vida social[109]. Na casa, modelo

---

109. Daqui teve início, precisamente, a mesma história conceitual que estamos examinando: O. Brunner, *La "casa grande" y la "Oeconomica" de la vieja Europa*, em *Nuevos caminos de la historia social y constitucional* (1968), Alfa, Buenos Aires, 1976, pp. 87-123. E daqui parte a mais madura história das instituições, da qual me limito a citar alguns exemplos, como este referido no texto: A. M. Hespanha, *Justiça e administração entre o Antigo Regime e a Revolução*, em P. Grossi, y otros, *Hispania. Entre derechos propios y derechos nacionales*, Giuffrè, Milano, 1990, I, pp. 135-204; B. Clavero, *Delito y pecado. Noción y escala de transgresiones*, em F. Tomás y Valiente, y otros, *Sexo barroco y otras transgresiones premodernas*, Alianza, Madrid, 1990, pp. 57-89; do mesmo, *Beati dictum: derecho de linaje, economía de familia y cultura de orden*, em "Anuario de Historia del Derecho Español", 63-64 (1993-1994), pp. 7-148; L. Mannori, *Per una 'preistoria' della funzione amministrativa. Cultura giuridica e attività dei pubblici apparati nell'età del tardo diritto comune*, em "Quaderni fiorentini per la storia del pensiero giuridico moderno", 19 (1990), pp. 323-504.

das repúblicas, vigorava um poder paterno (precisamente econômico), dotado de uma disciplina própria, tão fechado à justiça quanto aberto à religião. Juridicamente incontroláveis, as decisões do chefe da casa não eram discutidas. Cabia ao pai educar, corrigir e completar as reduzidas capacidades dos filhos e da esposa. Os laços biológicos não eram determinantes para fundar a submissão à sua autoridade: familiares foram os vínculos que sujeitaram ao poder dos patrões brancos os domésticos, os escravos ou filhos a eles confiados, os homens e as mulheres não europeus. E da casa começava então a repressão penal mais eficaz, com um pressuposto lógico da extensão familiar da responsabilidade criminal, caso falhasse este primeiro circuito de punições. Por tudo isso, com a disciplina, a economia e a religião, a família pôde encarnar o paradigma de governo despótico, que, em nome de um mundo diferente, os intelectuais iluministas criticaram. Vamos lembrar:

> essas funestas e autorizadas injustiças foram aprovadas também pelos homens mais iluminados, e exercidas pelas repúblicas mais livres, por terem considerado a sociedade mais como uma união de famílias do que como uma união de homens. Suponhamos 100 mil homens, isto é, 20 mil famílias, cada qual composta de cinco pessoas, incluindo o chefe que a representa: se a associação é composta para as famílias, existirão 20 mil homens e 80 mil escravos; se a associação é de homens, existirão 100 mil cidadãos e nenhum escravo [...] Tais contradições entre as leis de família e aquelas fundamentais da república são uma fonte fecunda para outras contradições entre a moral doméstica e aquela pública, mas fazem surgir um perpétuo conflito na alma de cada homem. A primeira inspira sujeição e temor, a segunda coragem e liberdade; aquela ensina a restringir a beneficência a um pequeno número de pessoas sem escolha espontânea, esta a estendê-la a qualquer classe de homens [...]

"Por isso cada um pode ver como eram limitados os pontos de vista da maior parte dos legisladores." Não é necessário analisar aqui as afirmações do jovem marquês de Beccaria, pois a simples citação é suficiente para recuperar a carga política (ou antipolítica, se se preferir) contida na velha ordem doméstica[110]. E não pensem que com tudo isso estamos nos distanciando de nosso tema, o trabalho nas colônias. A família requer trabalho em regime de submissão, poder disciplinar não submetido ao direito: somente a partir da densidade dogmática das metáforas familiares poderemos compreender, portanto, a posição central ocupada pelo trabalho no projeto da constituição colonial[111]. Na mesma época e no mesmo lugar do Tratado do Congo esses fatores correspondiam ao exercício de um antiqüíssimo poder patriarcal, à evocação de vínculos familiares que serviam para submeter da mesma maneira (seja qual fosse o fundamento, privado ou público, da prestação), domésticos prudentes, funcionários eficientes e operários explorados. Não podemos nos deter agora sobre as transformações conceituais que investem o contrato de trabalho, precisamente quando a Europa se apropria da África[112], nem sobre as relações de trabalho vigentes no interior dos países que empreendem a aventura africana[113]. Convém antes relembrar, já que ilumina precisamente o problema do trabalho nas colônias, que os nossos antepassados tinham muito claro que a prestação de trabalho, mais do que como capítulo de direito civil das obrigações, deveria tecni-

110. C. Beccaria, *Dei delitti e delle pene* (1764), organizado por F. Venturi, Einaudi, Torino, 1965, "Dello spirito di famiglia", pp. 56-9.

111. É preciso referir-se ainda a U. Wolter, *Deutsches Kolonialrecht*, cit., pois este autor, mesmo sem ter colhido as conexões que nos interessam, focalizou os textos de direito colonial precisamente "anhand des Arbeitsrechts der Eingeborenen".

112. Cf. U. Wolter, *Deutsches Kolonialrecht*, cit., pp. 237 ss. sobre "Das Recht der gewerblichen Arbeiter", com bibliografia. Cf. também J. Rückert, *Libero e sociale: concezioni del contratto di lavoro fra Otto e Novecento in Germania*, em R. Gherardi, G. Gozzi (organizado por), *I concetti fondamentali delle scienze sociali e dello Stato in Italia e Germania tra Otto e Novecento*, il Mulino, Bologna, 1992, pp. 269-389.

113. Ver ainda U. Wolter, *Deutsches Kolonialrecht*, cit., pp. 239 ss. sobre "Das Gesinderecht" do velho código prussiano, onde se sustenta, com razão, a referência ao "Züchtigungsbefugnis der Dienstherrschaft", deveria ser colocada a regulamentação alemã. A existência de algumas amplas faculdades corretivas nas mãos do patrão deveria porém ter sugerido a Wolter uma maior cautela na avaliação do caráter voluntário ("die Idee des freien Vertragsschlusses") do trabalho nas colônias.

camente ser concebida como um caso de colaboração com o capital, que encontrava todo o seu significado entre as instituições do direito de família[114].

Recuperamos assim a mensagem das figuras amorosas que comparecem a cada vez em nossos textos. Basta abrir os olhos para o uso plural a que vai encontro, em qualquer língua européia, no final do século XIX, um termo inocente: jogando com o denominador comum dado pela circunstância de abandono e pela idéia da dependência, o terrível verbete latino *colonia* pode ser aplicado de maneira natural, tanto às instalações industriais como aos alunos desamparados e aos presos, suscetíveis de serem civilmente redimidos por uma boa ração... de trabalho[115]. Criança perante o direito, ser que deve ser civilizado, e afinal também trabalhador, o africano acumula a condição infantil com a do trabalhador, com o resultado final de uma dupla submissão: até mesmo o mais humilde dos brancos, livre de qualquer tutela, será sempre melhor do que o mais orgulhoso dos trabalhadores braçais *bantu*. O governador europeu age como pai e patrão. A política indígena transforma-se em um problema de trabalho e o direito colonial não parece nada mais do que um conjunto de instrumentos muito úteis para levar os negros a produzir em favor dos brancos.

---

114. Cf. J. Rückert, *Libero e sociale*, cit., p. 272, que se apóia em Bluntschli del *Deutsches Privatrecht* para concluir que o direito do trabalho começa então a ser concebido "como 'direito especial' ou como direito privado mesclado ao direito de família, isto é, como direito privado não puro, e sim misto, 'moralmente heterônomo'". Sem dúvida, não conheço um texto mais eloqüente do que o de R. Ollir Cerda, *Concepto científico del Derecho civil y evolución orgánica de sus principales instituciones*, tese de doutorado em Direito, Madrid, 1901, Arquivo Histórico de la Universidad Complutense (Madrid), ref. 3078.

115. São usos tão recorrentes que é suficiente mostrar um exemplo conhecido: L. Moutón y Ocampo (dir.), *Enciclopedia Jurídica Española*, VII, Francisco Seix, Barcelona aproximadamente em 1914, verbete *Colonia*, pp. 129-60; *Colonias escolares*, pp. 160-4; *Colonias penitenciarias* (P. Dorado), pp. 164-80; *Colonias industriales* e *Colonias obreras*, p. 164. E essas situações de abandono continuam até hoje: C. Krauthausen, "Crianças de uma colônia de verão basca obrigadas a carregar pedras por ter falado castelhano entre si. Os deputados de Biscaya abrem inquérito sobre a 'inusitada gravidade' dos fatos", em "El País" (Madrid), 17 de agosto de 1997, p. 16.

6. *Si vis pacem, para bellum* [Se queres a paz, prepara a guerra]

Sobre os ombros desses incapazes, os brancos da Guiné espanhola urdem mil estratégias de rivalidade entre as tribos – *divide ut regnes* [divide para governar], como se dizia[116] – e propõem-se a fomentar entre os negros, com hábitos de consumo artificiais, a necessidade de dinheiro: o sinal de civilização que pressupõe o uso de vestimentas tem mais a ver com o trabalho e o salário do que com o desenvolvimento de delicados sentimentos de moral e decência[117]. "Por sorte", ultimamente,

> graças ao fato de que na Seção Colonial [do Ministério de Estado] começou-se a eliminar a preocupação infiltrada pelas sugestões de almas medrosas e corações femininos que a formavam [...] vem-se imprimindo uma nova rota à política colonial chamada de atração, e desde que o Ilustríssimo Senhor Governador dom Luís Ramos Izquierdo desenvolveu a ação militar de ocupação efetiva daquela ilha fernandina, estabelecendo postos militares no interior da mesma, chamando diante de si os *botucos*, obrigando-os com a força a comparecer quando não obedeciam a uma ordem, decretando a obrigação ao trabalho, suprimindo o álcool e usando outros meios próprios de um Governo [...] desde então a influência de nossa soberania naquela colônia aumentou de maneira sensível, assim como melhorou muitíssimo a situação agrícola por ter adequado o número de braços àquele das plantações em tempo hábil.[118]

---

116. E. d'Almonte, *Los naturales de la Guinea española considerados bajo el aspecto de su condición de súbditos españoles*, Imprenta do Patronato de Huérfanos de la Admón Militar, Madrid, 1910, p. 18.

117. Assim diz o texto (sem título) de Angel Traval y Roset ("vice-presidente do Comitê da Câmara agrícola de Fernando Póo em Barcelona e ex-presidente do Conselho Local de Santa Isabel") no *Segundo Congreso Africanista*, cit., pp. LXXIV-LXXVIII; A. Pérez ("do Comitê da Câmara Agrícola de Fernando Póo em Barcelona"), *Problema obrero*, ibid., pp. LVI-LXXIII. Cf. também E. Borrajo Viñas, *Demarcación de la Guinea española*, cit., p. 35.

118. A. Traval, *Un merecidísimo aplauso*, em "África. Revista política y comercial consagrada á la defensa de los intereses españoles en Marruecos, Costa del Sahara y Golfo de Guinea", IV (2ª época), outubro de 1910, pp. 11-2, em particular p. 11.

Esse é o tipo de coisas que são narradas a respeito da Guiné, com a maior frieza. E então: "si vis pacem, para bellum". Tal expressão, empregada por um orador enquanto falava aos geógrafos sobre os "habitantes da Guiné espanhola considerados sob o aspecto da sua condição de súditos espanhóis"[119], une a nova política indígena com a expressão pública dos interesses dos colonos e com a organização militar da colônia: elementos certamente diversos entre si, mas todos confluentes – não só pela simultaneidade dos tempos – no objetivo final do trabalho forçado daqueles "súditos espanhóis". Na imprensa guineana pode todavia ressoar a voz do velho, mas ainda aguerrido Labra, que ensina nas *Cortes*, para os que querem ouvi-lo, que

> uma Colônia não é uma fazenda, nem um presídio, nem uma praça de armas, nem uma missão religiosa ou um mosteiro [...]. Uma colônia é uma sociedade civil, regulada por leis normais, idêntica em seus aspectos essenciais à Metrópole, pela unidade do direito e pelas liberdades civis e políticas, cujo progresso deve ser garantido pela expansão e segurança individual, pela solicitude e competência da Administração, pela consagração progressiva do princípio autonomista em relação à cultura e aos meios de cada localidade e pela excelente atenção dos Poderes Públicos das metrópoles em relação às necessidades da Colônia, às suas exigências e aos progressos universais da Economia política [e] do Direito Internacional.[120]

Esse modelo ideal, porém, que não foi suficiente para manter à Espanha a sua amada ilha de Cuba, resulta, mais do que nunca, em contradição com as instituições e com os fatos fernandianos. Além disso, sem mencionar explicitamente os colonizados e com referências implícitas à diversa situação das perdidas Antilhas, as alusões de Labra "às necessidades da colônia"

---

119. E. d'Almonte, *Los naturales*, cit., p. 26.

120. Da intervenção de Rafael María de Labra no Senado, por ocasião do Plano para a Guiné de 1911 (sessão de 17 de dezembro), em "La Voz de Fernando Póo", n.º 17, 15 de fevereiro de 1911, p. 3, sobre o "deplorável edital emitido pelo Governador provisório [...] em 15 de junho último, sobre a prestação de trabalho pessoal dos *bubis*". A frase citada provém da edição autônoma desse discurso, Madrid, Sindicato de la Publicidad, 1910, pp. 7-8.

contêm, em se tratando da Guiné e não obstante as suas prováveis intenções, o perigoso princípio que legitima no direito público universal qualquer ação extraordinária do Estado: este é então assumido como "um sujeito de natureza tão peculiar que, se a sua conservação e existência exigem que sejam efetivamente violados os direitos individuais e as leis existentes, esses atos resultam justificados porque a seu favor intervém a necessidade do país [...]. 'Salus populi suprema lex esto'"[121] [seja lei suprema a salvação do povo].

"O direito excepcional existe apenas onde há um estado excepcional, mas não deve jamais constituir um novo direito normal."[122] Pois bem, no continente africano, onde qualquer exceção é regra para a constituição colonial, desaparecem as tímidas cautelas do vivaz publicista. Como prova disso basta o nosso *Boletín* guineano. Sem dar muita atenção ao curador, figura limitada que serve como intermediário para os contratos, as novas disposições sobre a prestação de trabalho individual (1907) são completadas em 1908 com a criação da Guarda colonial, organizada pelo próprio Governador, que mobiliza os *bubis*, o cavalheiro dom Luis Ramos-Izquierdo. Graças à Guarda, é possível estender o domínio espanhol sobre as gentes e sobre os territórios tropicais, e é garantida ainda uma prestação de trabalho imposta pela força: o culto ao trabalho e o amor pelo Rei e pela Pátria – um ao lado do outro – são, desde o primeiro momento, as ordens da Guarda[123].

---

121. J. G. Bluntschli, *Derecho público universal*, cit., I, p. 311. Trata-se, claramente, de Cícero (Cícero, *De legibus*, 3,8: "Salus rei publicae suprema lex esto").

122. Ibid., p. 314.

123. Cf. *Orden general*, 16 de março de 1908, sobre a Guarda Colonial, art. 2: "Em cada guarnição, na qual quotidianamente será hasteada a bandeira com as honras previstas, serão afixados, ao muro principal, um retrato de nosso augusto Rei (que Deus O proteja) e nos outros muros escritas sobre as quais serão impressas máximas como a seguinte: *A Espanha é a Soberana de nossos territórios, A missão da Guarda Colonial é defender sempre nossa Mãe-Pátria e o nosso augusto monarca dom Alfonso XIII, O trabalho enobrece o homem, A agricultura é fonte de riqueza, etc.*"; e art. 3: "Se o serviço assim o permitir, os Comandantes da guarnição dedicar-se-ão a duas horas de aula, durante as quais ensinarão a tropa a falar espanhol e inculcarão nela sentimentos de amor à Pátria e ao Rei, e as vantagens trazidas pelo trabalho, de modo que, ao retornar a seus povos e às suas tribos, uma vez concluído o serviço, serão os primeiros a propagar entre

Quando Barrera está a ponto de iniciar sua longa experiência no governo, uma sangrenta escaramuça, a revolta do Balachá, à qual se faz referência nos editais e nas disposições, como já vimos, é a razão das duras medidas militares que presidem o recrutamento dos trabalhadores braçais. Foram alguns acontecimentos violentos, provocados pelo edital sobre a prestação de trabalho individual em 1910, cujos termos ("atrair os habitantes *bubi* ao esforço do trabalho que os torna civis na ordem social") resultam de todos idênticos aos que já conhecemos[124]. Os assim chamados "acontecimentos de São Carlos", ocorridos em uma zona onde a presença dos missionários claretianos era forte, incluem episódios de resistência dos *bubis* ao trabalho obrigatório, que a imprensa prefere camuflar como lutas entre indígenas pelo poder nas tribos locais, dos quais teria resultado como vítima inocente um chefe (branco) da Guarda; a morte do chefe da tribo rebelde, que dizem ser resultado de alguns tiros de arma de fogo, disparados por acaso, e a destruição de sua habitação, são apresentados como uma "fraqueza da Espanha... para com eles [os negros]". Felizmente, uma força conjunta de guardas e colonos (na expedição abundam nomes anglo-saxões e catalães ("Dn. Maximiliano C. Jones, Dn. Juan Bravo, Dn. José Bronn y los Srs. Faura, Baide, Roig, Macmen, Ramón, Vila, Clark y Lues") doma, após alguns dias de confusão, a modesta revolta[125].

---

o próprio pessoal os benefícios recebidos da Mãe-Pátria espanhola, tornando ao mesmo tempo manifesto aquilo que a civilização traz consigo." Em Luis Ramos-Izquierdo, *Descripción geográfica del Golfo de Guinea*, cit., pp. 295 ss.

124. Decreto de 15 de junho de 1910, em S. Llompart Aulet, *Legislación del trabajo*, cit., pp. 53-5 (sem parte expositiva).

125. Cf. *Guinea española. I. El trabajo de los indígenas. II. Los sucesos de San Carlos*, em "Revista de Geografía Colonial y Mercantil", 7 (1910), pp. 384-9; e a notícia publicada na "La Guinea Española" (*La Misión católica y los sucesos de Balachá*, agosto de 1910), como fonte principal; cf. também, *La rebelión de Balachá*, em "La Voz de Fernando Póo", n.º 10, 1.º de novembro de 1910, p. 100; e *De Fernando Póo. Sobre la colisión de Julio*, ibid., n.º 15, 15 de janeiro de 1911, pp. 1-2; cf. também A. Traval, *Un merecidísimo aplauso*, cit.; mas a melhor versão, que sintetiza anos depois todas as precedentes, é a oferecida por C. Crespo, *Estudio antropológico y etnológico del bubi*, cit., pp. 182-4 sobre a "Guerra bubi". O histórico do episódio está também no Arquivo General de la Administración (Alcalá de Henares, Madrid), Sección África, caja G-7, exp. 2, sobre os "Sucesos de Balachá (San Carlos), 1911".

"A montanha deu à luz um ratinho", dirão[126], e, sem dúvida, a guerra dos *bubis* projeta-se, nos meses seguintes, nas páginas do *Boletim Oficial*. "O problema dos trabalhadores braçais não é difícil de ser resolvido com a vontade, a paciência e a energia; é preciso tentar todos os meios possíveis para fazer com que os *bubis* trabalhem, para o qual penso ser indispensável a instauração de postos de polícia."[127] A determinação do Governador Barrera em aplicar a constituição colonial resultava previsível, e coerente com a sua intervenção pública sobre o estado dos territórios, tanto que o edital sobre o trabalho dos *bubis* emanado em 1911, mais que uma continuação da obra iniciada por Luis Ramos-Izquierdo, nos parece a expressão normativa de uma convicção pessoal: é possível governar a colônia somente com patriotismo, punho de ferro e a imposição aos indígenas do dever de trabalhar[128].

Sem direitos políticos nem vontade civil, vigora na Guiné somente um conjunto de valores espirituais, os valores encarnados pelo Rei da Espanha. Estamos em 1921, em Santa Isabel.

> Ecos dos Festejos do Rei. Em nosso número precedente não pudemos descrever, por falta de espaço, a fantástica Parada Civil e Militar ocorrida por ocasião dos festejos do onomástico de nosso Augusto Monarca e cuja descrição completamos dando aos nossos indulgentes leitores uma vaga idéia do simbolismo e das alegorias que continham as artísticas carruagens que, no meio de duas fileiras intermináveis de indígenas, que portavam lanternas venezianas, percorreram as principais ruas da cidade. A primeira dessas belíssimas carruagens, puxada por sete vampiros e guiada por um Cupido, representava a Pátria que abraçava estreitamente o prestigioso Exército e a nossa heróica Marinha de guerra e protegia em seu seio o trabalho, fonte de honestidade e bem-estar. A nobre e bela figura de nosso Augusto Monarca que se destacava simpaticamente sobre um enorme tambor, ornado

126. E. d'Almonte, *Los naturales*, cit., p. 39.

127. A. Barrera y Luyando, *Lo que son y lo que deben ser*, cit., pp. 38 ss.

128. Leve-se em conta que a citação de Barrera faz parte de uma conferência pronunciada em 20 de junho de 1907, ou seja, anteriormente à primeira disposição emanada sobre o trabalho dos *bubis* (30 de agosto de 1907). Barrera e Ramos-Izquierdo eram os porta-vozes de uma opinião comum, mas, de qualquer modo, ao primeiro cabe a duvidosa honra de certificar a falta de aplicação do regulamento sobre o trabalho de 1906.

de franjas da bandeira nacional e entre as figuras do castelo e do leão, completava e coroava o conjunto, ao mesmo tempo artístico e fantástico. A segunda carruagem era menos alegórica, mas igualmente artística, e representava o Comando da Guarda Colonial com tanta arte e esmero, que parecia uma filigrana. No dia 25, às quatro e meia da tarde, teve lugar, no campo próximo ao telégrafo, uma alegre partida de futebol, muito disputada e interessante. Entraram em campo um time de senhores Europeus e um outro de Indígenas, e ganhou o primeiro, que se demonstrou muito experiente. As nossas mais cordiais congratulações.[129]

Esses patrióticos jogos infantis (isto é, de indígenas africanos colonizados), com sua coerente seqüência de inefáveis iconografias alegóricas[130], nos permitem enfrentar, pela última vez, as referências familiares, com a disposição da Guarda e a obrigação de trabalhar que pesa sobre os *bubis.* As alegres tropas guineanas (naturalmente súditos indígenas, como requer a constituição colonial)[131] conferem vivacidade aos festejos, oferecendo, ao mesmo tempo, segurança aos organizadores europeus. Mas existem outras razões para que os guardas negros escoltem o desfile da carruagem real: um coche puxado por vampiros [!] que reúne, sob uma rudimentar imagem de Alfonso XIII pintada a óleo sobre um tambor [!!], as figuras da Pátria, do Exército e da Marinha, figuras sem sombra de dúvida

---

129. Cf. "La Guinea Española", n.º 491, 10 de fevereiro de 1921, p. 47.

130. Cf. *Fiestas que se acostumbra á celebrar en Sta. Isabel. Carroza presentada por una factoría española,* em "La Voz de Fernando Póo", n.º 49, 15 de junho de 1912, p. 7; *Últimos festejos en Sta. Isabel. Carroza presentada por la Guardia Colonial,* ibid., p. 11. De um período mais próximo à citação do texto, é a foto de capa da "La Guinea Española", n.º 545, 25 de maio de 1923, onde está reproduzida a carruagem da Câmara Agrícola de Fernando Póo: edifício e figura estão dentro da mesma imagem, sob o cartaz "Viva o Rei", tendo ao lado o brasão oficial.

131. Cf. em geral G. Pasquier, *L'organisation des troupes indigènes en Afrique Occidentale* (Thèse Droit), Paris, 1912. Mais específico: E. d'Almonte, *Los naturales,* cit., pp. 29 ss. sobre "Los elementos de fuerza más adecuados á las condiciones de la Guinea española"; G. Granados, *Proyecto de Organización Militar para los territorios españoles del Golfo de Guinea,* em Cuarto Congreso Africanista celebrado en el Salón de Actos del Ateneo Científico-Literario-Artístico de Madrid, en los días 12, 14, 15, 16 y 17 de diciembre de 1910, por iniciativa de los Centros Comerciales Hispano-Marroquíes, Imprenta "España en África", Barcelona, 1910, pp. XIX-XXVIII, reunido também em "La Voz de Fernando Póo", n.º 16, 1.º de fevereiro de 1911, pp. 8-11.

espanholas, abraçadas à figura do Trabalho (na realidade apenas africano). E acontece que "os indivíduos que compõem a Guarda Colonial", por exemplo, os "chefes indígenas habilitados" Cayetano Cien Duros, Antonio Asombra Cánovas y Manuel Mochila Morral, que receberam medalhas (mas não a aposentadoria) graças aos "méritos adquiridos nas operações militares levadas a termo entre 5 e 12 de agosto para punir a tribo de Ysen (Distrito de Bata) por seu comportamento rebelde às Autoridades da Colônia"[132], estes e todos os guardas coloniais, enfim, "deverão defender em todo lugar onde estiverem aqueles sentimentos de amor pela pátria, aptidão ao trabalho e obediência entre os indígenas que habitam suas áreas de competência"[133].

Amor pela Espanha e trabalho na África. Mesmo sem bases textuais tão explícitas, não parece muito difícil decifrar a tosca iconografia hispano-guineana. O trabalho imposto pelas armadas de uma longínqua pátria é fruto da mesma cultura européia, "fonte de honestidade e bem-estar", recebida como dever pelos *bubis* de Fernando Póo. Carentes de direitos e sem plena capacidade jurídica, obrigados ao trabalho apenas como "súditos espanhóis", são todos filhos do rei (mostrado em efígie em seu passeio pela Guiné) e vicariamente do representante real, do Contra-almirante e do Governador[134]. Ao real pai Alfonso XIII deve-se amor, respeito e serviços. O seu ilustre procurador, o *papai* Barrera, inculca estes preceitos com uma série de festejos, pagos de seu próprio bolso[135], e ao mesmo tempo os conclama com ordens e decretos, que enriquecem o bolso de outrem[136]. Os

132. Real Orden de 26 de janeiro de 1914, em "Boletín Oficial de los Territorios Españoles del Golfo de Guinea", 15 de março, p. 45. Também são condecorados o tenente da Guarda Civil, destinado às colônias, Joaquín Moreno Sáez, o "sargento europeu" Angel Vals Capilla e os indígenas (também sem aposentadoria, mas, neste caso, pelo menos, com um mínimo de dignidade de poder conservar os nomes africanos) Momo Limba Musa, Yemis Dongo Batarga, Kame, Somo y Dokoko.

133. *Orden general*, 16 de março de 1908, sobre a Guarda Colonial, cit.

134. O longo período de governo colonial contou, para efeito de promoção, como anos de embarque em navios de guerra, como nos relatam os padres claretianos: *Nuestra colonia*, em "La Guinea Española", n.º 495, 10 de abril de 1921, pp. 107-8.

135. M. Góngora, *Angel Barrera*, cit., p. 106.

136. Por isso Barrera, enérgico repressor das dissidências, foi uma figura celebrada pela feroz imprensa dos proprietários rurais. Cf., por exemplo, *Nuevo*

poderes corretivos de Barrera não têm limites precisos, são poderes exercidos sobre "filhos" considerados *menores*: com o apoio do direito canônico local eles trazem vantagens aos proprietários rurais ("faço-lhes justiça secamente, deixando de lado frases e alocuções [...] castigo-os [...] nas duas coisas que mais os atingem: o bolso e o corpo"[137]). A causa da Espanha na Guiné é uma patriótica obrigação ao trabalho. Deste ponto de vista, econômico e não apenas etimológico, as disposições governamentais sobre os trabalhadores braçais vão muito além da colheita do cacau, para parecer ao observador hodierno como a própria "constituição africana".

7. *Praestantia linguae latinae* [A força da língua latina]

Essa é a sua verdadeira natureza. A constituição colonial é a circunstância da colônia. Quando começa a colheita do cacau, é costume do Governador publicar uma disposição na qual ordena a todos os indígenas que não são proprietários, nem têm meios para viver, ou ocupação conhecida, para que se inscrevam

---

gobernador, em "Boletín del Comité de defensa Agrícola de Fernando Póo", n.º 7, 15 de setembro de 1910, p. 56; A. Traval, *Un merecidísimo aplauso*, cit., passim. Cf. também C. A., *Los pobrecitos indígenas. Una política atractiva*; e Mandín, *Sublevaciones en el Muni*, em "La Voz de Fernando Póo", n.º 22, 1.º de maio de 1911, pp. 7-9, artigos extraídos do jornal de Barcelona "El Noticiero Universal" (25 de abril) e "La Vanguardia" (23 de abril).

137. Assim será desde o início (V.B.A., *¿Cómo trataría V. al indígena?*, em "Boletín de la Cámara Agrícola de Fernando Póo", III, n.º 5, 31 de maio de 1909, pp. 59-61, local da citação) até o final do período enfocado (Ruiaz, *Nuestra agricultura*, em "La Guinea Española", n.º 509, 25 de novembro de 1921, pp. 5-6). Cf. P. Armengol Coll, *Segunda memoria de las Misiones de Fernando Póo y sus dependencias*, Imprenta Ibérica, Madrid, 1911, 2.ª ed., pp. 226 ss. sobre "Meios morais" da colonização; do mesmo, *El misionero en el Golfo de Guinea*, ibid., 1912, pp. 74 ss. sobre o "Trato con los indígenas que no han estado en los Colégios". Cf. também *Polisinodiales o legislación supletoria del Vicariato Apostólico de Fernando Póo*, Casals, Barcelona, 1925, especialmente pp. 39 ss. Convém lembrar que os *claretianos* entravam de má vontade na Guiné, desde quando o P. Andrés Puiggrós matou a pauladas uma *bubi* na missão de Cabo Sanjuán (1894): uma versão partidária desses fatos, cuja condenação excluiu das Cortes o famoso catedrático de História do Direito em Madrid, Matías Barrio y Mier, é apresentada por C. Fernández, *Misiones y misioneros en la Guinea española*, cit., pp. 695 ss.

para trabalhar nas fazendas. Esse decreto é um verdadeiro regulamento de trabalho, por meio do qual se delineiam os direitos e deveres do patrão e do trabalhador braçal, dispensando dessa obrigação os menores e os anciãos, além das mulheres, mesmo sendo permitido realizar contratos também com elas, desde que se ofereçam sempre voluntariamente. Já que o trabalho forçado dos *bubis* está proibido, com base no Regulamento provisório de 1906, as exigências locais impõem um direito ao trabalho que os obriga a entrar em acordo com os proprietários. Com o Regulamento orgânico de 1904, os governadores dispõem certamente dos instrumentos necessários para moderar a lei segundo as conveniências da colônia[138], mas as medidas emanadas por Barrera e por seus predecessores imediatos, como a Real Orden que as convalidava, não devem sequer apelar-se a este regime para justificar juridicamente a negação da vontade contratual dos negros.

Ressoam nas normas coloniais alguns temas antiliberais característicos do Estado de Direito, que na África podem ser expressos com absoluta franqueza: o Regulamento de 1906 e o estatuto orgânico de 1904 consagram algumas liberdades que, porém, desaparecem (graças à intervenção salvífica reservada à "autoridade governamental") no momento em que os cidadãos pacíficos convertem-se em "elementos perturbadores"[139]. São temas antiliberais que se inspiram todavia "no lendário decreto do Senado Romano: Videant Cónsules, ut ne [!] quid detrimenti Republica capiat" [Os cônsules provêem para que o Estado não seja prejudicado].

A máxima latina nos conduz à conclusão deste ensaio. Estamos no ano de 1912 da Era Cristã. Na cidade de Madri é promulgada uma real ordenança para o golfo de Guiné, assinada

138. Da suspensão da legislação metropolitana, prestando contas ao Ministério de Estado (art. 4, 2.º desse decreto), à adoção de medidas extraordinárias para conservar a paz interna (ibid., 3.º). Pode-se também lembrar a atribuição de "acordar as prestações individuais" (art. 4, 11.º), com audiência da Junta das Autoridades, neste e no primeiro caso (art. 12, 1.º e 5.º).

139. Relatório da Seção Colonial do Ministério de Estado, 6 de julho de 1912, *infra* doc. n.º III: "Este inciso [o 2.º do art. 24 do Regulamento de 1906], assim como a disposição do artigo 32 do Real Decreto orgânico da Colônia, referem-se sem dúvida à liberdade individual, que cada indivíduo possui de trabalhar ou não, como lhe convém. Mas quando se pede para usar essa liberdade

em San Sebastian[140]. Nessa conjuntura histórica, nessas latitudes geográficas, poder-se-ia dizer que o Senado e o Povo Romano são apenas uma lembrança confusa de um amarrotado livro escolar. E, sem dúvida, a argumentação jurídica do legislador espanhol, posto na embaraçosa situação de ter de suprimir os direitos civis que pouco antes tinha concedido, decidiu dirigir-se aos *bubis* com algumas palavras misteriosas, escritas em uma língua perdida.

De qualquer modo, olhando bem, não se tratava, nesse caso, de uma língua tão perdida assim. Vamos recordar. "O Senado determinou que o cônsul Lúcio Opímio tomasse as medidas necessárias para que a república não sofresse nenhum dano."[141] "O senátus-consulto decidiu que os cônsules Caio Mário e Lúcio Valério convocassem os tribunos da plebe e os pretores que eles julgassem úteis e agissem para conservar o poder e a majestade do povo romano."[142] Não é necessário acrescentar outros exemplos[143].

Videant consules. Duas palavras pronunciadas pela primeira vez em um momento preciso, repetidas ao longo de uma extensa tradição literária, conservada, enfim, na biblioteca dos grandes textos dos homens de cultura. Velhas palavras sobre a defesa *extra ordinem* da República Romana servem para obri-

---

individual para fazer *acordos coletivos* que, com um caráter impositivo, perturbem a paz, a prosperidade e a vida de um Estado, ou de uma parte deste, [as disposições mencionadas] não permitem que a autoridade governamental cruze os braços nem se atenha a preceitos escritos para cidadãos pacíficos que, no momento em que deixam de sê-lo, para se converter em elementos perturbadores, perdem os seus direitos e justificarão sempre as decisões extremas e ditatoriais das Autoridades."

140. Real Orden de 2 de agosto de 1912.

141. "Decrevit quondam senatus, ut L. Opimius consul videret, ne quid res publica detrimenti caperet" (Cícero, *In Catilinam*, I, 4); "Senatus decrevit, darent operam consules, ne quid res publica detrimenti caperet" (Salústio, *De coniuratione Catilinae*, XXIX, 2).

142. "Fit Senatus consultum, ut C. Marius L. Valerius consules adhiberent tribunos plebis et praetores quos eis videretur operamque darent, ut imperium populi Romani maiestasque conservaretur" (Cícero, *Pro Rabiro perduellionis reo*, XX).

143. Cf. em geral S. Mendner, *Videant consules*, em "Philologus. Zeitschrift für klassische Philologie", 110 (1966), pp. 258-67.

gar ao trabalho, vinte séculos depois de serem pronunciadas e escritas, uns poucos indígenas na Guiné equatorial espanhola. As antigas expressões servem para sustentar o peso de poderes extraordinários, o discurso do latim clássico se incorpora em uma "régia ordenança" emanada para a Guiné e justifica as medidas antijurídicas aprovadas por um governador. Da Espanha à África, parece haver princípios da constituição colonial que só se podem expressar em latim.

A língua latina é algo mais que um elemento constitutivo da nossa mais profunda cultura. Vai mesmo além de um solidíssimo suporte para o direito. É hipóstase de cultura e expressão de domínio. No decorrer dos séculos, a formação latina marcou as distâncias que separam a vida familiar de uma criança européia, domínio da mãe e das línguas maternas, da vida social do jovem branco adulto que, ao lado de outros adolescentes, em um mundo exclusivamente masculino, completará, com o latim, a categoria social do homem de progresso. Várias práticas didáticas de castigo corporal gravitam ao redor da aprendizagem de alguns textos, que certamente se assimilam com o sangue: deseja-se a dor física, antes da simples ameaça, que estimula a memória e disciplina a vontade: uma escola de comportamentos enérgicos, doutrina de virilidade. Além disso, não eram heróis, semideuses ou super-homens aqueles personagens latinos cujas lutas violentas – a destruição de Cartago, o choque sanguinário entre Opímio e Caio Graco, os ataques de Cícero ao traidor Catilina – são narradas milhares de vezes pelos textos que ensinam o latim? Agônico e masculino, instrumento de iniciação aos segredos de uma longa tradição reservada aos homens de governo, o latim representa, ontem e talvez no futuro também, o rito de passagem praticado pelos povos europeus[144].

Sem dúvida, isso não é percebido por suas vítimas, mas o guerreiro branco que se lança de Berlim à conquista da África dispõe, como de uma eficientíssima arma, de vinte séculos de latim. Até esse triste momento, conhecer a língua de Roma equivale

---

144. W. J. Ong, *Latin Language Study as a Renaissance Puberty Rite* (1959), em id., *Rhetoric, Romance, and Technology. Studies in the Interaction of Expression and Culture*, Cornell University Press, Ithaca London, 1971, pp. 113-41. Do mesmo, *Fighting for Life. Contest, Sexuality and Consciousness* (1981), The University of Massachusetts Press, Amherst, 1989.

sem dúvida ao saber: aqui estão contidas a liturgia com a qual se honra Deus, o acesso a uma cultura dominante, o início de toda atividade profissional. Quando começa a aventura africana, a velha língua já é de domínio da filologia, em um Ocidente onde triunfam os idiomas vulgares. A mudança do modelo levará a declarar que "em uma nação de raça latina como a Espanha, que possui um idioma rico e harmonioso com um imenso número de palavras e modos de dizer que derivam de fonte latina; em uma nação que se orgulha das tradições clássicas [...] é impossível olhar com indiferença o enfraquecimento de um estudo que não só é o fundamento e o princípio para conhecer e usar com habilidade a língua castelhana [...], mas também a única via para ter acesso aos tesouros da Antiguidade"[145]. Não obstante os protestos, porém, uma nova cultura, que não tem o culto da luta porque quer proclamar os direitos, começa a reduzir o latim à condição de dialeto de uma casta sacerdotal em declínio: "já é tempo que o ensino público satisfaça as necessidades da vida moderna e tenha como objetivo principal o de formar não mestres de retórica latina, mas cidadãos iluminados"[146].

Com a Restauração, o latim na Espanha volta a influenciar o processo educativo. Insiste-se a respeito de Cícero e sua primeira Catilinária, sobre aquela solene máxima que põe a salvação da *Respublica* acima de qualquer outra consideração: aprenda-a, por exemplo, um jovem cidadão de Burgos, futuro Governador da Guiné, e também a conhecem outros adolescentes, futuros especialistas do Ministério de Estado[147]. Mas são outras as línguas, neolatinas e neogermânicas, ensinadas na África. Por exemplo, na Guiné, a mão que assina a mobilização para o trabalho subscreve também o programa de ensino para as escolas públicas da Colônia: há "Princípios de gramática e ortografia castelhana", insiste-se com as "Noções de cultivo de café, ca-

---

145. Preâmbulo do Plano educativo de 1866, em F. Sanz Franco, *Las lenguas clásicas y los planes de estudios españoles*, em "Estudios Clásicos", 15 (1971), pp. 235-47, em particular pp. 242-3.

146. Preâmbulo do Plano de 1868, ibid., pp. 244-5.

147. Ibid., quadro de ensinamento, pp. 236-9, 245 ss., sobre o Plano de 1894. Sobre a presença de Cícero na escola, cf. M. Marín Peña, *Sobre la elección de textos latinos en la enseñanza media*, em *Didáctica de las lenguas clásicas*, 1. *Estudios monográficos*, Dirección General de Enseñanza Media, Madrid, 1966, pp. 77-86.

cau, algodão, baunilha e outros produtos destes países intertropicais", mas não aparecem vestígios de latim[148]. Tudo isso é realizado ignorando mais uma vez os desejos dos colonizados: "nós queremos ter mais do que temos hoje. Isto é, queremos saber ler e escrever, exercer uma profissão. Para que nossos filhos saibam ganhar a vida sob a bandeira espanhola. E não como hoje, que, em lugar de ensinar-lhes o que se deve, ensina-se a subir nos bambus, a pescar e outras coisas que não nos fazem falta[149]. Qualquer formação teórica, qualquer forma de acesso mais elevado à cultura ocidental ficam à margem da constituição colonial: "um defeito, que deve ser combatido no ensino aos indígenas, é o de ser livresco demais, demasiado 'intelectualista' [...]. O ensino dos indígenas tem por finalidade educá-los e, ao mesmo tempo, instruí-los [...]. Para esse escopo, é preciso reservar nos programas e horários um longo espaço para a *leçon de choses* [lição das coisas] e para a formação manual e profissional dos alunos"[150].

Leçons de choses, quando se tratava de *civilizar*. É o que fará, por muitas gerações, a Mãe Espanha na Guiné. "Somos espanhóis?" – perguntava o professor – "Somos espanhóis pela graça de Deus". "Por que somos espanhóis?" – insistia – "Somos espanhóis" – respondiam os alunos – "porque tivemos a sorte de nascer em um país chamado Espanha"[151]. Vislumbrava-se um próspero e pacífico horizonte nas terras tropicais, cuja riqueza e bem-estar são garantidos pela Espanha e pela língua latina.

---

148. Edital de 28 de fevereiro de 1907, ibid., pp. 186-8. Cf. art. 2: "O programa de ensino que passará a vigorar em todas as escolas destes territórios será o seguinte: Leitura e escrita. Princípios de gramática e ortografia castelhana. Doutrina cristã. As quatro operações da aritmética. O sistema de pesos, medidas e moedas. Compêndio de História e Geografia espanhola. Noções de Indústria e Comércio. Noções de cultivo de café, cacau, algodão, baunilha e outros produtos destes países." Cf. em geral O. Negrín Fajardo, *Historia de la educación en Guinea. El modelo educativo colonial español*, Uned, Madrid, 1993.

149. L. Ramos-Izquierdo, *Descripción geográfica del Golfo de Guinea*, cit., p. 84. É uma queixa sobre a instrução apresentada pelo governador de Uganda, Andrés Grigengi e Buando, chefe de Corisco.

150. O. Louwers, *Rapport général*, em Institut Colonial International, *L'Enseignement aux Indigènes. Native Education*, Etablissements généraux d'imprimerie, Bruxelles, 1931, pp. 4-75, em particular p. 45.

151. J. M. de la Torre, *La tragedia de Guinea*, cit., p. 120.

8. Considerações finais

É melhor parar a pesquisa neste ponto. Convém que o leitor aceite a idéia de que alguns textos exóticos, tão eloqüentes sobre o destino do Estado liberal de Direito no continente africano, mais do que ilustrar as bases fraquíssimas das instituições nascidas das descolonizações dos anos 60 e 70[152], nos restituem a imagem mais clara – clara porque impiedosa – daquela mesma forma política em sua vigência européia. Afinal de contas, apenas o olhar ocidental de fora da Europa pode contemplar, uma vez denunciados os pitorescos orientalismos, a nossa própria cultura local.

Um primeiro elemento dessa imagem nos conduz até o "tempo" da modernidade. A história do Estado de Direito como forma de Estado, a história da cultura jurídica e política moderna apresenta, em geral, um balanço de fatos, idéias e projetos ao mesmo tempo novos e velhos, marcados por supressões, mas também por continuidades: câmaras baixas resultantes de um corpo eleitoral em progressivo aumento, que convivem com câmaras altas onde a nobreza conserva (mal disfarçados) privilégios seculares; monarquias que partilham a duras penas a soberania com sujeitos nacionais; o ostensivo triunfo da transparência pública na decisão político-jurídica com as persistências peculiares dos *arcana imperii*. "The persistence of the Old Regime", como diz o conhecido título de um livro de Arno J. Mayer [153]: em suma, uma persistência esmagadora (como sabemos, por exemplo, também graças ao honesto testemunho de Santi Romano) quando o Estado europeu transforma-se em metrópole colonial. A dramática aventura de cabeças coroadas no continente africano – a curiosidade geográfica e os apetites econômicos de Leopoldo, rei dos belgas[154] – nos servem não apenas como terrível episódio de "persistências", mas também

152. Cf. em particular C. Young, *The African Colonial State in Comparative Perspective*, Yale University Press, New Haven/London, 1994, pp. 244 ss. ("Imperial Legacy and State Traditions").

153. A. J. Mayer, *La persistencia del Antiguo Régimen. Europa hasta la Gran Guerra* (1981), Alianza Editorial, Madrid, 1984, reimpresso em 1986.

154. A. Hochschild, *King Leopolds's Ghost. A Story of Greed, Terror, and Heroism in Colonial Africa*, Houghton Mifflin Co., Boston-New York, 1998.

como metáfora de uma antiqüíssima política, incompatível com as regras puras do direito.

A segunda reflexão que impressiona o espectador da imagem africana do Estado europeu refere-se ao espaço, entendido simplesmente como elemento que condiciona – que delimita em âmbito jurídico – qualquer ordenamento. Ou, em palavras mais simples: o paradoxo assinalado recentemente entre tradição e modernidade reproduz-se na tensão universalidade-localismo do direito estatal europeu. Nessa perspectiva, o século do imperialismo resulta também como momento de uma *ciência* do direito, isto é, da dimensão hipoteticamente universal de dogmas e categorias que sem dúvida contrastam (disciplinam, coexistem, lutam) com definições normativas *nacionais*. A peculiaridade da legislação sincroniza-se com a universalidade do direito em alguns casos (e filtram então as aspirações que alimentam os modernos juscomparatismos): a normativa colonial revela-se, de qualquer modo, a meu ver, como um terreno interessantíssimo para análises da circulação de modelos e experiências diversas, dentro de uma área que se formou, a rigor, a golpes de tratados internacionais[155].

Esse último adjetivo nos serve, em terceiro lugar, para assinalar a existência de uma amplíssima esfera de ação do Estado de Direito, em que o seu referente jurídico, conceitualmente inevitável, não comparece de forma nenhuma. Foi um mérito historiográfico do publicista jurídico Umberto Allegretti lembrar-nos que a política externa liberal permaneceu ligada à terrível lógica da "razão de Estado"; a passagem do Antigo Regime à nova ordem moderna influenciou profundamente a distribuição das competências políticas entre os órgãos constitucionais, mas não modificou os objetivos e o espírito da ação internacional[156]. E através dessa porta (decida o leitor se está aberta ou fe-

155. Cf. em geral A. Padoa-Schioppa (organizado por), *La comparazione giuridica tra Ottocento e Novecento*, Istituto Lombardo, Milano, 2001; para as doutrinas de direito internacional, cf. S. Mannoni, *Potenza e ragione. La scienza del diritto internazionle nella crisi dell'equilibrio europeo (1870-1914)*, Giuffrè, Milano, 1999, em particular pp. 103 ss. ("colonialismo e civilização").

156. Cf. U. Allegretti, *Profilo di storia costituzionale italiana*, mais revelador por seu subtítulo: *Individualismo e assolutismo nello stato liberale*, il Mulino, Bologna, 1989, pp. 120 ss. sobre "la *agiuridicità* della politica estera liberale".

chada), que é a única porta de acesso à aventura africana, escondem-se instituições antiqüíssimas, como a escravidão ou o trabalho forçado nas colônias, ou esmagadoras lógicas "familiares", como o protetorado dos povos e o "estado de menoridade" das raças não-européias.

A história sucessiva é conhecida. As velhas potências coloniais, após a Primeira Guerra Mundial (um conflito colossal que derrubou muitas cabeças coroadas), esboçam um novo tipo de Estado, onde novas instituições – a democracia e os direitos[157] – resolvem, na medida do possível, o dilema do poder. Trata-se de um Estado que triunfa, por enquanto de modo definitivo na Europa, quando está para findar o colonialismo na África: mas para este continente, envolto nas redes pouco ou nada jurídicas do velho Estado de Direito (como mostra o exemplo da Guiné, filha de uma metrópole espanhola, ciosa de seu poder "parental") criaram-se desse modo fundamentos melhores para uma experiência política autônoma?

---

157. A respeito, dispomos agora da notável contribuição de G. Gozzi, *Democrazia e diritti. Germania: dallo Stato di diritto alla democrazia costituzionale*, Laterza, Roma-Bari, 1999.

Estado de Direito e cultura islâmica

Perspectivas islâmicas do constitucionalismo

Por Raja Bahlul

1. Introdução

O objetivo deste ensaio é discutir o significado que o "constitucionalismo" tem (ou pode ter assumido) no contexto do pensamento político árabe-islâmico. Outros termos que nas línguas ocidentais foram usados, algumas vezes, como sinônimos de "constitucionalismo" são: *rule of law, Rechtsstaat, État de droit.* Alguns desses termos têm equivalentes naturais em árabe: por exemplo, *dawlat al-qanun* exprime muito bem *Rechtsstaat,* e o mesmo pode ser dito para *hukm al-qanun* em relação ao *rule of law.* Não é fácil, todavia, identificar um equivalente árabe de "constitucionalismo".

No pensamento político ocidental, expressões como "constitucionalismo", "governo da lei" (e outros) assumiram significados mais ricos e mais complexos do que os sugeridos pela etimologia ou pela simples justaposição das palavras. Normalmente, essa é a característica dos conceitos que desempenharam um papel central na teoria do setor no qual o termo é empregado. Esses termos têm invariavelmente uma complexidade semântica maior do que a sugerida pela sua origem lingüística ou pela soma de suas partes.

O mesmo não se pode dizer dos termos equivalentes usados nos escritos políticos árabe-islâmicos. Isso não significa necessariamente que o pensamento político árabe-islâmico não saiba o que seja o constitucionalismo, ou que não esteja conceitualmente equipado para discutir matérias tratadas sob esta rubrica. Pelo contrário, temas como o governo segundo a lei, o direito dos povos de se opor aos governos injustos, as liberdades que não podem ser violadas pelos governantes e outros temas similares estão presentes no pensamento político árabe-islâmico desde as origens.

É árdua a tarefa de discutir o significado e o papel que o constitucionalismo tem (ou pode ter assumido) no pensamento político árabe-islâmico. Em primeiro lugar, uma discussão desse tipo pode ajudar a entender (ou tematizar) alguns dos interesses manifestados pelos pensadores políticos árabes e islâmicos. Em segundo lugar, o conceito de constitucionalismo acabou por adquirir uma importância excessiva, pelo menos no que diz respeito ao pensamento político ocidental. Isso estimula a questão sobre a sua universalidade: os conceitos realmente basilares e fundamentais não deveriam ser (não são em geral) de relevância local. Por isso a discussão do significado e da possibilidade do constitucionalismo no pensamento árabe-islâmico pode servir como banco de prova parcial da universalidade deste conceito.

No segundo parágrafo discutirei primeiramente o significado de constitucionalismo, na acepção que este termo tem no pensamento político ocidental contemporâneo. Em seguida, colocarei a pergunta se existem razões para julgar que o conceito de constitucionalismo (no sentido por ele assumido nos escritos políticos ocidentais) signifique alguma coisa para o pensamento político árabe-islâmico.

Tendo respondido afirmativamente a esta pergunta, passarei, no terceiro parágrafo, a discutir os fundamentos do constitucionalismo no pensamento político árabe-islâmico. Como veremos, os fundamentos que podem ser encontrados para o constitucionalismo são fundamentos "teístas": referem-se principalmente à lei divina e à revelação divina. Mas o teísmo presente no pensamento islâmico não é sempre do mesmo tipo. Podem ser distinguidas duas variedades de teísmo: a primeira (a variante *ash'arita*) é uma perspectiva voluntarista, quase sem elementos racionais, a outra variante (*mu'tazilita*) segue uma linha de pensamento objetivista e é conhecida por seu racionalismo. As duas perspectivas podem ser usadas para estabelecer os fundamentos do constitucionalismo no pensamento islâmico.

Nos parágrafos 4 e 5 discutirei o conteúdo do constitucionalismo islâmico, ou seja, os argumentos e os temas relevantes para o constitucionalismo tratados pelos autores islâmicos. No quarto parágrafo discutirei os diversos direitos e os instrumentos de tutela dos indivíduos previstos pelas leis islâmicas (segundo a leitura *ash'arita* ou *mu'tazilița* do direito islâmico) e os cotejarei com os modelos internacionais dos direitos humanos. No quinto parágrafo passarei a discutir o significado e a possibilidade de uma doutrina da "separação dos poderes" fundada sobre premissas islâmicas, e examinarei as opiniões de alguns "democratas islâmicos" sobre esse tema, que só recentemente se tornou objeto de interesse no pensamento político islâmico.

Enfim, no parágrafo conclusivo tentarei preencher algumas lacunas que permanecem na discussão islâmica sobre o constitucionalismo. Sustentarei que as críticas da concepção islâmica da democracia e do constitucionalismo baseiam-se muitas vezes sobre o pressuposto de que a possibilidade de uma ou do outro dependa da crença na laicidade. Esse pressuposto pode ser – e de fato foi – criticado por alguns autores islâmicos e, portanto, as concepções islâmicas da democracia e do constitucionalismo merecem uma reavaliação.

2. O significado do constitucionalismo

Diferentemente de outros conceitos que têm um papel importante no pensamento político ocidental contemporâneo ("democracia" é um bom exemplo), o conceito de "constitucionalismo" não parece "essencialmente contestado"[1]. Certamente, continuam sendo postas perguntas difíceis sobre as "conseqüências" do constitucionalismo para o funcionamento da democracia e sobre os limites por ele, hipoteticamente,

1. No sentido de W. B. Gallie, um termo é "essencialmente contestado" quando existem discussões sobre o seu *uso*, discussões "que, embora não sejam solucionáveis com argumentações de tipo algum, são, todavia, sustentadas por argumentos e provas totalmente respeitáveis" (W. B. Gallie, *Philosophy and the Historical Understanding*. Chatto and Windus, London, 1964, p. 14).

postos à liberdade: a liberdade dos cidadãos comuns, dos funcionários públicos ou até mesmo a liberdade das gerações futuras. Mas tudo isso tem lugar no quadro de um acordo de princípio sobre o significado fundamental do constitucionalismo.

Segundo Jon Elster, "o constitucionalismo se refere aos limites impostos às decisões da maioria; mais precisamente, a limites que são em certo sentido auto-impostos"[2]. Dario Castiglione, por outro lado, dá uma definição mais completa de constitucionalismo nestes termos: "esse compreende aquelas teorias que oferecem um conjunto de argumentos de princípio em favor da limitação do poder político em geral e do poder do governo sobre os cidadãos em particular"[3].

Alguns autores preferem interpretar o constitucionalismo referindo-se à natureza das constituições, segundo aquilo que o próprio termo sugere. Assim, por exemplo, Cass Sunstein introduz o significado de constitucionalismo com referência às constituições que "atuam como vínculos à capacidade de governo das maiorias"[4]. Nessa mesma perspectiva, Elster atribuiu duas funções às constituições: "protegem os direitos dos indivíduos e interpõem um obstáculo às mudanças políticas que poderiam ocorrer se a maioria tivesse as mãos livres"[5].

Seja qual for o ponto de partida, a idéia fundamental que parece estar subjacente ao constitucionalismo é que deveriam existir limites e instrumentos de controle sobre o poder daqueles que detêm o poder político supremo e poderiam abusar deste tendo oportunidade. Naturalmente, os limites e os controles devem ser proclamados ou de qualquer modo realizados na sociedade e devem influenciar efetivamente o modo em que é administrado o poder político. Nos tempos modernos, essa tarefa foi desempenhada sempre mais freqüentemen-

---

2. J. Elster, *Introduction*, em J. Elster, R. Slagstad (organizado por), *Constitutionalism and Democracy: Studies in Rationality and Social Change*, Cambridge University Press, Cambridge, 1988, p. 2.

3. D. Castiglione, *The Political Theory of the Constitution*, em R. Bellamy, D. Castiglione (organizado por), *Constitutionalism in Transformation*, Blackwell, London, 1996, p. 5.

4. C. Sunstein, *Constitutions and Democracies: An Epilogue*, em J. Elster, R. Slagstad (organizado por), op. cit., p. 327.

5. J. Elster, op. cit., p. 3.

te pelas constituições escritas que buscam não apenas "proteger" o povo do Estado, mas também regular o funcionamento deste último de modo que "controle internamente" o seu poder. Por essa razão, discutirei nas páginas seguintes as visões islâmicas do constitucionalismo, referindo-me à seguinte caracterização proposta por Jan-Erik Lane: "as idéias fundamentais do constitucionalismo são: a) a limitação do poder do Estado sobre a sociedade na forma do respeito de um conjunto de direitos humanos compreendendo não apenas os direitos civis, mas também os direitos políticos e econômicos; b) a aplicação da separação dos poderes no interior do Estado"[6].

Essas duas idéias não são independentes. Segundo Lane, a primeira age como um "princípio externo" que circunscreve o poder estatal em relação à sociedade civil, ao passo que a segunda age como um "princípio interno" que assegura que nenhum órgão (pessoas física ou outro) do Estado possa prevalecer totalmente sobre os outros[7].

Certamente, na história intelectual islâmica não se encontram equivalentes (exatos) de conceitos como "separação dos poderes", "direitos humanos" e "sociedade civil". Pode-se certamente entender por que alguns estudiosos do pensamento islâmico são relutantes à idéia de buscar os fundamentos do constitucionalismo no Islã, vendo nisso apenas uma outra tentativa de sujeitar o pensamento islâmico a categorias e conceitos típicos do pensamento ocidental.

Naturalmente, a acusação de "discurso ocidental hegemônico" deve ser enfrentada e refutada (se possível) como tal. Mas, em geral, aqui não existem razões *a priori* para prever que as idéias políticas islâmicas sejam radicalmente diversas daquelas expressas no pensamento político ocidental. Ao contrário, existem razões para prever semelhanças e correspondências entre essas duas tradições intelectuais. Isso por duas válidas ordens de motivos.

Em primeiro lugar, as duas tradições culturais foram plasmadas pela presença de crenças monoteístas que podem ser

---

6. J.-E. Lane, *Constitutions and Political Theory*, Manchester University Press, Manchester, 1996, p. 25.

7. Ibid.

consideradas "irmãs" em mais de um sentido. O judaísmo, o cristianismo e o Islã pertencem à mesma tradição espiritual (meridional) e falam a mesma língua religiosa, ainda que estejam em desacordo sobre alguns aspectos doutrinários. Em segundo lugar, as duas tradições culturais absorveram em boas doses o pensamento grego, que sobreviveu (em formas e em graus diversos) até hoje.

Esses dois motivos deveriam predispor à busca de semelhanças e de zonas de correspondência. O pensamento islâmico sempre esteve mais próximo do pensamento ocidental do que do oriental. Penso que isso possa ser afirmado simplesmente com base no peso das influências históricas e dos conteúdos intelectuais, independentemente da posição assumida diante da tese do "discurso ocidental hegemônico", entendido de forma abstrata.

Isso não resolve as dúvidas sobre a relevância do conceito de constitucionalismo para o pensamento político árabe-islâmico: uma rápida olhada nas discussões em curso entre os pensadores islâmicos (e outros) sobre a noção de "soberania divina", como também sobre as causas da exigência de aplicação da *Shari'a* (o direito islâmico), é suficiente, porém, para mostrar a praticabilidade da tentativa de interpretar o constitucionalismo em termos islâmicos.

Tomemos como exemplo a noção de "soberania divina", tão popular entre muitos jovens intelectuais e pensadores islâmicos. Como devemos entender o seu proclama *"al-hakimiyyatu li-Allah"* (que é possível traduzir *grosso modo* como "a soberania – a função do governante – pertence a Deus")? Bernard Lewis julga que "o Estado islâmico era no princípio uma teocracia – não no sentido ocidental de um Estado governado pela Igreja e pelo clero [...] mas *no sentido mais literal de uma comunidade política governada por Deus*"[8].

A explicação de Lewis permite apresentar a comunidade política islâmica como um Estado *despótico*, porque Deus não é certamente o tipo de governante que é obrigado a prestar contas da sua ação ou tenha necessidade de se consultar com os

8. B. Lewis, *Islam and Liberal Democracy*, "Atlantic Monthly", 27 (1993), 2, pp. 89-98, cit. em S. M. Lipset, *The Social Requisites of Democracy Revisited*, "American Sociological Review", 59 (1994), p. 6; o grifo é meu.

seus súditos. O pensador islâmico tunisino Rachid al-Ghannouchi oferece, porém, uma explicação mais plausível da "soberania divina", que tem o mérito adicional de unir esta noção ao tema do constitucionalismo. Segundo Ghannouchi,

> quem proclama que a soberania pertence a Deus não pretende sugerir que Deus governa os assuntos da comunidade muçulmana diretamente ou por meio do clero. De fato, no Islã não existe o clero, e Deus não pode ser percebido diretamente, nem vive em um ser humano ou em uma instituição que possa falar por Ele. Isso que significa o *slogan* "a soberania pertence a Deus" é *governo da lei* (*hukm al-qanun*), governo por parte do povo.[9]

A idéia de que as exigências islâmicas de "soberania divina" e de aplicação da *Shari'a* devam ser entendidas como indícios de constitucionalismo (ou de uma sua versão islâmica) não é um exemplo de *wishful thinking* circunscrito àqueles que estão inclinados a olhar favoravelmente para o Islã. A idéia não foi abandonada pelos mais perspicazes expoentes laicos árabes, como Amzi Bisharah, segundo o qual "quando a consciência social assume uma forma religiosa, é possível que as exigências de aplicação da *Shari'a* expressem uma tendência democrática ou (ao menos) uma oposição ao despotismo, apenas pelo fato de que o governo da *Shari'a* implica restrições ao exercício do poder político além e acima da simples vontade dos governantes"[10].

As observações de Ghannouchi, de Bisharah e de outros[11] indicam que pode ser possível encontrar elementos de consti-

---

9. R. Ghannouchi, *Muqarabat fi al-'Ilmaniyya wa al-Mujatama' al-Madani* [Concepções da laicidade e sociedade civil], al-Markaz al-Magharibi lil-buhuth wa al-tarjamah, London, 1999, p. 155; o grifo é meu.

10. A. Bisharah, *Madkhal li-Mu'alajat al-Demoqratiyya wa-Anmat at-Tadayyun* [A democracia e as formas da religiosidade], em B. Ghalyun, et al. (organizado por), *Hawla al-Khiyar al-Demoqrati* [A alternativa democrática], Muwatin, Ramallah, 1993, p. 83.

11. T. al-Bishri, *Al-Wad'u al-Qanuni baina al-Shari'a al-Islamiyya wa al-Qanun al-Wad'i* [A situação jurídica em relação à *Shari'a* islâmica e ao direito positivo], Dar al-Shuruq, Cairo, 1996, p. 121. Cf. a observação de Nazih Ayubi segundo a qual "[os islâmicos] buscam portanto um tipo de 'nomocracia', não o reino de um grupo em particular (democracia, aristocracia ou teocracia)" (N. Ayubi, *Political Islam: Religion and Politics in the Arab World*, Routledge, London, 1991, p. 218).

tucionalismo no Islã, elementos que podem ser expressos por meio de termos modernos, como "governo da lei" (contraposto ao "governo dos homens").

Naturalmente, o constitucionalismo não se reduz à simples idéia de legalidade ou à idéia de impor restrições ao poder dos governantes terrenos. De fato essas idéias, apesar de serem nobres, podem ser sabotadas por outros elementos (implícitos) da tradição, que tornaria vazia a reivindicação do constitucionalismo. Tudo isso será examinado no devido tempo. O método mais idôneo a seguir é aquele que começa com um estudo sobre o papel da lei no Islã. Tal investigação poderia nos fornecer temas interessantes sobre a constituição islâmica e sobre o constitucionalismo por ela implicada.

3. Os fundamentos do constitucionalismo islâmico

O constitucionalismo faz referência à idéia de direito, enquanto exige que a conduta dos diversos órgãos do Estado em relação aos cidadãos e o comportamento dos cidadãos entre si sejam regulados por leis ou regras (escritas ou não escritas). Por esse motivo é útil iniciar o estudo sobre os possíveis fundamentos do constitucionalismo no pensamento islâmico com a seguinte questão: o que é a lei (islâmica) e que papel ela desempenha na sociedade. Pode-se esperar, aqui, descobrir os fundamentos do constitucionalismo (ou de uma das suas versões) no Islã.

Segundo a tese de um importante teórico islâmico da época moderna, Mawdudi, o pensamento islâmico não traça uma fronteira entre as leis que governam o sistema da natureza (concebida como mera realidade física) e as leis que governam (ou deveriam governar) os assuntos humanos na sociedade. Para o pensamento mulçumano, todas as leis, em última instância, são leis de Deus. Em uma passagem que recorda a distinção tomista entre lei eterna e lei divina (isto é, revelada)[12], Mawdudi

12. A. Pegis (organizado por), *The Basic Works of St. Thomas Aquinas*, vol. 2, Random House, New York , 1944, pp. 748-57.

escreve: "desde o momento da concepção até o último dia de vida, os seres humanos estão totalmente sujeitos à lei natural de Deus, incapazes de violá-la ou de ir contra a mesma. Quem acredita na revelação divina deve também acreditar que Deus governa a parte voluntária da nossa vida, além da parte involuntária e do universo na sua totalidade"[13].

Deixando de lado, porque irrelevantes para os nossos objetivos, as leis que governam o movimento dos planetas e as outras partes da mera realidade física, restam-nos aquelas partes das leis de Deus às quais nos referimos aqui, geralmente, com o nome de *Shari'a*. Segundo a concepção de muitos pensadores islâmicos, a *Shari'a* abrange tudo e prevê todas as ações das quais os seres humanos são capazes na sociedade. Segundo Mawdudi,

> os juízos de bem e de mal (impostos pela *Shari'a*) abrangem cada parte da nossa vida. Abrange os atos e os deveres religiosos, mas também as ações realizadas pelos indivíduos que se refletem sobre o seu modo de viver, sobre a sua moral, sobre os seus costumes, sobre o seu modo de comer e de beber, sobre o seu vestuário, sobre os seus discursos e sobre a sua vida familiar. Abrange as relações sociais, as matérias financeiras, econômicas e administrativas, os direitos e os deveres da cidadania, os órgãos do Estado, a guerra e a paz, e as relações com as potências estrangeiras [...] não existe parte da nossa vida em que a *Shari'a* não diferencie entre bem e mal.[14]

É nesse campo rico e variado do direito *da Shari'a* que nós esperaríamos encontrar os elementos da constituição islâmica, mas também do constitucionalismo definível em relação a ela. Trata-se de uma expectativa legítima, sufragada pelo fato de que os próprios pensadores islâmicos, muitas vezes, consideram a *Shari'a* uma espécie de constituição. Hasan Turabi, por exemplo, pensa que "a *Shari'a* é uma lei suprema, precisamente como a constituição, mas é uma constituição que entra

---

13. Mawdudi, *Al-Qanun al-Islami wa Turuq Tanfithih* [O direito islâmico e os métodos da sua aplicação], Mu'assat al-Risalah, sem local de publicação, 1975, p. 18.

14. Ibid., p. 24.

em pormenores"[15]. E o próprio Mawdudi acredita que a constituição islâmica "não-escrita" já exista e aguarde apenas o esforço de codificá-la com base nas suas fontes originárias, que são idênticas às fontes da *Shari'a*[16].

Nos dois parágrafos seguintes discutirei os vários temas constitucionalistas que podem ser encontrados no pensamento islâmico, mas agora é preciso examinar a base do caráter obrigatório que as leis possuem na visão islâmica do direito. Para chegar a uma visão islâmica do constitucionalismo devemos não apenas determinar o tipo e o número das leis que são consideradas relevantes para o constitucionalismo (no sentido ocidental), mas devemos também indagar a lógica ou a razão profunda dessas leis. É esta razão, de fato, que lança luz sobre o caráter normativo das leis, o atributo necessário para ter uma situação de obrigação em vez de coerção.

Sobre a questão das fontes da obrigação moral, as escolas de pensamento islâmico são essencialmente duas[17]. Não falamos aqui da obrigação moral em geral, mas da obrigação moral de obedecer às leis e de seguir uma práxis que toca diversos aspectos da nossa vida, pública e privada. Essas obrigações vão do dever de socorrer o viajante necessitado à obrigação de obedecer aos detentores da autoridade.

A primeira dessas duas escolas de pensamento, certamente a mais antiga e importante, é a escola *ash'arita*. Existiu (pelo menos como tendência) desde os primeiros tempos da teologia islâmica, a julgar pela carta que Hasan al-Basri (falecido em 728) escreveu para confutar certas concepções da justiça divina e da responsabilidade humana que tendem a acompanhar essa visão[18].

---

15. H. Turabi, *Qadaya al-Hurriyyah wa al-Wihdah wa al-Shura wa al-Dimoqratiyyah* [Problemas de liberdade, unidade, consulta e democracia], al-Dar al-Su'udiyyah lil-Nashr, sem local de publicação, 1987, p. 25.

16. Mawdudi, *Tadwin al-Dustoor al-Islami* [Codificação da constituição islâmica], Mu'assat al-Risalah, sem local de publicação, 1975, p. 11.

17. *Moral Obligation in Classical Muslim Theology*, "Religious Ethics", 11 (1983), pp. 204-23.

18. H. Ritter, *Studien zur Geschichte der Islamischen Frömmigkeit*, "Der Islam", 21 (1935).

Nada indica, provavelmente, de modo mais eloqüente o espírito que anima a visão *ash'arita* da moral do que a definição que ela dá de noções morais fundamentais, como bem, mal e justiça. A definição *ash'arita* põe também limites à variedade de opiniões que é possível ter a respeito do direito, da moral e dos deveres.

Tomemos como exemplo o que diz Ash'ari (falecido em 935) das ações que Deus é capaz de realizar. Segundo a tradição islâmica (como aquela judaico-cristã), Deus é onipotente. Isso significa que não existe nada que Deus não possa fazer em sentido moral? Segundo Ash'ari,

> Deus tem direito de fazer tudo aquilo que faz. Isso é demonstrado pelo fato de que Ele é o Senhor mais poderoso; não existe nada que tenha poder sobre Ele, ninguém que proíba ou comande [...] nada que ponha limites ao Seu poder ou trace um limite ao redor das Suas ações. Se é assim, então nada daquilo que Deus pode fazer pode ser considerado um mal. De fato, fazer mal não é senão ultrapassar o limite do que nos é atribuído, fazer aquilo que não se tem direito de fazer.[19]

O tema subjacente, que confere a esta passagem uma importância crítica, é se Deus deve ser concebido como um "monarca constitucional" ou como um déspota sujeito apenas aos ditames da sua vontade. Há motivo para julgar que essa vontade tenha implicações negativas sobre a concepção do resultante constitucionalismo, mesmo que "constitucionalismo", no sentido primário, não seja um atributo de sujeitos individuais como Deus ou o monarca.

A visão *ash'rita*, no seu conjunto, não parece favorecer a primeira alternativa, aquela que vê em Deus um ser "constitucional". Entre as primeiras leis que Deus deveria observar, posto que elas existam, haveria aquela que prescreve que "o inocente não será punido" ou, talvez, "quem faz o bem será recompensado". Mas isso não é verdadeiro, segundo o famoso teólogo Ghazali (falecido em 1111) que seguiu os passos de Ash'ari:

---

19. Ash'ari, *Kitab al-Luma' fi al-Raddi 'ala Ahl al-Zaigh wa al-Bida'* [A teologia de al-Ash'ari], Matba'at Misr, Cairo, 1955, p. 117.

> Deus [...] pode ferir e torturar as criaturas, mesmo que não tenham cometido precedentemente nenhum mal. Pode também deixar de recompensá-las no Além. Deus, de fato, tem o direito de fazer aquilo que deseja no Seu reino (*mulk*). [...] Cometer injustiça não é senão realizar uma ação em um reino governado por um outro, sem antes pedir a permissão ao senhor. Isto naturalmente é impossível no caso de Deus, porque não existe reino que não Lhe pertença. Por essa razão, não existe reino em que Ele possa agir injustamente.[20]

Isso pode parecer pouco convincente, mas não se compreende essa concepção se primeiro não examinarmos as razões que conduziram os primeiros teólogos islâmicos a tais conclusões. É difícil para um teólogo que leva a sério a onipotência divina aceitar a idéia de que Deus esteja sujeito a alguma coisa, mesmo que seja alguma coisa intangível como o direito. Seria preciso examinar as posições dos primeiros teólogos muçulmanos que começaram a refletir sobre esses temas filosóficos nos séculos posteriores à conquista islâmica dos antigos centros da civilização. Repletos de um senso de devoção e de maravilha pela potência divina, muitos deles devem ter encontrado enormes dificuldades para acertar as contas com a idéia de um Deus limitado, um Deus cujo fazer e querer estivesse de algum modo vinculado.

Em certos aspectos, a visão *ash'arita* assemelha-se ao positivismo jurídico. É um tipo de positivismo teístico, se preferirmos. Assim como o direito positivo, a lei de Deus deve ser entendida com referência ao sujeito que a emana. Além disso (segundo os *ash'aritas*), o caráter obrigatório da lei de Deus deve ser explicado com relação ao seu conteúdo e não depende sequer da nossa compreensão (como criaturas racionais) daquilo que a lei significa. A sua obrigatoriedade deve ser, antes, explicada pensando na relação que se interpõe àqueles que supostamente devam obedecer à lei e o sujeito que é reconhecido como fonte legítima do direito[21].

---

20. Ghazali, *Ihya' 'Ulum al-Din* [Reavivar as ciências da religião], Dar al-fikr, Beirut, 1975, p. 3.

21. Para uma discussão do significado e do papel do direito positivo em relação ao direito natural, ver S. Cotta, *Positive Law and Natural Law*, "Review of Metaphysics", 37 (1983), pp. 265-85. Segundo Cotta, a "positividade" do direi-

No caso do positivismo teístico de Ash'ari, o sujeito que emana a lei e a declara tal não é outro senão Deus. A relação entre o legislador e aqueles que estão sujeitos à lei é uma relação de poder. Deus é o senhor do universo e nós somos parte do seu reino, sujeitos às Suas punições. Não estamos em condições de discutir as Suas ordens ou as Suas proibições. Bem e mal, obrigatório e proibido, assim como todos os outros atributos morais, devem ser definidos referindo-se aos comandos de Deus.

O positivismo, porém, seja na variante natural e mais familiar, seja na sua variante ultraterrena que atribuímos à escola *ash'arita*, depara-se com muitas dificuldades. Nos dois casos é preciso se perguntar: "por que a escolha do legislador tem uma natureza normativa, no sentido de que é vinculante e, portanto, deve ser aceita?"[22] É difícil poder imaginar uma resposta a essa pergunta sem fazer referência ao significado da lei e à posição que assumimos em relação a ela como criaturas racionais que têm interesses.

Naturalmente, o teólogo *ash'arita* pode responder que fazemos uma pergunta herética, que não deveria ser posta em nenhuma circunstância, mas uma semelhante posição não é convincente, nem sequer para quem acredita firmemente no Islã. De fato, Deus não só explica os seus comandos e as suas proibições em muitos lugares do Alcorão, mas a interpretação *ash'arita* do significado dos termos morais fundamentais é destinada a privar de sentido muitos versículos do Alcorão. Como observa George Hourani,

> os freqüentes comandos de Deus para fazer aquilo que é justo estariam destituídos de força e seriam inúteis se quisessem somente dizer "comanda fazer aquilo que Ele comanda". Seria ainda mais difícil dar um sentido às afirmações de que Deus é

---

to está ligada ao fato de que ele é "proclamado *fatualmente*" (ibid., p. 267). Cf. as observações de Joseph Schacht sobre o direito islâmico: "do lado heterônomo e irracional do direito islâmico segue que as suas regras são válidas em virtude da sua *mera existência*, e não em virtude da sua racionalidade" (J. Schacht, *An Introduction to Islamic Law*, Clarendon Press, Oxford, 1964, p. 203, grifo meu). Nesse contexto considero quase sinônimos *fatualidade* e *mera existência*.

22. S. Cotta, op. cit., p. 276.

sempre justo para com os seus servos se se imaginasse que "justo" significa "ordenado por Deus". A única ação possível a essa altura é recorrer à transcendência do significado com referência a Deus: sempre o último refúgio do teólogo frustrado.[23]

Sejam quais forem as dificuldades filosóficas com as quais o *ash'arismo* se defronta, isso não significa que seja impossível conceber um argumento para o constitucionalismo sobre bases *ash'aritas*. Significa, ao contrário, que o constitucionalismo em questão é provavelmente literal (dominado pelo respeito da letra da escritura, que é sempre a palavra de Deus), rígido (para não correr o risco de legiferar contra os comandos de Deus) e não racionalista[24]. Sob esses aspectos, o *ash'arismo* difere do *mu'tazilismo*. Pode-se dizer presumivelmente que este último favoreça um tipo de constitucionalismo mais racionalista, menos conservador e mais iluminado, como se pode ver pela sua filosofia moral.

Segundo a caracterização de Frank, os *mu'tazilitas* julgavam que "todos os homens sãos de mente aprendem por uma intuição imediata e irredutível que certos atos [...] são moralmente obrigatórios [...] e que certas ações são moralmente nocivas"[25]. Além disso, os predicados éticos como "bem" e "mal" podem ser atribuídos às ações de maneira objetiva, ou seja, de maneira determinada pelas qualidades das próprias ações e não pelo comportamento de quem observa a ação, seja ele um ser humano ou o próprio Deus.

Para ilustrar a concepção *mu'tazilita* da moral consideramos um passo de um tardio pensador *mu'tazilita*, al-Qadi 'Abd al-Jabbar (falecido talvez em 1025). 'Abd al-Jabbar esclarece que a consciência do bem (quando existe) é suficiente para determinar a obrigação moral. Além disso, ele nega explicitamente

---

23. G. F. Hourani, *Divine Justice and Human Reason in Mu'tazilite Ethical Theology*, em R. Hovannisian (organizado por), *Ethics in Islam*, Undena Publications, Malibu (CA), 1985, p. 81.

24. Schacht preferiu falar da "irracionalidade" do direito islâmico (cf. a nota 21). Julgo porém que "não-racionalidade" seja um termo mais adequado. Não é necessário, de fato, *contrapor* à razão aquilo que não lhe pertence, coisa que, ao contrário, sugere o termo "irracionalidade".

25. R. M. Frank, op. cit., p. 205.

que bem e mal devam ser definidos em termos daquilo que a revelação comanda ou proíbe. Essa tese é defendida apresentando o exemplo dos deveres de pura devoção (como o dever de rezar em determinado modo e em determinadas horas do dia) que são conhecidos apenas graças à revelação:

> a revelação desvela apenas o caráter daqueles atos dos quais deveríamos reconhecer a bondade ou a maldade se os conhecêssemos por meio da razão; se, de fato, tivéssemos conhecido por meio da razão que a oração nos é de grande auxílio [...] deveríamos ter conhecido o seu caráter obrigatório [também] por meio da razão. Por isso dizemos que a revelação não necessita (*a yujib*) da maldade ou da bondade de qualquer coisa, mas desvela o caráter do ato indicando-o, precisamente como a razão, e distingue entre o comando do Altíssimo e o de um outro ser por meio da Sua sabedoria, que não comanda jamais aquilo que é mal comandar.[26]

A orientação intelectual com a qual os *mu'tazilitas* estudam a moral promete levar a um tipo de constitucionalismo diverso em relação àquele de tipo *ash'arita*. Para começar, a concepção *mu'tazilita* do direito é notadamente menos heterônoma do que a *ash'arita*. Segundo esta última, o direito consiste em um elenco de mandamentos divinos que não promanam da razão humana, inadequada para discuti-los. Deus, além disso, assume o papel do governante absoluto cujo poder é totalmente ilimitado e cujo juízo define o que é bem e o que é mal, o que é legal e o que é ilegal. O Deus *mu'tazilita*, ao contrário, parece muito diverso. Enquanto obedece às leis morais válidas independentemente da atitude de quem observa (ou conhece), Ele pode ser considerado um "monarca constitucional" que não está acima da lei sob nenhum aspecto.

Os *mu'tazilitas* não acreditavam apenas na racionalidade e na objetividade da moral (e das leis que devem ser justifica-

---

26. 'Abd al-Jabbar, *Al-Mughni*, organizado por A. F. al-Ahawani, al-Mu'asasa al-Misriyah li-ta'lif wa al-tarjamah, Cairo, 1962, vol. 6, parte 1, p. 64. Segui a tradução de G. F. Hourani, *The Rationalist Ethics of 'Abd al-Jabbar*, em S. M. Stern et alii (organizado por), *Islamic Philosophy and the Classical Tradition*, Bruno Cassirer, Oxford, 1972, p. 111.

das com referência a ela), mas adotavam tipicamente a doutrina da criação do Alcorão (que é a palavra de Deus). Essa doutrina, que parece singular aos olhos modernos, provocou muitas discussões durante o período *mu'tazilita* da história intelectual islâmica. Visto que é possível ler esse debate, pelo menos em parte, como um debate sobre o constitucionalismo e os limites da autoridade, pode ser útil resumir brevemente a posição tomada no seu interior pelos *mu'tazilitas*.

À época em que a questão da criação do Alcorão irrompe no cenário intelectual islâmico durante o segundo século do governo dos Abácidas (750-1258), as opiniões políticas estavam polarizadas entre aqueles que Watt chama de "bloco constitucionalista" e "bloco autocrático". Ao bloco constitucionalista pertencia também a classe nascente dos *ulemás*, juntamente com outros unidos pela crença de que "o modo de viver da comunidade islâmica fosse constituído pela revelação sobrenatural contida no Alcorão e nas Tradições [do Profeta]"[27].

Afirmar que o Alcorão foi criado não significa apenas que o Alcorão não é propriamente divino, mas que o califa (que comandava o bloco autocrático) tinha as mãos mais livres para interpretar a escritura e promulgar as leis. Significava também diminuir a autoridade da classe dos *ulemás*, que tinham muitos seguidores entre o povo simples e cujo *status* e autoridade na comunidade derivavam em parte do seu vínculo especial com a escritura (enquanto estudiosos e intérpretes). De certo ponto de vista, opor-se à doutrina da criação do Alcorão significava opor-se ao despotismo, ao poder incontrolado. Segundo a avaliação de Watt, "estava em jogo a concepção geral do califado: não como uma pessoa em particular ou família devesse governar, mas que tipo de governante fosse preciso buscar. O califa deve ser uma pessoa com o 'direito divino' de governar, e ser, portanto, a fonte primária de todo o direito no Estado? Ou deve ser apenas um homem sujeito ao direito divino contido no Alcorão e na Suna do Profeta?"[28].

---

27. W. Montgomery Watt, *The Political Attitudes of the Mu'tazilah*, "Journal of the Royal Asiatic Society" (1963), p. 44.
28. Ibid., p. 48.

Os *mu'tazilitas* estavam com o partido autocrático, e quando o apoio oficial à doutrina da criação do Alcorão desapareceu durante o reino de al-Mutawakil (falecido em 861) o destino deles foi marcado. Isso não significa, porém, uma avaliação da sua doutrina moral. Sem dúvida, de fato, a aliança dos *mu'tazilitas* com os poderes constituídos não era uma conseqüência lógica da sua doutrina, mas era a tentação à qual as elites iluminadas estiveram sempre expostas no decorrer de toda a história islâmica: não podendo acreditar na capacidade do povo de governar a si mesmo com boas leis, elas tendiam a confiar-se ao governante sábio e iluminado que possuía o poder absoluto. O poder deste governante não era sem leis ou inconstitucional, não mais do que aquele do rei-filósofo de Platão. Mas não era nem sequer "democrático".

Na realidade pode ser útil (se não for de todo anacrônico) ver a diferença entre os *ash'aritas* e os *mu'tazilitas* à luz da distinção de Elster entre os dois "lados" do constitucionalismo. Segundo Elster, um lado do constitucionalismo pode ser resumido com a frase "regras contra discricionariedade"[29]. O significado desta expressão é esclarecido pela referência à "guerra" combatida pelo constitucionalismo contra o Poder Executivo: não se deseja que os governantes tenham demasiado poder discricional no exercício do governo. Insistindo sobre leis e regras, o constitucionalismo subtrai as decisões ao reino do juízo privado individual, mesmo quando este último não visa senão o bem comum. Pode-se considerar que na sua essência a visão *ash'arita* do constitucionalismo islâmico visa limitar os poderes discricionários que os governantes seriam propensos a exercer. Os governantes são mantidos sob controle porque sobre eles se ergue, como uma constituição divina que não pode ser derrubada, a *Shari'a*.

O outro lado do constitucionalismo, segundo Elster, pode ser resumido com a expressão "regras contra paixões". Desse ponto de vista, é possível dizer que o constitucionalismo tenha combatido uma guerra não contra o Poder Executivo, mas contra o Legislativo. A idéia é aquela de garantir o bom governo,

---

29. J. Elster, op. cit., p. 6.

isolando de algum modo o processo político dos "caprichos" e das "paixões" de maiorias transitórias e talvez irresponsáveis que podem ser formadas no interior do Legislativo. Visto por essa óptica, o constitucionalismo reside na sala da Corte suprema, autorizada a julgar a constitucionalidade da legislação[30].

Ora, não se pode dizer que os *ash'aritas* representassem o partido democrático nem que os *mu'tazilitas* antecipassem a idéia de um Poder Judiciário separado. Pensar isso seria anacronístico, e não sufragado por provas. Todavia, enquanto os *ash'aritas* tiveram muitos seguidores entre o povo e enquanto representavam a oposição ao governo despótico, é possível perdoar o abandono momentâneo da distinção entre populismo e democracia. Por outro lado, não se pode negar que os *mu'tazilitas*, em muitos aspectos, representassem a "voz da razão", o Iluminismo e o progressismo que os constitucionalistas modernos procuram, às vezes, na Corte suprema. Os *mu'tazilitas* se opunham a certo tipo de conservadorismo (tradicionalismo) que, se tivesse tido um campo livre, teria podido tornar historicamente imóvel a comunidade. Certamente, não se pode considerar que os *mu'tazilitas* representassem aquele lado do constitucionalismo que controla as "paixões" das massas. Mas é plausível olhar o seu constitucionalismo como uma barreira contra a inércia, o tradicionalismo e a fraca racionalidade das massas.

Resumindo: vimos que a idéia de governo segundo a "lei" é uma parte essencial do pensamento político islâmico. A *Shari'a* é simplesmente a *lei* de Deus e é inegavelmente o cerne da fé islâmica. Além disso, a *Shari'a* pode ser vista de modo conservador e literal (o método usado pelos *ash'aritas*) ou de modo liberal e racional (a opção dos *mu'tazilitas*). As duas concepções da *Shari'a* podem conduzir ao constitucionalismo.

Restam explorar os temas, os elementos e os conceitos que podem ser reunidos sob a rubrica do constitucionalismo no sentido islâmico do termo. Ou seja, devemos nos perguntar: o que é constitucional na *Shari'a* islâmica? Qual é o seu potencial para o ulterior desenvolvimento das idéias constitucionais?

---

30. Ibid., pp. 6-7.

4. O conteúdo do constitucionalismo islâmico: a questão dos direitos

Nas páginas seguintes ater-me-ei à idéia de constitucionalismo proposta por Lane, uma idéia concisamente expressa no artigo 16 da Declaração dos Direitos do Homem e do Cidadão (1789): "uma sociedade na qual a garantia dos direitos não for assegurada, nem a separação dos poderes determinada, não tem constituição"[31].

Iniciamos com a questão dos direitos porque é mais fácil do que o problema dos diversos ramos do governo e das suas possíveis relações. Quais direitos possuem os indivíduos no Islã? Como surge o modelo islâmico dos direitos (do homem) em relação aos outros modelos?

É lugar-comum afirmar que o Islã não significa a mesma coisa para todos aqueles que o professam ou o praticam. Isso é verdade sob muitos aspectos, mas em particular o tema dos direitos se sobressai como um âmbito temático no interior do qual são possíveis interpretações da fé drasticamente diversas.

É útil pensar na variedade das interpretações possíveis em termos da antiga rivalidade entre *ash'aritas* e *mu'tazilitas*. É verdade que os adversários atuais não se vêem como os herdeiros daquela última rivalidade, mas não há dúvida de que muitos dos temas, das razões e até dos interesses contrapostos que geraram aquela antiga divisão atuem até hoje e estejam destinados com toda probabilidade a atuar também no futuro.

Como era previsto, os pensadores de orientação *ash'arita* tendem a ser literais, tradicionais e mais defensivos na sua atitude para com a modernidade, incluindo a questão dos direitos humanos. Os pensadores de orientação *mu'tazilita*, por outro lado, tendem a ser mais progressistas e mais ousados nas suas interpretações e inovações.

Para ver como são concebidos os direitos segundo o modelo *ash'arita*, consideramos os escritos de Mawdudi, um pensador islâmico muito famoso e influente. No seu *al-Khilafah wa al-Mulk* (*Califado e reino*) ele enumera nada menos do que treze

31. S. E. Finer (organizado por), *Five Constitutions: Contrasts and Comparisons*, Penguin Books, New York, 1979, p. 271.

direitos dos cidadãos contra o governo, que incluem os direitos à vida, à dignidade, à discrição e à propriedade, as garantias processuais, a igualdade perante a lei, as liberdades de opinião e de reunião e a liberdade da perseguição religiosa. Muitos ou a maioria dos direitos que ele enumera são sufragados pela referência a versículos substancialmente unívocos do Alcorão[32].

Em abstrato alguns dos direitos individuais tratados por Mawdudi são notadamente similares aos direitos citados pela Declaração Universal dos Direitos do Homem. Mas olhando para outros escritos de Mawdudi encontram-se motivos de repensamento, especialmente no que se refere às mulheres e os não-muçulmanos. Em seu *Tadwin al-Dustoor al-Islami* (*Codificação da constituição islâmica*), os direitos das mulheres são rigidamente limitados: por exemplo, a elas não é permitido participar do "Conselho consultivo" (*majlis al-shura*), segundo uma tradição profética que afirma que "um povo guiado por uma mulher não será jamais próspero"[33]. Analogamente, na obra *al-Qanun al-Islami* (*O direito islâmico*), os não-muçulmanos não usufruem dos mesmos direitos políticos dos muçulmanos (ainda que a proibição seja reconduzida à idéia de que a comunidade política islâmica é, por definição, não laica, e portanto não pode, sem contradizer a si mesma, ignorar a religião na atribuição dos direitos políticos)[34].

O mesmo espírito conservador parece presente em muitos dos modelos islâmicos dos direitos humanos que foram tornados públicos. Os documentos em questão tendem a ser cautelosos, em relação ao fato de que se dirigem potencialmente a um público internacional. Todavia, contradições, obscuridades e equívocos emergem em muitos lugares, especialmente no campo da liberdade de pensamento, do tratamento dos não-mulçumanos e dos direitos das mulheres. Por exemplo, enquanto a versão inglesa do artigo XX(a) da Declaração Universal Islâmica dos Direitos do Homem estabelece que o marido é proprietário dos meios de sustento da mulher "em caso de di-

---

32. Mawdudi, *Al-Khilafah wa al-Mulk* [Califado e reino], Dar al-Qalam, Kuwait, 1987, pp. 27-31.

33. Mawdudi, *Tadwin al-Dustoor al-Islami*, cit., p. 65.

34. Mawdudi, *Al-Qanun al-Islami wa Turuq Tanfithih*, cit., p. 47.

vórcio", a versão árabe do mesmo artigo usa a expressão "eu a repudio". Isso que a versão inglesa passa sob silêncio é, obviamente, o espinhoso problema do "direito incondicionado de repudiar" que a *Shari'a* sempre reconheceu aos homens. Além disso, a versão árabe evoca a noção de *qiwamah* (a autoridade dos homens sobre as mulheres), que, ao contrário, é totalmente omitida pela versão inglesa.

Não é esse o âmbito para discutir os modelos islâmicos dos direitos humanos, nem as circunstâncias, as pressões e os compromissos que lhes deram origem. Basta dizer que muitos conceitos não são entendidos no mesmo modo pelos islâmicos conservadores e pelos defensores dos direitos humanos que, muitas vezes, partem de uma base laica. Para o pensamento de orientação *ash'arita*, "o direito" significa simplesmente (ou deveria significar) o direito da *Shari'a*. Por isso, quando acolhe com favor a noção aparentemente moderna de "igualdade perante a lei", de fato acolhe com favor a noção não igualmente moderna de "igualdade perante a *Shari'a*". Como escreve Ann Mayer, "afirma-se que a igualdade perante a lei significa que todos os muçulmanos devem ser tratados igualmente sob a *Shari'a* e que todos os não-muçulmanos também devem ser tratados igualmente sob a *Shari'a*, mas não que muçulmanos e não-muçulmanos devem ser tratados do mesmo modo ou que devem usufruir dos mesmos direitos com base na lei"[35].

Isso não deve, porém, nos deixar cegos diante da ampla variedade de direitos e de instrumentos de tutela conhecidos pela *Shari'a*, mesmo que entendida em sentido conservador. Além dos direitos citados por Mawdudi, dever-se-ia mencionar os direitos econômicos e sociais que os indivíduos podem fazer valer contra o Estado e a sociedade no seu conjunto com base em alguns versículos bastante unívocos do Alcorão. ("[sejam salvos] aqueles cuja riqueza conhece o direito do mendigo e do desamparado" [LXX, 25]). Além disso, os indivíduos têm direitos não apenas em tempo de paz, mas também em tempo de guerra e de instabilidade, como o direito de asilo que a

35. A. E. Mayer, *Islam and Human Rights: Tradition and Politics*, Westview, Boulder (CO), 1991, p. 98.

Shari'a estende também aos infiéis ("e se algum idólatra buscar a tua proteção", concede-lhe a proteção até que os seus ouvidos não escutem as palavras de Deus e então leva-o para um lugar seguro" [IX, 6]).

É igualmente significativo que os indivíduos tenham direitos políticos, como o direito de resistir ao governante injusto em nome da tradição profética, segundo a qual "não existe obediência a uma criatura que peca contra o Criador". A Declaração Universal Islâmica dos Direitos do Homem chega a proclamar que a democracia é (pelo menos em teoria) um direito do homem. Segundo o artigo XI da Declaração, "o processo de livre consultação (*shura*) é a base da relação administrativa entre governo e povo. Os povos têm o direito de escolher e substituir os seus governantes em conformidade com este princípio".

Apesar de todas essas disposições positivas, o modelo dos direitos individuais e dos instrumentos de tutela oferecido pelos pensadores *ash'aritas* deixa muito a desejar, pelo menos do ponto de vista de quem deseja que os direitos humanos islâmicos estejam completamente de acordo com os critérios internacionais. Essa é a posição de um pensador islâmico contemporâneo como Abdullahi an-Na'im, cuja concepção da ética e cujas opiniões ousadas sobre o modo de interpretar a *Shari'a* lembram muito, para dizer o mínimo, o *mu'tazilismo*. Naturalmente, ele aceita todas as disposições não controversas contidas na *Shari'a*, mas deseja que a reforma vá além, até tornar a legislação islâmica plenamente conforme às disposições internacionais sobre os direitos humanos.

Abdullahi an-Na'im não é apenas um pensador racionalista em ética, mas é também dotado de mentalidade histórica. Na esteira de seu mestre Mahmoud Taha, ele distingue duas fases no desenvolvimento religioso do Islã. Na primeira fase (a fase da Meca), quando o Islã era ainda uma religião fraca e perseguida, ele se apresentava como uma simples mensagem espiritual que reconhecia a dignidade e a humanidade de cada pessoa sem distinção de gênero ou de credo religioso. Durante a segunda fase (a fase de Medina), ao contrário, o Islã vitorioso instituiu uma comunidade política que tinha necessidade de ser governada de um modo específico, apropriado às condições históricas ainda predominantes.

Segundo esse autor,

> se a base do direito islâmico moderno não se distanciar dos textos do Alcorão e da *Suna* que remontam ao período de Medina e que constituíram o fundamento da construção da *Shari'a*, não há como evitar drásticas e graves violações dos direitos humanos. Até quando se permanecer ligados ao quadro da *Shari'a*, não há como abolir a escravidão como instituição jurídica, nem como eliminar em todas as suas formas e nuanças as discriminações contra as mulheres e os não-muçulmanos.[36]

Com efeito an-Na'im propõe uma nova *Shari'a*, fundada sobre a mensagem islâmica originária descrita em outro lugar como "a mensagem eterna e fundamental do Islã"[37]. Para dar uma idéia do conteúdo dessa mensagem essencialmente ética e humanista, citamos os seguintes versículos de uma antiga *sura* da Meca:

> vem, falar-te-ei daquilo que o teu Senhor te proibiu: que tu não associes nada a Ele, e que tu sejas bom com os teus pais, e que tu não mates os teus filhos por causa da pobreza; Nós proveremos para ti e para eles; e que tu fiques longe de qualquer indecência exterior e interior, e que tu não mates quem Deus proibiu de matar, a não ser por justo motivo. Isto portanto te ordenou: talvez entenderás. E que tu não te aproximes da propriedade do órfão, senão na maneira mais justa, até que não tenha atingido a maioridade. E que tu preenchas a medida e a balança com justiça. Não ordenamos nada a uma alma senão aquilo de que é capaz. E quando falas com alguém sejas justo, mesmo se for o teu parente mais próximo. E honra a promessa feita a Deus. Isto Ele te ordenou; talvez lembrarás (VI, 150-151).

An-Na'im invoca um "princípio de reciprocidade" que nos ordena de não negar aos outros os direitos que, a nosso ver, nos cabem. Este princípio remete à universalidade dos direitos humanos e pode ser encontrado em todas as principais tradições religiosas, compreendendo o Islã:

---

36. A. A. an-Na'im, *Toward an Islamic Reformation: Civil Liberties, Human Rights, and International Law*, Syracuse University Press, Syracuse, 1990, p. 179.

37. Ibid., p. 52.

> existe um princípio normativo comum compartilhado por todas as principais tradições culturais que, se for interpretado de modo iluminado, é capaz de sustentar os princípios universais dos direitos humanos. É o princípio segundo o qual deve-se tratar os outros, assim como se deseja que eles nos tratem. Esta regra de ouro, a que nos referimos como princípio de reciprocidade, é compartilhada por todas as principais tradições religiosas do mundo. Além disso, a força lógica e moral dessa simples proposição pode ser facilmente apreciada por todos os seres humanos, seja qual for a sua tradição cultural ou o seu credo filosófico.[38]

Argumentando desse modo an-Na'im invoca os textos ético-humanistas do período da Meca, enquanto, ao contrário, para os textos do período de Medina, busca explicações contextuais que lhe permitem colocá-los de lado, porque são inadequados às condições modernas. Desse modo, ele chega a uma *Shari'a* "reformada" que proíbe a escravidão, reconhece a igualdade entre homem e mulher e concede plenos direitos a todos os cidadãos independentemente da afiliação religiosa.

Resumindo, podemos dizer que a *Shari'a* oferece um campo rico e variado no qual os direitos do homem podem ser fundados. Conforme a maneira de interpretar a *Shari'a* podem existir limites, graves omissões e erros que a nossa sensibilidade ética moderna não pode aceitar. Talvez não se devesse julgar a *Shari'a* (e outras tradições religiosas) demasiado severamente. Depois de tudo, não teríamos sido capazes de ter a visão de uma única humanidade cujos membros são iguais em dignidade e direitos, dotados de direitos humanos inalienáveis sem referência ao gênero, à raça ou à posição social, se não nos tivéssemos "erguido sobre os ombros" dos profetas que foram os primeiros a enunciar a igualdade de todos os seres humanos aos olhos de Deus seu Criador.

---

38. Ibid., p. 163. Não é evidente que o princípio de reciprocidade ou regra de ouro, na interpretação de an-Na'im, seja um fundamento suficiente de uma moral universal. Com efeito produz um juízo correto no caso do sádico que não deseja ser torturado, ou do assaltante que não deseja ser roubado. Mas o sadomasoquista supera a prova da reciprocidade, e assim também o assaltante que rejeita coerentemente condenar o roubo, independentemente de quem o sofre. E todavia (presumivelmente) o sadismo e o roubo são imorais.

5. O conteúdo do constitucionalismo islâmico: a separação dos poderes

Passamos agora à questão do funcionamento interno do Estado do ponto de vista da *Shari'a*. A primeira coisa a ser observada a este respeito é que a *Shari'a* (assim como foi entendida e praticada até os tempos mais recentes) não oferece uma doutrina da "separação dos poderes". Isso não deveria causar surpresa, porque a doutrina (ocidental) da separação dos poderes é, ela mesma, de origem recente; além disso, em primeiro lugar, a *Shari'a* islâmica tradicional não conhecia poderes específicos no interior do Estado que pudessem ser separados um do outro.

Naturalmente, não há razão por que os pensadores contemporâneos que se inspiram na *Shari'a* não possam aceitar o desafio de elaborar uma posição que respeite o funcionamento das diversas partes do Estado. Mas, antes de olhar ao possível cumprimento desta tarefa, e ao quadro que poderia emergir disso, pode ser útil examinar a teoria política formulada por Mawardi (falecido em 1031). Em alguns aspectos essa teoria representa a "esfera política" assim como é concebida pela *Shari'a* tradicional.

Mawardi considera (ou pelo menos parece considerar) o califado um encargo eletivo. Há desacordo sobre o número dos "eleitores", porque alguns falam da "maioria" do país, outros dizem cinco, outros ainda pelo menos um. Além disso, "a investidura ou a nomeação por parte de um predecessor é admissível e correta". Isso se baseia no precedente de Abu Beker (o primeiro califa), que nomeou ao califado Omar[39]. Salvo mencionar as qualidades que devem ter os eleitores, como a proibição, a consciência e a prudência, Mawardi não diz como eles devam ser escolhidos. Dada a importante função que os eleitores têm (ou podem ter), a ausência de discussão sobre o modo de escolhê-los não é uma omissão de pouca importância.

A obediência ao califado não é um dever absoluto e incondicionado dos súditos. Na realidade, são duas as circuns-

---

39. Mawardi, *The Ordinances of Government* [*Al-Ahkam al-sultaniyya wa al-wilayat al-diniyyah*], trad. ingl. de W. H. Wahba, Garnet, Reading, 1996, p. 9.

tâncias nas quais o califado pode perder o seu título: falta de justiça e incapacidade física. "Um governante que venha a perder o seu título por esses motivos deve abandonar o seu cargo e não pode ser aí recolocado, quando tiver readquirido a probidade, sem uma nova nomeação."[40] Mas, ainda uma vez, Mawardi não enfrenta o problema de quem estabelece, e com qual procedimento, se o governante tenha se tornado ilegítimo por falta de justiça ou por outro motivo. Segundo Bernard Lewis, esta é "a pergunta crucial que poderia ser posta por um constitucionalista moderno"[41].

A observação de Lewis chama a atenção sobre o tipo de constituição, admitindo que exista, que um regime fundado sobre a *Shari'a* pode ter. Nas últimas décadas, os pensadores islâmicos começaram a discutir este assunto depois de ter aprendido a lição de que um Estado islâmico moderno, como os outros Estados modernos, deve ter poderes diversos (separados): o Executivo, o Legislativo e o Judiciário, além de diversos tipos de leis (constitucionais, penais, administrativas, públicas etc.).

O interesse pela estrutura e o funcionamento interno do Estado adquiriu um grau considerável de maturidade nas teorias e nas propostas dos pensadores islâmicos que levaram a sério o problema da democracia (o governo popular). Os mais conhecidos pensadores são provavelmente Ghannouchi, Turabi, Mawdudi e Khatami.

Mawdudi pode ser mencionado a este respeito, apesar do seu conservadorismo, porque nos apresenta uma discussão clara desses temas. Em *Tadwin al-Dustoor al-Islami* (*Codificação da constituição islâmica*), Mawdudi reconhece a existência de uma constituição islâmica "não escrita" e em *al-Qanun al-Islami* (*O direito islâmico*) descreve as várias leis (constitucionais ou de diverso tipo) que os legisladores islâmicos devem emanar.

Abrindo caminho à discussão sobre o significado e sobre o papel do Parlamento ("Assembléia Legislativa") no regime islâmico, Mawdudi (juntamente com outros pensadores islâmicos) realiza uma opção decisiva a favor de um governo po-

---

40. Ibid., p. 17.

41. B. Lewis, *The Political Language of Islam*, University of Chicago Press, Chicago, 1988, p. 94.

pular, no qual o povo elege livremente quem o representa. Essa escolha é precedida por algumas pias observações, das quais não é preciso tratar neste âmbito[42], sobre a "soberania" que permanece em Deus (e somente em Deus), ao passo que o povo (como um todo) age como "vigário":

> o Alcorão estabelece que o califado [...] não é um direito que cabe a um indivíduo, a uma família ou a uma classe. É um direito que pertence a todos aqueles que reconhecem a soberania divina e crêem na supremacia da lei divina. [...] Esta característica torna democrático o califado islâmico, ao contrário do cesarismo, do papismo ou da teocracia conhecidas no Ocidente. É preciso também reconhecer que o sistema que é chamado de democracia no Ocidente não permite ao povo ser soberano. O nosso sistema democrático [islâmico], que chamamos "califado", permite ao povo ser o vigário de Deus, reservando a soberania somente a Deus.[43]

Mawdudi não é o único a optar pelo método do governo democrático. Posições similares foram assumidas por Ghannouchi e Turabi. Uma vez reconhecido o direito do povo de eleger o califa, não é preciso muito para reconhecer o direito do povo de eleger "representantes" que dêem voz aos interesses do povo e vigiem o Poder Executivo detido pelo califa e pelos seus funcionários.

Tendo de acertar as contas com dois órgãos do Estado, surge imediatamente o problema das relações entre eles. Adaptando uma expressão antiga ao uso moderno, Mawdudi refere-se freqüentemente aos membros do Parlamento como "àqueles que ligam e desligam" (*ahl al-hal wa al-'aqd*) e põe o problema

42. Discuti em outra passagem o conflito hipotético entre "soberania divina" e "soberania popular". Este é um terreno comum (quase o único) entre leigos e islâmicos conservadores que, cada um por suas diversas razões, querem manter o Islã separado da democracia. Cf. R. Bahlul, *Hukm Allah, Hukm al-Sha'b: hawla al-'Alaqah baina al-Dimoqratiyya wa al-'Ilmaniyya* [Soberania divina, soberania popular: sobre a relação entre democracia e laicidade], Dar al-Shuruq, Amman, 2000, pp. 24-6, 42-8; id., *People vs. God: the Logic of 'Divine Sovereignty' in Islamic Democratic Discourse*, "Islam and Muslim-Christian Relations", 11 (2000), 3, pp. 287-97.

43. Mawdudi, *Tadwin al-Dustoor al-Islami*, cit., p. 25.

da posição que eles ocupam, ou seja, se devam ser simples consulentes do califa ou se este último esteja "ligado" pelas suas próprias decisões. A sua resposta é que "não temos outra escolha a não ser sujeitar o poder executivo às decisões da maioria do conselho legislativo"[44].

Se o poder executivo deve estar sujeito à autoridade do Parlamento (ou do conselho legislativo), não é o problema mais interessante entre aqueles levantados pelas discussões sobre o constitucionalismo islâmico. A maioria dos "democratas islâmicos", se assim podemos chamá-los, respondem afirmativamente a essa pergunta e depois passam a discutir um outro tema mais sério e (para nós) mais interessante: o tema dos limites do poder legislativo.

Com essa pergunta chegamos finalmente ao ponto em que os constitucionalistas ocidentais (ou pelo menos alguns) olham nos olhos dos constitucionalistas islâmicos. Nos dois casos emerge a preocupação de que o poder legislativo possa aprovar uma lei que não seja reta ou justa.

Já mencionamos a tese de Elster, segundo a qual o constitucionalismo combate uma "guerra em duas frentes", contra o poder executivo, que pode pretender uma discricionariedade excessiva no interesse de um governo eficiente, e contra o poder legislativo, que pode expressar maiorias opressivas ou incongruentes. O medo maior dos constitucionalistas (e dos democratas) islâmicos é que o legislativo possa aprovar uma lei contrária à *Shari'a*. Por esse motivo muitos deles rejeitam friamente a idéia de uma "soberania popular ilimitada". Isso pode ser mostrado pelos escritos de Ghannouchi e de Turabi. Para o primeiro, "no Alcorão está escrito: fiéis, obedecei a Deus, e obedecei ao Mensageiro e àqueles que tem autoridade acima de vós" (IV, 59) [...] [este versículo] indica claramente o centro da autoridade suprema na vida dos mulçumanos [...] depois deste vem o poder exercido pelo povo. O âmbito legítimo desse poder não viola a lei divina como se pode encontrar no Alcorão e nas Tradições do Mensageiro"[45].

---

44. Ibid., p. 38.

45. R. Ghannouchi, *al-Hurriyat al-'Ammah fi al-Dawlah al-Islamiyya* [As liberdades públicas no Estado islâmico], Markaz Dirasat al-Wihdah al-Arabiyyah, Beirut, 1993, p. 119.

Turabi, de sua parte, escreve que "naturalmente no Islã não há lugar para um governo popular separado da Fé [...] no Islã democracia não significa poder popular absoluto, mas poder popular conforme à *Shari'a*"[46].

Freqüentemente os árabes laicos, que se consideram defensores da democracia, não parecem sentir a necessidade de submeter a limites constitucionais o poder da Assembléia Legislativa. Não conseguem distinguir a democracia pura e simples, que pode degenerar no populismo ou na anarquia, da democracia constitucional que (presumivelmente) tem intrínsecas proteções em relação a tais degenerações. Aos seus olhos, os limites postos por Ghannouchi e Turabi ao poder legislativo são uma violação da democracia e são também assumidos como prova do caráter ilegítimo da aspiração islâmica à democracia.

Não discutiremos aqui as várias concepções da democracia em relação ao laicismo, pois o nosso interesse principal neste âmbito é o constitucionalismo (direi mais alguma coisa sobre este assunto no parágrafo conclusivo). É preciso, ao contrário, concentrar a atenção sobre o significado das restrições que os democratas islâmicos querem impor ao poder legislativo.

Ora, é bastante óbvia a necessidade de um órgão que controle a legislação proposta e aprovada pelo poder legislativo. O modo mais natural de conceitualizar essa função é pensar em um terceiro poder do Estado, o poder judiciário, que inclui uma Corte Suprema encarregada da tarefa de decidir as questões constitucionais. Este é o ponto em que os críticos começam a entrever ameaças ao próprio conceito de democracia. Este é também o ponto em que o constitucionalismo islâmico deve mover-se com cautela para não incorrer nesta acusação.

É instrutivo o modo em que esse problema é enfrentado pela constituição da República islâmica do Irã. Essa constituição representa provavelmente a primeira tentativa nunca realizada de escrever uma constituição detalhada e funcional de um ponto de vista islâmico. Eis alguns artigos relevantes:[47]

46. H. Turabi, op. cit., pp. 63-4, 67.

47. A. Blaustein, G. Flanz (organizado por), *Constitutions of the World*, Oceana, Dobbs Ferry, 1986.

> Artigo 4: "todas as leis e os regulamentos civis, penais, financeiros, administrativos, culturais, militares e políticos, e qualquer outra lei ou regulamento, devem estar fundados sobre os princípios islâmicos. Este princípio prevalece em geral sobre todos os outros princípios da constituição, como também sobre qualquer lei ou regulamento. Qualquer juízo sobre este ponto cabe aos membros religiosos do Conselho dos Guardiões".
>
> Artigo 72: "A Assembléia consultiva islâmica não pode aprovar leis contrárias aos fundamentos (*usul*) e aos juízos (*ahkam*) da religião oficial do país, ou à constituição. É dever do Conselho dos guardiões averiguar as violações em conformidade com o artigo 96."
>
> Artigo 96: "a conformidade da legislação aprovada pela Assembléia consultiva islâmica às leis do Islã é averiguada pela maioria dos *fuqaha'* do Conselho dos guardiões".

O Conselho dos guardiões não é um órgão eletivo. Os seis membros religiosos são nomeados pelo Guia espiritual, ao passo que os outros seis membros são nomeados pelo chefe do poder judiciário, por sua vez, nomeado pelo Guia. Isso induz Mayer a afirmar que "conseqüentemente, nem sequer as garantias dos direitos constitucionais podem valer se o clero [...] decidir que tais garantias não estão baseadas sobre os princípios islâmicos"[48].

A essa altura os constitucionalistas islâmicos encontram-se diante de problemas que, com toda honestidade, não podem ser considerados radicalmente diversos daqueles discutidos pelos pensadores ocidentais contemporâneos. Se, de fato, os pensadores islâmicos devessem sujeitar completamente a Corte suprema ou o "conselho dos guardiões" (ou qualquer outro órgão investido da tarefa de decidir as questões constitucionais) à vontade do legislativo, isso faria pender a balança para o lado deste último com todos os temores conseqüentes em relação a um opressivo, obscurantista, obstinado governo da maioria. Se, porém, ao contrário, o "conselho dos guardiões" se tornasse totalmente independente da vontade popular, a democracia não viria com isso a perder o seu próprio significado, que é o "governo por parte do povo"?

---

48. A. E. Mayer, op. cit., p. 37.

Não existem soluções fáceis, óbvias ou perfeitas para estes problemas, que são longamente discutidos por Mawdudi em *Tadwin al-Dustoor al-Islami*. É instrutivo acompanhar o seu raciocínio porque é representativo dos ideais que animam muitos pensadores islâmicos. Ele parte de uma reflexão sobre a "época áurea" islâmica, o período dos califas "bem guiados" (*al-khulafa'u al-rashidun*). Naquela época, o califa podia governar três órgãos diversos: o califado, os juízes e *ahl al-hal wa al-'aqd* (Mawdudi parece considerá-los protótipos islâmicos dos modernos poderes do Estado). O motivo é que os homens que viviam então eram de um tipo especial: os califas eram (como o seu nome sugere) "bem guiados" (por Deus, naturalmente) e "aqueles que ligam e desligam" não eram políticos comuns: eram sábios, verdadeiros, dignos de fé, bem qualificados e se distinguiam por serviços prestados ao Islã.

Mawdudi não encontra nenhum precedente, no período dos califas "bem guiados", em que juízes tivessem anulado decisões tomadas por *ahl al-hal wa al-'aqd*. Mas, para Mawdudi, a razão é que os membros deste último grupo (guiado pelo califa) eram homens de grande sabedoria. Eram absolutamente incapazes de aprovar leis contrárias ao Alcorão e ao exemplo do Profeta[49]. Além disso, durante esse período, os pareceres dados ao califa por *ahl al-hal wa al-'aqd* não eram sempre vinculantes. O primeiro califa fez guerra aos apóstatas (*al-murtaddin*) contra o parecer deles. O califa era muito sábio e os seus companheiros tinham fé no seu bom julgamento, e assim tudo caminhava para melhor[50].

Mawdudi admite que a época áurea da "virtude cívica" islâmica acabou para sempre e que tempos diversos exigem métodos diversos. Ela permanece, porém, claramente com o seu ideal. Se este ideal não pode se realizar, ele auspicia o recurso ao plebiscito no caso de um conflito insolúvel entre o legislativo e o executivo[51]. É claro ainda que a opinião pública, guiada e articulada por *ahl al-hal wa al-'aqd*, tem um peso considerável para Mawdudi. *Ahl al-hal wa al-'aqd*, que desempenham uma

49. Mawdudi, *Tadwin al-Dustoor al-Islami*, cit., p. 35.
50. Ibid., p. 37.
51. Ibid., p. 38.

função vital nos assuntos públicos da comunidade, se distinguem principalmente porque estão com o povo na comunidade. A estima de que usufruem não deriva da riqueza ou da posição que herdaram, mas da coragem, da sabedoria, da dedicação ao Islã e do serviço público prestado à comunidade.

De certo ponto de vista, a posição de Mawdudi lança luz sobre os problemas fundamentais que o constitucionalismo islâmico procura enfrentar. De um lado, o constitucionalismo islâmico se preocupa no sentido de que nem o executivo nem o legislativo possam realizar atos contrários à *Shari'a*. Todavia, existe certa relutância em pôr toda a autoridade nas mãos de uma só pessoa ou órgão, uma relutância testemunhada pela vontade de que o poder de decidir seja "devolvido" à comunidade, guiada por *ahl al-hal wa al-'aqd* que possuem a "virtude cívica" islâmica.

6. Observações conclusivas: nenhum espaço para a laicidade

O escopo destas observações finais é tirar conclusões e enfrentar algumas perguntas sem resposta. O constitucionalismo, a democracia e a separação dos poderes estão, conceitual e praticamente, em estrita relação entre si. No Ocidente, todos esses elementos surgiram no contexto da laicidade que (como alguns afirmaram) é o pressuposto de todos os três. Visto que todos (ou quase todos) os pensadores islâmicos rejeitam firmemente a laicidade, surge o problema acerca da possibilidade de se falar simultaneamente de Islã, constitucionalismo e democracia.

Como o regime islâmico pode ser democrático, se não é laico? A democracia exige que os cidadãos tenham iguais direitos políticos, mas é um desafio à credulidade pensar que o chefe de um Estado islâmico possa ser cristão, judeu ou ateu. Por isso o Islã é incompatível com a democracia. Por outro lado, o constitucionalismo exige a democracia, porque é difícil pensar que os direitos possam ser protegidos e que o governo possa ser mantido sob controle se o regime político não é democrático. Portanto, o constitucionalismo pressupõe a democracia e a democracia pressupõe a laicidade, o que significa que também o constitucionalismo pressupõe a laicidade. Disso resulta que o Islã é incompatível tanto com a democracia quanto com o constitucionalismo.

Evidentemente, a laicidade é o cerne desse problema. Se não se encontrar uma maneira de pôr de lado a laicidade, apresentando-a como apenas contingentemente ligada à democracia e ao constitucionalismo, torna-se impossível fazer combinar o Islã com um ou outro desses elementos. Vejamos como alguns democratas islâmicos contemporâneos propõem enfrentar esse problema.

Em poucas palavras, o movimento lógico fundamental proposto por alguns democratas islâmicos consiste em ver a democracia como uma "doutrina processual", um método para distribuir, compartilhar e administrar o poder político. Este modo de ver a democracia encontrou uma expressão clássica nas palavras de Joseph Schumpeter: "a democracia é um método político, ou seja, certo tipo de ordem institucional para chegar a decisões políticas – legislativas e administrativas – e por isso não pode ser um fim em si, independente das decisões que produz em condições históricas dadas"[52].

Segundo a definição de Schumpeter, a democracia é imparcial em relação aos fins e aos valores que podem prevalecer em uma dada sociedade, em relação àquilo que Ghannouchi chama

> o ambiente cultural em que a democracia pode atuar: é possível que os mecanismos da democracia [...] atuem em ambientes culturais diversos [...] a laicidade, o nacionalismo [...] e a deificação do homem [...] não são conseqüências inevitáveis da democracia, enquanto esta última se resolve na soberania popular, na igualdade dos cidadãos [...] [e] no reconhecimento à maioria do direito de governar. Não existe nada nestes procedimentos que esteja necessariamente em conflito com os valores islâmicos.[53]

---

52. J. A. Schumpeter, *Capitalism, Socialism and Democracy*, Allen and Unwin, London, 1954, p. 242.

53. R. Ghannouchi, *al-Hurriyat al-'Ammah fi al-Dawlah al-Islamiyya*, cit., p. 88.

O movimento conceitualmente inovador realizado por Ghannouchi e por outros, como Khatami[54], consiste na tese de que a democracia como tal está ligada de maneira apenas contingente com a detestada doutrina da laicidade. Democracia significa soberania popular, igualdade política, governo representativo e regra de maioria. Nenhuma dessas expressões se lê como laicidade. Não subsiste, por isso, para o Islã, a exigência de rejeitar a democracia.

Considerando que uma sociedade islâmica queira viver de maneira islâmica, Ghannouchi acolhe favoravelmente as eleições livres. A sua atitude em relação ao pluralismo político, a competição entre os partidos, os debates parlamentares e outros aspectos da práxis democrática é igualmente favorável. Ele imagina de fato que a competição, a oposição e o debate se desenvolvam todos dentro dos limites estabelecidos por um consenso nacional sobre uma constituição islâmica. Se e quando este consenso se forma, podem existir grupos de pessoas que ficam fora dele, incapazes de aceitar os pressupostos e os valores fundamentais que devem governar a estrutura social. Ghannouchi não pede para suprimir esses grupos. Conta com o fato de que "a sociedade civil fará com que esses grupos permaneçam marginais, [de modo que] não haja necessidade de recorrer ao poder público [para 'controlá-los']"[55].

Que o pluralismo e a oposição (tão típicos da práxis democrática na acepção comum) tenham lugar no quadro de um consenso constitucional basilar não é uma intuição original dos autores islâmicos que se empenharam no estudo dos pressupostos da democracia. Muitos escritores políticos ocidentais o reconhecem. Segundo Esposito e Voll

> no comum pensamento político ocidental moderno, a oposição aceitável em um sistema democrático está estritamente ligada ao conceito de um governo constitucional em que existe um consenso fundamental de partida sobre as "regras do jogo" po-

---

54. M. Khatami, *Mutala'at fi al-Din wal-Islam wal-'Asr* [Escritos sobre a religião, o Islã e os tempos], Dar al-Jadid, Beirut, 1998, p. 103.

55. R. Ghannouchi, *al-Hurriyat al-'Ammah fi al-Dawlah al-Islamiyya*, cit., p. 295.

lítico. A oposição é o desacordo legítimo sobre particulares políticas de alguns líderes específicos no interior do quadro unanimemente aceito dos princípios de uma constituição, escrita ou fundada sobre uma práxis de longo período.[56]

Esse é um ponto sobre o qual os pensadores islâmicos podem concordar sem reservas. No caso deles, porém, a constituição deriva dos princípios fundamentais da fé. Isso é totalmente evidente no caso de Turabi, que entende claramente a lógica do "governo e da oposição leal", como é praticada na democracia ocidental:

> esse consenso sobre os fundamentos [...], à luz dos quais as específicas políticas podem ser discutidas, é uma condição da estabilidade de todos os sistemas democráticos. Este é o modo em que as democracias ocidentais obtiveram a sua estabilidade: o povo, através de um processo de desenvolvimento político e cultural, alcançou, enfim, um consenso sobre os fundamentos e conseguiu isolar as matérias sujeitas à consulta e ao debate parlamentar. [Por isso] quando olhamos os debates partidários nos países democráticos ocidentais achamos que eles têm lugar dentro de uma moldura [constitucional] preestabelecida. Por exemplo, o desacordo entre laburistas e conservadores na Grã-Bretanha é muito limitado, e assim também o desacordo entre os partidos democrata e republicano nos Estados Unidos.[57]

Esse é, portanto, o "ponto de vista" islâmico da democracia. Os democratas islâmicos propõem libertar a democracia do laicismo, tomar a primeira e deixar o segundo. Esta proposta contribui também para resolver (ou atenuar) o (possível) conflito entre Islã e constitucionalismo.

Movendo-se no plano do Islamismo um democrata islâmico pode seguir o caminho indicado por an-Na'im, ou seja, aceitar todas as declarações internacionais que têm a ver com os direitos do homem. Um democrata islâmico desse tipo deve esperar muitas críticas provenientes de outros ambientes islâ-

---

56. J. L. Esposito, J. Voll, *Islam and Democracy*, Oxford University Press, Oxford, 1996, p. 36.
57. H. Turabi, op. cit., p. 68.

micos: para os quais a observância de todas as declarações internacionais dos direitos humanos está destinada a diluir o Islã, até torná-lo irreconhecível e a aceitação dessas declarações é apenas um modo educado de rejeitar totalmente o Islã.

Seja como for, para os democratas islâmicos é possível insistir sobre concepções dos direitos culturalmente mais específicas, rejeitando a laicidade em nome de argumentos filosóficos independentes. Muitos filósofos sustentaram e continuaram a sustentar que a universalidade dos direitos humanos é uma ficção. Segundo Richard Rorty, por exemplo, não existe uma "fundação" universal dos direitos humanos: nem a regra de reciprocidade de an-Na'im nem o imperativo categórico de Kant nem a racionalidade de Platão. Tudo se reduz a fatos sociais: "nada de relevante para a escolha moral separa os seres humanos dos animais, exceto alguns fatos historicamente contingentes, fatos culturais"[58]. Essa concepção da moral é compartilhada por Michael Walzer, segundo o qual

> não podemos dizer o que seja devido a esta ou àquela pessoa até que não soubermos como se relacionam entre si por meio das coisas que criam e distribuem [...] Uma determinada sociedade é justa se os seus aspectos essenciais forem vividos de certo modo, vale dizer, de modo fiel às concepções coletivas dos seus membros [...] Qualquer concepção conteudista da justiça distributiva é uma descrição circunstanciada.[59]

No que se refere (a alguns) pensadores islâmicos, o laicismo (e outros valores "modernos" a ele associados, como o racionalismo, o utilitarismo, a fé na ciência etc.) é uma filosofia, uma dentre tantas escolhas: uma filosofia segundo a qual a religião não é uma boa "maneira" (não é a maneira "justa") de ordenar a sociedade. O Islã é um outro tipo de filosofia. Cada uma tem a sua visão da vida humana, dos direitos e dos deveres.

Se os direitos e os deveres (pelo menos em certa medida) são social e culturalmente específicos, se não possuímos argu-

---

58. R. Rorty, *Human Rights, Rationality and Sentimentality*, em id., *Truth and Progress*, Cambridge University Press, Cambridge, 1994, p. 170.

59. M. Walzer, *Spheres of Justice*, Blackwell, Oxford, 1983, pp. 312-3, 314.

mentos aceitos universalmente em favor dos direitos e dos instrumentos de tutela cabíveis aos seres humanos: se é assim, então cabe à razão pensar que o constitucionalismo é (ou pode ser) realizado diferentemente em sociedades diferentes, conforme a concepção dos direitos e dos deveres compartilhada a cada vez. Tudo isso poderia, talvez, abrir o caminho para determinado tipo de constitucionalismo – chamemos isso de constitucionalismo islâmico – que em alguns aspectos é diverso e em outros é semelhante ao constitucionalismo ocidental.

O "governo da lei" nos limites da ética islâmica

O caso egípcio

Por Baudouin Dupret

1. Introdução

Neste ensaio gostaria de tratar a questão dos limites que podem ser impostos ao direito invocando a lei moral no atual contexto judiciário egípcio.

Na tradição filosófico-jurídica ocidental, a afirmação da natureza social e não metafísica das normas permitiu concebê-las como fatos positivos. Partindo desta avaliação, as normas morais e aquelas jurídicas foram diferenciadas entre si. Isso pode ser considerado um dos princípios fundamentais sobre o qual foi construído o direito moderno. Austin, por exemplo, distingue o direito em relação aos outros ordenamentos normativos, porque esse é instituído pelo comando de uma autoridade legítima de fato, que tem o poder de impor sanções. Essa teoria é destinada a substituir o valor da transcendência por um princípio de previsibilidade e de modificabilidade. Por isso Herbert Hart, o maior expoente daquilo que foi chamado "positivo moderado", afirma que não há razão necessária para considerar que as regras jurídicas reflitam ou correspondam a instâncias morais, mesmo que isso possa ocorrer[1]. Está em jogo a inexistência de uma relação necessária entre direito e moral. Ao contrário, Ronald Dworkin critica energicamente a concepção

---

1. H. L. A., Hart, *The Concept of Law*, Oxford University Press, Oxford, 1961, p. 224.

de Hart[2], porque ela descura o fato de que o direito não é um mero sistema de regras, mas uma combinação de regras e princípios. Segundo Dworkin, existem máximas jurídicas gerais e fundamentais que orientam a decisão do juiz, mesmo não sendo regras propriamente ditas. Os princípios não são todavia unívocos; estão sujeitos a um processo interpretativo que deve avaliar o seu peso e a sua adequação às diversas situações.

Segundo Dworkin, é possível fazer novamente da moral um componente principal do fenômeno jurídico. Essa perspectiva, porém, nos põe diante de uma questão fundamental. Dworkin, de fato, considera que o juiz age como se houvesse uma solução correta na qual os princípios emolduram as regras, mas não nos diz de que maneira esses princípios são constituídos, mobilizados e caracterizados. Por esse motivo, não há necessidade de uma fundamentação muito mais pragmática do problema.

A hipótese sociológica, segundo a qual as normas são assimiladas e expressas em condutas automáticas e inconscientes, não explica como as pessoas percebem e interpretam o mundo, reconhecem aquilo que é familiar e constroem aquilo que é aceitável[3]. Ao contrário, a teoria pragmática parte da idéia de que as normas, e as normas morais em particular, sejam um fenômeno coletivo que não tem nenhum significado a não ser na sua construção e explicação pública. O significado é algo construído *in situ* pelas pessoas e é atribuído de modo que dê ao seu objeto a dimensão de algo que é típico, uniforme e permutável[4]. A ordem moral é, portanto, aquilo que é considerado verdadeiro e justo em determinado contexto. Isso significa que a práxis cria as normas, e não o contrário. As normas morais usufruem daquilo que se poderia chamar de um *status* de indiscutibilidade porque se supõe que sejam conhecidas e correspondam às expectativas de muitos atores em determina-

---

2. R. M. Dworkin, *A Matter of Principle*, Harvard University Press, Cambridge (Mass.), 1985.

3. A. Coulon, *Harold Garfinkel, présentation*, em K. M. Van Meter (organizado por), *La sociologie*, Larousse, Paris, 1994, p. 648.

4. R. Watson, *Ethnomethodology, Consciousness and Self*, "Journal of Consciousness Studies", 5 (1998), 2, p. 215.

do contexto: elas exprimem aquilo que se considera que todos saibam e contêm "pias alusões a uma suposta, profunda, preexistente moral comum [...e] projetam a versão normativa da realidade em um estado de aceitação pública"[5]. Isso é tornado possível pela ação de estruturas institucionais e por linguagens como o direito.

Direito e moral encontram-se em uma relação muito intricada: não confluem um na outra, mas não podem nem sequer ser considerados totalmente autônomos um da outra. O direito deve por isso ser formulado nos termos não codificados daquilo que é moralmente aceitável. Aqui é possível observar o surgimento de noções como ordem pública, bom costume, boa-fé, natureza das coisas, além de princípios jurídicos que atuam no trabalho do juiz. Uma das teses principais desse ensaio é que a normativa islâmica (*Shari'a*) constitui um conjunto de tais noções e princípios morais.

A principal característica do recurso à ordem moral é que este, enquanto postulado e não deduzido, atribui um papel determinante a uma norma que não pode ser criticada. Este ensaio pretende descrever quais restrições são impostas ao direito em nome da moral no contexto egípcio. Em primeiro lugar, descreverei de que modo foi instituído um novo sistema jurídico e judiciário através de um processo de codificação e de importação da tecnologia jurídica no qual a *Shari'a* se fragmentou, de um lado, em rígidas normas jurídicas, de outro, em enfáticos princípios morais. Em segundo lugar, pretendo mostrar como os princípios morais são invocados para condicionar e vincular a aplicação do direito e impedir a sua abertura a uma multiplicidade de significados e soluções. Mostrarei, em geral, como a moral, incluindo a *Shari'a*, se torna uma das maneiras principais de participar do poder e de plasmar a esfera pública. Em conclusão, sublinharei o fato de que, embora esta moral possua uma natureza jurídica heterônoma no sentido de que o direito encontra sempre fora de si os meios para resolver os casos difíceis, cabe aos operadores públicos profissionais interpretar o

---

5. S. F. Moore, *Introduction: Moralizing States and the Ethnography of the Present*, em S. F. Moore (organizado por), *Moralizing States and the Ethnography of the Present*, American Anthropological Association, Arlington, 1993, pp. 1-2.

conteúdo destes princípios morais, com o resultado de que eles têm a última palavra para a sua definição e aplicação.

É preciso notar que neste ensaio não discuto, por várias razões, a relação entre direito e moral no mundo islâmico como tal. Antes de tudo, tenho muitas dúvidas sobre a existência de um mundo islâmico como tal. Em conformidade com a posição bastante anticulturalista adotada neste ensaio, o caso egípcio não é um exemplo excepcional nem paradigmático de uma concepção especificamente islâmica do "governo da lei" e da relação entre direito e moral. A meu ver, não se pode deixar de notar a persistência de uma fundamentação que reporta a uma área, em vez de certo número de disciplinas, o conhecimento das sociedades em que o Islã está presente como religião. Essa posição indica simplesmente uma prioridade no modo de pôr uma questão: se se deseja evitar a armadilha da especialização "geográfica", é imperioso retomar a prioridade da ciência sobre as particularidades locais, porque não existe nem pode existir uma ciência do local. Gostaria de sublinhar a possibilidade de descrever certos aspectos da dinâmica atual das sociedades árabe-islâmicas sem recorrer a referências específicas. Espero também mostrar que a universalidade dos esquemas de referência cognitiva à disposição do pesquisador corresponde à universalidade dos esquemas de referência cognitivos à disposição dos protagonistas[6].

Existe um segundo motivo. Uma das principais teses desse ensaio é que aquilo que se costuma chamar *Shari'a* é moral e que o problema de aplicar o modelo do "governo da lei" no Egito é difícil não porque se situa em um contexto árabe ou islâmico, mas porque no contexto egípcio está presente uma tensão na relação entre direito e moral. Em si mesma, essa tensão não é específica do Egito. Visto que o direito egípcio foi edificado segundo o modelo do "direito moderno" em geral e dos sistemas de *civil law* em particular, ele reflete algumas tensões

6. B. Dupret, J. N. Ferrié, *For intérieur et ordre public: ou comment la problématique de l'Aufklärung peut permettre de décrire un débat égyptien*, em G. Boëtsch, B. Dupret, J. N. Ferrié (organizado por), *Droits et sociétés dans le monde arabe. Perspectives socio-anthropologiques*, Presses de l'Université d'Aix-Marseille, Aix-en-Provence, 1997.

típicas deste modelo, como a tensão gerada pela relação (negada, mas efetiva) entre direito e moral. Por esse motivo, discuto essa relação neste ensaio, de modo geral e em nível teórico, seja ela concebida ou não pelos juristas e pelos sociólogos ocidentais. Em suma, se a situação egípcia é um exemplo de algo, este algo consiste em uma difícil relação entre direito e moral que influi diretamente na realização do "Estado de Direito". Por esse motivo, o caso egípcio merece ser examinado: não porque exprimiria uma concepção islâmica do "Estado de Direito", mas porque reflete (talvez de maneira patológica) o fato de que a noção de "Estado de Direito" é em grande parte determinada por um conjunto complexo de nexos entre a dimensão jurídica e a dimensão moral da norma.

Antes de tentar descrever de que maneira a moral vincula o direito no contexto egípcio atual, deter-me-ei brevemente sobre algumas das principais mudanças experimentadas pelo ordenamento jurídico e judiciário nos últimos dois séculos, colocando assim a separação formal de direito e moral e a evolução da *Shari'a* (isto é, o direito islâmico) no seu contexto histórico.

2. As importações jurídicas e a implosão da *Shari'a* no Egito

Se é verdade, como observa Nathan Brown, que o direito egípcio contemporâneo não pode ser considerado mero instrumento do domínio imperialista; se é verdade que o papel das elites egípcias não deve ser subestimado, se se deseja entender o modo pelo qual o sistema jurídico foi desenhado para permitir a construção de um Estado e mais tarde os seus esforços de se libertar do domínio imperialista[7], é igualmente verdade que o ordenamento jurídico, assim como podemos observá-lo hoje, é sobretudo o produto de uma importação cujos efeitos precisam ser avaliados. Antes é necessário descrever brevemente as principais mudanças jurídicas ocorridas nos últimos dois séculos e depois é preciso pôr-se três perguntas: por

7. N. J. Brown, *Law and Imperialism: Egypt in Comparative Perspective*, "Law & Society Review", 29 (1995), 1, pp. 103-25.

que as elites egípcias se voltaram para o direito francês? Em que medida a importação do direito francês transferiu para o direito egípcio todos os postulados e princípios jurídicos operantes no primeiro? É possível observar uma transformação do assim chamado direito islâmico durante esse período?

O momento exato do ingresso do Egito na família jurídica francesa pode ser colocado em 1876 (instituição de tribunais mistos com os próprios códigos) e em 1883 (instituição de tribunais nacionais com os próprios códigos). Lord Cromer, cônsul britânico no Egito, acusava esses novos códigos de não serem suficientemente egípcios. Isso era o resultado de um longo processo iniciado no final do século XVIII[8]. Todo o século XIX viu os vários governadores, vice-reis e *khedive* otomanos lutar para conferir ao ordenamento jurídico e judiciário uma marca "moderna", ou seja, principalmente ocidental[9]. Em menos de um século, a jurisdição do *qadi*, integrada por um sistema de aplicação coercitiva do direito por parte do Executivo, transformou-se gradualmente "em um tipo de justiça muito mais complexo e sofisticado, administrado por um poder judiciário verdadeiro e próprio"[10], antes de ser substituído por um sistema de tribunais de tipo francês. Na fase inicial do processo, justiça e administração se confundiam. Estava em jogo a fundação dos pilares da administração e disso resultou a instituição de órgãos conciliares. Em uma segunda fase sentiu-se a necessidade de especialização e foram instituídos órgãos especializados para a aplicação do direito. Nesse meio tempo "o processo diante dos novos conselhos se desenvolveu por um tratamento puramente burocrático dos casos com um procedimento simi-

---

8. J. Goldberg, *Réception du droit français sous les Britanniques en Égypte: un paradoxe?*, "Egypte-Monde arabe", 34 (1998), pp. 67-79.

9. E. Hill, *Al-Sanhuri and Islamic Law*, "Cairo Papers in Social Science", 10 (1987), 1; D. Reid, *Lawyers and Politics in the Arab World*, Bibliotheca Islamica, Minneapolis-Chicago, 1981; F. Ziadeh, *Lawyers, the Rule of Law and Liberalism in Modern Egypt*, Hoover Institution, Stanford, 1968; B. Botiveau, *L'adaptation d'un modèle français d'enseignement du droit au Proche-Orient*, em M. Flory, J.-R. Henry, *L'enseignement du droit musulman*, Éd. du CNRS, Marseille, 1989, pp. 229-52.

10. R. Peters, *Administrators and Magistrates: The Development of a Secular Justice in Egypt, 1842-1871*, em "Die Welt des Islams" (1999).

lar a um processo"[11]. Pode-se observar a criação de muitos órgãos judiciários, como a Alta corte (*majlis al-ahkam*), e mais tarde, por causa dos vínculos impostos pelo comércio internacional e pelo imperialismo ocidental, os tribunais especiais para os mercadores (*majalis al-tujjar*) que recorriam ao direito e aos juristas franceses. A partir do final do anos 1870, começaram a operar tribunais mistos (*mahakim mukhtalita*) e tribunais nacionais (*mahakim ahliyya*), juntamente com os tribunais religiosos (*mahakim shar'iyya*) para as questões relativas ao *status* pessoal. Todavia, estes últimos foram progressivamente destituídos de seus poderes e, enfim, em 1956, foram absorvidos por um sistema unificado de tribunais nacionais. Seguindo a divisão francesa entre direito civil e direito administrativo, em 1946, foi instituído o Conselho de Estado (*majlis al-dawla*). Em 1969, foi instituída a Corte Suprema (*al-mahkama al-'ulya*) com funções de jurisdição constitucional que, em 1979, foi substituída pela Corte Suprema constitucional (*al-mahkama al-dusturiyya al-'ulya*).

O século XIX assistiu também a um gigantesco processo de codificação. No Egito, já em 1829, leis e decretos regulavam as matérias penais. Esses formavam uma coletânea chamada *Qanun al-Muntakhabat*, cujas normas freqüentemente traduziam, de forma atabalhoada, as disposições do código penal francês de 1810. Em 1852, foi promulgado um novo código penal (*al-Qanunnameh al-Sultani*), cujos primeiros três capítulos eram em grande parte idênticos ao código penal otomano de 1851[12]. Este código penal pode ser considerado a juridicização do poder discricionário, atribuído pela *Shari'a* ao Estado, de punir os comportamentos pecaminosos e indesejáveis que não fazem parte em senso estrito das disposições islâmicas (*ta'zir*). Todavia, o direito francês permeou maciçamente o direito penal otomano no novo código penal de 1858, ao passo que no Egito isso se deu com a promulgação dos códigos misto e nacional de 1876

11. Ibid.

12. R. Peters, *Shari'a and the State: Criminal Law in Nineteenth-Century Egypt*, em C. van Dijk, A. H. de Groot (organizado por), *State and Islam*, CNWS, Leiden, 1995.

e de 1883. As outras codificações seguiram os traços da legislação penal. No império otomano foram adotados cinco códigos principais de origem inconfudivelmente francesa: o código comercial de 1850 (emendado em 1861), o código do comércio marítimo de 1863, o código de processo comercial de 1863 e os códigos de processo civil e de processo penal de 1879[13]. No Egito, ainda uma vez, os novos códigos de 1876 e de 1883, redigidos por juristas franceses e italianos, seguiam o modelo francês. Em matéria civil, enquanto no império otomano foi promulgado entre 1869 e 1882 um código civil conhecido como o *Mecelle*, que desejava conciliar o direito islâmico e o código napoleônico, o Egito importou diretamente os códigos franceses, não obstante a tentativa de Qadri Pascià (no livro *Murshid al-Hayran*) de codificar o direito islâmico à imagem do *Mecelle*. Será preciso esperar o novo código civil, redigido pelo insigne jurista 'Abd al-Razzaq al-Sanhuri e promulgado em 1948, para ver uma tentativa, semelhante àquela do *Mecelle*, de instituir um direito civil na forma sistemática de um código que pretende fundar-se sobre os princípios jurídicos islâmicos.

Chibli Mallat sustenta que a aceitação desse sistema de *civil law* foi favorecida por dois impulsos subterrâneos:

> em primeiro lugar, a relativa facilidade de alcançar os padrões (do século XIX e) do século XX através do atalho de códigos gerais segundo a tradição francesa, em comparação com a lenta construção do direito comum por meio dos anteriores, tornava a aprovação de leis mais fácil e mais desejável do que confiar o desenvolvimento de um direito judiciário a uma magistratura em dificuldade. Como no Japão de Meiji, era preciso ter códigos claros, simples e gerais que regulassem as transações jurídicas mais difusas, e apenas os códigos napoleônicos podiam dar o modelo adequado exigido. O segundo fator era a codificação oitocentista do direito islâmico em regiões importantes do Oriente Médio sob o governo otomano.[14]

---

13. J. Lafon, *L'Empire ottoman et les codes occidentaux*, "Droits", 26 (1997), pp. 51-69.

14. C. Mallat, *Islamic law, droit positif and codification: reflections on longue durée*, em *Plurality of Norms and State Power from 18th to 20th Century*, Vienna Workshop, 1997.

e foi, poder-se-ia acrescentar, uma tentativa exatamente igual àquela realizada pelo al-Sanhuri nos anos 1940 (mesmo que a forma final seja totalmente diversa). Todavia, essa explicação não é suficiente. Ao lado da utilidade do direito francês para resistir ao colonialismo e impor um controle centralizado sobre o país, é preciso levar em consideração que o processo foi favorecido pela relação do Egito com uma potência colonial como a França; uma relação cuja natureza assimétrica levava à conclusão de que a adoção do direito francês fosse uma obrigação unilateral. Além disso, como na cristandade[15], todo o processo foi favorecido pela mesma semelhança, de estrutura e de linguagem, entre o direito civil e o direito islâmico[16]. Enfim, deve-se sublinhar que o processo foi tornado possível apenas por uma gigantesca transformação da *Shari'a*, aquela que Armando Salvatore chama de implosão da *Shari'a*[17], que nas matérias jurídicas foi progressivamente confinada ao papel de um simples postulado de identidade do direito autóctene: aquele postulado jurídico que permite um grupo conservar no direito aquela que considera a sua identidade cultural[18].

Deveremos tratar desse último tema, mas agora é preciso examinar se a importação de tecnologia jurídica do ordenamento francês para o egípcio comprometeu os princípios e os postulados fundamentais do ordenamento jurídico. Não há dúvida de que hoje o direito no Egito seja direito egípcio. Isso significa que aquilo que antes era direito francês foi totalmente "localizado" e que estamos diante de um sistema jurídico pre-

---

15. P. Legendre, *L'amour du censeur. Essai sur l'ordre dogmatique*, Seuil, Paris, 1974.

16. B. Dupret, *'Vent d'est, vent d'ouest': l'Occident du droit égyptien*, "Egypte-Monde arabe" (1997), 30-1, pp. 93-112; id., *Au nom de quel droit. Répertoires juridiques et référence religieuse dans la société égyptienne musulmane contemporaine*, Maison des sciences de l'homme, Paris, 2000.

17. A. Salvatore, *La sharī'a moderne en quête de droit: raison transcendante, métanorme publique et système juridique*, "Droit et Société", 39 (1998), pp. 293-316.

18. M. Chiba, *The Identity Postulate of Indigenous Law and its Function in Legal Transplantation*, em P. Sack, E. Minchin (organizado por), *Legal Pluralism. Proceedings of the Canberra Law Workshop VII*, Law Department, Research School of Social Sciences, Australian National University, Canberra, 1986.

cedente ornado no estilo de um sistema jurídico de tipo francês?[19] Dever-se-ia responder provavelmente que aquilo que o direito egípcio é hoje não pode fugir à sua estrutura formal, ou seja, a uma organização estrutural de *civil law*. Em outras palavras, o direito egípcio (a legislação e os precedentes) deve continuar a acolher o conjunto de princípios e postulados operantes em qualquer ordenamento jurídico da mesma família. Entre estes princípios fundamentais podem ser identificados os seguintes: o culto da lei, a possibilidade de extrair a intenção do legislador dos textos normativos e dos trabalhos preparatórios, a estrutura piramidal do sistema, a racionalidade e a total coerência do legislador que "fala sempre para dizer alguma coisa", a univocidade da linguagem jurídica, a aplicação silogística do direito ao fato, os valores da segurança, da estabilidade e da ordem, os princípios da ordem pública, da boa-fé, do bom pai de família (*bon père de famille*) etc.[20].

Voltando à idéia de implosão da *Shari'a* proposta por Salvatore, deve-se sublinhar a transformação radical que ela sofreu no decorrer dos últimos dois séculos. O termo *Shari'a* poderia ser traduzido como "normatividade islâmica"[21]. Compreende tanto as normas jurídicas quanto as normas morais. Segundo Salvatore, essa dupla natureza se coloca no campo de tensão entre o caráter autônomo e diferenciado do sistema jurídico egípcio e a inspiração totalmente oposta característica da reforma islâmica (*islah*)[22]. No final do século XIX, o Egito assistiu contemporaneamente ao nascimento de uma esfera pública, ao progresso da codificação do direito e ao surgimento de um movimento jurídico e constitucional. Este é o contexto em que a *Shari'a* iniciou a sua experiência paradoxal de ser diferenciada do direito e das instituições, mas também empregada para legitimar o sistema normativo e, enfim, o sistema jurídico. Por

---

19. B. Botiveau, *Loi islamique et droit dans les sociétés arabes. Mutations des systèmes juridiques du Moyen-Orient*, Karthala-Iremam, Paris, 1993.

20. B. Dupret, *'Vent d'est, vent d'ouest': l'Occident du droit égyptien*, cit., passim.

21. B. Johansen, *Contingency in a Sacred Law. Legal and Ethical Norms in the Muslim Fiqh*, Brill, Leiden-Boston-Köln, 1998, p. 39.

22. A. Salvatore, op. cit., passim.

implosão da *Shari'a* entende-se, portanto, a transformação do seu sentido daquele de eficiência positiva, sistêmica e institucional que tinha na época anterior a construção do Estado moderno, ao seu núcleo hipoteticamente autêntico, normativo e civilizatório[23]. Segundo Rudolph Peters, a adoção do direito francês provocou a marginalização e o esquecimento quase completo da *Shari'a*, ao passo que "na segunda metade do século XIX, tornado mais eficiente o aparelho estatal egípcio, também a justiça da *Shari'a* [era] mais bem organizada graças a uma legislação mais clara, à regulamentação da função do *mufti* e à criação de procedimentos de controle das decisões do *qadi*"[24]. Porém, poder-se-ia sustentar, ao contrário, que a transformação ou o nascimento da esfera pública, trazendo consigo a transformação ou o nascimento do aparelho estatal e dos modos de regular juridicamente as relações com os cidadãos, tenha levado não ao esquecimento da *Shari'a*, mas à sua implosão. Em outras palavras, a *Shari'a* sofreu uma cisão interna que marginalizou a dimensão jurídico-positiva e dilatou a dimensão moral metanormativa.

Levando-se em conta, de um lado, os múltiplos princípios e postulados operantes no ordenamento jurídico, e, de outro, a implosão da *Shari'a*, devemos agora examinar a práxis jurídica e judiciária egípcia para analisar a relação entre o direito e a moral, incluindo a *Shari'a*.

3. O império de um direito moralmente vinculado

A ciência jurídica egípcia reconhece a diferença entre direito e moral. No que se refere à definição do direito, esta segue, com efeito, muito de perto a teoria imperativista de Austin. Hassan Gemei, por exemplo, define o direito como "o conjunto de regras que governam o comportamento dos indivíduos em sociedade, a falta de obediência às quais comporta a apli-

23. Ibid.

24. R. Peters, *Shari'a and the State: Criminal Law in Nineteenth-Century Egypt*, cit., passim.

cação de punições por parte da autoridade"[25]. As regras jurídicas, afirma Gemei, não são as únicas normas destinadas a regular e a estabilizar as relações entre os membros de determinada sociedade; são coadjuvadas nesta tarefa pelas regras da boa educação, do costume, da tradição, da moral e da religião. Como as regras morais, também esses "princípios e ensinamentos [são] considerados pela maioria dos membros da sociedade regras de comportamento vinculantes, destinadas a realizar altos ideais"[26]. Eles têm em comum com as regras jurídicas muitas características: mudam segundo a época e o lugar, são destinadas a organizar a sociedade, têm um caráter coercitivo e são acompanhadas de sanções. Todavia, as regras morais se diferenciam das normas jurídicas em quatro aspectos. O âmbito: "enquanto a moral compreende os costumes pessoais e sociais, o direito se dirige ao relacionamento entre a pessoa e os outros na perspectiva do aspecto exterior do comportamento, sem levar em consideração intenções não associadas a uma ação física"[27]. O tipo de punição aplicada nos dois casos: "enquanto a punição que segue a violação das regras morais é puramente moral, indo do remorso à admoestação e ao desprezo por parte da sociedade, a punição que segue a violação das regras jurídicas é a privação física da liberdade, a prisão, o trabalho forçado etc., e é aplicada pela autoridade pública"[28]. O escopo: "enquanto as regras morais buscam realizar a perfeição no homem, as regras jurídicas buscam realizar a estabilidade e a ordem na sociedade"[29]. A forma em que surgem: "regras jurídicas surgem, na maioria das vezes, de uma forma clara e específica, enquanto as regras morais não são igualmente claras porque estão ligadas a sentimentos interiores que podem diferir de uma pessoa para outra"[30].

Passando às regras religiosas, Gemei sublinha que estas têm muito em comum com as regras jurídicas, mas o seu âm-

---

25.H. Gemei, *Introduction to Law: Theory of Law, Theory of Right*, Cairo University, Cairo, 1997, p. 6.

26. Ibid., p. 15.

27. Ibid., p. 16.

28. Ibid., p. 17.

29. Ibid.

30. Ibid.

bito é muito mais amplo e a sanção que segue a sua violação é aplicada na outra vida[31]. Obviamente, a diferença que Gemei traça entre regras morais e regras religiosas é muito sutil. Ele, porém, acrescenta também que a diferenciação entre regras jurídicas e regras religiosas "não pode ser aceita pela *Shari'a* islâmica"[32], porque o Islã é uma fé abrangente que compreende também o direito. Isso significa que o âmbito da *Shari'a* é mais amplo do que o do direito: "a *Shari'a* islâmica é a fonte da legislação e dela devem ser derivadas as normas jurídicas nos Estados islâmicos"[33]; "a *Shari'a* islâmica foi ordenada como lei divina para governar a conduta da sociedade islâmica, formar o pensamento dos muçulmanos e regular as relações humanas. Revelada por Deus, a *Shari'a* dirige a sociedade para os mais altos ideais e busca realizar aquela sabedoria pela qual Deus criou o homem sobre a terra"[34]. Deve-se observar, ainda uma vez, que, apesar da recusa em distinguir entre direito e *Shari'a*, a argumentação de Gemei segue as mesmas linhas por ele adotadas anteriormente na análise das regras morais e das regras religiosas: o direito, mesmo que difira da moral pelo âmbito, a natureza das sanções e os fins, todavia deriva (ou deveria derivar) de princípios ideais superiores. Em outras palavras, Gemei (um excelente representante da ciência jurídica egípcia), enquanto afirma o *status* especial da *Shari'a*, parece sustentar uma tese dupla: ou seja, que hoje as regras islâmicas estão muito próximas das regras morais e que o direito com os seus instrumentos técnicos específicos persegue fins que, em geral, não contrastam com os princípios da moral e da religião.

Deve-se, por outro lado, observar que no decorrer das últimas três décadas assistiu-se, no Egito, a uma exigência crescente de aplicação da *Shari'a*. Não nos interessam aqui os pormenores históricos desta tendência que vai da arena política até o poder judiciário, mas é necessário identificar apenas o seu sentido a propósito da relação entre direito e moral. Em outras palavras, interessa-nos entender como os operadores

31. Ibid., p. 18.
32. Ibid.
33. Ibid., p. 27.
34. Ibid., p. 28.

profissionais concebem a relação entre direito estatal e *Shari'a* e como as cortes judiciárias fundam as suas decisões apelando-se aos princípios da *Shari'a*. São decisões que testemunham o efeito vinculante que a moral, também a moral religiosa, exerce sobre o pensamento e sobre a prática jurídicas.

Os operadores jurídicos têm concepções diferentes do Islã e do seu papel no direito egípcio. Em geral, eles evidenciam a duplicidade das fontes das quais é extraído o direito no Egito, mesmo que sublinhem a natureza abrangente da *Shari'a*: "a *Shari'a* é a base sobre a qual se apóia a lei"[35]. Até certo ponto isso significa que a *Shari'a* transcende o direito: "existe uma grande diferença entre um documento legislativo e a *Shari'a*. A *Shari'a* não é um documento legislativo, mas um programa de vida"[36]. Pode também significar que o direito positivo e a *Shari'a* não tenham relações entre si: "o direito positivo não contradiz o Islã, não mais do quanto esteja em conformidade com ele [...]. Para mim, o Islã não se reduz nem se reduzirá nunca a leis"[37]. Falando em termos gerais, portanto, o único ponto em questão é a fonte, e não o conteúdo das disposições das quais os atores reconhecem a ampla compatibilidade: "a interpretação dos textos e a sua aplicação deveriam fazer referência ao Islã. Se hoje encontrássemos esse quadro de referência, noventa por cento dos nossos problemas desapareceriam"[38]. A exigência de um "ponto de referência" evoca a idéia de uma normalidade cultural, de uma tradição autêntica que a sociedade tende a considerar a única legítima: "se as pessoas sentem que se trata dos seus direitos e da sua religião, obedecerão"[39]. Naturalmente, a referência à tradição pode ser analisada apenas no quadro de um processo de (re)construção. Nesse processo, os atores têm expectativas sobre aquilo que julgam socialmente aceitável e desejável. A sua percepção de si, que determina estritamente o seu comportamento e o conteúdo de suas ações, deriva, por sua vez, das imagens e das

35. Entrevista com MD, advogado, outubro de 1994.
36. Entrevista com NH, advogado, janeiro de 1994.
37. Ibid.
38. Entrevista com AW, advogado e ex-magistrado, junho de 1994.
39. Ibid.

avaliações da realidade social: eles representam a sociedade atribuindo a ela um conjunto de normas idealizadas.

É sobretudo a questão das intersecções com a esfera política que permanece de qualquer modo essencial para avaliar a atitude dos operadores jurídicos entrevistados. A idéia de solidariedade sem consenso[40] pode ser utilizada certamente no caso em questão. Resta examinar o que explica os dissensos sobre as implicações e sobre o conteúdo de um quadro de referência, o repertório jurídico islâmico, ao qual todos unanimemente se dirigem. A única explicação satisfatória é de natureza política, e o que está em jogo é a detenção do poder e a utilização da *Shari'a* neste contexto. Basta um confronto com as seguintes afirmações: "pessoalmente, estou convencido de que um conflito deste tipo [entre os princípios da *Shari'a* e o direito positivo] implique a queda do Estado, que nem a Suprema Corte Constitucional nem nenhum indivíduo dotado de senso comum podem permitir"[41]; "se aos egípcios fosse dada a oportunidade de escolher os seus líderes, escolheriam certamente a *Shari'a*"[42]; "alguns pensam que tudo seja um vínculo, mesmo determinados costumes. Eu não penso que este movimento, dito 'salafita', possa constituir a base de uma sociedade moderna. Mas a tendência em tomar a *Shari'a* como quadro de referência para as leis pode favorecer o renovamento das regras relativas aos assuntos cotidianos"[43]; "no Egito, a *Shari'a* pode ser aplicada de hoje para amanhã"[44]. É possível que esteja aqui um dos elementos principais da questão. Com efeito, a exigência de aplicar a *Shari'a* pode refletir o desejo de transformar aquilo que é (ou pelo menos é considerado) socialmente aceito e desejável em um conjunto de regras prescritivas. É como se existisse uma espécie de inversão estrutural: de uma "ordem cultural" transmitida e manipulada pela norma passar-se-ia a uma "ordem jurídica" que influencia a cultura e põe

---

40. D. Kertzer, *Rituals, Politics and Power*, Yale University Press, New Haven, 1988; J.-N. Ferrié, *Les paradoxes de la réislamisation en Égypte*, "Maghreb Machrek" (1996), 151, pp. 3-5.

41. Entrevista com NH, cit.

42. Entrevista com MN, advogado, janeiro de 1994.

43. Entrevista com BI, magistrado, novembro de 1993.

44. Entrevista com MZ, ulemá, janeiro de 1994.

as normas legítimas da mesma. Provavelmente essa transição tem lugar através de um processo que fortalece a norma. Todavia, isso é possível somente se, ao repertório normativo inicial, puder ser atribuída uma natureza reguladora. Esta condição sozinha porém não basta. Deve estar combinada com outras condições de natureza mais propriamente política que fazem surgir, em alguns atores, o desejo de incluir essas características reguladoras no repertório normativo[45].

Convém agora examinar alguns casos em que a moral, compreendendo não apenas a moral religiosa, tem manifestamente um papel importante. Há muitos casos desse tipo no Egito contemporâneo. Alguns falariam até mesmo de patologia judiciária. Concentrando a atenção sobre a magistratura, faremos referência a três casos para ilustrar o efeito vinculante da moral sobre a aplicação do direito. Cada um desses casos exemplifica bem um aspecto dessa relação vinculante: os vínculos processuais e as tipificações de senso comum que operam na caracterização jurídica dos fatos; a articulação da moral, da religião e da política; a eficácia do argumento da normalidade. Além disso, em todos os três casos se observará a dimensão política da combinação.

O primeiro caso é conhecido como o caso da moça de Maadi. Em janeiro de 1995, cinco jovens seqüestraram e ameaçaram com um punhal uma moça de dezessete anos juntamente com o seu noivo, levando-os para um lugar afastado onde dois dos assaltantes mantiveram relações sexuais com ela antes de serem obrigados a se transferir para um outro lugar. Um sexto indivíduo os acolheu na garagem em que vivia, onde todos, exceto ele, tiveram relações sexuais com a moça e roubaram dela e do noivo o relógio e as jóias, para depois libertar as suas vítimas nos arredores. As vítimas deram queixa na polícia e os assaltantes foram logo identificados e presos, ainda de posse do punhal e do seu magro botim. O caso teve grande repercussão nos meios de comunicação; disso resultou um rápido processo que se concluiu com a condenação à morte dos

---

45. B. Dupret, *Au nom de quel droit*, cit., passim; B. Dupret, *A Return to the Shari'a? Egyptian Judges and Referring to Islam*, em F. Burgat (organizado por), *Islam and Re-islamization*, no prelo.

cinco assaltantes por seqüestro de pessoa, estupro e roubo, e a condenação do sexto a sete anos por participação ativa. O Mufti da república confirmou as condenações à morte que foram realizadas.

Esse caso é interessante em vários níveis: em um nível estritamente pragmático, a construção da moral no procedimento judiciário, em um nível mais geral, os efeitos políticos de casos não políticos. Em nível pragmático devem ser observadas, em primeiro lugar, as definições que o Supremo Tribunal de Justiça egípcio (*mahkamat al-naqd*) deu a respeito das partes sexuais do corpo (*mi'yar al-'awra*) cuja violação é condenada: "o imputado estende a vítima (mulher) no chão e lacera-lhe o hímen com o dedo"; "o imputado apalpa as nádegas da mulher"; "o imputado agarra os seios da vítima"; "o imputado apalpa o quadril da vítima (mulher)" etc. "Segundo este critério, as cortes não consideram que beijar uma moça no rosto, ou beijar um rapaz no pescoço, ou morder em vez de beijar, seja uma violação do seu pudor."[46] É preciso, pois, sublinhar o esquema seguido pelo magistrado ao organizar o procedimento. A fundamentação processual do caso, ou seja, o modo em que os magistrados formulam as regras a que fazem referência, é aquilo que distingue os profissionais dos profanos. Em outras palavras, eles constroem a narração do fato de modo que o torne juridicamente relevante, para tornar possível a qualificação do fato e, portanto, a condenação penal. Além disso, o modo em que o Ministério Público constrói o seu relato é organizado também como uma espécie de "hiperacusação", uma acusação que "antecipa o uso que a corte fará da mesma"[47]. Enfim, podem ser observadas as estratégias adotadas para fugir da natureza estigmatizante das acusações: o Ministério Público procura demonstrar a natureza dolosa do crime dos acusados, ao passo que estes últimos propõem descrições alternativas dos fatos para evitar as implicações potencialmente prejudiciais

46. N. Hasan, *Law of the Protection of Decency* (em árabe), Majallat al-qânûn wa l-iqtisâd – huqûq al-insân, inédito, sem data.

47. M. Komter, *Dilemmas in the Courtroom. A Study of Trials of Violent Crime in the Netherlands*, Lawrence Erlbaum Associates, Mahwah (NJ), 1998, p. 168.

das palavras do magistrado ou tentam atenuar a própria participação ativa de modo que faça desaparecer a própria responsabilidade (por exemplo, sublinhando a natureza coletiva do delito ou a parcial aceitação por parte das vítimas ou o efeito das circunstâncias). Os imputados não põem em discussão a moral comum: ao contrário, afirmam segui-la, mas procuram dar uma imagem alternativa da própria participação no crime e das suas implicações sobre a própria personalidade moral[48].

Em um outro nível pode-se sublinhar o fato de que esse caso, embora à primeira vista não político, tornou-se político por seus efeitos. Teve uma enorme publicidade que mostrou (mais do que discutiu) amplamente as concepções paradigmáticas do pudor feminino, da sexualidade, do seu controle e da repressão de qualquer violação dos seus limites. Isso mostra claramente de que modo as questões morais são (tornam-se) públicas. As relações sexuais são completamente esvaziadas de qualquer dimensão íntima e sentimental e são transformadas em uma questão jurídica pública que gira ao redor da sua única definição lícita, o matrimônio, e da sua contradefinição, o estupro e as relações extraconjugais. Um semelhante caráter público das questões morais torna-se, por sua vez, facilmente político. Em situações como esta, todas as autoridades fazem declarações sobre o caso. Por exemplo, em um outro caso de estupro, o caso da "moça de Ataba", o presidente Mubarak aceitou uma proposta direta para modificar as normas jurídicas sobre o estupro, o que resultou na modificação do direito e no agravamento das sanções. Em uma nota sobre o mesmo caso, uma publicação islâmica anual ligava explicitamente a diminuição da segurança cotidiana à atenção crescente pela segurança política. Próxima da corrente dos "Irmãos muçulmanos", a nota aproveitava também a oportunidade para afirmar que a nova lei estava em contraste com a *Shari'a* islâ-

---

48. Para longos trechos e observações sobre o caso, cf. B. Dupret, *La typification des atteinte aux bonnes mœurs: approche praxéologique d'une affaire égyptienne*, "International Journal for the Semiotics of Law/Revue Internationale de Sémiotique Juridique", 11 (1998), 33, pp. 303-22; B. Dupret, *Repères pour une praxéologie de l'activité juridique: le traitement judiciaire de la moralité à partir d'un exemple égyptien*, "Egypte-Monde arabe", 34 (1998), pp. 115-39.

mica porque "o seu defeito maior é o de não enfrentar a questão da honra e de não prever nenhuma sanção para as relações sexuais entre consencientes"[49].

O segundo caso diz respeito à infibulação. Em julho de 1996, o decreto 261/1996 do Ministério da Saúde egípcio proibiu a prática da infibulação nos hospitais e nas clínicas públicas e privadas, exceto em casos terapêuticos, e punia qualquer um que realizasse tal operação sem ser médico. Esse decreto foi impugnado perante o Tribunal Administrativo do Cairo por um grupo guiado por uma eminente personalidade islâmica, Shaykh Yusif al-Badri, segundo o qual esse era nulo por violar princípios do direito islâmico que, de acordo com o artigo 2 da Constituição, é "a fonte principal da legislação". Segundo eles, a infibulação é uma prática legítima, e o governo não pode impor restrições àquilo que a *Shari'a* permite, obriga ou recomenda. O Tribunal Administrativo deu razão aos autores, mas o Ministério da Saúde recorreu à Suprema Corte administrativa, que derrubou a sentença anterior. Em primeiro lugar, a Corte afirmou que, quando um decreto administrativo é impugnado perante um tribunal administrativo, qualquer um que tenha uma posição jurídica diretamente envolvida pelo fato tem interesse em agir. Isso significa conseqüentemente que "qualquer um que acredite no Islã e julgue que o juízo correto [...] sobre a infibulação seja ditado pelo seu credo [...] tem interesse em agir em juízo". Em segundo lugar, a Corte sustentou, na esteira da Suprema Corte constitucional, que caso não exista uma disposição específica da *Shari'a* que regule uma particular matéria, o legislador tem o direito de exercer um poder discricional de forma compatível com o contexto particular do caso. Dado que entre os estudiosos islâmicos não há consenso sobre a infibulação, não se pode identificar uma prescrição clara e definida, e isso significa que o legislador deve interpretar os princípios islâmicos gerais à luz das condições sociais contemporâneas. Em terceiro lugar, a Suprema Corte administrativa afirmou que qualquer interferência no direito à integridade

---

49. *The Nation in One Year. An Arab Political and Economic Report* (em árabe), Markaz al-Dirâsât al-hadâriyya, Cairo, 1993; B. Dupret, *L'Annuaire de l'Umma et la question sécuritaire*, "Egypte-Monde arabe", 17 (1994), pp. 157-84.

física requer um motivo legítimo que não existe no caso da infibulação, a não ser nos raríssimos casos em que ela é efetuada para fins terapêuticos[50].

Esse caso põe problemas importantes no que se refere à relação entre direito e moral e entre moral e política. A infibulação é o arquétipo daquilo que na *Shari'a* islâmica pertence ao âmbito da moralidade, um âmbito que compreende o que não é obrigatório mas é, segundo algumas tradições, permitido (*mubah*) ou aconselhado (*mandub*). Dada, porém, a diferenciação entre direito e moral, o problema não é mais aquilo que a *Shari'a* considera bom, indiferente o ruim, mas aquilo de que o Estado se apropria para estender o seu controle sobre a população. As autoridades jurídicas começaram a interferir em matérias que antes estavam fora do seu âmbito de intervenção, como a sexualidade e o seu controle. Esse fenômeno poderia ser chamado de "legislação sobre a intimidade". Os poderes legislativo e judiciário egípcios promulgaram leis e tomaram decisões que proíbem qualquer lesão da integridade física, com exceção daquela realizada por um médico para fins terapêuticos. A diferenciação entre direito e moral limita, portanto, a *Shari'a* à esfera da moral e faz dela uma moral entre as outras (mesmo que talvez a mais importante). Pode-se observar que buscando impedir a tentativa do governo egípcio de proibir a infibulação, os autores tentaram fazer novamente da religião a fonte primeira dos princípios morais sobre os quais deve fundar-se o direito. Neste caso, estava em jogo não um interesse privado, mas a pretensão de definir os próprios fundamentos da definição do direito. Na realidade, a Corte reconheceu que o direito está inserido no quadro dos princípios islâmicos, mesmo fazendo uma leitura diversa destes últimos e do seu significado. Isso não significa, todavia, que o direito e a lei religiosa fundiram-se novamente, mas que à religião foi atribuída a função de constituir um ponto de referência moral: através de um procedimento jurídico e judiciário foi conferido

---

50. K. Bälz, *Human Rights, the Rule of Law and the Construction of Tradition: The Egyptian Supreme Administrative Court and Female Circumcision*, "Egypte-Monde arabe" (1998), 34, pp. 141-53; B. Dupret, *Justice and sexual morality: Female Circumcision and Sex Change Operations Before Egyptian Courts*, "Islamic Law and Society", no prelo.

aos princípios da *Shari'a* o *status* de principal fonte moral da legislação.

Esse caso é interessante também porque lança luz sobre a relação entre moral, direito e política. Impugnar perante a justiça administrativa o decreto do ministro que proíbe a infibulação é uma forma de suscitar uma discussão pública sobre uma questão específica e de envolver por esta via os diversos modos de representar e legitimar o ordenamento geral da sociedade. A infibulação é elevada à categoria de uma causa, torna-se o ponto de força sobre o qual impulsionar, para estimular, a atenção de todos para o bem público (ou pelo menos para determinada concepção de bem público), acima e para além do interesse de qualquer indivíduo particular[51]. A questão da infibulação estimula a "encenação" dos argumentos oponíveis ao decreto do ministro e torna-se uma "causa" à qual é suspenso um risco de natureza mais geral. O caso, transformado em uma questão de direito público, oferece o ensejo para uma reivindicação (e para uma definição) da natureza islâmica do Estado egípcio e das suas instituições. Isto é o que Claverie chama de um modelo de "exibição crítica"[52], ou seja, o fato de que certos atores (fazendo uso de muitos instrumentos institucionais à sua disposição) podem imprimir uma torção à definição substantiva do esquema de referência empregado pelas autoridades, mesmo permanecendo formalmente no interior do próprio esquema. No caso da infibulação não estão em questão o poder e os poderosos, mas o uso do direito e da arena judiciária com o objetivo de participar do poder aceitando as regras das suas instituições e tentando definir os princípios fundamentais sobre os quais se sustenta.

O terceiro caso refere-se à privatização do setor público egípcio. Trata-se de um caso por sua natureza político porque diz respeito diretamente à natureza do regime. O governo egípcio promulgou muitas leis no campo econômico e comercial em um clima de reforma do precedente ordenamento, sem todavia modificar os princípios constitucionais que afirmam a nature-

---

51. E. Claverie, *Procès, Affaire, Cause. Voltaire et l'innovation critique*, "Politix", 26 (1994), p. 82.

52. Ibid., p. 85.

za socialista do Estado egípcio. É ainda sob o império de uma constituição "socialista" que a Suprema Corte constitucional egípcia teve de enfrentar as tensões nascentes da transição para uma economia de mercado. Em uma decisão de 1º de fevereiro de 1997, ela afirmou que a lei 203/1991 sobre a privatização das empresas públicas não está em contraste com a constituição. O autor, ex-funcionário do setor público, sustentava que a privatização das empresas públicas violava os princípios econômicos sancionados pela constituição. A Corte, ao contrário, julgou que esta última não prescreve um sistema econômico específico, uma vez que as suas normas devem ser interpretadas à luz dos seus fins gerais: a obtenção do desenvolvimento e do crescimento econômico, que dependem dos investimentos privados. O único escopo do investimento público é abrir caminho aos investimentos privados: um escopo compatível com a privatização das empresas do setor público. Por esses motivos, a Corte rejeitou a censura de inconstitucionalidade[53].

Esse caso envolve claramente os princípios morais e exige que se responda às seguintes perguntas: a privatização é uma política econômica boa e justa? Em que medida são desejáveis os princípios liberais? Qual é o "bem" rumo ao qual se deve tender? Este caso é formulado em termos jurídicos. Pode ser considerado um banco de prova da teoria de Dworkin do direito como integridade, mas aquilo que nos interessa sobretudo é o modo pelo qual a Suprema Corte constitucional interpreta princípios e disposições para tornar moral aquilo que, de outra forma, teria parecido totalmente iníquo. O caso mostra até que ponto pode chegar a interpretação ao submeter à torção um texto normativo e torná-lo compatível com novos objetivos morais e políticos. Emerge em plena luz o papel principal que os juízes têm (neste caso os juízes da Suprema Corte constitucional) no processo que (através da interpretação e do re-

53. K. Bälz, *Marktwirtschaft unter einer sozialistischen Verfassung? Verfassungsrechtliche Aspekte der Privatisierung von Staatsunternehmen in Ägypten (VerfGH, Urteil 7/16 vom 1.2.1997)*, "Zeitschrift für ausländisches öffentliches Recht und Völkerrecht", 58 (1998), 3, pp. 703-11; B. Dupret, *L'interprétation libérale d'une Constitution socialiste: La Haute Cour constitutionnelle égyptienne et la privatisation du secteur public*, em D. El-Khawaga, E. Kienle (organizado por), *Political Structures and Logics of Actions in the Face of Economic Liberalization*, no prelo.

curso aos princípios jurídicos) confere uma existência jurídica aos princípios morais. A Corte sustentou neste caso que os princípios constitucionais precisam ser interpretados à luz do seu escopo último, que é a emancipação política e econômica da pátria e dos seus cidadãos. Em outros termos, o Estado deve cumprir com os seus deveres no campo da defesa, da segurança, da justiça, da saúde, da educação, do ambiente, mas deve ser exonerado de qualquer dever ulterior.

Não existe, porém, uma definição rigorosa da noção constitucional de progresso socialista: a constituição é um documento progressista que deve ser interpretado em sentido evolutivo. Para a Corte, "não é permitido interpretar os textos constitucionais de tal modo, a ponto de considerá-los uma solução definitiva e perpétua dos problemas econômicos cuja natureza muda com o tempo"; "a constituição é um documento progressista cujo amplo horizonte não impede a evolução; o seu sentido deve estar, necessariamente, em harmonia com o espírito do tempo". Isto é o que antes se chamava de argumento da normalidade: funde-se o significado estatístico e ético da norma, conferindo assim um peso normativo à descrição de um suposto fato estatístico. Apelando-se ao espírito do tempo, os juízes afirmam que o texto constitucional está em conformidade com o que eles julgam ser a normalidade econômica e política da sociedade egípcia. Assume-se que a aceitação destes princípios (por exemplo, os novos objetivos que a sociedade pretende alcançar) seja amplamente difusa, tendo esses, sustenta-se, um fundamento objetivo: o papel complementar do setor privado, a sua eficiência e o seu dinamismo são apresentados pelos juízes da Suprema Corte constitucional como princípios pertencentes ao domínio daquilo que não é efetivamente discutível. Esses são, ao contrário, "normais", moralmente compartilhados e apreciáveis e, portanto, juridicamente vinculantes.

4. Conclusão

Os princípios morais têm um grande impacto sobre o direito. Isso vale, obviamente, também no contexto egípcio. O problema é saber sobre qual base eles atuam. O positivismo jurídico afirma firmemente a natureza autônoma do direito, ou seja, a sua determinação por parte de sujeitos humanos. Isso significa que a sua fonte originária, seja humana ou divina, não tem importância real. Todavia, essa teoria está errada enquanto limita o direito (em sentido próprio) às regras primárias (substanciais) e secundárias (processuais) identificáveis em um ordenamento jurídico. Não colhe a dimensão importante dos princípios a que se referem os juízes e legisladores integrando-os com isso ao império do direito. De outro lado, também a teoria de Dworkin segue um percurso discutível. Enquanto ele fala de princípios morais que o juiz considera incorporados desde o início em um sistema jurídico coerente, poder-se-ia afirmar, ao contrário, que é a obra do jurista que torna jurídicos os princípios. Nesta perspectiva, é preciso dirigir o olhar para as ações práticas dos juristas empenhados na sua atividade profissional. Por meio desta atividade, os princípios muito incertos e gerais se substanciam. Em outras palavras, um olhar mais aproximado ao "direito em ação" nos permite entender como o jurista consegue administrar os vínculos morais, não reconhecendo a natureza diversa da moral, mas transformando alguns de seus princípios em regras jurídicas. É assim que, por exemplo, as concepções morais das partes sexuais do corpo tornam-se definições jurídicas através da obra dos juízes do Supremo Tribunal de Justiça; é assim que, no caso da infibulação, os juízes do Conselho de Estado não negam a relevância jurídica da *Shari'a*, mas classificam-lhe os princípios escolhendo quais desses podem ser considerados direito. É assim, afinal, que os juízes da Suprema Corte constitucional transformam a concepção liberal do desenvolvimento e do crescimento econômico em uma regra jurídica vinculante que permite a privatização do setor público. O melhor modo em que o juiz pode realizar essa "juridicização" dos princípios morais consiste em enunciar a natureza "normal" deles, tornando assim possível proceder da suposta dimensão estatística à dimensão vinculante imposta imperativamente pela norma.

O *rule of law* é um princípio sancionado pelo texto da constituição egípcia. O artigo 64 dispõe que "a soberania do direito (*siyadat al-qanun*) é a raiz do poder estatal". Aliás, o respeito dos princípios do "Estado de Direito" por parte do Estado é uma das principais reivindicações da oposição política egípcia. Ao mesmo tempo, o poder legislativo deste país produz uma grande quantidade de leis, enquanto os tribunais estão submersos de causas civis e penais, e isso significa que as pessoas estão convencidas, pelo menos em parte, de que estes tribunais apliquem as disposições do direito egípcio. Isso mostra, provavelmente, a natureza paradoxal da supremacia da lei, cujo respeito pode ser considerado uma das principais defesas do indivíduo contra o arbítrio do Estado, mesmo que a sua aplicação possa ser usada como um dos instrumentos principais para construir "um Estado mais forte, mais eficiente, mais centralizado e mais intrusivo"[54]. Esse fenômeno se manifesta olhando para a relação entre direito e moral. De um lado, o recurso aos princípios morais permite aos indivíduos pôr em discussão a autoridade estatal, mas, de outro, permite ao Poder Judiciário construir uma interpretação jurídica e oficial destes mesmos princípios.

Em outras palavras, a moral vincula o direito, mas os juízes tornam jurídica a moral. Assim fazendo, eles transformam a natureza da moral em uma realidade muito jurídica e positiva. Nesse sentido, o "Estado de Direito" se fortalece como Estado, e os cidadãos devem obedecer a regras definidas jurídica e judicialmente. Um semelhante "Estado de Direito" é todavia o "Estado de Direito" dos juízes e dos juristas e põe um problema: o fundamento de legitimidade do exercício, por parte dos juristas e dos juízes, de uma função "legislativa" sem nenhuma investidura democrática. Este é o clássico problema do governo dos juízes (*gouvernement des juges*). No contexto político egípcio, porém, o problema é muito mais amplo, porque nenhuma instituição pode realmente reivindicar uma legitimação democrática. Em outras palavras, concentrar a atenção sobre o governo dos juízes significa eludir completamente a questão do debate político, do seu êxito legislativo e do exercício do poder. No contexto egípcio, em que as questões politicamente sensíveis são monopolizadas pelo Poder Executivo, criando uma dicotomia que não se apóia sobre a oposição entre direito e moral

---

54. N. J. Brown, op. cit., p. 237.

mas, ao contrário, sobre aquela entre direito ordinário e direito de exceção, o problema não é mais simplesmente aquele do governo de uma lei moralmente vinculada. O problema deveria abranger também a questão de um direito hierárquico com base no qual os casos são julgados de modo diverso segundo a sua natureza política. Do "governo da lei" passa-se à lei do governante.

Shari'a, *invasão colonial e modernização do direito na sociedade islâmica*[1]

Por Târiq al-Bishrî

1. *Shari'a*, vida cotidiana e comunidade política

Alguns sustentam que hoje nos países islâmicos a *Shari'a* desapareceu da vida cotidiana das pessoas, que ninguém mais a aplica ou a observa. A *Shari'a*, afirma-se, esteve em vigor apenas na época de Maomé e dos Califas Bem-Guiados[2]. Falo aqui da *Shari'a* como fundamento do poder do soberano, não do sucesso deste ou daquele regime político em colocá-la em prática. Ou seja, refiro-me à *Shari'a* como fonte e justificação das regras em vigor em uma sociedade islâmica, não da amplitude e da eficácia da sua aplicação. A questão – e a discussão em curso – versa de fato sobre o fundamento da *Shari'a* em contraposição ao puro fato da sua existência histórica no decorrer dos séculos.

A *Shari'a* não é apenas um regime de poder. As regras jurídicas, que derivam da *Shari'a* e do *fiqh* islâmico[3], de cujo tronco nasceram diversas ramificações, abrangem todas as formas da atividade social: disciplinam a compra de bens, a venda, a locação, a penhora ou a imposição fiscal. Essas regras estão na

1. A tradução do árabe para o italiano foi organizada por Baudouin Dupret, as notas redacionais por Armando Salvatore.

2. São os primeiros quatro sucessores de Maomé, cuja piedade e virtude públicas são unanimemente apontadas como modelo por todas as correntes e escolas islâmicas (N. do R.).

3. Prática jurisprudencial dos doutores das leis islâmicas (N. do R.).

base de todos os ramos do direito, como a propriedade, a servidão, o usufruto etc. Regulam os meios para reprimir os criminosos e os desequilibrados através de penas definidas religiosamente (*hudûd*), por meio do talião (*qisâs*), ou através de penas deixadas à discrição do juiz. Regulam as relações familiares e os laços de parentesco em matéria de matrimônio, de divórcio e de filiação, assim como as relações ligadas a elas, como o inventário, as pensões alimentícias etc. Trata-se, em poucas palavras, de todas as diversas situações e relações que têm importância normativa em uma sociedade moderna.

Não se pode dizer que *Shari'a* islâmica tenha sido imposta do alto, mesmo que tenham sido feitas muitas críticas à propagação do Islã, à sua difusão política nos diversos países. Os estatutos do *fiqh* islâmico acumularam-se através do contato permanente do povo com os jurisconsultos. De fato, as pessoas comuns recorriam, para resolver os próprios problemas e as próprias controvérsias, a quem dispunha do conhecimento das questões religiosas e, sobre esta base, podia dar um parecer legal (*fatwâ*). Graças à obra dos jurisconsultos, o *fiqh* sempre permaneceu em contato com a vida prática e com as dificuldades cotidianas das pessoas e distinguiu-se precisamente pela sua dutilidade e pelo seu pragmatismo. E permaneceu fiel, ao mesmo tempo, ao seu objetivo central: realizar o bem e defender as pessoas do mal.

Há uma relação de suporte entre a religião e o direito no Islã, e o abandono desta relação afasta as massas do bom senso na compreensão do Islã e da *Shari'a* e na interpretação dos acontecimentos da história. O entrelaçamento entre religião, moral e direito pertence às especificidades do pensamento islâmico. Como a expansão do Islã foi acompanhada por uma expansão da *Shari'a* e o seu refluxo por um refluxo paralelo, do mesmo modo, é evidente que a segregação da *Shari'a* atinge a religião islâmica em um dos seus pilares e faz com que ela perca a sua segurança, não sendo mais ponto de referência e fundamento das sociedades que professam o Islã como religião.

Convém, todavia, fazer uma distinção entre a *Shari'a* e o *fiqh*. A *Shari'a* são as regras estabelecidas por Deus em favor dos seus servidores. As suas fontes principais são o Alcorão e a Suna, que são um dom divino que não muda. O *fiqh* é o conhecimento das regras da *Shari'a* em relação aos atos dos servidores, ou, ainda, o desenvolvimento das regras da *Shari'a* sobre a base de elementos de fato e graças a um esforço de interpretação. O *fiqh* deve adaptar-se às mutáveis exigências da vida e pôr-se em harmonia com as necessidades humanas, no quadro da religião. A mudança não significa aqui uma modificação das regras iniciais, às quais se refere rigorosamente, mas significa mudança das modalidades aplicativas em um contexto mutável ou em circunstâncias diversas. Este método não vale apenas para a *Shari'a*. Vale também para a interpretação de qualquer texto jurídico, uma vez que a interpretação não é a simples revelação do sentido das palavras e das expressões. E, portanto, o *fiqh*, na sua essência mesma, além do ponto de vista técnico, é a ligação do texto com a realidade, é a compreensão dinâmica da disciplina comandada pelo texto, inserida no contexto de determinada realidade social. As interpretações do texto, mesmo sendo este último estável, não se esgotam nunca, porque operam em função de uma realidade que não é finita. O esforço de interpretação (*ijtihâd*) é o meio específico para entender um texto imutável em função de realidades mutáveis.

Essa é a diferença substancial entre a *Shari'a* e o *fiqh*. Deve ser claro para aqueles que tomam a defesa da *Shari'a* o fato de que eles não podem trocar a sua natureza divina, e portanto imutável, com as opiniões dos jurisconsultos emitidas em um contexto mutável. Isso deve ser claro também para aqueles que acusam as regras do *fiqh* de serem obsoletas. A crítica não pode ser dirigida àquilo que tem um fundamento estável no Alcorão e na Suna, ou seja, à *Shari'a*. E é por isso que é preciso levar em consideração aquilo que separa a *Shari'a* do *fiqh*, e depois recorrer aos meios técnicos específicos procedendo desta distinção.

A partir do século XIX, três elementos entrelaçaram-se entre si, e a sua junção está na origem da crise que caracterizou, por exemplo, as estruturas legislativas nas diversas regiões do Estado otomano, que depois, no decorrer do século XX, se dissociaram do Império e se tornaram unidades políticas autônomas. Não é apenas um destes três elementos que está na origem da crise: é a desordem geral que estes três elementos combinados provocaram ao mesmo tempo.

1.1. O primeiro elemento é o imobilismo do processo legislativo fundado sobre a *Shari'a* islâmica. É uma situação que herdamos dos séculos da decadência islâmica e dos acontecimentos sociopolíticos que decorreram disso. Não pretendo sustentar que o imobilismo foi causado ou é causado pela *Shari'a* islâmica (enquanto conjunto de princípios fundamentais extraídos do Alcorão e da Suna). Aquilo que pretendo criticar é, antes, o imobilismo que caracterizou a obra de interpretação das regras do *fiqh* islâmico. Foi uma posição conservadora, mas de um conservadorismo ligado a circunstâncias concretas e que tinha uma função de resistência em relação à vontade despótica do sultão. Isso multiplicou o apelo à renovação, quando as circunstâncias foram diversas, como aconteceu com Ibn Taymiyya, Ibn 'Abd al-Wahhâb e outros, no decorrer dos dois últimos séculos[4].

1.2. O segundo elemento é o surgimento imperioso de uma necessidade de reforma e de renovação da sociedade e das estruturas políticas, tornado necessário por uma situação de vigoroso despertar social e político. Isso tornou absolutamente necessário também uma reforma e uma renovação da atividade legislativa. Não é a reforma do legislativo que, em si, produziu a crise: é o modo pelo qual a reforma foi realizada. Se levarmos em consideração os programas de reforma, como os de Suleymann III e de Mehmed II, em Istambul, ou de Muhammad'Alî, no Cairo[5], tem-se uma dupla impressão: esses chefes islâmicos, por um lado, desejariam ter conservado o passado, mas não conseguiram conter a decadência do mesmo; por outro, recorreram ao progresso da modernidade – que vinha do exterior – sem que um elemento tenha se inspirado no outro ou tenha interagido com esse. Isso se mostra claramente nas instituições educacionais e judiciárias, assim como no regime da administração, do direito e da economia. É assim que foi desagregado e dividido o ambiente social e intelectual desses países islâmicos cujas conseqüências herdamos ainda hoje.

---

4. Líderes reformadores islâmicos de escola hanbalita, conhecida por seu rigorismo (N. do R.).

5. Respectivamente sultãos otomanos e fundador de uma monarquia egípcia independente, cujos projetos de reforma vieram à luz a partir da primeira metade do século XIX (N. do R.).

1.3. O terceiro desses elementos é a invasão colonial européia: uma invasão primeiramente política e econômica, depois militar. Trata-se de um evento que tem grande importância na nossa história moderna, tanto pela profunda influência que exerceu sobre todos os aspectos da sociedade islâmica, como também pelas reações que necessariamente provocou. Tratou-se, antes de tudo, de uma agressão colonial devido às constrições políticas e econômicas que foram impostas aos povos do Islã. À agressão seguiu-se depois o complexo processo de resistência à invasão: a superioridade do invasor, em matéria de ciência, de técnica e de organização, nos obrigou a aprender dele, a seguir as suas regras. Estas circunstâncias geraram um outro problema: tivemos de aprender dos invasores e, ao mesmo tempo, resistir a eles.

Tudo isso ocorreu sem que houvesse a renovação esperada. Fundaram-se muitas instituições novas e apesar disso o imobilismo se acentuou[6]. As novas instituições se desenvolveram paralelamente às instituições tradicionais, o que tornou impossível uma interação entre os dois diversos níveis institucionais que desse um novo impulso às instituições tradicionais – sustentando e fortalecendo as suas características de autenticidade – e permitisse, ao mesmo tempo, o desenvolvimento de um novo pensamento e de uma nova sociedade. Era natural que nessa situação, na presença de forças coloniais ocidentais, se desenvolvesse no interior dos países islâmicos um duplo espaço social: de um lado, as instituições modernas, de raízes superficiais, mas muito ativas; de outro, as instituições tradicionais já desvigoradas e enfim marginalizadas.

2. O *fiqh* islâmico antes da colonização

Podem ser resumidos os pontos essenciais da fraqueza e do atraso de que sofreu o pensamento islâmico, de modo geral, a partir do século XVII, por causa da opressão exercida sobre o pensamento por uma difusa forma de determinismo, mas tam-

6. Faz-se referência aos novos tribunais e códigos de modelo francês, que prevaleceram apesar de a potência colonial no Egito ser a Inglaterra (N. do R.).

bém pela influência de doutrinas como aquelas da "unidade da existência" (*wahda al-wujûd*), das "soluções" (*hulûl*) e do "unionismo" (*ittihâd*). O movimento de renovação e as suas reivindicações puderam, todavia, emergir e se desenvolver na periferia dos vários Estados islâmicos, onde o poder central se enfraquecia e o impacto das instituições tradicionais era menos forte, ou também nas regiões distantes da autoridade do Império otomano[7]. Todos os pensadores emblemáticos da reforma e da renovação do pensamento islâmico, em geral, e do conhecimento da *Shari'a*, em particular, surgiram a partir do século XVIII no Sul da Península arábica, no Leste do Iraque e da Índia, no Oeste do Maghreb. Eles apareceram no cenário da ação política e do apelo ao pensamento nas confrarias sufistas e nos lugares de maior propagação do Islã. Tudo isso faz pensar que se tratou de um fenômeno muito geral, pelo menos a partir do século XVIII. Nesse contexto e nessa época, tratava-se de um movimento islâmico somente oriental. A luta contra o Ocidente e a tentativa de replicar à impelente ameaça que esse representava estão entre as causas do seu surgimento e da sua expansão, sobretudo no Maghreb, mas permanece o fato de que nos primeiros tempos esse movimento não era influenciado pelo pensamento ocidental – que seria imposto apenas em seguida –, nem em relação aos seus métodos modernizadores, nem no que dizia respeito às suas fontes, aos seus instrumentos intelectuais ou aos seus órgãos de ação e de organização.

Todos os apelos ao despertar dos quais se fez menção eram concordes sobre o princípio da superação da tradição e da retomada do esforço de interpretação, o que assegurava a possibilidade de uma unificação dos movimentos que defendiam esse processo. Estes apelos tinham uma dimensão universal: isso deixava pressentir que teriam se expandido, que a sua convergência os teria fortalecido e teriam se harmonizado com aquilo que impunham as condições socioeconômicas, para dar continuidade ao processo de renovação e para enfrentar os seus perigos. Tudo isso se produziu no quadro de uma luta con-

---

7. Tal foi o caso do Najd di Muhammad b. 'Abd al-Wahhâb (1703-1791), do Iêmen sob o imã Muhammad b. 'Abd Allâh al-Shawkânî (1758-1834), do Iraque de al-Shihâb al-Alûsî (1803-1854) e do Maghreb, com 'Abd al-Qâdir a-Jazâirî e depois com Muhammad b. 'Alî al-Sanûsî (1787-1859).

tra Estados fracos, marcados por freqüentes crises, e de instituições intelectuais tradicionais sempre mais anêmicas e pretensiosas. Apesar disso, os movimentos inovadores acabaram muito cedo por declinar e fechar-se em um total isolamento. Nada de relevante restou dessa experiência, ainda mais porque a navalha da agressão européia cortou tudo em qualquer campo (político, econômico, intelectual) e modificou toda a sociedade islâmica de cabo a rabo.

É possível constatar, entre outras coisas, que a onda de renovação se desenvolveu em circunstâncias diversas após a invasão colonialista européia. Esta última infiltrou-se lentamente e depois se apoderou do próprio centro da região islâmica, para tomar, enfim, o controle total de muitos países. De inicial ocupação militar, a sua penetração transformou-se em uma forma de controle político e econômico, à qual se acrescentou uma intrusão cultural, que modificou completamente as instituições sociais e intelectuais[8].

É importante notar que nesse novo contexto o movimento islâmico teve de enfrentar situações consideravelmente diferenciadas entre si, que exigiam abordagens intelectuais muito diversas. Isso todavia não lhe impediu de enfrentar a urgente ameaça colonial em termos gerais, e não como simples ocupação militar. O movimento islâmico teve de lutar contra as ondas de pregação e de publicação de obras de tendência ocidentalizante no campo da vida cotidiana, dos hábitos e do estilo de vida. Esse movimento não se preocupou apenas em reabrir a porta ao esforço de interpretação dos textos, mas se ocupou da importantíssima questão dos fundamentos e dos valores da consciência e da personalidade. E fez tudo isso contrastando as posições contrárias a qualquer reforma, que se limitavam a uma passiva defesa dos fundamentos e das instituições islâmicas no ensino, na justiça, no pensamento[9].

---

8. A onda reformadora aumentou nessas mesmas regiões invadidas, e os seus mais célebres representantes são al-Afghânî (1822-1889), Muhammad'Abduh (1849-1905), Khayr al-Dîn al-Tûnsî (1822-1889), 'Abd al-Hamîd b. Bâdîs (1889-1940).

9. Encontramos aqui os escritos e as posições adotadas pelos xeques mais emblemáticos: Muhammad'Alîsh, Hasan al-'Adawî, Hasûna al-Nawâwî, Salîm al-Bishrî, Muhammad Bakhît, Muhammad Shâkir e Yûsuf al-Dajawî.

3. A infiltração das legislações ocidentais

Falar daquele que é chamado o movimento da reforma do direito, que se afirma no século XIX, significa falar de um dos ramos do movimento geral de reforma daquele período. Durante o período dos Tanzîmât – que se estende ao longo das duas décadas dos reinados dos sultãos 'Abd al-Majîd e 'Abd al-'Azîz, e se interrompe por volta do ano de 1890, cerca de quatro anos depois que 'Abd al-Hamîd II tinha tomado o poder – o movimento de ocidentalização (*haraka al-taghrîb*) foi ativo no Estado otomano, tanto no ensino como na organização das instituições. A penetração política, econômica e cultural dos Estados ocidentais acentuara-se: em 1840 foi promulgado um conjunto de leis penais e foram instituídos dois tribunais que eliminaram o contencioso penal à jurisdição ordinária. Além disso, foi instituído o tribunal misto do comércio, que subtraiu o contencioso civil à jurisdição tradicional. Depois foi a vez dos tribunais civis e correcionais mistos.

No período de quarenta anos a expansão das legislações ocidentais submergiu as instituições do Estado otomano e levou a termo o processo de segregação da *Shari'a* islâmica. A legislação ocidental tomou o controle dos regimes judiciário, comercial, fundiário e penal. Sabe-se que o regime comercial regula as relações do trabalho em comum, comercial e industrial. Este regime, junto com o regime fundiário, dá forma ao controle da atividade econômica produtiva e comercial. Nada escapa a essa expansão legislativa européia, com exceção do regime dos atos civis cotidianos não comerciais (estatuto das pessoas).

A legislação ocidental infiltrou-se lentamente no regime jurídico egípcio após o tratado de Londres de 1840. Este fenômeno realizou-se graças aos estatutos do comércio e às Câmaras de Comércio. Após a abertura do mercado egípcio, conformemente a esse Tratado, e após os reinos de Sa'îd, o *Kedivè* Ismâ'îl acolheu os estrangeiros, chefiados por aventureiros de toda espécie, e os protegeu mesmo nos seus comportamentos não codificados (basta lembrar do regime das capitulações que subtraiu os estrangeiros residentes no Egito à disciplina jurídica e à jurisdição locais), nas suas ações em matéria civil ou comercial, e também nas matérias consulares.

Aos egípcios seriam necessários onze anos para entender a natureza do regime que tinha gerado um semelhante caos e qual era o seu preço. Eles aceitaram a proposta de Nawbâr Bâshâ de substituir um tribunal misto às jurisdições consulares múltiplas, e de submeter à jurisdição única todos os estrangeiros. Juízes estrangeiros obtiveram a presidência das sessões judiciárias e da procuradoria junto ao Tribunal de Primeira Instância. O francês e o italiano eram as línguas oficialmente usadas. Tecnicamente, os direitos usados eram todos de inspiração francesa (direito civil, direito comercial, direito marítimo, direito penal, procedura penal, direito processual civil). Tudo isso já era, afinal, um fato consumado em 1875, ano da inauguração das jurisdições mistas.

Depois de apenas cinco anos, em 1880, o governo egípcio promulgou os decretos que levaram à criação da jurisdição e dos tribunais autóctones. A reforma entrou em vigor em 1883, com a adoção de seis procedimentos, todos extraídos das leis mistas às quais tinham sido feitas pequenas alterações. Falou-se, de modo geral, que a fuga para as leis francesas tinha origem na apatia dos homens de lei islâmica e na sua recusa em organizar os próprios estatutos. Parece mesmo que o projeto de transformar o regime jurídico egípcio em um regime francês tenha sido tramado em uma única noite, por volta dos anos 1860, no alvorecer do reino de *Kedivè* Ismâ'îl. *Kedivè* deu ordem para traduzir em árabe o *corpus* das leis francesas. Ele lançou depois a primeira pedra, em outubro de 1868, de uma escola chamada "Escola de administração e das línguas". O seu programa estava fundado sobre a aprendizagem da *Shari'a* islâmica, do direito civil dos países europeus, do direito natural, do direito romano, do direito comercial, do direito do comércio marítimo, da contabilidade comercial, do direito processual civil e comercial, do direito penal, do direito processual penal, mas também sobre a aprendizagem das línguas árabe, turca, persa, francesa, italiana e latina.

A etapa sucessiva foi aquela das elaborações da época da autonomia do direito (em relação à religião e à moral islâmica). Se se quer falar de autonomia legislativa, não se pode deixar de mencionar 'Abd al-Râziq al-Sanhûrî. Em seguida à supressão das capitulações estrangeiras no Egito, decretada pela Convenção de Montreux em 1937, ele foi encarregado de preparar um novo projeto de Código civil. Al-Sanhûrî desempenhou um papel preponderante nesta grande empresa. Ele realizou o primeiro esboço do Código e se empenhou intensamente nos comitês técnicos encarregados da sua discussão e elaboração. Este grande trabalho tinha o ambicioso objetivo de realizar a autonomia do direito.

Para dizer a verdade, o novo código civil egípcio inspirou-se em três fontes precedentes. O direito comparado constitui a sua fonte principal, seguido pelas práxis jurídicas egípcias e em alguma medida pelo *fiqh* islâmico. O pouco que foi retomado do *fiqh* era extraído do antigo código civil de 1883 – algumas disposições muito limitadas – ou daquilo que se podia encontrar de análogo nas legislações ocidentais (germânica, anglo-saxônica, romana). Al-Sanhûrî tratou o *fiqh* islâmico do mesmo modo que o direito comparado, ou seja, realizou uma distinção entre o texto e a sua fonte. As disposições extraídas da *Shari'a* islâmica transformaram-se assim em disposições de direito positivo, e perderam a ligação que as unia à tradição, quer se tratasse das fontes principais da *Shari'a,* que são o Alcorão e a Suna, ou da obra dos jurisconsultos clássicos do Islã e do patrimônio jurisprudencial que deixaram em herança (*fiqhiyya*).

O novo Código civil definiu, no seu primeiro artigo, as fontes do direito e as organizou em função da sua hierarquia normativa. Por essa razão, faz-se referência, antes de tudo, à "legislação" e no caso em que não se encontre nela uma disposição pertinente, remete-se ao "costume" e à *Shari'a* islâmica. Enfim, sugere-se o recurso ao "direito natural e aos princípios de eqüidade". A idéia da "autonomia do direito", na forma que essa reveste no novo Código civil egípcio promulgado em 1948 e que entrou em vigor em outubro de 1949, correspondia simultaneamente à natureza laica do movimento nacional.

No final da Primeira Guerra Mundial, o Estado otomano não demorou para ser liquidado. A Turquia foi então submetida ao regime de Ataturk, que começou a erradicar qualquer elemento islâmico, tanto em nível do regime político como da sociedade, iniciou um trabalho geral de codificação e fixou o regime do estatuto das pessoas completamente fora das disposições da *Shari'a* islâmica. Naturalmente, os países árabes que tinham se separado do Estado otomano, após o seu desmantelamento, não foram submetidos à obra de radical ocidentalização do mundo islâmico empreendida por Ataturk. Eles adotaram igualmente o *corpus* legislativo herdado do Estado otomano, assim como tinha sido gradualmente modificado pelo poder de ocupação – francesa no Líbano e na Síria, britânico no Iraque – que tinha restringido o campo de aplicação da *Mejelle*[10].

Com o movimento da "autonomia do direito", cujos sinais premonitórios tinham antes de tudo surgido no Egito, depois da Segunda Guerra Mundial, foi necessário escolher, no Oriente árabe, essencialmente entre dois modelos: as leis ocidentais, de um lado, e a *Shari'a* islâmica, de outro. O âmbito no interior do qual escolher entre esses dois modelos estava de fato reduzido às relações de direito privado, permanecendo excluídas as esferas do comércio e das penas, além da organização judiciária. Em síntese, se se examina a situação que prevalece hoje na maior parte dos países árabes, observa-se que todos aplicam as leis extraídas da *Shari'a* islâmica na esfera do estatuto das pessoas. Fora desta esfera não existe senão o conjunto dos países da Península Arábica que extraem o essencial das suas leis da *Shari'a* islâmica.

A isso se pode acrescentar que entre as legislações em vigor hoje nos países árabes – na medida em que a diversidade torna difícil qualquer processo de unificação e de hierarquização – existem aquelas que se inspiram no direito romano (como no Egito, na Síria e no Líbano), as que se inspiram na *Shari'a* (Arábia Saudita e Iêmen) e aquelas que mesclam a legislação islâmica com as regras de direito ocidentais (direito civil iraquiano). Entre outras coisas, a legislação islâmica se aplica tanto aos árabes como às minorias não árabes, como os curdos e os berberes.

10. Código civil otomano baseado sobre a Shari'a islâmica, promulgado em 1876 (N. do R.).

4. O direito e as instituições sociais

O regime administrativo do Egito contemporâneo faz com que os egípcios percam o benefício de uma coisa muito importante: a possibilidade de se reagrupar em associações e em organismos que disponham de certa liberdade e autonomia, capazes de resistir às várias formas de injustiça e de abuso. Se a nova organização governamental estivesse aberta a grupos desse tipo, poder-se-ia construir o Estado sobre esta sólida base, em um regime de autonomia e de representação consultiva do povo, sem por isso subordinar-se aos modelos do Ocidente e dos seus regimes.

O regime sociojurídico islâmico conheceu numerosas instituições homogêneas e coerentes, que se inscreviam no quadro de sistemas de pensamento e de organização jurídica e que serviam como intermediário entre as convicções dominantes, as estruturas organizacionais e os regimes de troca de direitos e de obrigações. À categoria das instituições sociais que desempenham esta função de troca pode-se inserir a família ampliada, a aldeia, o bairro, a corporação, a profissão, a mesquita, a confraria, que constituem igualmente níveis intermediários entre o público e o privado, em função de uma estrutura geral que repousa sobre elementos parentais, profissionais e territoriais. Cada elemento é ligado ao tecido jurídico, aos diversos centros de poder e às situações concretas. Nós encontramos, por exemplo, as regras relativas a inventários, que estão em relação com os vínculos de pertencimento à família ampliada. O mesmo pode ser dito para o depósito da pensão alimentícia aos parentes. Em matéria de relação de vizinhança, encontra-se – outro exemplo – uma espécie de prioridade traduzida em direito, em forma de pré-aquisição da propriedade e em vários acordos, e constata-se que tudo isso está ligado a um conjunto de princípios e de valores consuetudinários.

A instituição de uma autoridade política central sob forma de organização estatal tendencialmente exclusiva permitiu ao poder estrangeiro tomar facilmente o controle da sociedade invadida e enfraquecer qualquer pretensão de resistência à sua política. Foram assim destruídas todas as instituições que teriam permitido ao Estado, uma vez eliminados os invasores coloniais, assegurar a independência nacional, depois ter-se apoiado nelas para desenvolver as próprias políticas. A realização de todos os projetos de desenvolvimento nacional, conduzidos pelos Estados que tinham conseguido a independência nacional, sustentou-se, na sua execução, sobre um único aparelho para os setores do ensino, da saúde, da prestação de serviços, da industrialização das políticas agrícolas. Os Estados que tinham conseguido a independência nacional orientaram todos os seus esforços para a construção de instituições cooperativas nacionais ou populares, sem levar em conta o fato de que certos setores do seu aparelho estavam na raiz da sobrecarga do fardo burocrático e mergulhavam os seus tentáculos por toda parte. Isso teve repercussões sobre todas as estruturas jurídicas.

O direito tornara-se externo às pessoas, sustentado pelo poder puro e simples. O poder tornara-se estranho às massas populares. O direito deixara de ser um regime coletivo, um conjunto de disposições aceitas e uma regra de vida através da qual as pessoas comuns pudessem compor as controvérsias, em função dos próprios vínculos diretos e das próprias relações humanas, com a mediação de um sentimento de pertencimento e de coesão. As relações entre os indivíduos foram determinadas por regras impostas de fora. A vigilância sobre a sua execução foi confiada a setores do aparelho burocrático central, sem nenhum esforço de mútua compreensão (*bi-l-idrâk al-jam'î*). Não é suficiente que o direito seja criado de modo democrático, isto é, de modo coletivo ou através de um sistema representativo. É preciso que este se propague entre as pessoas e siga o curso dos vínculos que prevalecem entre elas. Pode-se notar, aqui, a força vinculante das decisões tomadas pelos "tribunais consuetudinários" (*majâlis'urfiyya*) – aquele que as pessoas chamam no Egito de tribunal do costume", que atua ainda, às vezes, no campo –, apesar do fato de que estes não repousem sobre a autoridade soberana do Estado. A solução dos conflitos é determinada levando diretamente em consideração as relações concretas que unem as pessoas, e isso torna mais fácil a compreensão das situações segundo o bom senso. A força coercitiva desses tribunais deriva do respeito que os circunda na sociedade. Tudo isso se desenvolve muito mais rapidamente e tem um custo menor do que a justiça aplicada pelas instituições que dependem da autoridade central do Estado.

5. O patrimônio islâmico

Parece-me que a questão mais importante com a qual se confronta hoje o mundo árabe-islâmico remeta à oposição histórica entre os fundamentos da civilização árabe-islâmica – que prevaleceu sem conflitos até o início do século XIX – e a civilização ocidental, que se insinuou na esfera política, econômica e militar a partir daquela época. Toda a história árabe-islâmica destes últimos dois séculos está marcada por esse confronto.

Ao longo de todo o século XIX, esse confronto político e militar estimulou os principais intelectuais e dirigentes árabe-mulçumanos. Eles indagaram as razões do poder do Ocidente e tentaram apropriar-se dele, assim como refletiram sobre as razões da própria fraqueza e sobre os meios para pôr remédio a ela. Este processo se desenvolveu, seja no campo da produção e da defesa militar, seja naquele da forma do regime político, dos estilos de governo, do pensamento e dos valores. É natural que, em semelhante processo, a opinião das correntes doutrinárias e das lideranças se fragmentassem e as experiências se diferenciassem.

A potência militar ocidental, baseada sobre a superioridade científica, técnica e organizacional, possuía meios capazes de perturbar os critérios de avaliação de que dispunham esses intelectuais e dirigentes, limitando a sua escolha na definição daquilo que eles pretendiam tomar emprestado do Ocidente e daquilo que deixaram de lado (regime político, pensamento, fundamentos da civilização, convicções religiosas). Sobreveio depois a invasão militar e política, que destruiu completamente os critérios de seleção daquilo que, entre as realizações do Ocidente, poderia ser útil aos árabes e aos muçulmanos. A capacidade de distinguir aquilo que é vantajoso daquilo que não o é foi como que paralisada, e as distinções entre a renovação e a imitação, o renascimento e a mudança, a reforma e a substituição desapareceram por completo.

As importações intelectuais e organizacionais acrescentaram-se às importações políticas, militares e econômicas. Além disso, aquilo que não foi importado, em decorrência de uma escolha, foi introduzido com a força. Deixando de lado os detalhes, pode-se dizer que todos estes fatos chegaram a uma forma de dualidade e de divisão que diz respeito à maior parte das instituições intelectuais, educacionais, políticas, econômicas e administrativas do mundo islâmico. O pensamento religioso convive com o pensamento laico, o ensino religioso convive com o ensino inspirado pelo Ocidente, o sistema jurídico sugerido pela *Shari'a* convive, à sua custa, com o sistema de inspiração francesa, o regime individualista convive com o regime de delegação, os regimes tradicionais de administração convivem com a administração moderna, a produção individual e familiar convive com o sistema das empresas e das sociedades anônimas, e assim por diante em tudo aquilo que se refere ao urbanismo, ao *habitat*, às vestimentas, à alimentação. Estas poucas considerações não dizem respeito a um espaço-tempo diferente do espaço-tempo europeu e do seu surgimento. Elas dizem respeito a dois espaços-tempos diversos no seio de uma mesma sociedade. É isso que ameaça a harmonia social e põe em crise os critérios sobre os quais se funda a adoção da *Shari'a* e dos estatutos do *fiqh* islâmico.

Desse modo, abriu-se uma fenda nos valores de referência da sociedade islâmica, provocando desordem e conflito, não apenas entre as leis e a moral, mas também entre dois modelos discordantes, e o conflito lacera as nossas sociedades assim como opõe dois diversos tipos de legalidade. Isso não remete apenas à deterioração e à fraqueza, nem apenas à fragmentação da sociedade islâmica e às lutas que opõem as suas forças umas às outras: isso cria também uma situação esquizofrênica no próprio indivíduo, suscita a confusão entre dois modelos sedutores de transação social e de comportamento individual e gera uma profunda ambigüidade entre aquilo que é proibido, aquilo que é lícito e aquilo que é obrigatório e necessário.

Estado de Direito e culturas orientais

Os "valores asiáticos" e o rule of law

Por Alice Ehr-Soon Tay

1. Valores asiáticos?

A criação de uma nação e a busca da identidade não são fenômenos peculiares da história moderna. As lições dessas experiências não são aprendidas; as ilusões que alimentam se rompem muitas vezes rapidamente; os sonhos dão lugar a novas dores. São conhecidos os versos satíricos de *The True-Born Englishman*, com os quais Daniel De Foe alertava sobre os riscos que corre aquele que edifica uma nação ou sai em busca da identidade[1]. Um mote irônico do século XIX, menos poético, exprime a mesma coisa: a nação é um grupo de pessoas unidas por um erro comum sobre os seus antepassados e por uma antipatia comum pelos seus vizinhos.

Na Ásia, após o término da Segunda Guerra Mundial, surgiram muitos novos Estados independentes em virtude do processo de descolonização. Aplicáveis originalmente à Europa, as palavras de De Foe e o mote irônico oitocentista são também advertências atuais para os Estados asiáticos, que nas décadas passadas buscaram uma identidade nacional e uma unicidade cultural. O que existe de "novo", portanto, na busca da identidade e na construção das nações asiáticas a partir da in-

---

1. "Thus from a Mixture of all kinds began/ That Heterogeneous Thing, an Englishman/ [...] /This Nauseous Brood directly did contain/The well-extracted Blood of Englishman/" (D. De Foe, *The True-Born Englishman and Others Writings*, Penguin, London, 1997).

dependência? Existem muitos contextos importantes em que elas surgiram e que orientaram o seu desenvolvimento. É preciso examiná-los e dar-lhes a devida relevância se quisermos explicar, ou tentar explicar, de que modo os "valores asiáticos" se transformaram em uma característica específica das sociedades asiáticas contemporâneas, em que consistem e como se relacionam com o papel do *rule of law* nas sociedades asiáticas.

Antes de identificar esses contextos, gostaria de esclarecer que estou ciente de que "Ásia" e "asiático" não são um único conceito de avaliação, assim como não descrevem nem delineiam um espaço geográfico, uma manifestação histórica de caráter espiritual, uma comunidade racial, uma região ou uma unidade econômica: assim como o "Ocidente" não é o conceito inteligível de uma unidade cultural, política, econômica e histórica. A Ásia vai do Japão à China, à Indonésia, às Filipinas, ao Sudeste asiático, até as ramificações do Oriente Médio. A Ásia compreende todas as principais religiões "indígenas" do mundo, e inclui também muitas religiões "adotadas". É claro que não é cultural, econômica e politicamente homogênea; é uma realidade complexa e interessante devido à sua natureza heterogênea. As culturas se encontraram, se cruzaram e se mesclaram; as economias e os Estados mudaram e se adaptaram; as fronteiras nacionais foram traçadas e depois deslocadas, em toda a Ásia, tanto nos tempos modernos como naqueles antigos. Yash Ghai, da Universidade de Hong-Kong, sustenta precisamente isto:

> todas as principais religiões do mundo estão representadas na Ásia, e em um lugar ou no outro são religiões de Estado ou usufruem de um *status* similar: o cristianismo nas Filipinas, o islão na Malásia, o hinduísmo no Nepal e o budismo no Sri Lanka e na Tailândia. Poder-se-iam acrescentar à lista as ideologias políticas como o socialismo, a democracia ou o feudalismo, que animam povos e governos da região. E existem ainda, além das diferenças de religião, outros fatores que produziram uma rica diversidade de culturas. Além disso, uma cultura não é estática, e muitas descrições da cultura asiática eram provavelmente verdadeiras em tempos muito remotos. Tampouco as condições econômicas de todos os Estados asiáticos são similares. O Japão, Cingapura e Hong Kong estão entre os Estados mais ricos

do mundo, ao passo que existe uma pobreza extrema em Bangladesh, na Índia e nas Filipinas. Também os sistemas econômicos e políticos asiáticos mostram uma notável diversidade.[2]

Precisamente porque "Ásia" e "asiático" são conceitos extremamente amplos e incertos, neste, como em outros sentidos, examinarei alguns exemplos de "valores asiáticos" a título meramente ilustrativo para iluminar determinados interesses, motivações e modos de pensar. Colocá-los-ei, sobretudo, no contexto mais amplo de uma cultura de tipo chinês que exemplifica "valores confucianos".

2. Os contextos histórico-políticos

Vejamos agora os contextos em que surgem o termo e a noção de "valores asiáticos" e em que opera o *rule of law*.

2.1. O papel histórico das instituições políticas e jurídicas ocidentais na Ásia

Está implícita, em muitas afirmações feitas em nome dos "valores asiáticos", o pressuposto de que as instituições políticas, as ideologias, as culturas e os valores "asiáticos", de um lado, e aqueles "ocidentais", de outro, sejam pólos opostos, destituídos de recíproca relevância histórica. Esse pressuposto não deriva de modo algum da ignorância, mas da remoção deliberada de provas incômodas.

Entre o final do século XIX e o início do século XX, todos os países asiáticos tinham sistemas jurídicos e políticos "ocidentais". Alguns, por imposição colonial: inicialmente a Índia e as antigas Índias Orientais (hoje Indonésia), depois as Filipinas, a atual Malásia, Cingapura, Hong Kong, o Vietnã, o Camboja e o Laos. Outros, por escolha voluntária: o Japão e por

---

2. Y. Ghai, *Asian Perspectives on Human Rights*, "Hong Kong Law Journal", 23 (1993), p. 342. Em 1993 Hong Kong era ainda um Estado independente.

seu intermédio a Coréia, Formosa/Taiwan e a China nacionalista; e pelo menos um país, a Tailândia, por uma estranha osmose, ligada a fatores individuais realizada por muitos soberanos tailandeses do século XIX.

São vários os caminhos através dos quais essas culturas políticas e jurídicas foram introduzidas, assim como é variado o caráter dos modelos. O *common law* e o sistema parlamentar westminsteriano foram levados pelos ingleses; a administração e o direito civil e romano-holandês foram levados pelos holandeses, pelos franceses, pelos portugueses e pelos espanhóis; e, na segunda metade do século XX, os sistemas soviético-socialistas foram levados pelo comunismo marxista. Com o direito e o regime político de um lado, e as artes, a cultura e os processos educativos de outro, surgiu na Ásia uma variedade de ambientes culturais. Com o risco de incorrer em estereótipos ou na acusação de "essencialismo", proponho definir a característica central das ex-colônias inglesas como "pragmatismo", a das ex-colônias francesas como "elitismo cultural", a das ex-colônias holandesas como "autoritarismo administrativo" e a das ex-colônias espanholas como "hierarquia social". Esses traços influenciam de modo sutil, mas decisivo, o caráter de cada sociedade. Os valores e o posicionamento de um ex-funcionário local britânico como Lee Kuan Yew, ex-primeiro-ministro de Cingapura, não poderiam jamais ter alimentado na burocrática Camboja francesa; um personagem de educação e mentalidade francesa como o rei Sihanouk não poderia jamais ter sobrevivido ao seu longo reino paternalístico no militarismo feudal da Indonésia; a dinastia Nehru-Gandhi não poderia jamais ter reinado e sobrevivido às derrotas e às desforras eleitorais em qualquer país não de *common law*, e um retorno à democracia, como no caso das Filipinas, não poderia jamais ter acontecido.

Seja como for, instituições políticas e jurídicas "ocidentais" foram implantadas, criaram raízes e continuaram a prosperar em cada parte da Ásia – exceto por algum tempo na China e no Vietnã depois da "libertação" de ambos – e a modelar as instituições dos novos Estados. Elas influenciam também a natureza das possíveis mudanças radicais. Por isso John Hazard, decano dos estudos sobre o sistema jurídico soviético, à época em que a expansão ideológica soviética estava em seu ápice na África e na América Latina, sublinhou que nenhum dos Estados sovietizados naquelas áreas, exceto um, tinha sido um país de *common law*. O método por tentativas e erros, característico do processo judiciário de *common law*, havia inculcado profundamente o hábito das adaptações graduais em vez de incitar à reordenação revolucionária! As duas exceções na lista de países de *civil law* e de *common law* que mantiveram as suas instituições "ocidentais" depois da libertação ou da independência são o Vietnã e a República Popular da China, que se tornaram e permaneceram comunistas. Mas são exceções que, por um aspecto central e de importância crucial, confirmam a regra. Com a adoção da economia (socialista) de mercado, também a China e o Vietnã retornaram à "família" dos sistemas de *civil law*, aprovando códigos civis baseados no modelo alemão oriental e instituindo um processo penal de tipo europeu continental. A história da China é, naturalmente, mais complexa. O sistema de *civil law* que se tentou instaurar entre os anos 1920 e 1930 não teve a menor possibilidade de se enraizar no continente, ou, depois de 1949, em Taiwan, até tempos muito recentes. Mas, com a política de portas abertas e com a reforma econômica, a China ainda uma vez adotou os modelos jurídicos europeus de tipo codificado, com seus sistemas classificatórios, conservando várias características dos predecessores de tipo soviético-socialista, por sua vez baseados fundamentalmente sobre o *civil law*.

O que vale para as estruturas jurídicas vale também para as estruturas políticas. O sistema parlamentar westminsteriano, o governo bipartidário ou multipartidário, as eleições democráticas, o *rule of law*, a separação dos poderes, todos são conservados, adotados ou adaptados nos países asiáticos de recente independência ou de recente industrialização, com o acréscimo de algumas monarquias constitucionais (a Tailândia, o Camboja e a Malásia) e de duas monarquias absolutas (o Brunei e o Butão).

Seria, portanto, um sinal de preconceito ou de ignorância considerar a "democracia" e o *rule of law* como estranhos aos Estados asiáticos ou como conceitos totalmente novos naquela área, destituídos de raízes ou de bases nas sociedades asiáticas. A verdade é que, até a independência, os aspirantes "locais" ou "indígenas" à liderança política eram rapidamente liquidados pelas autoridades coloniais e não tinham a oportunidade de pôr em prática a sua percepção do processo democrático ou de exercer o seu talento no governo democrático: eram relegados a funções de baixo ou médio nível na administração pública ou, se insistissem em demasia, eram acorrentados e conduzidos aos centros de detenção como agitadores, com base em regulamentos de "emergência" ou de ordem pública. Mas, como administradores de baixo nível ou funcionários de grau inferior, tiveram um aprendizado no governo da maior parte das administrações coloniais regidas pelo princípio da legalidade. O valor e a influência prática dessas experiências não devem ser menosprezados. Em todas as colônias inglesas, as cúpulas dos sindicatos eram "indígenas/locais", preponderantemente indianos. Nas escolas indígenas havia professores locais, eles também preponderantemente indianos, formados no local ou na "metrópole" colonial, com base em manuais imperiais e examinados ao final dos cursos pelas autoridades universitárias inglesas, holandesas ou francesas. Os sindicalistas, os professores, os jornalistas e outros intelectuais formavam o ambiente tradicional do qual se erguiam as exigências de liberdade, igualdade e democracia, e do qual provinham os líderes políticos radicais.

2.2. *A rejeição ou a modificação das infra-estruturas ocidentais herdadas*

O ponto de partida dos novos Estados asiáticos independentes em busca de identidade nacional é, portanto, "ocidental". O grau em que esse ponto de partida foi rejeitado ou modificado varia enormemente. As variações dependem, em parte, da duração do governo colonial, do seu caráter, das circunstâncias nas quais amadureceu a independência, da formação e da natureza da liderança local do momento: maior é a duração do governo colonial, maior é o enraizamento dos modelos "ocidentais"; mais dura a luta pela independência e mais brutal e iníquo o governo colonial, mais nítida é a rejeição das estruturas coloniais; menos forte a memória e os mitos históricos locais, mais livre é o caminho para o processo democrático.

Assim, por exemplo, a *Índia*, que provinha de trezentos anos de governo e legislação britânicos, apesar de suas divisões culturais, raciais, religiosas e sociais extremamente complicadas e complexas, conservou todos os princípios fundamentais do sistema parlamentar westminsteriano que não podem ser corroídos por uma constituição escrita, nem pela instituição de um presidente da república. O seu caráter democrático foi sancionado quando um período de governo sempre mais autoritário e pessoal, por parte da primeira-ministra Indira Gandhi, foi surpreendentemente interrompido pelo voto popular, mesmo tendo sido sucessivamente restaurado por outro voto popular. Depois de tudo, faz parte da essência da democracia que o povo decida que governo deseja. A tonificante notícia da derrota eleitoral da senhora Gandhi e do Partido do Congresso chegou a mim como um raio de luz em uma espessa camada de nuvens no momento em que predominava a ameaça do autoritarismo asiático e os regimes militares proliferavam de Norte a Sul e do Ocidente ao Oriente. Nas Filipinas, a destituição de Marcos foi obtida fundamentalmente graças ao voto democrático, sustentado pelo People's Power; e foi o voto popular que sancionou, na Birmânia, que o povo de Myanmar não queria o regime militar do Slorc (State of Law and Order Revolutionary Council)[3]. Hoje a Índia orgulha-se, não sem fundamento, de ser a maior democracia do mundo. Os seus primeiros líderes "indígenas" tinham se formado na Grã-Bretanha, na London School of Economic and Political Science, assim como nas universidades de Oxford e de Cambridge. Entre seus líderes do passado e do presente existem advogados, cientistas políticos e filósofos da política. Sua Suprema Corte destaca-se pelo apoio dado a todas as liberdades fundamentais da democracia liberal, como também pela defesa dos direitos das classes pobres e

3. Em 1990, na Birmânia, o regime militar convocou eleições gerais multipartidárias, que viram a National League for Democracy (NID), apoiada por partidos menores que compartilhavam sua plataforma, conquistar 78% do voto popular. Todavia, o regime militar se recusou a ceder o poder como havia prometido e o detém ainda hoje.

oprimidas, dos sem-casta e das castas inferiores, das mulheres e das crianças.

Pode-se dizer a mesma coisa de *Cingapura* e da *Malásia.* Tendo atrás de si a metade dos trezentos anos de dominação inglesa da Índia, e uma independência recebida, por assim dizer, sobre uma bandeja de prata, sem combate, os dois Estados aceitaram com poucas emendas o sistema parlamentar multipartidário westminsteriano, proposto pelos governadores britânicos no momento da partida.

É verdade que Cingapura teve, desde então, trinta anos de governo de fato monopartidário. Até poucos anos atrás, quando foi introduzida uma forma de representação coletiva ou de grupo (*Group Representative Constituencies*) para assegurar a representação dos interesses das "minorias étnicas", assim como dos grupos de interesse e das categorias funcionais (*Non Constituency Members of Parliament*), o caráter democrático do processo eleitoral se manteve, de modo que em linha de princípio (mas com poucas probabilidades, na realidade) o Partido de ação do povo, que ocupa já há trinta anos quase todas as cadeiras no Parlamento, mas que perdeu muita popularidade nos últimos anos, podia ser derrotado nas eleições. Na verdade, todos os aspectos externos do *common law* são respeitados: tanto que, quando Lee Kuan Yew e seus ministros se cansam das declamações de um oponente político enfadonho, eles não têm necessidade de recorrer à prisão arbitrária ou à detenção em nome de poderes de emergência ou de ordem pública, mas apelam simplesmente, para neutralizar o distúrbio, aos princípios do *common law* sobre a difamação ou à legislação. Apesar de ter movido até hoje dezenove ações por difamação contra os seus críticos enfadonhos, é verdade que Lee Kuan Yew nunca perdeu nenhuma delas. Poder-se-ia acusá-lo de ter inventado uma nova definição de litígio vexatório, mas não de evitar o procedimento judiciário. Também Cingapura, assim como quase todos os sistemas de *common law,* foi dominada pelo *statute law,* tornando-se um país de direito legislativo. O *common law* praticamente parou de se desenvolver: o seu pleno e real desenvolvimento exporia o governo a uma imprevisibilidade que lhe seria pouco adequada. A legislação em si pode distorcer a verdadeira função do *common law* e põe em perigo o *rule of law*, mas é produzida no interior de uma estrutura caracterizada tanto pela democracia como pelo *rule of law*[4].

A *Malásia*, devido à sua colocação histórica no mundo muçulmano e ao papel de seus governantes tradicionais como autoridades supremas em todas as matérias religiosas, acrescentou ao seu modelo parlamentar westminsteriano uma estrutura federal e uma monarquia constitucional, ou melhor, dez "monarcas" – os nove sultãos dos nove estados da Malásia e o super-rei eleito pelos nove governantes como símbolo da monarquia federal – cujas funções são análogas às da monarquia inglesa. A monarquia malaia é acompanhada por uma Conferência dos governantes que decide a respeito de todas as questões concernentes à religião islâmica e relativas aos privilégios e às imunidades dos nove reis (*Agong*) e do super-rei (*Yang Di Pertuan Agong*). Como Cingapura e a Índia, a sua constituição prevê um poder judiciário independente. Com a diferença de que na Índia, assim como em Cingapura, a independência do poder judiciário malaio foi atacada pelo primeiro-ministro nos anos 1980 e sofreu um declínio do seu papel público e uma afronta que espantou o mundo democrático pela sua natureza não dissimulada. Não há espaço nesse contexto para reconstruir toda a história dessa intromissão, que, por outro lado, foi amplamente analisada e documentada em outro lugar[5]. O poder judiciário malaio foi intimidado com sucesso. O processo e a condenação do ex-vice-primeiro-ministro Anwar Ibrahim, ocorridos em 1999, confirmaram a suspeita de que o poder judiciário malaio não administra a justiça sem temores e sem preconceitos.

O *Vietnã*, a *China* e a *Coréia do Norte* passaram para o comunismo. Vale a pena observar como os três retornaram à zona de influência da cultura chinesa e tiveram formas jurídi-

4. Cf. Tan Yock Lin, *Legal Change and Commercial Law in Singapore*, em A. Tay (organizado por), *East Asia: Human Rights, Nation-Building, Trade*, Nomos, Baden-Baden, 1999, pp. 27-69.

5. Cf., por ex., R. H. Hickling, *The Malaysian Judiciary in Crisis*, "Public Law", 20 (1989); F. A. Trindade, *The Removal of the Malaysian Judges*, "Law Quarterly Review", 106 (1989), p. 51; H. P. Lee, *A Fragile Bastion under Siege: The 1988 Convulsion in the Malaysian Judiciary*, "Melbourne University Law Review", 17 (1990), p. 386.

cas de *civil law*. Os três, inclusive a Coréia do Norte, em uma forma muito primordial, voltaram recentemente àquele sistema jurídico em concomitância com a economia de mercado regulada e o *rule of law*. O Vietnã e a China, todavia, deram início, o primeiro, a um programa de reformas econômicas e a segunda a uma economia multissetorial ou a um regime misto (socialista e de mercado), que exigem a criação, a reforma e o refazimento do sistema jurídico. No decorrer desse processo, os dois países reconheceram que a estrutura de seus sistemas jurídicos modernos é fundamentalmente de *civil law*, mesmo que boa parte da legislação comercial e financeira esteja inspirada nos modelos anglo-americanos e internacionais.

A *Birmânia/Myanmar* e a *Indonésia* – sem nenhuma ligação entre si que possa fornecer uma explicação – passaram direta ou indiretamente sob o controle dos militares[6]. Numerosos estudos especializados atribuem a causa do longo período de governo militar sucessivo à independência da Birmânia à sua primeira história hindu, que traz consigo a negação da igualdade dos seres humanos, a glorificação do culto do guerreiro como emerge na grande épica da cultura hindu, a prioridade absoluta do líder forte, ao qual corresponde a passividade da população rural[7]. Também relacionaram características culturais desse tipo à brutalidade da era de Pol Pot[8]. No caso da Indonésia, ao ritual externo, a forma da democracia, se sobrepôs um paternalismo de princípio que substituiu o duro paternalismo holandês, introduzindo o conceito de "democracia guiada" na nova (de 1959), agora velha, ordem. Sob a "democracia guiada", após eleger o governo e o presidente, o "espírito" do povo teria se "libertado" na maneira e na direção estabelecida pelo líder. Assim o ex-presidente Sukarno afirmava em 1º de junho de 1945, antes que fosse declarada a indepen-

6. O ano de 1998 viu o fim do regime de trinta anos de Suharto, substituído pelo vice-presidente Habibie, que, por sua vez, foi derrotado nas eleições de 1999, que decretaram a vitória de Abdurrahman Wahid.

7. Cf. L. Fernando, *The Burmese Road to Development and Human Rights*, em A. Tay (organizado por), op. cit., pp. 282-332.

8. L. Fernando, *Khmer Socialism, Human Rights and the UN Intervention*, ibid., pp. 441-97.

dência nacional, que ela era essencial para a liberdade pessoal do indivíduo:

> se todos os 70 milhões de indonésios tivessem de ser livres mentalmente antes de poder conseguir a independência política, repito, não teríamos uma Indonésia independente até o dia do Juízo. É no interior de uma Indonésia independente que libertaremos o nosso povo. É no interior de uma Indonésia independente que libertaremos o coração do nosso povo.

Nessa exigência de libertação do povo, mesmo depois da independência, estão implícitos o reconhecimento da soberania do povo, dos seus direitos e obrigações, e a defesa dos direitos do homem e do cidadão. Ter-se-ia instaurado um ordenamento constitucional no qual o Estado teria sido o instrumento com o qual o povo teria realizado os seus ideais, e os poderes do governo teriam sido postos no interior de uma estrutura constitucional que protegesse os direitos do homem. Em outras palavras, o *rule of law*! Todavia, a Indonésia tornara-se rapidamente o caso paradigmático de regime militar/autoritário asiático. Por quê? Como?[9]

Penso ter dito o suficiente para delinear um cenário das estruturas e dos valores políticos e jurídicos a partir dos quais os Estados asiáticos iniciaram a sua existência independente. Não é convincente, portanto, afirmar que a história e a experiência recente desses países não fossem propícias à democracia e ao *rule of law*. O desvio em relação a esses princípios deve ser explicado através de outras causas.

2.3. *A era da internacionalização e da ideologização dos preceitos fundamentais da dignidade e, portanto, dos direitos humanos*

A era da criação dos Estados nacionais asiáticos e da sua busca por uma identidade teve início com a fundação das Na-

---

9. Cf. A. B. Nasution, *Democracy's Struggle in Indonesia*, em L. Palmier (organizado por), *State and Law in Eastern Asia*, Dartmouth Publishing Co., Aldershot, 1996, pp. 23-69.

ções Unidas e continuou com a queda do comunismo na Europa Oriental e na União Soviética. Essa época viu a internacionalização da política e da economia, a americanização da cultura e a ideologização do conceito de ser humano como fim, e não como meio de qualquer ação social.

Para os povos asiáticos, assim como para os africanos, significou o apoio internacional à exigência, inicialmente de independência e depois de nacionalidade. Uma vez obtida a independência, foi necessário recomeçar a viver. Havia uma infinidade de problemas: a necessidade de alimentar uma população cronicamente pobre e faminta, o controle do crescimento demográfico, a reconstrução depois da devastação provocada pela invasão e pela ocupação nipônica, o encaminhamento de uma economia anteriormente dirigida pelos governos e pelas empresas coloniais em seu exclusivo benefício, a atribuição de responsabilidades e do ônus que antes eram monopólio do governo colonial, a exigência de construir uma sociedade coesa a partir de uma mescla de comunidades imigrantes que não se consideravam um povo, mas povos distintos e separados, sem direitos e responsabilidades comuns: tudo isso agora recaía principalmente sobre os ombros de jovens radicais que pediam e obtiveram liberdade e independência.

O "direito ao desenvolvimento" perorado pelos pactos e pelas declarações das Nações Unidas significava, no início, nada mais do que o direito de receber ajuda. A Assembléia Geral das Nações Unidas definiu o desenvolvimento como

> um processo econômico, social, cultural e político geral voltado para o constante melhoramento do bem-estar de toda a população e de cada indivíduo, com base na participação ativa, livre e significativa ao desenvolvimento e à justa distribuição dos benefícios resultantes (41.ª sessão, novembro de 1986).

Para aqueles que estão empenhados na luta pela simples subsistência, para construir indústrias e escolas, para o alimento e o vestuário, para proteger e defender centenas de milhões de pessoas, o direito ao desenvolvimento, afirma-se, não deixa espaço aos direitos civis e políticos. Ao mesmo tempo, as instituições econômicas internacionais que prestam assistência – o Banco Mundial, o Fundo Monetário etc. – exigem o respeito aos direitos humanos fundamentais e ameaçam suspender a ajuda.

A internacionalização da ideologia dos direitos humanos, juntamente com o fim da Guerra Fria, liberou as energias do Ocidente e permitiu que sua atenção se concentrasse no cenário asiático. Na Ásia, narram-se histórias preocupantes, e há muitas provas, de detenções arbitrárias, de prisões prolongadas, de maus-tratos, de brutalidade e de formas horríveis de tortura praticadas pelos governos, seja sobre os próprios cidadãos (ou súditos), seja sobre os cidadãos alheios por motivos religiosos, intelectuais ou políticos; de censura e de controle dos meios de comunicação, de manipulação e de atentados à independência do Poder Judiciário etc. Em resumo, há provas evidentes de que a situação dos direitos humanos na Ásia é cada vez menos satisfatória.

Pede-se a esses Estados que melhorem a própria situação, que reconheçam os direitos civis e políticos dos cidadãos, além dos direitos sociais, culturais e econômicos. A tese ocidental é que a universalidade dos direitos humanos implica que esses sejam princípios que todas as nações devem observar, que esses estejam acima das leis locais e não possam ser limitados ou suprimidos, em qualquer lugar, por elas. O surgimento dos direitos humanos como um princípio de direito internacional consuetudinário aplicável a todas as nações significa que nenhuma nação pode fingir ignorá-los, nenhuma nação está protegida contra as acusações de abusos. O poder das manifestações de protesto e das condenações internacionais e o papel das Nações Unidas não podem ser subestimados. Testemunha disso é a história do percurso do Camboja em direção à democracia[10].

Mohamed Mahatir reconheceu muito bem a conexão entre esses dois fatores, quando sublinhou, em 1994, que

> o fim da Guerra fria e a queda da União Soviética nos deixaram um mundo unipolar. Caíram todas as pretensões à não-interferência nos assuntos internos das nações independentes. Foi

---

10. Cf. L. Fernando, *Khmer Socialism, Human Rights and the UN Intervention*, cit., passim.

enunciada uma nova ordem internacional em que os países mais poderosos reclamam o direito de impor o seu sistema de governo, o seu livre mercado e o seu conceito de direitos humanos a qualquer outro país.[11]

2.4. O milagre asiático e a liderança asiática

Não existe Estado asiático que não tenha sido atingido pela Segunda Guerra Mundial. Todos sofreram danos gerais e específicos nas próprias economias e no próprio ambiente físico. Todavia, por volta de dez a quinze anos, todos iniciaram o processo de reconstrução e no período de vinte anos todos conheceram um forte crescimento econômico. As nações asiáticas transformaram-se rapidamente de simples economias agrícolas exportadoras de matéria-prima em estados industrializados ou em via de industrialização, e depois em nações tecnologicamente evoluídas. Foi o milagre asiático. Surgiram os dragões e os tigres asiáticos. O nível de vida de Hong Kong, de Cingapura, do Japão ou de Taiwan coloca-se confortavelmente nos dez primeiros lugares da classificação das economias do planeta. Em qualquer lugar da Ásia, o percentual da população que vive abaixo do nível de pobreza diminuiu pela metade, e depois em três quartos. O século que começa no ano de 2001 foi anunciado como o século da Ásia e do Pacífico.

No próprio Extremo Oriente, os *kampong* malaios e as hortas chinesas deram lugar aos supermercados e aos centros comerciais; as oficinas artesanais, os quiosques e as adegas foram gradualmente suplantados por arranha-céus residenciais; as fábricas de alta intensidade de mão-de-obra transformaram-se em vistosos complexos industriais e depois em áreas tecnológicas com mão-de-obra altamente qualificada. Os McDonalds competem com as banquinhas e com os vendedores ambulantes. As ruas de Bangkok estão, enfim, congestionadas por veículos particulares e de empresas, por transportadoras internacionais, por ônibus de turismo e outros sinais exteriores de

11. Discurso proferido por Mohamed Mahathir na International Conference on Rethinking Human Rights, Kuala Lumpur, 6 de dezembro de 1994.

uma economia globalizada e de uma correspondente prosperidade. A Ásia terminou o século XX com ótimos resultados econômicos:

> o estilo de vida e o vocabulário político de Cingapura foram intensamente influenciados pelo Ocidente. Calculo que a influência ocidental pese em sessenta por cento, em relação a uma influência de "valores asiáticos" em torno de quarenta por cento. No decorrer de vinte anos, essa relação está destinada a mudar, à medida que a Ásia oriental produzir com sucesso os seus produtos de massa e cunhar seu vocabulário político. A influência ocidental sobre o nosso estilo de vida, sobre a alimentação, sobre o vestuário, sobre a política e sobre a mídia diminuirá em torno de quarenta por cento, enquanto a influência asiática aumentará em sessenta por cento.[12]

Essas afirmações de Lee Kuan Yew são sufragadas com fatos e cifras por Tommy Koh Tiong Bee, o conhecido e muito estimado diplomata de Cingapura, com vinte anos de serviço em Nova York e em Washington:

> excluindo uma excepcional catástrofe, o Banco Mundial e o Fundo Monetário Internacional estão otimistas quanto ao futuro da Ásia oriental. Prevêem que o total do Produto Nacional Bruto dos países da Ásia oriental continuará crescendo em um ritmo de cinco a seis por cento ao ano, nas próximas décadas. O crescimento seria ainda mais elevado, em torno de sete por cento, excluindo o Japão. O aumento será da ordem de 13 bilhões de dólares (ao câmbio de 1990) para as próximas duas décadas (até 2015), ou seja, um aumento *grosso modo* igual ao dobro da dimensão atual do norte-americano. Mesmo se a Europa e a América do Norte continuarem mantendo um crescimento sustentado a uma taxa moderada, o Produto Nacional Bruto dos países da Ásia oriental deveria ser tão grande, pelo menos, quanto ao total daquele da América do Norte e da Europa, daqui a três décadas (em 2025).[13]

---

12. Discurso proferido pelo *Senior Minister* Lee Kwan Yew na cerimônia do novo ano lunar de Tajong Pagar e Tiong Bahru, em 5 de fevereiro de 1995.

13. T. K. T. Bee, *The United States and East Asia: Conflit and Co-operation*, Times Academic Press, Cingapura, 1995, pp. 2-3.

Do lado político e ideológico, a pretensão asiática à paridade ainda deveria ser apresentada. E os novos países o fizeram, com as armas e os instrumentos difusos pelos dominadores coloniais.

Nos anos 1950, os jovens asiáticos chegavam em bandos ao Reino Unido para sentar-se aos pés dos professores de direito e de política da London School of Economics; para estudar Locke, Hobbes e Hume, Burke, Marx e Lênin. Aprendiam tudo aquilo que havia para ser aprendido, assimilavam e levavam para casa consigo. Voltavam conscientes da própria insatisfação e do desejo ardente de mudar o próprio *status*, de súditos a cidadãos, de funcionários públicos de baixo escalão a líderes de seus povos. Entre os vinte e trinta anos, ganhando autonomia, tomaram nas mãos as rédeas do governo, sem nenhuma experiência anterior, prometendo liberdade, igualdade e independência. No período de vinte ou trinta anos, cavalgando a sorte no Oriente, levaram seus povos em direção à prosperidade e à segurança, fazendo-os assumir uma posição de dignidade e de prestígio na política, na ciência, no comércio. São esses, portanto, os líderes que hoje têm entre sessenta e setenta anos, para os quais o "Ocidente" prega democracia e direitos humanos e pede uma prestação de contas! Como escreveu Anwar Ibrahim, "onde estavam os ocidentais quando combatíamos pela liberdade? E quando lutávamos para sobreviver?".

Esses são, portanto, os contextos histórico-políticos em que temos de examinar o nascimento e a função dos "valores asiáticos". Vejamos agora as suas pretensões.

3. A crítica da noção dos "valores asiáticos"

A expressão "valores asiáticos" foi atribuída ao ex-primeiro-ministro e atualmente *Senior Minister* de Cingapura, Lee Kuan Yew. Foi adotada pelo primeiro-ministro malaio, Mahatir, e por outros líderes políticos asiáticos, inclusive os japoneses e coreanos, e nos últimos anos pelo *chief executive* da região administrativa especial de Hong Kong, Tung Chee Wah. No sentido em que é utilizada por Lee Kuan Yew e pelos líderes do Japão, da Coréia e de Hong Kong, é com freqüência sinônimo de "valores confucianos".

Para esses líderes, a expressão incorpora um sistema de valores que põe o desenvolvimento econômico acima de qualquer outra coisa. Afirma a primazia do desenvolvimento econômico nacional e implica que esse desenvolvimento seja seguido por um melhoramento do nível de vida de todos; disso resulta que os direitos civis e políticos podem ser legitimamente suspensos até a realização do desenvolvimento econômico, e aliás que a negação de tais direitos é necessária para assegurar o progresso econômico e os benefícios derivantes. Paralelamente ao argumento econômico, tem-se a justificação de um governo burocrático e autoritário, dotado do poder de regular e controlar capilarmente a vida dos cidadãos da maneira que os líderes julgarem mais apropriada.

Outra função do argumento "valores asiáticos" é impedir a averiguação da práxis em matéria de direitos humanos seguida pela China, por Cingapura, pela Malásia ou pelo Vietnã, declarando que as críticas às violações dos direitos humanos são "uma interferência nos assuntos internos" de um Estado soberano. Por isso, os defensores dos "valores asiáticos" negam, em nome do relativismo cultural, a universalidade dos direitos humanos como direitos que dizem respeito a todo ser humano como membro da espécie humana.

As atuais reivindicações dos "valores asiáticos" vêem nesses uma encarnação de várias supostas virtudes cardeais do confucionismo: a primazia dos interesses coletivos em relação à comunidade e à harmonia social individual; o respeito pelos idosos, o cuidado pela ordem e a estabilidade, pelo interesse da família e dos parentes, da nação e da comunidade; o valor da frugalidade e da parcimônia, e do trabalho árduo; a disponibilidade em sacrificar a si mesmo e os próprios desejos pela família, o adiamento da gratificação presente por um benefício a longo prazo; o valor do empenho na instrução. Tommy Koh Tiong Bee atualiza esses "valores asiáticos orientais" acrescentando uma lista de outros dez: não acreditar no individualismo "ocidental"; a importância de uma família forte; a ênfase sobre a instrução; as virtudes da poupança e da frugalidade; o valor do trabalho árduo; o trabalho em equipe em nível nacional; a importância do contrato social entre o povo e o Estado; a importância de um ambiente moralmente íntegro; a convicção de que a liberdade não é um direito absoluto[14].

Esses "valores asiáticos", afirma Lee Kuan Yew, tornaram possível o milagre asiático. Produziram a lei e a ordem que reinam em Cingapura e permitiram que se evitasse o caos, a anarquia e a violência da vida urbana das sociedades "ocidentais". Por trás desse argumento existe um conceito de "democracia asiática" que legitima a rígida regulamentação da vida econômica e social e que conferiu a Cingapura a característica de um autoritarismo brando ou burocrático.

Os críticos da noção de "valores asiáticos" proposta por Lee Kuan Yew não têm dificuldade em evidenciar como é problemático aplicá-los à Ásia, contrapondo-os aos valores "ocidentais". Sustentam, portanto, que:

3.1. Obviamente, a Ásia não é uma cultura monolítica; é uma região caracterizada por uma enorme diversidade de culturas e de variações geográficas. A Ásia não é uma unidade cultural uniforme, nem é totalmente incapaz de compartilhar os valores universalistas, estando destinada eternamente a compartilhar valores e interesses opostos. O "confucionismo" pode ser o substrato de algumas culturas asiáticas, mas não de todas. Pessoalmente acredito que nas questões culturais não existam pontos de referência cartesianos plausíveis, e desejá-los, ou afirmar que existem, não os faz nascer. Estou, portanto, de acordo com os críticos e desejaria, ao contrário, acrescentar que são precisamente as diversidades e as mesclas culturais de tantas partes da Ásia que torna as sociedades tão ricas, coloridas, interessantes, duráveis, dinâmicas, elásticas e brilhantes.

3.2. Todos os supostos "valores asiáticos", embora sejam "valores confucianos", podem ser encontrados em qualquer cultura, em diversos graus e em proporções variáveis, em qualquer época histórica.

3.3. Não é também verdade que o confucionismo não deixa espaço para o indivíduo. Ao contrário, uma atenção ex-

---

14. T. K. T. Bee, *The Quest for World Order*, Times Academic Press, Cingapura, 1998, p. 5.

clusiva aos "interesses econômicos nacionais" que a coletividade das sociedades "asiáticas" deveria servir põe em evidência as doutrinas secundárias do confucionismo. O núcleo deste último é o melhoramento moral do indivíduo, e isso leva à elevação moral da comunidade, que põe as bases de um Estado benévolo, que toma conta dos cidadãos. Confúcio expressou esse preceito de muitas maneiras diferentes. Ele afirma, por exemplo, que o cidadão é mais importante do que a família/comunidade e que a família/comunidade é mais importante do que o governante.

3.4. Também não é verdade que a história da Ásia nunca tenha conhecido direitos humanos e individuais, ou a democracia, e que a Ásia não tenha necessidade de tudo isto. Como afirmou o presidente da república coreana Kim Dae Jung, quando era um jornalista dissidente, os argumentos referentes ao respeito pela diversidade cultural parecem extremamente ofensivos, em especial quando usados para justificar um governo autoritário nos Estados asiáticos[15]. Sustentar que os asiáticos não entendem os direitos humanos é extremamente ofensivo, afirmou ele, em relação a todos aqueles, e são muitos os que, na região, conquistaram com a luta as reformas democráticas, freqüentemente enfrentando enormes perigos e dificuldades[16]. Em *Asia's Destiny*[17], Kim Dae-Jung escreveu:

> A Ásia tem uma rica herança de filosofias e tradições orientadas para a democracia. Já deu grandes passos para a democratização e possui as condições necessárias para desenvolver a democracia mesmo além do nível do Ocidente [...] a Ásia não deve tardar, mas instaurar firmemente a democracia e fortalecer os direitos humanos. O maior obstáculo não é a herança cultural, mas a resistência dos governos autoritários e dos seus

15. Discurso proferido por ocasião da atribuição do título de *honoris causa* por parte da Universidade de Sydney, publicado com o título *Democracy Champion Backs Our Asia Role*, "The Australian", 3 de setembro de 1996, p. 2.

16. Department of Foreign Affairs and Trade, *Australia in East Asia and the Asian Pacific: Beyond the Looking Glass*, declaração oficial, 20 de março de 1995, p. 14.

17. Kim Dae-Jung, *Asia's Destiny*, "The Weekend Australian", 31 de dezembro de 1994.

apologetas [...] A cultura não é necessariamente o nosso destino. E sim a democracia.

Kim Dae-Jung não é o único. Aung San Suu Kyi, em *Freedom from Fear*[18], afirmou algo muito parecido: não é uma novidade que os governos do Terceiro Mundo procurem justificar e perpetuar um regime autoritário sustentando que seus países são estranhos aos princípios liberais e democráticos. Advogam para si, implicitamente, o único poder legítimo de decidir o que está e o que não está conforme as regras culturais indígenas.

3.5. Não se pode nem sequer afirmar que, como as noções de "governo democrático" e de "direitos humanos" se baseiam sobre "valores ocidentais", não sejam adequadas para modelar os sistemas constitucionais dos países asiáticos. É óbvio que as idéias e os conceitos não deixam de ser universais apenas porque surgiram em determinada parte do mundo[19]. H. P. Lee, da Monash University, nos adverte que "a fanfarra dos valores asiáticos ofuscou o debate [sobre eles] e que as tentativas de exaltar a dicotomia Oriente-Ocidente, na análise das noções de democracia e dos direitos humanos, ignoram uma circunstância central: determinados valores não são caracterizados pela sua [natureza ou origem] ocidental ou oriental, mas pela sua universalidade"[20]. Por isso, "apesar de tais diferenças, pode-se identificar numerosos valores universais sobre os quais deve fundar-se qualquer democracia. Embora existam muitos modelos de democracia, existe um claro núcleo de valores ou uma última fronteira a ser respeitada na busca da democracia e da liberdade"[21].

---

18. A. S. S. Kyi, *Freedom from Fear and Other Writings*, organizado por M. Aris, Penguin, London, 1995.

19. M. Ng, *Why Asia Needs Democracy: A View from Hong Kong*, em L. Diamond, M. F. Plattner, *Democracy in East Asia*, Johns Hopkins Press, Baltimore, 1998, p. 5; A. Sen, *Human Rights and Asian Values. What Lee Kuan Yew and Li Peng Don't Understand about Asia*, extraído de "The New Republic", 14 de julho de 1997, vol. 217, n. 2-3, p. 33.

20. H. P. Lee, *Constitutional Values in Turbulent Asia*, "Monash University Law Review", 23 (1997), 2, p. 306.

21. H. de Jonge, *Democracy and Economic Development in the Asia-Pacific Region*, cit. em H. P. Lee, op. cit., p. 376, n. 3.

Recentemente, Lee Kuan Yew, em uma entrevista a Chris Patten, último governador inglês de Hong Kong, deu um parcial passo atrás: a expressão "valores asiáticos", afirma ele agora, é simplesmente uma etiqueta, um *slogan*. Não existe nenhum sistema geral de valores aplicável a toda a Ásia, mas existem princípios comuns, como as responsabilidades familiares e o parentesco. Embora esses princípios possam ser universais, desenvolveram-se em diferentes modos. A tradição confuciana, comumente identificada com toda a Ásia, compreende diversas correntes, e embora os valores centrais, como a importância da família e as responsabilidades conexas a ela, possam ser descritos como "asiáticos", outros valores indicados sob essa tradição podem ser igualmente aplicáveis em outro lugar[22].

3.6. Se os "valores asiáticos" são o fundamento do milagre asiático, a quais valores Lee Kuan Yew e seus seguidores atribuem a crise financeira asiática? A melhor estratégia seria a de sustentar que foram os "valores asiáticos" bons que deram suporte ao milagre asiático, e os "valores asiáticos" maus que produziram a crise asiática: estes últimos compreenderiam a tradição feudal de impor tributos aos súditos, o elevado nível de vida dos governantes em meio à pobreza absoluta da população, a obediência cega, o nepotismo e o favoritismo, o poder dos governantes de conceder ou revogar favores, direitos e privilégios, a corrupção, a concussão, a extorsão, as regalias exageradas. Em face do declínio do sucesso econômico do Oriente e ao surgimento de uma grande disparidade entre ricos e pobres em muitos daqueles países, o argumento, talvez, de que a democracia seja necessária ao desenvolvimento, em qualquer sentido plausível do termo, é mais forte do que o autoritarismo. De qualquer modo, como observa Amartya Sen[23], não há provas de que os regimes autoritários e a supressão dos direitos civis e políticos sejam realmente úteis para promover o desenvolvimento econômico.

---

22. "The Straits Times", 28 de setembro de 1998, p. 2.
23. A. Sen, op. cit., passim.

4. Alguns conceitos ancilares

Tomarei agora como exemplo alguns conceitos ancilares sobre o argumento dos "valores asiáticos".

4.1. O confucionismo

Contra aqueles que justificam, em nome do confucionismo, a exaltação dos interesses coletivísticos em detrimento dos interesses individualísticos, basta apenas chamar a atenção sobre a tensão onipresente, na história chinesa, entre os interesses da família e os do Estado, sobre a realidade dos níveis de coletivismo e sobre o pluralismo dos valores que sempre existiram nas sociedades "confucianas". As sociedades japonesa, coreana, vietnamita, taiwanesa, chinesa, todas as sociedades de ascendência cultural confuciana chinesa, seguiram, cada uma a seu modo, o próprio percurso de formação nacional e de crescimento cultural. Poder-se-ia também lembrar, aos defensores do autoritarismo asiático, o poder real e potencial que esse tem de impor a exploração dos súditos no interesse de um único indivíduo, o líder, como também no suposto interesse de um "coletivo" ou comunidade. Uma mulher chinesa sabe que recorrer ao suicídio é a única forma de protesto eficaz e socialmente aceito contra o tratamento desumano que deve enfrentar caso não satisfaça a família – por exemplo, dando-lhe um herdeiro – ou se incorrer na ira de uma sogra por ter tido o amor de seu filho. Mas, não é de modo algum mais amável o destino de uma esposa hindu que não traga o dote prometido, sofrendo por isso inúmeras humilhações e brutalidades.

O confucionismo não prega tanto a afirmação dos interesses da sociedade ou da comunidade através da ordem e da disciplina, quanto o preceito ou a consciência do entrelaçamento, da trama no tempo e no espaço das ações humanas, que faz recair sobre cada autor as conseqüências para si e para os outros da própria ação. As conseqüências indiretas e não imediatas de uma ação recaem sobre a família e sobre os descendentes do agente. Se a consciência das conseqüências impõe vínculos aos agentes, com isso aparecem, na vida social, algumas condições da ordem e os imperativos da disciplina pessoal. Ninguém pode duvidar de que isso seja um bem em si e tenha conseqüências positivas. Mas fazer do confucionismo uma doutrina autoritária, para manter sob controle as diversidades incômodas ou perturbadoras ou para promover a uniformidade como um fácil método de evitar a diversidade ou um pluralismo potencialmente conflitante, significa diminuí-lo. Significa distorcer o seu significado de ética social, que exalta o desenvolvimento das capacidades humanas como resultado do empenho e da escolha moral do indivíduo. O confucionismo não prega a fé cega e a obediência sem discussão, mas preocupa-se com o fato de que um homem deve decidir e ser capaz de influenciar os outros e de escolher um caminho, em lugar de outro, uma ação em vez de outra, levando em conta o benefício a longo prazo para a própria família.

O confucionismo não elimina nem sequer a crítica à autoridade. O dever do intelectual de garantir a boa conduta do governante por meio da crítica é um dever muito alto, mesmo que muito arriscado. Narra-se, por exemplo, que o irascível estudioso Hai Rui tivesse tomado a precaução de comprar o próprio caixão antes de ir expor as suas críticas ao imperador. Por isso, as contradições do confucionismo são muito reveladoras: a instrução e o serviço público gozam de grande consideração, mas não se deve confiar no governo. Por isso, a família tem uma importância ímpar e exige e precisa ter prioridade sobre o serviço prestado ao Estado e até mesmo ao Imperador.

Como foi possível compreender mal o confucionismo e subverter os seus preceitos? C. O. Khong compara aqueles que denomina "os conceitos abstratos do alto confucionismo" com o modo pelo qual o confucionismo opera em "nível popular", isto é, com o "confucionismo popular", como "amálgama indefinido de convicções éticas residuais"[24]. Assim, por exemplo, o "alto confucionismo", que exalta uma ética desvinculada dos valores materiais, parece sufocar a atividade empresarial e as novas idéias, enquanto o "confucionismo popular", radicado

24. C. O. Khong, *Asian Values: The Debate Revisited*, em *"Asian Values" and Democracy in Asia Conference*, 28 de março de 1997, Hamamatsu, Shizuoka.

em uma consciência realística da necessidade de cuidar da família, as encoraja.

Khong identifica duas vertentes da tradição confuciana. A primeira é "a idéia de manter a ordem social existente por medo do caos e da instabilidade"; a segunda é "a vertente humanística que sublinha a idéia de que o povo tenha o próprio destino nas suas mãos e que cada um seja capaz de agir para melhorar o seu futuro"[25]. A segunda não pode ser imposta do alto, mas deve emergir de baixo. Portanto, a ordem é mantida pelo fato de que o indivíduo deve levar em conta o conjunto existente de relações com os outros. (São as relações entre governante e governado, entre pai e filho, entre irmão mais velho e irmão mais novo, entre marido e mulher e entre amigo e amigo). Por si só essas relações, nenhuma das quais, exceto uma, é de natureza hierárquica, não conduzem necessariamente ao autoritarismo. Os deveres e as responsabilidades impostas sobre cada sujeito da relação não criam direitos e não dependem dos direitos. A obrigação dos superiores de garantir o bem-estar dos subordinados pode, por sua vez, conduzir à democracia: o sujeito inferior da relação pode propor as modalidades de cumprimento dessa obrigação. Relevante é antes o papel significativamente reduzido, se não a falta de procedimentos, para regular o acesso ao poder e controlar o seu exercício. Amartya Sen[26] nos lembra que, segundo Confúcio, no caso de um conflito entre o Estado e a família, esta última deve prevalecer[27].

4.2. *Retórica e práxis*

Em alguns aspectos, a Ásia estava pronta para acolher a linguagem (e a retórica) da democracia e os direitos correspondentes. A Declaração de Bangkok oferece um exemplo disso. Ao mesmo tempo, muitas constituições asiáticas acolhem a

25. Ibid., p. 17.
26. A. Sen, op. cit., p. 5.
27. Segundo o Código Imperial Penal e Administrativo, os funcionários eram obrigados a deixar o próprio cargo em caso de morte de um genitor, para observar os deveres e os ritos familiares; mesmo um imperador contrariado podia expressar somente admiração e respeito por essa piedade filial.

retórica democrática, mas não ainda a práxis. Alguns consideram que todos os Estados prefeririam a segurança de um governo arbitrário[28]. Todavia, a exigência de *rule of law* e de democracia é uma reivindicação poderosa perante a qual, no decorrer da história, incluindo a história asiática recente, os governos se inclinaram ou vacilaram. A tese segundo a qual a Ásia sul-oriental não reputa de importância crucial que um Estado seja uma democracia liberal ou que reconheça um amplo leque de direitos, pode ser refutada unicamente à luz de repetidas e contínuas demonstrações em contrário. O mesmo vale para a tese segundo a qual muitos asiáticos pensam que demasiada liberdade e pouca responsabilidade individual produzam, cedo ou tarde, um governo ineficiente e uma decadência social. Como observou Aung San Suu Kyi, nem todos são corajosos o bastante para iniciar a luta; todavia, não se deve confundir o silêncio destes com aquiescência, pois as massas normalmente seguem, uma vez que uma minoria tenha obtido algum sucesso[29].

4.3. *Direitos civis e políticos* versus *direitos sociais, econômicos e culturais*

O bem-estar material que o rápido desenvolvimento econômico e tecnológico trouxe, e ainda traz, apesar das crises financeiras asiáticas, aos países da Ásia Oriental, abre o espaço para grandes escolhas, individuais e comuns, culturais e políticas. A tese de que a prosperidade econômica possa e deva ser paga com a renúncia à liberdade, é extremamente ridícula e ofensiva. Na época da ciência e da tecnologia, da difusão do conhecimento e da aceitação comum dos talentos, não é necessário sacrificar a geração atual para o progresso das futuras gerações e para a futura prosperidade da Ásia Oriental. A Ásia Oriental não tem a necessidade nem o direito de repetir a his-

---

28. L. Palmier, *Conclusion: Conditions for the Rule of Law*, em L. Palmier (organizado por), *State and Law in Eastern Asia*, cit., passim.

29. Chee Soon Juan, *To Be Free*, Monash Asia Institute, Clayton (Aus.), 1998, p. 294.

tória do fascismo e do comunismo, que aceitaram horrendas crueldades e brutalidades não apenas contra uma, mas contra muitas gerações, em nome de uma grande e hipotética glória das gerações futuras[30].

As violações dos direitos humanos não consistem sempre em matar ou torturar uma única pessoa. No Timor Leste, no Irian Jaya, na Birmânia, no Tibet, no Xinjiang (assim como no Zaire, em Ruanda, em Kosovo etc.), a violação dos direitos humanos significou o assassinato e a violência perpetrados em relação a etnias e comunidades inteiras, à destruição de inteiras culturas e o desenraizamento de religiões. Onde está, neste caso, o sacrifício de um pelo bem de todos, para a proteção da cultura coletiva? Onde estão a ordem, a estabilidade, a disciplina e a prosperidade futura, em nome das quais se sacrificam os indivíduos? Por que razão, portanto, os assim chamados "valores asiáticos" são exaltados, ou melhor, justificados? Para que época do futuro?

4.4. A erosão da "unicidade"

A "unicidade" da Ásia indica, no melhor dos casos, a sua inegável separação geográfica do "Ocidente" e a vastidão continental de uma ou muitas regiões e sub-regiões asiáticas, bem como a riqueza e a mescla de histórias, religiões, ideologias, formas de governo e de sistemas políticos, culturas, povos, línguas, economias e estilos de vida que aí se encontram. O termo "unicidade" também é usado para sustentar a falsa tese de uma coesão e de uma comunidade que não existem e nunca existiram. A Ásia também não é "única" pelas suas diversas experiências coloniais, as suas repressões e a sua recente estabilidade. Todos esses traços são comuns aos Estados Unidos, ao Reino Unido, à África, à Europa, à América Latina e, na realidade, ao mundo inteiro. A "unicidade" dos "valores asiáticos", admitindo que alguma vez tenha existido, é rapidamente cor-

---

30. Cf. A. Tay, *A Policy for Human Rights in the Asia Pacific*, em B. Galligan, C. Sampford (organizado por), *Rethinking Human Rights*, The Federation Press, Sidney (Aus.) 1997, p. 87.

roída pela tecnologia e pela ciência, ou seja, precisamente pelos instrumentos do sucesso econômico asiático, pela comunicação e pela imitação (não apenas do Ocidente por parte do Oriente, mas também do Oriente por parte do Ocidente), pelas ciências sociais, por suas análises e conceitualizações, por uma crescente aceitação do caráter comum dos povos e do gênero humano, pelas aspirações e pelas crenças, pela sensibilidade e pela suscetibilidade. Tudo isso induziu à percepção de que um homicídio é tal em qualquer lugar, que a dor e o sofrimento são sentidos do mesmo modo sobre qualquer pele, que a fome e a carestia matam sempre da mesma forma, que uma etnia ou um povo pode sofrer historicamente por mais tempo que outro, mas não pode reivindicar, em sentido positivo ou negativo, ser o único a ter essa herança. Essa percepção, ou crença, foi proclamada em 1948 com a Declaração Universal dos Direitos do Homem por países que saíram dos horrores da Segunda Guerra Mundial. Pôs em evidência a universalidade e a indivisibilidade dos direitos humanos. Reconhecer os direitos humanos significa declarar que não existem homens sub-humanos[31].

4.5. *"Valores asiáticos" ou estruturas de poder asiáticas?*

Wiryono, embaixador indonésio na Austrália, revela um segredo de Polichinelo quando sustenta que "o debate sobre o conceito dos direitos humanos [...] não diz respeito tanto ao Ocidente ou ao Oriente [...] quanto [...] à alternativa entre o princípio da liberdade individual e o de uma autoridade e um direito fortes", uma autoridade, segundo ele, necessária para assegurar a estabilidade[32]. É um argumento adotado por John Girling[33], que propõe uma alternativa à distinção entre Orien-

---

31. Cf. A. Tay, *Introduction*, em A. Tay (organizado por), *East Asia: Human Rights, Nation-Building, Trade*, cit., pp. 16-7.

32. *Doing Human Rights in Asia Background Briefing*, Radio National, 24 de julho de 1997.

33. J. Girling, *Lessons of Cambodia*, em J. Girling (organizado por), *Human Rights in the Asia-Pacific Region*, Australian National University Press, Canberra, 1991, p. 28.

te e Ocidente, sustentando que na Ásia moderna o papel das estruturas de poder institucionalizadas substitui o dos valores como fundamento de coesão social. Onde existem fortes estruturas de poder autoritárias centralizadas, constituídas em uma única pessoa ou em forças, como o exército, os direitos humanos retrocedem: "os valores e os poderes têm entre si uma relação inversa"[34]. Pode-se supor que essas estruturas de poder incorporem "maus" valores asiáticos: capitalismo nepotístico, corrupção, segredo ou não-transparência, ausência de mecanismos de controle[35].

Não há dúvida de que os regimes autoritários são "melhores" quanto à sua capacidade de obter os próprios objetivos imediatos de maneira mais rápida e eficiente que outros regimes, mas não há provas que demonstrem clara e diretamente como o desenvolvimento e o sucesso econômicos sejam facilitados por um governo autoritário com a supressão dos direitos civis e políticos. Nem isso nos diz nada sobre a capacidade de tais regimes em sustentar o desenvolvimento e manter-se no poder a longo prazo. Uma coisa é afirmar, como se tentou fazer à luz das provas disponíveis, que muitos habitantes de Cingapura e de outros Estados asiáticos acreditam em alguns desses valores asiáticos; outra é perguntar-se se esses valores não seriam aplicados às relações com o Estado para permitir que este último dirija os cidadãos de um modo conforme aos seus objetivos. O fato de que alguns aspectos das sociedades asiáticas, ou de ascendência cultural chinesa, tornem mais fácil manipulá-las, acrescenta apenas um ulterior perigo. Assim, Francis Fukuyama, pondo em dúvida a hipotética propensão à disciplina das assim chamadas sociedades confucianas, escreve: "se é induzido a suspeitar que a ênfase posta sobre o autoritarismo político não seja tanto um reflexo da autodisciplina daquelas sociedades – como se desejaria fazer acreditar aos observadores externos –, mas de um nível muito baixo de ativismo cívico espontâneo e do temor correspondente das di-

34. Ibid., p. 31.

35. D. E. Sanger, *The Darker Side of Asian Values*, "The Straits Times", 2 de dezembro de 1997.

visões que se produziriam na ausência de uma autoridade política coerciva"[36].

Fukuyama sublinha como o fato de as sociedades confucianas estarem fundadas sobre fortes laços familiares não favoreça a confiança naquilo é estranho à família, nem a presença nessas sociedades de um forte sentido de cidadania ou de comunidade. Não existe uma base cultural para a aceitação da autoridade política. Diante dessa fraqueza existe, portanto, uma maior necessidade de um forte controle político. Por isso Fukuyama contrapõe as sociedades chinesas àquelas que ele chama de sociedades realmente orientadas em direção ao grupo, como o Japão, em que os grupos organizados diferentemente da família e as normas e os valores aplicáveis a toda comunidade são mais facilmente aceitos.

4.6. O argumento do relativismo cultural

Todos os argumentos relativos à inaplicabilidade de direitos humanos universais à Ásia em decorrência dos seus valores "únicos" remetem a uma posição de relativismo cultural. A posição relativística pode ser assim resumida: as ações sociais podem ser compreendidas e avaliadas unicamente segundo princípios conhecidos ou familiares à particular cultura, que busca compreender e avaliar tais ações. Por isso, uma vez que não existem duas sociedades idênticas, nenhum princípio de determinada sociedade pode ser transferido com sucesso ou pode transcender os limites culturais.

O ponto de vista (da República Popular) chinesa sobre o relativismo cultural é bastante conhecido, mas mesmo assim vale a pena citá-lo. Da mesma forma como foi enunciado oficialmente pelo vice-ministro das Relações Exteriores Liu Huaqiu, em 1993, na Conferência Mundial de Viena sobre os direitos humanos, onde ele assevera:

---

36. F. Fukuyama, *Confucianism and Democracy*, "Journal of Democracy", 6 (1995), 2, p. 28, cit. em T. Inoguchi, E. Newman, *Introduction: "Asian Values" and Democracy*, em *Asian Values and Democracy Conference*, cit., p. 4.

> o conceito dos direitos humanos é um produto do desenvolvimento histórico. Está intimamente ligado às condições sociais, políticas e econômicas específicas e à história, à cultura e aos valores específicos de um país em particular. Fases diversas do desenvolvimento histórico comportam exigências diversas no que diz respeito aos direitos humanos. Portanto, não se pode e nem se deve pensar no princípio e no modelo dos direitos humanos, típico de determinados países, como o único apropriado e pedir que todos os países se conformem a ele. Para o numeroso grupo de países em via de desenvolvimento, respeitar e proteger os direitos humanos significa, em primeiro lugar, garantir a plena realização dos direitos à subsistência e ao desenvolvimento.

A declaração de Bangkok (proclamada em ocasião da conferência regional asiática do Congresso Mundial pelos direitos humanos) não tomou uma posição clara sobre esse ponto: mesmo aceitando a universalidade, sublinha as circunstâncias culturais, reconhecendo que "apesar de os direitos humanos serem de natureza universal, devem ser vistos no contexto de um processo dinâmico e evolutivo de normativa internacional, tendo presente a importância das peculiaridades nacionais e regionais e os vários contextos históricos, culturais e religiosos"[37].

Os universalistas sustentam que o ponto de vista dos relativistas culturais é etnocêntrico: os direitos humanos transcendem o tempo, a cultura, a ideologia e os sistemas de valores. Os direitos humanos não dependem eventualmente das crenças, do tempo, das instituições ou das culturas, mas são atributos inalienáveis dos seres humanos em qualquer contexto pelo simples fato de a pessoa humana, titular de tais direitos, ser "humana". Se o Ocidente sublinha, como geralmente parece fazer, a autonomia pessoal, isso não nega a essência da autonomia pessoal no ser humano asiático. Varia somente o grau de centralidade que tal valor ocupa em cada sociedade, o grau de conhecimento disponível em cada período histórico

---

37. Declaração dos ministros e dos representantes dos Estados asiáticos, 29 de março-2 de abril de 1993, em Asian Cultural Forum on Cultural Development, *Our Voice, Bangkok Ngo Declaration on Human Rights*, Asian Cultural Forum on Cultural Development, Bangkok, 1993.

determinado. O caráter do respeito, da cortesia e da reverência devidos habitualmente aos idosos e aos líderes, varia de maneira semelhante; o grau de variação pode ser tão grande, e os efeitos resultantes tão vistosos, que se pode desculpar aquele que não entende bem a natureza desses valores. Mas essas diferenças têm também implicações relevantes: em comparação com outros valores e ideologias, o caráter de um valor pode adquirir determinados efeitos que não se encontram no mesmo valor em outros lugares: por exemplo, no confucionismo o dever do respeito, combinado com as Cinco Relações[38] e o culto aos antepassados que dele derivou, não admitem nenhum direito correspondente e recíproco. Os deveres resultantes de uma relação devem ser cumpridos independentemente do fato de que aqueles para os quais são devidos sejam merecedores ou não. A ausência de um direito do governado, do filho, da esposa, do irmão menor, correspondente ou recíproco ao dever do governante, do pai, do marido e do irmão maior, funda-se lógica e empiricamente no fato de os deveres serem concebidos como dizendo respeito não em relação ao ser humano, mas a um membro de uma comunidade. Porém o último argumento é que esses deveres – com ou sem direitos recíprocos – nunca foram percebidos e nunca operaram ou puderam operar como controles sobre a autoridade, familiar ou estatal.

4.7. Os direitos humanos como ideologia ocidental

Afirmou-se também que, como o liberalismo do século XIX que deu origem à ideologia moderna dos direitos humanos vem do Ocidente, ou seja, é um parto das cabeças dos pensadores ocidentais, ele reflete valores ocidentais existentes que não são apropriados ao ambiente e às ideologias do Oriente: o argumento do relativismo cultural. Reconhecer que a ideologia dos direitos humanos teve essa origem, do Ocidente e por pensadores ocidentais, não implica nem pode implicar a tese de que, portanto, os direitos humanos refletem apenas valores ocidentais existentes. Margaret Ng observa que a ideo-

38. Cf. supra.

logia dos direitos humanos articula um ideal que com o tempo se tornou realidade e que essa idéia tem uma validade universal, enquanto ideal que diz respeito a todos os seres humanos[39]. A origem ocidental não implica, de modo nenhum, que o ideal dos direitos humanos seja intrinsecamente ocidental.

4.8. Os direitos humanos e o desenvolvimento econômico

Para a maior parte dos líderes da Ásia oriental, os "valores asiáticos", antepondo a família, a comunidade, a sociedade e a nação ao indivíduo, dão prioridade às exigências do desenvolvimento econômico em relação aos direitos civis e políticos. Supõe-se que o desenvolvimento econômico tenha como resultado um melhoramento no nível de vida. A negação ou o adiamento da atuação dos direitos civis e políticos – a liberdade de movimento, de palavra, de dissenso, de associação etc. – contribuiria para a manutenção da ordem social e da estabilidade política, necessárias ao progresso econômico, e produziria os benefícios resultantes. Tem-se a tentação de perguntar: "a quem ou a que é necessário tudo isso?".

Gostaria de concluir com uma nota de esperança. Em 1992, as Organizações Não-Governamentais da Ásia sul-oriental, preparando a conferência mundial sobre os direitos humanos, deram uma declaração que fazia referência à universalidade dos direitos humanos nos seguintes termos:

> os direitos humanos universais têm raízes em muitas culturas. Afirmamos a base da universalidade dos direitos humanos que conferem proteção a toda a humanidade, inclusive a categorias especiais como as mulheres, as crianças, as minorias e as populações indígenas, os trabalhadores, os refugiados, os exilados, os deficientes e os idosos. Embora proclamem o pluralismo cultural, as práticas culturais que negam os direitos humanos aceitos universalmente, inclusive os direitos das mulheres, não devem ser toleradas. Visto que os direitos humanos têm relevância universal e têm valor universal, a reivindicação dos direitos humanos não pode ser considerada uma ingerência na soberania nacional.

---

39. M. Ng, op. cit., passim.

O "governo da lei" e a sociedade indiana

Do colonialismo ao pós-colonialismo

Por Ananta Kumar Giri

> O sistema jurídico clássico da Índia substitui a noção de *autoridade* por aquela de legalidade. Os preceitos dos *smritis* são uma autoridade porque neles é vista a expressão de uma lei. [...] Mas por si só não têm um poder vinculante. [...] Por isso a sociedade é organizada sobre o modelo de si mesma.
>
> ROBERT LINGAT[1]

> Qualquer que possa ter sido a ênfase da cultura indiana tradicional, hoje a igualdade e o indivíduo são ambos valores centrais dos sistemas jurídicos e constitucionais indianos. Hoje é impossível entender o que acontece na Índia sem levar em conta a Constituição, o direito e a política.
>
> ANDRE BETEILLE[2]

> Na épica indiana, como na maior parte das visões pagãs do mundo, ninguém é perfeito, nem sequer os deuses. E ninguém é totalmente malvado; todos têm vícios e traços que os redimem.
>
> ASHIS NANDY[3]

1. Darma e "governo da lei"

As tradições indianas clássicas tinham uma concepção das regras e do direito diversa daquela das tradições ocidentais modernas. Enquanto a força vinculante da legalidade tem um lugar central nas tradições ocidentais modernas, na Índia o núcleo do "governo da lei" é constituído antes pela autoridade moral[4]. O direito clássico indiano não é caracterizado pelo di-

---

1. R. Lingat, *The Classical Law of India*, Thompson Press, New Delhi, 1973, p. 258.
2. A. Beteille, *Society and Politics in India*, Oxford University Press, New Delhi, 1997, p. 218.
3. A. Nandy, *The Other Within*, em A. Nandy, *The Savage Freud*, Oxford University Press, Delhi, 1995, p. 53.
4. R. Lingat, op. cit., passim.

reito positivo e pela legalidade, mas, ao contrário, pela autoridade moral do que é chamado de *Darma*. O *Darma* se refere à totalidade dos deveres que competem aos indivíduos. Indica também as regras eternas que regem o mundo. Nas tradições clássicas indianas, o "governo da lei", implícito no governo do *Darma*, fazia parte de um contexto transcendente. Deus, o Criador, era considerado a fonte última do direito. Mas o *Darma* era um ponto de conjunção entre o reino transcendente, o mundo da vida e o mundo social dos indivíduos. O fim do *Darma* era o de criar um mundo melhor em que os indivíduos e as sociedades pudessem conseguir a auto-realização divina. Como sustentou Robert Lingat, o direito que nos comunica os *Sastras* [textos sacros] não deriva da vontade dos homens. As regras de conduta e os deveres que enuncia são precondições da realização da ordem social em conformidade com entendimento do Criador. Essas regras já existiam antes de serem expressas[5]. Na Índia clássica, as regras eram consideradas de origem divina, mas na tradição ocidental o direito foi reconduzido às deliberações conscientes dos indivíduos organizados em sociedade. Enquanto na Índia clássica o direito é de origem divina, o costume é muito mais terreno, é em maior medida uma criação social. Diferentemente do direito, o costume é um fenômeno puramente humano no sentido de que se desenvolve no nível dos grupos humanos envolvidos. Todavia, diferentemente da jurisprudência romana, na Índia clássica a origem do costume é atribuída à deliberação humana e social: a sua origem escapa à memória humana, que lhe confere um caráter quase sagrado e lhe fornece uma força que não tem e não teve nas civilizações ocidentais[6].

Na Índia clássica, as instituições jurídicas e políticas eram subordinadas a uma autoridade espiritual concebida idealmente. Em nível empírico, o funcionamento desse "governo da lei" não garantia igualdade e respeito para todos, mas em um plano ideal, a subordinação do poder político à autoridade espiritual fornecia uma moldura de "participação simbólica" aos indivíduos[7]. Os desvios desse percurso eram a causa do surgi-

---

5. Ibid., p. 176.
6. Ibid., p. 177.
7. Ibid., p. 259.

mento da desordem e da anarquia, ou seja, daquilo que o pensamento clássico indiano chama de *arajakata*. O surgimento da anarquia era causado pelo desvio dos indivíduos em relação ao percurso do *Darma*, a conduta virtuosa. Aqui, por anarquia não se entende um vazio de poder na sociedade, isto é, o interregno entre "a morte de um rei e a sua sucessão", mas se entende a condição que se tem quando os fracos são "oprimidos e explorados nas mãos dos mais fortes"[8]. *Arajakata* indica a condição em que prevalece *matsya nyaya*, a "lei dos peixes", segundo a qual o peixe grande engole o pequeno sem sentir escrúpulos de consciência, nem sofrer a punição social. Na tradição clássica indiana, ordem e anarquia são ambas concebidas em termos normativos, em particular nas tradições de reflexão e de prática iniciadas pelos *Vedas* e pelos *Upanishads*. Como sustenta o teórico político indiano Ramashroy Roy em um livro recente, *Beyond Ego's Domain: Being and Order in the Vedas*, o desvio do caminho do *Darma*, que gera a anarquia ou *arajakata*, é causado pela avidez e pela tendência conatural a cada indivíduo de procurar para si a maior quantidade possível de bens terrenos em detrimento de seus semelhantes[9].

Na perspectiva védica, como naquela platônica, a instauração da ordem na vida pública deve caminhar igualmente com a instauração da ordem na vida do si. Isso exige que o indivíduo vença a avidez, a paixão e o egoísmo na própria vida e que desenvolva a capacidade de se colocar no lugar dos outros e de conceber o bem público. Esse processo exige que a própria alma entre em sintonia com o fundamento divino do ser, afastando-se das paixões. Esse afastamento é necessário porque quando a paixão se apodera da vida do indivíduo, a sua alma é afligida pela desordem[10]. Mas as paixões e a propensão em dominar os outros que, mesmo segundo um teórico moderno como Teressa Brennan, constituem o núcleo do mal social, não podem ser superadas com a simples participação na *pólis*[11]. Não podemos esperar que os defeitos do caráter individual se-

---

8. R. Roy, *Beyond Ego's Domain: Being and Order in the Vedas*, Shipra Publications, Delhi, 1999, p. 8.

9. Ibid., p. 2.

10. Ibid., p. 221.

11. T. Brennan, *History After Lacan*, Routledge, London, 1993.

jam corrigidos pela vida pública. É necessário, ao contrário, o nosso renascimento como cidadãos, não apenas da *polis*, mas da comunidade do bem e do "reino dos fins" kantiano; isso, por sua vez, impõe seguir o modelo de vida do *Darma*, da conduta virtuosa: "aceitar de bom grado a vida dedicada ao cultivo do *Darma*". Para Roy, sem a disciplina do *Dharma*, *matsya nyaya* torna-se uma dura realidade e torna-se difícil manter a ordem pública[12]. A instauração da ordem é possível se o caminho do *Darma* for seguido na vida do si e da sociedade; desviar-se desse caminho leva à ilegalidade, à anarquia (*arajakata*) e à desordem da sociedade.

Por essas razões, a reflexão sobre a ordem, que em uma sociedade justa é a moldura apropriada de coordenação da vida individual e social, tem necessidade de uma adequada preparação de si. A perspectiva indiana clássica sobre a ordem e o "governo da lei" sempre sublinhou, seja a centralidade de uma idônea formação do si, sejam os limites da legislação pública na instauração da ordem. A repressão e o controle das paixões desenfreadas não dependem tanto das regras e sanções externas, quanto da geração de uma força psíquica que promove a salvação individual e a concórdia social através do desenvolvimento de um sentido de sociabilidade que sustenta a fidelidade do indivíduo ao *Darma*. Nas tradições clássicas indianas, o "governo da lei" é para aqueles que são incapazes por si só de desenvolver a fonte da ordem na própria psique e têm necessidade da constante persuasão do *nomos* e das sanções do direito.

O *Darma*, o caminho do dever e da conduta virtuosa, está no centro da reflexão sobre o "governo da lei" nas tradições clássicas indianas. Mas o governo do *Darma* não se limita à esfera psíquica, ao esforço de superar as paixões e de gerar motivações apropriadas. O governo do *Darma* exige uma ordem social e institucional adequada. A interação entre a ordem social, que incorpora os princípios que constituem o governo do *Darma* e os seus membros, é caracterizada pela "recíproca adequação". Devolve aos indivíduos a tarefa de sustentar ativa e

12. R. Roy, op. cit., p. 5.

conscientemente a sua integridade e impõe à ordem social a tarefa de salvaguardar a integridade e a dignidade individual[13]. O escopo da "recíproca adequação" é o de instituir a compatibilidade entre indivíduo e sociedade não simplesmente em nível exterior, mas em um nível mais profundo. Este ponto é sublinhado, seja por Sri Aurobindo, seja por Coomaraswamy, dois grandes sábios do pensamento e da tradição indiana no mundo moderno. Para Sri Aurobindo,

> assim como a relação justa entre a alma e o ser supremo, enquanto está no Universo, não consiste em afirmar egoisticamente o seu ser separado, nem em dissolver-se no Indefinível, mas, ao contrário, na realização da sua unidade com o Divino e o mundo unindo-os no indivíduo, do mesmo modo a relação justa entre o indivíduo e a coletividade não consiste em buscar egoisticamente o próprio progresso material ou mental, ou a própria salvação espiritual, sem se preocupar com os próprios semelhantes, nem em suprimir ou mutilar o próprio desenvolvimento por amor da coletividade, mas, ao contrário, em resumir em si todas as próprias possibilidades melhores e mais completas e em derramá-las no ambiente com o pensamento, a ação e qualquer outro meio, de modo que toda espécie possa se aproximar ainda mais das metas alcançadas pelas suas personalidades supremas.[14]

Também para Coomaraswamy, o indivíduo não é mais escravo dos seus desejos, mas encontra um guia infalível e um mentor na pessoa do *Darma* ou Espírito Imanente. Segundo o caminho indicado por esses pensadores, o centro da política e da auto-realização é a "autodisciplina" ou *swaraj* que depende do autocontrole (*atmasamyama*)[15].

É preciso evidenciar, porém, que a autodisciplina opera um poder de tipo qualitativamente diverso do "governo da lei" na

---

13. Sobre estes temas pode-se ver A. K. Giri, *Rethinking Systems as Frames of Coordination: Dialogical Intersubjectivity and the Creativity of Action*, "Man & Development", março de 2000.

14. S. Aurobindo, *The Synthesis of Yoga*, Sri Aurobindo Ashram, Pondicherry, 1948, p. 17.

15. A. K. Coomaraswamy, *Spiritual Authority and Temporal Power in the Indian Theory of Government*, Munshiram Manoharlal, Delhi, 1978, pp. 84-5.

esfera pública. Enquanto este último pode proceder com o único método do controle, da regulação e do domínio, o governo de si não pode operar somente com o modelo do poder como controle e domínio, caracterizado pela intenção de realizar a própria vontade contra a vontade e a resistência dos outros. A autodisciplina deve operar, ao contrário, com um significado novo e transfigurado de governo e de poder. Na autodisciplina, o exercício do poder exige uma nova relação com o si, uma relação de persuasão e de diálogo. Esse "autogoverno" dialógico pode ser um suporte para a realização de uma democracia dialógica na esfera pública[16].

Na tradição clássica indiana pensava-se que o rei, sendo gestor do poder político, tivesse que estar subordinado ao sacerdote, ao *purohita*, ao brâmane. Ananda Coomaraswamy fala a este propósito do princípio da subordinação do poder temporário à autoridade espiritual. Esse princípio contrasta com a imagem convencional dos governantes da Índia clássica como déspotas orientais. Para Coomaraswamy, o reino imaginado pela doutrina tradicional indiana é por isso o que de mais distante se possa pensar daquilo que se entende falando de "monarquia absoluta" ou de individualismo. Também os expoentes do suposto maquiavelismo dos *Arthasastra* afirmam categoricamente que apenas um governante que governa a si mesmo pode governar por muito tempo os outros[17]. Este imperativo da autodisciplina por parte dos governantes na tradição clássica indiana é semelhante ao conselho que Plutarco dá aos governantes da Antiguidade clássica ocidental: "quem não governa a si mesmo não é capaz de governar. Ora, quem governa o governante? A lei, naturalmente. Porém, não se deve entender aqui a lei escrita, mas a razão, o *lógos*, que vive na alma do governante e nunca deve abandoná-lo"[18].

Segundo a concepção tradicional, o centro do "governo da lei" é, portanto, a prática da autodisciplina, e isto tem uma

---

16. F. Dallmayr, *What is Swaraj? Lessons from Gandhi*, datilografado, Notre Dame (Ind.), University of Notre Dame, 1997.

17. A. K. Coomaraswamy, op. cit., p. 86. Coomaraswamy descreve também: "o sábio interior, que podemos chamar de capelão dentro de nós, ao qual corresponde no campo civil o *Purohita*, o capelão do palácio" (ibid., p. 85).

18. Citado em M. Foucault, *Care of the Self*, Pantheon, New York, 1986.

importância crucial hoje que estamos diante dos limites do direito como fundação de uma "vida boa" e sofremos pela inércia do minimalismo jurídico. Mas uma dificuldade da concepção tradicional do direito e do seu modelo de participação ideal – a formação de si e a criação de uma ordem pública seguindo o caminho do *Darma* – é que as instituições da sociedade indiana tradicional não correspondiam a este modelo ideal. As *Manu Smritis*, as leis de Manu, eram uma importante fonte do direito na sociedade indiana tradicional: previam distinções de casta e de genêro no direito: na Índia antiga os brâmanes eram considerados a classe superior e como tais tinham, de direito e de fato, privilégios e prerrogativas das quais eram excluídos os outros setores da sociedade hindu[19].

Na Índia clássica existiam duas fontes do direito: as leis escritas, chamadas *Smritis*, como, por exemplo, as *Manu Smritis*, e o costume. Os *sastras*, ou textos sacros referentes ao direito, eram fontes de direito escrito e o costume era direito não escrito. O *sastras* acolhiam inevitavelmente numerosos costumes, porque eles mesmos eram o fruto do costume sistematizado[20]. Além disso, como os *sastras* fundavam-se sobre os usos, em particular nos seus capítulos práticos (*vyavahara*), podem ser citados os usos para explicar o direito escrito, e os *sastras* ofereciam um escudo sob o qual podiam encontrar guarida várias formas judiciárias[21]. A relação entre leis escritas dos *sastras* e os costumes não escritos era complexa. Em muitos casos, os costumes estavam em contraste com as leis escritas e os governantes e os juízes deviam aceitar o costume como fundamento do direito válido. Tanto os *sastras* quanto os costumes eram apresentados como eternos e imutáveis, mas, na realidade, os dois mudavam. Todavia, ambos resistiam à rígida codificação e eram objeto de várias interpretações. No Ocidente, o direito está associado à idéia de alguma coisa de rígido que não se presta muito à interpretação; Zygmunt Bauman, por exemplo, contrapõe

19. J. W. Spellman, *Political Theory of Ancient India: A Study of Kingship from the Earliest Times to circa A.D. 300*, Clarendon Press, Oxford, 1964, p. 111.

20. J. D. M. Derrett, *Religion, Law and State in India*, Faber & Faber, London, 1968, p. 158.

21. Ibid., p. 160.

o direito, como característica da modernidade, à interpretação como característica do pós-moderno[22]. Mas na tradição clássica indiana, a interpretação estava no centro do "governo da lei". Nas tradições indianas, esta abertura para a interpretação unia-se a uma sensibilidade ao contexto que é diversa do caráter abstrato do direito moderno que, ao contrário, tende a prescindir dele[23].

Mesmo que os *sastras* e os costumes constituíssem as fontes do direito, de fato o direito aplicado era o das cortes. Na administração da justiça, o rei desempenhava o papel de Corte Suprema, mas os juízes tinham certa autonomia. O direito clássico indiano, transformando-se com o decorrer dos séculos, durou muito tempo, e quando os muçulmanos começaram a governar a Índia, esse passou a conviver com o direito islâmico. Mas o governo muçulmano não alterou as estruturas fundamentais do direito clássico indiano. É esclarecedora a este respeito uma observação de Lingat: "o sistema importado pelos invasores era fundamentalmente semelhante àquele dos hindus. [...] Em ambos os casos, a autoridade do direito apoiava-se não sobre a vontade dos governantes, mas sobre a revelação divina: de um lado, o Alcorão e a Suna, de outro os *Vedas* e os *Smritis*". O direito islâmico aplicava-se apenas aos muçulmanos, enquanto hindus eram governados pelos *Darmasastras*. No direito hindu e no direito islâmico, a interpretação tinha a mesma importância e o costume tinha um papel importante (embora não idêntico), mesmo que em linha de princípio não pudesse contradizer a revelação escrita[24]. Mas uma grande transformação jurídica e social se deu quando a sociedade indiana foi subjugada pelo colonialismo britânico. Mesmo que o período inicial fosse uma fase de estudo recíproco, na qual nem sequer os governantes ingleses queriam impor aos indígenas um direito estranho, a esta fase sucederam logo os esforços para substituir o direito indígena pelo direito moderno.

---

22. Z. Bauman, *Legislators and Interpreters: On Modernity, Postmodernity and the Intellectuals*, Polity Press, Cambridge, 1987.

23. A. K. Ramanujan, *Is there an Indian Way of Thinking? An Informal Essay*, "Contributions to Indian Sociology", 23 (1989), pp. 41-58.

24. R. Lingat, op. cit., p. 261.

Este é o fato do choque colonial dentro da história do "governo da lei" na tradição e na sociedade indiana, e é necessário debruçar-se sobre este fato, uma vez que os fundamentos do direito moderno estabelecidos na época colonial continuam a influenciar a relação entre direito e sociedade na Índia atual.

2. O "governo da lei" e o conflito colonial

O advento do governo inglês foi um divisor de águas na história da sociedade indiana. A Companhia das Índias Orientais, que tinha governado algumas partes da Índia durante o século XVIII, esforçou-se para introduzir uma administração política e judiciária autônoma nos seus territórios. Como relata o antropólogo e historiador Bernard Cohn, na segunda metade do século XVIII, a Companhia das Índias teve de criar um Estado para administrar os territórios que ia rapidamente adquirindo por conquista ou por adesão. A invenção desse Estado não tinha precedentes na história constitucional britânica. As colônias inglesas na América setentrional e no Caribe tiveram desde o início uma forma de governo que era em grande parte uma extensão das instituições políticas e jurídicas fundamentais da Grã-Bretanha[25]. Mas, para governar a Índia, os ingleses tiveram de criar um sistema separado de administração jurídica e política. Os primeiros governantes ingleses tiveram o cuidado de não introduzir normas inglesas no solo indiano, não querendo interferir no funcionamento da sociedade indígena. Ao mesmo tempo, os ingleses sentiam a necessidade de criar para a Índia colonial novos instrumentos de governo em sintonia com os costumes locais. No decorrer desta tentativa, a Índia serviu também como laboratório para experimentar os novos modelos de regulamentação e de governo que estavam surgindo na Grã-Bretanha, por exemplo, aqueles propostos pelos utilitaristas. Como nos informa Erik Stokes em *The English Utilitarians and India*, aos utilitaristas ingleses parecia in-

25. B. Cohn, *Colonialism and its Forms of Knowledge*, Oxford University Press, Delhi, 1997, p. 57.

compreensível uma sociedade fundada sobre costumes não escritos e sobre o governo da discricionariedade pessoal. Eles pensavam que existisse apenas um método seguro para separar os interesses públicos dos interesses privados: a introdução de um sistema de legalidade no qual os direitos fossem definidos por um código de leis escritas, vinculantes tanto para o Estado como para os seus súditos[26].

No início da época colonial, a introdução de regras jurídicas na sociedade indiana era ditada por duas ordens de considerações: em primeiro lugar, era necessário criar as regras para a propriedade do solo indígena e, em segundo lugar, era preciso criar um Código de regras processuais. Em relação a esta última tarefa, as tentativas práticas e as teorias caminhavam em duas diferentes direções: alguns sublinhavam que as novas regras deveriam ser fundadas sobre aquelas existentes na sociedade indiana; outros julgavam que as regras indígenas fossem caóticas e que tivessem de ser formalizadas e codificadas. Warren Hastings, nomeado em 1772 primeiro Governador-geral de Bengala, e os assim chamados "orientalistas", membros da "Early British Raj" indiano, que tinham muito respeito pela tradição local, auspiciavam que as novas regras estivessem em sintonia com aquelas dos *Darmasastras*. Outros, entre os quais Thomas Macaulay e James Mill, sob a influência da ideologia utilitarista, eram muito favoráveis a um corpo de regras formais em linha com o direito inglês.

Warren Hastings recebia instruções do Conselho Diretor para dar bases estáveis ao governo de Bengala. Hastings tinha passado algum tempo na corte do último dos governantes muçulmanos de Bengala e sabia, graças ao seu conhecimento pessoal do funcionamento da administração, de não poder compartilhar a opinião inglesa predominante, segundo a qual os governantes indianos eram despóticos. Hastings julgava que o conhecimento e a experiência indiana, incorporadas nas várias tradições textuais hindus e muçulmanas, fossem relevantes para o desenvolvimento das instituições administrativas britânicas. Encorajou, por isso, um grupo de jovens empregados da

---

26. E. Stokes, *The English Utilitarians and India*, Oxford University Press, Delhi, 1982, p. 82.

Companhia das Índias para estudar as línguas "clássicas" da Índia – o sânscrito, o persa e o árabe – no quadro de um projeto científico e prático voltado para criar um corpo de conhecimentos utilizáveis para o controle efetivo da sociedade indiana. O objetivo era o de ajudar os ingleses a definir o que era indiano e criar um sistema de regras congruentes com aquelas que eram consideradas as instituições indígenas. Todavia, esse sistema de regras deveria ser administrado pelos ingleses e deveria levar em conta as idéias britânicas sobre a justiça, a disciplina oportuna, as formas de respeito e de retidão que deveriam presidir as relações entre governantes e governados[27].

Uma das pessoas que mais ajudaram Hastings nesta tarefa foi Sir William Jones (1746-1794), um estudioso de disciplinas clássicas que conhecia o persa e o árabe. Jones e os seus colegas julgavam que existisse na Índia um corpo de leis estáveis inscritas nos textos hindus e muçulmanos. Como Hastings, eles rejeitavam a idéia de que a Constituição civil indiana fosse despótica e julgavam que na Antiguidade tivessem existido legisladores na Índia, dos quais Manu [o protagonista da *Manusmritis* mais famosa e importante] era "não apenas o mais antigo, mas também o mais sagrado"[28]. Apoiando-se no trabalho dedicado por Jones às leis dos *Darmasastras,* H. T. Colebrook publicou em Calcutá, em 1798, *The Digest of Hindu Law on Contracts and Succession.* Este "Digesto" codificava leis hindus que eram assim tornadas invariáveis em relação à "flexibilidade" das outras leis hindus. Na administração da justiça, as cortes buscavam primeiramente nas escrituras as normas sociais e domésticas e se fundavam sobretudo na interpretação dos *punditis* [estudiosos hindus tradicionais] no que dizia respeito ao direito hindu. Essas interpretações refletiam uma visão bramânica da sociedade, que concebia a influência do direito hindu em termos de princípios religiosos imutáveis. As leis hindus canonizadas durante a primeira fase do governo colonial alargavam a autoridade do direito a amplas faixas da sociedade que antes não o conheciam ou que tinham mantido

27. B. Cohn, op. cit., p. 61.
28. Ibid., p. 72.

por muito tempo os próprios costumes locais e não escriturais. Segundo David Washbrook, a expansão do direito hindu é um dos acontecimentos que fizeram do século XIX o século dos brâmanes, e talvez contribua para explicar por que o século XX foi um século antibramânico[29]. Durante o primeiro período do governo colonial, os ingleses eram defensores entusiastas dos *sastras*[30] e consideravam que os textos jurídicos originais ou mais antigos fossem os mais autênticos. Todavia, essas leituras orientalísticas da Índia e do direito hipostasiavam a interação dinâmica entre direito textual e costume não textual que tinha se desenvolvido gradualmente na Índia pré-colonial[31].

A busca de um código formal de direito processual e de mérito seguiu a introdução na Índia de um conjunto mais certo de regras sobre a propriedade privada. Cornwalis, o Governador-geral de Bengala que sucedeu a Hastings, introduziu em 1793 o *Zamindari*, chamado de sistema do *Permanent Settlement*. O *Permanent Settlement* atribuía a propriedade da terra aos *Zamindar*, os grandes proprietários, em troca do pagamento de uma taxa anual ao governo. A instituição de um imposto fixo garantia receitas regulares ao governo colonial. A introdução da propriedade privada era percebida como o meio fundamental para ordenar a sociedade agrária indiana e estabelecer uma base ideologicamente coerente e funcionalmente sistemática para a arrecadação de receitas[32]. Se os *Zamindar* recusassem esse pagamento anual, as suas propriedades eram leiloadas. Todavia, Henry Munro, Governador-geral do Estado sul-oriental de Madras, estava em desacordo com o sistema de propriedade privada instituído por Cornwalis em Bengala e introduziu o sistema *ryotwari*, com base no qual a propriedade da terra era atribuída a cada proprietário ou *ryot* em vez de um único grande proprietário. Esse sistema de regras

---

29. D. Washbrook, *Law, State and Agrarian Society in Colonial India*, "Modern Asian Studies", 15 (1981), 3, p. 653.

30. J. D. M. Derrett, op. cit., passim.

31. J. Nair, *Women and Law in Colonial India: A Social History*, Kali for Women, New Delhi, 1996, p. 21.

32. N. B. Dirks, *From Little King to Landlord: Property, Law and the Gift under the Madras Permanent Settlement*, "Comparative Studies in Society and History", 28 (1986), 2, pp. 307-33.

sobre a propriedade estabelecia uma relação direta entre o Estado colonial e os cultivadores e, segundo Munro, estava muito mais em sintonia com os costumes da sociedade indiana tradicional. A sua crítica ao *Permanent Settlement*, o sistema alternativo instituído por Cornwalis, é instrutiva: "no nosso desejo de tornar tudo o mais inglês possível em um país que não se parece em nada com a Inglaterra, tentamos criar tudo de uma vez, em um território muito vasto, um sistema de propriedade rural que ali nunca existiu"[33]. Munro atribuía a propriedade a cada proprietário e adotava como princípio de avaliação dos rendimentos rurais o critério tradicional dos bons governantes indianos, segundo o qual a cota do produto pertencente ao Estado não deveria ir além de um terço[34]. Como William Jones, Munro tinha muito mais compreensão pelas instituições locais; queria retomar a jurisdição dos *panchayat*, os tribunais consuetudinários da aldeia compostos por anciãos, atribuir aos chefes de aldeia poderes limitados em matérias civis e penais de pouca relevância, nomear novos graus de "juízes indígenas" indianos com uma jurisdição muito ampliada, e reduzir os poderes dos juízes das cortes inferiores.

Sob a dominação colonial inglesa, "governo da lei" e regras da propriedade se desenvolveram igualmente, mas a atribuição de direitos de propriedade permanentes aos grandes proprietários no sistema do *Permanent Settlement* devastou o campo indiano em vez de desenvolvê-lo. Longe de definir e proteger os direitos existentes, Cornwalis tinha produzido uma enorme confusão, atribuindo um direito de propriedade quase absoluto aos grandes *zamindar* e deixando indefinidos todos os interesses subordinados. A massa das controvérsias provocadas pela *Permanent Settlement* foi transferida para uma organização judiciária absolutamente inadequada por âmbito e organização. Além disso, a duração e os custos dos processos tinham aumentado de tal modo que equivalesse virtualmente a uma negação de justiça e a uma "anarquia destrutiva"[35]. O antropó-

33. Citado em N. B. Dirks, op. cit., p. 318.
34. E. Stokes, op. cit., p. 84.
35. Ibid., p. 141.

logo historiador Nicholas Dirks descreve assim o efeito desse sistema de direitos de propriedade sobre a sociedade indiana:

> o sistema do *Permanent Settlement* oferece um exemplo clamoroso de reificação por parte dos ingleses da própria idéia de um velho regime enquadrado dentro de um novo sistema "progressista", governado pelos princípios supremos da ordem e das receitas [...]. As fronteiras tornaram-se fixas, as relações foram codificadas de modo burocrático [...] a rigidez da demanda de receitas era tanto uma metáfora dessa mudança como o elemento fundamental do novo regime. Para manter tanto a demanda de receitas como a ordem social local, os reis – e os reinos – foram subordinados às estruturas institucionais do novo sistema jurídico colonial.[36]

É preciso levar em consideração, neste ponto, que o sistema de propriedade rural pré-colonial não se aproximava da idéia inglesa de uma propriedade fixa e permanente. Na Índia pré-colonial existia uma variedade de direitos de propriedade, entre os quais a propriedade comum, e no século XVIII em algumas partes da Índia, como o Tamil Nadu, entre cinqüenta e sessenta por cento da terra cultivável era cedida sob a categoria do terreno *inam* (isento de impostos). Diferentemente dos novos padrões coloniais, os reis não governavam administrando um sistema rural em que o valor da terra era ligado principalmente ao rendimento que podia dar, mas fazendo doações[37]. Porém os ingleses, que tinham um conceito da propriedade muito diverso, compreenderam mal tudo isso. Quando tentaram definir quem seria o proprietário da terra basearam-se sobre o pressuposto da oposição, e não da complementaridade: pensavam que o proprietário devia ser o cultivador ou o rei, e criaram assim difíceis problemas de classificação do sistema rural[38].

Passando das regras sobre a propriedade ao "governo da lei", devemos perceber a gradual alteração do direito tradicional no período colonial, uma alteração que continuou também

---

36. N. B. Dirks, op. cit., p. 330.
37. Ibid., p. 312.
38. Ibid., p. 311.

depois da independência. Devemos recordar que quando Sir William Jones e seus colegas publicaram o Digesto das leis hindus, estas leis codificadas já estavam alteradas em relação ao modo em que tinham sido conceitualizadas e elaboradas anteriormente. Como sustentou Archana Parashar, mesmo se aplicavam as regras das leis hindus e muçulmanas, os juízes as interpretavam segundo o seu entendimento e a sua formação. Além disso, o direito processual e as regras probatórias eram estranhas aos sistemas das leis hindus e islâmicas; se eram aplicadas a esses sistemas jurídicos, transformavam-nos em direções imprevistas[39]. Os ingleses procuraram formalizar e sistematizar o direito na sociedade indiana colonial. Na Índia pré-colonial existiam, de fato, inúmeras supraposições de jurisdições locais, e muitos grupos usufruíam de um grau maior ou menor de autonomia na administração do direito aplicável a eles. A relação das partes superiores e mais respeitáveis do sistema jurídico com aquelas "inferiores" não era uma relação de supra-ordenação e subordinação em uma hierarquia burocrática, porque, em vez de ser imposto sistematicamente aos tribunais inferiores, o direito "superior" se difundia através da infiltração de cima para baixo (e, às vezes, de baixo para cima) de idéias e técnicas[40]. Mas os ingleses formalizaram os extremos superiores e inferiores da justiça e procuraram torná-la centralizada e sistemática.

Thomas Macaulay, membro da Comissão jurídica instituída em 1835, teve um papel crucial nessa tarefa de codificação e formalização. A contribuição importante e duradoura de Macaulay ao direito e à ciência jurídica indiana foi a criação do Código penal indiano. Em 1835, Macaulay recomendou à Comissão jurídica a redação de um Código penal completo para todo o Império indiano. Não deveria ser um digesto do direito existente, mas um código que incorporasse todas as reformas consideradas desejáveis[41]. Macaulay não aceitou tomar como

39. A. Parashar, *Women and Family Law Reform in India: Uniform Civil Code and Gender Equality*, Sage Publications, New Delhi, 1992, p. 72.

40. M. Galanter, *Law and Society in Modern India*, Oxford University Press, Delhi, 1989, p. 16.

41. E. Stokes, op. cit., p. 222.

base do Código penal qualquer um dos sistemas indianos de direito penal existentes, pois tinha abundantes provas da natureza despótica e caótica de tais sistemas penais. Naquela época, os hindus e os muçulmanos eram governados não apenas por direitos pessoais e por códigos civis diversos, mas também por códigos penais diferentes. Macaulay percebia que introduzir um Código civil uniforme teria sido difícil, porque teria atingido a jurisdição das religiões hindu e mulçumana. Por isso, procurou criar apenas um Código penal. Mas é preciso levar em consideração que, em 1835, o direito penal muçulmano que os ingleses tinham herdado e sustentavam administrar tinha sido recoberto de tal modo pelo direito colonial, a ponto de se tornar irreconhecível[42]. Já em 1832, os ingleses tinham introduzido a práxis da *fatwa* prescrita pelo direito pessoal muçulmano.

O projeto de Código Penal em 1835 teve de esperar mais de vinte anos antes de ser promulgado em 1860 como o direito penal geral da Índia. Na sua redação, Macaulay foi influenciado pelos utilitaristas ingleses, especialmente por Jeremy Bentham. A busca utilitarista de regras certas fazia parte também de um projeto autoritário. James Mill, que estava pessoalmente empenhado na administração da Índia, tinha sustentado que o país tinha uma necessidade desesperada de um código comum e que este benefício podia ser oferecido apenas por um governo popular, e não por um "governo absoluto"[43]. Na realidade, foi uma concepção autoritária que levou Mill a favorecer a constituição de uma Comissão jurídica composta pelo menor número possível de membros. Nesse contexto, a legislação era a expressão de uma elite e não devia fazer parte daquela que hoje Habermas chamaria de uma formação pública discursiva da vontade[44]. Esse caráter elitista da legislação foi mantido também 150 anos após a instituição da primeira comissão jurídica na Índia, e Upendra Baxi descreve assim a situação atual: "a legislação permanece mais ou menos a prer-

---

42. Ibid., p. 223.
43. Ibid., p. 219.
44. J. Habermas, *Faktizität und Geltung*, Suhrkamp, Frankfurt a.M., 1992.

rogativa exclusiva de um pequeno grupo transversal de elite. Isso tem conseqüências inevitáveis tanto sobre a qualidade das leis emanadas como sobre a sua comunicação social, difusão, aceitação e efetividade"[45].

Depois da revolta dos Sepoys, em 1857, que foi a primeira guerra de independência indiana no decorrer da qual hindus e muçulmanos lutaram contra o governo colonial da Companhia das Índias, a Índia passou sob o governo direto da Coroa em 1858 (até então governada pela Companhia das Índias). Em 1864, foi feita uma profunda reforma do sistema judiciário. A reforma aboliu as repartições judiciárias hindus e muçulmanas nas várias cortes indianas. A codificação do direito e a consolidação do sistema das cortes se intensificaram ulteriormente no quarto de século sucessivo à passagem da Índia sob o governo da Coroa. Enquanto o direito aplicado nos tribunais antes de 1860 era bastante variado, em 1882 estava virtualmente completada a codificação de todos os campos do direito comercial, penal e processual, com exceção dos direitos pessoais hindus e muçulmanos. Se anteriormente os direitos hindus e muçulmanos aplicavam-se a uma variedade de matérias, agora estavam limitados às questões de direito pessoal (família, inventários, casta, doações religiosas). Além disso, os novos códigos em vigor não representavam uma fusão com o direito indígena[46], mas o transformavam. A administração da justiça passou dos tribunais informais às cortes estatais, restringindo a aplicabilidade do direito indígena que se transformava enquanto era administrado pelas cortes estatais[47].

Para alguns estudiosos, críticos da história e da sociedade indiana, "o governo da lei" no período colonial fixou de maneira rígida as fronteiras do indivíduo e do grupo. Isso parece claro se se olha para a entificação da aldeia, da casta e da tribo que se realizou sob o governo inglês. Richard Smith, por exemplo, sustentou que

---

45. U. Baxi, *The Crisis of the Indian Legal System*, Vikash, Delhi, 1982, p. 45.

46. M. Galanter, op. cit., p. 18.

47. Ibid., pp. 18-9.

> como unidade administrativa, a comunidade da aldeia tinha sido idealizada como um "pequeno *commonwealth*" ou "uma pequena república", no momento em que novos territórios passavam sob o governo britânico. A "casta", por outro lado, era um conceito de tipo diverso, do qual podia ser feito um uso oficial diverso. Mais uma unidade de conhecimento da sociedade indiana que uma unidade administrativa, a sua grande virtude era a de abranger a Índia inteira e todos os setores da sociedade indiana. Mesmo se não podia ser elevada como base da cobrança de receitas [era importante para uma construção circunscrita da sociedade indiana].[48]

No processo de entificação da casta característico do "governo dos *report*", a noção de indivíduo era destituída da universalidade dos seus papéis sociais no interior da "comunidade da aldeia" e revestida, ao contrário, com uma roupagem específica da Índia, a "casta". Com isso, mesmo o governo tendo constituído uma ligação direta com cada indivíduo, os direitos de um indivíduo dependiam inelutavelmente do seu *status* na sociedade.

Os novos códigos e as novas leis foram aplicadas à vida das pessoas de modo complexo. Arjun Appadurai nos apresenta uma descrição etno-historiográfica do funcionamento complexo do "governo da lei" na Índia colonial em relação à administração dos templos[49]. No período pré-colonial, os reis eram apenas os administradores dos templos, não os legisladores, e, portanto, não existia um direito das doações no campo da administração dos templos. Mas, com a formalização do "governo da lei" sob o colonialismo, os templos começaram a ser administrados com base no modelo inglês do *charitable trust*. Mas o modelo inglês do *trust*, segundo o qual a propriedade doada era transferida e atribuída a um fiduciário em benefício de outros, chamados "beneficiários", era evidentemente inaplicável ao templo hindu, no qual a propriedade era atri-

---

48. R. S. Smith, *Rule-by-records and Rule-by-Reports: Complimentary Aspects of the British Imperial Rule of Law*, "Contributions to Indian Sociology", 19 (1985), 1, p. 172.

49. A. Appadurai, *Worship and Conflict under Colonial Rule: A South Indian Case*, Orient Longman, Delhi, 1983.

buída claramente ao deus e era apenas administrada em seu nome pelo fiduciário[50]. Foi provavelmente devido a essas perdurantes ambigüidades que as doações religiosas foram excluídas do âmbito de aplicação do *Indian Trusts Act* aprovado em 1882. Todavia, na ausência de uma alternativa sistemática, o modelo inglês do *trust* continuou, por analogia, a informar as sentenças das cortes anglo-indianas[51]. Appadurai nos ajuda a compreender o efeito do "governo da lei" colonial sobre a administração dos templos na Índia:

> a atividade das cortes inglesas em Madras entre 1878 e 1925 teve dois efeitos de grande alcançe sobre o templo de Sri Partasarati Svami [o templo de Madras sobre o qual Appadurai realizou a sua pesquisa etno-historiográfica]: em primeiro lugar foi elaborada, refinada e codificada a noção da comunidade *Tenkalai* [a comunidade dos fiéis reunida ao redor do templo]; ao mesmo tempo, e paradoxalmente, vários subgrupos de indivíduos no interior da comunidade *Tenkalai* foram encorajados a sublinhar a heterogeneidade dos seus interesses e a formular os seus direitos *especiais* de modo reciprocamente antagonístico, tornando assim a autoridade do templo ainda mais frágil do que antes. O esforço das cortes em classificar, definir e demarcar o significado concreto da comunidade *Tenkalai* do templo de Sri Partasarati Svami gerou mais tensões do que soluções. Os "esquemas" de governo do templo, as sentenças e os precedentes criados pelas cortes deram aos litigantes maiores oportunidades de refinar reflexivamente os próprios conceitos de si e as próprias aspirações políticas. Os "textos" jurídicos encorajaram a multiplicação das idéias do "passado", como também os modelos do "futuro"em relação ao templo.[52]

Deve-se notar, porém, que durante o colonialismo britânico nem todas as partes da Índia estavam sujeitas ao controle direto do governo inglês. Durante o governo colonial existiram com efeito duas Índias: a Índia britânica e a Índia dos príncipes. Esta última, que compreendia um terço do subcontinen-

---

50. Ibid., p. 173.
51. Ibid., p. 174.
52. Ibid., pp. 178-9.

te indiano, era governada pelos príncipes indígenas e era uma zona relativamente autônoma. Algumas vezes, nos Principados, eram aprovadas leis progressistas, especialmente no campo do direito pessoal e familiar. Durante o colonialismo, os hindus e os muçulmanos eram governados pelos respectivos direitos pessoais, que eram discriminantes em relação às mulheres, mas os governantes ingleses não queriam interferir nesse campo. Ao contrário, os governos dos príncipes deram alguns passos para corrigir esses direitos pessoais discriminatórios. Por exemplo, o Principado de Baroda foi o primeiro a introduzir uma legislação sobre o divórcio. O historiador social Janaki Nair escreve a propósito de tais legislações progressistas introduzidas durante o período colonial no outro Principado de Mysore:

> Mysore aprovou uma lei contra o matrimônio das crianças já em 1894, e tomou uma série de medidas para atuá-la, sem o áspero debate suscitado na Índia britânica pelo *Age of Consent Act*. Um projeto de lei que reconhecia alguns direitos às mulheres com base no direito hindu, como o direito de propriedade, o sustento, a adoção e outros direitos correlatos, foi traduzido em lei com uma oposição relativamente modesta em 1933, quatro anos antes que um projeto parcial fosse aprovado pelo legislativo central.[53]

A propósito da experimentação de um governo formal da lei na Índia nos cem anos transcorridos pelas tentativas de Warren Hastings em 1772 ao último quarto do século XIX, Bernard Cohn observou que a publicação das decisões vinculantes em inglês tinha transformado completamente o "direito hindu" em uma forma de direito judiciário inglês. Quem folheia um livro sobre o direito hindu depara com uma infinidade de citações referidas a precedentes judiciários – como em todos os ordenamentos jurídicos de origem anglo-saxônica –, e a produção do direito é remetida ao talento de juízes e advogados, sobre a base das suas experiências em encontrar os precedentes. Aquela que era iniciada com Warren Hastings e Sir

53. J. Nair, op. cit., p. 42.

William Jones como uma busca da "antiga Constituição indiana" teve o êxito que teriam desejado evitar: o direito inglês como direito da Índia[54].

3. Experimentos pós-coloniais

O sistema jurídico construído sob o colonialismo continuou na Índia após a independência. Na Assembléia Constituinte que discutiu durante dois anos (1947-49) o projeto e o texto da nova Constituição não foi feito nenhum esforço concertado para instituir um direito indígena baseado sobre os *Darmasastras*[55]. Não houve sequer um defensor do renascimento do direito consuetudinário como tal. Gandhi, o líder da luta pela independência, era um grande crítico do modelo de vida ocidental, incluindo o direito. Ele teria preferido a aldeia ao indivíduo como unidade da justiça, mas a tentativa dos gandhianos de instituir uma comunidade política fundada sobre a auto-suficiência e a autonomia da aldeia foi rechaçada pela Assembléia, que optou por uma república federal e parlamentar com uma administração burocrática centralizada. A propósito desse período formativo do direito constitucional na Índia independente pós-colonial, Marc Galanter sustenta que a única concessão aos gandhianos foi um princípio diretivo a favor do *panchayat* da aldeia como unidade de autogoverno local. O ordenamento jurídico existente foi mantido intacto; foram atribuídos novos poderes ao Poder Judiciário e a sua independência foi fortalecida pela elaboração de garantias[56]. Mas, se fazer do *panchayat* da aldeia uma unidade administrativa local tinha sido no início um princípio diretivo da orientação política estatal, a partir de 1992, após a septuagésima segunda e a septuagésima terceira emenda constitucional, afirma-se a obrigação constitucional de realizar eleições para a renovação

54. B. Cohn, op. cit., p. 75.

55. G. Austin, *Working a Democratic Constitution: The Indian Experience*, Oxford University Press, Delhi, 1999.

56. M. Galanter, op. cit., p. 40.

dos *panchayats* a intervalos regulares e de dividir o poder com os seus representantes.

A aprovação da nova Constituição indiana foi um momento de importância decisiva na história dessa sociedade. A Constituição indiana dava uma alternativa aos *Darmasastras* como fundamento do "governo da lei". A dissonância normativa introduzida pela Constituição na sociedade indiana tradicional está bem descrita por Andre Beteille quando sustenta que a sociedade hindu é um sistema harmônico no qual a desigualdade existe e é percebida como legítima, ao passo que a Constituição introduz um sistema diacrônico no qual as desigualdades existem, mas não são mais legítimas[57]. A Constituição garante a laicidade e promete uma vida digna de igualdade socioeconômica para todos os cidadãos. Desde o início a Constituição indiana foi um documento de esperança na realização mais completa da democracia. O "governo da lei" sancionado pela Constituição indiana não fundava apenas a autonomia da esfera jurídica, mas continha um forte imperativo de usar o direito como instrumento de transformação social para a criação de uma ordem social justa. Jawaharlal Nehru, primeiro chefe do governo da Índia independente, foi em particular um líder do movimento de inspiração estatal para usar o direito e a Constituição como instrumentos de transformação socioeconômica. Grande parte do projeto de mudança socioeconômica foi enunciado entre os princípios diretivos da orientação política estatal. Segundo Rajeev Dhavan, o resultado disso tudo foi a criação de um *Welfare State* positivístico, que exigia enormes poderes jurídicos para atuar a transformação econômica e social da Índia. Qualquer que fosse o papel do "direito", este deveria estar direcionado de forma funcional para a realização dessa mudança social politicamente programada[58]. Durante a fundação da Constituição existia um amplo consenso social e político sobre a idéia de que o único modo que a Índia pudesse oferecer justiça socioeconômica ao seu

57. Citado em U. Baxi, op. cit., p. 339.

58. R. Dhavan, *Judges and Indian Democracy: The Lesser Evil?*, em F. R. Frankel, et al. (organizado por), *Transforming India: Social and Political Dynamics of Democracy*, Oxford University Press, Delhi, 2000, p. 322.

povo não era simplesmente o desenvolvimento planejado, mas uma transformação efetiva da sociedade indiana[59], e o direito deveria ser um instrumento dessa transformação.

O desejo de utilizar a Constituição para garantir a justiça socioeconômica continua a inspirar muitos esforços ainda hoje. Uma tentativa recente nesse sentido foi a instituição do recurso de interesse público, com o qual a Corte Suprema indiana revitalizou o Poder Judiciário como instrumento de governo. Mediante o recurso de interesse público, os cidadãos e as associações voluntárias podem levar à atenção da Corte Suprema ou das cortes superiores dos Estados, em nome dos diretos interessados, qualquer questão que julgarem precisar de um remédio judiciário. Segundo Sangeeta Ahuja, inicialmente o recurso de interesse público foi concebido pelos seus defensores, no final dos anos 1970, como um modo de garantir o acesso à justiça para os sujeitos sem conhecimento dos meios para se dirigir às cortes e como um foro para a solução de questões de relevância pública. A maioria dos primeiros recursos de interesse público descrevia as condições das prisões e dos casos de violação de direitos fundamentais. O juiz P. N. Bhagwati, ex-presidente da Corte Suprema indiana que teve um papel importante na instituição do recurso de interesse público, observou que o recurso de interesse público pede à Corte para fazer valer o direito de um indivíduo contra outro, como acontece nos recursos ordinários, mas está ao mesmo tempo voltado para promover e reivindicar o interesse público, para que as violações dos direitos legais ou constitucionais de um grande número de pessoas pobres, ignorantes ou em uma posição econômica ou social fraca não passem despercebidas e não permaneçam sem remédio judiciário[60]. Nos últimos vinte anos, a Corte Suprema indiana discutiu recursos de interesse público em vários setores: ambiental, poluição, corrupção, violação dos direitos humanos.

Nesse ponto podemos nos debruçar sobre a Corte Suprema indiana, a instituição suprema do "governo da lei" no país.

---

59. Ibid., p. 321.

60. S. Ahuja, *People, Law and Justice: A Casebook of Public Interest Litigation*, Orient Longman, Delhi, 1997, pp. 1-2.

Desde o princípio formaram-se na Corte Suprema duas orientações, uma conservadora e outra radical. Nos anos da fundação da Constituição, o primeiro-ministro Nehru exprimiu insatisfação pela atitude de alguns juízes da Corte Suprema, que na sua interpretação da Constituição davam um peso maior ao direito de propriedade em relação ao direito de igualdade. Nehru desejava abolir a grande propriedade rural ou *zamindari*, e nisto a primazia atribuída à propriedade pela Corte Suprema criava obstáculos. A tensão entre essas duas orientações está presente ainda hoje na Corte Suprema. Em alguns casos, a Corte aprovou os esforços radicais do Legislativo, como quando declarou a legitimidade constitucional do apoio dado pelo governo em 1990 às recomendações da Comissão Mandal para reservar uma cota de postos de trabalho às classes econômica e socialmente fracas. Antes, as cotas de postos no mundo do trabalho e da escola eram reservadas apenas às castas e às tribos mais oprimidas e desprezadas, conhecidas como as castas e as tribos assistidas. A nova legislação governamental, ao contrário, estendia essas cotas a outras castas econômica e socialmente fracas. Enquanto no primeiro período da Índia independente o Poder Judiciário era considerado uma instituição do governo, no segundo período foi visto como uma instituição pertencente à polaridade constitucional do governo e hoje é considerado uma instituição de governo a próprio título[61]. O funcionamento do recurso de interesse público nos últimos vinte anos é um reflexo da transformação do Poder Judiciário em uma instituição de governo autônoma. Nesse período a Corte Suprema tomou algumas decisões ousadas, ainda que controversas, como o fechamento das indústrias poluidoras na capital Delhi. Na Índia independente, o Poder Judiciário assumiu responsabilidades não apenas estruturais, mas também "orientadas para os valores". Visto que as estruturas democráticas são de natureza essencialmente majoritária, sentiu-se a necessidade de que as decisões não sejam apenas democráticas em termos estruturais, mas sejam também "responsáveis em relação aos valores", para que os fins da justiça sejam realizados de modo justo[62].

61. R. Dhavan, op. cit., passim.

62. Ibid., p. 337.

O sistema jurídico desejado pelos ingleses era fundado sobre a lei, em contraste com o sistema jurídico fundado sobre os valores da sociedade indiana. Mas quanto ao funcionamento das instituições jurídicas da sociedade indiana não é exato dizer que o sistema jurídico fundado sobre os valores tenha sido completamente substituído pelo direito fundado sobre a lei. Mesmo que a Constituição tenha substituído os *Darmasastras*, os juízes continuam a dar uma leitura da Constituição inspirada nestes últimos, enquanto sublinham a estrutura fundamental e, portanto, inviolável da Constituição. Mesmo que o direito indiano hodierno esteja fundado sobre a lei e permeado por uma atitude "ocidental", não deveria nos surpreender que o instinto fundamental dos juízes indianos seja o de manter uma abordagem "darmasástrica" em relação a um direito que de resto é anglófono. Segundo o parecer de alguns observadores do cenário jurídico indiano, como Chris Fuller, a maneira de trabalhar dos juízes indianos é, em grande parte, similar ao dos *pundits* tradicionais, os intérpretes dos textos sacros. A certeza do direito moderno é um ideal, mas o precedente (como a legislação) está sempre sujeito à interpretação judicial. Quando se leva em conta a flexibilidade do direito moderno, "o contraste entre este último e o direito tradicional torna-se apenas uma questão de grau, precisamente como a diferença entre o raciocínio judicial moderno e a interpretação religiosa hindu clássica é formalmente sutil"[63].

A introdução de um Código civil uniforme faz parte dos princípios diretivos da orientação estatal sancionados pela Constituição. Como mencionamos, os hindus, os muçulmanos e os cristãos tinham um próprio direito pessoal durante o governo colonial. Na realidade, nos momentos de ocupação colonial tinham ocorrido uma bramanização e uma islamização dos direitos pessoais respectivamente hindu e muçulmano, ou seja,

---

63. C. Fuller, *Hinduism and Scriptural Authority in Modern Indian Law*, "Comparative Studies in Society and History", 30 (1988), pp. 246-7. Fuller acrescenta: "o dicurso escritural hindu não é nunca monolítico [...] e gera perenemente reinterpretações de si mesmo" (p. 241). Fuller cita Lingat: "o papel da interpretação se reduz a este: oferecer à sociedade o meio com o qual pode se redescobrir" (ibid.).

quando os governos coloniais verificavam e fixavam esses direitos pessoais "a partir das escrituras"[64]. Depois da independência e da entrada em vigor da Constituição, o direito pessoal do hindu sofreu modificações profundas. Em 1955-56, o Parlamento indiano aprovou uma série de leis, conhecidas com o nome coletivo de "Código hindu", que fizeram uma reforma drástica e generalizada do direito hindu: pela primeira vez as instituições sociais hindus foram obrigadas a retornar ao âmbito da regulação legislativa, e o recurso à tradição dos *sastras* foi quase completamente abolido[65]. Além disso, o Código fez com que o Parlamento fosse aceito pelos hindus como instituição legislativa central no campo da vida familiar e social[66]. Mas, segundo o parecer de alguns estudiosos da reforma do direito familiar na Índia, como Archana Parashar, a reforma do direito pessoal hindu não introduziu uma igualdade completa e substancial entre os sexos. Mesmo que a reforma do direito hindu estivesse voltada para atribuir às mulheres maiores direitos, nunca houve a intenção de garantir a plena igualdade jurídica das mulheres. Além disso, ao proclamarem que a introdução no direito hindu da igualdade entre os sexos era um fim desejável, os líderes políticos tinham utilizado a reforma do direito como instrumento de desenvolvimento político, e não como meio para garantir a igualdade jurídica enquanto tal[67].

Hoje, cristãos e muçulmanos continuam a ter os seus velhos direitos pessoais, com pouquíssimas modificações, ainda que recentemente o governo tenha procurado introduzir um novo direito pessoal para os cristãos, que torna mais fácil às mulheres a obtenção do divórcio. Como foi observado por Dieter Conrad, na Índia, o ordenamento jurídico indiano inclui uma vasta área em que as regras constitucionais não se aplicam, ou melhor, não são aplicadas pelo legislador ou pelas cortes. A área em questão não é simplesmente uma das múltiplas facetas das ramificações do direito e da vida social, mas

64. A. Parashar, op. cit., p. 66.
65. M. Galanter, op. cit., p. 29.
66. Ibid., p. 30.
67. A. Parashar, op. cit., p. 76.

diz respeito ao núcleo da posição de um indivíduo como pessoa humana na sociedade. O problema central é a posição das mulheres, que em todos os direitos pessoais, ainda que seja vários graus, estão sujeitas a um tratamento discricionário[68]. Por exemplo, segundo o direito pessoal muçulmano, a poligamia é permitida aos homens, mas não às mulheres e, do lado hindu, mesmo depois do Código hindu de 1955, as filhas continuam a ser excluídas dos direitos comuns segundo o direito da família *mitakshara*[69]. A existência desses direitos pessoais discriminatórios continua a representar um desafio ao ulterior enraizamento e universalização do "governo da lei" no direito e na sociedade indianos. Mas a aprovação de um "Código civil unitário" – é este o nome que recebe na Índia essa tão esperada medida de universalização – deve acertar as contas com o fato de que importantes setores da cidadania consideram o seu direito pessoal parte essencial da própria religião. Esse fator, afirma a Corte Suprema, deve ser considerado "na determinação do âmbito da legislação admissível"[70].

O caso de Shah Bano, uma mulher muçulmana repudiada, ilustra dramaticamente as dificuldades em que se debate a introdução de um Código civil unitário. Shah Bano, uma mulher muçulmana pobre, tinha se dirigido à Corte para pedir o sustento por parte do ex-marido, e em 1985 a Corte Suprema indiana tinha confirmado a decisão da Alta Corte, a qual havia imposto ao marido o pagamento da pensão à mulher. Mas a Comissão indiana pelo direito pessoal muçulmano tinha acusado a sentença da Corte Suprema de ser uma grave interfe-

---

68. D. Conrad, *Rule of Law and Constitutional Problems of Personal Laws in India*, em S. Saberwal, H. Sievers (organizado por), *Rules, Laws, Constitutions*, Sage Publications, Delhi, 1998, p. 227.

69. Na sociedade indiana tradicional, os direitos da maior parte das mulheres hindus eram regulados por sistemas jurídicos *Mitakshara* e *Dayabhaga*. O sistema *Mitakshara* atribuía por nascimento direitos comuns aos filhos homens; o sistema *Dayabhaga*, ao contrário, não o fazia. Por isso, a possibilidade que uma mulher "herdasse a propriedade era ligeiramente maior sob o sistema *Dayabhaga*". O Código hindu de 1955 não introduziu nenhuma diferença no que diz respeito à participação à herança das mulheres hindus sujeitas ao sistema jurídico *Mitakshara* (J. Nair, op. cit., pp. 196-7).

70. Ibid., p. 229.

rência no direito muçulmano, e logo as forças políticas e religiosas conservadoras, afirmando representar e proteger os interesses das minorias religiosas, exerceram pressões sobre o governo. Este último, dirigido pelo então primeiro-ministro Rajiv Gandhi, em vez de aproveitar a oportunidade para abrir um amplo debate sobre as reformas, introduziu uma nova lei que anulou a decisão da Corte Suprema. É uma lei controversa que nega justiça às mulheres muçulmanas. É também um triunfo dos líderes políticos e religiosos muçulmanos que pretendem ser os únicos porta-vozes de toda a população muçulmana.

Esses líderes se opõem à introdução de um Código civil unitário, sustentando que seria uma interferência no seu direito pessoal religioso. Mas é preciso que os líderes religiosos reinterpretem as leis religiosas à luz dos desafios contemporâneos. A questão-chave é: a liberdade de religião pode ser usada para suprimir o direito à igualdade constitucionalmente garantido aos indivíduos, em particular às mulheres? O problema verdadeiro nasce neste caso do conflito entre os direitos das minorias e os direitos das mulheres das comunidades minoritárias[71]. Os representantes das minorias religiosas não representam a voz dos grupos oprimidos no interior das suas comunidades. Nesse contexto existem várias posições. Para os críticos radicais como Parashar, deveria ser abolida a própria categoria do direito pessoal[72]. Mas alguns outros, como Dieter Conrad, desejam a introdução da "escolha individual" nas questões de *status* governadas pelo direito pessoal, a exemplo do *Special Marriage Act* em 1954 ou da cláusula opcional no *Muslim Personal Law (Shariat) Application Act* de 1937. Segundo Conrad, um elemento legitimante de escolha individual garantiria que o direito pessoal não fosse aplicado apenas como um *status* atribuído sobre a base da única afiliação religiosa. Ao mesmo tempo, paradoxalmente, as peculiaridades do direito hierárquico poderiam ser justificadas mais facilmente se fossem aceitas com um ato de escolha individual deliberada[73].

---

71. A. Parashar, op. cit., p. 229.
72. Ibid., p. 258.
73. D. Conrad, op. cit., p. 230.

4. Reflexões críticas sobre o "governo da lei" na sociedade indiana contemporânea

Segundo Beteille, os cidadãos, os estudiosos e os ativistas indianos não tinham prestado atenção suficiente à necessidade de seguir escrupulosamente regras e procedimentos naquelas que ele chama de interpretação e mobilização populistas da democracia[74]. Para Beteille, que tem uma concepção constitucionalista e procedural da democracia, a tendência geral da sociedade indiana é que a vida social seja governada pelas pessoas, em vez das regras[75]. Evocando a tese de Irawati Karve, segundo a qual a civilização indiana foi informada pelo princípio de acumulação (na acumulação, as regras aumentam continuamente sem que sejam eliminadas aquelas velhas), Beteille sustenta que quando na Índia se acrescentam novas regras, as velhas não são eliminadas, de modo que as novas regras devem conviver com um grande número de regras contraditórias, anacrônicas e obsoletas. Na Índia, a administração por meio de regras impessoais se opõe à sistematização, porque esta requer a contínua eliminação de regras velhas e superadas[76].

A tese de Beteille, segundo a qual os indianos têm dificuldades de se submeter ao "governo da lei", é reiterada por outros observadores críticos, como Satish Saberwal e Upendra Baxi. Para Saberwal, a sociedade indiana não foi historicamente propensa a funcionar por regras gerais: nos códigos de Manu, por exemplo, a punição depende do *status* de casta do culpado[77]. Para Upendra Baxi, jurista extremamente crítico do direito indiano, a elite política e as classes médio-altas indianas não interiorizaram o valor da legalidade. Aquilo que Baxi escrevia há mais de vinte anos vale ainda hoje: uma grande parte da população indiana sente que seguir as regras não é apenas injustifi-

74. A. Beteille, *Citizenship, State and Civil Society*, "Economic and Political Weekly", 4 de setembro de 1999.

75. A. Beteille, *Experience of Governance: A Sociological View*, em R. K. Darr (organizado por), *Governance and the IAS*, Tata McGraw Hill, New Delhi, 1999, p. 200.

76. Ibid., p. 228.

77. S. Saberwal, *Introduction: Why Do We Need Rules and Laws?*, em S. Saberwal, H. Sievers (organizado por), *Rules, Laws, Constitutions*, cit., p. 16.

cado, mas até contraproducente para os seus interesses[78]. A corrupção e a ilegalidade governamental, quando o governo não observa as leis e viola os direitos humanos, são ulteriores desafios para a instauração do "governo da lei" na Índia[79].

Beteille chama a atenção sobre a diferença entre os princípios diretivos da orientação política estatal e os direitos fundamentais promulgados pela Constituição. Todos os direitos fundamentais, incluindo o direito à igualdade, podem ser aplicados pelas cortes judiciárias. Ao contrário, os princípios diretivos da orientação político-estatal não podem ser aplicados pelas cortes, mesmo tendo uma grande importância social e política[80]. Mas no decorrer dos anos a prioridade dos direitos fundamentais foi relativizada para dar lugar à luta pela justiça social e às políticas igualitárias. Depois da aprovação da nova Constituição, dois dos principais instrumentos das políticas igualitárias, a reforma agrária, de um lado, e as cotas reservadas aos mais desfavorecidos, de outro, entraram em conflito com as garantias dos direitos fundamentais. As disposições relativas "tiveram de ser corrigidas pela primeira emenda da Constituição para se tornarem compatíveis com as políticas voltadas para reduzir as disparidades entre as classes e entre as castas"[81]. No decorrer desse processo, a igualdade jurídico-formal cedeu lugar à igualdade entendida como uma orientação política que subordina o direito individual à igualdade e às iguais oportunidades. Beteille critica em particular a previsão de cotas reservadas às castas econômica e socialmente fracas no campo da instrução e do trabalho, que, a seu ver, anula o direito individual à igualdade, especialmente a igualdade de oportunidades.

Todavia, enquanto Beteille lamenta a desvalorização da igualdade jurídica por obra da mobilização populista da igualdade como orientação política, interlocutores como Upendra

78. U. Baxi, op. cit., p. 7.

79. Ibid., p. 28.

80. A. Beteille, *Society and Politics in India: Essays in a Comparative Perspective*, Oxford University Press, Delhi, 1997, p. 192.

81. Ibid., p. 202.

Baxi aplaudem a transformação dos imperativos constitucionais em medidas concretas para a atuação dos direitos socioeconômicos das pessoas. Baxi sublinha os obstáculos interpostos pelas instituições jurídicas existentes em relação à realização das promessas normativas e emancipatórias da Constituição. A seu ver, a Constituição e o direito têm, em geral, um forte impulso redistributivo, e todavia a orientação das principais instituições do ordenamento jurídico indiano é para a manutenção, se não o agravamento do *status quo*. As instituições jurídicas, em geral, diminuem ou até impedem o dinamismo intrínseco das aspirações constitucionais a uma ordem social justa[82]. Para Rajeev Dhavan, as próprias promessas constitucionais de uma ordem mundial justa não são totalmente sinceras. Na realidade, não teria jamais existido uma grande dissonância entre o projeto de desenvolvimento idealizado por Nehru para o povo indiano e a teoria positivista do direito transmitida pelos ingleses às cortes da Índia independente. O fato de que a Assembléia constituinte tivesse escrito uma declaração dos direitos aplicável pelas cortes no texto da Constituição não prejudicava as credenciais positivistas do direito indiano. Os direitos fundamentais garantidos aos cidadãos eram percebidos essencialmente como "direitos subjetivos" atribuídos por uma lei de tipo especial; cada um dos direitos tinha sido submetido a limitações e era interpretado como qualquer outro dispositivo de lei[83].

Baxi vai além: sublinha a continuidade do modelo colonial da mobilização reativa em vez do modelo ativo do direito[84]. É o problema do acesso ao "governo da lei": o ordenamento jurídico estatal permeia as áreas urbanas, mas tem uma presença apenas alusiva nas zonas rurais. A escassa visibilidade do ordenamento jurídico estatal e a sua presença fraca tornam o direito oficial (os seus valores e os seus institutos) inacessível, se não irrelevante para as pessoas[85]. Também os custos legais exorbitantes que as pessoas devem pagar acabam por

82. U. Baxi, op. cit., p. 30.
83. R. Dhavan, op. cit., p. 32.
84. U. Baxi, op. cit., p. 47.
85. Ibid., p. 345.

desencorajá-las a tomar parte do "governo da lei". Naturalmente, desse ponto de vista foram feitos esforços para tornar o direito mais acessível. Há quarenta anos foram instituídos os *nyaya panchayat* para corrigir esse desequilíbrio, mas não houve muitos avanços[86]. Nem sequer com o novo sistema dos *panchayat raj* a tarefa de realizar a justiça em nível local teve muito progresso.

Atualmente, a Índia é governada por uma coalizão de partidos que fazem parte da assim chamada "Aliança democrática nacional", dirigida pelo partido Bharatiya Janata, que é a favor da agenda política das forças fundamentalistas hindus. O remanejamento do sistema político e social indiano nos últimos anos conduziu ao fim do domínio de um único partido no firmamento político e eleitoral indiano. Isso produziu uma aparente instabilidade política no centro. Por exemplo, só nos últimos cinco anos foram realizadas três eleições gerais para a renovação do Parlamento, em 1996, em 1998 e em 1999. Depois das últimas eleições, a coalizão de governo instituiu uma comissão encarregada de estudar a revisão da Constituição. A revisão deveria enfrentar as questões salientes no campo do governo, em primeiro lugar a reforma do federalismo, relativa à relação entre o centro e os Estados que é ainda hoje caracterizada pela iníqua subdivisão dos recursos econômicos e do poder político[87]. Mesmo que a comissão de revisão examine provavelmente o tema da conversão de alguns princípios diretivos em direitos fundamentais em especial o direito à instrução primária), na sociedade indiana contemporânea existe um difuso protesto, alimentado pelo temor de que a atual revisão da Constituição seja uma tentativa subreptícia por parte do partido de governo para desmantelar os princípios da estrutura fundamental da Constituição indiana, como a laicidade e a democracia parlamentar. Segundo Upendra Baxi, não existe nenhuma necessidade de uma comissão de revisão constitucional porque a Constituição já permitiu a própria modificação inú-

---

86. U. Baxi, op. cit., passim; M. Galanter, op. cit., passim.

87. U. Baxi, *Karv Seva of the Indian Constitution? Reflections on Proposals for Review of the Indian Constitution*, "Economic and Political Weekly", 11 de março de 2000, p. 892.

meras vezes no passado através de emendas constitucionais. Mas se são permitidas mudanças *na* Constituição, não são permitidas mudanças *da* Constituição: "as mudanças *da* Constituição não são permitidas de modo nenhum pelo constitucionalismo indiano que nega a legitimidade da sua subversão"[88].

A necessidade de vigiar sobre o perigo de uma subversão da Constituição é sustentada com empenho apaixonado pelo próprio presidente da República indiana, K. R. Narayanan. Nascido de uma família pobre de intocáveis no Kerala, Narayanan teve dificuldades para freqüentar a escola primária do seu país. Hoje é presidente da República indiana, e o seu percurso de uma pequena cidade de intocáveis no Kerala ao cargo de Presidente da República simboliza a transformação social que teve lugar na Índia independente, uma transformação inspirada pela Constituição indiana. Narayanan pede às forças da sociedade indiana, favoráveis à modificação da Constituição, para que reflitam se os problemas que elas gostariam de resolver derivam da Constituição ou da infidelidade à Constituição. No discurso à nação pronunciado quando do aniversário da fundação da Constituição indiana, em 25 de janeiro de 2001, Narayanan pediu aos seus compatriotas para lembrar os objetivos de emancipação social promulgados pela Constituição e acrescentou que nos últimos cinqüenta anos a democracia indiana prosperou à sombra das cláusulas flexíveis e espaçosas da Constituição: "hoje a Índia é reconhecida como uma grande democracia, a maior democracia do mundo, e a Constituição indiana é reconhecida como um documento que sanciona os direitos políticos, econômicos e sociais das pessoas"[89].

5. O "governo da lei" e a exigência de autotransformação

Abrangemos neste ensaio um percurso histórico de mais de 5 mil anos. Partimos de um exame da idéia do "governo da lei" na tradição indiana clássica para chegar a uma discussão

88. Ibid., p. 891.

89. Discurso do presidente K. R. Narayanan à nação, New Delhi, 25 de janeiro de 2001.

do seu funcionamento sob a Constituição da Índia independente. A Constituição indiana atual procurou criar um "governo da lei" mais justo e mais justo entre os indivíduos e os grupos que existiam sob as autoridades tradicionais, como os *Manusmriti*. A Constituição procura eliminar a humilhação sofrida pelas pessoas sob o sistema social tradicional das castas e do patriarcado, criando com isso um terreno novo para a realização da dignidade humana. A realização da igualdade, tanto formal como substancial, em curso sob o "governo da lei" na sociedade indiana contemporânea, pode facilitar o florescimento de uma vida de *darma*: uma conduta virtuosa dos indivíduos e da sociedade. No primeiro parágrafo, vimos a importância central da autodisciplina para a realização da ordem individual e coletiva. Mas a autodisciplina é facilitada pela existência de uma ordem social, institucional e jurídica justa, que garanta a igualdade jurídica dos indivíduos sem distinção de classe, de casta, de religião e de gênero. Por isso, o direito moderno pode criar uma condição sociológica favorável para a realização de uma vida de *Darma*.

Mas, se as regras do direito moderno são necessárias, não são, todavia, suficientes para a realização do "governo de si" e da ordem na sociedade. É a esse respeito que a teoria do direito moderno, seja na Índia contemporânea, seja, de modo geral, no Ocidente, pode aprender por meio de alguns aspectos das tradições indianas que sublinham o desenvolvimento e a transformação de si. Na realidade, é a práxis da contínua transformação de si que constitui um nível ulterior na reflexão sobre o "governo da lei", sobre o si e sobre a sociedade. As tradições espirituais da Índia representam um desafio que renova continuamente o convite a incorporar esse nível ulterior na experiência jurídica cotidiana. A tradição ininterrupta da ciência jurídica hindu, afirmou Derrett, sublinhou que o direito hindu está interessado na eternidade e na moralidade julgada sobre um fundo mais vasto, não limitada a considerações materiais e contingentes[90]. Para Sasheej Hegde, as regras e as leis nas tradições indianas indicam uma moral da "subjetivação",

90. J. D. M. Derrett, op. cit., p. 101.

ou seja, uma moral que se estende além do espaço do poder. Existe seguramente uma dimensão imperativa/prescritiva do "governo da lei" na tradição indiana, mas esta não pode ser imposta à práxis dos grupos e das instituições como um vínculo extrínseco. O princípio de universalização que ela poderia contribuir para realizar deve, todavia, ser acompanhado com um esclarecimento do ponto de vista moral[91]. Os adjetivos "jurídico" e "moral" são considerados quase contemporâneos, e nas tradições indianas são considerados modos complementares de orientar o poder[92]. A ulterior transformação da moralidade no funcionamento do "governo da lei" – em que moralidade significa muito mais do que obediência às normas sociais – significa agir virtuosamente de acordo com a própria consciência. Veena Das sustentou que os textos sacros, incluindo os *Darmasastras*, mais do que prescrever determinados comportamentos específicos, ilustram códigos de conduta considerados exemplares ou desejáveis: caracterizando essa concepção como puramente *bramânica*, perde-se a oportunidade de fazer dessa um importante recurso conceitual[93].

Na tradição ocidental moderna, as experiências dos "Estados de Direito" começaram com uma promessa de emancipação, mas, já em meados do século XIX, no Ocidente, o direito como emancipação tinha sido substituído pelo direito como regulação. A crise em que verte o "governo da lei" no mundo contemporâneo, tanto na Índia como no Ocidente, é "o declínio da emancipação reduzida a regulação". Tratar-se-ia por isso de repensar e revitalizar a dimensão emancipatória do "governo da lei"[94]. Essa tarefa exige não apenas apropriar-se dos velhos modelos de emancipação que implicavam a luta contra um opressor externo, mas pensar e realizar a emancipação da opressão social e a conseqüente aquisição de poder em siner-

91. S. Hegde, *Rules and Laws in Indian Traditions: A Reconstructive Appropriation*, em S. Saberwal, H. Sievers (organizado por), *Rules, Laws, Constitutions*, cit., p. 116.

92. Ibid., p. 99.

93. Citado em S. Hegde, op. cit., p. 102.

94. B. Santos, *Toward a New Common Sense: Law, Science and Politics in the Paradigmatic Transition*, Routledge, London, 1995.

gia com a libertação das paixões egoísticas e do desejo de controlar os outros. Poderia assim ocorrer uma transformação participativa da sociedade como um espaço de liberdade espiritual e de intersubjetividade compartilhada[95]. Para elaborar esse novo desafio da emancipação, em cujo centro esteja uma obra de desenvolvimento, transcendência e transformação do si, é necessária uma nova visão do sujeito e também da sociedade.

Para Santos, o declínio da emancipação, reduzida a regulação, simboliza o esgotamento do paradigma da modernidade[96]. Para Santos, o novo paradigma do direito que emerge da crise da legalidade moderna implica uma tríplice transformação na qual o poder torna-se autoridade compartilhada, o direito despótico torna-se direito democrático, e o conhecimento como regulação torna-se conhecimento como emancipação[97]. Mas para realizar essa tríplice transformação é preciso realizar uma nova subjetividade: trata-se de inventar uma "subjetividade constituída pelo *topos* de um conhecimento prudente por uma vida civil"[98]. A "subjetividade emergente" do direito vive sobre a fronteira, e "viver sobre a fronteira significa viver suspenso, em um espaço vazio, em um tempo entre os tempos"[99]. Para viver em um espaço e em um tempo vazios é preciso perceber a dialética entre tempo e eternidade, tradição e modernidade, e a este respeito a abertura ao vazio como uma dimensão integral do espaço, do tempo, do ser e da sociedade nas tradições socioespirituais indianas pode nos ajudar a fazer da emancipação o coração do "governo da lei".

A "subjetividade emergente" do direito exige uma ética emergente na qual as normas e as regras *a priori* não bastam para formular juízos prudenciais em relação a dilemas que surgem no direito, na ética e na moralidade, e nem sequer para le-

95. A. K. Giri, *Moral Consciousness and Communicative Action: From Discourse Ethics to Spiritual Transformation*, "History of the Human Sciences", 1998; E. Laclau, *Beyond Emancipation*, em J. N. Pieterse (organizado por), *Emancipations, Modern and Postmodern*, Sage, London, 1992.

96. B. Santos, op. cit., p. XI.

97. Ibid., p. 482.

98. Ibid., p. 489.

99. B. Santos, op. cit., p. 491.

var uma vida de justiça e de responsabilidade[100]. É preciso introduzir a dimensão da responsabilidade como obrigação incondicionada no funcionamento das regras do direito, de modo que a responsabilidade como obrigação possa fluir na rede da compensação e da punição[101]. Uma vida responsável requer uma capacidade de juízo prudencial, que, por sua vez, exige a guia contínua da consciência. Mas na tradição jurídica e política ocidental moderna, exemplificada pelas obras de Kant, Rawls e Habermas, a voz da consciência tem todas as características da legalidade social interiorizada como moralidade pura. Todavia, para fazer da consciência o coração do direito devemos perceber que a consciência não é apenas um produto da sociedade. É a voz da consciência a dizer-me "que qualquer outra vida é tão importante quanto a minha"[102]. A esse respeito, é de importância fundamental uma interpretação ontologicamente sensível da consciência para o justo funcionamento do "governo da lei", e a concepção indiana do "governo da lei" através do *darma* pode nos ajudar.

Na sua reflexão crítica sobre direito e sociedade na Índia, Beteille sustenta que os direitos individuais não têm, na Índia, a mesma profundidade e a mesma firmeza, o mesmo apoio na estrutura social, que têm nos Estados Unidos[103]. Mas essa relativização do direito subjetivo nos ordenamentos jurídicos indianos contemporâneos pode nos ajudar a elaborar uma relação muito mais equilibrada entre direitos do indivíduo e direitos do grupo. A tradição jurídica ocidental moderna conferiu uma primazia indiscutível aos direitos individuais, mas com a revolução social e teórica da pós-modernidade e do multiculturalismo, os ordenamentos jurídicos ocidentais estão se abrindo lentamente ao reconhecimento e à instituição dos direitos do grupo. Todavia, a realização de um equilíbrio apropriado entre os direitos do indivíduo e os do grupo é ainda um grande

---

100. A. K. Giri, P. Quarles van Ufford, *Reconstituting Development as a Shared Responsibility: Ethics, Aesthetics and a Creative Shaping of Human Possibilities*, Working Paper, Madras Institute of Development Studies, 2000.

101. P. Ricoeur, *The Just*, University of Chicago Press, Chicago, 2000, p. 12.

102. Ibid., p. 152.

103. A. Beteille, op. cit., p. 198.

desafio no qual os experimentos ocidentais podem aprender dos experimentos indianos, nos quais políticas de discriminação compensatória procuraram alcançar um equilíbrio entre os direitos individuais e os direitos do grupo[104]. A tentativa indiana, tanto na tradição antiga como na modernidade, de realizar uma relação criativa entre indivíduo e sociedade, está ainda incompleta. Na Índia, todavia, sempre se procurou relativizar a primazia egoística dos direitos do grupo ou daqueles dos indivíduos, da sociedade ou do indivíduo, introduzindo a dimensão de um nível transcendental na experiência cotidiana do governo e da lei. As tradições espirituais na Índia sempre sublinharam que a sociedade não é simplesmente um contrato. Essa intuição pode ser hoje de grande ajuda para repensar e reconstituir o direito e a ordem social.

---

104. Escreve Marc Galanter: "a discriminação compensatória é um modo de atenuar o nosso formalismo sem renunciar completamente à sua comodidade. O exemplo indiano é instrutivo: a Índia conseguiu honrar a justiça substancial sem com isso dissolver o valor rival da igualdade formal que torna o direito praticável em uma sociedade diversificada com poucos recursos de consenso" (M. Galanter, op. cit., p. 567).

A doutrina confuciana e o "governo do homem": o humanismo chinês originário

Por Cao Pei

Confúcio (551-479 a.C.) e Mêncio (372-289 a.C.) viveram durante a dinastia da "Primavera e do Outono" e daquela dos "Estados Combatentes", quando a China estava experimentando uma fase de transição da sociedade tradicional, caracterizada pelos modelos organizativos e pelos esquemas de valor da estrutura dos clãs, a uma sociedade sempre mais dotada de aparelhos burocrático-administrativos[1]. Foi a época em que novos líderes e os seus conselheiros arrancaram o poder da nobreza do clã e adotaram leis escritas e públicas para substituir os costumes tradicionais, os ritos, que tinham vigorado até então. Nesse meio-tempo, os Estados combatiam entre si pela

---

1. A antiga história chinesa consiste em cinco períodos. O primeiro período, anterior ao século XXI a.C., foi o da sociedade primitiva das tribos e dos clãs, quando viveram os famosos reis Yao, Shun e Yu, admirados como sábios pelo confucionismo. O segundo foi o período da sociedade do clã nobiliárquico, quando reinaram três dinastias, Xa (cerca de 2100-1600 a.C.), Shang (cerca de 1600-1100 a.C.) e Xi Zhou (cerca de 1100-771 a.C.). A inteira cultura chinesa antiga tomou forma em todos os seus aspectos sob a dinastia Xi Zhou. O terceiro foi um período de transição da sociedade tradicional do clã nobiliárquico a uma sociedade feudal e burocrática, sob o reino de duas dinastias: Primavera e Outuno (771-475 a.C.), sob a qual Confúcio deu início à doutrina que leva o seu nome, e aquela dos Estados Combatentes (475-221 a.C.), sob a qual Mêncio desenvolveu o confucionismo. O quarto foi o período da dinastia Qin (221-206 a.C.), quando predominaram o legalismo e o "governo da lei". Enfim, o quinto período foi o da dinastia Han (206 a.C.-25 d.C.), quando predominou o confucionismo e os ritos se fundiram com o direito escrito.

sobrevivência e o predomínio, e cem escolas debatiam sobre política, filosofia e idéias sociais.

Do ponto de vista político, Confúcio e Mêncio se opunham à onda de mudança social antitradicional e auspiciavam a retomada completa das tradições da época. Culturalmente, porém, Confúcio herdou toda a cultura tradicional e a desenvolveu em uma grande escola – o confucionismo –, que transmitiu às gerações futuras. A idéia central do confucionismo é a benevolência. Confúcio toma como fundamento os seres humanos e se concentra sobre as relações entre as pessoas e as realidades da vida cotidiana, em vez de perseguir a miragem do paraíso. Esse estilo de pensamento acabou por determinar as características do pensamento chinês tradicional. Por essa razão Confúcio é respeitado como um sábio, enquanto Mêncio é considerado o seu sucessor ortodoxo, a segunda fase do confucionismo. Todavia, alguns estudiosos acadêmicos consideram que o confucionismo introduziu o conceito de "governo dos homens", que levou à ditadura dos imperadores e que foi considerado o fundamento teórico e ideológico do milenar sistema político chinês. Segundo esses estudiosos, a noção confuciana de "governo dos homens" se opõe diretamente aos conceitos de "governo da lei" e de democracia. Por isso, esses estudiosos concluem que, hoje, toda a escola confuciana deveria ser radicalmente criticada e abandonada, coisa que, na verdade, começou a acontecer durante a campanha contra o confucionismo na China dos anos 70 do século passado. Todavia, essa opinião baseia-se sobre alguns mal-entendidos da forma originária do confucionismo criado por Confúcio e Mêncio, sobre uma confusão quanto a essa forma e às idéias dos sucessivos governantes da China.

Confúcio e Mêncio não eram juristas, no sentido hodierno do jurista profissional. Refletiam sobre o direito em nível da filosofia política, social e moral. A idéia do "governo dos homens" no confucionismo era similar à proposta platônica da "política do homem bom". Confúcio e Mêncio auspiciavam o governo de um homem bom. O governante deve amar o seu povo, sustentá-lo e adotar um estilo de governo benévolo, educá-lo e dirimir as controvérsias, em vez de usar a força e as penas. Tal bom governante deve educar-se e aperfeiçoar-se para ser um bom exemplo ao seu povo. Essa idéia do "governo dos homens" tinha uma íntima relação teórica com as concepções do "governo da virtude" e do "governo dos ritos" no edifício da benevolência construído pela escola confuciana. Essa monarquia era limitada e não absoluta, porque a autoridade e o poder do imperador eram sujeitos idealmente aos interesses do povo. Do ponto de vista acadêmico, a idéia do "governo dos homens" de Confúcio e Mêncio não estava ligada diretamente ao despotismo autocrático do imperador, mas era parte integrante do edifício da benevolência: a forma originária do humanismo chinês.

Nesse ensaio procurarei examinar a tradição humanista originária presente no conceito de "governo dos homens" de Confúcio e Mêncio, esclarecer os mal-entendidos das suas doutrinas, mostrar que os políticos sucessivos usaram, distorceram e ignoraram a tradição humanista originária do confucionismo, explicar os limites e as falhas dessa doutrina e encontrar o significado positivo que pode ter hoje.

1. Uma pessoa benévola: o homem apto ao governo

Confúcio acreditava no "governo dos homens". Ele afirmava: "se o homem justo existe, o governo é próspero; se o homem justo não existe, o bom governo está acabado. Por isso, o bom governo depende do homem justo"[2]. Para Confúcio, o homem justo deve ser uma pessoa benévola, deve amar o seu povo como ama a si mesmo e deve fazer todo esforço para trazer-lhe benefício. Os melhores exemplos desse governante ideal eram os três imperadores Yao, Shun e Yu, que, segundo a lenda chinesa, governaram a China antes do século XXI a.C. Cada um deles passou para a história como um sábio virtuoso, inteligente e hábil: Yao reuniu os clãs familiares em um Estado harmonioso; Shun educou o povo com o seu exemplo pessoal aos preceitos morais da piedade filial e da fraternidade; Yu impulsionou o povo para construir obras hídricas que o salvaram das inundações.

2. *Liji*, Zhongyong.

Que tipo de governante é necessário para determinado tipo de "governo"? O núcleo da filosofia de Confúcio era a benevolência, que herdava diretamente da tradição humanista originária da antiga sociedade dos clãs. Segundo o confucionismo, a benevolência implica, em primeiro lugar, o amor pelas pessoas; em segundo lugar, o dever de se comportar com lealdade e altruísmo para com os outros; em terceiro lugar, o empenho para cultivar em si a personalidade ideal: o homem justo deve ser um sábio que tem todas essas boas qualidades. Governaria o seu povo educando-o com o exemplo da sua personalidade perfeita.

1.1. O amor pelo povo: o humanismo originário

Confúcio ensinava que a benevolência significa "amar os próprios semelhantes"[3]. O amor era considerado parte da natureza humana, resultante do vínculo de sangue entre pais e filhos. Segundo a tradição, todos os filhos devem chorar por três anos os pais mortos. Confúcio ensinava que esse rito era expressão do amor entre pais e filhos e, portanto, uma expressão de benevolência. Quando Tsai Wo, um discípulo de Confúcio, observou que um período de luto de três anos era demasiado longo, Confúcio o criticou porque não era "benévolo", afirmando que nos três anos sucessivos à morte do genitor um verdadeiro homem de bem deve ficar tão triste que "se come coisas boas não as saboreia, se ouve música não sente prazer, se mora no seu lugar de costume não se sente à vontade". Por isso não come arroz e não se veste com elegância[4]. Por isso, o luto trienal não era apenas uma forma de rito, mas uma expressão sincera de amor entre pais e filhos. Esse amor tinha origem nos três anos de cuidados prestados pelos pais aos in-

---

3. Essa idéia tem uma estrita relação lógica com os conceitos de "governo da moral" e "governo do rito" que discutirei em seguida.

4. Confúcio, *I dialoghi*, em *Opere*, organizado por F. Tomassini, Editori Associati, Milano, 1989, libro IX, cap. xvii, § 455. *I dialoghi* é uma coletânea dos discursos de Confúcio transcritos pelos discípulos. É o texto clássico do confucionismo.

fantes e devia ser retribuído pelos filhos com três anos de luto depois da sua morte.

A benevolência era, portanto, originariamente o sentimento de amor entre pais e filhos que é parte da natureza dos seres humanos. De fato, não era somente um sentimento, mas um dever e um preceito moral: a piedade filial. Confúcio pensava que a obediência e a piedade filial fossem as raízes de onde cresce um homem bom. A partir desse amor entre pais e filhos, a obediência e as boas qualidades cultivadas entre as paredes domésticas podiam se estender à sociedade inteira, de modo que o homem de bem "estenda o seu amor a todos"[5].

1.2. Lealdade e reciprocidade

A práxis da benevolência consiste em saber traçar um paralelo entre a própria consciência de si e a maneira de tratar os outros, o que significa simplesmente colocar-se no lugar dos outros. Essa idéia compõe-se de duas partes. "O benévolo, querendo para si a firmeza, torna os outros firmes; querendo para si o progresso, faz os outros progredir"[6]: esta é a lealdade, o comportamento positivo no modo de tratar os outros, *zhong*. "Aquilo que não queres que seja feito a ti, não o faças aos outros"[7]: este é o comportamento negativo, a reciprocidade, *shu*. Colocar autenticamente em prática as virtudes de *zhong* e *shu* significa pôr autenticamente em prática a benevolência. Como afirmava o próprio Confúcio, "basta um só princípio para entender o meu Caminho". Esse princípio era depois explicado pelo seu discípulo como lealdade e reciprocidade, e nada mais[8]. Mêncio desenvolveu essas duas virtudes como um sentimento de compaixão para com as pessoas comuns. Ele acreditava que os sentimentos da compaixão, da vergonha, da repulsão, da re-

---

5. "Em casa o jovem observe a piedade filial, fora de casa a submissão fraterna; seja diligente e sincero; estenda o seu amor a todos, mas aproxime-se apenas das pessoas benévolas" (ibid., I, i, 6).

6. Ibid., III, vi, 147.

7. Ibid., VI, xii, 280.

8. Ibid., II, iv, 81.

verência, do respeito, do certo e do errado fossem capacidades naturais dos seres humanos. Por isso a tarefa principal é a de descobrir essas capacidades refletindo sobre si mesmo, em vez perdê-las[9]. Mêncio unia em seguida essas qualidades pessoais àquelas do político. Quando o rei de Qi perguntou-lhe o que fazer para se tornar um verdadeiro rei, ele respondeu: "ama e protege o povo", e ilustrou este amor com um relato. Uma vez um rei viu um boi tremer de medo enquanto se preparava para ser sacrificado para consagrar um novo sino. Como não suportava vê-lo mostrar tanto medo quanto um inocente conduzido ao patíbulo, ordenou que fosse poupado. Mêncio acreditava que a piedade sincera demonstrada pelo rei para com o animal pudesse ser transformada no amor pelo seu povo, de modo que o rei pudesse se tornar um verdadeiro rei[10].

1.3. *A integridade moral e o bom exemplo do governante*

Confúcio definia a benevolência como "a natureza do ser humano"[11] e sublinhava que todos os membros da classe nobiliárquica deviam assumir a responsabilidade de retomar os ritos e realizar a benevolência. Para cumprir esse dever histórico deviam ter uma integridade moral ideal que incluísse todas as boas qualidades, como dedicar a própria vida a este grande

---

9. Mêncio, *Mêncio*, organizado por F. Tomassini, Editori Associati, Milano, 1991, libro VI, parte i, § 146: "todos os homens têm o sentimento da piedade e da comiseração, da vergonha (pelos próprios defeitos) e da repulsão (pelos defeitos de outrem), da reverência e do respeito, do certo e do errado. O sentimento da piedade e da comiseração é a benevolência, o sentimento da vergonha e da repulsão é a justiça, o sentimento da reverência e do respeito é o rito, o sentimento do certo e do errado é a sabedoria. A benevolência, a justiça, o rito, a sabedoria não são infundidos de fora: nós os possuímos seguramente, (só que) não pensamos nisso. Por isso se diz: 'busque-os e os conseguirá, negligencie-os e os perderá'. Os homens não sabem exprimir todas as suas capacidades, quem o duplo de outros, quem o quíntuplo, quem inumeráveis vezes". *Mêncio* é uma coletânea dos discursos de Mêncio transcritos pelos discípulos.

10. Ibid., I, i, 7.

11. Cf. *Liji*, Zhongyong.

escopo[12], ser corajosos quando é preciso combater[13], ser sinceros para com os próprios amigos e o Estado[14], ser fortes e perseverantes até a morte[15]. Os chefes são como os crentes, mesmo se no seu sistema de crença não existe Deus. A busca da personalidade perfeita, a benevolência, pode exigir que eles dediquem a própria vida para salvar o mundo sem se preocupar com perdas e ganhos pessoais, sucessos e fracassos, desejo de glória e sentimento de vergonha, ou até mesmo com a própria segurança[16]. Mêncio descrevia assim a personalidade perfeita do governante:

> ele permanece na vasta habitação do mundo (a benevolência), está firme na reta dignidade do mundo (os ritos), caminha sobre a grande estrada do mundo (a justiça). Quando realiza as próprias aspirações (nos cargos públicos), estende ao povo (a própria virtude); quando não as realiza, percorre sozinho o próprio Caminho. Não pode ser corrompido pela riqueza e pela nobreza, não pode ser desviado dos seus propósitos pela pobreza e pela humilde posição, não pode ser dobrado pelo poder e pela força: isso significa ser um grande homem.[17]

Essa crença na benevolência instilada por Confúcio e Mêncio pode ter sido um substituto da fé religiosa na China, mas é igualmente potente e eficaz. Para alcançar a integridade moral

12. *I dialoghi*, VIII, xv, 387: "Confúcio disse: Um literato de firme vontade e um homem benévolo não buscam a vida em prejuízo da benevolência. Enfrentam a morte para realizar a benevolência."

13. Ibid., V, ix, 230: "Confúcio disse: Pode-se arrancar um general das suas três armadas, mas não se pode afastar um homem da sua determinação."

14. Ibid., IV, viii, 190: "Tseng-tzu disse: Um homem a quem se pode dar em custódia um (príncipe) órfão da altura de seis palmos, a quem se pode confiar o governo de um reino de cem *li*, que nem sequer nas mais graves emergências pode ser dissuadido (dos seus princípios), é um sábio? Oh sim, é um sábio!"

15. Ibid., IV, viii, 191: "Tseng-tzu disse: Um homem culto não pode senão ser magnânimo e perseverante, pois o seu fardo é pesado e longo é o caminho. A benevolência é o seu fardo: não é pesado? O caminho acaba com a morte: não é longo?"

16. *Mêncio*, VI, i, 150: "a vida é aquilo que desejo e também a justiça é aquilo que desejo: se não posso ter os dois, deixo a vida e escolho a justiça".

17. Ibid., III, ii, 53.

pessoal, Confúcio recomendava o estudo e o adestramento de si, pois era um grande pedagogo que elaborava teorias e métodos educativos seguidos ainda hoje. A seu ver, uma boa educação compreende, seja o aprofundamento dos conhecimentos, seja o aperfeiçoamento das qualidades morais. As pessoas são semelhantes por natureza, mas o estudo pode torná-las muito diversas. Para realizar a benevolência uma pessoa deve saber vencer a si mesma: "Dominar a si mesmo e retomar os ritos [...] é benevolência [...]. Se por um só dia um homem domina a si mesmo e retoma os ritos, o mundo se volta para a benevolência."[18]

Confúcio e Mêncio acreditavam que o governante deva dar o bom exemplo ao seu povo. Portanto, o "governo dos homens" significa também o governo do bom exemplo do governante. Confúcio ensinava que um homem deve se corrigir antes de corrigir os outros. Quando um homem demonstra piedade filial, as pessoas comuns são incitadas à benevolência. O dever do governante é o de aperfeiçoar as suas qualidades morais para atrair as pessoas comuns a alcançar o seu estado de perfeição. Quando o alcançaram, deve torná-las felizes[19]. São cinco as qualidades que podem permitir ao governante realizar a benevolência: o respeito, a magnanimidade, a sinceridade, a solicitude e a generosidade. "Quem respeita não ofende, quem é magnânimo ganha as multidões, quem é sincero obtém a confiança dos outros, quem é solícito leva à realização, quem é generoso é apto para comandar os homens."[20]

Diferentemente do humanismo originário ocidental que se refletia no cristianismo, o humanismo originário chinês não se refletia em crenças religiosas, mas tinha as suas raízes na natureza dos seres humanos. Depois da queda dos ritos tradicionais na sociedade do clã nobiliárquico, Confúcio transformou os ritos originários em um edifício da benevolência fundado sobre o laço de sangue, que considerava o amor entre pais e fi-

---

18. *I dialoghi*, VI, xii, 279.

19. Cf. ibid., IV, viii, 186; VII, xiii, 315; VIII, xvi, 421.

20. Ibid., IX, xvii, 440; cf. também *Mêncio*, IV, i, 81: "se o príncipe é benévolo, todos são benévolos; se o príncipe é justo, todos são justos; se o príncipe é íntegro, todos são íntegros. Uma vez corrigido o príncipe, o Estado permanece firme".

lhos o centro do qual este amor se irradiava sobre todo o povo. O confucionismo afirmava que a personalidade ideal deve compreender a responsabilidade, o respeito, o aperfeiçoamento de si, o amor generalizado e a criação da harmonia. Aqui se encontrava a dignidade dos seres humanos pela qual podiam se distinguir dos animais. A idéia política do "governo dos homens" fundava-se sobre esse humanismo originário: estender a gentileza natural dos seres humanos às relações da comunidade e ao governo do rei; em outras palavras, a unidade de "um sábio dentro e um rei fora".

2. O governo benévolo: o modo de governar

2.1. As políticas a favor do povo

Todo bom governo deve partir de dentro e dirigir-se para fora: "os antigos, querendo fazer brilhar no mundo a virtude luminosa, primeiro ordenavam o seu Estado; querendo ordenar o seu Estado, primeiro regulavam a sua família; querendo regular a sua família, primeiro aperfeiçoavam a sua pessoa; querendo aperfeiçoar a sua pessoa, primeiro corrigiam o seu coração"[21]. O bom governante que ama os seus semelhantes deve adotar políticas em benefício do povo e tendo sempre como suma preocupação os meios de sustento e as privações do povo. Mêncio resumia esta idéia no conceito de "governo benévolo" (*ren zheng*) para uma sociedade rural. O próprio governante deve ser sincero e compartilhar tanto a felicidade como a infelicidade do seu povo. As principais políticas do governo benévolo auspiciadas por Confúcio e Mêncio podem ser resumidas no seguinte modo.

2.1.1. Em primeiro lugar era necessário reduzir os impostos. Naquela época, o Estado não recolhia os impostos em dinheiro, mas em trabalho, um trabalho prestado para construir o palácio do imperador ou para lutar contra outros Estados. Se o rei abusava do próprio poder e não se preocupava com o seu

---

21. Confúcio, *Il "grande studio"*, em *Opere*, cit., p. 36.

povo, esses serviços podiam obrigar o povo a não trabalhar na estação agrícola e com isso acabar na pobreza. Confúcio e Mêncio sustentavam sempre que o governo devia usar o trabalho do povo no momento apropriado e não devia perturbar o seu trabalho nos campos durante a estação agrícola. O bom governante devia adotar a política de fornecer ao povo alimento e vestuário de modo suficiente. Como dizia Confúcio, "quem governa um Estado que pode erguer mil carros de guerra, seja atento aos negócios e sincero; consuma com parcimônia e ame o próximo; comande o povo segundo as estações"[22].

2.1.2. Em segundo lugar era preciso mitigar as penas. Naquela época, as penas eram muito cruéis e compreendiam atos como cortar um pé, o nariz, um membro ou a cabeça. Por exemplo, em um Estado em que o governante impiedoso tinha mandado cortar um pé de um grande número de súditos, os pés artificiais custavam no mercado mais do que os sapatos. Confúcio e Mêncio se opunham resolutamente a este governo impiedoso e propunham que o governo "mitigasse as penas" e instruísse o povo sobre as virtudes da piedade filial, do amor fraterno e da honestidade, de modo que alcançasse uma sociedade mais harmoniosa.

2.1.3. Em terceiro lugar era preciso prover ao bem-estar social de modo que os velhos e as crianças pudessem ser amparados. Confúcio e Mêncio se preocupavam muito com os velhos e as crianças e desejavam que pudessem usufruir de uma vida boa. Confúcio expressou assim aos discípulos o propósito da sua vida: "estar tranqüilo sobre a situação dos velhos (porque estão nutridos) [...] gozar da confiança dos amigos e do afeto dos jovens"[23]. Mêncio articulou este desejo na máxi-

22. *I dialoghi*, I, i, 5; cf. também *Mêncio*, I, i, 3: "planta a amoreira na área residencial de cinco *mu* e os qüinquagenários poderão se vestir de seda. Não negligencies a criação de frangos, porcos e cães no período (da reprodução) e os septuagenários poderão comer carne. Não subtraias um campo de cem *mu* (aos trabalhos) sazonais e uma família de muitas bocas poderá não sofrer a fome. [...] Jamais deixou de reinar quem conseguiu fazer com que os septuagenários se vestissem de seda e comessem carne, e o povo de cabeleiras pretas não sofresse a fome e o frio".

23. *I dialoghi*, III, v, 117.

ma: "se tratarmos com respeito os velhos da nossa família, chegaremos a (fazer tratar) com respeito os velhos das outras; se educarmos os jovens da nossa família, chegaremos a (fazer educar) os jovens das outras. (Então) o império poderá ser governado na palma da mão"[24].

2.1.4. Em quarto lugar era preciso promover a instrução de modo que os jovens fossem instruídos sobre a moral. Como dizia Mêncio, "cuida do ensino nas escolas inculcando os princípios da piedade filial e da submissão fraterna e os velhos não caminharão pelas ruas levando fardos sobre as costas ou sobre a cabeça"[25].

2.1.5. Em quinto lugar era preciso proteger o ambiente para que todos pudessem usufruir por muito tempo dos bens oferecidos pela natureza. Segundo Mêncio, "se não impedes os trabalhos agrícolas da estação (impondo trabalhos obrigatórios), as colheitas serão mais abundantes daquilo que se possa comer. Se nos pântanos e nos lagos não lançares a rede com aberturas muito cerradas, os peixes e as tartarugas serão mais abundantes daquilo que se possa comer. Se nos bosques montanhosos utilizares os machados e as foices somente na estação adequada, a lenha será mais abundante daquilo que se possa consumir"[26].

2.2. O governo da virtude

A partir do século VIII a.C. formaram-se gradualmente duas correntes políticas na queda da sociedade tradicional do clã. Uma era o legalismo, que propunha governar o povo com as penas; a outra era o confucionismo, que auspiciava que o povo fosse governado com a virtude e os ritos. Essas duas escolas disputaram entre si por cem anos. Naquele tempo o conceito de direito era muito diverso do direito como o entendemos hoje. Direito significava então punição ou sanção mediante a força, e o conteúdo essencial das primeiras leis consistia em

24. *Mêncio*, I, i, 7.
25. Ibid., I, i, 3.
26. Ibid.

penas voltadas para reprimir as desordens[27]. Por isso a proposta do "governo da lei" formulada naquele tempo pela escola legalista significava, na realidade, "governo da ordem e das penas". Esse tipo de direito tinha origem geralmente nos ordenamentos militares na guerra civil entre os Estados chineses. Os conceitos opostos eram "virtude" e "rito", que deveriam se realizar através da educação, do adestramento, da persuasão e de outros meios não-violentos e emotivamente eficazes propugnados pelo confucionismo.

Na realidade, o confucionismo propunha seguir um modo paralelo para conseguir a grande harmonia, um modo que utilizava, seja os meios da virtude-rito, seja os do direito-pena. Como dizia Mêncio, "a bondade por si só não basta para governar, um modelo de conduta vazio não dá a capacidade de (bem) conduzir-se"[28]. Mas os meios oferecidos pela virtude-rito eram prioritários, superiores e muitos mais fundamentais do que os do direito-pena. Para Mêncio, existem dois tipos de governo. Um é aquele do rei sábio, o outro é o do senhor militar. São completamente diversos um do outro. O governo do rei sábio se exerce com a educação moral e a instrução, ao passo que o do senhor militar se exerce com a força e a coerção. O poder do governo do rei sábio é moral; aquele do governo do senhor militar é físico[29]. Segundo Mêncio, "sem um governo benévolo não se pode dar paz e ordem ao império"[30], e somente "aquele que faz uso da virtude e pratica a benevolência é um soberano"[31].

"Quem governa com a virtude", ensinava Confúcio, "é comparável à estrela polar, que permanece imóvel no seu lugar enquanto todas as outras giram ao redor dela"[32]. O governo da virtude é uma extensão da benevolência e está em con-

---

27. "A pena Yu (*yu xing*) foi instituída pelas desordens da dinastia Xia; a pena Tang (*tang xing*) foi instituída pelas desordens durante a dinastia Shang, e a pena Lu (*lu xing*) foi instituída pelas desordens da dinastia Zhou."

28. *Mêncio*, IV, i, 62.

29. Cf. Fung Yulan, *A History of Chinese Philosophy*, Princeton University Press, Princeton, 1952, 1, p. 74.

30. *Mêncio*, IV, i, 62.

31. Ibid., II, i, 26.

32. *I dialoghi*, I, ii, 17.

traste com o "governo das penas". Visto que Confúcio e Mêncio consideravam em primeiro lugar que a benevolência fosse a natureza originária dos seres humanos, pensavam que qualquer um nasce para ser rei. Para Mêncio, "todos os homens têm o sentimento da piedade e da comiseração, da vergonha (pelos próprios defeitos) e da repulsão (pelos defeitos dos outros), da reverência e do respeito, do certo e do errado. [...] A benevolência, a justiça, o rito, a sabedoria não são infundidas em nós de fora: nós os possuímos seguramente"[33]. Esta convicção era a base filosófica da proposta do "governo da virtude". Dado que toda pessoa nasce boa e se torna má apenas por causa do ambiente social, qualquer pessoa pode ser educada se se melhora o ambiente. O dever de um bom governante é o de providenciar um bom ambiente para que o povo possa viver e ser educado, em vez de infligir-lhe penas e sofrimentos.

O governo da virtude não deve ser exercido apenas com meios religiosos como a oração, mas deve apoiar-se sobre as realizações da política. Antes de poder educar o seu povo, o governante deve realizar políticas que tragam benefício e dêem uma vida boa ao povo, e deve ser digno de fé. Quando um discípulo perguntou a Confúcio o que faria pelo povo, ele respondeu: "enriquecê-lo". Quando o discípulo perguntou: "e quando estivesse rico, o que se deveria ainda fazer?", Confúcio respondeu: "instruí-lo"[34]. Mêncio desenvolveu essa idéia na tese sociopsicológica segundo a qual somente as pessoas que possuem uma "renda permanente" teriam uma "mente perseverante" para obedecer à lei e ao governante[35]. Ele ensinava que

33. *Mêncio*, VI, i, 146.

34. *I dialoghi*, VII, xiii, 311.

35. *Mêncio*, I, i, 7: "somente o homem instruído [...] é capaz, sem uma renda permanente, de ter uma mente perseverante. O povo, se não tem uma renda permanente, não tem uma mente perseverante. Quando não tem uma mente perseverante, não há nada que evite de fato a tibieza, a dissolução, a depravação e a licenciosidade. Deixá-lo cair em culpa para depois persegui-lo ou puni-lo significa armar-lhe uma cilada. Se no trono existe um homem benévolo, poderá armar uma cilada ao povo? Por isso, um príncipe iluminado assegura ao povo uma renda que deve ser suficiente para servir o pai e a mãe e depois para manter a esposa e os filhos. Quando o povo estiver totalmente saciado nos anos de abundância e livre da ruína e da morte nos anos de carestia, será depois exortado a caminhar na via do bem, pois ao povo será fácil segui-la".

somente quando o governante se assegura de que o povo está livre "da ruína e da morte nos anos de carestia" pode se ocupar com "o ensino nas escolas, inculcando os princípios da piedade filial e da submissão fraterna"[36]. Confúcio e Mêncio foram sempre contra as matanças de Estado, julgando cruel que um governante mate a pessoa sem educá-la. O bom exemplo dado pelo governante é um meio de educação muito importante, porque o povo segue sempre o seu exemplo. Quando um rei perguntou a Confúcio o que pensava das execuções como meio para governar o povo, ele respondeu: "se tu governas [...] para que serve matar? Deseja o bem e o povo será bom. A virtude do sábio é como o vento, a virtude do homem comum é como a relva: quando o vento passa por sobre a relva, a relva certamente se dobra"[37].

2.3. *O governo dos ritos: o sistema hierárquico*

Os ritos são um conceito complexo da cultura chinesa, que tem origem nas cerimônias primitivas do clã tribal antes da dinastia Xia (2100 a.C.)[38]. Desde os seus inícios como cerimônias do clã, os ritos se desenvolveram até se tornarem, sob as dinastias Xia e Shang, um sistema político-social abrangente e alcançaram o apogeu sob a dinastia Xi Zhou (1100-771 a.C.). O próprio Confúcio descendia da grande nobreza da dinastia da "Primavera e Outuno". Conhecia bem e amava profundamente toda a cultura e o sistema dos ritos da dinastia Xi Zhou, e lutou a vida inteira para perpetuar os sucessos do rei Wen e do duque de Chou, dois dos fundadores da dinastia Chou. O seu escopo político era o de retomar o sistema tradicional dos ritos: as cerimônias, a moral, a cultura e o sistema hierárquico da dinastia Chou. Ele afirmava: "Os Chou estudaram os ritos das duas dinastias (precedentes e os aperfeiçoaram). Como é requintada a civilização deles! Eu sigo os Chou."[39] Explicava os

36. Ibid., I, i, 3.
37. *I dialoghi*, VI, xii, 297.
38. A dinastia Xia foi a primeira da história chinesa, e com ela a China de um conjunto primitivo de tribos e clãs tornou-se um reino.
39. *I dialoghi*, II, iii, 54.

ritos com a idéia da virtude da benevolência e ensinava que o escopo de voltar aos ritos era o de realizar a benevolência: "dominar a si mesmo e retomar os ritos é benevolência"; "não olhes contra os ritos", aconselhava, "não escutes nada contra os ritos, não digas nada contra os ritos, não te movimentes contra os ritos"[40].

Na dinastia Xi Chou os ritos eram tudo: um conjunto de cerimônias cultuais, ordenamentos, penas, costumes, ética, relações familiares e hierarquia social. Compreendiam algumas tradições originárias humanísticas e democráticas da sociedade antiga[41], como o respeito pelos velhos e o amor da família e dos membros do clã. Os objetivos principais dos ritos eram, em primeiro lugar, mostrar as distinções entre adultos e crianças, entre velhos e jovens, entre os nobres e os inferiores, e entre os reis e os súditos; em segundo lugar, induzir o povo a se comportar de modo correto em relação ao culto, às cerimônias e à vida cotidiana, conforme a posição social de cada um. Assim a inteira sociedade era organizada em uma rígida estrutura hierárquica, regida por um conjunto de códigos morais respeitados. Como ensinava Confúcio, "o governante seja um governante, o súdito um súdito, o pai um pai, o filho um filho". Também no dicionário chinês clássico, o conceito de rito era definido como "distinções". As distinções entre imperador e súdito, pai e filho, marido e mulher, velhos e jovens deviam ser sempre observadas e nunca menosprezadas. No tempo de Confúcio, os ritos estavam em declínio. Quando viu um conselheiro dançar em sua casa de um modo que à época se usava apenas no palácio imperial, Confúcio soluçou: "se se permite isso, o que não se permitirá!"[42].

Confúcio acreditava que os ritos fossem o elemento principal do sistema político: "quem é capaz de governar o Estado com os ritos e a indulgência, que dificuldade encontrará? Quem não é capaz de governar o Estado com os ritos e a maleabilidade, o que fará com os ritos?"[43]. Os ritos consistiam de leis e

---

40. Ibid., VI, xii, 279.

41. Cf. Li Zehou, *Zhongguo Gudai Sixiang Shilun* [O pensamento chinês antigo], People's Press, Beijing, 1985, p. 1.

42. *I dialoghi*, II, iii, 41.

43. Ibid., II, iv, 79.

de virtude, mas esta última tinha um peso maior. A educação era o passo mais importante para realizar os ritos e, portanto, o governo dos ritos não podia ser separado do governo da virtude, pois esta última era o centro dos ritos. Confúcio e Mêncio julgavam também que o governo dos ritos e da virtude fosse um modo de comandar mais fundamental do que o governo da lei, e sublinhavam que um bom governante deve tocar o coração do povo, e não referir-se simplesmente aos seus atos. Desse modo é possível prevenir o crime em vez de puni-lo: "se o guiares com as leis e o tornares uniforme com as punições, o povo irá evitá-las e não conhecerá vergonha. Se o guiares com a virtude e o tornares uniforme com os ritos, conhecerá a vergonha e chegará (ao bem)"[44].

Os ritos eram apenas um conjunto de costumes, e não de direito escrito. A partir da dinastia Han, os ritos foram adotados nos julgamentos e gradativamente foram recebidos na legislação escrita. No que diz respeito ao direito, os princípios essenciais dos ritos eram dois: primeiro, ser leais para com o imperador; segundo, demonstrar piedade filial pelos pais e respeito pelos parentes idosos. Estes princípios tiveram uma influência profunda e duradoura sobre o direito chinês desde quando os ritos foram introduzidos na legislação com a dinastia Han. Sob a dinastia Tang, todo o Grande Código Tang foi redigido em conformidade com os ritos, e essa tradição jurídica permaneceu imutável até o fim da dinastia Qing. Por essa razão, os ritos dominaram a legislação chinesa desde o século I até o fim do século XIX: cerca de 1900 anos. No direito, por exemplo, todos os julgamentos e as punições eram decisivas segundo a relação entre jovem e velho, e não segundo o comportamento. Além disso, boa parte do direito consuetudinário, que sobrevivia nas comunidades distantes do poder central, era fundado sobre os ritos.

Na mente de Confúcio, o escopo último era o de realizar uma "grande harmonia": a sociedade ideal. Tanto ele como Mêncio perseguiram essa idéia por toda a vida. Eles sonhavam com uma sociedade rural muito simples na qual o povo era organizado em uma rede de clãs familiares. Era uma sociedade

44. Ibid., I, ii, 19.

pacífica, compacta e repleta de deveres, de moral e de sentimentos familiares. Os litígios e as controvérsias eram excluídos. Como dizia Confúcio, "o sábio não contende sobre nada"[45] e "na prática dos ritos, a coisa mais preciosa é a naturalidade"[46]. Essa sociedade seria guiada por bom governante, um verdadeiro rei que tivesse cuidado para com o povo e tivesse em mente os interesses populares. Por isso, o povo poderia viver em um ambiente rico e confortável. Cada um está bem regulado em um sistema hierárquico constituído por ritos[47], e é propriamente educado com respeito à virtude, de modo que não surjam lutas e litígios. A sociedade satisfaz as necessidades dos velhos, dos jovens e das crianças, e todos os bens da natureza são usados racionalmente. Confúcio descrevia assim essa "grande harmonia":

> quando prevalece o Caminho, todo o país é de propriedade pública. O povo escolhe governantes sensíveis e capazes, conserva a fé nas relações recíprocas e vive em harmonia. Não apenas mostra amor pela família e cria os filhos, mas sustenta os velhos, oferece trabalho a todos os jovens e cuida de todas as crianças. Sustenta os órfãos, as viúvas e os deficientes. Todo homem tem a sua posição e toda mulher a sua casa. Os bens não estão escondidos para serem usados por um só, mas não são nem sequer desperdiçados. Toda energia é usada do melhor modo possível, mas não apenas para si. Por isso, não existem ladrões nem trapaceiros, e as famílias não têm necessidade de fechar a porta do quintal: essa é a grande harmonia.[48]

No quadro traçado por Confúcio, os seres humanos são o escopo central e, em primeiro plano, estão os meios de sustento do povo, as relações recíprocas estreitas e harmoniosas, a paz e a estabilidade da sociedade, o uso racional da riqueza social. Tudo isto deriva do conceito de benevolência, o humanis-

---

45. Ibid., II, iii, 47.
46. Ibid., I, i, 12.
47. *Mêncio*, III, i, 49: as relações humanas ideais deveriam ser o amor entre pai e filho, o dever entre governante e súdito, a distinção entre marido e mulher, a precedência do velho sobre o jovem e a sinceridade entre os amigos.
48. *Liji*, Liyun.

mo chinês originário que reúne o interesse do indivíduos e os interesses de toda a sociedade. Esta última, ou seja, a hierarquia dos ritos, une os indivíduos, enquanto a personalidade perfeita de um indivíduo pode educar e conduzir a uma sociedade ideal. Essa cultura sublinhava as obrigações, e não os direitos; a sociabilidade, e não o individualismo; a moral, e não os interesses materiais. O humanismo chinês originário era muito diverso daquele da tradição ocidental que sublinhava o individualismo, os direitos e o direito.

2.4. A monarquia limitada

A idéia de "governo dos homens" levou Confúcio a acreditar na monarquia em vez da democracia e da igualdade. Ele auspiciava que no sistema hierárquico o imperador fosse a única pessoa no vértice do poder e tomasse qualquer decisão: esse era o único modo correto (*dao*) de governar. Ele afirmava que "o céu não tem dois sóis e o povo não tem dois soberanos"[49]. Confúcio temia que quando o modo correto de governar não fosse praticado, os mais jovens entre os senhores feudais se não até mesmo entre os conselheiros pudessem usurpar o poder supremo, e se preocupava com o bom governo para que este sempre prevalecesse: "quando no império se segue o Caminho, os ritos, a música e as expedições punitivas são dirigidas pelo Filho do Céu; quando no império não se segue o Caminho, os ritos, a música e as expedições punitivas são dirigidas pelos feudatários. [...] Quando no império se segue o Caminho, o governo não está nas mãos dos dignatários; quando no império se segue o Caminho, as multidões não ficam discutindo (sobre os assuntos públicos)"[50].

Naturalmente, na concepção de Confúcio e Mêncio, o imperador deveria ser um homem moralmente excelente. Mas, como garantir que o poder supremo esteja sempre nas mãos de um homem bom? O confucionismo não resolveu esse problema com o seu direito e o seu sistema político, mas indicou apenas alguns princípios e algumas finalidades de caráter mo-

49. *Mêncio*, V, i, 126.
50. *I dialoghi*, VIII, xvi, 422.

ral. Em primeiro lugar, o povo era de grande importância, e o Estado e o imperador deveriam estar sujeitos ao povo. Mêncio enunciou esse ideal humanístico com palavras famosas: "o povo é a coisa mais importante, depois vêm os seres espirituais da terra [...]: destes, o príncipe é o menos importante"[51]. Por isso, um imperador que fizesse alguma coisa contra a benevolência e a retidão seria um fora-da-lei, e não um rei, e deveria ser removido e substituído por um bom rei[52].

Em segundo lugar, os imperadores deveriam escolher os seus ministros unicamente entre os homens verdadeiramente corteses e capazes. "Eleva os homens retos", afirmava Confúcio, "e afasta os desonestos: então o povo será submisso. Eleva os desonestos e afasta os homens retos: então o povo não será submisso"[53]. E Mêncio acrescentava: "(o príncipe) honre os homens virtuosos, sirva-se dos homens mais capazes, de modo que nas magistraturas existam pessoas eminentes por virtude e talento: então todos os literatos do império se alegrarão e desejarão se estabelecer na sua corte"[54].

Em terceiro lugar, o imperador deveria respeitar os súditos e dar-lhe ouvidos. Os súditos deveriam servir e corrigir o imperador. A relação entre o imperador e os seus súditos era uma relação entre amigos, e alguns direitos e deveres cabiam em medida igual a ambos. "Que o príncipe guie os ministros com ritos" dizia Confúcio, "e os ministros sirvam o príncipe com a lealdade"[55].

Por fim, o imperador deveria considerar um alto preceito moral a antiga tradição com base na qual o rei abdicava e passava a coroa a uma pessoa boa e capaz, em vez do próprio filho. Os bons exemplos vinham de uma época antiqüíssima, quando os três sábios transferiram o poder deste modo: Yao passou o poder a Shun e Shun a Yu. Confúcio admirava este gesto: "como foram sublimes! Yao e Shun tiveram o império, no entanto não deram nenhuma importância a isso"[56].

---

51. *Mêncio*, VII, ii, 236.
52. Ibid., I, ii, 15.
53. *I dialoghi*, I, ii, 35.
54. *Mêncio*, II, i, 28.
55. *I dialoghi*, II, iii, 59.
56. Ibid., IV, viii, 202.

No confucionismo, a monarquia era uma parte da estrutura da benevolência, mas o humanismo lhe era superior, e por isso esta era uma "monarquia limitada". Todavia, depois da dinastia Qin (221-206 a.C.), quando a China foi reunida em um único país, a monarquia tornou-se um poder absoluto nas mãos dos governantes. Os princípios morais recomendados por Confúcio ao imperador tornaram-se ineficazes. Historicamente, nunca ninguém passou de modo voluntário o poder a alguém que não fosse membro da sua família. Em cada dinastia, a luta política pela coroa tornou-se cruel e sanguinária, o poder do imperador tornou-se ao mesmo tempo totalitário e temporário, e a monarquia tornou-se sem freios e incontrolada. Por último, o imperador podia abusar do seu poder e matar qualquer um a seu bel-prazer, incluindo os ministros. Esse êxito era imprevisível à época de Confúcio e de Mêncio.

3. Conclusão

Na estrutura da escola confuciana o "governo dos homens", o governo da virtude e o governo dos ritos eram correlatos estritamente em uma trindade. O governo dos homens era a condição pessoal, pois a orientação do Estado e o destino do povo dependiam da visão do mundo pessoal do governante, da sua moralidade e das suas qualidades intelectuais. Para realizar a benevolência o governante deveria se aperfeiçoar para se tornar um "verdadeiro rei", capaz de realizar a benevolência. O governo da virtude era o instrumento, pois o governante deveria educar o povo, melhorando sua vida e instruindo-o sobre os preceitos morais da piedade filial, do respeito, da fidelidade, da obediência e da confiança. Enfim, o governo dos ritos era a instituição, pois o governante deveria regular o povo segundo uma estrutura hierárquica. Nesse sistema, todos tinham a sua posição, e todas as formas da moral, do cerimonial e da boa conduta eram regidas pelo sistema dos ritos. O escopo último era o de realizar a benevolência e construir a grande harmonia com qualquer meio.

Confúcio e Mêncio não eram apenas idealistas: eram também práticos. Confúcio foi um funcionário do governo e foi também o juiz supremo do seu Estado natal, Lu, por muitos anos. Quando o governante daquele Estado não o escutou, ele renunciou ao cargo e passou aproximadamente catorze anos em viagem pelos Estados, procurando convencer os governantes a adotar e atuar as suas idéias. Todavia, àquela época todos os Estados estavam empenhados em lutar econômica e militarmente pela sobrevivência e todos os seus reis eram pragmáticos, de modo que ninguém adotou realmente as idéias de Confúcio ou o tomou a seu serviço. Frustrado na carreira política, Confúcio retornou à sua terra natal para ensinar e pôr em prática a obra acadêmica, e morreu decepcionado alguns anos mais tarde. Mais de cem anos depois, aspirando a se tornar o herdeiro intelectual de Confúcio, Mêncio fez uma experiência similar àquela do seu mestre. Nenhum governante de nenhum Estado deu ouvidos nem sequer a ele ou o tomou a seu serviço. Por isso, o conceito de "governo dos homens bons" em nome da benevolência e da "grande harmonia" se demonstrou irrealístico já nos seis séculos antes de Cristo, quando a sociedade tradicional do clã declinava e começava a Era dos Estados feudais. Politicamente, esse ideal evocava a vida da antiga sociedade do clã, mas na realidade a história da China tinha tomado outra direção, que superava a imaginação dos filósofos. Depois da época de Confúcio e Mêncio, a partir da dinastia Han, o confucionismo foi assumido pelos governantes como idéia dominante, mas a monarquia limitada foi distorcida em poder absoluto, e nas dinastias sucessivas, o poder do imperador tornou-se sempre mais extremo. A história mostrou que o ideal confuciano do "governo dos homens" era apenas um sonho de "grande harmonia": uma utopia chinesa.

Embora o confucionismo tenha sido uma escola poderosa na China e na Ásia, aliás, a mais influente, não deveríamos esconder os limites intrínsecos da sua idéia de "governos dos homens". Vejamos.

Em primeiro lugar, Confúcio e Mêncio assumiam que a natureza originária dos seres humanos fosse a gentileza e que qualquer um pudesse se tornar um sábio através da educação e do aperfeiçoamento de si. Mas a história mostrou que os seres humanos diante de um conflito de interesses, especialmente na vida política, não podem ter confiança nas instâncias da moral e do aperfeiçoamento de si. Apenas o governo da lei e o constitucionalismo moderno podem resolver esses problemas. O humanismo chinês originário não pôde se desenvolver no moderno "governo da lei". Este é o problema essencial do confucionismo.

Em segundo lugar, Confúcio e Mêncio esperavam que um homem bom pudesse governar, mas não conseguiram responder a algumas perguntas fundamentais: como levar ao poder tal homem? Como mantê-lo lá? Como substituir um governante que se tornou corrupto? Ainda uma vez, a história mostrou que ter confiança na moral, na educação e no aperfeiçoamento de si (que se fundava sobre alguns pressupostos concernentes à natureza originária dos seres humanos) não pode resolver esses problemas. Além disso, a proposta da monarquia limitada fundada sobre a benevolência era uma proposta fraca e passível de se desenvolver em outras direções. Os governantes sucessivos levaram aos extremos a monarquia e os ritos hierárquicos e suprimiram o núcleo da benevolência. Milênios de história chinesa mostraram que sem um sistema constitucional moderno, ou seja, o sistema das eleições democráticas, da separação dos poderes, dos pesos e contrapesos etc., não há como evitar as concentrações de poder que levam à corrupção e à tirania, como aconteceu freqüentemente na história chinesa.

Segundo a opinião predominante na academia chinesa, o confucionismo propunha o "governo dos homens". Ao contrário, uma outra escola contemporânea do confucionismo, o legalismo, que era representado por Han Fei Zi, sustentava o "governo da lei". Para essa escola, o confucionismo era retrógrado e reacionário, ao passo que o legalismo representava o progresso e o curso da história. Esta opinião, na realidade, se funda sobre alguns mal-entendidos que é preciso corrigir. Em primeiro lugar, o "governo da lei" sustentando pelos legalistas não era o governo da lei no sentido dos estudiosos ocidentais. O direito então não era aquele que entendemos hoje. Segundo os legalistas, o direito era a lei do imperador, usada como instrumento do imperador e controlada e determinada pelo imperador. Era um "direito burocrático" e era constituído principalmente de punições e ordens administrativas, ao contrário do "governo da lei" em sentido moderno. Em segundo lugar, embora confucionismo e legalismo propusessem, ambos, a monarquia, os confucianos entendiam esta última como limitada, em vez de absoluta. A sua concepção fundava-se sobre relatos dos chefes dos clãs do sistema democrático primitivo, retratados idealisticamente como sábios e heróis. Ao contrário, a monarquia dos legalistas era extrema e absoluta, e na idéia da autocracia do imperador, característica desta escola, existia um elemento de ambição política realística.

Em terceiro lugar, o confucionismo e o legalismo eram ambos favoráveis ao uso do direito e da educação moral. O confucionismo exaltava o governo da virtude e da educação moral. As penas deviam ser somente um remédio extremo. O legalismo, ao contrário, punha em primeiro plano o uso da punição do alto para deter o crime antes de educar o povo. Este critério era assim chamado: "usar as punições para deter as punições".

Embora os defensores do confucionismo e do legalismo tivessem posições diversas sobre esses temas, nem os primeiros nem os segundos punham em discussão as bases fundamentais da cultura chinesa, como o "governo dos homens", a monarquia e a hierarquia. O confucionismo era mais idealístico e mantinha alguns traços da tradição humanística originária, ao passo que o legalismo era mais realístico e refletia as características dos novos governantes da época, ambiciosos e impiedosos. As duas escolas foram unidas durante a dinastia Han com base no princípio "governo dos homens por meio do direito" e foram adotadas pelos governantes sucessivos como uma espada de dois gumes. Tanto o confucionismo como o legalismo não tinham nada a ver com o "governo da lei" em senso moderno. Ambos padeciam dos mesmos limites se forem comparados com a doutrina ocidental dos direitos humanos e com o modelo do "governo da lei", porque careciam das idéias de democracia, igualdade, constitucionalismo e Estado de Direito. Se não fosse integrado por certas características da cultura ocidental, o humanismo originário da cultura chinesa seria incompleto, e não realístico.

Todavia, mesmo que a idéia do "governo dos homens" não seja politicamente realística, o confucionismo representou a cultura chinesa tradicional. A sua influência não se fez sentir apenas no sistema jurídico e político: ela está também radicada profundamente na consciência, na psicologia, nos sentimentos, nos valores, na personalidade, nos costumes cotidianos e no modo de pensar do povo chinês. Os princípios morais, o amor generalizado, a busca da harmonia, a idéia do aperfeiçoamento de si e da personalidade perfeita e a busca da dignidade produziram grandes estudiosos, patriotas e heróis nos últimos 2 mil anos e influenciam ainda os intelectuais chineses de geração em geração. Ainda hoje as pessoas buscam a moralidade, as boas qualidades e a personalidade perfeita através da educação e do aperfeiçoamento de si, e sublinham ainda o equilíbrio e a harmonia também quando aprendem do Ocidente a modernizar o próprio país.

A idéia do "governo dos homens" no confucionismo não pode ser avaliada plenamente se não por uma perspectiva que reconheça as numerosas culturas do mundo e a sua complementaridade recíproca. A doutrina ocidental dos direitos humanos e o modelo do "Estado de Direito" fundado sobre o individualismo foram naturalmente uma grande contribuição à civilização mundial. Todavia, são, enfim, evidentes os limites dessa doutrina e desse sistema político-jurídico. Entre estes podem ser citados os problemas do individualismo extremo, da poluição ambiental, da violência social, da alienação entre as pessoas e os procedimentos judiciários ineficientes e custosos. Por isso, a confiança exclusiva nessa doutrina poderia não levar a um estágio mais em harmonia com a natureza dos seres humanos. Desse ponto de vista, a tradição humanística originária representada por Confúcio e por Mêncio – com os seus conceitos de amor generalizado, de benevolência e de grande harmonia; com a sua exigência de virtude e moralidade; com a importância atribuída à educação e ao aperfeiçoamento de si; com a sua visão orgânica da sociedade – poderia ser um válido contrapeso ao sistema jurídico e político ocidental que se afirmou na modernidade.

A tradição jurídica chinesa e a idéia européia do **rule of law**

Por Wu Shu-chen

A grande diferença entre a tradição jurídica chinesa e o espírito europeu do "governo da lei" (*rule of law*) deriva de duas formas sociais e duas tradições culturais muito diversas[1]. Apesar disso, na tradição jurídica chinesa[2] existe alguma coisa de aparentemente similar ao espírito europeu do "governo da lei". Isso indica que a diferença histórica e geográfica entre os resultados das culturas humanas não é absoluta. Decerto, o desenvolvimento do gênero humano tende a tomar, consciente

---

1. Muitos textos da antiga China eram coletâneas de escritos, sem a indicação de cada autor e sem páginas numeradas. Além disso, na maioria dos casos não se sabe quando essas coletâneas foram criadas. Dado que não existia a imprensa na antiga China, os textos eram difundidos recopiando os manuscristos. Por isso, para referir-se ao conteúdo dos mesmos, os estudiosos chineses indicavam o título da coletânea e o de cada escrito. Nos tempos modernos, alguns estudiosos organizaram reedições dessas antigas obras, antepondo introduções em chinês moderno. Para referir-me às antigas coletâneas e a cada escrito, mantive os títulos chineses acrescentando a sua tradução. Além disso, citei as introduções publicadas na época moderna e pertinentes a cada obra antiga. Acrescento que ao citar os nomes chineses, indico o sobrenome seguido pelo nome próprio, segundo o costume chinês.

2. Por exemplo, os legalistas do século III a.C. propugnavam a administração segundo o direito e sustentavam que o monarca, os funcionários, os nobres, as pessoas comuns, os ricos e os pobres deveriam obedecer ao direito sem exceção. Sob a dinastia Tang existiam rigorosas disposições de lei que puniam severamente o comportamento ilegal dos funcionários. Cf. Guan Zhong, *Guan Zi* [Sobre o direito]; o antigo organizador chinês dessa obra, conhecido pelo nome de Guan Zhong, não é o autor da maior parte dos trabalhos que havia reunido. Cf. Shi Yishen, *A Present Introduction to Guan Zi*, Zhong-Guo-Shu-Dian Press, Beijing, 1988, p. 336.

ou inconscientemente, o mesmo caminho. No século XIX, exatamente em 1840, a tradição jurídica chinesa, por exemplo, tomou o caminho da modernização para sair da crise em que a China se encontrava. Para quem olha do alto o longo rio da história chinesa do último século, a Reforma constitucional de 1898[3] e a estratégia de "guiar o país segundo o direito", inaugurada em 1997[4], parecem dois sinais que indicam a direção comum do desenvolvimento humano nas atividades jurídicas de caráter prático.

1. A tradição jurídica chinesa

A tradição jurídica chinesa não é somente um tema de interesse para os estudiosos de direito, em particular os historiadores do direito, mas um fator cultural vivo que tem uma grande influência sobre a experiência jurídica da China moderna.

1.1. O que é a tradição jurídica?

Pretendo antes de tudo esclarecer aquilo que entendo por tradição jurídica. Penso que o conteúdo da tradição jurídica es-

---

3. Em junho de 1898, o imperador Guang Xu da dinastia Qing aprovou medidas que instituíam a monarquia constitucional e o sistema dos três poderes que era proposto pelos progressistas, entre os quais Kang Youwei e Liang Qichao, e atuou a reforma política. Em setembro de 1898, sob a pressão das forças conservadoras, a reforma fracassou. Os seis líderes da reforma foram mortos.

4. Por ocasião do XV Congresso Nacional do Partido comunista chinês, realizado em 1997, foi enunciada a orientação política de "administrar o país segundo o direito e de transformar a China em um país com um sistema jurídico socialista fortalecido". Em vista da transformação da base econômica de economia planificada à economia de mercado, esta reforma abole a práxis do passado, segundo o qual tudo devia ser subordinado às orientações políticas, aos quadros do partido e às massas. A reforma pretende obter que a vida política, econômica e cultural na China seja inserida completamente na órbita do sistema jurídico. A atividade legislativa em grande escala, nos vinte anos de 1978 a 1997 criou as condições necessárias para a aplicação de tal orientação política geral, e a reforma judiciária atuada nos últimos anos a garantirá ulteriormente.

teja dividido em duas áreas. Existe, em primeiro lugar, a base de valor que governa as atividades jurídicas práticas, representada pelas concepções e pelas teorias do pensamento jurídico, como também pela moral e pela filosofia que se desenvolvem mais profundamente. Esses conteúdos se estabilizam de forma gradual através da longa experiência de um país ou de uma nação. Não podem ser separados da história ou da tradição cultural de um país ou de uma nação. Quando tomam forma são relativamente estáveis e se transmitem de geração em geração. Em segundo lugar, existem as atividades jurídicas, ou seja, os métodos de trabalho na legislação e na administração da justiça: a lei escrita, os precedentes e o direito resultante da combinação entre lei escrita e precedentes. Temos, portanto, dois aspectos essenciais: de um lado, os fundamentos de valor que predominam em um país ou em uma nação e dominam as práticas jurídicas e, de outro, os modos socializados em que operam estes fundamentos, através do processo da legislação e da administração da justiça. A combinação desses dois aspectos forma a tradição jurídica de um país ou de uma nação[5].

Defino a tradição jurídica desse modo porque sou influenciado pela teoria da "genealogia do direito", mesmo que pretenda modificar a classificação que propõe. A meu ver, quando se procura traçar grandes subdivisões entre os sistemas jurídicos do mundo, é preciso identificar um critério rigoroso. Penso que, se se classificam segundo a sua base de valor, as tradições jurídicas do mundo possam ser subdivididas em dois tipos: a tradição jurídica do individualismo e a tradição jurídica do coletivismo ou, em outras palavras, a tradição jurídica ocidental e a tradição jurídica oriental. Se se classificam as tradições segundo o tipo jurídico (legislação, administração da justiça e método de trabalho fundamental), existem três tipos: o direito escrito (a genealogia do direito na Europa ocidental), os precedentes (a genealogia do direito anglo-americana) e o direito misto (a genealogia do direito chinês). As duas maiores genealogias do direito ocidental são semelhantes no que diz respeito à base de valor e são diversas no que diz respeito ao tipo.

5. Wu Shu-chen, *The Traditional Legal Culture in China*, Beijing University Press, Beijing, 1994.

Por outro lado, o tipo do velho direito soviético não é de natureza diversa daquele do direito escrito da Europa continental, mas a base de valor do velho direito soviético é obviamente diversa daquela das duas principais genealogias ocidentais do direito. Em termos gerais, do meu ponto de vista, a base de valor e o tipo jurídico refletidos na experiência jurídica de um país ou de uma nação constituem a tradição jurídica.

1.2. Dois fatores essenciais da tradição jurídica chinesa

A tradição jurídica chinesa deriva das atividades jurídicas praticadas por milhares de anos e tem ainda um papel importante na vida social contemporânea. Compõe-se de dois fatores essenciais: uma base de valor coletivística e um método misto.

1.2.1. *A base de valor coletivística* – Em contraste com o individualismo ocidental, a base de valor da tradição jurídica chinesa é uma forma de coletivismo articulada em dois elementos: o sistema do clã patriarcal e o nacionalismo centralizado. O centro do sistema do clã patriarcal é o "rito", cujo núcleo é o direito do homem venerável mais velho. Esse direito se manifesta nas concepções e nos princípios morais do clã patriarcal: um pai gentil, um filho obediente, o homem em posição superior, a mulher em posição inferior etc. O valor social do "rito" consiste em impor um conjunto de obrigações individuais com a finalidade de manter a tranqüilidade de todo o clã. O "rito" teve um papel mais profundo na antiga sociedade chinesa por alguns milhares de anos. Não apenas vinculava as atividades das pessoas, mas limitava também o seu pensamento.

O nacionalismo centralizado incorpora um reflexo do regime burocrático estatal, caracterizado por uma monarquia autocrática centralizada e pelas leis que emana e promove. Sendo voltado para manter a estabilidade do Estado autocrático, o direito prescrevia um conjunto de obrigações para os súditos e cominava penas cruéis a quem ousasse violar a lei. Tanto o "rito" do clã patriarcal como o "direito" do Estado autocrático impunham pesadas restrições a várias liberdades individuais. Nos dicionários culturais da antiga China é impossível encontrar palavras como direito subjetivo e liberdade.

1.2.2. *O tipo jurídico do direito misto* – Na sociedade feudal chinesa, cada geração dinástica atribuía importância à compilação do código escrito, que tinha realmente um papel importante na administração da justiça. No entanto, em algumas circunstâncias históricas especiais, os juízes em diversos níveis podiam criar e aplicar precedentes judiciários. As circunstâncias especiais são estas. Quando a velha dinastia era derrubada, a nova dinastia não tinha muito tempo para recompilar o código escrito. À medida que o ritmo da vida social aumentava, o código escrito originário não era mais apropriado. A dinastia adotava um novo sistema de pensamento como idéia ortodoxa porque as velhas disposições jurídicas estavam enfim obsoletas. Esses precedentes judiciários eram compilados em volumes e classificados em diversas categorias para uso dos juízes. No devido tempo alguns princípios dos precedentes judiciários podiam ser absorvidos pela legislação e tornar-se uma parte do código escrito. Isso é o que chamei de direito misto da antiga China. Foi precisamente Xun Zi, um dos representantes confucianos no final do período dos Estados Combatentes, que deu início a esse tipo de direito: julgar com o direito existente ou, na falta deste, julgar com os precedentes jurídicos apropriados[6].

Resumindo, pode-se dizer que o coletivismo e o direito misto são os dois elementos da tradição jurídica chinesa.

1.3. O desenvolvimento histórico da tradição jurídica chinesa

A tradição jurídica chinesa não se formou em breve tempo. Desenvolveu-se por um longo período histórico. Em geral, pode-se dizer que tenha atravessado três importantes fases de desenvolvimento.

1.3.1. *O período do "governo do rito e dos precedentes"* – O antigo período Zhou ocidental (do século 11 a 771 a.C.) e o período da "Primavera e Outono" (de 770 a 476 a.C.) foram os períodos do "governo do rito e dos precedentes". A caracterís-

6. Xun Kuang, *Xun Zi – Wang Zhi*. Cf. Zhang Shitong, *A Preliminary Introduction of Xun Zi*, Shanghai People Press, Shanghai, 1977, p. 77.

tica daquela época era o princípio segundo o qual o "rito" governava cada aspecto da vida social. O reflexo desse princípio sobre o regime estatal era o sistema de governo aristocrático do clã patriarcal. Os aristocratas gozavam, em todos os níveis, nos seus feudos, de um poder independente de caráter político, econômico, militar e jurídico e o transmitiam por herança de geração em geração. Naquele tempo, o direito era permeado pelo espírito do "rito": por exemplo, "punir severamente quem não mostra piedade filial pelos velhos"[7], "a parte em posição inferior na hierarquia familiar devia julgar-se culpada, se as razões adotadas para proceder por ambas as partes eram de igual peso"[8].

Como também a função de juiz era hereditária, as sucessivas gerações de juízes decidiam um caso à maneira dos seus pais. Este não era apenas um modo normal de proceder, mas um imperativo da "piedade filial"[9]. Conseqüentemente, formou-se a tradição do respeito pelos precedentes. Durante o processo, a decisão de um caso era, na realidade, conforme ao "rito", porque não existia um código escrito. "O rito" como práxis plurissecular tornou-se assim a fonte inesgotável do direito.

O sistema aristocrático e os precedentes tornavam mais visível a importância de "cada" governante. Que um feudo fosse bem governado e que um caso fosse decidido corretamente dependia em grande parte da qualidade de "cada" governante. Esta é a razão social do "governo dos homens" na antiga China[10].

---

7. *ShangShu – Jiugao*. Esta obra política foi organizada por um antigo estudioso que permaneceu desconhecido. Cf. Wang Shishun, *Introduction to ShangShu*, Sichuan People's Press, Sichuan, 1982, p. 164.

8. Zuo Qiuming, *ZuoZhuang – Min Gong Yuan Nian*. Cf. Yang Bojun, *An Introduction to Chun-Qiu ZuoZhuang*, Zhong-Hua-Shu-Ju Press, Beijing, 1981, p. 255.

9. O filho pode seguir os seus ideais enquanto o pai está vivo. Mas quando o pai o deixa, é preciso seguir o seu comportamento. Se o filho observa e mantém-se fiel aos princípios do pai, pode ser considerado um digno descendente (Confucio, *LunYu – Xue Er*). Cf. Yang Bojun, *An Introduction to Chun-Qiu ZuoZhuang*, Zhong-Hua-Shu-Ju Press, Beijing, 1980, p. 2.

10. A personalidade do governante é o elemento fundamental na administração de um país. Se no poder existe um homem bom, o país prospera, mas se existe um homem mau, a fortuna do país declina (*LiJi – Zhong Yong*). Cf. Chen Hao, *An Introduction to LiJi*, Shanghai Ancient Works Press, Shanghai, 1987, p. 290.

1.3.2. *O período do "governo da lei e do direito escrito"* – O período dos "Estados Combatentes" (475-221 a.C.) e a dinastia Qin (221-206 a.C.) foram as fases históricas do "governo da lei e do direito escrito". Naquela época, pessoas comuns nascidas de famílias não aristocratas e os proprietários de terra arrancaram o poder estatal dos príncipes aristocratas. Tentaram também unificar o país anexando territórios com a guerra. Enfim, fundaram o sistema político da monarquia centralizada autocrática. A vontade do monarca se refletia na forma do direito. Esse foi o "governo da lei" (governar o Estado através do direito) iniciado pelos legalistas (uma escola de pensamento dos períodos "Primavera e Outono" e dos "Estados Combatentes"). O indivíduo devia obedecer ao Estado e ao direito sem condições, de outra forma era duramente punido. O governo do Estado não se fundava mais sobre a descendência de sangue do clã patriarcal, mas apoiava-se sobre as instituições administrativas regionais.

Durante esse período o direito escrito se desenvolveu tão rapidamente que todos os aspectos da sociedade deviam ser regulados segundo as normas jurídicas pertinentes[11]. O juiz devia respeitar rigorosamente o direito escrito ao julgar um caso. Não podia contar com o seu juízo nem apelar aos precedentes. O direito era a autoridade última. Após a lei ter sido emanada, quem tivesse um ponto de vista diverso em relação a ela era severamente punido[12].

1.3.3. *O período da "combinação de rito e direito misto"* – O espaço de tempo que decorreu da dinastia Han ocidental até o fim da dinastia Qing (202 a.C.-1912 d.C.) foi o período da "combinação de rito e direito misto". A característica fundamental do período feudal que durou 2 mil anos é a estrita combinação entre o sistema político da monarquia autocrática e o sistema social do clã patriarcal no cenário de uma economia baseada num método de cultivação auto-suficiente. No campo da política estatal, o direito tinha um grande poder, sendo

---

11. Cada lado da vida social tinha as suas leis e os seus decretos (Sima Qian, *ShiJi – Qin Shi Huang Ben Ji*). Cf. *ShiJi*, Zhong-Hua-Shu-Ju Press, Beijing, 1972, p. 223.

12. Guan Zhong, *Guan Zi*, cit., passim.

expressão da vontade e das intenções do monarca e o instrumento com o qual o monarca controlava a colossal máquina burocrática. Desse ponto de vista, o direito no período feudal chinês era o "direito dos funcionários", o direito com o qual o monarca dirigia os seus funcionários. Ao contrário, no campo da vida social, a economia natural promovia a restauração e o desenvolvimento do clã patriarcal, e isso permitia que o "rito" voltasse a vigorar ainda uma vez. O "rito" como costume e tradição tinha, na realidade, um papel de primeiro plano entre o povo. A situação objetiva permitia que o "governo da lei" se combinasse com o "governo do rito". Cada um desenvolvia a sua respectiva função social. O "governo da lei" mantinha em pé o sistema político da monarquia central autocrática, enquanto o "governo do rito" mantinha em pé a base social do sistema: a sociedade do clã patriarcal.

Nas atividades processuais, quando o direito se adaptava à vida social, o juiz devia julgar segundo o direito escrito. Todavia, e em primeiro lugar, a característica do direito escrito fazia com que a legislação escrita fosse limitada pela procedura. Por isso era difícil completar a legislação escrita. Além disso, a lei não podia dar uma ordem de manhã e revogá-la à noite. Em segundo lugar, o conteúdo do código escrito não podia prover a tudo. Existiam sempre lacunas e imperfeições. Em terceiro lugar, a China é um país vastíssimo. Os costumes e a situação particular não são os mesmos em lugares diversos. Por esse motivo, a posição dominante do código escrito no processo é relativa, e não absoluta. Em condições históricas especiais, os juízes criavam e usavam os casos exemplares para remediar os defeitos do direito. Em tais ocasiões, o "rito" tinha ainda uma vez o papel de fonte do direito. Os "relatos" e os "exemplos" ocorridos em diversas dinastias eram compilados em volumes segundo o seu conteúdo, e tinham com efeito um papel dominante[13].

1.3.4. *As razões sociais da tradição jurídica chinesa* – A característica fundamental da antiga sociedade chinesa é o "três

13. Wu Shu-chen, *The Traditional Legal Culture in China*, cit., pp. 413-27.

em um", ou seja, a estrita combinação de três elementos: a produção agrícola da economia natural, a estrutural social do clã patriarcal e a monarquia autocrática centralizada.

Os ramos medianos e inferiores do Rio Amarelo (as Planícies Centrais), onde viviam as populações agrícolas, são o centro cultural da China. O caráter fechado e a estabilidade da vida agrícola promoviam o desenvolvimento do clã patriarcal. O "rito" tomou forma nesse ambiente. As tradições do "defensor do serviço meritório", do "defensor do direito" e da "centralização" afirmaram-se inicialmente entre os povos nômades que viviam no norte ocidental da China, graças à sua produção e aos seus meios de produção.

Com o tempo as transformações sociais e as guerras colocavam em contraposição o "rito" e o "direito". Mas quando a sociedade se tornou finalmente estável, pôde se constituir, consciente ou inconscientemente, uma nova formação. A monarquia autocrática centralizada desfraldava a bandeira do "governo da lei", enquanto o mundo do clã patriarcal como célula fundamental da sociedade permitia que o "governo do rito" funcionasse no ambiente rural onde o Estado estava demasiado distante para alcançar. Desse modo, "governo da lei" e "governo do rito" podiam conviver graças às respectivas funções. A relação entre os dois "governos" era muito estreita e vital, porque se sustentavam reciprocamente.

A antiga sociedade se desenvolveu muito lentamente, mas não viu jamais uma mudança qualitativa fundamental. De fato, a estrutura "três em um" da antiga sociedade chinesa era bastante forte para resistir e para inibir o desenvolvimento da economia comercial e da sociedade urbana. Mesmo que os pensadores iluminados no final da dinastia Ming e no início da dinastia Qing tenham sido sensíveis ao apelo do novo século, o desenvolvimento não ocorreu de modo programado. Foi somente depois da Guerra do Ópio (1840) que os chineses evoluídos; diante do gravíssimo desastre nacional, abriram os olhos para ver o mundo fora da China.

2. A crise da tradição jurídica chinesa e a importação do pensamento político e jurídico europeu

O pensamento político-jurídico capitalista moderno não cresceu em terra chinesa, mas foi importado de fora. Como tudo aquilo que chegava nos navios do Ocidente, foi chamado de "mercadoria de importação". E a importação foi acompanhada pelas guerras e pelos bombardeios por parte das potências estrangeiras. De um lado, os chineses sábios e corajosos resistiam aos invasores estrangeiros com espadas e cimitarras, de outro aprendiam com convicção das civilizações estrangeiras a tentar fazer sobreviver a nação chinesa. Por isso, a luta nacional contra a invasão estrangeira e o movimento de reforma política que tomava como modelo as potências estrangeiras se entrelaçaram como um dueto da história social chinesa moderna.

2.1. *A tradição jurídica chinesa diante da crise: a guerra do ópio de 1840 e a jurisdição consular*

O ano de 1840 viu a eclosão da Guerra do Ópio e a derrota do governo da dinastia Qing. Em 1843 foi assinado entre China e Grã-Bretanha o tratado da submissão e da humilhação nacional. Juridicamente, o tratado sancionava a jurisdição consular da grande potência estrangeira na China[14]. Desde então, as outras três grandes potências, uma após a outra, assinaram tratados desse tipo com o governo Qing. Com base no tratado, o estrangeiro que cometia um crime na China não poderia ser julgado pelas autoridades chinesas e deveria ser entregue ao consulado estrangeiro para ser punido. Foram apresentadas várias razões, entre outras, que o direito chinês era incivil e que o sistema penal era muito cruel. O governo inglês prometia no

14. Segundo o art. 13 da *General Regulation under which the British Trade is to be Conducted at the Five Post at Canton, Amoy, Foochow, Ningpo and Shanghai* (8 de outubro de 1843), se um chinês ou um inglês realizavam um ato que exigisse uma investigação para averiguar as responsabilidades penais, o chinês devia ser julgado pelas autoridades chinesas e o inglês por um funcionário do consulado britânico. Cf. Wang Tieya, *The Collection of Old Treaties between China and Foreign Countries*, San-Lian-Shu-Dian Press, Beijing, 1957.

tratado que quando o direito chinês e o sistema penal melhorassem, a Grã-Bretanha renunciaria à jurisdição consular[15].

O sistema da jurisdição consular instituído na China atingia duramente pelo menos três setores da dinastia feudal, que era considerada por milênios "o Estado supremo do mundo". Em primeiro lugar, na China, o poder supremo tinha sido por milhares de anos a corte imperial. O direito criado pela corte imperial devia ser aplicado sem exceção em todo o território por ela controlado na China. A instauração da jurisdição consular abalou a autoridade suprema da corte feudal e desfigurou sua imagem. Em segundo lugar, com o desenvolvimento da atividade missionária estrangeira na China, os adeptos da Igreja (os cidadãos chineses de fé cristã) tornaram-se cada vez mais numerosos. Freqüentemente ocorriam conflitos entre os membros da Igreja e a população local, e os primeiros obtinham muitas vezes a proteção dos consulados estrangeiros que enfrentavam até o governo local de igual para igual. Em conseqüência, verificou-se o caos social chamado "o caso da Igreja". Isso abalava indubitavelmente a ordem social da dinastia[16]. Em terceiro lugar, nos territórios dados em concessão às potências estrangeiras, o governo Qing não tinha nenhuma autoridade efetiva. Os revolucionários que se propunham a derrubar o governo da corte imperial Qing freqüentemente desempenhavam atividades revolucionárias nos territórios das concessões. As tentativas da dinastia Qing de obter a extradição dos revolucionários eram rejeitadas com freqüência. O caso de Xangai, de junho de 1903, é um claro exemplo a esse respeito[17]. Tudo isso ameaçava diretamente o poder da dinastia Qing.

---

15. Segundo o art. 12 do *Commercial Treaty between China and Britain* (agosto de 1903), esperava-se que o governo chinês realizasse uma mudança do seu sistema jurídico adequada às legislações dos países ocidentais; o governo britânico consentia em prestar assistência nessa mudança; quando o sistema jurídico e o direito processual chineses tivessem se adequado, o governo britânico renunciaria à jurisdição consular. Cf. *Guang Xu Chao Dong Hua Lu*, organizado por Chao Dong (um estudioso da dinastia Qing), Zhong-Hua-Shu-Ju Press, Beijing, 1958.

16. Zhang Li, Liu Jiantang, *The History of Chinese Religious Cases*, Sichuan Social Science Press, Sichuan, 1987.

17. Na concessão pública de Xangai, ativistas políticos revolucionários publicavam um jornal intitulado *The Soviet Newspaper* e outros escritos em de-

A dinastia Qing desejava ardentemente livrar-se da jurisdição consular. Mas, diante da dura realidade, as suas possibilidades não podiam estar à altura dos desejos. Nessa situação, a dinastia teve de se adaptar e se dedicou à reforma dos sistemas jurídicos chineses existentes, cultivando a expectativa de que as grandes potências estrangeiras renunciariam à jurisdição consular. Esse modo de pensar era bastante ingênuo, porque a jurisdição consular tinha a ver com a soberania estatal que era estritamente ligada à esfera e à força do Estado. De per si, a jurisdição consular não era um problema jurídico. Mas, à época, todos, dos mais altos funcionários aos homens de cultura, acreditavam que tão logo o velho sistema jurídico fosse reformado, o sistema da jurisdição consular poderia ser abandonado. Conseqüentemente, no final da dinastia Qing surgiu a onda de reformismo jurídico. A onda chegou quase a deter a tradição jurídica chinesa.

2.2. *A importação do pensamento político e jurídico europeu: o pensamento democrático e o pensamento liberal em circunstâncias diversas*

Depois da Guerra do Ópio de 1840, a China se encontrou diante de uma crise nacional cada vez mais profunda. Alguns personagens patriotas moderados começaram a dirigir a própria atenção para a civilização ocidental. Lin Zexu[18], o primeiro a abrir os olhos ao mundo, escreveu *Si Zhou Zhi*[19]. Wei Yuan[20] escreveu *Hai Guo Tu Zhi*, propondo a idéia de aprender

---

fesa da revolução. O Ministro do Trabalho da concessão pública ordenou a suspensão do jornal. O governo da dinastia Qing solicitou vigorosamente a extradição dos ativistas, mas o pedido foi recusado.

18. Lin Zexu (1785-1850) era um funcionário da dinastia Qing. Como mensageiro imperial, ordenou a destruição de mais de mil toneladas de ópio na cidade de GuangZhou. Propugnava o estudo da tecnologia apresentada pelos inimigos para subjugá-los.

19. Lin Zexu, *Si Zhou Zhi*. Cf. Xiong Yuezhi, *The History of Democratic Thoughts in Modern China*, Shanghai People's Press, Shanghai, 1986, p. 72.

20. Wei Yuan (1794-1857), também ele um funcionário da dinastia Qing, sustentava uma posição análoga à de Lin Zexu.

dos países estrangeiros[21]. Eles, porém, nunca foram ao exterior e os seus livros foram escritos com base em fontes indiretas.

Em seguida, nas primeiras décadas do século XX, alguns estudiosos e funcionários chineses foram ao exterior. Foram à Europa e ao Japão para visitar aqueles países e para estudar. Escreveram diários, apontamentos, notas de viagem, que descreviam e apresentavam o sistema jurídico e político, os sistemas de pensamento, as condições locais, os costumes dos países ocidentais e do Japão etc. Todas essas obras foram reunidas em *Going to the World Series*[22]. Contemporaneamente, um grande número de estudantes foi aos países ocidentais e especialmente ao Japão para estudar todo gênero de matérias. Além disso, alguns estudiosos não só estiveram nos países ocidentais, mas se ocuparam também das suas tradições. O mais conhecido é Yan Fu[23]. Entre as obras ocidentais famosas por ele traduzidas e depois publicadas estavam *Evolution and Ethics, and Other Essays* do biólogo Thomas Henry Huxley, *An Inquiry into the Nature of the Wealth of Nations* de Adam Smith, *The Principles of Sociology* de Herbert Spencer, *On Liberty* de John Stuart Mill, *A History of Politics* de Edward Jenks, *L'esprit des lois* de Charles-Louis de Montesquieu etc.[24]. A versão chinesa desses clássicos teve um papel importante na penetração do pensamento político e jurídico ocidental.

A China é uma nação com longa história e longa tradição cultural. Quando absorve os resultados culturais estrangeiros faz sempre uma escolha. Isso prova, em geral, que quando

---

21. Wei Yuan, *Hai Guo Tu Zhi*. Cf. Xiong Yuezhi, *The History of Democratic Thoughts in Modern China*, cit., p. 73.

22. Em janeiro de 1985, a Yue-Lu-Shu-She Press publicou o primeiro volume de *Going to the World Series*, em dez livros, nos quais estavam reunidos os apontamentos e os diários escritos pelos funcionários, pelos diplomatas e pelos estudiosos que tinham visitado a Europa, a América e o Japão antes de 1912. Cf. *Series of Going to the World*, vol. 1, Yue-Lu-Shu-She Press, Hunan, 1985.

23. Yan Fu (1854-1921), um famoso pensador iluminado, estudou no Greenwich Navy College na Inglaterra. Propugnava a atuação de reformas políticas, aprendendo do Ocidente, e a prática da monarquia constitucional.

24. Yan Fu, *Yan Yi Ming Zhu Cong Kan*, Shang-Wu-Yin-Shu-Guan Press, Beijing, 1931.

uma cultura estrangeira se difunde através dos países e das nações não pode ser transplantada totalmente. Por isso, quando o pensamento e o sistema político-jurídico ocidental foram introduzidos na China, verificou-se um fenômeno interessante. O pensamento democrático e constitucional e o pensamento liberal encontraram condições e acolhidas diferentes.

É preciso notar que o pensamento democrático e constitucional e as concepções liberais ou individualísticas ocidentais são o resultado da cultura ocidental, de natureza capitalista. Em relação à realidade social e às tradições históricas e culturais da China existiam grandes diferenças. Por isso, quando essas "mercadorias estrangeiras" entraram na China, não puderam manter o seu aspecto original. Foram, inevitavelmente, sujeitas a escolhas, transformações e elaborações por parte da China. No Ocidente, tanto as idéias democráticas e constitucionais, quanto aquelas propriamente liberais pertenciam a um sistema de pensamento integrado, em que as segundas eram a base das primeiras. Como escrevia Yan Fu, os países ocidentais "julgavam a liberdade como a moldura e a democracia como o instrumento"[25]. Todavia, quando as duas idéias entraram na China, foram tratadas de modo diverso. Os chineses pareciam atribuir importância sobretudo à democracia e ao constitucionalismo – entendido como escolha de uma Constituição escrita como lei suprema do Estado – que era considerado a razão política da força e da potência dos países ocidentais e que já tinha sido experimentado pelas reformas realizadas em um país asiático como o Japão. As personalidades progressistas, que se punham como primeira tarefa a de salvar o país da extinção, fizeram grandes esforços para construir uma moldura política democrática e constitucional, capaz de mudar rapidamente o desafortunado destino de atraso da China, que agora sofria os abusos das grandes potências estrangeiras. Faltavam o tempo e as condições para construir um sistema de pensamento que correspondesse à forma política da democracia e do constitucionalismo. Por isso, o indivi-

25. Yan Fu, *Yan Fu Ji – Yuan Qiang*, Zhong-Hua-Shu-Ju Press, Beijing, 1986, p. 11.

dualismo liberal foi tacitamente ignorado. Foi conhecido e propagado na China meio século depois da democracia e do constitucionalismo[26].

Esse interessante fenômeno social tinha muitos motivos, mas o principal derivava da potente inércia da cultura chinesa tradicional. A democracia e o constitucionalismo, mesmo que proviessem de países estrangeiros, eram quase similares ao pensamento "baseado sobre o povo" da cultura chinesa tradicional. Àquela época havia quem sustentava que o constitucionalismo e a democracia ocidentais tinham sido tomados por empréstimo da antiga China: os constitucionalistas burgueses, afirmava-se, usavam as doutrinas de Confúcio e Mêncio para perorar o constitucionalismo e a democracia ocidental. O liberalismo ocidental, com as suas profundas raízes individualistas, era muito diverso da cultura chinesa tradicional. Não existia quase nenhum espaço de mediação entre os dois. Por esse motivo, o liberalismo foi ignorado e encontrou uma resistência instintiva na psicologia nacional e tradicional chinesa. Além disso, a burguesia chinesa era muito fraca como "inimigo" do feudalismo. Por causa da fraqueza econômica e política e dos seus limites de classe, a burguesia chinesa não se tornou uma classe política e teoricamente madura. Faltava-lhe coragem e força para romper com o poder e a cultura feudal. Para salvaguardar os seus interesses, ela preferia manter em pé parte da herança feudal, esperando ter uma cota igual e conviver pacificamente com as velhas forças. Este pode ser um dos motivos pelos quais a burguesia chinesa não acolheu o liberalismo. Enfim, também era um papel o canal por meio do qual foi introduzida a nova cultura. O pensamento político e jurídico ocidental chegou à China sobretudo através do Japão. Nem sequer o Japão mostrava um particular interesse pelo individualismo liberal, por motivos ligados à nação, à cultura, à história e à realidade política. Por isso, uma idéia produzida dessas circunstâncias tinha certas características. As reformas japonesas para fortalecer o país confiavam na idéia da Constituição mais

26. Xiong Yuezhi, *The Democratic Thought. History of Modern China*, Shanghai People's Press, Shanghai, 1986, pp. 20, 151.

do que no liberalismo. Isso influiu diretamente no atraso com que o liberalismo foi introduzido na China.

Mesmo que a idéia dos "direitos humanos", cuja finalidade é a de proteger a dignidade humana, a propriedade e a segurança pessoal e a de garantir liberdade e igualdade, tenha chegado na China meio século depois da idéia de "democracia", ela desempenhou um papel reformador forte e clamoroso ao varrer as concepções chinesas tradicionais. Nesse meio-tempo, a teoria liberal dos direitos do homem teve o efeito de reforçar em nível teórico a posição ideológica da "democracia". A penetração e a difusão da democracia e do constitucionalismo ocidental, a idéia de "liberalismo", o direito e a ciência jurídica tiveram o efeito de despertar o grande leão chinês. Uma vez acordado, o leão se espreguiçou, levantou a cabeça, abriu os olhos para ver o mundo, começou a pensar e se preparou para dar um passo adiante.

2.3. *O ideal democrático e a reforma constitucional dos cem dias: o impetuoso 1898*

A reforma constitucional Wuxu é a grande tentativa com a qual os chineses progressistas procuraram seguir o exemplo das grandes potências ocidentais para introduzir reformas e salvar a China do perigo de extinção. Representados por Kang Youwei[27] e Liang Qichao[28], os reformistas burgueses, com a sua entusiástica idéia de salvar a nação do jugo imperialista e de assegurar-lhe a sobrevivência, tomaram como referência os sistemas políticos desenvolvidos pelos países estrangeiros e esboçaram, acuradamente, um projeto de monarquia constitucional. Era necessário, em primeiro lugar, instituir um parlamento, ter consultas nacionais, recomendar abertamente que

27. Kang Youwei (1858-1927), um líder do movimento reformista burguês moderno, participou da reforma constitucional de 1898. Quando a reforma fracassou, foi inserido na lista dos procurados e teve de se exilar no exterior.

28. Liang Qichao (1873-1929), um líder do movimento reformista burguês, em 1898, deu assistência a Kang Youwei na reforma constitucional. Depois do fracasso da reforma, foi para o exílio no Japão.

tomassem parte dos assuntos públicos pessoas honestas e equânimes que ousassem fazer críticas, para que a política nacional fosse discutida em comum pelo monarca e pelo povo. Em segundo lugar, era necessário redigir uma Constituição que estabelecesse os direitos e os deveres respectivos do monarca, dos funcionários e do povo e fosse o código supremo para todos os habitantes do país. Em terceiro lugar, devia-se instituir um sistema tripartido de equilíbrio dos poderes, em que a legislação coubesse ao Parlamento, a jurisdição ao Poder Judiciário e a administração ao Governo, de modo que os três poderes fossem controlados pelo monarca.

A reforma constitucional foi atuada seguindo este procedimento: os intelectuais radicais submetiam propostas ou memorandos escritos ao imperador Guang Xu[29], o qual, então, os aprovava e os promulgava para que fossem aplicados. Como o poder do conservadorismo feudal era forte e o da burguesia nacional era fraco, a nova política sobreviveu apenas cerca de cem dias e foi derrotada pelas velhas forças feudais. Os seis reformistas que tinham participado ativamente da reforma constitucional foram ao encontro da morte como heróis[30].

No que diz respeito a esse movimento de reforma constitucional, as motivações subjetivas dos seus defensores eram genuínas. No entanto, esse movimento tinha em si, desde o início, os germes do seu fracasso, porque dependia da vontade do imperador para realizar as reformas de cima para baixo. Apesar do fracasso, a reforma constitucional dos cem dias foi um evento importante na história da China moderna e teve um efeito significativo sobre as gerações futuras. Por meio desse movimento, a burguesia chinesa contribuiu para a difusão

29. O imperador Guang Xu (1871-1908), da dinastia Qing, reinou de 1875 a 1908. Em 11 de junho de 1898 declarou querer fazer reformas políticas. Em setembro de 1898, foi posto em prisão domiciliar durante o golpe de Estado organizado pela imperatriz Ci Xi.

30. A imperatriz Ci Xi organizou um golpe de Estado em 21 de setembro de 1898. O imperador Guang Xu foi posto em prisão domiciliar. Os defensores da reforma constitucional foram postos na lista dos procurados. Em 28 de setembro de 1898, Tan Sitong, Kang Guangren, Liu Guangdi, Lin Xu, Yang Rui e Yang Shengxiu, que passaram para a história como os seis gentis-homens, foram condenados à morte.

das idéias de democracia e de constitucionalismo, permitindo assim às teorias políticas e jurídicas da burguesia ocidental lançar raízes no solo da China.

2.4. *A aurora do liberalismo e a revisão do direito no final da Dinastia Qing: a revisão do direito de 1902 a 1911 e o seu papel histórico*

A reforma constitucional de 1898 foi, portanto, derrotada. No momento em que a China estava entrando no século XX, a agressão das tropas aliadas de oito países[31] e o movimento revolucionário conduzido por Sun Yat-sen[32] punham a dinastia Qing em graves dificuldades no interior e no exterior. Para aliviar as dificuldades e salvar o regime vacilante, a imperatriz Ci Xi[33] emanou decretos para aplicar uma "nova política" e instituir uma Constituição. Uma parte da "nova política" consistia na revisão do direito.

A atividade de revisão do direito entre 1902 e 1911 foi uma pedra fundamental que marcou a passagem de dois mil anos de direito feudal à época moderna. No decorrer do processo de revisão do direito abriu-se um acirrado debate entre dois diferentes projetos de revisão. Aqueles que queriam que a revisão fosse conduzida pelo rito chinês nativo (o patriarcado) eram chamados "o partido do rito" e os que queriam, ao contrário, que a linha-guia fosse o liberalismo ocidental (a teoria jurídica individualística) eram chamados "o partido da teoria jurídica". Os primeiros julgavam que a China fosse diversa do Ocidente. Na China, a célula da sociedade era o clã

---

31. As forças aliadas de oito países (Grã-Bretanha, Estados Unidos, Alemanha, França, Rússia, Japão, Itália e Áustria) tomaram Pequim em dia 14 de agosto de 1900. Cometeram roubos e massacres. O governo da dinastia Qing foi obrigado a assinar humilhantes tratados com os oito países.

32. Sun Zhongshan (1866-1925), precursor da Revolução Chinesa e fundador do partido KuoMinTang, proclamou os três princípios do povo (nacionalismo, democracia e bem-estar do povo).

33. Ci Xi (1835-1908), esposa do imperador e depois imperatriz no final da dinastia Qing, detinha o poder e era a representante das forças políticas conservadoras.

patriarcal e, portanto, a estabilidade do clã se refletia sobre a estabilidade do Estado e da sociedade. Por essa razão, era necessário conservar os ritos feudais e salvaguardar o direito especial do patriarca. Se fosse adotado o princípio individualístico, quando o pai repreendia e batia no filho, este último teria podido, por sua vez, bater no pai alegando "legítima defesa". Se as coisas tivessem caminhado assim, a China teria se precipitado no caos. Os segundos julgavam que por causa do direito igualitário e liberal os países ocidentais tinham se tornado tão fortes. Somente abatendo o velho patriarcado e elaborando um novo direito individualístico, a China poderia manter o ritmo com o resto do mundo, permanecendo de cabeça erguida[34].

O debate concluiu-se com a derrota do partido da teoria jurídica. O resultado mostrava que na China moderna a influência do liberalismo era muito mais fraca do que aquela da democracia e do constitucionalismo. Apesar disso, a revisão do direito no final da dinastia Qing foi, tudo somado, um grande início. Mudou o espírito tradicional do velho direito feudal chinês e incorporou o espírito do direito ocidental nos textos jurídicos, por exemplo, o princípio de legalidade em matéria penal, a transparência do processo e do julgamento, o direito de defesa, a igualdade perante a lei etc.; introduziu a distinção entre direito substantivo e direito processual, criando um código independente e regras especiais; pôs os alicerces do direito chinês moderno, que se aproximou da tradição do direito da Europa continental. Por isso se dizia que a modernização do direito chinês não era diversa da sua europeização. Somente nos anos 1980 os círculos da ciência jurídica chinesa começaram a dirigir a sua atenção para o estudo e a absorção dos resultados da história do direito anglo-saxão no seu conjunto[35]. Um sinal dessa nova atenção foram a tradução e a publicação do *Oxford Companion to Law*.

---

34. Wu Shu-chen, *The Traditional Legal Culture in China*, cit., cap. 8, sez. 2.

35. D. M. Walker, *Oxford Companion Dictionary to Law*, Oxford University Press, New York, 1958.

3. O confronto entre as teorias do antigo "direito" chinês e o moderno direito europeu[36]

3.1. A teoria do antigo direito chinês: o "governo da lei" no sistema de governo centralizado

Durante o período dos "Estados Combatentes", os legalistas, uma escola de pensamento que representava a florescente classe dos proprietários de terra, propôs uma "teoria do direito" segundo a qual um país deveria ser governado conforme o direito. Como mostra *Guan Zi*, uma das obras fundamentais dos legalistas, "uma sociedade pode ser chamada 'a grande ordem' – o estado mais perfeito para um país – somente se todos os membros da sociedade, sejam esses o próprio monarca, os funcionários civis e militares, os nobres ou as pessoas comuns, obedecerem às leis".

A "teoria do direito" proposta pelos legalistas deveria ser atuada com o apoio do sistema político centralizado. Todavia, o sistema era dominado pelo monarca, que construía o governo autocrático centralizado nas ruínas do sistema obsoleto do clã patriarcal e criava o sistema do direito. Por isso na "teoria do direito" surgia uma tensão entre duas autoridades. Uma autoridade era o direito, que pretendia ser obedecido por qualquer um. A outra autoridade era o próprio monarca, que pretendia, por sua vez, que todos estivessem sujeitos a ele. Como observava Liang Qichao, um famoso pensador da China moderna, se eventualmente a teoria do "governo da lei" podia ser concebida para a prática era porque o constitucionalismo lhe

36. O "confronto" é uma perspectiva de pesquisa que pode ser adaptada nos dois casos seguintes: 1. o objeto *a* e o objeto *b* partem de dois pontos diversos. Depois de ter percorrido trajetórias diversas, chegam ao mesmo ponto de chegada *c*; 2. o objeto *a* e o objeto *b* estão originariamente no mesmo ponto *c*. Depois de ter percorrido trajetória diversas, chegam aos pontos *a'* e *b'*. O objetivo do confronto não é apenas o de encontrar a diferença entre objetos diversos, mas também o de indagar as causas históricas da diferença e descobrir as regularidades no desenvolvimento da história. O confronto não equivale, de modo algum, ao juízo segundo o qual um objeto é superior e o outro é inferior. Todavia, é difícil fazer um confronto objetivo porque as pessoas vivem sempre em um contexto cultural e julgam sempre segundo os próprios valores culturais.

havia prestado um potente apoio[37]. É evidente que existe uma grave antinomia na "teoria do direito". Uma antiga fábula chinesa mostra muito bem essa antinomia. Um mercante queria vender no mercado a sua lança e o seu escudo. Proclamava que a sua lança era a mais afiada do mundo e podia transpassar qualquer escudo. Ao mesmo tempo, afirmava que o seu escudo era o mais resistente do mundo e podia deter qualquer lança. As pessoas desmentiam-no com uma pergunta muito simples: "e o que acontece se usares a tua lança contra o teu escudo?". Segundo a lógica dos legalistas, todos, exceto o monarca, deveriam obedecer ao direito. Na realidade, isso não é outra coisa senão o "governo da lei" sob o governo do sistema político centralizado.

3.2. *A diferença substancial entre o antigo direito chinês e o moderno direito europeu*

A diferença entre o antigo direito chinês e o moderno direito europeu é evidente. Em primeiro lugar, o primeiro pertence à cultura oriental, ao passo que o segundo reflete a cultura ocidental. Em segundo lugar, o primeiro é antigo, ao passo que o segundo é moderno. Em terceiro lugar, o primeiro é associado ao sistema autocrático centralizado, ao passo que o segundo é associado ao sistema democrático. As razões dessas diferenças podem remontar à cultura histórica e ao sistema econômico. Como base de valor, o antigo direito chinês incorpora o coletivismo e a autocracia, ao passo que o moderno direito europeu encarna o liberalismo e o individualismo.

3.3. *A semelhança superficial entre o antigo direito chinês e o moderno direito europeu*

Na antiga China, especialmente sob a dinastia Qin, o direito tinha um papel preponderante na vida social, e a práxis

---

37. Liang Qichao, *Political Thought History of Earlier Qing Dynasty*, Zhong-Hua-Shu-Ju Press, Beijing, 1936, p. 149.

do "governo da lei" era atuada ao extremo. A autoridade do direito era aceita pela sociedade. Após a promulgação de determinada lei, qualquer um que tentasse criticá-la era punido. Qualquer funcionário que, sem autorização, acrescentasse ou cancelasse alguma palavra à lei, era declarado culpado. Qualquer um que violasse a lei ou cometesse um crime não era perdoado. As funções dos órgãos estatais eram reguladas pelas leis e estavam sujeitas a um controle rígido. Os funcionários deviam administrar e julgar em estrita observância as disposições jurídicas. Nenhuma avaliação pessoal podia interferir e nenhum precedente podia ser citado. Graças ao sistema jurídico meticuloso e à sua aplicação literal, a máquina do Estado podia funcionar sem empecilho em um país com um território tão vasto e uma população tão numerosa.

Liang Qichao julgava que o espírito fundamental dos legalistas fosse aquele de buscar a sacralidade do direito e de proibir ao governo de atuar fora do direito. Essas posições são idênticas ao espírito da monarquia constitucional moderna[38]. Yan Buke observava que "esse espírito determinava a necessidade da existência do sistema das classes sociais, do direito legislativo e de um corpo de profissionais. A práxis do 'governo da lei', segundo a teoria do direito dos legalistas, é uma espécie de administração racionalizada de acordo com esse espírito. Os legalistas deram uma eminente contribuição à reflexão sobre o significado técnico da ordem social, sobre o poder, sobre as regras e as obrigações, sobre a composição do sistema administrativo e sobre o seu mecanismo operativo"[39].

4. Observações conclusivas: como avaliar os sucessos da cultura jurídica dos seres humanos

É um fato que entre as culturas jurídicas dos seres humanos existem diversidades decorrentes das diferenças geográficas. Existem diferenças entre a vida econômica e a tradição his-

38. Ibid., p. 147.

39. Yan Buke, *The History of the Development of Literati and Officialdom Politics*, Beijing University Press, Beijing, 1996, p. 171.

tórica e cultural de povos e países diversos. O objetivo de uma pesquisa de direito comparado é o de encontrar as razões históricas e culturais que estão por trás das diferenças e prever os seus desenvolvimentos futuros. A tradição jurídica chinesa é o resultado da evolução natural em um ambiente específico. A sua história revela um aspecto da natureza da experiência jurídica dos seres humanos. Em certa medida essa especificidade reflete o caráter comum da cultura humana. Um bom exemplo é o direito misto, surgido apenas na China, resultante da combinação de lei escrita e precedentes. Com o rápido desenvolvimento das trocas internacionais, a atividade jurídica de um país ou de uma nação se estende. Também a tradição jurídica muda, pelo menos em parte. A tendência a um desenvolvimento comum das experiências jurídicas dos seres humanos torna-se mais visível. Desse ponto de vista, considero que as perspectivas futuras da tradição jurídica chinesa dependam, em parte, do modo como ela se uniformizará à tendência comum das experiências jurídicas dos homens.

A história moderna do direito constitucional chinês

Por Lin Feng

1. Introdução

Considera-se, em geral, que a origem do conceito de "Constituição" remonte à antiga Grécia[1]. O termo "Constituição" (*xian*) existia também na antiga literatura chinesa[2], mas era usado apenas para se referir à codificação nacional ou à legislação ordinária[3]. O seu significado é muito diverso daquele da palavra "Constituição" em sentido moderno, isto é, no sentido de lei suprema de um Estado ou de uma nação. Essa acepção moderna de "Constituição" foi adotada na China contemporânea a partir da tardia dinastia Qing, quando foi introduzido na China o conceito de constitucionalismo[4]. Nesse ensaio examinarei a vicissitude constitucional na China.

---

1. Aristóteles, *Política*, livro IV, cap. 1, em S. Everson (organizado por), *The Politics and the Constitution of Athens*, Cambridge University Press, Cambridge, 1996, pp. 91-118. Cf. também Wang Shijie, Qian Duan Sheng, *Bijiao Xianfa* [Direito constitucional comparado], China University of Politics and Law, Beijing, 1997, pp. 14-5.

2. Para uma discussão do termo *xian* [Constituição], cf. Qian Daqun, *Xian Yi Nue Kao* [Breve estudo sobre o significado de *xian*], "Nanjin Daxue XueBao" [Revista acadêmica da universidade de Nanquim], 2 (1984). Cf. Também Zhang Qingfu, *The Nature of Constitution*, em Li Buyun (organizado por), *Comparative Study of Constitution*, Law Publishing House, Beijing, 1998, pp. 8-10.

3. Xu Chongde, *Zhongguo Xianfa* [Direito constitucional chinês], People's University Press, Beijing, 1996, p. 20.

4. Ibid., p. 21.

2. A vicissitude constitucional até 1949

O constitucionalismo na China moderna remonta ao final do século XIX, quando se difundiu a percepção de que a Constituição fosse um instrumento para salvar a dinastia Qing, enfim moribunda[5]. Desde então, percebeu-se, gradualmente, a necessidade e a importância de promulgar uma Constituição. A proposta de instaurar na China a estrutura de uma monarquia constitucional foi apresentada para salvar o governo da dinastia Qing. O governo Qing delineou o esquema dos princípios gerais da Constituição que propôs em 1908[6]. Três anos depois, o último governo Qing promulgou a primeira Constituição escrita da história chinesa[7]. Mas a dinastia e a sua Constituição escrita acabaram em janeiro de 1912, quando o Partido Nacionalista instituiu em Nanquim o governo provisório da República chinesa.

Em 11 de março de 1912, Sun Yat-sen, presidente *ad interim*, promulgou a Constituição provisória que tinha sido aprovada pelo Senado. A Constituição provisória diferenciava-se profundamente da Constituição do governo Qing. Estabelecia pela primeira vez que a soberania da República chinesa pertencia a todos os cidadãos. Previa também a participação popular (através de eleições), as liberdades democráticas e a doutrina da separação dos poderes[8]. Logo após a sua proclamação, a China entrou em um período de lutas entre os "senhores da guerra" pelo predomínio político. Na história do constitucio-

---

5. Cf. Wang Yongxiang, *Zhongguo Xiandai Xianzheng Yundong Shi* [História do constitucionalismo na China moderna], People's Press, Beijing, 1996, p. 3. Cf. também Xu Chongde, op. cit., pp. 5-6.

6. A proposta em si não era um documento constitucional e, portanto, não tinha efeitos jurídicos. Consistia em duas partes, uma sobre a autoridade do soberano (14 artigos), a outra sobre os direitos e os deveres dos cidadãos (9 artigos). Inspirava-se no modelo da Constituição japonesa. Para uma discussão mais analítica, cf. Yin Xiaohu, *Jindai Zhongguo Xianzheng Shi* [História do constitucionalismo moderno na China], Shanghai People's Press, Shanghai, 1997, p. 54.

7. Contava com 19 artigos e se inspirava no modelo da *Sovereign Charter* do Reino Unido. Punha alguns limites à autoridade do imperador e ampliava os poderes do Parlamento, mas tinha sido suprimida a parte sobre os direitos e os deveres dos cidadãos, cf. Yin Xiaohu, op. cit., pp. 96-104.

8. Ibid., pp. 128-38.

nalismo chinês isso implicou que a Constituição provisória adotada pelo Partido Nacionalista fosse logo abolida, abrindo espaço às ambições dos "senhores da guerra" que almejavam um controle totalitário sobre a China. Cada "senhor da guerra" que chegava ao poder proclamava a sua Constituição[9]. Em 1931, o Partido Nacionalista retomou o poder e promulgou uma outra Constituição para sancionar o seu papel-guia e a presidência de Jiang Jieshi. Essa Constituição subordinava o governo ao Partido Nacionalista. Permaneceu em vigor até o fim de 1946, quando o Congresso nacional promulgou a Constituição da República chinesa[10]. A Constituição da República chinesa de 1946 permaneceu em vigor na China continental por apenas três anos, ou seja, até 1949, quando o Partido Nacionalista foi derrotado pelo Partido Comunista e o seu governo teve de refugiar-se em Taiwan.

3. A vicissitude constitucional sob a liderança do Partido Comunista

O Partido Comunista começou a promulgar documentos constitucionais para facilitar a administração já nos anos 1930, quando ainda não tinha tomado o controle de toda a China continental[11]. Esses documentos constitucionais formaram a base para a promulgação do "Programa comum", ou seja, a Constituição provisória da República Popular Chinesa, quando o Partido Comunista tomou o controle completo da China em 1949[12]. Desde então, a República Popular Chinesa teve uma Constituição provisória e quatro Constituições propriamente ditas. A Constituição provisória é o "Programa comum", apro-

9. Para um exame dessa Constituição, cf. Yin Xiaohu, op. cit., pp. 138-219.

10. Em 1932, o Partido Nacionalista decidiu organizar um Congresso Nacional para aprovar uma Constituição formal. Em 1933, foi instituída uma comissão com a tarefa de redigir um projeto de Constituição; cf. Yin Xiaohu, op. cit., pp. 230-58.

11. Cf. Yin Xiaohu, op. cit., pp. 259-74.

12. Cf. Wen Zhengbang, *Gongheguo Xianzheng Licheng* [História do constitucionalismo na República Popular da China], Henan People's Press, Zhenzhou, 1994, pp. 1-17.

vada pela nova Assembléia Consultiva Política Popular Chinesa[13]. As quatro Constituições propriamente ditas são aquelas aprovadas pela Assembléia popular, respectivamente em 1954, em 1975, em 1978 e em 1982.

3.1. *O "programa comum" de 1949*

A partir de 1948, o Partido Comunista chinês começou a convocar muitos chineses, incluindo os representantes de vários partidos democráticos, os representantes de organizações populares e personalidades democráticas sem filiação política, para que ocupassem cadeiras na Assembléia Consultiva e instituíssem um governo democrático unitário na China[14]. A Assembléia Consultiva se reuniu pela primeira vez em 21 de setembro de 1949. Naquela ocasião, Mao Tsé-tung declarou que a assembléia representava a vontade de todos os chineses e tinha como finalidade a unidade de todos os chineses[15]. Proclamou que os chineses, que eram um quarto da população mundial, manteriam daí em diante a cabeça erguida[16]. Depois de uma profunda discussão, em 29 de setembro de 1949, a Assembléia Consultiva aprovou o "Programa comum". A rigor, segundo a teoria marxista, o "Programa comum" não era um documento constitucional, porque a Assembléia Consultiva não era o órgão supremo do poder estatal, ou seja, não era a Assembléia popular, e, portanto, não tinha a autoridade necessária para aprovar um documento constitucional. Na prática, porém, o "Programa comum" desempenhou as funções que uma Constituição deveria ter desempenhado e, portanto, foi, de fato, uma Constituição provisória.

O "Programa comum" era composto de um preâmbulo e sete capítulos, no total de sessenta artigos. Enquanto Constituição provisória proclamava a criação e a legitimidade da Re-

---

13. Cf. Xu Chongde, op. cit., pp. 97-110.
14. Cf. Wen Zhengbang, op. cit., pp. 2-3.
15. Ibid., p. 22.
16. Mao Tsé-tung, *Mao Tsé-tung Xuanji* [Obra de Mao], People's Press, Beijing, 1996.

pública Popular Chinesa e estabelecia as orientações políticas fundamentais e as tarefas do Estado, bem como os direitos e as tarefas fundamentais do povo[17]. Estabelecia que a República Popular Chinesa aceitava a ditadura democrática do povo[18]. Os órgãos através dos quais o povo exercia o poder estatal eram as assembléias populares e os governos populares em vários níveis[19]. Uma vez que estabelecia principalmente as tarefas do Estado naquela fase de desenvolvimento[20], o "Programa comum" era mais similar a um plano de ação do que a um verdadeiro e próprio documento constitucional, segundo os critérios ocidentais.

Não causa surpresa que o "Programa comum" estivesse profundamente marcado pelas circunstâncias históricas. Em primeiro lugar, por exemplo, o direito de exercer o poder estatal era limitado ao povo, que é um conceito político, e não cabia aos cidadãos, cuja noção é um conceito civil[21]. O conceito de povo tem um âmbito mais limitado do que o de cidadania. O motivo é que o Partido Comunista chinês tinha recém-conquistado o poder e procurava consolidar o seu controle sobre a sociedade. Em segundo lugar, a Assembléia popular e o governo popular tinham ambos a faculdade de exercer o poder estatal. O "Programa comum" não tinha reconhecido a necessidade de definir precisamente os poderes da Assembléia popular, aqueles do governo popular e as relações entre os dois órgãos[22]. Em terceiro lugar, o "Programa comum" não incorporava o socialismo, porque os capitalistas nacionais tinham ainda um papel importante na sociedade.

---

17. Cf. o preâmbulo e o parágrafo 1.º do "Programa comum" de 1949.

18. Cf. o preâmbulo e o art. 1 do "Programa comum" de 1949.

19. Cf. o art. 12 do "Programa comum" de 1949.

20. Cf. os parágrafos I, IV e V do "Programa comum" de 1949.

21. O termo chinês para indicar o povo é *Ren Min*, aquele para indicar os cidadãos é *Gong Min*. O primeiro termo refere-se àqueles que sustentam a liderança do Partido Comunista, ao passo que o segundo refere-se a todas as pessoas de nacionalidade chinesa; cf. Xu Chongde, op. cit., p. 399.

22. Cf. o "Programa comum", art. 12, reunido em *Zhonghua Renmin Gongheguo Falu Fagui Quanshu* [Coletânea das leis e dos regulamentos da República Popular Chinesa], China Democracy and Legal System Press, Beijing, 1994, vol. I, p. 2.

A composição da Assembléia Consultiva poderia ser considerada muito democrática. Dos 180 membros da primeira Assembléia Consultiva, 120 não pertenciam ao Partido Comunista. Dezessete dos 28 membros do Comitê permanente da Assembléia não pertenciam ao Partido Comunista[23]. A composição era bastante representativa e o Partido Comunista não tinha a maioria. Na prática, porém, o Partido Comunista estava seguro de poder controlar a Assembléia Consultiva. De fato, as cotas dos membros da Assembléia tinham sido repartidas deste modo: um terço para o Partido Comunista, um terço para os defensores do Partido Comunista e um terço para as pessoas de posição incerta[24]. Por conseguinte, o Partido Comunista sabia que podia contar com uma maioria de dois terços em qualquer votação.

3.2. A Constituição de 1954

Logo após a fundação da República Popular Chinesa, Mao Tsé-tung foi visitar a União Soviética. Durante a visita, Stalin lhe propôs convocar uma assembléia nacional popular e aprovar uma Constituição[25]. É compreensível que Mao e a China aceitassem o conselho, porque a China acreditava pertencer ao mesmo regime da União Soviética, isto é, ao regime comunista internacional, e a União Soviética era então o irmão maior de todos os países socialistas[26]. À parte a influência da União Soviética, existia uma razão prática mais importante para aprovar a Constituição de 1954. Depois vários anos de consolidação do poder, o Partido Comunista se encontrava diante de uma escolha histórica: se a China devia adotar o capitalismo ou o socialismo[27]. Naquela época, embora a terra tivesse sido distribuída aos camponeses, os capitalistas nacionais tinham ainda o controle da indústria e do comércio nas cidades. No interior

23. Cf. Wen Zhengbang, op. cit., pp. 11-2.
24. Ibid., p. 12.
25. Ibid., p. 18.
26. Ibid., pp. 18-22.
27. Ibid., pp. 23-7.

do Partido Comunista existiam duas linhas de pensamento. Alguns julgavam que a estabilidade fosse prioritária e que, portanto, fosse necessário manter a fundamentação adotada no "Programa comum". Isso significava que para a República Popular Chinesa era mais natural desenvolver o capitalismo[28]. Mas a maior parte dos líderes do Partido Comunista era contrária à adoção do capitalismo na China, uma escolha que teria significado a passagem da ditadura democrática popular, sob a guia da classe trabalhadora, à ditadura capitalista[29]. Em tais circunstâncias, o Partido Comunista optou por introduzir a China no caminho do socialismo. Parece que em tal decisão tenha pesado muito a influência da teoria comunista do direito e do Estado. Segundo a teoria marxista, o desenvolvimento humano pode ser dividido em seis fases: a sociedade comunista primitiva, a sociedade escravocrata, a sociedade feudal, a sociedade capitalista, a sociedade socialista e, enfim, a sociedade comunista[30]. A sociedade socialista é uma sociedade mais desenvolvida do que a capitalista. Se a China tinha a oportunidade de passar diretamente para uma sociedade mais avançada, a socialista, sem passar pela sociedade capitalista, teria sido imperdoável se o Partido Comunista tivesse escolhido o caminho que levava a uma fase menos avançada do desenvolvimento humano[31].

Com base nessa concepção, o Partido Comunista decidiu aprovar uma Constituição escrita para administrar a República Popular Chinesa. A comissão encarregada de redigir a Constituição se reuniu pela primeira vez em 24 de março de 1954 e aceitou o projeto de Constituição proposto pelo Comitê central do Partido Comunista[32]. Mais de 8 mil pessoas participaram ativamente do estudo e da discussão sobre o projeto de Cons-

---

28. Ibid., p. 25.

29. Ibid.

30. Cf. A. H. Chen, *An Introduction to the Legal System of the People's Republic of China*, Butterworths Asia, Singapore, 1992, capítulos 2 e 3.

31. Cf. Wen Zhengbang, op. cit., p. 25.

32. É preciso notar que o projeto de Constituição foi proposto pelo Partido Comunista, como acontece sempre na República Popular Chinesa. Todavia, a circunstância é absolutamente extraordinária segundo os critérios hodiernos, com base nos quais deveria ser proposto por um órgão estatal autorizado, e não por um órgão de partido.

tituição. Além disso, mais de 150 milhões de cidadãos em toda a nação participaram da discussão do projeto de Constituição e foram recebidas 1.180.420 opiniões e propostas[33]. Após ter acolhido algumas dessas opiniões e propostas, a Comissão popular governamental central (o antecessor do Conselho de Estado) adotou o projeto de Constituição emendado e o submeteu ao exame da primeira Assembléia popular. A Assembléia adotou a Constituição em 20 de setembro de 1954[34].

A Constituição de 1954 fundava-se sobre o "Programa comum" e ao mesmo tempo o desenvolvia. Era composta de um preâmbulo e de quatro capítulos, num total de 106 artigos. Representava a normalização da ordem política e social sob o governo do Partido Comunista. Uma das funções principais da primeira Constituição foi a de legitimar o objetivo político da transformação socialista. Essa Constituição foi muito apreciada posteriormente não só pela direção para qual direcionou a nação, mas também pelo método democrático seguido na sua redação. Confirmava as tarefas do Estado no período de transição para o Estado socialista e instituía o sistema da assembléia popular[35].

A Constituição de 1954 mostrava nitidamente as marcas do modelo soviético. A sua estrutura, os princípios gerais, a estrutura do Estado e os direitos e deveres fundamentais dos cidadãos eram muito semelhantes às disposições da Constituição soviética de 1936[36]. Embora a Constituição fosse considerada favoravelmente, a sua atuação foi interrompida logo depois da sua aprovação por causa de uma série de movimentos políticos iniciados em 1956[37].

---

33. Cf. Wen Zhengbang, op. cit., pp. 27-30.

34. Durante a mesma sessão foram aprovadas também várias leis nacionais, entre as quais as leis orgânicas sobre a assembléia popular, sobre o Conselho de Estado, sobre o Ministério Público e sobre as assembléias populares locais e os comitês populares locais da República Popular da China.

35. Cf. o preâmbulo e o artigo 2 da Constituição de 1954, reunida em *Zhonghua Renmin Gongheguo Falu Fagui Quanshu* [Coletânea das leis e dos regulamentos da República Popular da China], China Democracy and Legal System Press, Beijing, 1994, vol. I, p. 5. Cf. também Han Dayuan (organizado por), *Xinzhongguo Xianfa Fazhanshi* [A vicissitude histórica da República Popular Chinesa], Hebei People's Press, Shijiazhuang, 2000, pp. 36-95.

36. Cf. Wen Zhengbang, op. cit., p. 55.

37. Ibid., capítulos 4 e 5, pp. 58-94.

3.3. A Constituição de 1975

O período entre 1956 e 1976 foi caracterizado pela ausência total de respeito pela lei, incluindo a Constituição. Por volta do final desse período de catástrofes políticas sem precedentes, em 1975, a República Popular Chinesa aprovou a sua segunda Constituição. A Constituição de 1975 foi um grande passo para trás em relação à de 1954 e mostra sinais evidentes daquele período histórico. O escopo da Constituição de 1975 era o de consolidar os assim chamados "sucessos" da Revolução Cultural[38]. Compunha-se apenas de 30 artigos. O capítulo dos princípios gerais contava com quinze artigos, enquanto o capítulo sobre os direitos e as tarefas fundamentais dos cidadãos contava com apenas quatro. Existia um artigo sobre o poder judiciário, um artigo sobre as regiões autônomas habitadas pelas minorias étnicas nacionais, dois artigos sobre o Conselho de Estado e três artigos sobre a Assembléia popular[39]. A única lição que o povo chinês aprendeu da Constituição de 1975 é que um documento constitucional pode ser utilizado para negar a atuação do constitucionalismo[40].

3.4. A Constituição de 1978

Três anos mais tarde, após uma outra imponente revolta política ocorrida em 1976 quando o "bando dos quatro" foi afastado da arena política, em 5 de março de 1978, foi aprovada uma nova Constituição com o propósito de levar o Estado à normalidade, repudiando a Constituição anterior. A Constituição de 1978 tinha um preâmbulo e quatro capítulos, num total de sessenta artigos. Todavia, trazia ainda os sinais da Revolução Cultural, especialmente na ênfase dada à luta de classes[41]. A

---

38. Isto é afirmado explicitamente em um dos seis princípios contidos na nota aprovada pelo Comitê Central do Partido Comunista em relação à discussão do projeto da Constituição de 1975. Cf. Han Dayuan, op. cit., pp. 108-11.

39. Cf. Wen Zhengbang, op. cit., cap. 6, pp. 95-119.

40. Ibid.

41. Ibid., cap. 7, pp. 120-42. Cf. os parágrafos 4 e 5 do preâmbulo da Constituição de 1978.

Constituição de 1978 não enfrentava muitos nós, como o papel da economia privada, a estabilidade e a autoridade das emendas constitucionais, e assim por diante[42]. Essa Constituição foi emendada duas vezes, em 1979 e em 1980. O escopo da emenda de 1979 era o de fortalecer os governos locais. O escopo da emenda de 1980 era o de fortalecer a estabilidade política revogando as disposições concernentes a alguns direitos: "falar livremente, exprimir opiniões livremente, promover amplos debates e escrever manifestos em grandes caracteres"[43]. Os estudiosos ocidentais consideravam que a revogação desses direitos fosse uma das medidas tomadas para reprimir o movimento democrático iniciado no final de agosto de 1978 por Wei Jinsheng e outros[44]. Todavia, a maior parte dos constitucionalistas chineses considerava que a revogação estivesse voltada sobretudo para impedir a repetição de eventos similares à Revolução Cultural. Os artigos revogados eram também redundantes, uma vez que a liberdade de expressão já era reconhecida na Constituição de 1978[45].

3.5. A Constituição de 1982

A Constituição de 1982 foi considerada a melhor que a China já teve. Compõe-se de um preâmbulo e de quatro capítulos, num total de 138 artigos. O preâmbulo enuncia os quatro princípios cardeais[46] e estabelece as tarefas fundamentais do Estado no novo período, as orientações políticas relevantes

42. Ibid., cap. 7, pp. 120-42.

43. São os assim chamados "quatro grandes direitos". Existe uma divergência de ponto de vista entre os estudiosos chineses e os ocidentais sobre a importância desses assim chamados "grandes direitos"; cf. A. H. Chen, op. cit., p. 44, e Wen Zhengbang, op. cit., cap. 8, pp. 143-62.

44. Cf. A. H. Chen, op. cit., p. 44.

45. Cf. Wen Zhengbang, op. cit., cap. 8, pp. 143-62.

46. Os quatro princípios cardeais são: a liderança do Partido Comunista, o papel-guia do marxismo-leninismo e do pensamento de Mao Tsé-tung, a adesão à ditadura democrática do povo e a adesão ao socialismo. Cf. o preâmbulo à Constituição de 1982, reunida em *Zhonghua Renmin Gongheguo Falu Fagui Quanshu* [Coletânea das leis e dos regulamentos da República Popular Chinesa], China Democracy and Legal System Press, Beijing, 1994, vol. 1, pp. 20-1.

e a supremacia da Constituição[47]. Essa Constituição sanciona formalmente a própria posição de vértice da hierarquia das normas e de fundamentos do que qualquer outro poder normativo. Nenhuma lei e nenhum regulamento administrativo pode estar em contraste com a Constituição[48]. Foi sustentado que essa hierarquia de normas primárias e subordinadas é essencial para a integridade do ordenamento jurídico chinês[49]. No entanto, pode existir uma tensão entre a autoridade da Constituição e a supremacia da Assembléia Popular, que é ulteriormente complicada pela reafirmação da liderança do Partido Comunista.

A Constituição de 1982 foi emendada três vezes, em 1988, em 1993 e em 1999. As emendas de 1988 compreendem dois artigos. Em seguida a tais emendas foi acrescentado um novo parágrafo ao artigo 11 da Constituição de 1982, que reza: "O Estado permite que um setor privado da economia exista e se desenvolva dentro dos limites estabelecidos pela lei. O setor privado da economia integra a economia pública socialista. O Estado protege os legítimos direitos e interesses do setor privado da economia e pode exercer a direção, a supervisão e o controle desse setor."[50] O quarto parágrafo do artigo 10 da Constituição de 1982 foi emendado e agora reza: "nenhuma organização e nenhum indivíduo pode ocupar, comprar, vender ou alienar de outro modo a terra com meios não previstos pela lei. O direito de usar a terra pode ser transferido nos modos estabelecidos pela lei"[51]. Essas duas disposições referem-se ao sistema econômico. A sua incorporação na Constituição de 1982 sancionou formalmente a existência da iniciativa econômica privada e da capacidade de alienar os direitos de uso sobre a terra. Essas emendas mostraram que a economia chinesa está mais orientada para o mercado e que alguns dogmas do socialismo cederam lugar ao pragmatismo.

---

47. Cf. o primeiro e o último parágrafos do preâmbulo da Constituição de 1982.

48. Cf. o último parágrafo do preâmbulo e o artigo 5 (2) da Constituição de 1982.

49. Cf. Wen Zhengbang, op. cit., pp. 215-6.

50. Cf. o artigo 1 das emendas constitucionais.

51. Cf. o artigo 2 das emendas constitucionais.

As emendas de 1993 compreendem 9 artigos[52]. O espírito das emendas é o de construir um socialismo com características chinesas[53]. Para manter o ritmo das tendências do desenvolvimento econômico, a Constituição foi modificada em várias partes. De nove artigos, seis dizem respeito a aspectos diversos da assim chamada economia socialista de mercado com características chinesas[54], dois dizem respeito à vida política e estão voltados para reiterar o papel de guia desempenhado pelo Partido Comunista chinês[55], e um artigo, enfim, diz respeito à tarefa fundamental do Estado[56].

As emendas de 1999 são seis[57]. O objetivo primário é o de sancionar algumas decisões tomadas pelo XV Congresso Nacional do Partido Comunista chinês[58]. De seis emendas, três dizem respeito à instauração de uma economia de mercado com características chinesas, conferindo à economia privada um *status* igual ao da economia de controle público e legitimando outros meios de distribuição[59]. Uma emenda enuncia a tarefa fundamental do Estado e insere a teoria de Deng Xiaoping no preâmbulo da Constituição[60]. Uma outra estabelece o princípio do governo do país segundo o direito[61]. Essa emenda testemunha um empenho formal do Partido Comunista chinês à adoção do princípio do "governo da lei" (*rule of law*) na República Popular da China. A última emenda concerne à mudança dos crimes contra-revolucionários em crimes contra a Segurança Nacional, segundo as últimas modificações da lei penal[62]. Mais uma vez, o que é sancionado pelas emendas constitucionais de 1999 é a práxis já seguida na República Popular da China; as emendas limitam-se simplesmente a confirmar e legitimar a práxis existente.

52. Constituem os artigos 3 a 11 das emendas constitucionais.
53. Cf. Han Dayuan, op. cit., pp. 230-5.
54. Cf. os artigos 5-10 das emendas constitucionais.
55. Cf. os artigos 4 e 11 das emendas constitucionais.
56. Cf. o artigo 3 das emendas constitucionais.
57. Constituem os artigos de 12 a 17 das emendas constitucionais.
58. Cf. Han Dayuan, op. cit., pp. 235-59.
59. Cf. os artigos 14 -16 das emendas constitucionais.
60. Cf. o artigo 12 das emendas constitucionais.
61. Cf. o artigo 13 das emendas constitucionais.
62. Cf. o artigo 17 das emendas constitucionais.

4. Algumas observações

A discussão conduzida até agora torna naturais as seguintes observações: em primeiro lugar, a Constituição de 1982 afirma claramente estar fundada sobre a teoria do marxismo-leninismo e sobre o pensamento de Mao Tsé-tung[63]. A inclusão dessa cláusula na Constituição significa que ela deve refletir as características da doutrina constitucional marxista em relação ao Estado e ao direito. Segundo o marxismo, a economia é a base e o direito a superestrutura. A natureza da base econômica determina a natureza da superestrutura. A história constitucional da China moderna mostra que a práxis constitucional chinesa é coerente com a teoria marxista. A Constituição chinesa dedica muito espaço ao sistema econômico[64]. Dado que a economia chinesa atravessa uma fase de reformas fundamentais, a Constituição representa inevitavelmente um obstáculo e, portanto, é necessário emendá-la pouco a pouco. As freqüentes emendas constitucionais mostraram que atividades econômicas não autorizadas ocorriam antes que fossem aprovadas as emendas pertinentes[65]. Por esse motivo, alguns estudiosos propuseram o conceito de violação benigna da Constituição (*liang xing wei xian*), sustentando que essas violações benignas são inevitáveis e devem ser toleradas[66]. Essa fundamentação encontrou a firme oposição de alguns outros constitucionalistas chineses[67].

Em segundo lugar, a Constituição de 1982 reflete ainda uma concepção classista. A concepção marxista ortodoxa sus-

---

63. Cf. a Constituição de 1982, preâmbulo.

64. Cf. a Constituição de 1982, arts. 6-8.

65. Por exemplo, os direitos de uso sobre a terra tinham se tornado alienáveis em Shenzhen antes das emendas constitucionais de 1988.

66. Cf. Hao Tiechuan, *Lun Liangxin Weixian* [Análise da violação benigna da Constituição], "Faxue Yanjiu" [Estudos jurídicos], 18 (1996), 4, pp. 89-91.

67. Cf. Tong Zhiwei, *Liangxin Weixian Buyi Kending. Dui Hao Tiechuan Tongzhi Youguan Zhuzhang de Butong Kanfa* [Uma violação benigna da Constituição é inaceitável. Réplica a Hao Tiechuan], "Faxue Yanjiu" [Estudos jurídicos], 18 (1996), 6, pp. 19-22. Cf. também Tong Zhi Wei, *Xiafa Sheshi Linghuoxing de Dixian. Zai yu Hao Tiechuan Tongzhi Shangque* [O limite da implementação flexível da Constituição. Ainda um diálogo com Hao Tiechuan], "Fa Xue" [Ciência jurídica], 5 (1997), pp. 15-7.

tenta que a Constituição não representa senão a vontade da classe dominante. Mesmo a China aceitando que a luta de classes cedeu lugar ao desenvolvimento econômico, isso, todavia, não significa que a Constituição ou o direito, em geral, não tenham uma natureza de classe[68]. Hoje, a natureza de classe se reflete plenamente na afirmação da liderança do Partido Comunista chinês, como representante da classe trabalhadora, que é a classe dominante na China. Essa liderança foi reconfirmada pelas emendas constitucionais de 1999.

Em terceiro lugar, a China adotou uma concepção instrumental da Constituição. Essa concepção manifestou-se na vicissitude constitucional de 1949 em diante[69]. Na China, a Constituição foi usada, no passado, como instrumento de luta política, e a partir de 1980 para promover o desenvolvimento econômico. Conseqüentemente, a função da Constituição evoluiu de instrumento de luta de classes a instrumento indispensável do desenvolvimento econômico. O respeito das específicas disposições constitucionais depende em grande parte da sua capacidade de servir aos objetivos que o governo se propõe conseguir. Uma prova dessa concepção instrumentalística é dada pela freqüência das emendas à Constituição.

A concepção pragmática e instrumental da Constituição teve efeitos positivos e negativos sobre o desenvolvimento da sociedade chinesa. As mudanças legislativas podem tornar-se necessárias mais freqüentemente em um país como a China, que está ainda em um período de transição de economia planificada à economia de mercado. No entanto, a Constituição é a lei fundamental de um país e deveria usufruir do máximo grau de certeza, e, portanto, ser emendada o menos possível. Um meio para obter tal certeza é suprimir o preâmbulo constitucional, que é principalmente uma panorâmica do desenvolvimen-

---

68. Ver o volume organizado pelo Grupo de estudos políticos do Departamento de pesquisas do Departamento geral do Comitê permanente da Assembléia popular, *Zhongguo Xianfa Jingshe* [Comentário à Constituição chinesa], China Democracy and Legal System Press, Beijing, 1996, pp. 84-5. Cf. também Xu Chongde, op. cit., pp. 24-6.

69. Cf. Yu Xingzhong, *Legal Pragmatism in the People's Republic of China*, "Journal of Chinese Law", (1989), pp. 40-2.

to histórico chinês e uma declaração ideológica. E deveriam ser suprimidas também as disposições relativas ao sistema econômico, que está ainda em transformação. Uma alternativa é considerar o preâmbulo da Constituição como um corpo de disposições programáticas não juridicamente vinculantes e revogar as normas sobre o sistema econômico. Se a China pretende verdadeiramente dotar-se de um ordenamento constitucional respeitável e duradouro, pode ser obrigada a abandonar a sua precedente concepção instrumental para adotar, ao contrário, o princípio do "governo da lei". Um indício de uma tendência neste sentido é dado pelas emendas de 1999.

5. Um confronto com a vicissitude constitucional dos Estados Unidos

Mesmo que uma comparação aprofundada entre as vicissitudes constitucionais dos ordenamentos jurídicos de duas diferentes partes do mundo escape aos limites deste breve ensaio, um rápido confronto entre a vicissitude constitucional chinesa e a dos Estados Unidos, o país que tem a mais antiga Constituição escrita, pode contribuir para compreender melhor a vicissitude constitucional chinesa e o seu futuro. Podem ser identificadas as seguintes diferenças entre a vicissitude constitucional chinesa e aquela americana.

Em primeiro lugar, é diverso o contexto em que foram proclamadas as Constituições dos dois países. A Constituição dos Estados Unidos foi proclamada depois de seis anos de guerra com a Grã-Bretanha e outros seis anos de incerteza política sob a Confederação[70]. Por isso, a primeira tarefa que lhe foi atribuída foi a de forjar um sentido de pertencimento nacional e de promover a confiança do povo americano na duração da República Federal[71]. Na China, ao contrário, o primeiro

70. Cf. R. Garson, *The Intellectual Reference of the American Constitution*, em R. Maidment, J. Zvesper (organizado por), *Reflections on the Constitution: The American Constitution After Two Hundred Years*, Manchester University Press, Manchester-New York, 1989, p. 3.

71. Ibid.

documento constitucional emanado pelo governo Qing tinha o escopo de salvar a moribunda dinastia Qing, ao passo que o primeiro documento constitucional da China comunista, o "Programa comum", foi aprovado logo depois que o Partido Comunista tinha derrotado o Partido Nacionalista e tinha tomado o controle de toda a China continental. O escopo principal da aprovação de uma Constituição provisória era garantir o papel de guia do Partido Comunista chinês.

Em segundo lugar, o objetivo fundamental perseguido com a aprovação da Constituição é diverso nos Estados Unidos e na China. Nos Estados Unidos, os pais da Constituição pretendiam servir-se dela para realizar um bom equilíbrio entre liberdade e autoridade, através da criação de um sistema político que permitisse a democracia e a participação popular em nível estatal e na Câmara baixa do legislativo[72]. Dois mecanismos específicos, adotados pela Constituição americana para proteger as liberdades do povo, são: 1) a divisão do poder entre grupos com interesses diversos, de modo que cada parte do Estado exerça um controle e sirva como contrapeso em relação às outras partes; 2) um forte consenso e empenho a favor das liberdades fundamentais na representação de uma sociedade civil, externa ao Estado, mas de cujo apoio eleitoral este último depende[73]. No caso da China moderna, ao contrário, como a análise anterior mostrou, a Constituição foi considerada um instrumento para consolidar os sucessos obtidos em guerra pelo Partido Comunista e o seu papel de guia. Em todos os cinco documentos constitucionais aprovados pelo Partido Comunista falta um justo equilíbrio entre a autoridade política e as liberdades do povo. Embora a proteção das liberdades esteja citada em todos os cinco documentos constitucionais, ela está muito distante daquela que deveria ser, segundo as palavras que o juiz Oliver Wendell Holmes, da Suprema Corte dos Estados Unidos, pronunciou há cerca de meio século: "se existe um princípio da Constituição que exige fidelidade de forma mais imperativa do que qualquer outro, esse é o princípio da liberdade de pensa-

---

72. Ibid., pp. 1-13.

73. Cf. W. B. Mead, *The United States Constitution: Personalities, Principles, and Issues*, University of South Carolina Press, Columbia, 1987, pp. 5-6.

mento; não liberdade de pensamento para quem está de acordo conosco, mas liberdade para o pensamento que detestamos"[74]. Por causa da ausência nos documentos constitucionais chineses desse empenho do Partido Comunista chinês, na China, hoje, não existe a liberdade de dissentir em relação à sua linha política.

Em terceiro lugar, embora tanto a Constituição dos Estados Unidos como a chinesa sejam Constituições rígidas, o grau de rigidez é diverso nos dois casos. Nos Estados Unidos, uma emenda constitucional deve ser aprovada pela maioria de dois terços da Câmara e do Senado, e por três quartos dos Estados, o que significa que é necessário um acordo entre os dois partidos maiores, que devem ter, ambos, interesse na mudança[75]. A história mostrou que o sistema político americano, considerado por Madison como "uma filiação natural da liberdade"[76], tornou muito difícil qualquer emenda constitucional. No caso da China, todas as quatro Constituições da República Popular Chinesa são rígidas, mas a análise precedente mostrou como muitas vezes foram substituídas por uma nova Constituição, ou modificadas por meio de emendas constitucionais. O motivo é que as Constituições chinesas não previram suficientes garantias constitucionais para a tutela dos direitos de liberdade. Conseqüentemente, a sua "filiação natural", isto é, um sistema político maduro, não se desenvolveu, e o Partido Comunista manteve sempre o controle absoluto do país, incluindo o órgão supremo do poder estatal, a Assembléia popular, que tem a autoridade de aprovar e emendar a Constituição.

Em quarto lugar, a diferença de objetivos faz com que os conteúdos da Constituição chinesa e os da americana sejam diversos. A Constituição americana se compõe de duas partes principais: as disposições sobre a estrutura constitucional do Estado e aquelas sobre a proteção das liberdades fundamen-

---

74. Cf. *U.S. v. Schwimmer*, 1929.

75. Cf. D. S. Lutz, *The Origins of American Constitutionalism*, Louisiana State University Press, Baton Rouge and London, 1988, p. 177.

76. Cf. J. L. Sundquist, *Is the US Constitution Adequate for the Twenty-First Century?*, em R. C. Simmons (organizado por), *The United States Constitution: The First 200 Years*, Manchester University Press, Manchester, 1989, p. 175.

tais dos cidadãos. A Constituição chinesa, ao contrário, contém mais disposições substantivas do que a Constituição americana. Como observamos, a Constituição chinesa contém disposições sobre o sistema econômico, e esta é uma das principais causas da freqüência das emendas constitucionais. Contém também cláusulas que limitam as liberdades dos cidadãos. Mas uma mudança do conteúdo da Constituição depende, na realidade, de uma mudança no modo de entender a sua função e os seus objetivos. Se não mudam funções e objetivos, é improvável que o conteúdo da Constituição chinesa possa mudar.

Em quinto lugar, o controle sobre a atuação da Constituição é diverso nos dois países. Nos Estados Unidos, cada questão de constitucionalidade pode ser examinada pelas cortes e, em última instância, pela Suprema Corte. Mas no caso da China são, em teoria, a Assembléia popular e o seu Comitê permanente, ou seja, o Poder Legislativo, que têm a autoridade de controlar a aplicação da Constituição. Na prática, a Constituição nunca foi levada muito a sério na China porque nunca existiu um único caso em que uma questão de constitucionalidade tivesse sido examinada pela Assembléia popular ou pelo seu Comitê permanente. Para garantir que a Constituição fosse levada a sério e tratada como a lei suprema da China, deveria ser instituído um mecanismo de controle de constitucionalidade realmente operativo. Um mecanismo desse tipo pode contribuir para o desenvolvimento do constitucionalismo na China.

O confronto que conduzimos mostra que existe muito espaço para melhoramentos no desenvolvimento futuro do constitucionalismo chinês. O modelo constitucional americano é um modelo relativamente bem-sucedido, do qual a China pode aprender muito. É preciso também notar, porém, que o modelo americano não é perfeito. Como observou um estudioso, a estrutura constitucional americana apresenta alguns delicados problemas, como a excessiva divisão da autoridade estatal e a falta de um mecanismo para a solução das crises de governo, problemas que poderiam conduzir o país a um impasse institucional[77].

77. Ibid., p. 183.

Direitos do homem e Estado de Direito na teoria e na prática da China contemporânea

Por Li Zhenghui e Wang Zhenmin

1. As lições históricas da Revolução Cultural, do reconhecimento dos direitos e do princípio do "governo do país através do direito", de 1978 a 1982

Segundo uma estimativa aproximada, os prejuízos econômicos diretos e calculáveis causados à China por dez anos de Revolução Cultural chegam a 500 bilhões de iuanes. Os prejuízos causados pelo "Grande Salto para a Frente", em 1958, atingiram 120 bilhões de iuanes. Todavia, o investimento total da China na construção de infra-estruturas, de 1949 a 1979, chega apenas a 600 bilhões de iuanes[1]. Em 1976, no final da Revolução Cultural, a economia nacional chinesa estava à beira do colapso. É absolutamente impossível calcular a devastação causada à China nos setores da educação, da ciência, da cultura e em muitos outros: um desastre irremediável.

Após o término da Revolução Cultural, a China refletia sobre aquela experiência dolorosa e desejava paz e ordem. Qual seria precisamente a causa dessa longa turbulência política nacional, que havia infligido tantos e tão graves danos? Em 1978, realizou-se a terceira Sessão Plenária do XI Comitê Central do Partido Comunista chinês. A Sessão analisou as causas da Revolução Cultural e propôs os remédios necessários para impedir que tragédias semelhantes se repetissem no futuro. Para

---

1. Jin Chuming, *et al.*, *Studies on the "Cultural revolution"*, PLR Press, Beijing, 1985, pp. 103-4.

essa finalidade, a Sessão elaborou uma análise aprofundada dos temas da democracia e do sistema jurídico, concluindo que "deve existir bastante democracia antes que se possa chegar a uma centralização correta [....] buscamos a centralização na ausência da democracia [....] no passado. Há muito pouca democracia[2]. Disso pode-se deduzir que a Sessão se deu conta de que a causa principal do decênio de turbulência política foi a longa ausência de democracia na vida do partido e do Estado, e que a "práxis segundo a qual só vale aquilo que uma única pessoa diz" tinha provocado a longa tragédia nacional. A paz, a estabilidade e o desenvolvimento econômico não podem ser realizados a longo prazo sem democracia. Era necessário reconhecer que muito trabalho havia sido feito para promover a democracia depois da criação da República Popular da China e que as bases preliminares da democracia socialista tinham sido lançadas. Contudo, por que a Revolução Cultural tinha ocorrido da mesma forma?

É claro que a democracia por si só não é suficiente: na falta de instrumentos eficazes para protegê-la, não se pode salvar a democracia e menos ainda um país. Numerosas lições históricas serviram para demonstrar esse ponto. Para garantir o desenvolvimento da democracia, a China tem necessidade de uma instituição democrática fundamental, enraizada profundamente no povo, defendida com escrúpulo e sustentada pelo povo, especialmente pelos funcionários públicos em qualquer nível. E o mais importante é que a estabilidade, a continuidade e a vigorosa vitalidade dessa instituição devem ser garantidas sem estarem sujeitas a mudanças *ad libitum*. Devem existir instituições democráticas e leis claras, e os órgãos do Estado devem exercer os seus poderes em conformidade com elas, para proteger os direitos e as liberdades dos cidadãos. É preciso estabelecer com firmeza a autoridade suprema do direito, porque ela significa a autoridade suprema da vontade popular. De per si, as leis chinesas refletem a democracia. São aprovadas pelo Poder Legislativo chinês após um procedimento democrático e espelham o desenvolvimento social e a von-

2. Comitê Central do Partido Comunista chinês, *Selected Important Party Documents Since 1978*, vol. I, Central Documents Press, Beijing, 1997, p. 26.

tade do povo chinês. Por essa razão, a Sessão indicava que "para garantir a democracia popular é necessário fortalecer o sistema jurídico socialista e institucionalizar e submeter o sistema democrático ao direito, de modo que garanta a estabilidade, a continuidade e a máxima autoridade desse sistema, assim como das leis"[3].

A história chinesa contemporânea tem demonstrado que a democracia não pode ser mantida sem a forte proteção das leis e das instituições. A busca da democracia sem o "governo da lei" desemboca inevitavelmente na "democracia absoluta" ou no tipo de "democracia" da Revolução Cultural, que aparentemente tende a destruir qualquer forma de autoridade, mas acaba em tirania, em autocracia e em outros desastres, em vez do livre desenvolvimento dos seres humanos. Se democracia significa instituir o governo do povo, então o "governo da lei" protege justamente esse significado. Por isso, um país regido pela democracia popular é necessariamente um país regido pelo "governo da lei". Apenas aplicando rigorosamente um "governo da lei", um país e seu povo podem desenvolver as suas atividades de forma regulada e normal. Isso, por um lado, garante que o povo exerça os seus direitos democráticos dentro dos limites do direito, evitando assim a anarquia e o niilismo jurídico; por outro, oferece uma proteção jurídica efetiva aos direitos democráticos do povo, porque a autoridade pública é submetida a limites e controles que lhe impedem de violar esses direitos, que não devem ser revogados a não ser com base na lei.

As razões históricas e sociais da Revolução Cultural são muitas e complexas, mas não se pode negar que uma causa importante tenha sido a influência do niilismo jurídico. Além disso, o sistema jurídico deve estar fundado sobre a democracia: a democracia é a base do "governo da lei" e, por sua vez, o "governo da lei" serve para proteger a democracia. Portanto, a Sessão enunciou o princípio-guia de "promover a democracia socialista e fortalecer o sistema jurídico socialista", e essa foi uma reviravolta histórica na construção da democracia e do sistema jurídico na China, evento fundamental na marcha para além

3. Ibid., pp. 26-7.

do niilismo jurídico e rumo ao "governo da lei", um importante passo adiante na maneira de entender a construção do sistema jurídico por parte do Partido Comunista chinês.

Pode-se dizer, sem dúvida, que o princípio proposto pela Sessão estava centrado unicamente na necessidade de mudar a situação de anarquia e de administrar segundo o direito. Assumia o ponto de vista de que os órgãos do Estado devem governar através do direito, sem enunciar expressamente todas as implicações do "governo da lei". Além disso, deve ficar claro que o povo é o sujeito, e não o objeto do "governo da lei"; que o princípio da democracia deve ser realizado em todo o processo legislativo, garantindo que a vontade e os interesses do povo estejam representados; que é preciso impor limites e exercer controles jurídicos sobre o exercício dos poderes dos órgãos do Estado, e que a Constituição e as leis têm a suprema autoridade no país; que, mesmo sendo necessário seguir a guia do Partido Comunista, esse último deve conduzir as suas atividades dentro dos limites do direito, mesmo reconhecendo o seu papel de guia; que as liberdades e os direitos dos cidadãos estão rigorosamente protegidos pela Constituição e pelas leis; que todos os cidadãos e as pessoas jurídicas são iguais perante a lei. A democracia deve ser protegida pelas instituições jurídicas e o sistema jurídico deve refletir o espírito da democracia. O "governo da lei" é a institucionalização e a juridicização da vontade do povo. A soberania do povo não pode se realizar se a sua vontade não for expressa através da lei, e o direito não estiver conforme as exigências do "governo da lei", se não acolher a vontade do povo. Na China, o significado do "governo da lei" não estará completo se não refletir o duplo objetivo de promover a democracia e fortalecer o sistema jurídico.

2. A Constituição de 1982: o ponto de encontro entre teoria e práxis

Em 1982, após o XII Congresso Nacional do Partido Comunista, a quinta sessão da quinta Assembléia Popular modificou profundamente a Constituição de 1978. A nova Constituição estabelece os princípios fundamentais do sistema político e social chinês, as finalidades primárias do país, o seu sistema judiciário e os direitos fundamentais dos cidadãos. Tudo isso constitui o fundamento jurídico das reformas e do desenvolvimento chineses. Essa Constituição é considerada a melhor pela ciência jurídica chinesa, desde a fundação da nova China. A construção do sistema jurídico chinês entrou em uma nova fase no quadro dos princípios fundamentais da nova Constituição.

A partir de sua fundação, em 1949, a República Popular da China dedicou-se ao desenvolvimento do sistema jurídico, com a finalidade de proteger os direitos humanos. Especialmente depois de 1978, com base nas lições aprendidas pela Revolução Cultural, que desprezava e pisoteava os direitos humanos, o Poder Legislativo chinês adotou um bom número de leis, regulamentos e resoluções que criaram uma moldura jurídica para a proteção dos direitos humanos, tendo no seu núcleo a proteção constitucional. A atual Constituição de 1982 compreende também outras disposições fundadas sobre a enunciação dos direitos dos cidadãos nas três constituições precedentes[4]. Não só contém mais disposições relevantes, mas é também mais analítica e eficaz no reconhecimento das liberdades e dos direitos políticos, econômicos, sociais e culturais dos cidadãos. No que diz respeito, por exemplo, à proteção dos direitos da criança, o artigo 49 da Constituição dispõe que "os pais têm o dever de criar e educar os filhos menores, e os filhos maiores têm o dever de sustentar e cuidar de seus pais [...] é proibido maltratar os idosos, as mulheres e as crianças". Essa é uma disposição muito detalhada.

A Constituição de 1982 apresenta também mudanças estruturais. Nas três Constituições precedentes, o capítulo sobre os "Direitos e deveres fundamentais dos cidadãos" era sempre colocado depois do capítulo sobre a "Estrutura do Estado", o que parecia indicar que a organização da estrutura estatal de-

4. A primeira Constituição escrita foi aprovada em 1954, após a fundação da nova China em 1949. Foi substituída pela Constituição de 1975, que é considerada a pior pelos juristas chineses. Após a Revolução Cultural, essa Constituição recebeu emendas em 1978, e essa última versão sofreu ulteriores e profundas modificações em 1982, com base na nova situação. Essas últimas constituem a Constituição de 1982.

vesse preceder e fosse mais importante do que os direitos fundamentais dos cidadãos. Ao contrário, colocando os direitos fundamentais no segundo capítulo, logo depois dos "Princípios gerais", a Constituição de 1982 indica que os direitos dos cidadãos estão intimamente conexos ao sistema político e social e são a continuação dos "Princípios gerais", dos quais seria inoportuno separá-los. Essa colocação é conforme a práxis seguida na redação das Constituições atuais de vários outros países, que colocam os direitos fundamentais antes da estrutura e dos poderes do Estado. Isso reflete também a mudança de atitude da China para com os direitos fundamentais dos cidadãos.

3. O desenvolvimento do direito e dos direitos humanos na teoria e na práxis, de 1982 a 1988

No quadro dos princípios postos pela Constituição de 1982, com a finalidade de ir ao encontro das necessidades de desenvolvimento da economia de troca, a partir de 1982 foi acelerada a aprovação das leis econômicas e civis. A primeira lei civil geral, os "Princípios gerais do direito civil", foi promulgada em 1986. Mesmo não sendo muito detalhada, era a lei fundamental para o desenvolvimento da economia de troca, pois estabelecia as regras fundamentais de seu funcionamento[5].

Em 1987, o XIII Congresso Nacional do Partido Comunista chinês propôs uma reforma a longo prazo do sistema político, com a finalidade de instaurar um sistema político socialista com um alto grau de democracia e um válido sistema jurídico. Tudo isso demonstrava que a concepção chinesa de "governo da lei" tinha mais uma vez se renovado. Naquele período, à parte a Constituição, foram aprovadas muitas leis para permitir uma proteção jurídica efetiva dos direitos humanos. No mesmo período foi também estabelecida gradualmente uma eficaz estrutura de tutela judiciária dos direitos humanos. Segundo a lei, a tarefa principal da atividade judiciária na China

---

5. Naquele período, a definição oficial do sistema econômico chinês era "economia socialista de troca". O conceito de economia de mercado ainda não era oficialmente aceito.

é a de proteger todos os direitos e as liberdades fundamentais, bem como os outros direitos e interesses legítimos de todos os cidadãos, tutelar a propriedade pública e a propriedade privada legitimamente adquirida pelos cidadãos, manter a ordem social, salvaguardar o normal desenvolvimento do processo de modernização da China e punir as violações da lei. Isso reflete a importância atribuída pelo ordenamento chinês à proteção dos direitos humanos na atividade judiciária.

Os órgãos de segurança pública e as instituições judiciárias chinesas devem desempenhar as próprias atividades atendo-se rigorosamente aos seguintes princípios:

1. Todos os cidadãos são iguais na aplicação da lei. Os direitos e os interesses legítimos de qualquer cidadão devem ser tutelados conforme a lei, e a conduta ilegítima ou criminosa de qualquer cidadão deve ser perseguida conforme a lei.

2. Os órgãos de segurança pública e as instituições judiciárias devem decidir todos os casos baseando-se em fatos reais e usar a lei como critério.

3. Os tribunais populares e as procuradorias populares[6] devem exercer o poder, respectivamente, de julgar e aplicar a lei de maneira independente. Ambos estão sujeitos somente à lei e estão livres de qualquer interferência por parte de órgãos administrativos, organizações sociais e de qualquer cidadão. No processo penal os tribunais populares, as procuradorias populares e os órgãos de segurança pública devem repartir entre si as responsabilidades, coordenar os seus trabalhos e controlar-se mutuamente para garantir uma aplicação eficiente e correta da lei. Devem cumprir suas responsabilidades unicamente no interior da esfera de competência preestabelecida e não podem se substituir uns aos outros. As procuradorias populares devem supervisionar as atividades desenvolvidas pelos órgãos de segurança pública, pelos tribunais, pelo pessoal penitenciário, pelos funcionários das casas de detenção e pelos órgãos prepostos à reeducação através do trabalho, a fim de certificar-se de

---

6. Na China, a procuradoria popular é o órgão do Ministério Público. A sua responsabilidade não se limita à ação penal e vai além daquela do *Attorney General* dos países de *common law*. É responsável pelo controle jurídico geral sobre qualquer outro órgão do Estado, incluindo os tribunais.

que tais atividades estejam em conformidade com a lei. Esses princípios da jurisdição estão expressamente sancionados pela Constituição e pelas leis chinesas. Para a proteção dos direitos humanos, as leis chinesas contêm disposições explícitas e rigorosas relativas a cada um dos aspectos das atividades de segurança pública, dos órgãos judiciários e do procedimento jurisdicional. Alguns desses aspectos estão relacionados a seguir.

Detenção e prisão. Nenhum cidadão pode ser preso a não ser por decisão ou com a aprovação de uma procuradoria popular ou por decisão de um tribunal popular, e a prisão deve ser executada por um órgão da segurança pública. Estão proibidas a detenção não autorizada, a privação ou a limitação da liberdade pessoal de um cidadão, através de meios não previstos pela lei. As leis de processo penal da China estabelecem prazos específicos para a duração do procedimento.

Perquisições e formação da prova. A Constituição de 1982 proíbe a perquisição de um cidadão fora dos casos expressamente previstos pela lei; o domicílio de um cidadão é inviolável e é proibida a perquisição domiciliar não autorizada ou a intrusão no domicílio de um cidadão. As leis de conduta penal chinesa dispõem que as perquisições realizadas pelos órgãos de segurança pública devem ocorrer rigorosamente dentro da lei. Um princípio, assim como uma regra disciplinar da segurança pública e dos órgãos judiciários, proíbe rigorosamente extorquir confissões através de tortura, e qualquer caso de violação deve ser perseguido.

Ação penal e processo. O processo perante os tribunais populares é público. A discussão deve ser aberta ao público, com a única exceção dos casos que dizem respeito a segredos de Estado ou que interferem na esfera pessoal de privacidade ou que dizem respeito a crimes cometidos por menores. Nestes casos, as discussões devem se realizar a portas fechadas. De qualquer modo, quer a discussão se realize a portas fechadas ou não, os tribunais populares pronunciam as suas sentenças publicamente depois de ter reunido todas as provas. O acusado tem o direito de se defender. Segundo as disposições do código de processo penal, o suspeito ou o acusado que não queira exercer por si mesmo o direito de defesa, pode ser representado por um advogado, por um parente ou por outro cidadão. Os tribunais populares devem assegurar a tutela efetiva do direito de defesa do acusado ou do suspeito ao longo do processo judiciário. O suspeito e o acusado têm direito de apresentar recursos e petições.

O procedimento perante os tribunais populares. O procedimento se articula em dois graus de julgamento. Uma parte que se recusa a aceitar a sentença ou a ordem de um tribunal popular local de primeira instância tem o direito de apelar ao tribunal popular de nível imediatamente superior. Outra parte pode apresentar a um tribunal popular ou a uma procuradoria popular uma petição referente à legalidade da sentença ou da ordem. De per si, a petição não implica uma pena mais grave. O código penal chinês contém normas específicas sobre os crimes e as responsabilidades penais dos menores. As procuradorias populares devem exercer uma rigorosa supervisão sobre os processos civis e penais para assegurar-lhes a conformidade a lei. Como em outros países do mundo, a China mantém a pena de morte, mas impõe limites rigorosos à sua aplicação. A declaração de uma condenação à morte que dispõe a suspensão da sentença por dois anos é uma prática chinesa que permite o controle da aplicação da pena de morte.

O trabalho na prisão e os direitos dos condenados. Ao acolher os condenados enviados para cumprir a sentença, as autoridades penitenciárias e os órgãos prepostos à reeducação através do trabalho devem seguir rigorosamente a lei. Os órgãos de detenção devem avisar as famílias dos condenados dentro de um prazo de três dias a partir do início da detenção. Em algumas circunstâncias, os condenados têm permissão de cumprir a pena na própria zona domiciliar, para que as famílias e as unidades de trabalho de proveniência possam acompanhá-los ao longo da sua reeducação. O ordenamento chinês prevê a proteção dos direitos dos condenados. Segundo o direito chinês, os condenados têm direito de voto, a não ser que tenham sido privados com base na lei. Os condenados têm, entre outras coisas, o direito de fazer petições, de defender-se, de reivindicar a inviolabilidade de sua pessoa e de sua propriedade, de apresentar queixa. Também as procuradorias populares devem exercer a supervisão jurídica na proteção dos direitos e dos interesses legítimos dos condenados. A lei chinesa permite que os condenados, por ordem do tribunal popular, tenham a pena comutada ou ganhem liberdade condicional, desde que demonstrem um arrependimento sincero ou desempenhem um trabalho meritório enquanto cumprem a pena.

O trabalho dos condenados. A lei chinesa prescreve que os condenados devem trabalhar se estiverem em condições de fazê-lo e que o período de trabalho não deve superar oito horas diárias. Os condenados têm direito ao descanso semanal e ao tratamento econômico equivalente àquele recebido pelos trabalhadores que desempenham as mesmas tarefas nas empresas públicas. Os produtos do trabalho dos detentos são usados principalmente para satisfazer as necessidades internas da prisão, ao passo que apenas um pequeno percentual entra no mercado interno através de canais apropriados. Em nenhum caso é permitido exportar os produtos do trabalho dos condenados.

A reeducação através do trabalho e os direitos daqueles que estão submetidos. A reeducação através do trabalho é uma medida administrativa, e não judiciária. As comissões prepostas à reeducação através do trabalho são instituídas pelos governos locais das médias e grandes cidades de todas as províncias, das regiões autônomas e das prefeituras diretamente controladas pelo governo central. As procuradorias populares exercem a supervisão sobre elas. São submetidas à reeducação através do trabalho as pessoas maiores de dezesseis anos que cometem crimes e que põem em perigo a ordem social nas grandes e médias cidades e se recusam a corrigir os próprios erros apesar de constantes repreensões, ou aqueles que cometem crimes menores, cujas circunstâncias não chegam a ser tão graves para fins de sanções penais. As comissões devem submeter os sujeitos envolvidos a um período de reeducação através do trabalho que varia de um a três anos[7]. Os que se recusam a aceitar essa decisão podem fazer uma petição à comissão ou dirigir-se ao tribunal popular. As pessoas submetidas à reeducação através do trabalho continuam usufruindo dos direitos de cidadania reconhecidos pela Constituição e pelas leis, mas devem obedecer às medidas restritivas de alguns de seus direitos.

---

7. Setor de Informações do Conselho de Estado, *White Paper on Human Rights in China*, Central Documents Press, Beijing, 1991.

Nessa fase, o governo chinês participou das atividades de instituições internacionais que tratam dos direitos humanos. Como membro fundador das Nações Unidas e membro permanente do Conselho de Segurança, a China reconhece o escopo e os princípios da Carta das Nações Unidas em relação à tutela e à promoção dos direitos humanos e, desde 1979, envia observadores às reuniões da Comissão das Nações Unidas para os Direitos Humanos.

4. A publicação do livro branco sobre os direitos humanos e a introdução oficial da expressão "direitos humanos", de 1989 a 1991

A expressão "direitos humanos" era impopular antes de 1988; até então os direitos humanos tinham permanecido em uma zona proibida. No decênio da Revolução Cultural e naquele sucessivo, os direitos humanos eram considerados "o brevê da burguesia". Em geral, falava-se apenas dos "direitos dos cidadãos". Após os incidentes da Praça Tien An Men [Praça da Paz Celestial], em 1989, as críticas internacionais em relação à China foram focalizadas sobre os direitos humanos. Na realidade, a nobre causa dos direitos humanos foi gravemente distorcida pela Guerra Fria e pelo "pensamento da Guerra Fria", que sempre fez com que a questão dos direitos humanos parecesse um instrumento de imposição ideológica e de aplicação de dois pesos e duas medidas na luta diplomática dos últimos quarenta anos.

O descongelamento do conceito dos direitos humanos começou com um pequeno congresso sobre os direitos humanos realizado pelo Partido Comunista, segundo as instruções da liderança chinesa. Depois que Jiang Zemin emanou instruções segundo as quais era preciso desenvolver pesquisas sobre a questão dos direitos humanos para responder às críticas dos países ocidentais, em 1991 ocorreu uma notável mudança na atitude do governo chinês sobre a questão dos direitos humanos. Uma após a outra, muitas instituições de pesquisa realizaram congressos sobre os direitos humanos, violando a zona proibida[8].

---

8. Guo Danhui, Tao Wei, *How the Forbidden Zone of Human Rights in China Was Broken?*, "Legal Science", 5 (1999).

O Conselho de Estado publicou um "Livro Branco" sem precedentes sobre a "Situação dos direitos humanos na China", que aceitava oficialmente o conceito e a expressão "direitos humanos". Nos anos 1990, os direitos humanos tornaram-se um tema candente no mundo acadêmico chinês. Isso, pelo menos, fez com que o povo entendesse que os direitos humanos, são universais entre os seres humanos, e não propriedade exclusiva de determinada classe, e que a defesa dos direitos humanos é a característica de uma sociedade civil e avançada.

5. Os novos desenvolvimentos de 1992 até hoje: a recepção do "governo da lei" na Constituição

Ao promover a causa dos direitos humanos, o governo chinês não atribui relevância apenas ao desenvolvimento social e não se limita a fortalecer a sua tutela jurídica, institucional e material, mas considera importante elaborar pesquisas sobre o tema dos direitos humanos, dando-lhe publicidade e divulgação. Os estudiosos chineses são muito ativos no campo da pesquisa sobre os direitos humanos, e formou-se um corpo de pesquisadores profissionais que compreende estudiosos e especialistas provenientes das instituições de nível superior e de pesquisa. Uma após outra, foram fundadas associações acadêmicas de nível nacional, como a "Sociedade chinesa dos direitos humanos". Numerosas instituições de ensino superior e de pesquisa estabeleceram centros de pesquisa sobre os direitos humanos[9]. Nesse meio-tempo foram instituídos também centros especializados na pesquisa dos direitos humanos de grupos específicos, como as mulheres, as crianças e os portadores de deficiência.

O governo chinês financia e apóia a pesquisa sobre os direitos humanos e também algumas fundações dão assistência financeira aos programas de pesquisa sobre os direitos huma-

9. Setor de Informações do Conselho de Estado, *White Paper on Human Rights in China*, cit., passim.

nos. O grande número dos resultados da pesquisa, como ensaios e obras acadêmicas, contribuiu para a formulação de programas políticos e serviu, ao mesmo tempo, para chamar a atenção dos cidadãos sobre o tema dos direitos humanos e para facilitar o desenvolvimento social. O mundo acadêmico chinês traduziu e publicou numerosas obras estrangeiras sobre os direitos humanos e compilou materiais sistemáticos, completos e aprofundados sobre a pesquisa nesse campo. Nos últimos anos, o Setor de Informações do Conselho de Estado publicou numerosos livros brancos, entre os quais *The Situation of Human Rights in China, The Sovereignity over Tibet and the Situation of Human Rights, The Chinese Situation of Reforming the Criminals* e *The Condition of Women in China*. Os órgãos de Estado chinês, as organizações sociais, as instituições de pesquisa, os meios de comunicação e as editoras desenvolveram uma intensa atividade de divulgação e discussão centrada nesses documentos. Quando é promulgada uma lei referente aos direitos humanos, desenvolvem-se atividades educativas voltadas para promover a consciência dos próprios direitos por parte dos cidadãos. Atualmente, foi incluído um curso sobre os direitos humanos nos programas de educação nacional e de formação profissional. Em muitas universidades e instituições formativas são ministrados cursos e lições sobre os direitos humanos. Promove-se, assim, a capacidade dos cidadãos para exercer os próprios direitos e para fruir deles em conformidade com a lei[10].

Quando a China reconheceu formalmente a economia de mercado, após a histórica visita, em 1992, ao sul do país, por parte do ex-líder Deng Xiaoping, o desenvolvimento do sistema jurídico deparou-se com uma mudança fundamental[11]. A China percebeu que a economia de mercado tinha de estar fundada sobre um sistema jurídico adequado, que as leis aprovadas com base na precedente economia planificada deveriam ser

---

10. Setor de Informações do Conselho de Estado, *The Progress of the Cause of Human Rights in China*, dezembro de 1995.

11. Comitê Central do Partido Comunista chinês, *Selected Important Party Documents Since 1978*, vol. II, Central Documents Press, Beijing, 1997, p. 180.

modificadas ou revogadas, e que era necessário instituir uma estrutura jurídica proporcional à nova economia. A legislação chinesa sofreu uma forte aceleração a partir de 1992[12]. O desenvolvimento da economia de mercado fornece um solo fértil para o crescimento da democracia e do sistema jurídico na China e pôs uma base fundamental para o "governo da lei". Com o avanço das reformas e das aberturas, o desenvolvimento da economia de mercado, as atividades econômicas e as relações entre grupos de diferentes interesses tornam-se cada vez mais complexas, e isso força objetivamente as autoridades chinesas a se moverem em direção ao "governo da lei". Isto serve para manter uma ordem adequada à necessidade de desenvolver a economia de mercado, resolver vários problemas do desenvolvimento econômico e do progresso social e facilitar o desenvolvimento da economia e da sociedade de maneira coordenada. Com essa finalidade, o XV Congresso Nacional do Partido Comunista, pela primeira vez em sua história, enunciou expressamente e sem reservas o "governo da lei" entre os princípios-guia fundamentais e atribuiu-lhe um lugar de separado entre as reformas do sistema político. O congresso estabeleceu também a criação de uma estrutura jurídica geral com características chinesas até o ano 2010. Trata-se de um novo passo adiante que reflete o progresso do "governo através da lei" ao "governo da lei" e impulsiona as funções do direito de uma perspectiva técnica a uma estratégica[13]. Por essas razões, o XV Congresso Nacional do Partido Comunista assume uma importância excepcional para a longa transição da China rumo ao século XXI enquanto estabelece o princípio fundamental do "governo da lei". Novamente, a Constituição recebeu emendas em março de 1999, por ocasião da segunda sessão da IX Assembléia Popular, para acolher esse princípio fun-

12. De 1979 a abril de 1999, a Assembléia Popular e seu Comitê Permanente aprovaram 351 leis ou decisões relativas a outras leis; o Conselho de Estado emanou mais de 800 regulamentos administrativos; os congressos do povo e os seus comitês permanentes em nível local emanaram mais de 6.000 regulamentos locais ("People's Daily", 14 de março de 1998).

13. Comitê Central do Partido Comunista chinês, *Selected Important Party Documents Since 1978*, vol. II, cit., p. 436.

damental. Desde então, o "governo da lei" é reconhecido como princípio constitucional[14].

A declaração de "respeitar e proteger os direitos humanos", adotada pelo XV Congresso Nacional, é também ela a primeira do gênero na história do Partido Comunista. Isto significa que, na China, o "governo da lei" integra-se à política democrática e à proteção dos direitos humanos, confirmando, em uma perspectiva axiológica, que a direção de fundo ou o objetivo básico da evolução da China é o desenvolvimento de um tipo de "governo da lei" centrado na democracia e na proteção dos direitos humanos. O desenvolvimento da economia de mercado aumentou a consciência dos cidadãos não só quanto à sua independência econômica, mas também quanto a seus direitos. Aqueles que antes eram direitos simbólicos no papel tornaram-se instrumentos jurídicos a que os cidadãos podem recorrer para proteger os seus interesses. O exercício e a proteção dos próprios direitos, com os instrumentos postos à disposição pelo direito, pode obrigar o governo a reconhecer tais direitos seriamente. Com o melhoramento do sistema jurídico chinês, melhoram também as leis que dão suporte aos direitos constitucionais dos cidadãos, permitindo que tais direitos possam ser aplicados pelos tribunais.

Em março de 1997, a Assembléia Popular adotou um novo código penal, acrescentando 260 artigos ao código originário[15]. O novo código sanciona os princípios do *nulla poena sine lege* [não há pena sem lei], da "igualdade perante a lei" e da "pena adequada ao crime". Isso serviu para fortalecer ulteriormente o "governo da lei" na China. Além disso, os "crimes contra-revolucionários" do velho código, de natureza política e ideológica, foram substituídos pelos "crimes que põem em perigo a segurança nacional". Os crimes classificados como contra-revolucionários, que substancialmente eram crimes comuns, foram rubricados de modo adequado.

---

14. Wang Zhenmin, *The Recent Constitutional Amendments in China*, ensaio apresentado no V Congresso Mundial da International Association of Constitutional Law (Roterdã 12-16 de julho de 1999).

15. O código penal original tinha sido aprovado em 1979. O novo, com seus 452 artigos, é o mais longo já aprovado na China.

O ordenamento chinês considera prioritária a regulação do comportamento dos órgãos administrativos e daqueles prepostos à aplicação da lei, para impedir violações dos direitos dos cidadãos. A "Lei sobre o contencioso administrativo", em vigor a partir de 1º de outubro de 1990, é um instrumento importante para tal finalidade. Estabelece que "se um cidadão, uma pessoa jurídica ou qualquer outra organização reputa que os seus direitos e interesses legítimos tenham sido lesados por um ato específico de um órgão administrativo ou por seu pessoal, têm o direito de agir perante um tribunal popular". O Conselho de Estado aprovou as "Regras sobre o reexame administrativo", um regulamento subsidiário dessa lei. A lei sobre o contencioso administrativo estabelece que as organizações públicas apóiem os cidadãos que agem em juízo, protegendo os seus direitos de agir. Para facilitar esse direito, a Suprema Corte dispôs que os custos do processo podem ser adiados, reduzidos ou cancelados[16]. Além disso, o cidadão pode pedir que uma organização pública aja em juízo como seu representante *ad litem* [relativamente ao litígio].

Em maio de 1994, a China aprovou uma lei sobre ressarcimentos devidos pelo Estado, com base na qual, quando um órgão do Estado ou os seus funcionários, no exercício de suas funções, lesam os direitos e os interesses de um cidadão, de uma pessoa jurídica ou de uma outra organização, a vítima tem o direito de requerer um ressarcimento ao Estado. Os tribunais populares instituíram comissões para decidir sobre esses recursos. Em março de 1996, a China aprovou uma lei sobre as sanções administrativas a cargo dos órgãos do Estado. As procuradorias populares dedicam particular atenção à perseguição de crimes cometidos por órgãos do Partido Comunista e do Estado, pelas instituições judiciárias e por aquelas prepostas à administração da economia.

Em dezembro de 1994, entrou em vigor um ordenamento penitenciário composto de 78 artigos, dos quais mais de 20 dizem respeito diretamente à proteção dos direitos dos condenados. Esse ordenamento estabelece que "a dignidade huma-

16. Setor de Informações do Conselho de Estado, *White Paper on Human Rights in China*, cit., passim.

na do condenado não deve ser vilipendiada, nem devem ser violados a sua segurança pessoal, a sua propriedade legítima, o seu direito de defesa e de apresentar petições, queixas e denúncias, nem qualquer outro direito que não tenha sido revogado ou limitado pela lei". O ordenamento enumera vários direitos dos condenados, como o direito de não ser submetido a maus-tratos e punições corporais, o direito à petição, à troca de correspondência, ao encontro com os parentes, à educação, ao descanso e ao trabalho remunerado.

Em qualquer aspecto da atividade judiciária, o ordenamento chinês é contrário à extorsão de confissões pela força e proíbe com firmeza a tortura em relação à qual existem numerosas leis. Em 1988, a China aderiu à Convenção Internacional contra a tortura e outros tratamentos ou punições cruéis, de caráter desumano ou degradante. As procuradorias populares enviam observadores às prisões e às casas de detenção para supervisionar possíveis casos de tortura ou maus-tratos aos detentos.

Para normalizar a proteção dos direitos humanos por parte da polícia, a lei sobre a polícia que entrou em vigor em fevereiro de 1995 estabelece que a polícia deve garantir a segurança do povo, agindo prontamente em defesa dos cidadãos cuja propriedade esteja em perigo; a polícia está absolutamente proibida de privar os cidadãos de sua liberdade pessoal na violação da lei; está sujeita à supervisão da sociedade e dos cidadãos no exercício de suas funções; os cidadãos têm o direito de apresentar queixas e denúncias às autoridades competentes sobre o comportamento da polícia contrário à lei ou aos deveres disciplinares. Na China a proporção entre policiais e habitantes é de 7,4 policiais para cada 10 mil habitantes, inferior à média ocidental, que é de vinte policiais para cada 10 mil habitantes[17].

A lei sobre as procuradorias populares e aquela sobre a magistratura, promulgadas em fevereiro de 1995, que entraram em vigor em julho desse mesmo ano, estabelecem que os procuradores e os juízes têm o direito de exercer de modo independente os respectivos poderes em conformidade com as disposições legais, não estando sujeitos a interferências por parte

17. Ibid.

de nenhum órgão administrativo, organização pública ou indivíduo, e devem decidir todos os casos baseando-se em fatos, tomando a lei como critério, de maneira justa e com integridade e retidão. Esses princípios, já sancionados, são agora ulteriormente normalizados e especificados para garantir a sua aplicação rigorosa. Foi também modificado o código de processo penal de 1979, para melhorar a jurisdição penal e acolher as disposições sobre a proteção dos direitos humanos. Foram introduzidos o princípio de presunção de inocência e o processo de acusação. Os advogados dispõem de direitos suficientes para defender seus clientes. O número e a qualidade dos advogados chineses estão em crescimento. Eles desempenharam um importante papel na salvaguarda dos direitos e dos interesses legítimos dos cidadãos. Antes, os advogados eram definidos como operadores jurídicos do Estado. Por muito tempo, na China, os advogados não foram profissionais particulares. Ao contrário, segundo a nova lei forense, aprovada em 1996, entende-se por advogado "um profissional em direito que obteve a autorização para o exercício da profissão baseado na lei e que presta serviços jurídicos à sociedade". A lei estabelece, portanto, os requisitos para se ter acesso à profissão forense e para exercê-la, bem como os direitos e os deveres profissionais[18]. É instituído um extenso sistema gratuito de patrocínio, que desempenhou um papel cada vez mais importante na melhoria do funcionamento da justiça e na proteção dos direitos dos cidadãos[19].

O governo chinês assinou o pacto internacional sobre os direitos econômicos, sociais e culturais e aquele sobre os direitos civis e políticos, respectivamente, em outubro de 1997 e outubro de 1998. Estão em curso os procedimentos de ratificação previstos pela Constituição e pelas leis[20]. A adesão ao pacto so-

---

18. "Lawyers' Newspaper", 13 de dezembro de 1997.

19. Setor de Informações do Conselho do Estado, *White Paper on Human Rights in China*, cit., passim.

20. Segundo a Constituição chinesa, o Comitê Permanente da Assembléia Popular tem a responsabilidade de decidir a ratificação ou a revogação dos tratados e dos acordos importantes estipulados com os Estados estrangeiros. Por isso, após terem sido assinados pelo governo chinês, os dois pactos

bre os direitos civis e políticos é a máxima expressão da participação ativa das autoridades chinesas nas decisões e nos debates internacionais sobre os direitos humanos. A importância dessa adesão consiste em fortalecer o prestígio e a influência mundial de um pacto aprovado por um país de 1,2 bilhão de habitantes. É um passo em direção à realização universal dos direitos civis e políticos reconhecidos pelo pacto, bem como uma identificação com as normas internacionais comuns.

6. A situação dos direitos humanos na China melhora, mas ainda não é satisfatória

Com o avanço das reformas e das aberturas, a atmosfera política, econômica e cultural chinesa tornou-se madura para uma melhor proteção dos direitos humanos. No que diz respeito à adesão aos dois Pactos internacionais sobre os direitos humanos, é opinião de muitos intelectuais chineses que as disposições essenciais dos pactos estão em sintonia com a Constituição e com as leis chinesas atuais. Existe, todavia, uma diferença entre o direito interno chinês e os pactos em relação a alguns direitos humanos fundamentais. Por exemplo, a prática de punir com a morte os crimes econômicos é incompatível com o princípio sancionado pelo artigo 6 do Pacto sobre os Direitos Civis e Políticos. A prática da "reeducação através do trabalho" é uma sanção só prevista na China e é posta como uma medida administrativa. Isso contradiz o princípio do artigo 8, seção 3 do Pacto. Se a China pretende manter essa pena, é necessário que a lei preveja que tal pena seja infligida por uma autoridade judiciária após a conclusão de um processo regular. Tanto o artigo 3 do Pacto como as leis chinesas proíbem expressamente a tortura. Todavia têm-se notícias, de vez em quando, de abusos de poder por parte da polícia chinesa. O artigo 93 do código de processo penal chinês estabelece que "o

---

foram submetidos à máxima autoridade legislativa chinesa para serem definitivamente aprovados e entrarem em vigor na China. A forma da sua aplicação no ordenamento interno chinês permanece ainda um problema em aberto.

suspeito deve dar respostas verídicas às perguntas dos investigadores". Essa norma pode ser usada pela polícia mal treinada como desculpa dos próprios abusos de poder. Além disso, essa norma é incompatível com as seções 2 e 3 do artigo 14 do Pacto sobre os direitos civis e políticos. O artigo 14 prescreve que os tribunais sejam compostos por pessoas qualificadas e que sejam independentes e imparciais. Atualmente, alguns juízes chineses estão sem preparação jurídica. Os tribunais chineses dependem das assembléias e dos governos locais quanto ao pessoal do judiciário e quanto ao suporte financeiro e material.

O princípio de não discriminação sancionado pelo artigo 2 do Pacto pelos Direitos Civis e Políticos, é o princípio mais relevante em matéria de direitos humanos. Visto que o sistema chinês de controle domiciliar tornou-se mais flexível, a diferença entre famílias rurais e urbanas não é mais tão clamorosa como há vinte ou trinta anos. Todavia, existem ainda diferenças entre cidades e zonas rurais, e entre cidades grandes e cidades pequenas, que dão lugar a uma prática iníqua e discriminatória em relação à educação, ao trabalho, ao matrimônio e às condições sociais. É improvável que essa situação possa mudar substancialmente a curto prazo nas regiões menos desenvolvidas e densamente povoadas. O governo chinês poderia apor algumas reservas, se o julgasse necessário, a alguns artigos do pacto por causa da sua população e da sua situação econômica. Também os países desenvolvidos apuseram muitas reservas no momento de assinar o Pacto.

O artigo 12 do Pacto para os Direitos Civis e Políticos sanciona a liberdade de migrar. A Constituição chinesa abandona esse direito considerando as diferenças de longa data entre zonas rurais e áreas urbanas em termos de desenvolvimento econômico e de nível de vida. A liberdade de migrar, de escolher a própria residência e o próprio trabalho não foi suficientemente protegida em conseqüência da premente falta de moradias, de infra-estruturas e de oportunidades de trabalho. Todavia, o sistema de distribuição de cereais, que constitui a própria base da negação da liberdade de migração, aboliu o sistema de controle sobre o domicílio. De fato, em nível nacional, existe um grande fluxo de força de trabalho em direção às áreas urbanas. Essas mudanças sociais criaram as condições adequadas para a realização da liberdade de migração. No futuro, a China será obrigada a acolher esse direito em seu ordenamento interno[21].

É inegável que a situação dos direitos humanos na China não seja muito satisfatória, mesmo se os princípios do direito chinês e as políticas fundamentais estejam essencialmente em conformidade com o Pacto. É preciso tempo para resolver esses problemas. As divergências entre o direito chinês e o Pacto são devidas a diversas razões e dizem respeito ao âmbito de aplicação e a alguns conteúdos específicos. As intervenções legislativas e as decisões judiciárias poderiam resolver algumas dessas divergências. No restante, as autoridades políticas chinesas poderiam apor algumas reservas à aplicação do Pacto em virtude da atual situação econômica e cultural da China. Todavia, estamos, ainda, esperando que os compromissos assumidos pela China ao aderir ao Pacto possam se refletir de forma mais completa na sua Constituição.

A Constituição chinesa enuncia os vários direitos dos cidadãos, entre os quais apenas a liberdade de culto, a liberdade pessoal, a liberdade de comunicação e de domicílio são relativamente explícitos e aplicáveis diretamente. Outros, como o direito à igualdade, o direito ao voto, à liberdade de reunião ou de associação, à dignidade pessoal, à liberdade de expor críticas e propostas e de apresentar denúncias e petições, o direito ao trabalho e ao descanso, à educação, aos direitos sociais, o direito à pesquisa e de criação, à igualdade entre os sexos, são enunciados apenas como linha de princípio e a sua atuação é demandada às leis e regulamentos específicos. As emendas constitucionais aprovadas até agora não trataram dos direitos fundamentais dos cidadãos, coisa essencial para que as pessoas possam ter respeito e confiança em relação à Constituição. Foi proposto que as disposições relacionadas aos direitos fundamentais dos cidadãos e aos seus efeitos diretos sejam redigidas inspirando-se nas experiências estrangeiras.

A China avança gradualmente no caminho da proteção dos direitos humanos confiando na legislação e nas reformas das

---

21. *Seminar on Constitutional Amendments and the Constitutional Development in 21st Century,* "Studies on Law and Commerce", 3 (1999).

estruturas econômicas e políticas. As diferenças em relação aos padrões internacionais, que certamente existem, diminuem pouco a pouco. Alguns países ocidentais criticam a situação dos direitos humanos nos países em via de desenvolvimento com atitude de supervisor. Tal atitude pode não ser aceita por vários motivos, que denunciam a "psicologia da Guerra Fria" ou a falta de conhecimento a respeito da situação dos direitos humanos em certos países, entre os quais, a China. É preciso notar que mesmo os países ocidentais desenvolvidos têm os seus problemas em fato de proteção dos direitos humanos e alguns deles não realizam seriamente no seu interior o Pacto sobre os direitos humanos que também subscreveram. A Grã-Bretanha assinou o Pacto pelos direitos civis e políticos há muitos anos, e o seu Parlamento o ratificou há muito tempo; todavia o Pacto não se tornou diretamente eficaz na Grã-Bretanha. Segundo a Constituição Federal dos Estados Unidos, as convenções internacionais e as leis federais têm a mesma eficácia. Todavia, as convenções internacionais são classificadas em duas diversas categorias: como *self-executing* e como *non-self-executing*. Os pactos internacionais sobre os direitos humanos recaem sob a segunda categoria e, portanto, não são diretamente aplicáveis. É um fato indiscutível que em todos os países do mundo existem problemas em relação aos direitos humanos. Os governos chineses assinaram 17 convenções internacionais sobre os direitos humanos. Espera-se, assim, que o povo chinês possa usufruir dos direitos humanos cada vez mais extensamente. Como na maior parte dos países do mundo, também na China está em curso uma fase de ulterior fortalecimento da tutela dos direitos humanos.

7. Um confronto entre as teorias dos direitos humanos nos países desenvolvidos e nos países em via de desenvolvimento

O direito à subsistência. Em geral, o mundo e os autores ocidentais não vêem com bons olhos o direito à subsistência. Já os países em via de desenvolvimento, ao contrário, dão-lhe grande importância. Consideram que esse seja o direito humano mais relevante, porque possui um significado realístico e universal, válido em qualquer nação. Por isso a comunidade internacional tem a responsabilidade de salvaguardar o direito à subsistência[22].

O direito ao desenvolvimento. Em geral, os países ocidentais aceitaram a expressão "direito ao desenvolvimento", mas existe um contraste estridente entre eles e os países em via de desenvolvimento em relação ao conteúdo, ao *status*, à função, à relação com os outros direitos humanos e com os pressupostos desse direito. Os países em via de desenvolvimento julgam que esse direito seja um direito humano fundamental, de amplo conteúdo, mas cujo aspecto central seja o desenvolvimento econômico e social, e que seja inseparável dos outros direitos humanos, porque dá a eles proteção material. E consideram que a sua realização dependa da autodeterminação nacional, da transformação de uma ordem econômica internacional, que é irracional e iníqua, e da eliminação dos fatores que impedem o desenvolvimento.

O direito à igualdade. Os países em via de desenvolvimento julgam que o núcleo do direito à igualdade seja a oposição a qualquer forma de discriminação, em particular as discriminações de raça e de gênero; que a igualdade dos direitos econômicos, sociais e culturais seja, ao menos, tão importante quanto a igualdade política; que deva ser ressaltado o direito à igualdade coletiva, em particular à igualdade de raça, de gênero e das populações indígenas; e que as violações dos direitos humanos em larga escala devam ser impedidas para salvaguardar o direito à igualdade.

O direito à autodeterminação nacional. Os países em via de desenvolvimento julgam que o direito à autodeterminação seja um direito humano fundamental e também um princípio do direito internacional. Mas julgam que seja aplicável somente às colônias, e não às nações independentes.

A relação entre soberania e direitos humanos. O problema dos direitos humanos é, essencialmente, um problema interno de

22. Li Peng, *Interview with Journalists from Xinhua News Agency*, "People's Daily", 20 de maio de 1991.

um país. À medida que no decorrer dos últimos decênios a questão dos direitos humanos e da aceitação legislativa das normas internacionais a esse respeito se tornava sempre mais importante, a relação entre direitos humanos e soberania entrou também na agenda política chinesa[23]. A maior parte dos estudiosos chineses julga que a soberania e os direitos humanos sejam correlatos e reciprocamente complementares. Não há argumentos simplistas para demonstrar a superioridade de uns ou dos outros. Em alguns países, a soberania é a precondição dos direitos humanos; todavia o povo nem sempre pode usufruir dos direitos humanos, mesmo em condições de plena soberania, e sempre há necessidade de leis para protegê-los. O problema da defesa dos direitos humanos pertence à jurisdição interna de um Estado soberano, e a comunidade internacional não tem o direito de interferir nas suas questões internas. Chega-se a essa conclusão com base na Carta das Nações Unidas, e é sufragada pelos casos de violação dos direitos humanos sancionados nos documentos internacionais.

Os critérios do respeito dos direitos humanos. Os países em via de desenvolvimento sustentam que os critérios do respeito dos direitos humanos são os "padrões internacionais dos direitos humanos", estabelecidos em todo e qualquer documento internacional, inclusive na "Declaração Universal dos Direitos do Homem", e não os padrões de um país ou de um grupo de países ou de uma região. Os princípios a serem seguidos no respeito dos direitos humanos são a universalidade, a não seletividade, a objetividade e a eqüidade.

A China reconhece a possibilidade de chegar a um consenso sobre a interpretação comum dos direitos humanos com base na necessidade e no interesse comum à subsistência e ao desenvolvimento dos seres humanos, e que através dos instrumentos internacionais essa interpretação comum possa se tornar o padrão dos direitos humanos comumente reconhecido e protegido pelos Estados signatários. Todavia, é natural que existam divergências em relação às necessidades e aos interesses

---

23. Setor de Informações do Conselho de Estado, *White paper on Human Rights in China*, cit., passim.

sociais de indivíduos e grupos que vivem em países diversos, com níveis diversos de desenvolvimento econômico e cultural. Por isso é igualmente natural que haja diferenças nos valores, nas legislações e na realização dos direitos humanos. A universalidade dos direitos humanos deve ser examinada tendo em mente as situações específicas dos diversos países. Os valores, os ideais e os objetivos dos direitos humanos são universais. Todas as pessoas gozam de todos os direitos humanos. Este é o objetivo comum que a humanidade busca realizar. De um ponto de vista realístico, é preciso, todavia, reconhecer que nenhum país do mundo realizou completamente o ideal dos direitos humanos. A universalidade dos direitos humanos apresenta dois aspectos essenciais. Um é a universalidade dos titulares dos direitos humanos: cada pessoa goza dos direitos humanos sem distinção de raça, de cor, de sexo, de língua, de religião, de opiniões políticas, de nacionalidade, de condição social, de propriedade, de educação e de capacidade. A universalidade dos direitos humanos refere-se também à universalidade dos titulares dos direitos humanos coletivos: toda nação ou país é titular dos direitos humanos coletivos[24].

O outro aspecto é a universalidade dos princípios e do conteúdo dos direitos humanos. A universalidade dos direitos humanos pode ser realizada apenas na prática desses direitos em diversos países e regiões. A peculiaridade dos direitos humanos refere-se às suas características sociais, ou à especificidade dos seus ordenamentos de valor e dos modos de realizá-los. Consideradas as diferenças de história, de cultura, de valores, de raízes religiosas, de nível de desenvolvimento e de sistema social, é de todo natural que os diversos países do mundo entendam os direitos humanos de modo diverso e se defrontem com problemas diversos em relação a eles. Por isso, haverá certamente diferenças nas prioridades dos programas para promover e proteger os direitos humanos e na maneira e nas modalidades escolhidas para conseguir esse objetivo. O princípio de integrar a universalidade e a peculiaridade dos direitos huma-

---

24. Li Ruihuan, *China's Foreign Policy and Modernization*, "People's Daily", 19 de maio de 1994.

nos demonstra que a universalidade dos direitos humanos, reconhecida internacionalmente, deve integrar-se com as diversas condições de cada país. Uma vez reconhecida a universalidade dos direitos humanos, o governo e o povo de cada país têm o direito de escolher as suas propriedades e os seus modos de atuação, e têm o direito de fazer escolhas legislativas diversas, de acordo com a situação nacional, desde que não seja violado o princípio universal. De um lado, cada país deve se esforçar para respeitar e realizar a universalidade dos direitos humanos; e de outro devem ser plenamente respeitadas as características específicas da práxis adotada por diversos países e regiões, desde que se orientem para a completa realização dos direitos humanos. Os países em via de desenvolvimento compreendem três quartos da população mundial: as demandas e as propostas que apresentam no campo dos direitos humanos devem ser levadas a sério, e a experiência e a prática baseadas nas suas situações devem ser respeitadas.

É necessário, portanto, avaliar cada aspecto dos direitos humanos de um ponto de vista geral e equilibrado. Os direitos humanos compreendem, por um lado, os direitos civis e políticos e, por outro, os direitos econômicos, sociais e culturais, ou os direitos humanos individuais e coletivos. Os direitos civis e políticos e aqueles econômicos, sociais e culturais são duas partes inseparáveis do sistema dos direitos humanos. Os primeiros refletem e protegem em nível político fundamental o gozo da dignidade pessoal e dos direitos humanos por parte dos cidadãos. Os segundos são a condição fundamental para que os cidadãos gozem dos benefícios sociais, econômicos e culturais. Os direitos humanos podem ser direitos individuais ou direitos coletivos. Os titulares dos primeiros são os indivíduos, ao passo que os titulares dos segundos são os grupos sociais, as nações e os Estados. Os direitos humanos coletivos são a precondição e uma proteção necessária da plena realização dos direitos humanos individuais. Os dois tipos e as suas relações são determinados pelo fato de que os indivíduos não podem sobreviver isolados em relação a outros indivíduos e à sociedade. Os documentos internacionais sobre os direitos humanos devem ser lidos de modo geral e abrangente. É preciso atribuir igual importância aos direitos civis e políticos e aos direitos econômicos, sociais e culturais, e é preciso promovê-los de maneira equilibrada e abrangente. Por razões históricas, a comunidade internacional deveria dedicar maior atenção aos direitos econômicos, sociais e culturais, que dizem respeito à subsistência e ao desenvolvimento dos povos dos países em via de desenvolvimento, garantindo assim que os problemas dos direitos humanos sejam enfrentados de maneira não discriminatória e não seletiva.

Os direitos à subsistência e ao desenvolvimento são direitos humanos primários. O direito à subsistência é o direito que qualquer um tem de usufruir de condições livres e iguais de vida, que incluem tanto as condições políticas da não-violação da segurança da sua vida, quanto as condições sociais para a manutenção de um nível de vida mínimo. É um direito que cabe a cada ser humano e a toda humanidade. O direito ao desenvolvimento é um meio eficaz nas mãos dos países em via de desenvolvimento para defender os seus interesses e oportunidades contra a depredação, a polarização do poder e a exploração neocolonial. A China é um país em via de desenvolvimento que tem a maior população do mundo e somente 7% de solo cultivável. O governo chinês sempre teve de enfrentar esse grave problema. Dada a situação nacional chinesa, atribuir a máxima prioridade aos direitos à subsistência e ao desenvolvimento é uma escolha obrigatória, porque é uma exigência prática do desenvolvimento dos direitos humanos, mas também do máximo interesse do povo chinês.

Os direitos humanos consistem na integração de direitos e obrigações. Não há direitos sem deveres correspondentes e não há deveres sem direitos correspondentes. Com base nisso, na China, é criticada a idéia ocidental da supremacia dos direitos humanos. Cada um tem o direito de exigir o respeito dos direitos humanos por parte dos outros, do Estado e da sociedade e, ao mesmo tempo, cada um é obrigado a respeitar os direitos humanos de outrem e os interesses do Estado e da sociedade. A Constituição chinesa estabelece que os cidadãos, no exercício de seus direitos e liberdades, não podem lesar os interesses do Estado, da sociedade e da coletividade, nem os direitos e as liberdades legítimas dos outros cidadãos. É necessário, portanto, sublinhar a integração entre obrigações e direitos, porque este é o único modo de realizar esses últimos[25].

Na China, considera-se importante criar as condições econômicas e sociais para a realização dos direitos humanos. A estabilidade é uma precondição para a sua realização. Nada se pode obter sem um ambiente social estável. Em um país, a via principal para a realização da democracia, da liberdade e dos direitos humanos passa através do progresso social, da estabilidade e do desenvolvimento econômico[26]. No que diz respeito à identificação da relação entre direitos humanos e desenvolvimento, os países da Ásia oriental e sul-oriental sustentam o princípio do "bom governo". Quase todos os países dessa região evidenciam a autoridade do Estado e consideram a prosperidade e o desenvolvimento econômico os objetivos da sua luta. Na China, considera-se ainda que o "critério para julgar a situação dos direitos humanos nos países em via de desenvolvimento deva ser o benefício que as políticas e as práticas adotadas trazem ao desenvolvimento econômico e social, para fazer com que as pessoas tenham o suficiente para comer e vestir, e para melhorar o bem-estar do povo"[27]. A realização dos direitos humanos é indissociável do desenvolvimento e da paz mundial, que são as duas principais questões do mundo contemporâneo. Os direitos humanos universais não podem ser realizados na ausência de um ambiente internacional estável e pacífico, e de uma ordem econômica mundial justa e racional.

As atuais autoridades políticas chinesas aceitam os objetivos e os princípios estabelecidos pela Carta das Nações Unidas para a promoção dos direitos humanos em nível internacional. A causa dos direitos humanos é uma causa nobre, e a única maneira correta pela qual a comunidade internacional

---

25. Jiang Zemin, *Interview with American Journalists,* "People's Daily", 19 de maio de 1994.

26. Jiang Zemin, *Interview with American Journalists,* "People's Daily", 2 de novembro de 1991.

27. Liu Huaqiu, *Speech at the World Congress on Human Rights,* "Guangming Daily", 17 de junho de 1993.

pode proteger e promover os direitos humanos consiste no diálogo e na cooperação, na busca e na ampliação de um terreno de encontro comum, que respeite as diferenças, e não na imposição de sanções e muito menos no uso da força militar, violando a soberania dos Estados e realizando estratégias hegemônicas[28].

28. Ibid.

APÊNDICE

Ensaio bibliográfico

Por Francesco Paolo Vertova

Subdividir em áreas temáticas uma bibliografia sobre um tema tão amplo como o do Estado de Direito, que chama em causa praticamente todos os aspectos da reflexão filosófico-jurídica e teórico-política, é obra inevitavelmente arbitrária. De qualquer modo, decidi inspirar-me, pelo menos em parte, no título do presente volume, classificando as obras selecionadas sob três categorias: a história, a teoria e o futuro do Estado de Direito.

No primeiro grupo reuni algumas obras que são recomendadas para quem quiser aprofundar temas como a relação histórica entre as diversas concepções ou versões do Estado de Direito (*Rechtsstaat, rule of law* inglês, *rule of law* norte-americano, *État de droit*), o debate sobre Estado de Direito e direitos subjetivos na história constitucional e na juspublicística alemã entre o século XIX e o século XX, o destino de Albert Venn Dicey no pensamento jurídico inglês e a sua aceitação no pensamento europeu continenal, o modelo colonial do Estado de Direito.

No segundo grupo selecionei algumas obras particularmente relevantes por temas, como a reflexão kelseniana e schmittiana sobre Estado de Direito e constituição, a certeza do direito, a relação entre Constituição, direitos subjetivos e soberania popular, a relação entre Estado de Direito e primazia do poder legislativo, o princípio de legalidade e a subordinação do poder legislativo ao respeito dos direitos subjetivos, a definição e o reconhecimento desses últimos, o fundamento e a universalidade dos direitos. E ainda: o nexo ou a contraposição entre Estado de Direito e democracia, de um lado, e Estado social, de outro, e a crítica hayekiana ao centralismo da lei no Estado de Direito eurocontinental a favor da ordem espontânea do *rule of law*. Reuni, além disso, nesta seção obras pertinentes à crítica do Estado de Direito do ponto de vista da diferença feminina e ao estudo do nexo histórico e teórico entre o Estado de Direito e a tradição republicana do pensamento político.

Enfim, no terceiro grupo reuni algumas obras especialmente relevantes para a análise de uma série de questões abertas (ou fatores de crise) do Estado de Direito no alvorecer do século XXI: a globalização econômica, o Estado de Direito e a ordem mundial, a erosão da soberania do Estado nacional de Direito e a evolução do direito internacional, o Estado de Direito e as instituições da União Européia, a possibilidade de aplicar – e em que sentido – os princípios do Estado de Direito às relações entre os Estados, as novas instituições judiciárias internacionais, o nexo entre Estado de Direito, "governo da lei" e "governo dos juízes", e, portanto, o tema da cultura jurídica e da formação dos juízes.

1. História do Estado de Direito

BABINGTON, A. *The Rule of Law in Britain from the Roman Occupation to the Present Day*, Barry Rose, Chichester, 1978.

BACOT, G. *Carré de Malberg et l'origine de la distinction entre souveraineté du peuple et souveraineté nationale*, CNRS, Paris, 1985.

BÄHR, O. von. *Der Rechtsstaat* [1864], Scientia, Aalen, 1961.

BARRET-KRIEGEL, B. *L'état et les esclaves*, Payot, Paris, 1989.

BATTAGLIA, F. *Ancora sullo "Stato di diritto"*, "Rivista internazionale di filosofia del diritto", 25 (1948).

BODDA, P. *Lo Stato di diritto*, Giuffrè, Milano, 1935.

BONGIOVANNI, G. *Reine Rechtslehre e dottrina giuridica dello Stato. H. Kelsen e la costituzione austriaca del 1920*, Giuffrè, Milano, 1998.

BURDEAU, F. *Histoire du droit administratif*, Presses Universitaires de France, Paris, 1995.

CARISTIA, C. *Venture e avventure di una formula: "Rechtsstaat"*, "Rivista di diritto pubblico", I (1934).

CASSESE, S. *Albert Venn Dicey e il diritto amministrativo*, "Quaderni fiorentini per la storia del pensiero giuridico moderno", 19 (1990).

CASSESE, S. *La ricezione di Dicey in Italia e in Francia. Contributo allo studio del mito dell'amministrazione senza diritto amministrativo*, "Materiali per una storia della cultura giuridica", 25 (1995), 1.

CLAVERO, B. *Derecho indígena y cultura constitucional en América*, Siglo XXI, México, 1994.

CLAVERO, B. *Imperio de la ley y rule of law: léxico jurídico y tópica constitucional*, "Quaderni fiorentini per la storia del pensiero giuridico moderno", 25 (1996).

CORDERO TORRES, J. M. *Tratado elemental de derecho colonial español*, Editora Nacional, Madrid, 1941.

COSGROVE, R. A. *The Rule of Law: Albert Venn Dicey, Victorian Jurist*, Macmillan, London, 1980.

COSTA, P. *Lo Stato immaginario. Metafore e paradigmi nella cultura giuridica italiana fra Ottocento e Novecento*, Giuffrè, Milano, 1986.

——. *Civitas. Storia della cittadinanza in Europa*, 4 volumes, Laterza, Roma-Bari, 1999-2001.

DUGUIT, L. *Traité de droit constitutionnel*, E. de Boccard, Paris, 1927.

FIORAVANTI, M. *Appunti di storia delle costituzioni moderne*, I: *Le libertà: presupposti culturali e modelli storici*, Giappichelli, Torino, 1991.

——. *Costituzione*, il Mulino, Bologna, 1999.

——. *Costituzione e Stato di diritto*, in *La scienza del diritto pubblico. Dottrine dello Stato e della costituzione tra Otto e Novecento*, Giuffrè, Milano, 2001.

FORD, T. H. *Albert Venn Dicey*, Barry Rose, Chichester, 1985.

GERBER, C. F. W. von, *Grundzüge des deutschen Staatsrechts* [1865], Olms-Weidmann, Hildesheim-Zürich-New York, 1998.

GOZZI, G. *Democrazia e diritti. Germania: dallo Stato di diritto alla democrazia costituzionale*, Laterza, Roma-Bari, 1999.

——, GHERARDI, R. (organizado por). *Saperi della borghesia e storia dei concetti fra Otto e Novecento*, il Mulino, Bologna, 1995.

HAURIOU, M. *Précis de droit constitutionnel*, Sirey, Paris, 1929.

HEARN, W. E., *The Government of England. Its Structure and its Development*, Longmans, London, 1866.

HOBSON, C. F. *The Great Chief Justice. John Marshall and the Rule of Law*, Kansas University Press, Lawrence, 1996.

JELLINEK, G. *Allgemeine Staatslehre*, Häring, Berlin, 1905.

——. *Die rechtliche Natur der Staatsverträge*, Hölder, Wien, 1880.

——. *System der subjektiven öffentlichen Rechts* [1892], Mohr, Tübingen, 1905.

JHERING, R. von. *Der Zweck im Recht*, Breitkopf und Härtel, Leipzig, 1923.

JOUANNET, E. *Emer de Vattel et l'émergence doctrinale du droit international classique*, Pédone, Paris, 1998.

KAHN, P. W. *The Reign of Law. Marbury v. Madison and the Construction of America*, Yale University Press, New Haven (Ct), 1997.

KOELLREUTTER, O. *Der nationale Rechtsstaat*, "Deutsche Juristen-Zeitung", 38 (1933).

——. *Grundriss der allgemeinen Staatslehre*, Mohr, Tübingen, 1933.

LABAND, P. *Das Staatsrecht des deutschen Reiches* [1876], Scientia, Aalen, 1964.

LAMBERT, E. *Le gouvernement des juges et la lutte contre la législation sociale aux Etats-Unis*, Giard, Paris, 1921.

LANCHESTER, F. Staff, I. (organizado por). *Lo Stato di diritto democratico dopo il fascismo ed il nazionalsocialismo*, Giuffrè-Nomos Verlag, Milano-Baden Baden, 1999.

MANN, K., Roberts, R. (organizado por). *Law in Colonial Africa*, Heinemann, London, 1991.

MANNONI, S. *Potenza e ragione. La scienza del diritto internazionale nella crisi dell'equilibrio europeo (1870-1914)*, Giuffrè, Milano, 1999.

MCILWAIN, C. H. *Constitutionalism and the Changing World*, Cambridge University Press, London, 1939.

——. *Constitutionalism: Ancient and Modern*, Cornell University Press, Ithaca (N.Y.), 1947.

MERKL, A. *Idee und Gestalt der politischen Freheit*, in *Demokratie und Rechtsstaat. Festgabe zum 60. Geburtstag von Zaccaria Giacometti*, Polygraphischer Verlag A.G., Zürich, 1953.

MERKL, A. *Il duplice volto del diritto*, Giuffrè, Milano, 1987.

MOHL, R. von. *Die Polizeiwissenschaft nach den Grundsätzen des Rechtsstaates*, 3 volumes, Laupp, Tübingen, 1832-34.

PANUNZIO, S., *Lo Stato di diritto*, Il Solco, Città di Castello, 1921.

POCOCK, J. G. A. *The Ancient Constitution and the Feudal Law. English Historical Thought in the Seventeenth Century*, Cambridge University Press, Cambridge, 1987.

RADBRUCH, G. *Der Geist des englischen Rechts*, Vanderhoeck und Ruprecht, Göttingen, 1946.

RAIT, R. S. (organizado por). *Memorials of Albert Venn Dicey*, Macmillan, London, 1925.

RAYNAUD, P. *Des droits de l'homme a l'état de droit. Les droits de l'homme et leurs garanties chez les théoriciens français classiques du droit public*, "Droits", 2 (1985).

REDOR, M.-J. *De l'État légal à l'État de droit. L'évolution des conceptions de la doctrine publiciste française 1879-1914*, Economica, Paris, 1992.

ROMANO, S. *Corso di diritto coloniale*, Athenaeum, Roma, 1918.
SANDOZ, E. (organizado por). *The Roots of Liberty*, Missouri University Press, Columbia-London, 1992.
SORDI, B. *Tra Weimar e Vienna. Amministrazione pubblica e teoria giuridica nel primo dopoguerra*, Giuffrè, Milano, 1987.
——. *Un diritto amministrativo per le democrazie degli anni Venti. La "Verwaltung" nella riflessione della "Wiener Rechtstheoretische Schule"*, in G. Gozzi, P. Schiera (organizado por), *Crisi istituzionale e teoria dello Stato in Germania dopo la Prima guerra mondiale*, il Mulino, Bologna, 1987.
STAHL, F. J. *Die Philosophie des Rechts* [1878], Olms, Hildesheim, 1963.
STEIN, L. von. *Rechtsstaat und Verwaltungsrechtspflege*, "Zeitschrift für das privat- und öffentlichen Recht der Gegenwart", 6 (1879).
STOLLEIS, M. *Geschichte des öffentlichen Rechts in Deutschland*, Beck, München, 1992-1999.
——. *Rechtsstaat*, in A. Erler, E. Kaufmann (organizado por). *Handwörterbuch zur deutscher Rechtsgeschichte*, IV, Schmidt, Berlin, 1990.
THOMA, R. *Rechtsstaatsidee und Verwaltungsrechtswissenschaft*, in "Jahrbuch des öffentlichen Rechts der Gegenwart", 4 (1910).
VERDU, P. L. *La lucha por el Estado de derecho*, Real Colegio de España, Bologna, 1975.
VILLEY, M. *La formation de la pensée juridique moderne*, Montchrestien, Paris, 1975. [Trad. bras. *A formação do pensamento jurídico moderno*, São Paulo, Martins Fontes, em preparação.]
WADE, E. C. S. *Introduction*, in A. V. Dicey. *Introduction to the Study of the Law of the Constitution*, Macmillan, London, 1960.
WILLIAMS, R. A. Jr. *The American Indian in Western Legal Thought. The Discourses of Conquest*, Oxford University Press, Oxford, 1990.
ZIADEH, F. *Lawyers, the Rule of Law and Liberalism in Modern Egypt*, Hoover Institution, Stanford, 1968.
ZIMMERN, A. E. *The League of Nations and the Rule of Law, 1918-1935*, Russell & Russell, New York, 1969.

2. Teoria do Estado de Direito

ACKERMAN, B. *We the People*, I: *Foundations*, Harvard University Press, Cambridge (Mass.), 1991.
——. *We the People*. II: *Transformations*, Harvard University Press, Cambridge (Mass.), 1998.

AGRESTO, J. *The Supreme Court and Constitutional Democracy*, Cornell University Press, Ithaca, 1984.

ALLAN, J. *Bills of Rights and Judicial Power. A Liberal's Quandary*, "Oxford Journal of Legal Studies", 16 (1996), 2.

ALLAN, T. R. S. *Dworkin and Dicey: The Rule of Law as Integrity*, "Oxford Journal of Legal Studies", 8 (1988), 2.

——. *Law, Liberty, and Justice*, Oxford University Press, Oxford, 1995.

ALLEN, C. K. *Law in the Making*, Clarendon Press, Oxford, 1964.

ALLEN, F. A. *The Habits of Legality*, Oxford University Press, Oxford, 1996.

AMATO, S. *Lo Stato di diritto: l'immagine e l'allegoria*, "Rivista internazionale di filosofia del diritto", 68 (1991).

ARTHURS, H. W. *Rethinking Administrative Law: A Slightly Dicey Business*, "Osgoode Hall Law Journal", 17 (1979), 1.

——. *Without the Law*, Toronto University Press, Toronto, 1985.

BACCELLI, L. *Il particolarismo dei diritti. Poteri degli individui e paradossi dell'individualismo*, Carocci, Roma, 1999.

BANKOWSKI, Z. *Ambiguities of the Rule of Law*, in H. Jung, H. Müller-Dietz, U. Neumann (organizado por). *Recht und Moral*, Nomos, Baden-Baden, 1991.

BARBALET, J. M. *Citizenship*, Open University Press, Milton Keynes, 1988.

BARBERA, A. (organizado por). *Le basi filosofiche del costituzionalismo*, Laterza, Roma-Bari, 1997.

BARNETT, R. E. *The Structure of Liberty*, Clarendon Press, Oxford, 1998.

BELLAMY, R. P. (organizado por). *Constitutionalism, Democracy and Sovereignty. American and European Perspectives*, Avebury, Aldershot, 1996.

——. *Liberalism and Pluralism. Towards a Politics of Compromise*, Routledge, London, 1999.

——. Castiglione, D. (organizado por). *Constitutionalism in Transformation*, Blackwell, Oxford, 1996.

BERLIN, I. *Four Essays on Liberty*, Oxford University Press, Oxford, 1969.

BOBBIO, N. *Il futuro della democrazia*, Einaudi, Torino, 1984.

——. *L'età dei diritti*, Einaudi, Torino, 1992.

BÖCKENFÖRDE, E.-W. *Entstehung und Wandel des Rechtsstaatsbegriffs*, in *Staat, Gesellschaft, Freiheit. Studien zur Staatstheorie und zum Verfassungsrecht*, Suhrkamp, Frankfurt a.M., 1976.

——. *Staat, Verfassung, Demokratie*, Suhrkamp, Frankfurt a.M., 1991.
CARRINO, A. *Ideologia e coscienza. Critical Legal Studies*, E.S.I., Napoli, 1992.
——. *Roberto Unger e i 'Critical Legal Studies': scetticismo e diritto*, in G. Zanetti (organizado por). *Filosofi del diritto contemporanei*, Cortina, Milano, 1999.
CHEVALLIER, J. *L'État de droit*, Montchrestien, Paris, 1999.
COLEMAN, J. *On the Relationship between Law and Morality*, "Ratio Juris", 2 (1989), 1.
CRAIG, P. P. *Formal and Substantive Conceptions of the Rule of Law*, "Diritto pubblico", 1 (1995), 1.
——. *Public Law and Democracy in the United Kingdom and the United States of America*, Clarendon Press, Oxford, 1990.
DE Q. WALKER, G. *The Rule of Law*, Melbourne University Press, Melbourne, 1989.
DICEY, A. V. *Introduction to the Study of the Law of the Constitution*, Liberty Fund, Indianapolis, 1982.
——. *Lectures on the Relation between Law and Public Opinion in England during the Nineteenth Century*, Macmillan, London, 1914.
DOGLIANI, M. *Introduzione al diritto costituzionale*, il Mulino, Bologna, 1994.
DWORKIN, R. M. *A Matter of Principle*, Harvard University Press, Cambridge (Mass.), 1985. [Trad. bras. *Uma questão de princípio*, São Paulo, Martins Fontes, 2ª ed., 2005.]
——. *Constitutionalism and Democracy*, "European Journal of Philosophy", 3 (1995).
——. *Freedom's Law. The Moral Reading of the American Constitution*, Harvard University Press, Cambridge (Mass.), 1996. [Trad. bras. *O direito da liberdade*, São Paulo, Martins Fontes, 2006.]
——. *Law's Empire*, Harvard University Press, Cambridge (Mass.), 1986. [Trad. bras. *O império do direito*, São Paulo, Martins Fontes, 1999.]
——. *Taking Rights Seriously*, Duckworth, London, 1977. [Trad. bras. *Levando os direitos a sério*, São Paulo, Martins Fontes, 2002.]
DYZENHAUS, D. *Hard Cases in Wicked Legal Systems: South Africa Law in the Perspective of Legal Philosophy*, Clarendon Press, Oxford, 1991.
——. *Legality and Legitimacy*, Clarendon Press, Oxford, 1997.
—— (organizado por). *Recrafting the Rule of Law*, Hart Publishing, Oxford, 1999.
ELKIN, S. L., Soltan, K. E. *A New Constitutionalism*, Chicago University Press, Chicago, 1993.

ELSTER, J., Slagstad, R. (organizado por). *Constitutionalism and Democracy: Studies in Rationality and Social Change*, Cambridge University Press, Cambridge, 1988.

ELY, J. *Democracy and Distrust: A Theory of Judicial Review*, Harvard University Press, Cambridge (Mass.), 1980.

FACCHI, A. *Il pensiero femminista sul diritto: un percorso da Carol Gilligan a Tove Stang Dahl*, in G. Zanetti (organizado por). *Filosofi del diritto contemporanei*, Cortina, Milano, 1999.

FASSO, G. *Stato di diritto e Stato di giustizia*, in R. Orecchia (organizado por). *Atti del VI Congresso nazionale di filosofia del diritto*, I, Giuffrè, Milano, 1963.

FAVOREU, L. *De la démocratie à l'État de droit*, "Le Débat", 64 (1991).

FERRAJOLI, L. *Diritto e ragione. Teoria del garantismo penale* [1989], Laterza, Roma-Bari, 2000.

——. *Diritti fondamentali*, organizado por E. Vitale, Laterza, Roma-Bari, 2001.

——. *La sovranità nel mondo moderno. Nascita e crisi dello Stato nazionale*, Anabasi, Milano, 1995. [Trad. bras. *A soberania do mundo moderno*, São Paulo, Martins Fontes, 2002.]

FINE, B. *Democracy and the Rule of Law*, Pluto Press, London, 1984.

FINNIS, J. *Natural Law and Natural Rights*, Clarendon, Oxford, 1980.

FINNIS, J. M. *Law as Coordination*, "Ratio Juris", 2 (1989), 1.

FORSTHOFF, E. *Rechtsstaat im Wandel*, Kohlhammer, Stuttgart, 1964.

——. (organizado por). *Rechtsstaatlichkeit und Sozialstaatlichkeit. Aufsätze und Essays*, Wissenschaftliche Buchgesellschaft, Darmstadt, 1968.

FRIEDMAN, R. B. *Oakeshott on the Authority of Law*, "Ratio Juris", 2 (1989), 1.

FRIEDRICH, C. J. *Constitutional Government and Democracy*, Ginn & Co., Boston, 1950.

FULLER, L. L. *The Morality of Law*, Yale University Press, New Haven (Ct), 1969.

FULLER, T. *Friedrich Hayek's Moral Science*, "Ratio Juris", 2 (1989), 1.

GALLI, C. *Genealogia della politica. Carl Schmitt e la crisi del pensiero politico moderno*, il Mulino, Bologna, 1996.

GEUNA, M. *La tradizione repubblicana e i suoi interpreti: famiglie teoriche e discontinuità concettuali*, "Filosofia politica", 12 (1998), 1.

GOODHART, A. L. *The Rule of Law and Absolute Sovereignty*, "University of Pennsylvania Law Review", 106 (1958), 7.

GOZZI, G. (organizado por). *Democrazia, diritti, costituzione*, il Mulino, Bologna, 1997.

GRAZIOSI, M. *Infirmitas sexus. La donna nell'immaginario penalistico,* "Democrazia e diritto", 33 (1993), 2.
GRIFFIN, S. M. *American Constitutionalism,* Princeton University Press, Princeton, 1996.
GRIMM, D. *Reformalisierung des Rechtsstaats als Demokratiepostulat?,* "JuS", 10 (1980).
——. *Die Zukunft der Verfassung,* Suhrkamp, Frankfurt a.M., 1991.
GUASTINI, R. *Diritto mite, diritto incerto,* "Materiali per una storia della cultura giuridica", 1996, 2.
GUTMANN, A., Thompson, D. *Democracy and Disagreement,* Harvard University Press, Cambridge (Mass.), 1996.
HABERMAS, J. *Faktizität und Geltung,* Suhrkamp, Frankfurt a.M., 1992.
——. J. *Die Einbeziehung des Anderen,* Suhrkamp, Frankfurt a.M., 1999.
——. J. *Stato di diritto e democrazia: nesso paradossale di principi contraddittori?,* "Teoria politica", 16 (2000), 3.
HARDEN, I., Lewis, N. *The Noble Lie,* Hutchinson, London, 1986.
HASE, F., Ladeur, K.-H., Ridder, H. *Nochmals: Reformalisierung des Rechtsstaats als Demokratiepostulat?,* 'JuS', 11 (1981).
HAYEK, F. A. *Law, Legislation and Liberty,* Routledge, London, 1973-9.
——. A*The Constitution of Liberty,* Routledge & Kegan Paul, London, 1960.
HELLER, H. *Gesammelte Schriften,* II, *Recht, Staat, Macht,* Sijthoff, Leiden, 1971.
——. *Stato di diritto o dittatura? e altri scritti,* Editoriale Scientifica, Napoli, 1998.
HOFMANN, H. *Geschichtlichkeit und Universalitätsanspruch des Rechtsstaats,* "Archiv für Rechts-und Sozialphilosophie", Beiheft 65, Franz Steiner, Stuttgart, 1996.
HORWITZ, M. J., *The Rule of Law: An Unqualified Human Good?,* "The Yale Law Journal", 86 (1977).
——. *Why is Anglo-American Jurisprudence Unhistorical?,* "Oxford Journal of Legal Studies", 17 (1997).
HUGHES, J. C. *The Federal Courts, Politics, and the Rule of Law,* HarperCollins, New York, 1995.
HUTCHINSON, A. C. Monahan, P. (organizado por). *The Rule of Law. Ideal or Ideology,* Carswell, Toronto, 1987.
JENNINGS, I. *The British Constitution,* Cambridge University Press, Cambridge, 1966.
——. *The Law and the Constitution,* London University Press, London, 1967.
JOWELL, J. L. *Law and Bureaucracy,* Dunellen, New York, 1975.

——, OLIVER, D. (organizado por). *The Changing Constitution*, Clarendon Press, Oxford, 1994.

KÄGI, W. *Rechtsstaat und Demokratie*, in *Demokratie und Rechtsstaat. Festgabe zum 60. Geburtstag von Zaccaria Giacometti*, Polygraphischer Verlag AG, Zürich, 1953.

KANT, I., *Scritti politici e di filosofia della storia e del diritto*, organizado por N. Bobbio, L. Firpo, V. Mathieu, Utet, Torino, 1956.

KAUFMANN, E. *Critica della filosofia neokantiana del diritto*, organizado por A. Carrino, E.S.I., Napoli, 1992.

KELSEN, H. *Das Problem der Souveränität und die Theorie des Völkerrechts. Beitrag zu einer Reinen Rechtslehre*, Mohr, Tübingen, 1920.

——. *Das Verhältnis von Staat und Recht im Lichte der Erkenntniskritik*, "Zeitschrift für öffentliches Recht", 2 (1921).

——. *Die Lehre von der drei Gewalten oder Funktionen des Staates*, "Archiv für Rechts- und Wirtschaftsphilosophie", 17 (1923-1924).

——. *Dio e Stato. La giurisprudenza come scienza dello spirito*, organizado por A. Carrino, E.S.I., Napoli, 1988.

——. *General Theory of Law and State*, Harvard University Press, Cambridge, 1945. [Trad. bras. *Teoria do direito e do Estado*, São Paulo, Martins Fontes, 3.ª ed., 1998.]

——. *Hauptprobleme der Staatsrechtslehre* [1911], Scientia, Aalen, 1960.

——. *La giustizia costituzionale*, organizado por G. Geraci, Giuffrè, Milano, 1981. [Trad. bras. *Jurisdição constitucional*, São Paulo, Martins Fontes, 2003.]

——. *Vom Wesen und Wert der Demokratie*, Mohr, Tübingen, 1929.

KENNEDY, D. *A Critique of Adjudication*, Harvard University Press, Cambridge (Mass.), 1998.

KIRCHHEIMER, O. *Social Democracy and the Rule of Law*, Allen & Unwin, London, 1987.

KUNIG, P. *Das Rechtsstaatsprinzip*, Mohr Siebeck, Tübingen, 1986.

LA TORRE, M. *Disavventure del diritto soggettivo. Una vicenda teorica*, Giuffrè, Milano, 1996.

LAWSON, F. H. *Dicey Revisited*, "Political Studies", 7 (1959), 2.

LEISER, B. M. *Values in Conflict*, Macmillan, New York, 1981.

LEONI, B. *Freedom and the Law*, Liberty Fund, Indianapolis, 1991.

——. *Le pretese ed i poteri: le radici individuali del potere e della politica*, organizado por M. Stoppino, Società Aperta, Milano, 1997.

LETWIN, S. R. *Morality and Law*, "Ratio Juris", 2 (1989), 1.

LOMBARDI, L. *Saggio sul diritto giurisprudenziale*, Giuffrè, Milano, 1975.

LOPEZ DE OÑATE, F. *La certezza del diritto*, Giuffrè, Milano, 1968.

LORD HEWART OF BURY, *The New Despotism*, Ernest Benn, London, 1945.

LUHMANN, N. *Gesellschaftliche und politische Bedingungen des Rechtsstaates*, in id., *Politische Planung*, Opladen, Westdeutscher Verlag, 1971.

MACCORMICK, D. N. *Der Rechtsstaat und die rule of law*, "Juristen Zeitung", 39 (1984).

——. *Spontaneous Order and the Rule of Law: Some Problems*, "Ratio Juris", 2 (1989), 1.

MARSH, N. S. *The Rule of Law as a Supra-national Concept*, in A. G. Guest (organizado por). *Oxford Essays in Jurisprudence*, Oxford University Press, Oxford, 1961.

MATHEWS, A. S. *Freedom, State Security and the Rule of Law*, Sweet & Maxwell, London, 1988.

MATTEUCCI, N. *Organizzazione del potere e libertà*, Utet, Torino, 1976.

——. *Positivismo giuridico e costituzionalismo*, il Mulino, Bologna, 1996.

MCAUSLAN, P., McEldowney, J. F. *Law, Legitimacy and the Constitution. Essays Marking the Centenary of Dicey's Law of the Constitution*, Sweet & Maxwell, London, 1985.

MICHELMAN, F. I. *Law's Republic*, "The Yale Law Journal", 97 (1988), 8.

MONTANARI, B. (organizado por), *Stato di diritto e trasformazione della politica*, Giappichelli, Torino, 1992.

MÜLLER, C., Staff, I. (organizado por). *Der soziale Rechtsstaat*, Nomos, Baden-Baden, 1984.

MÜNCH, I. von. *Rechtsstaat versus Gerechtigkeit?*, "Der Staat", 33 (1994), 2.

NEUMANN, F. *Die Herrschaft des Gesetzes*, Suhrkamp, Frankfurt a.M., 1980.

——. *The Rule of Law. Political Theory and the Legal System in Modern Society* (1935), Berg, Leamington, 1986.

NOSKE, H. (organizado por). *Der Rechtsstaat am Ende? Analyse, Standpunkte, Perspektiven*, Olzog, München, 1995.

OAKESHOTT, M. *The Rule of Law*, in *On History and Other Essays*, Blackwell, Oxford, 1983.

PALOMBELLA, G. *I limiti del diritto mite*, "Democrazia e diritto" (1994), 4.

——. *Costituzione e sovranità. Il senso della democrazia costituzionale*, Dedalo, Bari, 1997.

PAULSON, S. L. *Teorie giuridiche e Rule of Law*, in P. Comanducci, R. Guastini (organizado por). *Analisi e diritto 1992*, Giappichelli, Torino, 1992.

PETTIT, P. *Republicanism. A Theory of Freedom and Government*, Clarendon Press, Oxford, 1997.

POCOCK, J. G. A. *The Machiavellian Moment: Florentine Political Thought and the Atlantic Republican Tradition*, Princeton University Press, Princeton, 1975.

PORTINARO, P. P. *Il realismo politico*, Laterza, Roma-Bari, 1999.

POSNER, R. A. *Economic Analysis of Law*, Little, Brown & Co., Boston, 1992.

PRETEROSSI, G. *Carl Schmitt e la tradizione moderna*, Laterza, Roma-Bari, 1996.

PREUß, U. K. *Zum Begriff der Verfassung*, Fischer, Frankfurt a.M., 1994.

RAWLS, J. *Political Liberalism*, Harvard University Press, Cambridge (Mass.), 1993.

RAZ, J. *The Rule of Law and Its Virtue*, in *The Authority of Law. Essays on Law and Morality*, Clarendon Press, Oxford, 1979.

——. *The Politics of the Rule of Law*, "Ratio Juris", 3 (1990), 3.

REYNOLDS, Noel B. *Grounding the Rule of Law*, "Ratio Juris", 2 (1989), 1.

——. *Law as Convention*, "Ratio Juris", 2 (1989), 1.

RORTY, R. *Human Rights, Rationality, and Sentimentality*, in S. Shute, S. Hurley (organizado por). *On Human Rights. Oxford Amnesty Lectures, 1993*, Basic Books, New York.

ROSENFELD, M., Arato, A. (organizado por). *Habermas on Law and Democracy*, California University Press, Berkeley, 1998.

ROSS, A. *On Law and Justice*, Steven & Sons, London, 1958.

RUSCONI, G. E. *Quale "democrazia costituzionale"? La Corte federale nella politica tedesca e il problema della costituzione europea*, "Rivista italiana di scienza politica", 27 (1997), 2.

SANTORO, E. *Autonomia individuale, libertà e diritti. Una critica dell'antropologia liberale*, E.T.S., Pisa, 1999.

——. *Common law e costituzione nell'Inghilterra moderna. Introduzione al pensiero di Albert Venn Dicey*, Giappichelli, Torino, 1999.

SCALIA, A. *The Rule of Law as a Law of Rules*, "Harvard Law School", 56 (1989), 4.

SCHEUERMAN, W. E. *Between the Norm and the Exception*, Mit Press, Cambridge (Ma), 1994.

—— (organizado por). *The Rule of Law under Siege*, California University Press, Berkeley, 1996.

SCHMIDT-ASSMANN, E. *Der Rechtsstaat,* in J. Isensee, P. Kirchhof (organizado por). *Handbuch des Staatsrechts,* Müller, Heidelberg, 1995.

SCHMITT, C. *Der bürgerliche Rechtsstaat,* "Die Schildgenossen" (1928), 2.

——. *Der Hüter der Verfassung,* Duncker & Humblot, Berlin, 1931.

——. *Der Rechtsstaat,* in H. Frank (organizado por). *Nationalsozialistisches Handbuch für Recht und Gesetzgebung,* Nsdap, München, 1935.

——. *Le categorie del politico,* il Mulino, Bologna, 1972.

——. *Nationalsozialismus und Rechtsstaat,* "Juristische Wochenschrift", 63 (1934).

——. *Verfassungslehre,* Duncker und Humblot, Berlin, 1928.

——. *Was bedeutet der Streit um den "Rechtsstaat"?* [1935], in *Staat, Großraum, Nomos. Arbeiten aus den Jahren 1916-1969,* organizado por G. Maschke, Duncker und Humblot, Berlin, 1995.

SHAPIRO, I. (organizado por). *The Rule of Law (Nomos 36),* New York University Press, New York, 1994.

SKINNER, Q. *Liberty before Liberalism,* Cambridge University Press, Cambridge, 1998.

SOBOTA, K. *Das Prinzip Rechtsstaat. Verfassungs- und verwaltungsrechtliche Aspekte,* Mohr Siebeck, Tübingen, 1997.

SUGARMAN, D. *The Legal Boundaries of Liberty: Dicey, Liberalism and Legal Science,* "Modern Law Review", 46 (1983).

SUNSTEIN, C. R. *The Partial Constitution,* Harvard University Press, Cambridge (Mass.), 1993.

——. *Legal Reasoning and Political Conflict,* Oxford University Press, Oxford, 1996.

TOHIDIPUR, M. (organizado por). *Der bürgerliche Rechtsstaat,* Suhrkamp, Frankfurt a.M., 1978.

TREMBLAY, L. *The Rule of Law, Justice, and Interpretation,* McGill Queens University Press, Montréal, 1997.

TREVES, R. *Stato di diritto e Stato totalitario,* in *Studi in onore di G. M. De Francesco,* 2, Giuffrè, Milano, 1957.

——. *Considerazioni sullo Stato di diritto,* in *Studi in onore di E. Crosa,* Giuffrè, Milano, 1960.

TROPER, M. *Le concept d'État de droit,* "Droits", 15 (1992).

UNGER, R. M. *Law in Modern Society,* The Free Press, New York, 1976.

——. *The Critical Legal Studies Movement,* "Harvard Law Review", 3 (1983).

WALDRON, J. *The Rule of Law in Contemporary Liberal Theory,* "Ratio Juris", 2 (1989), 1.

——. *The Rule of Law*, in *The Law*, Routledge, London-New York, 1990.

WEBER, Max. *Wirtschaft und Gesellschaft*, Mohr, Tübingen, 1922.

WOLFF, R. P. (organizado por). *The Rule of Law*, Simon & Schuster, New York, 1971.

ZAGREBELSKY, G. *Il diritto mite*, Einaudi, Torino, 1992.

——. Portinaro, P. P., Luther, J. (organizado por). *Il futuro della Costituzione*, Einaudi, Torino, 1996.

ZOLO, D. *Il principato democratico*, Feltrinelli, Milano, 1992.

3. O futuro do Estado de Direito

ABU-SAHLIEH, A. Sami, A., *Les Musulmans face aux droits de l'homme: religion, droit, politique*, Winkler, Bochum, 1994.

ALPA, G. *L'arte di giudicare*, Laterza, Roma-Bari, 1996.

AN-NA'IM, A. A. *Toward an Islamic Reformation: Civil Liberties, Human Rights, and International Law*, Syracuse University Press, Syracuse, 1990.

AYUBI, N. *Political Islam: Religion and Politics in the Arab World*, Routledge, London, 1991.

BAXI, U. *The Crisis of the Indian Legal System*, Vikash, Delhi, 1982.

BELLAMY, R. P. Bufacchi, V., Castiglione, D. (organizado por). *Democracy and Constitutional Culture in the Union of Europe*, Lothian Foundation Press, London, 1995.

BROWN, N. J. *The Rule of Law in the Arab World*, Cambridge University Press, Cambridge, 1997.

BRUTI LIBERATI, E., Ceretti, A., Giasanti, A. (organizado por). *Governo dei giudici. La magistratura tra diritto e politica*, Feltrinelli, Milano, 1996.

BUTLER, W. E. *Perestroika and the Rule of Law*, Tauris, London, 1991.

CONRAD, D. *Rule of Law and Constitutional Problems of Personal Laws in India*, em S. Saberwal, H. Sievers (organizado por). *Rules, Laws, Constitutions*, Sage Publications, Delhi, 1998.

DELL'AQUILA, E. *Il diritto cinese*, Cedam, Padova, 1981.

FERRARESE, M. R. *Le istituzioni della globalizzazione. Diritto e diritti nella società transnazionale*, il Mulino, Bologna, 2000.

FINN, J. E. *Constitutions in Crisis*, Oxford University Press, New York, 1991.

FITZPATRICK, P. (organizado por). *Nationalism, Racism and the Rule of Law*, Dartmouth, Aldershot, 1995.

FRANCK, T. M. *Political Questions/Judicial Answers. Does the Rule of Law Apply to Foreign Affairs?*, Princeton University Press, Princeton (N.J.), 1992.

GALLINO, L. *Globalizzazione e disuguaglianze*, Laterza, Roma-Bari, 2000.

GARAPON, A. *Le gardien des promesses. Justice et démocratie*, Odile Jacob, Paris, 1996.

GOZZI, G. (organizado por). *Islam e democrazia*, il Mulino, Bologna, 1998.

HELD, D. *Democracy and the Global Order: From the Modern State to Cosmopolitan Governance*, Polity Press, Cambridge, 1995.

HIRST, P., Thompson, G. *Globalisation in Question: The International Economy and the Possibilities of Governance*, Polity Press, Cambridge, 1996.

HOLDEN, B. (organizado por). *Global Democracy. Key Debates*, Routledge, London, 2000.

KEITH, R. C. *China's Struggle for the Rule of Law*, Macmillan, London, 1994.

KOCHLER, H. (organizado por). *Democracy and the International Rule of Law*, Springer, Wien-New York, 1995.

LAWYERS COMMITTEE FOR HUMAN RIGHTS, *Beset by Contradictions. Islamization, Legal Reform and Human Rights in Sudan*, Lawyers Committee for Human Rights, New York, 1996.

MAYER, A. E. *Islam and Human Rights: Tradition and Politics*, Westview, Boulder (Co), 1991.

MCADAMS, A. J. (organizado por). *Transitional Justice and the Rule of Law in New Democracies*, Indiana University Press, Notre Dame, 1997.

MOORE, J. N. *Crisis in the Gulf. Enforcing the Rule of Law*, Oceana, New York, 1992.

MORAVCSIK, A. *Preferences and Power in the European Community: A Liberal Intergovernmentalist Approach*, "Journal of Common Market Studies", 31 (1993).

PALMIER, L. (organizado por). *State and Law in Eastern Asia*, Dartmouth, Aldershot, 1996.

PIZZORNO, A. *Il potere dei giudici. Stato democratico e controllo di virtù*, Laterza, Roma-Bari, 1998.

PRITCHARD, S. (organizado por). *Indigenous Peoples, United Nations and Human Rights*, Zed Books, London, 1998.

RODOTÀ, S. *Tecnologie e diritti*, il Mulino, Bologna, 1995.

SALVATORE, A. *La sharī'a moderne en quête de droit: raison transcendante, métanorme publique et système juridique*, "Droit et société", 39 (1998).

SCHMALE, W. (organizado por). *Human Rights and Cultural Diversity: Europe, Islamic World, Africa, China*, Keip, Goldbach, 1993.

TATE, N., VALLINDER, T. (organizado por). *The Global Expansion of Judicial Power*, New York University Press, New York, 1995.

TEUBNER, G. (organizado por). *Global Law without a State*, Dartmouth, Aldershot, 1996.

VARGA, C. *Transition to the Rule of Law*, Akaprint, Budapest, 1995.

ZOLO, D. *Chi dice umanità. Guerra, diritto e ordine globale*, Einaudi, Torino, 2000.

——. *Cosmopolis. La prospettiva del governo mondiale*, Feltrinelli, Milano, 1995.

——. *I signori della pace. Una critica del globalismo giuridico*, Carocci, Roma, 1998.

OS AUTORES

Tariq al-Bishri (Cairo, 1926) é vice-presidente do Conselho de Estado egípcio. Dedicou-se ao estudo de história egípcia e de história islâmica. Estudou recentemente o problema da relação entre a comunidade religiosa islâmica e a comunidade nacional egípcia. Entre as suas principais publicações: *Muslims and Copts within the National Community*, al-Shuruk, Cairo, 1983 (em árabe); *The Political Movement in Egypt, 1945-1952*, Dar al-Shuruk, Cairo, 1983 (em árabe); *The Contemporary Islamic Question: The Specific Character of Contemporaneity*, Dar al-Shuruk, Cairo, 1996 (em árabe).

Luca Baccelli (Lucca, 1960) é professor de Filosofia e Sociologia do Direito na Faculdade de Direito da Universidade de Pisa. Obteve o doutorado em Filosofia Política e estudou na Universidade de Sahrbrücken, na Universidade de Cambridge e na University of East Anglia. Entre as suas publicações: *Praxis e poiesis nella filosofia politica moderna*, Angeli, Milano, 1991; *Il particolarismo dei diritti*, Carocci, Roma, 1999; *Critica del repubblicanesimo*, Laterza, Roma-Bari, 2003.

Raja Bahlul (Abwein, Palestina, 1951) é professor de Filosofia na Birzeit University, Birzeit (Palestina) e na United Arab Emirates University (UAE). Dirige o curso de Master em Democracia e Direitos Humanos. É membro da Sociedade Filosófica Árabe e da American Philosophical Association. Seus interesses atuais dizem respeito à teoria política e social, à cultura islâmica e à filosofia clássica islâmica. Entre as suas publicações mais recentes: *People vs. God: The Logic of Divine Sovereignty in Islamic Democratic Discourse*, "Journal of Islam and Muslim-Christian Relations", 11 (3), 2000; *From Jihad to Peaceful Co-existence*, Ialiis Publications, Birzeit, 2003; *Democracy without Secularism?*, em J. Bunz (organizado por), *Islam, Judaism, and the Political Role of Religions in the Middle East*, University Press of Florida, Florida, 2004.

Richard Bellamy (Glasgow, 1957) é professor de Política na University College of London. É coordenador do Projeto da União Européia sobre a cidadania européia. Entre as suas numerosas publicações: *Modern Italian Social Theory*, Polity Press, Cambridge, 1987; *Liberalism and Modern Society*, Polity Press, Cambridge, 1992; *Rethinking Liberalism*, Pinter, London, 2000. Organizou os volumes: *Theories and Concepts of Politics*, Manchester University Press, Manchester, 1993; *Democracy and Constitutional Culture*, Lothian Foundation Press, London, 1995; *Constitutionalism, Democracy and Sovereignty*, Avebury, Aldershot, 1996.

Giorgio Bongiovanni (Mântua, 1956) é professor de Filosofia do Direito na Faculdade de Direito da Universidade de Bolonha. É editor-assistente de "Ratio Juris". Os seus atuais interesses de estudo dizem respeito à relação entre constitucionalismo e teoria do direito, história e teoria dos direitos, interpretação e argumentação jurídica. Entre as suas publicações: *Reine Rechtslehre e dottrina giuridica dello Stato. Hans Kelsen e la Costituzione austriaca del 1920*, Giuffrè, Milano, 1998; *Teorie 'costituzionalistiche' del diritto*, Clueb, Bologna, 2000.

Pei Cao (Sichuan, China, 1952) é professor-assistente de Direito da Faculdade Jurídica da City University de Hong Kong e foi professor convidado na Faculdade de Direito da Universidade Popular da China. Em 1995 obteve o Ph.D. em Direito na University College de Londres. Entre as suas publicações: *Chinese Legal History for Four-thousand Years (Zhonghua Fayuan Siqian Niana)*, Qunzhong Publishing House, Beijing, 1987; *Real*

Estate Law in China, Sweet & Maxwell Asia, Hong Kong, 1998; *Stading Trial: Law and the Person in the Modern Middle-East*, I. B. Tauris, London, 2004.

Brunella Casalini (Orbetello, 1963) é pesquisadora de Filosofia Política na Faculdade de Ciências Políticas da Universidade de Florença. Entre as suas publicações: *Antropologia, filosofia e politica in John Dewey*, Morano, Napoli, 1995; *American Citizenship Between Past and Future*, em R. Bellamy, et al. (organizado por), *Lineages of European Citizenship*, Palgrave, Houndmills-New York, 2004; *I rischi del 'materno'. Pensiero politico femminista e critica del patriarcalismo tra Sette e Ottocento*, Plus, Pisa, 2004.

Dario Castiglione (Palermo, 1952) é docente de Teoria Política na Universidade de Exeter (GB). Foi pesquisador visitante na Research School of Social Science (Anu, Canberra) em 1988 e pesquisador visitante na Zerp (Bremen) em 1995. Os seus principais interesses dizem respeito ao constitucionalismo, às teorias da democracia e da sociedade civil, à história da filosofia política moderna. Entre as suas publicações: *Public Reason, Private Citizenship*, em M. Passerin D'Entreves, U. Vogel (organizado por), *Public and Private: Legal, Political and Philosophical Perspectives*, Routledge, London, 2000; organizou os volumes (em colaboração com R. Bellamy): *Constitutionalism in Transformation*, Blackwell, Oxford, 1996; *The History of Political Thought in National Context*, Cambridge University Press, Cambridge, 2001.

Bartolomé Clavero (Madri, 1947) é professor de Historia del Derecho y de las Instituciones na Universidade de Sevilha. Coordena o grupo de pesquisa interuniversitário sobre Historia Cultural e Institucional del Constitucionalismo en España. Os seus atuais interesses dizem respeito à história constitucional comparada, à história do direito internacional e aos direitos dos povos indígenas na América. Entre as suas mais recentes publicações: *Tomás y Valiente: una biografía intelectual*, Giuffrè, Milano, 1996; *Happy Constitution. Cultura y lengua constitucionales*, Tecnos, Madrid, 1997; *Ama llunku, Abya Yala. Constituyencia in-*

dígena y código ladino por América, Centro de Estudios Políticos y Constitucionales, Madrid, 2000.

Pietro Costa (Florença, 1945) é professor de História do Direito na Faculdade de Direito da Universidade de Florença. Ensinou História do Direito Italiano nas universidades de Macerata e de Salerno. Faz parte da redação dos "Quaderni fiorentini per la storia del pensiero giuridico moderno" e do Conselho Científico de "Diritto Pubblico". Entre os seus numerosos escritos: *Il progetto giuridico*, Giuffrè, Milano, 1974; *Lo Stato immaginario*, Giuffrè, Milano, 1986; *La cittadinanza: un tentativo di ricostruzione "archeologica"*, em D. Zolo (organizado por), *La cittadinanza*, Laterza, Roma-Bari, 1994; *Civitas. Storia della cittadinanza in Europa*, vol. 4, Laterza, Roma-Bari, 1999-2001.

Baudouin Dupret (Jerusalém, 1965) é pesquisador do Centre National de la Recherche Scientifique (CNRS) francês. Trabalha atualmente no Institut Français du Proche-Orient, Damascus, Syria. Desenvolveu uma ampla pesquisa sociológica sobre o sistema jurídico egípcio. Entre as suas publicações: *Au nom de quel droit: répertoires juridiques et référence religieuse dans la société égyptienne musulmane contemporaine*, Maison des sciences de l'homme, Paris, 2000; (organizado por), *Egypt and Its Laws*, Kluwer Law International, The Hague, 2001; (organizado por), *Standing Trial: Law and the Person in the Modern Middle-East*, London, I. B. Tauris, 2004.

Alice Ehr-Soon Tay (Cingapura) foi desde 1975 Challis Professor of Jurisprudence na Universidade de Sydney e desde 1998 foi presidente da Human Rights and Equal Opportunities Commission da Austrália. Foi *solicitor* da Suprema Corte australiana e Ministro da Justiça, Presidente da International Association for Philosophy of Law and Social Philosophy e Diretora do Centre for Asian and Pacific Law. Foi Visiting Professor e Visiting Fellow nas universidades de numerosos países, entre os quais Canadá, Estados Unidos, China, Japão, Alemanha, Itália. Entre as suas diversas publicações: *Law and Social Control* (organizado por, em colaboração), Arnold, London, 1980; *Konstitutionalismus versus Legalismus* (organizado por, em colaboração), Steiner Verlag, Stuttgart, 1991. Foi co-organizadora da coleção *Asia-Pacific Law Handbook*, publicada pela Nomos Verlag, Baden-Baden, dedicada ao direito chinês.

Luigi Ferrajoli (Florença, 1940) é professor de Filosofia do Direito da Universidade de Roma 3. Entre 1967 e 1975 foi juiz e expoente de "Magistratura Democrática". Entre os seus diversos escritos: *Teoria assiomatizzata del diritto*, Giuffrè, Milano, 1970; *Democrazia autoritaria e capitalismo maturo*, em colaboração com D. Zolo, Feltrinelli, Milano, 1978; *Diritto e ragione. Teoria del garantismo penale*, Laterza, Roma-Bari, 1989; *La sovranità nel mondo moderno*, Laterza, Roma-Bari, 1997; *La cultura giuridica nell'Italia del Novecento*, Laterza, Roma-Bari, 1999; *Diritti fondamentali*, Laterza, Roma-Bari, 2001. As suas obras estão publicadas em numerosas edições estrangeiras, em particular em âmbito espanhol e latino-americano.

Ananta Kumar Giri (Jamalpur, Índia, 1965) é docente na Faculdade de Madras Institute of Development Studies, Chennai (Índia) e dedicou-se em particular ao estudo dos processos de transformação social e espiritual da Índia. Foi Visiting Fellow no International Social Science Institute da Universidade de Edimburgo e na International Institute of Asian Studies de Amsterdã. Entre os seus escritos: *Global Transformations: Postmodernity and Beyond*, Rawat Publications, Jaipur-New Delhi, 1998; *Values, Ethics and Business: Challenges for Education and Management*, Rawat Publications, Jaipur-New Delhi, 1998; *Conversations and Transformations: Towards a New Ethics of Self and Society*, Lexington Books, Lanham (Md) 2001; *Building in the Margins of Shacks: The Vision and Projects of Habitat for Humanity*, Orient Longman, New Delhi, 2001.

Gustavo Gozzi (Codigoro, 1947) é professor de História das Doutrinas Políticas na Faculdade de Ciências Políticas da Universidade de Bolonha. Os seus atuais interesses científicos dizem respeito à história do constitucionalismo, à teoria dos direitos subjetivos, à relação entre cidadania e democracia. Entre as sua publicações: *Linguaggio, Stato, lavoro. Jürgen Habermas: teoria e ideologia*, La Nuova Italia, Firenze, 1980; *Modelli politi-*

ci e questione sociale in Italia e in Germania tra Otto e Novecento, il Mulino, Bologna, 1988; *Democrazia e diritti. Germania: dallo Stato di diritto alla democrazia costituzionale*, Laterza, Roma-Bari, 1999; (organizado por) *Tradizioni culturali, sistemi giuridici e diritti umani nell'area del Mediterraneo*, il Mulino, Bologna, 2003; (organizado por) *Guerre e minoranze*, il Mulino, Bologna, 2004.

Alain Laquièze (Nice, 1965) foi Maître de Conférences em Direito Público na Université Panthéon-Assas, Paris II e atualmente é professor de Direito Público na Universidade de Angers (Fr) e *Chargé de mission* em ciências sociais e humanas no Ministério de Pesquisa da França. Colabora na publicação das *Oevres Complètes* de Benjamin Constant. Entre as suas publicações: *Les origines du régime parlementaire sous la Restauration et la Monarchie de Juillet (1814-1848)*, Presses Universitaires de France, Paris, 2001.

Zhenghui Li (Tianjin, China, 1973) é advogado na Law firm of Wilmer Cutler Pickering Hale & Dorr LLP, em Washington, D.C. (USA). Obteve o título de Juris Master pela Tsinghua University School of Law de Beijing, China, e o LL.M., da Universidade de Michigan. Como jurista prático e como pesquisador, ocupa-se de transações internacionais, comércio internacional e direitos do homem. Entre as suas publicações: *On Rule of Law and Spiritual Civilization*, China Press of Legal Systems, Beijing, 1997; *From Nihilism in Law to Rule of Law* (em colaboração), "Tsinghua University Journal of Social Sciences", 4 (1998).

Feng Lin (Xangai, China, 1965) é professor associado de Direito na Law School da City University de Hong Kong, onde é também diretor associado do Centro para o Direito chinês e para o Direito comparado. Foi pesquisador visitante na Universidade de Aix-Marseille, França, e nas universidades chinesas de Wuhan, Renmin e Zhejiang. Os seus atuais interesses de pesquisa dizem respeito ao direito constitucional e administrativo comparados e ao direito ambiental. Entre as suas publicações recentes: *Constitutional Law in China*, Sweet & Maxwell Asia, Hong Kong, 2000; *The Constitutional Crisis in Hong*

Kong. Is it over?, "Pacific Rim Law & Policy Journal", 9, (2000), 2; *Impact of the Basic Law upon Judicial Review in Hong Kong*, "Jurists' Review", 4 (2001), (em chinês).

Anna Loretoni (Narni, 1960) é pesquisadora na Escola Superior de Estudos Universitários e de Aperfeiçoamento Sant'Anna de Pisa (Itália). Obteve o título de Doutora em Filosofia Política na Universidade de Pisa. Entre as suas publicações: *Pace e progresso in Kant*, E.S.I., Napoli, 1996; *Interviste sull'Europa. Integrazione e identità nella globalizzazione*, Carocci, Roma, 2001; *The Emerging European Union: Identity, Citizenship, Rights*, E.T.S., Pisa, 2004.

Stefano Mannoni (Sondrio, 1966) é professor de História das Constituições Modernas na Faculdade de Direito da Universidade de Florença. Lecionou nas universidades de Pádua e de Florença. Os seus atuais interesses giram em torno do constitucionalismo na sua dimensão interna e internacional. Entre as suas publicações: *Une et indivisible. Storia dell'accentramento amministrativo in Francia*, vol. 2, Giuffrè, Milano, 1994-1996; *Potenza e ragione. La scienza del diritto internazionale nella crisi dell'equilibrio europeo*, Giuffrè, Milano, 1999.

Carlos Petit (Sevilha, 1955) foi professor de História do Direito na Universidad Autónoma de Barcelona e desde 1998 é docente da mesma disciplina na Universidad de Huelva (Andaluzia). Entre as suas publicações: *Absolutismo juridico y derecho comparado*, in VV.AA., *De la Ilustracion al liberalismo*, Centro de Estudios Constitucionales, Madrid, 1995; *Discurso sobre el discurso. Oralidad y escritura en la cultura jurídica de la España liberal*, Universidad de Huelva, Huelva, 2000. Organizou o volume: *Pasiones del jurista. Amor, memoria, melancolía, imaginación*, Centro de Estudios Constitucionales, Madrid, 1997.

Maria Chiara Pievatolo (Florença, 1963) é pesquisadora de Filosofia Política na Universidade de Pisa. É redatora da seção de Filosofia Política do "Site Web Italiano de Filosofia" (SWIF) e organizadora do Boletim telemático de Filosofia Política. Os seus interesses concentram-se sobre os temas de filosofia política e moral, antiga e moderna. Entre as suas publicações mais recentes: *La giustizia degli invisibili. L'identificazione del soggetto morale a ripartire da Kant*, Carocci, Roma, 1999, *I padroni del discorso. Platone e la libertà della conoscenza*, Plus, Pisa, 2003.

Pier Paolo Portinaro (Turim, 1953) é professor de Filosofia Política na Universidade de Turim. Já foi bolsista da Alexander von Humboldt-Stiftung, lecionou Ciências Políticas na Universidade de Breiburg e Sociologia na Universidade de Mainz. Os seus interesses estão voltados preponderantemente para a história das doutrinas políticas, para a teoria geral da política e para os problemas das sociedades contemporâneas. Entre os seus trabalhos: *Il Terzo. Una figura del politico*, Angeli, Milano, 1986; *La rondine, il topo e il castoro. Apologia del realismo politico*, Marsilio, Venezia, 1993; *Interesse nazionale e interesse globale*, Angeli, Milano, 1996; *Stato*, il Mulino, Bologna, 1999; *Il realismo politico*, Laterza, Roma-Bari, 1999; como organizador, *I concetti del male*, Einaudi, Torino, 2002.

Emilio Santoro (Parma, 1963) é professor de Sociologia do Direito na Faculdade de Direito da Universidade de Florença. Foi Visiting Fellow na School of Economic and Social Studies della University of East Anglia. É diretor de *L'altro diritto*, centro de documentação sobre cárcere, desvio e marginalidade. Entre as suas publicações: *Le antinomie della cittadinanza*, in D. Zolo (organizado por), *La cittadinanza*, Laterza, Roma-Bari, 1994; *Carcere e società liberale*, Giappichelli, Torino, 1997; *Autonomia individuale, libertà e diritti*, ETS, Pisa, 1999; *Common law e costituzione nell'Inghilterra moderna*, Giappichelli, Torino, 1999; *Autonomy, Freedom and Rights*, Kluwer, Dordrecht, 2003; *Estado de Direito e interpretação*, Editora Livraria do Advogado, Porto Alegre, 2005.

Francesco Paolo Vertova (Florença, 1963) obteve o título de doutor em Filosofia Política na Universidade de Pisa e foi titular de uma bolsa de pós-doutorado junto ao Departamento de Teoria e História do Direito da Universidade de Florença. Em 1992-1993 foi *Visiting Fellow* na School of Economic and Social Studies da University of East Anglia. Entre os seus escritos: *Liberalismo e neutralità in Ronald Dworkin*, "Iride", 3 (1991), 6; *Cittadinanza liberale, identità collettive e diritti sociali*, em D. Zolo (organizado por), *La cittadinanza*, Laterza, Roma-Bari, 1999.

Zhenmin Wang (Henan, China, 1966) é professor na Escola Jurídica da Universidade Tsinghua de Beijing, China. Foi pesquisador na Faculty of Law da University of Hong Kong e vice-diretor da Escola Jurídica da Universidade Tsinghua. É membro da Associação Jurídica chinesa e da Associação chinesa para o direito constitucional. Foi pesquisador visitante na Law School da Melbourne University. Entre as suas publicações: *Democratic Crisis and its Rebirth*, Southwest Financial and Economic University Press, Chengdu, 1994 (em colaboração); *On the Relationship between the Legal Education and the Legal Profession in China*, "China Journal of Legal Science", 6 (1996); *The Foundations of Chinese Law*, Tsinghua University Press, Beijing, 2000 (em colaboração); *The Central-Hong Kong and Macau SARs Relationship and Rule of Law in China*, Tsinghua University Press, Beijing, 2002; *Constitutional Rewiew in China*, China University of Political Science and Law Press, Beijing, 2004.

Shu-chen Wu (Beijing, China, 1949) é professor de Direito da Escola Jurídica na Universidade de Beijing e, desde 1997, Judge Senior e vice-presidente da Segunda Corte Popular de Beijing. Entre 1991 e 1992 foi professor associado na Escola Jurídica da Universidade de Beijing. Em 1990 foi pesquisador visitante na Universidade de Hosei (Japão) e em 1999 na Universidade de Waseda (Japão). É vice-presidente da Associação Chinesa para os Estudos de Direito Comparado e presidente da Associação Chinesa para a História do Pensamento Jurídico. Os seus interesses de pesquisa dizem respeito à história do pensamento jurídico chinês e à cultura jurídica tradicional da China. Entre as suas publicações mais recentes: *The Traditional Culture of Law in China*, Press of Beijing University, Beijing, 1994 (em chinês); *The Collection of Wu Shu-chen's Publications on Law*, Press of Guang-Ming Daily, Beijing, 1998 (em chinês).

Danilo Zolo (Rijeka, Croácia, 1936) é professor de Filosofia do Direito e de Filosofia do Direito International na Faculdade de Direito de Florença. Foi Visiting Fellow nas Universidades de Cambridge, Pittsburgh, Harvard e Princeton. Em 1993 foi-lhe atribuída a Jemolo Fellowship na Nuffield College de Oxford. Ministrou cursos em universidades da Argentina, Brasil, México e Colômbia. Coordena o centro Jura Gentium, *Center for Philosophy of International Law and Global Politics* e o site Web homônimo. Entre os seus escritos mais recentes: *Reflexive Epistemology*, Kluwer, Boston, 1989; *Democracy and Complexity*, Polity Press, Cambridge, 1992 (edição italiana: *Il principato democratico*, Feltrinelli, Milano, 1992); (organizado por), *La cittadinanza*, Laterza, Roma-Bari, 1994; *Cosmopolis: Prospects for World Government*, Polity Press, Cambridge, 1997; *I signori della pace*, Carocci, Roma, 1998; *Chi dice umanità. Guerra, diritto e ordine globale*, Einaudi, Torino, 2000 (edição inglesa: *Invoking Humanity: War, Law and Global Order*, Continuum International, London-New York, 2001); *Globalizzazione. Una mappa dei problemi*, Latersa, Roma-Bari, 2004.

ÍNDICE ONOMÁSTICO*

'Abd al-Jabbar al-Qadi, 760
'Abd al-Razzaq al-Sanhuri, 791, 819
'Abd al-'Azîz, 817
'Abd al-Hamîd II, 817
'Abd al-Majîd, 817
'Abd al-Râziq al-Sanhûrî, 818
'Abd al-Wahhâb Ibn, 813
Abendroth W., 189n., 336n.
Abu Beker, 771
Ackerman B., 21n., 284, 295-300 e nn., 302, 304, 545, 546n., 684n.
Acosta J. de, 710n., 714
Adams J., 112, 271, 274
Ahuja Sangeeta, 881 e n.
al-Badri Shaykh Yusif, 802
al-Basri Hasan, 756
Alexy R., 62n.
Alfonso XIII, 685, 734-5
al-Ghannouchi R., 753
Allegretti U., 448n., 743n.
Allen C. K. 242, 246 e n.
al-Mutawakil, 763
Alpa G., 191n., 248n., 458n., 510n.
Amar, 302
Angell N., 594 e n.
an-Na'im A. A., 768-9 e nn., 781
Anwar Ibrahim, 835, 842
Appadurai A., 876-7 e nn..
Appleby J., 276n.
Arendt H., 272
Aretin J. C. F. von, 318-20
Aristóteles, 100 e n., 272, 515 e n., 517 e n., 524n., 944n.
Armstrong K., 622n.
Arthur J., 286n.
Ash'ari, 757, 759
Ataturk K., 819
Aung San Suu Kyi, 846, 851
Austin J., 66, 142, 216 e n., 231, 233, 245n., 423, 784, 879n.
Avenarius R., 155

Bähr O. von, 10, 126-8 e nn., 258, 325-6 e nn., 470

* Esse índice não registra todos os nomes dos autores citados no volume, mas inclui apenas os nomes citados no texto (excluindo o ensaio bibliográfico final) e os nomes dos autores brevemente discutidos ou freqüentemente citados nas notas.

Baratta A., 8-9nn., 248n.
Barbalet J., 61 e n., 76n., 78n., 93n., 537n.
Barbera A., 56n., 334n.
Barendt E., 234n.
Barile P., 62n.
Barrera y Luyando A., 686, 689, 712, 714 e n., 719n., 720, 723-4, 733 e n., 736
Barret-Kriegel B., 98
Bâshâ N., 818
Battaglia F., 181 e n.
Bäumlin R., 333n.
Bauman Z., 71n., 78n., 865-6 e n.
Baxi U., 874-5, 887-90 e nn.
Beccaria C., 9, 208n., 726-7 e n.
Beck U., 71n., 85-6 e n., 478n.
Bee T. K. T., 841n., 844n.
Benoist C., 350
Bentham J., 19n., 89, 423, 432, 435nn., 588-9 e nn.
Bergbohm C., 596 e n., 600
Berlin I., 42n., 521n.
Bermejo F., 724
Bernatzik E., 392
Berthélemy H., 356
Beseler G., 126, 322
Beteille A., 859 e n., 880, 887-8, 737n.
Bhagwati P. N., 881
Bickel A., 297
Bignami M., 433n.
Binding T. K., 601
Bisharah A., 753
Blackstone W. 18 e n., 28, 108-10, 142, 202n., 208n., 221, 243 e n., 253n., 604-5 e n.
Bluntschli J. K., 323 e n., 603n., 702n., 713n., 731n.
Bobbio N., 5 e n., 7n., 29n., 32-3 e nn., 36n., 52-3 e nn., 60-1 e n., 63 e n., 68n., 79 e n., 86-7 e nn., 93-4 e nn., 113n., 404n., 422n., 430n., 466n., 516n., 535-6 e nn., 542n.
Böckenförde E.-W., 10n., 59n., 97n., 116n., 308n., 332n., 334-5nn., 466n., 479-80 e nn.
Bodin J., 101, 340
Bomberg E., 629n.
Bonald de L., 339
Bossuet J. B., 339
Bourdieu P., 79 e n.
Bracton H., 18n.
Bradley, juiz, 502
Bradwell M., 502
Brennan T., 861 e n.
Brown N. J., 788 e n.
Bryce J., 143-4 e nn., 146, 149, 153
Bull H., 66n., 68
Bùrca G. de, 627n.
Burdeau G., 363
Burgh J., 271
Burke E., 19n., 110, 212, 270, 568, 842

Calamandrei P., 185 e n.
Caravita B., 413n.
Carbonnier J., 368n.
Carré de Malberg R., 22-3 e nn., 25-6 e nn., 56, 150-2 e nn., 165, 344-7 e nn., 355 e n., 358 e n., 361-2
Carrino A., 21n., 59n., 154-5nn., 283n.
Carrol L., 245
Casas B. de las, 712
Cassese A., 63n., 474n.
Cassese S., 14-5nn., 141n.
Cassirer E., 155 e n.
Castiglione D., 750
Catão, o Censor, 550
Chen A. H., 950n
Chevallier J., 22n., 97n., 342n., 344n., 363n., 370 e n.

Chou, duque de, 910
Ci Xi, 938
Cícero, 515n., 550n., 736n., 739, 740n.
Claverie E., 804
Cobden R., 591
Cohen J., 643
Cohn B., 867n., 869n., 878-9 e n.
Coke E., 17, 28, 109, 142, 200-1 e n., 211, 242-3 e n.
Colebrook H. T., 869
Colombo C., 712
Condorcet J. A. N., 105-6 e nn., 112
Confúcio, 849, 897-920 e nn., 935
Conrad D., 737n., 884-5 e n.
Constant B., 9, 117-8 e nn., 138, 343-4 e nn., 590-1 e nn.
Coomaraswamy A. K., 863-4 e nn.
Cordero Torres J. M., 66n., 691n., 701n., 720n.
Cornwalis W., 870-1
Cortez H., 712
Costa P., 258, 557
Craig P. P., 6n., 22n., 49n., 98n., 145n., 643 e n.
Crespo C., 717n., 723n.

Dahl R. A., 542
Dahlmann F. C., 322
Dahrendorf R., 4, 52, 452n.
Das V., 893
Deng Xiaoping, 955, 974
Dezalay Y., 484-6nn.
Dhavan R., 880-1, 889 e nn.
Dicey A. V., 7, 15-9 e nn., 22, 28 e n., 39-40nn., 66 e n., 77, 139-49 e nn., 161, 194, 201-63 e nn., 311-3 e nn., 548, 616
Dirks N., 872 e n.
Disraeli B., 214
Dogliani M., 10n., 24n., 406n., 558n.
Duez J.-B., 351
Duez P., 351
Duguit L., 151 e n., 165, 346 e n., 348, 350-1 e n., 358-60 e nn., 363
Durkheim E., 359
Dworkin R. M., 4, 5n., 91 e n., 196n., 284, 286n., 289-95 e nn., 304, 546n., 618n., 784-5 e n.

Eisenmann C., 351, 359n., 367
Elster J., 56n., 750 e n., 763 e n., 774
Ely J., 269n., 297 e n.
Esmein A., 347, 351, 361
Esposito J. L., 780-1 e n.

Falk R., 69 e n.
Fassò G., 49n., 191n., 563-4 e n.
Favoreu L., 366-7
Feinberg J., 534 e n
Ferguson A., 46, 511, 529-30 e n. , 568
Fernando L., 836nn., 839n.
Ferrajoli L., 3n., 5 e n., 30n., 41n., 56n., 60-1nn., 65n., 73n., 76n., 78n., 84n., 92n., 97n., 438n., 466n., 471-2nn., 509n., 535 e n., 544n., 619n.
Ferrarese M. R., 80n., 448n.
Filangieri G., 118
Finnis J., 97n., 552n.
Fioravanti M., 13n., 20n., 30n., 76n., 91n., 97n., 123n., 135n., 154n., 187n., 195n., 310n., 383n., 389n., 398n., 405-7nn., 467-8n., 470n., 581n., 692n.
Forsthoff E., 14n., 189 e n., 321n., 336n.
Foucault M., 864n.

Franklin B., 270
Fukuyama F., 854-5 e n.
Fuller C., 883 e n.

Galanter M., 873n., 879, 884n., 896n.
Galli C., 7n., 35n., 49n., 175n.
Gallieni J.-S., 712
Gallino L., 71n., 487n.
Gandhi I., 833
Gandhi M. K., 879
Gandhi R., 886
Garzoni F., 7
Gemei H., 794-6 e nn.
Gentile G., 181
Gény F., 351
Gerber C. F. von, 128-30, 129n., 135, 138, 327-30 e nn., 331, 339
Geuna M., 272n., 521n.
Ghai Y., 828-9
Ghannouchi, 753, 772-3, 779-80
Ghazali, 757
Giannotti, D., 518
Gierke O. von, 126, 130-2 e nn., 138
Girault A., 707n
Girling J., 853-4 e n.
Gladstone W. E., 214
Glendon M. A., 288 e n.
Gneist R. von, 10, 470
Goodman N., 262n.
Gordon J., 271
Graziosi M., 38n., 508n.
Grimm D., 53-4nn., 320 e n., 324n., 326n., 335-6 e n., 461n., 490n., 548 e n.
Grócio Hugo, 67, 308
Guang Xu imperador, 937
Guastini R., 43n., 47n., 196n., 443n., 469n.
Guicciardini F., 518
Guizot F.-P.-G., 117, 342
Gurvitch G., 363
Gutmann A., 294-5

Häberle P., 466n., 483-4 e n.
Habermas J., 4 e n., 52, 53n., 69-70 e nn., 294n., 481n., 492n., 495-6 e n., 520n., 532-3 e n., 535, 537n., 539 e n., 542-4 e nn., 552n., 874 e n., 895
Hai Rui, 849
Hale M., 109, 243-4 e n., 246-7, 249, 253, 256
Halleck H. W., 606 e n.
Hamilton A., 20, 275n.
Han Fei Zi, 918
Harrington J., 516-8 e n., 522 e n.
Hart H. L. A., 62n., 534n., 784 e n.
Harvie C., 212 e n.
Hastings W., 868, 870, 878
Hauriou M., 164-7 e nn., 348-51 e nn., 353 e n.,
Hay D., 203-6 e nn., 208-9 e n.
Hayek F. von, 41 e n., 74 e n., 196, 229 e n., 266, 486 e n., 548, 555-82 e nn.
Hazard J., 830
Hearn W. E., 14-5 e n., 215n.
Hegde S., 737n., 892
Hegel G. W. F., 596
Heilborn P., 603 e n.
Held D., 69 e n., 76n., 542n., 619n.
Held J., 324 e n.
Heller H., 169-70 e nn., 173, 188, 336n.
Hello C.-G., 342
Hesse K., 337 e n.
Hirst P., 70n., 619n., 643 e n.
Hitler A., 178
Hobbes T.,109, 420n., 423, 425, 432n., 439 e n., 441, 536, 596, 842

Höffe O., 82n., 474n., 482 e n.
Hofmann H., 98n.,, 309-10 e n., 468n.
Holmes S., 302 e n., 538
Honneth A., 538
Hourani G., 759-60 e n.
Howe A., 497
Huber M., 594-5 e nn.
Humboldt W., 9, 12
Hume D.,108, 568, 842
Hutcheson F., 108
Huxley T. H., 933

Ismâ'îl, 818

Jefferson T., 20, 112, 271, 274, 277 e n., 296
Jellinek G., 12-3 e n., 66 e n., 132, 135-7 e nn., 150, 194, 258, 329-32 e nn., 339, 346, 358, 384-5n., 385-6, 390, 397, 409n., 597-8 e nn., 600
Jenks E., 933
Jennings I., 233n., 239-40nn., 242n., 248 e n., 312n.
Jèze G., 358
Jhering R. von, 12 e n., 92 e n., 132-5 e nn., 138, 258, 339
Jiang Jieshi, 946
Jiang Zemin, 972
João Paulo II, 501
Jones W., 869, 871, 873, 879
Jorge III, 250

Kägi W., 332-3 e nn.
Kahn P., 278n.
Kang Youwei, 936
Kant I., 9, 12, 38, 68n., 113-6 e nn., 316 e n., 328, 516-8 e nn., 576, 588 e n., 594, 782, 895
Karve I., 887
Kauffmann E, 7n., 97n., 163-4 e nn., 167, 316n., 602 e n.
Kelsen H., 30, 55, 58, 68n., 77, 149-65 e nn., 169, 171, 187, 194, 258, 263, 351, 367, 379-414 e nn., 417n., 434 e n., 436n., 473-4 e n., 555n., 608-9 e n.
Kennedy D., 499
Kern F., 470
Khatami, 772, 780
Khong C. O., 849-50 e n.
Kim Dae Jung, 845-6
Koellreutter O., 8, 174-5, 175-6nn., 179
Koh Tiong Bee T., 841, 843-4
Kruman M. W., 264n.
Kunig P., 8n., 466n.

Laband P., 130-2, 327-30 e nn., 339, 358, 388
Laboulaye E., 343-4
Labra de R. M., 704, 731
Lane J.-E., 751 e n., 765
Lange H., 8
La Torre M., 138n., 534n., 597n., 599n.
Lauterpacht H., 607 e n.
Laveleye É. de, 592
Laygorri E. G., 723
Le Bret C., 340
Lee Kuan Yew, 830, 834, 841-2, 844, 847
Lênin V. I. U., 842
Leoni B., 15n., 20n., 41 e n., 74 e n., 190n., 196, 548-50 e n., 555-82 e nn.
Leopoldo, rei dos Belgas, 742
Lewis B., 752, 772 e n.
Liang Qichao, 940-1
Lijphart A., 642 e n.
Lin Zexu, 932
Lingat R., 859-60 e nn.
Liu Huaqiu, 855
Locke J., 9, 13, 103, 108, 229, 270-1, 310, 328, 587n., 842

Lolme J.-L. De, 142
Lopez de Oñate F., 185 e n.
López Perea E., 688
Lorimer J., 606 e n.
Losano M. G., 51n., 417n.
Luciani M., 404n., 411n., 461n.
Luhmann N., 13n., 31n., 36n., 40 e n., 72n., 471-2 e n., 482 e n., 572n., 621n.
Luís XV, 341

Mably G. B. de, 118, 587n.
Macaulay T., 868, 873-4
MacCormick D. N., 3-4nn., 19n., 27n., 97n., 109n., 309 e n., 534n., 638 e n., 643
Mach E., 155
Maquiavel N., 33, 272, 511-54 e nn.
Madison J., 20, 275 e n., 300, 960
Mahathir M., 839-40, 842
Mallat C., 791 e n.
Mancini P. S., 593 e n.
Manfredi C. P., 307n.
Manu, 865, 869, 887
Mao Tsé-tung, 947, 956
Maomé, 810
Marcos F., 833
Maritain J., 187
Mariz Maia L., 87n.
Marshall J., 112, 267n., 275-7, 278n.
Marshall T. H., 21, 41 e n., 43n., 61, 75-6 e n.
Marx K., 44 e n., 46, 842
Matteucci N., 7n., 74n., 472n.
Mawardi, 771
Mawdudi, 754-5, 766, 777-8
Mayer A. E., 767 e n., 776
Mayer A. J., 742 e n.
Mayer D. N., 274n.
Mayer O., 12 e n., 128n., 327n., 388
McKibbin R., 214
McKinnon C., 497-8, 501
Mehmed II, 813
Mêncio, 897-920 e nn., 935
Merkl A., 158, 379n., 382n., 389, 400, 412n.
Michelman F. I., 91n., 93n., 296n., 535 e n., 450, 540 e n., 545-6 e n.
Michoud L., 356-8 e n., 360-1 e nn.
Mill J. S., 223n., 868, 874
Minow M., 493, 499
Mohl R. von, 10-1 e n., 121, 123-5 e nn., 138, 308 e n., 317-8 e nn., 321n., 339 e n., 470
Moller Okin S., 501
Mommsen T., 322-3 e n.
Montesquieu de C.-L., 9, 43, 103, 257n., 310, 468, 587n., 933
Moreau J. N., 340
Morgenthau H., 68 e n.
Mounier E., 187
Mubarak H., 801
Muhammad'Alî, 813
Munro H., 870-1
Murray Butler N., 594 e n.
Mussolini B., 433

Nair J., 870n., 878 e n.
Nandy A., 859 e n.
Napoleão Bonaparte, 421
Narayanan K. R., 891
Nehru J., 880, 882
Neumann F., 97n., 171n., 311 e n., 466n.
Ng M., 857-8 e n.
Nippold O., 599-600 e nn.
Noske H., 98n.

O'Donnell L., 695
Oakeshott M., 266

Olivier-Martin F., 340n.
Orlando V. E., 10 e n., 137n., 150, 194

Paine T., 20, 112, 273
Paley W., 568
Palombella G., 289n., 293n., 304n., 567n., 580n.
Panunzio S., 8, 180
Parashar A., 873 e n., 884 e nn., 886 e n.
Patten C., 847
Peel R., 214
Perry M., 288n.
Peters R., 794-5 e n.
Peterson J., 629n.
Pettit Ph., 272-3 e nn., 519n., 542-3 e n., 631 e n.
Picard E., 375-6
Pitch T., 38n., 498n.
Pizzorno A., 80n., 477-8 e n.
Placidus J. W., 116
Platão, 99-100 e n., 515n., 558-9 e nn., 562, 763, 782
Plutarco, 864
Pocock J. G. A., 19n., 265n., 271n., 519-20 e n., 530-1 e n.
Pol Pot, 836
Portalis J.-M., conde de, 89 e n.
Posada Gonzales A., 706-9 e nn.
Posner R. A., 21n., 83n.
Postema G. J., 243-4 e nn.
Primus R. A., 268n.
Puchta G. F., 13
Pufendorf S., 423

Qadri Paxá, 791

Radbruch G., 191n., 248n., 309n.
Ramos Izquierdo L., 688, 729, 731
Ramsey A., 270
Rawls J., 62n., 481-2 e nn., 552n., 895
Raynaud P., 306n.
Raz J., 5n., 97n., 534n.
Reid J. P., 650n.
Rhodes C., 712
Rials S., 377
Richelieu A.-J., 340
Robespierre M., 105-6 e n., 122
Rocco A., 440
Rodotà S., 448n., 477n., 485n., 509n.
Rodriguez Sampedro F., 691, 694
Romano S., 702-2n., 705n., 725
Roosevelt F. D., 299
Rorty R., 553n., 782 e n.
Rosmini A., 119-20 e n.
Ross A., 39n., 45n., 83n., 90, 261n., 534n.
Rotari edito de, 37
Rotteck C. von, 316-7 e nn., 321 e n.
Rousseau J.-J., 23, 28, 105, 117, 122, 333, 522, 536, 708
Roy, R., 861-2 e n.
Royer-Collard P. L., 342
Rückert J., 728n.
Rusconi G. E., 54n., 479n.
Rutherforth T., 605 e n.

Saavedra D., 719
Sabel C., 643
Said E. S., 711n., 715n.
Saint-Just L. de, 105
Salas D., 374-5 e nn.
Salvatore A., 792-3 e nn., 810n.
Sartori G., 78 e n., 190n., 542
Saberwal S., 887
Savigny F. von, 13, 27, 432
Scalia A., 5n., 50 e n., 285-8 e nn., 295
Scelle G., 363, 609 e nn.

Schacht J., 760n.
Schmitt C., 7 e n., 10, 12 e n., 14, 27n., 31n., 35 e n., 66n., 73n., 89 e n., 169, 174-5 e nn., 176-80nn., 180, 189n., 191, 413, 470-1 e nn., 473n.
Schmittener F., 319
Schmitter P., 643 e n.
Schumpeter J. A., 542, 779 e n.
Schweizer A., 712
Scott J., 643n.
Sen A., 552n., 847, 850 e n.
Shaw J., 622n.
Shun imperador, 899, 915
Sidney A., 270-1 e n.
Sieyès E. J., 24, 104-5, 107, 114, 342
Sihanouk rei, 830
Skinner Q., 521 e n., 529 e n., 631 e n.
Smart C., 507
Smith A., 108, 568, 933
Smith R. M., 268n.
Smith R. S., 875-6 e n.
Sobota K., 8n., 465n., 470n.
Sordi B., 128n., 157-8nn., 381n., 388n., 397n., 400n.
Spencer H., 933
Spinoza B., 33
Sri Aurobindo, 863
Staël Madame de, 117
Stahl F. J., 10, 122n., 123-5, 177, 183, 193, 314-5 e nn., 332, 339 e n.
Stalin I. V., 949
Stammler R., 163
Stanley H. M., 712
Stein L. von, 258, 308 e n., 326 e n.
Stokes E., 867-8 e n.
Stolleis M., 97n., 116n., 121n., 126n., 135n., 173n., 316n., 326-7 e n., 466n., 597n.
Story J., 604
Stowell Lord, 604
Stuart Mill J., 223, 933
Suárez F., 709
Sukarno A., 836-7
Suleymann III, 813
Sun Yat-sen, 938, 945
Sunstein C. R., 21n., 59n., 289n., 300-4 e nn., 538n., 546n., 632n., 750 e n.

Tay A., 835n., 852-3nn.
Taylor C., 492n., 495-6 e n., 519n.
Taymiyya I., 813
Teitgen P.-H., 365
Teodorico edito de, 37
Tezner F., 391-2
Thoma R., 333n., 388 e n.
Thomasius C., 423
Thompson C. B., 274n.
Thompson D., 295
Thompson E. P., 205-6, 209-12 e nn., 212-3
Tocqueville, A. de, 20, 117, 238n., 350 e n.
Trenchard J., 271
Trendelenburg A., 593 e n.
Treves R., 184n., 434n.
Tribe L., 279n., 282n.
Triepel H., 601-2 e nn.
Troper M., 370 e n., 316n.
Tsai Wo, 900
Tucker J., 568
Tully J., 529 e n., 618 e n.
Tung Chee Wah, 842
Turabi H., 755, 772-3, 781

Unger R. M., 83n., 283n., 286

Vaihinger H., 155
Vattel E. de, 67, 586 e n., 673n.
Verdross A., 158

Villey M., 33n., 466n.
Vitoria F. de, 709-10
Vitória Eugênia rainha, 685
Voll J., 780
Volpicelli A., 181

Wacquant L. J. D., 63n., 79 e n.
Waldron J., 6n., 21n., 299-300 e n., 534n., 578n.
Walker G. De Q., 230 e n.
Walz G. A., 175, 177
Washbrook D., 870 e n.
Watt W. M., 762
Weber M., 3n., 542
Wei Jinsheng, 953
Wei Yuan, 932
Weiler J. H. H., 88n., 457n., 475n., 625n., 638 e n.
Welcker C., 317 e n., 321n.
Welker K. T., 308n.
Wen rei, 910
Wendell Holmes O., 959
Williams R. A., 705n., 710n.
Wilson T. W., 608
Wiryono, 853
Wolgast E. H., 494, 538n.
Wollf Ch., 586
Wolter U., 715n., 727n.
Wood G., 264n.

Xun Zi, 925

Yan Buke, 942
Yan Fu, 934
Yao, imperador, 899, 915
Young I. M., 504-5 e nn.
Yu, imperador, 899, 915
Yuezhi Xiong, 935n.

Zachariä H. A., 320n.
Zagrebelsky G., 24-5nn., 56n., 80n., 196n., 265n., 461n., 482n., 490n., 510n., 549n.
Zanetti G., 21n., 38n., 59n., 334n.
Zhengbang Wen, 947n., 950-1nn.
Zoepfl H., 319-20 e nn.